神曲
天堂篇
LA DIVINA COMMEDIA
Paradiso

〔意大利〕
但丁
著
DANTE ALIGHIERI
黄文捷
译

译林出版社

扫码收听汉意
双语朗诵音频

二维码中的录音来自《从幽暗的森林到天堂——但丁〈神曲〉之旅》有声书项目，由意大利外交和国际合作部主办，拉文纳市政府协办，并与阿尔贝剧院 / 拉文纳剧院、但丁协会和意大利学学者协会合作。Alberto Casadei 选段并作序，Claudia Sebastiana Nobili 评注；Emons 出版社出版。

汉语有声书由意大利驻华使馆文化处制作。译者：黄文捷；出版者：译林出版社；评注译者：文铮；朗诵者：孙乐言、高昱诚、郑兆凯；艺术总监：孟斐璇、文铮；录音导演：罗睿、图图。

意大利语有声书朗诵者：Marco Martinelli、Ermanna Montanari、Claudia Sebastiana Nobili；导演：Marco Martinelli、Ermanna Montanari；音乐与录音导演：Marco Olivieri。

天堂篇

目录

第一首①

序诗

(1—36)

登天

(37—81)

但丁的疑问

(82—99)

宇宙的秩序

(100—142)

推动宇宙中一切的那位的光荣，
渗透到某个部分，并在其中放射光明，
不同的部分承受的多少也各不相同②。
我已在得到他的光辉照耀最多的那重天上③，
我目睹一些景象，
凡是从那天上降下的人都不知如何复述、也无力复述这些景象④；
因为我们的心智在接近它的欲望时，
会变得如此深沉，
以致记忆力也无法在后面跟踪⑤。
然而，我在脑海中所能珍惜
的那神圣王国的情景，
现在毕竟将作为我的诗歌题材来吟诵。
哦，好心的阿波罗，请把我变成盛满你的才气的器皿⑥，
助我把这最后一部诗作完成，
正如你要求具备这样的才气，才把你所爱的桂冠相赠。
直到如今，帕纳索斯山的一座山峰，
就足以助我写作；但现在，我则需要
有两座山峰助我进入这余下的竞技场中⑦。
请进到我的胸中，请赐予我灵感，
就像你把马尔西亚
从他的肢体的皮囊中抽出⑧。
哦，神的威力，倘若你借与我你的才气，
使那铭刻在我脑中的幸福王国的形影
能显示得轮廓分明，
你就会看到我来在你喜爱的树木脚下拜跪⑨，
你也会看到我戴上那枝叶编成的王冠，
而那题材和你都会使我对此当之无愧。
这类事情是如此罕见，父亲⑩：
从这树上摘下枝叶，把凯撒或诗人的胜利来庆祝⑪，
而这又出于人类欲望的罪过和耻辱⑫；
佩尼奥斯的枝叶却定会⑬
使那快活的德尔夫的神感到加倍快活⑭，

只要它使某个人对它本身产生饥渴。
小小的火星会引起大火:
也许在我之后,会有人以更美好的声音,
请求希拉峰作出回应[15]。

登天

世界之灯在升起,从不同射点普照众生;
但是,它从那四个圆圈与三个十字
相联之处,喷薄而出[16],
它有更美好的流程,又有更吉祥的星宿结伴同行[17],
它可以把尘世的蜡料
以更符合它的方式揉和与刻印[18]。
这样一个日升之处,给那里带来早晨,给这里带来夜晚[19],
而那里,整个半球几乎都是白色,
另一部分则全是黑暗,
这时,我看见贝阿特丽切转向左边[20],
把太阳注目观看:
飞鹰也从不会把眼睛紧盯在那上面。
正像第二道光线往往从第一道射出[21],
并且重又直射上去,
恰如远行游子想要走上归途,
由于她的行动通过双眼渗入我的想象,
我的行动也便同样从她的行动中产生,
竟然超出我们的习惯,把眼睛盯住太阳[22]。
这在那里是十分正当合理,
而在这里则不适合我们的能力[23],
因为那个地方正是为人类创造的[24]。
我不能承受太久,也并非连片刻也不能承受,
就仿佛我不能观看周围光辉灿烂,
如同从火中取出的铁把火花四下射遍[25];
立即像是把白昼加在白昼之上[26],
仿佛无所不能的那位[27],
为苍天装饰另一个太阳。
贝阿特丽切聚精会神地注视那永恒旋转的重重天体;

而我则从那上边移开眼光㉘,
固定在她的身上。
我在注意观察她的形象的同时,内心深处发生变故,
就好像格劳科斯在尝到青草时发生变化一样㉙,
那青草竟使他变成其他诸神在海中的伴侣。
无法用言语来说明何谓超凡入圣㉚;
因此,但愿上述范例足以令人领悟问题,
既然上天的恩泽令他需有亲身经历。
这样,我是否只是我身上你所再度创造的那个部分㉛,
掌管天国的爱啊,这一点你知道㉜,
因为你用你的光芒使我得到提高。
你使那天体的轮子永恒地旋转,并抱有欲望㉝,
它把我的注意力吸引到它的身上,
伴随它的是由你调节和配置的和谐音响㉞,
此刻我觉得竟有大片天空
被太阳的火焰烧成通红,
即使雨水或江河汇成的任何湖泊,也没有如此广阔无垠。

但丁的疑问

音响的新颖和辉煌的光亮,
燃起我想得知其缘由的热望,
这热望是我从未感受过的,竟然如此炽烈难当。
她见我这般光景,于是,在我提问之前,
便先启开樱唇,
来平静我激动的心灵,
开始说道:"由于想象错误,你自己使你变得如此迟钝㉟,
以致你看不出你本可看出的事情,
只要我把那错误想象撼动。
你并非如你所认为的那样,是在凡尘;
但是,霹雳逃向自己的家园㊱,
却也不如返回家园的你奔驰得如此疾迅。"
我固然因那简短而含笑的轻言曼语
而解除了那第一个疑问㊲,
却又被一个新的疑问困扰得更加心神不宁,

于是说道：“我已满意地
平息了我那莫大的惊异；但现在我惊异的是：
我是如何超越这些轻飘的物体[38]。”

宇宙的秩序

于是，她在怜惜地长叹一声之后，
朝我掉过双睛，那表情
宛如俯身观看发着梦呓的儿子的母亲，
开言道：“万物之间都是井然有序，
这种秩序正是把宇宙造成
与上帝形似的形式[39]。
那些高级造物从这里看到那永恒威力的痕迹，
而那永恒威力又是
上述准则所要达到的终极目的[40]。
一切自然物都倾向于我所说的这个秩序，
而由于命运不同，
距离它们这个本源，有的稍远，有的更近[41]；
因此，它们在这人生的大海中，
向不同的港口游动，
各自都凭借被赋予的本能，并由这种本能把它推向前进[42]。
正是这个把火送往月球；
正是这个是生物心灵中的推动力；
正是这个使地球凝聚在身，形成一体[43]：
这张弓射的也不仅是
那些缺少智慧的造物，
而且还有那些拥有智力和意志的造物[44]。
把一切安排得如此妥善的天意，
用它的光芒使苍穹变得永远静谧，
在其中旋转的那重天，速度最急[45]；
如今，那根弓弦的威力把我们送到那里，
正如送到预定的目的地，
而射出的那只雕翎恰好飞向幸福的标的[46]。
诚然，正如形式往往
并不符合艺术的初衷，

因为材料不肯作出回应[47];
同样, 造物有时也会背离这个流程,
尽管有这样的推动,
它却有能力走上弯路, 另入他径[48];
这正像可以看到烈火从云雾中降落[49],
那原始的动力也同样会把人打在地上,
因为人被虚假的欢乐所迷惑。
倘若我说得不错,
你无须对你的上升倍感惊愕,
这不过像是一条江河从高山上向下坠落。
倘若你已排除障碍, 却依然滞留尘凡,
犹如那活跃的烈火平静地待在地面,
那时, 你才会感到是奇迹出现[50]。”
说罢, 她便将面庞转向苍天[51]。

第二首

对读者的告诫

(1—18)

抵达月球天

(19—45)

月球的斑点

(46—148)

对读者的告诫

哦，坐在一叶小舟中的你们，
热望谛听诗歌的内容，
紧跟我那漂洋过海、放声歌唱的木船航行①，
你们且返回去再看一看你们的海滩②：
你们不要进入那大海汪洋，
因为也许一旦跟不上我，你们就会迷失方向。
我所航行的这片海水，是前人从未走过③；
密涅瓦在送风，指引我的是阿波罗④，
还有九位缪斯女神在向我指点大熊星座⑤。
你们这些少数的读者，曾很早就扬起脖颈⑥，
仰望天使的食品⑦，
世上的人们靠这食品维生，却总不能饱餐一顿⑧，
因而你们完全可以把你们的船只放入浩瀚的咸水⑨，
顺着我的航道驶进，
在那波浪正在平复的海水的前面游动⑩。
那些渡海来到科尔喀斯的光荣勇士⑪
也不会像你们这样感到吃惊，
因为他们当时曾看到伊阿宋竟变成耕田人⑫。

抵达月球天

与生俱来的那种对以上帝为形式的王国的永恒饥渴⑬，
使我们飞速上升，
几乎像是你们抬眼仰视天空⑭。
贝阿特丽切在上方，而我则向她观望；
也许时速之快，犹如箭上弓弦，
随即从弦扣弹出，腾空飞翔⑮，
我发现我竟然来到这样一个境界：
那里的神奇景物使我的视线转移到它的一方；
而我的关注心情又无法向那位隐藏⑯，
因此，她向我转过身来，既欢悦又美丽⑰，
她对我说道："把感激的心灵朝向上帝，
因为正是他使我们与那第一颗星连接在一起⑱。"
我觉得，仿佛有一层云雾把我们围拢⑲，

那云雾是那样明亮、厚重、坚实和洁净[20]，
几乎像是太阳照射的金刚石那样晶莹。
这块永恒的宝石把我们接受到它的怀中，
如同一池清水接受光辉照映，
却依然保持统一完整[21]。
既然我是肉身，而世间无法设想
一个体积如何能把另一个体积容忍，
这就必然是使物体渗入物体之中，
这也便会进一步燃起我们的热望，
要想看一看那个基因[22]，
从中可以看出我们的人性如何与上帝相互交融。
在那里，我们将看到我们只是凭信仰才相信的事情，
这事情不是被验证，而是它依靠自身，就会令人看清[23]，
就像人类所相信的初步真理，浅显易懂[24]。

月球的斑点

我答道："夫人，正因为我能抱有最大限度的虔诚，
我才对他感恩不尽，
他使我远离了凡尘。
但是，请您告诉我：
这个物体的那些黑色痕迹究竟是什么？
下面尘世的人们把这些痕迹作为该隐的寓言来述说[25]。"
她嫣然一笑，随即对我说道：
"如果说凡人的看法在感官的钥匙
无法打开的地方犯错误，
如今惊奇之箭也肯定不该把你刺中，
既然你已看出，追随在感官之后的理性，
双翼很短，也无法飞得很远[26]。
但是，告诉我：你自己对此有何意见。"
我于是说："我认为，天上的东西显得有这样的明暗不同，
是因为各个天体的密度有稀有浓[27]。"
她就此说道："肯定你将会看到，
你的信念深深地陷入虚妄的泥潭，
倘若你仔细听取我将对此提出的相反的论点。

那第八圈向你们显示许多星光[28]，
可以看出这些光芒在质量和数量上
又表现为不同的模样。
倘若这只是出于稀薄与浓密，
所有星光就会只有一种能力，
这种能力的分布有多有少，或完全同一。
不同的能力理应是一些形式原则的结果，
那些原则，除去一个[29]，
依照你的道理，都将一概打破。
进一步来说，倘若稀薄是你所问的黑斑的原因[30]，
那么这个星球就该是
要么缺乏物质，从这部分到那部分，
要么就该像一个肉体，
肥瘦部分共存，
这就像纸张在厚度上也是变化无穷。
若是第一种情况，
在日蚀时就会一目了然，
因为光芒的透露就像进入另一个密度稀薄的星球里面。
情况并非如此：因此，应当看一看另一种情况；
倘若发生我把另一种情况也推翻的事，
那么你的见解就会证明全属虚妄。
倘若发生这样的事：这种稀薄不曾蔓延，
那么就该有一个终点，
与稀薄相反的密度从那里不容透过光线[31]；
而从那里，其他光线却散布开来[32]，
就如同从玻璃中反映出色彩[33]，
因为玻璃本身的后面，隐藏着一层铅。
现在，你会说，光线显得
比其他地方黯淡，
是因为它从那里更靠后的地方反射出来[34]。
经验可以使你摆脱这种异议[35]，
倘若你想尝试一番，
而经验往往是你们的艺术长河的起源。
你可以拿出三面镜子；你把两面

放在与你距离相等的地方；把另一面放得更远，
它能从头两面之间照出你的双眼。
你要面向它们，要使你的背后有一束光，
要使这束光把这三面镜子照亮，
并使它们全都把光线反射出来，回到你方。
虽然那更远的视线在数量上[36]
不能同样伸展，你却会看见，
那边必然放射同样的光芒。
现在，正像在炎热的阳光辐射下，
雪的主体变成赤裸裸[37]，
丧失了先前的寒冷和颜色，
你的心智也同样如此，
而我正是要使它焕发出如此璀璨的光辉，
在你的身上显示出它那晶莹闪烁的姿色[38]。
在呈现神的和平景象的那重天里[39]，
旋转着一个天体，
它的全部内涵的存在，都以它的能力为根基[40]。
下一重天——它有那么多的星星点点，
把上述的存在分配到不同的基因上面，
这些基因既与它区分开来，又包容在它的里边。
其他各重天体以种种不同方式，
把自身内部所具有的各自特有的能力加以布置，
以期达到各自的目的，撒播各自的种子[41]。
宇宙的这些器官，正如你现在所见[42]，
就是这样一层一层地运转，
取之于上方，施之于下面[43]。
你现在该仔细观看我是如何
通过这个途径，走向你所渴望的真理[44]，
这样，你以后就可知把浅滩自行走下去[45]。
这些神圣旋转天体的运动和能力，
就像使用铁锤的技艺来自铁匠，
它们也必然要出自那些幸福的动力[46]；
而这重天有那么多的星光使它变得如此美丽[47]，
它从那使它不住旋转的深邃的脑海中汲取形象，

从而也使自身变为印章[48]。
正如你们肉体中的灵魂，
最终体现为不同的肢体，
而这些肢体又与不同的功能相适应[49]，
同样，这智慧也把它的善心散布给群星[50]，
并使这善心变成多样多种，
同时又在它那单一的实体之上自行转动。
不同的能力与那珍贵的物体结成不同的联合，
正是这能力使这物体得以成活，
在这物体中的结合，也正像你们身上的生命，是灵与肉的结合[51]。
由于这混合的能力据以产生的可喜天性，
它就通过那物体放出光明，
这正像通过明亮的眼珠透露喜悦的心情[52]。
光亮与光亮之间之所以显得不同，
正是出于上述能力，而不是出于密度有稀有浓；
它正是那形式原则，根据它的善心，
产生昏暗与光明。”

第三首

月球天

（1—33）

皮卡尔达·多纳蒂

（34—57）

享受天福的不同程度

（58—108）

康丝坦扎皇后

（109—130）

那轮太阳以前曾用情爱烘暖我的胸膛①，
这时则向我揭示了美好真理的俏丽形象，
既验证真谛，又批驳错误主张②；
而我，为了承认自身得到纠正，确信真相，
我恰如其分，更挺直地昂首抬头③，
谈出我的感想；
但是，此刻出现一片景象，
它是如此紧密地把我吸引过去，把它观望，
我甚至不记得要把我想承认的事宣讲。
犹如通过透明而洁净的玻璃④，
或是通过清澈而平静的水面，
那清水并非深沉到看不见水底，
反映出我们面容的轮廓，
显得如此模糊不清，却也如雪白额上的珍珠⑤，
在我们的眼球中并非显得那么不清楚；
我看到有许多面庞正是如此，它们都准备好与我谈论；
因此，我竟陷入相反的错误⑥，
跑去逢迎那点燃人与泉水之间的恋情的面容。
因为我立即发觉它们⑦，
看出它们就是那些从镜子中反映出的身影，
我把眼光转到身后，想看一看他们究竟是谁人⑧；
我什么也不曾看见，我又把眼光转回前面，
径直观看那位温柔向导的明亮双眼⑨，
而她则面带微笑，神圣的秀目射出热烈的光线。
她对我说："你且不要为我的微笑而感到惊奇，
由于你那幼稚的想法，
你的脚还不能信赖地踏上真理⑩；
而是像经常发生的那样，这使你转向徒劳无益的方向⑪；
你所见的这些都是真正的物体，
它们因为许愿未偿，才被贬到这里⑫。
因此，你可以与它们谈话，你可以听，也该相信⑬；
因为那真正的光辉满足它们的渴望⑭，
却不容许它们掉转双脚，远离它自身⑮。"

皮卡尔达·多纳蒂

有一个身影仿佛更切望说话,
我于是将身子朝向它,
开口说道,几乎像是一个人受到过分的热望重压:
“哦,被创造的幸福精灵,你得到上天的光辉照映,
你感受到永恒生活的温馨[16],
而不经尝试,就永不会对这种温馨神会心领,
倘若你能告诉我你的姓名和你们的处境,
我将会感激莫名。”
她于是双眼露出笑意,立即说明[17]:
“我们的仁爱不会向正当的愿望把门关紧[18],
这正像那位希望他的所有朝臣
都类似他自身。
我在人世曾是贞洁的修女[19];
倘若你的脑海能很好地运用记忆,
你定会不至看不出我如今更加美丽[20],
而是定会认出我是皮卡尔达,
我与其他这些享天福者一起,被安派在这里,
这些享天福者都是置身于旋转最慢的天层里[21]。
我们的情感炽热如火焰,
只是因为得到圣灵的欢心,
为依照它的命令所做的安排而不胜庆幸[22]。
这种处境显得如此低下[23],
却是赋予我们,这是因为我们许下的心愿
曾被忽视,在某些方面则未偿还。”

享受天福的不同程度

于是,我对她说道:“你们那令人惊叹的外形
光芒四射,我不知是什么神灵
把你们最初的容貌变更[24]:
因此,我不曾很快地回忆起来;
但是,现在你对我说的话给我很大帮助,
令我更容易地重又想起你的面目。
但是,请告诉我:你们在这里很幸福,

你们可曾盼望到更高的地方去,
以便看得更清,使你们变得更为亲近[25]?”
她先是与其他那些形影一起,莞尔一笑;
随后,又兴高采烈地向我答道,
仿佛被那首要的爱之烈火所燃烧[26]:
“兄弟,仁爱的德性使我们的意愿感到平静[27],
它使我们只求得到我们已有的那个处境,
使我们对其他东西的渴求也不再产生。
倘若我们盼望升到更高层,
我们的渴望就会与把我们
分配到此处的那位的意旨相抗衡[28];
你将看到这类事情在这重重天体中不会发生,
既然在这里必须生活在仁爱之中,
倘若你能很好地考虑这仁爱的本性[29]。
把自身限定在神的意旨之内,
甚至对这种享受天福的处境也是至关重要,
以便使我们各自的心愿成为一条[30];
这正像我们在这王国中,从这层安置到那层[31],
既令整个王国喜悦,又令国王欢欣[32],
正是这位国王按照他的意愿,使我们的意愿也随之产生。
我们的安宁恰恰就在他的意志之中[33]:
这意志就是那片大海,万流都归入其中,
归入其中的正是由它所创造,或是由自然所造成[34]。”
这时,我才明白:天上每个地方都是天堂[35],
即使至善的恩泽并非以同一种方式[36],
降落到你们的身上。
但纵然如此,倘若某种饭食令人饱餐,
口嘴却仍然贪食另一种餐饭,
这就使人对这个提出要求,对那个又感谢无限[37],
我的言行也恰是这般模样,
为的是从她那里得知:究竟是什么织物,
使她不曾用梭子一直纺织到尽处[38]。
她对我说道,“完美的一生和崇高的功德
曾使一个女人位于天上更高的地方[39],

她在你们下面的尘世奉行的原则，让她穿戴修女的面纱与衣裳，
以求至死都要与那位新郎作伴[40]，
不论是白昼苏醒还是夜晚安眠，
那新郎能接受任何出于仁爱、迎合他的欢心的誓愿[41]。
为了追随她，我在青春年少时就逃离世俗，
用她的衣衫把我自身裹住[42]，
立志走她的教派的道路。
后来，一些男人更多地使用恶行，而不是善举，
把我劫出了那温馨的隐修之地，
上帝知道后来我的生命落到何等结局[43]。

康丝坦扎皇后

在我右边向你显示出的
这另一片光辉，放射出我们
这一重天的全部光明[44]，
我所谈有关我的事情，也是指她本人[45]：
她生前曾是修女，同样也曾被人
从她的头部夺去那神圣头巾的阴影[46]。
但是，既然她不得已重返红尘，
违反她的意愿，违反良好的民风，
她则始终不曾揭掉心中的纱巾[47]。
这便是那伟大的康丝坦扎的光芒[48]，
她从索阿维的第二个狂飙中[49]，
生下了第三个狂飙、也是最后一个掌握大权的人[50]。”
她就是这样与我谈话，随后则开始唱道：
“万福玛利亚”，一边唱着，一边销声匿迹[51]，
犹如重物沉入深暗的水底。
我的视线竭尽所能，把她跟紧，
直到她消失在我眼里，
这时我转过身来，面向那使我抱有更大渴望的标记[52]，
我把全部注意力都汇集在贝阿特丽切身上，
但是，那一位却对我的视线大放光芒[53]，
以致我的视力起初无法承当；
这令我推迟提问，慢把口张。

第四首

但丁的疑问

（1—27）

享天福者的所在地——天国

（28—63）

誓愿未偿

（64—117）

但丁的新疑问

（118—142）

但丁的疑问

就像有选择自由的人处在两种饭食之间，
两种饭食同样刺激他的胃口，距离他同样远，
他在把其中一种送入口之前，便因饥饿而先把性命送断；
同样，也像一只小羊处在两头想要把它吞食的恶狼之间，
它对任何一头都怕得心惊胆战；
一只处在两头梅花鹿之间的狗的光景也是这般：
因为在我的种种疑问以同一种方式推动下，
我若是缄口不言，我既不会把自己责怪，也不会把自己称赞，
既然这是必不可免[1]。
我一声不响，但我的渴望却显露在我的脸上，
通过面部来提出问题，
其渴望热切的程度远远胜过用言语来明确宣讲。
贝阿特丽切所做的恰好与但以理所做的一样[2]，
尼布甲尼撒曾在盛怒之下，
对他雷霆大发，把他冤枉；
她说道：“我清楚地看出，
一个又一个渴望如何把你敦促，
以致你的急切心情作茧自缚，不敢向外表露。
你曾这样论述：‘既然善良的愿望持续不变[3]，
又是根据什么理由，
他人的暴力竟然把我的功绩程度削减[4]？’
另一点也令你产生疑问：
依照柏拉图的定论，
灵魂仿佛应返回星辰[5]。
这些便是在你的意愿中，
以同样的方式把你催逼的问题；
因此，我首先要把那个苦胆较多的问题来谈论[6]。

享天福者的所在地——天国

撒拉弗当中最靠近上帝的那位[7]、
摩西、撒母耳以及任你挑选的那个约翰[8]，
我还要说，不可把玛利亚抛开不算[9]，
他们的座位并非在另一重天上，

那重天与你如今所见的这些精灵的住所不一样[10]，
他们享受天福的岁月也并非有短有长[11]；
而是大家都处在那最高一重旋转的天体，
他们的甜蜜生活有所差异，
因为他们对那永恒灵气的感觉程度深浅不一[12]。
他们在这里出头露面，
并非因为他们命定要待在这一圈，
而是为了显示这是天国之中最低的一重天[13]。
这样讲述才适宜于你们的智力[14]，
因为那智力了解事物，只能凭感觉，
然后，事物才由心智来理解[15]。
为此，《圣经》才屈就你们的能力，
把足与手赋予上帝，
并使之别具含义[16]；
圣教会在《圣经》中也用人的形象
来描绘加百列和米迦勒
以及使托卑阿恢复健康的另一个[17]。
《蒂迈俄斯论》论述有关灵魂的那个内容[18]
与在这里所见的情况并不雷同[19]，
因为看来，他的感觉与他所说的话不差毫分[20]。
它说，灵魂要回归它的星宿，
因为它认为，那灵魂是从那里离去，
而这时，自然则使它具有某种形式[21]；
或许，它的定论是别有所指，
是它的言论不曾显示，
也可能是它抱有意图，不被别人讥刺[22]。
倘若他指的是：影响的荣光和谴责[23]
要返回这些旋转的天体，
也许他的弓箭射中某些真理之的。
这个原理，由于被人误解，
已使几乎整个人世都步入邪道[24]，
竟至用宙斯、墨丘利、玛尔斯来为星辰命名，向它们拜倒[25]。

誓愿未偿

另一个困扰你的疑虑毒害较小，

因为它那险恶用心不会把你
引到别处，与我分离[26]。
我们的正义在凡人的眼里[27]，
仿佛是非正义，
这是证明信仰、而不是证明异端邪恶之举的问题[28]。
但是，既然你们的精明使你们
能很好地洞悉这个真理[29]，
我将像你所渴望的，使你感到满意。
如果说，那个遭受暴力的人，
不曾给予那个施加暴力的人以任何辅助，
这才算是暴力，那么，这些灵魂就不会得到宽恕[30]；
因为倘若不愿从命，意志就不会软化，
而是会采取如自然促使烈火向上燃烧那样的做法，
即使暴力上千次要把它压下[31]。
因为倘若意志屈服，不论其程度大小，
都是助长武力；而这些灵魂正是这样做的，
她们本可逃回那神圣之地[32]。
倘若她们的意愿是坚定不移，
就该像洛伦佐坚持在铁篦上挺立[33]，
也像穆丘对待他的手那样严厉[34]，
这样，对方就会把她们推回到原来把她们拉出的那条道路上，
一旦她们争得解放；
但过于罕见的也正是意志如此坚强。
根据这些论述，倘若你像诸神那样，
把这些论述领悟，原有的论据就可以消除[35]，
不然，它还会多次把你纠缠，令你厌恶。
但是，现在又有一道关口横亘在你的眼前[36]，
单靠你自己，你是无法出关：
因为在出关之前，你已会疲惫不堪。
我曾把如下一点作为确定无疑的事，灌输在你的心中：
享有天福的灵魂不会说谎，
因为他总是侍立首要真理的身旁[37]；
再者，你曾听到皮卡尔达所讲的话：
她说康丝坦扎保持住对面纱的感情[38]，

她在这一点上似乎与我的说法有矛盾。
兄弟，过去曾发生过多次这样的事：
为了从危险中脱身，
人们违背心愿，做出不该做的事情；
就像阿尔克梅翁尼，在他的父亲请求下[39]，
杀死了自己的亲生母亲，
为了不致丧失孝道，他才变得如此残酷无情。
谈到这里，我但愿你能想到：
武力与意愿混在一起，干出这样的事，
这样触犯天怒的行为不能恕饶[40]。
绝对的意志不会向恶行听命俯首；
但是，它之所以这样逆来顺受，
是因为害怕：倘若抗拒就会陷于更多烦忧。
因此，皮卡尔达说明那一点时，
她指的是绝对意志，而我指的则又是另一种意志[41]；
以致我们两个都讲的是真情实事。"
神圣溪水的波浪就是这样流动潺潺[42]，
它流出那水泉，而那水泉又正是任何真理之源；
这就平复了一个又一个求知欲念。

但丁的新疑问

我接着说："哦，首要的爱人心爱的人，哦，神的造物[43]，
您的言谈把我烘暖，把我冲洗[44]，
令我日益充满活力，
我的情感还没有如此之深，
足以用感恩来报答您的鸿恩；
但是，无所不见和无所不能的那位会对此作出反应[45]。
我很明白，我们的心智永远不会感到满足，
倘若真理不把它照亮[46]，
而除去这个真理之外，任何真理也就无法存在。
一旦心智获得真理，就栖息在它的怀中，
犹如野兽伏卧在窝洞；而且，做到这一点，确有可能：
不然，任何渴望都会落空[47]。
正因为有那样的渴望，疑问

才像嫩芽一样，从真理的树根下产生；
正是自然把我们一层一层地推上顶峰[48]。
这一点把我推动，也令我抱有自信[49]，
夫人，我怀着尊敬的心情，
向您请教另一个真理，因为我尚未把它弄清。
我想知道，一个凡人是否能使你们满意：
用其他善举来把未偿的誓愿代替，
这些善举在你们的天平上也并非小到不值一提[50]。”
贝阿特丽切用那充满爱抚光辉的双眼把我注视，
那双眼是如此神圣，竟压倒我的视力，
逼它向后逃避[51]，
我几乎感到惊慌失措，把双目垂低。

第五首①

关于誓愿的理论

（1—63）

对基督教徒的告诫

（64—84）

升入水星天

（85—139）

“如果说，我是用爱的炽热火光把你照亮②，
而那明亮的程度又超出尘世所见的情况，
这就使我把你的视觉能力挫伤，
你不必感到惊奇；因为这是来自完美的视力③，
这样，正如它所理解到的，
它能朝它所理解的善的方向，迈出步履④。
我看得如此清晰，
那永恒的光芒如何已经辉映在你的心智里⑤，
一旦见到这光芒，也只有它才能永远把爱燃起⑥；
而倘若有其他东西把你们的爱引诱过去，
那无非是那永恒光芒留下的某些痕迹，
这些痕迹竟被误解，照耀在这里⑦。
你想知道是否可以用其他效劳
来偿还未竟的誓愿，
从而使灵魂安宁，避免争端⑧。”
贝阿特丽切就这样开始这首歌⑨；
就像是一个人不曾打断她的谈话，
那神圣的论述照样继续叙说：
“上帝在造物时，出于他的慷慨大度，
曾赐予最丰厚的礼物，这礼物
既是他最欣赏的那个东西，又与他的善心相符，
这便是意志的自由；
所有那些智慧造物过去和现在都获得这个赠品⑩，
也只有它们独自享有。
倘若你由此来推论⑪，
你就会明白誓愿的崇高价值，
只要这誓愿的发出是在你同意时，上帝便同意你的誓⑫；
因为在上帝与人订立的契约当中，
犹如我说的这个珍贵之物要变为牺牲品⑬；
而做到这一点要依靠它自身的行动⑭。
因此，又能拿什么东西来作为补偿⑮？
倘若你认为还可以把你已献出的那个东西善加使用⑯，
那么，你就是想用不义之财来把善事完成。

你如今已把最重要的一点明确[17]；
但是，既然圣教会在这问题上作出特许[18]，
这看来与我向你揭示的真理相对立，
你还应当在餐桌上暂坐片刻[19]，
因为你所吃的这顿饭食坚硬难消，
它还要求有人助你把它消化掉。
你该向我对你说明的那个内容敞开心灵，
把它牢记心中；因为已经理解不等于学问，
倘不把它铭刻在心。
这种牺牲的基因要由两件东西构成：
一件是所做的那件事情[20]；
另一件是信守合同[21]。
这后一点绝不能一笔勾销，
除非已经切实做到；
上面已经如此明确地谈道：
因此，以色列人必须做出献祭[22]，
尽管某些祭品可以更替，
正如你想必知道的[23]。
另一点是曾向你解释为物质问题[24]，
它完全可以做到这种程度：
即使用其他物质来更换，也不致有过犯[25]。
但是，你切不可听凭你的任何心意，
随便更换你肩上的负重[26]，
倘若没有那白色钥匙和黄色钥匙的转动[27]；
你该把任何这样的更换看成轻率之举：
倘若那放弃的东西不曾包含在那代替物里，
正如四本应包含在六里[28]。
因此，不论何物，因为它的价值而分量极大，
竟至把任何天平都压垮，
也不能用其他东西来替换它[29]。

对基督教徒的告诫

世人都万不可轻易许愿：
你们该忠于誓言，

不可像耶弗他那样，别有用心地对待他那第一个祭献[30]；
就他而言，他更应当说‘我做错了’，
他在奉献时，做得更错[31]；
你可以发现那位希腊人的大统帅也是同样不加斟酌[32]，
因此，伊菲吉尼亚才哀哭她那美丽的面庞，
也使不分智愚的所有百姓都为她而哭啼，
因为他们闻听谈到要做这样的祭礼。
基督教徒们啊，你们要更加稳重地行动：
你们切不可像羽毛随风飘零[33]，
也不可认为，任何水能把你们洗净[34]。
你们拥有《新约》和《旧约》[35]，
又有教会的牧者来把你们引导[36]：
对你们来说，这就足以使你们获得解脱[37]。
倘若邪恶的贪婪向你们发出另一种喊叫[38]，
你们就该作为人，而不可成为疯疯癫癫的绵羊，
这样，你们当中的那个犹太人就不致把你们耻笑[39]！
你们切不可像离开母乳的羊羔那样行事，
幼稚天真，又顽皮淘气，
随心所欲地与自己相斗不已[40]！”

升入水星天

贝阿特丽切就是像我们写的这样宣讲；
随后，她又满怀渴望，
转向那片宇宙显得更为明亮的地方[41]。
她沉默不语，容貌变得格外艳丽，
她令我那贪求的心智也保持静默[42]，
尽管我那心智已提出新的问题；
犹如一支利箭早在弓弦静止之前[43]，
就把标的射中，
我们就是这样迅速地飞驰到第二重。
在这里，我的贵妇人是如此容光焕发地观望我，
就仿佛沉浸在那重天的光辉里面，
这星球变得比过去更加晶莹灿烂[44]。
如果说这星辰自身起了变化，并且露出笑颜[45]，

我也正是看见整整有一千多个光辉闪烁，
它们朝我们这边移来。

第五首

第 103、104 行

那么，仅仅出于我那多变的本性，我对一切印象都很敏感，
我自身又会有怎样的改变！
犹如在一片平静而清澈的鱼塘，
鱼儿在把那外来之物追逐，
只要它们估计这是它们的食物，
我也正是看见整整有一千多个光辉闪烁，
它们朝我们这边移来，从每个光辉中都可以闻听：
“看这便是必将增长我们的仁爱之心的人[46]。”
正因为每个光辉都向我们迎面走来，
可以看出那形影充满欢快，
形影在那明亮耀眼的光芒之中，而那光芒又是从欢快中放射出来[47]。
读者啊，请想一想：倘若这里开始谈论的那个问题
不继续进行下去，
你又怎能更多地感到那令人焦虑的空虚[48]；
你靠你自己也必将看出：我是多么渴望从这些精灵中，
闻听他们的处境，
既然我的眼睛已把他们看清。
“哦，生来幸福的人[49]，
恩泽赏赐予你，竟在抛弃生命之前[50]，
就能把永恒胜利的一个个宝座看在眼中，
我们身上放射着普照整个苍穹的光芒[51]；
因此，你若想弄清我们的情况，
你尽可随意提问，并可满足你的愿望。”
那些慈悲为怀的精灵中的一位，就这样对我言讲；
贝阿特丽切也说道：“说罢，放心地说罢，
你该相信他们，就像相信诸神一样[52]。”
“我清楚地看到，你是如何笼罩在自身的光辉里面，
而你又使这光辉来自双眼，
因为每逢你在微笑，它就烁烁闪闪；
但是，我不知你是谁，也不知你何以，
高贵的魂灵，被安排在这层天体[53]，
由于有其他光线，这层天体就向世人把自身遮掩[54]。”
我把此话对那方才与我谈话的光芒说出；

这一来，它就变得更加晶莹明亮，
远远胜过它原来的模样。
正如太阳由于过度的光亮，
把它自身隐藏，
就像炽热销蚀了厚重水气的缓和力量[55]；
那神圣的形象出于更加欢喜，也正是这样把我躲避，
把自身藏匿在它的光线里；
它就这样自我严密封闭，
以下一首诗歌吟诵的方式，回答我的问题。

第六首①

朱斯蒂尼亚诺

(1—33)

帝国的历史和作用

(34—111)

罗米欧·迪·维拉诺瓦

(112—142)

“在君士坦丁令那老鹰逆着天体流程飞转之后②
——而那老鹰又本是追随那位夺走
拉维娜的古人顺应这个流程而遨游③,
一百年、又是一百多年过去了,
上帝的神鸟就一直在欧洲那一端停留,
靠近那带山麓,它以前也正是从那里飞走④;
在那神圣的羽翼庇荫下⑤,
他在那里管理世界,从一道手转到另一道手⑥,
就这样改朝换代,直到我的手把世界左右。
我曾是凯撒,如今则是朱斯蒂尼亚诺⑦,
我根据我所感受的首要之爱的意旨⑧,
从法律条文当中,把多余和无用之处剔除⑨。
在我从事这项工作之前⑩,
我曾相信,基督身上只有单性,没有更多⑪,
我对这个信仰感到知足常乐;
但是,该受祝福的阿加皮托,
他曾是至高无上的牧者⑫,
他用他的话语引导我把纯正的信仰获得。
我相信他的话语;而从对他的信仰中所获得的一切,
我如今看得如此清晰,正如你所看到的:
任何矛盾都是一面是伪,一面是真⑬。
一旦我与教会一道迈开步伐⑭,
上帝便降恩,满心欢喜地启示我从事那项崇高工作,
我也把自己全身心地奉献给它;
我把军队交给我的贝利萨尔率领⑮,
上天的右手也助他屡建战功⑯,
这迹象表明:我该停下手来,等待和平。
谈到这里,我针对那第一个问题
作了回答;但是,这回答的内容
又迫使我继续作一些补充,
为的是让你看出:究竟有多少理由,
采取反对这无上神圣的标志的行动,
不论是把它据为己有的人,还是与它誓不两立的人⑰。

你可以看出多少德政使它值得令人尊敬;
而从帕兰特死后使它继承王位时起⑱,
它就开始声威大振。
你知道,它把它的栖息之所安置在阿尔巴⑲,
达三百余年之久,直到最后,
三武士与三武士仍在为它争夺不休⑳。
你知道,它在七代王朝统治下,
既给萨宾妇女带来危害,又给路克蕾齐亚造成苦痛,
还把周边的邻国居民战胜㉑。
你知道,它在才能卓著的罗马人带领下,
抵御过布雷诺,抵御过皮鲁斯㉒,
还抵御过其他君主与共和㉓;
正因如此,托尔夸托和奎因齐奥——他曾被称为不加修饰的卷毛㉔,
德齐和法比两家族的那些人㉕,
才获得我全心全意使之流芳万古的声名㉖。
它曾挫败阿拉伯人的傲气㉗:
他们跟随汉尼拔越过了阿尔卑斯的山崖㉘,
波河啊,你正是从那里一泻而下㉙。
在它的麾下,西庇阿和庞培
虽则年少,却大获全胜㉚;
而在你诞生的那座山丘上,它却备受苦痛㉛。
接着,在那个时代临近时:
整个苍天都指望,使世界变得与它一样晴朗,
凯撒遵从罗马的意志,把它夺持在手上㉜。
它的那个业绩从瓦尔河一直扩展到莱茵河,
它看到了伊萨尔河与埃拉河,也看到了塞纳河,
看到了一切河谷,罗讷河把那里的水流汇集在一处㉝。
在它离开拉维纳、飞越鲁比贡河之后,
它所做的事便是尽情翱翔㉞,
舌尖与秃笔都无法把它跟上。
它指挥大军,转向西班牙㉟,
随即又进军都拉斯,力挫法尔萨利亚㊱,

以致使人在炎热的尼罗河畔闻听噩耗传下[37]。
它又重见安坦德罗和西莫恩塔[38]，
而它本是从那里飞出，在那里，赫克托尔也曾倒下；
后来，它又振动羽翼，为托洛密带来了恶煞[39]。
从那里，它又电掣般地飞落在犹巴身上[40]；
由此，它便掉转身躯，飞向你们的西方[41]，
因为那里可以听到庞培的喇叭声响。
它伴随后继举旗者所做的那些事情[42]，
布鲁都与卡修斯一起，正在地狱中为此而狂吠[43]，
摩德纳和贝鲁加也曾为此而伤悲[44]。
那不幸的克丽奥帕特拉还在为此嚎啕[45]，
她在它前面奔逃，却为毒蛇所咬，
猝然而悲惨地玉殒香消。
它伴随此人一直驰骋到红海岸边[46]；
伴随此人使世界呈现太平景象一片，
竟至使贾诺把他的殿堂紧闭关严[47]。
但是，令我谈论的那个标记[48]，
先前已做的和以后将做的那些事迹，
都是为处于它统治之下的尘世王国所完成的业绩，
这些事迹会在表面上变得微不足道，黯淡无光，
若以明亮的眼光和纯正的心情
来把它落入第三位凯撒之手后的所作所为注意观望[49]；
因为那激励我的强烈正义[50]，
在我所说的那人的手中，
竟使他享有为正义的愤慨报复的光荣[51]。
谈到此处，你从我现在对你所作的补充中，定会感到惊奇：
它随后又追随提图斯，跑去
报复对旧日罪过所作的那个报复[52]。
当隆哥巴尔迪人的牙齿[53]
把圣教会咬住不放时，
查理大帝曾在它的羽翼下，救援教会，奏凯回师。
今后你可以判断那一帮人，
我曾在上面指责他们的错误[54]，
而这些错误正是造成你们众人痛苦的祸根[55]。

一方是用黄色百合花与公众的标记相对抗[56]，
另一方则把这标记据为己有，为党派服务[57]，
以致很难看出谁犯下更大的错误。
吉伯林派尽可放手去干，但他们该在另一个旗号下去把诡计施展；
因为以恶劣的方式追随那个旗号的人，
总是要把他自己与正义离分；
这位新的查理切不可以为能与他的归尔弗派一起[58]，
把它打倒，但却是该畏惧那双鹰爪，
因为这鹰爪曾拔掉更凶猛的雄狮的毛[59]。
过去，儿子们曾多次
为父亲的罪过而哭泣[60]，
他却不可以为上帝会用他的百合花来改换军旗[61]！

罗米欧·迪·维拉诺瓦

这小小的星辰有一些善良的精灵来点缀[62]，
他们生前曾力图进取，
以求随之而来的是声名和荣誉：
既然这些欲望是立足凡界，
这就使他们走上歧途，那真爱的光辉
也就必然不会强烈地朝上照耀[63]。
但是，我们享有的那部分欢欣，
正在于使我们所得赏赐要与功德相应，
因为我们看不出那赏赐有大小之分[64]。
因此，强烈的正义充分缓和我们胸中的感情[65]，
以致它永不会扭曲，
使任何不公正之感产生。
不同的声音构成美妙的音调；
同样，在我们的生活中，
不同的等级也使这些旋转的天体之间发出美妙的谐音[66]。
在现在这颗宝石中[67]，
放射着罗米欧的光芒[68]，
他那伟大美好的业绩却得到恶劣的报偿。
但是，那些曾反对过他的普罗旺斯人，

却不曾笑口常开；因此，
凡把他人的善行当作伤害其自身的人，都走错了路径[69]。
拉蒙多·贝林基耶雷有四个女儿[70]，
每位千金都做了王后，
而这都要归功于卑微而居无定所的人——罗米欧[71]。
随后却恶语相伤，
向这个正直的人要求算账[72]，
而此人曾把七加五交给他们，作为十的增长。
他随即离开那里，年老力衰，一贫如洗；
倘若世人知道他有怎样的心肠，
尽管他点点滴滴乞讨，苦度时光，
现在也会对他大为称道，将来还会对他加倍赞扬[73]。”

第七首

但丁的疑问

(1—24)

化为肉身和基督受难

(25—120)

结论

(121—148)

但丁的疑问

“和散那，众军的神圣上帝，
你以你那灿烂的光芒高高普照着
这些天界的幸福之火①！”
我觉得，那个灵魂就是这样讴歌，
一边随着他的歌声旋转舞蹈，
有两束光辉在他身上相映聚合②：
这个灵魂和其他灵魂各自翩翩起舞③，
几乎像是点点火星跳跃飞速，
他们越跳越远，顿时在我的眼前形迹全无。
我满腹疑问，我在内心里说道：“跟她说罢，跟她说罢！”
我所说的“跟她说”是指说给我的那位贵妇人听，
她能用她那甘甜的水滴，把我的干渴消除干净④；
但是，那种崇敬的心情把我完全主宰，
单只闻听“贝”和“丽切”⑤，
这心情就使我像一个困睡的人那样，把头低垂下来。
贝阿特丽切不忍心见我处于这种状态，
她向我满面堆笑，焕发出夺目的光彩，
这笑容甚至会使受烈火煎熬的人也感到幸福飞来，
她开始说道：“根据我那不会有错的看法，
令你产生疑惑的问题是：
正义的报复何以又受到正义的惩罚⑥；
但是，我将会很快就澄清你的心灵；
你要好好地倾听：因为我的话语
会以伟大的真理向你相赠。

化为肉身和基督受难

由于不愿承受于他有利的
那种遏制他的意志力的阻力，
那不是由妊娠而生的人，在伤害自身的同时，也伤害
　他的所有后裔⑦；
因此，体虚力弱的人类才在多少世纪里⑧，
堕入严重错误的深渊，
直到上帝之子情心乐意降落人间⑨，

在那里，他只不过依靠他那永恒的爱所起的作用，
便把自然之性与他自身融为一体，
而这自然之性又曾从它的造物主身边远远离去[10]。
这种与它的造物主相融
的自然之性，本是完好和纯真，
与它被创造时相同[11]；
但是，出于它本身之过，
它被驱逐出天庭，
因为它离开真理之路，离开它的生命[12]。
因此，倘若把十字架带来的刑罚
与所采纳的自然之性相衡量，
从未有过任何刑罚，能处理得如此公平得当[13]；
同样，任何刑罚也不曾有过如此不公平，
倘若观看一下那受刑的人，
而又是在此人身上，结合了这自然之性[14]。
因此，从同一个行动中，产生了不同的事情：
同一个死亡使上帝和犹太人都感到欢欣[15]；
因为这死亡，大地震动，苍天开恩[16]。
今后，你不该再感到难以弄懂，
若有人说，正义的报复
后来竟遭公正的法庭严惩[17]。
但是，我看出，思虑重重
结成一团，把你的头脑束紧，
热切期望把这症结释清。
你说道：‘我对我所听到的解释是一清二楚；
但是，我依然感到晦暗不明：
上帝何以只想用这种方式来拯救我们[18]。’
这种旨意，兄弟，在众人眼里，
都是莫测高深，
因为他们的才智都并非在爱的火焰中长成[19]。
然而，既然世人十分注意这个迹象，
却对此了解得微乎其微，
我将说明，这种方式何以更加适当[20]。
神的善心把忌妒之情从自身中剔除干净[21]，

它在自身中燃烧着烈火，光芒四射，
把永恒的美丽到处传播[22]。
从神的善心中不凭中介而产生的一切[23]，
是那样无尽无穷，
因为当它盖上印章时，它的痕迹也不会移动。
从神的善心中不凭中介而降落的一切，
是那样彻底自由，
因为它们不受那些新的东西的能力左右[24]。
这一切愈是与神的善心相符，因而也就愈是令它欢畅；
因为普照万物的神圣火光，
对愈是与它相像的东西，便照得愈是明亮。
享有这一切馈赠的是属人的造物[25]，
倘若其中一项馈赠短缺，
就必然要降低它的高贵之处[26]。
只有罪孽才是那剥夺它的自由的东西，
使它与至善产生差异[27]；
因此，它得到至善的光照才又少又稀[28]；
它永不能恢复它那尊严状态，
除非填补那罪过造成的空虚[29]，
用正确的痛心思过来对抗那罪恶的欢愉[30]。
你们的自然之性完全是在它的种子中犯下罪愆[31]，
这才使它丧失了这些尊贵特点，
正如使它远离那天堂乐园；
倘若你好好观察仔细，
通过任何道路也无法复原过去，
除非要经过这些途径之一[32]：
要么是单凭上帝宽宏大量，
饶恕罪过，要么是世人依靠自身，
来把他的胆大妄为加以纠正。
现在，你该注目观看
那永恒告诫的万丈深渊[33]，
你该尽力密切注意我的言谈。
世人能力有限，永不能纠正自身，
因为他不能随后谦恭卑顺，

屈身俯就，服从指令，
正如他原先企图傲然挺立，抗命不遵[34]；
这也便是世人何以丧失可能，
依靠自身来纠正罪行的原因。
因此，必须由上帝来通过他的路径，
使世人恢复他完满的生命[35]，
我说的是使用其中一条，或是两条都一并使用[36]。
但是，一个行动愈是显现
它据以产生的那心灵的善，
它就愈是使从事它的那个人感到喜欢，
因此，为世界打上印记的神的善心，
就高兴通过它的所有路径，
重新向上扶植你们。
在最后的黑夜与最初的白昼之间[37]，
过去不曾有、或者将来也不会有如此崇高或是如此壮丽的行动，
不论是对一条路径而言，还是对另一条路径而言，情况都是这般：
因为上帝大发慈悲，自我牺牲，
使世人能有足够的力量拯救自身，
而不是单靠上帝自身来饶恕罪行；
所有其他方式都嫌效力微弱，
无法使正义得到满足，
倘若上帝之子不谦卑到化为肉身的程度[38]。

结论

现在，为了充分满足你的渴望，
我还要回到某个问题上，向你宣讲，
以求令你把那个问题看得与我一样。
你说道：‘我看到水，我看到火，
我看到空气和土地以及所有这些东西的混合，
都会腐朽败坏，而且持续时间不多；
这些东西也都是造物，
倘若所说的全是真理，

那么，它们就本该安然无恙，不致腐败消泯[39]。'
兄弟，天使和你如今所在的净土[40]，
都可以说是完完全全的造物，
正如他们本就是这样的面目；
但是，你所列举的那些元素，
以及由它们混合而成的那些东西，
则是由被造的能力形成的物体[41]。
它们所具有的物质来自创造；
形成物体的那种能力也来自创造，
这能力遍布在这群星的天体，而这些天体又环绕它们转来转去[42]。
神圣光辉的射线和转动，
从那有潜力的复合物中[43]，
摄取每个禽兽和种种植物的灵魂；
但是，至善却是不经中介灌输你们的生命，
它使这生命对它产生如此热恋之情，
以致这生命随后对它也便总是渴求不停[44]。
你也可以由此进一步推论
你们的复活，倘若你重新
考虑一下，人的肉体当初是如何形成，
那时，两位最早的亲属曾使自己成形[45]。"

第八首

金星天

(1—30)

查理·马尔泰洛

(31—84)

人之天性

(85—148)

世人曾往往相信她有这样的危险：
那美丽的塞浦利妮亚把狂热的爱照射人间，
而她自身则在第三层天轮中旋转①；
因此，旧日的人们曾犯下旧日的错误，
不仅向她顶礼膜拜，供奉祭品，
发出许愿立誓的呼声；
而且他们还供奉狄奥妮和丘比德，
这位是她的生母，那位是她的亲儿②；
他们还说什么后者曾在狄多的小腹部前落座③；
我正是从她身上开始我的讴歌，
旧日的人们也是从她那里把这颗星辰的名字取摘，
而太阳则时而从后边，时而从前面向她献媚求索④。
我并未发觉已登到她的身上；
但是，我的那位贵妇却使我确信已来到那星辰之上，
因为我见她变得更加美貌非常⑤。
正如从火焰中看到火星点点，
正如从声音中辨出声音相伴⑥，
这时，一个声音静止下来，另一个声音则时隐时现，
我从她的光芒当中，看到有其他光辉闪闪，
它们在旋转飘动，有快有慢，
我想，这是根据它们的内在视力的强弱深浅⑦。
凡是看到那些神光向我们迎面而来的人，
都从未见过从寒冷的云雾中如此迅疾地降下阵风，
这阵风或是可见，或是无形⑧，
竟像是不受阻碍，而且急不容缓，
把原来在那些崇高的撒拉弗所在之处⑨
开始的旋转动作撇开一边；
在最前边出现的那些神光里面，
响起“和散那”的歌声，那歌声是如此婉转，
以后我绝不会不想再听一遍。

查理·马尔泰洛

这时，有一位走近我们⑩，

他单独开言道:“我们都已准备好,
讨你的欢心,使你能通过我们而感到高兴。
我们在这里与天国的普林西们一起旋转[11],
在同一层天轮,用同一种旋转节奏,抱同一种渴求[12],
你早在人世间就曾对他们言谈:
你们是用智力推动这第三重天[13];
我们都如此充满热爱,为了令你喜欢,
即使略微停顿,也不会变得不够温馨[14]。”
我把我那尊重的目光投向我的贵妇人,
于是,她便使这双目光
变得因为她而感到欣慰和自信[15],
并且转向那如此满怀热情的光芒[16],
“请问,你们是何人[17]?”
这便是我那洋溢十分亲切之情的声音[18]。
当我说话时,我看到那光芒
因为新的喜悦而变得多么更加扩大,更加明亮,
这新的喜悦似乎在随着它原来的喜悦而增长!
它变得如此之后对我说:“我在尘世只活了很短时光;
倘若我能活得更久,
本不会有后来发生的许多祸殃[19]。
我的欢乐把我遮掩,使你无法得见[20],
它从我的周身放射光芒,同时也把我隐藏,
使我几乎就像被自己的丝裹住的那个动物一样[21]。
你曾十分钟爱我,而且你这样做很有道理;
因为倘若我仍活在人世,我本会向你
远不只用枝叶表示我的爱意[22]。
那道被罗讷河冲洗的左岸
——此时,罗讷河已与索尔加河混成一片[23],
还有那奥索尼亚的角尖[24]
——那里建成巴里、加埃塔和卡托纳等重镇[25],
从那里,特隆托河和维尔德河流入海中[26],
这两个地方都久已企盼我来做它们的主人[27]。
那片土地的王冠早已戴在我的额上[28],
而多瑙河在舍弃德意志的悬崖绝壁之后,

这两个地方都久已企盼我来做它们的主人。

第八首

第 63 行

就在这片土地上流淌。
那美丽的特里纳克里亚浓烟弥漫，
在帕基诺和佩洛罗两角之间，
俯瞰那经受来自欧罗的更大困扰的海湾[29]
——这滚滚浓烟并非出自提弗俄斯，而是出自新生的硫磺，
这个地方也本会仍然期望，
从我身上衍生的查理和里道夫的后代成为它的国王[30]，
倘若那一直在折磨子民的劣政
不曾把帕莱摩推动，
促使它发出‘死吧，死吧！’的吼声[31]。
倘若我的兄弟对此有先见之明[32]，
他早就该躲避加泰洛尼亚的那帮既贪又穷的人[33]，
以求这不致给他带来伤损；
因为不论他还是别人都确实应当采取有力措施，
不要在他那负荷很重的舟楫，
装载更多的东西[34]。
他的本性竟是从宽厚中传得悭吝[35]，
因而才需要这样的军人：
他们并非一心只想把钱装进箱中[36]。”

人之天性

“正因为我相信，我的大人，
你的言谈话语给我注入莫大欢欣，
这欢欣被你看出，恰与我的所见相同，
而你是从那一切善的开始与终结之处一眼看明[37]，
这令我感到格外高兴；而且我还珍惜这种感情，
因为你是在注视上帝的同时，把它看清。
你使我感到庆幸，从而使我变得眼亮心明，
因为你用言语促使我产生这样的疑问：
甜蜜的种子怎能把苦果结成[38]。”
这便是我对他所说的话；于是，他对我说：
“既然我能向你指出一个真理，
你就将面向你所提的那个问题，正如现在你背向它[39]。
善使你登上的整个天国不住旋转，快乐无比[40]，

它使它的旨意
变成这些伟大天体中的能力㊶。
在那本身臻于完美境界的脑海中，
不仅安排好种种天性，
而且随同天性，也安排好它们的命运㊷；
因此，不论这张弓射到什么东西，
它也必定落到安排就绪的结局，
正如射出的箭必然中的㊸。
倘若并非如此，那么你所行走的天体
就会产生这样的效果：
这效果不会是技艺，而是废墟㊹；
这样的事不可能发生，
倘若推动这些星辰的智慧并无缺陷，
有缺陷的则是原动者，是它使这些智慧不曾达到完美之境㊺。
你是否希望，把这个真理进一步向你说明？”
我于是答道：“当然不必；因为我认为，在那必须做到的事情上，自然之物
不可能疲于迈步㊻。”
于是，他又说道：“现在，你说说看：世上的人若不是文明的人㊼，
这是不是再糟不过的事情？”
“是的，”我答道，“在这个问题上，我不要求论证㊽。”
“但他能成为这样的人么？倘若在世间，由于职能不同，
各自的生活不是以不同的方式进行。
不能，倘若你们的老师为你们写得很清。”㊾
他一直把推论进行到这里；
接着，作出结论：“因此，产生
你们结果的那些根源也应不同㊿：
因此，一个生为梭伦，另一个生为塞尔瑟，
再有一个生为麦基洗德，还有一个生为那个：
他在凌空飞翔时，把儿子失落[51]。
自然的旋转是打在世人的蜡上的印章[52]，
它很好地运用它的技能，
却不把这一家和那一家加以区分[53]。

因此，才有这样的事情：
以扫从种子中就与雅各产生差异[54]；
魁里诺来自如此无足轻重的父亲，有人竟将他归于战神[55]。
被生育的天性总是会走
与生育者类似的路径，
倘若神的意旨不占上风[56]。
现在，原来位于你后面的问题，已位于你的前面[57]，
但是，为了让你知道，我从你那里获益匪浅[58]，
我还愿意向你提出一个结论，把内容增添[59]。
倘若天性发现命运与它本身不相协调，
它就总是要遭殃，
犹如任何其他种子离开属于它的地方[60]。
倘若世人在凡尘
考虑天性所奠立的基础，
根据这基础而行事，那就会是善良的人们[61]。
但是，你们却硬要使生来本该腰系宝剑的一个人
去献身宗教，而又使本该布道传经
的一个人去称王为君：
这一来，你们的行程就错走了路径[62]。”

第九首①

查理·马尔泰洛的预言

(1—12)

库妮查·达·罗马诺

(13—36)

库妮查的预言

(37—63)

马赛的佛尔凯托

(64—108)

喇合

(109—126)

对贪婪僧侣的谴责

(127—142)

美丽的克莱门扎啊，你的查理②
在澄清我的疑问之后，又向我讲述
他的后裔必将遭受的骗局③；
但是，他却说：“你要缄默，且让岁月流过④。”
这样，我如今也只能提及
继你们的损失之后将会激起的顺乎天理的哭泣⑤。
这时，那神光包拢的生命已经转向太阳⑥，
那太阳在把它充分照亮，
正如那至善足以满足万物的愿望⑦。
唉，受骗的灵魂和罪孽的造物啊，
你们竟然使心灵背离这样的至善，
竟然抬起你们的双鬓，仰望那过眼云烟⑧！

库妮查·达·罗马诺

看，那些光芒中又有一个向我走来，
从那明亮的光辉外射中，
显示出它有意令我感到欢快。
原来一直凝视着我的贝阿特丽切的双眼
像方才一样使我确信：
她对我的渴望表示亲切的赞成。
我说道：“喂，幸福的精灵，
请快些让我如愿以偿，并向我表明：
我可以从你那里得到我所考虑的那个问题的反映⑨！”
于是，我还不曾相识的那个光芒，
从它方才歌唱的亮光深处，立即对我言讲⑩，
就像一个人乐善好施一样：
“在那腐败的意大利国土的那带地方⑪
——它位于里阿尔托岛
与布伦塔和皮亚瓦两河的泉源之间⑫，
矗立着一座小山，这山并不高耸挺拔⑬，
从那里曾有一束熊熊火炬冲下⑭，
对这带地方大肆掠抢烧杀。
从一个根子上生下我和它：我名叫库妮查⑮，

我在这里发光闪烁,
是因为这颗星辰的光辉曾战胜我[16];
但是,我原谅造成我的命运的起因,
正是它使我享有天福,而且这也并不令我苦痛,
对你们这些凡夫俗子来说,这也许显得令人难懂[17]。

库妮查的预言

这更靠近我身边的明亮
而又珍贵的我们天国的宝石之光[18],
曾把卓著的声名留在世上;
在这声名消逝之前,这第一百个年头还要把五倍增添[19]:
你可以看一看,是否应当成为出类拔萃之人,
使前世能让后世留传[20]。
如今住在以塔利亚门托河和阿迪切河为界之地的人群[21]
并不考虑这一点,
他们也不为受到打击而后悔万分[22];
但是,由于这些人抗拒履行职责,
这样的事将会为期不远:
帕多瓦将把沼泽地中浸润维钦察的河水改变[23];
而在西莱河与卡尼安河结伴合流的地方[24],
此人在称王称霸,趾高气扬[25],
别人则早已为捕捉他而布下罗网。
菲尔特罗将会为它那狠毒的牧者的背信弃义而哭泣[26],
这种背叛行为将是如此严重,
甚至无人曾因犯有类似罪行而进入地牢之中[27]。
接受那些斐拉拉人的鲜血的木桶
将会过大,那个一两一两地称量鲜血的人
也将会累得腰酸背痛,
这个慷慨大度的僧侣将赠送的正是这样的礼品[28],
为的是显示他为党派效忠[29];
而这样的赠品也将会符合这个地方的生活民情[30]。
在上面,是一副副明镜,你们说是德乐尼[31],
判断善恶的上帝通过那里将光辉普照我们;
这就使这些话语也因而显得真实可信[32]。”

说到这里，她沉默不语；她那表情令我感到，
她是把心思转到其他地方，
因为她又开始婆娑起舞，像方才一样。
另一个快乐光辉，我已注意到它就像一件珍贵之物[33]，
这时则在我眼前闪烁，
犹如一颗纯真的红宝石被太阳照射[34]。
它在天上获得光辉，因为它享有天福，
正如在人间，因幸福而满面笑容；
但在尘世，外在形影也会面色阴沉，因为它心情悲痛[35]。
我说道："幸福的精灵，上帝看到一切，
而你的视线也渗透在他身上[36]，
以致任何欲望都不能在你面前躲藏。
上天总是用那些虔诚的火光[37]
使你的声音变得欢快异常，
而这些火光又把六只翅膀变成僧装，
那么，你为何不用这样的声音满足我的愿望？
倘若我是你，正如你是我一样[38]，
我早就不会等待你提出要求再讲。"
于是，他开始说出他的话来，
"在那最大的谷地里，环绕陆地
的那片海洋的海水流出，四下冲击[39]，
这谷地在两带对峙的海滩中间[40]，
逆着太阳，向前伸展[41]，
在原先形成地平线的地方，构成子午圈[42]。
我就是这片谷地的海边生人，
就在埃布罗河与马格拉河之间，
后一条河有一段短短的流程，使杰诺维塞与托斯卡诺离分[43]。
布杰阿与我出生的那片土地[44]
几乎处在日落日出同一个时辰[45]，
而我的那片土地曾用它那鲜红的热血，把海港烘热染红[46]。
这带居民称我佛尔科[47]，
对他们来说，我的名字是尽人皆知；
这重天有我的痕迹，正如我生前也有过它的痕迹[48]；

因为贝洛斯的女儿也并不比我更加热情似火[49],
——她曾给希凯斯和克雷乌萨带来辱没[50],
我那似火的热情一直燃烧到适于我的发色的时刻[51];
罗多佩山的女人也不如我[52],
她曾因德莫封特斯而灰心丧气,
阿尔西德也不如我,尽管他把伊奥莱紧锁在心里[53]。
我们并不因此而在这里后悔不已,而是满面笑意,
我们并不后悔所犯罪孽,因为它不再返回我们的记忆,
而是欢庆所得的德能,因为它把一切都安排和准备就绪[54]。
在这里,我们观看那技艺在如此有效地把万物装点[55],
还可以看清那善,
正是根据它,上面的世界才使下面的世界运转[56]。

喇合

但是,为了充分满足
你在这重天产生的所有愿望,
我还应当继续往下讲。
你想知道在这光芒当中的究竟是谁:
这光芒就在我这身旁,如此闪烁明亮,
犹如阳光射进清水中央。
现在,你该知道,喇合就在那里面,恬静安详[57],
她已会合到我们这一层次,
她所打上的印迹最为辉煌[58]。
她在基督的胜利解救其他灵魂之前[59],
就被接纳到这重天[60],
正是在这重天,你们人世投下的阴影形成它的尖端[61]。
把她留在某层天体是恰到好处,
这就证明那伟大的胜利,
而这胜利曾用这个和那个手掌来夺取[62];
这是因为她曾协助约书亚
在圣地获得首战告捷的光荣[63],
而教皇对圣地已记不甚清。

对贪婪僧侣的谴责

你的城市是那一个所种的树木:

他起初曾背叛他的造物主[64]，
他的嫉妒心引起多少滚滚泪珠[65]；
正是这个城市制造和散发那该诅咒的花朵[66]，
把绵羊和羊羔引到歧路之上，
因此，才把牧者变为恶狼[67]。
由于这个，福音书和教会大师才被束之高阁，
只是热衷把《宗教法规》钻研透彻[68]，
从这些书页的边缘也可看出钻研心热。
教皇和枢机主教所追求的正是这个[69]；
他们的心思不朝拿撒勒特去想[70]，
而加百列曾在那里张开翅膀[71]。
但是，梵蒂冈和罗马的其他精选地区[72]，
都曾是追随彼得的
那批士兵的葬身之地[73]，
这些地方很快就会把那通奸行为清除出去[74]。”

第十首

世界的秩序

（1—27）

日球天

（28—63）

学识渊博的精灵

（64—81）

托马索·德·阿奎诺与第一花环中的学者

（82—148）

那首要的、难以言传的权力[1]
满怀着爱，把他的儿子观望[2]，
而正是他与他的儿子把这爱永恒地吹送四方[3]，
这权力把脑海中、空间里运转的一切
安排得如此秩序井然，
凡是注意观察这一切的人，都不能不对他有所体验[4]。
因此，读者啊，请与我一起抬起视线，
注视那高高在上的一个个轮盘[5]，
那里正是一种运动与另一种运动相互碰撞的地点[6]；
可从那里开始观赏那位大师的技艺[7]，
他在内心深处对这技艺是如此热爱，
甚至片刻也不把眼光从它那里移开。
你可以看到，那携带众星宿的斜圈[8]
如何从那里分道扬镳[9]，
为的是满足召唤这些星宿的世人的需要[10]。
因为倘若这些星宿的道路不是那么弯曲[11]，
天上的许多能力就会变为徒劳无益，
下面尘世的几乎所有潜能也会成为一片死气；
而倘若距那直圈偏离得多些或少些，
世间秩序的上面和下面
也会变得大为欠缺[12]。
现在，读者啊，你且留在你的长凳之上[13]，
然后再想一想让你先尝为快的佳肴美餐，
倘若你愿意早在疲倦之前，先感受到意畅心欢[14]。
我已把饭菜摆在你的面前：如今你且自行品味一番；
因为我把全部注意力都放在那个课题上面[15]，
而且我已经成为它的抄录员。

日球天

那自然的最大朝臣[16]
把上天的威力印上凡尘，
并且用它的光芒来度量尘世的时辰，
它与上面提到的那个部分联接起来，

依照一条条螺旋线转个不停,
而且越来越早地出现在这些螺旋线中⑰;
我这时已经与它待在一起;
但是,我却不曾发觉向上飞去,
只不过像一个人在初步思想形成之前,就发觉它已经出现⑱。
如此突然地带领从善境
升入更善之境的那位,是贝阿特丽切,
而她的行动不是从时间上延伸⑲。
那些在我已经进入的太阳之中的精灵,
本身射出的光芒该是多么辉煌!
他们的显现不是由于色彩,而是由于光亮⑳。
不论我怎样求助才华、技艺和经验㉑,
我都无法说,能否想象出那光辉是如何耀眼;
但是,可以相信这一点,而且也该切望亲眼得见。
倘若我们的想象力很低,
不能仰望这样高的天际,这也不足为奇;
因为能超越太阳的不是视力㉒。
崇高天父的第四个家族在这里,就是这般模样㉓,
天父总是在满足它的愿望,
显示他如何生子,如何吹送四方㉔。
贝阿特丽切这时开言道:"感谢吧,
感谢那众天使的太阳㉕,
它赐予恩泽,把你升高到这个可感觉的日球之上。"
世人的心灵从未像我听到这番话语后所作的反应,
是如此情心乐意向上帝表示虔诚,
如此迅速地满怀感激之情,
向上帝献出自身;
我的全部爱心都放在他的身上,
这竟使贝阿特丽切变得黯淡无光,被人遗忘㉖。
这并未使她扫兴;她却因此而满面笑容㉗,
她那双含笑的秀目的光芒,
把我那专一的心思分散在更多东西上㉘。

学识渊博的精灵

我看到更加强烈、更加夺目的光辉闪闪㉙,

把我们圈在中央，为它们自己则编成一个花环，
声音是那样甜美，胜过眼中的光芒灿烂：
我们有时看到拉托娜的女儿就是这样光带缠腰[30]，
这时，空气浸满了水气，
它留住光线，织成光晕一条。
在那天国的朝廷之中——我正是从那里返回尘世，
有许多珍贵而美丽的宝石，
甚至无法从天国中把它们一一取出展示[31]；
那一团团光芒的歌唱正是来自那些异宝奇珍；
凡未生双翅、能飞上九天的人，
就不必期待哑子诉说那里的新闻[32]。
接着，那些火光熊熊的烈日[33]，
就这样一边歌唱，围绕我们旋转三次，
犹如星辰靠近固定不动的两极旋转不止[34]，
我觉得，它们就像并未中止舞蹈的女人，
却默默地暂停下来，一边侧耳倾听，
直到她们重又听出奏起新的乐音；

托马索·德·阿奎诺与第一花环中的学者

我听到其中一个里面有声音开始说道[35]：
“真正的爱依靠天恩的光芒燃起[36]，
而通过这爱，天恩的光芒则又会增长不息，
既然这样的光芒把你加倍照亮，
它就引导你把那天梯登上，
而没有任何人沿着天梯走下，却又不再重新登上[37]；
凡是拒绝用瓶里的美酒为你解渴的人，
必是无法自由行动，
这无非是像水不能泻入大海之中[38]。
你想知道这花环是用哪些植物编成[39]，
它围绕在那位美丽的贵妇身边爱慕观望[40]，
正是这位贵妇在鼓励你登上天堂。
我曾是那神圣羊群的一头羔羊，
多明我带领它们，沿途牧放，
沿着这条途径，若不是贪恋虚荣，本可变得十分肥胖[41]。

这位在右边更靠近我的，曾是我的兄弟和师长，
他是阿尔贝托，是科隆人[42]，
我则是托马斯·德·阿奎诺[43]。
倘若你想了解所有其他几位，
你可以用视线跟随我的言谈，
顺着那幸福的花环，在上面转动一番[44]。
那另一束火光来自格拉齐安的笑容[45]，
这一座和那一座法庭对他大有帮助[46]，
使他在天堂受到欢迎。
那另一位随后装点我们歌咏队的，
就是那位彼特罗，他曾与那个穷苦的妇人一道，
向圣教会献上他的珍宝[47]。
第五个光芒在我们中间最为美丽，
它吹送着这样强烈的爱：尘世中的芸芸众生
都热切渴望知道他的消息[48]：
他身上有崇高的头脑，那里放进如此深邃的智慧，
倘若真理确是真理，
那就不会生出第二个人能把事物看得如此仔细[49]。
随后，我看到那支蜡炬在闪闪发光[50]，
他在尘世还有肉身时，就曾
更深刻地看出天使的本性与职能。
在另一个小小的光亮中
微笑的是基督教时期的辩护人[51]，
奥古斯丁曾利用他的拉丁文[52]。
现在，你若把你心灵的眼睛
跟随我的赞扬之声，从一个光明移转到另一个光明，
你就渴望把那第八个弄清[53]。
因为得见众善，那圣洁的灵魂[54]
才能在光辉之中享受欢欣，
而他曾向那些愿听他议论的人把那虚妄的尘世说明。
如今，他被驱逐出他的肉体[55]，
那肉体则安息在“金天”的地上[56]；
而他是经过殉道和流放才来到这太平之乡[57]。
你再往前看：伊西多罗、贝达和里卡多[58]

的炽热精灵在放射着火光，
而里卡多在静心修道方面，超越一个凡人之上[59]。
这一位——你的视线从他那里回到我身上[60]
——是这样一个精灵的光芒：
他曾为严重的思虑所苦，竟觉得自己迟迟不得死亡[61]：
这便是西基耶里的永恒之光，
他曾在草料街开课授讲[62]，
推论引起嫉恨的真理主张。”
接着，正像钟表在这样的时辰把我们唤醒：
上帝的新娘起身，
为赢得新郎的爱而把晨曲向他歌颂[63]；
这钟表把这部分机件和那部分机件撞击、牵引，
发出叮叮当当的响声，
音调如此甜美，使那位乐善好施的精灵顿时洋溢仁爱之情；
我正是这样看到那光荣的轮盘不断移动[64]，
此唱彼和地响起和谐而甜美的歌声，
这样的歌声真是闻所未闻，
除非是在那个地方：那里的欢乐是无穷无尽[65]。

第十一首①

尘世事物的虚妄与天国的荣光

(1—12)

但丁的疑问

(13—27)

对圣方济各的颂扬

(28—117)

多明我会的堕落

(118—139)

尘世事物的虚妄与天国的荣光

哦，芸芸众生的毫无意义的操劳，
那些让你拍动翅膀、向下飞去的论调，
是多么站不住脚②！
有的追求法学，有的追求警句格言③，
有的把祭司的职位紧追慢赶，
有的靠武力或诡辩独揽大权，
有的偷盗行窃，有的把公私事兼管④，
有的耽于肉欲之乐，疲惫不堪，
有的则无所事事，游手好闲，
而这时，我则不为所有这些琐事所缠，
受到如此荣光的欢迎，
与贝阿特丽切一道，登上青天。

但丁的疑问

既然每个精灵已回到原来所待的圆圈位置⑤，
他们就静止下来，
正像蜡烛插上烛台⑥。
我听到方才与我讲话的那束光芒里面，
有声音开始微笑发言⑦，
而那光芒也变得更加明亮耀眼：
“正如我从他的光辉中得到光亮，
在我观看那永恒光明的同时，
我也便得知你何以产生这些思想⑧。
你对我前面所说的话有怀疑，
而且你也希望我用如此明确而详尽的语言来讲述，
使你听起来感到平易，
我曾说‘本可使自身变得肥胖’，
还曾说‘不会生出第二个人’⑨；
在这方面，必须很好地分清辨明⑩。

对圣方济各的颂扬

上天用他那主张统治凡尘，
一切造物的目光

在透析这主张之前就被战胜⑪;
他为了让那一位的新娘⑫
走向她所欢喜的对象
——而那一位曾大声呼喊，以神圣的鲜血与她结为鸾凰⑬，
让她更加自信，也更加信任那位新郎，
曾为她派来两位亲王⑭，
他们从这边和那边为她导向⑮。
一位完全像撒拉弗那样热情似火;
另一位则像基路伯那样灿烂辉煌，
用智慧之光把世间照亮⑯。
我将要说的是其中的一位⑰，
因为只须以敬重的口吻谈到两位中的一位，而不问你选择的是谁，
这是因为他们的工作都共有一个目的要奋起直追⑱;
在图比诺与那条河水之间
——那河水从幸福的乌巴尔多所选中的山丘流泻，
一道肥沃的山坡从高山上向下倾斜⑲，
从那里，贝鲁加的太阳门一带得知冷暖⑳;
从背面，诺切拉与瓜尔多一起，
又因被压上沉重的羁轭而哭声不断㉑。
就在这山坡打断它那陡峭坡度的地方㉒，
一轮红日诞生在人世上㉓，
正如从恒河有时升起的太阳㉔。
因此，有人要谈起这个地方，
就不要说阿谢西，因为这样说意义不大，
而应当说东方，倘若想要出言恰当㉕。
距他升起的时间尚不很远㉖，
他就开始令大地
感受到他那伟大德性的一些慰藉㉗;
因为他十分年轻时就为了这样一个女人，
曾与父亲进行战斗，
无人会向这女人，正如向死神一样，敞开欢迎之门㉘;
在他那神职的法庭面前，
当着父亲的面，他便与她喜结良缘㉙;

后来，他更加热爱她，一天胜似一天。
这女人在失掉第一个丈夫以后[30]，
一直被冷落，被忽视，无人过问达一千余年之久，
直到此人前来追求[31]；
既不值得向人叙说：那个曾令全世界都闻风丧胆的人[32]，
发现她与阿米克拉特一道，
听到他的声音却依然从容镇定；
也不值得显示自己是如此坚定和刚毅：
在玛利亚留在下面的地方，
她竟伴随基督，在十字架上痛哭流涕[33]。
但是，为了让我不致过于暧昧不明地讲下去，
你如今可以从我的详细言谈中，
把这对恋人理解为方济各和贫穷。
他们的和睦融洽和他们的快乐神情，
爱恋、惊喜和温柔的目光，
都成为神圣思想的起因[34]；
这就使那令人起敬的贝纳尔多[35]
首先赤了双足，在那如此平和的苦修生活后面奔驰追赶[36]，
尽管他奔驰不停，却仍觉得动作迟缓。
哦，无人理睬的财富啊！哦，硕果累累的财产[37]！
埃吉迪奥在脱掉鞋子，西尔维斯特罗也在脱掉鞋子[38]，
他们紧跟在那位丈夫后面，因为那位妻子是那样令人喜欢[39]。
这样，那位父亲和那位一家之主
便携带他的女人和全家动身前往[40]，
他的全家已把那谦卑的缰绳系在腰上[41]。
作为彼特罗·贝纳尔多内的儿子[42]，
又如此衣衫褴褛，令人惊奇，
这都不能令他心情懊丧，把他的睫毛压低[43]；
相反，他却堂堂正正地向伊诺钦丘
陈述他那严峻的心意[44]，
并且从对方那里，得到批准他的教派的最初印玺[45]。
后来，追随此人的穷苦人与日俱增，
他那令人赞叹的生活将会
在赞美上天的光荣中得到更好的歌颂[46]；

永恒之灵曾通过奥诺里欧[47]，
为这位大牧师的神圣心愿[48]，
加上第二顶王冠。
随后，怀着对殉道的饥渴，
在那傲慢的苏丹面前，
他把基督和追随基督的其他人大力宣传[49]；
因为发现这些人过分幼稚，不肯皈依，
也为了不致枉费心机，
他便返回把那意大利草场的果实摘取[50]；
在台伯河与阿尔诺河之间的陡峭山岩中[51]，
他从基督那里得到最后一记印信，
他的肢体把这印信又带了两春[52]。
曾选中他、使他得到那么多善待的那位[53]，
这时乐于把他提升到天上，给予奖赏，
而他也因为自命渺小，当之无愧[54]，
于是，他便把他珍爱的女人[55]
托付给他的兄弟们，正像托付给名正言顺的继承人，
嘱咐他们要对她热爱至诚；
那杰出的灵魂宁愿从她的小腹部动身，
返回他的天庭，
他不愿用其他棺材来装殓他的肉身[56]。

多明我会的堕落

你现在可以想一想那位是怎样的人：
他曾作为匹配得当的同事，
把彼得的舟船保持在大海汪洋中破浪直航[57]；
这便是我们的开山始祖；
因此，你可以看出，在他的掌舵下紧随他的不论是谁，
都能装载什么上好的货物[58]。
但是，他的羊群却变得贪吃新的草料[59]，
这就使他们只能分头溃散，
跑到四面八方的野地荒原。
他的山羊愈是跑得五零七散，
跑得愈是离他遥远，

它们就愈是奶水空空地返回羊圈[60]。
然而，也有一些山羊害怕受到伤害，
紧紧靠住牧羊人；但是，它们为数如此寥寥，
只须很少的布料就可供应所有连衣风帽[61]。
如今，倘若我的话语并不晦涩难懂，
倘若你曾仔细倾听，
倘若你能把我所说的一切唤回脑中，
那么，你的愿望就会得到部分满足，
因为你将看到那树木之所以烂成碎片的缘故[62]，
你还将看到那纠正错误的插话[63]
如何把‘若不是贪恋虚荣，本可变得十分肥胖’一句来论述”。

第十二首

第二个花环与圣博纳文图拉

(1—30)

对圣多明我的赞颂

(31—105)

方济各会的堕落

(106—126)

第二个花环中的精灵

(127—145)

那幸福的光焰刚刚说完
最后一句言语，
那神圣的磨盘便立即开始旋转①；
在另一个把它圈起之前②，
它在自身的旋转中尚未转上一圈，
这时，那第二个则与它同声歌唱，同步盘旋；
那些柔美的乐器发出的歌唱③，
大大胜过我们的缪斯和海妖，
犹如最初的光芒大大胜过那折射的光芒④。
正像两道彩虹弯弯透过浮云，
它们既平行，又颜色相同，
这时是尤诺命令她的使女降落凡尘⑤；
那外面的一道从里面的一道产生，
就像那位回荡空中的仙女在倾诉衷情⑥：
爱恋把她折磨殆尽，犹如阳光销蚀雾气濛濛；
这两道彩虹使尘世的人们预感到，
由于有上帝与挪亚订立的契约，
世界永不会再被洪水淹没⑦；
那围绕我们的两个花环也正是这般光景，
它们是用那些永不凋谢的玫瑰编成，
外面的与里面的恰好对应。
随后，那婆娑的舞蹈，还有那另一种莫大的欢乐：
那欢乐表现为纵情高歌，
幸福与温情的光辉交相映射⑧，
两种欢乐在同一刹那，都想要暂停片刻，
就好像双眼在心愿的推动下，
不得不一齐睁开和闭合；
这时，从那些新到光芒中的一束里面，
传出一个声音，它使我立即转向发声的地点，
宛如指针被北极星吸住一般⑨；

对圣多明我的赞颂

那声音开言道："爱使我容光焕发⑩，

那围绕我们的两个花环也正是这般光景，
它们是用那些永不凋谢的玫瑰编成，
外面的与里面的恰好对应。

第十二首
第 19—21 行

它促使我把另一位导师谈论一下⑪,
正是因为他,人们在此才把我的导师介绍得如此详尽不差⑫。
这样做十分恰当:在一位所在之处,另一位也必然介入⑬;
正像他们并肩战斗,宛如一人,
光荣把他们一齐照明。
基督曾以如此昂贵的代价,把他的军队重新武装⑭,
这军队却在那旗帜后面,行动迟缓,
他们疑虑重重,人员锐减⑮,
这时,始终主宰世界的那位皇帝⑯,
设法鼓舞那面临崩溃的战斗士气,
他只是要降恩于人,并非那军旅有功堪怜;
如前所述,他派遣卫士两位⑰,
前来救援他的新娘,
步入迷途的民众才在他们的言行感召下痛改前非⑱。
在那带地区,温和的西风吹起⑲,
绽开新的绿叶青枝,
可以看到,欧洲重又着上这样的服饰,
在那距离海浪击打不远的地方⑳
——正是在这层层海浪的后面,太阳
有时因为长时间疾驰狂奔,在每个人的面前把自身隐藏,
坐落着幸运的卡拉罗加㉑,
它是在那巨大的盾牌保护之下㉒,
在盾牌里,那狮子既在下被压,又在上下压。
正是在这里,诞生了那热恋基督教信仰的情人㉓,
那位神圣的战士,
他对自家人慈善和蔼,对敌人则冷酷无情㉔。
他的头脑,正如在被创造时,
已是如此充满强大的德能,
甚至在母亲的体内,她就使它成为先知㉕。
随后,他与信仰之间的婚礼
在那神圣的水泉边举行㉖,
在那里,他们对彼此的安康作了相互保证㉗,
曾代他表示同意的那个女人㉘,
早在梦中就见过

他与继承人后来所取得的令人赞叹的成果。
为了使他成为名实相符，
从这里降下一种灵性，令人以属有格为他命名㉙，
因为他完全属于那位神。
于是他就被称作多明我；我谈到他，
就像谈到基督所选定的农夫㉚，
基督是为了他的菜园才选这农夫前来相助。
他很好地显示出，他是基督的使者和家人㉛；
在他身上所表现出的最初之爱，
正是根据基督所提的最初建议产生㉜。
他的乳娘多次发现他躺倒在地㉝，
默不作声，精神清醒，
像是在说：'我来到世上就是为了这个㉞。'
哦，他的父亲真是'菲利切'㉟！
哦，他的母亲也真是'乔瓦娜'㊱，
既然诠释这名字，其含义与该词的本意竟是如此相似！
他在很短的时间内就成为伟大的学士，
这却不是为了在尘世逐利追名
——今天仍有人紧跟在奥斯提亚人和塔德奥后面，疲于奔命㊲，
而是为了对真正吗哪的爱㊳；
这样，他便开始围绕那葡萄园辛勤劳作，
而倘若那葡萄种植者犯下罪恶，那葡萄园就会很快变成白色㊴。
圣宝座过去曾更加善待穷苦的正义之人，
今朝之所以如此，原因不在于它，
而在于坐宝座之人走上邪径㊵；
正是向这样的圣宝座，他不是要求六分只赈济二分或三分㊶，
也不是要求走有肥缺便能独占的红运，
不是要求把原应归于上帝的穷人的什一税侵吞㊷，
而是要求允准对那步入歧途的世界展开斗争㊸，
争取撒籽播种，
如今种子已长成二十四棵树木，把你围在其中㊹。
后来，他既以学说，又靠意愿，
还通过传教职能，采取行动㊺，
那力量几乎像从高山上的泉源迸发冲下的激流那样汹涌㊻；

他的冲力把异端的荆棘撞击[47],
哪里抗拒得愈凶,
他也便在那里撞击得愈有力。
随后,从他那里产生条条不同小溪[48],
正是依靠这些小溪,灌溉天主教园地,
这便使它的那些树苗长得更有生机[49]。

方济各会的堕落

倘若那战车的一个轮子是这般模样[50]
——圣教会在车上自我防卫,
并使它所进行的内战取胜在疆场[51],
那么你就该十分明显地看出,
另一个轮子也是优越无比[52],
在我到来之前,托马曾对它倍加赞许[53]。
但是,那轮子圆周的外缘部分
所压成的车道,却被废弃不用,
以致原来有酒石的地方,如今则长满霉菌[54]。
他的家族原是脚踏他的足迹,
径直向前行进,如今则彻底逆向而行,
前脚却转到后脚的地位行动[55]。
很快就会看到那恶劣种植的收成,
这时,那稗子将会抱怨连声:
它无权往谷仓运进[56]。
我言之有理:谁想一页一页地翻阅我们的书籍,
他就总还会找到一页纸张,
上面可以读到:'我仍是原来通常那个模样'[57];
但是,这种人既不会来自卡萨尔,也不会来自阿夸斯巴达[58],
因为来自那里的人都是这样对待教规:
一个是对它避而不行,另一个则是对它行之过硬。

第二个花环中的精灵

我是博纳文图拉·达·巴尼奥雷焦的魂灵[59],
我生前在担任种种要职时[60],
总是把对左面的关切放在后边[61]。

伊鲁米纳托和奥古斯丁也在这里[62]，
他们曾属第一批赤足的穷苦人，
这些穷苦人腰系缰绳，与上帝相爱相亲。
乌哥·达·圣维托雷也与他们一起在此处[63]，
还有彼特罗·曼加多雷和彼特罗·伊斯巴诺[64]，
后者依靠十二部书，在世上光辉闪烁；
拿单先知和大主教克里索斯托摩，
还有安塞尔莫和那个多纳托[65]：
他曾情愿着手从事第一艺术的著说[66]。
拉巴诺在这里，他从一边照耀着我[67]，
还有那卡拉布里亚的修道院主持乔瓦基诺[68]，
预卜先知的灵气为他所得。
托马索兄弟的热情似火的赞颂
和字斟句酌的拉丁文，
推动我与这位如此卓越的卫士竞争[69]；
同时，也把这些同伴与我合在一起推动[70]。”

第十三首

享天福者的歌舞

(1—30)

圣托马索谈亚当与耶稣的智慧

(31—87)

所罗门的政治智慧

(88—111)

世人的判断

(112—142)

享天福者的歌舞

凡是想要很好理解我这时所看到的
那种景象的人，可以想见
——而且在我如今讲述时，也可把这形象看成是静止不动的陡壁巉岩①——
有十五颗星辰，在不同的天际②，
把苍穹照耀得如此通明，
竟盖过那空中的雾气濛濛；
可以想见那辆大车在驰骋③，
我们天空正中的那片方寸之地就足以令它日夜奔腾，
尽管车辕不住转动，它却无法不见踪影；
可以想见那号角的嘴，
它恰好始自那中轴的顶端④，
那第一重天体正环绕中轴旋转⑤；
可以想见这三种形象把自身变成天上的两个标记⑥，
就如同米诺伊的女儿所做的一般⑦，
当时，她身感死神的彻骨冰寒；
一个星象和另一个星象的半径，都恰好相互衔接在各自里面，
两个星象都在不住旋转，
总是一个在后，另一个在前⑧；
这样想象的人对那真正的星座⑨
和那双重舞蹈的了解，几乎就会是影影绰绰，
而那舞蹈正是环绕我所在之处不住摇曳婆娑；
既然这景象距我们的习惯是如此遥远，
那超过其他各重天的天体的运转⑩，
也同样远非基亚纳河的水流所能比攀⑪。
那里，不歌颂巴库斯，也不歌颂佩阿纳⑫，
而是把共有神性的三位来歌颂⑬，
还歌颂合为一体的神性与人性⑭。
歌唱与回旋进行到最终限度⑮；
那些神圣的光芒便把注意力放到我们身上⑯，
他们从一种关切转到另一种关切，心中欢悦异常⑰。

圣托马索谈亚当与耶稣的智慧

接着，那光芒打破了⑱

行动一致的众神灵的寂静[19]，
他曾向我讲述上帝的那位穷苦人令人赞叹的生平[20]，
他说道："当一捆麦穗已经打完，
它的麦粒也已经存仓，
另一种温馨的爱又敦促我再打一番[21]。
你认为，在这人的胸膛里
——从中也曾抽出一根肋骨，塑造出那美丽的面颊[22]，
正是那面颊的口腭，给全世界带来灾祸[23]，
还有在那人的胸膛里[24]
——它曾被长矛刺穿，不论过去和未来，都令人感到心足意满[25]，
以致在天秤上能压倒任何罪愆[26]，
在这两个胸膛里，那威力把全部智慧灌注进去[27]，
且不说人性能有多少智慧之光，
而正是这威力创造出这两个胸膛；
因此，你才对我上面所讲的话感到惊奇，
当时我说，包拢在第五个光芒里
的那个幸福精灵，没有第二个能与之相比[28]。
现在，张开眼睛，注意我对你所作的那个回答，
你将会看出你的看法和我的说法
都是万确千真，就像圆周的中心[29]。
不会灭亡的造物和可能灭亡的造物，
都无非是那思想的光辉[30]，
而正是我们的主用爱把这思想孕育而出[31]：
因为那灿烂的光芒正是从他的闪光中产生，
这光芒既不会脱离他，
也不会脱离与他们一合为三的爱心[32]；
由于他的善心，这光芒
把它那几乎像是镜中反光似的光线集中照在九组长存之物上，
同时又永远保持浑然一体的原样[33]。
从那里，这光芒往下一层层降落，
一直降到最后那些潜力，并且愈来愈弱，
以致它只能造出短暂的临时之物[34]。
我所说的这些临时之物，是指
那些被生育的东西，

是天体在运动中用种子和不用种子制造的物体[35]。
这些物体的蜡料和蜡料的塑造者[36]，
都不是出自一种方式；因此，
在随后打上的思想印记下，这物体也多少不等地把光芒反射[37]。
这样一来，它们就发生这样的情况：
同一棵树木，根据种类，能结更好和更坏的果实；
而你们也带着不同的才智降生人世[38]。
倘若蜡料熔制得恰到好处，
天体也能把它的能力发挥到最大限度，
那印迹的光芒就会完全显露；
但是，自然总是使这光芒变得残缺不全[39]，
这就像那位艺术家一般：
他放在艺术衣裳上的手不住发颤。
因此，倘若热烈的爱把来自首要能力的明察秋毫的眼力[40]
置放和打印在造物身上，
那造物也便能获得十全十美的质量。
正是这样，泥土才一度当之无愧，
化为那个动物，完美无瑕[41]；
也正是这样，圣母才身怀六甲[42]，
因此，我赞成你的看法：
人性从来不是、也永不会是
与那两个人身上的人性分毫不差[43]。

所罗门的政治智慧

现在，倘若我不继续讲下去，
你就会开始说出你的话语：
‘那么，此人何以是无与伦比[44]？’
但是，为了使那尚未弄清的问题变得清楚明白，
你该想一想他曾是何等样人，
在说出‘你可以求’之后，推动他提出要求的又是什么原因[45]。
我说的话并不如此含糊不清，
令你不能很好地看出他曾是国王，
他曾要求赐予明智，使他足以把国王的职位承当；

他的目的不是要知道：
天上的那些动力究竟有多少㊻，
或是要知道：是否必然性和偶然性都要得出必然性结论㊼；
不是要知道：是否认可，存在第一个运动㊽，
或是要知道：是否能在半圆之中，
画出一个并非直角的三角形㊾。
由此可见，倘若你能注意我曾说出的那一点和如今所作的这个说明，
我的意图之箭所射的那个看不出有人能与之伦比的标的，
就是国王的谨言慎行㊿；
倘若你能擦亮眼睛，仔细观看那'生出'一词的采用(51)，
你就会看出这只是就那些国王而论：
国王人数很多，却很少贤明。
你该带着这种区分概念来对待我说的话；
这样，你就可以神会心领：
这与你有关人类始祖和我们那'喜悦的爱子'的信念意义相通(52)。

世人的判断

这令你总该如铅系足(53)，
像一个疲惫的人那样缓慢行动，
无论是'是'还是'否'，你都尚未看清：
因为一个人在迈出一步或是另一步时，
不加区别地就加以肯定和否定，
他就算是智能相当低下的愚人；
因为往往会有这样的情形：
仓促的意见会使人走向错误，
其次，情感也会把心智束缚(54)。
一个探求真理而又垂钓乏术的人，
比从河边徒劳而归还要不幸，
因为他返回时已不再是动身时的那般光景(55)。
帕尔梅尼德、梅利索、布里索，还有许多人(56)，
就是人世间这方面的明显例证，
因为他们都在行走，却不知何去何从：

萨贝利奥、阿里奥和那些愚人也是这样做[57],
他们对待《圣经》,就像利剑,
把面容的直线弄弯[58]。
此外,世人也不该在判断上过分自信,
犹如那些人在五谷成熟之前
就估量田里的粮食能打多少斤:
因为我曾见过:先是在整个冬季,
那树木曾显得那样僵硬,那样遍体针芒,
而后来,玫瑰却绽开在枝头上;
我也曾见过一叶扁舟顺着它的整条航道,
笔直而迅速地在海上乘风破浪,
最后在进入港湾时却水没船舱。
贝尔塔夫人和马蒂诺老爷[59],
切莫因为看见一个人在偷窃,另一个人在献祭,
便以为看到他们已命定于神的旨意[60];
因为前者可能会升天,后者则可能会落地[61]。”

第十四首

精灵们的欢庆

(1—33)

所罗门谈享天福者的光芒

(34—60)

精灵们的又一次欢庆

(61—81)

火星天与十字架

(82—139)

一个圆罐中的水在流动,
从圆心流到圆周,又从圆周流到圆心,
那涟漪如何波动是依照从外边还是从里边敲打圆罐而定①:
我所说的这番情景立即浮现在我的脑海当中,
这恰如那托马索的光荣生命②
静默下来,不再出声,
因为他的谈话和贝阿特丽切的谈话
正与水的流动情景相同,
贝阿特丽切在他之后,也想开口言明:
“对此人应当再把另一个真理彻底说清,
尽管他并未用声音向你们说出,
也还不曾想到这件事情③。
请告诉他:把你们的实体渲染得绚丽多彩的那光芒
是否会永远与你们同在,
与如今一模一样④;
倘若如是,还请你们说明:
既然你们将会重新变得有目可睹⑤,
又怎能做到:这光芒不致伤害你们的眼睛。”
正如那些回旋舞蹈的精灵
不时被愈来愈大的快乐情绪所催促和牵动,
噪声提高,舞步也变得加倍兴奋,
那神圣的圆圈在听到这迅速而虔诚的祈求时⑥,
也同样从旋转节奏和美妙歌声中,
显示出新的欢欣。
有人为死在人世而活在天堂抱怨连声,
却不曾看见在这里
有永恒的恩泽如雨露滋润⑦。
那永远生存的一、二、三位,
永远作为三、二、一而主宰世界⑧,
他不受任何制约,却又制约一切⑨,
他三次被那些精灵当中
的每一位用如此优美的旋律歌颂⑩,
这也会为他们的每项功德带来恰当的赏赐回应。

所罗门谈享天福者的光芒

我这时听到那较小圆圈的最灿烂的光辉里[11],
发出一种谦和的声音,
也许那位天使与玛利亚讲话就是用这样的语声[12];
这声音答道:"天堂的欢庆延长多久,
我们的爱用这样的衣裳在周身发射的光芒
也便会持续多少时候[13]。
它的亮度随热度而来;
热度则又随觐见的深度而来,而觐见有多深厚,
施加在各自功德上的恩泽也便有多深厚[14]。
正如那光荣而神圣的肉体将会重新披上,
我们的身躯也会由于完全恢复原状,
变得更加令人感到欢畅[15];
因此,至善赐予我们的那恩深义重的光,
也必将增强,正是这光
制约我们对他的觐见瞻望[16];
于是,这觐见必然得到增强,
也必然增强由觐见点燃起的热忱满腔,
增强来自这满腔热忱的光芒[17]。
但是,正如放射火焰的煤炭,
因为烧到炽烈的白热而盖过火焰,
以致它的外形依然可以保全;
同样,如今把我们围拢的这片灿烂光辉,
也将会从外露上被肉体所超过[18],
而至今那肉体仍被土地所盖没;
如此强烈的光亮也将不会使我们感到眼花缭乱,
因为躯体的器官将变得强健,
可承受一切能令我们感到欢欣的物件"[19]。

精灵们的又一次欢庆

这时,我觉得一组和另一组精灵
似乎都突然而急速地说了一声"阿门!"[20],
这就明确地显示出对死去的躯体的憧憬[21];
也许这并非只是为他们自身,

而且还为妈妈，为父亲[22]，
以及为他们成为永恒火光之前曾钟爱过的其他人。
看，周围又出现一片亮光，
它的亮度均匀，在那已有的亮光之上，
仿佛是在把地平线照亮[23]。
犹如暮色初临，
天空开始显现点点新星，
以致视力所见似真，又不似真[24]；
我觉得似乎开始看见，
那里有新的长存之物[25]，
他们在其他两个圆圈之外，又围成一圈。
哦，名副其实的圣灵光辉闪烁啊[26]！
它来得多么突然，亮得多么耀眼，
我的双目不胜光照，刺痛难熬！
但是，贝阿特丽切此刻在我面前，尽管显得如此美丽，如此笑容可掬，
却令人宁愿把她也留在那些目睹的景象当中，
因为那些景象不肯把记忆跟从[27]。

火星天与十字架

这样一来，我的双眼又恢复了视力[28]，
重又向上望去；我看到我自己
与我的贵妇一起，被运送到更高的幸福一级[29]，
我清楚地发觉，我已升到更高一层，
这是因为那颗星辰的火一般的笑容，
我觉得那笑容似乎比平常更加艳红[30]。
我全心全意地，以众人共有的祷念，
向上帝作出奉献，
正如对待新的恩泽所应采取的态度一般[31]。
我胸中的奉献热火尚未熄灭，
我就看出这献祭
已被笑纳和蒙受欢喜；
因为在我面前，有两道光芒出现，
从中发射的光辉是如此火红，如此灿烂，

我清楚地发觉，我已升到更高一层，
这是因为那颗星辰的火一般的笑容，
我觉得那笑容似乎比平常更加艳红。

第十四首
第 85—87 行

这令我不禁说出:“哦,埃利奥斯,这是你把它们如此装扮[32]!”
正如点缀着大大小小星光的银河,
在天界的两极之间放出白光,晶莹闪烁[33],
这竟使学识渊博的智者也产生疑惑;
同样,那两道汇集繁星点点的光芒,
在火星深处,也划出令人肃然起敬的标记,
四个相连一处的九十度弧把它放在一个圆里[34]。
这时,我的记忆力把才智胜过[35];
因为在那十字架里,基督如此光芒四射[36],
竟使我无法找出适当的例子来述说;
但是,凡是背起他的十字架并跟从基督的人[37]
都仍会原谅我略去不谈的那件事情,
因为他看到基督闪烁在那片白色霞光之中。
从这一角到那一角,从顶到下[38],
都有点点光辉在移动[39],
每逢相互聚合和彼此超越,都迸射出闪亮的火花:
在尘世,同样也可以看见
那些物体的微粒,有长有短,有的直行,有的转弯,
它们沿着光线浮来动去,有快有慢,还把形体更新不断;
有时,从光线夹缝透过一道阴影,
为了保存它,人们开动脑筋,想尽花招,
让它不受光照,终于把它得到[40]。
也像吉加和竖琴,多弦轻弹[41],
奏出柔美的叮咚之声,
那乐声是如此动听,竟令人无法把音符辨清,
我眼前出现的那点点光辉也同样如是,
从中传送出一曲优美旋律,沿着十字架飘散,
它令我如醉如痴,也听不出是什么赞美诗。
我清楚地发觉,那是一首崇高的颂歌,
因为送入我耳际的是“你胜利”和“你复活”[42],
我正像一个人不理解全部歌词,只闻听音乐。
这令我如堕情网,颠倒神魂,
迄今没有任何东西
曾用如此温柔的绳索将我系捆。

也许我的话语显得过于胆大妄为，
因为我把那美丽的双眼带来的喜悦放到次要地位[43]，
而观看那双秀目，我的欲望就可以得到满足；
但是，谁若想到那一切美丽的生动印证[44]
愈向上升也便愈有效应，
尽管我在那里还不曾转向那双眼睛[45]，
谁就可能会原谅我对自己所作的指控
——我指控自己是为了表示歉忱；谁也便可能会看出
　我说的话是真；
因为神圣的喜悦在这里并未受到排斥[46]，
这是由于这喜悦愈往上升，就变得愈是纯净。

第十五首

享天福者的沉默

（1—12）

卡恰圭达

（13—69）

但丁的感谢与请求

（70—87）

对旧佛罗伦萨的礼赞

（88—148）

享天福者的沉默

正直率真的爱[1]
总是表现为一片善心，
犹如贪婪总是表现为邪念丛生；
正是这善心令那柔美动听的竖琴静默无声，
让那些神圣的琴弦停止跳动，
而上天的右手曾把这些琴弦拉紧又放松[2]。
那些长存之物既然为了让我产生向他们提出请求之愿[3]，
协同一致地缄口不言，
又怎会对正当的祈求不闻不管[4]？
一个人只要因为耽溺于不能持久的东西
而把那种正直率真的爱永远舍弃，
就要永受痛苦煎熬，那也是天经地义[5]。

卡恰圭达

犹如在那静谧而纯净的晴天[6]，
不时突然滑过火光一点[7]，
令人移动那凝神观望的双眼，
那火光宛如一颗星辰在改换地点，
这无非是因为从它原来点燃之处，
并无任何星辰悄然不见，而它则是停留短暂[8]；
在那里光芒四射的星座中，
有一颗星辰正是这样从向右延伸的一角[9]，
向那十字架的下脚飞奔；
并非那颗宝石脱离它的丝带，
而是沿着径向条木游动，
仿佛火光在一条雪花石后面追踪[10]：
倘若我们那最伟大的诗人值得信任[11]，
安奇塞斯的亲切阴魂就是这样把身子前伸，
当时他发现儿子来在爱丽舍仙境[12]。
“哦，我的骨血，哦，浩瀚无边的神恩，
曾经向谁，犹如向你那样，
两度开启天国之门[13]？”
那束光芒就这样对我言讲：因此，我转身把他观察仔细；

随后我又向我的贵妇转过脸去，
从这边和那边，我都感到惊奇不已[14]；
因为从她的双眼后面，透露出一丝热情洋溢的笑意，
这令我依靠我的双眼认为，我已触及
我之所以能享受荣光和登上天堂的根底[15]。
随后，那令人听其言、见其形而倍感欣悦的精灵[16]，
又在他最初的言语上增添几句内容，
他说得如此深奥，我竟无法听懂；
他也并非有意向我讳莫如深，
而是出于必然，因为他的思想
凌驾在凡人的标的之上[17]。
一旦火热的亲情之弓要尽情宣泄[18]，
话语也便把水平降低，
迎合我们的思维标的；
我能理解的第一句言语
便是：“三位一体的主，你该受到祝福，
你对我的子孙竟是如此慷慨大度！”
他又继续言道：“儿啊，你使我那长期而殷切的渴望得到满足，
这渴望来自我所阅读的那部伟大的天书，
书中不论是白是黑，都永不会有变故[19]，
儿啊，你是在这片光芒中做到这一点[20]，
而我也是在那光芒中与你言谈，
还依靠她为你插上双翅，飞上九天[21]。
你相信，你的思想是来自那创始的思想[22]，
因此才得以为我所知，
正如倘若知道有一，五和六都是从一开始；
因此，你不问我是谁，也不问我：
何以在你看来，我比这群欢乐精灵中的任何其他一个，
都显得格外快活。
你所相信的恰是真情；因为这个境界的大小精灵[23]
都在纷纷照镜[24]，
而在你产生思想之前，你就先把那思想展露在镜中；
但是，被我用持之以恒的目光观望的那神圣的爱，
以它那甜蜜的欲望令我饥渴难挨，

为了让它更好地发挥出来[25],
你那自信、果敢和快乐的声音[26],
该响亮地说出你的意愿,响亮地说出你的渴求[27],
对此,我的回答早已准备足够!"

但丁的感谢与请求

我朝贝阿特丽切转过身去,
而她在我启齿之前就领悟我要说的话语,
她微笑示意,这就更使我的心愿生出双翼[28]。
于是我便这样开言道:"深情与智慧
曾对你们每位来说,具有同一种分量,
正如第一均等在你们面前出现一样[29],
因为用光和热照亮、烘暖你们的那太阳,
在光和热方面是如此均等,
任何类似的均等也都稀罕难寻。
但是,凡人身上的心愿与言行,
由于你们都一清二楚的原因,
却是翅膀上的羽毛,互不相同[30];
因此,我作为一个凡人,
就感到自身有这种不均等,
也正因如此,我只能用心灵来感谢父辈的欢迎[31]。
我向你热切地祈求,活的黄晶[32],
你在点缀着这异宝奇珍,
祈求你满足我的渴望,告诉我你的姓名。"

对旧佛罗伦萨的礼赞

这个魂灵开始向我答道:
"哦,我的枝叶,即使只是等待,我也感到喜悦欢欣[33],
我曾是你的根。"
接着他又对我说道:"你家族姓氏据以起名的那个人,
曾有一百余载,在那第一层[34],
环绕山岭而行,
他就是我的儿子,也是你的曾祖先尊:
理当由你用你的行动

来为他缩短那漫长的苦刑[35]。
处在古老环城之内的佛罗伦萨[36]，
从那旧城之上，曾经震响第三时和第九时的钟声[37]，
那时的佛罗伦萨还曾是和平、简朴和廉正[38]。
她没有项链手镯，没有金冠头饰，
没有华丽刺绣的衣裙，没有丝带缠身[39]，
这些装饰耀眼夺目，胜过那穿戴之人。
那时节，女儿降生，还不致令父亲受怕担惊；
因为年龄和妆奁
都不曾在各自一方超出限度规定[40]。
家族的房屋不曾是空荡无人[41]；
撒尔达纳巴洛还不曾来临[42]，
显示房间中所能陈设的富丽情景。
蒙特马洛过去还不曾被你们的乌切拉托佑所战胜[43]，
如今则在发达兴旺方面比它逊色十分，
将来还会在腐化堕落方面远落后尘。
我曾见贝林丘恩·贝尔蒂腰系骨制环舌的皮带[44]，
也曾见他的女人从镜中
映照那不施脂粉的芳容；
我还曾见奈尔利家族的那个人和维基奥家族的那个人[45]
满足于身披光秃的皮衣[46]，
他们的女人手持纺锤和纱卷劳作辛勤[47]。
哦，幸运的妇女！每人都对自己的坟墓怀满自信[48]，
当时也还没有任何一个女人
因为法兰西而空闹独寝[49]。
有的妇女把摇篮细心照看，
用以前父母抚爱的语言，
把婴儿哄睡安然；
另有妇女一边把纱卷缠在纱杆，
一边向她的家人讲述有关
特洛伊人、菲埃索莱和罗马的寓言[50]。
当时，一个齐安盖拉、一个拉波·萨尔泰雷洛
会被看成是奇迹[51]，
就像目前钦齐纳托和科尔尼利亚也会与奇迹无异[52]。

玛利亚曾把我献给如此安静[53]、
如此美好的市民生活,
献给如此甜蜜的环境,
她曾被高声呼叫不住[54];
在你们那古老的洗礼堂里,
我也曾同时成为卡恰圭达和基督教徒[55]。
莫龙托和埃利塞奥曾是我的兄弟[56];
我的女人下嫁于我,来自波河流域[57],
你的族姓的形成也便以此凭依[58]。
随后,我追随库拉多皇帝[59];
他把我收留为他的军队士兵,
我由于功勋卓著,深受他的垂青。
我随从他反对那项法律的不公正[60],
而正是出于那些牧者的罪行[61],
服从那法律的人民篡夺你们的正当权能[62]。
在那里,我被那群乌合之众
斩断了与伪善世界的联系[63],
而对那伪善世界的热爱曾玷污多少灵魂;
我正是因以身殉教才来在这和平的仙境[64]。"

第十六首

但丁向卡恰圭达提问

(1—27)

卡恰圭达的回答

(28—45)

佛罗伦萨古老家族的没落与衰亡

(46—154)

但丁向卡恰圭达提问

哦，我们血统的高贵真是无足轻重①，
倘若尘世间人们以你为荣，
而我们在那里的感情又是那么脆弱不稳②，
这也绝不会是令我感到惊奇的事情；
因为在天堂，欲念不会走上邪径，
我现在才在天上说，我是以此为荣。
你正是一件披风，很快便会缩短；
若不是一天天增加新料，
时间就会用剪刀把它的周边剪掉③。
我的话语重新从“您”说起④，
而这称呼最初是由罗马容忍⑤，
它的居民现则更少坚持沿用；
于是，站在稍远处的贝阿特丽切，
微微一笑，正像那位夫人
曾在吉妮维尔初露私情时咳嗽一声⑥。
我开言道：“您是我的父亲⑦；
您给予我说话的充分勇气；
您把我抬举，使我胜过我自己⑧。
我的心灵通过这许多渠道，洋溢无限欢欣⑨，
它为此深感庆幸，
因为它能够担承而不致碎成齑粉⑩。
那么，请您告诉我，我亲爱的祖宗，
您的祖先是哪几位，
您幼年度过的岁月又是怎样的情景：
请您告诉我那圣约翰的羊圈⑪
当时究竟有多少羊群，
其中谁又是享有最高地位的人。”

卡恰圭达的回答

犹如燃烧的煤炭迎风一吹，冒出烈焰，
我目睹的景象也正是这般：
那光芒在我亲切的询问下顿显辉煌灿烂；
正如在我眼前，它变得更加美丽，

您是我的父亲；
您给予我说话的充分勇气；
您把我抬举，使我胜过我自己。

第十六首
第16—18行

它的声音也同样变得温柔甜蜜,
但是,它却不说现代这种言语[12],
那光芒对我说:"从说出'万福'那一天起[13],
直到我的母亲身怀六甲、使我降生那个妊娠时刻——
如今我的母亲已成为圣女,
这个火球已来到它的天狮星座[14],
有五百五十加三十次之多[15],
在那天狮的脚下,火光灼灼。
我的祖先与我都出生在这个地方:
那里,以前曾是最后一个市区[16],
从那些参加你们每年赛马游戏的人的驰骋之地算起。
关于我的祖辈,只消听到这一点就已足矣:
他们究竟是什么人,又是从何处来到此地,
与其明言,倒莫如缄口不谈更为适宜[17]。

佛罗伦萨古老家族的没落与衰亡

那时节,这里可以在玛尔斯与洗礼堂之间[18]
持刀佩剑的所有那些人,
相当于如今活着的人的五分之一[19]。
但是,当时的居民都纯属一种[20],
直到最卑微的手工艺人,
而如今则是由坎皮、切尔塔尔多和菲基内等地的人混杂而成[21]。
哦,倘若我所说的那些人一直作为邻舍,
你们的地界一直维持在加卢佐和特雷斯皮亚诺[22],
那该多么好哟!
这会胜过让他们迁入城内,忍受
来自阿古利昂和西尼亚的那两名村野之夫的熏天臭气[23],
而后者早已为了进行交易,就使他的眼光变得如此犀利[24]!
倘若那些在世上行为最为堕落的人[25]
对凯撒不是像继母那样相待[26],
而是像慈祥的生母那样把她的儿子对待,
今日造就出这样的佛罗伦萨人,经营买卖,从事银钱交易,
也本会返转西米封蒂[27],
那里,他的祖先曾沿街兜揽生意;

蒙特穆尔洛本会依然属于伯爵领地㉘，
切尔基家族也本会仍居住在阿科内教区长管辖区㉙，
或许彭代尔蒙蒂家族也仍会留在瓦尔迪格里耶维府邸㉚。
人员的混杂总是城市祸害的根芽，
正如饭食重叠，难以消化，
造成你们的身体不佳㉛；
瞎眼的雄牛要比瞎眼的羔羊
会更快地跌倒在地；往往，
一把宝剑比五把宝剑能把人更多更好地刺伤㉜。
倘若你考虑一下：卢尼和奥尔比萨利亚
如何灭亡，随后，基乌西和西尼加利亚㉝
又是如何崩溃陷塌，
听到这些家族如何衰败凋零，
也不会令你感到是新奇费解的事情，
既然城市也要寿终正寝㉞。
你们的东西都会走向死亡，
正如你们本身一样；但是，死亡也会在某些持续很久的东西内隐藏；
生命毕竟苦短难长㉟。
犹如月球天的旋转
无休止地掩盖和显露海滩㊱，
幸运女神也正是这样使佛罗伦萨发生衍变：
因此，我将谈到的那些佛罗伦萨高门大户的际遇，
也不该是什么令人惊奇的事，
他们的声名已隐没在时间的流逝。
我见过乌基家族，也见过卡泰利尼家族，
见过菲利皮、格雷齐、奥尔马尼和阿尔贝里基等家族㊲，
这些公民都是声名显赫，当时却都已趋于没落；
我还通过萨奈拉家族和阿尔卡家族的那些人，
见过那些既大又老的名门望族，
并见过索尔达尼埃里、阿尔丁基和博斯蒂基等家族㊳。
在那大门的上部
——那大门如今负载着影响如此沉重的新的背信弃义行为㊴，
这行为很快便造成沉船之苦㊵——

曾居住过拉维涅家族，
圭多伯爵正是这个家族的后裔，
后来，不论是谁都把那高贵的贝林丘内的姓名沿袭[41]。
普雷萨家族的那些人
早已知晓要如何进行统治，
而加利加佑也早已在他的门户，把剑柄和柄端镀上黄金[42]。
那松鼠皮纹的圆柱曾是如此硕大[43]，
萨凯蒂、乔基、菲凡蒂和巴鲁齐以及加利等家族，
还有那为盐斗而羞愧面红的家族之人也都曾权大势盛[44]。
卡尔福齐家族曾据以诞生的那个根基[45]，
也曾十分庞大，
西吉和阿里古齐两家族也曾高位身居[46]。
哦，我眼见多少人因他们的妄自尊大而一败涂地[47]！
我也曾见那颗颗金球[48]
以其全部伟大创举，使佛罗伦萨一时兴盛发迹。
有一批人的父辈也曾同样有此作为，
但这批人如今却麇集一处，把自身养得胖胖肥肥[49]，
只要你们的教堂有了空位。
那盛气凌人的家族，
对待畏缩逃窜的人像恶龙般地追逐，
对待向它张牙露齿或用钱收买的人则又像羔羊般地驯服，
它曾直上青云，但又原是一帮小民[50]；
因此，它讨不到乌贝尔廷・多纳托的欢心[51]，
后来则是那位岳父认它为亲。
卡蓬萨科曾从菲埃索莱下来，住到市场[52]，
而犹大和因凡加托二人
也曾是良善市民[53]。
我还要说一件事情，真实又难以置信：
过去曾从一座城门进入那小小的城圈，
那座城门竟是以佩拉家族的姓氏命名[54]。
每个家族都佩戴那位伟大爵爷的美丽族旗[55]，
而那位爵爷的名姓和功绩
都得到托马索节的慰藉，
这些家族正是从他那里荣获骑士称号和特殊权益[56]；

尽管今天那个用金边镶配他的旗号的人[57]，
与平民百姓纠集在一起。
瓜尔特罗蒂和因波尔图尼两家族也曾飞黄腾达[58]，
倘若他们不曾有新的邻居，
博尔哥本还会更加静谧[59]。
你们的悲痛据以产生的那个家族[60]，
它本身和它的朋党都曾受人敬重，
而正是那正义的愤怒使你们惨遭屠戮[61]，
并结束了你们那快乐的生活：
哦，彭代尔蒙泰啊，你由于听从他人的挑唆，
竟逃避与它订立的婚约，这是多么大错特错！
倘若上帝在你首次前来这个城市时，
把你赐予埃玛河[62]，
多少如今悲哀的人本会依然欢乐。
但是，这是命中注定：
佛罗伦萨要在它最后的和平日子里，
向那看守桥头的残缺石像献祭牲品[63]。
我所看到的佛罗伦萨就是如此平静，
有上述这些人等，还有与他们一起的其他人，
当时，它没有理由哀泣悲鸣：
正是从这些人身上，我看到
它的人民既正直又光荣，
以致那百合花从未倒置在旗杆顶[64]，
也不致由于分裂而被染成通红。”

第十七首

但丁的困惑

(1—30)

卡恰圭达的预言

(31—99)

诗人的使命

(100—142)

但丁的困惑

正如那位前来向克利米妮询问①，
他所听到的那些不利于己之言是否属真，
而正因如此，父辈对子辈至今仍很少有求必应；
我此刻恰是这般心情，
贝阿特丽切和那神圣的明灯也有同样的感觉，
那明灯先前改变位置也正是为了我②。
因此，我那贵妇便对我说，
“尽情发泄你那渴望的烈火，
让它明显地表露刻印在你内心的饥渴；
这并非因为通过你的言讲，
我们的认识才会增长③，
而是因为你能惯于说出你的饥渴，人们也便能提供饮食，让你饱尝。”
“哦，我亲爱的根基，你上升得如此之高④，
竟如同世人的头脑
明白一个三角形内不能有两个钝角⑤，
同样，你在变幻莫测的事物
成为现实之前，便把它们看得一清二楚，
因为你仰望那一点，对它而言，一切时间都只是眼前⑥；
我曾与维吉尔会合一起，
登上那医治灵魂的山岭，
又下降到那死亡之境⑦，
当时，向我说出了有关我未来前途的严重话语，
尽管我感觉自己很像是一个四角形，
在命运的打击下依然平稳⑧。
因为我若得知向我走近的是什么命运，
我的心愿就会得到满足；
这是因为预料之内的飞箭总是有更慢的速度⑨”。
我就是这样对那束光芒明言，
它方才曾与我攀谈；也正如贝阿特丽切所愿，
我把我的心愿陈述了一番。

卡恰圭达的预言

那慈父般的热爱作了回答⑩，

他并未使用在涤除人间罪孽的那头上帝的羔羊被杀之前[11]、
疯狂的众生曾沉湎其中的那种晦涩的语言[12]，
而是运用明晰的话语和准确的拉丁文，
尽管他被光辉所包拢，
却从中展露他特有的笑容：
“风云变幻的事物不会延伸开来，
超出你们那物质手册以外，
一切都描绘在那永恒的脑海[13]：
但是，它并不因此就成为必然，
而只不过像是反映在目光中的舟船，
那船顺着激流奔腾而下，并非出自目中所见[14]。
正是从那里，为你安排就绪的时间[15]
径自来到我的眼前，
犹如那大风琴演奏的甜美和谐的乐曲来到耳边。
正如伊波利托因为那无情而恶毒的继母，
不得已离开雅典[16]，
你也同样不得不从佛罗伦萨只身去远。
这正是人之所欲，人也已在力求将它实现，
而且筹划此事的人不久就将做到这一点，
他们正待在每天为出卖基督而讨价还价的地盘[17]。
正如通常发生的那样，罪过的名声总是会追随被损害的一方，
但是，报复却是真理的明证，
真理则又把报复分发到众人头上[18]。
你将会撇下一切最珍惜的可爱东西；
而这正是那放逐的弓
最先射出的那支雕翎。
你将会亲身体验：
别人的面包是多么苦涩难咽，
从别人的楼梯上下又是多么步履维艰[19]。
最沉重地压在你双肩上的那个东西，
将是那邪恶而又愚蠢的伙伴，
正是与他们一起，你将跌落到这低谷中间[20]；
他们是那么忘恩负义，那么丧心病狂，那么残忍凶狠，
他们将会对你翻脸无情；

但是，不久之后，是他们，而不是你，将会染红双鬓㉑。
他们的遭遇将会是他们愚蠢行为的证明；
这就说明：你为你自己独树一帜，
对你是一件大好事情。
你的第一个避难所和第一个接待站，
将是那个伟大的伦巴第人的慷慨奉献㉒，
他把那神圣的飞禽放在阶梯上边㉓；
他对你将会照顾得无微不至，
你们两人之间，一个是赐予，一个是要求，
而他则总会首先做出别人稍晚才做出的事㉔。
与他一起，你将会看到那一个人：
那人在降生时曾受到这颗星宿如此深刻的影响㉕，
以致他的作为将会令举世瞩目难忘。
由于他年纪很轻，
世人尚未发现他的才能，
因为这重重天体只有九载绕他而行㉖，
但是，在那个瓜斯科人哄骗那崇高的阿里哥之前㉗，
他的德能就会先迸发出火花，
既不吝惜银钱，又不顾及劳乏㉘。
他那乐善好施的为人㉙
将会进一步为世人所心领，
甚至他的敌人也无法把舌头束紧，默不作声㉚。
你期待于他，期待于他行善施恩；
许多人都会依靠他而改变处境，
贫富条件也会有变化发生㉛。
你该在著作中和脑海里把他铭记，
且不可脱口说出”；他又说了一些事情，
这些事情连眼见为实的人也难以置信。
他随后又说道：“儿啊，这些都是对别人向你所讲的内容的说明㉜；
这也便是一些陷阱，
这些陷阱埋伏在太阳寥寥数转的后身㉝。
但是，我并不愿意你对你的邻人抱有怨恨㉞，
既然你的生命还会绵延流长，

远胜过对他们的背叛行为的严惩。”

诗人的使命

由于那神圣的魂灵缄口不言，
显示他无须再把那纬线
放在我向他摆出的那块布料的经线上边[35]，
我便开口说道，犹如一个人满腹疑云，
指望求教于这样的人：
他能明察秋毫，相见以诚，以爱待人，
“我的父亲，我看得很清，
时间在如何向我步步进逼，因为它给我带来这样的打击：
一个人愈是听之任之，那打击对他也便愈是严厉；
因此，我该善自以预见来武装[36]，
一旦我被剥夺那最亲爱的地方[37]，
我也不致因为我的诗句而把其他地方沦丧[38]。
从下面那苦海无边的地境[39]，
爬上那高山峻岭，我的那位贵妇用双睛[40]
把我抬到它那美丽的峰顶，
随后，又使我经过一重重星光，升上天空[41]，
我从这层层境界懂得了一些事情，
倘若我把它们一一说出，就会使许多人感到味道尖酸难忍；
而倘若我成为真理的胆怯友人，
我又担心会在这样一些人中间丧失生命；
他们将会把现时以古代相称[42]。”
这时，我发现我那珍宝在其中吟吟微笑的光芒[43]，
先是变得闪闪发亮，
如同一面金镜在阳光照耀下灿烂辉煌；
他随即答道：“被自己或别人
的耻辱所玷污的那良心，
肯定会感到你的话语尖刻伤人[44]。
然而，抛开一切谎言，
你所目睹的全部景象就可以昭然显现；
索性就让他人去搔抓身上长出的疥癣[45]。
因为即使你的声音在初尝时令人厌恶，

而在它被消化之后，
那滋补身体的养分就会长留[46]。
你的这种呐喊将像一阵狂风，
把那些最高的山峰撼动[47]，
这也不致带来微小的荣幸。
因此，在这重重旋转的天体，
在那高山峻岭和痛苦深渊[48]，
都只有那些闻名于世的魂灵在你眼前出现，
因为那聆听述说的世人的心灵，
对那来历暧昧不明
的事例不会认可，也不会轻信，
同样，对另一些不能一目了然的问题也不会信以为真。”

第十八首

贝阿特丽切对但丁的安慰

（1—21）

为信仰而战斗的魂灵

（22—51）

木星天

（52—69）

鹰

（70—114）

祈祷与谴责

（115—136）

贝阿特丽切对但丁的安慰

这时，那幸福的明镜则只是兀自在把他的话语默想[1]，
而我也在把我的话语体味一番，
并用甘甜把辛酸冲淡[2]；
那位引导我走向上帝的贵妇于是说道[3]：
“你该改变你的思维：
该想到我是靠近能减轻一切损害的那位[4]。”
我转过身去，面对我那慰藉者发出的慈爱声音[5]，
当时我从那神圣的双目中看到怎样的仁爱之情，
我现在宁可不去描述分明；
这不仅是因为我怀疑我的语言能力，
而且也是因为脑海无法仔细回忆自身的经历，
倘若另一位不来指引，助它一臂之力[6]。
这样，我如今只能追述我那时节的感受，
在凝视她的同时，我的情感
曾摆脱其他一切欲念，
只要那从贝阿特丽切身上直接焕发出来的永恒之美，
从那秀目中射出，又以那第二个形象，
令我感到满意非常[7]。
她用微笑之光征服了我，
对我说：“转过身去，仔细听着；
因为不仅在我的眼睛里才有天国[8]。”

为信仰而战斗的魂灵

正如在尘世，有时可以从目光中看出情感，
倘若它是如此强烈，
以致整个灵魂都被它夺占，
同样，从我转身所向的那束神圣光芒的闪烁辉煌中[9]，
我也辨出他的心愿：
他还想对我做些攀谈。
他开言道：“在树木的这个第五层[10]
——这树木是依靠树顶而生，
它总是果实累累，从不失落叶丛[11]，
有一些享有天福的精灵，

他们在来到天上之前，在人世都曾是大名鼎鼎，
每一位缪斯女神都会因他们而变得无比丰润[12]。
因此，你注意看那十字架的双角[13]：
我将一一列举的那一名将会在那里做出这样的行动：
用它那电掣般的火光划破云雾濛濛[14]。”
我看到一束火光在呼唤约书亚名字的同时[15]，
立即顺着十字架移动；
我也并未看出在那行动之前曾呼叫姓名[16]。
我看到呼唤那崇高的玛喀比名字时[17]，
另一束火光也立即移动，一边不住旋转，
而欢乐正是那抽打陀螺的皮鞭[18]。
对查理大帝和奥尔兰多也同样如此[19]，
我那凝神而视的目光紧追这两束火光不放，
犹如鹰猎者的眼睛紧盯住他的猎鹰飞翔。
随后，牵动我的目光的是古伊埃尔莫[20]，
还有里诺阿尔多、哥蒂佛雷迪公爵和鲁贝尔托·圭斯卡尔多[21]，
他们顺着那十字架动作。
接着，那曾与我谈话的魂灵
也在其他光芒当中行动、混杂，
他向我显示，他在这重天的众歌者中间是怎样的一位艺术家[22]。

木星天

我向我的右方转过身去，
为的是想看出贝阿特丽切的示意：
我是应当行动还是言语；
我看到她的光亮是如此灿烂，如此欢畅，
以致她的容貌胜似通常
其他时节乃至最近一次的模样。
正如一个人因行善而倍感欢欣，
发觉自身的美德
在一天天不断前进，
我也同样发觉，我与那重天一起

团团旋转，加大了那弧线[23]，
同时看到那奇迹变得更加光彩耀眼[24]。
犹如在短短的时间内，
一个妇人面容变白，
因为她的脸庞把羞红之色撇开，
我目睹的景象也是这样，因为这时我转过身去，
看到那第六颗柔和的星辰一片洁白[25]，
正是它把我迎接在怀。

鹰

我从那宙斯的光焰中[26]
看到仁爱在那里光辉闪闪[27]，
在我的眼前勾勒出我们的语言[28]。
犹如一些鸟儿从河上飞起，
仿佛为它们饱饮河水而欢庆，
它们把自己排成一队，时而成圆，时而又成其他阵形[29]，
同样，在那些光辉中的神圣造物[30]，
也在一边歌唱，一边旋转飞舞，
把自己的形象时而变成 D，时而变成 I，时而变成 L，不一而足。
它们先是一边歌唱，一边随着歌声节奏翩翩动作；
然后，在变成这些符号中的一个时，
就停歇片刻，静默不歌。
哦，佩加赛亚女神[31]，
你使那些天才享有荣光，并使他们万世流芳，
而他们又在你的帮助下，使他们的城市和王国荣光分享，
　万古名扬，
请向我说明你自身，
使我能像我所理解的那样，把他们的形象弄清，
但愿你把威力显示在这些简短的诗句当中！
于是，他们显示出合计七的五倍的元音和辅音[32]；
我也看清那一个个部分[33]，
正如它们一个个在我眼前现身。
绘出的头几个字是“DILIGITE IUSTITIAM”，
是全句的动词和名词，

"QUI IUDICATIS TERRAM"是最后几个字[34]。
随后，所有字母都排列在第五个词的 M 里面[35]；
以致那木星显现出银色一片，
那里又点缀着金光点点[36]。
我这时看到其他一些光芒[37]
落在 M 形成顶端之处，在那里不再动弹，
我想，他们是在歌颂把他们吸引到身边的至善[38]。
后来，犹如燃烧的火炭在抖动中
冒出无数点点火星，
而那些愚昧之人则据此认为是祝愿显灵[39]；
那里也正是这样仿佛射出一千多束光芒
它们冉冉升起，有的很高，有的较低，
正像那点燃它们的太阳如抽签般把它们抽出，又排列有序[40]；
每一束光芒都安然待在各自的地方，
我看到，从那清晰的火光中，
显现出一只鹰的头颅和脖颈[41]。
在那里绘图作画的那位，并没有谁在把他指引；
而他自己就是指引之人，
正是从他那里可以看出为各个窝巢构成造物形态的那种德能[42]。
另一些享天福者原先
似乎满足于在 M 上把百合花形成，
这时则稍加动作，便依照那印迹而行[43]。

祈祷与谴责

哦，温馨的星辰，有怎样的宝石，又有多少宝石[44]，
在向我显示：我们的正义正是
由你用宝石镶嵌的上天的影响所致！
正因如此，我祈求那使你的运动和你的能力
得以产生的智能，注意观察那遮掩你的光芒的烟气[45]
究竟是来自哪里；
这就使他如今能再一次
对那在圣殿内进行的买卖勾当大发雷霆，
而圣殿的墙壁都是以圣迹和殉道建成[46]。

哦，上天的战士，我仰望着你们[47]，
你该为那些尘世间的人祈祷，
因为他们竟都跟从那恶劣的范例而走上邪径[48]！
过去，人们往往使用宝剑进行战争；
但如今人们则时而从这里、时而又从那里剥夺面包，
而慈祥的天父从不将这面包拒发给任何人[49]。
但是，你却只是为了抹掉才书写[50]，
你该想一想：彼得和保罗曾为你所糟蹋的葡萄园而丧命，
他们至今则虽死犹生[51]。
你尽可以扬言："我一心仰慕的是
那愿意孤独生活的人，
他曾因那婆娑起舞而被拖去为道殉身[52]，
我既不认识波罗，又不认识那打鱼之人[53]。"

第十九首

鹰
（1—21）

但丁的疑问
（22—39）

上帝的正义
（40—99）

得救之说
（100—114）

恶劣的基督教君主
（115—148）

鹰

那美丽的形象出现在我的面前，张开双翼①，
构成它的是相聚一起的灵魂，它们欢乐无比，
沉醉在甜蜜的享受里：
每个灵魂都像是红宝石一粒，
太阳的光辉在其中烧得如此火红，
竟至把那太阳也反映在我的眼里。
我如今应当加以描述的那情景，
从不曾用言语来叙说，也不曾用墨水来写明，
同样也从不曾被人凭想象来弄清；
因为我眼见、并且耳闻那鸟喙在讲话，在发出声音，
它说的是“我”和“我的”，
而它的概念则是“我们”和“我们的”②。
这时，它开言道：“为了主持正义和广施慈悲，
我在这里被提升到这样光荣的地位：
那光荣不会让欲念超越其项背③；
我在尘世留下对我的记忆是如此美好，
甚至连那里的恶人也对它口碑载道，
但是，他们却不遵循历史的训教④。”
正如从许多火炭中使人只感到一种热气，
同样，从许多仁爱构成的那个形象里，
也只有一种声音响起⑤。

但丁的疑问

于是，我随后说道：“哦，永恒欢乐的永不凋谢的鲜花⑥，
你们的全部芬芳
却令我觉得仿佛只有一种馨香⑦，
请用你们的香气来解决我那严重的断炊绝粮，
这曾使我长期忍受辘辘饥肠，
因为在世间找不到任何饭食来填饱肚囊⑧。
我很清楚，倘若神的正义
映照在天上另一个境界里⑨，
你们的境界也能体现它而毫无隐蔽。
你们知道我是多么聚精会神地准备听取；

那美丽的形象出现在我的面前，
张开双翼，构成它的是相聚一起的灵魂，
它们欢乐无比，沉醉在甜蜜的享受里。

第十九首
第1—3行

你们也知道那是怎样的质疑:
它曾令我这么多年挨饿忍饥[10]。”
几乎像是离开鹰袋的猎鹰[11],
抖动脑袋,并得意地把双翅拍动,
显示高飞的意愿,抖擞精神,
我所见的那符号也是这样举动[12],
它是由对神恩的赞颂者装点而成[13],
只有天上的享用者才知,这些赞颂者唱出怎样的歌声。

上帝的正义

接着,它开言道:“那位转动圆规,划出世界的界限,
在这世界里面,又把隐晦的和明显的
许多东西加以分辨,
他不能把他的很多威力都施加在整个宇宙之上,
为的是使他的语言不致
无限度地超出造物的容量[14]。
这便证明:那第一个狂傲者[15],
尽管是驾凌在一切造物之上,
却因为不肯等待神光照耀,未臻成熟便先堕落[16];
从这里可以看出:任何一个较小的自然之物[17],
对那至善都是容量很小的器皿,
而那至善则是无穷无尽,由它自身来把自身的度量确定[18]。
因此,你们的眼光就必然
是那智能的光线中的一条,
万物都受到那智能的充分照耀[19];
你们的眼光,在本性上,无法有强大的力量
把它所见的原理辨明,
远远超出它所能看清的那个情景[20]。
因此,你们的世界所接受的那种眼力[21],
投入那永恒的正义,
就好似眼望海里,
虽然从岸边可以望见海底,
但在大海上则无法看到;然而,它却仍在那里,
只不过是海水的深度把它掩蔽。

那不是光明，除非它是来自永不阴霾密布的晴空[22]；
相反，那是黑暗，
或者是肉体的阴影，再或是肉体的毒鸩[23]。
如今，那暗室已向你大开门扉，
它曾向你隐藏那永生的正义[24]，
正是对这正义你屡屡提出问题；
因为你曾说过：‘一个人生在印度河岸[25]，
那里无人谈论基督，
既无人教导经文，也无人把教理来著述；
从人类理性的角度来观看，
他的全部意愿和行为皆属良善，
无论在言语上还是行动上，都无罪愆[26]。
他既未受洗、又无信仰而死去：
若是把他惩罚，这可算是正义？
倘若他不相信什么，是否也算是他的罪过？’
那么，你究竟是谁？竟想坐到高椅上充当法官，
用巴掌大小的短见，
来对千里之遥的事物作出判断[27]！
当然，倘若在你们的上方没有《圣经》[28]，
那费尽心思探讨我的人
就会感到诧异，产生疑问。
哦，尘世的动物！哦，愚钝的心灵！
那首要的意志本身就是善心，
它永远不会离开作为至善的它自身[29]。
只要与它相符，那就是正义：
任何被创造出的善，都不能把它吸引到自己身边，
而是它在普照万物的同时，造成善[30]。”
犹如母鹳为小鹳喂罢了食，
在窝巢上不住旋转，
也像那喂饱食的小鹳把母鹳亲切观看；
那幸福形象的动作也正是这样[31]，
我也扬眉抬眼，把那形象注目观望，
它在众多意愿的推动下，扇动翅膀[32]。
它一边旋转，一边歌唱，

并且说道:“正像我对你唱出的曲调你不能领悟,
同样,那永恒的判断也非你们这些凡人所能理解清楚[33]。”

得救之说

随后,那圣灵的闪亮火光静止下来[34],
但那火光依然闪烁在那符号之中[35],
那符号曾使罗马人赢得世人的无限崇敬[36],
这时,它又开口说道:“凡是不信仰基督的人,
都永远不能升入这个仙境[37],
不论是在他被钉上那木架之前,还是在这之后,都一概不能[38]。
但是,你看:许多人都在高呼:‘基督啊,基督!’
他们在审判时,将会比某个不认识基督的人[39]
距离基督更加远甚;
为这些基督教徒判刑的将是埃塞俄比亚人[40],
这时,他们将分成两群:
一群将是永远富有,另一群将是永远赤贫[41]。
波斯人在看到那掀开的天书时[42],
会对你们的国王讲些什么?
既然在其中写下他们的全部鄙劣举措!

恶劣的基督教君主

在那里,人们将看到,在阿尔贝托的行径当中[43],
有那不久将驱动神笔直书的行径,
因为他将把布拉格王国变成荒漠无人。
在那里,人们将看到,那个将被野猪一撞而死的人
给塞纳河上带来的伤痛[44],
因为他以假币充真。
在那里,人们将看到,那称王称霸的饥渴,
使苏格兰人和英吉利人变得狂妄无比[45],
他们竟不能容忍留在自己的属地。
可以看一看西班牙的那位和波希米亚的那位[46],
他们荒淫无度,生活萎靡,
他们从不了解何谓英勇,也不愿得此美誉。
可以看一看耶路撒冷的那个跛子[47],

他的善行可用一个 I 来说明，
而相反的东西则将用一个 M 来表示[48]。
可以看一看管理那座火岛的那位[49]，
他既贪得无厌，又怯懦可鄙，
正是在那岛上，安奇塞斯结束他的长寿而西归[50]；
而为了令人理解他是多么无足轻重，
将用简短的字句来把他描述，
这些简短的字句将会在很小的篇幅里说明很多内容。
每个人并将看到他的叔父和兄弟的卑劣行径，
这行径曾玷污如此尊贵的家族
以及王冠两顶[51]。
在那里，还将了解到葡萄牙和挪威的那位[52]，
另有拉夏的那位[53]，
他曾居心不良地看过如何制造威尼斯银币。
哦，幸福的匈牙利，倘若它不再让自身受到欺凌[54]！
幸福的纳瓦拉，倘若它能用环绕它的山岭[55]
来武装它自身！
每个人都该相信，过去曾有例在先，
尼科西亚和法马哥斯塔[56]
就曾因为它们的野兽而呻吟和呐喊，
而那头野兽则寸步不离其他野兽的身边[57]。”

第二十首

正义的精灵

(1—15)

鹰之眼

(16—78)

里菲俄斯与特拉亚诺

(79—129)

天命

(130—148)

那个普照世界之物[1]
正从我们的半球低低降落，
四处的白昼也随之渐渐消磨，
这时，原来只是靠它才点亮的苍天，
则在许多光辉照耀下，立即面目再现，
而又只有一个把光芒反射在这些光辉里面[2]；
天空的这种变化此刻也令我想起，
因为那世界及其元首的标记[3]，
把它那幸福的鸟喙紧闭不语；
因此，所有那些晶莹闪烁的光芒，
变得更加明亮，它们开始歌唱，
但那歌曲从我的记忆中瞬息即逝，未能久长[4]。
哦，温馨的爱啊，你为自己披上微笑的衣裳[5]，
你在那笛子里显得多么热情奔放，
而只有神圣的思想才会把那笛子吹响[6]！

鹰之眼

那颗颗珍贵而璀璨的宝石
使那天使的歌声戛然停止，
而我正是从那些宝石身上，看到那第六个光辉晶莹闪亮[7]，
在这之后，我仿佛听到河水的汩汩声，
它从一块块岩石上流下，清晰可闻，
显示出水源充足在那高高的山顶[8]。
犹如在齐特拉琴的颈部发出琴音[9]，
也如在风笛的小孔，
阵风送入，吹出笛声，
同样，那鹰的喃喃低语
也打断了拖延久等，
立即顺着那似乎透空的脖颈，提高嗓音[10]。
正是在那里，形成了人声[11]，
随即以言语的形式，从它的喙中发出，
这些言语正是我的心灵所期待，我便把它们牢记心中[12]。
它向我开言道：“我身上的那个部分，

所有那些晶莹闪烁的光芒，
变得更加明亮，它们开始歌唱，
但那歌曲从我的记忆中瞬息即逝，未能久长。

第二十首
第10—12行

是尘世的鹰用来观望太阳和承受阳光照耀的器官[13],
现在你要把它仔细地看清,
因为在构成我的形象的那些火光当中,
有一些是使我头上的眼睛闪闪发亮的火光[14],
它们驾凌在所有这些火光的等级之上[15]。
在中间作为眼珠而发光的那位,
是圣灵的歌者,
他曾从一个城市到另一个城市,运送约柜[16]:
如今,他得识他的歌颂的功绩[17],
因为他获得与功绩相等的奖励,
这也是他的意志取得的效益[18]。
有五位把我环绕,作为睫毛,
其中一位最靠近我的喙,
他曾为那寡妇之子而给她以安慰[19]:
如今,他得识不遵从基督
要付出多么昂贵的代价,
因为他亲身体验这甜蜜的生活,和与此相反的折磨[20]。
在我所说的那个圆周中的下一位,
他位于弧形的上端[21],
由于真正的悔罪,曾把死亡拖延[22]:
如今,他得识永恒的裁判不会改变[23],
即使尘世所做的诚心祷告
把今日变为明天[24]。
再下一位曾成为希腊人,连同法律和我[25],
因为他把大权让与牧者,
用心虽好,却结下恶果:
如今,他得识从他的善行中产生的那恶事,
如何对他并未带来伤害,
尽管由此而被摧毁的则是世界[26]。
你从那向下倾斜的弧线中看到的那位,
是威廉,那片土地对他满怀痛惜[27],
而对活着的查理和腓特烈则怨恨不已:
如今,他得识上天是多么钟爱明主贤君,
至今仍能使人看见

他那光辉灿烂的面容[28]。
在下面错误丛生的尘世中[29],
有谁会相信: 特洛伊人里菲俄斯[30]
竟是这圆圈里的第五道神圣光明?
如今, 他得识有关神恩的许多事情,
而那有关神恩的事, 全非世人所能看清,
尽管他的视力也不能辨出事情的根本[31]。"
犹如云雀翱翔在空中,
先是放声歌唱, 随后又默不作声,
因为它满足于令它纵情欢唱的最后一曲甜美之音,
在我看来, 那带有永恒欢乐的印迹的形象正是这般光景[32],
依照那永恒欢乐的意愿,
每件东西都成为它应有的那种原形[33]。

里菲俄斯与特拉亚诺

虽然我的疑问依然未曾消除[34],
我在那里, 几乎像一块玻璃被疑问的色彩遮住[35],
我不能容忍等待时间, 沉默不语,
而是立即话从口出: "这些究竟是何物?"
正是那疑问的沉重分量推动我说出此语,
因为我看到这些精灵大放光芒, 十分欢愉[36]。
随后, 那幸福的符号用更加明亮的眼睛[37]
向我作了回答,
为的是不让我继续保持惊讶:
"我看出你相信这些事情,
因为它们是出自我口, 但是, 你却不明究竟;
因此, 它们即使为你所信, 却依然晦暗不明。
你的做法就像这样一种人:
他十分清楚这件东西的名称,
倘若别人不加指点, 他就无法把那东西的实质看清[38]。
天国忍受来自热爱与强烈希望的暴力[39],
而正是这暴力
把神的意志战胜;
但是, 这暴力战胜它, 并不像一人把另一人压倒,

而是因为神的意志本身愿意被战胜，
一旦被战胜，它还会用它的善心去战胜世人。
那睫毛的第一个魂灵和第五个魂灵[40]，
令你感到十分惊异，
因为你看到是由他们来装点天使的仙境[41]。
从他们的肉体脱胎而出的，并不像你所认为的，
是异教徒，而是基督教徒，他们坚信
那双脚将要、也已经遭受钉刑之苦的人[42]。
因为那一个从地狱重返白骨[43]，
在那里，他永不能把善意恢复[44]，
而这是对那强烈希望的偿付[45]；
正是那强烈希望把力量注入
在为让他起死回生而向上帝作出的祈祷之中，
这便使他的意愿也得以更动[46]。
现在所说的那个光荣的灵魂[47]
返回肉体，又在其中活了短短时辰，
他从此信仰那位能救助他的神灵[48]；
由于有了信仰，他胸中
燃起真正的爱的熊熊烈火，
这使他在第二次死亡之后有资格来享受这样的欢乐[49]。
那另一个魂灵曾蒙受涌自如此深邃的泉源的神恩[50]，
而从未有任何造物
能把眼光穿透那喷出首批浪花之处，
他在尘世，曾把他的全部的爱都献给正义；
因此，通过一再赐予的神恩，
上帝使他张开了眼睛，看到我们未来得救的可能；
他就此也便信仰救世，
从此不再忍受异教的臭气难闻；
他还谴责那些自甘堕落的人。
那三位贵妇早在实行洗礼的一千多年以前，
就曾为施洗而来到他的身前，
你曾看见她们立在那右轮一边[51]。

天命

哦，天命，你的根源

距离世人的视线是多么辽远！
那些视线对那首要原因的全部无法看见[52]。
你们这些凡夫俗子啊，你们在判断事物上务须谨慎；
因为我们虽能觐见上帝，
却还不能得知所有当选之人[53]；
这样界定的局限却令我们感到温馨[54]，
因为我们的善通过这种善会变得更加完善[55]，
也因为上帝所愿也正是我们所愿。”
这样，那神的形象[56]
为了使我的短视变得明察秋毫，
便为我开了一剂甜美的良药。
正如一位好琴师为一位好歌手伴奏，
他把琴弦弹拨得丝丝入扣，
从而使歌手更加悦耳地一展歌喉，
以致我至今依然记得，在它讲话的同时，
我看到那两束幸福的光芒[57]
在配合着言语，闪动阵阵火光，
犹如双眼在一合一张。

第二十一首

土星天

（1—24）

金梯

（25—42）

圣彼特罗·达米亚尼

（43—126）

对高级教士的谴责

（127—142）

土星天

我的双眼这时重又注视我的那位贵妇的面容①，
随着这双眼，我的心灵
也把任何其他念头摆脱干净。
她不曾微笑；而是向我开言道：
“倘若我微笑，你就会落得像塞墨勒那样的光景②，
变成一片灰烬；
因为我的美丽，正如你所看到的，
沿着那永恒宝殿的阶梯，
愈往上升，就愈照射得强烈无比③，
若不节制，纵情放射光芒，
你那凡人的视力，在它那强光照耀下，
就会像被闪电劈断的枝叶一样。
我们已经登上第七层光辉④，
它如今在那炽热的天狮星座的胸下，
与这星座的能力混合在一起，把光芒向下遍洒⑤。
你该让心灵紧随你的双眼，
并把你的双眼变成两面镜子，映照那形象，
你就会从这面镜子中，把它看得清清爽爽⑥。”
谁若知晓我的目光
从那幸福的容貌中汲取多大营养⑦，
而这时，我又移情把其他东西观望，
他就会理解我是多么满心欢畅，
服从我那天赐的导向，
对比一下这一面与那一面的分量⑧。

金梯

那水晶般的星体把世界环绕⑨，
带有世上难能可贵的元首的名称，
在这位元首的统治下，万恶都匿迹销声⑩。
我从那晶体里看到有一架金色的梯子朝上竖立，
那金色辉煌灿烂，光芒四射，
那梯子竖立得那样高耸，非我的目光所能及⑪。
我还看到有许多光辉沿着梯阶下降⑫，

那光辉竟是如此众多，
我甚至认为，显现在天上的所有星光都汇集在那厢[13]。
犹如只只灰鸦聚拢一起[14]，
出于自然习惯，在晨光熹微的时际，
抖动全身，烘暖冻冷的羽翼；
随后，有些一去而不复返，
有些又飞回原来动身离去的地点，
还有些逗留原处，一面不住旋转；
我觉得，这里那片闪亮光辉的情景也是这般[15]，
那片光辉也是整体而来，
一直降到某个梯阶，就因为相撞而分散。

圣彼特罗·达米亚尼

离我们最近的那束光辉停了下来，
它是如此焕发光彩，
我不由暗想道：“我清楚地看出你向我表示的爱[16]。”
但是，那位却不动声色[17]，
而我则期待她告诉我：怎样又何时说话和沉默；
于是，我只好违反心意，注意做到不提问题。
因此，她从对洞察一切的那位的观望中[18]，
看出我在一语不发，
便对我说道：“你且倾诉你那热切的愿望吧。”
我于是开言道：“我本人的功德
并不使我有资格获得你的回答；
而是请看在那位的面上：是她容许我向你请求答话[19]，
幸福的魂灵啊，你把自己隐蔽在你的欢乐之内[20]，
请你向我说明
你如此靠近我的原因；
请告诉我：为何在这重旋转的天体，
那甜美的天堂交响曲竟然悄然沉寂，
而那乐曲在下面各重天体则奏响得虔诚至极[21]。”
那光辉向我答道：“你的听觉正如视觉一样，都属凡人所有；
因此，这里才不展示歌喉，
这也正是贝阿特丽切不再微笑的情由[22]。

我踏着那神圣的阶梯一级一级地降临，
只是为了用话语和包拢我的光芒，
向你表示欢迎；
也并不是更多的爱促使我更快地走下来，
因为从这里到那上面，有更多和同样多的爱在热烈涌现[23]，
正如在你面前显示的那片光焰。
但是，那崇高的仁爱使我们
成为执行主宰世界的那个意志的勤快奴仆[24]，
正如你所眼见的那样，安排我们在此承担各自任务。”
我说道：“神圣的明灯啊，我看得很清楚，
在这天朝，如何只须有自由的爱
便足以遵从永恒神意的吩咐[25]；
但是，令我感到难解的是这样一个疑问：
为何在你的同伴当中，只有你一人
被命定负起这项职能[26]。”
我尚未先说出最后一句话，
那光辉就把它的中间部位变成轴心，
像磨盘那样，急速地自我转动[27]；
接着，蕴藏在光辉中的爱便答道[28]：
“神光直射在我身上，
透过我用来紧裹住我的这个光芒，深入到我心房，
它的德能与我的视力会合在一处，
把我抬高到超越我自身的程度，
这使我把那神光据以产生的最高实质得以目睹[29]。
正是从那里产生我据以放射光焰的欢乐；
因为我的视觉竟是那么明亮，
那光焰的亮度也恰与这视觉一模一样[30]。
但是，天上那光亮最强的魂灵，
那最凝眸注视上帝的撒拉弗[31]，
却都不能满足你的提问；
因为你所要求的那个答案
伸展到那永恒条例的深渊[32]，
那条例与任何造物的视力截然两断。
俟你返回尘世，

你该向人间陈述此事，
让世人不再敢把脚步移动，朝这样的目标迈进[33]。
心灵在这里是光明，在尘世则是烟云[34]；
因此，它才看出它又怎能在下面凡尘
做出即使上天接受它、它也不能做出的事情。”
他的话语就这样打断了我的求知之念，
我于是把问题搁置一边，
只好谦卑地询问那魂灵：他究竟是谁人。
“在意大利两道海岸之间，有一些巉岩高高耸立[35]，
与你的故乡有不太远的距离，
那巉岩竟是如此高耸，甚至在更低之处也能响起雷声[36]，
这些巉岩形成一个驼峰，名唤卡特里亚，
在这驼峰之下，建立了一个隐修之所，
它一向只是用作敬神之舍[37]。”
这样，他就向我开始做第三次讲话[38]；
接着，他又继续说道：“在这里[39]，
我曾如此坚定地侍奉上帝，
尽管只是以橄榄汁做成饭食[40]，
我也轻松地度过寒暑，
满足于静修的思路。
那座隐修院曾一向把丰富的收获献给诸天；
如今则变成寸草皆无[41]，
不久它就必然要彻底暴露[42]。
在那个地方，我是彼特罗·达米亚诺[43]，
在位于亚得里亚海岸上的我们的圣母之家，
我则是有罪之人彼特罗[44]。
当我被要求和强迫戴上那顶帽子时[45]，
我的尘世生活所剩很少[46]，
而那顶帽子则相继传戴，愈传愈糟[47]。

对高级教士的谴责

矶法来了，圣灵的伟大器皿也来了[48]，
他们都身体瘦弱，赤着双脚，
向任何一个住家求得饭食施舍[49]。

如今，新的牧者在这里和那里
居然要人们来把他们搀扶，要人们为他们抬轿，
而他们又是多么沉重啊！还要人们为他们牵高长袍[50]。
他们用他们的披风盖住坐骑[51]，
这就使两头畜牲竟在一张皮下行走：
哦，耐性啊，你竟然能这样承受[52]！”
说到这里，我看见有更多的光焰
一级一级地走下并旋转，
每转一圈，它们就变得更加美艳。
它们来到这束光焰的四周，便停下不走，
它们发出一声呼喊，震耳欲聋[53]，
尘世不可能有类似的呼声：
我也听不出它的含义；那雷声竟把我震得如此头脑发昏。

第二十二首

享天福者的呼喊

（1—24）

圣本笃

（25—99）

升入恒星天

（100—111）

双子星座

（112—154）

我惊得目瞪口呆，急忙转向我的引路人，
犹如一个孩童总是跑向
最可信任的地方①；
那位也像立即前来帮助②
那面色苍白、气喘吁吁的儿子的母亲一样，
用那往往能很好慰藉儿子的声音，对我言讲：
“你难道不知你已在天上？
你难道不知，上天是彻底神圣，
这里所做的一切都来自善的热忱③？
既然这声呼喊已令你感到如此震惊，
你如今可以设想，若是有歌声
和面露微笑的我，那又会怎样令你惶恐④；
倘若你从那喊声中，能听出他们的祈祷，
你那时就会明白那报复⑤，
而在你死之前必将亲眼目睹。
这上天之剑砍得不会过急，也不会过晚⑥，
而这都取决于期待它的人抱有何种意见：
他对它的到来是恐惧还是切盼。
但是，你如今还是转向其他灵魂；
因为你将看到一些声名卓著的精灵，
倘若你能像我所说的那样，把视线移动。”
我照她喜欢的那样，把目光转移过去，
我看到有一百个闪亮的小球
因为相互照耀而一起变得格外美丽⑦。

圣本笃

我一直像是一个人
压抑内心的渴望锋芒，不敢贸然动问，
生怕有失过分；
那些珍珠中最大最亮的一颗⑧，
走到我的面前，
要以它自身来满足我的心愿。
接着，从它里面，我听见有声音在说⑨：

“你若像我这样，看出在我们当中燃烧的那种仁爱，
你的那些思想也便会吐露出来。
但是，为了使期待中的你不致推迟达到那崇高的目的[10]，
我将回答你仅仅在思索的那个问题[11]，
既然你如此迟疑不语。
那座山岭——卡西诺就位于它的山坡之上[12]——
过去曾有上当受骗、执迷不悟的人们[13]
经常光顾，攀上顶峰；
我就是那首先把那位的名字带到山上的人[14]：
那位曾把真理送往凡尘，
而这真理又使我们升华到如此崇高的水平[15]；
多少恩泽之光照耀在我身上，
这就使我得以把周围城镇摆脱渎神的信仰[16]，
而这信仰曾诱使世人步入歧途，受骗上当。
这些静思默想的其他火光[17]，
全都曾是燃烧着火热之心的凡人[18]，
正是这火热之心使神圣的花果得以产生[19]。
在这里的有马卡里奥，在这里的有罗莫阿尔多[20]，
在这里的还有我的那些兄弟[21]：
他们足不离隐修地，心也固守在修道院里。”
我于是对他说：“你在与我谈话时所表达的亲切之情，
还有我从你们诸位的热情当中
所目睹和发现的和善面容，
扩大了我的信心，
正如阳光照耀玫瑰，
使它含苞怒放，尽其所能。
因此，我请求你，请你，父亲，令我确信：
我是否可以得到足够的恩惠，
使我能一睹你那不加掩盖的真容。”
他于是说道：“兄弟，你那崇高的愿望
将会实现在最后一重天上[22]，
其他精灵和我的愿望也正是实现在那厢[23]。
在那里，一切愿望都达到完美、成熟和完整无缺的境地；
只有在那重天上，

每个部分都待在它一直停留的地方[24],
因为它不是在空间之内,也没有两极[25];
我们的阶梯一直通到它那里,
正因如此,阶梯才脱离你的视线,隐身飞去[26]。
先祖雅各曾目睹阶梯
把那最高部分一直放到那重天,
当时,满载着天使的阶梯曾在他眼前出现[27]。
但是,如今无人从地上提起双脚
攀登这道阶梯,而我那留在世上
的教规,也不过是用来损坏纸张[28]。
那些院墙,过去曾是祷告之所,
如今却已变成贼窝[29],
那些袈裟也成为口袋,把变质的面粉满装[30]。
但是,严重的高利盘剥
还不致如此违犯上帝的欢心,
做到这一点的倒是那使僧侣们如此丧心病狂的收获[31];
因为不论教会保管什么东西,
一切都属于以上帝的名义祈求的人们,
而不属于亲戚,也不属于更丑恶的其他人等[32]。
凡人的肉体是如此柔弱,
在尘世,良好的开端并不足以持续,
哪怕从生出橡树持续到结出橡实[33]。
彼得开始时既没有金,也没有银,
我开始时也只有祈祷和清贫,
方济各开始时则谦卑地只有他修道的一群[34]。
倘若你看一看每个教派的开端,
然后再观察一下它发展到什么地点,
你就会看出那从白到黑的演变[35]。
然而,根据上帝的心意,
约旦河向后倒退,海水逃避,
这毕竟比看到这里的拯救更加令人惊奇[36]。”
他就是这样对我言讲,随即又重返他的队伍里,
那队伍聚拢到一起;
接着,如同一阵旋风,全体向上旋转飞去。

升入恒星天

那位温柔的贵妇把我推到他们身后，
稍作示意，命我顺着那阶梯攀登上去，
这样，她的德能就战胜了我的自然之躯㊲；
在尘世，可以自然地上升和下降，
却从未有过如此飞速的动作，
竟可以把它比作我生出翅膀。
读者啊，即使我一旦重新获得那虔诚的胜利㊳——
我如今正为此而经常痛哭我的罪行，
并不住捶打我的前胸，
你也不会用与我一样短促的时间，把手指放到火里，
　又立即抽出，
而我则在这转眼之间，
望见那追随金牛星座之后的星座，并进入它里面㊴。

双子星座

哦，光荣的群星，哦，充满伟大德能的明灯㊵，
在这明灯的照耀下，我得识我的全部才华，
且不论它是怎样的才华，
作为一切尘世生命之父的那位㊶，
与你们一起升起，也与你们一起降落，
而这时，我第一次嗅到托斯卡纳的空气㊷，
随后，我蒙受天赐的恩泽，
得以进入围绕你们旋转的高高的轮盘，
我这才被安排到你们的地盘㊸。
如今，我的灵魂虔诚地向你们央求，
以便获得你们的德能，应付这艰巨的关口，
这关口正把我的灵魂拉过去，把它吸收㊹。
贝阿特丽切这时开言道：“你现已如此临近那最后的解救㊺，
你应当使你的眼光
变得犀利而明亮；
因此，在你进一步走向它之前㊻，
你该注意朝下观看，
你可以看到，我已把多大的寰宇放到你的双脚下边㊼；

这样，你那愉快的心灵就可以尽其所能，
迎向那胜利的一群，
他们正欢欣鼓舞地通过这圆圆的天穹来临[48]。”
我回转头来，用目光把这全部七重天一扫，
我看到这地球竟是这般模样，
不禁对它那卑微形状发出微笑[49]；
我赞同那种把它小看的意见，
因为这意见是如此英明；
也可以用真正的智者来称呼那些心向其他的人[50]。
我看到拉托娜的女儿在焕发光明[51]，
没有那片阴影，而它曾是使我产生错觉的原因：
因为我过去曾认为她的密度有稀有浓[52]。
伊佩里奥尼啊，我在这里
可以承受你所生之子的面容[53]，
我还看到玛亚和狄奥妮如何在他周围和近处运行[54]。
在那里，位于父亲与儿子之间的木星
在我面前，散发着柔和的光芒[55]：
在那里，我也才看清它们怎样把它们的位置不断变更[56]。
所有七重天体在我面前都显示出，
它们有怎样的大小，有怎样的速度，
它们又有怎样相隔遥远的住处。
那小小的地面令我们变得如此凶残[57]，
这时我正伴随那永恒的双子星座绕它旋转，
它从山丘到河口，全部展现在我的面前[58]。
接着，我便又把双目转向那美丽的双眼[59]。

第二十三首

贝阿特丽切的期待

（1—15）

基督的胜利

（16—87）

圣母的胜利

（88—139）

贝阿特丽切的期待

犹如一只鸟在它所珍爱的枝叶之间，
栖息在它的那些可爱的新生小鸟的巢窝旁边，
度过一夜，而那夜又向我们把万物遮掩，
这时，它为了观看它所渴望看到的小鸟们的模样①，
也为了寻觅食物来把它们喂养，
为此，即使要付出艰苦的劳动，它也感到满心欢畅，
它跳上开阔的枝头，等候天亮②，
它怀着急切的企盼心情，期待太阳，
它目不转睛地盯视着，盼望露出曙光；
我的那位贵妇也正是这样目不暇视，直身挺立，
她转身朝向那片天空③，
在那天空之下，太阳显得不慌不急：
这就使我见她如此心情急切，全神贯注，
我自己也变成这样一个人：
渴望得到某件东西，却只能依靠希望来自我满足④。

基督的胜利

但是，我要说，从我等待的时间⑤
到眼见天空变得愈来愈明亮的时间，
其中相隔的时间却是十分短暂；
这时，贝阿特丽切说道："瞧，
庆祝基督胜利的队伍来了，
那是这些天体的旋转所收获的全部成果⑥！"
我觉得，她的整个面庞燃烧如火，
双眼充满欢乐，
这竟使我如今不得不略去不谈，把它放过⑦。
犹如在出现满月的晴朗夜空，
特丽维亚在永恒的林泽女神中间展露笑容，
这些女神从四面八方点缀苍穹⑧，
我眼见一轮红日驾凌在成千上万盏明灯之上⑨，
正是它把所有明灯点亮，
就像我们的太阳照亮天上的星光⑩；
通过那强烈的光芒，

透露出那霞光万道的实体，它竟是如此明亮⑪，
照在我的脸上，令我的视力无法承当。
哦，贝阿特丽切，温柔而亲爱的引路人！
她对我说：“那把你压倒之物，
就是任何东西都无法回避的德能⑫。
在那里的正是大智与大能⑬，
他曾开辟沟通天地的途径，
这曾是世人盼望已如此长久的事情⑭。”
如同火光穿破云层，
极大膨胀，不能被云层所包容，
从而脱离它的本性，朝下边的地面俯冲⑮，
我的心灵也正是如此，它把那珍馔美味饱餐一顿⑯，
已变得更加壮大，竟然冲出自身，
甚至连它自己做了哪些事情也记不清。
“睁大你的眼睛，仔细看看我现在是怎样的神情：
你已看见一些东西，它们使你变得如此强大，
足以承受我的笑容⑰。”
我这时像是一个人
依然为业已忘怀的幻觉弄得神志不清，
正徒劳地努力要把那幻觉唤回记忆之中，
我听到这值得我感激不尽的邀请，
这样的邀请永不能
从那记录往事的书册中匿迹销声⑱。
即使所有那些经波林妮亚和她的姊妹们
用她们那最最甜蜜的乳汁喂养而变得更加丰满的舌头⑲，
现在为了帮助我，全都发出声音，
也无法描述那千分之一的真情实景，
尽管它们在歌颂那圣洁的笑容，
歌颂那神圣的形象使这笑容变得多么光彩照人⑳；
描写天堂的情景，
正应当这样，使那神圣的诗篇实现飞跃，
犹如一个人发现他的道路已经断绝。
但是，凡是想到这个题材是如此重大、
而承担它的又恰是凡人的肩膀的人㉑，

若见他在重负之下颤抖不停，也不会如此责问：
那是敢于乘风破浪的船头才能闯过的艰巨航道[22]，
并非小舟所能穿行，
同样也非只图省力的船夫所能驶进。
“难道是因为我的面孔令你如此迷恋，
竟使你不转过身去，向那美丽的花园观看，
尽管在基督的光辉照耀下，园里的百花在争奇斗艳[23]？
那里，有那朵玫瑰花，神子曾在其中化为肉身[24]；
那里，也有那些百合花，
正是受它们的香气熏陶，世人才走上从善的路径[25]。”
贝阿特丽切这样说道；而我，对于她的建议无不听从，
我便重又转过身去，
投入虚弱难当的双眼所进行的斗争[26]。
犹如我的一双为阴影覆盖的眼睛[27]，
在阳光照射下，看到一片鲜花盛开的草丛，
而那阳光的照射又只是透过被划破的云层；
我正是这样看到有更多的群体光辉灿烂，
他们从上面射出熊熊似火的光焰，
而我又看不出这些强光的开端[28]。
哦，仁慈的德能啊，你如此浸透着这些强光，
你曾向上升去，为的是在我所在之处，
给我的那双无力承受你的眼睛，留下一块地方[29]。

圣母的胜利

那美丽花朵的名字
使我集中精神去观看那最大的光焰[30]，
而我一早一晚总是把那名字祈祷呼唤。
我的一双目光把那颗灿烂的星辰[31]
是如何明亮，又是怎样巨大，刚才辨清——
这星辰在天上压倒众星，在人间也曾压倒芸芸众生，
这时就有一支火把，穿过天空降临[32]，
它的形状滚圆，宛如花环，
把那星辰缠绕，在它的周围旋转。
尘世响起哪怕是最甜美的乐曲，

哪怕这乐曲最能把心灵吸引过去，
倘若与那竖琴发出的乐音相比[33]，
也会像是划破云雾的雷鸣，
正是那竖琴为那美丽的蓝宝石套上花环，
而在那蓝宝石辉映下，天空也显得更加碧蓝璀璨[34]。
“我就是那天使之爱，围绕那崇高的欢乐旋转，
这欢乐来自那肚腹：
我们的渴望曾在其中寄宿[35]；
天国的贵妇啊，我将不住旋转[36]，
而你则追随你的儿子，
并将使那最高一重天变得更加辉煌灿烂，因为你进入它的里边[37]。”
那回旋奏响的乐曲[38]
就这样宣告结束，
所有其他的光辉则把玛利亚的名字唱出。
那笼罩宇宙各重天体的庄严外衣，
在上帝的气息和行动规则的激发下[39]，
变得更加沸沸扬扬，更加充满生机，
那外衣在我们上方，还有一道十分遥远的内向边际[40]，
这就使它的形象
还不曾显露在我所在的地方：
因此，我的双眼没有力量
去追随那环形的烈焰，
它则已飞升到她的种子身旁[41]。
犹如小儿在吃罢奶水后，
在最后外露的炽热心灵推动下，
把双臂伸向妈妈；
那些灿烂夺目的光辉都各自把光焰[42]
向上伸展开去，
这就使我看出他们对玛利亚怀有崇高的情感。
于是，他们就停在那里，恰好在我对面，
歌唱“天后”，那歌声是如此甜美[43]，
以致那欢悦始终不曾离开我的身边。
哦，收集在那琳琅满目的箱柜内

的珍宝是多么丰富！
这些箱柜在尘世曾是播种的好农妇[44]。
在这里，靠享受珍品而度日，
而在放逐巴比伦时则曾靠哭泣才获得这样的珍品，
在那里，曾不惜撇下黄金[45]。
在这里，获胜的正是这样一位[46]：
他有上帝和玛利亚的崇高之子在指引[47]，
与旧的和新的队伍一道，大获全胜[48]，
他把如此光荣的钥匙掌握手中[49]。

第二十四首①

圣彼得的回答

(1—45)

但丁的信仰

(46—147)

圣彼得的赞许

(148—154)

“哦，被选上参加幸福的羔羊盛宴的群体[2]，
那羔羊把这样的美食向你们供给，
以致你们总是酒足饭饱，称心如意[3]，
倘若承蒙上帝的恩泽，此人能品尝
从你们饭桌上掉下的那些碎屑残片[4]，
在死神为他规定的期限之前，
那就请你们考虑那浩如烟海的渴望[5]，
赐给他一些玉露琼浆：
你们总是畅饮那泉水，正是从那里涌出他之所想[6]。”
贝阿特丽切这样说道；而这时，那些快乐的魂灵
变成一个个圆圈，在固定的轴心上旋转，
放射着强烈的光焰，犹如彗星一般。
如同钟表装置中的一些齿轮在不住旋转，
在旁观者看来，那第一个像是静止不动，
最后一个则像是在飞速盘旋[7]；
那些光环也正是如此，节奏不同地边舞边转，
他们的舞步有快有慢，
这就使我能衡量出他们有怎样的丰富内涵[8]。
我注意到其中有一个最美丽的光环，
我看见从那个光环里飘出一束如此欢乐的光焰[9]，
它竟不曾把任何更明亮的东西留在里面；
它围绕贝阿特丽切旋转了三遭[10]，
还唱出一首如此神圣的歌曲，
我的想象力竟使我不能把它牢记。
因此，我的秃笔只好跳过，我也只好把它略而不写；
因为我的想象力对于这些微妙区别，
加上我的语言，都显得色彩过于强烈[11]。
“哦，我的神圣姊妹啊，你向我们请求得如此虔诚[12]，
正是鉴于你那炽热的仁爱之情，
我才从那美丽的光环中脱身。”
那幸福的光焰在旋转之后停了下来，
向我那贵妇送出了话音，
它所说的话语正是我前面所讲的内容。

于是，她说：“哦，你这伟大人物的永恒之光啊[13]，
我们的主曾把这极乐世界的钥匙留给你[14]，
而他曾把那钥匙带下凡尘，
请你围绕信仰问题，随意
用或轻或重的问题来对此人进行测验[15]，
你正是因为有信仰，才能步行海面[16]。
他是否有正确的爱，有正确的希望和信仰[17]，
这对你都无法隐藏，因为你的目光是放在这上面[18]：
从中可看到一切事物都被描绘停当；
但是，既然这个王国是根据真正的信仰，
培育公民，最好也让他
来谈一谈信仰，把信仰颂扬[19]。”

但丁的信仰

正如一个青年学子在自行酝酿，一语不发[20]，
直到老师把问题提出，
以便接受这个问题，而不是把问题结束，
我此刻也正是这样自我酝酿，准备一切论据，
而这时，她则正在言讲[21]，
我要准备好应付这位口试者，并把我的论据宣扬。
“说吧，善良的基督教徒，请说明你的思想：
你的信仰是什么？”于是，我抬起前额，
朝向说出此话的那束光芒[22]；
接着，我又转身去看贝阿特丽切，
她立即向我示意，让我尽情
把我内心的泉水向外倾泻。
我开言道：“天恩命我
向这位崇高的使徒之长倾诉衷肠[23]，
让我明确陈述我的思想。”
我又继续说道：“正像你那亲爱的兄弟的真实笔触[24]
向我们写下的内容，父亲，
他曾与你一起，使罗马走上正当途径[25]，
信仰是人所希望的事物的根本，
也是不曾显现的事物的凭证[26]；

我觉得，这似乎就是他的主要内容。”
这时，我听到他说：“你理解得很准确，
倘若你能很好领悟，他何以把信仰
放在诸根本中间，随后又放在诸凭证中间㉗。”
我随即说道：“在这里把它们的鲜明形象
赏赐予我的这些深奥难测的东西㉘，
对尘世的眼睛则是如此隐秘，
以致它们只是作为信仰而存在，
崇高的希望也便建筑在这信仰之上；
因此，才以根本来称呼信仰。
从这信仰出发，我们不得不进行推理，
既然我们没有其他的视力㉙，
因此，信仰也便采用凭证的名义。”
这时，我听到对方说道：“倘若这样理解
世上通过学说学会的任何问题，
诡辩之才在尘世就不会有立足之地。”
那炽热的爱就这样发出声音㉚；
随后，他又补充说道：“这枚钱币
的合金和分量业已估计得恰如其分㉛；
但是，请告诉我：你的钱袋里，是否有这枚钱币。”
我于是说道：“是的，有，它是那么铮亮，那么滚圆㉜，
它的铸造没有任何东西令我产生疑团。”
接着，从在那里闪烁发亮的光芒深处，
发出声音：“这颗珍贵的宝石㉝
是一切美德建立其上的基础，
你是从哪里得到它的？”
我于是说道：“圣灵的大量甘霖
普降在旧的和新的羊皮纸上㉞，
这正是一种论据，它如此犀利地
向我最终论证那信仰，
与它相比，我觉得任何论证都似乎迟钝难当。”
我随后又听到：“那旧的和新的命题㉟，
为你做出这样的论证，
你又为何把这论证看成神的言语？”

我于是说道:“向我展示真理的那个证据,
正是随后发生的种种事迹,
而为实现这些事迹,自然永不会把铁烧热,也永不会把铁砧捶击㊱。”
他向我答道:“你说一说,是谁向你确保这些事迹曾经发生?
正是那本身需要论证的,
而不是别的,在向你发誓论证㊲。”
我说:“倘若世人不需有奇迹,
仍然向基督教皈依,
这一个就足以论证,而其他则抵不上它的百分之一㊳;
因为你曾在田地里耕作,一贫如洗,挨饿忍饥,
你播种了良好的植物,
它过去曾是葡萄园,如今则变为荆棘。”㊴
我刚说完此话,那崇高而神圣的天朝㊵
便依照一个个光环,响起一曲“我们赞美上帝”㊶,
随着那只有天上才能唱出的优美旋律。
那位男爵曾一个枝蔓、一个枝蔓地仔细考查,
这时则已把我拉到
我们正在走近的最后枝丫㊷,
他又开口说道:“与你的心灵息息相通的天恩,
使你按照应有的启齿做法,
直到现在,启齿讲话,
这使我赞同你口中说出的回答:
但是,现在应当表白一下你所信仰的那个内容㊸,
它又来自何处,得到你的相信。”
我开言道:“哦,圣父啊,精灵,
你如今看见你生前就曾深信不疑的情景,
这使你在走向坟墓时,把那更年轻的双足战胜㊹,
你要我在此说明
我那直接信仰的形式㊺,
你还询问这个信仰的起因。
我的回答是:我相信只有一个永恒的上帝,
他以爱和欲望推动整个天体㊻,
他自己则一动也不动。

我不仅拥有物理学和形而上学的证据,
使我获得这样的信仰,
而且把它给予我的还有从这里降下的真理[47],
通过摩西,通过先知,通过诗篇,
通过福音书和著书立说的你们[48],
既然那炽热的圣灵曾使你们成为引渡众生之人[49]。
我相信永恒的三位一体,
也相信这三位一体的基因既是一个,又是三个,
他容许把'他们是'和'他是'连用[50]。
我现在所谈的正是那深奥的神的本性,
福音书的理论多次把它[51]
铭刻在我的脑海之中。
这便是本源,这便是星星之火,
它随即扩大蔓延,化为熊熊的烈焰,
正像天上的星辰,把我全身照遍。"

圣彼得的赞许

犹如主人倾听令他欣喜的音讯,
随后便把仆人搂抱怀中,庆贺他说出的新闻,
而这时,仆人不过刚刚默不作声;
那位使徒的光辉正是这样把我绕转三圈[52],
一边还用歌唱向我祝福,
我这时恰好缄口不言,
而正是在他的命令下,我才说话:我的话竟令他这样喜欢!

第二十五首

但丁的希望

（1—12）

圣雅各

（13—39）

关于希望问题的考试

（40—99）

圣约翰

（100—117）

令但丁目眩的光辉

（118—139）

但丁的希望

倘若一旦发生这样的事情:
天与地所着手书写的神圣诗文①
——这诗文曾令我消瘦许多秋春——
战胜那把我逐出美丽羊圈的残忍②,
而我曾作为羔羊,在那羊圈中睡卧,
成为在那里争战不休的恶狼们的敌人③;
今后我将带着另一种声音,披着另一种羊毛④,
作为诗人,把故土重返,
在为我施洗的泉水里,戴上桂冠⑤;
既然正是在那泉水里,我进入信仰,
这信仰使多少魂灵得到上帝的欢心,
后来,也正是因为这信仰,彼得才这样在我的前额周围绕行⑥。

圣雅各

随后,有一束光芒向我们这边移动,
它来自那个光环:正是从那里出来了
基督留下的他的代理者中间的第一人⑦;
我的贵妇满心欢喜,对我说道⑧:
“仔细地观看,观看:看那位男爵来了⑨,
如今尘世间,正是为了他,人们才把加利齐亚拜朝⑩。”
正如一只鸽子落在同伴身边,
一边旋转,一边悄悄攀谈,
一只向另一只相互表达亲切情感;
我眼见两位伟大而光荣的王公的这一位⑪,
受到另一位的欢迎⑫,
一齐把上天哺育他们的食品赞颂⑬。
但是,在相互致意之后,
他们各自却在我面前沉默不语,静止不动,
他们的光辉如此耀眼,竟压低我的面容⑭。
此刻,贝阿特丽切含笑对我说:
“光荣的魂灵,我的天庭⑮
的宽宏大量曾由你写明⑯,
你使希望之名响彻这高空⑰:

你知道，你曾多次把这希望加以体现，
每逢耶稣向这三位表示更大的爱怜[18]。”
“抬起头来，要有自信；
因为凡是从尘世来到这天上的人，
都必定在我们的光辉照耀下，达到成熟之境[19]。”
这正是那第二束光焰对我所作的鼓励[20]；
于是，我抬起双眼，向那两座高山望去[21]，
而他们方才曾以过大的分量把我的双眼压低[22]。

关于希望问题的考试

“既然我们的皇帝开恩[23]，
要你在死亡之前，
到最隐秘的宫院中，与他的众伯爵相见[24]，
以致在你眼见这天朝的真情实景之后，
那使尘世热爱至善的希望[25]
会因此而在你和其他人身上得到加强，
那么，你就说一说，那希望究竟是什么，
它又怎样使你的心灵绽开花朵[26]，
它是从何处来到你的身上的。”
那第二束光辉又这样继续说道。
那位慈悲的贵妇曾引导我的羽翼，飞翔到这样的高度，
这时则在我之先，作出答复：
“战斗的教会没有任何儿子胸怀更大的希望[27]，
正如在太阳身上所记载的那样[28]，
而这太阳则在把我们整个群体全部照亮：
因此，才恩准他在为他规定的战斗期限结束之前[29]，
从埃及来到耶路撒冷[30]，
亲眼观看一番。
其他两点的提出并非为了了解起见[31]，
而是为了让他汇报：
这一美德是多么令你喜欢，
我把这两个问题且留给他，因为它们对他并不困难，
也不会使他狂妄自大；他尽可对此做出回答，
但愿这也表明：上帝在降恩于他。”

犹如一个准备充分、跃跃欲试的学生，
在他所擅长的范围之内，立即答复老师提问，
以求显示他的才能，
我于是说道："希望是对未来光荣的一种满怀信心的期待[32]，
而产生这种期待的是：
神的恩泽和以前的功德。
这光芒是来自许多星宿，把我照亮[33]；
但是，有一位曾首先把这光芒注入我的心房：
他正是那歌颂最高元首的最伟大的歌王[34]。
这位歌王在他那颂神的诗篇中说道，
'凡认识你名的人，都必对你抱希望'[35]：
谁又能不认识此名，倘若他有与我同样的信仰？
后来，你与他的注入一起[36]，
在书信中也把光芒注入我的心房[37]，
以致我心中溢满光芒，也便把你们的甘霖泼洒到他人身上。"
在我说话的同时，那熊熊火光的明亮内部[38]，
突然有一道刺目闪电在抖颤，
竟像是雷电在打闪[39]。
于是他说道："我至今仍满怀对那美德的热爱[40]，
它曾一直追随我，
直到棕树枝，直到从战场上离开[41]，
正是这热爱要我向你说明，
你对那美德感到欢欣，
我也感到高兴，因为你说出希望令你追求的那个内容。"
我说道："上帝曾把一些灵魂视同友好，
而新旧经书提出的正是这些灵魂所追求的目标，
而目标本身也就此向我作出指教[42]。
以赛亚说，每个灵魂所着的衣衫
在他的土地上，都将是由两件衣裳制作；
而他的土地正是这甜蜜的生活[43]。
你的兄弟也曾更加详细地指出：
正是在他谈及白袍之处[44]，
这种显示也使我们看得清清楚楚。"
这些话语刚刚讲完，

在我们上方，就先听到，“对你抱希望”[45]；
所有光环都对此应和歌唱。

圣约翰

接着，在这些光环中间，有一束光辉在闪烁发亮，
倘若巨蟹星座有这样一颗水晶，
冬季将会有一个月都只有白昼之光[46]。
犹如一个快乐的少女站起身来走过去，
加入舞蹈当中，并非出于任何虚荣，
而只是为了向新娘道贺致敬，
我看到那束闪烁发亮的光辉
正是这样向那两位走来：他们正随着歌声节奏，跳着圆舞[47]，
这也与他们那炽热的爱恰恰相符。
这光辉在那里加入歌唱和舞蹈，
而我的贵妇则把他们注意观瞧，
恰如新娘沉默不语，不动分毫。
“这便是躺在我们的塘鹅胸前的那位[48]，
这位曾被人从十字架上
选定，把那伟大的职责承当[49]。”
我的贵妇就是这样开言；
但是，她在讲出她的话语之后，并不比在此之前，
更多地移动她那注意观瞧的视线。

令但丁目眩的光辉

犹如一个人凝眸而视，想方设法
要把日蚀略加观看，
而正因为要看，却又变成一无所见；
我看那最后一束火光，也正是这般[50]，
这时，那火光说道：“你为何因为看见一件
这里并不存在的东西而眼花目眩[51]？
我的肉身在尘世已化为尘土，
并将与其他肉身一道待在那里，
这便使我们的数目相当于那永恒的意图[52]。
身着两件衣裳、

待在这幸福的隐修之所的，只有方才飞升的两束光芒[53]；
你该把这一点带到你们的世上。”
这个声音响起时，那火光灿烂的旋转[54]
便静止下来，随之停顿的还有那甜美的混声合唱，
这合唱曾与那三束光辉唱出的歌声打成一片，
这正像为停止劳作或避免风险，
原先拍打水浪的船桨，
在一声口哨吹起时，全都停放。
唉，我的心灵是多么迷茫慌乱！
因为这时我转过身去，想看贝阿特丽切，
却又不能看见，虽然[55]
我就在她的身边，就在那幸福的世界里面。

第二十六首

关于仁爱问题的考试

（1—66）

视力的恢复

（67—81）

亚当

（82—142）

我正在为被磨灭的视力而满腹疑云，
这时，从那把视力磨灭掉的耀眼光辉中，
传出引起我的注意的一个声音①，
它说道：“你的视力从我的身上被损耗，
在你恢复视力之时，
还是以论述来弥补它为好②。
那么，就开始吧；你且说明，
你的灵魂究竟朝何处瞄准③，
你该想到，你身上的视觉只是暂时迷茫，而不是永远失掉；
因为把你领到这个仙境的那个女人，
在她的目光之中，
有亚拿尼亚的手具有的德能④。”
我说道：“医治这双眼睛，或早或晚，悉听她的尊便，
这双眼睛曾是大门两扇，
而她曾满怀烈火，从中进入，使我至今一直燃烧不断⑤。
曾使这个天朝感到意足心满的善⑥，
正是爱或轻或重地教导于我的全部情感
的阿拉法和亚米加。”
那曾消除我对突然的目眩眼晕
所感到的惊恐的同一个声音，
又促使我急忙作出论证；
它说道：“当然，你应当经过更细微的筛子，
把你的思维筛清：你该说明，
是谁引导你的弓把这个目标射中⑦。”
我于是说：“这种爱必定要
通过哲学论据和由此降下的权威⑧，
刻印在我的心中；
因为善作为人们所理解的善，
正是这样把爱点燃，
它本身包含的善心愈多，这爱也便愈深湛⑨。
因此，每个认清这种论证所依据的真理的人，
就应当以爱来使自己的心灵
更多地朝这个基因，而不是朝其他基因移动⑩，

“那么，就开始吧；你且说明，
你的灵魂究竟朝何处瞄准，你该想到，
你身上的视觉只是暂时迷茫，而不是永远失掉。”

第二十六首
第 7—9 行

这个基因拥有绝对优势，
以致除它之外，任何善都无非是
它的光线中的一点光明[11]。
正是那位把这个真理向我说明[12]：
他曾把一切永恒实质
的首要的爱向我展示[13]。
也正是那真理的提出者的声音说明这一点[14]，
他谈到他自己，向摩西说：
‘我将让你看到一切美德。’
你还在那崇高的宣言的卷首，向我说明这一点[15]，
那宣言把这里的奥秘向尘世高声喊叫，
胜过任何其他文告。”[16]
我听到那声音说道：“正是通过人的心智
和与这心智相符的种种权威[17]，
你的爱的最高情感是朝上帝表示。
但是，你且再说一说：你是否感到还有其他绳索
在把你朝他拉去，这样，你就可以说明：
这种爱究竟用多少牙齿把你咬定[18]。”
这只基督的鹰的神圣意图[19]，
并不晦暗不明，
我甚至还发觉：他想要引导我表白哪些事情。
因此，我又开言道：“所有那些
能使我心向上帝的咬啃[20]，
促使我的仁爱得以油然而生；
因为世界的存在和我本人的存在[21]，
那位为使我得以活在世上而忍受的死亡[22]
以及每个像我这样的信徒所抱有的那种希望[23]，
加上前面所说的深刻认识[24]，
都把我从那错爱的大海中拉将出来[25]，
并把我送到正爱的大海岸边，妥善安排。
那永生的园丁的菜园枝繁叶茂，
我热爱这些枝叶的程度[26]，
要根据它们从他那里得到的善有多少[27]。”

视力的恢复

正当我静默下来,
一曲极为甜美的歌声就立即响彻天空,
我的贵妇与其他精灵一齐说道:“圣哉,圣哉,圣哉![28]”
犹如一个人为强光所照,骤然惊醒,
因为视觉神经与那光辉相迎,
而那光辉又在通过层层眼膜射进[29],
那被惊醒的人厌恶他所见之物,
突然的惊醒竟是如此不自觉,
只要判断力不前来相助[30];
贝阿特丽切正是这样用她的一线光明,
把我的双眼中的一切污垢扫净[31],
这线光明闪烁发亮,从一千多里外也能看清[32]:
正因如此,我随后看得比以前更明;
我看到在我们当中有第四束光芒出现[33],
为此,我几乎感到吃惊,便提出疑问。

亚当

我的贵妇于是说道:“在那片光辉之中,
有那第一个德能所创造的第一个灵魂[34],
他的造物主正把他爱抚地看个不停。”
犹如树梢经风一吹,便把顶端弯下,
随即又依靠令它挺立的本身能力[35],
把自身竖起,
我也正是如此,就在她讲话的同时,
先是惊愕,随后又有一股说话欲望令我变为自信,
这欲望在烧灼我的心。
我于是开言道:“哦,果子,只有你是生来就已成熟[36],
哦,远古的生父,
每个新嫁娘都是你的女儿和儿妇[37],
我竭尽所能向你虔诚地祈求,
求你与我谈话:你看出我的心愿[38],
为了立即听你讲话,我也就不说出它。”
有时,一只被布蒙盖的动物乱踢乱动,

以致那情感不得不
依靠那罩布随它而做的动作来让人看清[39];
这第一个灵魂也正是以类似的方式,
透过那覆盖物向我显示,
他对于满足我的要求,是感到多么欢喜之至。
他随即说出:“尽管你不曾向我说明你的心愿,
我却把它看得一清二楚,
胜过你辨明任何你所最确信不疑之物[40];
因为我是从那面真实的镜子里看出你的心愿,
那镜子把自身变得与其他所有东西完全相像,
而没有任何东西能把自身变得与它一模一样[41]。
你想听我说明:何时上帝
把我放到那座精美的花园里[42],
正是在那里,这一位把你安置在如此漫长的阶梯[43],
在我眼中,这座花园令人心悦究竟有多久[44],
上帝雷霆大发的真正原因为何[45],
我所使用和创造的语言又是什么[46]。
现在,我的孩子,偷尝树果本身
并非遭到如此长久的放逐的起因,
而唯一的起因则在于超越限定[47]。
从你的贵妇请动维吉尔的地方来计算[48],
我渴慕这聚会之所[49],
已有四千三百零二次太阳周转[50];
当我活在尘世时,
我也曾看到它返回它运行路线的所有光点[51],
有九百三十次。
我所讲的语言,
早在宁录手下的人们专心从事那永难完成的工程之前,
就已完全烟消云散[52]:
因为任何理性产物,
由于人的喜好随上天影响而更新不断[53],
都永不能经久不变。
人类讲话是自然的活动;
但是随后,自然又以这种或那种方式,

让你们根据自身所好来作出决定[54]。
在我降入地狱的痛苦深渊之前，
世上曾把'I'称为至善[55]，
而至善正是包拢我的那欢乐之光的来源；
后来又称作'EL'：而这是理所当然，
因为凡人用词犹如
枝头的树叶更换，此去彼返。
我曾待在那座距离海浪最高的耸立的山峰[56]，
生活既单纯，又不老诚[57]，
从第一时待到紧随第六时的那个时辰[58]，
恰好是太阳把四分之一圆变更[59]。”

第二十七首

对上帝的歌颂

（1—9）

圣彼得对腐败教皇的谴责

（10—66）

但丁登上原动天

（67—120）

贝阿特丽切的预言

（121—148）

对上帝的歌颂

整个天堂开始唱道:“光荣
归于圣父、圣子和圣灵!”
那甜美的歌声竟令我如痴如醉,颠倒神魂。
我觉得,我所眼见的情景
竟像是宇宙的笑容;
因为我的陶醉是通过听觉和视觉,渗入我的身。
哦,喜悦!哦,难以言表的欢乐!
哦,充满爱与和平的生活!
哦,不生贪求之心的可靠的财富哟①!

圣彼得对腐败教皇的谴责

在我的眼前,那四束光焰
在熊熊点燃,而那首先前来的一束②
则开始变得更加灿烂,
他那容貌竟变得像木星那样,
倘若木星与火星都是飞鸟,互换羽毛,
木星也就会变为这样的容貌③。
在这里分配任务与职责的神意④,
从各个方面,令那幸福的群体
停止歌唱,保持沉寂,
这时,我闻听有声音说:“倘若我改变颜色,
你且不必惊奇;因为在我说话的时际,
你将会看到在场的各位都在变颜变色。
在尘世篡夺我的地位、
我的地位、我的地位的那个⑤
——我的地位在上帝之子面前,仍在虚空着,
曾把我的坟墓变为
污血狼藉、恶臭熏天之所⑥,
这就使那从天上跌落的恶棍,在地下悠然自得⑦。”
于是,我就看见整个天空染上那种颜色:
在位于对面的太阳反照下,
那颜色在清晨和傍晚把云霭涂抹⑧。
犹如一个贤德的妇人,尽管充满自信,

整个天堂开始唱道:“光荣归于圣父、圣子和圣灵!”
那甜美的歌声竟令我如痴如醉,
颠倒神魂。

第二十七首
第 1—3 行

却只是闻听别人犯下的过错,
就变得满面羞涩;
贝阿特丽切此刻正是这样改变面色⑨;
我相信,当那最高权力受难时⑩,
苍穹也是这样暗无天日。
接着,他把话语继续说下去;
那声音变得与以前如此大不相同,
以致那面色也并不变得比它更甚⑪:
"基督的新娘是用我的、林的鲜血
以及克列托的鲜血抚养⑫,
她不擅于成为金钱收买的对象;
但是,为了获得这幸福的生活⑬,
西斯托、庇护、卡利斯托和乌尔巴诺⑭,
在流淌许多泪水之后又把鲜血洒泼⑮,
我们的意图并非是:让基督教人民的一部分
坐在我们后继者的右边,
让另一部分坐在左面⑯;
也不是要使赐予我的那两把钥匙
变为教皇旗帜上的标志⑰,
用来与受洗礼者战斗不止⑱;
也不是要使我成为印章上的图像,
盖在批准被出售的虚假特权的谕旨上⑲,
这令我经常感到羞愧难当,怒满胸膛。
在尘世的所有草场上,
都可看见身披牧人外衣的凶残豺狼⑳:
哦,求上帝救护,你为何竟躺倒不顾㉑?
卡奥尔人和瓜斯科人㉒,
在准备把我们的鲜血开怀畅饮:
哦,善始啊,你该落到怎样的恶终㉓!
但是,崇高的神意曾通过西庇阿㉔,
保卫罗马在世界上的荣光,
不久必将前来救助,如我所想。
而你,孩子啊,由于还有凡人的体重㉕,
你还将返回凡尘,届时你该张开嘴巴,

不要把我所不遮隐的事情遮隐。”

但丁登上原动天

犹如我们的大气把冷气化为朵朵雪花，向下飘落㉖，
这时，天羊的羯角
则与太阳恰相结合㉗，
我眼见那用胜利的气体装饰一新的太空㉘，
也在把这些曾与我们在此相聚的气体
化为朵朵雪花，向上抛去㉙。
我的视线紧追着他们的外貌容颜㉚，
一直追到中间的一片太空，由于过分辽阔，
使我的视线无法再向前伸展㉛。
那贵妇见我不再向上凝眸观看，
于是便对我说道：“把你的视线朝向下边，
看一看你已旋转多远㉜。”
从我最初向下观看的时间算起，
我发现我已移动我的身躯，
跨过第一气候带从中间到终点的整个弧度距离㉝；
这就使我从加德那边的地点，看到尤利西斯疯狂跨越的海面，
而从这边，则看到靠近那片海滩之处㉞：
在那海滩上，欧罗巴曾使自己变成温柔的负载物㉟。
这片花坛本会向我展露更多的景色㊱；
但是，太阳却在我的脚下继续前进，
移动有一个多星座㊲。
那一直热衷于凝望我的贵妇的爱恋心灵，
此刻比以往任何时候都更想
把炽烈的眼睛向她移动：
固然人体的自然或绘画的艺术
曾起过美食的作用，
能吸引双睛，俘获心灵，
但是若把它们全部加在一起，与那照耀我的神的美色相比，
却会显得无足轻重，
而这时，我正转过身去，面对她那笑逐颜开的面容㊳。
那视线恩赐予我的能力

使我摆脱莱达的美丽巢窝[39]，
把我推入旋转极速的天体[40]。
它的各个部分都是光彩夺目，精美绝伦[41]，
彼此又都是如此一致均匀，
这令我说不出，作为落脚地，贝阿特丽切为我选择了哪个部分。
但是，她看出我的渴望，便开始说明，
她是如此欢天喜地，满面笑容，
竟像是上帝在她的脸上显示欢庆：
“世界的本性使中心静止不动，
其他一切则都绕它而行[42]，
这本性正是由此开始，犹如从它的起终点起动[43]；
这重天没有其他归属之处，只有把神的心意作为归属[44]，
也正是在神的心意之中，
燃起令它转动的爱和它所普降的德能[45]，
一个圆圈的光与爱把它包拢[46]，
正如这重天也把其他各重天包拢；
也只有把那头一道圈缠绕的那位，才能对这头道圈神会心领[47]。
它的运动不是由其他运动来分清；
而是其他各重天由这重天来测定，
正如十要由它的一半和五分之一来测定[48]。
现在，你可以一目了然：
时间如何把它的根子藏在这个花瓶里面，
又如何把它的枝叶露在其他花瓶里边[49]。

贝阿特丽切的预言

哦，贪婪啊，你把世人深深淹没在你的下面，
任何人都没有力量
把眼睛伸出你的浪涛外边！
向善的心愿在人们身上如繁花开放；
但是，连绵的阴雨
却把真正的李子变为劣果酸汁[50]。
诚实与清白只能从孩童身上发现；
随后，早在双颊盖上须毛之前，

这两者便都悄然逃窜。
有的人尚在牙牙学语时，却能守斋禁食，
后来随着舌头变得流畅，
则不问月亮是何形状，都把任何食物大吃大嚼一场[51]；
还有的人在牙牙学语时，热爱和听从自己的母亲，
而后随着语言变得完整，
却渴望看到她殒命葬身[52]。
同样，在带来清晨、留下夜晚的那位
的美丽女儿直射下，
皮肤也由白变黑[53]。
为了使你不必对此感到惊奇，
你该想到，世上没有人在管理[54]，
这便使人类的大家庭把正道脱离。
但是，在一月因为尘世疏忽对百分之一日的计算
而完全走出冬季之前[55]，
这一圈圈高天将会普照人间[56]，
以致人们久已企盼的幸运女神
将会把船尾掉向船头所在的一边，
这就使船队将直航水面[57]；
花开之后必将有真正的果子出现。”

第二十八首

一个光点和九个火圈

（1—39）

贝阿特丽切的解释

（40—87）

天使的等级

（88—139）

在引导我的心灵领略
天国之乐的那位，揭示真理，
谴责凡人凄楚堪怜的现时生活之后①，
犹如一个人看见镜子里有双枝烛台的火焰，
这火焰闪烁发光在他的后面，
而这又是在他看到它或想到它之前②，
他于是转过身去，想看一看那镜子是否向他说出真相③，
他看到镜子果然与真相恰好相符，
正像歌曲符合它的乐谱；
我的记忆也正是这样记起：
我曾定睛观看那双秀目，
而爱曾把它们变为绳索，把我捉住。
这时，我转过身去，
我的双眼被那重天体显露的景象所刺激，
每逢把它的旋转观察仔细，
我就看到有一点在如此强烈地光芒四射，
它在把视线烧灼，
这就使双眼不得不为强光所迫而闭合；
从这里看，任何一颗显得最小的星④，
若与它一起安放，都会显得像是月亮，
犹如星与星并列天上。
或许，那光晕也似乎是如此邻近地把光束缠紧，
而当带来光晕的水气是更加浓密时⑤，
那光束便把那光晕染得五彩缤纷，
有一个火圈在这光点周围也是同样远近，
那火圈旋转得如此迅速，
竟胜过那飞速绕世界而转的运动⑥。
这个火圈被另一个火圈团团围绕，
那第二个又被第三个围绕，接着第三个被第四个围绕，
第四个被第五个围绕，接着第五个被第六个围绕。
在上方，第七个又接踵而来，
它延展得竟然如此宽阔，
即使尤诺的使者用全身把它包拢，也会嫌得狭窄⑦。

第八个和第九个也是这般;
每个都运转得更慢,
速度是随距离“一”更远的数字而递减⑧;
火光最亮的是那个:
它与那纯净的星火有不远的距离,
我想,这是因为它从星火那里得到更多的真理⑨。

贝阿特丽切的解释

我的贵妇见我心神不定,满腹疑团,
便说道:“天与整个自然
都依赖那一点⑩。
你注意观看离它最近的那一圈;
它的运动之所以如此之快,
就是因为有推动它的火一般的爱。”
我于是对她说:“倘若世界是依照
我从这些光轮中所看到的秩序来安排⑪,
对我提出这样的解释就会令我感到心畅意快;
但是,在感觉世界中,可以看到一些旋转天体,
它们愈是远离中心,
便愈是具有神性⑫。
因此,我的欲望若能从这座令人惊叹
的天使圣殿中得到满足,
而它又只以爱与光作为界限⑬,
那便应当令我进一步听到
抄件与原件何以不是一致行动⑭,
因为靠我自己来对此冥思苦想,却是徒劳无功。”
“倘若你的手指不足以解开这个绳扣,
却也不必大惊小怪,
这绳扣系得如此之紧,也不曾有人尝试把它解开!”
我的贵妇就是这样言讲;她随即又说:
“你要把我将向你说的仔细听取,若你想让自己感到满意;
你该围绕我说的话,细心揣摩,发挥智力;
这些有形的光圈或大或小⑮,
都取决于渗透在它们的各个部分

的德能是多是少。
更大的善必会带来更大的福⑯;
更大的福则包含在更大的形体里,
只要这形体的各个部分都完美划一。
因此,把另一片宇宙全部带动起来
与自身一起运转
的那个,便相当于那最爱最知的光圈⑰。
因此,倘若你把你的估量
放在各实质的德能而非外形之上,
而这些实质在你眼中又显示为圆圆的火光⑱,
你就会看到令人惊奇的后果:
每重天体的大小快慢,
都与它的智慧相符合⑲。”
犹如大气的半球层⑳
始终是明亮晴朗,碧空万里,
因为这时有北风从风势最柔的一面吹起㉑,
这就洗净和荡涤原先布满的乌烟瘴气,
天空也因此露出笑意,
从它的四面八方显示美丽;
我此刻也正是这样,既然我的贵妇
用她的明晰回答给我以赐赏,
真理为我所见,犹如天上一颗星光。

天使的等级

在她的话语说完之后,
那些光圈则在迸射火星,
烧沸的热铁火星四射也不会有两种情形。
每个火星都在把它的熊熊烈焰追踪㉒;
火星是那么众多,
以致它们的数字比双倍棋盘格翻成千倍还要多㉓。
我听到一班一班地在歌唱“和散那”,此唱彼和,
朝着那静止不动的光点,它现在、将来也永远
让这些班队保持在它们各自所在的地点㉔。
那位看出我心中充满疑云,

那些光圈则在迸射火星，
烧沸的热铁火星四射也不会有两种情形。

第二十八首
第 89、90 行

便说:“那头两圈向你显示的是
撒拉弗和基路伯[25]。
他们如此迅速地追随他们的纽带,
因为他们在尽可能地与那光点相像;
而他们的瞻仰能力最高,他们也便最能做到相像[26]。
围绕这两圈运转的那些其他的爱[27],
名叫体现神的容貌的德乐尼[28],
因此他们结束了三级一组的头一批[29]。
你该知道,所有这三级享有的欢乐程度,
与他们各自对真理的觐见深度恰成正比,
而任何心智都在这真理中得到平息[30]。
由此可以看出:享有天福
是以觐见的行为作基础,
而非基于爱的行为,爱的行为随后而来,处于第二位[31];
觐见的程度在功德,
而功德又是天恩与善良愿望之产物,
正是这样一步推进一步[32]。
另一批三级一组在这永恒的春天里[33]
如此抽枝发芽,欣欣向荣,
以致黑夜的白羊星座也无法使它凋零[34],
它们把‘和散那’唱个不停,
带着三种优美旋律,
这些旋律响在它们各自所属的欢乐的三层[35]。
在这个等级中,有其他那些神灵:
先是德权天使,后是德能天使;
德威天使则是在第三层[36]。
随后,在欢乐的最后前两级中[37],
旋转的是统权天使和天使长;
最后一级则全部都是天使,他们都在喜庆欢畅[38]。
这几级都在朝上凝神瞻望,
朝下则施加影响,
他们都被牵向上帝,同时又牵动下方[39]。
杜内修曾满怀渴望[40],
对这些级别沉思默想,

132 他把他们一一命名，加以区分，如我所见的一样。
但是后来，格雷高里奥却与他产生歧见；
这就使他刚刚来到这重天上，睁开双眼，
135 就立即把自己嘲笑一番[41]。
倘若一个凡人在尘世展示了如此神秘的真理[42]，
我不希望你会感到惊异；
138 因为正是曾在天上目睹这番景象的那位向他揭示了这个真理奥秘[43]，
外加许多其他有关这些旋转光圈的真理[44]。”

第二十九首

天使的创造

（1—66）

天使的职能

（67—126）

天使的数目

（127—135）

上帝与天使

（136—145）

拉托娜的一双儿女
被白羊和天秤所覆盖
他们一齐把地平线变成腰带①,
从天顶使他们保持平衡的那一刻,
到二者最后调换所处的半球,
各自摆脱那条腰带的那一时②,
正是在这同样长短的时间, 贝阿特丽切带着那笑意盎然的面庞,
静默不言, 凝眸观看,
观看曾把我征服的那一点③。
她随即开言道:“我要说出——我不想询问——
你所想要听到的那番话语,
因为我从那汇集一切地点与一切时间之处, 看出你的心意④。
那永恒的爱展现为种种新爱,
并非为了使自身得到什么好处,
而且这也并不可能, 其目的则是要使他那反射的光辉焕发出
他那超出时间、超出任何其他包容之地的永恒光彩⑤,
如他喜欢的那样,
能说出‘我存在’。
在这之前, 他也并不曾睡卧, 几乎像是麻木不仁⑥;
因为上帝在这众水之上运行,
正是先后不论⑦。
形态与物质, 不论是复合还是单纯,
都一涌而出, 成为毫无瑕疵之物,
犹如三弦之弓把三箭一并射出⑧。
正像光线在玻璃、琥珀或水晶中闪烁,
从它射出到全部射入,
其中并无间隔⑨,
同样, 造物主的三种效果
把他的造物正是一齐全部辐射,
不分先后始末⑩。
与创造这些实质的同时, 也创造了秩序和本性⑪;
那些实质位于世界的顶峰,

而正是在它们身上，单纯的能动得以产生[12]；
单纯的潜力占据最低部位[13]；
在中央，有一条把潜力与能动系紧的纽带，
这样的纽带永不会解开[14]。
耶罗尼莫曾著书告诉你们[15]：
天使是在另一个世界被创造前
许多个世纪，就已造成[16]；
但是，这个真理却在许多章节
由圣灵的各位作者写明[17]；
你若能善加体察，必能把它看清；
甚至理性也把它看得相当分明，
理性不会容许这些动力
在这样长久的时间内，不能达到其完美之境[18]。
现在，你知道这些爱
是在何地、何时和如何被创造出来[19]；
这就使你的渴望中的三把烈火得以熄灭下来。
时间是如此之快，竟勿须从一数到二十[20]：
正是在这段时间内，一部分天使
便打乱了你们四大要素中的那个居下物质[21]。
另一些留了下来，你所眼见的这种技艺便开始运用[22]，
这技艺运用得如此欢快，
以致永不会从绕转中离开[23]。
堕落的原因在于
那一个的该诅咒的狂傲[24]，
你曾目睹他被世界的全部重量压牢[25]。
你在这里所见的那些以谦卑为本[26]，
他们都承认自己是由善而生[27]，
这善创造出他们，使他们能迅速把神意领悟得如此之深；
正因如此，他们的视力才得到提高[28]，
既依靠光辉普照的恩泽，又依靠他们各自的功绩，
这就使他们拥有坚定而完满的意志[29]。
我不希望你对此有怀疑，
而是你该确信：蒙受恩泽就是树立功绩，
这与心悦诚服地接受恩泽的情感深浅成正比[30]。

现在，围绕这个群体[31]，
你可以不需其他帮助，自行看待许多问题，
倘若你确实领略我的话语。
但是，正因为在尘世，你们的那些学派教导说，
天使的本性毕竟是这样的：
他们理解，他们记忆和他们愿意[32]，
我还要再说上几句，为的是让你看到纯净的真理，
而在凡尘，人们却把它弄混，
在这样的教导中，使它变得暧昧不明。
既然这些实质从上帝的面容中得到欢快[33]，
他们就不会把视线从那面容移开，
而任何事物都无法向那面容掩盖；
因此，他们的目光
不会被新的客体所打断，
因此，也不需要用相互分离的概念来把事物牢记心间[34]；
这一来，在尘世便有人不睡而梦，
他们有的相信、也有的不相信自己所言是真；
而在这后一种人身上，则罪过更大，耻辱更重[35]。
你们探讨哲理，不是沿着一条路径走下去[36]；
那对出头露面的热衷和念头[37]，
竟使你们如此忘乎所以！
在天上，对此尚能容忍[38]，
愤慨的情绪也要比对待那种
把神书放到次要地位或加以歪曲的态度为轻。
人世间不会想到，在世界上
播种神书要流出多少鲜血，
而谦卑地坚守神书一旁的人，又会使上帝感到多么欢畅[39]。
为了出头露面，每个人都在绞尽脑汁，炮制各自创见；
那些创见竟被布道者大事宣传，
对福音书则只字不谈。
有人说，在基督受难时，
月亮曾倒退，插在中间[40]，
因此，太阳的光辉就不能照到下边；

他是在撒谎，因为阳光是自行把自己隐藏[41]；
因此，在西班牙人和印度人眼前，都相应地出现这样的日蚀，
正如出现在犹太人眼前一样[42]。
佛罗伦萨没有那么多拉波和宾多[43]，
像每年在布道台上炮制同样多的寓言，
从这里和那里宣扬叫喊；
这便使那些无知的小绵羊
在饱餐一顿大风之后从牧场回转，
不能因看不出害处而把它们鉴原[44]。
基督不曾对他的最早一批门徒说出：
'你们去吧，去向世界传播废话'[45]；
而是向他们提供了真实的基础；
从他们的双颊中响出的也只有这个[46]，
这就使他们把福音书变为盾和矛，
他们手持这两件武器，把信仰之火燃烧。
如今，人们传道则以玩笑俏皮、插科打诨取悦，
只要能引起哄堂大笑，
便鼓起风帽，洋洋自得，不再要求别的[47]。
但是，在那风帽尖里，却栖息着这样一只鸟儿[48]：
百姓一旦把它发现，就会看出
他们所相信的究竟是怎样的宽恕[49]；
正因如此，世上才有那么多的愚昧与日俱增，
而由于没有任何证据作为见证，
人们便趋之若鹜地把任何许诺追踪[50]。
圣安东尼正是以此来养肥他的猪[51]，
也养肥许多其他人——他们比猪还要脏[52]，
并用未经铸造的钱币来付偿[53]。

天使的数目

但是，因为我们已经离题很远，
我们现在就把眼睛重新转向那条笔直的道路[54]，
这样，论述也可以随时间缩短。
这类自然造物数目是如此众多[55]，
等级是如此一层高似一层，

以致凡人的言语和思维都永不能表明；
倘若你能考虑一下但以理揭示的问题[56]，
你就会看到，那确定的数目
被隐藏在他所说的成千上万里。

上帝与天使

那初始之光把这类自然造物全部照亮，
接受这光芒的方式也有多种多样，
这与光芒所辐射的种种光辉的数目恰好相当[57]。
正因如此，既然随认识的行动而来的是感情[58]，
在这自然造物身上，
爱的甜美程度就有热有温，互不相同。
你现在可以看出那永恒的德能[59]
的至高无上和宽宏大量，
既然他使自己分裂成如此众多的明镜，
同时又依然如以前那样，保持自己完整的一身[60]。”

第三十首

贝阿特丽切的美丽

(1—33)

净火天

(34—54)

光之河

(55—81)

天国的玫瑰

(82—123)

亨利七世的席位

(124—148)

第六时在那里发出火光，
距离也许远达六千里①，
这个世界则已把阴影几乎投到平平的床榻之上②，
这时，高悬在我们上方的天空的一半之处③，
开始演变到这种地步：
一些星辰在丧失外貌，连这底部也无法把它们目睹④；
正如太阳的最靓丽的使女⑤
向前款款行来，同样，天空也在把一扇扇透露星光的窗户关闭⑥，
直到最美丽的一颗星也不见踪迹。
那胜利的队伍也并无两样⑦，
他们一直围绕战胜我的视力的那一点而雀跃欢唱⑧，
那一点似乎是被他们所包拢，其实是它在包拢他们⑨；
他们一点一点地熄灭在我的眼前；
正因如此，我看不到任何东西，又加上我的爱恋，
这便迫使我把眼睛转回到贝阿特丽切的身边。
倘若把迄今为止谈到她的那些内容⑩
全部归结为一句赞颂，
这也嫌微不足道，难以起到这个作用。
我所眼见的美丽不仅超出我们的表达能力⑪，
而且我也确信无疑：
只有她的造物主才能欣赏这全部美丽。
我承认我被这个内容所战胜，
而且比那喜剧作者或悲剧作者
曾被他们的主题的某一点所难倒还甚⑫；
因为正像太阳射在颤抖至极的视力上，
回忆那甜美的笑容也同样
使我的记忆力从我自己的身上沦丧⑬。
从我在这尘世间见到她的面容的第一天算起，
直到如今的相见，
就不曾有过什么能把我的继续歌唱打断⑭；
但是，我现在不得不放弃
以诗歌来继续追踪她的美丽，

正如每个艺术家陷于才华用尽的境地。

净火天

我原封不动地把这美丽
让给比我那喇叭的声音更强的诗声，
而我的喇叭正在把它那艰巨的题材竭力写尽[15]，
这时她又以胸有成竹的导师的姿态和口吻，
开言道："我们已走出了那重天中的最大天体[16]，
那重天正是纯粹的光明：
那是心智之光，洋溢着爱；
那是对真善之爱，充满欢快；
那又是超越一切甜蜜生活的欢快[17]。
在这里，你将看到这一批和另一批天堂战士[18]，
而其中一批的仪容相貌
你在最后审判时还会看到[19]。"
犹如突兀的闪电驱散视觉神经，
这便使眼睛无法发挥作用，
把更为刺目的对象观定[20]，
这时，一道强光也正是这样绕射在我身上[21]；
我竟让那耀眼光芒的布幕裹住，
任何东西都无法在我眼前显露。
"仍然是那使这重天获得安谧的爱[22]，
以如此热烈的欢迎，把灵魂接纳到自己怀中，
以求使蜡烛能与它的烈焰相适应。"

光之河

这几句简短的话语才送到我的耳际不久，
我便立即明白：
我的能力在我身上已更上一层楼[23]；
我又有了新的视力，
任何光芒不论怎样刺目，
我的眼睛也无须自我防护[24]。
我看到一道光辉，像是闪烁奇光异彩的潺潺河水[25]，
它在两条河岸中间川流不息，

而那河岸又点缀着令人惊叹的春天花卉。
从这条大河中跃出晶莹的火星点点，
它们落在每一边的花丛里面，
几乎像是颗颗红宝石，由黄金镶嵌㉖。
接着，这些火星又像是被花香所陶醉，
重又在那令人赞叹的旋涡中深深落入㉗，
一个钻进，另一个跃出。
现在，那崇高的欲望在你心中燃烧，并在把你催逼，
因为你渴望得知你所眼见的事物的消息，
这欲望愈是迫切，也便愈是令我欢喜；
但是，在你那如此强烈的干渴得到满足之前，
你还应当把这河水畅饮一番㉘：
我眼中的太阳就是这样，向我直言㉙。
她又补充说道：“那河水，那进进出出的颗颗宝石㉚，
还有那花草的频频微笑，
都是它们所包含的真理的暗示性前兆㉛。
这并非说，这些东西本身是生涩青酸㉜，
而是缺陷原本就在你这一边，
因为你的视力尚未达到如此深远。”

天国的玫瑰

即使一个孩童比他惯常的时辰
迟迟地一觉苏醒
便立即转过脸去，把乳汁探寻，
也不像我这时那样急不可待，要把双眼变为更好的明镜，
我朝那涓涓流动的波涛俯下身去，
好让双目借此更入佳境㉝；
我的眼帘刚刚触到水面，
我就觉得那河流的形状
似乎由长变圆。
接着，犹如人们原来戴着面具，
真容便消失在并非属于他们的相貌里，
一旦摘掉这假面，他们便显得与以前大有差异，
在我看来，那些鲜花和火星也是同样

变得更加喜悦欢畅，
这就使我眼见两个天国的朝班显露真相[34]。
哦，上帝的光辉啊，正是依靠你，我才目睹
那真正王国的崇高的胜利队伍，
请赐予我力量吧，让我把目睹的一切说出！
这是高高在上的一束光芒，
它使造物主变得为那造物所能觐见，
也只有通过对他的觐见，造物才能理得心安[35]。
这光芒充分延展，形状滚圆，
这就使它的圆周若把太阳绕缠，
作为腰带，也嫌过宽。
它把它的全部外观化为光线，
反射到原动天的顶端，
原动天也正是把它作为汲取生命与能力的源泉。
犹如山丘揽镜自照于它脚下的水中，
想目睹自己修饰一新的面容，
恰值绿草葱郁，繁花似锦，
同样，我看到那些从我们的尘世返回天上的精灵[36]，
团团围绕在那光辉的上方，
自照其中，分布在一千多个梯阶之上[37]。
既然那最低一级梯阶
能把这样大的光芒容纳身上，
可见这朵玫瑰的外缘花瓣有多么宽广[38]！
我的视力对那广度和高度
并不感到扑朔迷离，
而是把那快乐景象的数量和质量全部尽收眼底。
在那里，无论是近是远，都既不能提高，也不能降低视力；
因为凡在上帝不需中介而加以主宰之处，
自然规律都没有任何用武之地[39]。

亨利七世的席位

那朵永不凋谢的玫瑰
一点点绽放开来，扩大范围，
朝向那永葆春色的太阳，散发赞颂的芳香[40]，

在这玫瑰的黄色花蕊里，我就像一个人默不作声，却又想开口言语，
贝阿特丽切把我拉过去，
并说道：“注意看那身着白袍的群体是多么声势浩大，不胜枚举㊶！
你看我们的城市有多么广阔的方圆㊷：
你看我们的座位已如此堂堂满满，
只须再有少数人前来补填㊸。
你的双眼在把那宽大的座位盯看，
因为那上面已经放置一顶王冠，
在你参加这婚礼晚宴之前㊹，
那位崇高的亨利就将坐到那个座位上面，
他在尘世将会成为皇帝㊺，
而他又将在意大利准备好欢迎他之前，便前来重整意大利的河山。
正是那使你们神志昏迷的盲目的贪婪㊻，
把你们变成如同一个孩童一般：
他竟宁可饿死，径自把乳娘驱赶。
那时节，将有这样一个人充当神所的首脑：
此人将或明或暗，
不与他一起走在一条道路上面㊼。
但是随后，此人在圣职当中也只会被上帝容忍短暂时间㊽；
因为他必将被打入
巫师西门因本人功绩而在其中受苦的那个地点㊾，
他还将使那个阿拉尼亚人进入地层的更下边㊿。”

第三十一首

洁白的玫瑰

(1—24)

但丁的惊愕

(25—51)

圣贝纳尔多

(52—78)

对贝阿特丽切的感谢

(79—93)

圣母的胜利

(94—142)

洁白的玫瑰

因此，那神圣的战士队伍就在我面前，
展示成洁白玫瑰的形状①，
而基督曾在他的血泊中娶她为新娘②；
但是，另一批战士则在凌空翱翔③，
他们观看和歌唱使他们产生爱心的那位的荣光④，
他们也观看和歌唱善，正是善使他们如此不同凡响，
他们正像一群蜜蜂，
时而飞入花丛，时而又返回原地：
在那里，它们的辛苦会产生甘饴⑤，
他们落在那巨大的花朵里面：
那花朵装饰着那么多的花瓣，
他们随即又向上飞去，飞到他们的爱永久栖息的空间⑥。
他们的面庞都燃烧着熊熊的火焰⑦，
他们有纯金的翅膀，其余都是洁白一片，
任何雪花都达不到那样的极限⑧。
当他们飞落在花上时，
他们就一级一级地送来平和与热爱，
这平和与热爱正是他们扇动双翼、拍打身侧而得来⑨。
那么众多的飞翔之物
置身于上方与花朵之间，
也并不能把视力和光辉阻拦⑩；
因为神光能穿透宇宙，
依照宇宙承受照射的资格何如，
这便使任何障碍都无法把它拦阻⑪。

但丁的惊愕

这个王国欢乐而安稳，
拥有旧的和新的国民⑫，
视线与爱都朝一个标的对准⑬。
哦，三合一的光啊——它闪烁晶莹，在他们眼中，只
　是唯一的一颗星，
它使他们感到心满意足，无比欣幸⑭，
请你看一看下面尘世我们所经受的骤雨暴风！

因此，那神圣的战士队伍就在我面前，
展示成洁白玫瑰的形状。

第三十一首
第1、2行

若是说，来自这样一片地区的野蛮人：
这片地区每天都被爱丽丝所笼罩[15]，
她伴随她依依不舍的儿子，旋转不停，
这些野蛮人一见罗马和它那巍峨壮丽的建筑，
立即惊得口呆目瞪，
当时，拉特兰曾超越尘世间一切工程[16]；
我此刻从人间来到仙境，
从时间来到永恒，
从佛罗伦萨来到正义而健全的民众当中[17]，
我又该是怎样大吃一惊！
可以肯定，在这又惊又喜之中，
我宁愿有耳而不听人言，有口而不作声。
几乎像是长途跋涉的朝圣者
休息在他许愿朝拜的圣殿之中，
他四下张望，早已企盼能讲述那圣殿是什么模样[18]，
我这时也是如此，顺着那强烈的光芒，
将目光沿着一级级阶梯向上扫去，
时而向上观，时而向下望，时而又环顾四方[19]。
我看到一张张透露仁爱之心的面庞，
这些面庞闪烁着他人的光辉，浮现着自身的笑意[20]，
我还看到举止庄重得体，无懈可击。

圣贝纳尔多

我的视线已了解
天堂的全部总的情景，
却尚未停留在任何一个局部，细看分明：
我怀着重又燃起的欲望，转过身去，
想要向我的贵妇询问一些事情，
对这些事情，我的心灵充满疑问。
我所想的是这一位，回答我的却是另一人：
我以为看见的是贝阿特丽切，而所见却是一位老翁[21]，
他的衣着与那些光荣的精灵相同。
他的双眼和面颊
洋溢着和善的欢畅，仪态慈祥，

正如一位温和的父亲应有的模样。
我立即说道:“她在哪里?”
他于是说:“贝阿特丽切动员我离开我所在的地方,
来最后满足你的欲望;
倘若你朝上观看那从最高一级向下的第三层[22],
你就会再次看到她坐在那个座位上:
那座位是她的功德为她安排停当。”
我不曾回答,向上抬起双眼,
我见她为自己绕上一道光环,
从身上反射出永恒的光线[23]。
不论是谁纵身潜入最深的海底,
仰望那雷声轰鸣的最高的天际,
任何凡人的肉眼与那天际的距离,
都不如在那里我的视线与贝阿特丽切的距离那样遥远[24],
但是,任何东西都不曾把我遮拦,
因为她的形象下降到我的眼前,并无杂物掺入其间。

对贝阿特丽切的感谢

“哦,贵妇人啊,你是我的希望所寄,
你曾为了拯救我,不惜
把你的足迹留在地狱[25],
我感激你的恩惠与德能,
让我看到所有这些情景,
而这恩惠与德能又都是来自你的威力与善行。
你使我摆脱了奴役,获得了自由[26],
经过所有那些途径,
把使你能做到这一点的所有方式都全部运用。
请把你对我的宽厚善加保存,
以便让我那被你医治痊愈的灵魂
能在脱离肉体时仍然令你欢欣[27]。”
我就是这样祷告;而那一位,尽管显得如此之远,
却仍嫣然一笑,并看我一眼;
随即又转向那永恒的泉源[28]。

那神圣的老翁这时说道:
“为了让你完善地结束你的行程——
而请求和圣洁的爱也正是为此驱使我前来此境[29],
你且用双眼遍览一下这座花园[30];
因为观望它将会锻炼你的视线,
使它更能向上望去,把神光觐见[31]。
那位天后点燃我的全部爱心[32],
她必将把一切恩泽赐予我们,
因为我正是她的忠实信徒贝纳尔多。”
如同一个人也许是来自克罗地亚[33],
他是前来瞻仰我们的维罗妮卡[34],
由于饥渴久远,他竟总是不觉饱餐,
他站在那幅图像面前,心中一直说道:
“我主耶稣基督,真正的上帝,
难道你的相貌就是这样的?”
我此刻也正是这样,把那位的强烈仁爱仔细端详[35],
那位曾在这个世界上,
通过静修默想,把平和的滋味饱尝[36],
他开始说道:“蒙受恩泽的孩子啊,你若把眼光
只是放在这下面底部[37],
这快乐的景物就不会向你展露[38];
你还是该把那一圈圈梯阶仔细观看,直到那最远的一圈[39],
这样,你就会看到天后端坐在上面,
这个王国都臣服于她,对她至诚至虔。”
我抬起双睛,正像在清晨,
地平线的东方
压倒日落的那个部分[40],
我看到那最高一圈有一处,
也同样是光辉灿烂,胜过所有其他地方,
几乎像是用双眼从低谷向高峰观望。
正如在那等待法厄同胡乱驾驭的车辕出现的方位[41],
光焰烧得最亮,
而这里和那里则变得暗淡少光,

“这样，你就会看到天后端坐在上面，
这个王国都臣服于她，对她至诚至虔。”

第三十一首
第116、117行

同样，那片平和的金红色光芒㊷，
位于中央，灿烂辉煌，
而四面八方的光焰则一概减弱光亮。
我看见正是在那中央，
有一千多位欢乐喜庆的天使在展翅飞翔，
他们各有各的技艺和亮光㊸。
我看见这里有一个美女㊹，
在对他们的玩耍和歌唱露出笑意，
她正是所有其他圣者的目光中显示的欢喜㊺。
即使我的语言与我的想象一样丰富，
我也不敢贸然一试，
来把她那悦目的姿色作最低限度的描述。
贝纳尔多看到我在目不转睛、全神贯注地
仰望她那炽热的火光㊻，
也便十分亲切地把他的目光转到她的身上，
这目光使我的双眼变得更加热切地想要把她观望。

第三十二首

享天福者在天国玫瑰中的秩序安排

(1—48)

天真无邪儿童的命运

(49—84)

天使与圣者对圣母的歌颂

(85—114)

最大的圣者

(115—151)

那位静修默想者满怀热情，把他喜爱的对象瞻望[1]，
他自动地承担起导师的任务，
开始把如下神圣的语言说出：
“在玛利亚脚下的那个如此美丽的妇女[2]，
就是曾刺伤和撕裂创口的那一位，
正是玛利亚把那伤口弥合和治理。
在那第三排座位的序列当中[3]，
坐着拉结，她与贝阿特丽切一起[4]，
正如你所见，坐在此女的下边。
撒拉、利百加、犹滴和那一位：
她曾是那位歌者的曾祖母[5]，
那歌者曾痛悔自己的过错，说道：‘求你怜悯我’[6]，
你可以这样一级一级地向下望去，
正如我依照那玫瑰的一朵朵花瓣，
由上而下叫出各个名字。
从第七级向下算起，直到最后一级，
相继都是希伯来贵妇，
她们把花朵的所有发髻分隔两部[7]；
因为根据信仰是如何把目光投在基督身上[8]，
这些贵妇就构成一道隔墙，
那些神圣的阶梯便由此分列两旁。
这一边，花朵盛开，
所有花瓣全都齐放，
席坐的那些，都曾是对未来的基督满怀信仰[9]；
另一边，那一级级半圆形
掺杂着一些空当，
坐在那里的都是曾把面庞朝向已来的基督瞻望[10]。
正如在这里，那位天国贵妇的光荣座位[11]
与在这座位之下的其他座位，
形成一条分界线，
同样在对面，则有那伟大约翰的座位，
他作为始终的圣者，曾遭受荒野之苦与殉道之惨[12]，
后来又在地狱受苦两年[13]；

在他下边，座位也同样分有界线，
方济各、本笃和奥古斯丁⑭，
以及其他，也环坐在这一圈到那一圈，直到这里的下面⑮。
现在，你该注意一下那崇高的神意安排；
因为信仰的这一方面和另一方面
都将同等地充满这座花园⑯。
你该知道，从下面一层算起
——这一层把两条分界线从中间分切两半，
席坐在那里的绝非出于各自功绩，
而是依靠他人功绩，并且还有某些条件；
因为所有这些都是被解脱的精灵，
他们的被解脱是早在他们能作出真正选择之前⑰。
倘若你能把他们仔细观察，注意聆听，
你就能从他们那天真的面孔乃至那稚嫩的声音中，
把这一点发觉得透彻分明⑱。

天真无邪儿童的命运

如今，你满腹疑问，而尽管疑问丛生，你却默不作声；
但是，我将要把那难解的纽带解开，
这纽带在把你那细微的思维束紧。
在这王国的广大范围之内⑲，
点滴的偶然因素也不可能有立足之地，
正如没有干渴或饥饿或悲戚⑳；
因为你所见的任何事物，
都是由永恒的法律所规定㉑，
正如指环与手指恰好相应。
因此，这一个仓促来到真正生活之中的群体㉒，
在这里，相互之间的地位有高有低，
这并非毫无道理㉓。
正是因为有了这位国王㉔，
这个王国才享有这么多的爱，这么多的欢畅，
任何意志都不敢有更多的欲望，
也正是这位国王在创造所有这些心灵的愉快形象之际，
赐予他们不同程度的恩泽，听凭自己的欢喜；

在这里，只消有结果便足矣[25]。
这一点你们从《圣经》中可以得到说明，也可以看得很清，
其中谈到那一对孪生兄弟，
他们在母腹中就愤怒相争[26]。
因此，那最崇高的光辉
必须依照头发的颜色，
使他们匹配得当地戴上这种花冠似的恩泽[27]。
正因如此，并非根据他们在行为上的功绩，
他们被安置在不同的等级，
他们的地位不同，只在于那原生目光是否锐利[28]。
在最近两个世纪，
为了得救，除去天真无邪之外，
只须具备父母的信仰便足矣[29]。
既然前两个阶段已成过去，
就须在男孩那清白的羽翼上，
实行割礼，以求获取能力[30]。
但是，在神恩的时期来临之后，
若不经基督的完善洗礼，
这样的天真无邪也要被打入地狱[31]。

天使与圣者对圣母的歌颂

你现在该把那张面庞瞻望[32]，
它与基督最为相像，
因为单只她那光明就能令你把基督瞻仰。”
我看到有那么多的欢乐落在她的脸上[33]，
而这欢乐正是那些神圣的心灵携带在身旁[34]，
他们被创造出来，就是要沿着那高空飞翔，
在这之前，我所见到的一切，
都不曾令我如此叹为观止，
也不曾显示有什么容貌竟与上帝如此相似；
那曾最先飞落到那里的爱[35]，
歌唱着“恭喜你，玛利亚，蒙上帝恩宠”，
正在她的面前，把他的翅膀张开。
那幸福的天庭从四面八方[36]，

应和那神圣的歌唱，
这就使每张脸上都焕发出更加明朗的容光。
“哦，神圣的父亲啊，你为我竟甘愿降临这下面，
离开那根据永恒的安排
你所席坐的甜蜜所在[37]，
那位如此欢快地观望我们天后
的双眼的天使，究竟是谁？
他是如此充满爱意，竟显得炽烈如火。”
这样，我又求教于这位的言训[38]：
他曾从玛利亚那里获得美丽，
犹如晨星从旭日那里借得光明[39]。
他于是对我说道：“每位天使和每个魂灵
所能具备的自信和欢欣，全都集于他一身；
我们也希望他确是这般情形，
因为他正是那一位：
当上帝之子想要把我们的分量负载于一身时，
那位曾来到下界，向玛利亚献上棕树枝[40]。

最大的圣者

但是，你现在来用目光，跟随我将要说出的话语观定，
你可以注意观察这个最最公正和悲天悯人的帝国中[41]
的一个个伟大名人。
那两位高坐其上，最为幸福，
因为他们距离奥古斯塔最近[42]，
几乎是这朵玫瑰的两条根：
在左面靠近她的那位是众人之父[43]，
正因为他胆大包天，贪尝禁果，
人类才尝尽那么多的苦涩；
在右面，你可以看到圣教会的那位年迈之父[44]，
基督曾把这朵艳丽鲜花
的两把钥匙交付给他[45]。
那一位在死前曾目睹那美丽的新娘
所经历的所有苦难时期[46]，
而那新娘又是以长矛与钉子赢得来的[47]，

他就坐在前一位的身旁，而在另一位的身旁[48]，
则端坐着那位导师，正是在他的领导下[49]，
那些忘恩负义、反复无常、存心对抗的人，曾以吗哪为粮。
在彼得的对面，你可以看到席坐着安娜[50]，
她是那么满意地把她的女儿凝望，
竟至目不转睛，一心把和散那歌唱；
在那最大的族长对面，坐着露齐亚[51]，
她曾在你低垂眼帘、身陷危难之际[52]，
催动你的贵妇前来救急。
但是，因为令你昏沉入睡的时间正在疾驰，
我们将在这里画个句号，正如一个好裁缝，
要依照他所拥有的布料来剪裁衣裙[53]；
我们将把双眼转向那首要之爱[54]，
这就使你在朝他观望的同时，
得以竭尽所能，透过他的强光，深入探视。
但是，为了使你不致扇动你的翅膀，向后倒退，
而你却以为是在向前迈进，
也许在祈祷上天降恩时，理应
向能助你一臂之力的那位祈求降恩[55]；
你该满怀热情，把我紧跟，
让你的心灵不要与我的话语离分[56]。”
于是，他便开始把这神圣的祷告念诵[57]：

第三十三首

圣贝纳尔多的祷告

（1—45）

觐见上帝

（46—108）

三位一体与化为肉身

（109—132）

结局

（133—145）

"你是贞女兼母亲，你是你子之女，
你最卑微也最崇高，超过其他造物，
你是永恒意旨的固定不移的最终限度①，
你正是曾经使人类变得如此高贵的那一位，
这就使人类的造物主
并不厌弃使自己也成为他本身的造物②。
在你的腹内，燃烧起爱，
正是依靠这爱的热气，
这花朵才如此萌芽在这永恒的平和里③。
在这里，你是如日中天的火把，点燃我们的仁爱，
在下面，在凡人中间，
你则是他们活跃的希望源泉④。
圣母啊，你是如此伟大，如此无所不能，
谁要想获得恩泽而又不求助于你，
他的渴望就等于想要飞翔而又不要双翼。
你的善心不仅限于把祈求的人拯救，
而且有多少次，
它都是自动地走在祈求的前头。
你身上有慈悲，你身上有怜悯，
你身上有宽厚，你身上聚集
造物身上所能有的一切善意。
现在，此人从宇宙的最低洼地⑤
一直来到此处，
他曾把所有精神生命都一一看在眼里⑥，
他祈求你施恩，赐予他足够的能力，
使他能用双眼向上望去，
仰望最高处，仰望那最后之永福⑦。
我为我自己的觐见，
从未像现在为他那样，满怀更大的热诚，
我现在向你奉献我的全部祈求——我也祈求这些祈求
　不致有嫌过轻⑧，
望你能以你的请求，为他驱散
他那凡尘的一切迷雾，

使那最大的欢乐能在他眼前展现⑨。
我还向你祈求，王后——
你能做你所愿做的一切事由，
望你能在他完成如此重要的觐见之后，把他的健康情感保留⑩。
愿你的监护能战胜人类的冲动⑪：
请看一看：贝阿特丽切与多少享天福者
在向你双手合十，为了我的这些祈求！”
那双备受上帝尊敬的喜悦的眼睛
凝视着祷告者，正向我们表明：
那些虔诚的祈求是多么受到她的欢迎；
这双眼睛随即朝那永恒之光转去⑫，
不该认为，有什么造物
曾把如此明晰的眼光送入那片光辉里⑬。

觐见上帝

我此刻正像我应有的那样，
已接近一切欲望的尾声，
我心中的炽热愿望也达到顶峰⑭。
贝纳尔多向我微笑，向我示意：
让我向上看去；
但是，我早已如他所愿的那样，自行作出此举；
因为我的视力已变得异常清晰，
它愈来愈深地透入那崇高光芒射出的光线里，
而这崇高光芒本身便是真理⑮。
此后，我的所见就超出我的言语的表现力，
言语赶不上视力，
记忆力也便赶不上那么多难以言表的奇迹。
正像一个人在睡梦中观看事物，
睡醒之后，激动之情依然存留心底，
其他则不见重返脑际⑯，
我也正是这般模样，因为我之所见几乎都销声匿迹，
只有那来自梦中所见的甜蜜感觉，
还涓涓滴流在心里。

白雪正是这样在阳光下消融；
西比拉的警句也是这样，
失落在被风吹乱的树叶中⑰。
哦，至高无上的光芒啊，你如此凌驾在凡人的观念之上，
请你把曾显示过的景象，哪怕只是一点一滴，
送回到我的脑海里，
并使我的舌头变得足够强劲有力，
能把你的荣光中哪怕只是一粒火星，
留传给未来的世人；
因为一旦一些景象返回我的记忆，
一旦在这些诗句中，能有一点回音响起，
人们就必将更多地领悟你的胜利。
尽管我受到那强光的刺激，
我却相信，倘若我的双眼把它回避，
我就会神昏目迷⑱。
而我现在记得：当时正是为了这个原因，
我曾更加果敢地承受那强光照射，
这就使我的视线与那无穷的威力相结合⑲。
哦，浩瀚的恩泽啊，正是依靠它，我才敢于
把视线凝望那永恒之光，
直到我把视力在其中耗尽⑳！
我从它的深处看见，
在宇宙中被撕得五零七散的那些东西，
在它里面则依靠爱而连为一体㉑；
一些实体、偶有性和它们相互的关系，
正是以这种方式，几乎像是交融在一起，
我说的这一点无非是简单的光明一线而已㉒。
我相信，我当时所见的恰是这纽带的宇宙形式㉓，
因为我在谈出这一点的同时，
我感到自己在享受更大的乐趣。
只不过是一瞬间，对我却像是患上嗜睡症，
这瞬间的嗜睡竟比对二十五个世纪以前的壮举的记忆
　　更加昏迷不清，
正是那壮举曾令奈图努斯呆望阿耳戈船影㉔。

我的心灵也正是这样，全神贯注，
我目不转睛、纹丝不动、聚精会神地呆望着，
心中愈来愈旺地燃烧着热望观看的烈火。
在这光芒照耀下，竟然变成这样一个人：
他永不能容许自己转身
离开那光芒，而去把其他物象观望；
因为作为心愿对象的善，恰恰完全汇聚在这光芒里面，
凡是在那里面属于完美的东西，
在那光芒外面就变成有缺陷[25]。
现在，我的话语将要变得更加简短，
即使仅限于描述我所记得的那一星半点，
甚至我还不如一个婴儿，他仍在把舌头舔在乳头上边[26]。

三位一体与化为肉身

这倒不是因为我所观望的那片强光，
有了不仅是一个简单的形象，
它始终是方才那个模样；
而是我身上的视力，在观望的同时，不断增强，
正因如此，在我自身发生变化的同时，
单纯一个外貌，在我看来，便改变了形状。
在那崇高光芒的深邃而明亮的实质当中，
我觉得似乎有三个光圈，
三个光圈有三种颜色，一个规模；
一个似乎是另一个的反射，犹如一道彩虹反射着另一道彩虹，
第三个光圈红如烈火，
它同等地来自这边和那边，在熊熊烧灼[27]。
哦，我的言语是多么无能，我的思维又是多么软弱！
拿这一点与我所目睹的景象相比，
甚至说是“微不足道”，也还差得很多[28]。
哦，永恒之光啊，只有你自己存在于你自身，
只有你自己才能把你自身神会心领，
你被你自身理解，也理解你自身，你热爱你自己，
　也向你自己微笑吟吟[29]！
那个光圈竟像是孕育在你身上[30]，

犹如一道反射的光芒，
它被我的双眼仔细端详，
我觉得它自身内部染上的颜色，
竟与我们形象的颜色一模一样[31]；
因此，我把我的全部目光都投在它身上。

结局

如同一位几何学家倾注全部心血，
来把那圆形测定，
他百般思忖，也无法把他所需要的那个原理探寻，
我此刻面对那新奇的景象也是这种情形：
我想看清：那人形如何与那光圈相适应，
又如何把自身安放其中；
但是，我自己的羽翼对此却力不胜任：
除非我的心灵被一道闪光所击中，
也只有在这闪光中，我心灵的宿愿才得以完成[32]。
谈到这里，在运用那高度的想象力方面，已是力尽词穷；
但是，那爱却早已把我的欲望和意愿移转，
犹如车轮被均匀地推动，
正是这爱推动太阳和其他群星[33]。

注　释

第一首

1. 本首可视为《天堂篇》的总序诗。在本篇中，但丁已从地上升到天上（地狱在北半球地中心，炼狱则在南半球渺无人烟的大海中耸立而出的高山上），换言之，但丁这时已脱离地球，奔向天堂。但丁构思中的天堂，是依照中世纪盛行的由天文学家克劳迪奥·托勒密（Claudio Tolomeo, 100—178）所创立的天文学理论而形成的，这个理论一直被奉行到十六世纪的哥白尼（1473—1543）和伽利略（1564—1642），即在但丁后又延续了二百年，史称“托勒密体系”（Sistema tolemaico）。根据托勒密学说，地球是宇宙的中心，是不动的；环绕地球的是呈同心圆的透明的九重天，它们一层层不停地转动，而且愈高，转动的速度也愈快。头七重天每重属一个行星，第八重天系恒星之所在，第九重天没有任何星辰，而所有这九重天仍属物质材料构成的。根据但丁当时所信奉的基督教思想，九重天外仍有第十重，这重天是不动的，它环绕下面的九重天，即所谓“净火天”或称“天国”（Empireo），它不再属于物质，而是由智慧之光构成，充满爱、幸福、温馨，这便是上帝所在之处，与地球相比，则位于地狱和炼狱的同一轴心垂直线上；那里也是天使和享天福者（beati，或所谓“仙人”）的居所，这也便是“天堂”。其形式类似梯形剧场，有成千上万道环形阶梯，愈往下，愈窄小，上面端坐着享天福者，静默沉思，瞻望上帝。但诗中只是在第三十首至第三十三首才开始描绘天堂。此前，本篇着重描述但丁随贝阿特丽切经历下面九重天的情景：在来到头七重天时，他们每飞到一重天的行星之上，便说明其名称，并遇见暂时离开上帝、前来迎接他们的享天福者（在最后两重天也是同样），这对但丁自然是一种“特权”，因为他负有返回人世、向世人陈述自己的冥界之行的使命，从而使世人得以自救。在第八重天，但丁还来到他所属的双子星座。前已提及，中世纪乃至但丁本人是相信星宿对人的影响的，因此，在但丁笔下，头七重天每重都各有种种不同影响，而其中有一种是主要的：“月球天”（cielo Luna）的主要影响是“不持之以恒”（incostanza），因此，凡在人间虽无过犯、却不能兑现许愿的精灵都要来到这一层；“水星天”（cielo Mercurio）：影响世人“爱慕世间荣耀”（amore della gloria terrena），因此，但丁在此遇到的精灵，虽在世上做过善事，但有沽名钓誉之嫌；第三重天是“金星天”（cielo Venere）：影响“追求爱情”（tendenza all'amore），那里的精灵曾及时悔罪，并能将功补过；其他四重天顺序是：“日球天”（cielo Sole）、“火星天”（cielo Marte）、“木星天”（cielo Giove）、“土星天”（cielo Saturno），它们分别所起的主要影响是：“智慧”（sapienza）、“战斗力”（combattività）、“正义”（giustizia）、“渴望默思和静想”（desiderio di raccoglimento e di meditazione，指对道义和宗教真理）；但丁在这几重天里也遇到与此相应的精灵。最后两重天是“恒星天”（cielo Stelle Fisse）或称“星空天”（cielo Stellato）和“原动天”（cielo Primo Mobile）或称“水晶天”（cielo Cristallino）。享天福者也与地狱中受惩的鬼魂和炼狱中涤罪的灵魂一样，根据他们在哪一重天上出现，享有程度不同的天福：愈高则愈大。因此，在最下三重天的享天福者，其功绩都被世间的某些阴影所遮掩，但只要得到适当的解脱，仍可享受天堂之福。正因如此，他们觐见上帝的程度也随他们的功绩大小而异。

2. 这里的“那位”即是指上帝；根据亚里士多德的学说，上帝被理解为宇宙的首要推动力。这里是说，上帝的光芒普照他所创造的万物，但照耀的程度要根据万物接受神力的能力大小而有所不同。诗中的思想在但丁的《筵席》第三卷第七节第二句段和《论俗语》第一卷第十六节第五句段中都有所陈述，特别是在但丁致曾在他流亡期间收留过他的维罗纳僭主坎格兰德·德拉·斯卡拉的一封信中，对本段三行韵诗的含义乃至用词都作过确切的阐明。关于上帝的“光荣”，在但丁的《书信集》第十三章第六十一和六十四句中都有类似的说法：divinum lumen（神的光芒）、divinus radius（神的光辉），意谓上帝的“造物能力”和“光荣工作”（布蒂）；此说法盖来自《旧约》的《诗篇》第十九篇第一句：“苍天陈述上帝的荣耀”；《耶利米书》第二十三章第二十四句：“主说：……难道我不是充满天地的上帝吗？”

3. 上帝的“光辉照耀最多的那重天”是指“净火天”（见注1），是诸天体中最为光辉灿烂的。但丁在《书信集》第十三章第六十六至六十八句中曾对净火天作过详细说明：净火天“接受上帝的光荣，亦即他的光芒最多”，是“最高层的天体，它既包容一切天体，又不为任何一个天体所包容，在这重天中，一切天体都在运动，而它则永远是静止不动的”；“它被称为‘净火天’，这就是说，这重天是依靠自身的火力来燃烧的，这并不是因为它本身具有什么物质的火，如有，也不如说是精神的火，亦即神圣的爱，仁爱”。

4. 但丁在其他著作中曾对这一诗句所包含的思想作过更为详尽的阐述：《书信集》第十三章第八十三至八十四句说：“不知，是因为已经把它忘记了；不能，则是因为：即使仍保存对内容的记忆，也缺乏语言。确实，我们依靠心智，可以看到许多东西，但要表达这些东西，却又缺乏语言工具”；《筵席》第三卷第三节第十五句段说：“语言并非能完全跟随心智所见情景的那个东西。”波斯科—雷吉奥注释本特别指出，诗句所说显然是指：但丁所见的景物是不可思议的，但这是由于“记忆的缺陷”，而非“表达的无能”，尽管本篇、特别是最后几首谈到“语言的无能”之处很多；萨佩纽则引《书信集》第十三章第七十八句所说：“当心智提高到某个程度，记忆力……就缺乏了，因为它无法超出人力的界限”，说明这种情况与神秘主义者所说的excessus mentis（心灵的超限）情况相同，即：人的智慧超出感觉认识的方式，其所起的作用就像“脱离肉体的天使般的智慧”（《书信集》第十三章第七十九至八十一句），但丁本人还引圣保罗被提到第三层天上去为例，说明此问题：《新约·哥林多后书》第十二章第二至四句说：“远在十四年前，有一位基督徒被提到第三层天上去，这是肉身上的经验呢？抑或是心灵里的经验呢？我都不知道，只有上帝知道。总之，我只知他被提到天上的‘乐园’里，听见隐秘的事情，是人不能描写，难以言传的。”

5. 这里所说的“心智”的“欲望”是指心智对觐见上帝的渴望，因为上帝正是心智的认识欲望的“对象”和“最终目标”。由于上帝的本质是异常深奥，人的认识愈接近它，也愈需深化，近代的马塔利亚就曾依照《圣经》的说法，认为神的本质深不可测，从而提出“上帝—深渊”（Dio-abisso）的比喻。十一、十二世纪由法国威廉·德·桑博（Guglielmo di Champeaux，1070—1121或1125）在巴黎创立的、以著名的圣维托尔修道院（Abbazia di San Vittore）而得名的神秘主义神学哲学派即维托尔学派（vittorini）的代表人物之一里查多（Riccardo），就曾在其《天恩冥想论》（*De gratia contemplationis*）第六章中，分析过心智达到最高境界时与记忆力的关系：“当我们从这最高境界（指接近上帝）返回到我们自身时，我们绝对不可能再把此前在我们上空看到的那些东西唤入记忆力，尽管这些东西是如此清晰而明确”；这也便是诗中所说的，记忆力“无法在（心智）后面跟踪”（参见注4有关“心灵的超限”部分）。

6. 萨佩纽和波斯科—雷吉奥两注释本都指出：到第12句为止，本篇序诗的第一部分算是告一段落，自第13句起，开始对日神、同时也是诗神阿波罗发出呼吁和求助。由于“天堂”的题材特殊，只求助于缪斯女神已经不够，必须要求诗神阿波罗介入，助诗人一臂之力。“器皿”，原文为vaso，为《圣经》用语，《新约·使徒行传》第九章第十五句，上帝对信徒亚拿尼亚就说，圣保罗就是“我选用的器皿”；《地狱篇》第二首第28句也曾用过隐喻圣保罗的“神选的器皿”（vaso d'elezione）的说法。“你所爱的桂冠”，原文是amato alloro，直译为“你所爱的月桂”，在诗中也有影射希腊有关神话之双重含义：阿波罗爱上河神佩尼奥斯（Peneo）和地神所生之女达芙妮（Dafne）；达为了逃避阿波罗的爱，求其父帮助，于是，其父将她变为月桂树，从此，月桂树也便用来祭祀阿波罗。奥维德《变形记》第一章对此有记载。

7. 由于西班牙六七世纪的塞维利亚的伊西多罗有关字源学的著作造成的误解，古今一直把希腊的帕纳索斯山与埃利科纳山混为一谈（参见《炼狱篇》第二十九首第40句及有关注释），并认为，缪斯女神所居住的山为帕纳索斯山，而不是埃利科纳山。其实，帕纳索斯山为希腊中部的一条巨大山脉，穿过多里德（Doride）和佛西德两地区，又把佛西德地区与洛克里德（Lacride）和比奥齐亚两地区分开：帕纳索斯山有双头峰，据说是祭祀阿波罗和酒神巴库斯的，卢卡努斯《法尔萨利亚》第五章和奥维德《变形记》第一章提及这一点，塞维利亚的伊西多罗把二峰称作希拉（Cirra）和尼萨（Nisa），但又补充说，此二峰又名希特罗尼（Citerone）和埃利科纳，从而把帕纳索斯山与缪斯女神所居住的埃利科纳山混为一谈，古代注释家中的但丁之子彼特罗、本维努托等，也许正是根据伊西多罗和卢卡努斯的某些说法，认为但丁是把阿波罗和巴库斯看作一个诗神；也有人认为，希拉峰是祭祀阿波罗的，尼萨峰则是祭祀缪斯女神的；还有人认为，二峰有象征“人的科学”和“神的科学”之分。简言之，诗句的总的含义是：由于《天堂篇》题材艰深，需要有缪斯女神和阿波罗神一齐来辅助。“竞技场”原文为aringo，源自日耳曼语，即哥德文hari-hrings，有“比赛”之意，这里则意谓“考验”，系一种形象比喻。

8. 马尔西亚（Marsia）系半人半兽的林神，为山神奥林波斯（Olimpo）之子，善吹笛；曾向阿波罗挑战，比赛音乐，胜者可随意处置败者：最后，阿波罗获胜，将他捆在树上，活剥其皮（“从他的肢体的皮囊中抽出”）。

9. “你喜爱的树木”即阿波罗所喜爱的月桂树。

10. “父亲”是对先知或神的专门称谓。

11. 这里的“凯撒”原文用小写cesare，系泛指“皇帝”。

12. 这里是说，世上皇帝或诗人能戴上胜利桂冠的是非常“罕见”的，况且，还有贪慕虚荣、沽名钓誉者，不思依靠丰功伟绩或真才实学而取得个人的荣誉，因而诗中说，这是“人类欲望的罪过”，最终只能落得可耻的下场（“耻辱”）。

13. “佩尼奥斯的枝叶”即是指月桂树的枝叶，因为月桂树是河神佩尼奥斯之女达芙妮所变的（参见注6）。

14. “德尔夫的神”即是指阿波罗；德尔夫（Delfo）为希腊佛西德地区一城市，今称“卡斯特里”（Castri），位于帕纳索斯山山脚下，是当时专门祭祀阿波罗神之所在。

波斯科—雷吉奥注释本认为，这两段三行韵诗（从第28句至33句）结构很“奇怪”：因为第32句阿波罗是以第三人称出现的，而第28句，但丁又向阿波罗发出呼吁，并称之为“父亲”；它认为，这是一种“不规则的结构”。

15. 多数注释家认为，这里是但丁以“抛砖引玉”的谦虚口吻述说，因此，“会有人以更美好的声音……”意谓“会有比我更有才华的诗人……”。但也有人解释为：“其他人，包括贝阿特丽切和圣徒们，也会与我一起祷告：使我的请求得到满足，我的写诗使命得以完成。”萨佩纽和波斯科—雷吉奥两注释本都不同意后一解释。

16. 这段三行韵诗是但丁依照撰写前两部诗篇的惯例，用以说明升往天堂的时间。“世界之灯”原文是lucerna del mondo，系指太阳，维吉尔在《埃涅阿斯记》第三、四、七章中也有类似说法；但十三世纪的里斯托罗·德·阿雷佐（Ristoro d'Arezzo）在其名著《世界的构成》（*La composizione del mondo*，1282年）中则说得更明确：太阳"在这个世界上就如家中的灯"。"射点"原文为foci，本意为"出海口"，这里是指地平线上不同的射出点，随季节的变化，阳光升起的"射点"也有不同。如前所述，但丁的冥界之行约是在春分，这个季节是个"吉祥"的季节：因为太阳这时是在白羊星座，也正是上帝创世、耶稣诞生之时；从第43至45句看，此刻可能是中午，但这一直是有争议的问题。

"四个圆圈"：前三个可能是指赤道（Equatore）、黄道（Eclittica）、二分圈（Coluro equinoziale），在春分时节，这三个"圆圈"集中到白羊星座的交叉点上（但秋分时，也同样如此）；太阳升起的地平线则是第四个"圆圈"，它与前三个交叉在太阳升起之点上。波斯科—雷吉奥注释本认为，诗中所说的"十字"是广义的，因为确切地说，只有赤道和二分圈是垂直的，倘若把地平线看成观察太阳升起之点，那么，此刻形成的三个"十字"，即"地平线"+"二分圈"，"地平线"+"黄道"，"地平线"+"赤道"，没有一个"十字"是规则的"十字"，即"有四条垂直线条的膀臂"的"十字"。该注释本还探讨究竟是哪一条"地平线"问题，它猜测是炼狱与耶路撒冷共有的那条地平线。萨佩纽注释本的看法与上述解释大致相同：它认为，"四个圆圈"之所以是赤道、黄道、二分圈和地平线，是因为：春分时，太阳恰好在赤道上；黄道恰好在春分点上切断赤道；二分圈亦即指经过春分点的子午圈；前三个与地平线交叉在一起，在单一的一点上形成膀臂不成直角的三个"十字"。该注释本认为，但丁所设想的交叉点是东方的枢纽点，亦即在此点上，太阳一年升起两次，亦即春分和秋分时节。古代注释家认为，这里所谈的时间的寓意是："四个圆圈"象征"四枢德"，"三个十字"则象征"三超德"，二者联结一起，拯救世人。

17. "更美好的流程"是指随春分时节的到来，一年最好的时期开始：白昼延长，万物复苏。在中世纪，人们普遍认为，世界是在各星座运转到春分的位置上创造出来的。"更吉祥的星宿"指春分时太阳所在的白羊星座，该星座被认为是"吉星"（参见《地狱篇》第一首第38等句及有关注释）。

18. 这里是说，在这特殊的时刻，上天会对尘世产生祥瑞的影响，诗中用"蜡料"比作"尘世"，又用动词"揉和"和"刻印"来说明上天的影响，可谓形象鲜明，意境深远。

19. "日升之处"即指东方的枢纽点（参见注16）；"那里"系指炼狱，"这里"则指耶路撒冷。

20. 波斯科—雷吉奥注释本根据波雷纳的分析认为，此处用"几乎"来形容南半球处于白昼，是非常确切的，因为即使在冬至（12月）时，炼狱也并非完全受到阳光照耀，更不要说是春分时节了；"另一部分"指北半球，这时则处于深夜。关于此刻的具体时间，有不同看法，即有说是早晨，有说是中午：萨佩纽和波斯科—雷吉奥两注释本都认为是指中午：萨本说，但丁到达勒特河和欧诺埃河的共同泉源并先后浸入二河水中，正是时届中午（见《炼狱篇》第三十三首第103—104句）；波—雷本对此解释得比较详细，它认为：但丁的地狱之行开始于黑夜（见《地狱篇》第二首第1—3句），炼狱之行开始于早晨（见《炼狱篇》第一首第13等句与第115—117句），因此，此刻升往天堂，应为中午；它并引近代的摩尔（Moore）的说法指出："黑夜很恰当地代表绝望；黎明代表希望；中午代表完美"；它还指出两个"重要事实"证明此刻为中午：一是贝阿特丽切在《炼狱篇》第三十二首第16—18句中是与整个仙人队伍一起面朝东方，而这时，则要"转向左边"（第46句），这正是因为太阳已届中午，在炼狱，太阳是朝北方运行的（《炼狱篇》第四首第55—75句）；倘若此刻为早晨，她就无须转身了；二是但丁在前不久明确指出时届中午（《炼狱篇》第三十三首第104句），自那时至现在，只不过度过在欧诺埃河饮水的短暂时间而已。持“早晨”说的注释家认为，但丁的“升天”开始于次日拂晓，而且本首第43—45句都说的是拂晓，而不是中午（萨佩纽就此指出，但丁在第43句是用“大过去时”，而在第44—45句则用“未完成过去时”，正是为了区别时间先后）。

古代一般认为，老鹰注视太阳是为了训练小鹰习惯于阳光的刺激；这里用来形容贝阿特丽切对阳光的热切注视，是十分恰当的，并且也预示她即将带领但丁飞向天堂。

21. 这里的“第二道光线”是指来自“第一道”光线即入射光线的反射光线。“远行游子”的原文为pellegrino，基门兹认为，该词是指“远飞的鹰”，他是根据中世纪论述狩猎的作家说法而提出这一诠释的；古代注释家许多认为是指“光线”（所有近代注释家也沿袭此说法），布蒂则认为是指“远离家乡的游子”；波斯科—雷吉奥注释本同意布蒂的说法，萨佩纽则似乎倾向于基门兹的解释。

22. 但丁在《筵席》第二卷第十三节第十五句段中就说：“眼睛不能注视”阳光，而诗中但丁却有了这种“超自然”的能力。

23. “那里”系指地上乐园；“这里”则指人世。

24. 这里是说，地上乐园本是上帝为人类创造的住所，而当时上帝亲手制造的人即亚当，是完美的，其感觉能力大大超过犯了原罪、被逐出伊甸园的人，如今，但丁经过涤罪，又恢复到亚当犯罪前所处的状态。

25. 这里的“铁”是指在火中烧成白热的铁。

26. “把白昼加在白昼之上”是指白昼的光亮似乎增加一倍。

27. “那位”指上帝。波斯科—雷吉奥注释本认为，此处之所以描述阳光的亮度仿佛增加一倍，是因为但丁正在接近烈火圈（sfera del fuoco），而古人想象该火圈是位于地球与月球天之间；但丁设想的宇宙是这样构成的，即地球位于宇宙的中心，是不动的，地球本身只有两个元素：土和水，地球周围则是第三个元素即“气”（空气），这一圆层在原动天的带动下不住旋转；气层之上则为“火”圈（即第四个元素），地球上所有的火都要汇集到此圈，雷电除外；烈火圈以上即是九重天体，其同心圆形式自地球起愈来愈大，由第五个元素即“以太”（etere）构成，该元素是透明、纯净、看不见、摸不着的。但丁在《筵席》第三卷第三节第二句段中也曾提及烈火圈。

28. “从那上边”是指从太阳上边，即但丁不再看太阳。古代注释家认为，此段的寓意是：太阳代表上帝，因而贝阿特丽切注视太阳，但丁则是通过神学的中介，来默想上帝的，因而他把眼光“固定”在代表神学的贝阿特丽切的身上。

29. 格劳科斯（Glauco）是希腊神话叙述的渔夫由人变神的故事的主人公：格是比奥齐亚的渔夫，因见他打来的鱼触到一种青草，就恢复了活力，便想亲口一尝青草，不料，食草之后，立即感到体内发生变化，投入海中，最后成为海神。奥维德《变形记》第十三章中对此情节有详细描述，可能给但丁以特别深刻的印象，其中说：“我突然感到五脏六腑躁动不已，胸脯也像是被属于另一种性质的爱所拖曳。”

30. “超凡入圣”（trasumanare）即是指超出凡人的界限；圣托马索的《神学大全》第一卷第十二章曾说：“觐见上帝的能力不属于根据人的本性而创造的心智，而只有依靠上天的光荣照耀才能具备，这便使心智成为一种类似上帝的东西。”此句的“用言语”，原文为per verba，波斯科—雷吉奥注释本认为是“拉丁文表达方式”，故用斜体，但萨佩纽注释本则未这样做。

31. 这里的“那个部分”是指灵魂；“再度”（novellamente）是指造完肉体后的二度创造，因而也是“最后”之意，波斯科—雷吉奥注释本认为，这里所指的“灵魂”，是“理性灵魂”，即是上帝在业已完成“植物灵魂”和“感觉灵魂”之后，注入正在孕育中的肉体之内的（参见《炼狱篇》第二十五首第71—75句）。萨佩纽和波斯科—雷吉奥两注释本都认为，此段的写法是借鉴于《新约·哥林多后书》第十二章第三句，即圣保罗被提升到第三层天时所说：“这是肉身上的经验呢？抑或是心灵里的经验呢？我都不知道，只有上帝知道。”其实，但丁从游地狱、经炼狱直到如今飞升天堂，都是携带肉身的，而这时，但丁的肉体已几乎像最后审判后肉身复活的诸享有天福的精灵的肉身一样，是“没有重量的材料”（雷吉奥）；但丁之所以用这种“有意的模棱两可”的笔法，是为了突出显示他此刻的不可思议的经历。

32. “掌管天国的爱”指上帝；此说法来自波伊提乌斯的《哲学的慰藉》（*Consolazione della filosofia*）第二卷。这里是说，上帝是用爱的行动来创造各天体，并永久地把它们保存下来。“你的光芒”是指从贝阿特丽切的双眼中反射出来、照在但丁身上的上帝的“光芒”。

33. 这里的“欲望”是指企求与上帝结合在一起的渴望。

34. 毕达哥拉斯（Pitagora，公元前六世纪）和柏拉图有关各重天体运转和谐之说，曾被亚里士多德在其《天论》（*De coelo*）第二章中推翻，随后，阿威罗伊斯、大阿尔贝托、圣托马索也都反对“和谐”说。然而，这一理论当时甚为盛行，但丁诗中所据可能出于西塞罗的有关著作，而且中世纪基督教神学著作中也不乏此论，即认为，天体的旋转运动是相互和谐的；甚至六世纪的属于亚里士多德学说传统的辛普利丘（Simplicio），在评论《天论》时也曾维护天体和谐说的观点，而这篇评论在但丁出生前五十年就从希腊文译为拉丁文，因此，但丁可能阅读过此文。

35. “想象错误”是指但丁以为自己仍在尘世（见第91句）。

36. “霹雳”的“家园”即是指烈火圈，而但丁的“家园”则是指天国：但丁在《筵席》第四卷第二十八节第二句段中就说：“高贵的灵魂在最后阶段……要回归到上帝那里，这正像回归到那个港口，而当它投入这人生的大海时，它正是从这个港口启航的。”中世纪认为，“霹雳”亦即雷电，乃是一种火，它违反自然规律，离开产生它的原地而下降到地球（参见本首第115句），因此，“但丁”即是“火”，“烈火圈”即等于“天堂”的这种对比关系，排除了有人认为“自己的家园”是指“云雾”的说法（雷吉奥）。

37. “第一个疑问”即是指“音响的新颖和辉煌的光亮”产生的原因。

38. “这些轻飘的物体”是指空气与火，它们是比沉重的肉体为轻的元素。因此，此句说明，但丁显然认为自己是带着肉身升天的（参见本首第73—75句及有关注释）。

39. 上帝创造的万物形成有秩序与和谐的整体的观念来自经院神学：圣托马索的《神学大全》第一卷第六十七章就指出：“这个世界可说是秩序统一的浑然一体，依照这个秩序，某些东西可说是被有秩序地与其他一些东西安排在一起的。的确，来自上帝的万物，相互之间以及在对待上帝方面，都是被井然有序地安排的。”宇宙的“形式”与上帝“相似”也是经院神学语言中的一个主要原则，即：“万物都有各自存在的形式”；而正由于万物之间又是有秩序地安排的，这种形式就使宇宙变得“与上帝相似”，因为上帝是“最好的秩序”。

40. “高级造物”：古代注释家对此解释略有不同：拉纳、《最佳评注》、本维努托认为是指天使；但丁之子彼特罗认为是指神学家和哲学家；布蒂和兰迪诺则认为是指天使和“具有高度智力的人”。波斯科—雷吉奥注释本说，这是指“有理性的生物”，亦即天使与人；萨佩纽注释本则依照但丁在《帝制论》第一卷第八节第二句段的内容指出，这是指这样一些造物：它们认识到造物主的威力与智慧的标志，而这一标志又正是宇宙的秩序从中产生、并要达到的最终目的。

“上述准则”即是指宇宙的秩序。

41. “本源”(principio)即是指上帝，它是一切“自然物”亦即造物所共有的；“命运不同”意谓每个造物被安排的处境不同，因此，各造物距其“本源”即上帝有远有近。这一概念出自《神学大全》第一卷第五十九章：“既然万物来自上帝的意志，它们便都以各自的方式倾向于渴望爱，但形式不同。有些只是根据本能而倾向于善，是不自觉的，如植物和无生命之物体；这种倾向谓之曰‘自然的渴求’(appetito naturale)，有些靠一定的认识倾向于善，但这是因为它们认识的是一定的特殊的善，如那些有感觉的生物便是，这种倾向谓之曰‘感觉的渴求’(appetito sensitivo)。最后，有些倾向于善，是因为它们认识到善的理由本身，这便是智力所固有的，这种倾向便谓之曰‘意志’(volontà)。”但丁在《筵席》第三卷第七节第二至五句段中也说：“神的善降在万物身上，否则，万物也不可能存在；但是，既然这种善是由极简单的本源而来的，接受它的种种物体的接受程度便有不同，有多有少……因此，上帝的善是由种种独立的物质以不同方式接受的，就是说，天使是一种方式……人类灵魂是另一种方式……动物是另一种方式……植物乃至矿物又分别是另一种方式。”

42. “本能”(istinto)即布蒂所说的“自然倾向”(inclinazione naturale)，正是这种倾向推动各造物实现各自的本质。下一段三行韵诗就此做了举例说明。

43. 这里是说：火的“本能”使火自然而然地朝自身所属的“烈火圈”上升，而该圈是如《筵席》第三卷第三节第二句段所说，位于“月球天的沿线上”的；“生物心灵”的“生物”是指非理性的动物，它们的本能则调节它们的感觉官能；第三个例子是指“地心吸力”的“本能”，它使每个物体都朝向地球中心而动，从而使地球成为统一而完整之物。

44. “缺少智慧的造物”指非理性的造物，即动物和无生命之物；“拥有智力和意志的造物”指天使与人。

45. “那重天”即是指“原动天”，它是在不动的“净火天”即天国中转动的，速度最快，并带动下面各重天体。“静谧”(quieto)即意谓“不动”，因为“净火天”正是神灵的所在地。

46. 这里又用射箭作为比喻，因为弓箭是当时战争中最常用的武器；“幸福的标的”即是指“净火天”，即天国，这是上天安排的秩序的“威力”，亦即“本能”，使每个造物朝它而动的“终极目的”，在那里，可享有安宁和幸福。

47. 这里用艺术家制作艺术品来作对比：正因为人有自由意志，能自行作出各自选择，便有可能远离其本能使之努力追求的善的道路，这正如艺术家所使用的“材料”不肯接受艺术家为它所定的形式一样。但丁的这一有关“本能”的论述，由于强调了人的意志的作用，就避免像正统基督教学说所说的那样，沦于宿命论。

48. “这样的推动”，即是指“本能”的推动；“另入他径”指走向罪恶。

49. “烈火”指霹雳、闪电；作为“烈火”，它原应是朝上走的，而却朝地面降落，这就违反它的“本能”。“原始的动力”即指自然倾向，亦即“本能”。本段三行韵诗是说人如霹雳一样，为世间财物(“虚假的欢乐”)所吸引，也会违反向善的本能而走上歧途。

50. 这里是说，但丁已“排除障碍”，亦即“涤清罪过”，本应“登天去会繁星”，倘若“依然滞留尘凡”，如烈火本该上升到烈火圈，却仍“平静地待在地面”，那才是应当令人感到惊奇的事，换言之，如今但丁飞升天堂，并非什么“奇迹”。

51. “面庞”，原文为viso，有眼光、视线之意；《神曲》中多处有此种用法。

第二首

1. 这里与《炼狱篇》序诗一样，以船行海上作譬喻：读者乘坐在小舟上，由于对哲学和神学一无所知，必须紧跟但丁的“木船”，在象征神学的大海中航行。有人对本首开头对读者的告诫，认为是但丁“骄傲自大”的表现，其实不然，因为在但丁以前，意大利的诗歌中，也曾有不少诗人——如蓬维辛·德·拉·里瓦（Bonvesin de la Riva, 1240—1315）、贾科米诺·达·维罗纳（Giacomino da Verona，十三世纪下半叶）等——试图描述冥界乃至天堂，但这些诗作一般都很粗俗，缺乏但丁自认为是其诗作中的真正伟大的新内容，即阐述哲学神学问题，从而使他有资格去觐见上帝。《最佳评注》曾对此段作过详尽的诠释，指出：作者在此“把神学比作深邃的大海，把微小的才智比作小舟，把大的、足够的才智比作‘木船’……正是这样的海船才足以航行在任何浩瀚的大海上”。“放声歌唱”指吟诗作句。

2. 这里的“海滩”是指前两部诗篇，其寓意是：读者可中断阅读本篇，而只满足于前两部诗篇。近代注释家几乎一致认为，这里反映出一种“文化贵族的格调”，萨佩纽就认为，这是对被排除在这“文化贵族”之外的人的一种“高傲的怜悯”（altera pietà）：但丁在《筵席》第一卷第一节第一至七句段中就提及：“所有人都自然而然地渴望得到知识”，但是，“由于种种原因，许多人都不能达到这种极为高贵的完美境界，这些原因使一个人的内部和外部，都无法穿上科学的外衣……凡是仔细考虑问题的人，到处都能明显地看出：只有少数人才能穿上大家都渴望的外衣，而那些吃不到一直如饥似渴地想吃到这类饭食的人，却几乎不胜枚举。哦，那些少数人真幸福啊！因为他们能坐到食用天使的食品的餐桌上；而那些与山羊一起食用共同饭食的人又是多么可怜！”

3. 这里把但丁“航行的这片海水”比作描述天堂，因为这是一项最艰巨的工作，最困难的话题。萨佩纽注释本认为，诗中说“这片海水”是“前人从未走过”，可能是因为但丁不知中世纪有人也曾描述过天堂，贾科米诺·达·维罗纳的《论天国的耶路撒冷》（*De Ierusalem coelesti*）和蓬维辛·德·拉·里瓦的《镀金著作》（*Scrittura dorata*），都属于此类作品；不论如何，但丁“想必是把这些作品无非看成粗俗不堪的尝试，缺乏坚实的理论结构”。波斯科—雷吉奥注释本认为，很难说但丁不了解这方面的消息，其实，他是指以前的有关作品都不曾涉及“艰巨的神学题材”。

4. 密涅瓦为智慧女神，但丁把她作为本首所歌颂的对象、深奥的理论即神学的象征；阿波罗在序诗中已提到过，但丁显然把他作为诗的灵感的象征，因此，在诗中，由阿波罗来为但丁的“木船”掌舵。

5. 这里是说，但丁呼吁九位缪斯女神一齐来为他指点方向。但有人也把nove Muse（九位缪斯女神）中的nove（九）解释为“新的”，即基督教的缪斯女神；波斯科—雷吉奥注释本不同意这种说法，它认为：既然提及密涅瓦和阿波罗等“旧的”神，这种诠释就不能成立了。

6. “很早”（per tempo）指从青年时起；“扬起脖颈”指抬起眼睛；波斯科—雷吉奥注释本认为，此句的“很早”有“长时间从事哲学研究”之意。

7. “天使的食品”（pane de li angeli）：萨佩纽注释本认为是指“上天的智慧”（Intelligenze celesti），亦即“天使”用以营养自身的“智慧”（sapienza）；波斯科—雷吉奥注释本则认为是指“神学”。这种说法来自《旧约》的《诗篇》第七十八篇第二十五句：“他们所吃的原是天使的食物”；《箴言》第九章第五句“智慧”对“愚昧的人”说的话：“跟我一同吃饭，尝尝我调和的酒吧。”但丁在《筵席》第一卷第一节第七句段中也提及“天使的食品”，参见本首注2。

8. 这里是说，这种精神食粮世人也可以食用，但永不会吃饱，因为人的智慧的局限性使他们不能完全洞悉上天显示的真理；但丁在《筵席》第四卷第二十二节第十三句段中也说，“你们在这个人生中不能完善地使用思辨的智力（intelletto speculativo），你们将从上帝身上得到这种智力，因为上帝是最高的智慧”。波斯科—雷吉奥注释本还就此指出，天使由于能幸福地觐见上帝，可以满足他们的求知欲望。

9. “浩瀚的咸水”（alto sale）即是指汪洋大海；贺拉斯、维吉尔、卢卡努斯的著作中都有类似的说法。值得注意的是，这里用“船只”（navigio）而不再用“小舟”，其寓意是：这些“少数读者”很早就食用“天使的食品”，因而能乘用坚固的大船（隐喻“习惯于思辨”），追随但丁的“木船”在大海中航行，不致像前一批读者会迷失方向。

10. 这里是说，这些读者所乘的舟楫需在水面恢复平静、但丁所乘的船留下的航道印迹消失之前行进；也有人解释为，他们的船只要保持在水面恢复平静的前面地方行进，因为波浪消失，就看不出航道了。前者指“时间”，后者指“地点”，但其大意则是一致的。

11. “光荣勇士”指随伊阿宋（参见《地狱篇》第十八首及有关注释）寻找金羊毛的阿耳戈英雄们。“科尔喀斯”，原文为Colco，是指住在科尔喀斯岛（Colchide）的居民，此处则用来指该岛（参见《地狱篇》第十八首及有关注释）。

12. 伊阿宋率阿耳戈英雄们来到科尔喀斯岛后，需经受一系列考验，其中一项是：要用两头生着铁犄角、有四只铜足、鼻孔喷射烈火的牛（这时已被他征服）来耕田，然后，在田地下撒播蛇牙作为种子，而这些“种子”竟变成武装战士（奥维德的《变形记》第七章对此有叙述）；因此，诗中说伊阿宋变成“耕田人”（bifolco，意谓“用牛耕田者”）。但是，奥维德著作中所写的是科尔喀斯人看到伊阿宋征服怪牛并用以耕田“感到吃惊”，而非阿耳戈英雄们，因此，波斯科—雷吉奥注释本认为，要么是但丁有意把二者混为一谈，要么则是但丁把奥维德原文记错了，除非但丁是想把《天堂篇》的读者与伊阿宋的追随者作一对比：它指出，对这种对比的诠释有两种：一是以布蒂为首的，他们认为，这是把变为“耕田人”的伊阿宋与从“世俗者”变为“神学大师”的但丁作对比；一是以本维努托为首的，他们认为，这是把伊阿宋的奇迹般经历与但丁的奇迹般天国之行作对比。它认为，从对伊阿宋征服怪牛的考验来看，似乎以前一种解释为是，尽管它认为，从时间上看，“诗歌与科学的结合并不成为令人感到惊异的如此重要的原因”，这是针对布蒂申述的理由而说的：布蒂曾诠释此句说：“看到我从诗人竟上升为神学大师，这会是比看到伊阿宋从骁勇善战的国王下降为耕田人，更加令人感到惊奇的。”

13. “以上帝为形式的王国”即是指“净火天”或“天国”；“以上帝为形式”的原文是deiforme，意谓“净火天”的“形式”是直接来自上帝的构思。“与生俱来……的永恒饥渴”是指人的天生渴望，而这种渴望是永远无法满足的。

14. 这里强调的是“速度”，即是说，飞升的速度犹如“抬眼”仰望天体旋转；但基门兹等注释家认为这种说法不妥，因为人的肉眼是看不出天体的运动的，因此，萨佩纽和波斯科—雷吉奥两注释本都以不同方式指出，这种“仰视”不是指眼睛，而是指心智；后者说：“更可能的是：但丁所设想的只是心智的视觉，即有文化修养的人依靠他所积累的科学知识，‘看到’各天体的迅速运转。”

15. 这里又以射箭为例，说明速度之快：箭放在弓弩上，弹出飞腾，射中目标，但最后一点对说明“箭飞”的目的是最重要的，在诗中则省略了，而代之以下句中但丁飞升的实际结果。

16. “那位”指贝阿特丽切。

17. “欢悦”是指贝阿特丽切为但丁能终于抵达

他所渴望的天国而感到高兴；“美丽”则是指贝阿特丽切天生的姿色。

18. “第一颗星”指月球，因为它是环绕地球运转的诸天体中距离最近的，亦即第一重天。但丁认为，诸星球和恒星都是一些发光的完整的球体，镶嵌在构成天体的厚厚的透明物质的圆层中；他所想象的从一重天到另一重天，正是飞降到星球本身转到的那一点上。

19. “云雾”即是指月球的物质，因此，但丁降落之处是作为物质的星球，而不是包含星球的那重天体；因为天体的物质是以太，是透明而又看不见的，那就不会使他产生诗中所述的印象。

20. 这里用了四个形容词描述月亮的物质即“云雾”：“明亮”是指月球本身有光，不仅取光于太阳（见但丁《帝制论》第三卷第四节第十七、十八句段）；“坚实”是指月球乃至其他星球的不可渗透性；“洁净”是指“光滑”甚或“没有斑点”，因为正是这一点使但丁向贝阿特丽切提出有关月球的斑点问题（见本首后一部分）。近代注释家万戴利曾援引天文学家乔瓦尼·安东内利（Giovanni Antonelli，1818—1872）的话说：“头三个特点是合适的，第四个特点则是不恰当的”，因为我们所见到的“虽不是月亮的其余部分，却肯定是极为偶然的部分（即指‘光滑’而无‘斑点’的部分）”。但这在但丁时期，他是不可能知道的。

21. “永恒的宝石”即不易腐蚀、不易破坏的宝石，这里用以比喻月球和其他星球，因为只有它们“不是像世上的宝石那样会破碎的”（本维努托）。这里是说，一道光线射入一池清水却未把它破坏、瓦解，安东内利就此指出，这是自然规律的一种例外，即物体的不可渗透性；科斯莫（Cosmo）在《最后的上升》（*Ultima ascesa*）一书中曾提及十三世纪有一无名氏作者写过颂扬圣母贞洁无瑕的一段诗句，内容类似：“正如阳光射透玻璃，而玻璃却并未因此发生任何裂痕。”诗中的比喻是异常美妙的。

22. 这里是说，这种一个“物体”（但丁的“肉身”）渗入另一个物体（“月球”）之中、而又不破坏后者的完整性的现象，使人产生热望，想上升到天国去领略一种更加伟大得多的奇迹，即：人性与神性的相互渗透，融为一个“基因”，即耶稣基督；换言之，在天堂，必能看到和明了“化为肉身”（incarnazione）的奥秘。

23. 这里是说，在天堂看到人性与神性结合的状况不需用论证说明，而是能令人凭本能即可领悟。

24. “初步真理”是指“浅显易懂”的、可以凭本能理解的原则；也有人解释为“上帝的思想”，因为它是“一切真理的本源”，但萨佩纽和波斯科—雷吉奥两注释本都不赞成这种说法，因为依照亚里士多德经院哲学派的说法，上帝的思想是要经过论证说明的。

25. 民间传说，该隐因杀死胞弟亚伯而受惩，被囚禁在月亮内，肩上永远背着一捆荆棘（参见《地狱篇》第二十首及有关注释），这也便是月亮上的黑斑，犹如我国传说月上的黑影是吴刚伐桂。这里用迷信传说来突出显示贝阿特丽切就此所作回答的科学神学严肃性。

26. 在第52—57句这两段三行韵诗中，本维努托对贝阿特丽切这“嫣然一笑”曾作过这样的诠释：“她几乎是想不言而喻地说：‘不仅无知的人们讲述这样的寓言而犯了错误，而且那些学识渊博的智者也在论述哲学方面铸成错误。’”诗中用了一系列比喻的笔法来说明某种现象或某种道理：首先，如人们单凭感官（“感官的钥匙”）往往不能彻底弄清真理（“无法打开”真理之门）；同样，“惊奇之箭”的“刺中”说法，又是一种比喻笔法，说明但丁不该为此感到惊奇的简单意思；最后，人们在有所感之后产生的“理性”（智力思考），凭“双翼”也不能“飞得很远”，即是说，“理性”也无法解决有关真理的问题。波斯科—雷吉奥注释本特别就此指出，这并非像有些注释家那样，认为是但丁轻视感觉认识，其实，正如但丁在

《筵席》第二卷第四节第十七句段中所说，感觉认识只不过是认识的开始，这里无非是说，理性有其局限性。换言之，还要靠代表神学的贝阿特丽切对诸如月球斑点之类单凭理性不能解决的问题，作出确切可靠的阐述。

27. 这里所提及的论据是出自阿威罗伊斯提出的假设。但丁在《筵席》第二卷第十三节第九句段中就说："它（月亮）上面的阴影……无非是其本体的稀薄，太阳的光线不能最终照到上面，也不能像照在其他部分那样，得到反射。"但丁在诗中则摒弃上述理论，而靠拢圣托马索在《评天与世界》（*Comm. de Coelo et Mundo*）第二章中提出的新柏拉图主义的论点，该论点认为：位于不同层次的星球之间以及位于同一层次的星球之间，在其特殊性质方面，存在差别，而正是这种差别使它们产生不同的亮度。波斯科—雷吉奥注释本指出，纠正《筵席》中的某些理论，在《神曲》中已不是第一次了，因此，《神曲》是对但丁思想的"最后彻底的修正"；它还特别提及，但丁在此指出的密度稀浓不仅限于月球，而是也涉及所有天体（"各个天体的密度有稀有浓"）。但，法国近代注释家安德烈·佩扎尔（André Pezard）认为，但丁在《筵席》中的有关思想的直接来源为法国十二、十三世纪的小说《玫瑰传奇》（*Roman de la Rose*），该小说的作者原为威廉·德·洛里（Guglielmo de Lorris），后又由让·德·默恩（Jean de Meung）续写，其中有关天体明暗问题的理论与《筵席》的论点相似，因而使但丁倾向于此理论，甚至包括"三面镜子"问题（即本首第96—105句所谈试验问题），而此问题在阿威罗伊斯和大阿尔贝托的理论中都是不曾有过的。波斯科—雷吉奥注释本明确表示不同意此说法。

28. "第八圈"指恒星天；贝阿特丽切首先从总的概念来批驳但丁的错误观点，即倘若密度的稀浓为月球上光亮程度不同的形式原则（principio formale），那么，这也应适用于第八重天即恒星天，这一来，第八重天的所有星辰都应具有同样的能力，对世间也应产生同样的影响，因为所有星辰的特性是同一的，相同的，只有量的区别，而无质的区别，却不是每个星辰都有各自的能力和特性；因此，根据但丁的理论，形式原则只有一个，即密度，各星辰的能力也只有一个。而这是无稽之谈。所谓"形式原则"即是指确定事物特殊形式的主要原因，亦即物种的根源，为一哲学名词。

29. 这里的"除去一个"即是指但丁所说的"密度"问题。

30. 从第73句至第105句，都是贝阿特丽切所申述的理由的第二部分，即是从经验来证明但丁所持论点是错误的：若是密度问题，密度的稀薄或浓稠理应或是扩及月球的全部厚度，或是扩及其中一部分，即在稀薄一层下面，又有浓稠一层。在上述第一种情况下，当出现日蚀时，月球的密度稀薄部分就会显得透明，阳光（即诗中的"光芒"）可以从中透过，而这种情况是不存在的；第二种情况则是：阳光的反射是来自较远的部分，亦即稀薄一层之后的浓稠一层，但这种反射的光芒并不弱于更近之处反射的光芒，亦即密度更浓之处反射的光芒，即是说，无论距离远近或密度稀浓，其反射的阳光亮度都是同样的。

31. "与稀薄相反的密度"即是指浓稠的密度，那里，"光线"（即阳光）不能透过。

32. "其他光线"同样指阳光。

33. 这里的"色彩"是指从镜子中反映出的物体及其色彩。镜子是由玻璃后面涂上一层铅而形成的，参见《地狱篇》第二十三首第25句；但丁在《筵席》第三卷第九节第八句段中也提及这一点。

34. 这里是说，按照但丁的理论，在反射阳光的密度浓的部分，因为是在月球的靠里部分（"更靠后的部分"），而不是在月球表面，在人们看来，就觉得光线显得比其他部分"黯淡"，从而形成月球的"斑点"。

35. 这里的"经验"指试验。有关经验是人类艺术的基础的观念来自亚里士多德，也是经院哲学家的方法论的一个论据。

36. 这里的“视线”是指从更远的镜子中反映出来的形象；“数量”则是指形象的大小。因此，诗句的意思即是指：更远的镜子反映出的形象不如更近的两面镜子反映的形象大，但是，三面镜子反射的“光芒”却是一样的。

37. 这里用阳光融化白雪来形容贝阿特丽切“点化”但丁，使之顿开茅塞。“主体”原文为suggetto，来自经院哲学家常用的subiectum，意即“原料”；白雪经阳光一照，便变为“赤裸裸”，失掉原有的“寒冷”和“颜色”，转化为“主体”即水。

38. 这里是说，贝阿特丽切对但丁的陈述，正是要使他的“心智”脱离错误和偏见，放出星光般的闪烁光辉。

39. “那重天”指“净火天”即天国；如前所述，这重天是不动的，呈现出一片安谧、幸福的和平景象。

40. 这个“天体”即是“原动天”或称“水晶天”。“全部内涵”指包含在原动天内的所有物体，亦即指“宇宙的整个生活”。“存在”则指如下含义：如近代注释家纳尔迪所说，“下面几重天受最高一重天（即作为第九重天的原动天）的影响，然后又各自一级接一级地将该影响从一重传递到另一重”；但丁在《筵席》第二卷第十四节第十五至十七句段中也说，第九重天“以其运动规定所有其他天体的日常运转，因此，所有这些天体每日都既接受，又把属于它们各自部分的能力，传送到下面世间去。倘若这重天的运转不作这样的规定，各重天体的能力就会很少来到世间，或者世间看到它们也会很少……确实，世间就不会传宗接代，就不会有动物或植物的生命，不会有夜，也不会有昼，也不会有周、月、年，而是整个宇宙都会变得紊乱无序，其他天体的运动也都会成为徒劳”。

41. “下一重天”即第八重天，亦即恒星天，因此，这一重天内，星辰甚多（“有那么多的星星点点”）。“存在”仍如前注，指来自第九重天的影响和能力；“不同的基因”指不同的星体，这些星体既“包容”在这重天内，又与它有别，因为各“基因”（即星体）都有各自的特殊能力和各自固有的形式原则。因此，从第八重天即恒星天起，就开始实行由净火天传送到原动天的宇宙能力的“区分化”（differenziazione），即“化一为繁”（riduzione dell'uno al molteplice），亦即变“一个”为“多个”，这种“区分化”也便反映为“世间自然物的多样性”（萨佩纽）。波斯科—雷吉奥注释本也说，“恒星天把自身的能力分配到它本身拥有的种种星体上去，而其他各重天，只有一个星球，则把它们各自的能力只传送到这个星球上去，再由它影响位于下面的天体。这样，原动天的最初而又有区分的能力，便一重天、一重天地相互区分，变为多种多样，直到影响地球”。“撒播各自的种子”中的“种子”是指“上天的智慧”（Intelligenze celesti）或称“天使的智慧”（intelligenze angeliche）所构思的基本原型，物质的现有潜在形式都是由“上天的智慧”用这种基本原型来推动并起作用的，这也就是说，星宿的影响来自作为原动力的“上天的智慧”。

42. “器官”在这里即是指各重天体，因为它们的作用类似人体的各个器官。

43. 这里是说，每重天体从上一重天接受影响，而又对下一重天施加影响。

44. “通过这个途径”意谓“通过我的论述”。

45. “浅滩”（guado），是但丁常用的形象词汇，意谓“应走之路”。这里是说，贝阿特丽切所作论述的严谨使但丁可以据以自行得出结论。

46. “神圣旋转天体”即是指九重天，之所以称之为“神圣”，是因为它们是永不腐蚀的，也是上帝直接创造的。这里把九重天的运转和各自的能力比作“使用铁锤的技艺来自铁匠”，是异常亲切而形象的，因为各天体的运转和能力都来自作为原动力的“上天的智慧”（“幸福的动力”）；换言之，各天体的运动和影响都来自“上天的智慧”,因此,各天体只不过是产生效果的工具,效果的真正起因则是天使,这正如“铁锤”为“工具”,“铁匠”为“起因”。这种类比来自亚里士多德的《论灵魂》第二章第六节、《论动物之生殖》(*De generatione animalium*)第五章第八节,并且是中世纪理论著述常用的:圣托马索的《神学大全》第一卷第七十章就曾谈及:“天体既是被动又是主动的,它起着工具的作用,因为它是依靠主要动因的能力而活动的,因而也就是依靠其原动力的能力,而这个原动力是活的物质,可以造成生命”;但丁在《筵席》第四卷第四节第十二句段中也说:“铁锤的击打是制成刀子的原因(即工具),而铁匠的灵魂则是有效和推动的原因”,《帝制论》第三卷第六节第五句段也有类似的提法。

47. “这重天”仍指恒星天。

48. 这里是说,恒星天的“形象”是来自“深邃的脑海”(即九级天使中司知识的二级天使基路伯),而它的“不住旋转”也是由这些天使的“智慧”所推动的。“使自身变为印章”是指各星辰从上天智慧中取得能力或印记,又将自身所得印记,根据自身的能力,打印在下面的物体上(布蒂)。

49. 这里是说,上天智慧之于恒星天,犹如人类肉体的灵魂之于不同器官,即是说:灵魂仍是单一的一个,但又分散为不同的有秩序的器官,这些器官又根据各自功能发挥作用,上天智慧也同样如此,它推动恒星天,并把自身的能力以多种多样的方式输入各星体,从而使各星体产生不同的能力,尽管上天智慧仍只是一个同一的整体。就这一点而言,但丁似乎接近新柏拉图主义和阿拉伯哲学家的学说,但这只是表面现象,而非实质上的接近,因为对他来说,一般说,也是对经院哲学家而言,上天智慧与被它推动的天体之间的关系,只是类似、而非同一于人的机体中的灵与肉,但丁在《筵席》第二卷第五节第十八句段中就提及这一点。

50. “善心”(bontate)即是指作为恒星天原动力的基路伯天使的智慧所具有的能力。这里是说,上天的智慧或天使的智慧将其不同的能力(“善心变成多样多种”)散布到不同的星辰(“散布给群星”),但就“智慧”本身而言,它仍是一个“单一的实体”,它像一个轮子一样,在轴心上不住转动。也有人认为,此段不仅说明上天的智慧始终是“单一的实体”,而且它自身也意识到其本身是一个“单一的实体”,萨佩纽以及斯卡尔塔齐尼–万戴利(Scartazzini-Vandelli)等注释家就是持此类意见的,他们的依据是:但丁在《筵席》第三卷第十二节第十一句段中曾说:正如对上帝,对上天的智慧来说,确实“它的旋转亦即是它的理解”,这就是说上天的智慧“对自身的单一体的意识”。

51. “珍贵的物体”即是指星辰;这里仍是进一步说明上述反复阐述的道理,即:上天的智慧把不同的能力散布到星体的珍贵物质之内,与它们结合在一起,使它们具有生命(“使这物体得以成活”),这种结合形式,犹如人体的结合形式,即灵魂纳入肉体,亦即诗中所说的“你们身上的生命”。

52. 这里是说,上天的智慧的能力与星体的结合是出自“可喜天性”(natura lieta),这就使星体本身“放出光明”,犹如人的“明亮的眼珠”透露出“灵魂的喜悦”,换言之,一个星体或一个星体的某个部分所放出的光明或大或小,均取决于作为原动力的上天智慧的“喜悦”程度,正如人的灵魂的喜悦程度如何,要通过“明亮的眼珠”表现出来。这种对月球明暗原因的解释,实际上是一种形而上学的原理,这与但丁在《筵席》的有关章节和本首第59—60句所谈的涉及纯属物理原理(密度稀浓)有根本的区别。这一点也证明:但丁的精神境界中,神学宗教原则总是位于科学哲学原则之上的。此外,值得注意的是:许多手抄本把第141句中的“你们身上”(in voi)写成“它身上”(in lui),“它”即指星体,因为当时有一种理论(但不是但丁的论点),认为“星辰”是“有生命的活的造物”。

第三首

1. 这里用“太阳”比喻贝阿特丽切：她从青少年时期起，就曾用“情爱”烘暖但丁的心，如今则像用光和热普照人类的太阳般，以真理的光辉照耀但丁。

2. 这里继续前一首有关月球斑点问题的论述。但丁在诗中借用了经院哲学论述问题方法的两个阶段，即“批驳”（riprovando）和“验证”（provando），但是把原来的次序弄颠倒了。他在《筵席》第四卷第二节第十五至十六句段中就说：“这种方法是人类理性大师亚里士多德所坚持采用的，他总是先与真理的敌人论争，然后，在使对方信服后，说明真理。”其实，Riprovando e provando，按诗中的意思是“批驳与验证”，是作为经院哲学的讨论方法，但后来，则成为伽利略弟子们的一个座右铭，是1657年由莱奥波尔多·德·梅迪契（Leopoldo de' Medici）在佛罗伦萨建立的齐门托学院（Accademia del Cimento）提出来的，因为该学院是以研究实验科学为宗旨（莱奥波尔多本人先为亲王，后为枢机主教），这句话也便有了新的含义，即“试验再试验”。

3. 这里用了“恰如其分”，即是指在适当的程度上，以求对贝阿特丽切不致有所不敬。

4. 这里用洁净的玻璃反映形象作比，十分贴切而生动，即是说，这样反映出来的形象是不很清晰的，犹如不深的水面所反映的形象也同样如是。

5. “雪白额上的珍珠”是指当时流行的妇女头饰，即头戴环状冠饰或网罩，悬有一颗珍珠，垂在额前；这种装饰在中世纪的绘画和壁画上是常见的；由于珍珠的颜色与前额的“雪白”贴近，显得虽不十分鲜明，却仍依稀可见。波斯科—雷吉奥注释本认为，“雪白的额”的说法显然是指中世纪对女性美的一种“理想类型”。

6. 这里的“面庞”是指上帝安置在月球天的享有天福的“精灵”。“相反的错误”是指与希腊神话中因“自恋”而堕水而死、化为水仙花的美男子那西索斯（参见《地狱篇》第三十首及有关注释）相反的错误：那西索斯是看见自身在水中的倒影，以为是“实体”，想与之拥抱，从而淹死在水中，但丁则是把“实体”（即“面庞”）当作反映的“形影”。

7. “它们”指“许多面庞”。

8. 这里是说，但丁既然以为这些“面庞”是“镜子中反映出的身影”，这些人就想必站在他的身后，因此，他掉转目光，向后看。

9. “温柔向导”指贝阿特丽切。

10. 这里是说，但丁作为凡人，仍过分信赖可以感觉到的外表，而不能根据显示出的真理来作理性的判断，所以陷于错误而徒劳的假设之中。诗中形象地用“脚”（lo piè）来比喻推理，因而有人认为，这是采用《圣经》的说法，把“心灵的活动”比作“脚”。

11. 波斯科—雷吉奥注释本认为，瓦努齐（Vannucci, 1810—1883）分析诗中用“像经常发生的那样”（come suole）作为插话，是说明贝阿特丽切又一次责怪但丁走上歧途，即但丁未得到神学的辅佐，因而看待事物犹如儿童一般；瓦的看法“也许并不错”。

12. “真正的物体”，原文是vere sustanze，是经院哲学所用的术语。这里是说，凡在人世间许愿而未还愿的魂灵，都要“被贬”（rilegate）到月球天（参见本篇第一首注1），而但丁原以为，所有享天福者在天国都待遇相同，都位于“净火天”，但后来通过在几重天的亲身体验，他发现享有天福也有程度之分。由于头三重天（即月球天、水星天、金星天）中的精灵生前都受有关的天体所施加的影响而有不同的负面倾向，死后也便被分配到与各自有关的天体中；这三重天也称作“低级天体”（cieli inferiori），因为在它们影响下产生的各种不良倾向本应由人的意志加以克服的。

13. 这里是说，应当相信这些形影所说的话，都是真实的，是真理，因为能满足它们的一切愿望的神的光辉，不容许它们在任何时候远离这一光辉，亦即“真理”（萨佩纽）。

14. “真正的光辉”即是指上帝的光辉，它即代表绝对真理。

15. “远离它自身”即是指远离上帝的光辉。

16. “永恒生活的温馨”即是指天堂的幸福。

17. 因为这些形影轮廓模糊，它们的愉快心情只能通过双眼放射出带有“笑意”的光彩来表现。

18. 这里是说，享有天福者的仁爱来自神的仁爱，其形式也与神相同，因为神要求他的“朝臣”与他“类似”（第44—45句），因此，享天福者的“仁爱”就与神的“仁爱”一样，时刻准备满足正当的请求（“不会向正当的愿望把门关紧”），并从满足这些请求当中，得到自娱。

19. 说话的享天福者是皮卡尔达·多纳蒂（Piccarda Donati），她是西莫内的女儿，科尔索和佛雷塞的胞妹（参见《炼狱篇》第二十四首及有关注释）。她很年轻时就有了十分虔诚的宗教信仰，因而进入佛罗伦萨的圣基亚拉修道院（convento di s. Chiara）做修女。但其兄科尔索为佛市黑党头目，或许在他先后充当波洛尼亚市最高行政官和护民官时（即1283年至1293年间），出于政治考虑，企图使其妹与性格粗暴的黑党分子罗塞利诺·德拉·托萨（Rossellino della Tosa）成婚。为此，他率领一帮打手前往佛市，用暴力将其妹从修道院中抢出，威逼她与罗塞利诺结为夫妇。据古代编年史家和注释家称，皮卡尔达刚被劫出修道院不久，便卧床不起，旋即香消玉殒。另有人称，皮卡尔达做修女时的名称为“康丝坦扎”（Costanza），近代注释家福比尼（Fubini）则认为，这是根据但丁的有关诗句给皮卡尔达的生平添加的一个内容。

20. 这里是说，皮卡尔达死后升入天国，比在人世时变得“更加美丽”，犹如《炼狱篇》第三十首谈及贝阿特丽切的情况一样。

21. “旋转最慢的天层”即是指月球天：它位于九重天中最低层，环绕地球旋转最近，圆的半径也最小，因而运转速度最慢。

22. 这里的“情感”指受神的仁爱影响下变得炽烈如火的情感，如诗中所说，这“只是因为得到圣灵的欢心”（也有人诠释为：“只是为了得到圣灵的欢心”）；此段最后一句则说明，尽管这些享天福者被放在最低一重天体，却对上帝的宇宙安排是感到“不胜庆幸”的。

23. 这里所说的“处境低下”，是指在月球天享有的天福是在九重天当中最少的，其原因在于：这些享天福者生前未坚持不渝地信守自己的誓言。

24. 这里是说，这些享天福者目前的面貌，与生前比较，已变得令人认不出来。

25. “变得更为亲近”，原文为più farvi amici，直译为“变得更为友好”，这里是指享天福者是否想升到更高的天体，以求能把上帝“看得更清”，与上帝“更为亲近”。这里反映出，但丁的疑问仍植根于“尘世”观点，即以为，既在天堂，想必享有充分而完善的天福，而无“等级”之分；因此，月球天的享天福者想必会感到“不平等”，至少渴望改善现有处境。下句的“莞尔一笑”正说明这些享天福者与但丁的感觉不同。

26. “首要的爱之烈火”，原文为primo foco d'amor，系指上帝的爱之火，因为任何具体的爱都来自上帝，而上帝的爱又是所有的爱中最火热的。但也有人把这种爱比作“初恋时女人的爱”；布蒂则把它诠释为“像是第一颗星辰放射的光芒似的火在燃烧”：萨佩纽注释本认为，上述第一种比喻尚可采纳，第二种解释似不符原意，因为这里所说皮卡尔达双眼放射的爱的火光是与贝阿特丽切的“神圣目光”相应的；波斯科—雷吉奥注释本则不同意比喻“初恋”的诠释，认为这种说法“过俗”，不适用于天堂中享有天福的魂灵。

27. 这里是说，“仁爱的德性”已满足我们的愿望，使我们只渴望得到我们已有的东西，不再“渴求其他东西”。

28. “那位”指上帝。

29. “仁爱的本性”，按经院哲学的提法，即是要努力永远使“爱人的人”的“意愿”符合“被爱的对象”的“意愿”，圣托马索的《神学大全》第二卷第二章中提及这一点。

30. 这里是说，要使每个享天福者的"心愿"统一起来，形成"一条"，都与"神的意旨"相符。

31. 这里的"王国"指天国；"这层"和"那层"指各重天体，同时也比喻享受天福的不同程度，如阶梯一样，一级高于一级。

32. 这里的"国王"即是指上帝。此句是说，上帝使我们希望得到符合他的心愿的东西。

33. "安宁"是指我们的一切期望能依靠上帝而得到实现，趋于平静。

34. 这里说明造物主与造物之间的"直接"关系和造物与自然的"间接"关系；诗句把上述两种关系比作"大海"：一切造物，不论是直接地由上帝所创造，还是间接地从"第二个原因"即自然中产生，都像一切水流（"万流"）既来自大海，又回归大海一样。

35. 这里是说，天上每个部分都充满天福，尽管上帝的恩泽对每个部分的分配程度有所不同。这种思想与圣托马索《神学大全》第三卷附册的有关论述大体相似："达到最高目的的不同方式，可以被称为不同的房间；因此，房屋的统一性恰恰符合客体一方（即上帝）所赐予的天福的统一性；房间的多种多样则恰恰符合享有天福者一方在得到天福的方面的差异性。"

36. "至善"（sommo bene），或称"最高的善"，指上帝。

37. 兰迪诺对此曾作过如下明确诠释："一个疑问澄清之后，他却仍感到饥渴，亦即渴望澄清另一个疑问，这就犹如吃饭一样，一餐吃饱，却仍'贪食'（原诗的gola），亦即贪得无厌，正因如此，就要求得到不曾得到的这个，感谢已经得到的那个。"这里用"吃饭"来形容但丁渴望贝阿特丽切为他解答一个又一个的疑问，这种比喻是十分"生活化"的，令人感到亲切而生动。

38. 这里又运用一个比喻来形容皮卡尔达生前未能把自身奉献于上帝的誓愿贯彻到底：犹如织布未能完成。

39. 这里所指的"女人"是克拉雷会（Clarisse）创始人圣克拉雷·德·阿西西（Santa Chiara d'Assisi, 1194—1253）。她出身贵族，自幼崇奉上帝，立志终身为修女；她与圣方济各（San Francesco, 1182—1226）同时，又是同乡，信奉方济各会教规，并于1212年成立由修女组成的克拉雷会（该会即以其名命名）。该会很快就扩展到全意大利。由于她坚决拒绝婚嫁，皈依教门，一直到死，因而得以"位于天上更高的地方"。

40. 这里的"新郎"是沿用《圣经》的提法，指耶稣：《旧约·雅歌》相传是公元前十世纪的以色列王所罗门所作，其中已影射到"新郎"与"新娘"的情爱，尤其第五章"俊美新郎"一段："王：我亲爱的，我的新娘子啊，我已经来到自己的园子里了"；但更明显地提"新郎"的是《新约》的《马太福音》第九章第十五句："耶稣说：'新郎（指他自己）还在的时候，朋友难道该愁眉苦脸吗？但新郎离开之后，他们就要禁食了……'"；第二十五章第一句："那时候，天国正像有十个伴娘，提着灯去接新郎"，第五句："新郎迟迟未来，她们等得倦了，便在打瞌睡，而且睡着了"；第二章第十九句："耶稣反问他们：'新郎还在的时候，朋友可以在婚宴中禁食吗？……'"；《路加福音》第五章第三十四、三十五句："你们有没有看见过婚筵上的宾客在新郎面前禁食呢？不过新郎一旦离开，他们就要禁食了"；《约翰福音》第三章第二十九句："娶新娘的是新郎，站在旁边的朋友，只要听见新郎的声音，就会欢喜快乐，照样我现在也满足了。"

41. 圣托马索《神学大全》第二卷第二章说："誓愿是对上帝所作的诺言……倘若某个人所作的诺言并非上帝所喜欢的，那么这个诺言就是白作了。既然每种罪过都是对上帝的违背，任何行为，若不是有德性的，也不会讨得上帝的欢心，因此，绝不应在誓愿中奉献不合法或无动于衷的内容，而只应奉献有德性的行为。"

42. 这里的两个"她"都是指圣克拉雷·德·阿西西。

43. 这里，皮卡尔达叙述其兄派人把她劫出修道院，威逼她成婚的悲惨情节。波斯科—雷吉奥注释本指出，这里的话语并非带有“怨恨”，而是透露对劫持者的疯狂之举感到某种“悲凄”，对世道丧失理性的邪恶感到“悲伤”，因为她此时已是身心平静的精灵，是抱着怜悯的心情，看待尘世的堕落生活了，但是，依然不免略微显示出对自己身受暴力后的不幸遭遇的记忆。

44. 这“另一片光辉”是指康丝坦扎（Costanza，1146—1198）：诗句说她放射出月球天的“全部光明”，有人据此认为，这是因为她为“皇后”或“德性更为崇高”；萨佩纽和波斯科—雷吉奥两注释本都不赞成这种说法，认为：只是康丝坦扎听到皮卡尔达提起她时，感到十分高兴，因而仿佛自身被包含其内的光辉显得比其他享天福者更亮。

45. 这里是说，康丝坦扎皇后的遭遇与皮卡尔达相似。详见注48。

46. 诗中的“同样”亦是指用暴力；“神圣头巾的阴影”是指修女所戴面纱：波斯科—雷吉奥注释本认为，这里所指的“阴影”既有“物质”含义又有“精神”含义。

47. 这里是说，康丝坦扎皇后虽被人用暴力劫出修道院，但其心灵仍保持作为修女对上帝、对自身所发誓言的忠诚。

48. 康丝坦扎为诺曼（normanno）国王威廉二世（Guglielmo II）之侄女，西西里王鲁杰罗·德·阿尔塔维拉一世（Ruggero I d’Altavilla）之女，是统治普利亚（Puglia）和西西里的诺曼王国的最后继承人；1185年，德国施瓦本家族的亨利六世（Enrico VI）原企图用武力攻占意大利南部，未能如愿，便娶康丝坦扎为妻，从而终于如愿以偿（亨利六世为著名的德国皇帝“红胡子”腓特烈Federico Barbarossa之子，这实际上是一次“政治婚姻”）。1194年，康丝坦扎生下后来被称为“反基督分子”（Anticristo）的腓特烈二世（Federico II），1197年，亨利六世去世，康丝坦扎以贤明政治代子摄政（曾被但丁誉为“伟大的诺曼女人”），直到1198年与世长辞。临终前，她任命教皇英诺森三世（Innocenzo III）为腓特烈二世的监护人，但为时很短。关于她身入空门，后又被强迫与亨利六世成婚的问题，现经证实，并无此事，而是反对腓特烈二世的归尔弗派凭空捏造的：他们硬说，康丝坦扎是违背其心愿而充当修女的，后来又被帕莱摩（Palermo）大主教从修道院中抢出，让她还俗，与亨利六世成婚，当时她已五十二岁；他们借以诬蔑腓特烈二世是由一个做过修女的女人所生，而该修女又已年岁很大，本不能生育，因此，是违反神与人世的一切法规的。其实，康丝坦扎从未做过修女，嫁于亨利六世时年仅三十一岁。萨佩纽和波斯科—雷吉奥两注释本都认为，但丁在诗中虽借用了归尔弗派所捏造的传闻，却剔除了其中的消极部分，把康丝坦扎作为“政治阴谋和暴力”的“牺牲品”；诗中说她身上放射出月球天的“全部光明”也正表明但丁对康丝坦扎的崇敬；在但丁眼中，她始终是一个具有“高度道德和政治意义”的人物。《炼狱篇》第三首中，康丝坦扎的孙子曼弗雷迪曾提及她，可参考有关诗句及注释。

49. “索阿维”（Soave）即是施瓦本家族（Svevia），为意大利古文对德文“施瓦本”（Schwaben）的简称。“第二个狂飙”是指作为施瓦本家族第二个皇帝的亨利六世；之所以用“狂飙”一词，是因为要说明他虽有傲视一切的强大权力，却为时不长。

50. “第三个狂飙”系指腓特烈二世，因为他是施瓦本家族的第三个皇帝，也是如但丁在《筵席》第四卷第三节第六句段中所说，是“罗马人的最后一位皇帝”，即神圣罗马帝国的最后一位皇帝：自他于1250年死后，神圣罗马帝国，在但丁看来，一直没有皇帝，直到1312年，亨利七世才当选为神圣罗马帝国皇帝。

51. “万福玛利亚”原文系用拉丁文Ave Maria。

52. 这里的“标记”有“目的”“对象”之意，即是指贝阿特丽切。

53. “那一位”仍指贝阿特丽切。

第四首

1. 本首开头三段三行韵诗，用选择两种“饭食”、小羊处于两头恶狼之间、狗处于两头梅花鹿之间等三例，来形容但丁此刻为两个疑问所困扰的心情，即是说，他在犹疑未决，不知应先提哪一个。萨佩纽和波斯科—雷吉奥两注释本都认为，其中第一个例子系取自圣托马索的《神学大全》第二卷第一章，而圣托马索用此例是为了批驳持如下论点的人们的，即“任何选择都是必然的”；与此同时，他们又认为，诗中所举三例与“布里达诺之驴”（Asino di Buridano）的说法类似：布里达诺为十四世纪的法国经院哲学派哲学家，主张“唯名论”；“布里达诺之驴”说的是一头驴处于两堆干草之间，干草数量同样多，与驴的距离同样大，但是，它犹豫不决，不知该吃哪一堆为好，布里达诺用此例来解释：一个人摇摆于两个具有同样刺激力的原因之间，不知如何行动。诗中借用此三例说明一个理论，即作为理性自由判断的自由意志，由于不曾摆脱欲望，在行动上则会举棋不定；换言之，正如近代注释家纳尔迪（Nardi）所说，“人的行动只能由理性的判断来决定”，纳据此认为，但丁在此问题上的观点更接近于阿威罗伊斯学派。

2. 但以理（Daniello，即Daniele）：公元前五世纪的著名智者和先知。诗中用典取自《旧约·但以理书》第二章第一至四十六句：巴比伦王尼布甲尼撒战胜了犹大王约雅敬，并把上帝殿中的圣物掳到巴比伦的示拿，“放在他们神的宝库里”。尼布甲尼撒从以色列王室贵族中选出四个少年，令他们在宫中学习，其中就有但以理，上帝赐给这四个少年聪明智慧和高度能力，特别使但以理有能力解释各种异象和梦兆。一夜，尼布甲尼撒做了一个噩梦，非常恐惧，立即召见术士、巫师、占星家和迦勒底人来释梦，但又不先把噩梦告知他们，当他们对他说“不将梦告诉臣仆，臣仆怎能解梦呢？”时，他勃然大怒，要把包括但以理及其同伴在内的巴比伦所有智者均处死。但以理出面要求缓刑并请求晋见尼布甲尼撒，因为当晚，上帝已在异象中把尼布甲尼撒所做的梦告诉但以理。但以理对接见他的尼布甲尼撒说：“没有智者、占星家、术士或巫师可以解释陛下的梦，只有天上的主能启示奥秘，他已把将来要发生的事在梦中告诉陛下了……微臣知道陛下所做的梦，并不是因为微臣有什么超越的智慧，乃是因为上帝顾念陛下而启示给微臣的。”于是，但以理便向尼布甲尼撒释梦：“陛下梦见一个金碧辉煌、甚为宏伟的大像站在面前，状甚恐怖，它有金的头、银的胸和双臂、铜的肚和腰、铁的腿和半铁半泥的脚。陛下正在观看的时候，有一块不是人手凿出的石头，打在大像的半铁半泥的脚上，把双脚砍碎，整座巨像就随即轰然塌下，成为一大堆金、银、铜、铁、泥的碎砾……打碎这像的巨石却变成一座大山，遮盖整个世界。”但以理说，这梦说明“天上的主上帝将王国、权力、军力、尊荣都赐给陛下，陛下就是那纯金的头，上帝已将世人所居之地，连野地的走兽、天空的飞鸟，全交给陛下管理。在陛下之后，必另有一稍弱的王国兴起，以后还有第三个王国，代表铜的肚腹，他也要治理天下；跟着的第四王国，像铁一般坚硬，能击碎一切。陛下所见半铁半泥的脚和脚趾，代表一个分裂的王国，有部分强，有部分弱，因为它是泥和铁相混杂的，故此仍有铁一般的坚硬。此外，它还表示国民彼此混杂通婚，可是不能成功，正如铁和泥无法混合一样。在列王统治的时候，天上的主必设立一个没有人能篡夺、毁灭的永恒的国；这个国要粉碎列国，收拾残局，然后自己却永远坚立。这就是陛下所见那块不是人手凿出来的巨石，从山出来，粉碎一切金、银、铜、铁、泥的意思。伟大的上帝已经将未来的事启示陛下，这梦和它的解释都千真万确，绝无错误。”尼布甲尼撒听罢，便立即伏在但以理面前，向他下拜，并吩咐送礼给他。诗中用这一典故说明：贝阿特丽切也是从上帝那里得知但丁未加明言的疑问，从而能助他释去疑团，平息他心中的不安情绪。

3. 这里的“善良的愿望”也是指皮卡尔达和康丝坦扎所立下的誓言。

4. 这里是说，别人对我施加的暴力（如皮卡尔达和康丝坦扎被人拉出修道院）为何削减我的功绩，从而把我贬谪到天体中最低一层，享受较少的天福？

5. 这里引述了柏拉图在《蒂迈俄斯论》（*Timeo*）第四十一段对话中所阐述的论点，即柏拉图认为，灵魂在化为肉体之前，是栖息在星辰当中的，在肉体死亡后，则又返回星辰，如此不断往返反复。柏拉图的这篇对话在中世纪是十分知名的，公元四世纪的新柏拉图主义哲学家卡尔齐迪奥（Calcidio）曾把该书译为拉丁文，因此，萨佩纽注释本估计，但丁可能是通过卡尔齐迪奥的译作“直接”了解柏拉图的这一观点的，也可能是通过阿哥斯蒂诺、大阿尔贝托、西塞罗、玛喀比等人的有关著述“间接”了解的；然而，波斯科—雷吉奥注释本则认为，但丁究竟是否“直接”了解，难做定论（它认为，可能是从上述其他来源“间接”了解），但它承认，卡尔齐迪奥的拉丁文译本是但丁时期柏拉图唯一为人所知的著作；它强调，柏拉图的这一理论显然是与天主教正统观点背道而驰的，因为天主教认为，每个灵魂都是由上帝创造的，并注入肉体之内，早在肉体尚在母体之中时即是如此。

6. “苦胆较多”，原文为più ha di felle，其中的“苦胆”（felle，即今文的fiele），有刻毒、毒害之意；在诗中，即意谓“毒害更大”，亦即指柏拉图关于灵魂之说，这一主张曾在公元540年君士坦丁堡公会议（concilio di Costantinopoli）上被教会宣布为“异端邪说”，因为它与天主教正统理论相对抗（参见注5，《炼狱篇》第二十五首曾谈及有关问题）。

7. “撒拉弗”（Serafini），即“上品天使”，系天使中最高级的天使，又称“六翼天使”，而众天使每个级别中，又进一步区分等次，这里是指最高级天使中“最靠近上帝”的“那位”，显然是上品天使中为首的，但诗中未指明（但丁的《筵席》第二卷第五节第六句段也曾提及这一点）。

8. 摩西（Moisè，即Mosè）：生活于公元前十三世纪，是以色列人的立法者，上帝曾在西奈山上授予他“十诫”（据说是上帝亲自把诫命刻在两块石板上）。他曾率领以色列民众离开埃及，返回祖国，即迦南、巴勒斯坦（详见《旧约》的《出埃及记》《民数记》《申命记》），最后死于尼波山上，享年一百二十岁；著有《摩西五书》（*Pentateuco*），即《圣经》前五卷。

撒母耳（Samuel，即Samuele）：著名的先知，最后一位“士师”（Giudice），在以色列建立帝制的奠基人。曾使以色列人摆脱非利士人的奴役；先为以色列人立王，即扫罗，扫罗死后，立大卫为王。生活于公元前十一世纪；据说《旧约》的《士师记》和《列王记》为其所作（详见《旧约·撒母耳记上下》）。《旧约·耶利米书》第十五章第一句，上帝曾把他与摩西并提：“主对我说：‘就算摩西和撒母耳站在我面前，我的心仍然不顾惜这些人民……’。”

这里所说的“约翰”为两个：一是被《圣经》称赞为“从母腹中生的人”当中最伟大的，即施洗的约翰（见《新约·马太福音》第十一章第十一句）；一是耶稣最喜爱的门徒即福音书作者约翰，他是众门徒中唯一一个站在耶稣被钉的十字架脚下的，曾由基督亲自托付给圣母作为义子（《新约·约翰福音》第十三章第二十三句：“西门彼得向耶稣所爱的那个门徒点头示意，意思是叫他问耶稣，出卖他的到底是谁？”“耶稣所爱的门徒”即是指福音书作者约翰；同样的提法可见同书第十九章第二十六句）。

9. 圣母玛利亚是造物中最崇高的。

10. 这里是说，上一段三行韵诗中所列举的上帝所造的最崇高造物，也都像皮卡尔达和康丝坦扎一样，都居于净火天，即天国，享有永恒之福。

11. 这里强调，这些最崇高的造物与皮卡尔达、康丝坦扎在天国享受天福不分时间长短，这一点又与柏拉图的立论相反：柏拉图认为，灵魂返回星辰后，在那停留时间的长短要依其功绩大小而定。

12. “最高一重旋转的天体”指净火天。“甜蜜生活”是指享受天福，而在这方面的“差异”，是出于各精灵对圣灵在人与上帝之间引起的炽烈仁爱之情的感觉，有深有浅。“永恒灵气”，原文为etterno spiro，即是指圣灵，亦即代表爱的上帝。

13. “这里”是指月球天。此段三行韵诗的主要意思是：这些出现在月球天的精灵，并非“命定”要分配到那里，而是前来迎接但丁的，是来显示他们所享有的天福在天国中是最低的。第39句中的“一重天”，各版本所采用的词汇不同：有的用celestiale（天体），如波斯科—雷吉奥注释本，有的则用spirituale（精神境界），如萨佩纽注释本；主张后者的是近代注释家帕罗迪（Parodi），其依据是《神学大全》第三卷第九十三章的一段话：“圣者将享受天福的那个地方，不是什么物质的境界，而是精神境界，也即是说，指上帝，他是独一无二的……虽然精神境界只有一个，但是，接近这个精神境界的程度则是不同的”；但佩特罗基（波－雷本即以他的注释本为依据）认为，“天体”一词更为可靠，因为是手抄本一贯采用的。

14. 这里是说，只有用可感觉的标记，才能适合人类（“你们”）的智力，才能使之了解事物。

15. 人类先要感觉事物，然后再用“心智”来认识和理解事物，这是亚里士多德和经院哲学的基本原理之一，即“心智中没有一件东西不是首先存在于感觉中的”，正是从感觉“才开始我们的认识”，但丁在《筵席》第二卷第四节第十七句段中曾提及上述论点。

16. 这里是说，《圣经》为了适应人类要先凭感觉了解事物的“能力”“智力”，便采用了隐喻写法，使神形象化（“把足与手赋予上帝”），并以寓意形式说明神的精神特征（“使之别具含义”）。圣托马索在《神学大全》第一卷中就说：“人要通过可感觉的事物达到可理解的事物，这是很自然的。因为我们的每一种认识都来自感官。因此，在《圣经》中，精神事物就以物质的隐喻手法加以陈述。在《圣经》中，就赋予上帝以形体特征，依照的是某种相似性，并根据他的行为而定。例如，眼睛的行为是看；这样，在谈及上帝时，眼睛就意味着视觉官能，这并不是就感觉而言，而是就心智而言；对其他部位，情况也类似。”

17. 加百列（Gabriele）和米迦勒（Michele）以及这里所说的“另一个”（指拉斐尔Raffaelle），都是天使长，因而也是智慧之神；拉斐尔曾治愈托卑阿（Tobia）双目失明（见《托卑阿书》第三章第二十五句和第六章第十六句），加百列曾向圣母玛利亚宣告她将生育耶稣（见《炼狱篇》第十首第三十四句等），米迦勒曾战胜叛逆天使、后成为地狱之王的卢齐菲罗（见《地狱篇》第七首第12句）。

18. 《蒂迈俄斯论》（*Timeo*）是柏拉图的对话录，对话的对象是蒂迈俄斯：他是公元前五世纪希腊洛克利斯（Locri）一地的著名哲学家，据说他是柏拉图的老师，该书即以其名作为书名。柏拉图在该书中即谈及灵魂原居于星辰，后进入肉体，肉体死后，又复归星辰（见本首第23句及注5）。

19. 这里即是指柏拉图有关灵魂之说，与但丁在月球天所见情况（即灵魂只是在此出现，并非居于月球天）不同。

20. 这里是说，柏拉图所想的正如他所说的。

21. 这里的“形式”，即是经院哲学所用的术语“实质形式”，亦即肉体。

22. 波斯科—雷吉奥注释本就此句诠释说，《炼狱篇》第二十五首有关灵魂起源的理论，显然是但丁取自大阿尔贝托的《论自然与灵魂起源》（*De natura et origine animae*），因此，柏拉图有关灵魂要回归星宿的说法可能并非直接取自《蒂迈俄斯论》，而是取自大阿尔贝托的上述论著第二卷第七章，因为其中恰恰提及《蒂迈俄斯论》，但丁从中还看出有可能对柏拉图的有关学说并不完全、绝对地加以否定：大阿尔贝托在其中曾说，对于包括柏拉图在内的那些持灵魂在人死后复归星宿的论断的人，“应当探讨他们究竟想要确切地说明什么，在他们的言论中，究竟有什么是对的，什么是错的”。但丁在《筵席》第四卷第二十一节第二、三句段中也说，“柏拉图与其他人认为，它们（指灵魂）是来自星辰……倘若每个人都维护各自的意见，可能会发生这样的事，即从所有的意见中会看出都有真理”。因此，波-雷本和萨佩纽注释本认为，这几句诗重申：有可能使柏拉图的理论与基督教正统学说调和起来。

23. “影响”是指各天体对人的灵魂所施加的影响；“荣光和谴责”是指这种影响有好有坏；因此，此段三行韵诗的意思是：倘若柏拉图的灵魂之说是指天体对灵魂的影响，不论好坏，都要复归天体，那么，他的“定论”也许会触及某些真理（“弓箭射中某些真理之的”），因为但丁是接受有关星辰、天体对人的影响的理论的，这一点可参见《炼狱篇》第十六首第73—78句通过马可·隆巴尔多之口所申述的论点。

24. 这里用“几乎”一词，是指除犹太人民以外，因为他们信奉的是一神教。“步入邪道”是指其他人民则信奉多神教。

25. 这里是说，正因为对星辰影响世人的学说产生误解，就把星辰加以“神化”：用宙斯（Giove）、墨丘利（Mercurio）和玛尔斯（Marte）命名星辰“木星”“水星”“火星”，并向他们顶礼膜拜。诗中的“命名”一词，原文为nominare，但有人主张应将此词读成numinare，即“神化”。

26. 这里是说，但丁的另一个疑问不致使但丁远离象征神学的贝阿特丽切，而陷于异端邪说。

27. “我们的正义”指天国的正义，亦即上帝的正义。

28. 此句中的“问题”，原文是argomento，本意是“论据”；古今注释家对此词的含义诠释不同：前者理解为有“证明”“说明”之意；后者则理解为“造成”“促使”之意。前一种理解是说明：“上帝，从定义、因而也是从‘信仰’来说，是最高正义，但他的裁制，却又是为凡人所无法测知的，因此，神的某个举措看来是非正义的，但也恰恰因此而证明信仰的真切，亦即神的安排是不可测知的”；后一种理解则是说明：“某些神的安排表面上是非正义的，也恰恰因此而促使凡人要相信，而不是不相信；因为这表明：有一种奥秘，是人所不能洞悉的，有一些原因和理由只能在首要的原因和无限的理由（指上帝）中变得清晰而明确。但是，贝阿特丽切又说，这里所涉及的并非这种不可洞悉的真理，因此是可以而且正在作出人所渴望的解释的。”波斯科—雷吉奥注释本同意前一种解释，萨佩纽注释本则接受后一种解释。

29. “你们的精明”指凡人的智慧；“真理”指那些向暴力让步、从而不能信守誓言的灵魂所享受的天福要少，因为他们的功绩被削减了。

30. 这里是说，暴力本身是来自外部，不能触动遭受暴力者的自由意志，倘若他真的愿信守誓言，就不会投降，就会像一些殉道者和英雄那样抵抗；因此，这样的灵魂就不得宽恕，哪怕他们在最小限度上屈服于暴力。

31. 这里又一次用火的本性是朝上燃烧为例，对比遭受暴力者，既恰当又鲜明。

32. “神圣之地”即是指修道院。诗句中的“逃回”，原文为rifuggire，但许多手抄本为易读起见，写成ritornare（“返回”）。近代的万戴利曾对此句提出质疑：“康丝坦扎于1197年便一直守寡，她还有可能返回修道院吗？而皮卡尔达呢？”因此，他认为，但丁可能了解某些细节，是我们所不知的，所以才有可能提及康、皮二人；但波斯科—雷吉奥注释本认为，万戴利的上述假设是“过于冒失”了：也许，但丁意在说明康、皮二人不该面对暴力而逆来顺受，因而在暴力停止之后，本可返回修道院，不接受婚姻，正如火在风停止之后，就不再往上升一样。另一位近代注释家波雷纳也说，但丁是不相信，当时传说皮卡尔达在遭暴力后不久，即染上鼠疫，随即死去，从本篇第三首第108句中就可看出。

33. 洛伦佐(Lorenzo)，即“圣洛伦佐”(San Lorenzo)，在最初保护基督徒、后又迫害基督徒的罗马皇帝瓦莱里亚诺(Valeriano)的统治下，于公元258年8月10日被判火刑，被置于铁篦上活活烧死。

34. 穆丘(Muzio，公元前六世纪初)，全名为卡佑·穆丘·谢沃拉(Caio Muzio Scevola)，其中Scevola为其绰号，等于今文的Mancino(意即“左撇子”)，为罗马一青年，在埃特鲁斯王波尔塞纳(Porsenna)围攻罗马时，试图行刺波尔塞纳，未成功，被捕；波令其将右手置于燃烧的火炭上，他面不改色，并向波说道：在罗马，有数百青年都能像他一样忍受火刑，甚至更严酷的非刑，只要能把波杀死。波尔塞纳惊其坚定果敢的意志，将他释放(“左撇子”绰号由此而生)，并自动撤去对罗马的围攻，时在公元前507年。但丁在《筵席》第四卷第五节第十三句段和《帝制论》第二卷第五节第四句段中都曾盛赞过穆丘。据说，当时还有两人的英勇不屈精神感动了波尔塞纳：一是“独眼龙贺拉斯”(Orazio Coclite)，为一勇敢的罗马士兵，他曾独自一人捍卫台伯河上通往罗马的大桥；一是罗马妇女克莱丽亚(Clelia)，她曾与其他一些罗马妇女作为人质，送往波尔塞纳王处充当奴仆；为争得自由，她游泳通过台伯河，但又被罗马人送回波处，波被其勇敢而大胆的精神所动，释放了她，罗马元老院为她立了献与第一位女性的纪念碑。

35. 这里的“论据”即是指第19—21句所说的问题，其中反映但丁的看法，即神的命令从表面上看，是不公平的。

36. 这里的“关口”，意谓“通道”，在诗句中则形象地比喻“困难”。

37. “首要真理”指上帝，因为他代表着“绝对真理”。

38. 这里所说的皮卡尔达谈及康丝坦扎的话，即是指本篇第三首第117句：“她(康丝坦扎)则始终不曾揭掉心中的纱巾”，这就是说，皮认为，康在心中则是坚定遵守誓愿的意志的。因此，贝阿特丽切认为，皮的说法看来与她所说的有关皮、康二人意志不够坚定、未把誓愿贯彻到底的话相抵触。

39. 阿尔克梅翁尼因为其母爱丽菲勒斯向波吕涅克斯之妻泄露了其父安菲阿拉俄斯为躲避七王参加围攻特拜的战争而藏匿之处，致使其父果然在战争中丧命，便手刃了其生身之母(详见《炼狱篇》第十二首及有关注释)。奥维德在《变形记》第五章中曾描述阿尔克梅翁尼这样做，“既表现出孝道，也表现出残忍”。萨佩纽注释本诠释说，阿的做法不是出于“绝对意志”(volontà assoluta)，否则他会无论如何逃避手刃其母；他的行为是出自“相对意志”(volontà condizionata或relativa或respettiva)，即只考虑要向其父表示孝道，尽到子报父仇的所谓责任。波斯科—雷吉奥注释本认为，诗中说阿尔克梅翁尼杀母是“在他的父亲请求下”进行的，这种说法并不确切，因为阿此举并非由“他的父亲请求”所致，而只是为了替父报仇；它认为，但丁可能忘记安菲阿拉俄斯死时的情节，据斯塔提乌斯《特拜战记》第七章的记载，安死前是希望并预言其子将会为他复仇，奥维德《变形记》有关章节也有同样的描述。

40. 这里是说，外来的暴力与遭受暴力者的相对意志被迫联合起来(“混在一起”)，造成对上帝的触犯，这种行为是不可饶恕的，即使遭受暴力者是出自害怕会发生更为严重的事，才这样使施暴力者得逞，他也要负共同责任。圣托马索曾根据亚里士多德的《伦理学》中的论点，在《神学大全》第二卷第一章中就提出：“出于害怕而采取的行动，就等于在某种程度上参与害怕者的意志”，而亚里士多德在《伦理学》第五章

第一节的论点是:“凡是因害怕而做出的事情,都掺混着自愿和非自愿的因素。”

41. “另一种意志”即是指“相对意志”。

42. 这里用隐喻的笔法,用“神圣溪水”比喻贝阿特丽切的论述:这“溪水”是从“真理之泉”潺潺流出的,因此,诗中说:“那水泉又正是任何真理之源。”这里用“波浪……流动潺潺”形容贝阿特丽切的“侃侃而谈”,是异常生动贴切的。

43. “首要的爱人”(primo amante)指上帝,因为上帝象征“首要的爱”(或“最初的爱”Primo Amore)。

44. 这里用“冲洗”一词,仍沿用第115句比喻“神圣溪水”的写法。

45. “无所不见和无所不能的那位”指上帝。这里是说,但丁对贝阿特丽切澄清他的疑问虽然感激(“情感”)很深,但因受到凡人的灵魂的限制,不能向贝表示与其给予但丁的恩泽相适应的感谢之意,而上帝则能给贝阿特丽切以奖励。

46. 这里的“真理”指神的真理。

47. 本维努托认为,诗中用野兽伏卧窝洞来比喻人的心智栖息在上帝的真理之中,是一种“绝妙的形象”,因为野兽曾在丛林中长时间觅食,后则疲惫不堪,返回洞内休息,这正如人的心智在经过思辨、默想之后,只能在自己所达到的目的地中,才能得到平静。“任何渴望都会落空”一句是说:人是确实可达到获得最高真理的目的的,不然,人的心智中所存在的求知欲就会成为枉费心机(“落空”)。

48. 这里的“渴望”,即是指达到最高真理的渴望。这里又用“嫩芽”和“树根”来形容和比喻人如何从疑问而一步步达到真理,即疑问如树木的根蘖一样,从已达到的每个真理中又发芽生长,被促动去争取获得新的真理,直到达到最高真理(“顶峰”)。但丁在《筵席》第四卷第十二节第十三至十七句段中也阐述了这一追求真理的思想。诗中的“自然”是指人所具备的自然推动力。

49. 对诗中的“这一点”,萨佩纽和波斯科—雷吉奥两注释本的诠释有所差异:前者认为,是指对疑问是达到真理的必要工具的“意识”,这意识推动但丁,并使但丁有勇气(“抱有自信”)去提新的问题,因为他确信这不会引起贝阿特丽切厌烦;后者则认为,只是表明:确信人可以一步一步地达到真理。还有人认为是指“这种对认识真理的自然渴望”。

50. 这里又用了一个隐喻性笔法,询问:尽管誓愿未偿,可否用其他善举来代替,从而得到宽恕:这些善举在神的“天平”上会称出一定分量,而不是微不足道,不足以请神作出判断。波斯科—雷吉奥注释本特别指出,此段不是针对贝阿特丽切一人说的,而是针对整个天庭,因为人的誓愿是向上帝而发的;因此,这里指的是上帝及享有天福者,把他们作为一个整体。

51. 这里的“向后逃避”,原文是diè le reni,是军事术语,指向后掉转身躯,逃之夭夭。这里显然是指贝阿特丽切的目光强烈,逼得但丁不得不避开她的目光。

第五首

1. 从本首第85句起，一直延续到第六、七两首，都是描述但丁随贝阿特丽切来到第二重天即水星天的情况，而又以与从公元527年起任东罗马皇帝、部分地恢复罗马帝国的统一、以立法而声名卓著的朱斯蒂尼亚诺皇帝的相遇为主导内容，这一情节是《神曲》全诗最重要、最著名的情节之一。关于朱斯蒂尼亚诺皇帝，请参阅《炼狱篇》第六首及有关注释。
2. 这里的"爱"是指神的仁爱：本首一开头便继续前一首最后几句的含义，描述享天福者身上所发射的光辉，都是在觐见最高真理即上帝时所点燃的仁爱之光。
3. 萨佩纽和波斯科—雷吉奥两注释本对"完美的视力"(perfetto vedere)的诠释有所不同：前者虽然解释前一段三行韵诗所阐述的结果是来自贝阿特丽切在心智上能直接察觉至善即上帝的"视觉"，但又依据古代注释家布蒂和兰迪诺所提出、后为托马塞奥和德尔·隆哥等一些近代注释家所接受的解释，把"完美的视力"归给但丁：因为"我们的心智愈是远离对尘世事物的感知，就愈变得明察秋毫，愈能理解天上事物"；总之，但丁的视觉能力已经臻于完善，在他的眼里，贝阿特丽切的光芒也便显得更加辉煌灿烂；萨本认为，这种解释的好处并不在于符合《圣经》中描述摩西觐见上帝后面上发出耀眼的光辉，而在于与诗中所叙主题完全相符。后者则认为，"完美的视力"是指贝阿特丽切的视力，因为享天福者的视力愈是深邃，就愈是能洞悉作为至善的上帝，这视力也便用爱点燃魂灵，他们身上的光辉也便变得更为强烈；波-雷本认为，这才是"最妥善的诠释"，并以《天堂篇》的其他段落以及摩西见上帝的情况为证，参见《旧约》的《出埃及记》第三十四章第二十九等句和《申命记》第三十四章第十句，其中说："后来，摩西手里拿着两块约版就下西奈山了，可是他却不知道自己因为与主说过话，面孔就发出光来"；"从此以后，以色列再没有像摩西这样的先知了，因为他曾经面对面地与主说话"。它认为，把"完美的视力"归于但丁是"欠妥"的。
4. 这里是说，"完美的视力"既然能察觉善，也便能逐步深入理解业已认识到的上帝的爱。
5. "永恒的光芒"指最高真理即上帝的光芒。
6. 这里是说，只有上帝的光芒才能永远引起人类心中对上帝的爱。但也有人把标点符号移位，从而把此句的含义变为"只有看到上帝的光芒，才能永远引起对上帝的爱"。
7. "误解"是指把这些东西当作是善，其实，并非如此。"照耀在这里"意谓"照耀在世上"。
8. 贝阿特丽切在这里概述了但丁在第四首第136—138句中提出的疑问："其他效劳"即是指"其他善举"。"争端"是指与上帝、神的正义对抗。但也有人理解为"良心的谴责"，是与良心对抗，是因未信守誓言而懊悔。萨佩纽和波斯科—雷吉奥注释本都认为，前一种解释最佳。
9. 托马塞奥认为，这一段三行韵诗"看来是没有什么用处的，但它却为诗人想要使人对下面所说的事给予重视作了准备"；波斯科—雷吉奥注释本则认为，"歌"(canto)一词在此用得不妙，也许是为了押韵而不得不用的"少数情况之一"，除非是把它理解为一种"极为大胆的隐喻"，即是指贝阿特丽切的话语犹如一首优美的歌曲。
10. "智慧造物"(creature intelligenti)系指天使和人，因为他们有"智慧和爱"；因此，这是其他动物所无法享有的。这里用了"过去和现在"(原诗是用过去时和现在时表示的)，是指自由意志是在上帝造物时以及在亚当犯了原罪之后一直由上帝赐予一切"智慧造物"的，无一例外。
11. "由此来推论"是指以自由意志是上帝赐予人的最大礼物一点为前提，从中得出结论：因为正是从自由意志的无与伦比的宝贵价值中，才能衡量出誓愿的巨大意义，换言之，誓愿是人的一个自由行动：通过这个行动，人自由地把自身的自由奉献给上帝。

12. 本首有关誓愿的理论，总的说来，是遵循圣托马索的有关学说：誓愿只有在形式上和内容上都是上帝同意接受的，才有“崇高价值”，同时，发誓者也要迫使自己的意志服从其所许诺的内容。这里特别强调的是：如宗教法规学者（canonisti）和神学家所提出的，誓愿是否有效，要以上帝是否接受为必要条件，亦即是说，上帝接受的誓愿内容是某种美德，而不是轻率或渎神的行为（参见《神学大全》第二卷第二章）。波斯科—雷吉奥注释本还指出，但丁比圣托马索更加突出强调：发下誓愿要表现为对自身自由意志的牺牲，这隐含着对宗教法规的放纵主义的批评，指出神学家与宗教法规学者之间的对立，即前者严格，后者放任自流，尽管他们在许愿内容须为上帝接受一点上是意见一致的。

13. “珍贵之物”即是指自由意志。

14. 这里再次说明，“牺牲”自由意志也须通过自由意志本身的行动，从而指出：牺牲自由意志是发下誓愿的特征。

15. 这里是说，既然自由意志是上帝赐予人的最宝贵之物，而人在发下誓愿时又已把它自由地献给上帝，那又有什么其他同样宝贵之物来代替自由意志呢？波斯科—雷吉奥注释本认为，但丁的有关论点是“斩钉截铁”“不容做任何妥协”的，这也便是他批评宗教法规学者的基础（参见注12）。

16. 这里是说，自由意志业已奉献给上帝，就不再属于发誓者了。不然就等于剥夺别人钱财去行善事。

17. “最重要的一点”即是指誓愿本身是不可补偿的。

18. 这里是说，教会在誓愿内容方面是有“特许”（dispensa）的，即：或是取消所立誓言，或是更替誓言。这看来与贝阿特丽切所说的“真理”相矛盾。

19. 这里又用“饭食”隐喻聆听教诲，解决比作求知欲的“饥渴”问题。但丁的著作《筵席》原文为Convivio，即是与诗中所说的“餐桌”（mensa，本意为“公共食堂”）有关，其本身就有“哲学训导工作”之意：其第一卷第一节第七句段中就说，“哦，坐在那张餐桌上的少数人真有福啊！那张餐桌上，可以吃上天使的面包”。

20. 这里的“牺牲”即是指“发下誓愿”，换言之，“对自身意志的牺牲”。“所做的那件事情”即是指自愿作出牺牲的那件事情，如守贫、贞洁等等。布蒂曾把此说法诠释为奉献之物：“如果所许诺的东西是蜡烛或节食或钱财，即称之为物质（materia）。”

21. “信守合同”原文是convenenza，本意是“契约、条约”，布蒂曾解释说，“亦即自由意志必须承担的诺言……这便是誓愿的形式”（参见注12）。

22. 这里用典出自《旧约・利未记》第二十七章第一至三十三句：其中上帝通过摩西之口，告诉以色列人必须如何在许愿之后向上帝献祭：献祭之物包括人、牲口、房子田地等。

23. 上注《旧约・利未记》第二十七章中提及有些祭品可以更换，有些则不可更换，上帝对此都作了明确规定。但丁对《圣经》是熟悉的，因此，诗中说：“你想必知道的。”

24. “物质问题”亦即“内容”问题，参见注12、20、21。

25. 这里是指：倘若更换誓言的内容，必须依照严格规定的具体条件：《最佳评注》曾就此指出，更换誓言必须具备两个条件：一是“牧者”（亦指《利未记》中所说的“祭司”，亦指教皇）的“权威”，即由他决定如何更换，任何人都不能擅自更换誓愿；一是立誓奉献之物，即更换之物必须要比原立誓奉献之物要多。但丁在诗中所述的更换原则，部分地类似圣托马索在《神学大全》第二卷第二章所阐述的原则，但更为严厉：如圣托马索指出，在某些条件下，可全部免除誓愿，此项原则诗中则没有；但丁和圣托马索都认为贞洁的誓言是不可更换的，但理由不同；圣托马索认为，行使誓愿，可补加善行，这会使上帝更喜欢，但丁则强调，不可滥用誓愿，特别是宗教人士，立誓要谨慎，行使誓言不可草率行事，立誓要真诚，不可抱有贪婪或其他不良动机。萨佩纽注释本与波斯科—雷吉奥注释本一样，也认为，但丁在这方面的主张，主要是批评宗教法规学者（参见注12）。

26. “负重”是隐喻誓愿的“物质”或内容。

27. 这里用“白色”和“黄色”两把钥匙的“转动”来比喻祭司的同意和首肯。关于金银两把钥匙，可参阅《地狱篇》第二十七首和《炼狱篇》第九首及有关注释。圣托马索在《神学大全》第二卷第二章中也作过类似的阐述：“在更换和免除誓愿方面，要求有高僧的权威，由他来以上帝的名义，决定能使上帝喜欢的问题。”

28. 这里是述及调换奉献物的一个数学标准，亦即调换之物要比原来许诺之物为多（参见注25），《旧约·利未记》第二十七章第十三、十五、十九、二十七、三十一句就提出上帝规定的类似原则，即不论许愿奉献给上帝的是牲畜、房子田地，还是头生牲口，若要更换或赎回，便要“在祭司评定的价值之外，再加付价值的五分之一”，诗中用数字“四”应包含在“六”里作比，来说明此问题。当然，但丁在此并非提出一个大于《利未记》中所谈的“更换”数据，正如波斯科—雷吉奥注释本所说，这只是表明，在更替誓言方面，他要比摩西的律条和圣托马索所指出的内容更为严格（“四”包含在“六”里，也是《最佳评注》为说明此问题而举出的一个例子）。

29. 这里又进一步说明，倘若许愿奉献之物价值很大，超过任何天平的度量，无法找到分量与之相对称之物，那就不能更替誓言。萨佩纽和波斯科—雷吉奥两注释本都认为，这里是指教士所做的贞洁誓愿，是不能用其他奉献物来代替的。萨本还指出，圣托马索虽在此问题上与但丁所见是一致的，即僧侣所发誓愿不可免除或更替，但他又进一步阐明此问题，指出“宗教奉献物的不可磨灭性”，即：“奉献给主的东西不能另做他用。”

30、31. 关于耶弗他向上帝许愿献祭的事，见《旧约·士师记》第十一章第三十至四十句：耶弗他（Ieptè，即Iefte），为以色列人的士师（领袖、元帅），他率军去攻打亚扪人（Ammoniti），“他向主起誓：倘若上帝帮助以色列人战胜亚扪人，他平安凯旋回来的时候，就把第一个从家门出来迎接他的归给上帝，当作燔祭献给主。于是，耶弗他就领兵攻打亚扪人，主让他得到胜利……耶弗他凯旋返回在米斯巴的家园，他的独生女儿摇着鼓、踏着舞步、欢天喜地出来迎接他。他一见到女儿，便呼天抢地地撕裂衣袍，喊着说：‘哎呀！我的女儿啊，你真使我苦恼，太叫我为难了。我向主所起的誓，是绝不能收回的啊！’他的女儿答道：‘父亲啊，您向主许下的诺言是必须履行的，因为他帮助您打败您的仇敌亚扪人，但我求您让我到山上去，跟我的同伴哀哭两个月，以哀悼我终身不嫁吧。’他说：‘你去吧。’于是，她便到山上为自己的厄运跟同伴哀哭了两个月。然后就回到父亲那里。她的父亲就履行自己所许的愿，使她终身不嫁。自此以后，以色列的少女都守一个习俗：每年都离家四天，去为耶弗他女儿的命运哀哭”。关于耶弗他轻率许愿的事，也见于圣托马索《神学大全》第二卷第二章有关发誓许愿的论述。这里值得注意的是：诗中提及耶弗他“在奉献时，做得更错”，因为他履行对上帝所作的诺言，错上加错，杀死女儿，将她真的作了“燔祭”；圣托马索在谈及此事时曾引圣吉罗拉莫（San Girolamo）的话说：“起誓时轻率……履行誓言时则残忍。”据萨佩纽注释本称，教会的神甫和神学家都曾一致谴责耶弗他所发的誓愿；圣托马索也曾主张区别对待发誓奉献之物：他认为，“某些东西在任何情况下都是好的，如德行善举；其他一些东西，则在任何情况下都是坏的，如各种罪过，这些东西就不该作为起誓之物；还有一些东西本身是好的，可以作为誓愿，但可能会有坏的结局；那么，这样的东西就不该履行，耶弗他的情况正是如此”；但丁之子彼特罗也曾引述塞维利亚的伊西多罗的话说:“在做出不好的许诺的情况下,你就该打破信仰,如果誓愿是卑鄙的,就该改变你的决定,不该做出你轻心大意地许下的诺言。确实,用犯罪来履行誓言是渎神的。”看来,诗中也是遵循上述说法,即认为,耶弗他最后杀死了自己的女儿,而这是与前面所引《圣经》的有关耶弗他女儿“终身不嫁”的结局大相径庭的。波斯科—雷吉奥注释本的注释也是说,耶弗他“为了信守誓言,令人杀死了她”。

32. “希腊人的大统帅”是指米凯奈(Micene)和阿耳戈(Argo)国王阿加门农(Agamennone),希腊人攻打特洛伊城时当选为希腊大军最高统帅;当希腊舰队在奥利斯(Aulide)启程前往特洛伊时,为求得上天保佑舰队顺风而行,向月神狄安娜许诺,将其当年所生下的最美丽的儿女献祭;后誓言果得满足,经占卜家卡尔卡斯(Calcante,参见《地狱篇》第二十首及有关注释)建议,将其女伊菲吉尼亚(Efigenia,即Ifegenia)献祭给月神。奥维德《变形记》第十二章和维吉尔《埃涅阿斯记》第二章都叙述了这个故事,但丁则可能以西塞罗的有关著作为依据。这里也是指责他许愿“不加斟酌”,轻率行动。

33. “羽毛随风飘零”即是指不假思索地轻率行动。

34. 波斯科—雷吉奥注释本认为,此句意义含糊,因而有多种解释。它与萨佩纽注释本都认为,最佳诠释应是:“不可认为任何水能把你们洗净,就像用洗礼的水可以洗净原罪,圣水可以洗净轻微的罪过;不可幻想许愿就足以赎清所犯罪过,保证你们得到拯救。”总之,此段着重说明发誓许愿不可轻率,其精神可参见《旧约·传道书》第五章第一至四句:“进入上帝的殿时要庄重严谨,不要像愚昧人一般忙于献祭,却要靠近主前,留心倾听;愚昧人因为不这样做,就冒犯了上帝也不自知。在上帝面前,不要冒失发言,也不要轻率许诺;因为他高高在上,你只不过是渺小的人。所以,你说话总不要喋喋不休;因为工作多,夜来必多梦;言语多,就容易显出愚昧。你向上帝许愿,不可迟迟仍不实践,总要从速偿还,因他不喜欢这样的愚昧人。与其许了愿而不偿还,倒不如不许愿。”

35. 波斯科—雷吉奥注释本指出,其实,《新约》并未谈及许愿发誓问题;《旧约》倒是有多处涉及此问题,除《利未记》外,还有《创世记》第二十八章第二十至二十二句,《诗篇》第七十六篇第十一句和第一百一十六篇第十四、十八句,《传道书》第五章第一至五句。

36. “教会的牧者”指教皇:但丁《帝制论》第三卷第十六节第十句段即有此提法。

37. 波斯科—雷吉奥注释本认为,此句如基门兹所说,已超出了许愿发誓问题的范围,即是说,贝阿特丽切有关发誓不可轻率大意的论述已扩大到在宗教问题上不可轻率行动的更为广泛的问题,实际上是谴责许多基督教徒在赎罪和诠释自身所负的宗教责任方面的“轻率”和“肤浅”。

38. 关于“邪恶的贪婪”,本维努托和《最佳评注》都作过如下诠释:“贪求复仇和贪求胜利曾分别推动阿加门农和耶弗他作出盲目的许愿,正如贪求获利也会推动贪财者许愿一样”;“有一些人为了他们的羊、驴、牛和商品,也作出许愿,却不去好好信守誓愿”。因此,诗句的意思就是:一些仓促许下的誓愿,不是出于虔诚的感情,而是出于疯狂的激情,从而引导和阻碍人的理性。但也有人认为,这里是指教会中有些恶劣的僧侣为个人利益而令人许愿,企图用取消或更改誓愿的办法来直接或间接牟取私利,这种有关教会腐败风气的诠释,甚而也来自但丁之子彼特罗,因而萨佩纽注释本认为,不可排除这种解释,尽管它与波斯科—雷吉奥注释本都认为,这样的解释与本段意义不大相符。“发出另一种喊叫”即是指推动起誓许愿者采取另一种做法,即作出轻率的许愿。

39. “疯疯癫癫的绵羊”指丧失理智的“绵羊”，此典出自《新约·彼得后书》第二章第十二句：“……这些假教师实在像没有理性，天生给人捉去宰杀的畜牲一样……”；但丁在《筵席》第一章第十一节第九句段中也写道：丧失谨慎的人“应叫作绵羊，而不应叫作人”。诗中所说的“那个犹太人”不是指叛徒犹大，而是指在许愿问题上明确遵守规定的“犹太人”：本维努托曾就此解释说：“这个以色列人只有《旧约》，他兢兢业业地信守旧的律条的各项规定……确实，那些犹太人对基督教徒感到非常奇怪，当看到他们如此亵渎地诅咒基督时，他们就讥笑那些基督叛徒”；但丁在《书信集》第十一章第四句段中也说：“唉！真令人痛心：那些渎神的支持者，撒拉逊和异教徒犹太人，竟然嘲笑我们的星期六，正如有人所说，他们竟然慨叹道：他们的上帝在哪里呢？”

40. 这里用顽皮地离开母乳的羔羊来比喻放松按圣教会的学说行事的基督教徒（布蒂）；十四世纪的塞拉瓦尔（Serravalle）认为，这个比喻是很妙的，因为这羊羔本仍需要母乳，但它却把母乳抛弃了，因而放纵行事，到处乱跳，最后落入狼口，“那些远离母亲即教会的基督教徒也正是如此，他们到处游逛，最后则落入魔鬼之手”。用羊羔来作比喻，在基督教语言中是屡见不鲜的，信徒即如羊群，耶稣则如善良的牧羊人；但波斯科—雷吉奥注释本认为，诗中说羊羔“与自己相斗不已”，意义不明确，尽管布蒂曾解释说，它是在“乱蹦乱跳和用角顶来顶去”，因此，可能是指：它这样的疯狂行为最终会使自己受害。

41. “那片地方”（quella parte）的解释有多种多样：布蒂、《最佳评注》、兰迪诺等认为是指“东方”；本维努托认为是指“水星天”；达尼埃洛（Daniello）则认为是指“天体赤道部分”；也有人认为是指“日球”的。近代注释家也依据上述古代注释家的不同主张而有不同的诠释。萨佩纽和波斯科—雷吉奥两注释本的理解大体一致：即认为，诗中主要是笼统地说，贝阿特丽切在“朝上方”观望，因为春分时节，太阳恰好位于天体赤道一带天空；既然贝阿特丽切是要上升到第一重天，不论是朝太阳观看，还是朝天体赤道观看，再或是朝笼统的天体观看，都是目光朝上，因为月球天乃至随后的水星天、金星天，都是位于日球天乃至其他各重天体之下的。但丁在《筵席》第二卷第三节第十五句段中也有类似的说法。

42. “贪求”指求知；“保持静默”是指但丁虽有新的疑问，但一时不敢提出。

43. 这里又用射箭来形容但丁随贝阿特丽切升入第二重天即水星天速度之快；但诗中所采用的形象则是新颖的，即“利箭”射中箭靶，弓弦尚在颤动（“在弓弦静止之前”），就在这瞬息之间，但丁与贝阿特丽切已抵达水星天。

44. “星球”即是指作为行星的水星。

45. 这里是说，星辰的本性是永不变化的，但因为它在“露出美颜”，就变得比过去更为明亮：但丁在《筵席》第三卷第八节第十一句段中就说：“笑容倘若不是灵魂喜悦的闪光，也就是说，不是内心情感向外表露的光芒，又会是什么呢？”这里是用人的多变性来与天体的不变性作对比，意在说明星辰因微笑而变得更为灿烂等印象，都与但丁此时此刻的心情和感觉有直接关系。

46. 十六世纪的维路泰洛（Vellutello）把此句解释为：“此人将增加我们身上的仁爱德行，因为我们在解决他的疑问时将可以利用我们的仁爱之心”；这是近代多数注释家都接受的诠释。但也有人解释为：但丁死后，也将会在这些精灵中占有位置，因为这些精灵与他一样，在人世时也享有荣誉和声名。还有人认为，这里只是指贝阿特丽切。

47. 这里说明包拢着各重天体中的精灵的光芒与他们的欢快心情的关系。

48. 这种向读者发出呼吁的写法是中世纪基督教文明中广泛使用的笔法。这里的“空虚”即是指“求知欲”。

49. 这里是指但丁仍然活着，却能携带肉身，来到天上，类似的说法见于《炼狱篇》第五首第60句。

50. 这里，“抛弃生命”中的“生命”，原文为milizia，本意为“战斗”，此典盖出自《旧约·约伯记》第七章第一句：“人生在世的经历，就是士兵的经历。”因此，诗中用此词表示：基督教徒活在世上，是像“士兵”一样要“战斗”的，他们的“教会”也是“战斗的教会”，这恰恰与享天福者的“胜利的教会”（“永恒的胜利”）成为鲜明的对比。

51. “宝座”指获得永恒胜利的享天福者在天国中所占有的席位。“光芒”指仁爱之光。

52. 说话的“精灵”即是朱斯蒂尼亚诺皇帝。这里把各精灵比作“诸神”（dii），因为享天福者分享神的光荣，分享上帝的智慧和善心，犹如圣托马索在《神学大全》第一卷第十三章中所说，就“有了上帝的形式，亦即是说，与上帝相类似”；《旧约·诗篇》第八十二篇第六句也曾有过类似说法：“我曾称你们为‘神’，为‘至高者的儿子’”；《新约·约翰福音》第十章第三十四句也说：“耶稣说：‘你们的律法书不是记着“我曾说，你们都是神”吗？’”。

53. “这层天体”指水星天。

54. 水星离太阳最近，因而太阳的光线（“其他光线”）就把它遮掩了：但丁在《筵席》第二卷第十三节第十一句段中就这样说道：由于水星旋转的轨道距太阳极近，它就“比任何其他星辰更被太阳的光线所掩盖”，金星也同样如此，因为它与水星位置都偏低，金星距太阳的角度为四十八度，水星则为二十九度左右。因此，人们也称水星为sidus dolosum，即“骗人的星”。

55. 这里是说，有“厚重水气”时，能“缓和”太阳的光线，使人能眼望太阳，但当太阳的热气“销蚀”了这些水气时，太阳的强光就令人不能看到它了。

第六首

1. 波斯科—雷吉奥注释本指出，古今注释家都一致认为，《神曲》三部曲各自的第六首，在结构上有一种对称关系，即其部分段落都是以谴责党派之争给意大利带来灾难为共同内容，而且是“逐步升级”，亦即从《地狱篇》第六首第58—75句的揭露佛罗伦萨，到《炼狱篇》第六首第79—84句扩及意大利的每个城市，再到本篇第六首第97—111句进升为名义上拥护帝制和反对帝制、实际上则各为一党之私的吉伯林派和归尔弗派的斗争，换言之，即进升为“帝国”。该注释本认为，从后两首内容看，都反映了但丁的主要政治思想，即指出“帝国的权威”为医治意大利顽症的“唯一良药”，故实际上并没有什么“逐步升级”。

本首全部为朱斯蒂尼亚诺皇帝的谈话，这在《神曲》中是独一无二的。

2. 这里说话的人，即是第五首第121句所提及的那“一位”，即朱斯蒂尼亚诺皇帝。“君士坦丁”即指君士坦丁一世（274—337）；“老鹰”系罗马帝国的国徽，这里是说，君士坦丁在拜占庭古国废墟上，兴建君士坦丁堡，并把首都罗马东迁于此。“逆着天体流程”是指君士坦丁迁都是由西向东，而天体运动则是由东向西，因而诗中含义可能是认为，君士坦丁此举是违反自然秩序的，而自然秩序又是与上天对历史变迁的安排相一致的，换言之，“天体流程”亦即上帝的神秘规划，国都东迁也便违反了上帝的规划。一般认为，君士坦丁皇帝的东迁是与他对教皇西尔维斯特罗的“赏赐”有关（参见《地狱篇》第十九首），诗中似无此意。

3. 这里是说，作为罗马帝国象征的“老鹰”原是追随“古人”即埃涅阿斯顺乎天体流程由东向西“遨游”的：因为埃涅阿斯在特洛伊被攻陷、焚烧后，向西逃往意大利，并娶拉齐奥王之女拉维尼亚（即诗中的“拉维娜”Lavina）为妻（详见《地狱篇》第四首、《炼狱篇》第十七首及有关注释）。

4. 这里是说，代表帝国的“老鹰”在“欧洲那一端”即拜占庭停留了二百余年：诗中用“上帝的神鸟”，即是指《炼狱篇》第三十二首中所说的“宙斯的神鸟”，是上帝意欲作为罗马帝国的标记的，亦是帝制的象征。“欧洲那一端”是指拜占庭位于欧亚交界处，靠近小亚细亚，特洛伊所在的特罗阿德（Troade）地区恰在此地：埃涅阿斯正是从那里逃出的；“那带山麓”亦即指小亚细亚一带山岭。这里值得注意的是：从君士坦丁皇帝于330年迁都到朱斯蒂尼亚诺于527年当选皇帝登基，实际上并不足二百年：萨佩纽和波斯科—雷吉奥两注释本都认为，但丁在此所依据的史料有误；他们估计，诗中所用史料来自但丁的老师布鲁内托·拉蒂尼（参见《地狱篇》第五首及有关注释）的《宝库》一书，其中就提及：迁都为333年，朱斯蒂尼亚诺登基为539年，相隔恰好为二百零六年，而拉蒂尼的材料则又可能取自十三世纪波兰历史学家马蒂诺·迪·特罗帕乌（Martino di Troppau），又称“波兰人马蒂诺”（Martino Polono）的有关著述。有人为圆此说，曾认为，这里时间的计算是从迁都算到重新征服意大利；波斯科—雷吉奥注释本指出，此说不确，因为诗中是算到朱斯蒂尼亚诺掌握皇权，再者，即使在征服意大利后，国都仍在拜占庭即君士坦丁堡。

5. “羽翼庇荫”的说法来自《旧约·诗篇》第十七篇第八句：“求你保护我，就像保护你眼中的瞳仁一样，使我在你的翅膀下得到荫庇。”

6. “他”指君士坦丁皇帝；“在那里”指在东方；“从一道手转到另一道手”即是指从一位皇帝转到另一位皇帝。

7. 这里的“凯撒”是泛指皇帝，因此，此句的意思是：“我生前曾是皇帝，死后则世间的尊严也随之而去，留下的则是个人的本质。”

朱斯蒂尼亚诺（诗中用古称Iustiniano，即今称Giustiniano），《炼狱篇》第六首曾简略提及此人。全名为佛拉维奥·朱斯蒂尼亚诺（Flavio Giustiniano，482或483—565）；自527年起至去世，一直为东罗马皇帝。在位时，经济、政治、军事、立法等方面政绩卓著，特别是立法：据《梅尔齐百科全书》称，他于530—534年，曾委任特里伯尼亚诺（Triboniano，475—545）组成委员会，修订罗马法，汇编为《民法大全》（*Corpus Iuris Civilis*），至今仍为民法立法依据。其妻泰奥多拉（Teodora）对其辅佐甚力。但丁把他理想化，作为皇帝的典范，认为他施政贤明，与教会配合默契，从异教徒变为基督徒，因而得到上帝的恩助，战功显赫，疆土扩大（占据非洲，征服意大利，部分地恢复罗马帝国的统一，只是在与波斯交战中失利）；赞赏他曾指出，帝制的主要任务即是把正义建立为公民秩序和进步的基础。萨佩纽和波斯科—雷吉奥两注释本都认为，但丁对朱斯蒂尼亚诺的评价可能来自当时流行的一些疏漏失实的史料，或则但丁根本不了解朱斯蒂尼亚诺在位时的一些恶劣行径，或则有意加以掩盖，从而把他作为“用贤明法律管理的帝国的象征”。

8. “首要之爱”（primo amore）指圣灵。

9. 这里是说，朱斯蒂尼亚诺把法典中因时光流逝和习俗变更而不合时宜（即“多余”）和条文本身自相矛盾（即“无用”）之处，从中删去。

10. “这项工作”即是指立法工作。

11. 这里是说，朱斯蒂尼亚诺在皈依基督教之前，曾相信希腊异端分子欧提克斯（Eutiche, 378—453）所倡导的耶稣“单性说”（dottrina monofisita），即认为：耶稣基督只有“神”性，而无“人”性，从而否定耶稣基督同时是有“人”“神”两性。此说于451年曾遭卡尔切多尼亚主教会议（concilio di Calcedonia）谴责。

12. 阿加皮托（Agapito或Agapeto）：自533年至536年任教皇，称阿加皮托一世，被封为“圣徒”。据中世纪传说，他曾前往君士坦丁堡，为哥特人（Goti）国王特奥达托（Teodato）与东罗马皇帝朱斯蒂尼亚诺议和，并劝说朱承认信仰错误，从而皈依基督教正统。这里的“牧者”仍指教皇。

13. 这里是说，在两个相互矛盾的命题中，一个必然是伪，一个必然是真；这一说法来自亚里士多德的“非矛盾原理”(principio di non contradizione)，亦即亚里士多德逻辑学基本假设之一。但目前，有许多注释家(如斯卡尔塔齐尼-万戴利)认为，此句应诠释为“这便是阿加皮托的正确信仰的内涵”；萨佩纽和波斯科—雷吉奥注释本都不赞成这种解释。波斯科—雷吉奥注释本还指出，中世纪有关朱斯蒂尼亚诺曾相信异端邪说的史料是错误的；关于朱斯蒂尼亚诺先有信仰异端之说的材料，但丁可能又是取自拉蒂尼的《宝库》一书，因为其中说：“起初，他(即朱斯蒂尼亚诺)犯有异端错误，最后，接受阿加皮托的训教，承认其错误。”

14. 这里是说，在533年之后，朱斯蒂尼亚诺皇帝因为皈依正统，便与教会取得一致。波斯科—雷吉奥注释本认为，这里在年代上又发生类似朱斯蒂尼亚诺犯有相信异端邪说之说法的错误：因为朱斯蒂尼亚诺委派特里伯尼亚诺组成委员会修订立法是528年，立法工作完成时则是533年，恰是阿加皮托一世当选教皇的一年；它与萨佩纽注释本都认为，但丁在此所依据的材料又是拉蒂尼在《宝库》中所援引的“波兰人马蒂诺”的著述(但在年代上，萨本与波-雷本所说的时间，与其他资料如《梅尔齐百科全书》也是有出入的，见注7)。

15. 贝利萨尔(Belisar)，即贝利萨里奥(Belisario，490或500—565)，为朱斯蒂尼亚诺皇帝手下的一位战功显赫的名将。他生在色雷斯(Tracia)和达尔马提亚伊里利克(Illirico)两地之间的地区，死于君士坦丁堡。他于532年战胜波斯，534年将汪达尔人(Vandali)逐出非洲，535—549年在意大利歼灭哥特人，曾在哥特王国垮台后，建立了拉维纳总督管辖地(Esarcato di Ravenna)，其中包括拉维纳、波洛尼亚、斐拉拉、阿德里亚(Adria)等地；559年还击败围攻君士坦丁堡的保加利亚人。他的战功和受宠受到大臣们的嫉妒，他们向朱斯蒂尼亚诺频进谗言，他晚年失宠，据说，还被朱下令弄瞎双眼，最后落得沿街乞讨，穷困潦倒而亡，由此曾产生一句谚语：“落到贝利萨里奥的下场”(Essere ridotto alle sorte di Belisario)，这些都曾记载在维拉尼《编年史》第二章第六节和其他人的著作中；波斯科—雷吉奥注释本认为，即使上述情节有失实之处，但贝失宠和朱对贝的伤害毕竟并非无中生有。它和萨佩纽注释本都认为，也许但丁对朱斯蒂尼亚诺伤害贝利萨里奥的事并不知悉，且把朱作为以法治国的皇帝典范，因而才在诗中说贝的战功乃得到神助，并亲切地称之为“我的贝利萨尔”(但波-雷本也猜测，这可能是一种“事后的懊悔”)。

16. “上天的右手”(destra del cielo)即有上天“赞助”之意。

17. “无上神圣的标志”是指代表帝国的“老鹰”。“把它据为己有的人”是指吉伯林派，因为他们名义上拥护帝制，实际上则以此来掩盖和攫取一党之私；“与它誓不两立的人”是指公开反对帝制的归尔弗派。

18. 帕兰特(Pallante)系在台伯河岸建立帕兰泰奥(Pallanteo)王国的埃万德罗(Evandro)之子；埃涅阿斯逃亡到意大利后，埃万德罗就热心接待他，成为他的盟友。埃涅阿斯与鲁图利斯王图尔努斯(见《地狱篇》第一首及有关注释)为争夺拉维尼亚而进行战争时，帕兰特曾为盟友埃涅阿斯英勇作战牺牲，埃涅阿斯在战胜图尔努斯后便继承帕兰特的王位，为罗马帝国奠定了初步基础。诗中内容大抵取自《埃涅阿斯记》，但维吉尔的诗作中未详细阐述罗马帝国“开始声威大振”即如波斯科—雷吉奥注释本所说：帕兰特是“为未来的罗马帝国最后胜利而牺牲的第一个阵亡者的象征”(诗中则以“老鹰”为象征)的由来，但丁后则在其《筵席》第四卷第五节、《帝制论》第二卷第十、十一、十二节中对此作了补充和记载，然而，他是从宗教角度来阐述罗马历史和帝制价值的，如在《筵席》第四卷第五节第十、十八句段中就说，罗马历史变迁得到"上帝的亲手襄助"，它的发展过程"不仅靠人力，而且靠神力"；《帝制论》第二卷第十二节第七句段也说：帝制的正当合法性是得到基督"从他战斗一生的开始和终结"的最高承认的。

19. 阿尔巴（Alba）即是指埃涅阿斯之子阿斯卡尼奥斯（Ascanio）所建的阿尔巴隆加（Albalonga），在那里，埃涅阿斯的后裔绵延王位达三百余年。这里追述的是罗马帝国史前时期的状况。

20. 这里的两个"三武士"分别指代表罗马城的奥拉齐（Orazi）家族军队的三武士，与代表阿尔巴城的库里亚齐（Curiazi）家族军队的三武士：他们在两军对峙时决斗，胜者则决定该城作为国都。在第一轮较量中，三个库里亚齐武士受伤，但三个奥拉齐武士中也有两个阵亡。第三个奥拉齐武士佯作败逃，结果却反败为胜，将三个库里亚齐武士相继杀死，因而罗马军大胜，决定定都罗马。据说，当时的国王为图洛·奥斯蒂利奥（Tullo Ostilio），他是自公元前673年至641年的第三位罗马国王。奥拉齐和库里亚齐两军战斗后，他下令摧毁了阿尔巴。诗中的"直到最后"即是指代表帝国的"老鹰"结束了在阿尔巴隆加的栖息之所，而开始只定居罗马。根据英国注释家托因贝（Toynbee）在其1902年《但丁研究与探索》（*Dante Studies and Researches*）一书推测，但丁所据史料可能来自布鲁内托·拉蒂尼，近代注释家马里奥蒂（Mariotti）则认为，来自维吉尔；后者还指出，"老鹰"在阿尔巴隆加和罗马各居住一百余载，看来并不奇怪，因为阿尔巴人（Albani）和罗马人的根子原本都是特洛伊。

21. 这一段三行韵诗是叙述自罗马第一位国王罗莫洛（Romolo）历经七代王朝的时期所发生的一些史实：罗莫洛及其弟雷莫（Remo）是一对孪生兄弟，父为牧羊人法乌托洛（Fautolo），母为阿卡·洛伦齐亚（Acca Lorenzia），以凶悍著称，被称为"母狼"（Lupa）；罗莫洛与雷莫兄弟创建了罗马，故至今罗马首都标志仍为一母狼肚下喂乳一对幼儿。罗马建立后，罗莫洛就将其弟杀死，独自称王（公元前753年），他曾战胜联合起来反对他的周边各国人民，又与萨宾人国王蒂托·塔丘（Tito Tazio）联合执政。他后被元老院所杀（公元前715年），扬言他被战神玛尔斯掠到天上，故罗马人用萨宾语称他为"魁里诺"（Quirino），即战神玛尔斯。在他连续七代王朝的统治下，做了不少坏事：位于意大利中部的萨宾人，在罗马人掠夺萨宾妇女（"给萨宾妇女带来危害"）后，曾与之交战，后又与之交好，一部分人移居罗马，公元前三世纪时被征服。

路克蕾齐亚（Lucrezia，见《地狱篇》第四首及有关注释），科拉蒂努斯（Collatino）之妻，传说为罗马身材高大的美丽贵妇人。她遭罗马最后一位国王"暴君"塔尔昆纽斯（Tarquinio il Suberbo）之子塞克斯图斯·塔尔昆纽斯（Sesto Tarquinio）奸污，自杀于夫前，其夫怒而与布鲁图斯联合，掀起人民起义，推翻王政，将皇帝逐出罗马，成立了共和国（公元前510年）。

22. 从这一段三行韵诗起，连续下面三段，都叙述了代表罗马标徽的"老鹰"在共和时期的历史：

布雷诺（Brenno）：一般在历史上以此词代表高卢人（Galli）的公爵，其中最知名的是塞诺尼（Senoni），他于公元前390年，曾战败罗马人，并把罗马付之一炬，最后则被罗马独裁官卡米洛（Camillo）所击败。

皮鲁斯（Pirro）指马其顿地区的厄皮鲁斯王皮鲁斯；他曾企图建立包括大希腊（Magna Graecia）和西西里在内的希腊西部帝国，占领塔兰托，与罗马人交战十五年之久（公元前280—前275）；后被罗马人击败，撤回本国，可参见《地狱篇》第十二首及有关注释。罗马人征服塔兰托为公元前272年。

23. "其他君主与共和"指当时各自割据一方的王国和共和国。

24. 托尔夸托(Torquato),原名蒂托·曼利奥(Tito Manlio),"托尔夸托"系他的绰号,因他在与高卢交战中,杀死一名高卢人,取其"项链"(法文为torques),Torquato即意谓"获取项链者"。他于公元前337年任执政官,治军严明,曾因其子在战争中不服从命令而大义灭亲,处死其子;并曾当选独裁者,曾战胜高卢人和拉丁尼人。

奎因齐奥(Quinzio),全名为卢契奥·奎因齐奥·钦齐纳托(Lucio Quinzio Cincinnato);但丁在《帝制论》第二卷第五节第九句段中曾说明,其姓"钦齐纳托"(Cincinnato)有"卷毛"之意,因而有人以为是他的绰号,意谓"不加修饰的卷毛",包括彼特拉克,也都对此有过误解。他出身罗马贵族,元老院任命他为独裁官时,他正在犁地耕田。他就职后不久,仅在数日之内就战胜了埃奎人(Equi),时在公元前458年。但胜利之后,他又卸甲归田,重操旧业。

25. 德齐(Deci)家族是指父普伯利奥·德齐奥·穆雷(Publio Decio Mure)于公元前340年在维苏威战役(Vesuvio)中,与拉丁尼人交战时阵亡;其子与父同名,于公元前295年,在森蒂诺战役(Sentino)中,与萨姆尼人(Sanniti)交战牺牲;其孙于公元前279年在阿斯科利战役(Ascoli)中,与皮鲁斯王交战战死。但丁在《帝制论》第二卷第五节第十五句段中曾盛赞过这祖孙三代。

法比(Fabi)家族,为罗马贵族,在维佑战争(Veio)中有三百人丧生;这里也是指该家族两名出色将领:奎因托·法比奥·鲁拉诺(Quinto Fabio Rullano),他在公元前325—前322年以战胜萨姆尼人而出名,并战胜高卢人、翁布里亚人(Umbri)、马尔西人(Marsi)。奎因托·法比奥·马西莫(Quinto Fabio Massimo),为前者之孙,绰号"见机行事者"(il Temporeggiatore),他善用"以逸待劳"的策略,打垮敌人;公元前233年当选执政官;第二次布匿战争中罗马军受挫后,他被任命为独裁官,曾战胜汉尼拔。后元老院不同意他与汉尼拔订立交换战俘的协议,他为遵守诺言,卖掉个人财产;公元前203年去世,享年一百岁。

26. "使之流芳万古"的原词为动词mirrare,来自名词mirro,即"没药",古代用此药涂抹尸体,以求防腐,诗中显然有永远保持其荣誉之意;但丁之子彼特罗、拉纳、佛罗伦萨无名氏、《最佳评注》都作此解,但布蒂等则认为,此词原为miro,为"赞扬"之意,为了押韵,才多加了一个r。

27. 这里的"阿拉伯人"是指北非的一些民族,亦即迦太基人。据萨佩纽和波斯科—雷吉奥两注释本分析,这里又是一处违反史实的说法:因为在但丁时代,阿拉伯人曾占领一度为迦太基人所居住的非洲海岸,用阿拉伯人指迦太基人是不妥的,这与《地狱篇》第一首说维吉尔的父母以及他的语言都是伦巴第地区的一样,都与史实不符。

28. 这里是说,汉尼拔曾率领迦太基人(即诗中的"阿拉伯人")越过阿尔卑斯山西部。

29. 波河(Po)为意大利最大的河流,发源于阿尔卑斯·科齐埃(Alpi Cozie)山麓的蒙维索群山(Monviso)。

30. 西庇阿(参见《炼狱篇》第二十九首及有关注释):他极为年轻时就开始其军旅生涯;在不到二十岁时,便参加了蒂齐诺(Ticino)和卡纳(Canna)的战斗,三十三岁时在扎马(Zama)战胜了汉尼拔。庞培极年轻时便与罗马名将之一马里奥(Mario,公元前156—前86)作战,二十五岁时即战胜了他。

31. 这里的"山丘"指俯瞰佛罗伦萨市的菲埃索莱市(Fiesole,参见《地狱篇》第十五首及有关注释)的山丘,正因如此,诗中说"在你诞生的那座山丘上",尽管不十分确切,因为但丁是佛罗伦萨人。这里所说的"备受苦痛"是指中世纪传说:在罗马与阴谋建立独裁政权的贵族党首领卡提利纳的战争中,菲埃索莱市的居民被围困和摧残;参加这次战争的罗马军将领有庞培(维拉尼《编年史》第一章第三十六节)。关于菲埃索莱市的传说可参阅《地狱篇》第十五首。

32. 这段三行韵诗叙述的是:根据上天的意旨,

这时，使世界变得统一而有秩序（“与它〈苍天〉一样晴朗”）的时代临近了；这里的“罗马的意志”，是指“罗马人民”的意志，凯撒掌握了帝国旗号，即“老鹰”。

33. 这一段三行韵诗追述了凯撒在阿尔卑斯山北部向高卢发动的胜利战役：瓦尔河（Varo）和莱茵河（Reno）是分别标志东（西？）部和北部边界的两条河流；伊萨尔河（Isara）即伊塞尔河（Isère）；埃拉河（Era）可能即是卢瓦河（Loira），有人认为是指阿拉尔河（Arar），即萨欧尼河（Saône），不确；这些河与塞纳河（Senna）一起，都汇入罗讷河（Rodano）。这里所据资料可能来自卢卡努斯的《法利萨里亚》第一章第395—434句，因为其中出现了但丁诗中所说的所有河流，但顺序则是散乱的。

34. 这里是说代表帝国的“老鹰”随着凯撒“离开拉维纳”，越过位于拉维纳与里米尼之间的小河即鲁比贡（Rubicon，即鲁比科内河Rubicone）。该河为意大利与阿尔卑斯山南高卢（Gallia Cisalpina，今意大利北部）之间的边界，当时，规定军事首领不能率军渡过此河，否则即以叛国罪论处。库里奥内（Curione，或称“小库里奥”）向凯撒献计，怂恿其过河，从而导致内战的爆发（参见《地狱篇》第二十八首及有关注释，其中述及小库里奥作为挑拨不和者被打入第八层“恶囊”中的第九个恶囊）。诗中是说，凯撒渡河之后，事态急剧发展，口笔都无法把这些事态一一详尽描述。萨佩纽和波斯科—雷吉奥两注释本都认为，从但丁本人对此事件来看，凯撒发动的反对庞培及其党羽的内战，是令人遗憾的（参见《地狱篇》第二十八首），但他又认为，这是上帝安排建立帝制的结局，属天意，因而标志帝制的老鹰从一开始便位于凯撒一边，况且，如第55—57句一段三行韵诗所述，凯撒执掌皇权，是遵从罗马人民的意志的。因此，但丁在诗中有意避免提及凯撒与庞培是进行内战，特别是在第52—53句中又曾赞美庞培年少而获战功。但波斯科—雷吉奥注释本又指出，但丁之所以不认为凯、庞二人是进行内战，是因为凯撒掌握大权是出于民意，庞培本应服从，而不该抗拒，凯撒掌权实际上意味着帝国的建立，而不是暴力行为的结果，因而是正当合理的。

35. 这里是说，象征罗马帝国的“老鹰”率军攻击庞培在西班牙的党羽：佩特雷尤（Petreio）、阿弗拉尼奥（Afranio）和瓦罗内（Varrone）。佩特雷尤，名马可（Marco），支持庞培的罗马将领，曾在皮斯托亚击败卡提利纳。公元前46年，在非洲塔普索（Tapso）被凯撒战败，自杀。瓦罗内，名马可·泰伦齐奥（Marco Terenzio），生于公元前116年，死于公元前27年，原为庞培的代理长官，后与凯撒和解；他还是位博学家和讽刺诗人。

36. 都拉斯（Durazzo或Durezze），位于达尔马提亚海岸，今属阿尔巴尼亚。凯撒曾在此登陆，追击逃往色萨利的庞培。

法尔萨利亚，即“法尔萨洛”（Farsàlo），位于色萨利，在此，凯撒与庞培进行了最后决战，彻底击败庞培。

37. 庞培在法尔萨利亚战败后，逃往埃及，投靠埃及王托洛密十二世（Tolomeo XII，名“狄奥尼索”Dioniso，公元前52—前48年在位），但托洛密权衡利弊，最后在凯撒威逼利诱下，杀死了庞培。这里所说“闻听噩耗传下”即是指庞培被害的消息。

38. 安坦德罗（Antandro）为佛里吉亚的一个港口，埃涅阿斯曾从那里登舟启碇。据卢卡努斯在《法尔萨利亚》第五章中称，凯撒在法尔萨利亚大获全胜之后，继续追击庞培，但他绕道小亚细亚，来到特罗阿德（见注4），意欲参观特洛伊城旧址。卢卡努斯和公元二世纪的罗马历史学家佛洛罗（Floro）是但丁追述凯撒事迹时依据最多的两位史学家。

西莫恩塔，诗中用中世纪的写法Simeonta，即Simoenta：为流经特洛伊附近的一条河流，据说，特洛伊英雄赫克托尔的坟墓即在此处。

39. 这里的“托洛密”指埃及王托洛密十三世

（公元前48—前44年在位），凯撒先将克丽奥帕特拉嫁他为妻，后又唆使克逼他逊位并将他杀死，由克继任王位。

40. “从那里”是指从埃及；“犹巴”（Iuba）即“朱巴”（Giuba），为支持庞培的毛里塔尼亚国王，被凯撒胁迫退位，在塔普索（参见注35）战役后死亡。波斯科—雷吉奥注释本认为，毛里塔尼亚位于埃及西方，本不应用动词scese即“飞落”（因西高东低），或则是但丁不清楚地理位置，或则是诗中无意描述从一地到另一地的移动，而是把“老鹰”作为“飞禽”而不是“标志”，描绘它像闪电般俯冲到该地区，而不是俯冲到犹巴王身上（萨佩纽注释本则诠释为降落到犹巴王身上）。

41. “西方”指西班牙；这里是指凯撒乘胜追击庞培残部，最后在蒙达（Munda）把他们全部歼灭。

42. “后继”意谓继凯撒后称帝的，即罗马第二位皇帝屋大维·奥古斯都，“举旗者”即指高举“老鹰”旗号的罗马皇帝。

43. 布鲁都和卡修斯（参见《地狱篇》第三十四首及有关注释），都是刺杀凯撒的凶手，屋大维和安东尼后将他们全部剿灭。他们死后被打入地狱第九层的最低一环即“犹大环”。

44. 这里是指安东尼为与屋大维争夺继承权而进行的摩德纳战役，以及屋大维与安东尼之弟进行的贝鲁加战役：马可·安东尼（Marco Antonio，公元前83—前30），凯撒之代理长官和好友，他曾建议凯撒向庞培发动战争。凯撒被刺后，他曾发表激烈的演说，鼓动罗马民众将凶手布鲁都和卡修斯逐出罗马。但他又企图与凯撒之养子、权力继承者屋大维争权，公元前43年，双方发生战争，他在摩德纳战役大败，摩市因此也罹受劫难；后他又与屋大维和解，组成“后三巨头”，即屋大维、安东尼、莱皮多（Lepido）联合执政，并娶屋大维之妹屋大维亚（Ottavia）为妻（后又将她抛弃，与克丽奥帕特拉结合），安东尼与屋大维联合讨伐布鲁都和卡修斯、并将他们歼灭于腓力比（Filippi）之后，三巨头分割疆土，安东尼分得东方，并与埃及女王克丽奥帕特拉堕入情网，企图执行脱离罗马、称霸东方的政策，从而又与屋大维反目，双方发生战争，安大败于阿克兴角（Azio）海战，时为公元前31年，随后自杀。

贝鲁加战役是指马可·安东尼之弟卢契奥·安东尼（Lucio Antonio）及其妻福尔维亚（Fulvia）逃往贝鲁加后，屋大维率军进攻，对贝市大肆烧杀劫掠（福尔维亚曾受马可·安东尼唆使，用短剑刺死宿政、大演说家西塞罗）；卢卡努斯在《法尔萨利亚》第一章曾提及“贝鲁加的饥馑和摩德纳的磨折”，盖即指屋大维与安东尼兄弟所进行的两次战役。

45. 这里是说，克丽奥帕特拉在安东尼兵败阿克兴自杀之后，悲痛万分，也用毒蛇自寻短见，详见《地狱篇》第五首及有关注释；维吉尔《埃涅阿斯记》第八章也对此有叙述。

46. “此人”指屋大维；诗中是说，屋大维在征服埃及之后，来到“红海岸边”（lito rubro）。

47. 这里是说，由于屋大维征服列国，罗马与各国人民和平相处，一片升平景象。“贾诺”（Giano），传说为拉齐奥之王，为日神阿波罗与林泽女神克雷乌斯（Creuse）所生之子，上天赐予他预知未来、行事谨慎之天赋。在罗马，有祭祀他的一座殿堂，只有在战时才打开。这时，罗马已呈现太平景象，因而贾诺的殿堂也严密紧闭起来。一般把他的形象作为两面神，有时则作为四面神出现，其职能类似我国的“门神”，亦即家门的保护神（ianuae），后一月份就成为祭祀他的月份，称“一月节”（Ianuaris）。

48. “标记”仍是指象征帝国的“老鹰”。

49. 这段三行韵诗是说，以“老鹰”为标志的罗马帝国尽管已经完成并将继续完成的光辉业绩，但若以不带偏见和冲动的心情（“明亮的眼光和纯正的心情”）来看待这些业绩，这些业绩到了第三位皇帝即蒂贝里奥（Tiberio，公元前42年—公元37年）时期，就显得“黯然无光”了，因为正是在蒂贝里奥的统治下，把耶稣基督处死。诗中所说的“先前”和“以后”都是指在蒂贝里奥“之前”和“之后”。

蒂贝里奥，全名为Tiberio Claudio Nerone，即蒂贝里奥·克劳迪奥·尼禄，是继屋大维·奥古斯都之后任罗马皇帝的。他本是屋大维·奥古斯都的养子，奥还把自己的女儿朱利亚（Giulia）嫁他为妻。他曾在达尔马提亚等战役中战功显赫。公元14年，奥古斯都去世，他继任皇帝，起初曾施行德政，并在日耳曼和亚细亚扩大势力，后实行极为残酷的暴政与专制，据说是受其大臣塞伊亚诺（Seiano）所撺掇，并曾差人将其妻朱利亚杀害。后退位，隐居卡普里岛（Capri），过着极度骄奢淫逸的生活。

但诗句实际上却别有一番更深刻的含义，从而可以看出，中世纪乃至但丁本人的一些基本思想：中世纪整个历史学认为，人类的历史是以“救世”为中心的，因此，基督的牺牲就是人类历史的思想中心问题。基督的死固然是通过全球帝国代理人、罗马总督蓬齐奥·彼拉多（Ponzio Pilato）造成的，但也证实全球帝国的合法性和合理性（但丁在《帝制论》第二卷第十二节第五句段中就指出这一点），换言之，“第三位凯撒”即蒂贝里奥掌握“老鹰”后所做的事情，说明“神的正义”通过基督的牺牲，给他以“报复的光荣”（见第52句），即为上帝因亚当所犯的原罪而感到的“愤慨”进行“报复”（这里的“报复”即是指“正义的惩罚”），就这一点而言，“以前”和“以后”的“业绩”都不如蒂贝里奥时期的“业绩”意义重大。

50. “强烈正义”即是指“激励”朱斯蒂尼亚诺的“上帝的正义”。波斯科—雷吉奥注释本认为，“强烈”有“真正”之意。

51. “那人”即是指蒂贝里奥。“正义的愤慨”即是指上帝对亚当所犯罪过的愤慨，而神的愤慨所进行的“报复”，即是基督之死，亦即拯救人类的罪过：但丁在《帝制论》第二卷第十二节第二句段中就说：“倘若通过基督的死，我们感到对那个罪过（即亚当的罪过）心满意足，那么，我们就会仍将是（上天）愤慨的子孙。”

52. 这里是说，代表罗马帝国的“老鹰”通过基督受难，对亚当所犯的原罪作了正义的处罚（“报复”），随后则又随提图斯（参见《炼狱篇》第二十一首及有关注释），于公元70年摧毁了耶路撒冷，从而对这一“报复”进行了“报复”（参见《炼狱篇》同一首材料）。朱斯蒂尼亚诺认为，这番话定会使但丁感到“惊奇”：本维努托对此作解释说，因为这件事似乎很矛盾，即既然对耶稣的处死是对亚当原罪的正义惩罚，从而给罗马帝国带来光荣，那么又怎能认为，罗马帝国本身在以色列人身上来惩罚处死基督是正义的呢？萨佩纽注释本还补充说，况且在《炼狱篇》第二十一首第82—84句中又提及提图斯摧毁耶路撒冷是得到上帝辅助的。但丁的疑问和上述矛盾将由贝阿特丽切在下一首第19—51句来加以解决。波斯科—雷吉奥注释本说，在但丁时期，有人是认为，提图斯在摧毁耶路撒冷时曾意识到对用十字架钉死耶稣的报复，但又有人持否定意见；波-雷本据此认为，“报复”不仅限于摧毁耶路撒冷，而且还在于后来以色列人的散居各地。

53. 这里又进一步引述了又一件罗马帝国的史实：隆哥巴尔迪王国（Longobardi）最后一代皇帝德西代里奥（Desiderio，公元756年起在位），率领隆哥巴尔迪人反对教会，幸有法兰克王查理大帝（参见《地狱篇》第三十一首及有关注释）前来救援，在“老鹰”的旗帜下取得了胜利。德西代里奥原为布雷夏（Brescia）贵族，任隆哥巴尔迪王后，意欲与查理大帝和好，将其妹德西代拉塔（Desiderata）配与查理大帝。公元773—774年，查理大帝为维护教会与德西代里奥交战，德在帕维亚闭关不出，经短暂抵抗后，被俘，查理大帝获胜，将德囚禁于科尔比亚（Corbia）修道院，最后，德痪死院中，隆哥巴尔迪王国历经二百零六年后也随之灭亡。诗中提及公元773—774年查理大帝获胜的事，是为了说明旧罗马帝国与新神圣罗马帝国之间在权利上的连续性；尽管查理大帝只是在公元800年才被宣布为神圣罗马帝国皇帝，但从他为维护教会时起，就成为象征帝国的"老鹰"的代表，就被上帝注定为恢复和管理帝国的人。近代注释家托马塞奥、隆巴迪就曾指出，早在公元800年之前，教皇阿德里亚诺一世（Adriano I）就赋予查理大帝以"选举教皇和安排传教地址的权力以及享有帝王的尊严"。关于"牙齿"的说法取自《旧约·诗篇》第三篇第七句："他（上帝）就要掴他们的脸，打掉他们的牙齿"；第五十七篇第四句："我被猛狮包围，他们的牙齿锋利如矛箭"；第一百二十四篇第六句："那没有让敌人用牙齿吞吃我们的主是当受称颂的。"

54. "那一帮人"指归尔弗派和吉伯林派分子。"在上面"是指本首第31—33句。

55. 这里的"祸根"是指各城镇、各地方、各王国之间发生的种种斗争和战争。

56. 这里的"一方"是指归尔弗派，他们用代表法国王室的徽记金色百合花作为旗号，来反对象征帝国的"老鹰"，而后者本应是众人的共同旗号。法国王室当时在意大利的利益是由霸占那不勒斯的安茹家族代表的。

57. "另一方"指吉伯林派，他们出于一党之私而把"老鹰"的旗号"据为己有"。

58. "新的查理"是指安茹的查理二世（参见《炼狱篇》第五、七、二十首及有关注释），他于1285年起任那不勒斯王，死于1309年。他曾与归尔弗派一起，反对帝国（即诗中的"老鹰"）。

59. "更凶猛的雄狮"是指比安茹的查理二世更为强大的君主。

60. 这里是泛指的预言，取自《旧约》的《出埃及记》第二十章第五句："……倘若你们不听从我的话，我就惩罚你们，父债子偿，直到第三四代……"《耶利米哀歌》第五章第七句："我们的祖先犯了罪，如今已经死了，他们的罪责却要我们承担。"但也有人认为是指安茹的查理二世，即他将要为其父安茹的查理一世的罪过偿债：因为安茹的查理一世曾从曼弗雷迪手中掠夺意大利南部王国（参见《地狱篇》第十九首及有关注释）。布蒂则认为，安茹的查理二世本身并未遭惩，遭惩的是其子塔兰托的腓力浦，他曾被阿拉贡王（参见《炼狱篇》第三首及有关注释）捕获下狱；还有人认为是指安茹的查理二世的另一子查理·马尔泰洛（Carlo Martello），他死于1295年，未能继承王位。

61. 这里的"他"指安茹的查理二世。全句的意思是：上帝不会容许罗马帝国权力转入法国王室手中，亦即用金色百合花来取代"老鹰"的旗帜。此句也是朱斯蒂尼亚诺回答但丁问他是何人这第一个问题的结束语。

62. 朱斯蒂尼亚诺从此段起开始回答但丁所提第二个问题，即他何以被安置在水星。"小小的星辰"即指水星，但丁在《筵席》第二卷第十八节第十一句段中就说：水星是"天上最小的星"。被安置在水星上的魂灵虽在生前做过善事，但他们却是为了追求"声名和荣誉"，换言之，即是指存有私心杂念。

63. 这里是说，追求声誉是尘世之欲望，这就使人离开了追求最高目的即上帝的道路，使"真爱的光辉"即对神的事物的热爱，遭到削弱，而不能朝上空照耀。关于这类问题，圣托马索在《神学大全》第二卷第二章也有阐述，其中说：有些人"只是为了取得荣誉才做善事或避免邪恶"，这些人不能说是真正具有美德的人。

64. 这段三行韵诗所阐明的道理与本篇第三首皮卡尔达所说的话相同，即分配到不同星辰的精灵所享受到的天福，是与其功德相适应的。这里的"欢欣"即是指"天福"。因此，这些精灵意识到这种做法是神的完美正义的表现，他们的意志也是与上帝的意志完全一致的，没有什么赏赐上的厚此薄彼之分。

65. "强烈的正义"仍指神的正义；"缓和"感情亦即"净化"感情，使之不致产生恶念，嫉妒别的精灵享有更大的天福。

66. 这里用多声部合唱来形容天堂中享有不同程度的天福的精灵之间在仁爱精神的激发下所产生的感情谐调。波斯科—雷吉奥注释本特别指出：多声部合唱（polifonia）或称为“复调歌唱”，在但丁时期已开始确立自身的地位，逐渐取代了长期在中世纪占优势的教皇格雷高里奥一世（Gregorio I, 540—605）所倡导的“格雷高里奥式”（gregoriano）的“齐唱”或单音合唱（omofonia）。

67. 这里的“宝石”，原文为margarita，意谓“珍珠”，但也泛指“宝石”。这里是指水星。

68. 罗米欧（Romeo），来自形容词romeo，意谓中世纪赴罗马的朝圣者，其人原名罗米佑·迪·维莱纳夫（Romieu di Villeneuve），曾做过普罗旺斯伯爵莱蒙多·贝伦加里奥四世（Raimondo Berengario IV）的家臣和大总管，大约生于1170年，1250年死在家乡。莱蒙多死后，曾为其女贝阿特丽切（Beatrice）的监护人，并掌管伯爵领地的家产，后贝阿特丽切嫁安茹的查理一世，他则一直管理伯爵领地到去世。但丁时期曾盛行有关他的传说，维拉尼在《编年史》第六章中也有详细记述，所有古代注释家都认为传说属实，但丁也便采纳了此说法：据说，罗米欧原是一个卑微的、来历不明的罗马朝圣者，被接纳到贝伦加里奥府邸，因他为人聪明能干，诚朴忠厚，甚得伯爵宠信，成为其家臣和总管。他操持伯爵家业，勤勤恳恳，兢兢业业，为伯爵家产收入增加一倍，并在他撮合下，莱蒙多的四个女儿都与王侯结婚。但他的得宠遭人忌恨，向伯爵频进谗言，伯爵信以为真，要他交待账目；他说明情况，证实自身清白后，虽经伯爵再三挽留，却仍坚持离去，去时与来时一样，一贫如洗；他离开普罗旺斯后，不知去向，踪迹全无。罗米欧的不幸遭遇与但丁被诬陷放逐，有不少相似之处，这就使但丁满怀伤感与同情对待这个人物，因而诗中插入这一情节，看来不是偶然的。

69. 指挑拨他与莱蒙多伯爵关系的人。这里显然是影射莱蒙多伯爵的这些家臣最后终于得到报应：由于他们的恶行，最后从莱蒙多的良政转为安茹家族的暴政：本维努托曾解释说，他们“哀痛地哭泣，经常怀念罗米欧；因为法王和安茹的查理的军官们对他们没有如此善意和慷慨，像莱蒙多伯爵和罗米欧子爵过去对他们那样”；拉纳也说：“罗米欧使他们丧失了理性，而法国王室的那些人……则令他们丧失了肉和骨。”“走错了路径”是指走上自取灭亡的错误道路。

70. “拉蒙多·贝林基耶雷”（Ramondo Beringhiere）即莱蒙多·贝伦加里奥。这里说，莱蒙多的四个女儿都做了王后（莱无子嗣），是指：玛格丽塔（Margherita），于1234年嫁与法王路易九世；爱莱奥诺拉（Eleonora），于1236年嫁与英王亨利三世；桑齐亚（Sancia），于1243年嫁与里卡多·迪·科尔诺瓦利亚（Riccardo di Cornovaglia），里卡多于1257年当选为罗马王；贝阿特丽切（见注68），为普罗旺斯伯爵领地继承人，嫁与安茹的查理一世。这些婚姻都是罗米欧一手促成的。

71. 这里是说，出身“卑微”“居无定所”的罗米欧，作为普罗旺斯伯爵莱蒙多·贝伦加里奥四世的宠臣，除为国家增加一倍收入外，还使伯爵的四个女儿都成为“王后”；“罗米欧”（romeo）一词本身就有原诗所用的“居无定所”（peregrino）之意。尽管有关他的事迹多属传言（维拉尼和古代注释家则认为实有其事），但丁仍对他满怀“同病相怜”之情，将“传言”采用于诗内。

72. “要求算账”指令罗米欧汇报管理家产工作状况。“把七加五交给他们，作为十的增长”是指，在罗米欧的掌管下，莱蒙多的家产从“十”增为“十二”（“七加五”），意谓增加不少，从而证明罗米欧把莱的家产并未管坏。

73. 这里是指“称道”“赞扬”罗米欧的宽宏大量和高尚精神，尽管他被人恩将仇报，最后落于乞讨之中。这实际上也是但丁自身的写照：但丁在佛罗伦萨虽施善行，却被本家乡的人恩将仇报；同时，在他被放逐期间，求人援助时，他也能保持坚定的尊严，而不是低三下四，本首正是以这样对自身苦痛经历的影射，结束了有关象征帝国与正义的“老鹰”的壮丽诗篇。

第七首

1. 本首开头这段三行韵诗是但丁依照弥撒圣歌自行编写的，原文为拉丁文：

   “Osanna, sanctus Deus sabaoth,
   superillustrans claritate tua
   felices ignes horum malacoth!”

   “和散那”是赞美上帝的欢呼之词，参见《炼狱篇》第十一首第11句和第二十九首第51句。superillustrans（“高高普照”）的动词原动式为superillustrare，波斯科—雷吉奥注释本认为是但丁自造的，因为古典拉丁文和中世纪拉丁文中本无此词，只有superillustris一词，且是形容词，是作为“至为尊敬”的书信称呼。“幸福之火”的“火”（ignes），意谓“光辉”，这里是指天使和享有天福的精灵。

2. “那个灵魂”仍指朱斯蒂尼亚诺皇帝。这里的“灵魂”一词的原文为sustanza，本意为“实质”，此处是按照哲学上的习惯用法，指“灵魂”，即sostanza spirituale（直译为“精神实质”，是与“物质”相对而言的）。古代注释家对诗中的“两束光辉”的解释各有不同。有人解释为：一是上帝的仁爱之光，一是精灵本身（即“幸福之火”）所散发的光；布蒂的解释则是：“出于仁爱的热烈之情，一种新的光辉便加在灵魂常有的光辉之上。”本维努托、拉纳和《最佳评注》认为，这两束光辉都发自朱斯蒂尼亚诺皇帝身上，因为“朱斯蒂尼亚诺在天上也发射着两种荣耀的光芒，正如他在人世也有两种光荣一样，这既是由于他有益地汇编种种法律，又是由于他贤明地管理用武器的力量恢复的帝国”；在《法学阶梯》（*Istituzioni giustinianee*）的序诗中就指出：“武器和法律是帝国权威的装饰物”，即是说，他发射的是“立法者的光芒和武士的光芒”。也有人认为是指“学问之德与武器之德”；还有人认为是指享有天福之光和帝王尊严之光：近代注释家中许多人就认为，除享有天福的精灵共有的光辉之外，朱斯蒂尼亚诺与其他精灵不同，他还反射出“帝国权威”

之光，或是他作为“法律的汇编和整理者”的光芒。但丁之子彼特罗认为，一是指上帝的光，二是指接受上帝的光芒照耀而反射出来的光，犹如镜子的反射一般。萨佩纽注释本似乎倾向于本维努托等的解释，但又认为，彼特罗的解释也是“值得注意”的；波斯科—雷吉奥注释本则认为，立法者和武士两种光芒的解释“最佳”。“相映聚合”的原文是s'addua，是但丁用数字due（“二”）自创的新词，类似的情况在《天堂篇》中还出现不少。

3. 这里描述朱斯蒂尼亚诺和其他享天福者“翩翩起舞”，原文用的是a sua danza，萨佩纽和波斯科—雷吉奥两注释本都认为，此说法有两种解释（萨本甚至认为，此说法“不清楚”）：一是包括朱斯蒂尼亚诺在内的所有精灵都开始跳起舞来（因为他们的舞蹈一度中断）；一是其他精灵的舞蹈是随着朱斯蒂尼亚诺的舞蹈节奏进行的。波－雷本认为，前一种诠释更佳，因为但丁经常把单数的sua（他的）和复数的loro（他们的）混用，再者，所有精灵都因享有天福而载歌载舞，而不是有什么“领唱领舞者”（corifeo）。

4. 这里生动地描述但丁的内心活动，并用滴滴甘泉比作贝阿特丽切的话语，能解决但丁如饥似渴的求知欲。

5. 此句的“主宰”一词，原文是s'indonna，又是但丁创造的新词，主要描写一个人在女人魅力面前神魂颠倒的“着迷”状态，在但丁的《新生》中也有类似的写法。诗中用单只听到贝阿特丽切（Beatrice）名字的头一个音节“贝”和最后一个发声部分“丽切”（原文为ice，译为中文，不易理解，故译为“丽切”rice），就使但丁陷于又敬又爱的“昏迷”状态，是十分细腻而贴切的，犹如托马塞奥所解释的，这就像拨动一下某个乐器，立即就令人想起“整首长长的优美旋律”一样。

6. 这里的“正义的报复”指通过耶稣受难，上帝对亚当所犯的原罪进行“报复”；“正义的惩罚”则是指提图斯血洗耶路撒冷，对处死耶稣的以色列人的“惩罚”，详见本篇第六首第82至93句。

7. 这里的“阻力”是指上帝对亚当的“意志”的遏制和约束（即不让他吃禁果），而这对亚当本身是有利的。“不是由妊娠而生”即是指亚当是上帝创造的，而不是由母体中生育下来的；“后裔”是指全人类。但丁在《论俗语》第一卷第六节第一句就说，亚当是这样一个人，“他没有母亲，也不须喂奶，他既无童年，也不须长大成人”。

8. “体虚力弱”原文是inferma，是指肉体上和精神上都十分虚弱的人类，因而会病会死，会犯错误和罪过；这是因为上帝赋予亚当的那种超自然的能力，已经丧失，人类具有了人的本性所固有的腐朽、败坏的能力，正如但丁在《帝制论》第三卷第四节第十四句段中所说的“犯罪的虚弱性”（infirmitas peccati）。

9. “上帝之子”的“子”，原文是Verbo，指“三位一体”的第二位，即“圣子”。此用法见于《新约·约翰福音》第一章第一句和第十四句：“未有万物之先已经有了基督，他在太初的时候，就已经与上帝同在，他就是上帝”；“基督成为一个人，住在我们中间，充满了恩典和真理。我们也曾看见他的荣耀，正是父独生子的荣耀”（《圣经》中译本把Verbo直接译为“基督”，法译本则用Parole一词）。诗句是说，圣子为了拯救人类，情心乐意下降凡尘。

10. “在那里”指在人世，也有解释为“在玛利亚的处女下腹部”的。“永恒的爱”指“圣灵”，“自然之性”（natura）指人性；这里是说，只是依靠圣灵的能力，基督便把“人性”与自身的“神性”结合起来，“融为一体”，从而化为肉身。诗中特别提及：这“人性”是由于亚当所犯“原罪”而“远离”了上帝（“造物主”）的。这段三行韵诗主要说明，“圣子”是兼备人性与神性的人，圣托马索《神学大全》第三卷就提及这一点：“这种结合是体现在肉身上，而不是体现在本性上。”

11. 这里是说，人性体现在耶稣的肉身上，本是与上帝相结合的，因而是“完好和纯真”，没有罪恶的污迹，就如同上帝所创造的第一个人即亚当身上原有的那种“人性”。

12. 诗句的说法取自《新约·约翰福音》第十四章第六句：“耶稣说：‘我就是道路、真理、生命，没有人是不靠我而可以到父上帝那里去的。……’”

13. 这里是说，基督作为人，是清白无辜的，没有亚当所犯的罪过，但他所采纳的人性，依然属于引起上帝愤怒、必遭惩罚而才能赎过的那种人性，正如但丁之子彼特罗所说，“与神性结合的人性，在那种特殊情况下（即指在耶稣身上）是纯真而完好的，尽管如此，从它的整体来看，则仍是有罪的”，因此，基督受到被钉在十字架上的刑罚，是正义的，是与罪过的严重性相适应的，如诗中所说，是任何刑罚都没有“如此公平得当”的。

14. 这里又用辩证的笔法写出：若考虑到这刑罚是施于像耶稣这样既有人性又有神性的人身上，就没有任何刑罚能像它那样“不公正”了。

15. “同一个行动”指耶稣受难；“不同的事情”指两种不同的结果：一是使上帝“感到欢欣”，因为这满足了上帝的正义，从而解救了人类；一是使处死耶稣的犹太人“感到欢欣”，因为他们对一个无辜者发泄他们非正义的仇恨。

16. 根据上注所说的情况，从上帝的旨意来看，耶稣受难是“最高的正义”，也是上帝对人类大发慈悲，使人类有登上天国之可能，如诗中所说“苍天开恩”；而从犹太人方面考虑，他们处死耶稣是犯下滔天大罪，因此，“大地”也为之“震动”（《新约·马太福音》第二十七章第五十至五十一句就说：“耶稣又大喊了一声，就断了气。忽然，圣殿里的幔幕，从上到下裂成两半。只见地动山摇，岩石崩飞……”），这便触动天怒，后来才发生耶路撒冷的被毁和以色列人的流离失所。

17. “公正的法庭”是提图斯；古代注释家都解释为“合法的罗马法庭”，亦即指罗马帝国鹰旗下的提图斯摧毁耶路撒冷。近代注释家如托马塞奥等则解释为“上帝的法庭”；萨佩纽和波斯科—雷吉奥注释本都认为，应是指提图斯，亦即指上帝的正义，但不该笼统地说是“上帝的法庭”。

18. “这种方式”是指圣子的化为肉身和受难死亡。这个问题曾是神学家和教会神甫讨论很久的问题，但丁在诗中所提出的解决办法，乃是奥斯塔的圣安塞尔莫（Sant'Anselmo d'Aosta, 1033—1109）在这问题上所作的带有转折性意义的答案，后为教会所接受；《神学大全》第三卷谈及此问题。

19. 布蒂曾对此句作过这样的诠释：“凡没有仁爱的热烈之心的人，就不能了解上帝的业绩，而这业绩是全部充满仁爱的。”萨佩纽注释本也据此指出：尤其是因为“救世的业绩是神的爱的最高证明”。

20. “这个迹象”是问题的这一点。“这种方式”仍指基督化为肉身和受难死亡。

21. 这里是说，“神的善心”完全只有爱，因为它摒弃一切有违仁爱的东西：此说法来自波伊提乌斯的《哲学的慰藉》第三章，其中谈到“摆脱任何忌妒之情的至善”；布蒂曾引公元四世纪新柏拉图主义者卡尔齐迪奥所译的柏拉图《蒂迈俄斯论》（见本篇第四首第49句及有关注释）中的一句话：“这便是至善，任何忌妒之情都从至善中被排除掉。”

22. 这里是说，“神的善心”通过造物，把“永恒的美丽”广为传播，因为造物本身就是一种爱的行动，它表明：上帝希望把自身最美好的东西分配给所有造物。

23. “不凭中介”原文是senza mezzo，即意谓“直接地”，没有次要起因：这里所说的上帝直接创造的一切东西，如天使（“智慧之神”）、天体、理性灵魂、低级物质等，能永恒地存在，因为这些造物身上有上帝“盖上”的“印章”，这印迹是永不磨灭、永无变更的

（“不会移动”），换言之，上帝直接创造的各种基因是不死、不朽的。

24. 这里是说，上帝直接创造的各种基因，由于不受各天体的次要起因的影响，是“彻底自由”的：诗中之所以把各天体作为“次要起因”，是因为上帝是“首要起因”，与上帝比较，这些“次要起因”便是诗中所说的“新的东西”（cose nove）。

25. 这里的“一切馈赠”是上帝赐予上帝最初所造的人的种种超自然能力：如不死性、彻底自由、与上帝的相符性。

26. “高贵之处”即是指属人的造物所享有的特殊优惠条件。

27. 人犯了罪，就丧失上帝赐予的自由，也便与上帝不再相符（“与至善产生差异”）。

28. 由于上述状况，上天恩泽之光就很少照在人的身上，换言之，人因犯罪而丧失了神的恩泽。

29. “尊严状态”与前句的“高贵之处”一样，都是指人所享有的特殊优惠条件；“空虚”指人因犯罪而丧失了善，因而必须通过赎罪来弥补这一“空虚”。

30. “罪恶的欢愉”是指人在犯罪时所感到的“欢快”。

31. “自然之性”仍指人性，贝阿特丽切如今已只有“神性”，所以才说“你们的自然之性”。“种子”指亚当，因为他是“人类的种子”。

32. “这些途径”（questi guadi）实际上是指两条途径：要么是由上帝大发慈悲，饶恕人所犯罪孽；要么则是人依靠自身来悔罪赎罪。下一段三行韵诗正是用来说明这个问题。

33. 这里把神的旨意（“永恒告诫”）比作深不可测的“万丈深渊”。

34. 这里是说，原罪本身就表现在人类狂妄自大，企图上升到上帝的地位，从而使自己变得与上帝一样，兰迪诺曾诠释说：“上帝的崇高是无限的，但是，人们也发现：任何俯身屈就的态度也并未终结。”

35. 这里是说，要使人类充分恢复其原始状态，亦即犯原罪前的状态。

36. 这里所说的“一条”“两条”都是指解救人类的“途径”，亦即“正义”和“慈悲”，参见注32。

37. “最后的黑夜”指“世界的末日”，“最初的白昼”则指“创世的第一天”，诗句的意思是指创世以来的整个时间：波斯科—雷吉奥注释本说，“世界的全部历史就是起源和终结衔接的一点”。但是，在诗中，为了韵脚，上述两个极点次序颠倒了。

38. 这里的“谦卑”说法取自《新约·腓立比书》第二章第八句：“既然有了人的样子，他（指基督）就自我谦卑，完全服从，甚至于死，而且死在被人视为羞耻的十字架上。”萨佩纽注释本曾引法国十一、十二世纪巴黎圣维托雷修道院的维托雷派代表人物之一里卡多的《论圣子化为肉身》（*De Verbi incarnatione*）第八章的话，来说明诗中的这一概念：“在犯罪时愈是妄自尊大，在赎罪时就愈是要自我谦卑，这是必要的。因为上帝位于理性实质的最高点，而人则位于最低层。当人狂妄自大对抗上帝时，这便是一种企图使自己从最低点提高到最高点的行为。因此，为了赎罪，所要采用的方法就是要从最高点谦卑到最低点，这才是正确的。”

39. 这里贝阿特丽切所引述但丁的疑问即是涉及由上帝直接创造之物与通过“次要起因”而创造之物二者的区别。诗中所说的“空气”和“土地”都是元素，它们的“混合”即是指这些元素在不同程度上混合形成的物体。但丁的疑问在于：既然这些东西都是上帝创造的，本该不致腐朽，倘若如第68句所说，上帝“不凭中介”而创造的一切都是“无尽无穷”的。

40. “净土”的原文是paese sincero，根据本维努托的解释，即是指纯净而没有混杂之物的天体。波斯科—雷吉奥注释本曾进一步注释说：“天体的‘物质’不是上述四个元素（水、火、空气、土地）的物质，而是纯净而透明的（即第五个基因）。”

41. “被造的能力”（creata virtù）即是指天体，其所形成的物体，即是指受各重天体影响下、亦即通过“次要起因”而形成的物体，换言之，不是上帝直接创造的。此段三行韵诗中的“元素”一词，佩特罗基注释本用alimenti（本意为“食品”），据他说，该词有“元素”之意，是十三、十四世纪语汇中十分普遍的形式，波斯科—雷吉奥注释本沿用此词；萨佩纽注释本认为，但丁在这一部分十分讲究修辞的诗句，似乎不可能脱离拉丁文原有形式，故仍采用elementi。

42. 这里是说，各天体是环绕水、火、空气、土地等范围旋转的。波斯科—雷吉奥注释本就此解释说：依照当时的科学概念，每个元素都有各自的范围（土地、水、空气和火都有自己的范围），而各重天体则是在这些范围之上运转的；因此，上帝“不凭中介”创造了天使和天体，在其之下，万物都是在天体影响下通过中介而创造出来的，这也便是它们之所以会腐朽败坏的缘故，相反，除天使与天体外，原质和人的灵魂也是上帝“不凭中介”创造的，因而也是不会腐朽败坏的。

43. “神圣光辉”指星辰。“有潜力的复合物”（complession potenziata）是指有“成形”潜力的物质，正是从这一物质中，在天体的影响下，产生了禽兽与植物的灵魂，这种灵魂与上帝直接创造的人的灵魂不同，是哲学上所说的“感觉灵魂”和“植物灵魂”，是由“次要起因”造成的，因而是会腐朽败坏的。

44. 这里是说，上帝作为“至善”把人的灵魂直接灌注到肉体中去，从而使灵魂对上帝本身产生“热恋之情”，总是渴望与其造物主会合一起，这也便是人的灵魂不死的原因。诗中的“生命”即是指人的灵魂。

45. 这里是说，从灵魂不死也可进一步推论“肉体的复活”。“两位最早的亲属”即是指亚当和夏娃，他们原是上帝直接创造的，并赋有永远不死的特殊优惠条件，但因犯原罪，失去这一条件，经救世主即耶稣基督的牺牲，则又有可能恢复这一条件，因此，目前肉体的腐朽性只是“暂时”的，待到世界末日，人的肉体仍会复生，与灵魂重新结合起来。

第八首

1. “第三层天轮”即指第三重天，亦即“金星天”。有人曾认为，真正的天堂只是从第八首，亦即从金星天才开始，因此，前两重天就是“天堂外界”（Antiparadiso），这正与《地狱篇》中有“地狱外界”、《炼狱篇》中有“炼狱外界”一样，其原因在于：他们总是想从诗篇的结构上探讨“类似”和“对称”之处，波斯科—雷吉奥注释本认为，这种看法的“依据”是“薄弱”的；但也有一些人认为，“天堂外界”也应把金星天包括在内，另有一些人则认为，在头两重（或三重）天与其他几重天之间，是隔裂开来的，因为这头两（三）重天还掺杂着“尘世”的东西，波-雷本认为，这种看法也不足信，但其依据并不像前一种看法那样薄弱。

诗中的“她”是指金星，亦即爱神维纳斯；“塞浦利妮亚”（Ciprigna）是维纳斯的别名，来自她的出生地塞浦路斯岛（Cipro）。这里的“危险”，是指在异教盛行时期，人类有自取灭亡之“危险”，因为他们“陷于偶像崇拜的危险谎言”，拉纳、佛罗伦萨无名氏等都作这样的解释；布蒂、《最佳评注》和兰迪诺等则认为，这是指“不承认真正的造物主是有理性的产物，那就不能不陷于危险，遭到谴责”。

本首一开始就表明但丁随贝阿特丽切已来至第三重天（同样，未描述登上新的一重天的过程）；前四段三行韵诗，即从第1句至第12句，可视为全首的“序诗”：一方面，批判异教对爱神（即“金星”）的错误认识，把她看成是把“狂热的爱”（folle amore）亦即“肉爱”洒向人间，其实，金星天“照射人间”的爱，是如但丁在《筵席》第二卷第五节第十三至十四句段中所说的“来自圣灵的爱”的“仁爱”；另一方面则为全首的更重要的主题（集中在后一部分，即从第85句开始）作了铺垫：天体对人的天性的影响。

2. 这里所说的“旧日的错误”即是指崇拜偶像、信奉多神的异教：异教徒不仅把爱神灌注世人的心灵的爱看成是肉爱，并由此而供奉祭祀她，用她的名字命名星辰，而且还把她的母亲和儿子也作为供奉对象。狄奥妮（Dione）为天神（Etere）与地神（Terra）之女，为宙斯的情人，与宙斯生下维纳斯；“丘比德”（Cupido），即生有双翼、手持专射情侣的弓箭的小爱神；“丘比德”为拉丁文，相当于希腊的“爱罗斯”（Eros），为维纳斯与玛尔斯或伏尔甘（参见《地狱篇》第十四首及有关注释）所生之子，其兄弟为婚礼之神伊梅尼奥（Imeneo），妹妹为美丽欢乐之女神（Grazie），其女伴有“沉醉”（Ebrietà）、“竞争”（Contesa）、“恶感”（Inimizie）、“焦虑”（Angosce）诸神，其情人为心灵女神普西凯（Psiche）。

3. 这里引述了维吉尔《埃涅阿斯记》第一章中的一个情节，即维纳斯派遣她的儿子丘比德化作埃涅阿斯的儿子阿斯卡尼奥斯（Ascanio）的模样，坐到狄多（参见《地狱篇》第五首及有关注释）的怀中，并别有用心地燃起狄多对埃涅阿斯的热恋之火；但丁在《筵席》第二卷第五节第十四句段中谈及金星天对世人的影响时也提到这一情节：“因为古人发现，那重天是向尘世灌输爱情的起因，他们于是便说，爱神（指丘比德）是维纳斯（即金星）之子，正如维吉尔在《埃涅阿斯记》第一章所证明的……奥维德在《变形记》第五章也对此作了证明。”

4. 诗句的意思是：金星出现的时间，随不同时期而有早有晚：在晚间出现时，被称为“埃斯佩罗”（Espero），在早晨出现时，被称为“卢齐菲罗”（Lucifero）。前者是在太阳之后，因而说太阳“从后边”追求她，后者是在太阳之前，因而说太阳“从前面”追求她；但丁之子彼特罗对诗中的coppa（“后边”）和ciglio（“前面”）都注释为太阳的后一面和前一面，即：“太阳时而从自己后面看到它（金星），时而从自己前面看到它”，但也有人认为是指金星的后一面和前一面的：因为金星在地球与太阳中间运转，它总是看到太阳的同一面，而太阳则可以从两方面看到它。诗句中的关系代词che，也与上述情况一样难以确定，因而可以作两种解释：或诠释为代表作为“主语”的太阳，或诠释为代表作为“宾语”的太阳（后一种诠释就应是金星追求太阳了）；萨佩纽和波斯科—雷吉奥两注释本都采用前一种诠释，尽管多数注释家都倾向于后者，萨本认为，前者更符合托勒密天文体系的情况。波-雷本还指出，金星虽有几种不同名称，但古代早已知悉“埃斯佩罗”和“卢齐菲罗”都是指金星，这也便促成了有关天轮的理论（金星沿着同一个天轮公转两次）。但有些近代注释家误解：金星在早晚间的出现是在同一天，其实，正如但丁在《筵席》第二卷第二节第一句段中所说：“金星在它的圆周（即天轮）中，依照不同时期，正是这圆周使它在晚间和早间出现。”诗中用动词“献媚求索”（vagheggiare）是十分生动的，是指追求女人，而太阳用自身的光芒，从前后照射金星，犹如追求金星一般。

5. 这里是说，贝阿特丽切随着逐渐向天国上升，容貌焕发出日益鲜明美丽的光彩，这也便成为但丁发现自身来到新的更高一重天的唯一标志（因为上升的过程都已略去了，而且上升的速度之快，令人无法察觉）。

6. 这里用视觉和听觉来描述金星天的状况：在总的金星光辉背景下，有不少光芒在活动，犹如“火焰”中的“火星点点”；同时又从声音中“辨出”还有其他声音“相伴”，反映出一种复调乐曲的动人情景，也是天堂固有的一种“统一中的多样化”现象。

7. 这里的“光辉闪闪”是指来到金星上的享天福者魂灵。波斯科—雷吉奥注释本指出：从这重天起，但丁就不再看到享天福者的人形，他们都显现为一团团光芒，只是到了净火天，才能又辨认出人的形象。“内在视力”（viste interne）是指这些享天福者觐见上帝的不同程度；换言之，这些享天福者的动作快慢，从外部表现出他们享有天福的程度，而从内部来看，这程度又是与他们觐见上帝的程度相吻合的，后者则又占主导地位。

8. 这里用从"寒冷的云雾"中迅疾降下的阵风来对比"迎面而来"的享天福者的"神光"的不可思议的速度。"可见"的"阵风"可能是指"燃烧的蒸气",亦即闪电或流星,"无形"的"阵风"则可能是指真正的风或旋风;这种说法都来自亚里士多德的物理学:这些"可见"或"无形"亦即"不可见"的阵风都产生于干热的蒸气与"寒冷的云雾"的碰撞,即是说,当"干热的蒸气"上升到大气层的第三界中时,遇上"寒冷的云雾",前一种与之摩擦,燃烧起来,成为"可见"的闪电;后一种则根据兰迪诺的说法,因为在晴空中,或未曾燃烧,就无法看见,而成为"无形"。也有人认为,"可见"的"阵风"也是指肉眼可以看到其结果的"阵风",如树叶的摇动,尘土的飞扬。

9. "崇高的撒拉弗"(alti Serafini)指六翼的上品天使,是天使中最高级的,但丁认为,他们是推动第九重天即原动天旋转的智慧之神,他们与享天福者一起都居于天国,并位于最靠近上帝之处。但萨佩纽和波斯科—雷吉奥两注释本对此句的诠释略有不同:萨本认为,各天体围绕不动的地球所做的旋转运动首先来自撒拉弗所推动的原动天,这些前来迎接但丁的享天福者的旋转动作也便依照推动金星天的天使动作而进行,这也是本维努托的诠释,但它认为,这种旋转运动早在净火天即天国中就开始了,一直继续到降临金星天,此刻见到但丁,才中断。波-雷本则认为,这种旋转运动最初始于原动天(因为撒拉弗所推动的正是原动天),一直到金星天为止;它认为,大部分注释家把"那些崇高的撒拉弗所在之处"诠释为"在净火天"是不妥的,这是因为享天福者在天国中都是静坐在各自的座位上,觐见上帝,根本谈不上舞蹈,除非设想,他们只是离开静谧的天国之后才开始旋转的。

10. 这个精灵即是安茹的查理·马尔泰洛(Carlo Martello d'Angiò),详见注19。

11. "普林西"原文为Principati,意谓"王子",为"三品天使",又称"统权天使",在诗中是用智慧推动第三重天运转的天使,这是但丁根据希腊的杜内修·亚略巴古(Dionigi Areopagita,死于公元95年)的理论写出的。

12. 这里是说,这些精灵在禀性上是受金星天影响的(本首后一部分将详细阐述此问题),因而处于与司管第三重天的天使完全相同的条件:在同一个空间,用一种舞蹈节拍,抱同一种对上帝的渴求。

13. 此句原文用斜体,因为是但丁在《筵席》第二卷第五节第十三句段中评论的一首歌曲的开头部分;但这时,但丁所指的司管第三重天即金星天的天使不是Principati(普林西),而是依据大格雷高里奥(Gregorio Magno,540—605)的次序划分,指另一些"三级天使",即Troni(德乐尼,意谓"宝座"),只是在写《神曲》时,他才开始遵循杜内修·亚略巴古的理论。

14. "略微停顿"是指暂时停止歌舞,以便与但丁讲话。诗句的意思是:对上帝的渴慕使这些精灵载歌载舞,但这并不排除他们对邻人的热爱,并从中得到营养,得到新的力量,与这种爱融为一体(萨佩纽)。

15. 这里是说,但丁见贝阿特丽切默许而从眼光显示出"欣慰"和"自信"。

16. "满怀热情的光芒"指与但丁讲话的精灵,即查理·马尔泰洛,因为他热情地主动要满足但丁的求知欲。

17. 此句问话,萨佩纽和波斯科—雷吉奥两注释本都用:Deh, chi siete,意谓"你与其他灵魂",但许多手抄本都把提问的语气词Deh("喂"或"请问")写成dí("说一说"),从而成为dí, chi siete;另有一些人认为,此句应为单数,即但丁只问的是查理·马尔泰洛,故用dí, chi sé tu。

18. 这里诗句有意强调但丁与查理·马尔泰洛的谈话要涉及二人的友谊问题,尽管但丁尚不知对方是何人。

19. 查理·马尔泰洛自我介绍说,他很早就离开人世,因为他生于1271年,死于1295年,年仅二十四岁。他是绰号“跛子”的安茹的查理二世(Carlo d'Angio lo Zoppo)和匈牙利王斯特潘五世(Stefano V)之女玛丽亚(Maria)所生的长子。他曾娶德国皇帝哈布斯堡的鲁道夫(Rodolfo d'Asburgo)之女克莱门扎(Clemenza)为妻,生有一男一女:儿子查理·罗贝托(Carlo Roberto),又简称为“卡罗贝托”(Caroberto,有“亲爱的罗贝托”之意),曾任匈牙利王;女儿克莱门扎,后嫁与法王路易十世。1292年,查理·马尔泰洛在其舅拉迪斯劳四世(Ladislao IV)死后,曾被选为匈牙利王(因其母将匈牙利王权转让与他);因他去世过早,未能继承安茹家族的其他王位,如普罗旺斯和那不勒斯王国。1294年,查理·马尔泰洛前往佛罗伦萨会见由法返意的双亲,约在佛市停留二十天左右。当时欢迎安茹家族这位亲王的佛市代表团由佛市白党首领贾诺·迪·维埃里·德·切尔基(Giano di Vieri de'Cerchi)率领,成员可能有但丁,因而但丁可能正是在此时与查理·马尔泰洛结识的,并由于彼此对文学志趣相投,结成深厚友谊;查理·马尔泰洛在开始谈话时引用但丁在《筵席》所评论的一首歌,也可证明二人感情甚笃。维拉尼在《编年史》第八章中对查理·马尔泰洛访问佛市曾有详细记载,提及佛市市民接待他十分隆重,而他对佛市市民的热爱也赢得“大家的欢迎”。

诗中所提“祸殃”可能是指查理·马尔泰洛之父,特别是其弟罗贝托(Roberto)所实施的“劣政”,下面第76—84句以及第145—148句较详细地陈述了这个问题。

20. 这里的“欢乐”指查理·马尔泰洛所享有的天福,这表现为包拢在他周身的光辉,因而但丁无法把他认出。

21. 这里又用蚕(“那个动物”)被茧(“自己的丝”)所包裹的生活实例来比喻光芒笼罩查理·马尔泰洛。

22. 这里用“枝叶”比喻“言语”,亦即是说,查理·马尔泰洛若在人世活得更久些,本会不仅用“言语”,而且还要用“行动”,亦即用与“枝叶”相对的“果实”来表达他对但丁的深厚感情。

23. 从本段三行韵诗起,一连数段,都用委婉曲折的笔法描述地理环境,从而表达出自亲王口中的一种高雅修辞风格:首先描述的是位于罗讷河左岸的普罗旺斯;索尔加河(Sorga)系普罗旺斯的一条小河,靠近阿威农,是罗讷河左面的一条支流。

24. 奥索尼亚(Ausonia)即意大利,是诗人与作家赋予意大利的古称。“角尖”(corno)系指意大利南部的极点,亦即指那不勒斯或普利亚王国,那里几乎呈一三角地带,即包括巴里(Bari)、加埃塔(Gaeta)、卡托纳(Catona),它们分别位于亚得里亚海、第勒尼安海和爱奥尼亚海的滨海之处。

25. “建成……重镇”的原文是s'imborga,该动词又是但丁自创的词汇,由名词borgo(城镇)变来,对此词有两种解释:布蒂认为是指市镇,另有人认为是指德语的burg(城堡),因为当时,巴里和加埃塔都曾是城堡,卡托纳今日为位于卡拉布里亚大区南端的一乡村,当时则筑有一瞭望塔,曾是安茹的查理一世及其盟友招兵买马、准备于1282年进攻西西里之地,归尔弗派军队有运输船只八十艘曾在此地被焚毁。近代注释家波雷纳主张解释为“市镇”,即那不勒斯王国的外围城镇,地理位置重要。

26. 特隆托河(Tronto)为位于马尔凯和阿布鲁佐两大区的河流,全长九十三公里,东流入亚得里亚海,曾为那不勒斯王国北部与教皇管辖的拉齐奥地区接壤的边界线;维尔德河(Verde)可能即是萨科河(Sacco)、利里河(Liri)或加里利亚诺河(Garigliano),该河流入第勒尼安海,与特隆托河一样,当时都标志那不勒斯王国的北部边界:二河西与拉齐奥地区划分开来,东则与马尔卡·安科尼塔纳(Marca Anconitana,属马尔凯地区)划分开来。但丁在描述地理位置时,是擅用河流来说明的。

27. 普罗旺斯与那不勒斯或普利亚王国都是

安茹家族的势力范围，查理·马尔泰洛作为安茹的查理二世的长子，本该继承王位的，但他却死于其父之前：其实，其祖父安茹的查理一世于1285年死后，查理·马尔泰洛就掌管普罗旺斯和那不勒斯王国，因为安茹的查理二世当时在西西里晚祷起义中被俘，但查理·马尔泰洛年幼，由一摄政委员会辅佐治理，因而其君主地位只是名义上的；1289年，安茹的查理二世获释，重掌王国，查理·马尔泰洛又早逝，因而诗中说，两地“久已企盼我来做它们的主人”。

28. “那片土地”指匈牙利。1290年，匈牙利王拉迪斯劳四世去世，因无嗣，王位归于外甥查理·马尔泰洛，1292年在爱克斯（Aix）举行加冕，但查理·马尔泰洛并未在场，因此，查理·马尔泰洛实际上并未真正掌握王权。诗中说多瑙河在“舍弃德意志的悬崖绝壁之后，就在这片土地上流淌”，是指该河离开奥地利之后便流入匈牙利。

29. “特里纳克里亚”（Trinacria）即西西里，犹如奥索尼亚指意大利一样，这里用此罕用之词来“美化”诗句；“帕基诺角”（Pachino）即今“帕塞罗角”（capo Passero，或称“麻雀角”），“佩洛罗角”（Peloro）即今“法罗角”（capo Faro，或称“灯塔角”）。上述三词可能取自奥维德《变形记》第五章和维吉尔《埃涅阿斯记》第三章，但“特里纳克里亚”一词也许是但丁有意影射这一史实，即安茹家族在西西里晚祷起义中被腓特烈·德·阿拉贡（参见《炼狱篇》第三首及有关注释）战败，1302（1303？）年，不得不与腓特烈签订卡尔塔贝洛塔（Caltabellotta）和约，承认腓特烈为“特里纳克里亚”即西西里的国王，安茹家族则名义上为“西西里”国王，直到腓特烈去世。诗句说“特里纳克里亚”被浓烟笼罩，并非由于神话所说，是从被宙斯用雷电劈死后葬于此处的巨人之一提弗俄斯（参见《地狱篇》第三十一首及有关注释）口中喷出的“烟雾”，而是由于“新生的硫磺”，即从埃特纳火山（Etna）喷出的硫磺岩浆。诗中所说的“海湾”即今卡塔尼亚海湾（golfo di Catania），在中世纪，意大利半岛被描绘成从西北方向东南方倾斜，西南方有第勒尼安海，东北方有亚得里亚海，因此，布蒂曾指出：sinus Adriaticus即当时被称作“威尼斯湾”（golfo di Venezia）的“亚得里亚海”，常被人与爱奥尼亚海混为一谈，该海一直绵延到西西里的东海岸；萨佩纽注释本认为，诗中的“海湾”即是指西西里东面的那带海面，波斯科—雷吉奥注释本还指出，由于第勒尼安海和亚得里亚海分别位于西南方和东北方，当时就认为，是墨西拿海峡（stretto di Messina）把二海相连起来的。诗中的“欧罗”（Euro）指东南方；“更大困扰”则是指从撒哈拉吹向地中海的“焚风”即西洛可风（Scirocco）。

30. 这里的“查理”指查理·马尔泰洛的祖父安茹的查理一世，曾实际统治西西里，正是由于他的“劣政”，引起西西里晚祷起义；“里道夫”（Ridolfo）指查理·马尔泰洛的岳父德王哈布斯堡的鲁道夫一世（见注19），1287年，查理·马尔泰洛与其女克莱门扎结婚，而双方的家族早在他们年幼时就订下这门婚事，据说，其政治意义十分重大，正如近代注释家托马塞奥所说，这门婚事“把吉伯林派的血液与归尔弗派的血液结合在一起”了，曾使人们对消弭两派斗争抱有很大希望。波斯科—雷吉奥注释本指出，这里有一个费解之处一般未被发觉，即查理·马尔泰洛谈及普罗旺斯、意大利南部和匈牙利时，只谈他自己，而此时述及西西里时，却又只提及其“后代”。该注释本认为，查理·马尔泰洛的谈话意在说明：倘若没有西西里晚祷起义，“我和我的后代”本可维持对西西里的统治，仍意谓第一人称，而从上下文看，但丁是不认为，西西里会仍由安茹家族来控制，而他也确实不曾看错。

31. 这里引述的正是西西里人民发动晚祷起义，反对安茹的查理一世的暴政：帕莱摩是西西里首府，1282年3月30日，由于一名法国士兵在复活节星期一的晚祷时分为非作歹，激起帕莱摩居民愤慨，发动了反对安茹家族统治的武装起义，维拉尼在《编年史》第七章中曾有详细描述："所有的人立即群聚城内，男人们武装起来，高喊：'让法国人去死吧！'"专门从事西西里晚祷起义史实研究的著名西西里历史学家米凯莱·阿马里（Michele Amari, 1806—1889）曾指出，但丁准确地把握住起义的人民性，而不像有些近代史学家认为的那样，把它说成是有利于实现阿拉贡家族的"野心"的反安茹家族的阴谋政变。

32. "我的兄弟"指查理·马尔泰洛之弟罗贝托（见注19）；"先见之明"指对施行劣政的后果有所预见或考虑。罗贝托于1309年继其父任那不勒斯国王，大诗人彼特拉克对他十分赞扬，近代史学家也认为，他并非像但丁在诗中所写的那样贪婪、吝啬，而这种评价则来自古代编年史家、注释家和诗人，尤其是拥护归尔弗派的人，甚至赞美他的维拉尼在《编年史》第十二章中也不得不承认，"后来他开始衰老了，贪婪也便毁了他"，意在设法减轻他的"贪婪"程度。

33. 对此句的avara povertà di Catalogna，主要有两种不同诠释：一是认为是指罗贝托本人，即是说，他贪婪成性，如同一个加泰洛尼亚人一样；一是认为是指由他提拔的一些加泰洛尼亚的朝臣，他们用苛捐杂税，重利盘剥臣民，从而激起人民的愤慨，因此，此段三行韵诗是与前段三行韵诗叙述安茹的查理一世的"劣政"引起西西里晚祷起义相呼应的。持这种看法的有《最佳评注》、本维努托、布蒂乃至维拉尼等，当时一些史料也证明，这些外籍军官和雇佣士兵行为不轨；萨佩纽注释本及大部分其他近代注释家，如前所注，也都赞成这一说法，他们依据的是，某些古代注释家称：1288—1295年间，罗贝托曾作为人质，囚禁在阿拉贡的阿尔封索（Alfonso d'Aragona，参见《炼狱篇》第七首及有关注释）处，以赎回被俘的父亲安茹的查理二世；就在此期间，罗贝托与加泰洛尼亚一些贵族结成友谊，后又把他们带回那不勒斯，为他们加官进爵，委以重任，而他们则残酷盘剥压迫罗的臣民。波斯科—雷吉奥注释本不同意上述诠释，而主张把此句作上述第一种解释，因为：一、说罗贝托重用这些加泰洛尼亚的朝臣不符合事实，编年史料只提及有西班牙一些亡命徒组成的加泰洛尼亚军队，即"阿尔莫加维里分子"（Almogaveri），而并未提及有什么朝臣；二、罗贝托作为"人质"被隔离，况且年纪太小（他生于1278年），本不可能与加泰洛尼亚一些贵族结交。该注释本提及：早在安茹的查理一世起，那不勒斯王国就雇用一些加泰洛尼亚军队（维拉尼《编年史》第八章有此记载），其中有两名指挥官是受罗贝托雇用的，一名迪耶哥·德·拉·拉特（Diego de la Rat），一名吉贝尔托·德·桑蒂利斯（Gilberto de Santillis），此二人都以"贪得无厌"著称。此外，该注释本还提及，诗中的"早该躲避"（già fuggeria）也不宜解释为是指罗贝托身边的加泰洛尼亚宠臣，而应指查理·马尔泰洛告诫罗贝托从此时起就该摆脱贪婪与吝啬，不然就会遭到"伤损"；但丁的天堂之行是在1300年，罗贝托也不可能在九年之后才"躲避"他的"既贪又穷"的加泰洛尼亚朝臣（他是1309年才继任国王的）。关于"既贪又穷"的说法，本维努托曾作过较透彻的诠释："贫穷会使人盗窃和掠夺，贪婪则会使人想方设法去寻求形形色色不合法的收入。"

34. 萨佩纽注释本对此句的诠释是：当时，那不勒斯王国已因罗贝托的贪婪陷于困境（"负荷很重的舟楫"），罗本人或其他人都应想尽办法，不要在他的贪婪上再加上加泰洛尼亚朝臣们的"贪得无厌"（"装载更多的东西"），否则"舟楫"就要倾覆了。波斯科—雷吉奥注释本则认为，理解这段三行韵诗的困难倒不在于文字含义，而是在于编年史上的说法不一，即有人认为，罗贝托是"贪婪成性"的，近代历史学家则否认这一点，况且，罗只是1309年才登基的，而查理·马尔泰洛的谈话却是在1300年。它还就此进一步指出：有人试图消除编年史上的这种“不一致”，认为查理·马尔泰洛的谈话是带有预言性的，因为他作为“享天福者”，能从上帝身上预见未来，这在但丁笔下是司空见惯的，但诗中所述，并非如此，因此，许多评注家才感到“困惑”。波-雷本还指出：用“舟楫”来比喻国家，是历来通用的隐喻写法。

35. 对此句的诠释也各不相同：萨佩纽注释本认为，罗贝托的本性从上辈的“宽厚”继承下来（“传得”）的却是“悭吝”，而这上辈的“宽厚”本性仅能是其父安茹的查理二世的，但《炼狱篇》第二十首却把安茹的查理二世激烈地谴责为“贪婪”；它提及法国近代注释家佩扎尔（Pézard）曾认为，此句应诠释为罗贝托从其“祖辈”的宽厚本性上“传得”吝啬、猥琐的本性，而罗的祖先中只有安茹的查理一世以“慷慨大度”而享名，但丁对此人的评价也不那么严厉，但毕竟应把此句理解为对《炼狱篇》第二十首乌哥·卡佩托对法国王室的谴责的“继续”和“补充”，“奇怪的似乎是：它竟间接地否认了法国王室的最突出的特点之一（即‘贪婪’）”。波斯科—雷吉奥注释本认为，应将此句理解为：罗贝托身上缺乏一个做过国王的灵魂本应具有的政治品质，即“慷慨”与“宽厚”，它提及布蒂、《最佳评注》、但丁之子彼特罗都曾认为，安茹的查理二世对其子民仍是十分宽厚的，“但是，罗贝托国王则在这方面，脱离了他家人的作风”。波-雷本还指出，从这段三行韵诗起，为本首论述人的天性的第二部分作了铺垫。

36. 这里的“军人”，原文为milizia（本意为“民兵队”或部队），萨佩纽注释本解释为盘剥臣民的官员，即加泰洛尼亚朝臣，波斯科—雷吉奥注释本则认为是指自安茹的查理二世起就用钱买动的“雇佣军”。

37. “一切善的开始与终结之处”是指上帝，即是说，查理·马尔泰洛是从上帝身上看出：但丁听到他所讲的一番话之后感到“莫大欢欣”，正如但丁从自己身上看出的一样，因而但丁无须用言语表达出来；但丁之所以感到“格外高兴”，是因为他由此得知，他的朋友此刻已成为享天福者了。

38. 这里是说，但丁的疑问产生于把这位朋友的话与《圣经》的话作了对比，即后者曾说，“好树只会结好的果实，而不会结坏果；坏树只会结坏的果实而不会结好果”（见《新约》的《马太福音》第七章第十七至十八句；《路加福音》第六章第四十三句、《雅各书》第三章第十一至十二句也有类似的话）。因此，这里是指：好的祖先怎能生长出坏的后裔。

39. 这里用“面向”和“背向”来说明、比喻把问题从“尚未弄懂”到“弄懂”，即是说，你将“弄懂”（“面向”）那个你现在“尚未弄懂”（“背向它”）的问题，因为“面向”意谓把问题“看个仔细”，而“背向”则意谓把问题“看不到眼里”。

40. “善”即是指上帝。

41. 这里是说，上帝使他的意旨变成这重重天体本身的影响人世的能力，即是说，上帝是通过重重天体的影响，把自己的意旨间接地传达、贯彻到人世的。

42. “本身臻于完美境界的脑海”指神的脑海；“命运”是指不同天性所注定要达到的目的和结局。关于上帝通过各天体的影响来间接地实现这一意旨的理论，在《神曲》中多次提及，这是但丁神学思想体系中的一个组成部分。

43. 这里又用“射箭”来比喻天体射出的箭必然要射中上帝事先安排好的结局即箭靶：诗中的“弓”即指各天体影响下界的能力，“不论射到什么东西”即指不论把什么东西注入人的天性之内。

44. “技艺”是指像从事艺术工作那样有条不紊的、按理性行事的东西，“废墟”则是指混乱不堪、非理性的东西；诗句的意思是：若是天体的影响不是事先由上帝的意旨安排好的，那么一切就会乱了套，对世人也会极为有害，而这样的假设是不可能的，是荒谬的。

45. 这段三行韵诗是继续前段的推论，说明何以这种假设是"荒谬"的理由：因为果真如此，那就证明：推动天体（"星辰"）运转的"智慧"即天使是完美无缺的，而有缺陷的却是"原动者"即上帝，因为他使这些"智慧"未臻"完美之境"。关于各天体对人的天性的影响，波斯科—雷吉奥注释本曾作了较详细的介绍，指出，中世纪的一些思想家认为，九重天体各有专门的天使来司管，因而天使亦分成九级，但九级的划分，随不同的思想家而有差异，但丁本人在《筵席》第二卷第五节第六句段所遵循的九级次序，在《神曲》中就有所改变，改为依照杜内修·亚略巴古的理论来划分（参见注13），九级的顺序是：Angeli（天使）司管月球天；Arcangeli（天使长）司管水星天；principati（普林西，即统权天使或三品天使）司管金星天；Potestà（波特塔，德威天使）司管日球天；Virtù（德能天使）司管火星天；Dominazioni（德权天使）司管木星天；Troni（德乐尼，三级天使）司管土星天；Cherubini（基路伯或知识天使）司管恒星天；Serafini（撒拉弗或六翼天使、上品天使）司管原动天。

46. 此句的意思是："自然之物"不达到为它安排好的目的，绝不罢休。这一思想出自亚里士多德的《论灵魂》第三章，其中说："自然之物不会徒劳无益地去做任何事情，也不会在必须做到的事情上望而却步。"但丁在《筵席》第四卷第二十四节第十句段、《帝制论》第一卷第十节第一句段及第二卷第六节第二句段中都曾论述这一经院哲学思想，尤其是在《水与陆地问题》（*Quaestio de aqua et terra*）第四十四句段中曾这样写道："应当知道，普遍的自然之物绝不会放弃其目的；因此，虽然特殊的自然之物有时由于物质的不顺从，放弃其所追求的目的，然而，普遍的自然之物是绝不能逃避它的意向的。"布蒂认为，诗中所说的"自然之物"（natura），既包括"创造自然之物的自然之物"（natura naturante），即上帝，也包括"被创造成自然之物的自然之物"（natura naturata），即各种造物。

47. "文明的人"原文为cive，即今civile，在这里是指愿意生活在一个以文明方式组织起来的社会中的人。

48. 这里涉及的问题也是亚里士多德最常见的思想之一，即"人就其天性来说是文明的动物"（也有译为"政治的动物""合群的动物"的），参见《政治学》第一卷第一节第二句段；但丁在《筵席》第四卷第四节第一句段和第二十七节第三句段、《帝制论》第二卷第七节第三句段中曾多次论述此问题。

49. 这里再次涉及亚里士多德《政治学》中的另一条定理，即生活在一个文明社会里，要求各人具有不同的禀性和职能（该书第一卷第一节第二句段，《论灵魂》第三章第九句段中也有论述）；但丁在《筵席》第四卷第四节第一至二句段和第五句段也提及此问题。诗中的"老师"显然是指亚里士多德。

50. 这里是说，既然世人在社会生活中要有不同职能，每个人的身上也就必然要有不同的禀赋（"根源"），以便能实践各自的特有活动（"结果"），而这些"禀赋"或天性，首先是受天体影响所制约的，换言之，人的不同倾向都是由天体影响所决定的。

51. 梭伦（Solone，公元前640？—前558）：雅典著名立法家、哲学家、战略家、诗人；曾任雅典九大执政官之一，于公元前594年负责改革雅典宪法，削减贵族特权，容许公民依所拥地产多少担任国家职务。著有不少哀歌，其中最著名的为洋溢爱国热情的《萨拉米纳》（*Salamina*），至今存留该哀歌的片段。

塞尔瑟，即波斯王塞尔瑟一世（Serse I，公元前485—前465年在位，《炼狱篇》第二十八首曾提及他），据称曾率五百万大军征服埃及；曾侵占希腊，火焚雅典城；公元前480年，在萨拉米纳（Salamina）战败，被迫撤军。后被其近卫军队长阿尔塔巴诺

(Artabano)杀害篡位。

麦基洗德(Melchisedech),撒冷(Salem,即耶路撒冷)的祭司和国王,与亚伯兰(即亚伯拉罕,参见《地狱篇》第四首及有关注释)同时,《旧约·创世记》第十四章第十八句曾提及他:亚伯兰大败基大老玛,奏凯荣归,所多玛王到王谷来迎接,“至高无上的祭司撒冷王麦基洗德也带着饼和酒出来相迎……”

“在凌空飞翔时,把儿子失落”的“那个”是指戴达罗斯,参见《地狱篇》第十七首及有关注释。

本段的意思是:上述这些人之所以分别成为立法家、骁勇善战的国王、至高无上的祭司和能工巧匠,都是因为这是他们各自的天性和禀赋决定的。

52. “自然”(natura)在这里是指作为“次要起因”的天体影响(“首要起因”是上帝)。全句的意思是:天体在旋转的同时,把各自的能力像“印章”打在“蜡”上那样,印在世人身上,赋予他们不同的天性和禀赋,使他们从事不同的职能。

53. “运用技能”是指各天体可以完成其按照既定的结局分配给世人的禀赋和职能的任务。“把这一家和那一家加以区分”是指各天体在完成上述任务时却不能考虑世人出生的所属环境和家族。

54. 这里借用《旧约·创世记》第二十五章叙述以撒的一对孪生兄弟以扫和雅各本性不同来论证上段三行韵诗所提出的论点,即以扫与雅各在其母怀孕期间(“从种子中”)就在天性上“产生差异”,《创世记》曾指出:“两个胎儿在她腹中彼此纠缠。”

55. “魁里诺”(Quirino)为罗马第一位国王罗莫洛的别称(参见本篇第六首注21),其生身父亲为一牧羊人(“如此无足轻重的父亲”);公元前715年,他被元老院所杀,为掩人耳目,佯称他被战神玛尔斯掠到天上;“魁里诺”一词即意谓战神玛尔斯,因他出身低微,与其身为君主不相称,故罗马人即用萨宾语,称其为“魁里诺”,与其父战神玛尔斯一样,亦为“战神”。

56. 这里是说,儿子的天性总是与父亲一样的,但一旦二者有所不同,那是由于天意造成的,即上帝通过天体影响使父子在天性和倾向性方面产生不一致,换言之,是“神的意旨占了上风”,否则,则是神的意旨未占上风。此思想也是圣托马索《神学大全》第二卷第二章的观点:“在自然物体中,被生育的物体形式总是在某种程度上沿袭生育的物体形式。”

57. 此句与第96句的含义一样,意谓但丁此刻已把问题看清、弄懂。

58. 此句再次暗示查理·马尔泰洛与但丁的亲密关系:查理·马尔泰洛对与但丁谈话感到十分高兴,因为这对他是有益的。

59. 这里用动词ammantare,本意是在衣服上加上一件大衣或斗篷,简言之,即是补充一点结论。

60. 这里是说,如果天性发现“命运”使之处于与它不相协调的外部条件,它就要“遭殃”:犹如种子播种在不适于它生长、发展的土壤之中,换言之,如果硬要取消世人的天性,亦即让他违背自己的天性而行事,其结果对他本身乃至对社会都会是很坏的。

61. “基础”意谓“倾向性”,即天性使人具有的倾向性。“善良的人们”意谓“有作为的人们”,因为他们能按照天性赋予他们的任务而行事,他们的行动会取得成果。

62. “腰系宝剑”是指天性倾向于从事军旅生涯的人,特别是指佩带宝剑的国王形象。古代注释家认为,此处所举的两个人是查理·马尔泰洛的两个兄弟:一是卢多维科(Lodovico),一是罗贝托(见注32)。前者出家为僧,后成为土鲁斯主教,1317年死后不久,还被封为“圣徒”;后者则继任王位(见第76—84句)。依照但丁的看法,前者理应成为国王,因为他为人比罗贝托强,而罗贝托则是不适于作为国王的,从本首诗中提及他之处,可见一斑。但也有人认为(其中包括萨佩纽注释本),卢多维科皈依教门,充当修士,本是他真正的天性,因为他信奉方济各会是广为人知的。至于罗贝托，他对于神学研究的兴趣，也是众所周知的，并且作为“文化人”，曾得到彼特拉克、薄伽丘、维拉尼等人的赞许：维拉尼在《编年史》第十二章中就称他为“极其伟大的神学大师和至高无上的哲学家”；据说，他作为国王，曾有兴趣著述许多布道文，至今传留下来的有二百八十九篇，并曾是由他亲自在宫廷中朗诵的。波斯科—雷吉奥注释本认为，但丁在诗中用“布道传经”一词是带有讽刺、轻蔑意味的；它还引述十四世纪归尔弗派讽刺诗人法伊蒂内利（Faitinelli）所写的一首政治十四行诗，其中称罗贝托为“懒惰的国王”，说他“时而布道传经，时而念诵晨祷经和三时经”，认为这是对本段诗句“最好的评注”。

但丁通过查理·马尔泰洛之口提出的这最后一点结论性的补充，显然是他认为十分重要的，即人生在世，只可顺天性而动，不然其后果是不堪设想的，广而言之，不可逆天意而行，因为“天性”本身是上帝通过天体影响而赋予世人的，顺逆天性实际上也即是顺逆天意的问题，这正是贯串《神曲》的一个重要思想。

第九首

1. 本首是全诗中风格上最为精雕细琢的诗篇之一，其中多次运用拉丁语表达方式和但丁自行创造的新词，加之，人物众多，情节跌宕，用韵罕见，语气多变，形象精细，结构复杂，都显示了但丁笔下的功力和特色。

   波斯科—雷吉奥注释本认为，本首是《神曲》中少数可以确有把握地判断撰写日期的诗篇之一，因为其中述及1314年至1315年发生的史实，这证明，本首写于这些事件发生后不久，总之，是写于这两年中间，萨佩纽注释本也有类似的看法。

2. 古代注释家对诗中的“克莱门扎”有两种解释：一是说她是指查理·马尔泰洛的妻子（但丁之子彼特罗、本维努托、塞拉瓦尔），一是说她是指查理·马尔泰洛的女儿（拉纳、布蒂、佛罗伦萨无名氏、兰迪诺）；持后一种说法的人认为，查理·马尔泰洛的妻子在其夫去世不久就死去（1295年），因此，但丁不可能在诗中呼叫她，这里应指当时仍活在世上的女儿克莱门扎，她嫁给了法王路易十世，于1328年才逝世；持前一种说法的人则认为，从诗中的语气和内容看：如用“你的查理”，称查理·马尔泰洛的“后裔”将遭受“骗局”，赞克莱门扎“美丽”等，只能证明这适用于查理·马尔泰洛之妻，而与其女关系不大，况且，但丁本人可能于1281年时结识过克莱门扎，当时，她路过佛罗伦萨前往那不勒斯与查理·马尔泰洛完婚，时年十三岁，而诗中特别提及“美丽的克莱门扎”，这一方面说明但丁曾见过她（据说，当时她曾受到佛市居民的欢迎），另一方面也表明诗人对她年轻早逝（终年二十七岁）的惋惜。萨佩纽和波斯科—雷吉奥两注释本都主张采用前一种解释。

3. 这里的“后裔”是指查理·马尔泰洛之子查理·罗贝托；“骗局”是指查理·罗贝托按长子权原应继承的那不勒斯王位，被其叔罗贝托所篡夺；尽管罗贝托继任王位是1296年由其父安茹的查理二世确认的，并经教皇博尼法丘八世的赞同，然而，但丁仍认为这是罗贝托采取的一种诈骗行为。据说，1309年，查理·罗贝托曾就此提出抗议，却遭当时的教皇克莱蒙特五世的否决。

4. 这里是指但丁对于查理·马尔泰洛的预言要保持"缄默"，不可泄露天机，从而显示查理·马尔泰洛的预言的神秘不可测。

5. "损失"是指罗贝托篡夺其侄的王位，从而给查理·马尔泰洛及其妻带来的"损失"。"顺乎天理的哭泣"(pianto giusto)意谓理应得到的惩罚或报应，这里可能是指1315年蒙特卡蒂尼战役(Montecatini)中，罗贝托及佛罗伦萨归尔弗派军队大败，罗贝托之弟彼特罗(Pietro)和其孙卡洛托(Carlotto)阵亡；有人据此推断：本首诗可能写于1315年8月之前，萨佩纽注释本还认为，不可能再靠前，因为下面第46—48句所涉及的史实，是发生在1314年，而但丁本人致枢机主教们的信件也是1314年写成的，其中一些观点和语句都反映在本首第133—135句中(详见有关注释)。

6. "生命"(vita)在这里指"魂灵"；"太阳"则指上帝。

7. 这里是说，上帝作为"至善"，是无穷尽的，可以满足一切事物的要求。

8. "受骗"在此意谓被世间财物引入歧途；抬起"双鬓"即是指抬起头或头的上部再或前额，在诗中可理解为抬起脸或下巴或视线，这也是但丁惯用的"转喻"(metonimia)笔法。"过眼云烟"(vanità)指尘世间诸如荣华富贵等一切虚妄的东西。

9. 这里把精灵比作一面镜子，但丁的思虑可以从中反映出来，而无须但丁用言语来表达。

10. 这里是说，方才从精灵周身散发的光芒的深处曾唱出"和散那"的歌声(见本篇第八首第28—30句)，这时则立即转为向但丁谈话。

11. 这里的terra prava italica是指整个意大利国土都已腐败，而不是像有些注释家所说，是指波河-威尼托平原。"那带地方"大致是指马尔卡-特雷维加纳(Marca Trevigiana)，包括维罗纳、帕多瓦、特雷维索(Treviso)、巴萨诺(Bassano)、菲尔特雷(Feltre)、贝卢诺(Belluno)等市；十至十三世纪曾为科林斯(Corinzia)公国的意大利部分，其后又为僭主埃泽利诺·达·罗马诺(Ezzelino da Romano)家族的领地，该家族属吉伯林派。

12. 这里，但丁又用他惯常的笔法，用河流、山脉等地理位置暗示马尔卡-特雷维加纳：里阿尔托岛(Rialto)是威尼斯众岛屿中最大的，威尼斯本身就建立在该岛上，是该市的最古老、最重要的核心地区，直到十一世纪为止，威尼斯市也被称为"里沃阿尔蒂市"(Civitas Rivoalti)；布伦塔河(Brenta)为意大利北部的河流，全长一百六十二公里，《地狱篇》第十五首曾提及它，皮亚瓦河(Piava)即皮亚维河(Piave)为威尼斯的河流，全长二百二十公里，二河的发源地为特仑蒂诺(Trentino)和卡多雷(Cadore)两地区的阿尔卑斯山麓(布伦塔河来自瓦尔苏加纳阿尔卑斯山Alpi della Valsugana的二湖：卡尔多纳佐湖Caldonazzo和莱维科湖Levico，皮亚维河则来自卡尔尼凯阿尔卑斯山Alpi Carniche)，故马尔卡-特雷维加纳的地理位置是南有威尼斯共和国的领土，北有阿尔卑斯山麓。

13. 此山即罗马诺山(colle di Romano)，该山距巴萨诺·德尔·格拉普(Bassano del Grap)四公里，山上建有埃泽利诺家族祖传的城堡。该山约比周围平原高出八十来米，故"并不高耸挺拔"。

14. "熊熊火炬"(facella)在这里比喻僭主埃泽利诺三世(Ezzelino III)，即《地狱篇》第十二首所说的暴君"阿佐利诺"。据说，他曾把他的残暴统治超越马尔卡-特雷维加纳地区范围，扩及威尼托大部分地区，直至特伦托(Trento)和曼图亚。用"火炬"形容为非作歹、涂炭生灵的人最初见于希腊神话：特洛伊王后赫枯巴就曾在生育帕里斯时梦见生下一束熊熊火炬；关于埃泽利诺三世，也曾有类似的传说；但丁之子彼特罗在特雷维索居住时就曾收集到这样的传闻:"埃泽利诺的母亲在临近分娩时曾梦见生下一束熊熊燃烧的火炬,这火炬把整个马尔卡–特雷维加纳烧成一片火海,这正是他施行他那可怖的暴政所做到的。"

15. "从一个根子生下"即是指由"同一对父母"所生:父为埃泽利诺二世,母为阿德拉伊德·德利·阿尔贝蒂·迪·曼哥纳(Adelaide degli Alberti di Mangona)。

库妮查(Cunizza)为马尔卡–特雷维加纳僭主埃泽利诺·达·罗马诺二世和阿德拉伊德的最小女儿,其兄即是达·罗马诺家族最臭名昭著的埃泽利诺三世和特雷维索僭主阿尔贝里科(Alberico)。她生于1198年左右,1279年死于托斯卡纳。1222年,她嫁给维罗纳僭主里查多·迪·圣博尼法丘(Rizzardo di San Bonifacio),这是一桩为消除达·罗马诺与圣博尼法丘两大家族不和的政治婚姻;后游吟诗人索尔戴洛(见《炼狱篇》第六、七、八首及有关注释)因热恋她而把她虏走,两家重又陷于不和。她与索尔戴洛同居数载,此时,索已被逐出达·罗马诺宫廷。根据帕多瓦史学家罗兰迪诺(Rolandino)于1260年所写的《编年史》(*Cronica*),库妮查又爱上了特雷维索的骑士、法官恩里科·达·博维奥(Enrico da Bovio),并与他私奔,双双长期流窜在外,花天酒地,后又返回特雷维索,直到博维奥被人暗杀。1253年后,据说她又在里查多·迪·圣博尼法丘死后,与维钦察伯爵内梅里斯·迪·布雷甘泽(Nemeris di Breganze)结婚,随后与一维罗纳人结婚。据罗兰迪诺记载,她嫁给维罗纳人是在埃泽利诺三世死后,即在1259年后,此时,她已年近花甲,波斯科—雷吉奥注释本认为,这可能失实。1260年后,达·罗马诺家族势力衰落,据1265年和1279年史料证明,她迁居佛罗伦萨,专心从事慈善事业。1279年,她曾立遗嘱,将其财产留给亚历山德罗·德利·阿尔贝蒂伯爵(见《地狱篇》第三十二首及有关注释)的几个儿子。萨佩纽和波斯科—雷吉奥两注释本都估计,但丁可能在年轻时见过她,她当时已年纪衰迈,献身于慈善、宗教工作。古代注释家对她的生活作风几乎都有不少微词,只有本维努托对她作出不同的评价,说她"的确是维纳斯的女儿,因为她一直追求爱情,但与此同时,她又是虔诚的,善良的,慈悲为怀的,对穷苦人充满怜悯之心,而她的哥哥则对这些人是残酷虐待的"。看来,本维努托道出了但丁在诗中对库妮查的处理的用意。

近代注释家中有人对但丁选择"声名狼藉"的库妮查以谴责马尔卡–特雷维加纳的做法感到不解,波斯科—雷吉奥注释本曾就此指出:库妮查出身于反对教皇的吉伯林派家庭,其先人埃泽利诺·达·罗马诺又曾是神圣罗马帝国皇帝腓特烈二世的积极拥护者(只是在腓特烈二世死后,达·罗马诺家族才施行暴政,反对帝制),因此,它同意近代注释家波雷纳的说法,认为尽管此说"有一点夸张",却肯定有一定真理,即"如果库妮查的两位兄长即埃泽利诺(三世)和阿尔贝里科,不是那么凶残的暴君的话,也许对他们的地区执行死刑的角色该由他们两位来扮演。正是他们的恶劣行径使但丁让这位妹妹享受天福"。

16. 这里是说,在库妮查生前,金星天的影响在她身上曾居主导地位。

17. "造成我的命运的起因"(la cagion di mia sorte)系指金星天的影响使库妮查遭受的际遇,亦即最初因天生的追求恋情倾向,使之陷于肉欲的激情,后则走上正轨,成为仁爱和对上帝的爱,正是这种爱,使她如今得以"享有天福",即使被安排在较低的层次,也"并不感到苦痛"。这里,库妮查再次显示出天国中享天福者的共同心理:尽管待遇有所不同,但都是享有天福,追求共同的神圣目的,因而毫无怨言。这对于习惯评价世间事物的凡人来说,是费解的。

18. 这里是指另一束光芒,它散发着"珍贵"宝石般的"明亮"光辉:诗中的"宝石",原文为gioia,本意有"快乐"和"宝石"两种含义，萨佩纽和波斯科—雷吉奥注释本都注为gioiello，即"宝石"；看来诗中有意用此词表示该精灵生前人品出众，这从下句即可看出。这里的"靠近……身边"和"明亮"，原文分别为propinqua和luculenta，都是拉丁文表达方式。

19. "把五倍增添"的原文为s'incinqua，是但丁从数字"五""cinque"中自行创立的新词，下面还有几个。这里是说，在该精灵的声名从人世间消逝之前，还要再过"五百年"（"第一百个年头"的"五倍"）。诗中之所以说"第一百个年头"，是因为冥界之行是在1300年，即正是一个世纪的最后一年。

20. 这里的"前世"指尘世，"后世"则指死后时间，亦即死后流芳百世之意。这里的"留传"一词，原文为relinqua，本意是"留下"，又是一个拉丁文表达方式。近代注释家对于此两句涉及尘世声名的诗竟出自享天福者之口，感到有些"奇怪"，因为《炼狱篇》第十一首第100—101句曾把尘世声名比作"阵风"，波斯科—雷吉奥注释本就此指出，这也正是"向但丁真正认为必须指出的问题自然而又必要的过渡"，即揭露马尔卡-特雷维加纳的腐败，同时又更好地说明：在但丁笔下，库妮查主要是起"诗人所关心的伦理—政治问题的作用"的。

21. 这里又用水文角度暗示马尔卡-特雷维加纳地区：塔利亚门托河（Tagliamento）属威尼斯和乌迪内两地的河流，全长一百七十公里；阿迪切河（Adice），即阿迪治河（Adige，见《地狱篇》第十二首及有关注释）；两条河流分别从东、西方将马尔卡-特雷维加纳地区界定下来。这里即是指该地区的居民（"人群"）。

22. 诗中的"打击"意谓天谴、神的惩罚，这里影射暴君统治和战乱灾祸。

23. 这段三行韵诗是库妮查向但丁所做的第一个预言，即由于马尔卡-特雷维加纳居民不愿履行本身原应承担的拥护帝制、消弭党派斗争的职责，帕多瓦人（代表该地区的居民）用自己的鲜血染红了位于维钦察附近、由巴基利奥内河（Bacchiglione，参见《地狱篇》第十五首及有关注释）淤积的沼泽地里的河水。诗句可能是指1314年12月17日，帕多瓦归尔弗派与安茹家族组成的联军攻击维钦察吉伯林派与维罗纳僭主坎格兰德·德拉·斯卡拉（Cangrande della Scala）组成的联军，结果遭到惨败，维拉尼的《编年史》第九章对此有记载。也有人认为，此句"改变"河水是指维钦察人为对付帕多瓦人，把巴基利奥内河的河水"改道"，而帕多瓦人也作为战争行动，相应地也把布伦塔河的河水改道，使之流到布鲁塞加纳（Brusegana）沼泽地附近。萨佩纽和波斯科—雷吉奥两注释本都不同意这种解释，因为库妮查把这次战争作为神对帕多瓦所属的马尔卡-特雷维加纳居民的惩罚，只是一次河水改道的战争行动并不足以说明帕多瓦人遭到大规模屠杀的严酷性。

如前所述，波斯科—雷吉奥注释本曾估计本首或其相当大一部分是写在1314—1315年间，萨佩纽注释本对此也有类似见解（参见注1和注5）。当时，但丁正二度投奔维罗纳僭主，受到坎格兰德·德拉·斯卡拉的热情接待，但丁对他十分感激，特别是二人在政治主张上志同道合，都拥护帝制，尤其是拥护亨利七世，为求消灭党派之争，实现和平；亨利七世死后，但丁甚至把希望寄托在坎格兰德·德拉·斯卡拉身上，即使在某个地区实现他的宿愿也好。因此，诗句通过此例，反映但丁拥戴坎格兰德·德拉·斯卡拉，反对包括帕多瓦在内的马尔卡-特雷维加纳的抗拒帝制、坚持党派斗争的政治立场，是异常鲜明的。

关于"维钦察"的拼写法，波斯科—雷吉奥注释本沿用佩特罗基版本的做法，采用古代手抄本的通俗写法，印为Vincenza，即"文钦察"，而不是Vicenza（维钦察）；萨佩纽注释本则印为"维钦察"。

24. 西莱河（Sile）为特雷维索市（Treviso）的一条河流，长八十五公里；卡尼安河（Cagnan），即卡尼亚诺河（Cagnano），即今博特尼加河(Botteniga),是流经特雷维索的又一条河流,汇入西莱河。这里,但丁又用二河合流之处暗示特雷维索。

25. 这里,库妮查又向但丁提出第二个预言:“此人”系指里查多·达·卡米诺(Rizzardo da Camino),他是特雷维索僭主“好人”盖拉尔多(buon Gherardo,参见《炼狱篇》第十六首及有关注释)之子,为人十分傲慢和残暴,1306年继其父为特雷维索僭主,推行暴政,为有名的暴君,民怨沸腾,后又因他突然从归尔弗派立场转为吉伯林派立场,引起归派贵族不满,1312年,阴谋唆使其园丁趁其弈棋时用剪枝刀将他刺死(“为捕捉他而布下罗网”)。波斯科—雷吉奥注释本认为,诗中此段均用动词现在时,而里查多只是从1306年才成为僭主,1300年但丁冥界之行时,盖拉尔多尚为特雷维索僭主,更谈不上阴谋杀害,似费解;萨佩纽注释本则认为,可能早在1300年,里查多就与其父分掌政权,共管特市。

26. 这是库妮查向但丁所说的第三个预言:这里的“牧者”是指特雷维索人亚历山德罗·诺维洛(Alessandro Novello),他自1298年至1320年任菲尔特罗(Feltro)的主教;1314年7月,他在安茹家族的代理人、斐拉拉主教皮诺·德拉·托萨(Pino della Tosa)的要求下,将斐拉拉的德拉·封塔纳(Della Fontana)家族的一些流亡分子,其中有安东尼奥洛(Antoniolo)、兰齐洛托(Lancillotto)、克拉鲁丘(Claruccio)等,交给皮诺之手,而这些流亡分子本是逃到他那里,并受到他的保护的。皮诺得到这些人之后,立即将上述三人斩首,据本维努托说,另有许多同谋,均被处以绞刑,因此,诗中谴责诺维洛“背信弃义”。波斯科—雷吉奥注释本认为,此段并未说明菲尔特罗市遭到上天的惩罚,但说明但丁对教会上层人士的劣行是深恶痛绝的。

27. “地牢”原文为malta,有些版本也用大写Malta,即“马耳他”;佩特罗基版本不主张用大写,萨佩纽和波斯科—雷吉奥两注释本都循此例。该词一般用来指黑暗而泥泞的地牢,古代注释家对此词有几种说法:一是指库妮查之兄、马尔卡-特雷维加纳的暴君埃泽利诺三世命人于1251年在帕多瓦地区(Padovano)建立的齐塔德拉城堡(Citadella)地窖里的一座伸手不见五指、泥泞不堪的水牢,用来随意终身囚禁“犯人”;二是指马耳他的博尔塞纳湖上的马尔塔纳岛(Martana)一座塔楼下面的地牢;三是博尔塞纳湖上的另一座小岛即比桑蒂纳岛(Bisantina)的地牢,据说是教皇用来囚禁“犯有不可赦免的重罪”的僧侣的;四是指靠近维泰博(Viterbo)的马尔塔(Marta)的一座地牢;五是指1255年建于维泰博本市的一座地牢,也是专用来囚禁僧侣的;六是指罗马的一座地牢。近代注释家有许多人倾向于关于囚禁僧侣的地牢或关于埃泽利诺三世所建的齐塔德拉地牢的说法,但迄今无最后定论。诗句的意思是:即使因犯“重罪”而被囚禁地牢的人当中,也不曾有人犯过类似亚历山德罗·诺维洛那样的罪。

28. “慷慨大度的僧侣”指亚历山德罗·诺维洛,“慷慨大度”一词是带有讽刺意味的,“赠送”“礼品”即指该主教先是“慷慨”收留那些斐拉拉的流亡分子,后则又背信弃义地出卖了他们。

29. “他的党派”指亚历山德罗·诺维洛所属的归尔弗派。

30. 这里把这个背信弃义的主教个人所犯罪行扩及整个马尔卡-特雷维加纳地区的居民的风俗习惯,语气是十分辛辣的。

31. “在上面”指在天国、净火天。“明镜”是指天国的智慧之神即天使,意谓通过他们,反映永远公正的审判者上帝的光辉。但丁在《书信集》第十三章给坎格兰德·德拉·斯卡拉的信中也说:“显然,每个基因和美德都来自首要基因和美德(即上帝),下级的智慧之神几乎都是从放射光芒的神那里接受上层对下层所射出的光芒,并把这光芒再反射出来,犹如明镜一样。”这里的“德乐尼”，即“三品天使”（参见第八首注13和注45），即仅次于撒拉弗、基路伯两级的天使，据神学家称，上帝是通过“三品天使”来实施正义裁决的。

32. 这里是说，上帝的光辉从犹如“明镜”般的三品天使身上反映出来，又照到享天福者身上，因此，享天福者所说的话（这里则是库妮查所说的话）都是“真实可信”的，即使听起来似乎显得残酷无情。

33. “珍贵之物”指宝石，参见第37—38句，即是指另一个享有天福者放射的光芒犹如红宝石一般（见第69句）。

34. 这里的“红宝石”原文为balasso，或直译为“巴拉索石”，即玫红尖晶石（balascio），其名来自产地波斯的巴拉斯卡姆（Balascam），即今土库曼斯坦的巴达克散（Badakhshan，原为波斯一省份）。据马可·波罗在其《马可·波罗游记》（*Milione*）中记载，该红宝石系从该地输入意大利的。

35. 此句是对比天国享有天福者因快乐而放射光辉、人间则因快乐而面露笑容，但也随即指出：人间并非只有快乐和笑容，世人有时也因“心情悲痛”而“面色阴沉”，这也是“天上”与“人间”的根本区别。但由于诗句用là sù（直译为“在那上面”）和qui（直译为“在这里”）来分别指“天国”和“人间”，特别是下句又出现giù（直译为“在下面”），近代注释家对后一句便有不同看法：波雷纳、马塔利亚以及萨佩纽注释本都认为“在下面”是指“人间”，因为“人间”是“泪谷”，除“欢笑”外，还有“哀哭”；波斯科—雷吉奥注释本则认为，前句已把天国享有福与人间的欢笑作了比较，因而下句理应是把天国与“地狱”作比较：前句已用“在这里”形容“人间”，后句显然要拉大距离，“在下面”不可能再重复形容“人间”了。它主张此句应解释为：在地狱，其他灵魂由于身心都很悲苦，因而“面色阴沉”。

36. 这里，但丁又自行创造了一个动词：inluiarsi，即“渗透到他身上”，系从代词lui（他）演变而来；在本篇第二十二首第127句，他还用了另一个类似的动词inleiarsi，则系从代词lei（她）演变而来。此句的意思是，上帝能明察秋毫，“看到一切”，精灵的“视线也渗透在他身上”，便也可把一切尽收眼底（“任何欲望都不能在你面前躲藏”）。

37. “虔诚的火光”指上品天使撒拉弗，因为《圣经》把他们描绘成生有六翼，所以诗句说他们把“六只翅膀”收拢起来，犹如穿上“僧装”、袈裟一样：《旧约·以赛亚书》第六章第二至三句就说：“在他（上帝）上面有撒拉弗侍立一旁，撒拉弗都有三对翅膀，他们用一对翅膀遮面，一对翅膀遮脚，一对翅膀飞翔。他们彼此唱和着：‘圣哉，圣哉，圣哉，万军之主；他的荣光普照大地。’”

38. 这里又是但丁创造的两个新词：intuarsi（是你），inmiarsi（是我），但它们不是从代词te（你）和me变来，而是从形容词属有格tuo（你的）和mio（我的）变来。

39. 这里的“最大的谷地”指地面冲积而成的洼地即内海中最大的，即是指“地中海”，其海水来自“环绕陆地的那片海洋”。

40. “两带对峙的海滩”即是指欧洲与非洲的海滩，从地理、民族和宗教来看，这两带海滩都是相对立的。

41. “逆着太阳”指由西向东，即逆着太阳运行的方向。

42. “原先形成地平线的地方”指地中海的东极即耶路撒冷（“地平线”意谓“日出”），在这里，恰是天体的子午圈，即“日中”；相反，在地中海的另一极即西极，指直布罗陀海峡的“海格立斯的石柱”，或指加的斯（Cadice），该子午圈则为地平线，即“日出”：但丁时期认为，地中海延伸的经度为九十度，因此，诗中的意思就是：地中海由西向东延伸，即从加的斯子午圈（耶路撒冷地平线）一直延伸到耶路撒冷子午圈（加的斯地平线），其经度恰好是九十度；其实，地中海的延伸面积不过是四十二度。这里，但丁显然有意从详细描述地中海的地理位置，使诗句风格朝高雅方面转变，为已经出场的另一个特殊人物的自我介绍作了铺垫。

43. “谷地”如注39一样，指内海，即是指地中海。“埃布罗”(Ebro)、“马格拉”(Magra)分别指西班牙伊比里亚半岛的埃布罗河入海口和意大利西海岸的马格拉河入海口；这条海岸线呈弓字形，囊括西、法、意三国沿地中海的海岸，即从加泰洛尼亚的托尔托萨角(capo Tortosa)到斯佩齐亚(Spezia)海湾东南方的比安卡角(punta Bianca)。马格拉河有一小段将利古里亚地区(Liguria)的“杰诺维塞”(Genovese)(即“大热那亚”Genovesato)与“托斯卡诺”(即托斯卡纳地区)分开，划定两地区的分界。这里要说的就是马赛。

44. 布杰阿(Buggea)即今“布吉”(Bougie)，位于阿尔及利亚海岸；“我出生的那片土地”即是指法国马赛。

45. 这里的“日落”“日出”原文分别为occaso和orto，又都是拉丁语。诗中说，布杰阿与马赛日落日出时间几乎相同，因为两地在经度线上差距极小，据托勒密估计，只差二度半，但萨佩纽注释本也就此指出，但丁所说的那种情况只是在春分时期才有。

46. 这里所指的是布鲁都曾在凯撒与庞培的内战期间，为凯撒夺占马赛，当时屠杀许多马赛人，血流成河，卢卡努斯在《法尔萨利亚》第三章对此有详细记载，如说：“鲜血在浪涛上高高地翻着泡沫，海水也由于血流过多而暴涨了。”

47. 这里的“佛尔科”(Folco)即是指十二世纪末至十三世纪初的著名游吟诗人佛尔凯托·达·马赛(Folchetto da Marsiglia)，法文名“佛尔盖·德·马赛”(Folquet de Marseille)或“马赛的佛尔盖”；他原籍热那亚，十二世纪下半叶生于马赛，死于1231年；大诗人彼特拉克在《爱神的胜利》(*Trionfo d'Amore*)第四章中曾有诗句说他：“佛尔科，在马赛，人们给他起了这个名字，而在热那亚，人们又给他去掉这个名字。”其父是热那亚一个商人。他曾先后在马赛子爵巴拉尔·德·博(Barral du Baux)、土鲁斯伯爵莱蒙多·贝伦加里奥六世(Raimondo VI Berengario di Tolosa)、阿奎塔尼亚的阿尔封索二世(Alfonso II d'Aquitania)和“狮心理查”(Riccardo Cuordileone)等宫廷中侍奉，甚得宠爱。他擅长写情诗，曾热烈歌颂巴拉尔子爵之妻阿扎莱伊丝·德·罗科马丁(Azalais或Azaleis de Roquemartine)；阿扎莱伊丝死后，他十分伤心，于1195年左右，出家为僧，成为本笃会一支西多会(cistercense)修士，但也有人说，他是因热恋阿扎莱伊丝而不得不离开子爵府的。1201年，成为托罗内修道院(Torronet)院长；1205年任土鲁斯主教，以严酷迫害异端分子阿尔比派(Albigesi，该派反对教会拥有世俗权力)而闻名，甚至不放过曾是其父恩人的莱蒙多六世(他支持阿尔比派)。他曾帮助圣多明我(San Domenico)成立多明我会，并于1216年伴他赴罗马参加拉特兰公会议(Concilio Laterense)。他还倡导成立土鲁斯大学(Università di Tolosa)。但丁曾在《论俗语》第二卷第二节第五至六句段中盛赞他的诗作，但在《神曲》中对此却着墨不多，主要则提及他在宗教上的一些作为。

48. “这重天”指金星天。“痕迹”是指“影响”“印迹”，在诗中是指金星天从佛尔凯托的光芒中受到影响，同样，佛在人世时也受过金星天的“爱”的影响。

49. 贝洛斯(Belo)，提罗斯(Tiro)国王，他的女儿即狄多(参见《地狱篇》第五首及有关注释)。

50. 希凯斯(Sicheo)：狄多的丈夫，狄多原向他表示要永远忠于他，但他死后，狄多又爱上了从特洛伊城逃出的埃涅阿斯；克雷乌萨(Creusa)，特洛伊王普里阿莫斯和王后赫枯巴之女，埃涅阿斯之妻。特洛伊城陷被焚，埃涅阿斯与她一起，携父带子，逃出城来，不料，中途失散，她不幸身亡。诗句的意思是说，狄多一方面背叛对丈夫许下的诺言，另一方面又夺去克雷乌萨的丈夫的爱，因而“辱没”了他们二人。

51. “燃烧到适于我的发色的时刻”原文是infin che si convenne al pelo，萨佩纽和波斯科—雷吉奥两注释本都采用了本维努托的诠释，即：“直到头发开始变白的时候”，换言之，青春时代是适于谈情说爱的季节；这一思想来自奥维德的诗句：“这个年纪适于战争，也适于维纳斯；那老士兵是猥亵的，老年的爱也是猥亵的。”

52. “罗多佩山的女人”原文为Rodopea，由Rodope即罗多佩山变来：这里是指色雷斯(Tracia)国王西托尼斯(Sitone)之女腓丽斯(Fillide)，因为国王的宫殿就位于罗多佩山附近；奥维德的诗作也有“罗多佩山的腓丽斯”(Rhodopeia Phyllis)的说法，其中谈到腓丽斯爱上了特修斯之子德莫封特斯(Demofoonte)；德围攻特洛伊城归来后，二人结了婚，后德前往雅典，但未按时返回，腓丽斯以为被他抛弃，悬梁自尽，变为杏树。

53. “阿尔西德”(Alcide)即海格立斯，此名字系从其祖父阿尔西奥斯(Alceo)演变而来。伊奥莱(Jole)系埃卡利亚斯(Ecalia)国王欧里托斯(Eurito)之女(也有人说，欧是色萨利国王)，海格立斯爱上了她，海之妻德伊阿妮拉(Deianira)十分嫉妒，让他穿上沾染半人半马的涅索斯的鲜血的毒衣，将海害死(德伊阿尼拉和涅索斯，均参见《地狱篇》第十二首及有关注释)。“紧锁在心里”是指海格立斯对伊奥莱爱得发狂。

54. 这里的“德能”指神的德能；“把一切都安排和准备就绪”意谓把天体对世人的消极影响(在金星天，则是把金星天对世人的消极影响)变为积极地享有永恒的天福。这里，佛尔凯托进一步阐述了库妮查在第34—36句所谈到的神学问题，并作出了结论。简言之，包括金星天在内的各天体对世人的种种消极影响，在天国则又积极地化为享有天福，化为善，正如库妮查所说的，这对凡人来说，是很难理解的，特别是涉及金星天对世人的消极影响，即从肉爱升华为对上帝的爱和仁爱。

55. “技艺”指神的技艺；“如此有效地把万物装点”即是指上帝用完美的安排来“装点”他创造万物的工作。但萨佩纽注释本以及大部分近代注释本都与以佩特罗基注释本为依据的波斯科—雷吉奥注释本(前者一般以1921年版本为依据)在诠释乃至词句上有所不同：前者采用的原文为cotanto effetto，即“如此有效地”；后者则采用cotanto affetto，意谓“如此满怀深情地”，因为佩特罗基认为，上帝创造万物是从“爱”即“深情”出发的。上述用词的不同主要原因在于古代手抄本用词互异。

56. 此句亦有一些词句意义含糊，因而造成注释家的不同解释，一是“上面的世界”与“下面的世界”(后一个“世界”系用代词quel)，即：mondo di sù和quel di giù，但也有人(如布蒂)主张用modo即“方式”，亦即成为“上面的(运作)方式”和“下面的(运作)方式”；二是动词tornare的确切含义，这与前一个问题即mondo抑或modo也是相关联的。拉纳和《最佳评注》认为是指volgere，即“转动和主宰下面的世界”；安德雷奥利(Andreoli，1823—1891)则认为是指“影响”；本维努托和兰迪诺乃至布蒂都认为是指“变成”(其主语即是“下面的世界”，而不是“上面的世界”)；波斯科—雷吉奥注释本则赞成近代的波雷纳的解释，认为此动词相当于佛罗伦萨词汇torniare，即用车床加工，亦即“形成”，即“上面的世界”使“下面的世界”得以形成。尽管各种诠释五花八门，但看来其中心思想则是基本一致的，即认为，“上面的世界”即上天对“下面的世界”即尘世施加影响，使之运转，成为与它类似的模样，达到善的目的。

57. 喇合(Raab)系耶利哥城(Gerico，今译“杰里科”)的妓女，她的事迹在《旧约·约书亚记》第二章第一至二十四句和第六章第十五至二十五句中有记述：约书亚奉上帝的吩咐，率领以色列人夺回约旦河以东的地方，作为定居的家园；他派遣两名间谍去河对岸刺探敌情，特别是侦察耶利哥城的情况。两名间谍投宿妓女喇合家中，敌军闻知消息后前来搜索，喇合知夺取耶利哥城是上帝的旨意，设法保护、隐藏他们，并使之逃出城去，要求他们在攻陷耶利哥城后不要杀害她的全家。后约书亚攻占了耶利哥城，用火焚毁全城和城内一切东西，将金银铜铁器皿放在上帝的宝库里，“妓女喇合因为救过那两个间谍，约书亚也就饶了她和她一家人的性命，并且让他们住在以色列人当中，直到今天”。《新约》的《希伯来书》第十一章第三十一句也说：“作妓女的喇合，也因着信心善待以色列的探子，而不至于与那些不服从上帝的人一同灭亡”；《雅各书》第二章第二十五句同样指出：“还有那个妓女喇合，她接待那些使者进屋里去，又送他们从别的路逃生，这不也是透过行动而被称为义人吗？”

58. 此句原文是di lei nel sommo grado si sigilla，其中的di lei的lei（她），有人也主张用lui（他或它），即指上句的ordine（层次），意思虽然不变，但语法结构上则不是sommo grado di lei（她的〈光辉〉最高程度），而是sommo grado di lui（层次的最高一级），亦即“她的光辉印迹打在这一层的最高一级”了。波斯科—雷吉奥注释本认为，这句意思不是“十分清楚”。

59. 这里的“基督的胜利”可作两种解释：一是基督对地狱的胜利，即基督曾从地狱中的林勃救出一些灵魂（见《地狱篇》第四首第52—63句）；二是基督胜利下的享天福者整体，即是指依靠救世主的这一功绩，已经并且将要得到解救的所有灵魂。看来，萨佩纽和波斯科—雷吉奥两注释本都倾向于第一种解释，尽管萨本认为可作“广义”和“狭义”的理解，即前一种为“狭义”，后一种为“广义”。这里，但丁显然是要强调：在曾在尘世受到金星天影响的众灵魂中间，喇合是最早得到解救的。

60. 此句的原文是Da questo cielo ... fu assunta，因而就是说，喇合被“这重天”（即金星天）接纳了；其实，她并非被金星天所接纳，因为所有享天福者的灵魂都是在天国即净火天，只不过享天福的层次各有不同，喇合的层次则相当于金星天罢了。波斯科—雷吉奥注释本认为，这是一种“简化表达方式”（brachilogia）。

61. 这里引用了阿拉伯古代天文学家阿尔夫拉加诺（Alfragano）的一个理论，即认为地球的投影为圆锥体，其“尖端”恰好在金星天一层终结。波斯科—雷吉奥注释本认为，但丁对阿尔夫拉加诺的论述想必很熟悉，并引近代注释家波雷纳的话来说明但丁借用阿的有关论点的意图：“现在，我们知道，地球的圆锥体投影约为一百五十万公里，金星天是并不存在的，金星在运转到与地球较近时，距地球约有五千万公里。但丁从他所相信的这一天文现象中，肯定看到能说明他所臆造的道德事实的一个很好的象征，即头三重天的灵魂都是被尘世弱点所遮掩的。”萨佩纽注释本对此也有类似的见解。

62. “某层天体”，即“这层”天体，亦即八重最低的天体之一；“伟大的胜利”是指基督的胜利，而不是指攻占耶利哥城；“手掌”（palma）在这里象征基督被钉在十字架上的双手，即是说，基督是依靠被钉在十字架上的双手来战胜魔鬼的。诗中用喇合来证明基督胜利，是因为《圣经》的一些基督教诠释家常把喇合作为教会的象征。

63. “圣地”（Terra Santa）为巴勒斯坦的古称，也称“乐土”（Terra promessa）或“迦南”（Canaan）。约书亚取得的一系列胜利中，攻占耶利哥城正是其“首战告捷”的胜利。诗句在这里为下面谴责教皇等贪恋世间财物而把夺回圣地置诸脑后的内容作了铺垫。

64. “那一个”指先是天使、后因背叛上帝而被打入地狱、成为地狱之王的卢齐菲罗（参见《地狱篇》第三十一首及有关注释）；“树木”这里指产物。

65. 卢齐菲罗的“嫉妒心”是指他嫉妒亚当和夏娃在伊甸园中的“幸福”，因而引诱他们犯下原罪，从而给全人类造成众多痛苦。本段主要是说明佛罗伦萨是魔鬼卢齐菲罗一手制造的产物，是一切罪恶和腐败的渊薮。

66. “该诅咒的花朵”系隐喻佛罗伦萨的金币弗罗林（fiorino），因为金币的一面印有百合花图案。

67. 这里用了一系列比喻：“绵羊和羊羔”指基督教徒，“牧者”即为教会上层人士，“恶狼”则象征贪婪。

68. “由于这个”指“由于贪财”；“教会大师”（dottor magni）这里指教会中封为“圣徒”的一些教皇或神甫的著作；《宗教法规》（*Decretali*）为汇集教皇敕书或训令的法规汇编。这里是谴责教会中人只求谋得财富，而热衷于研究法规，却不注意用福音和神学著作，提高本人的修养和素质，因而《宗教法规》的书页边缘，或写满评注，或久读磨损，由此可见一斑。但丁约在1314年7月前写给意大利枢机主教的一封信件中就曾提到此问题：他在《书信集》第十一章中曾指出，“唉，最最慈悲的母亲，基督的新娘啊（指教会）……你的格雷高里奥正躺倒在蜘蛛网里，安布罗吉奥则躺倒在被僧侣们抛弃的贮藏室里，阿哥斯蒂诺、狄奥尼西奥、达马谢诺和贝达，都躺倒了，被遗弃了；他们相反却一味朗诵什么《通鉴》（即威廉·杜兰特所编的宗教法规教材）和伊诺钦佐（指宗教法规倡导者、教皇伊诺钦佐四世）以及那个奥斯蒂亚人（指另一个宗教法规倡导者、奥斯蒂亚枢机主教恩里科·迪·苏萨）的著作。为什么不这样做呢？前一种人曾是寻求上帝，把上帝作为追求的目的和至善，后一种人则在牟取财富和利益”。

波斯科—雷吉奥注释本在谈及但丁的上述信件时曾介绍当时的历史政治背景：教皇克莱蒙特五世（参见《地狱篇》第十九首及有关注释）于1314年4月逝世后，曾举行选举新教皇的枢机主教秘密会议，由于“难产”，该会议一直拖到1316年8月才再次选举法国的约翰二十二世为新教皇，这一来，教皇宫邸仍为法国的阿威农，因此，但丁致意大利枢机主教的信函中，曾要求他们严格履行他们作为“牧师”的神职责任，选举一位能将教皇住地从阿威农迁返罗马的新教皇，有人曾就此称赞此信可与《神曲》相媲美。

69. “这个”指“积累财富”。

70. 拿撒勒特（Nazarette）即拿撒勒（Nazareth），即天使长加百列向玛利亚宣告“不久你要怀孕生子；你要替他起名叫耶稣”（见《新约·路加福音》第一章第二十六至三十一句）的地方。这里以它象征和代表圣地。

71. “张开翅膀”表示尊敬和庆贺。传统的《圣告图》（*Annunciazione*）就把加百列画成这样的姿态。

72. 梵蒂冈（Vaticano）：为罗马的七丘之一，圣彼得即在此殉道，被钉上十字架，死后葬于此地，为纪念他，在此建立了闻名于世的梵蒂冈圣彼得大教堂；这里也是早期基督教徒的墓地。“罗马的其他精选地区”是指早期基督教殉道者受难和埋葬的“著名”地点。

73. “彼得”即圣彼得；“追随”他的“士兵”即指继圣彼得后殉道的基督教士。这段三行韵诗总的是说“罗马教会”。

74. “通奸行为”（avoltero），即今文adulterio，因为教会比作基督的“新娘”，而为了金银而亵渎教会的行为，犹如“通奸”。《地狱篇》第十九首第2—4句也有类似的用法。萨佩纽和波斯科—雷吉奥两注释本都认为，这里所作的预言很含糊，不具体；萨本猜测是指教皇博尼法丘八世于1303年死去。

第十首

1. “首要的、难以言传的权力”指上帝。本首开头几段三行韵诗看来似是离题，其实是为日球天和日球天中前来与但丁会面的“学识渊博的精灵”的出场作了铺垫，同时也把本首与前九首间隔开来，因为：前九首所叙述的是所谓“低级”的天体，即其中的精灵受天体的影响还是“负面”的，自日球天起，天体对精灵的影响就开始完全是“正面”的了。因此，从第1句到第27句，可以看作本首的“序诗”。

2. “爱”“他的儿子”分别指“圣灵”和“圣子”；这第一段三行韵诗正是用来说明上帝以及作为“三位一体”的上帝创造世界：“三位一体”即是指代表“权力”的“圣父”，代表“智慧”的“圣子”，代表“仁爱”的“圣灵”。

3. 这里说明“三位一体”中的“三位”之间的互相关系：托马索的《神学大全》第一卷中指出：“正如神的本性一样——尽管这本性是三位所共有的，然而仍须使他们依照一定的秩序排列（因为圣子是从圣父那里接受神性，而圣灵又是从圣父和圣子二者那里接受神性），创世的能力也是如此，尽管这能力是三位所共有的，但仍须使他们依照一定的秩序排列，即：圣子从圣父那里接受这能力，圣灵又从圣父和圣子二者那里接受这能力……赋予圣父的正是他所固有的权力，它最大限度地表现在创世上，因此，人们说，圣父是造物主。赋予圣子的是智慧，造物主依照智慧来工作，因此，人们谈及圣子时就说：通过圣子，万物被造出了。赋予圣灵的是善心，主宰万物正取决于善心，也正是善心引导万物走向其结局，赋予圣灵的还有力量，正是这力量使万物得以生存。”

4. 注释家对“脑海中、空间里运转的一切”说法不一：有人（如本维努托）认为，“脑海”是指“思维的东西”，“空间”是指“实际的东西”，因此，诗句是指上帝所创造的整个宇宙；有人则认为是单指天体，因为天体是依照天使的智慧所从事的纯属思维的活动（即“脑海中”）而在“空间中”运转的。萨佩纽注释本采用前一种说法，波斯科—雷吉奥注释本则采用后一种说法：前者认为，后一种说法与本文所要解释的问题难以衔接，因为诗人所要论述的是：“上面和下面的世界秩序”（见第20句）在经过上天的有秩序的安排后，变得完美无缺；后者则认为，诗中是要以天体的“和谐”和“有秩序”对比世间的杂乱无章，况且“运转”（si gira）一词不能指地球，因为地球是不动的，因而应理解为：在起推动作用的智慧之神的头脑中（即“脑海中”）、因而也便是在“空间中”运转的一切。

5. 这里的“轮盘”是指旋转的各层天体。

6. 诗中所说的两种“运动”（moto），是指所有天体由东到西围绕赤道的周日运动（moto diurno）和各星球由西到东围绕黄道带的周年运动（moto annuo）。前一种运动是以最大速度在天体赤道中沿着其子午线运转，后一种运动则是由各星球遵循各自略有不同的轨道、但又都包含在黄道带之内来运行（其子午线为黄道）；两种运动“相互碰撞的地点”，即是指赤道与黄道交叉之点，即是说，赤道与黄道两平面之间形成的角度为二十三度半，二者在两个二分点上交叉，这恰好相当于太阳在春分和秋分时的位置，诗中显然是指春分点。

7. “大师”指上帝；“技艺”指创世的工作。

8. “斜圈”（oblico cerchio）指黄道带：太阳和其他星球的轨道正是在黄道带中运行。这里的“斜”是指黄道带平面对天体赤道平面的倾斜度，即二十三度半左右。但丁在《筵席》第三卷第五节第十三至十四句段中就说：“日球天自西向东运转，它并非直对周日运动（即白昼与黑夜）的，而是斜对这个运动；因此，它的半圈（对等地处在其两极之间，太阳本体也正在其中）便把最初两极所形成的圈分为两个对立部分，亦即白羊座的开端与天秤座的开端，又由它按照两条弧线把这两部分分开，一个朝北，一个向南。这两条弧线的中间点再在每个部分，以二十三点一强的度数，从第一圈对等地延伸开来。”波斯科—雷吉奥注释本指出，其实，黄道带并非“圈”，而是宽有十八度的“带”，在其中，太阳和其他星辰按各自轨道运行着：黄道带分为十二个对等部分，每个部分都相当于一个星座（宝瓶座、双鱼座、白羊座等），大约从春分点开始（3月21日），每个月算是一个星座，因此，“携带众星宿”的黄道带，就如同一条带动星宿来来去去的“道路”。

9. “从那里”即是指从两种运动的会合点，亦即从春分点；换言之，两种运动在二分点上会合，同时又“分道扬镳”。

10. 这里是说，地球上的生活条件要靠季节的变化才有可能具备，而季节的变化又取决于黄道（eclittica）即黄道带（Zodiaco）对天体赤道的倾斜度：据萨佩纽注释本的解释，这一倾斜度的计算是根据能否保存地球生命而定，因此，太阳和其他星球在运行中不可能总是停留在地球赤道上，而是要逐渐移至地球其他地域（地球赤道的北部和南部）的天顶之上。下面的诗句对此作了详细解释。

11. “弯曲”即是指黄道带对天体赤道的倾斜度。这里是说，倘若黄道带对天体赤道不保持一定的倾斜度，天体中的许多降至地球的能力就会变得“徒劳无益”，地球上的物质中的潜在能力，因为缺乏天体影响，也便无法体现，变成“一片死气”；换言之，鉴于季节的变化取决于黄道对天体赤道的倾斜度，倘若黄道与赤道总是相连一起，就会只有一个季节：在赤道地区，将会永远是夏季，其热量的积聚将会使人和植物都不可能生存；在温带，将会永远是春季，果实也将会永不能成熟；在南北极地区，则会永远是冬季和漫漫长夜。

12. “直圈”在这里指赤道，是与“斜圈”即黄道相对的，但丁在《筵席》第二卷第三节第五句段中就称“赤道”为“直圈”；诗中的意思是：如果黄道与赤道分离得过多或过少，“世间秩序的上面和下面”就会变得有缺陷和不完善；亦即是说，太阳轨道的倾斜度稍有变化，就会打乱世间的上下秩序，造成季节、昼夜、气候的混乱。对于“世间秩序的上面和下面”，原文是giù e sù de l’ordine mondano，萨佩纽和波斯科—雷吉奥两注释本的诠释不一：前者认为是指“宇宙的秩序”（ordine universale），即地上和天上；后者则认为是指地球的南北两半球，因为“世间秩序”的“世间”（mondano），只能指地球，除非把它理解为“宇宙”（universale）才能解释为“天上”“地上”，而该形容词并无此义。

13. “留在你的长凳之上”（sovra ’l tuo banco）有两种解释：一是根据诗中涉及的内容是用餐，认为是指在“餐桌”上；一是根据中世纪常见的词汇用法，认为是指“学习”，因而是指学生坐的学习“长凳”（banco）。

14. 这里是说，因为接触到真理而感到十分欢畅，甚至忘记长时间辛勤学习的疲倦。本维努托曾就此解释说，这“仿佛是在说，做这样的调查研究虽然十分辛苦，然而却令人感到十分欢畅，使人的心灵不致感到疲倦；确实，（求知）欲望变得越来越热切，因为寻求真理总是给那些愿意了解事物原因的人带来美妙绝伦的欢畅”。对于但丁及其同时代人来说，星宿运行规律是与神学有关上天安排的问题论述紧密相关的，但丁在《书信集》第十二章第九句段中就曾谈到对有关问题的思辨的乐趣：“难道我不是到处都可以看到太阳和其他星辰的光芒吗？难道我就不能思考苍天之下到处都存在的极其甜美的真理？”他在《筵席》第三卷第五节第二十二句段中还就黄道倾斜运动的“神的安排”问题作出结论说：“哦，不可言传的智慧啊，你竟作出这样的安排，我们的头脑又是多么贫乏，无法理解你啊！我所写的东西对你们会有好处，会给你们带来乐趣，因为你们是在盲目地生活，不把眼睛抬向天上，去看这些东西，却用眼睛凝视着你们那愚蠢的泥潭！”

15. “课题”指但丁的天堂之行。

16. “自然的最大朝臣”是指太阳。十四世纪的塞拉瓦尔曾指出：“虽然所有行星都是自然的朝臣，太阳作为最美好的世界的眼睛，却是普照万物的，这一点其他行星和其他星辰都做不到”；本维努托也说，“太阳在天之中央，犹如国王在王国之中央，它主宰整个天体，也指挥万物”。“自然”既是指“创造自然的自然之物”即上帝（因为太阳是服从上帝的），又是指“被创造的自然的自然之物”，亦即全部天体影响，因为天体的影响是对“被创造的自然的自然之物”产生，而太阳又是天体影响中最大的，它能把上天威力的印章更直接地打在月球之下的尘世上（布蒂、兰迪诺）。《旧约·创世记》第一章第十六句也说，“上帝造了两个大光体，较大的管白昼，较小的管黑夜，又造了星宿”。萨佩纽注释本引述了但丁在《筵席》第三卷第十四节第三句段的类似论点：“太阳把它的光线投落在世间，使万物发射出与它类似的光辉，万物可以依据它们各自的天赋，从太阳的能力中接受它们所能接受的光辉”；但丁的《韵律集》第八十三章第九十九至一百零一句中也提道：“（太阳）以它的美丽光线，将生命和能力注入尘世的物质之中，正如该物质所乐于接受的那样。”但波斯科—雷吉奥注释本认为，“把上天的威力印上凡尘”一句含义“不十分清楚”，因为“上天的威力”（valor del ciel）可有两种含义：或是指日球天的具体影响（因为它是给尘世以“最大威力”的行星，使尘世可以有生命），或是指各重天体的影响，日球天则是其中最大的；此外，“凡尘”（mondo）一词也“模棱两可”，因为可把它理解为“尘世”或“所有造物”。

17. “那个部分”指第8—9句提到的春分点，因此，也便是说，太阳与白羊座“联接起来”。这里所说的“螺旋线”（spire），是指由于周日运动和周年运动相结合的影响，太阳的运行轨道即呈螺旋状，托勒密天文体系也对此作了定论；太阳正是在这种一上一下的“螺旋线”中，在六个月之内，从一个回归线向另一个回归线缓缓运行的。在春分至夏至这一期间，太阳以螺旋状从赤道向北回归线运行，因此，北半球日升的时间“越来越早”：越近夏季，白昼也便越长。但丁在《筵席》第三卷第五节第十四句段中，曾把这种运行比作“螺丝钉”（vite）状。

18. “与它待在一起”：“它”指太阳，即是说，但丁此时已来到日球天。这里像前三重天一样，未详细描述但丁随贝阿特丽切飞升的过程，而是用比喻笔法形容这一过程是极其迅速，不知不觉的。“初步思想”（primo pensier）指突如其来的思想，即是说，前此没有任何思想准备，俟发现有此思想，此思想已在我们的脑海之中。《神学大全》第三卷附册第八十四章曾说，享天福者的运动是“有一段时间，但由于十分短促，是觉察不出的”。

19. “从善境升入更善之境”（di bene in meglio）指从一重天升入另一重天。“她的行动不是从时间上延伸”，意谓贝阿特丽切的行动不是用时间来计算的，参见前注。

20. 这里是说，这些精灵在太阳光的衬托下显现，之所以可以辨出，不是由于颜色与阳光不同，而是由于光芒比阳光更为强烈。但是，古代注释家都一致认为，诗句所指的辉煌光芒，是指贝阿特丽切，而不是指其他精灵。

21. “经验”的原文为uso，本意为“使用”“习惯”，这里是指写作经验。

22. 这段三行韵诗说明亚里士多德的一个基本原理，即人的想象力不能超越感觉经验，换言之，人的想象力只能在感觉经验的限度内形成；既然人的视力无法经受太阳的强烈光芒，要但丁描述一种超越有关太阳光芒的感觉经验的光芒，那是不可想象的，因而做不到这一点也是“不足为奇”的。

23. “第四个家族”（quarta famiglia）指第四重天的享天福者：这些享天福者生前是受日球天的影响，因而具有学识渊博的天分；但丁在日球天所遇到的“学者精灵”（spiriti

sapienti）有神学家、哲学家、神秘主义者、学者等。

24. 这里是指上帝从三位一体的奥秘中显示自身，即圣父生圣子，圣父与圣子又把圣灵“吹送四方”。诗句从神学上概括说明了本首第一段三行韵诗所阐述的主题。

25. “众天使的太阳”指上帝：布蒂注释说，上帝是“照耀众天使和众享天福者的太阳”；但丁在《筵席》第三卷第十二节第七句段中也说，“整个世界中没有任何一个可感觉的东西，比太阳更配得上作为上帝的范例了。太阳用那明显的光辉先后照耀所有天体和物质；上帝也正是这样，先是用智慧之光照耀自身，然后又照耀天上的造物和其他有心智的造物”。波斯科—雷吉奥注释本认为，但丁有意在此以上帝与“物质的太阳”（sole materiale）亦即诗中所说的“这个可感觉的日球”（questo sensibile）作对比。

26. 有的注释家把这几句诗理解为：贝阿特丽切所代表的神学毕竟是有局限性的，因而正像本维努托所分析的，“作者在告诫学者：有时要把对《圣经》的思考放在一边，而去做祈祷”。

27. 萨佩纽注释本引兰迪诺的诠释说：“因此，《圣经》的所有戒律容许甚至命令我们把对神的爱放在任何其他的爱之前。”

28. 萨佩纽和波斯科—雷吉奥两注释本对诗中的“更多东西”（più cose）理解不同：前者认为，但丁原来把心思集中放在上帝身上，这时见了贝阿特丽切的“含笑”目光，则又分散到上帝和贝阿特丽切的笑容上；后者则认为是分散到上帝、贝阿特丽切以及但丁面前的所有享天福者身上。

29. “夺目”的原文是vincenti，本意是“战胜”，在诗中是指“战胜”阳光，因而亦即是“战胜”人的视力（萨佩纽）。

30. 拉托娜（Latona）是巨人希俄斯（Ceo）的女儿，她与宙斯生下了日神阿波罗和月神狄安娜；这里即是指月神狄安娜，亦即月亮。这里是说，空气极其湿润时，“水气”就把月光“留住”，从而形成围绕月亮的光晕，犹如闪闪发光的“腰带”一般。

31. 这里的“珍贵而美丽的宝石”是指闪烁着宝石光彩的享天福者，这样的比喻在第九首也用过。

32. 这里用展翅飞翔的比喻源自《旧约·以赛亚书》第四十章第三十一句，其中说，那些仰望上帝的人“好像鹰一样展翅上腾，他们奔跑不致困倦，行走也不会疲乏”，但在诗中则是把“翅膀”比作个人的“德行”和“热忱”，诗句的意思是：人若不能依靠自己的德行和热忱自行“飞上九天”，就不必指望“哑子”（即但丁本人）来介绍天堂的情况。

33. 这里又把享天福者的光芒比作“火光熊熊的烈日”，意谓比烈日还要光亮。

34. 这里是说，这些享天福者围成以但丁和贝阿特丽切为中心的一个花环（见第65句），旋转得很慢，犹如靠近南北两极旋转不止、但速度也很缓慢的星辰一般，《炼狱篇》第八首第87句也有类似的写法，把旋转的缓慢速度比作靠近车轴部分的车轮。但丁在《筵席》第二卷第三节第十三至十四句段中曾较详细地叙述这一天文现象：“应当知道，水晶天以下的各重天都有涉及自身的固定不动的两极；第九重天（即水晶天）的两极也是静止而固定的，从任何方面看都是一成不变。各重天，第九重与其他几重均是一样，都有一圆圈，可称作本重天的赤道；每重天在其运转的各个部分，都距各极一般远近……这个圆圈在运动上比该重天的一些部分都更迅速……每个部分愈是靠近它，运动就愈快；愈是远离它，愈是靠近两极的一极，运动则愈是迟缓。”

35. “其中一个”指“火光熊熊的烈日”（见第76句）中的一个。

36. “真正的爱”指对上帝的爱。

37. 诗中所说的登“天梯”即是指从一重一重天升上去，直到天国。本段三行韵诗最后一行，萨佩纽和波斯科—雷吉奥两注释本都在不同程度上认为是指但丁将来必将再次登上天堂（此刻则是但丁蒙受特殊的天恩，得以携肉身登上天堂），亦即说话的精灵预言但丁必将得救；波-雷本还认为是指但丁和圣保罗，并指出：托拉卡认为是指所有离开天国前来迎接但丁的享天福者，圣托马索认为是指享天福者和天使可以降落凡尘，这两种诠释都是不妥的，特别是后者。

38. 这里用了双重比喻：一是用"拒绝用瓶里的美酒为你解渴"比喻"拒绝满足你的求知欲"，而这是违背享天福者所固有的仁爱天性的，除非是遇到某种障碍而不能"自由行动"；一是用"水不能泻入大海之中"比喻上述比喻，因为水的天性是流向大海，若不能如此，想必是遇到障碍。

39. 这里又用了一种比喻说法：第65句已提及这些在日球天与但丁会见的享天福者围成以但丁和贝阿特丽切为中心的"花环"，因此，诗句再进一步用"植物"（piante）来代替享天福者精灵。

40. 这里用动词vagheggiare有男人爱慕和追求女人之意，因此，从字面和寓意上看，诗句都意在说明这些精灵生前都是致力于研究神学、默思上天揭示的真理的：确实，如前所述，这些精灵大多数都是神学家和学者，而贝阿特丽切又是象征神学。

41. "神圣羊群"指多明我会（Dominicani），该会又称"布道兄弟会"（Predicatori），或"黑衣兄弟会"，为天主教四大托钵修会（mendicanti）之一，主张默念苦修，甘于清贫。1215年，由西班牙僧侣圣多明我（San Domenico）成立于土鲁斯。与方济各会同时发展，但以坚决反对异教著称。教皇格雷高里奥九世（Gregorio IX）于1236年圣多明我死后，将第十一届宗教裁判所交该会管辖。该会的学者被称为"托马斯主义者"（Tomisti），因为他们信奉圣托马索·德·阿奎诺（Thomas d'Aquino，即Tommaso d'Aquino）的学说，而圣托马索也是该会最著名的神学家。该会出了许多圣徒，五位教皇，六十位枢机主义，一千余位主教，都是以学识渊博闻名于世。诗中所说"若不是贪恋虚荣，本可变得十分肥胖"，是指若不脱离圣多明我所制定的教规而去追求尘世虚荣，本可在精神上变得"富有"（"肥胖"），功德无量。第99句表明：说话的精灵正是托马索·德·阿奎诺，因此，他是在谴责该会内部的腐败现象而盛赞圣方济各乐于清贫，不为尘世虚荣所惑。

42. 阿尔贝托（Alberto，1193—1280），即大阿尔贝托（Alberto Magno）：出身博尔斯塔特（Bollstadt）伯爵家族，生于拉文根（Lauingen或Lavingen），死于科隆（Cologna或Colonia）。1223年，在帕多瓦加入多明我会，充当修士，经学习，自1228年起，先后在科隆、希尔德斯海姆（Hildesheim）、佛里堡（Friburgo）、拉提斯博纳（Ratisbona）和斯特拉斯堡（Strasburgo）任教。1245年至1248年，执教于巴黎，后返科隆，领导研究工作。在巴黎期间，可能教过圣托马索·德·阿奎诺，但肯定在科隆期间，曾是圣托马索的老师。1254年，当选多明我会省会长，1260年当选拉提斯博纳主教。1930年9月，教皇庇护九世（Pio IX）敕封他为"圣徒"。他是第一位试图把亚里士多德的思想与基督教主义协调起来的神学家和哲学家，并系统整理了基督教哲学。神学、哲学和自然科学著述颇多，因而获"全能博士"（doctor universalis）之美称，并被加上Magno（大、伟大）的称号，称为"大阿尔贝托"。但丁对其著作很熟悉，因此，注释家经常把他的论点作为但丁的思想渊源来加以引述；近代注释家纳尔迪认为，近代注释家往往把但丁的哲学思想归结为主要受托马斯主义的影响，是"过甚其词"了，因为但丁的哲学修养更多是来自大阿尔贝托，而不是圣托马索。

43. 托马斯·德·阿奎诺，即托马索·德·阿奎诺（参见注41），出身阿奎诺伯爵家族，1225年或1226年生于罗卡塞卡（Roccasecca）。开始在蒙特卡西诺（Montecassino）的著名的本笃会修道院学习，1243年，不顾家庭反对，加入多明我会，充当修士。先后在巴黎和科隆学习，曾是大阿尔贝托的弟子。1248年开始在科隆任教，后又转至著名的巴黎大学授课多年。后又到那不勒斯大学教神学；1269年，重返巴黎，这时，他开始与西基耶里·迪·布拉班特（Sigieri di Brabante，参见注61）论战，写成《论心智的统一》（*De unitate intellectus*）一书。1272年返意，两年后，应教皇邀请，前往参加1274年的里昂公会议（concilio di Lione），但中途在佛萨诺瓦修道院（Monastero di Fossanova）暴卒，据传是被人毒死的（《炼狱篇》第二十首曾述及此事）。1323年被封为"圣徒"。为十三世纪最伟大的哲学家，有"天使般的博士"（doctor angelicus）之美称；曾在亚里士多德理论基础上系统整理基督教思想，其哲学思想至今仍为天主教会的"官方哲学"。著有许多评注亚里士多德思想和有关神学问题的论述，最有名的为两部"大全"（Summae），即《神学大全》（*Summa theologica*）和《反异教徒大全》（*Summa contra Gentiles*）；该两部著作是但丁广为借鉴和引述的。波斯科—雷吉奥注释本认为，纳尔迪虽然缩小了托马斯主义对但丁哲学思想的影响，然而，但丁的哲学思想仍无疑是大部分来自托马斯主义；萨佩纽注释本也认为，圣托马索的著作是"但丁哲学的主要渊源之一"。

44. 这里是说，圣托马索请但丁"用视线"，紧随他的一一介绍，辨认"花环"中的各个人物，具体地说，从大阿尔贝托的右边开始。

45. 格拉齐安（Grazian），即格拉齐亚诺（Graziano，诗中省去了字尾元音）：他名叫佛兰切斯科（Francesco），十一世纪末生于奥尔维耶托（Orvieto）的卡拉里亚（Carraria）或基乌西（Chiusi），大约死于1160年。他曾是本笃会的一支卡马尔多利会（camaldolese）僧侣，曾在波洛尼亚任教；1139—1151年间，曾撰述名著《格拉齐亚诺教规汇编》（*Decretum Gratiani*）或称《教规异同一览》（*Concordia discordantium canonum*），其中收集、整理、总结了教会的各项教规、经文、大师著作、教皇敕令、主教会议决定等有关教会法规问题的文件共四千篇，从而为教会法典奠定了基础。在1917年教会颁行教会法典以前，该书一直是天主教法规全书的第一部分，各大学教授教会法均以它为教材。波斯科—雷吉奥注释本认为，该书突出说明教规不一致之处，力图调和来源不同的法规之间的矛盾与分歧，并指出删除这些差异的可能性，因此，这可能是但丁在日球天赞颂格拉齐亚诺的原因，意在突出表明该书的价值所在，特别是"协调和实现世俗生活与宗教生活二者之间的平衡"，这与第九首谴责对教规的滥用并不矛盾。

46. "这一座和那一座法庭"的原文是l'uno e l'altro foro，萨佩纽注释本指出，这一提法"含义不清"，注释家对此诠释不一：拉纳认为是指格拉齐亚诺的著作符合"理性与正义"；但丁之子彼特罗和布蒂认为是涉及世俗法律和教会法律的协调一致问题；还有人认为是指教会法典的两个部分，即教会法庭的两个法庭，亦即"内庭"（foro interno）即悔罪（penitenziale）和"外庭"（foro esterno）即审判（giudiziale）。但认为指世俗和宗教两种法律的居多，因为正是格拉齐亚诺率先区分自然和神的法律与人类的法律的。不同意上述最后一种诠释的注释家认为，格拉齐亚诺本人著作中并无"内庭"和"外庭"之说；针对这种意见，持相反意见的人则指出，圣托马索著作中曾有这样的说法，格拉齐亚诺本人尽管未用这样的词汇，但却明确地区分教会的两种权力，即圣事和审判。

47. "彼特罗"（Pietro）即彼特罗·隆巴尔多（Pietro Lombardo），1090年至1095年间生于诺瓦拉（Novara）地区的拉梅洛尼奥（Lamellonio）。可能曾在波洛尼亚学习，1133年或1134年，由圣贝尔纳多（S. Bernardo，1091—1153）介绍，入圣维托雷（S. Vittore）修道院，时年约四十岁。后又在巴黎主教堂学校任教，一直到1159年；是年，当选巴黎主教。1160年去世。他的著述颇丰，他的名著为写于1153年的《教父名言集》四卷（*Libri quattor Sententiarum*），其中论述了上帝、创世、赎罪、末日等神学问题。该书在《圣经》的基础上汇集和总结了基督教的学说，为后世许多著名神学家所评注和借鉴。关于与“穷苦的妇人”一道向教会献“珍宝”一事，是指他在所著《名言集》一书的序言中所写的几句话，其中提及出自《新约·路加福音》第二十一章第一至四句中一个“穷寡妇”奉献两枚铜钱的故事：“耶稣抬头一望，看见很多有钱人拿捐项投进奉献箱里；跟着又注意到一个穷寡妇将两枚小铜钱投下，他就说：‘我确实地告诉你们：这寡妇所献的，比其他人还多。因为他们丰衣足食，所献的不过是自己剩余的金钱；但这穷寡妇却献出了她全部的财产。’”

但丁在他的著作中只提过彼特罗·隆巴尔多一次，旨在批驳他的某个观点（见《论帝制》第三卷第七节第六句段）。

48. 这个“光芒”即是大卫王之子、后继任以色列王的所罗门。“这样强烈的爱”是指《旧约·雅歌》，据传为所罗门所作，中世纪认为，这部充满神秘色彩的情诗是象征性、预言般地歌颂基督与其“新娘”即教会的婚姻；《旧约》的《箴言》《传道书》等据传也是他的作品。诗中所说世人“热切渴望知道他的消息”，是指神学家对所罗王死后的归宿争议颇多，有人甚至认为，他暮年时荒淫无度，死后被打入地狱：《旧约·列王记上》第十一章第一至九句就提及所罗门嫔妃众多，并违背上帝意旨，与外族人通婚，崇拜他神：“除了埃及公主以外，所罗门还娶了许多外邦女子……虽然主曾经告诉以色列人不可跟外族人通婚，因为以色列人会受这些外族人的引诱，随从别的神祇。可是，所罗门却把主的训令抛诸脑后。他的七百个妻子都是外国的公主；他又有三百名嫔妃。这些女子终于把所罗门的心诱离主。尤其是在所罗门年老的时候。她们竟然怂恿他转拜她们的神。所罗门没有像他父亲大卫一样，忠心顺服主……虽然主曾经两次向所罗门显现，但他却仍然离弃主，所以主非常愤怒。”

49. “倘若真理确是真理”是指在上帝启示下写成的《圣经》全部都是真理，这里用“假设”“怀疑”的口吻，只是“形式上”的。下一句诗是指《旧约·列王记上》第三章第十二句上帝对所罗门说的话：“我必应允你，赐给你无与伦比的聪明智慧。”关于所罗门的情节，本篇第十三首还要进一步阐述。

50. 这里用“蜡炬”，是象征“教会的光芒”（斯卡尔塔齐尼）。诗中所指是《新约·使徒行传》第十七章第三十四句中所说的“亚略巴古的官杜内修”。“杜内修”原文为Dionisio或Dionigi，曾在希腊雅典的亚略巴古（Aeropago）做过士师（即法官），所以《圣经》中称他为“亚略巴古的官”。经史上，一般称他为“亚略巴古人圣杜内修”（San Dionigi l’Aeropagita），亚略巴古的形容词Aeropagita，有时作为姓，放在名字后面，有时则作为“人”加指示冠词l’Aeropagita（参见本篇第八首注11和45）。在圣保罗的引导下，他皈依了基督教，曾任雅典的第一任主教；公元95年10月9日殉道。有许多著作曾认为是出自他的手笔，但目前则认为是五世纪一位信奉新柏拉图主义的基督教徒所作，其中有《论天国等级》（*De coelesti hierarchia*），该书即是论述诗中所说的“天使的本性与职能”。但丁在《书信集》第十一章第十六句段和第十三章第六十句段中曾提及他，并采用了他划分天使等级的做法，从而对原来在《筵席》中所做的划分作了纠正（参见本篇第八首注11和45）。

51. 对于此句的“辩护人”究竟指谁，古代注释家说法不一：但丁之子彼特罗认为是指圣安布罗乔（Sant’Ambrogio, 330—397），他是拉丁教会最著名、最博学的神甫之一，正是依靠他的“拉丁文”，亦即依靠他的布道和书信，圣阿哥斯蒂诺（Sant’Agostino, 354—430）从原来信奉摩尼教（manicheismo）

的异端邪说转而皈依基督教，成为“伟大的基督教徒”；也有人（如布蒂）认为是五世纪的西班牙历史学家保罗·奥罗西欧（Paolo Orosio），因为据说圣阿哥斯蒂诺为了他的名著《论上帝之城》（*De civitate Dei*）一书，曾建议他撰写《异教徒史》七卷本（*Historiarum libri VII adversus Paganos*），以证实该书的论点；近代注释家也看法不同：有说是指三、四世纪文化修养很高的基督教支持者拉坦齐奥（Lattanzio）的，也有说是指二、三世纪迦太基的基督教支持者特尔图利亚诺（Tertulliano），或诺拉主教圣保利诺·达·诺拉（San Paolino da Nola, 353—451）的；布斯内利（Busnelli）则认为是指四世纪皈依基督教的非洲演说家马里奥·维托利诺（Mario Vittorino），他是位学识渊博的哲学家，曾把柏拉图的对话译成拉丁文，因此，圣阿哥斯蒂诺曾利用他的译本了解柏拉图的思想。萨佩纽注释本认为布斯内利的推测“最可信”，因为诗中说“小小的光亮”（piccioletta luce），指名气小些的马里奥·维托利诺更为合适；波斯科—雷吉奥注释本则认为，“最可信”的是奥罗西欧，因为奥在其《异教徒史》序言中就提及此书是圣阿哥斯蒂诺建议他写的，但丁显然借鉴过奥的这部名著，在《筵席》、《论帝制》和《论俗语》等书中都引述和盛赞过他，但它也认为，在许多被推测的人选中，马里奥·维托利诺是“唯一可以接受”的。

52. 奥古斯丁（Augustin）即是指圣阿哥斯蒂诺（见注51）。他是拉丁教会最著名的神甫，最卓越的天主教哲学家之一。354年，生于北非的努米底亚（Numidia）的塔加斯特（Tagaste），曾先后在迦太基、罗马、米兰学习，并教授修辞学。最初曾信仰异端的摩尼教，后又成为新柏拉图主义者和怀疑论者，最后在其母圣莫妮卡（Santa Monica）影响下皈依基督教，384年，由圣安布罗乔（见注51）施洗。后又重返非洲，从事僧侣生涯，任伊波纳（Ippona）主教；426年，死于该地（一说是430年）。作为思想家和活动家，他积极献身于反对异教的斗争，著有《论上帝之城》《忏悔录》（*Le Confessioni*）等。死后，遗骨葬于帕维亚的“金天圣彼得主教堂”（Basilica di San Pietro in Cielo d'oro）。他曾在伊波纳医院亲自成立“奥古斯丁修女会”（Agostiniane）；据说，天主教四大托钵修会之一奥古斯丁会（Agostiniani）也是他建立的，该会推行隐修戒律，十二世纪一度分裂成几个派系，1256年又联合成一个整体，但又分为若干地方团体，如1503年在萨克森（Sassonia）成立了宗教改革派代表路德所属的萨克森修会。

53. 包括说话的托马索·德·阿奎诺在内，这时已介绍了七位“花环”中的人物，因此，该介绍第“八”位了。

54. “圣洁的灵魂”系指罗马元老院议员波伊提乌斯，他的全名是阿尼丘·曼利奥·托尔夸托·塞维里诺·波伊提乌斯（Anicio Manlio Torquato Severino Boezio）。他是罗马贵族，约生于480年，在东哥特（Ostrogoti）国王特奥多里科（Teodorico, 457—526）占领意大利（499年）后，深受特的器重，历任元老院议员、执政官等要职；后特奥多里科怀疑他反对东哥特人统治意大利，使他失宠，并下令将他投入帕维亚的监狱，最后于525年或526年将他杀害。他在狱中写了传世名著《哲学的慰藉》（*De consolatione Philosophiae*），其中揭示了尘世荣华富贵的虚妄。萨佩纽和波斯科—雷吉奥两注释本认为，他在把古代思想文化传递到中世纪的基督教新哲学方面起着极其重要的作用，在中世纪被誉为“圣者”和“殉道者”，被说成是“罗马人的最后一人”和“经院哲学家的第一人”，在对西欧形成起着关键作用的时代，是“头等重要的人物”。他的《哲学的慰藉》和西塞罗的《论友谊》（*De amicitia*），曾是但丁因贝阿特丽切之死而感到极大悲痛时爱不释手的两部书，而他的书又是但丁所读的第一部哲学著作，使但丁在痛苦之余得到极大安慰，并产生学习哲学的愿望：但丁在《筵席》第二卷第十二节第二句段和第十五节第一句段中就曾说，他的书是最早一些以“温馨的话语”使但丁产生“对哲学的爱”，亦即要“学习哲学”的书籍之一。但丁不仅在《筵席》中多处引述他，而且在《论帝制》《书信集》中也曾援引他的论点。

55. “被驱逐出他的肉体”，含有“施用暴力”之意，因为波伊提乌斯是被斩首的。

56. 这里“金天”的原文是in Cieldauro，即in Cielo d'oro，亦即帕维亚的“金天圣彼得主教堂”（见注52）：波伊提乌斯死后被埋葬在这里，至今仍有他的石棺。

57. “经过殉道和流放”是指波伊提乌斯因暴力而死；“流放”则是指他被放逐出尘世生活，而尘世是人的“真正故乡”（萨佩纽）。波斯科—雷吉奥注释本指出，波伊提乌斯虽是在中世纪被看成圣者和殉道者，但他对基督教的信仰在历史上则是未加肯定的。“太平之乡”指天国。

58. 伊西多罗（Isidoro），也被称作“塞维利亚的伊西多罗”，因为他做过西班牙塞维利亚（Siviglia）的主教。他于560年或570年左右生在西班牙的卡尔塔赫纳（Cartagena），636年去世。著有许多历史、文法、神学作品，最著名的是百科全书式的二十卷本《词源学》（*Etymologiarum*），为后世模仿的典范，尽管有人怀疑但丁是否真的读过他的著作。另著有《名言录》（*Sententiarum*）三卷本，论述神学问题。

贝达（Beda），又称“令人尊敬的贝达”（Beda il Venerabile），为英国僧侣，674年生于威尔穆斯（Wearmouth），735年死于贾劳（Jarrow）。留有许多历史、宗教著作，较著名的为《盎格鲁人教会史》（*Historia ecclesiastica gentis Anglorum*），该著作对了解英国基督教历史具有十分重要的价值。

里卡多（Riccardo），又称“圣维托雷的里卡多”（Riccardo di San Vittore），因为他自1162年起任法国巴黎圣维克托修道院（Abbazia di Saint Victor）院长，直到他于1173年去世；为神秘主义维克托派的代表人物之一，被誉为“伟大的静修者”（Magnus contemplator），他的原籍可能是苏格兰。他有不少神学著作，坚决反对理性主义，但丁在《书信集》第十三章第八十句段中曾明确提及他的名著《论静修》（*De contemplatione*）。

59. 这里是说，里卡多在默念静修方面，几乎像是天使，超过“凡人”。“凡人”一词的原文是viro，即“男人”，用法来自拉丁文vir。

60. “这一位”是指最后一位该介绍的精灵，他位于“花环”的终端，即是在托马索·德·阿奎诺的左侧，因而托马索请但丁“把视线从他那里回到我身上”。

61. 这位精灵即是西基耶里·迪·布拉班特（见注43）。西基耶里·迪·布拉班特（1226—1283）为巴黎大学艺术系教员，也是所谓“拉丁阿威罗伊斯主义”的主要代表人物。生于日耳曼帝国的布拉班特公国，自1266年至1276年，成为轰动巴黎大学艺术系的争论的中心人物；也自1226年起，他因这场争论而得以扬名。他置正统的基督教学说于不顾，宣扬激进的亚里士多德主义，主张宿命论，否认创世、灵魂不死和自由意志，尽管又提出双重真理的学说，即作为信教者，他背叛他在哲学上所坚决捍卫的理论。因此，他的教学遭到圣托马索的抨击；为反对阿威罗伊斯主义，圣托马索写了《论心智的统一》一书（见注43）。1270年12月10日，巴黎大主教斯特法诺·当皮埃（Stefano Tempier）公开谴责西基耶里的错误，当时，圣托马索已开始与西基耶里论战，大阿尔贝托也在多明我会教士埃吉迪奥·迪·莱西内斯（Egidio di Lessines）的推荐下，批驳了西基耶里的十三个阿威罗伊斯主义论点。1276年11月，法国宗教裁判所代表西蒙·杜·瓦尔（Simon du Val）传讯西基耶里及两位他的信徒，西不得已前往意大利，向教皇提出上诉。1277年，巴黎大主教当皮埃严厉谴责西基耶里教学中的二百一十九个命题，其中有些则是圣托马索的。此期间，西基耶里被扣留在教廷，遭到严密监视。1283年，在奥尔维耶托（Orvieto）被派来服侍他的一名修士杀害（据说此人患有疯病）。但据称是但丁青年时期作的《花朵》（*Fiore*）第九十二章第九至十一句段中证实当时的传闻：西基耶里的被害是出于托钵修会的阴谋策划。

诗中所说的西基耶里“为严重的思虑所苦”，恨不得早死以求解脱（“竟觉得自己迟迟不得死亡”），注释家说法不一：许多人认为是指西基耶里的敌人对他迫害，波斯科—雷吉奥注释本则认为是指他本人在哲学上的苦思冥想，因为他摇摆于双重真理之间，换言之，他的心灵“被分割在理性力量和信仰需要二者之间”。

62. “草料街”（Vico de li Strami），法文为rue du Fouarre，是巴黎设有哲学学校的一条街，因为上学的学生须携带干草作为“板凳”来听课。

63. “这样的时辰”指拂晓。诗中用钟表轮件的转动和晨钟的声响来形容享天福者的“花环”的动作和歌声，从而把视觉和听觉巧妙地结合起来；同时又用“新娘”（即教会的象征）清晨起身，向“新郎”（即基督的象征）歌唱“晨曲”（即晨祷的象征）来比喻享天福者要保存基督的爱，形象真切而清新。歌唱“晨曲”的原文为mattinare，原文是指情郎在拂晓时到自己所爱的姑娘的窗下歌唱，就像唱“夜曲”一般，此处则加以颠倒，变成“新娘”唱给“新郎”听了。

64. “光荣的轮盘”指享天福者的“花环”。

65. “那个地方”指天堂。“无穷无尽”的原文为s'insempra，又是但丁自创的新动词，系由副词sempre（永远）变来。

第十一首

1. 本首与下一首即第十二首，看来是姊妹篇，因为从二者的结构、布局、内容等各个方面来看，都仿佛是经但丁统一构思、精心安排的：第十一首是由多明我会教士圣托马索来赞扬圣方济各和谴责自己所属的多明我会大多数教士违背其创始人的教导，第十二首则是由方济各会教士圣博纳文图拉（San Bonaventura）来盛赞圣多明我和谴责自己所属的方济各会大部分教士走上邪路；甚至连诗句的数目在有些内容上也是同等和对称的（如叙述圣方济各和圣多明我的出生地）。波斯科—雷吉奥注释本认为，但丁之所以在两个教派之间采取这种“不偏不倚”的态度，是为了要抨击二者之间的竞争，但丁可能认为，这也是它们脱离正道的一个结果，因而有意在诗中营造双方以礼相待的气氛。

2. 本段三行韵诗可称为本首序诗的开端：序诗旨在说明世人贪求世间财物而作出种种“无聊”的辛劳，而像但丁这样获得天恩、克服世间种种可悲条件的人，则受到上天的欢迎，登上天国。

3. “追求警句格言”是指孜孜不倦学习医学：因为“警句格言”的原文为aforismi（波斯科—雷吉奥注释本采用古代写法amforismi），而这正是公元前五至四世纪的希腊名医、号称“医学之父”的希波克拉底（参见《地狱篇》第四首及有关注释）的名著《格言警句集》（*Aforismi*）的书名，因此，这里即是指“医学”，与前句的“法学”（iura）恰相对应，诗中所说的“法学”则是指民法和教规。

4. “把公私事兼管”，原文是civil negozio，萨佩纽和波斯科—雷吉奥两注释本都认为是指对公共事务乃至家务的“操劳”：布蒂就说，要想文明地生活，就须掌握这方面艺术和技能；但丁在《筵席》第一卷第一节第四句段中也说到“对家事和民事的操劳”（cura famigliare e civile）是大多数人把它适当地作为自己的分内事。

5. “每个精灵”是指组成第一个花环的十二个精灵中的“每个精灵”。

6. 这里又用“蜡烛”(candelo)形容精灵,第十首第115句中也曾用“蜡炬”(cero)形容过杜内修,看来,是但丁惯用的生动比喻,在本篇第三十首中还会有类似的写法。

7. 这里“微笑发言”的仍是圣托马索。

8. “他的光辉”指上帝的永恒光辉。诗中是说,精灵本身的光芒来自上帝的“永恒光明”,当精灵注视上帝的光辉时,就像照镜子一样,反射出但丁这时产生的种种思想,精灵也便“得知”这些思想的起因。

9. 这里明确指出但丁的两点疑问:一是涉及圣托马索所说有关多明我会的堕落的话,即第十首第96句:“沿着这条途径,若不是贪恋虚荣,本可变得十分肥胖”;一是圣托马索谈到所罗门时所说的另一句话,即第十首第114句:“不会生出第二个人能把事物看得如此仔细”,尽管这里所用的动词不一致:原来用surse(直译为“冒出”),这里则用nacque(产生),波斯科—雷吉奥和萨佩纽两注释本都依照佩特罗基的版本,采用了大多数古代手抄本中所写的“产生”一词,即使不是原话所用的。

10. “在这方面”原文是qui(直译“这里”),萨佩纽和波斯科—雷吉奥两注释本都认为是指上述两点疑问,因为问题都很重要,需要用不同的详细论述来加以澄清(后一点疑问将在本篇第十三首才澄清)。但有些近代注释家则认为只是指后一点疑问,即要辨明在哪类人当中,所罗门不会有第二人与之匹敌。

11. 这段三行韵诗的意思是:上帝主宰人间事物是有其“主张”的,而这种主张又是世人(“造物”)的心智(“目光”)所无法彻底了解(“透析”)的;因此,诗中说,人类在理解上帝的意旨之前就被“战胜”了。

12. 这里又用了“新娘”(教会)和“新郎”(亦即诗中所说的“她所欢喜的对象”和“那一位”,即是指基督)的比喻。

13. 关于“大声呼喊”的细节,用典则出于《新约》的《马太福音》第二十七章第五十句、《路加福音》第二十三章第四十六句、《马可福音》第十五章第三十七句:“耶稣又大喊了一声,就断了气。”“耶稣大声喊叫说:‘父亲啊,我将我的灵魂交在你的手中。’说毕,气就断了。”;关于“神圣的鲜血”的说法,用典出于《新约·使徒行传》第二十章第二十八句:“因为教会是主用自己的血赎回来的”。

14. “亲王”(principi),亦即“领袖”(capi),是拉丁文用法;这里是指圣方济各和圣多明我。

15. 这里是说,圣方济各和圣多明我站在教会左右两边为它指引方向:圣方济各是以“仁爱”感化教会,使之更信任其“新郎”;圣多明我是以“智慧”说服教会,使之不致为异端邪说所惑(详见下段三行韵诗)。也有人把“这边”和“那边”理解为圣方济各和圣多明我所代表的东西方。

16. 这里把圣方济各的“仁爱”比作如上品天使撒拉弗一般炽热,把圣多明我的“智慧”比作如司知识的二级天使基路伯一般明亮,照耀人间。关于撒拉弗和基路伯分别代表“仁爱”和“智慧”的说法,见于圣托马索《神学大全》第一卷第六十章。

17. 圣托马索告诉但丁,他将要介绍的是圣方济各。

18. 这里是说,由于圣方济各和圣多明我所追求的目的都是一样的,即为了教会的善,赞颂其中的任何一位都是可以的,都等于赞颂两位。

19. 这里,但丁用大段的篇幅,开始介绍圣方济各的生平,而第一段三行韵诗,又是以其惯用的迂回笔法,从描绘圣方济各的出生地即阿西西(Assisi)的地理环境开始。图比诺(Tupino或Topino)为翁布里亚地区的基亚休河(Chiascio或Chiaggio)南边的支流;“那条河水”即是指基亚休河,该河长八十六公里,流入台伯河;诗中所说的山丘,为古比奥市(Gubbio)上方的奥夏诺山(Ausciano),该河即从该山上“流泻”下来。“乌巴尔多”指1129年至1160年任古比奥主教的乌巴尔多·巴达西尼（Ubaldo Baldassini），他年轻时曾进入奥夏诺山退隐。圣方济各的故乡阿西西即位于苏巴休山（Subasio，即诗中所说的“高山”）的山坡上，该山坡又界定在图比诺河与基亚休河两道河谷之间；“肥沃的山坡”即是指阿西西所在的西山坡，那里阳光充足，土质肥沃，坡度不陡，缓缓“向下倾斜”。

“肥沃”一词的原文为fertile，波斯科—雷吉奥注释本指出，此词为拉丁文，在但丁作品中只出现这一次，但丁以前也不曾有人用过此词，因此近代注释家巴尔德利（Baldelli）推测，此词是但丁首先用于意大利文的。

20. “从那里”指从苏巴休山；贝鲁加（Perugia）位于该山的对面（因而与阿西西也恰好遥遥相对），基亚休河和台伯河的左岸，因为与该山距离不算太远，依照不同季节，就从山的东面受到寒气或热气的侵袭：《最佳评注》就说，“在夏季，苏巴休山把酷热送下，在冬季，大雪纷飞，则把严寒送下”。“太阳门”（Porta Sole）是贝鲁加古城的城门，坐西朝东，正好位于阿西西的对面，现已塌毁，属贝市的一个市区，至今仍保留原名。

21. “从背面”是指与苏巴休山西坡相反的东北坡；诺切拉（Nocera）和瓜尔多（Gualdo）为两座城市：诺切拉又名“翁布里亚的诺切拉”（Nocera Umbra），它们位于贝鲁加另一面，在苏巴休山后面，因而大山就像一副“羁轭”似的压在它们上面，气候条件十分恶劣，诗中就此才写出“哭声不断”，形容二城深受其苦，与该山西坡情况恰好相反。然而，古代注释家也有另一些不同的诠释：如本维努托虽与但丁之子彼特罗持上述意见，但同时又提及另一种可能，即是指贝鲁加在十三世纪末和十四世纪初对诺切拉和瓜尔多二城的专制统治；布蒂和拉纳则认为是指安茹的罗贝托（参见本篇第八首及有关注释）以苛捐杂税压榨二城。萨佩纽注释本批评前一种说法“不可信”；波斯科—雷吉奥注释本则指出，但丁做此冥界、天堂之行时，罗贝托尚未任那不勒斯王，因此，后一种说法是违反历史年代的。

22. 这里是说，山坡的“陡峭坡度”变得平缓一些。

23. “红日”指圣方济各。把圣徒或天使比作“太阳”的写法，是有关圣方济各的传记和《圣经》中常见的：最早为圣方济各作传的贝纳尔多·达·贝萨（Bernardo da Bessa）和托马索·达·切拉诺（Tommaso da Celano）就说：“幸福的方济各，就像太阳在世间升起那样，以其一生、学说和奇迹光芒四射”；“此人（即圣方济各）就像晨星和光辉灿烂的太阳那样，在上帝的殿堂中发出光亮”；《新约·启示录》第七章第二句说：“继而另外一位天使从东面冉冉上升，手里拿着永生上帝的印玺。”萨佩纽注释本还认为，但丁在诗中把圣方济各比作“红日”，也是受阿西西地理位置的启发：因为圣方济各的出生地与贝鲁加的太阳门遥遥相望。

24. 这里特地用“恒河有时升起的太阳”作比，是因为恒河位于有人居住的世界的最东面，而太阳在春分时节从那里升起，是更明亮、更灿烂，据说，这个季节的阳光能给大地带来更好的影响。

25. “阿谢西”（Ascesi）或“谢西”（Scesi）都是意大利古文，特别是托斯卡纳地区对阿西西的通称；但丁在诗中用前者，因它有“升起”（ascendere）之意（后者则意谓“下降”），亦即代表“东方”，但为“东方”一词的委婉说法，因此，诗中才说：说“阿谢西”，“意义不大”，因为它只表明“升起”之意，而说“东方”，才是“出言恰当”，这种诠释正是《最佳评注》所作的。本维努托还进一步解释说：“因为一个地方的名字应当与位于其中的东西相适应；因此，倘若应当把圣方济各称作太阳，阿西西就应当称作东方，既然那太阳是从那里，亦即从东方诞生的。”由此而产生了“方济各即太阳”“阿西西即东方”的说法。

26. 圣方济各（San Francesco, 1182—1226），又称“阿西西的方济各”（Francesco d'Assisi），

主张仁爱与贫穷的使徒，故被称为“撒拉弗式的人”（Serafico）和“穷苦人”（Poverello），为方济各会（Franceschini）或“低级教士会”（Frati minori）等修会的创始人。生于翁布里亚地区的阿西西。父为彼特罗·贝纳尔多内（Pietro Bernardone），原籍卢卡，为羊毛商。圣方济各早于二十岁时就为保卫阿西西而与贝鲁加作战，并在圣约翰桥（Ponte San Giovanni）被俘。1203年获释，患重病；后尚未完全康复，又赴普利亚（Puglia）参加与雅典公爵瓜尔蒂耶罗·迪·布里耶尼（Gualtiero di Brienne）的战斗（该战斗是受教皇伊诺钦佐三世指令进行的）。但在斯波莱托（Spoleto），他旧病复发，在夜梦启示下，返回阿西西。他决定出家为僧，放弃其父的遗产，1206年，正式成为苦修的僧侣。1208年，他在波尔琼科拉教堂（Porziuncola）主持弥撒时，受《福音书》的启发，决定成立修会，很快就有了大批追随者。1209年，他赴罗马，要求教皇伊诺钦佐三世批准其修会，伊口头同意，未下谕旨（1210年）。圣方济各返回阿西西，将方济各会地址设在里沃托里奥小教堂（Rivotorio）内，两年后，迁入波尔琼科拉教堂。1212年，原为阿西西贵族的圣女克拉拉（Santa Chiara）皈依教门，圣方济各为她成立了方济各修女会（Francescane），亦称“克拉拉会”（Clarisse），会址设在本笃会（Benedettini）的一座修道院；1221年，圣方济各又成立包括两性在内的“第三会”（Terziari）。1219年，圣方济各赴东方传教布道，曾试图说服埃及苏丹入教。返回阿西西后，圣方济各发现方济各会一些教士开始背离苦修生活，便把主持修会的权力交由彼特罗·卡塔尼（Pietro Cattani）执掌，自身则全力投入起草正式“教规”（Regole）的工作；1223年，该“教规”获教皇奥诺里欧三世（Onorio III）批准，方济各会也得到教皇的圣谕认可。这时，圣方济各虽为病魔缠身，但精神上日趋成熟，曾长期在卡森蒂诺的维尔纳山（Verna）上隐修，1224年9月，受到基督赐予的“神圣五伤记”（Sacre Stimmate）。圣方济各四十岁出头时，病势垂危，命人将他抬回阿西西，寄宿克拉拉会；一个阳光灿烂的下午，他命人把他抬入菜园，唱起歌颂上帝、宣扬谦卑与博爱的圣歌；晚间又为阿西西祝福，随即在波尔琼科拉教堂的光秃秃的地上与世长辞。两年后，他被教皇格雷高里奥九世（Gregorio IX）追谥为“圣徒”，遗体被迁葬“天堂山”（Colle di Paradiso，原名“地狱山”Colle di Inferno），送葬者万人空巷，教皇命在该山建立堂皇富丽的圣方济各殿堂，并由乔托（Giotto）绘制介绍圣方济各一生的壁画。

诗中“升起的时间”原文为orto，是借鉴拉丁文ortus的用法，即指星辰的升起，这里继续用“太阳升起”来比喻圣方济各的“诞生”。此句的意思是：圣方济各开始其苦修生活是在1206年春，当时他刚刚二十四岁。

27. “慰藉”意谓“良好影响”，犹如太阳以其光辉普照大地。

28. 这里的“女人”指“贫穷”（La Povertà，在意文中，此词为阴性名词）；此段三行韵诗的意思是：世人厌恶和畏惧“贫穷”，就如同对待“死神”一样，因此，不会开门欢迎它。诗中所说的“与父亲进行战斗”，波斯科—雷吉奥注释本认为，这是把圣方济各描绘成中世纪骑士诗中为心爱的女人进行战斗的骑士，而圣方济各本人也是喜欢使用骑士般的词令的，如他把方济各会教士就称作“圆桌（骑士）朋友们”。这里引述了圣方济各传记作者广为传诵的圣方济各的一个生平事迹，其中记载了圣方济各与“贫穷”结姻的最早表现：1207年春，圣方济各为修建圣达米亚诺小教堂（San Damiano），曾卖掉自己的一些衣服和一匹马，把换得的银钱捐献出来，其父得知后大发雷霆，把他拉往阿西西主教圭多（Guido）主持的教会法庭，要他郑重宣布放弃继承其父的财产。圣方济各不仅非常高兴地同意放弃，而且还当着主教和阿西西老百姓的面，剥掉身上的衣衫，还给其父，表示从今以后要抛弃一切世间财物，奉行福音书所说的清贫原则。关于圣方济各的“神秘婚姻”问题是十三世纪有关圣方济各的文献广泛记载的。

29. “当着父亲的面”，原文是coram patre，系拉丁文，教会法庭记录案卷的写法，意思较含糊，因而布蒂曾说：“可理解为神职的父亲，即主教，也可理解为生身的父亲，即彼特罗·贝纳尔多内。”但圣方济各传记作者之一托马索·达·切拉诺（Tommaso da Celano）在叙述圣方济各的生平时曾两次用过coram episcopo（当着主教的面）的说法。

30. “第一个丈夫”指耶稣。

31. “一千余年”是指基督受难以来的“一千余年”。“此人”指圣方济各。

32. 这里用典出自卢卡努斯《法尔萨利亚》第五章：穷苦的渔夫阿米克拉特（Amiclate）由于穷困至极，不怕把他的破陋茅草房大开房门，尽管正在进行内战的凯撒军和庞培军的士兵不断来往奔驰在他的门前，甚至当凯撒出现在他的面前时，他也从容不迫，不慌不忙。但丁在《筵席》第四卷第十三节第十一至十二句段中对此也曾提及。波斯科—雷吉奥注释本认为，诗句的意思是：光是想从贫穷得到安全感，并不足以“热恋”贫穷。“令全世界都闻风丧胆的人”即是指凯撒。

33. 这里是用玛利亚与“贫穷”作对比，即在基督被钉上十字架后，玛利亚是在十字架下，而“贫穷”则始终追随基督，登上十字架，与基督在一起：因为十字架上的基督是赤身露体的，亦即意谓陷于极度贫困的境地。“痛哭流涕”原文是pianse，有受苦刑折磨之意；不少古代注释家认为该词应是salse，即“登上”，近代一些注释家也接受这种诠释，波斯科—雷吉奥注释本则不赞成这种解释，认为这违反古代手抄本的一贯写法。

34. 此段三行韵诗的总的含义是明了的，即：圣方济各与贫穷的结合可作为所有其他人的范例，但由于第76—77句列举的词汇很多，从句法上看，意义不明，可做多种解释，因而注释家对此段的理解也有所不同。

35. 贝纳尔多（Bernardo），全名为“贝纳尔多·迪·昆塔瓦莱”（Bernardo di Quintavalle），出身阿西西名门望族，大约生于1170年。他曾模仿圣方济各的做法，将他大批家财散发给穷人；他仰慕圣方济各很久，后请圣方济各到家中，次日即随圣方济各出家为僧。1211年曾在波洛尼亚建立第一座修道院；圣方济各垂危时亲侍左右，圣方济各死后不久，他也与世长辞。圣博纳文图拉曾认为，他是圣方济各的第一个弟子，也是圣方济各最钟爱的，因为他德性甚高；圣方济各也把他看成自己的“长子”。他死后，被葬在阿西西的圣方济各主教堂（Basilica di San Francesco）。

36. 方济各会的教士都是“赤足”的，这也符合基督的告诫：参见《新约·路加福音》第二十二章第三十五句：“耶稣继续说：‘我上次打发你们去传福音的时候，叫你们不带钱包、背囊和鞋子……’”因此，圣方济各的弟子是模仿圣方济各，圣方济各则是模仿基督的使徒的。

37. 这里是说，沉湎于追求世间财物的凡夫俗子，看不到“贫穷”所蕴藏的极大精神财富；“贫穷”犹如能有丰厚收益的“财产”，使人能建树功德，蒙受众多天恩，从而获得永生。“硕果累累的财产”，原文为bene ferace，其中形容词ferace（丰硕）为少见的拉丁文，如第45句的fertile（肥沃）一样。

38. 埃吉迪奥（Egidio），为圣方济各的另一位弟子，1190年生于阿西西，年纪极轻时就成为方济各会教士。古代圣方济各传记作者称，他是个朴实、正直，善于通过静修、从幻觉中觐见上帝的人。1262年（或1252年）死于贝鲁加。

西尔维斯特罗（Silvestro），为阿西西一名僧侣，夜梦一条可怕的巨龙威胁要毁灭阿西西城，被圣方济各口中吐出的十字架所击退，因而追随圣方济各，成为他的弟子；约死于1240年。

39. 这里的“丈夫”“妻子”分别比喻圣方济各

和“贫穷”。

40. 这里的“父亲”、“一家之主”以及“女人”和“全家”都分别比喻圣方济各、“贫穷”和方济各会首批十一名教士。“动身前往”是指1209年末或1210年初，圣方济各携众教士前往罗马，请求教皇批准方济各会教规。

41. “缰绳”的原文为capestro，是用来系住马头或牛头的绳索，圣方济各为了表示“谦卑”，腰间不系皮带，而系“缰绳”，其弟子也都仿效他。

42. 彼特罗·贝纳尔多内为圣方济各之父，为一富有的商人。“彼特罗·贝纳尔多内的儿子”一句话是圣方济各为了表示自己“出身卑微”而说出的，圣方济各传记作者之一托马索·达·切拉诺曾记载过一个情节，即圣方济各一次曾让他的一名弟子羞辱他：该弟子恶意地辱骂他“粗俗”“寄生”“无赖”，他却笑着表示赞许，答道，“上帝祝福你，因为你说的事情千真万确，听见别人说什么彼特罗·贝纳尔多内的儿子，这是多么正确啊”；托马索·达·切拉诺还就此评论说：圣方济各这样说，“就是指他出身的卑微根源”。

43. 这里是说，尽管圣方济各出身卑微，而且“衣衫褴褛”，但这并不使他感到羞愧，抬不起头来。

44. 伊诺钦丘（Innocenzio）即1198—1216年任教皇的伊诺钦佐三世（参见注27）。原名洛塔里奥·德伊·贡蒂·塞尼（Lotario dei Conti di Segni），三十八岁即任教皇，使教皇国权势达到顶峰。他最初对批准方济各会的成立曾举棋不定，后做一梦：梦见拉特兰圣约翰教堂（Chiesa di San Giovanni in Laterano）濒于倒塌，却被圣方济各用双肩支撑着，于是，口头批准了方济各会的教规。诗中未提及此细节，但在圣方济各的传记都对此有记载，阿西西上教堂（Chiesa superiore di Assisi）内还有据此所绘的壁画。“严峻的心意”指圣方济各为方济各会所订的“严峻”规划：据圣方济各传记载，甚至教皇伊诺钦佐三世最初也曾对圣方济各说：“我们觉得，你们的生活方式似乎是过于严峻刻苦了。”

45. “最初印玺”是指口头批准。

46. 关于方济各会迅速发展的情况，圣方济各的同时代人雅科波·达·维特里（Iacopo da Vitry）曾在《西方史》（*Historia occidentalis*）第三十二章中说：“在很短时间内，方济各会教士就增加到这种程度：没有一个基督教的外省，没有方济各会的教士。”对本段最后一句，注释家诠释不同，大致有三种理解：一是许多近代注释家认为，此句应是指：歌颂圣方济各的生活，“更好的目的是颂扬上帝的光荣，而不是颂扬圣方济各的功德”；二是依照《圣经》的思想，“一切人类德性的光荣都只应归于造物主的光荣”；三是有些古今注释家认为，此句意谓：圣方济各的生活“与其说值得为世上的教士所齐声歌颂，倒莫如说值得为天上的天使所歌颂”。萨佩纽注释本则根据上述三种不同的诠释，提出其另一种独特的见解，即认为，这里是但丁有意让托马索作出一种“谦逊”的说明：圣方济各的生活“值得由天国中的天使和享天福者一齐来歌颂，胜过由托马索在此作详尽介绍”。波斯科—雷吉奥注释本则比较倾向于前两种诠释。

47. “永恒之灵”指圣灵。奥诺里欧（Onorio）即是1216年至1227年任教皇的奥诺里欧三世（见注27），他作为圣灵在世间的代理人，于1223年11月正式发布圣谕，批准圣方济各所起草的方济各会教规（即“加上第二顶王冠”，如前所注，第一次是由伊诺钦佐三世口头批准的）；他在位期间，以镇压异端阿尔比派著称，1220年11月22日还曾为他的学生、神圣罗马帝国皇帝腓特烈二世加冕。

48. “大牧师”的原文为archimandrita，该词为希腊宗教词汇，与下句“加上第二顶王冠”的动词过去分词redimita之为拉丁文，都是用来加强诗句的庄严郑重气氛的。

49. 这里是指圣方济各于1219年率领十二位门

徒前往东方传教：他们先是在阿克里的圣约翰（San Giovanni d'Acri）被撒拉逊士兵逮捕，后被解往埃及苏丹马列克-阿尔-卡米尔（Malek-al-Kamil）殿前，圣方济各向他讲道，但终无法说服其皈依基督教。诗中所说的“基督和追随基督的其他人”是指基督及其使徒，特别是指弥赛亚及使徒们的学说，亦即福音书。

50. 这里是说，圣方济各在东方传教未能成功，只好返回意大利，在那里，他的传教工作将会取得更好的结果。

51. 这里是指圣方济各后期隐修的维尔纳山（见注26）的险峻陡峭的山顶：维尔纳山属托斯卡纳地区的亚平宁山麓，介于台伯河与阿尔诺河两大河谷之间，俯瞰阿雷佐的毕比耶纳（Bibbiena）。

52. “最后一记印信”，原文用sigillo，是为了与第93句和第99句衔接，即前两记印信是教皇伊诺钦佐三世和奥诺里欧三世对方济各会的认可，这“最后一记印信”则来自基督，象征基督对圣方济各所订教规的批准。实际上，基督的“印信”是指基督给圣方济各身上打上的“五伤记”（Stimmate）：传说1224年，圣方济各来到维尔纳山上隐修、悔罪，曾要求耶稣显灵，向他证明耶稣受难时所受的痛苦。基督化为六翼天使撒拉弗，来到他面前，他的双手、双脚和一个肋部立即出现基督身上的五伤记；他带着这神圣的印记，一直到两年以后逝世。

53. “那位”指上帝。

54. “自命渺小”这一典故出自《新约·马太福音》第十八章第三句：耶稣说：“我确实地告诉你们，除非你们变得像孩童那样纯真，否则就不能进天国。凡真正谦逊像小孩的人，他在天国里会成为最大。”

55. “女人”仍指贫穷。

56. “杰出”一词的原文为preclara，为拉丁文，在但丁用俗语撰写的作品中，仅在此处用过。“她的小腹部”指贫穷的小腹部；即是说，圣方济各宁愿在贫穷中死去，不需要任何棺椁：如前所注，1226年10月，圣方济各病势垂危，命弟子将他抬到波尔琼科拉教堂，脱光衣服，放到光秃秃的地上，最后咽了气。

57. “那位”指圣多明我：上帝把他选中，让他与圣方济各一起，使教会（“彼得的舟船”）得以安全地“在大海汪洋中”，沿着正确的航道行驶。

58. 圣多明我是多明我会亦即布道兄弟会的创始人，因而圣托马索称他为“我们的开山始祖”；“上好的货物”是比喻多明我会的教士在服从圣多明我制订的教规条件下所建树的种种功德。

59. “羊群”比作多明我会；“新的草料”指与牧羊人喂养羊群的草料不同的草料，换言之，违背圣多明我的教导，追求世间财物。但古代注释家对“新的草料”具体所指，诠释不同：本维努托认为是指神职等级和荣誉称号，但丁之子彼特罗和布蒂则认为是指世俗学问，即非神学。萨佩纽注释本认为，上述两种诠释并非必然对立，因而可能都是正确的。波斯科—雷吉奥注释本则更倾向于后一种诠释，因为圣方济各和圣多明我也都身居神职高位；不可追求提升，只是“嘱咐”，而非“禁止”，做后一种解释也许更佳。

60. “奶水空空”是指脱离圣多明我的教规和范例，该会的教士就会丧失精神财富。

61. 这里用布料缝制带风帽的袈裟来比喻和形容坚持追随和仿效圣多明我的教士的数目之少。

62. 这里说但丁的“愿望”可得到“部分满足”，是指圣托马索只澄清但丁的两点疑问之一；对“你将看到那树木之所以烂成碎片的缘故”一句，也有种种不同解释：如有人解释为，“你将了解我所指责的那树木（即多明我会）”，从而把“碎片”理解为“指责”；波斯科—雷吉奥和萨佩纽两注释本都采用了关于多明我会之所以腐败的原因的说法。

63. “纠正错误的插话”，原文为corregger，直译为“纠正错误”，其含义较含糊，因而主要有两种不同解释：萨佩纽和波斯科—雷吉奥两注释本都沿用佩特罗基版本的诠释，认为，这里是指本篇第十首第96句即“沿着这条途径，若不是贪恋虚荣，本可变得十分肥胖”一句中的“插话”，即“若不是贪恋虚荣”，因为它有“纠正错误”的含义，即是说，多明我会教士“若不是贪恋虚荣”，本可获得巨大的精神财富（“本可变得十分肥胖”，参见第十首注41）。但也有人把动词不定式corregger看成从名词correggia（皮带）变来的名词，即“腰系皮带的人”，犹如《地狱篇》第二十七首第67句的cordigliero（腰系绳索的人）一样，用以区别于腰系“缰绳”的方济各会教士（参见注41）。

第十二首

1. 这里把学者精灵围成的“花环”比作“神圣的磨盘”：因为花环在不住旋转，从横面角度看，恰似磨盘。但丁在《筵席》第三卷第五节第十四句段中曾假设一个人在与北极对应的城市中观望太阳，这时，他是处于地球赤道的平面上，因此，他看到太阳“像一面磨盘似的在旋转，而这磨盘又只显露了它形体的一半”；而当一个人立于天体赤道附近，从垂直角度观看太阳时，他则看到“恰好在自己的上方……但不是像磨盘，而是像车轮”。用“磨盘”来形容天体对北极的运转，是中世纪科学著作中常见的写法。
2. “另一个”是指第二个花环：这里是说，在第一个花环尚未转上整整一圈时，又来了一个花环，把第一个花环围绕起来，成为两个同心圆圈：第二个按照第一个的动作与歌声节奏旋转着。
3. “柔美的乐器”，原文是dolci tube，直译为“柔美的喇叭”（“喇叭”一词在本篇第六首第72句曾出现过），诗中是用以比喻歌唱着的精灵。
4. 这里的“缪斯”和“海妖”是比喻尘世的诗歌与音乐，也有人认为是比喻诗人和女歌手。萨佩纽和波斯科—雷吉奥两注释本都不赞成后一种说法。诗中还进一步用“光芒”来做比喻：“最初的光芒”是指直接以光源发射出来的光线，“折射的光芒”则是指这个光线的反光。
5. 尤诺是宙斯的妻子（见《地狱篇》第五首及有关诠释），“使女”是指伊丽德（Iride）：伊丽德是陶曼特（Taumante）与海洋女神厄列克特拉（Elettra）所生之女，是天神的使者，被尤诺化为彩虹，据说，她身着七彩花衣，奥维德《变形记》第一章和维吉尔《埃涅阿斯记》中都谈到这情节。布蒂曾说，伊丽德作为尤诺的使者，正是以彩虹为路，下降到人间，这是诗人们所假想的。至今仍用她的名字指“彩虹”。
6. 这里的“仙女”指爱科（Eco）：她是空气之神（Aria）与大地之神（Terra）的女儿，关于她，有两种传说：一是说她与宙斯有染，尤诺怒而惩罚她只能说别人所说的话，后来便用其名表示“回声”；一是说她爱上生性自恋的美男子那西索斯（见《地狱篇》第三十首及有关注释），那却并不爱她，为此她十分痛苦，身形日益憔悴消瘦，最后只剩下声音和骨骼：骨骼化为石头，声音则在空中回荡，此说见于奥维德《变形记》第三章。

7. 这里用典出自《旧约·创世记》第九章第九至十三句：上帝对挪亚和他的儿子说：“看哪，现在我要跟你们，也等于是跟你们的后代立约，这也是跟那些和你们一起从方舟出来各种生物立的约。我要跟你们立约，叫一切生物不再被洪水淹没，我也再不让洪水毁灭大地”；“我要给你们并你们中间各样的生物一个代表盟约的永远标记。我把彩虹放在云端，作为我跟大地立约的标记”。

8. 这里的“温情”（blande）指仁爱。

9. 这里用指北针比喻“声音”把但丁的注意力“吸”过去。这种比喻在十三世纪的情诗中是屡见不鲜的。

10. 这里的“爱”仍指仁爱。说话的精灵是第127句才自报姓名的圣博纳文图拉（San Bonaventura），全名为圣博纳文图拉·达·巴尼奥雷焦（San Bonaventura da Bagnoregio），他原名乔瓦尼·菲但扎（Giovanni Fidanza），1217年或1221年生于拉齐奥地区的巴尼奥雷焦，故其名亦可译为巴尼奥雷焦的圣博纳文图拉。1235年入法国巴黎大学，1243年获文学硕士学位。1238年或1243年入方济各会。1243—1248年在巴黎方济各会各学校学神学。1248年讲授《圣经》。1256年或1257年起任方济各会会长，任职十七年。1260年为解决会内各派矛盾和纪律松弛问题，对方济各会进行改革，并修订会章。1265年任英国约克郡（York）大主教；1273年任枢机主教。1274年逝于法国里昂。他是方济各会神秘主义派最重要的代表，被称为“撒拉弗式的博士”（Dottore serafico），其神学理论主要师承圣奥古斯丁，并将新柏拉图主义与神秘主义结合起来，主张静修内省。重要著作有《皮埃尔·隆巴尔多〈教父名言集〉注疏》（*Commentaria ai libri Sententiarium di Pier Lombardo*）、《神学概要》（*Breviloquium*）、《〈圣经〉评注》（*Itinerarium mentis in Deum*，波斯科—雷吉奥注释本认为，此书可能是但丁所熟悉的）；并为圣方济各作《大传》（*Legenda maior*）与《小传》（*Legenda minor*），其中有些段落也是但丁曾援引过的。1482年，教皇西格斯图斯四世（Sisto IV）追谥他为圣徒；1587年，教皇西格斯图斯五世又追谥他为教义师。

11. “另一位导师”指圣多明我。

12. “我的导师”即是指圣方济各。诗中的“因为他”，原文是per cui，布蒂对此的诠释是：“由于圣灵的爱”，即是说，“圣灵的爱使我享有天福，促使我谈论圣多明我，也正是由于这种爱，人们才在此如此详尽不差地谈论我的导师即圣方济各”。波斯科—雷吉奥注释本认为，还是以传统的诠释即把有关的关系代词cui理解为圣多明我为宜，因为等于是说：“圣托马索赞扬了圣方济各，因为他同时也歌颂了他自己的教派的奠基人。”

13. 这里是说，只要谈到其中的一位，也就必然要提到另一位，因为圣方济各和圣多明我是为同一个事业而战斗的，因此，他们二位理应一齐享有光荣（见下一段三行韵诗）。

14. 这里是说，基督以自我牺牲为代价，解救全人类。“军队”是指战斗的教会，因为它要反对罪恶和异端邪说；“重新武装”是指救世主通过牺牲自身，使其“军队”重新掌握反对魔鬼诱惑的武器，而这些武器是亚当犯了原罪之后所丧失的。

15. “旗帜”指十字架。“疑虑重重”是指异端分子所组成的教派当中对正统学说抱有疑虑；“人员锐减”是指追随正统学说的人已不多。

16. 这里的“皇帝”指上帝。诗中的意思是上帝前来救援"军队"，是出于慈悲，而不是"军旅有功"，值得他来救援。

17. "如前所述"是指"如圣托马索所说的"。

18. "新娘"指教会。"民众"指基督教徒。

19. "那带地区"是指西部地区，这里是指西班牙伊比利亚半岛；"西风"的原文为Zefiro，本意是温和的微风。古代诗人把Zefiro看成西风，能使大地回春（见奥维德《变形记》第一章第六十四节），因此，这样的风一旦吹起，欧洲便"重又着上"青枝绿叶的新衣。

20. 这里的"地方"是指距大西洋海岸不远之处："有时"是指夏至时节；"长时间疾驰狂奔"是指夏日白昼较长，太阳"疾驰狂奔"的时间也较长；"把自身躲藏"是指日落，诗中所说夏至时，太阳落在大西洋浪涛之后，主要用以具体说明地理位置在距瓜斯科尼亚湾（Golfo di Guascogna）不远的地方。

圣多明我，全名为圣多明我·迪·古兹曼（San Domenico di Guzman, 1170—1221），西班牙人，与圣方济各同时，生于旧卡斯蒂利亚的卡拉霍拉（Calahorra）。1206年，在林瓜多卡（Linguadoca）建立多明我修女会（Domenicane）第一座修道院；1215年，在土鲁斯成立多明我会（见第十首注41），主张苦修、赤足、清贫、默念退省。创立玫瑰经（Rosario）祷文。未参与西蒙·迪·蒙弗尔伯爵（Simon di Monfort）遵从教皇伊诺钦佐三世命令对异端分子阿尔比派（Albigesi）和瓦尔德派（Valdesi）的血腥镇压，尽管他积极反对异端邪说。殁于波洛尼亚。1234年，教皇格雷高里奥四世（Gregorio IV）追谥他为圣徒。

21. 卡拉罗加（Calaroga），即卡拉鲁埃加（Calaruega），为旧卡斯蒂利亚（Castiglia）一城市，圣多明我即诞生于此，故称该城市"幸运"。

22. "盾牌"指卡斯蒂利亚王的王徽；该王徽分四部分，即盾牌的一半绘有一塔楼和一狮子，塔楼位于狮子之上（各占四分之一）；另一半则恰恰相反，狮子位于上方，塔楼位于下方（同样各占四分之一），因此，诗中说狮子"既在下被（塔楼）压，又在上下压（塔楼）"。

23. 这里是说，圣多明我于1170年诞生于卡拉罗加。"情人"的原文是drudo，来自日耳曼语drud，有"忠实"之意，后又转用于拉丁文，从封建性词汇变为宗教性词汇，成为drudus，意谓"信徒"；但丁在《筵席》曾用此词，无贬义，指"情人"，但在《地狱篇》第十八首第134句和《炼狱篇》第三十二首第155句中都以"相好""情人"之意用过此词，则带贬义。波斯科—雷吉奥注释本认为，在本段有为某人服务的臣仆之意。

24. "自家人"指好的基督教徒，"敌人"则指异端分子。

25. "头脑"（mente）在诗中有"灵魂"之意，"在被创造时"即是指在孕育期间：根据天主教理论，人的灵魂是在怀孕期与妊娠期之间被注入胎儿体内的。这里的写法是根据有关圣多明我出生的传说：圣多明我的母亲在怀孕时曾梦见一只黑白两色的狗（此二色正是多明我会教士所着袈裟的颜色），口中衔着一个火把，它以这个火把焚烧世界（象征多明我会会章用善的热情影响人类）；该传说内容类似有关暴君埃泽利诺和特洛伊王子帕里斯诞生前的梦境内容（参阅本篇第九首第28—30句及注14）。但丁撰写圣多明我的生平可能参考许多古代传记，特别是泰奥多里科·德·阿波尔迪亚（Teodorico d'Appoldia）的《圣徒行传》（*Acta Sanctorum*），因该书将前此各种传记做了综合，又是圣多明我会第七届会长穆尼奥内·迪·扎莫拉（Munione di Zamora）嘱托所写，几乎等于圣多明我的官方传记。本维努托和布蒂把诗中的代词lei，不是理解为圣多明我的母亲，而是诠释为圣多明我的"头脑"即灵魂，即是说，圣多明我的"灵魂"早在母腹中就已成为"先知"。译者认为，萨佩纽与波斯科—雷吉奥两注释本把原诗中的lei诠释为"母亲"，在句法上似更为妥当。

26. "神圣的水泉"指洗礼泉。这里把圣多明我与“信仰”的结合比作举行“婚礼”，与前首提及圣方济各与“贫穷”的结合恰相对应。

27. 这里是说：信仰使圣多明我摆脱原罪，得到解救，圣多明我也在与异端邪说进行斗争的同时，捍卫了信仰。

28. “那个女人”是行洗礼时的教母，即依照洗礼的仪式规定，教母要代替待受洗礼者回答施洗神甫的提问：“你愿意受洗吗？”“我愿意。”（亦即诗中所说：“代他表示同意。”）这里所说的梦境是指：圣多明我的教母梦见一个儿童，额上有一颗星，这颗星即象征圣多明我及其弟子负有引导众人走向永生的使命，这一情节亦见于前注泰奥多里科·迪·阿波尔迪亚的《圣徒行传》第一章。

29. 诗中所说的“名实相符”是指圣多明我的名字“多明我”，拉丁文为Dominicus，系上帝的属有格，意谓“上帝的”，即Dominus；但丁想必看到圣托马索《神学大全》第三卷中就说道：“dominicus来自Dominus”，另一位圣多明我传记作者巴尔托洛米欧·迪·特伦托（Bartolomeo di Trento）在其《圣徒行传》（*Acta Sanctorum*）中也说：“‘多明我’（Domenico），从字源学上看，即等于上帝的看护者或被上帝所看护的人，或则是看护上帝的律条或上帝看护他，免受敌人侵害。”诗中的意思是：为了使圣多明我“名实相符”，上天启示圣多明我的父母，使之产生“灵性”，为圣多明我起了有关名字。

30. 这里所用比喻借鉴于《圣经》，即《新约·马太福音》第二十章第一至十六句，其中说，耶稣把天国比作葡萄园的园主，请工人到他的葡萄园工作，讲好每天的工资是一个银币，但是，到了晚上，园主向工人发放工资，早来的工人发现：早来的和晚来的都一律只得一个银币，于是，满腹牢骚，说迟来的只不过做了一小时，而早来的干了一整天，却都拿同样的工资，很不合理；园主便对抱怨的工人说，工资讲好是每天一个银币，园主给迟来的工人是出于心甘情愿的，这也便是“领先的将要落后，落后的反而领先”。这正是耶稣教导彼得等众门徒所说的话，说明只要谁为基督抛弃房产、兄弟、姊妹、父母、儿女和田地的，都要得到百倍的报酬，而且登上天国，获得永生，不问孰先孰后，因为“现在许多领先的将要落后，落后的反而领先”。但诗中把《圣经》中的“葡萄园”改为“菜园”，亦即比喻教会。

31. “家人”原文为famigliar，意谓忠实的奴仆，但也有理解为“门徒”的。

32. “最初之爱”即是指圣多明我对耶稣所建议的谦卑与贫穷的崇敬。关于“基督所提的最初建议”，说法不一：许多古代注释家认为是指《新约·马太福音》第十九章第二十一句所说的一段话：“耶稣告诉他：‘如果你要成为完全的人，就去变卖所有的产业救济穷人，那么，你在天上就必有财宝；此外，你还要来跟随我……’”据说，圣多明我少年时，就严格奉行这条戒律，变卖了他的书籍，把所得的钱，在一次可怕的饥荒中救济穷人。另有人认为，此句是指《新约》的《马太福音》第五章第三句，即“自知灵性贫穷的人有福了，因为天国是属于他们的”；《路加福音》第六章第二十句，即“耶稣举目望着门徒，对他们说：‘贫乏的人有福了，上帝的国是你们的……’”萨佩纽注释本认为，后一种解释更妥善。

33. 关于圣多明我儿时的这一事迹，泰奥多里科·迪·阿波尔迪亚的《圣徒行传》第一章和十三、十四世纪的文琴佐·德·博维（Vincenzo de Beauvais）的《历史的镜子》（*Specchio istoriale*）第二十九章都有记载，后者曾说：“当他（圣多明我）还是小孩、在乳娘的监管下的时候，他经常被突然发现抛开他的床铺不睡，就仿佛是他厌恶肉体的舒适，宁可躺倒在地。”也有传记说：圣多明我经常在夜间离开床铺，跪下祈祷。

34. 这句用典出自《新约·马可福音》第一章第三十八句：耶稣说，“我们到邻近的市镇去吧，因为我出来的目的，就是要在那里传道”。

35. “菲利切”的原文是Felice，有“幸福”之意，是圣多明我父亲的名字，这里是说，他的名字也与他的儿子的名字一样，是“名实相符”。

36. “乔瓦娜”(Giovanna)是圣多明我母亲的名字，同样也是“名实相符”，因为Giovanna的希伯来文字源是“上帝的恩泽”(Domini gratia)，中世纪词典学家也据此作这样释义；泰奥多里科·迪·阿波尔迪亚在记载圣多明我生平的著作中就曾把“上帝的恩泽”(grazia di Dio)作为“乔瓦娜”的同位语并提。

37. “奥斯提亚人”(Ostiense)，原名恩里科·迪·苏萨(Enrico di Susa)，著名教规学家。十三世纪初生，曾先后在波洛尼亚、巴黎，或许也在英国教授教会法规。1245年任法国西斯特隆(Sisteron)主教，1250年任法国昂布伦(Embrun)大主教；1262年任枢机主教，兼任罗马市郊奥斯提亚(Ostia)主教，“奥斯提亚人”的绰号即由此而来。1271年逝世。他的有关教会法规著作曾作为法律学校的基本教材。

“塔德奥”有两种推测：一是认为，他是塔德奥·佩波利(Taddeo Pepoli)，为与但丁同时的著名教规学家，波洛尼亚人，也是一位诗人；一是认为，此人为塔德奥·德·阿尔德罗托(Taddeo d'Alderotto)，佛罗伦萨人，著名医生。约生于1215年。他曾在波洛尼亚学习医学，后又在波市授课，成立一座著名的医科学校。著作颇丰，亦被当时的医科学校采用为教材；但丁在《筵席》第一卷第十节第十句段中曾说他翻译过亚里士多德的《伦理学》，他所创办的医科学校也曾把哲学原则运用于希腊名医希波克拉底(参见《地狱篇》第四首及有关注释)和嘉伦(Galeno，129—201)的科学。1295年逝世。萨佩纽和波斯科—雷吉奥两注释本都认为，后者可能性更大。

诗中的意思是，圣多明我刻苦钻研学术，成为博学多才的“学士”，并非为了追逐名利，而现今则仍有人为名利而拼命学习教会法规和医学。

38. “吗哪”是上帝赐予离开埃及、前往耶路撒冷的以色列人的“食物”。见《旧约·出埃及记》第十六章第十四至十五句和第三十一句：“露水蒸发以后，地上便出现了类似白霜一片片的东西。以色列人看见了却不知道是什么东西，于是，便彼此对问说：‘这是什么东西呢？’摩西对他们说：‘这是上帝给你们的食物……’”“以色列人叫这种食物做吗哪……”诗中是指精神食粮，即真正的学识。

39. “葡萄园”象征教会，“葡萄种植者”象征教皇，即是说，倘若教皇为人恶劣，疏于职守，“葡萄园”就会荒芜(“变成白色”)，教会就会走上歧途。这里的用典亦出自《圣经》：《旧约·以赛亚书》第五章第七句就说：“万军之主(上帝)的葡萄园就是以色列，犹太人便是他栽种的那些美好的葡萄树”；《旧约·耶利米书》第二章第二十一句也说：上帝说：“我栽种你，期望你成为上等的葡萄，结出累累的果子，怎知道你竟背弃我，把自己接种在野葡萄的枝子上，自取败坏！”《新约·马太福音》第二十章也有类似的说法，见注30。

40. “坐宝座之人”即指教皇。

41. 这里是说，圣多明我要求当时的教廷不要像许多高级教士那样贪得无厌，将用于扶困济贫的款项只拿出三分之一或一半(“六分只赈济二分或三分”)从事这项事业。

42. 圣托马索《神学大全》第二卷第二章指出：“什一税应通过教士所从事的布施工作，用于救助穷人。”但丁在《论帝制》第二卷第十一节第一至三句段中也曾谴责从穷人手中夺去什一税收入的教会人士。

43. “世界”指“基督教世界”；这里是说，圣多明我要求教廷批准他为维护正统学说而对教会内部的错误倾向作斗争：1205年，圣多明我曾赴罗马要求教廷批准他展开反对异端分子阿尔比派的斗争；1207年至1214年间，他又试图以布道方式，动员阿尔比派分子皈依正统学说，从未采取残酷手段和施用暴力（而他之所以成立多明我会或称布道兄弟会，也是旨在以布道对付阿尔比派），因此，1213年9月12日教皇伊诺钦佐三世下令血腥镇压阿尔比派，进行所谓“穆雷战役”（battaglia di Muret）时，圣多明我则是在教堂里祷告。此外，圣多明我曾于1215年要求教皇伊诺钦佐三世批准他成立多明我会，但因拉特兰公会议曾决定禁止成立新的教派，伊诺钦佐三世只好口头应允。只是到了1216年12月，多明我会的成立才得到教皇奥诺里欧三世的正式批准。

44. “撒籽播种”指捍卫正统学说。正是从这个“种籽”即正统学说中产生了组成两个花环的二十四位享天福者（“二十四棵树木”）。

45. 这里是说，圣多明我展开他的布道活动，既是依靠他的神学学识，又是依靠他的满腔热忱（“意愿”），同时也有教廷对他的委任（“传教职能”）作后盾。

46. “高山上的泉源”，原文为alta vena，但有人根据alta的拉丁文含义，认为意谓“深邃”。萨佩纽和波斯科—雷吉奥两注释本都认为，此句以理解为如从高处冲下的激流那样势不可挡为宜；萨本还认为，这种类比来自《圣经》：《旧约·以赛亚书》第五十九章第十九句就有类似的写法：“敌人要像潮水一般被主推动冲走。”

47. “荆棘”的原文是sterpi，也有不生果子的坏树之意。此比喻亦来自《圣经》：《新约·马太福音》第三章第十句和第七章第十九句都有类似的说法：“现在斧头已经放在树根上了，不结好果子的树都要砍下，丢在火里焚烧”；“不结好果实的树，都要砍下来，丢在火里”。诗中以此比作异端分子妨碍真正的基督教徒，使之无法取得成果。当时，异端分子在法国普罗旺斯反抗最烈。

48. “条条不同小溪”，原文为diversi rivi，有两种诠释：布蒂认为，诗句是把圣多明我比作大河，其门徒为从大河中派生出来的条条小溪；也有人认为，这是指多明我会内部的一些不同分会：如布道兄弟会（即多明我会）、多明我修女会和第三会（Terz'Ordine）。波斯科—雷吉奥注释本还推测，但丁可能是指多明我会的不同修道院及其势力范围。

49. “树苗”指奉行天主教正统学说的忠实信徒。

50. 这里把教会比作两轮战车：圣方济各和圣多明我即是战车的两个轮子。（《炼狱篇》第二十九首第107句也曾把教会比作“大车”。）

51. “内战”指教会内部进行的反对异端的斗争，因为异端分子也是基督教徒；波斯科—雷吉奥注释本认为，此提法对圣多明我是适合的，对圣方济各则不大合适，尽管圣方济各也与教会内部的敌人即“贪婪牧师”作斗争。

52. “另一个轮子”指圣方济各（见注50）。

53. “托马”（Tomma）即圣托马索的“托马索”（Tommaso）简称。

54. 这里用酒桶里的“酒石”来比喻方济各会内部的激烈斗争：据本维努托的诠释，酒石原是坚硬而芳香的东西，有助葡萄酒的保存，但如不经心照看，酒石便会滋生霉菌，葡萄酒就会腐臭变质；拉纳、《最佳评注》等古代注释家认为，但丁的用意在于说明：方济各会内部原是“博爱与团结”的（即“酒石”），由于产生了主张严格按教规行事的过激派“灵派”（spirituali）和倾向松弛纪律的“温和派”（conventuali），导致了内部的“不和和分裂”（即“霉菌”）。萨佩纽注释本和意大利梅尔齐百科全书指出：这场斗争原只是在理论上的争执，后逐渐激化，最后成为灵派对方济各会全会的“反叛”，而方济各会也便对灵派进行迫害和镇压。1279年，教皇尼可洛三世曾发表圣谕，查禁灵派理论；1312年，教皇克莱蒙特五世试图从中斡旋，未果。1317年至1318年，教皇约翰二十二世则多次谴责灵派为“异端”，最后将他们逐出方济各会；圣博纳文图拉作为会长，曾竭尽全力，调和双方矛盾，维持内部团结，既反对灵派的过激行为，又反对温和派的松弛教规倾向；但丁在诗中则是坚决谴责两派都背离方济各会的基本原则即谦卑和仁爱。

55. 对此段三行韵诗，特别是最后一句即第117句，注释家理解各有不同：兰迪诺认为是指，圣方济各的门徒开始是依照他的教规和范例，跟着他的足迹行动，后则掉过身去，把脚趾放到他放脚跟的地方去，“亦即走到与他的生活习惯恰恰相反的方向”。总的说，古代注释家都认为，此句意谓“向后倒退”或“向相反方向前进”。萨佩纽和波斯科—雷吉奥两注释本都认为，近代注释家巴尔比的分析“更令人信服”，即：方济各会的教士“不是像那些愿意沿着他（圣方济各）的道路向前迈进的人那样，把后脚移到前脚的方向去，而是把前脚移向后脚，亦即向后倒退”。

56. 这里用典来自《新约·马太福音》第十三章第二十四至三十句：耶稣举“稗子”作比说：“天国正像一个农夫，将挑选过的种子，撒在麦田里。夜里他熟睡的时候，他的敌人却偷偷地把稗子撒在他的麦田里，然后走了。当麦子长苗吐穗时，稗子也一齐长了出来。仆人看到，就赶来告诉主人：‘主人啊！你不是把最好的种子撒在田里吗？为什么现在田里会长出稗子呢？’‘一定是仇家蓄意破坏。’‘我们不如拔掉那些稗子吧！’‘不用了，因为拔稗子会连麦子也一起拔掉，所以让它生长下去，到收割的时候，我会吩咐收割的工人，先把稗子分出来，扎成一捆一捆的留着烧；然后将麦子存入谷仓。’”有人认为，诗中的意思是指离开圣方济各意旨的教士后悔犯了错误，不能升天国，也有人认为是指教皇约翰二十二世把灵派逐出方济各会；萨佩纽和波斯科—雷吉奥两注释本都认为，前一种解释更妥，因为诗中谴责的是方济各会内的两派，而不是其中的一派。

57. 这里的“书籍”比喻方各济会，即是说，尽管方济各会内部有两派激烈斗争，但仍有一些教士始终遵循圣方济各教导，而未卷入派系斗争。“原来通常那个模样”即是指这些教士一直遵守圣方济各所订立的教规。

58. 卡萨尔（Casal），全名为乌贝尔蒂诺·达·卡萨莱（Ubertino da Casale），为灵派领袖，1259年生于卡萨莱·蒙菲拉托（Casale Monferrato），1273年入方济各会，曾在托斯卡纳和翁布里亚两地区多年。后被派往佛罗伦萨圣十字教堂（Santa Croce），受方济各会第三会教士皮埃罗·佩蒂纳佑（见《炼狱篇》第十三首及有关注释）和灵派领袖彼特罗·迪·乔瓦尼·奥利维（Pietro di Giovanni Olivi）影响甚重，特别是后者，后者死后，他即成为灵派领袖。在佛罗伦萨期间，曾被派往巴黎大学教授神学九年。在方济各会内部两派斗争中，他极力捍卫灵派立场；曾在枢机主教科洛纳（Colonna）和奥尔西尼（Orsini）保护下，得以在阿威农逗留若干时候，后因教皇下令将灵派逐出方济各会，他不得已转入本笃会。1325年，因他坚持灵派立场，再次被谴责为“异端”，他被迫逃亡，此后下落不明。教皇切列斯蒂诺五世（Celestino V）时，他一度飞黄腾达，著有《十字架生命树》（*Arbor vitae crucifixae*）一书，但丁想必对此书很熟悉。

阿夸斯巴达（Acquasparta），全名为马泰奥·迪·阿夸斯巴达（Matteo di Acquasparta），为“温和派”领袖。年轻时即入方济各会，自1287年任方济各会会长，长达二十五年，为圣奥古斯丁哲学派系的重要代表人物之一。1288年任枢机主教；为教皇博尼法丘八世的亲信，于1300年和1301年两次被博派往佛罗伦萨调停黑白两党纠纷而未果。死于1302年。他任会长期间，主张对教规作温和的解释，因而但丁把他看成方济各会内部居多数的“温和派”领袖。

59. 圣博纳文图拉的生平见注10。“魂灵”的原文为vita，该词本意为“生命”。

60. 圣博纳文图拉生前历任要职，如方济各会会长、枢机主教、主教等。

61. “左面的关切”原文是sinistra cura；布蒂解释说：此说法是指对“世俗事物”的关切，因而是次要的。这里用典来自《新约·马太福音》第六章第三句：耶稣说："你们行善，要暗暗地去行，右手所作的，甚至不让左手知道。"中世纪常把对世间利益和荣誉的关怀理解为"左"(sinistro)的，亦即不祥的，或次要的。圣托马索《神学大全》第二卷第二章就说："知识和其他精神财物属于右面，世俗财物则属于左面。"

62. 伊鲁米纳托(Illuminato)，系圣方济各最早的门徒之一，生于里耶蒂(Rieti)，1210年入方济各会，曾伴随圣方济各前往东方传道。

奥古斯丁，诗中用Augustin，即阿哥斯蒂诺(Agostino)，与伊鲁米纳托一样，也是1210年入方济各会的最早门徒之一，生于阿西西。

63. 乌哥·达·圣维托雷(Ugo da San Vittore)，1097年左右生于弗朗德勒(Fiandra)的伊普雷斯(Yprès)，为巴黎附近的圣维托雷修道院院长、教会法学家，为圣奥古斯丁和神秘主义学派的重要代表人物，他的一些作品曾得到圣托马索的赞许，他的理论曾由里卡多(见本篇第十首及有关注释)继承和发扬。1141年去世。

64. 彼特罗·曼加多雷(Pietro Mangiadore)，十二世纪初生于法国特鲁瓦耶(Troyes)，曾任特鲁瓦耶大教堂教长，1164年任巴黎大学教务长，随即退隐至圣维托雷修道院，1179年殁于院中。其名著为《经院哲学史》(*Historia scholastica*)。

彼特罗·伊斯巴诺(Pietro Ispano)，波斯科—雷吉奥汴释本印作"彼特罗·斯巴诺"(Pietro Spano)，即彼特罗·迪·朱利亚诺·达·里斯本(Pietro di Giuliano da Lisbona)，约1226年生于里斯本，为医生兼神学家。曾任布拉加(Braga)大主教，1273年任枢机主教，1276年9月8日当选为教皇，即约翰二十一世。1277年殁于维泰博。他生前曾著有医学和哲学作品，并在锡耶纳大学教授其医学著作；其哲学著作最有名的即是诗中所说的"十二部书"，题为《逻辑学大全》(*Summulae logicales*)，其中批驳了大阿尔贝托和圣托马索的新亚里士多德主义。

65. 拿单(Natan)，以色列先知，曾斥责大卫王与乌利亚之妻拔示巴通奸，最后则谋害乌利亚，参见《旧约·撒母耳记下》第十一、十二章。中世纪文献中总是把"先知"与"拿单"并提的。

"大主教克里索斯托摩"(metropolitano Crisostomo)是指"安提奥基的圣约翰"(San Giovanni d'Antiochia)，345年左右生于安提奥基，398年任君士坦丁堡大主教，后因谴责阿尔卡迪奥皇帝(Arcadio)朝廷腐败而被放逐，407年死于流放之中。为希腊教会最伟大的神甫之一，Crisostomo意谓"金口"(Boccadoro)，为其绰号，因此有"金口圣约翰"之称。

安塞尔莫(Anselmo)，1033年生于奥斯塔(Aosta)，本笃会教士，1093年任坎特伯雷(Canterbury)大主教。1109年逝世。为中世纪在亚里士多德哲学盛行前的最著名神学家和哲学家之一，著作颇丰，最有名的是《为何上帝与人同形？》(*Cur Deus homo?*)与《独白录》(*Monologium*)，前者论述上帝化为肉身问题，后者阐明上帝存在的本体论(ontologia)，后曾被圣托马索所批驳。

多纳托(Donato)即埃利奥·多纳托(Elio Donato)，四世纪的著名文法学家，为圣吉罗拉莫(San Gerolamo, 331—420)的老师，写过罗马诗人泰伦提乌斯(见《炼狱篇》第二十二首及有关注释)和维吉尔的传记和评论。他的著作为学校中学习文法的通用教材，最著名的为《文法艺术》(*Ars Grammatica*)：文法在中世纪的"三学科"(Trivio，即文法、修辞、逻辑)中居首位，方济各会对文法的钻研是十分广泛的。但丁在《筵席》第二卷第十三节第八句段中曾谈及"三学科"和"四高级学科"(Quadrivio，即算术、音乐、几何、星相)，也提及"文法"为七学科中的第一门学科。

66. prim'arte即第一门学科，见上注。

67. 拉巴诺，即拉巴诺·毛罗(Rabano Mauro)；生于776年，为著名的福尔达修道院(Fulda)

的本笃会教士，822—842年任该修道院院长；为马贡扎（Magonza）大主教，写过许多神学和《圣经》评注的著作。“从一边”是指从说话的圣博纳文图拉的“左边”。

68. 乔瓦基诺（Giovacchino），即乔阿基诺·达·菲奥雷（Gioacchino da Fiore），约1130年生于卡拉布里亚地区的切利科（Celico），1202年逝世，享年七十余岁。曾是西多会教士，1176年任科拉佐修道院（Corazzo）院长。后退隐至西拉山林（Sila），于1189年在山上建立“鲜花圣约翰”修道院（San Giovanni in Fiore, Fiore音译为“菲奥雷”，意谓“鲜花”），亦即“鲜花会”（Ordine florense）；1196年，该会得到教皇切列斯蒂诺三世（Celestino III）的批准。他的著作很多，有《〈启示录〉评注》（*Espositio in Apocalypsim*）等，其中力主对教会进行社会和宗教革新，对《圣经》作神秘主义的诠释，预言“圣灵时代”（Età dello Spirito Santo）即将到来。其名著《论三位一体的统一和实质》（*Dell'unità e dell'essenza della Trinità*）以及许多观点都曾遭受教会的谴责：第一次是在1215年，被拉特兰公会议谴责；第二次则是在1245年，被枢机主教委员会谴责，但其思想仍在方济各会灵派分子中间广泛传播。诗中的“预卜先知的灵气为他所得”（di spirito profetico dotato）一句，并非但丁的创造，而是鲜花会于5月29日（定为纪念乔阿基诺的节日）晚祷时所唱的一句祷词。圣博纳文图拉是严厉打击接受乔阿基诺思想的灵派分子的，而在诗中，但丁却把他与乔阿基诺放在一起，这正如第十首把生前立场对立的圣托马索与西吉埃里·迪·布拉班特放在一起一样。

69. 此句的原文是inveggiar cotanto paladino，对其中的“卫士”即paladino有两种诠释：一是认为指圣托马索，亦即是说，圣托马索作为多明我会教士盛赞圣方济各，因而圣博纳文图拉作为方济各会教士也要盛赞圣多明我，动词inveggiare就有“竞争”之意；一是认为指圣多明我，这样，全句的意思就是：这“推动我用如此卓越的卫士（圣多明我）与他（圣方济各）媲美”。诗中的“拉丁文”（latino）指圣托马索赞颂圣多明我时所说的一番话。萨佩纽和波斯科—雷吉奥两注释本都不同意有人把inveggiare理解为inneggiare（歌颂）：萨本认为，这“纯属毫无根据的猜想”。

70. “这些同伴”指与圣博纳文图拉一起组成第二个花环的其他精灵。

第十三首

1. 这里是说，读者该把这幻觉中的想象作为“静止不动的陡壁巉岩”，牢牢铭记在脑海中。
2. 诗中再次借用幻想中的天象来形容两个“花环”：“十五颗星辰”是指清晨出现在天空的最大的十五颗星，它们散布在“不同的天际”；这是根据古希腊著名天文学家、数学家克劳迪奥·托勒密（Claudio Tolomeo, 100—178）于149年所写的巨著《伟大论》（*Almagesto*）而写出的：该巨著于827年译成阿拉伯文，1230年又由阿拉伯天文学家阿尔夫拉加诺（Alfragano）译成拉丁文，1315年，印成拉丁文版，但丁可能是从这一拉丁文版中了解到的。据波斯科—雷吉奥注释本分析，该十五颗星辰的分布如下：三颗在北方天际，四颗在黄道带，八颗在南方天际。
3. “大车”指大熊星（Orsa Maggiore），又称“熊星座”（Carro），它所在的天空部分是肉眼可以看到的，因此，人的视力总能看到它。大熊星由七颗星组成，形如“大车”，因而还有“车辕”，它们总是在天空一极运转，从不会降至地平线以下。但丁在《韵律集》中曾描述过该星的运行情况。
4. “号角的嘴”是指小熊星（Orsa Minore）位于下部的最后两颗星：小熊星形如号角，一端较大，犹如嘴巴，另一端较小，则与北极星恰相吻合。“中轴”指天空的中心部位；有人认为，其“顶端”就是北极星的位置，近代注释家波雷纳不同意此说法，认为，这里只不过说是原动天的一极，北极星则是位于中轴之上罢了，因此，诗中所说的位置只是“大致如是”。
5. “第一重天体”即是指原动天。
6. “两个标记”即是指由十五颗晨星、大熊星的七颗星、小熊星的两颗星所组成的两个各具十二颗星的星座，亦即“花环”。
7. “米诺伊”（Minoi）即是指克里特岛国王弥诺斯（Minosse，见《地狱篇》第十二首及有关注释），其女儿名阿丽安娜（Arianna，见《地狱篇》第十二首及有关注释），因爱上特修斯（见《地狱篇》第九、十二首及有关注释），设法助他逃出迷宫，后特修斯又爱上其姊菲德拉（Fedra），将她抛弃在纳索斯岛（Nasso）上，被酒神巴库斯搭救，并与酒神结为夫妻，但她抑郁成疾，死后被酒神化为她平日所带的花环，从而成为“科罗纳”星座（Corona）：但有关传说的说法不一，奥维德《变形记》第八章就说酒神是把阿丽安娜头上所戴（也说是“腰中所系”）的“花环”变为科罗纳星座，因此，“变化”的并非她本人。因此，但丁所依据的可能是另一种来源，而非奥维德之作。
8. 这里是说，比作“星象”或“星座”的两个“花环”，其半径是互相吻合的，亦即是同心圆，二者都不住旋转，方向则是相反的，因而显得是一前一后的旋转。但由于原文al primo（在前）和al poi（在后）的意思比较笼统，有人便认为，应把此段三行韵诗的最后一句理解为：外面花环的各星辰与里面花环的各星辰都是朝同一方向旋转，而每个星辰都保持在同一个半径上，亦即保持在小圆圈中与之相应的半径上，或是说，保持在小圆圈每一对半径之间的那个半径上；还有人认为，既然两个花环都朝一个方向旋转，而其中十二个人物都要相互始终保持在同一条线上，外圈较大，就须转得更快，内圈较小，则须转得较慢，这样才能保持均衡。萨佩纽注释本认为，布蒂的解释是值得注意的，即：第二个花环要按第一个花环的方式旋转，第一个花环则要按第二个花环的方式旋转，这样两个花环就“相互一致”了。
9. “真正的星座”指两个享天福者花环所组成的名副其实的星座。
10. 这里的“习惯”是指世人根据经验所能经常看到的世间景象。“超过其他各重天的天体”指运转速度最快的原动天。
11. 基亚纳河（Chiana）为托斯卡纳的一条河流，古时流经阿雷佐地区以南的奥尔维耶托（Orvieto）附近，汇入台伯河。中世纪时，该河滞流，化为沼泽地，《地狱篇》第二十九首第47句曾提及该河的河谷即基亚纳河谷，为一疟疾肆虐之地（今天，该河已经整浚，部分地疏导）。诗中提及此河，是以其水流极缓与原动天的运行极速作对比。

12. 佩阿纳（Peana）为日神阿波罗的别称，一首赞颂他的颂歌也叫《佩阿纳》（*Peana*）。诗中是说，这些享天福者歌颂的不是异教诸神，如酒神巴库斯（见注7）、日神阿波罗。萨佩纽注释本指出，但丁是从维吉尔的《埃涅阿斯记》第六章和《农事诗集》第二章了解到有关酒神和日神的颂歌的。

13. “共有神性的三位”即是指“三位一体”（圣父、圣子、圣灵）。

14. “合为一体的神性与人性”指人神合一的基督。

15. 这里是说，享天福者这时结束其载歌载舞的动作。

16. “神圣的光芒”即是指享天福者。

17. 这里的两个“关切”分别指歌舞和澄清但丁提出的理论问题：如前所述，享天福者是乐于解答但丁的疑问的，因此，他们从“歌舞”转到“解答问题”时，“心中欢悦异常”，二者都是在“仁爱”精神的推动下进行的。

18. “那光芒”指圣托马索。

19. “众神灵”（numi）即是指享天福者，因为这些精灵分享的“天福”亦即是“神灵”，因而他们也便成为“神圣”。

20. “上帝的那位穷苦人”即是指圣方济各。

21. 这里用打麦来比喻圣托马索对但丁两个疑问的解答，即前面已解答了但丁的第一个疑问（即第十首第96句：“沿着这条途径，若不是贪恋虚荣，本可变得十分肥胖”）；“麦粒”已经“存仓”是影射真理可保存在记忆里。“再打一番”是指仁爱的精神使圣托马索再来解答但丁的第二个疑问（即第十首第114句：“不会生出第二个人能把事物看得如此仔细”）。

22. 诗中用两个“胸膛”来比喻亚当和耶稣：第37句所指“这人的胸膛”是指亚当，因为《旧约·创世记》第二章第二十一至二十二句中说：“主上帝使那人（亚当）沉沉入睡；然后从他身上取出一根肋骨，再把肉联合起来。上帝把那根肋骨造成一个女人（夏娃），带到那人跟前来。”“美丽的面颊”即是比喻夏娃。

23. “口腭”（palato）是指夏娃贪食禁果，使她与亚当犯下原罪，从而也给人类“带来灾祸”。

24. “那人的胸膛”比喻耶稣。

25. “被长矛刺穿”，此典出自《新约·约翰福音》第十九章第三十四句：“……有一个士兵用尖枪刺他（耶稣）的肋旁一下，跟着就有血和水流出来。”诗中是说：耶稣以自身受难来偿还人类过去和将来所犯的罪孽，从而将人类从原罪中解救出来；但古代注释家把诗中的“过去和未来”（prima e poscia）也有解释为“在刺穿耶稣的胸膛以前和以后”的，亦即指耶稣的生活和受难。萨佩纽和波斯科—雷吉奥两注释本都不主张作此诠释。

26. 这里的“天秤”是指神的正义的“天秤”，即是说，耶稣的自我牺牲和世人因而获得的功德，二者的分量在神的正义的天秤上压倒一切罪孽。

27. “威力”指创造亚当和耶稣的神的威力。

28. “第五个光芒”是指圣托马索所介绍的花环（即第一个花环）中的第五个精灵，即所罗门。诗中是说，圣托马索曾说在智慧上，没有第二个世人能与所罗门相比。

29. 这里用“圆周的中心”来比喻绝对真理与部分真理的关系：因为圆周上的每一点都是与圆心距离相等，犹如所有部分真理都与绝对真理具有同等的对比关系。但丁在《筵席》第四卷第十六节第八句段和《新生》第十二章第四句段中都有类似的说法。诗中所说的“你的看法”，即是指但丁认为，亚当和基督的智慧是最高的；“我的说法”则是指圣托马索曾说，所罗门的智慧最高，没有第二个人能具备；这两种意见，都是“万确千真”的。

30. “不会灭亡的造物”是指天使、天体、人的原质和灵魂，《天堂篇》第七首第133—144句中对此有提及，参见这些诗句及有关注释；“可能灭亡的造物”，是指由“次要起因”造成的物体；概而言之：凡由上帝直接创造的物体是“不会灭亡”的，凡非由上帝直接创造、而是通过“中介”即“次要起因”，亦即在天体影响下创造的物体，则是“可能灭亡”的物体。“思想”指圣子，亦即代表理性和思想的logos和verbo（此二词的第一个字母大写，均指“圣子”）；“光辉”则意谓“反射的光芒”，因为它是“圣父”光芒的反射，换言之，圣子的光源是圣父。因此，该句的意思就是：造物，不论是由上帝直接抑或间接创造的，都是圣子所代表的“思想”、智慧的反映。

31. 这里再次说明三位一体的关系，即是说，代表“思想”的圣子是由上帝“孕育而出”的，其手段则是“爱”亦即圣灵。圣托马索在《神学大全》第一卷中对此问题曾作过详尽阐述：“上帝是所有物体在范例上的首要起因……显然，出于本性而形成的物体都有特定的形式。这种在形式上的确定，必然要归因于神的智慧，而神的智慧也正是首要原则；神的智慧作出了宇宙的秩序安排，而这种秩序安排亦即体现在物体的相互区别上。因此，应当说，所有物体的起因在于上帝的智慧……也就是说，存在于神的脑海中的典范性的形式也都来自上帝的智慧。”

32. “灿烂的光芒”仍是指圣子的光辉；“他”指上帝，“爱心”则指圣灵。“一合为三”在诗中为动词s'intrea，又是但丁自造的词，由数词tre变来；同样，诗中“脱离”一词，即disunarsi，也可能是但丁自造的，由unità（统一体）一词变来，以说明三位一体是“不可分割的统一体”。

33. 上帝的“善心”一说来自圣托马索下面一段话：“除了上帝的善心以外，没有任何其他东西促使上帝来造物，而且他愿意把这善心依照一种与他相似的方式传达给其他物体。”“九组长存之物”（nove sussistenze）指分属九个品级的众天使；“浑然一体的原样”是说：圣子虽然把他的光芒分成无数部分，照射分属九级的天使等物体身上，但仍永远保持这光芒的统一整体。

34. “从那里”即是指从九组天使那里。诗句是说：圣子的光芒通过重重天体，从九组天使（亦称“智慧之神”）那里逐步降下，一直传送到“最后那些潜力”，亦即传送到月球以下世界的那些元素上，而且光芒的强度逐层减弱，只能造出瞬息即逝、不能长久的物体。诗中的“短暂的临时之物”，原文为breve contingenze，其中的contingenze，即“临时之物”或“可能灭亡的物体”，恰好与第59句的sussistenze即“长存之物”或实质亦即“不会灭亡的物体”相对应。“潜力”（potenze）是亚里士多德和经院哲学所用词汇，是指那些有可能是某种东西、实际上又不是那种东西的物体，亦即“潜在之物”（in potenza），只要不赋予它以实在内容，不使它具有某种形态，就不能成为“实在之物”（in atto）；因此，这里是指物质世界中的那些元素。

35. “用种子制造”是指“临时之物”与“长存之物”不同，是由天体运动用“植物”或“动物”的生物体亦即有机体制造出来的，这样的物体即是动植物等有机体；“不用种子制造”是指不是用上述有机体制造出来的，因此，即是无机体。

36. “蜡料”（cera）是指物质的基本材料或原质；“蜡料的塑造者”是指把这种原质塑造成某种形态的各重天体。

37. 这里是说，物体的原质接受天体影响的程度是不同的，而天体影响的强度也大小不均，因此，物体的原质通过天体运动影响接受圣子所代表的“思想”的光芒之后（亦即“打上的思想印记”），也便“多少不等地”反映出这“思想”的光芒。下一段三行韵诗就用树木结果作为实例来说明这种情况。但丁在《筵席》第三卷第七节第二至三句段中也曾用不同物体接受阳光程度不同作例论证有关问题：“我们可以看一看太阳的光芒，它只有一个，是来自一个光源，而它被那些物体接受的程度则是不同的。”

38. 这里是说，树木作为“物种”都是同一的，但根据它的特定原质，有的结好果，有的结坏果，人也同样如此，才有智慧高低之分。

39. 这里是说，倘若物体的原质能以最好的方式接受“思想”打下的印记，天体也能以最好的方式对物体产生影响，圣子所代表的“思想”即智慧的光芒，就能得到充分体现，然而，“自然”（亦即万戴利所说的“在〈物体〉生育中起作用的次要起因”）却总是不完善地体现这光芒，犹如艺术家，固然熟悉艺术，具有艺术天赋（“艺术衣裳”），他的手却不能完善地绘出他心目中的东西。

40. “热烈的爱”指圣灵；“首要能力”指圣父即上帝；“明察秋毫的眼力”指圣子或圣子所代表的智慧。

41. “正是这样”是指正是通过上帝的直接创造。“泥土才一度当之无愧，化为那个动物”，是指能够做到尽善尽美境地的泥土，才塑造成人，即完美无缺的亚当。此处用典出自《旧约·创世记》：“主上帝用地上的尘土塑造一个人的身体，把生命的气息吹进他的鼻孔里，这人就成了有灵魂的活人。”

42. 这里是说，正是通过圣灵的作用，圣母才怀下作为人的基督。

43. 这里是说，亚当与基督都是上帝直接造出的，因而具有十全十美的智慧，亦即十全十美的“人性”。圣托马索在《神学大全》第一卷中曾对此有所阐述。

44. “此人”指所罗门。

45. 这里用典出自《旧约·列王记上》第三章第五至十二句，其中说，主在梦中向所罗门显现，对他说：“你希望我赐你什么，你可以求吧。”所罗门说：“……主我的上帝啊，你让仆人继承我父亲大卫为王；然而，我还是幼稚无知，不懂得处事治民的方法。你的子民多得不可胜数，仆人却要在他们当中治事断理，所以，求你赐我智慧去治理你的民，又懂得判断是非；不然，我又怎能担起治国的重任呢？”上帝非常喜欢所罗门所求的，便赐给他“无与伦比的聪明智慧。”

46. “动力”指智慧动力，亦即智慧之神天使。这是一个形而上学问题，但丁在《筵席》第二卷第四节第三至十五句段、《天堂篇》第二十八首和第二十九首中都曾述及，并提到古代哲学家和基督教神学家为此而提出的不同解决办法。

47. 关于从一个必然性前提和偶然性前提中是否都会得出一个“必然性结论”，是亚里士多德在驳斥柏拉图的有关论点时提出的一个逻辑学问题，因为从亚里士多德逻辑学的原则来看，这是荒谬的。

48. “第一个运动”原文用拉丁文primum motum；这里是说，“第一个运动”是自行运动，而不是在另一个运动的推动下产生的。圣托马索在《神学大全》第一卷中就论述此问题：“一切运动的东西都必然是受另一个运动推动的。而倘若由之产生运动的那个东西也运动起来，那么，它也一定是被另一个运动所推动。在这个问题上，不能无休止地推论下去。因此，必然要有一个第一个运动，它不是受任何运动推动的，大家把这个运动就称作上帝”；亚里士多德《物理学》第八章也阐述了这个问题。这是个物理学或自然哲学问题。

49. 这里涉及的是欧几里得的几何学问题。诗中列举这个问题，旨在说明：所罗门要求上帝赐予他的智慧并不是与他作为国王的职能不相干的，从而进一步指出：他的那种智慧是无与伦比的。

50. 这里但丁又用射箭来说明圣托马索谈论此问题的用意，亦即要说明：所罗门的智慧是要做到一个君主所应发挥的首要职能，即处事公正，而这就需要君主“谨言慎行”。

51. 这里只引述本篇第十首第114句“那就不会生出第二个人能把事物看得如此仔细”中的“生出”（surse）一词，意在令但丁明白：此动词本意是“升起”，圣托马索使用此词，即是要说明，就国王的地位而言，他们是驾凌于其他人等之上的。

52. “人类始祖”指亚当；“喜悦的爱子”原文为Diletto，指耶稣，此典出自《新约·马太福音》第三章第十七句：其中说耶稣受了洗礼，从水里出来，天立即开了，上帝的圣灵也降到他身上，同时有声音从天上传来："他是我喜悦的爱子。"

53. "如铅系足"的说法来自成语andare coi piedi di piombo，意谓行事慎重。这里是指人不可仓促做出断语。

54. 这里的"情感"指对自身意见的偏爱；这种情感会妨碍"心智"对问题作不怀偏见的思考，因而会坚持错误。

55. 这里用钓鱼来比喻探求真理：一个人若不懂得钓鱼技术，必会空手而归，其结果不仅是徒劳往返，而且还有害无益，因为去时只不过是"无知"，而返回时则更因垂钓失败而增加许多"错误"，这是比"无知"更加不幸的。

56. 帕尔梅尼德（Parmenide）为公元前五世纪盛极一时的希腊埃利亚学派（scuola eleatica）的哲学家，是该学派创始人塞诺法尼斯（Senofane）的弟子，曾写过训世诗《论自然》（*Sulla Natura*），已散佚。他主张存在物是单一的，不动的，不可分的。

梅利索（Melisso），也是埃利亚学派的哲学家，生于公元前五世纪上半叶的萨莫岛（Samo）。为帕尔梅尼德的弟子和追随者，也写过同名训世诗，其理论比其师还要激进。但丁可能通过亚里士多德的《物理学》了解梅利索和帕尔梅尼德的观点的，他在《帝制论》第三卷第四节第四句段曾引述过亚里士多德对梅、帕二人的尖锐批评："既然错误可能在于主题和论述形式方面，这就有可能犯下两种错误：要么是从错误的前提出发，要么则是论证欠妥，这便是哲学家（亚里士多德）指责帕尔梅尼德和梅利索的两件事情，指出他们'接受错误的原则和不曾正确地论证'。"

布里索（Brisso），即布里松（Brisone），古希腊数学家和哲学家，古希腊历史学家希罗多德（Erodoto）之子，苏格拉底和欧几里得的学生。但丁是从亚里士多德批判其圆中四角形的理论方面了解他的，因此，以上三人的名字和理论都可能出自但丁所阅读的大阿尔贝托的《物理学》（*Physica*）。

57. 萨贝利奥（Sabellio），生于公元三世纪初非洲的潘塔波利（Pentapoli），为异端分子，其学说否定三位一体，公元261年遭亚历山大（Alessandria）公会议谴责。约死于265年。

阿里奥（Arrio），另一异端分子，其著名理论是否认圣子具有永恒性，否认圣父与圣子具有同体性，曾有广泛影响；325年遭尼色亚（Nicea）公会议谴责。他约于280年生在埃及的亚历山大，336年死于君士坦丁堡。

"那些愚人"指其他异端分子。

58. 这里是说，上述异端分子像用凹镜映照《圣经》那样，把《圣经》弄得面目全非（"把面容的直线弄弯"）。诗中提及"利剑"，对此有两种解释：一是说利剑的锋面如凹镜一般，映照《圣经》时也同样把《圣经》加以歪曲；一是说异端分子用利剑篡改《圣经》，破坏其完整性。

59. "贝尔塔夫人和马蒂诺老爷"（donna Berta e ser Martino），如意大利另一句俗语"蒂齐奥和卡佑"（Tizio e Caio）一样，相当于中文的"张三李四"。但丁在《筵席》第一卷第八节第十三句段和第三卷第九节第七句段以及《论俗语》第二卷第六节第五句段中都提及过此说法的来源，十四世纪的多明我教士帕萨万蒂（Passavanti，1298—1357）在其名著《悔罪的镜子》（*Specchio della penitenza*）中则指出："打谷场上的马蒂诺老爷和磨坊里的贝尔塔夫人都大胆地前来释梦，而这却是自然哲学的两位最伟大的师尊即苏格拉底和亚里士多德都不敢一试的。"

60. 这里是说，不可看到某人"偷窃"干坏事，某人"献祭"干好事，便断言上帝已为他们的命运作好安排，亦即善有善报，恶有恶报，除非上帝亲自前来判决。

61. 这里是说，盗贼可能会悔过而得救（"升天"），献祭者则可能会成为伪善者而被打入地狱（"落地"）。

第十四首

1. 这里用圆罐里水的流动来比喻圣托马索和贝阿特丽切的相继谈话：圣托马索位于花环，亦即“圆周”，他说完了话，继之开言的是贝阿特丽切，她则与但丁位于花环的中心，亦即“圆心”；圣托马索说话时，犹如圆罐里的水由圆周流向圆心，贝阿特丽切说话时，则又如圆罐里的水由圆心流向圆周。

2. 这里的“生命”一词，原文为vita，意谓“灵魂”，此用法也见于本篇第九首第7句和第十二首第127句。

3. 这里表明贝阿特丽切对但丁的心理活动十分了解，不论是但丁未曾用话说明的疑问，还是但丁自身尚未想到的问题，她都能预先猜透。

4. 第13句至第18句两段三行韵诗说明但丁的疑问所在：一是在最后审判后，各灵魂都与肉体重新结合，即实现“肉体的复活”，如今围绕灵魂的光芒是否永远存在下去；一是这种强烈的光芒是否为复活了的肉体的各器官，特别是眼睛所能承受。这两个问题曾由圣马托索在圣博纳文图拉所著《皮埃尔·隆巴尔多〈教父名言录〉注疏》(参见本篇第十二首注10)中加以论述，该书搜集了教会重要神甫的言论；圣托马索在其《神学大全》第三卷附册中也阐明此问题。

5. 这里的“有目可睹”，是指最后审判后，各灵魂重新有了肉体，因而可以被人所看见；但也有人把原词visibili理解为主动式，即各灵魂“能用肉体器官观看事物”。萨佩纽和波斯科—雷吉奥两注释本都持前一说法。

6. 这里的“祈求”是指贝阿特丽切以但丁的名义提出的要求。“神圣的圆圈”指精灵所组成的两个花环。

7. 诗句是说，有人抱怨人活世上，必须死去，才能升入天堂，这是因为他们不曾目睹享天福者得到上帝恩泽的雨露滋润，换言之，他们不知天堂中有此永恒的幸福。但也有人把这里的“死”看成“自己亲爱的人”的死，萨佩纽和波斯科—雷吉奥两注释本都未作后一种解释。

8. 这两句的数字“一、二、三”都是指唯一存在和三位一体的上帝，但其中的“二”，则可能是指人神两性合一的圣子。

9. 本维努托对此句的解释是：上帝是“不局限在某个地方的，他本身包拢着万物”，亦即上帝是无处不在，无所不包的。《炼狱篇》第十一首第2句也有类似的写法。

10. “三次”是祈祷词常用的数字，指三位一体，在此不一定指某一具体颂歌。

11. “较小圆圈”指里面的花环；“最灿烂的光辉”指所罗门：本篇第十首第109句就说，第五个光芒即所罗门的灵魂“最为美丽”。德国哲学家斯坦纳(Steiner, 1861—1925)在其分析《天堂篇》第十四首的著作中曾认为，贝阿特丽切所提问题之所以由所罗门来回答，可能是因为传说《圣经》的《雅歌》即是所罗门所作，而《雅歌》又被诠释为化为肉身的圣子身上两性结合的象征和预兆，诗中所谈的神学理论问题涉及肉体的复活，也便与基督的复活联系起来了。

12. 这里的“谦和”，原文为modesta，萨佩纽和波斯科—雷吉奥两注释本对此词的理解略有不同：前者认为，在谈到十分神秘的问题时，理应声音温和而有所节制；后者虽然也认为此词有温和之意，却进一步指出，还有“与一个最贤明的国王相适宜”的含义，因为该国王“意识到自己智慧的局限性”，萨本则不同意后一说法。诗中所说的“那位天使”是指向圣母宣告她不久将怀孕生子的天使长加百列(见《新约·路加福音》第一章第二十六至三十三句)；这里用“也许”，因为《圣经》中并未提及天使的语调，这是但丁所假设的：萨佩纽认为，但丁可能认为，天使向世人宣告上帝恩赐如此重礼，理应采用这种语调。

13. “欢庆”意谓“幸福”；“爱”意谓“仁爱”；“衣裳”即指精灵身上发射的光芒。此句的意思是：天堂的幸福是永恒的，因为精灵身上发射的仁爱的光芒也同样是永恒的。

14. 此段三行韵诗进一步阐述觐见(上帝)—仁爱—光芒三者之间的关系，本篇第五首第

1—6句也曾论述过同一问题(参见该首有关诗句及注3)。“亮度”指光芒,“热度”指仁爱,“觐见”指对上帝的认识:萨佩纽和波斯科—雷吉奥两注释本都引述圣博文图拉如下一段话,波-雷本还认为,这段话可能是诗句的依据:“他们享受天福将与他们的爱成正比;他们的爱则与他们(对上帝)的认识成正比。”

15. “光荣而神圣的肉体”是指经最后审判而复活的肉体因分享到天堂的光荣而变得“光荣而神圣”了,即神学家所说的“光荣的肉体”(corpus gloriosum)。“完全恢复原状”是指灵魂与肉体的完全结合:圣托马索《神学大全》第一卷曾指出:“灵魂作为人性的一部分,只有在与肉体结合时,才能臻于自然的完美”,这也便使“身躯”更能享受天福。关于“更加令人感到欢畅”,波斯科—雷吉奥注释本曾就此句提出疑问,即究竟是令“谁”感到欢畅,是“上帝还是我们,或两者皆是”;它认为,此句含义是不确定的,因而可能是指两者。

16. “他”指至善,亦即上帝。

17. “恩深义重的光”是指至善“普照宇宙的恩泽”;诗句的意思是:上帝赐予的恩泽是使人能“觐见”和认识上帝的必然条件,因此恩泽愈大,对上帝的“觐见”也愈深,而“觐见”上帝愈深,仁爱之热度(“满腔热忱”)也便愈强,由此产生的光芒便愈亮:从第46句至第51句对觐见—仁爱—光芒三者关系的论述层次恰好与第40—42句相反。

18. 这里是说,烧到白热的煤炭,尽管有火焰,但其放射的强光,能盖过火焰,煤炭本身的形体仍可被人看见(“可以保全”);诗中用此例来说明:复活后的“光荣的肉体”的光辉将会压倒如今包拢精灵的仁爱之光,因而肉体仍会外露而依稀可见。圣博纳文图拉也曾对此问题作过类似的论述和比喻:“复活了的肉体将根据其本性具有某种颜色,并将有一种光芒将它包拢,犹如火焰包拢煤炭。”

19. “一切能令我们感到欢欣的物件”意谓一切可以为我们带来天福的东西。

20. “一组和另一组”指两个花环。“阿门”原文为Amme,即Amen,为佛罗伦萨或托斯卡纳方言,至今仍然通用。《最佳评注》认为,这里,两个花环的精灵说出“阿门”一词,有三点意义:一是肯定所罗门所言不虚;二是表示要求完美的愿望;三是与众享天福者互相表达欢快情绪。

21. “对死去的躯体的憧憬”意谓这些精灵怀着对与各自的肉体重新结合的强烈欲望。萨佩纽注释本还指出,这种强烈欲望“也许并非为各精灵自己,而是为他们的亲属和为他们在尘世旅程中曾热爱过、而如今则希望在天国能再与之重见的所有的人”,并引用本维努托所作的类似诠释,强调指出:“天主教的天堂不是否定或背弃,而是宣扬尘世亲情。”然而,波斯科—雷吉奥注释本则不同意这样的分析,它与近代注释家波雷纳、基门兹一样,认为第65—66句所提出的看法尽管具有“深刻的人情味”和“充满精美的诗意”,却是“自相矛盾”的:因为单只希望获得“更大的完美”一点就“不符合享天福者的处境”,尤其不该把“尘世亲情”也牵扯在内。

22. 此句用“妈妈”(mamme)一词,波斯科—雷吉奥注释本认为,此词虽充满亲切之情,但语气不够高尚,但丁在《论俗语》第二卷第七节第四句段中,即使作为“俗语”,也曾拒绝使用该词。

23. “周围”指两个花环的四周。“已有的亮光”指两个光辉灿烂的花环所放射的光芒。“仿佛是在把地平线照亮”是指这片光芒像是旭日即将初升时,地平线上出现的一片光芒。“在……上”也有人认为是指这片光芒比已有的日球天的光芒还亮,萨佩纽和波斯科—雷吉奥两注释本则都认为是指除“已有的光亮”之外。

24. 这里,诗句又进一步描述这片光芒犹如“暮色初临”,第一批星光开始出现,但还不甚清晰。“视力所见似真,又不似真”,波斯科—雷吉奥注释本的解释是:由于第一批出现的繁星不甚清晰，时而看得到它们，时而又看不到它们。但似乎也可理解为“似有若无”。

25. “长存之物”原文仍为sussistenze（参见第十三首第59句及注34和35）；这里是指享天福者的精灵。

26. “圣灵”代表爱即“仁爱”，它所放射的仁爱之光照耀享天福者的灵魂和一道道光辉。

27. 这里是说，但丁此刻所见的“景象”超乎凡人的思维能力之上，非记忆力所能保留，只好把它们略去不谈，而贝阿特丽切的美丽笑容，也便随这些景象，一概不加描述了。

28. “这样一来”是指由于看到贝阿特丽切的美丽的笑容，被强光所刺激的视力随即得到恢复。

29. “更高的幸福一级”即是指火星天。

30. “那颗星辰”指火星。但丁在《筵席》第二卷第十三节第二十一句段中曾说：“火星……颜色如火。”“艳红”一词原文为roggio，意谓色如“烧红的火”。波斯科—雷吉奥注释本认为，前句已说明火星的笑容如火，此句应是指：“因为贝阿特丽切进入这一重天，天体的颜色便显得更深些。”

31. “向上帝作出奉献”意谓向上帝表示感谢和虔诚。“新的恩泽”指上帝降恩使但丁得以升入更高一重天。

32. “埃利奥斯”（Eliòs），为希腊文的helios（赫利奥斯），意谓“太阳”，但丁是从乌古乔内·达·比萨（Uguccione da Pisa）的《词的来源》（*Derivationes*）一书中读到的，其中还武断地把此词与希伯来文意谓“上帝”的一词即Ely放在一起，说helios来自Ely，因此，一度被人称为“上帝”；波斯科—雷吉奥注释本据此认为，这里但丁显然是用此词代表上帝。“装扮”一词原文为addobbi，有人认为，它由古法文adober（即“把骑士武装起来”）演变而来，萨佩纽和波斯科—雷吉奥两注释本都认为，此说不无道理，因为在火星天的精灵都是“战斗的精灵”，是“信仰的骑士”。

33. 这里把火星天上的两道光芒比作纵贯天体两极的银河（Galassia），因为银河里有许多大大小小的星辰，两道光芒中也“汇集繁星点点”（见第100句）。“使学识渊博的智者也产生疑惑”是指关于银河的起源和性质，学者一直有不同看法，争议不休，但丁在《筵席》第二卷第十四节第五至八句段中也曾根据大阿尔贝托和圣托马索对亚里士多德《论气象》一书的评注对此作过论述。

34. “令人肃然起敬的标记”指十字架，即两道光芒交叉成十字状。“九十度弧”原文为quadranti；四个九十度弧连在一起，即是指两个直径在圆内的直角交叉；“它”即标记；这样，两道光芒所显示的“标记”即是“双臂对等的希腊式十字架”（萨佩纽）。

35. 此句说法恰与第79—81句所说的含义相反，即原来是但丁目睹的景象抛开记忆，因为记忆力无法记住天上的这些奇妙景象；这时，但丁眼见十字架，记忆力起作用了，并且“胜过”才智，因为但丁虽记住“十字架”，“才智”却无法找出“适当的例子”来描述这景象（见第105句）。

36. 此句是依照萨佩纽注释本译出的，因为波斯科—雷吉奥注释本采用了佩特罗基注释本的印法，把动词lampeggiare（“光芒四射”）作为及物动词，全句因而成为quella croce lampeggiava Cristo（那十字架照耀基督），而萨本的印法则是把该动词作为不及物动词，并在“十字架”一词前加前置词，全句因而成为in quella croce lampeggiava Cristo，基督就成为动词的主语，而不是受事了。

37. 这里指的是能忠实遵从救世主的训诫而得到永生的好的基督徒；诗中的提法系取自《新约》的《马太福音》第十六章第二十四句；《马可福音》第八章第三十四句；《路加福音》第九章第二十三句和第十四章第二十七句：“人如果决定跟从我，就应该舍己，背起他的十字架来跟从我。”诗句的意思是：凡好的基督徒必将升天，亲眼看到

"光芒四射"的基督,因而确信用凡人的语言是无法描绘基督的形象的,从而也便原谅但丁把此形象"略去不谈"。但近代的波雷纳则不同意古今注释家的大多数的意见,认为登上天国是直接的,不容许但丁暂作停留,移情他顾,波斯科—雷吉奥注释本也倾向于此说法,因而它同意托拉卡的解释,认为此段三行韵诗最后一句(第108句)中的"看到"一词,是指但丁,而不是指好的基督徒,因为但丁眼见一片"白色霞光"之中的基督,被惊呆了,所以才来描述此形象。

38. 这里的"角",原文为corno,是指十字架横条的一"臂","从这一角到那一角"意谓从十字架的"右臂"到"左臂";"从顶到下"亦即意谓从十字架竖条的"顶端"到"下端"。

39. "点点光辉"即是指各享天福者的精灵;"迸射出闪亮的火花"是指显示仁爱与欢乐情绪的加强。

40. 这两段三行韵诗用生活实例细致而又相当冗长地比喻"十字架"中的点点星光的状况:把这些星光比作暗室中射进的一道光线中的微尘,形态各异,不断变化,纵横飞飘,快慢不均,而要看到此现象,人们就得想方设法,用窗板、帘幕或幕篷来遮挡强光,使室内保持黑暗,只留一道光线,否则就无法看到了。

41. "吉加"(giga)是中世纪一种乐器,波斯科—雷吉奥注释本指出,由于有关资料不足,难以具体说明它是怎样一种乐器,从诗中用句推测,可能是接近竖琴的一种多弦弹拨乐器,但也有人猜测是古代提琴。

42. "你胜利""你复活"原文分别是Risurgi和Vinci。安德雷奥利认为,这是"这些灵魂歌颂战胜死亡与地狱的耶稣基督的一首颂歌的两个最清晰的词汇",但正如波斯科—雷吉奥注释本所说,无法具体确定这第五重天的精灵所唱的究竟是哪一首颂歌,显然但丁是有意用这两个词来说明基督的复活和战胜死亡,而这又与本首的主题是很贴切的,因为本首的主题正是肉体的复活。

43. "美丽的双眼"指贝阿特丽切的双眼。

44. 这里使用一种艺术夸张手法,即描述贝阿特丽切的一双秀目是"一切美丽"的"印证"和"体现",而这双眼睛愈往上升就愈有魅力,愈能动人心弦。但是,"生动印证"(vivi suggelli)被大多数注释家诠释为各重天体,巴尔比则依据《最佳评注》的解释,认为是指神的光辉,萨佩纽和波斯科—雷吉奥两注释本依据本维努托的看法,一致认为是指贝阿特丽切的眼睛。

45. 这里是说,尽管贝阿特丽切的双目如此美丽,并且愈来愈美丽,但丁一见这双秀目,就能满足一切欲望,但迄今为止,他却仍顾不上去观看她;这种反衬笔法也使人可以想象火球天的神奇景象。

46. "喜悦"(piacer)在这里意谓"美丽"。

第十五首

1. "正直率真的爱"指对"至善"亦即上帝的爱。
2. 这里用"竖琴"比喻但丁所见的光辉灿烂的"十字架"里的一群享天福者的合唱;"神圣的琴弦"系指一个个享天福者,"停止跳动"指他们停止歌唱;"上天的右手"指上帝的右手,即是说,享天福者的合唱是在上帝的启示下进行的。
3. "长存之物"即享天福者的灵魂。
4. "正当的祈求"指世人的正当祈求。
5. "不能持久的东西"指世间过眼云烟的财物;"永受痛苦煎熬"指在地狱中遭受永劫不复的苦刑。
6. 这里是指晴朗而安静的夜空。
7. "火光一点"指流星陨落。
8. 这里是说,这颗星辰原来闪烁发光之处,有许多其他星辰,并不见消失,只是它在那里"停留短暂",几乎像突然熄灭一般。
9. "向右延伸的一角"是指十字架的右臂;这里是说,十字架上的许多星辰中有一颗星,从十字架的右臂,向但丁所在的十字架下脚飞快移动。
10. 这里又用"宝石"和"丝带"来比喻星辰与十字架,即宝石从丝带上脱落下来,沿着直角方向"游动"。"径向条木",原文是lista radial,即诗中把十字架作为圆周,分成四个弧度和半径,"宝石"即是由右半径向下垂的半径游动,恰成"径向"或"辐向"(radiale)。由此可见,诗中所描述的"十字架"是四根木条长度相等的"希腊式十字架"(croce greca)。有些古代注释家把radial释为"光辉灿烂",似欠妥。

    "雪花石"(alabastro)是一种石灰岩,往往质地透明,呈雪白或淡黄色,古代常用来装饰窗户,类似玻璃。近代注释家波雷纳曾说,他曾目睹托斯卡纳一座教堂内,一位圣器看管人用烛光向人展示祭台正面的雪花石装饰物,那烛光的游动,衬托雪花石的背景,恰如诗中所述;他据此推测,但丁想必看过这种现象。波斯科—雷吉奥注释本也说,在拉维纳的著名古迹加拉·普拉齐迪亚(Galla Placidia, 388—450)墓中,其小窗即是以雪花石镶嵌的,色泽光线异常柔和;这也说明,诗中的比喻运用得贴切而生动。
11. "最伟大的诗人"指维吉尔,或更确切地说,指维吉尔的《埃涅阿斯记》,因为其中第六章描述埃涅阿斯与其父安奇塞斯的亡魂在天堂乐土中相遇,这与本首乃至下两首着重叙述但丁与其先祖的相遇,恰好同出一辙。
12. "爱丽舍仙境"(Eliseo),即今文中的Elisi、Elisio或Campi Elisi,即前注所说的理想中的"天堂乐土"。
13. 这段三行韵诗全部是用拉丁文写出的:O sanguis meus, o superinfusa/gratia Dei, sicut tibi cui/bis unquam celi ianua reclusa?"我的骨血"恰如《埃涅阿斯记》中安奇塞斯对其子埃涅阿斯的称谓,其余部分也和维吉尔的有关诗句相同。这里改用拉丁文书写,显然是为了突出说明但丁与其先祖的相遇和埃涅阿斯与其父的相遇意义相同,并赋予更深刻的思想内涵。这也正是第十五首以及第十六、十七两首构成《天堂篇》乃至《神曲》全篇的中心篇章的原因所在:因为但丁从他的先祖口中得悉他的未来流亡和所负的有关诗歌和道义的崇高使命,这也正是《神曲》全诗的主旨。
14. "那束光芒"即是指说话的精灵,亦即但丁的先祖卡恰圭达,但直到本篇第135句,卡才直接透露他的名字。"贵妇"指贝阿特丽切。"从这边和那边"但丁都"感到惊奇不已"是说:但丁的先祖所说的话和这时贝阿特丽切的容貌显得更加美丽,二者都令但丁感到惊讶。
15. 这里的"荣光"(gloria)意谓享有天福,亦有荣升天堂之意;为避免与后面的"天堂"一词含义重复,有些注释家认为,此词为grazia(即享有"天恩")之误。但古代手抄本都证明此词是"荣光"而非"天恩"。
16. 这里的"精灵"仍指但丁的先祖。
17. "标的"(segno)指凡人的理解力水平。

18. 这里，诗句又用“射箭”来比喻但丁的先祖如何设法降低“话语”的水平，来迎合但丁的理解力。
19. “伟大的天书”指上帝的思想，其中所有世事无不记录在案，所有精灵也能从中了解未来。诗中所说的“黑”“白”，具体说是指写入的内容（即“黑”）和未写的篇页（即“白”），概括地说，即是指“天书”中的内容不会有任何增删，神所作的各种判断，不会有任何改变。
20. “做到这一点”是指满足但丁先祖的“渴望”。根据波斯科—雷吉奥注释本的解释，这里的“光芒”或是指但丁先祖周身的光芒，或是指日球天，或则是指十字架的光芒。
21. 诗中的“她”（colei）是指神的“恩泽”，因为意文的“恩泽”（Grazia）是阴性名词。
22. “创始的思想”指上帝的思想。此段三行韵诗的含义是：但丁既然知道每个享天福者都从上帝身上了解他的思想，就不向说话的精灵提出任何要求，不询问对方究竟是谁，何以比其他任何精灵都更高兴地见到他，然而，但丁的先祖还是希望但丁主动提出自己的愿望的。
23. “大小精灵”是指享有天福程度大小不等的精灵。
24. “照镜”是指享天福者从上帝身上来观察世人的思想，犹如“照镜”一般，因为世人的思想都反映在“镜子”亦即上帝身上了。
25. “神圣的爱”指神的仁爱之心；诗句的意思是：但丁的先祖，如所有其他享天福者一样，都受到上帝仁爱之心的永恒影响，热切渴望实现这种仁爱，因而希望但丁能毫不胆怯地、坦率地说出自己的要求，以便使之得到满意的答复。
26. “自信”意谓毫不恐惧；“果敢”意谓大胆坦率；“快乐”意谓毫不悲戚：一旦看到但丁身上具有这三种表现，对方的仁爱之心就会变得更加热烈。
27. 这里重复两次“响亮地说出”（suoni），意在加重但丁先祖切盼但丁照其言而行的语气，意义相近的“意愿”（volontà）与“渴求”（disio）的联用，也说明这一点。
28. 这里用“生出双翼”来形容和比喻但丁渴望向对方求知，在《神曲》中是常见的，如《炼狱篇》第二十七首第123句即是。
29. 这里是说，上帝以“智慧”之光照耀每一个享天福者，以“深情”之热烘暖他们，是均衡一致的，毫不偏颇；“第一均等”指上帝，因为上帝本身也是完全均等的，即他的各种特性之间都达到相互均等的完美程度。
30. “言行”的原文为argomento，有实现“心愿”的手段之意，即“言行”。“原因”是指上帝所创造的一切造物，与造物主相比，都是不完善、有局限性的；享天福者可以从上帝身上看到这一切，凡人则做不到。正是由于这个缘故，凡人往往事与愿违，犹如“翅膀上的羽毛”有多有少，“各不相同”。布蒂曾就此解释说：“世人心愿之所至，非言行之所至。”
31. “不均等”是指心愿与言行之“不均等”，换言之，有心无力，即有感谢之心，而无表达此心之能力，因此，只能用一片亲情来表示感谢。
32. “活的黄晶”原文是vivo topazio；topazio是一种宝石，称“黄玉”或“黄晶”，这里用来称呼与但丁对话的精灵，表示钦敬和尊重；“异宝奇珍”原文是gioia preziosa，意谓“珍贵珠宝”，在诗中即是指光辉灿烂的十字架。
33. 此句令人想起上帝在为耶稣施洗时所说的话，详见《新约》的《马太福音》第三章第十七句、《马可福音》第一章第十一句、《路加福音》第三章第二十二句：耶稣在水中受洗后刚出来，天就开了，上帝的圣灵像鸽子般降到他身上，同时又有声音从天上传来：“他是我喜悦的爱子。”“即使是等待”意谓“即使尚未见到他”。诗中用“枝叶”和“根”说明但丁与其先祖的关系。
34. 但丁的“家族姓氏”为阿利基埃里（Alighieri）：这里所说但丁家族据以起名的人，是但丁先祖卡恰圭达的儿子、但丁的曾祖父阿利基埃罗（Alighiero），1189年和1201年8月14日的两份资料中曾提及他，而但丁可能以为他在1200年以前便去世了。阿利基埃罗生有二子：贝洛（Bello），是杰里（见《地狱篇》第二十九首第27句及有关注释）的父亲；贝林乔内（Bellinccione），是但丁之父，另一个阿利基埃罗（Alighiero）的父亲。据说，此人在炼狱山第一层即骄傲者赎罪之所待有一百余年（因为但丁的冥界和天堂之行是始于1300年）。

35. 这里是指但丁作为活人为死去的亲人祈祷赎罪，缩短后者在炼狱山受苦的期限。

36. 从此句起，开始追述旧佛罗伦萨的状况，是本首最精彩的部分：佛罗伦萨最早的旧城，据编年史家维拉尼称，是依照罗马城墙式样，建于神圣罗马帝国创始人查理大帝（Carlo Magno, 742—814）时代，即约在九、十世纪。第二次建筑的环城更宽广，则建于1173年；1284年又第三次建筑环城，于十四世纪期间完工。这里所说的"古老环城"是指第一次建立的环城。

37. 据拉纳等古代注释家称，在最早的城墙上，建有名为"巴迪亚"（Badia）的教堂一座，它根据不同的祈祷诵经的时间，如上午九时的"第三时"和下午十五时的"第九时"以及其他时辰，鸣钟计时，各类行业的手艺人也便根据钟声出入、工作和休息。

38. "和平"是指旧时的佛罗伦萨尚无内部派系斗争之苦；"简朴"指衣食简朴，不追求奢侈；"廉正"则指世风清正。维拉尼在《编年史》第六章中对此有详细记载。

39. 诗中把佛罗伦萨比作女人，以此对比昔日的俭朴和今日的奢华。

40. 这段三行韵诗举例说明过去佛罗伦萨的清正民风，《最佳评注》曾对此作过如下评注："因此，当时某人生下女儿，在其内心并不产生恐惧，即生怕不能把女儿嫁出，像今日的情况那样；因此，他们等待相当年龄时才把女儿嫁出，今日则在女儿犹在摇篮时便已许婚；妆奁在当时也是有限度的，不令人思之生畏；而如今，则是一女嫁出，便把父亲的全部所有一并带走。"诗中所说"年龄"和"妆奁"都不超出"限度规定"，是指年龄不是过早，妆奁也不是过多。

41. 对此句有几种解释：一是说家族房屋数目超过需要，因而许多房间都"空荡无人"；一是说由于内部斗争，许多人被流放，因而十室九空；一是说民风败坏，使家族陷于缺乏子嗣的境地。萨佩纽注释本认为，最后一种说法似更妥帖，因与下文比较协调一致。

42. 撒尔达纳巴洛（Sardanapalo，公元前668或前667—前626或前625），亚述王，以穷奢极欲著称。

43. 蒙特马洛（Montemalo），位于罗马西边的一山丘，今称马里奥山（Monte Mario），在此登山观景，十分壮丽；乌切拉托佑（Uccelatoio）为位于波洛尼亚古道附近的一山丘，登此山可眺望佛罗伦萨景色。诗中以此二山对比罗马和佛罗伦萨：前者过去固然在景观上胜过后者，但如今在发达兴旺方面已逊色于它，将来在腐化堕落方面还会远不如它。诗中的主动词essere，用了三个时态，即era（"过去"）、è（"如今"）、sarà（"将来"），中文无法表达，只好借用时间副词来说明。

44. 贝林丘恩·贝尔蒂（Bellincion Berti），属拉维涅亚尼家族（Ravignani），为《地狱篇》第十六首第37句提及的"善良的瓜尔德拉达"（buona Gualdrada）的父亲，诗中把他树立为佛罗伦萨旧时的作风简朴的典范，尽管他出身十二世纪最显赫的贵族家庭之一（维拉尼《编年史》第四章和第五章都曾提到他）。诗句用他所系的"骨制环舌皮带"来突出形容他的俭朴，据本维努托称，后来佛市的达官显宦、名门望族所系的腰带，都是"丝制"的，上面镶有金银、宝石或珐琅装饰。

45. 奈尔利家族（Nerli），为塞斯托·德·奥尔特拉尔诺（Sesto d'Oltrarno）执政官家族，属归尔弗派的主要名门望族之一，当时颇为德高望重。

维基奥家族（Vecchio），即维基耶蒂家族(Vecchietti),在十三世纪末期,佛罗伦萨归尔弗派分裂为黑白两党后,该家族参加黑党。维拉尼《编年史》第四章曾提及这两个家族。

诗中所说上述两家族的"那个人",并不一定像前段所提的贝林丘恩·贝尔蒂那样,指两家族的首脑,但据有些注释家猜测,前一家族的"那个人"可能是指1204年曾任佛市执政官的雅科波·迪·乌哥利诺·德·奈尔利(Jacopo di Ugolino de'Nerli),后一家族的"那个人"则难以确定。

46. 布蒂曾对两家族过去先人的衣着俭朴作过诠释:说他们所着"皮衣",外无布面,内无毛皮衬里,不像后来那样讲究、奢华。

47. 依照佛罗伦萨最早的习俗,妇女应居家纺织,不论贫富。

48. 这里是说,当时佛市一片太平景象,妇女都确信,自己死后必将下葬本乡本土,而不致像后来内乱频生那样,流离失所。

49. 这里是说,当时也因为没有内部相争,迫使丈夫背井离乡,流亡法国去经营生意,妻子则落得"空闺独寝"。

50. 这里的"家人",原文为famiglia,此词在中世纪有两种含义,一是指家庭,二是指仆役。诗中所提关于特洛伊人、菲埃索莱和罗马的"寓言"(原文用favoleggiare,亦有讲故事之意),都是与佛罗伦萨的城市演变有关,即特洛伊人如何在埃涅阿斯带领下来到意大利,菲埃索莱原为佛市附近一古城,如何被罗马人所摧毁,当地居民被迁往佛市,等等。维拉尼《编年史》第一章、《地狱篇》第十五首第61—62句以及其他有关资料都对佛市的起源和变迁有过论述,这些也都是当时流传甚广的逸闻趣事。

51. 齐安盖拉(Cianghella),系佛罗伦萨人阿里哥·德拉·托萨(Arrigo della Tosa)的女儿,嫁给伊莫拉人(Imola)利托·德利·阿利多西(Lito degli Alidosi)。其夫死后,她返回佛市,生活放荡,穷奢极欲,直到1330年去世。

拉波·萨尔泰雷洛(Lapo Salterello),佛罗伦萨人,法学家兼诗人,与但丁同庚,在十三世纪后二十年,曾历任各种公职。1294年,曾任驻教廷使节,并任佛市执政两月的执政官。1300年,曾揭发佛市某些居民与教皇波尼法丘八世勾结,也许因此于1302年被黑党以徇私舞弊、贪污公款罪判处流放。编年史家贡帕尼曾指出:他是个不老实、穷奢极欲、贪污腐败的政治官吏和挑拨是非者,为人卑鄙险恶。据说他于1320年左右死在撒丁岛。

52. 钦齐纳托(Cincinnato),即奎因齐奥·钦齐纳托(Quinzio Cincinnato),公元前五世纪的罗马著名独裁官,详见本篇第六首第46句及注24。他以政治廉明、民风素朴而著称。

科尔尼利亚(Corniglia),即科尔奈利亚(Cornelia),为著名的贤妻良母,参见《地狱篇》第四首及有关注释。

诗中用上述四个生活、品德迥异的人物对比佛罗伦萨今昔的堕落和清廉。

53. 玛利亚即圣母,这里是说,但丁的先祖卡恰圭达正是诞生在昔日佛罗伦萨的纯朴、正直的良好条件之下。

54. 玛利亚"被高声呼叫不住"是生动地描述卡恰圭达呱呱落地前,其母临产时腹痛呼叫圣母救援的情景。

55. "古老的洗礼堂"的"洗礼堂"一词,为Batisteo,此词一直沿用到十六世纪,这里即是指但丁降生后受洗的圣约翰洗礼堂(battistero di S. Giovanni),参见《地狱篇》第十九首第17句及有关注释。

卡恰圭达(Cacciaguida),系但丁的太曾祖,生平不详,只根据一项1189年的资料证明,是年,他已去世;但丁在本篇第十六首中曾指出,他可能在1091年左右,生于佛罗伦萨的塞斯托·迪·圣彼得门(Sesto di Porta S. Pietro)。据称,其家庭与佛市古老的望族埃利塞伊(Elisei)有亲属关系。他娶了波河流域的一女子为妻,生有二子,一名普雷伊泰尼托(Preitenitto),一名阿利基埃罗(Alighiero),即但丁的曾祖(见注

34)。卡恰圭达曾随1139年至1152年任德国皇帝兼神圣罗马帝国皇帝的科拉多三世(Corrado III,在他在位期间,意大利国内分裂成归尔弗和吉伯林两派),参加第二次十字军东征,曾任科拉多三世的武装骑士,1147年基督教军遭受重创,卡恰圭达战死沙场,但年代不甚确切,至少是在十字军战败撤出圣地时,亦即不超过1148年。

56. 莫龙托(Moronto)和埃利塞奥(Eliseo)生平均不详。后者的名字似可证实卡恰圭达家族与埃利塞伊家族有亲属关系,拉维纳但丁回忆录的研究学者科拉多·里齐(Corrado Ricci)就曾说,诗中的埃利塞奥不是名字,而是家族之姓,即是说,莫龙托是卡恰圭达的兄弟,但仍保持埃利塞伊家族之姓,卡恰圭达则根据其妻阿尔迪基埃拉(Aldighiera)之名,为其阿利基埃里家族(Aldighieri)的一支定名;然而,此说尚未可作为定论。也有人认为,莫龙托是佛市1076年的一份资料中所提的"莫龙托·德·阿尔科"(Moronto de Arco),还有人根据1131年的一份资料推测卡恰圭达之父名"亚当"(Adamo),但都不曾为人所承认。

57. 波河流域(Val Padana),即今文Valle Padana,有人认为具体指斐拉拉,因为那里有一些资料证明,自十一世纪起就有一阿尔迪基埃里家族,一直兴旺到十四世纪中叶。甚而有一份资料提及阿尔迪基埃里家族有一名叫阿尔迪基埃罗(Aldighiero)的人,此人在1083年仍活着,可能是卡恰圭达的岳父。也有人认为,这里具体地是指帕尔马、维罗纳、波洛尼亚,但都不可信。

58. 这里是说,但丁家族的姓氏,即是以卡恰圭达之妻的姓氏、通过其子第一个阿利基埃罗之名而定名为阿利基埃里(Alighieri)。

59. "库拉多"(Currado),即科拉多(Corrdao)。但究竟是1147—1149年与法王路易七世一起,对大马士革发动第二次十字军东征的科拉多三世,还是1024—1039年任西罗马皇帝的绰号"撒利克人"(il Salico)的科拉多二世,至今在注释家中间仍有所争议:有人认为,不是科拉多三世,因他从未到过意大利,卡恰圭达不可能追随他,从而认为,但丁是把两个"科拉多"弄混了,而科拉多二世则确曾到过意大利,并武装许多佛罗伦萨人,册封为骑士,在卡拉布里亚与当时登陆的撒拉逊人作战,维拉尼在《编年史》第四章对此还有记载。但丁之子彼特罗曾就此作过纠正,认为是科拉多二世。但据编年史料证明,此说不确,因从时间上说,卡恰圭达比科拉多二世几乎晚一个世纪。萨佩纽和波斯科—雷吉奥两注释本认为,实际上,科拉多三世曾来到意大利,在托斯卡纳地区与其对手洛塔里奥二世(Lotario)作过斗争,因而不排除:卡恰圭达在此期间与他结识,并受他青睐,成为他的骑士。

60. "法律"(legge)指宗教法规,这里则是指伊斯兰教,或是影射奉行伊斯兰教的撒拉逊人。

61. "牧者"指教皇。但丁不止一次谴责教皇为追求尘世利益而忽略异教占领圣地。

62. 这里是指异教徒侵占基督教徒在圣地应有的权利。

63. "在那里"指在圣地进行的十字军围剿。"乌合之众"指穆斯林和异教徒。"伪善世界"(mondo fallace)指奉行异教的世界。

64. 这里是说,卡恰圭达是为了捍卫自身的基督教信仰而死的。

第十六首

1. 这里是说,“血统”的高贵,并非“真正”的高贵,真正高贵的是个人完美心灵的高贵,正如但丁在《筵席》第四卷第二十节第五句段乃至《论帝制》第二卷第三章第四至六句段中所说:“谁又看不到:高贵这个名字是多么虚妄和无谓的呢? ……这一点似乎确实如此,即高贵是一定的威望,但它是从祖先的功德中派生出来的”,“家族不会制造个别高贵的人,而个别的人则会使家族变得高贵”;高贵有两种形式:一是“自身”的,一是“祖辈”的,二者的结合才是最高的高贵,埃涅阿斯就是最好的范例。
2. 这里的“脆弱不稳”是指世人易犯错误,即把瞬息即逝的高贵看成稳定的善,易被虚假的善所引诱,而在天堂,人的“欲念”就不会脱离真正的善而去追求虚妄的东西。这正如但丁在《筵席》第四卷第十九节第三句段所说:“凡存在美德之处,才有高贵。”
3. 这里用“披风”作比,即是说:家族的优点犹如“披风”,在短时间内就会消磨干净(“很快便会缩短”),倘若不由个人逐渐树立新的功德的话(“一天天增加新料”)。但丁在《筵席》第四卷第二十九节第十一句段中曾说,“那些高贵的后裔当中,好的可能会一个个相继死去,其中的坏的则可能会一个个降生,这一来,姓氏就会产生变化,那就该说,这姓氏不是高贵的,而是卑鄙的”。
4. “您”(voi)是尊称,但丁在《神曲》中只用来称呼贝阿特丽切、布鲁内托、法里纳塔、卡瓦尔坎蒂、马拉斯皮纳、阿德里亚诺五世和圭尼采利;甚至在前一首第85句,因为最初不知对方是他的先人,也曾称卡恰圭达为“你”(tu)。
5. 诗中的“容忍”(sofferie)一词是依据萨佩纽注释本译出的,波斯科—雷吉奥注释本则是依据佩特罗基版本,将此词变为s'offerie,即“奉献”。萨本用此词,是根据中世纪传布甚广的一种错误见解,即认为,凯撒征服全世界后,返回罗马,大受尊敬,罗马人出于对他的畏惧,才最早称他为“您”,此说见于《最佳评注》。但是,罗马市民对此称呼很不习惯,未能像意大利其他各地那样沿用,至今罗马所属的拉齐奥大区的乡间口语,不论被称呼之人权势多大,都仍一概以“你”相称,但丁之子彼特罗也曾持此说。波斯科—雷吉奥本认为,“您”的用法并非在公元三世纪前才引进的,上述说法可能出于对卢卡努斯《法尔萨利亚》有关章节的误解,而其中只提及给凯撒以荣誉称号,并未提及称他为“您”;况且这种解释也隐含贬义,因而根据过去权威手抄本,将“容忍”变为“奉献”,是更符合但丁的政治思想的。
6. “那位夫人”是指十二世纪法国骑士传奇《湖上的朗斯洛》中的马勒奥贵妇(dama Malehaut)。她在王后吉妮维尔与骑士朗斯洛谈话时,待在一边,吉妮维尔言语不慎,泄露了与朗斯洛的私情,她于是佯作“咳嗽一声”,意在提醒骑士:有她在现场,并暗示她已了解二人的秘密。关于吉妮维尔与朗斯洛的爱情故事及《湖上的朗斯洛》传奇,请参阅《地狱篇》第五首及有关注释。
7. 这里的“父亲”(padre)意谓祖宗。
8. 这里是说,卡恰圭达把但丁抬举到他根据本人的功德所应受到的待遇以上的地位。
9. “渠道”(rivi)在此意谓原因、理由。
10. 这里是说,但丁的心灵有能力承受这极大的欢欣,而不致被压碎。
11. “圣约翰”指洗礼者约翰,因为他是佛罗伦萨的守护神;“羊圈”指佛罗伦萨。
12. 这里是说,卡恰圭达说的话不是但丁时期所说的佛罗伦萨俗语。许多注释家认为,卡恰圭达这时所说的话,即是前一首第28至30句中所写的“拉丁文”,即使本首诗中仍改写为当时的文字(“现代这种言语”);但如今占优势的看法则是:卡恰圭达所说的话是他那个时期通用的古代佛罗伦萨语言。
13. “万福”(Ave)指“万福玛利亚”(Ave Maria),即是指天使长向圣母玛利亚宣告:基督化为肉身，降生于世，因此，诗中计算卡恰圭达降生的一天，即是从“圣告”(Annunciazione)那一天算起，亦即3月25日，这也是佛罗伦萨的习俗惯例，即是说，依照佛罗伦萨的古代日历，一年的首日为3月25日。诗中说卡恰圭达的母亲“如今已成为圣女”，是指她已升入天堂。

14. “火球”是指火星；“天狮星座”(Leone)，据但丁之子彼特罗称，与火星一样，具有“热而干燥”的性质，加之，火星的外文名正是战神玛尔斯，因而骁勇善战与狮子的勇猛也意义相近，诗中据此才说，天狮星座是火星的星座；卡恰圭达生前曾为武士，这也因为他降生时受上述两星的影响所致，因此，波斯科—雷吉奥注释本指出，固然可以假定，宣告基督化为肉身和卡恰圭达降生两个时辰，都可能是火星来到天狮星座的时候，但在诗中，这并非“天文”现象，而是具有“象征”意义。

15. “五百五十加三十次”，原文是cinquecento cinquanta e trenta fiate，实际上即是指“五百八十次”，即是说，从“圣告”至卡恰圭达从母腹中降生，火星与天狮星座相结合共达五百八十次；若按但丁依照阿尔夫拉加诺(Alfragano)天文理论所做的计算方法，火星的恒星周为687日，火星与天狮星座相遇五百八十次，则为398、460日，除以一年的365日，则得出1091太阳年，亦即从“圣告”至卡恰圭达降生，共经历1091太阳年，“1091”也便是卡恰圭达的诞生日期。但丁之子彼特罗对此曾做过不同的计算，并把诗中的“三十”(trenta)释为“三”(tre)，把火星的周转算为两个太阳年，从而得出卡恰圭达的诞生日期为1106年；波-雷本认为，此算法不确。天狮的“脚”指天狮的狮爪，这是该星座在黄道带中的形象。

16. “这个地方”指佛罗伦萨的这个地带：从西面数，算是最后一个街区，亦即圣彼得门(Porta San Pietro)，亦即“塞斯托·迪·圣彼得门”(见本篇第十五首注55)。在这个地点，每年圣约翰节，都要举行赛马夺标会，赛马者都是从西面奔向锦旗所插之处，故诗中强调从此方向算起，便是“最后一个市区”。有关赛马会的资料，最早见于1288年，但此习俗可能更早便已有了，卡恰圭达时期则可能还没有，因而诗中说“你们每年赛马游戏”。诗中的“市区”，原文为sesto，音译为“塞斯托”，即今文的sestiere，其本意为六分之一，因在但丁时期，佛罗伦萨城分为六个市区，即在1172年把最早古城墙以外的市镇包拢在旧市区之后，此时，第二次的古城墙也业已建成。然而，在卡恰圭达时期，在最古的城墙内，佛市则是一分为四，市区称quarto(即四分之一)，即今文之quartiere，当时分四门，即：圣彼得门、主教门或主教堂门(Porta del Vescovo或del Duomo)、圣潘克拉齐奥门(Porta San Pancrazio)、圣玛利亚门(Porta Santa Maria)。在但丁年代，又新辟一区，名“奥尔特拉尔诺”(Oltrarno)，圣玛利亚门则一分为二：圣彼特罗·斯凯拉乔区(San Pietro Scheraggio)和圣徒镇(Borgo Santi Apostoli)，其他三区未动，共六区。值得注意的是：卡恰圭达诞生之处位于老市场(Mercato Vecchio)附近的杂货商街(via degli Speziali)街首，佛市的名门望族埃利塞伊家族府邸即位于此地，这也是有关阿利基埃里家族与该家族有亲属关系的一个例证(参见本篇第十五首第136句及注56)。据波斯科—雷吉奥注释本称，阿利基埃里家族当时的住址是在赛马场道以外，位于圣马丁主教教区(popolo di San Martino del Vescovo)。

17. 这里描述卡恰圭达不愿详谈其祖辈情况，并非有什么不可告人之处，而只是表明卡有意回避自我炫耀之嫌。萨佩纽注释本还认为，可能但丁本人对此也一无所知。

18. “玛尔斯”是指位于老桥(Ponte Vecchio)的一座被人认为是战神玛尔斯的雕像(参见《地狱篇》第十三首第144—147句及有关注释)；“洗礼堂”则是指圣约翰洗礼堂，位于最早城墙内的主教门附近。诗中以这两地(一在极南，一在极北)来替代佛罗伦萨

全市。

19. 根据维拉尼《编年史》第八章的估计，1300年，佛罗伦萨全市居民为三万余，因此，按照诗中的计算，卡恰圭达时期的佛市人口当为六千出头。这个数字显然是大略估计的，诗中所说“如今活着的人”既可以指“可以持刀佩剑”的人，又可以指包括妇女、老幼在内的全体居民，总之，诗句的主旨在于说明十一世纪末（或十二世纪初）至十四世纪初之间，佛市人口已有大量增加。

20. 这里是说，卡恰圭达时期，佛罗伦萨的居民，“直到最卑微的手工艺人”，都是佛市土生土长的。

21. 坎皮（Campi），即指位于比森丘河谷（valle del Bisenzio）、距佛罗伦萨十二公里的小镇，今称“坎皮·比森丘”（Campi Bisenzio）；切尔塔尔多（Certaldo）指位于埃尔萨河谷（Valdelsa）的一个农村小镇；菲基内（Fegghine），即今菲利内（Figline），为位于阿尔诺河谷（Valdarno）上游的一小城市，距佛罗伦萨三十公里。波斯科—雷吉奥注释本认为，诗中列举这三个城镇，可能旨在具体说明约在十三世纪中叶从这些地方流入佛市的一些人物。

22. 加卢佐（Galluzzo）和特雷斯皮亚诺（Trespiano）都是距佛罗伦萨只有几英里的小镇，分别位于通往锡耶纳和波洛尼亚的大道上。

23. 阿古利昂（Aguglion）系指位于佩萨河谷（val di Pesa）的一座城堡，即阿古利奥内（Aguglione）；西尼亚（Signa）系阿尔诺河上一个小村镇，距佛罗伦萨不远，位于通往比萨的大道上。诗中所说来自上述两地的“村野之夫”：前者是指巴尔多·迪·威廉·达·阿古利奥内（Baldo di Guglielmo da Aguglione），他是法学家，地位显赫的政界人物，曾历任最高公职，多次出任执政官，与但丁是同时代人，曾任1293年修订司法程序委员会委员，又是1311年9月2日颁布的著名“司法改革”的炮制者：该项改革虽然对被放逐者实行大赦，却把但丁以及吉伯林派及归尔弗派白党内头面人物排除在外。1299年，他曾被卷入尼可洛·阿恰尤利（Niccolò Acciaioli）所犯的营私舞弊案（参见《炼狱篇》第十二首第104—105句及有关注释）。他的家族即是从佩萨河谷的阿古利奥内城堡发迹的。后者则是指法齐奥或博尼法齐奥·迪·塞尔·里纳尔多·莫鲁巴尔迪尼·达·西尼亚（Fazio或Bonifazio di Ser Rinaldo Morubaldini da Signa），他也是法学家，多次担任执政官，1316年还任司法军事首脑，曾在放逐但丁方面起过很大作用。编年史家贡帕尼曾在其编年史中记载他如何因“为非作歹”从白党转入黑党，并充当黑党主要头目之一。1310年，他被委派出任驻教皇克莱蒙特五世的教廷的大使，求助于该教皇，对抗亨利七世皇帝。

24. 这里是指法齐奥早于1300年就已密切注意政局变化，从中牟取私利，后来果然在黑党得势时加入了黑党。

25. 这里是影射教会上层人物：教皇和枢机主教，因为他们远离基督向教会指出的正路。

26. “凯撒”在此仍是泛指皇帝，即是说，教会背弃作为“生母”的天职，而像“继母”那样歹毒地对待皇帝。但丁在这里再次对教会的堕落给世上带来内乱和体制杂乱无章等最大祸患进行谴责。托拉卡曾就此指出，神圣罗马皇帝、绰号“红胡子”的腓特烈一世曾取消佛罗伦萨市对其全部属地的管辖权，并把此权力交予皇帝代理人统管，后在亨利六世即位时，佛市才逐渐恢复其对周边地区的管辖权，特别是在1197年11月11日签订的圣杰内西奥条约（trattato di S. Genesio）后，佛市与托斯卡纳地区其他僭主结成反对皇帝的攻守同盟，当时有两位枢机主教在场，言定不接受任何皇帝或皇帝代理人的管辖，除非得到罗马教廷的同意或批准；此后，佛市便受到教会的左右。

27. “经营买卖”和“从事银钱交易”在中世纪是在几项最大的行业中仅次于法官

与公证人的最有权势的行业；西米封蒂(Simifonti)即塞米封特(Semifonte)，系埃尔萨河谷的一城堡之名，诗中以它来代表有关人物的祖先从事卑微的沿街叫卖的小贩工作的地方："沿街兜揽生意"的说法来自布蒂，其原词语为andare a la cerca，也有人把它解释为"沿街行乞"，总之是意在说明：祖先处于贫贱卑微境地，而其后裔则都已发家致富；但德尔·隆哥则根据《最佳评注》和本维努托的说法认为，此词语意谓夜间巡逻，并指出，此含义一直沿用到十六世纪，因而系指充当雇佣士兵，他甚至认为，此处是影射祖籍塞米封特的维卢蒂家族(Velluti)，特别是指该家族主要成员之一即利波·维卢蒂(Lippo Velluti)，他曾命令把佛罗伦萨的名门望族、曾于1292年任佛市执政官的贾诺·德拉·贝拉(Giano della Bella)于1294年逐出佛市。

28. 蒙特穆尔洛(Montemurlo)系位于普拉托与皮斯托亚之间的一座城堡，自十一世纪起即属圭多伯爵家族(Guidi)所有，佛罗伦萨一般统称该家族为"伯爵"，即诗中所说的"伯爵领地"(Conti)。为与皮斯托亚争夺该城堡，该家族与皮斯托亚人几经战斗，后因无力保卫，于1219年一度将该城堡让与佛罗伦萨；1220年，又经神圣罗马帝国皇帝腓特烈二世批准，复得该城堡，但1254年，再度将该城堡让与佛市，圭多家族也便迁入佛市。

29. 切尔基家族(Cerchi，参见《地狱篇》第六首及有关注释)，为经商致富的有权势的家族，为佛罗伦萨归尔弗派白党领袖，原住在西埃维河谷(Val di Sieve)的阿科内(Acone)教区长管辖区。

30. 彭代尔蒙蒂家族(Buondelmonti，参见《地狱篇》第二十八首第106句及有关注释)是导致佛罗伦萨内部派系斗争的最早起因；该家族原住在瓦尔迪格里耶维(Valdigrieve，亦即格雷维河谷Val di Greve)的蒙特布奥尼城堡(Castello di Montebuoni)，1135年被迫迁入佛罗伦萨(维拉尼《编年史》第四章有记载)，德尔·隆哥认为，诗中用"或许"一词，是为了说明：倘该家族不迁入佛市，也不会成为佛市内乱的首要起因。

31. 这里用"饭食"为例说明佛罗伦萨的内乱祸端系由"人员混杂"而起，即一部分饭食尚未消化，又吃进另一部分饭食，从而导致了人体(肠胃)的病痛。这是源自亚里士多德的中世纪法学家和哲学家普遍的理论原则；参见亚里士多德《政治学》第三章第三节和第六章第十节等。

32. 这里又运用了两个生动比喻：前一例意谓：一个小国家("羔羊")要比一个大国家("雄牛")更易统治；后一例则意谓：一国人民，尽管人数很多，却缺乏良知("五把宝剑")，要比一个团结一致的小国的人民("一把宝剑")更弱。波斯科—雷吉奥注释本认为，这里用"一比五"来举例，非出偶然，因为前面提及：佛罗伦萨的人口，在卡恰圭达时期，只相当于但丁时期的"五分之一"。

33. 卢尼(Luni，参见《地狱篇》第二十首及有关注释)系位于马格拉河(Magra)左岸的一座埃特鲁斯古城，但丁时期便已完全塌毁，无人居住。该城曾多次遭撒拉逊人洗劫，但其居民减少是由于港口塌陷以及1204年行政管区迁往萨尔扎纳(Sarzana)所致，此外，该城四周环境恶劣也是人口渐少的一个原因。但该城之重要性则始终未减，其名称仍保留在卢尼加纳(Lunigiana)地名之内。维拉尼《编年史》第一章对卢尼城的变迁有记载。

奥尔比萨利亚(Orbisaglia)，或称"乌尔比萨利亚"(Urbisaglia)，为位于托连蒂诺(Tolentino)附近的古城，古称"乌尔贝·萨尔维亚"(Urbs Salvia)，属马尔凯地区。曾被西哥特人(Visigoti)摧毁，但丁时期，在其废墟附近，建立了一座有碉堡的小镇，名"卡斯特隆·奥尔贝萨利耶"(Castrum Orbesaglie)，史料中有记载。奥维德《变形记》第十五章中列举的被摧毁的城市里有其名。

基乌西(Chiusi)系位于基亚纳河谷(Valdichiana)的埃特鲁斯古城，古称“克鲁西翁”(Clusium)；但丁时期，由于气候恶劣，疟疾肆虐，该城日趋没落(参见《地狱篇》第二十九首及有关注释)。十六世纪对该城开始进行改良土壤的工作，今已成为一小城市。

西尼加利亚(Sinigaglia)，亦属马尔凯地区，旧名“塞纳·加利卡”(Sena Gallica)，但丁时期即已开始衰亡，其原因是屡遭撒拉逊人摧残、洗劫，同时有疟疾横行。后逐渐复苏，今已成为商业发达的海滨城市。

34. 此说法来自圣托马索的《神学大全》附册：“人不能永生……城市也会消亡。”

35. 这里是说，死亡在有些东西中令人无法看见，因为这些东西能相对地持续很久，而人的生命又是如此短暂，以致看不到这些东西的终结。但丁在《论俗语》第一卷第九节第八至九句段中也有类似的论述：“种种运动都是一点一点地发生的，我们根本无法估量这些运动，而一件东西的变化愈是需要时间，我们也便愈是判断这件东西是稳固的。”

36. 这里用海水随月之朔望而退潮涨潮来比喻幸运女神对佛罗伦萨兴衰的操纵。月球运转对潮水涨落的影响，早在古时和中世纪就成为人们确信不疑的知识，圣托马索在《神学大全》第一卷中对此也有论述。

37. 从第88句起，连续两段三行韵诗都列举了佛罗伦萨在卡恰圭达时期的显赫一时但已日趋没落的“高门大户”：乌基(Ughi)、卡泰利尼(Catellini)、菲利皮(Filippi)、格雷齐(Greci)、奥尔马尼(Ormanni)和阿尔贝里基(Alberichi)等家族。这些家族以及下面提及的其他家族都在维拉尼的《编年史》中有记载。

38. 萨奈拉(Sannela)、阿尔卡(Arca)、索尔达尼埃里(Soldanieri)、阿尔丁基(Ardinghi)和博斯蒂基(Bostichi)等家大业大、年代久远(“既大又老”)的家族，据《最佳评注》称，在但丁时期，都已沦为平民阶层或社会底层，索尔达尼埃里家族还作为吉伯林派遭到放逐。

39. “大门”系指切尔基家族后来所住的圣彼得门，“上部”意谓“附近”；“新的背信弃义行为”系指新迁入圣彼得门的切尔基家族的背叛行为，正是因为他们的迁入，佛罗伦萨才发生新的内部不和，走上毁灭之路：“背信弃义”是指查理·德·瓦鲁瓦以斡旋黑白两党为名，进入佛罗伦萨，实际上则是扶植黑党再度上台，打击白党，作为白党领袖的切尔基家族在这场阴谋勾当中，扮演了反应软弱无力，从而背叛本党的可耻角色(详见贡帕尼的第二章)；但也有人认为，是笼统地指黑白两党的斗争，因为这场斗争主要是在圣彼得门一带地区展开的，由此圣彼得门区，也称作“丑闻区”(sesto dello scandalo)，维拉尼《编年史》第八章对此有记载。

40. “沉船之苦”是指佛罗伦萨因内部派系斗争而陷于毁灭境地。

41. 本段与前一段三行韵诗是追述圣彼得门区的住户变迁，即最初此地的豪门大户为拉维尼亚尼家族，为首的是贝林乔恩·贝尔蒂(参见本篇第十五首第112句及注44)，其女是瓜尔德拉达(Gualdrada)，嫁给圭多·古埃拉伯爵(Guido Guerra，详见《地狱篇》第十六首及有关注释)，另有两女分别嫁给阿迪马里(Adimari)和多纳蒂(Donati)两家族，并使该两家族支系的后裔采用了“贝林乔内”的姓氏；拉维尼亚尼家族在圣彼得门的住宅后归圭多伯爵所有，1280年则又售与切尔基家族，因此，切尔基家族被视为“新来的人”，“新的背信弃义行为”中的“新的”，亦即由此而来。第98句中的“圭多伯爵”即是指瓜尔德拉达所嫁的圭多·古埃拉六世。关于“沿袭”贝林乔内姓氏的，不仅有圭多伯爵与瓜尔德拉达的后裔，亦即多纳蒂家族的一支，由于贝女儿甚多，其所嫁的各家族，为纪念“高贵”的贝林乔内，都相继沿用他的姓氏，其中也包括但丁的阿利基埃里家族，如但丁的祖父即起名“贝林乔内”。

42. 普雷萨（Pressa）和加利加佑（Galigaio）两家族属吉伯林派：前者曾居住在主教堂门附近，有丰富的施政经验，曾在蒙塔佩尔蒂战役（参见《地狱篇》第十首及有关注释）中，背叛佛罗伦萨，维拉尼《编年史》第六章对此有记载；后者曾居住在圣彼得门，曾被册封为骑士，因此，其族旗绣有镀金的剑柄和圆形柄头，该家族在但丁时期已消亡。

43. 从第103句起，诗中列举一系列业已消亡或严重没落的家族：“松鼠皮纹”，原文是Vaio，由四行钟形银片构成；用该松鼠皮形成“圆柱”图案，以红色为底，是居住在潘克拉齐奥门的皮利家族（Pigli）的族徽；“硕大”是以其族徽形容该家族曾势力强大。

44. 萨凯蒂（Sacchetti）、乔基（Giuochi）、菲凡蒂（Fifanti）、巴鲁齐（Barucci）、加利（Galli）等家族都是在卡恰圭达时期盛极一时的家族，除萨凯蒂家族属归尔弗派，并与但丁的家族为敌（见《地狱篇》第二十九首及有关注释）外，其余家族均属吉伯林派。“为盐斗而羞愧面红的家族之人”系指基亚拉蒙泰西家族（Chiaramontesi），因为该家族在用来称售食盐的量斗上做了手脚，为此而感到“羞愧面红”（见《炼狱篇》第十二首第102—105句及有关注释）。

45. 卡尔福齐家族（Calfucci）是多纳蒂家族的朋党（“根基”）之一支，但该家族与多纳蒂家族有矛盾，被后者消灭，对此，维拉尼《编年史》第四章有记载，《最佳评注》也说，卡尔福齐家族被消灭后，其成员已所剩无几。诗中说该家族是由多纳蒂家族中产生的，似带有讽刺意味，但萨佩纽和波斯科—雷吉奥两注释本都怀疑该家族被多纳蒂家族消灭之说属实。

46. 西吉（Sizii）和阿里古齐（Arrigucci）两家族都系归尔弗派，曾居住在主教堂门，维拉尼在《编年史》第四、五章中就曾把二者并提。

47. 这里所说的是乌贝尔蒂家族（Uberti），曾为佛罗伦萨市内居于首位的吉伯林派家族，其最著名的成员即以高傲闻名于世的法里纳塔（见《地狱篇》第十首及有关注释）。“一败涂地”系指该家族失势后，被永远逐出佛市，宅第亦被夷为平地。

48. “颗颗金球”（le palle de l'oro）系指吉伯林家族兰贝尔蒂（Lamberti）的族徽：天蓝色为底，上缀“颗颗金星”。该家族在蒙塔佩尔蒂战役中战败后，被逐出佛罗伦萨。该家族曾在管理佛市方面（包括军事）起过重要作用，但丁在地狱中曾与其成员莫斯卡相遇（参见《地狱篇》第二十八首第106句及有关注释），其政治背景及个人遭遇与法里纳塔及其家族相似，故诗中把二者放在一起。

49. 这里的“父辈”是指维斯多米尼家族（Visdomini）和托辛基家族（Tosinghi）的祖先。诗中仍侧重对比“父辈”的大有作为和后辈的卑鄙堕落：该两家族一向享有管理主教区的特权，即在主教席位空缺时，由该两家族代理主教所管辖的全部事务，它们就借此机会自肥（“把自身养得胖胖肥肥”），布蒂曾说他们利用主教区的财产“大吃大喝”。“麕集一处”的原文用了concistoro一词，该词本意是教皇主持、枢机主教参加的枢机会议，其转意有秘密群集一处，图谋不轨之意，其揶揄讽刺的意味是相当明显的。维拉尼《编年史》第四章对此情节也有记载。

50. 这里所指是阿迪马里家族（见注41），该家族一向欺软怕硬，畏强凌弱，还贪图钱财，故诗中以“恶龙”和“羔羊”来形容他们的为人。该家族出身卑贱（“原是一帮小民”），后来才逐渐发家致富（“直上青云”）。

51. 乌贝尔廷·多纳托（Ubertin Donato）即乌贝尔蒂诺·多纳托（Ubertino Donato），属多纳蒂家族（见注41），因嫌阿迪马里出身微贱，不愿与之结亲，只是其岳父贝林乔内·贝尔蒂把其女儿中的一个嫁给了阿迪马里家族的一个成员，才不得不认可，但心中仍然不悦（贝林乔内的另一个女儿则下嫁给乌贝尔蒂诺·多纳蒂)。

52. 卡蓬萨科(Caponsacco)即指由菲埃索莱迁入佛罗伦萨老市场(Mercato Vecchio)居住的卡蓬萨基家族(Caponsacchi)。该家族拥护吉伯林派,后来因此被驱逐,这也便是该家族没落的开始,其成员至十四世纪仍有个别存在,但已无旧日之权势。

53. 犹大(Giuda)即指年代久远的贵族犹迪家族(Giudi),维拉尼《编年史》中未见提及;该家族属吉伯林派,很快便趋衰落,其许多成员曾参加蒙塔佩尔蒂战役。

因凡加托(Infangato)即居住在佛罗伦萨新市场(Mercato Nuovo)的名门望族因凡加蒂家族(Infangati),亦属吉伯林派,其成员曾在佛市任重要公职。维拉尼《编年史》第四章中曾提及该家族。"良善市民"(buon cittadino)系指"声名显赫"的市民。

54. "小小的城圈"指佛罗伦萨最早建立的古城圈,其城门之一名曰"佩拉门",即以佩拉家族(Pera)的姓氏命名;诗中之所以说此事"难以置信",是因为该家族早已消亡了。该门亦称"佩鲁扎门"(Porta Peruzza),因为据维拉尼在《编年史》第四章中称:该家族居住圣彼特罗·斯凯拉乔区,"佩拉"即"佩鲁扎",故该城门亦称"佩鲁扎门"。但波斯科—雷吉奥注释本认为,此问题至今仍为悬案:因为佩拉家族若是佩鲁吉家族(Peruzzi),该家族至今仍存在,而在十四世纪时,该家族曾与巴尔迪家族(Bardi)一起并列为佛市首富,1347年,该两家族才发生著名的"财政困难"。

55. "爵爷"的原文为barone,本意为"男爵",但这里是指托斯卡纳侯爵"伟人乌哥"(Ugo il Grande),他曾是神圣罗马帝国皇帝奥托三世(Ottone III)的代理人,于1001年12月21日(即圣托马索节)去世,生前曾建立七座大教堂,其中一座建在佛罗伦萨,称"巴迪亚"(见本篇第十五首第98句及注37),其遗体即葬于此,每年圣托马索节都举行盛典祭祀他。其族旗和族徽是以白色为底,上有七条朱红色带。

56. 这里是说,凡能佩戴"伟人乌哥"家族族旗和族徽的家族都被证明是古老的贵族,声望因而随之提高。这些家族有:奈尔利(Nerli)、贾恩多纳蒂(Giandonati)、贾恩加兰迪(Giangalandi)、普尔齐(Pulci)、阿列普里(Alepri)、德拉·贝拉(Della Bella)等家族。

57. 此人是贾诺·德拉·贝拉(见注27)。他虽出身贵族,却是著名的矛头指向贵族的司法改革(1293年)的倡导者,从而成为保护平民、反对豪门巨富的象征,后也因此于1295年被驱逐出佛罗伦萨,至1300年,已被放逐五年;作为小贵族出身的但丁在诗中只用了"谴责"的语气,却不带有"轻视"。

58. 瓜尔特罗蒂(Gualterotti)和因波尔图尼(Importuni)两家族在维拉尼的《编年史》中也曾被并提。它们都属归尔弗派,但也有人认为,前者属吉伯林派,其成员还参加过蒙塔佩尔蒂战役;波斯科—雷吉奥注释本认为,此说可能涉及该家族的某些支系。

59. "新的邻居"指新迁入圣徒镇的彭代尔蒙蒂家族(见注30):彭代尔蒙蒂家族因婚姻问题与阿米德伊家族(Amidei)发生流血冲突,从而导致佛罗伦萨分裂成归尔弗派和吉伯林派,内乱不断,也打乱了圣徒镇的平静生活。关于彭、阿两家族的斗争,请参阅《地狱篇》第二十八首有关莫斯卡的注释。"博尔哥"(Borgo)指上述两家族所居住的圣徒镇(Borgo Santi Apostoli)。

60. 此家族即是指阿米德伊家族。

61. 这里的"朋党"指盖拉尔迪尼(Gherardini)和乌切利尼(Uccellini)两家族。"正义的愤怒"是指彭代尔蒙蒂家族的彭代尔蒙泰因受瓜尔德拉达·多纳蒂(Gualdrada Donati)的"挑唆",毁弃与阿米德伊家族已订的婚约,而娶了多纳蒂家族瓜尔德拉达的女儿为妻,阿家族愤而杀死了他(1216年),从而导致佛市归吉两派相争的爆发,详见《地狱篇》第二十八首第106至108句及有关注释。

62. 埃玛河(Ema)系流入格雷维河(Greve)的激流,流经由佛罗伦萨通往彭代尔蒙蒂家族所住蒙特布奥尼城堡的大道。诗句是说，若上帝使彭代尔蒙泰早在埃玛河中溺死，本可避免佛罗伦萨内乱这场灾难。但早从1135年起，蒙特布奥尼城堡就已被摧毁，彭氏家族于是不得已迁入佛市，布蒂就此认为，此时，可能还有一些彭氏成员留住原地，其中就有彭代尔蒙泰，因而诗句才有“首次前来这个城市”这样笼统的写法。

63. “残缺石像”指立于老桥桥头的战神玛尔斯的石雕。关于战神玛尔斯先于圣约翰之为佛罗伦萨守护神的传说，请参阅《地狱篇》第十三首第146句及有关注释：彭代尔蒙泰正是于1216年复活节当日在老桥桥头的玛尔斯雕像前被杀的。

64. “百合花”系佛罗伦萨的城徽；诗中的意思是：佛罗伦萨的百合花徽旗从未像在战场上吃了败仗的军队那样，倒插在旗杆顶上。该百合花原是白色，只是在1251年皮斯托亚大战后，由于内部派系相争之故，才根据归尔弗派的意愿，将白色改为红色。维拉尼《编年史》第六章对此有记载。

第十七首

1. “那位”是指日神阿波罗的儿子法厄同（参见《地狱篇》第十七首及有关注释）；克利米妮（Climenè）系海洋之神奥塞昂（Oceano）与大海女神泰蒂斯（Teti）之女、日神阿波罗之妻；她与阿波罗生下一子即法厄同、三女即埃丽亚迪（Eliadi）三姊妹。法厄同听信埃巴弗斯（Epafo）之言，怀疑自己不是阿波罗的亲生子，便去询问母亲克利米妮；阿波罗为了证明自己是法厄同的生身之父，便答应让他驾驶太阳车，法厄同终于因偏离太阳车运行的轨道，被宙斯用雷电劈死；其姊埃丽亚迪三人为此痛不欲生，号啕大哭，被天神变为白杨树，她们的眼泪则被变为琥珀。诗中用法厄同的忐忑不安的心情形容此刻但丁听完其先祖的预言之后的疑虑重重。

2. “神圣的明灯”指卡恰圭达；诗中说他为了但丁而“改变位置”，是指他如“火光”“星辰”一般，改变原来在“十字架”上的位置，即“从向右延伸的一角”移向“十字架的下脚”（参见本篇第十五首第19—24句）。

3. 这里是说，享天福者早从上帝身上就已了解但丁的思想，因此，无须但丁口述来加深这种认识。

4. “根基”即是但丁对其先祖卡恰圭达的比喻性称呼。

5. 诗句用几何学的一个定理来比喻卡恰圭达洞悉尘世间变幻不定的事物，犹如世人懂得“三角形”内不能有“两个钝角”这一原理。

6. “那一点”指上帝，因为对上帝来说，不存在过去与未来，一切都属于“永恒的现在”；圣托马索《神学大全》第二卷第二章就指出：“事先了解未来的事物，如同事物本身目前的状况那样，这是神的心智特有的能力，对神的心智的永恒性来说，一切事物都是属于现在。”

7. “医治灵魂的山岭”指炼狱山；“死亡之境”则指地狱。

8. “四角形”（tetragono）是指常有四角的东

西，特别是指食品：这里再次用几何学概念来作比喻，即是说，凡带有四角的东西都是最平稳的。这一概念来自亚里士多德的《伦理学》第一章第十句和《修辞学》第三章第十一句；圣托马索曾对此也作过评注："把在道德上达到完美境界的可称作四角形，就像食物那样，一个食物若有六个四角平面，不论把它放在哪一个平面上，它都会同样很好地立稳的；同样，有美德的人在任何命运的状态下，也都能安然稳立。"

9. 此句又用射箭来比喻：预料之内的不幸会使人感到更小的痛苦；此句说法盖出自中世纪流行的伊索寓言中的一句话："预料之内的箭射伤的力量更小。"

10. 这是按原句直译的："慈父般的热爱"原文是amor paterno，波斯科—雷吉奥注释本认为，这是一种"以抽象写具体"（astratto per concreto）的笔法，意即"充满热爱的慈父"。

11. "上帝的羔羊"指耶稣基督，因为耶稣基督是为"涤除人间罪孽"而自我牺牲的。

12. "疯狂的众生"指异教徒；"晦涩的语言"指古代神谕所使用的模棱两可的谜一般的语言。

13. "你们那物质手册"原文为quaderno de la vostra matera，意即你们那物质世界，与下面一句的"永恒的脑海"亦即神的精神世界恰相对立。

14. 这里是说，人间事物的发生虽是来自神的预见，却不带有必然性，这正如"舟船"并非因为人们看到它顺激流而下才有这样的行动。圣托马索在《神学大全》第一卷中曾说："正如对现在的认识并不使正在发生的事物带有任何必然性一样，对未来的预见也并不使未来的事件成为必然。"波斯科—雷吉奥注释本认为，此句是说，卡恰圭达对但丁未来的遭遇的预言，虽来自上帝对此的预见，这并不使未来将发生的事成为必然，因此，人还享有充分的自由意志。

15. "从那里"指上述神的脑海。

16. 伊波利托（Ippolito）为雅典王特修斯（见《地狱篇》第九首及有关注释）与亚马逊女儿国国王安提奥佩（Antiope）所生之子。特修斯后娶弥诺斯国王之女菲德拉（Fedra）为妻。菲爱上了伊波利托，向他表示爱意，但遭拒绝，她怀恨在心，向特修斯诬告伊波利托引诱她，特信以为真，怒斥其子，并将伊波利托逐出雅典。伊最后溺死在第勒尼安海。菲德拉闻讯后，极为懊悔，遂自杀，但也有说她是被特修斯杀死的。但丁诗中所述，可能根据奥维德《变形记》第十五章的有关内容。诗中预示：但丁将像伊波利托那样遭诬告并被放逐。

17. 这里追述了教皇博尼法丘八世阴谋勾结佛罗伦萨黑党推翻执政的白党政府，从而导致对但丁的诬陷和放逐的经过：卡恰圭达的预言是在1300年春但丁的冥界和天国之行时作出的，而在此时，博尼法丘八世正在与佛市黑党领袖多纳蒂家族某些人秘密策划推翻白党当时的统治，决定于1301年11月，借教皇特使查理·迪·瓦鲁瓦前来斡旋之机，名为调解黑白两党纠纷，实则扶植黑党上台，迫害白党。白党政府倒台后，黑党执政，于1302年1月和3月，两次缺席判决放逐但丁。"为出卖基督而讨价还价的地盘"即是指博尼法丘八世进行阴谋策划的地点，亦即教廷（Curia）。

18. 这里的"报复"显然指上帝的惩罚，亦即根据真理所作的正义的惩罚。但诗中所说"把报复分发到众人头上"的具体所指，则难以断定：萨佩纽注释本认为，可能是指博尼法丘八世和科尔索·多纳蒂的悲惨下场（见《炼狱篇》第二十首第85—90句和第二十四首第82—87句）；波斯科—雷吉奥注释本则认为，除上述两种可能之外，也可能是指1303年佛罗伦萨发生的某些天灾，如卡拉亚（Carraia）大桥倒塌、一场极其严重的大火，等等，或则但丁可能指的是上述所有事件。

19. 从第55句到第60句，是《神曲》最著名的诗段中的两段，因为诗句深刻描述了但丁在放逐初期亲身体验的无依无靠、流离失所、求人施舍的种种痛苦。

20. 这里的“伙伴”是指但丁在放逐中的伙伴，即白党流亡者。即是说，但丁在放逐初期曾不得不与这些“邪恶而又愚蠢的伙伴”为伍，分担一些痛苦经历的打击。“低谷”指穷途末路的处境。

21. 这里是指，在1302年佛罗伦萨执政的黑党作出两次放逐判决之后，白党流亡者曾数度试图用武力对付黑党，重返家园，但均遭失败。他们曾三次从穆杰洛（Mugello）发动武装进攻，因此，德尔·隆哥曾称之为三次“穆杰洛之战”，分别发生在1302年、1303年、1306年。据估计，但丁曾亲自参加前两次战争，甚至有人说，他曾是第一次战争的发起人之一，因为在1302年6月8日一份资料中，他的名字与白党流亡者三大家族即切尔基、乌贝尔蒂尼和帕齐（Pazzi）的名字并列，据该资料称，流亡者首领曾在托斯卡纳和艾米利亚地区的亚平宁山山麓的圣哥登佐教堂（San Godenzo）聚会，准备发动战争。第二次战争系由但丁的好友、福尔利僭主斯卡尔佩塔·奥尔德拉菲（Scarpetta Ordelaffi）率领的，因此，人们据此估计，但丁本人有可能参加。由于两次战争均告失败，但丁可能曾劝阻其伙伴，被称为“无名氏”的《最佳评注》所作的一些解释就是这方面的证明，因为人们断定此“无名氏”即是但丁的好友安德雷亚·兰齐亚（Andrea Lancia）。1304年夏，白党流亡者发动了又一次战争，因为战争是在距佛罗伦萨以北不远的地方即拉斯特拉（Lastra）进行的，故又称“拉斯特拉战役”；这次战争又告失败，此后，白党流亡者即被迫偃旗息鼓，放弃武力进攻之念。但丁未参加后两次战争，故诗中特别指出，在拉斯特拉战役中“染红双鬓”（亦即“血染”双鬓）的不是但丁，并称但丁脱离伙伴，“独树一帜”，是“大好事情”。关于这些白党分子何以如此对待但丁，只能根据《最佳评注》的诠释：据说，但丁曾于1303年向其伙伴们建议：由于没有外援，最好将定于当年冬季发动的武装进攻，延至次年春季进行，对方非但不听，反对但丁产生怨恨，但丁不得已才离开了他们。

22. “伟大的伦巴第人”原文是gran Lombardo，具体应是指维罗纳僭主斯卡拉家族的某个人，薄伽丘曾认为是指阿尔贝托（Alberto，参见《炼狱篇》第十八首第121—126句），但此人于1301年，即但丁被放逐之前就已死去；萨佩纽和波斯科—雷吉奥两注释本都认为，最可靠的是指阿尔贝托的长子巴尔托罗梅欧·德拉·斯卡拉（Bartolomeo della Scala），此人恰好在1301年至1304年任维罗纳僭主，因此，但丁可能在1303年或1304年脱离白党流亡者之后，首先投靠了他。也有人认为，这是指巴尔托罗梅欧之弟、继他于1304年至1311年任维罗纳僭主的阿尔博伊诺（Alboino），但由于但丁在《筵席》第四卷第十六章第六节中提及他，略带微词，可见不会是此人。另有一些人（如德尔·隆哥、科斯莫）认为，但丁第一次找到的“避难所”“接待站”是在1306年，但根据《炼狱篇》第八首第118句的内容，是年，但丁是受到卢尼加纳的马拉斯皮纳家族的接待，况且，但丁之子彼特罗也曾指出，但丁在放逐中首先投靠的是维罗纳僭主巴尔托罗米欧·德拉·斯卡拉。然而，由于原诗的提法即“伟大的伦巴第人”过于笼统，因而也可能是指该家族，特别是指后来的坎格兰德（Cangrande，见注25）。

23. “神圣的飞禽”指代表帝制的鹰：斯卡拉家族的族徽即是一个阶梯上面置放一只鹰。

24. 这里是说，维罗纳僭主待但丁十分宽厚和慷慨，总是主动满足但丁的要求，而不需但丁先提出要求后才给以满足，而在通常的情况下，施恩者的“赐予”总是在对方“要求”之后（“稍晚”）才做出的。

25. 此人即是指巴尔托罗梅欧的最小兄弟坎格兰德，亦即阿尔贝托的第三子。他生于1291年，1311年起与其兄阿尔博伊诺联合执政，管理维罗纳事务。1312年，阿尔博伊诺死后，他继任僭主，一直到1329年7月22

日于特雷维索去世。但丁对他十分敬佩,与他相处十分亲密,因而在《天堂篇》中歌颂他。但丁投靠他是在神圣罗马帝国皇帝亨利七世去世以后,是第二次投靠斯卡拉家族,但丁甚至曾把佛罗伦萨乃至意大利复兴的希望寄托在他身上。但丁第二次在维罗纳居住的时间很长,尽管有人认为,但丁开始移居拉维纳是在1317年或1318年,但史料证明,1320年2月,但丁尚在维罗纳处理一桩土地诉讼案件,但丁还不断把《天堂篇》的一些手稿陆续送交维罗纳僭主阅读,因而有人估计,但丁第二次在维罗纳一直居住到1320年初。"星宿"是指火星,亦即战神玛尔斯;"如此深刻的影响"系指凡降生时受火星影响的人必将有赫赫战功,"令举世瞩目难忘"。

26. 坎格兰德是1291年出生的;1300年但丁冥界与天国之行时,他才九岁,因此,诗中说他"年纪很轻",重重天体"绕他而行"才"九载"。

27. "瓜斯科人"(Guasco)即"瓜斯科尼亚人"(Guascone),亦即古代法兰西瓜斯科尼亚地区(Guascogna)的人;这里是指教皇克莱蒙特五世(参见《地狱篇》第十九首及有关注释),"崇高的阿里哥"(alto Arrigo)则指亨利七世:1312年以前,克莱蒙特五世虚情假意地奉承神圣罗马帝国的皇帝亨利七世,哄他来到意大利,嗣后,又挑唆归尔弗派反对他,与他作斗争。诗中所说的"之前",即是指1312年以前。

28. 这里的"德能"的"火花"是指坎格兰德在军事上骁勇善战,不畏军旅疲劳("不顾及劳乏"),在作为僭主方面,则慷慨大度,扶危济困("不吝惜银钱")。十四世纪作家对这位维罗纳僭主的赞誉十分普遍,维拉尼《编年史》第十章、彼特拉克的诗作、薄伽丘《十日谈》第一天第七故事以及无名氏诗人为哀悼他逝世而写的连缀押韵的塞尔文泰斯体诗(serventese anonimo),都曾对他颂扬备至。

29. "乐善好施的为人"原文为magnificenze,是但丁在《筵席》第四卷第十七节第五句段中根据亚里士多德所述而提出的构成"心灵高贵"的十一个美德之一,即Magnificenza,也是中世纪骑士特有的作风与人格,其他十个美德是:坚强(Fortezza)、节制(Temperanza)、慷慨(Liberalitade)、豪放(Magnanimitade)、荣誉感(Amativa d'onore)、礼貌(Affabilitade)、温顺(Mansuetudine)、求实(Veritade)、豁达(Eutrapelia)、正义(Giustizia)。

30. 这里是说,坎格兰德的高尚为人,甚至使其敌人也不得不承认和盛赞。

31. 这里用典出自《新约·路加福音》第一章第五十二至五十三句:上帝"使君王失势,叫卑贱的升高,饥饿的得饱足,富有的空手而去"。诗中的意思是,坎格兰德能使富有的变穷,穷困的变富。

32. "别人向你所讲的内容"是指地狱和炼狱中的一些灵魂对但丁所作的预言。

33. "太阳寥寥数转的后身"即是指再过几年之后。

34. "邻人"指但丁的同乡,亦即佛罗伦萨人。诗句的意思是:但丁的寿命还会很长,甚至超过那些阴谋陷害但丁的人遭受天谴的时间:如博尼法丘八世和科尔索·多纳蒂就是分别于1303年和1308年因受上天的"严惩"而去世的(参见《炼狱篇》第二十首和第二十四首及有关注释)。

35. 诗句用了一种曲折的比喻手法:"布料"(tela)比喻但丁提出的问题;"纬线"(trama)比喻卡恰圭达对但丁所作的回答,即是说,卡已回答完了,不想再说了;"经线"(ordita)比喻继续回答,即是说,卡恰圭达的回答犹如织布时把经纬线交叉编织在一起,因此,"无须再把那纬线放在……经线上边",简言之,即是不想再回答了。

36. "以预见来武装"即是指事先对未来的不幸遭遇作好准备,以求减少痛苦。

37. "最亲爱的地方"指佛罗伦萨。

38. 这里是说,但丁担心自己的诗句会得罪一些人,从而使他在被放逐时,找不到可以投靠的地方。

39. “苦海无边的地境”指地狱。

40. “高山峻岭”指炼狱山;“我的那位贵妇”仍指贝阿特丽切。

41. “一重重星光”(di lume in lume)指一重重天体或从一个恒星到另一个恒星。

42. “将会把现时以古代相称”的人即是指后来之人。这里是说,但丁担心自己若不敢说出真理(“成为真理的胆怯友人”),就不会名传后世(在后来之人中“丧失生命”)。

43. “珍宝”指卡恰圭达的魂灵,因为前此诗中曾把卡恰圭达的光芒比作“宝石”和“活的黄晶”。

44. 这里的“良心”是指被自己所犯的罪恶或被自己的亲朋所犯的罪恶所玷污的“良心”:这样的“良心”对但丁所揭示的严峻真理定会产生怨恨。

45. 这是一句谚语式的说法,意谓谁若是被触到痛处,就索性任凭他去怨天尤人吧!

46. 这段三行韵诗的含义犹如“忠言逆耳,良药苦口”。

47. “最高的山峰”指世上有权势者。诗句的意思是:敢于撼动那些有权势者,不会带来微不足道的荣誉。

48. “高山峻岭”和“痛苦深渊”分别指炼狱山和地狱。

第十八首

1. “幸福的明镜”指卡恰圭达,因为他反映出上帝的光辉。“话语”一词,原文为verbo,系取自亚里士多德的哲学用语,本意是指头脑的思维对象,亦即内心的思想活动,圣托马索在《神学大全》第一卷中也说,此词是指“头脑的内在思想,甚至在它用言语表达之前”,因此,在诗中具有话语兼思想活动的双重含义。

2. 这里的“辛酸”比作卡恰圭达所预言的但丁将被流放、将有邪恶和愚蠢的白党分子作伴的苦处,“甘甜”则比作卡又预言但丁将得到维罗纳僭主斯卡拉家族的欢迎和接待、佛罗伦萨那些陷害但丁者将受到天谴的甜处,从而使“辛酸”得到补偿(“冲淡”)。

3. “贵妇”仍指贝阿特丽切。

4. “那位”指上帝。

5. 这里的“慰藉者”仍指贝阿特丽切。

6. “另一位”指上帝或超自然的力量。

7. “永恒之美”指神的光辉;“第二个形象”指反射的光芒,即是说,神的光辉从贝阿特丽切的“秀目”中反射到但丁的眼睛中,从而使但丁“感到满意非常”,“摆脱其他一切欲念”。

8. “转过身去”指贝阿特丽切让但丁转身面对卡恰圭达。“天国”指天堂的幸福,即是说,不仅在贝阿特丽切的眼中反映出天堂的幸福,在其他神圣的精灵的目光中也同样有这样的反映。古代注释家还认为,贝阿特丽切的这句话有这样的寓意,即不仅从对神学的默思中可以找到天堂的幸福,而且从凝望为信仰而献身的英雄范例中也可做到这一点,因卡恰圭达下面即列举了一系列为信仰而战的斗士。

9. “神圣光芒”指卡恰圭达;由于他热切想再与但丁叙话,与其他精灵一样,这时他的光芒就显得格外“闪烁辉煌”了。

10. “第五层”指第五重天,即火星天。诗中用曲折笔法,把天堂比作“树木”,树木的一层层树枝则是享天福者所在的各重天,这样的“树木”与尘世间树木依靠树根而活不同，它是“依靠树顶而生”的，而“树顶”即是指上帝；过去的神秘主义者就经常把升天觐见上帝比作攀援树枝（各重天）上升到树顶。

11. 诗中的比喻出自《旧约·以西结书》第四十七章第十二句：“沿河两岸，长着各种果树。它们的叶子不会凋萎，果实也不会断绝，必按月结出新果；这些果实不但可作食物，叶子还可以作药用，因为这水是从圣所流出来的。”诗句以此来比喻天堂的幸福是永不枯竭的。《旧约·诗篇》第一章第三句也有类似的说法。

12. “每一位缪斯女神”原文为ogne musa，萨佩纽和波斯科—雷吉奥两注释本都认为，这里是指诗歌，即是说，诗歌从这些“大名鼎鼎”的精灵的生前事迹中可以汲取丰富的题材，犹如缪斯女神由此而变得丰满滋润一般。也有人认为，这里的“缪斯女神”是象征诗人，波-雷本就此指出，musa在拉丁文中，从广义上说是指“诗歌”，而不是“诗人”，况且，但丁一向也是把此词用作“诗歌”的，如本篇第十五首第25句提及维吉尔是“最伟大的诗人”，实际上则是指他的巨作《埃涅阿斯记》。

13. 这里的“双角”（corni）即是指十字架的双“臂”。

14. 诗中是说：卡恰圭达将把十字架上的精灵一一向但丁介绍，每呼唤一位的名字，那精灵就从十字架的双臂，沿着径向木条迅速移动，犹如闪电划破云雾。

15. 约书亚（Iosuè），即继摩西任以色列人领袖的Giosuè，他曾率领以色列人取得迦南的土地（亦即“乐土”），并将这片土地分为十二个部族。《旧约》有专门记载他的事迹的《约书亚记》。

16. 此句的含义是“呼唤姓名”与精灵的“行动”是同步进行的，因而诗人看不出是“先说而后动”。

17. 玛喀比（参见《地狱篇》第十九首第85句及有关注释），指玛喀比家族五兄弟的长兄犹大（Giuda，殁于公元前160年），他曾率领以色列人推翻叙利亚王安条克·埃比法尼（Antioco Epifane，即安条克四世）的暴虐统治；事见《圣经》的佚经《玛喀比传》（*Libri dei Maccabei*）。

18. 这里用生动的生活比喻来形容“火光”旋转移动的情景，犹如儿童玩耍的抽打陀螺的游戏，特别是再次强调，享天福者的迅速的旋转动作，是由于极大的欢乐，因而就像抽打陀螺的“皮鞭”。

19. 查理大帝和奥尔兰多（参见《地狱篇》第三十一首及有关注释）：查理大帝是神圣罗马帝国的著名重建者（742—814），768年任纽斯特里亚（Neustria）和阿奎塔尼亚（Aquitania）国王，771年又任法兰克（Franchi）国王。799年圣诞之夜，由教皇莱昂内三世（Leone III）在罗马为他加冕。他以为捍卫基督教思想与撒拉逊人作战而闻名于世，从而成为中世纪英雄传说的中心人物，加洛林王朝组诗（ciclo carolingio）即由此而来。本篇第六首第94—96句曾叙述他为捍卫教会而击溃隆哥巴尔迪人（详见有关章节及注释）。

奥尔兰多是查理大帝最著名的卫士，也有人说他是查理大帝的堂弟或侄子。查理大帝的文书、历史学家埃吉纳尔多（Eginardo, 771—844）称他为Hruotlandus，即“罗特兰杜斯”，亦即法国著名史诗《罗兰之歌》（*Chanson de Roland*）的主角罗兰（Roland），是著名的昂赛瓦山谷（Roncisvalle）战役中阵亡者之一。他与查理大帝曾在《罗兰之歌》中被并列一起，因此，诗中也有意把他们并列在天国之中。

20. 古伊埃尔莫（Guiglielmo）即“威廉”（Guglielmo），这里是指奥朗日（Orange）公爵威廉。他生于公元八世纪上半叶，出身王室。为查理大帝的主要谋士之一，793年左右，是他树立战功最为显赫的时期，为纪念他最伟大的光荣战绩，曾在热洛纳（Gellona）建立修道院一座，806年，他退隐此处修道，812年去世，谥为圣徒。他像查理大帝一样，也是英雄史诗“奥朗日组诗”（ciclo di Orange）中的中心人物，该组诗中最重要的史诗有《威廉之歌》（*Chanson de Guillaume*）和《尼姆斯的辎重队》（*Charroi de Nimes*）等。他在组诗中被写成是阿梅里科·迪·纳尔博纳（Americo di Narbona）之子，曾在法国南部与撒拉逊人作战，英勇非常。

21. 里诺阿尔多（Rinoardo）即雷努阿尔（Rainouart），据说，他并非真正的历史人物，而是“奥朗日组诗”中的主要人物之一，原是一个干粗活的撒拉逊人，异教徒，为奥朗日公爵威廉收留，并皈依基督教；他与威廉一起，同撒拉逊人作战，建立战功，最后也像威廉一样，出家为僧。据说，他膂力过人，作战时仅用棍棒一根，故有“棍棒雷努阿尔”（Rainouart au tinel）的美称。有人曾把他与威廉并提，犹如《罗兰之歌》把查理大帝与罗兰并提一样，波雷纳乃至萨佩纽注释本还认为，维罗纳主教堂（Duomo di Verona）大门旁有两座雕像，即是威廉和雷努阿尔的像，但波斯科—雷吉奥注释本不同意此说法，说那像是奥尔兰多（罗兰）与奥利维耶里（Olivieri）。

哥蒂佛雷迪公爵（Gottifredi）即是指洛林（Lorena）公爵哥佛雷多·迪·布利奥内（Goffredo di Buglione），他生于1058年，1100年作为耶路撒冷王死于圣城。他是第一次十字军东征的领袖之一，特别是以征服耶路撒冷而闻名。法国中世纪的奥依语（oil）写成的英雄史诗也曾歌颂过他的战绩。波斯科—雷吉奥注释本怀疑但丁读过这些用奥依语写出的法国史诗。

鲁贝尔托·圭斯卡尔多（Ruberto Guiscardo），其实，“圭斯卡尔多”并非其姓，而是绰号，即“智多星”一类誉其“足智多谋”的美称：《罗贝尔托·威斯卡尔武功诗》（*Gesta Robert Wiscardi*）就是他的同时代作者威廉·迪·普利亚（Guglielmo di Puglia）用拉丁文所写歌颂他的战功的诗歌，萨佩纽注释本估计，但丁可能了解此诗。据说，他是坦克雷迪·迪·欧特维尔（Tancredi di Hauteville）之子，1015年生于诺曼底，1047年来到意大利，与其兄弟一道，从拜占庭人手中夺回意大利南部地区。其兄弟翁佛雷多（Umfredo）死后，他就任普利亚和卡拉布里亚两地的公爵，并于1059年，由教皇把上述两地敕封予他。他的一个著名业绩是曾在罗马反对神圣罗马帝国皇帝亨利四世，把被围困在圣安杰洛城堡（Castel Sant’Angelo）的教皇格雷高里奥七世（Gregorio VII）救出。1085年，他殁于切法洛尼亚（Cefalonia）。

22. 这里的“魂灵”仍指卡恰圭达，诗句的用意在于说明卡在上述列举的为信仰而战的名人（“这重天的众歌者”）当中的显要地位（“怎样的一位艺术家”）。

23. “弧线”指圆周，即是说，但丁随第五重天旋转的范围变得更广了，因为火球天远离了地球，而靠近了上帝。

24. “奇迹”（miracolo）指贝阿特丽切；但丁在《新生》第二十一节第四句中也曾把贝比作“奇迹”。

25. “第六颗柔和的星辰”指木星天：但丁在《筵席》第二卷第十三节第二十五句段曾说：“木星是整体上光线柔和的星辰，介乎土星的寒冷与火星的炽热两者之间”，“在所有星辰中，显现为白色，近乎银色”。诗句用妇人的羞红消除，露出本来的洁白面色来形容和对比火星的“颜色如火”（《筵席》第二卷第十三节第二十一句段）和木星的“一片洁白”。

26. “宙斯的光焰”即“宙斯的星辰”，其中用了形容词gioviale，此词可有两种解释：一是“木星”亦即“宙斯”（Giove）的属有格；二是“欢悦”，亦即形容词gioviale的本意，《最佳评注》曾就此作过这样的诠释：因为木星被认为是“和善的，其质地也是十分温和的，因此，古人曾说，幸福之因在木星的周转之内”。波斯科—雷吉奥注释本不同意后一种解释；萨佩纽注释本则不反对从广义上理解该形容词在诗中的含义（指《最佳评注》的诠释)。

27. 这里所说的“仁爱在那里光辉闪闪”,是指在木星天中的诸享天福者在闪烁着仁爱的光辉。

28. “勾勒出我们的语言”是指拼写出人类语言中的一个个字母。

29. 几乎所有注释家都认为,此处的“鸟儿”是指灰鹤,因为灰鹤喜欢成群结队地飞行,有时像在拼写字母,卢卡努斯在《法尔萨利亚》第五章中就有类似的描述;此外,古人也曾认为,灰鹤的飞行是按楔形队形而飞,类似希腊大写字母Y、Δ或Λ。

30. “神圣造物”指享天福者精灵。

31. 佩加赛亚女神(Pegasea),来自生有双翼的飞马佩加索(Pegaso),据说,它用蹄子踢出了缪斯女神所居住的帕纳索斯山的埃利科纳山麓(Elicona,见《炼狱篇》第二十九首及有关注释)的清泉伊波克雷尼泉(ippocrene);因此,诗中用此词代表总的缪斯女神,即是说,但丁祈求代表诗歌的缪斯女神给他以诗的灵感。也有人推测这里具体地是指缪斯女神中的卡丽奥皮斯或乌拉尼亚(分别见《炼狱篇》第一首第9句和第二十九首第41句及有关注释);萨佩纽和波斯科—雷吉奥两注释本都一致认为,这里只是笼统地象征“诗歌”。

32. “七的五倍”原文为cinque volte sette,即等于七乘五,亦即三十五。

33. “一个个部分”即指一个个字母。

34. 这里引用的两句用大写字母拼成的话取自《旧约·智慧篇》第一句诗:前一句意谓“你们应热爱正义”,后一句意谓“你们在判断尘世”,合起来的意思是:“判断尘世的你们,应热爱正义”,即是说,管理尘世的人应体现放之四海而皆准的正义思想。前一句第一个词为动词,第二个词为作为宾语的名词;后一句即是诗中所说的“最后几个字”:引文全属拉丁文。

35. 这里是说,《圣经》引文中的所有字母都汇集到最后一个词(“第五个词”)即TERRAM的M上:按M为Monarchia(帝制)的第一个字母,但丁在《帝制论》第一卷第十一节第二句段中就说:“最大限度的正义只有在帝制之下才会有:因此,要建立完美的世界秩序,帝制或帝国是不可或缺的。”波斯科—雷吉奥和萨佩纽两注释本还特别指出,这个M的字体是哥特式的字体,其形状类似栖立的鹰,这就为下面该字母的变化做了铺垫。

36. 这里是说,由于木星的光线柔和,它就显示出像一个银盘,而堆积成M的点点光焰,则类似“金光点点”,点缀在银盘之上,这是本首在形象描绘方面最精彩最生动的一段。

37. 这里又描述从净火天中降下新的一批享天福者,汇集到M字母的顶端,亦即哥特式字体三条线的中间一条线的顶端,从而形成纹章中的百合花形。

38. “至善”指上帝。

39. 这里是说,一些迷信的“愚昧之人”,以为燃烧的煤炭迸发出的火星有多少,他们将来就会得到多少财富。本维努托曾对此做过介绍:“意大利某些地方有这样的风俗:在冬季的晚间,一些小伙子坐在炉灶旁,在敲打火炭之后,就许下心愿,暗自说道:他们各自希望得到如火星一样多的城市、城堡、羊羔、小猪,就这样来消磨时间。”

40. “一千多束光芒”只是形容“光芒”之多,并非实际数目。“点燃它们的太阳”指上帝;诗中之意是:上帝把享天福者的光芒做了具体安排,有的在高处,有的在低处,从而形成一只鹰的形象。

41. 诗句是说,衬托着银色的背景,清晰地显示出鹰的头和颈,即是说,M又从百合花形变成鹰形。

42. “那位”指上帝。“窝巢”是随象征帝国的鹰而来,指世人的栖息之所,因为把世人或造物比作鹰和其他鸟类,便用“窝巢”象征不同的栖息之所。“德能”指上帝使造物成形的能力;这段三行韵诗比较晦涩难懂,总的意思是:上帝造物(“绘图作画”)是不需要有老师来指引的,一切造物都出自他的头脑(“他自己就是指引之人”),因为他本身就有使属于不同领域（“各个窝巢”）的造物具有不同形态（“构成造物形态”）的能力。

43. “印迹”指鹰的形状。这里的“把百合花形成”的原文是ingigliarsi，又是但丁根据名词“百合花”（giglio）自造出来的动词。关于“百合花形”有无象征意义，注释家有所争议：帕罗迪、基门兹认为，百合花象征法国王室觊觎帝国权力之野心，或是象征以查理大帝和加洛林王朝为代表的法国帝制所拥有的正当的帝国权力，随后，这些正当权力又转归德国帝制所有。萨佩纽和波斯科—雷吉奥两注释本都不同意这种分析，认为“百合花形”只不过是象征“帝制”的M字体的几个层次的变化之一罢了：波－雷本还具体指出M字体的四次变化，即第一次是形成M；第二次是从净火天中降下其他享天福者，落在M的顶端，形成纹章中的百合花形；第三次是位于顶端的精灵移动而成鹰的头与颈；第四次则是所有精灵完成纹章中的鹰的形象。

44. “宝石”即是指享天福者精灵身上的光芒。这里是说，无论通过《圣经》的引文抑或是象征“正义”的鹰的形象，都证明：人类的正义是来自上天的影响。

45. “智能”指上帝；这里是说，木星的运转和对尘世的影响能力都是来自上帝。“烟气”是指贪图世间财物、损害人间正义的腐败的罗马教廷，它甚至把木星的良好影响（“光芒”）也“遮掩”了。

46. 这里的“他”指前句中的“智能”即上帝。“再一次”是针对耶稣为洁净圣殿而“第一次”发怒，将商贩赶出圣殿而言，事见《新约》的《马太福音》第二十一章第十二至十三句：“跟着耶稣进入圣殿，把里面贩卖的商人和顾客全部赶出去……耶稣疾言厉色斥责他们说：‘圣经上记着：我的殿是祷告的地方。但你们竟把它变成了贼窝！’”《路加福音》第十九章第四十五至四十六句、《约翰福音》第二章第十四至十六句也有类似的记载。关于圣殿为上帝所造，特别是“圣迹”一词的来源，盖均出自《圣经》：《新约·马太福音》第十六章第十八句中耶稣对彼得说：“我告诉你，你要叫作‘彼得’，一块坚石。我要在这石上建立我的教会……”《旧约·但以理书》第六章第二十七句中说：上帝“在天上地下行神迹奇事”；《新约·使徒行传》第二章第四十三句中说：“大家都满心敬畏上帝，使徒又行了很多神迹奇事。”诗中的“圣迹”（segni）一词，在《圣经》中总是用作“神迹奇事”的。

47. “上天的战士”指享天福者。

48. “恶劣的范例”指腐败的教皇。

49. “面包”指上帝赐予信徒的精神食粮，亦即指圣餐（Eucarestia）；诗中的含义可能是指：教皇根据政治原因，不分青红皂白地把信徒革除教门。帕罗迪曾认为，这里是指1317年，教皇约翰二十二世曾将但丁的恩人坎格兰德·德拉·斯卡拉革除教门，萨佩纽和波斯科—雷吉奥两注释本都认为，这种假设不是没有根据的。

50. 萨佩纽和波斯科—雷吉奥两注释本都认为，此处的“你”是指教皇约翰二十二世，但对诗中“为了抹掉才书写”一句，又有不同看法：萨本认为是指约翰二十二世轻易把人革除教门，随后又为了牟取钱财而收回成命；波－雷本则认为，这在历史上是“不真实”的，肯定无疑的是教皇往往把前任教皇赐予别人的教会财产又收回和废除，没收本应归给教会的收益，宣布地方选举的主教和修道院院长无效，等等，而这些推测又是萨本所否认的。

51. “葡萄园”象征教会。圣彼得和圣保罗都为教会而殉道。

52. “愿意孤独生活的人”指施洗者约翰，亦即圣约翰，《新约·路加福音》第一章第八十句说：“那孩子（圣约翰）渐渐长大，身心强健；在他公开露面，向以色列人传道以前，一直住在荒野。”诗中说圣约翰“因那婆娑起舞而被拖去为道殉身”，是指圣约翰因为多次批评希律王娶其兄弟腓力之妻希罗底为王后，希律王对他怀恨在心，决心杀掉他，但畏于群众敬他为先知，不敢下手：在庆祝希律王生日的宴会上，希罗底与腓力所生的美丽女儿莎乐美（Salomé）出来跳舞助兴，希律王借机应许她："你无论要什么，我都给你"；莎乐美在希罗底指使下，声称："请把施洗的约翰的头，放在盘里送给我"，希律王于是命人把已被囚在狱中的圣约翰的头砍下，放到盘里送给莎乐美。事见《新约》的《马太福音》第十四章第一至十二句和《马可福音》第六章第十七至二十八句。这里影射圣约翰的头，似乎还有更深一层的含义，亦即圣约翰系佛罗伦萨的守护神，其头像是印在佛市金币弗洛林上的，这就揭露教皇只图金钱的贪婪嘴脸。

53. "波罗"（Polo）即保罗（Paolo），这不仅是"保罗"的俗称，而且还可能是但丁有意模仿约翰二十二世的法国口音写出的，因而除原有的讽刺语调外，还有轻视的贬义。"打鱼之人"指圣彼得，同样也有蔑视圣徒所从事的卑微职业之意。

第十九首

1. "美丽的形象"指鹰。
2. 这里是说，鹰的形象虽是无数享天福者的光芒所拼成，但它发出的声音，却只有一个，因此，即如诗中所说，它所说的"我"，即等于"我们"，"我的"即等于"我们的"。诗句的含义似是指："正义"无论何时何地，也无论是尘间的哪一个人来实施它，它则只有一个，正如上帝的意志也只有一个一样。
3. 诗句说明：正义与慈悲（或仁爱）二者在上帝身上是紧密相连的，同样，来自上帝的尘世权威，亦即君主，也必须具备这两个基本条件；但丁在《书信集》第五章第七句段和《帝制论》第一卷第十一节第十三至十四句段中就曾说，"他（凯撒）的庄严崇高正来自慈悲的泉源"。天堂中的"光荣"是至高无上，是任何尘世欲念所不能超越的，因此，这段三行韵诗意在说明：享天福者从在天堂所处的"光荣地位"中得到最大的满足，他们满足于各自所处的层次，没有更大的欲念。
4. 这里是说，鹰作为"正义"的象征，而"正义"在尘世是由贤君来加以实施的，在他们的善行中，也便反映了上帝的"正义"；但是，世上的"恶人"虽也不得不承认"正义"，却不愿模仿贤君实施"正义"的范例（"不遵循历史的训教"）。
5. "许多仁爱"是指胸怀炽热的仁爱之情的许多享天福者的精灵，因此，诗句用生活中的燃烧的"火炭"发出"热气"来作比喻，这种实例类比是既生动又贴切的。
6. 这里又用"鲜花"来比喻享天福者：因为他们是享有"永恒欢乐"的，又是"永不凋谢"的，亦即不像世间的"鲜花"那样容易凋谢的。
7. 这里用无数"鲜花"散发出一种"馨香"来代指无数精灵拼成的鹰发出一个"声音"。
8. 这里用"断炊绝粮"来形容但丁的求知欲，渴望享天福者用"香气"亦即"饭食"和"解释"来满足他的欲望，解决他的疑问，消除他的"辘辘饥肠"。

9. “天上另一个境界”是指贯彻上帝正义裁决的三品天使德乐尼(参见本篇第八首注13和注45、第九首第61句及注31);诗句是说,上帝的“正义”,通过德乐尼来实施,然后又由德乐尼把“正义”反映到各重天体(因而也包括木星天)的各精灵身上,而且特别是通过木星天的影响,“正义”才能体现到尘世。但也有人认为三品天使德乐尼是主管土星天(Saturno)的,因此,推断诗句所说的“另一个境界”是指土星天,或是指主管土星天的天使、智慧之神亦即德乐尼;至于诗中的“你们的境界”,则不仅是指木星天上的精灵,而且还是指各重天体的精灵。持上述看法的是萨佩纽注释本;波斯科—雷吉奥注释本则对此看法有保留,因为:对尘世施加“正义”影响的是木星天(见本篇第十八首第115—117句),土星天尽管是由德乐尼主管的,但它对尘世的影响是“静修生活”(vita contemplativa),这就与本首所涉及的主题和但丁的疑问不相符了;同样的道理:所涉及的精灵不是指全体,而是仅限于木星天的精灵。

10. 这里再次用“挨饿忍饥”来比喻但丁求知欲的强烈。

11. 诗句又用“猎鹰”作比:“鹰袋”是指鹰猎者为猎鹰缝制的皮袋,扣在猎鹰头上,遮住其视线,把它带到狩猎地点,俟开始狩猎,便把“鹰袋”取下,让猎鹰展翅飞翔,去捕捉猎物。诗句细腻而生动地描绘猎鹰被取下鹰袋后的动作和状态,其中“得意地把双翅拍动”一句,原文是con l'ali si plaude,此用法既见于奥维德的《变形记》(第八章和第十四章),又见于贺拉斯的诗作:前者用plaudere pennis,即“拍动翅膀”,后者用sibi plaudere,即“得意”;近代注释家文图里认为,诗句可能兼备上述两种含义,即描述猎鹰在被摘下鹰袋后的喜悦心情。

12. “符号”即指鹰,这里似有象征皇帝的徽旗图像之意。

13. “对神恩的赞颂者”指享天福者精灵。

14. “那位”指上帝。这里用典出自《旧约》的《箴言》第八章第二十七至二十九句(“主建立高天的时候,我已经在场。主在深渊上面画出苍穹,铺盖云层,固定深渊的泉源,划定沧海的界限,使它不得侵越陆地……”)和《约伯记》第三十八章第五、六句(“你可知道大地的大小是哪一个决定的?是哪一个准确地量度的?你知否它的根基是用什么东西支撑的?……”)。“隐晦的和明显的许多东西”是指可以理解的和不可理解的许多东西。“威力”是指上帝的造物能力。“语言”是指上帝的构思,诗中用小写verbo,但其含义与象征“圣子”的大写Verbo是相同的,因为上帝是在注视圣子的同时造物,即是说,在圣子身上,有一切造物的构思与原型:《新约·约翰福音》第一章第一至三句就说:“未有万物之先就已经有了基督,他在太初的时候,就已经与上帝同在,他就是上帝。宇宙万物都是藉着他造的,并没有一样是例外。”诗中的含义可能有两层:其一,上帝的威力是无穷大的,非他所创造的智慧的限度所能及;其二,其造物的构思不能“总是无限度地超出”上帝所创造的世界所能容纳的限度。

15. “第一个狂傲者”指先是最美丽的天使、后因蔑视上帝而被打入地狱的卢齐菲罗(参见《地狱篇》第三十一首和第三十四首及有关注释)。

16. 这里是说,卢齐菲罗虽是一切造物中最优胜的(“驾凌在一切造物之上”),却因为急不可待,不想获得上帝的恩泽(“神光照耀”),从而使自身臻于完美(“未臻成熟”),便像未熟的果实(原文用形容词acerbo,即青而酸的果实)那样,从天界“堕落”下来。

17. “较小的自然之物”即指其他造物。

18. 诗句的意思是:其他造物都不如卢齐菲罗,更是如同很小的容器,无法接受无穷尽的上帝的善,只能由上帝自身来调节赐予的程度大小。

19. 这里是说,世人的见解(“眼光”)只不过是神的"智能"所放射的光芒中的一条，而神的这些光芒是普照万物的。

20. "原理"指上帝或上帝的真正面貌；由于世人的智力和见解力量有限，无法看到上帝的全部，而只能看到自身的感官所限定的一些方面。

21. "你们的世界"指尘世，它从上帝那里"接受"观察事物的"眼力"。"永恒的正义"指上帝的正义。诗句是说，世人用从上帝那里获得的智力（"眼力"）来观察和理解上帝的正义，就像眺望大海一样：尽管在海岸上可以望见海底，但在航行到大海上时，则无法看到，因为"海水的深度"使世人的眼睛无法看到海底，尽管海底客观上仍然存在。

22. "光明"是指使人类能认识真理的光芒。"晴空"指上帝。

23. "黑暗"指其他虚假的"光明"，如愚昧；"肉体的阴影"指感官错误所造成的认识不清；"肉体的毒鸩"指如同毒药的严重错误。

24. "暗室"的原文是latebra，指隐蔽处，这里是用来象征上帝的正义的深度，是世人的"肉眼"所无法看透的。"大开门扉"指鹰向但丁所作的解释，已足以使但丁理解上帝的正义（"永生的正义"）的深奥道理了。

25. "印度河岸"泛指东方，即是指一个耶稣的言语从不能渗入的极其遥远的国度，尽管诗句使用了具体专名词"印度河"(Indo)。

26. 这里用了《圣经》上的一个典故，即《新约·路加福音》第二十四章第十九句的"说话行事"（"无论在言语上还是行动上"），原句是："这个人(指'拿撒勒人耶稣'）本来是个先知，在上帝和群众面前，说话行事都满有能力。"

27. 从这段三行韵诗的语调来看，鹰对但丁的想法是很不以为然的，因而语气十分尖刻，此又是出自《圣经》的一个典故：《新约·罗马书》第九章第二十句说："你这个人是谁啊？竟敢批评上帝！"《旧约·约伯记》第三十八章第一至二句说："那时，主从旋风中回答约伯说：'你为什么用自己的无知来否定我的意旨呢？'"

28. 这里的意思是：倘若没有《圣经》作为你们的指路明灯；"我"是指象征"正义"的鹰，因此，诗句所说的"费尽心思探讨"的对象，即是"正义"。但丁在《帝制论》第二卷第七节第四至五句段中曾阐述过这方面的思想："有一些神的看法，人的理性虽然不能依靠自己的手段来加以理解，然而却能依靠信仰的帮助来提高自己，理解这些问题，而这些问题是《圣经》里曾向我们提出的；例如这个问题：不论是谁，尽管在道德和智力上是如何完美，而且从习惯和行动上都可以这样看，没有信仰则不能自我拯救，虽然他从未听到别人谈过基督。确实，人的理性不能自行理解这是正确的，然而依靠信仰的帮助，就能做到这一点：因而《希伯来书》(第十一章第六句)便写道：'人没有信仰，就不能得到上帝的喜悦。'"

29. "首要的意志"指上帝的意志。此段的简单含义就是：上帝就是至善，因此，他在行动上也只能行善。

30. 这里的"它"仍指上段的"首要的意志"，亦即指上帝。但丁在《帝制论》第二卷第二节第五句段中的有关论述，有助于更好地理解本段三行韵诗的含义："在万物当中，正直不是别的，而正是与神的意志相同的东西；因此，凡与神的意志不相符的，就不能是正直，相反，凡与之相符的，其本身就是正直。"但丁的上述论点可能来自《新约》的《罗马书》第九章第十四至三十二句和《腓立比书》第二章第十三句，后者说："因为你们立志行善事，都是上帝在你们心中感动你们，帮助你们服从他，成就他美好的旨意。"

31. "幸福形象"指鹰。这里是紧接上段用母鹳喂小鹳食为例，说明鹰向但丁作完上述解释，感到心满意足，欢喜地转来转去。

32. "众多意愿"指组成鹰的形象的享天福者精灵，因为他们的意愿是相互一致的，都乐于解答但丁的疑问。

33. "永恒的判断"指上帝的旨意。这里用典出于《圣经》的《智慧篇》第九章第十三句：

“哪一种人能了解上帝的意图呢？或者说，又有谁能想到主究竟要的是什么呢？”

34. “圣灵的闪亮火光”指神的仁爱火光，亦即享天福者的魂灵身上发出的神的仁爱火光。

35. “符号”仍指鹰，也有象征君主、帝国的徽号之意。

36. “罗马人”在这里象征赢得世人尊敬的罗马帝国。

37. 这里的“仙境”即是指天国。

38. “他”指耶稣，“木架”指十字架。

39. “审判”指最后的审判。这里几乎是逐字逐句地借用《圣经》里的话：《新约·马太福音》第七章第二十一句说：“并不是所有称呼我说‘主啊，主啊’的人都能进入天国”；同书第八章第十一至十二句也说：“将来有许多从东方、西方来的外族人，在天国里和亚伯拉罕、以撒、雅各一同欢宴。那些本来应该承受天国的以色列人，反而被驱逐出去，在黑暗中切齿痛哭”；同书第十二章第四十一句还说：“在审判的时候，尼尼微城的人要起来控告这罪恶充斥的世代。”

40. “埃塞俄比亚人”是指非信徒，他们尽管不了解基督，但这并非他们之过；他们为人正直诚实，胜过某些虚假的基督教徒，比这些基督教徒更贴近基督，因而有权严厉谴责这些基督教徒。

41. 这里用典出自《新约·马太福音》第二十七章第三十一至四十六句，其中述及上帝在最后审判日要把“义和不义的人分出来”，义人在右，不义的人在左，“这些不义的人要受永远的刑罚；而那些义人却要得到永远的生命”。诗中的“永远富有”系指永享天国之福，“永远赤贫”则指不能进入天国。

42. “波斯人”同样也是指非教徒。“掀开的天书”指正义的书册，其中记录了下面列举的各君主的劣迹恶行：此典见于《新约·启示录》第二十章第十二句：在最后审判日，“所有死了的人，不论尊卑老少，都站在宝座前面。那里有许多本打开了的‘册子’，跟着又打开另一册，就是‘生命册’。各人都要按着‘册子’上他行为的记录受审”。

43. 从本段三行韵诗起，一连九段（共二十七句），但丁用了“藏头诗”（acrostico）的笔法，列举了一系列违背基督教义、为非作歹的帝王的事例。每三段为一组：第一组，即从115句到123句，其中每三句的首句开头均用“在那里”，原文为Lí；第二组，即从124句至132句，其中每三句的首句开头均用“可以看一看”（Vedrasi）；第三组，即从133句至141句，其中每三句的首句开头均用一个连词e或E；前两组首句第一个字母分别为L和V，与第三组的首句连词合在一处，恰好拼成LVE一词，而由于中世纪的V即是后来的U的写法，因而，该词即是LUE，其意等于peste，本意为“鼠疫”或“瘟疫”，转意为“灾星”或“害人虫”，三段合在一起的含义即是谴责这些“昏君”为“灾星”或“害人虫”。中译文无法体现上述连词，只能用“而”“并”“还”三个虚词来代替。“在那里”是指第112句的“掀开的天书”里。

阿尔贝托（Alberto）指奥地利哈布斯堡王朝（Asburgo）皇帝（参见《炼狱篇》第六首第97句及有关注释）。诗中所指他的罪行（记录在“天书”里）是：他曾于1304年在其妻弟文塞斯劳四世（Venceslao IV）的波希米亚王国，而该王国的首都即是布拉格；阿尔贝托正像诗中所说，将该王国摧毁，使之变成“荒漠无人”。诗中之所以用“不久”，是因为鹰与但丁讲话的时候是1300年，而阿尔贝托侵占波希米亚是在四年后的1304年。波斯科—雷吉奥注释本认为，诗中也反映了但丁对帝国与个别君主之间关系的看法，即帝国权力掌握在皇帝手中，并不意味着皇帝能统揽大权，因为各王国的君主，包括如佛罗伦萨的市政领导在内，都是独立自主的，尽管在名义上属于帝国管辖之内，因此，但丁认为，皇帝侵犯属下臣民的权力是严重罪过，同样，属下臣民违背和不服从皇帝权威也是如此，在《炼狱篇》第七首第101—102句中，但丁就曾谴责了文塞斯劳四世。

44. 这个“将被野猪一撞而死”的人指法王“美男子”腓力四世(参见《地狱篇》第十九首和《炼狱篇》第七首及有关注释)。“塞纳河”这里是代指法国。维拉尼在《编年史》第九章曾有这样的记载:“1314年11月,法国国王腓力当时已在位二十九年,不幸身亡,因为他正在狩猎,一头野猪穿进他所乘骑的马的四腿中间,从而把他撞落,不久即逝。”但丁对法王腓力四世特别反感,在《神曲》中曾多次不提名地谴责他,在本首中算是谴责最为严厉的一次。关于“假币充真”一事,系指腓力四世为筹募军款,发动侵略弗朗德勒的战争,制造降低实际价值的伪币,用以坑害国人,维拉尼在《编年史》第八章对此有叙述,但波斯科—雷吉奥注释本认为,此事可能与史实有出入。

45. 这里所提的“苏格兰人”(Scotto)和“英吉利人”(Inghilese)究竟指谁,很难定夺:萨佩纽注释本认为是指1314年任苏格兰王的罗勃·布鲁斯(Roberto Bruce,1274—1329)和英国国王爱德华二世(Edoardo II,1307—1327),后者曾被苏格兰和法国战败而逊位,并被残害;萨本的看法代表大多数近代注释家的意见。但也有人认为是指英王爱德华一世(1272—1307),因为他曾与苏格兰争夺,一直到死,但他一直被视为“贤君”,但丁也在《炼狱篇》第七首第132句中颂扬他是软弱无能的亨利三世的英勇儿子,与本首的内容不符,波斯科—雷吉奥注释本据此认为,这里只是笼统地谴责英、苏两国的君主有侵吞他国的野心,而不安于待在本国境内。

46. 这里的“西班牙的那位”可能是指卡斯蒂利亚国王菲迪南四世(Ferdinando IV,1286—1312),他于1295年父死后继位,在位仅九年,最初是由其母摄政。他曾从阿拉伯人手中夺占直布罗陀海峡。他生前作恶多端,曾处死卡尔瓦哈尔(Carvajal)兄弟,而他们在临刑前,曾诅咒菲迪南四世为“被传讯者”(El Emplazado),意谓“被传讯到上帝面前受审”,事有凑巧,在他处死卡尔瓦哈尔兄弟后不到三十天,他即死去。但也有人推测,这里是指卡斯蒂利亚王阿尔封索十世(Alfonso X),波斯科—雷吉奥注释本认为,他是以“贤君”(El Sabio)著称,故此说不确。

“波希米亚的那位”是指波希米亚王文塞斯劳四世,参见注43。

47. “耶路撒冷的那个跛子”系指安茹的查理二世(参见《炼狱篇》第七首及有关注释),因他生理上的缺陷,故诗中称他为Ciotto,即“跛子”;之所以提及“耶路撒冷”,是因为他与其父安茹的查理一世都有“耶路撒冷之王”的荣誉称号,诗句的语气显然带有蔑视和揶揄的意味。

48. 诗中有意用字母I代表“一”来形容安茹的查理二世的“善行”(亦即“善行”之微乎其微);用字母M代表“一千”来形容他的恶行(亦即“恶行”之不可胜数)。近代注释家基门兹还尖锐地指出,I和M正是“耶路撒冷”(Ierusalemme)一词一前一后的字母:M的字母发音正是emme,可见但丁有意以此来讽刺安茹的查理二世的“耶路撒冷之王”的“美称”。

49. “火岛”是指火山之岛,即是指西西里;“那位”是指腓特烈·德·阿拉贡二世(Federico II d'Aragona, 1272—1337),他于1291年为摄政王,1296年任西西里国王,1303年卡尔塔贝洛塔(Caltabellotta)和约后,被最后定为“特里纳克里亚”(Trinacria)国王。但丁对他一直持否定态度,参见《炼狱篇》第七首第119—120句及有关注释。

50. 安奇塞斯(参见《地狱篇》第一首及有关注释),系埃涅阿斯之父;特洛伊城陷后,埃涅阿斯携他及妻儿逃出,辗转来到意大利,安奇塞斯则终老于西西里,维吉尔《埃涅阿斯记》第三章对此有叙述。

51. 诗中的叔父一词,用的是北部方言barba,有贬义,这里是指马尧尔卡(Maiorca)国王贾科摩(Giacomo, 1262—1311),他是腓特烈二世之父彼特罗·德·阿拉贡三世

(Pietro III d'Aragona)的兄弟，因而是腓特烈二世之叔。"兄弟"是指腓特烈二世之弟、西西里王贾科摩二世，他在其兄阿尔封索三世(Alfonso III)死后又兼任阿拉贡国王。诗中所说的"王冠两顶"即是指马尧尔卡和阿拉贡两国的王冠。"玷污"一词，原文为bozzo，该词出自"喜剧"语言，本意是指戴绿帽子的丈夫，因而也有贬义。

52. 葡萄牙的"那位"是指葡萄牙国王狄奥尼西奥(Dionisio，1261—1325)，绰号"农夫"或"劳动者"(l'Agricola)；挪威的"那位"指挪威国王阿科尼五世(Acone V, 1299—1319)。但丁可能对此二人了解并不太多，因而诗中虽把他列入恶劣的君主之内，对他们的揭露则较轻也较含糊。据说，葡萄牙国王狄奥尼西奥颇有文化修养，喜作诗，曾模仿习作传统游吟诗人的作品；但据《最佳评注》称，他为人贪婪，他"把一切奉献出来，就是为了索取"，生活作风类如商贾。

53. "拉夏"(Rascia)大致相当于今日的南斯拉夫；"那位"是指塞尔维亚、克罗地亚、达尔马提亚国王斯特潘·乌罗什(Stefano Uroš, 1282—1321)，据说，他曾用自己命人以合金金属制造的伪币来代替在巴尔干半岛乃至地中海全部地区通用的威尼斯纯银币：1382年威尼斯最高政务会(Maggior Cosiglio)曾颁布一项法令，命令税务官寻找和销毁拉夏地区制造的伪币；另，1305年，波洛尼亚曾审理一桩案件，控诉货币兑换商把拉夏硬币输入该市，此二例似可证明确有此事。

54. 对此句的解释，萨佩纽和波斯科—雷吉奥两注释本大相径庭：萨本认为，这里是说，匈牙利若能自我捍卫，摆脱法国王室的欺凌，因为自1301年起，匈牙利就受查理·马尔泰洛之子安茹的查理·罗贝托(参见本篇第八首第31、51句及注10和19)的统治；波-雷本虽也把匈牙利归法国统治追溯到1301年，指出诗中用意是揭露匈牙利过去历代帝王的劣政，而1300年尚活在人世的是安德烈三世(Andrea III)，他于1290年至1301年恰好在位，1301年至1342年匈牙利就由查理·马尔泰洛之子查理·罗贝托任国王了，但它认为，查理·罗贝托是"贤君"，治理匈牙利颇有政绩，担任匈牙利国王也是名正言顺的，这一切也都是但丁本人承认的，因此，它不同意萨本的说法，认为不可把匈牙利的例子与下面提及的纳瓦拉的例子相提并论，诗中的意思只是表示一种"祝愿"，也是对查理·罗贝托的"间接赞美"。

55. 纳瓦拉(Navarra)相当于今天西班牙的同名省份。波斯科—雷吉奥注释本认为，这里不是谴责纳瓦拉过去的历代君主，而是预先揭露未来的君主的恶行，因为过去代表香槟王朝(Champagne)的最后一人是乔瓦娜一世(Giovanna I)，她嫁给法王美男子腓力四世，在位二十九年(1274—1305)，是为该王朝的盛世；她死后，纳瓦拉即归法国王室统管，继位的则是她与腓力四世所生的儿子路易十世。这里的"山岭"指比利牛斯山，为纳瓦拉的北部屏障。

56. 尼科西亚(古写法为Niccosia)和法马哥斯塔(Famagosta)为塞浦路斯岛的两大城市，这里用来象征塞浦路斯。

57. "野兽"系指统治该岛的法国王室的亨利·迪·卢西尼安二世(Arrigo II di Lusignano)，他于1285年至1324年任塞浦路斯国王。此句的含义是亨利·迪·卢西尼安二世与上述法国君主别无二致。

第二十首

1. “那个普照世界之物”指太阳。诗句是说，太阳西下，从北半球（“我们的半球”）转到南半球，白昼消逝，天空黑暗，但群星（“许多光辉”）在太阳落后，则又照亮了天空（“面目再现”），而群星的光亮却又是来自太阳的反射光芒。这里，有两点值得注意：一是诗中把鹰比作太阳，太阳落下，犹如鹰停止讲话，群星则比作享天福者的精灵，太阳当空，群星都不见，俟日落后群星才出来照亮天空，犹如享天福者在鹰讲话时都停止歌唱，俟鹰静默后才又唱起颂歌；二是依照中世纪哲学家和天文学家的一致看法，星体本身无光，其光芒只是来自阳光的反射，但丁在《筵席》第二卷第十三节第十五句段和第三卷第十二节第七句段中也指出：“所有其他星体都是摄取太阳的光芒的”，“太阳的光芒本身是可以感受到的，它早晚都在照亮一切天体和物质”。
2. “只有一个”即是指太阳，参见注1。
3. “元首”指君主；“标记”指象征帝国（“世界”）及其君主的徽号即鹰。
4. “光芒”指构成鹰的形象的众享天福者的精灵，因为鹰这时静默不语，他们便重又歌唱起来（参见注1）；诗中说享天福者所唱的内容非但丁的记忆力所能牢记，这种写法也见于本篇第一首第5—9句和第十八首第8—12句。
5. “温馨的爱”指从上帝反映到各精灵身上的那种炽热的仁爱。“披上微笑的衣裳”指各精灵身上发出的幸福光芒，类似的写法也曾在本篇第九首第70—71句中用过。
6. “笛子”的原文为flailli，古代手抄本中有很多不同的写法，令人莫衷一是，但有两种解释较有说服力：一是认为此词来自古法文的flavel，相当于今意文的flauto（即“笛子”）；一是认为此词来自古法文的flael，相当于今意文的fiaccola，即“火把”，在诗中则比作“光芒”。萨佩纽注释本遵循本维努托的说法，倾向于前一种解释，波斯科—雷吉奥注释本则对两种解释不置可否。第15句中有spirto一词，本意为“吹气”；根据上述两种不同解释，既可说成是“吹响”（指“笛子”），又可说成是“吹亮”（指“火把”）。
7. “宝石”再次用来比喻享天福者的光芒，“第六个光辉”指第六个星球，即木星天。
8. 这里用水流的“汩汩声”形容鹰的喉咙发出声响，表明它又准备讲话，因而上段三行韵诗中说，众享天福者又停止歌唱。诗中的形象比喻可能借鉴《旧约·以西结书》第四十三章第二句：“我看见以色列上帝的荣光从东方而来，他的声音有如众水的澎湃声……”；《新约·启示录》第一章第十五句：“人子”耶稣的“声音则如瀑布的水声”，第十四章第二句：“我又听见有声音从天上传来，像百川澎湃”；维吉尔的《农事诗集》第一首第108—109句和《埃涅阿斯记》第十一章第269—299句中也有类似的写法。
9. “齐特拉琴”（cetra），类似今天的吉他，状似梨，琴弦用金属制成，琴键在颈部，弹拨出声。
10. 这里细致描绘鹰在重新讲话前，喉咙里发出的声响；诗中写“脖颈”是“似乎透空”，意在说明：鹰的“脖颈”，与真正的动物的喉管一样，是中空的。
11. “在那里”是指在喉咙里。
12. 这里是说，鹰二次所讲的话正是但丁渴望得知的。
13. 这里所说的“部分”即是指眼睛。
14. “眼睛”一词在原文中未用复数，而是用单数occhio，亦即所谓“独眼”，因为这里描述的鹰是纹章中的鹰的形象，是侧面的，只能显示一只眼睛；同样，本首第85句也用了“眼睛”的单数。
15. “火光”指构成鹰的形象的享天福者，而这里则是指形成鹰眼的享天福者，他们的等级是最高的（“驾凌在所有这些火光的等级之上”）。
16. “圣灵的歌者”是指《圣经》中《诗篇》的作者即以色列王大卫；“从一个城市到另一个城市”是指大卫战胜非利士人后，把约柜从迦巴(Gabaon)运送到基色(Geth),又从基色运送到耶路撒冷,参见《旧约·撒母耳记下》第五章第二十五句和第六章第一、二句。

17. 从本句起,诗句连用六个"如今,他得识"(ora conosce),用以着重说明:每个精灵对上帝预先安排他的命运的理解程度。

18. 这里是说,大卫歌颂上帝固然功绩很大,因而得到与此相应的奖励,但大卫的歌颂毕竟是在上帝的启示下进行的,就此而言,歌颂本身并不是什么功绩,更重要的是大卫运用他的自由意志来歌颂上帝,这个功绩就是值得奖励了,因此,第42句的插出就显得十分必要。

19. 这里是说,有五位享天福者构成鹰眼上端的弧形睫毛,其中"最靠近"鹰嘴的是罗马皇帝、贤君特拉亚诺(参见《炼狱篇》第十首第73—93句):他曾为一个寡妇复仇,把杀害她的儿子的凶手绳之以法。在《炼狱篇》的有关章节中,特拉亚诺与大卫也是相继连用的。

20. 这里是说,特拉亚诺因为不信仰上帝,死后曾被送入地狱第一层中,后经教皇圣格雷高里奥的祈祷,才得以蒙受神恩赦免,并在天堂中享有天福,因此,诗中说他对地狱的"折磨"和天堂的"甜蜜的生活"都有过"亲身体验"。

21. 这里的"圆周"仍指睫毛所形成的弧;"弧形的上端"指睫毛所形成的弧的上一部分。诗中的"下一位"是指犹大王亚哈斯(Achaz)之子希西家(Ezechia),他二十五岁登基,统治耶路撒冷达二十九年(参见《旧约·列王纪下》第十八章第一、二句)。

22. 这里是说,希西家王病危,先知以赛亚来探视,希西家知上帝安排他即将死去,十分悲痛,求主能宽恕他,让他能再做一些令上帝喜欢的事,上帝感于他的忠心,命以赛亚医治他的病症,为他"加添十五年的寿命",详见《旧约》的《列王纪下》第二十章第一至十一句和《以赛亚书》第三十八章第一至二十二句。但《圣经》的有关记载,与诗中所说希西家的"真正的悔罪",略有出入,因为希西家只是惋惜自己过早死去,并未做什么诚心诚意的忏悔,在他复原后,向上帝表示感谢和赞颂时才有这样的话:"你又慈爱地拯救我脱离死亡,你还赦免了我一切的罪。"

23. "永恒的裁判"指上帝的裁判。诗中的含义是:上帝所作的判决永不会改变,即使尘世有人向他祈祷,因此,上帝固然接受世人的祈求而延长其寿命,但这也属于命定之中的,《炼狱篇》第六首第28—42句也有类似的含义,圣托马索《神学大全》第二卷第二章中同样阐述了类似的道理。

24. "把今日变为明天"是指经过"尘世所做的诚心祷告",上帝把本该在今日发生的事推迟到明天。"明天"一词,原文用的是拉丁语式词汇crastino,由拉丁文crastinus(即"明天的")变来。

25. "再下一位"所处的地位,相当于睫毛的弧形顶端,该精灵为君士坦丁大帝(参见《地狱篇》第十九首第115—117句及《炼狱篇》第三十二首第124—129句及有关注释):他迁都拜占庭("成为希腊人"),并把帝国的法律和徽号("连同法律和我")移往东方,从而把其统治罗马的地位让与教皇("把大权让与牧者"),他虽出于笃信宗教的良好动机,却把神权与俗权混为一谈,给基督教造成极大损害,助长教会上层对世俗权力和财物的贪婪,因此,诗中说他"用心虽好,却结下恶果"。

26. 这里是说,君士坦丁大帝对教皇的赠予并未损害其作为主持正义的贤明君主,在死后升入天堂,享有天福,却给世界带来极大的混乱和祸殃。

27. "威廉"(Guiglielmo)系1166年至1189年任西西里和普利亚国王的诺曼人威廉·德·阿尔塔维拉二世(Guglielmo II d'Altavilla),他为人正直、豪爽,热爱和平,被人称为"善人"(Buono),当时的编年史家和作家对他颇多赞誉,波斯科—雷吉奥注释本推测,他曾同意侄女康丝坦扎(参见本篇第三首和第四首及有关注释）与德国皇帝号称“红胡子”的腓特烈一世之子亨利六世结婚，从而使神圣罗马帝国重又统治意大利本土，也是诗句赞扬他的一个原因，但康丝坦扎与亨利六世所生之子腓特烈·德·阿拉贡二世则有辱他的名声（参见本篇第十九首第130—132句），因此，诗中说对他的死，西西里和普利亚（“那片土地”）十分“痛惜”，而对“查理和腓特烈”亦即安茹的查理二世和腓特烈·德·阿拉贡二世则“怨恨不已”。

28. 这里是说，威廉二世深知上帝热爱“明主贤君”，因而倍感欢欣，脸上显示出同样的幸福的光辉。

29. 这里是说，人活在世上是很容易看错事物的，正因为世人的短视，他们无法预见一个异教徒死后竟也能升入天国。

30. “特洛伊人里菲俄斯”（Rifeo Troiano）即与埃涅阿斯一起抗击希腊人的特洛伊战士里菲俄斯（Rifeo或Ripeo），他是维吉尔笔下的人物，在《埃涅阿斯记》第二章中仅有五行诗句提及他，写他如何英勇抗敌，终因寡不敌众，壮烈牺牲；维吉尔的诗句把他说成特洛伊人中最有正义感、最主张公平的人，但丁显然是有感于此，才把他与特拉亚诺一并作为享有升入天国的特殊待遇的异教徒。

31. 这里是说，享天福者与世人相比，是更能看清上帝的神秘安排的，但是，尽管如此，他们也与包括天使在内的一切造物一样，不能完全洞悉上帝的意图。圣托马索在《神学大全》第一卷中就说：“任何被创造出的智力都不能理解上帝所做的或可能做的事情。”

32. 这里“永恒欢乐的印迹”指上帝；“形象”指鹰。

33. 这里是说，每个造物都是依照上帝的意愿而成为它现有的那种形状：古代注释家布蒂就曾引述圣阿哥斯蒂诺的类似的话：“上帝喜爱我们成为经他的恩赐而使我们成为的那种形状，而不喜爱我成为根据我们自身所定的那种形状。”

34. 这里的“疑问”仍然涉及异教徒何以能升天国。

35. 诗句用带有色彩的“玻璃”来形容但丁心中所想，尽管有“色彩”遮住，仍是能为享天福者像透过玻璃一样，一眼看穿的。

36. 精灵“大放光芒”是再次表示他们乐于回答问题，满足要求。

37. “幸福的符号”指鹰。

38. 这段三行韵诗用了两个拉丁语式的词汇：一是“实质”（quiditate），来自拉丁文quidittas，是经院哲学语汇；一是“指点”（prome），本意是“抽出”，是罕用的拉丁语汇；本段也涉及经院哲学中所论述的两种认识，即感觉认识（conoscenza sensibile）和智力认识（conoscenza intellettiva），圣托马索在《神学大全》第二卷中就说：“感觉认识涉及事物外部可感觉的性质，而智力认识则渗透到事物的实质。”上述两点正是本段的一大特点。

39. 这里的“天国”，原文是拉丁文Regnum coelorum；本段用典出自《新约·马太福音》第十一章第十二句：“进天国是要努力争取的，努力的人就进得去。”查《圣经》中译本的用词较缓和，与法、意两种译本大不相同，其中的“努力”一词，意译本为violenza，即诗中所用的“暴力”（violenza）；“努力的人”在法、意两种译本中都用violenti（“施暴者”），从上下文来看，用“暴力”来解释，似更妥当。

40. 构成“睫毛”的“第一个”和“第五个”魂灵分别指特拉亚诺和里菲俄斯。

41. “仙境”即是指天界：但丁在《新生》第三十一章第十句段中曾说，这天界即是“天使们享有安宁的王国”。

42. 此句用词极妙：一是用“举隅法”（sineddoche）的写法，以“双脚”概括“全身”，亦即以“局部”概括“全体”；一是用拉丁语或词汇，即拉丁文动词patior（“遭受”）的未来分词passuri（“将要”）和过去分词passi（“已经”）来分别说明里菲俄斯和特拉亚诺对受钉刑的耶稣的信仰先后：

前者是“坚信”将受钉刑的基督，后者是“坚信”已受钉刑的基督，因为他们所处的年代不同。

43. 这里的“那一个”指特拉亚诺；“从地狱”是指他从“林勃”，因为他虽是异教徒，但有勇义智节四枢德，死后便入第一层，而不必到其他更低层去受苦。“重返白骨”是指他经教皇圣格雷高里奥的祈祷，得以短暂起死回生（“白骨”象征肉体），向上帝悔罪并皈依基督教（详见《炼狱篇》第十首第75句及有关注释）。

44. “在那里”指在地狱；“把善意恢复”指悔罪赎罪。

45. “强烈希望”指教皇圣格雷高里奥向上帝祈求施恩，使特拉亚诺暂时死而复生。“偿付”（mercede）指上帝接受圣格雷高利奥的祈求，完成特拉亚诺复活的奇迹，使之如愿以偿，因而也是对圣格雷高利奥的“强烈希望”的报偿和奖赏。但丁可能是根据圣托马索《神学大全》第三卷中确认有关的传说才这样写的。

46. 这里所说的特拉亚诺“意愿”的“更动”，即是指他改变信仰，皈依上帝。但也有人认为，诗句是指“更动”上帝的“意愿”。

47. “光荣的灵魂”指特拉亚诺。

48. 这里是指特拉亚诺“从此信仰”救世主耶稣。

49. “欢乐”指享受天国之福。

50. “另一个魂灵”指里菲俄斯；这里是说，神恩如“深邃”的水泉，但即使蒙受神恩，也无法探测如泉的神恩的深度。

51. “三位贵妇”指《炼狱篇》第二十九首第121—129句中所说的在大车右轮旁舞蹈的象征“信、望、爱”三神德的三女神。这里是说，里菲俄斯虽生在“实行洗礼的一千多年”以前，却已受到象征三神德的三位女神的洗礼。

52. “首要原因”指上帝；“全部”原文为拉丁文tota。

53. 这里是说，即使享天福者能直接“觐见”上帝，他们也无法得知上帝选择谁升入天堂。

54. “界定的局限”指上帝施加在享天福者的认识上的局限性。

55. “这种善”指上帝。这里值得注意的是：鹰的讲话用“我们”，该词不仅代表木星天的诸享天福者，而且也代表所有身在天堂的享天福者，因为它说的是真理。

56. “神的形象”指鹰，但这里应也意味着它的形象也代表上帝。

57. “两束幸福的光芒”指特拉亚诺和里菲俄斯。

第二十一首

1. “那位贵妇”指贝阿特丽切。

2. 从本首起，但丁随贝阿特丽切来到土星天，亦即第七重天（同样，诗中未交代他们是怎样升入第七重天的）。与前几重天不同的是：贝阿特丽切不再像每到新的一重天那样，笑容可掬，身上的光亮也更为灿烂，而因为没有笑容，她的光亮也便不是变得更强烈了。这里，她向但丁说明她“不笑”的原因：塞墨勒（Semelè）是特拜王卡德莫斯的女儿，宙斯爱上了她，并与她生下酒神巴库斯。宙斯之妻尤诺出于嫉妒，图谋报复，化为塞墨勒的乳娘，怂恿塞要求宙斯向她现露真相，哄骗她以为宙斯并非真正的神。宙斯生怕伤害塞墨勒，先是不肯，后劝说不过，只好现露本相，其强烈的神光竟把塞烧成灰烬。详情请参阅《地狱篇》第三十首及有关注释。

　　在第七重天，但丁将最后一次与享天福者精灵相遇，升至恒星天和原动天后，但丁所见的将只是天堂的奇景，享天福者将不再出现了。根据波斯科—雷吉奥注释本的看法，这种情况也是“理所当然”的，因为人类活动方式只有两种：一是活动，二是静思，亦即所谓“行动生活”（vita attiva）和“默想生活”（vita contemplativa）。从宗教角度来看，前者即所谓“世俗生活”，后者即所谓“静修生活”，换言之，即所谓“入世”和“出世”。在前几重天，但丁所遇到的享天福者都是生前在各自所受的有关天体的影响下，组织他们的“行动生活”，而土星天对人间的影响则是启示世人静修默想，从事“默想生活”；天福的最高程度也表明：这种生活形式是“最崇高”的，也是“最值得奖励”的。

3. “永恒宝殿”即指天国；“阶梯”在这里是指各重天体，它们像“阶梯”一样，一级一级地通往天堂。

4. “第七层光辉”即是指第七重天，即土星天。

5. 这里是说，1300年三四月间，土星与天狮星座（Leone）连接一起；诗中所说的“在……天狮星座的胸下”，原文是sotto 'l petto del Leone，实际上是指在“天狮”的“脚下”，在本篇第十六首第39句中就用了“脚下”的写法；依照托洛密天文体系的说法，这是指天狮星座中的主要一颗星，称为cor leonis（狮心），学名为“雷格洛”（Regolo）。据但丁在《筵席》第二卷第十三节第二十五句段中称，土星是“寒冷而干燥”的，《炼狱篇》第十九首第3句也提及这一点；相反，天狮星座则是“性热而干，类似火的性质”（拉纳）；土星与天狮结合，两种性质恰好相互节制，达到平衡，犹如静修的倾向与静修者的热切心情二者的相互平衡的内在联系。近代著名天文学家安杰利蒂（Angelitti，1856—1931）曾计算，土星与天狮星座相连接，应是在1301年，因而推断但丁的冥界、天堂之行是在1301年，而不是在1300年，但他的说法并未被接受。诗中说天狮星座是“炽热”的，但据说该星座本无热气，只是在太阳与天狮星座衔接时，才把热气辐射到该星座上，时在“伏天”（solleone），因此，显然是但丁认为，该星座是自行“燃烧”，发出热气的。“向下”是指“向尘世”。

6. 这里用“镜子”一词分别形容“双眼”和作为行星的土星天：前一句说“把你的双眼变成两面镜子”，用“镜子”一词的复数，即specchi，意谓仔细观看这一重天的“形象”，犹如该形象反映在镜中一样；后一句说“从这面镜子中”，用“镜子”一词的单数，即specchio，意谓双眼所反映的这形象，又会通过土星天本身，显得格外清爽，像镜子般地反映神的意旨。

7. “幸福的容貌”指贝阿特丽切；这里是说，但丁从观望贝阿特丽切的幸福容貌中可以汲取很大乐趣（“营养”），而这时，贝阿特丽切又示意让他观望“其他东西”。

8. “这一面”和“那一面”分别指观望贝阿特丽切的幸福容貌和观望其他东西；尽管但丁很愿意观望贝，但为了服从贝的命令（诗中把贝称作“天赐的导向”），经过“对比”两方面的“分量”大小，权衡孰轻孰重之后，决定"满心欢畅"地去观望其他东西。

9. "水晶般的星体"指土星,因为它透明而清澈;"把世界环绕"中的"世界"是指地球,亦即是说,土星围绕地球运转。

10. 土星的原文为Saturno,这正是古代克里特岛第一位国王萨图努斯的名称(参见《地狱篇》第十四首、《炼狱篇》第二十八首及有关注释),据传,萨图努斯在位,人民单纯朴实,安居乐业,为人类的"黄金时代",故诗中称他为"难能可贵的元首",在他统治下,"万恶都匿迹销声"。

11. 这里所说的"金色的梯子",作为典故,出于《旧约·创世记》第二十八章第十二句:雅各离开别是巴,起程到哈兰去,中途天晚,他以石作枕,躺下睡觉,"他作了一个梦,梦见有一道直通到天上的梯子,又看见有天使在梯子上面走上去走下来"。兰迪诺对但丁用此典作过这样的诠释:"世人依靠静修之德,通过重重天体,一直升到上帝身边,犹如沿着梯子,从下向上,一级一级爬升一样。这梯子之所以是金的,因为正如黄金比任何其他金属都更贵重一样,静修生活也超过任何其他生活,正是在这种生活中,发射出永恒太阳(上帝)的恩泽光辉。"这种象征在许多神秘主义和本笃会-卡马尔多利会的教义中都一致提及过。诗中说"非我的目光所能及",是指金梯极高,令但丁一眼望不到梯顶。

12. "光辉"指身上放射光芒的精灵。

13. "在那厢"指在梯上。

14. "灰鸦"的原文为pole,据本维努托称,是一种性喜独栖的飞禽,形似乌鸦,用来比喻静修者是很合适的;也有人根据民间传说,认为即是指"乌鸦":因为本笃会的创始人圣本笃(San Benedetto, 480—548)喜爱乌鸦,在他被迫从苏比亚科(Subiaco)迁往蒙特卡西莫(Montecassimo)、从而建立第一座本笃会修道院时,曾有一群乌鸦伴他而行,并在其修道院附近筑巢而栖,据说,此传说也为圣彼特罗·达米亚诺所收集。诗中是用灰鸦度过寒夜之后,清晨醒来,抖动冻僵的全身来形容这些自"金梯"而下的静修享天福者,先是一起下来,随后则又像灰鸦那样,各自飞散或停留原处。

15. "闪亮光辉"仍指享天福者的精灵。这里是说,这些精灵下到某级梯阶,因为相挤一处,便立即分成几群,有的重返梯顶("飞回原来动身离去的地点"),有的停留原处,有的则进一步飞向但丁。有人据此认为,这些精灵的不同动作反映静修者对待隐修生活的不同态度,萨佩纽和波斯科—雷吉奥两注释本都不同意对此作牵强附会的诠释。

16. 这里的"爱"指仁爱;走近但丁的享天福者不曾言语,而只是使身上的光芒更为闪亮,从而显示他对但丁怀有热烈的仁爱之情。该享天福者即是圣彼特罗·达米亚尼,详见注43。

17. "那位"指贝阿特丽切。

18. 这里是说,贝阿特丽切从上帝("洞察一切的那位")身上看出但丁之所以保持缄默的原因:此段三行韵诗值得注意的一点是:全段三次连用动词vedere(看)的不同语式,即vedea、vedere、vede(译文分别用"看出""观望""洞察"来表示),意在说明静思默想的迂回动态和深度。

19. "那位"仍指贝阿特丽切。

20. "欢乐"指精灵身上发射的光辉。

21. 这段三行韵诗再次着重描述土星天一片静谧,而不像以下几重天那样,响起享天福者的歌声("甜美的天堂交响曲")。有些注释家据此认为,土星天的一片寂静也象征着该重天的享天福者作为静修者的特征,一般说,这是以圣本笃为代表的本笃会教士的特点,具体说,也是以圣彼特罗·达米亚尼为代表的卡马尔多利会教士的特点。

22. 这里说明:土星天的享天福者不唱歌的原因与贝阿特丽切不微笑的原因一样,因为但丁的听觉与视觉都"属凡人所有",若享天福者唱出歌来,但丁的耳朵就会承受不住那歌声的震响,犹如贝阿特丽切若通过微笑发出更强烈的光芒,但丁的眼睛也会承受不住强光的照射一样。

23. 这里是说，所有享天福者都怀有热烈的仁爱之情，有的与说话的精灵一样多，有的则比他更多，这不同的程度也表明各精灵所怀有的仁爱程度有所不同。“那片光焰”即是指但丁眼前所见的其他精灵发射出的一片光焰，其中有的光焰比说话的精灵强烈，有的则与他一样。

24. 这里是说，各精灵的仁爱程度虽有不同，但他们怀有“崇高的仁爱”则是一致的，这就使他们能忠实执行上帝的意志（“成为执行主宰世界的那个意志的勤快奴仆”），他们是根据上帝的分配，各尽其职的，因而前来迎接但丁的那个精灵，也是受上帝的派遣，贯彻神的意愿。

25. “天朝”即是指天国；“自由的爱”是指精灵出于对上帝的爱，服从上帝（“遵从永恒神意的吩咐”）是自由而主动的。

26. “被命定”原文是predestinata，是指根据天意或神的意旨而安排的，即所谓“天命而定”（predestinazione），圣托马索在《神学大全》第三卷中就说，“天命而定，恰当地理解，即是指神对一些事物的某种永恒安排，而这些事物从时间上说，必将发生”。诗中写圣彼特罗·达米亚尼被上帝选定来见但丁，也表明他所负的这项职能之重要，从本首最后一部分便可见一斑。

27. 诗中用磨盘转动来形容精灵为能回答但丁的问题而感到欣悦。

28. 这里用抽象的“爱”来代表具体的“精灵”，因为他充满热烈的仁爱。

29. “神光”指上帝的恩泽之光；“最高实质”即是指上帝。

30. 这里说“光焰的亮度”与“视觉”一样是指：与精灵觐见上帝的程度一样。因此，整段诗句的含义是：精灵能看出上帝的意志，因而也能贯彻上帝的意志，从贯彻中感到欢欣鼓舞。

31. 从这句起，诗人的笔锋一转，又进一步说明：即使“光亮最强的魂灵”，因而也是最能看出上帝意志的灵魂，也无法回答但丁的提问。“撒拉弗”是六翼的上品天使，是最靠近上帝的；诗中用单数，是指这一级天使中最完美的那位，因此，即使他，也不能对但丁的问题作出解答。关于“光亮最强的魂灵”究竟指谁，萨佩纽和波斯科—雷吉奥两注释本都认为是指圣母，但后者不同意萨本说也可能是指“两个约翰中的一个”，因为它认为，不论是哪个约翰，都不能比圣母更能透彻地看出上帝的意志。

32. “永恒条例”是指上帝所做的永恒安排，换言之，即所谓“天命”；这是“任何造物的视力”（亦即人类乃至天使的智力）所看不破的（“截然两断”），言外之意也即是天机不可泄露，也无法泄露。

33. “这样的目标”指如此难解的问题，如此高深的奥秘。

34. “在这里”是指在天堂；即是说，在天堂，经上帝赐予的恩泽，人的心灵或智力为一片光明所照，能多少看清上帝的意志，但在“凡尘”，则因为有罪过、错误和人类肉体的干扰，人的心灵或智力就变成一片模糊，犹如“烟云”。因此，既然在天上的魂灵都无法辨清上帝的奥秘，更何况尘世中的凡人了。

35. “两道海岸”是指亚得里亚海和第勒尼安海的海岸；“巉岩”是指亚平宁山中部支脉，特别是翁布里亚与马尔凯两地区的一带山麓，据萨佩纽注释本称，从直线距离来看，这带山脉距佛罗伦萨不远。波斯科—雷吉奥注释本则不同意此说法，认为这带山脉距佛市有一百二十公里，不能如诗中所说是“不太远”；它认为，这里是指亚平宁山在托斯卡纳与艾米利亚两地区的一带山麓，在有些地段，山高超过二千米，距佛市不超过六十公里，但丁流亡此地，想必对此是很熟悉的。

36. 这里是说，由于山岭过高，云雾在低于山巅之处弥漫，有时就产生了雷鸣电闪。

37. 这里用“驼峰”（gibbo）一词，是指卡特里亚山（Catria）周围山崖较矮，只有它如鹤立鸡群般耸立，其实，它本身高度不过一千七百米以上。卡特里亚山在亚平宁山介乎翁布里亚与马尔凯两地区之间的一段，孤零零地耸立于古比奥(Gubbio)与佩尔哥拉(Pergola)两地之间。在其东北坡上，即建有诗中所说的“隐修之所”，即卡马尔多利会的“榛泉的圣十字架”修道院(Santa Croce di Fonte Avellana)，据可靠传说，但丁曾在那里小住过。诗中说该修道院位于“驼峰”即卡特里亚山“之下”，是因为该修道院筑在该山东北坡两个夹谷中间，很像是在该山之下。这段三行韵诗有一点值得注意，即为了与第109句的句尾Catria(卡特里亚山)押韵，但丁选用了latria(“敬神之舍”)一词：该词虽是拉丁文，但来自但丁所不熟悉的希腊文latreia，据估计，但丁可能是从圣阿哥斯蒂诺的《论上帝之城》第十章第一句段和圣托马索《神学大全》第二卷第二章以及中世纪一些词书中找到的；该词意谓专用以“敬神”之地，与另一词dulia(“敬人”)的含义恰好相反。

38. 第一次讲话是从第61句到第72句；第二次讲话是从第83句到第102句。

39. “这里”是指在“隐修之所”，即榛泉的圣十字架修道院。

40. “橄榄汁”即指橄榄油，亦即用橄榄油调制饭菜，而不是食用荤油肉食；诗句的用意在于说明隐修院中的生活刻苦。

41. “丰富的收获”是指院中的教士过去曾有许多都是经过苦修而成为圣徒，升入天堂(“诸天”)；“寸草皆无”恰与“丰富的收获”相对，意谓院内一片荒芜，因为教士都去追求肉体而不是精神的生活，都不热衷苦修、力求成为圣徒了。

42. 诗中未具体说明“彻底暴露”什么；萨佩纽和波斯科—雷吉奥两注释本都推测，可能是指会发生什么丑闻或灾难，从而证明是上帝对这些步入歧途的教士的惩罚。

43. 彼特罗·达米亚诺(Pietro Damiano)，即“彼特罗·达米亚尼”(Pietro Damiani)，达米亚诺(Damiano)是其兄的名字，因为他感激其兄帮助他完成在法恩扎(Faenza)和帕尔玛的学业，所以采用了其兄的名字。他于1007年生在拉维纳，家境贫寒，年轻时曾学习“七艺”(即语法、修辞、逻辑、算术、几何、天文、音乐)和法学，后在拉维纳和法恩扎的一些学校中执教，还从事过律师工作，颇有声名，但时间不长。1035年入榛泉的圣十字架修道院，成为卡马尔多利会教士，主张苦修，理论上颇有成就，做过教义师。1043年任该修道院院长，在这之前，曾在蓬波萨修道院(abbazia di Pomposa)进修两年。1057年晋升为枢机主教，曾在弥合教会内部在选举教皇问题上产生的分裂方面起过重要作用：当时，一部分人拥戴贝内德托十世(Benedetto X)，另一部分人则拥戴尼可洛二世(Niccolò II)，彼特罗·达米亚诺属后一派。他曾多次担任教皇代理人，但始终坚持教会改革，力主清贫苦修。经多次坚持要求辞去枢机主教职务，最后获准重返榛泉的圣十字架修道院，过静修苦行的教士生活。1072年2月22日，逝世于法恩扎的天使圣玛利亚修道院(Monastero di Santa Maria degli Angeli)。他生前在一些信件中常署名“有罪教士彼特罗”(Petrus peccator monacus)，从而为后世造成一些误会(见下文)。

“在那个地方”指彼特罗·达米亚尼在其中苦修的榛泉的圣十字架修道院；“位于亚得里亚海岸上的我们的圣母之家”系指拉维纳外港圣玛利亚修道院(S. Maria in Porto fuori)，它恰好位于亚得里亚海岸。由于本段三行韵诗用了两个同样语式的动词fù(是)，这就造成本段在语义上的含糊，即是说，fù可以是第一人称单数fui的省略形式，也可以是第三人称单数的动词：两句所说的“一人”抑或“二人”就成为古今注释家争论不休、各执己见的一大难题。古代注释家中，拉纳、《最佳评注》和但丁之子彼特罗都认为，但丁之所以这样写，是为了澄清当时普遍存在的错把彼特罗·达米亚尼与曾做过外港圣玛利亚修道院院长的一位亦称作“有罪之人彼特罗”的同时代人(见下注)混为一谈的误解，是有意把二人加以区分的，而本维努托、布蒂和兰迪诺则针锋相对地反对这种解释，认为诗中所说的是“一人”，而非“二人”，即是说，在榛泉的圣十字架修道院，彼特罗·达米亚尼用的是真名，而在外港圣玛利亚修道院则“谦卑地”用的是笔名，布蒂和兰迪诺甚至指出：彼特罗·达米亚尼曾先在外港圣玛利亚修道院中做过修士，被称为“有罪之人彼特罗”。据悉，这两种令人莫衷一是的说法，居多数是后一种，但波斯科—雷吉奥注释本认为，前一种说法也很有道理，萨佩纽注释本则明显倾向于前一种说法。译者认为，从诗句上下文的逻辑含义看，把本段所说的彼特罗·达米亚尼和有罪之人彼特罗看成“一人”，还是比较合理的，故且作“一人”来译出，否则，本段应译为：“在那个地方，我是彼特罗·达米亚诺，在位于亚得里亚海岸上的我们的圣母之家，那则是有罪之人彼特罗。”

44. “有罪之人彼特罗”（Pietro Pecator）：如果本段三行韵诗所涉及的确是“二人”，那么另一位“有罪之人”可能是于1096年（在彼特罗·达米亚尼去世后二十四年）建立外港圣玛利亚修道院的奥内斯蒂家族（Onesti）一位名叫彼特罗的成员；据说，他曾在该修道院内苦修，并做过院长，于1119年去世，葬于该院，墓志铭上写有“有罪之人彼特罗”（Petrus peccans）。该修道院已于1944年一次空袭中全被炸毁。

45. 这里的“帽子”是指代表枢机主教尊严地位的红色法冠。因为彼特罗·达米亚尼一向主张清贫苦行，不愿涉足权贵，所以诗中说他“被强迫戴上”枢机主教的帽子。但据萨佩纽注释本称，诗中的写法与史实不符：因为枢机主教的法冠是1252年才由教皇伊诺钦佐四世规定的，彼特罗·达米亚尼当选枢机主教时，尚无此冠。

46. 萨佩纽和波斯科—雷吉奥两注释本都指出，此写法亦不确：因为彼特罗·达米亚尼当选枢机主教的时间（1057年）距他去世（1072年）尚有十五年，不能说“尘世生活所剩很少”。

47. 这里是说，在彼特罗·达米亚尼做过枢机主教后，枢机主教不断有人担任，因而枢机主教的“帽子”不断易人，但戴“帽子”的人愈来愈坏，愈来愈不称职。

48. “矶法”（Cefas）指圣彼得，用典出自《新约·约翰福音》第一章第四十二句：“耶稣注视着西门（彼得），对他说：‘约翰的儿子西门，从今以后，你要改名为矶法。’（矶法就是彼得，是‘石’的意思）。”“圣灵的伟大器皿”指圣保罗，用典见于《新约·使徒行传》第九章第十五句，《地狱篇》第二首第28句亦有提及。

49. 这种靠类似我国佛教僧侣“化缘”办法为生的做法，是苦行僧的生活特点之一，用典见于《新约》的《路加福音》第十章第七句和《哥林多前书》第十章第二十七句。

50. “牧者”指教皇、枢机主教等高级僧侣。“沉重”是指身体肥胖，其嘲讽意味是很明显的。“牵高长袍”是指为高级教士所着的拖地长袍牵高。这几句都意在揭露后来的高级僧侣违反清贫禁欲的苦修教规，养尊处优，作威作福的情景。

51. 本段用辛辣的笔法进一步揭露教会上层的蜕化变质，犹如前几首谴责方济各会和多明我会的堕落一样，本首也开始揭露彼特罗·达米亚尼所属的卡马尔多利会和本笃会的堕落了：“披风盖住坐骑”是指高级僧侣（在这里则是指“枢机主教”）骑马时，披风的前部盖住马颈，后部则盖住马臀，这样，高级教士和马（“两头畜牲”）便好像盖在同一件披风（“一张皮”）下行走了。

52. “耐性”指上帝的耐性；这里是感叹：上帝的耐性真是无限的，竟然能容忍这样大的耻辱！

53. 这里的“呼喊”是指呼吁上帝来惩治这些堕落的教士。

第二十二首

1. 这里是指母亲身旁。
2. “那位”指贝阿特丽切。
3. “善的热忱”(buon zelo)意谓对行善的渴望；圣托马索在《神学大全》第二卷第一章中曾对“热忱”(zelo)一词做过这样的解释：“热忱，不论是指哪样的热忱，都产生于强烈的爱”；也有人把它解释为“正义的愤恨”，因为诗句的意思是：享天福者精灵出于仁爱之热忱，急切地要行使正义。
4. 这里的反问语气意在说明：若是享天福者唱起圣歌，贝阿特丽切露出笑容，但丁将会加倍惊恐。
5. “报复”指上帝对腐化堕落的高级教士的正义制裁。
6. “上天之剑”指神的惩罚；即是说，上帝对这些蜕化变质分子的惩罚来得不会过早或过迟；迟早的问题是依据对待惩罚的人所持的态度，亦即如诗中所说，是“恐惧”还是“切盼”。关于“剑”的比喻，但丁在《书信集》第四章就说过：“那位(上帝)的剑，他说：我的剑就是报复。”
7. “闪亮的小球”指闪耀着光芒的一个个享天福者精灵，“一百个”并非具体数字，只是形容其多。这里是说，本身发射光芒的精灵相互烘托和照耀，就都变得更加美丽了。
8. 这里又用“珍珠”来比喻发光的享天福者精灵；“珍珠”的原文为margherite，本意为“雏菊”，也有宝石、珍珠之意；本篇第十五首第85句和第二十首第16句也有过类似的比喻，但在第二首第34句和第六首第127句则用“宝石”比天体。
9. “从它里面”是指从“最大最亮的一颗”珍珠里面，因为享天福者的精灵是包拢在珍珠般的光焰里面的。
10. “崇高的目的”指到达天国觐见上帝。
11. 这里是说，但丁的问题仍在思索阶段，并未用言语表达出来。
12. 说话的精灵是本笃会创始人圣本笃(San Benedetto, 480—543)，他生于翁布里亚地区的诺尔齐亚(Norcia)，出身富有的贵族家庭，因此，最初曾赴罗马学习，后因目睹教会上层人士腐败，愤而决定到苏比亚科(Subiaco)附近的一座山洞(今称Sacro speco，即“圣洞”)中隐修，时年仅十四岁。由于他圣名远扬，附近的维科瓦罗修道院(Vicovaro)的教士于510年要求他做他们的修道院主持，但因为他教规过严，竟图谋将他毒死。于是，他重返苏比亚科山洞隐修，不久，许多教士前来投靠，他把他们组织起来，分配到十二座修道院。随后，他前往坎帕尼亚地区(Campania)传道，使许多民众皈依基督教，529年，他在蒙特卡西诺(Montecassino，或称Cassino，即卡西诺)，摧毁了异教徒设立的阿波罗神庙，建立了本笃会(Benedettini)；543年，他在该修道院中逝世(一说是死于547年或稍后)。诗中所述的地理位置和有关情况都可能取自大格雷高里奥的有关著作，尽管但丁本人可能并未到过那里。卡西诺为一小镇，位于拉齐奥和坎帕尼亚两地区交界之处卡伊罗山(Cairo)的一条支脉的山坡上；六世纪初，山巅曾建有阿波罗神庙一座，后被圣本笃拆毁。波斯科—雷吉奥注释本特别详细指出，该山岭不是卡伊罗山，因为卡伊罗山高达一千七百米，而圣本笃建立的修道院则位于该山的支脉上，该支脉的高度仅约五百米。
13. 这里是指信奉异教的人们，他们在圣本笃前来传道之前，经常到山顶神庙中敬奉阿波罗神。
14. “那位的名字”指基督的名字。
15. 这里是说，“升华”到可以享有天福的高度。
16. “渎神的信仰”指信仰异教。
17. “火光”指享天福者精灵。
18. “火热之心”指对上帝的爱(波斯科—雷吉奥)；也有人认为是指热烈的仁爱之情(萨佩纽)。
19. “神圣的花果”指神圣的情感(“花”)和行为(“果”)。
20. 马卡里奥(Maccario)：萨佩纽和波斯科—雷吉奥两注释本都认为，此处究竟指哪一位“马卡里奥”，很难断定，因为取此名的隐修者甚多，其中最著名的有：被称为“埃及人”(l'Egiziano)的圣马卡里奥，他约于300年生在埃及，曾在利比亚的舍提沙漠(Sceti)中苦修六十年，约于390年去世；另一位圣马卡里奥与此人同时，被称为“亚历山大人”(l'Alessandrino或d'Alessandria)，曾在距埃及亚历山大城四十英里的塞路拉伊沙漠(Cellulae)中苦修，死于404年；此二人均是圣安东尼(Sant'Antonio)的门徒，后者还是东方禁欲修道主义(monachesimo orientale)的始祖，雅科波·达·瓦拉泽(Jacopo da Varazze)的《金色传奇》(*Legenda aurea*)中曾把二人的生平事迹混为一谈，但丁可能就以其内容为依据。

罗莫阿尔多(Romoaldo)指拉维纳的圣罗莫阿尔多·德利·奥内斯蒂(Romoaldo degli Onesti)，他约生于956年，1018年成立卡马尔多利会，为著名的卡马尔多利隐修院的创始人(《炼狱篇》第五首第96句曾提及位于托斯卡纳地区的这座隐修院，请参阅该篇及有关注释)，1027年去世。波斯科—雷吉奥注释本认为，诗中选用马卡里奥可能是为了说明：在西方隐修者圣罗莫阿尔多之前，东方早就有一位隐修者，他的僧侣生涯传播甚广，而且长期十分盛行，因此，就隐修而言，东方是早于西方的。

21. 这里是指本笃会的教士。

22. “最后一重天”指净火天，亦即天国；在天国，但丁请求说话的精灵揭掉包拢他的光芒、露出真面貌的愿望，将会得到满足。

23. 关于“其他精灵和我的愿望”，有两种解释：一是如萨佩纽注释本所说，是指说话的精灵与其他精灵要满足但丁要求的“愿望”，在天国也会得到实现；一是如波斯科—雷吉奥注释本所说，是指圣本笃等所有精灵想要享有觐见上帝的天福的“愿望”。从此句的动词时态用现在时s'adempion(实现)，而前句用未来时s'adempierà来看，根据上下文的内容，似以后者的解释更为妥当。

24. 这里是说，只有在净火天，构成净火天的每一部分都永恒地停留原处，换言之，即都是一动不动的。但丁在《书信集》第十三章第七十一至七十二句段中就说：“所有运动中的东西，都是因为缺少什么东西而才运动的，因为它们本身都没有各自的存在能力。因此，那重天(净火天)既然不被任何一重天所推动，本身就在其各个部分都具备它可能拥有的一切能力，而且又是如此完美，以致它根本不再需要为争取达到其完美性而运动了”；在《筵席》第二卷第三节第八句段中也说：“天主教徒认为净火天是不动的，因为它本身在每个部分都具备它的物质所需要的那个东西”，同书第三卷第十五节第三句段中还说：净火天能满足一切愿望，因而也便排除一切愿望，而愿望“与天福是不能并存的，因为天福是尽善尽美的东西，而愿望则是有缺陷的东西”。

25. “空间”的原文为luogo，本意为“地方”，根据亚里士多德的哲学概念，它则意谓包含某个物体的“空间”，而净火天是囊括整个宇宙的，在它之外，一无所有，因而它不存在于空间之内，而只是由上帝塑造的，但丁在《筵席》第二卷第三节第十一句段中对此就作了详细阐述。“没有两极”是指不像下面几重天体那样有固定的南北两极，并围绕两极转动；这里，但丁又根据名词polo(极)自造了动词impolarsi(具有两极)。

26. 这里是说，这天梯的顶端是但丁的肉眼所不能看见的。

27. “最高部分”指梯顶；这里用典出于《旧约·创世记》第二十八章第十二至十三句：雅各“做了一个梦，梦见有一道直通到天上的梯子，又看见有天使在梯子上面走上去走下来。主站在梯顶之上对雅各说：‘我是你祖父亚伯拉罕的上帝，也是以撒的上帝……’”

28. “从地上提起双脚”隐喻放弃对世间财物的追求；“攀登这道阶梯”意谓提高自身，从事静修默想的生活；“损坏纸张”是指圣本笃的教规原是用来教导人们献身静修的，如今则无人过问，等于白白浪费纸张来加以眷写。

29. “院墙”意谓修道院；这里又借用《圣经》内的一些典故：《新约·马太福音》第二十一章第十三句说：“耶稣疾言厉色斥责他们说：‘《圣经》上记着：我的殿是祷告的地方。但你们竟把它变成了贼窝！’……”《新约·路加福音》第十九章第四十六句、《旧约》的《以赛亚书》第五十六章第七句和《耶利米书》第七章第十一句也有类似的内容。

30. 这里用“把变质的面粉满装”的“口袋”来比喻身着僧袍的腐化堕落的本笃会教士。

31.《地狱篇》第十一首第95句也曾用高利贷盘剥（usura）来比喻触犯上帝的行为；“收获”的原文为frutto（本意为“果实”），这里是指教会的财产收入，诗句是说，触怒上帝的是对教会收入的滥用，即是说，教会用欺骗手段从信徒那里诈取的钱财，使教士变得贪婪无度，疯狂地力图占有这些钱财。

32. 这里是说，教会的财产本应用来扶困济贫（“属于以上帝的名义祈求的人们”），而不应归教士本人，不应归教士的“亲戚”，更不应归“更丑恶的其他人等”：“亲戚”影射“用人唯亲”；“其他人等”则指情妇或私生子等。但丁在《帝制论》第三卷第十节第十七句段中也说，从教皇算起的所有管理教会财产的教士，“不是作为财产的占有者，而是作为把收入散发给基督的穷人的人”。

33. 这里是说，人类的肉体是容易犯罪的，因此，人类的本性异常“柔弱”，不能把“良好的开端”亦即信教行善的初衷长期贯彻下去，大约只能相当于橡树从“生出”到“结实”的期限。拉纳曾估计，橡树从生出到结实，约需二十年；其实，诗句的意思只是指持续时间很短。

34. “彼得”是指第一任教皇圣彼得；“方济各”指圣方济各；这里主要是以圣彼得、方济各会和本笃会初期的清贫向上，与其后继者的腐化堕落作对比。

35. “发展到什么地点”（là dov’è trascorso），即是指堕落到什么程度。“白”与“黑”是两种极端对立的颜色，这里用来比喻从贫到富、从刻苦到安逸、从精神的谦卑到世俗的狂傲的转变。

36. 这里的用典见于《旧约》的《出埃及记》第十四章第二十一至二十九句和《约书亚记》第三章第十四至四十七句：其中写摩西和约书亚先后遵从上帝的意旨，率领以色列人离开埃及，前往耶路撒冷，中途后有追兵，前有红海和约旦河所阻，经上帝施展法力，“用强烈的东风把海水分开，水向两边堆成两道水墙，形成中间一条通道”，东风吹了一夜，河床已干，以色列人便在海中走过；上帝还“截断”约旦河的水流，止住上游流下的河水，形成一道水堤，以色列人便在河中间的干地上，渡过约旦河。诗句的意思是：尽管教会陷于腐败，但上帝总会前来拯救教会，惩办它的罪恶；而以此与《圣经》所说的两次奇迹相比，就不值得“惊奇”了。

37. “温柔的贵妇”指贝阿特丽切；“她的德能”指贝阿特丽切的超自然能力；“自然之躯”原文为natura，指但丁的肉体，因为它的天然重量是把但丁朝下拉去的。

38. “虔诚的胜利”指升入天国、享有永恒幸福的胜利；诗中进一步申述：但丁为争取在死后仍能返回天国，至今仍在努力悔罪赎罪。

39. 从第103句至第111句，但丁一反过去升入几重天的写法，详尽地描述了升入恒星天的“飞速动作”，甚至用手指伸入火里又立即抽出的生活细节来具体形容“动作”之快、时间之短。“金牛星座”（Toro）在黄道带中位于但丁所属星座即双子星座（Gemelli）之前，因而诗中所说“追随金牛星座之后的星座”，即是指双子星座。因此，但丁升入恒星天，恰好进入位于恒星天范畴内的他的本命星里面。

40. “光荣的群星”指组成双子星座的所有星辰，这些星辰定能保障追随它们的人达到光荣的归宿；中世纪的人们认为，双子星座是使人倾向于学习和文学艺术的，因而也使人走向“光荣”，《地狱篇》第十五首第55—56句也曾通过但丁的老师布鲁内托的幽灵之口，谈到这一点。

41. “那位”指太阳：但丁在《筵席》第三卷第十二节第八句段、《韵律集》第八十八首第九十六至一百一十一句中都曾提及，太阳给地球上的万物以生命和能力。太阳与双子星座的群星一同升降，说明太阳进入双子星座之内，时间应在5月21日至6月21日。

42. “第一次嗅到托斯卡纳的空气”即是指但丁降生人世，时间恰好是1265年5月21日至6月21日这段时期内。

43. “高高的轮盘”指第八重天，即恒星天。“你们的地盘”指双子星座的群星在恒星天中所处的区域：因为恒星天有许许多多星辰，其中包括黄道带的各星座，而正如前注，但丁进入的、亦即经上天安排进入的恰好是他的本命星座即双子星座。

44. “艰巨的关口”指最后艰巨的考验：因为但丁呼吁他的本命星座给他以更大的才华，以便完成描述觐见上帝的情景的艰巨任务。但也有人认为，“关口”是指死亡，还有人认为，但丁所要描述的是基督与圣母的胜利；萨佩纽和波斯科—雷吉奥两注释本都不赞成这些诠释。

45. “最后的解救”指来到上帝亦即至高无上的天福身边。

46. “走向它”即是指走向“最后的解救”；这里，但丁又用第二人称阴性代词单数lei自造了动词inleiarsi（走向她），因为“解救”（salute）一词是阴性名词。

47. 这里是说，贝阿特丽切让但丁向下看一看：她已使他经过宇宙的多大部分。

48. “胜利的一群”指庆祝基督胜利的圣者队伍；“天穹”一词的原文为etera，即etere，指太空或以太、能媒，即是亚里士多德在《天论》（*De coelo*）一书中所说的构成天体的“第五实质”（quinta essenza），为一纯粹技术名词。

49. 波斯科—雷吉奥注释本认为，从第133句到第153句，可能都受到西塞罗《西庇阿之梦》（*Somnium Scipionis*）第三至六章内容的启示：其中谈及阿非利加的西庇阿在梦中向其子艾米利亚人西庇阿（Scipione l'Emiliano）指明天国与尘世的差别，该言论集收入西塞罗的《论共和国》（*De republica*）一书，但在中世纪，只有上述章节为人所知。这里恰恰借鉴了西塞罗在《西庇阿之梦》第三章第十六句中的一段话：“我觉得地球本身竟是如此微小，竟至令我对我们的帝国感到耻辱。”

50. “心向其他的人”是指那些“小看”地球、而把注意力从尘世转向天国的人；此句似也借鉴于西塞罗在《西庇阿之梦》第六章第二十句中如下一段话：“既然在你看来，世人所处之所确实很小，那么你就该幡然醒悟，永远默思这些天国的东西，而轻视尘世的东西。”

51. “拉托娜的女儿”即月神狄亚娜，指月亮；“焕发光明”指月亮是在太阳光照下发出光亮的。

52. 关于月亮上的阴影或黑斑问题，在本篇第二首第59—60句中曾由但丁提出过，贝阿特丽切曾对此作过解释，请参阅有关诗句及注释。

53. 伊佩里奥尼（Iperione），据远古神话称，他是太阳神赫利奥斯（Helios或Elios）的父亲，天王星乌拉诺（Urano）的儿子。后来，赫利奥斯被看成阿波罗。诗中的意思是：这时，但丁的视觉能力增强了，因而可以承受太阳的强光。

54. 玛亚（Maia）和狄奥妮（Dione）分别是水星和金星之母，这里是母名代替子名和女名。“他”指太阳；“在他周围”所用原词为circa，是指水星和金星像追求太阳那样，不离他的左右，而不像其他星辰那样，有时远离太阳；她们甚至会在太阳的对面出现，即太阳在西，她们则在东，反之也是一样。但波斯科—雷吉奥注释本认为，应将此词理解为水星和金星作“圆周般”运行，萨佩纽注释本不同意这种说法。

55. 木星的“父亲”是土星，“儿子”为火星，介乎寒光与热光之间，因而光线柔和，本篇第十八首第68句也提及这一点。

56. 这里是说，上述各星球，特别是水星和金星，在天空中显示出它们各自与恒星天相关的位置在不断变化，这就促使古代天文学家提出本轮运动（epicicli）的理论来解释这种天象。

57. “小小的地面”原文为aiuola，为aia（打谷场）的缩小名称，这里是指地球上露出的干地，可以居住。诗中的意思是：地球上可居住的面积很小，因此，人类变得十分“凶残”，相互争夺。

58. “从山丘到河口”有多种解释：古代的本维努托认为是指“从高山到大海”，布蒂认为是指“从东到西”；近代的托拉卡则认为是指“从最高的山巅到两个极端对立的河口，即恒河河口和海格立斯的‘狭窄河口’（直布罗陀海峡）”，波雷纳认为是指“阿比拉和卡尔佩二山到恒河三角洲”。萨佩纽和波斯科—雷吉奥两注释本都认为，最好的诠释应像拉纳和《最佳评注》那样，做不确定的泛指。

59. “美丽的双眼”指贝阿特丽切的双眼，因为但丁这时想从她那里得知：现在应当作什么。

第二十三首

1. 这里的“模样”（aspetti），虽然大多数古代注释家都认为是指“新生小鸟”，但布蒂则认为是指太阳升起的情景，以便能够觅食喂养小鸟。波斯科—雷吉奥注释本认为，从文法角度来看，以解释为“小鸟”更妥（此处“模样”的用词为复数）。

2. 此句的写法可能借鉴公元三四世纪著名的基督教教义辩护士拉丹齐奥（Lattanzio）的《论凤凰起源》（*De ave Phoenice*），其中写道：“（凤凰）向上飞起，落在一棵高大树木的顶端，在那里聚精会神地等待旭日的新的光芒出现。”同样，第一段三行韵诗的“可爱的新生小鸟”和夜“把万物遮掩”的写法，也可能分别借鉴维吉尔的《农事诗集》第二章第523句和《埃涅阿斯记》第六章第272句。

3. “那位贵妇”仍指贝阿特丽切。“那片天空”，古代注释家和个别近代注释家都认为是指子午线上的一片天空，因为这时，太阳位于中午，运行很慢，同时还认为，这里有象征天顶（Zenit）之意，因此，太阳位于它的脚下。

4. 这里用曲折的笔法描述一种简单的心情，即一个人渴望得到这时他还没有的东西，但又暂时只能希望尽快得到满足，意在说明他渴望之殷，类似的含意也见于《炼狱篇》第二十一首第38—39句的写法。

5. 这里的“时间”，原文用quando，该词本为疑问代词或连词，此处则作为名词用，属哲学用语。

6. 这里的“队伍”是指因耶稣的牺牲而获得解救的一切享天福者的精灵。关于“成果”一句的解释，一般认为，各重旋转的天体对世人产生不同影响，而享天福者也正是这些天体所产生的影响的结果，如今，他们则将天体影响转向至善，庆祝基督的胜利。但也有人认为，这里是指：原来各享天福者是分散到各重天的，这时则重新汇集起来；还有人认为，这是指但丁经过几重天所收到的“成果”（其实，但丁的天堂之行的“成果”

应是觐见上帝);波雷纳和基门兹更认为,这里是指受最高最完美的第八重天即恒星天影响的精灵,因为他们是直接从原动天上降下的,而不需经过其他几重天。波斯科—雷吉奥和萨佩纽两注释本都不赞成上述后几种说法。

7. 这里仍是指贝阿特丽切的面容变得愈来愈美丽,但丁无法用笔墨来形容。

8. 特丽维亚(Trivia)是古人对月神狄亚娜(Diana)的别称。狄亚娜有三种称呼:在天上,被称为菲比亚(Febea)或卢娜(Luna,即月亮),在地上,被称为狄亚娜,在地狱则被称为埃卡特(Ecate);因此,意大利梅尔齐百科全书也把“特丽维亚”注释为埃卡特的“绰号”,因为古人是在trivi即三岔路口奉祀她的。由于狄亚娜有三个名字,她也被称作“三头女神”(Tricipite或Trina),被世人绘成有“三头”的形象,即女人头、马头和狗头,或是有狗、狮、牛三头,但一般都是用来指地狱中的狄亚娜,即埃卡特的。“林泽女神”指星辰。

9. “一轮红日”指基督,是所有“明灯”中最灿烂、最明亮的。

10. 在但丁时代,人们认为,所有星辰都没有光,即都是在太阳照耀下发出光亮的;类似的观点也见于本篇第二十首第6句。

11. 这个“实体”即是基督的光芒四射的人形。

12. 这里的“德能”是指基督,其含义相当于威权,能力;此句的意思是:基督的德能是压倒任何其他德能的,或是任何其他德能所望尘莫及的,也是任何能力所无法超越的;布蒂曾就此解释说,“因此,倘若它(指德能)超出你的视觉能力,也便不值得大惊小怪了”。

13. “大智”和“大能”是三位一体中第二位即圣子亦即基督的特征,此典出自《新约·哥林多前书》第一章第二十四句:“基督确是上帝的大能,上帝的大智。”

14. 这里是说,救世主基督通过被钉上十字架死去,恢复了天与地之间、上帝与人类之间的和平,而人类世世代代企盼与上帝和解的道路已有五千余年之久。《炼狱篇》第十首第35—36句也叙述了类似的内容。

15. 中世纪科学认为,雷电或称“火气”(vapore igneo)是被“云雾”或称“水气”(vapori acquei)包拢的,“火气”与“水气”的斗争和它自身的“膨胀”,便从“水气”中的薄弱环节中“俯冲”到地面上来,尽管其本性是要向上升去的:《地狱篇》第二十四首第145—150句、《炼狱篇》第十八首第28—30句和第三十二首第109—111句、本篇第一首第115句和第四首第77—78句以及但丁《筵席》第三卷第三节第二句段中都述及类似问题,并且以此比喻“心灵的超越”(excessus mentis);这里同样也是以此为例,说明但丁当时激动无比的心态。

16. “珍馔美味”原文为dape,本意是“盛宴”,来自拉丁文dapes,这里是指精神食粮。这里运用近乎神秘主义的笔法,描述但丁在看过许多天上奇景(犹如饱餐“珍馔美味”)之后,心灵已发展到一个新的境界(心灵“变得更加壮大”,甚至“冲出自身”),如今但丁又恢复原有的精神状态,因而他在天上曾经做过什么事情也记不起来了。但丁在《书信集》第十三章第十八至十九句段中曾说,人类在尘世的心智提高到极大程度,“等到它返回自身,就失却记忆,因为这心智曾超出人类的限度”。

17. 这里是说,自从但丁随贝阿特丽切登上土星天以来,贝就一直不曾微笑,因为当时但丁无力承受贝的笑容(见第二十一首第4—12句),如今,在恒星天,但丁的视力已因看到庆祝基督胜利的队伍而大大加强,自然也就能承受贝的笑容、接受她的邀请了。

18. “记录往事的书册”即是指备忘录。

19. 波林妮亚(Polimnia)即九位缪斯女神中司抒情诗的波丽妮亚(Polinnia);她的“姊妹们”即是指其他八位缪斯女神。诗中用“乳汁”比喻诗的灵感的写法也见于《炼狱篇》第二十二首第101—102句有关荷马的诗句。“舌头”(lingue)是指那些最著名诗人的舌头,简言之,亦即代表诗人;“更加丰满”意谓更加富有才情。

20. “圣洁的笑容”指贝阿特丽切，“神圣的形象”则指基督。

21. “凡人的肩膀”（omero mortal）即是指但丁的肩膀。

22. “艰巨航道”原文为pileggio，是古代罕见的词汇，意义较含混，大致涉及大海，一般指道路或航道；手抄本对此词有各种各样的抄写形式，如peleggio、poleggio、pareggio、paraggio，译文是采用萨佩纽和波斯科—雷吉奥两注释本的折中说法：萨本用pileggio，按帕罗迪的说法诠释为“航道”；波-雷本依照佩特罗基版本用pareggio，诠释为“漫长而难行的一段海面”。

23. 这里把享天福者的群体比作“争奇斗艳”的百花园。

24. “玫瑰花”指圣母，在祈祷圣母时经常用此作比。

25. “百合花”指使徒。关于“玫瑰”和“百合”的比喻，见于《旧约·雅歌》第二章第一句：“女：我是原野的玫瑰，是谷中的百合”；关于“香气”的典故，可追溯到《新约·哥林多后书》第二章第十四至十六句：“感谢上帝，他常常率领我们靠着基督而战胜一切；又使用我们到处传扬使人认识基督的福音，好像散播芬芳的香气。我们在信与不信的人当中，都是上帝所要散发的基督的香气。这香气对于得救的人来说是‘生命’；但对灭亡的人而言，却是‘死亡’。”

26. 这里是说，但丁作为凡人的双眼（诗中用cigli，本意是双眉或一双睫毛）是虚弱的，曾一度不能承受强烈的神光，这时在贝阿特丽切的鼓励下，又要投入承受基督令人目眩的光辉照耀的考验（“斗争”）。

27. 这里是说，太阳被浮云遮住时，但丁的双眼就能承受强烈的阳光照射，诗中的写法是一种简化写法（brachilogia），仿佛但丁的双眼“为阴影覆盖”。

28. “开端”（principio）在这里指“光源”。

29. “仁慈的德能”指基督。“在我所在之处”原文只用了一个lì，直译为“在那里”。“留下一块地方”意谓使“我的那双无力承受你的眼睛”有能力观看你。

30. 这里是指贝阿特丽切在第73句所提及的“玫瑰花”亦即圣母玛利亚的名字。“最大的光焰”指圣母。

31. “灿烂的星辰”仍指圣母玛利亚。这里是说，圣母在天上以其光辉压倒众享有天福者，在人间也以其美德压倒众生灵。

32. 古代注释家认为，这里的“火把”指天使长加百列；但有些近代注释家认为，诗中既然说它“形状滚圆，宛如花环”，想必是指一种光辉灿烂的集体形象，而不是只有一位天使长，应当还有许多天使，以一概全，犹如木星天的鹰。萨佩纽和波斯科—雷吉奥两注释本都不赞成后一种诠释。

33. “竖琴”在这里比喻加百列在唱出甜美的歌声。

34. 本段后两句重叠运用名词zaffiro（蓝宝石）和动词s'inzaffira（直译“变为蓝宝石”，亦即“显得更加碧蓝璀璨”），突出描述圣母的星辰及其辉映下的天空的光和色，使诗句倍增美感。

35. 这里诗句采用以虚代实的笔法：以“天使之爱”代替怀有热烈的仁爱之情的天使（加百列是众天使中仁爱之情最热烈的天使），以“崇高的欢乐”代替圣母，因为她的“肚腹”曾怀有世人“渴望”的救世主（“我们的渴望”即是指耶稣）。

36. “天国的贵妇”指圣母。

37. “最高一重天”指净火天。

38. 这里的“乐曲”仍指围绕圣母旋转的加百列唱出的歌声。

39. “庄严外衣”（real manto）指第九重天即原动天，因为它像一件帝王所披的庄严斗篷一样，把其他八重天体罩住；“气息”意谓精神，“行动规则”指上帝制定的运行规律，由于第九重天最接近净火天，它可以直接受到上帝的指引和推动，因而能从上帝的“气息”中得到活力，按上帝的“行动规则”而行事。

40. “内向边际”（interna riva）指第九重天的

内向面，如笼罩物的凹面，与恒星天恰好毗邻，尽管相距依然“十分遥远”，仍不能为但丁所见。

41. “环形的烈焰”指圣母的光芒，加百列还像花环般在她周围旋转。“种子”指圣子。

42. “灿烂夺目的光辉”指享天福者的精灵。

43. “天后”原文为拉丁文Regina celi，是复活节时教堂歌唱应答赞美诗的歌词开头。诗中是说，享天福者赞颂圣母，歌声动人，至今但丁都不能把当时所感到的“欢悦”忘怀。

44. 这里把享天福者比作“箱柜”(arche，《圣经》中的“约柜”即用此词)；诗中之所以用“农妇”(bobolce)，因为“箱柜”的意文词汇是阴性的，这里是说，好的农妇播种多，便收获多，不好的播种少，便收获少（布蒂）。但也有人把bobolce理解为有待耕耘和播种的田地。诗中的用典出于《新约·马太福音》第十三章第三至八句和第十八至二十三句：耶稣向众人讲解真理，说：“有一个农夫出去撒种：他撒的种子有些下在路旁，不一会，就给飞鸟吃光；有些下在浅土上，虽然很快便发芽，然而因为泥土不深，无法生根，经过猛烈的阳光一晒，就枯干了；还有些下在荆棘丛中，由于荆棘长起来，便把嫩苗挤死了；也有一些是下在肥沃的泥土里的，自然结出饱满的籽粒，有三十倍、六十倍、一百倍的收成”；“所以，你们应当留心这撒种比喻的意义。种子下在路旁，是代表那些听了天国的道理而不明白的人，被魔鬼乘虚而入，很容易就把真理夺走了；下在浅土的种子，就像有些人一听天国的道理，就很高兴地接受了，但因为他没有根基，所以不能持久，一旦为了真理而遭迫害，便会立刻放弃信仰；落在荆棘丛中的种子，就是指那些听了真道的人，因为有生活的忧虑和金钱的诱惑，以致妨碍了真道的生长，不能结出成熟的果实；至于那些落在沃土里的种子，就好像一个听了道理的人，不但明白它的意义，而且开花结果，便收成三十倍、六十倍甚至一百倍的果实”。《新约》的《路加福音》第八章第五至十五句、《马可福音》第四章第三至三十句、《加拉太书》第六章第八句，都有类似的内容。

45. “在这里”指在天堂，“珍品”是世人所积累的功德，而这些功德是他们在尘世间通过痛苦折磨（“哭泣”）而获得的：“放逐巴比伦”(essilio di Babilon)是指巴比伦王、著名的暴君尼布甲尼撒(Nabucodonosor，公元前605—561)在征服犹太国(Giudea)后，使以色列人备受屈辱和奴役，后世便把流亡巴比伦比喻为“尘世生活”，即是说，人生在世，也像是被放逐到尘世受苦一样。“撇下黄金”是指这些享天福者在尘世是视黄金如粪土，轻视世间虚妄的财富的。

46. 这里是指圣彼得，他将作为后几首的“主角”出现，因此，这里是为他的即将出场作了铺垫。

47. 这里是指圣子基督。

48. “旧的和新的队伍”是指《旧约》和《新约》中的圣者所组成的队伍；“大获全胜”是指战胜尘世的各种诱惑。

49. 这里的“钥匙”指天国的钥匙，用典出自《新约·马太福音》第十六章第十九句：耶稣对彼得说：“我还要把天国的钥匙交给你”；请参阅《地狱篇》第十九首第92句及有关注释。

第二十四首

1. 自本首起到第二十五首和第二十六首，都是以宗教的三神德（virtù teologali）即信望爱为内容，描述了但丁与基督的三位最得意的门徒即彼得、雅各、约翰之间的有关对话：关于信，占有第二十四首约四分之三的篇幅，关于望和爱，则分别各占第二十五首和第二十六首的一半，篇幅的大小也说明在三神德中，“信仰”所占的地位是领先于“希望”和“仁爱”的。关于但丁何以选用基督门徒中的彼得、雅各和约翰为诗中考问但丁的主体，可能是因为基督曾把他们三位选作有关他显灵的三大事件的见证人：第一涉及《新约·马太福音》第二十六章第三十六至四十六句：其中说，基督预感到已被叛徒出卖，带着门徒来到客西马尼园（Getsemani），让其他人留下休息，只带着彼得、雅各和约翰向前走，后又让他们三人留下，他自己再稍往前走，向上帝连续做了三次祷告，而三个门徒都因疲乏过甚，酣然睡熟，最后，基督把三人叫醒，说：“到了这个时候，你们还要睡觉休息吗？我被卖给坏人的时候到了！起来，我们该走了。你们看，那个出卖我的已经来了！”第二涉及《马太福音》第十七章第一至九句，《新约》的《马可福音》第九章第二至九句和《路加福音》第九章第二十八至三十六句有关耶稣“变容”的内容：其中说，耶稣带着彼得、雅各和约翰登上一座高山，耶稣改变了自己的形象，面目如太阳一样发光，衣裳洁白，发出炫目的光芒，忽然，摩西和以利亚一起出现，与耶稣谈话，彼得不禁说道：主啊，“你若准许，我就盖三座帐幕，一座给你，一座给摩西，一座给以利亚”，话音未落，一朵灿烂的云彩出现，笼罩他们，云里传出声音说：“他是我喜悦的爱子，你们要听从他”；第三涉及《路加福音》第八章第四十九至五十六句：其中说，有人通知睚鲁（Giairo）：他的女儿已经死了，耶稣听见后，对睚鲁说：“不用怕，只要信，你的女儿一定会好的！”到了睚鲁家，耶稣只带彼得、雅各、约翰随睚鲁夫妇进去，众人在屋内都讥笑耶稣，耶稣拉着那女孩的手，说：“小女孩，起来！”她立即重获生命，睚鲁夫妇也惊喜交集。鉴于以上内容，这三首的说理分量就大大加重了。

2. “幸福的羔羊”指耶稣。《新约·约翰福音》第一章第二十九句说：“施洗的约翰远远地看见耶稣走过来，就对他们说：‘看啊！上帝的羔羊，就是除去世人罪孽的那一位！……’”“盛宴”指天国的宴会，典故出自《新约·路加福音》第十四章第十六句，其中耶稣用“上帝国的宴会”作比喻，说：“有一个人大摆筵席，请了许多客人”；《新约·马太福音》第二十二章第十四句说耶稣把天国比作“国王为儿子筹备婚宴”，说“被邀请的人多，选上的人却少”。《新约·启示录》第十九章第九句则说：“天使吩咐我（约翰）将这话写下：‘被邀请参加羔羊婚筵的人有福了！’……”“群体”在这里除可能是指所有享天福者之外，也许还专门用以指耶稣的众使徒。

3. 此两句用典出自《新约·约翰福音》第六章第三十五句：“耶稣说：‘我就是生命的粮，到我这里来的人，必定不饿；相信我的，必永远不渴……’”

4. 这里用典见于《新约·马太福音》第十五章第二十七句：一个迦南的妇人恳求耶稣为她的女儿治病，耶稣说：“把儿女们的食物丢给狗吃呢，实在说不过去。”妇人说：“主啊，你说得对，可是主人也把桌上掉下来的碎屑给狗吃！”耶稣说：“是的，妇人，你的信心真大！我就答应你的要求吧。”妇人女儿的病果然立即就痊愈了。

5. “渴望”指渴望得到天国之宴的美食，哪怕是“碎屑残片”也好。

6. 这里的“玉露琼浆”和“泉水”都是指上天的真理和神的智慧，这也正是但丁所渴望得到的。此处用典出自《新约·启示录》第七章第十四至十七句：“这些人都是经过大灾难，又用羔羊的血将衣裳洗得洁白的。他们在上帝的圣殿中，不分昼夜地侍奉坐在宝座上的上帝，他也要如同帐幕一样庇护他们。他们一定不会再挨饥抵饿或忍干受渴，也不会受日头和酷热的煎熬，因为在宝座中央的羔羊要作他们的牧人，引导他们到生命的泉水那里；并且，上帝也要擦干他们的眼泪"；也出自《新约·约翰福音》第四章第十四句："耶稣说：'人喝了这井里的水，还会再渴；但是喝了我所赐的活水，就永远不渴。因为我所赐的水，要在他里面成为生命的泉涌，涌流不息，直到永生'……"

7. 近代注释家波雷纳曾对这里引用古代钟表作比作了如下诠释："钟表运动的缓冲和放慢作用是通过钟表的马达（秤砣或弹簧）而发生的，其中还有一系列相继加快速度的齿轮……尤其是与这一速度比较，第一个齿轮是直接由马达起动的，看来似是静止不动，因为它在十二小时或二十四小时之内才转动一圈。"

8. "丰富内涵"在这里指享有天福的程度，亦即诗中被比作"光环"的使徒像钟表中的齿轮一样，旋转速度快慢不一，这也便使但丁看出他们享有的天福大小不等。

9. "欢乐的光焰"指光辉闪闪的精灵，它是"最美丽"亦即最光辉灿烂的"光环"中最明亮的，因此，它从光环中走出之后，光环中就没有比他"更明亮"的了；这光焰即是圣彼得。

10. "三遭"的"三"是宗教礼仪上的数字。

11. 这段三行韵诗的含义主要在于说明仙乐之美非人间想象力和语言所能表达。诗中用了绘画技巧来作比：古代注释家大多认为，但丁设想的绘像方法是：为绘出一件衣裳的褶纹，需用较暗而非较亮的色彩（即"强烈"的色彩），因为较亮的色彩是用来描绘衣裳的其余部分的；因此，诗句说想象力和语言"色彩过于强烈"，即是指二者都不适于用来形容圣彼得唱出的"神圣的歌曲"。

12. "神圣姊妹"是圣彼得对贝阿特丽切的称呼。

13. 这是对圣彼得的称呼。

14. "极乐世界"指天国，关于耶稣把天国的钥匙交给圣彼得，见《新约·马太福音》第十六章第十九句。

15. "或轻或重的问题"是指主要的和次要的问题。

16. 关于圣彼得"步行海面"的典故，见《新约·马太福音》第十四章第二十八至二十九句：耶稣在海面上，朝门徒那里走过去，门徒大惊，彼得说："主啊，如果真的是你，就让我照样走到你那里吧。"耶稣说："好，你来吧！"于是，彼得就从船上下去，站在海面上，朝着耶稣走过去。

17. 这里正是指出一个真正的基督教徒必须具备的三神德：信望爱。

18. 这里是说，享天福者的目光是放在上帝身上，因此，一切事物都像反映在镜中那样，使圣彼得历历在目，无法瞒过他。

19. "王国"指天国。

20. "青年学子"一词，萨佩纽和波斯科—雷吉奥两注释本所用原文不一：前者用baccelier出于古法文bachelier，后者用baccalier，较少见，但二者都是指神学院的学生在结束一定时期的学习后，需通过低于博士一级的口试：先由教师提出问题，学生应对，数日后，由教师做最后总结性发言（determinatio magistralis），因此，学生只能"接受"（approvare）教师所提问题，陈述本人意见，而不是"结束"（terminar）讨论，因为这是教师的任务。

21. "她"指正在与圣彼得讲话的贝阿特丽切。

22. "信仰"是三神德的根本，所以口试从这里开始。"光芒"指圣彼得。

23. "使徒之长"原文为primipilo，为军事用语，本意是指罗马百人队队长（centurione），并且是领导罗马军团中第三列老兵（triari）的首列队伍的；这里显然是指耶稣的门徒中为首的。

24. "亲爱的兄弟"指圣保罗，此称呼也是圣彼得自己的话：见《新约·彼得后书》第三章第十五句："你们该晓得耶稣长久的容忍，正是我们可以得救的理由；我们亲爱的兄弟保罗，他也曾按着上帝赐他的智慧写信给你们……”

25. 这里是说，圣保罗通过《新约·罗马书》向罗马人传布福音，引导他们走上信仰的正途。

26. 这里用典出自《新约·希伯来书》第十一章第一句：“信心（即信仰）是我们所盼望之事的保证和未见之事的凭据。”这是但丁根据圣保罗在上述《希伯来书》所说的话，对何谓“信仰”问题所作出的第一个回答。

27. 这里，圣彼得又提出第二个问题：要求但丁阐明信仰与希望和仁爱之间的关系。

28. “深奥难测的东西”指永恒的生命与天堂。诗句的意思是：但丁蒙受天恩得以在天上看到永恒的生命和天堂等深奥神秘的现象，而这些在凡人眼中是无法目睹的，凡人只能依靠信仰来确信二者的存在，而对永恒生命、享有天福的希望（“崇高的希望”）也正是建立在信仰的基础之上（“以根本来称呼信仰”）。

29. “其他的视力”指其他令人可以感觉到的证明真理的手段。诗句的意思是：既然没有其他认识真理的手段，只能依靠论证，来证明一切神学结论；圣托马索曾说：“心智通过论证来接受某些真理；因此，心智对不曾显现的信仰真理的坚定支持在这里就叫作凭证。”

30. “炽热的爱”指发射炽热的仁爱光芒的圣彼得。

31. 这里用“钱币”来比喻但丁对信仰问题作了透彻的了解，随即又提出第三个问题：但丁是否有信仰（“你的钱袋里，是否有这枚钱币”）。但也有人（如托拉卡）认为，诗中的“估计”是指圣彼得，而不是指但丁。

32. 这里用“钱币”的“铮亮”和“滚圆”，说明“钱币”没有磨损，从而比喻但丁的信仰在质量和数量上都是纯正和完美的。这里，但丁又以副词forse（也许）为基础，自造了动词inforsarsi（“产生疑团”）。

33. “珍贵的宝石”比喻信仰。诗句用典出于《新约》的《希伯来书》第十一章第六句：“人没有信仰，就不能得到上帝的喜悦，因为来到上帝面前的人，必须相信上帝存在”；《罗马书》第十四章第二十二句：“你有信仰认为做什么也不要紧，就只有你和上帝知就可以了，不必张扬其事，做在别人的面前”；圣托马索在《神学大全》第二卷第二章中也说：“信仰必须是所有美德中占第一位的，因为自然的认识不能把上帝作为享有天福的对象来到他的身边，正如希望和仁爱也是把上帝作为追求对象一样。”

34. “旧的和新的羊皮纸”指《旧约》和《新约》。

35. “旧的和新的命题”也指《旧约》和《新约》。

36. “事迹”是指超越自然手段的事迹，亦即奇迹。这里用铁匠打铁来形容《圣经》中所述奇迹与预言的发生，即为了实现这些奇迹，铁匠（自然）既无材料（铁），又无工具（铁砧和锤子）。

37. 诗句是说，“在向你发誓论证”的正是“那本身需要论证的”，即圣书。诗中的写法是一种哲学用语，即所谓“预期理由”（petizione di principio），亦即逻辑学上所说的，一种把尚待证明的论断作为论据的逻辑错误。

38. 诗中所述的但丁回答是根据圣阿哥斯蒂诺《论上帝之城》第二十二章第五句段作出的，其中说：“即使他们不相信这些奇迹是宣讲基督复活和升天的使徒们所实现的，为了争取他们相信这些奇迹，对我们来说，只有这一件伟大奇迹便足以使全世界即使未见一些奇迹，也仍会相信这些奇迹。”诗中的“这一个”是指全世界皈依基督教这一奇迹，其他论据则不及其“百分之一”（意谓极少量）。

39. 这里用农夫种田比喻传布福音：本篇第二十一首第127—129句和第二十二首第88句都提及传道的使徒的清贫生活。此段最后一句即“葡萄园”变为“荆棘”是对教会后来的腐败现象的谴责。

40. “天朝”在这里指享天福者的一个个群体，他们都参加了圣彼得对但丁的口试。

41. “我们赞美上帝”（Dio laudamo）是教会在

庄严仪式上经常歌唱的“上帝，我们赞美你”（Te Deum laudamus）。

42. 这里称圣彼得为“男爵”（baroni），这是因为在《神曲》中，经常把天堂比作天国的朝廷，而上帝就是天国中的“陛下”（sire），《地狱篇》第二十九首第56句、《炼狱篇》第十五首第112句和第十九首第125句乃至本篇第十三首第54句中，都有这样的写法；因此，在天朝中，男爵（baroni）和伯爵（conti）都是地位最高的圣者。这种用贵族称号比作圣者的写法，在当时是很普遍的：薄伽丘在《十日谈》第六天第十个故事也有这样的比喻。“一个枝蔓、一个枝蔓地”是比喻圣彼得所提问题是像一棵树的一层层枝蔓那样，按部就班地一个个向上提出，直到“树顶”，亦即诗中所说的“最后枝丫”。

43. 这里是说，圣彼得在赞赏但丁所作回答后，要求他具体“表白”他所信仰的是什么样的真理，又从哪里汲取这一信仰。萨佩纽和波斯科—雷吉奥两注释本对“表白”一词采用两种不同印法：前者用spremer，后者按佩特罗基版本用espremer，二者都为省略音节，取消动词后缀的元音e；另，二者对“应当”一词印法也不同：前者用conviene，后者用convien，略去后缀元音e（因为动词esprimer多了一个字首元音e）。

44. 这里是指圣彼得生前看到基督作为神的形象，即使当时并未目睹，而是依靠信仰。诗中用典出自《新约·约翰福音》第二十章第三至九句：其中谈及彼得和约翰向埋葬耶稣的坟墓里跑去，因为抹大拉的玛利亚发现墓口的大门已开，坟墓已空：约翰比彼得跑得快，先到了坟墓，但他并未进去，只是探头往里看，只见细麻布还留在那里。彼得随后也来了，他进到里边，看到细麻布整齐地放在那里，耶稣的裹头巾则卷着搁在一边。先来的那个门徒（约翰）也跟着进来了。他看见这种情形，就相信（抹大拉）玛利亚的话了。到此时止，他们仍然不明白《圣经》的意思，就是指耶稣必定从死里复活。但丁在《论帝制》第三卷第九节第十六句段中也曾诠释过上述段落：“约翰讲述彼得来到坟墓后，便立即进去，因为他看到，另一个门徒在门槛上犹豫不决。”根据以上内容，诗中才说，彼得“在走向坟墓时，把那更年轻的双足战胜”。

45. “形式”在经院哲学的语汇中意谓“实质”。

46. 这里，但丁着重表示只有一位上帝，用以反对那种多神论；他相信上帝是“永恒”的，用以反对当时有人认为，上帝也有“开端”；他强调上帝“推动”天体，而自己“一动也不动”，用以反对有人认为，上帝本身也是“动”的，因此，上帝既是“动的开端”，又“推动万物”。这里的“爱”是指上帝对造物的爱（包括天体）；“欲望”则是指万物（包括天体）对上帝的渴望和向往。因此，第130—132句说明但丁的信仰的第一点内容，即上帝是独一无二的，永恒的，是一动不动的原动力。

47. “物理学的证据”是从可感觉的物体中得出的，“形而上学的证据”则是从超自然的论述中得出的：圣托马索的《神学大全》第一卷中就曾提出上帝存在的五个著名论证。“从这里”是指从天上，“真理”是指通过《圣经》给予人类的神的启示：摩西五书（Pentateuco，即《圣经》前五卷）、先知的书、《诗篇》、《新约》的福音、《使徒行传》、使徒的书、《启示录》等等。参见下一段三行韵诗。

48. 这里是指书写各福音书的圣者和训导世人书信的使徒。

49. 诗中是指圣灵在圣灵降临节（Pentecoste）降临在他们身上，使之成为能引渡芸芸众生的圣者（almi）。

50. “他们是”原文为第三人称复数sono，“他是”原文是第三人称单数este，即今文的è；诗句用这种文法现象来说明“三位一体”的一即三、三即一的关系。

51. 这里的“福音书”指《新约》的《马太福音》第二十八章第十九句、《约翰福音》第十四章第十六句和第二十六句、《哥林多后书》第十三章第十三句、《彼得前书》第一章第二句、《约翰壹书》第五章第七句：其中都谈及三位一体的问题："你们要到各地去，使普世的人都成为我们的门徒，又要给他们施洗礼，使他们归于父、子、圣灵的名下。"

52. "三圈"的含义同于第22—24句中贝阿特丽切被圣彼得的光焰绕转"三遭"一样。

第二十五首

1. "神圣诗文"指但丁描述天堂情景的诗篇，其含义与本篇第二十三首第62句同；诗中提及"天与地"着手书写，是指该"神圣诗文"是由神的科学（"天"）和人的经验（"地"）共同构思和创造的。也有人认为，神的科学是指贝阿特丽切，人的经验则是指维吉尔，或则是前者指天体影响，后者指世间实体（即受天体影响的世间实体）；还有人认为，"天"是指天助。波斯科—雷吉奥注释本不赞成后几种说法。
2. "美丽羊圈"是象征佛罗伦萨，本篇第十六首第25句也有这样的比喻；"残忍"是指对但丁满怀仇恨，并将他逐出故土的佛市执掌大权的黑党分子。
3. 这里是说，但丁本是无辜的，虽为佛市做过好事，但忘恩负义的居民和制造派系纠纷的"恶狼们"却把他视为"敌人"。关于狼与羔羊的比喻说法，是借鉴于《圣经》语言，《旧约》的《以赛亚书》第十一章第六句和《耶利米书》第十一章第十九句、《新约》的《马太福音》第十章第十六句和《约翰福音》第二十一章第十五至十七句都有类似的写法。
4. 这里是说，随着岁月的流逝，但丁的声音和头发（"羊毛"）都会发生变化，亦即声音变老，头发变白。
5. 这里的"泉水"是指曾为但丁施洗礼的圣约翰洗礼堂，参见《地狱篇》第十九首第17句及有关注释。
6. "欢心"的原文是conte，本意为"了解、认识"，这里则有令上帝欢喜或获得上帝的欢心之意。诗中追述但丁在答复圣彼得提出有关信仰的问题后，圣彼得十分喜欢，在但丁周围"绕转三圈"，参见本篇第二十四首第151—154句。
7. 这里是指圣彼得，他是从诗中所说的光环中最先出来的；诗句是说，他是基督在人间的第一位"代理者"，亦即是出任教皇的第一人（"代理者中间的第一人"）。
8. "我的贵妇"仍指贝阿特丽切。

9. 这里的"男爵"含义同于第二十四首第115句(参见该句及注42);此处则是指圣雅各(San Giacomo),他是耶稣的十二位门徒之一,为有别于另一位同名门徒起见,史称"大圣雅各"(San Giacomo Maggiore),他是西庇太(Zebedeo)的儿子,是门徒、福音书作者约翰的兄长,于44年殉道;另一位史称"小圣雅各"(San Giacomo Minore),他是亚勒腓(Alfeo)的儿子,曾任耶路撒冷第一任主教,于62年殉道。

10. 加利齐亚(Galizia)是位于西班牙伊比利亚半岛西北部的一个古代行政区;据说,圣雅各的遗体葬于加利齐亚地区的圣地亚哥·迪·坎波斯泰拉(Santiago di Campostella)圣堂;该圣堂在中世纪,曾是仅次于罗马的欧洲朝圣地,故诗中说加利齐亚受到人们"拜朝"。

11. "这一位"指圣雅各。

12. "另一位"指圣彼得。

13. "食品"指上帝用来"哺育"享天福者的精神食粮。

14. "面容"的原文为volto,有两种解释,即"视线"和"面容",从下文看,以后者更妥,但含义都是相同的,即圣彼得和圣雅各的光辉十分耀眼,迫使但丁低下头来,无法仰视。

15. "光荣的魂灵"是贝阿特丽切对圣雅各的称谓;"天庭"的原文为basilica,本意是大教堂,古代注释家大多释为"胜利的教会",拉纳则释为"上帝的王国",诗中显然用以比喻天堂。

16. 这里是指《新约·雅各书》,其中述及上帝的慈悲与慷慨,详见《雅各书》第一章第二至十七句。如:第五句说,"如果你们当中有谁缺少智慧,他就应该祈求那位乐意厚赐给人,而且不苛刻责备人的上帝,就必定得着";再如:第十七句说,"每一样完美的恩赐,都是从天上、就是一切光明之源的天父那里来的"。但目前,一般都认为,《雅各书》的作者是小圣雅各。

17. 这里开始暗示:圣雅各将就信望爱三神德中的"望"即希望,向但丁提问。

18. "这三位"是指耶稣最喜爱的三大门徒,即圣彼得、圣雅各和圣约翰,同时也联系到耶稣救活睚鲁的女儿、耶稣登山变容、耶稣预料被叛徒出卖三件大事(参见本篇第二十四首注1)。

19. 这里是说,经过这三位使徒(或所有享天福者精灵)的光辉照耀,尽管开始会感到眼花目眩,最终则会增加视力,得以承受这些灿烂夺目的光辉("达到成熟之境")。

20. "第二束光焰"指圣雅各。

21. 这里把圣彼得和圣雅各比作"高山"。用典出于《旧约·诗篇》第一百二十一篇第一句:"我举目仰望高山,我的帮助正是从那里来的",这里的"高山"象征"那位创造苍穹大地的主宰";第八十七篇第一至二句:"耶路撒冷是上帝的城,是上帝最爱的一座城,它坐落在他圣山的高处。"

22. "过大的分量"在这里是指过大的亮度。

23. "皇帝"指上帝。

24. "宫院"指王国,"众伯爵"指众使徒,此是萨佩纽注释本的诠释;波斯科—雷吉奥注释本则认为,"众伯爵"是指天国中更高的人物,"最隐秘的宫院"是指天朝中最偏僻的宫院,因而可能是指净火天,不然,但丁就不会与享天福者中更高级的精灵相遇。波雷纳认为,"最隐秘的宫院"是指最后两重天,即水晶天和原动天,这样,整个天体除净火天外,可以如是划分,即头三重天(亦即所谓"低级"天体)、中间两重天、后两重天,但这种分法与托勒密天文体系把天体分为九重天(净火天除外)、水晶天即原动天的分法有很大差异;但他也把"众伯爵"诠释为众使徒。

25. "至善"是指永恒的幸福,而非虚妄的幸福。布蒂曾就此诠释说,"从希望中产生仁爱,正如从信仰中产生希望一样"。

26. 这段三行韵诗是圣雅各向但丁提出的有关"希望"的三个问题,其内容与圣彼得提出有关"信仰"的三个问题大致一样(见第二十四首第53、85、91句)。"心灵绽开花朵”是指希望的程度大小：只是这个问题与圣彼得询问但丁有无信仰的第二个问题有出入，因为这里圣雅各询问但丁所抱的“希望”有多大，正因如此，下文的回答就由贝阿特丽切来代替但丁作出，否则，但丁若说自己所抱希望很大，难免就有些自我吹嘘，不自量力。

27. “战斗的教会”(Chiesa militante)是指尘世的信徒群体，因为他们要“与尘世、魔鬼和肉体进行战斗”(布蒂)，因此，与另一说法，即“胜利的教会”(Chiesa trionfante)的含义不同：后者是指天国的享天福者群体。这里，贝阿特丽切代但丁回答：在尘世的所有基督教徒当中，没有一个能比但丁抱有更大的希望(亦即怀有更大的美德)，因此，但丁才能蒙受上天恩泽，带着肉身升天。

28. 这里是说，上述情况可以从上帝的心灵中看到：“太阳”即是指上帝，因为上帝如太阳一样，照亮享天福者，从而使他们得以懂得真理。

29. “规定的战斗期限结束之前”是指在但丁死亡之前，因为如注27所说，但丁作为基督教徒，活在世上即是从事战斗。

30. 这里把“埃及”比喻为尘世，把“耶路撒冷”比喻为天堂，用典取自《圣经》的《出埃及记》，即摩西在上帝的命令下，率受奴役的以色列人离开埃及，前往乐土迦南，亦即耶路撒冷。这样的比喻在基督教经文中是常见的：如《新约》的《加拉太书》第四章第二十六句：“至于我们‘母亲’的‘新耶路撒冷’，是在天上的，是自由的，而不是犹太律法的奴隶”；《希伯来书》第十二章第二十二句：“你们现在来到的却是锡安山，就是永生上帝的城邑，是天上的耶路撒冷”；《启示录》第三章第十二句：“我并要将我上帝的名号和我上帝的圣城的名号(就是从天上我上帝那里降下来的新耶路撒冷)和我自己的新名号，都刻在上面。”但丁在《炼狱篇》第二首第46句、《筵席》第二卷第一节第七句段和《书信集》第二章第五句段及第十三章第二十一句段中，也有类似的写法。

31. 这里是说，圣雅各提出其他两个问题，并非出于不知但丁所想而需加以“了解”，因为享天福者从上帝的心灵、脑海中早已洞悉这些情况，其目的在于：让但丁返回人世后，向世人“汇报”他对此问题的感受：特别是有关三神德之一的“望”的“美德”，对圣雅各是多么重要，多么值得珍视(“多么令你喜欢”)。

32. 此句是摘录于彼特罗·隆巴尔多(见本篇第十首第107句及注47)的名著《教父名言集》第三卷第二十六章中的一句话：“希望是对未来幸福的一种满怀信心的期待，这幸福是来自上帝的恩泽和本人前此的功德”；圣托马索《神学大全》第二卷中也有类似论述。这一段是但丁对圣雅各提出的第一个问题的答复。

33. “这光芒”是指使但丁认识三神德之一“望”的真理的“光芒”。关于“许多星宿”，萨佩纽注释本认为是指《圣经》著作和教父论著，波斯科—雷吉奥注释本则认为，应只是指《圣经》著作，如《旧约·但以理书》第十二章第三句就说：“那些智者，就是上帝的子民，必如太阳的光芒照耀；那使多人归向义的，必如星宿闪烁，直到永远。”

34. “最高元首”(sommo duce)指上帝；“最伟大的歌王”(sommo cantor)指大卫王，因为据说，《旧约·诗篇》的作者即是大卫，而《诗篇》所歌颂的正是“望”(在本篇第二十首第38句中，大卫又被称为“圣灵的歌者”)。

35. 此句取自《诗篇》第九篇第十句：“主啊，凡认识你名的人，都必对你抱希望(《圣经》中文版译为“都必信靠你”)，因为你从来不丢弃寻求你的人。”

36. “他的注入”指大卫的注入。

37. “书信”指《新约·雅各书》：其中第一章第十二句、第二章第五句和第四章第七至十句，虽然分别只述及上帝将会对战胜“试诱”的人、穷人和谦卑的人作出赏赐，并未直接述及神德“望”，但此处只笼统提到圣雅各与大卫王一起将光芒“注入”到但丁身上，强调二者对但丁的启示，故并未离题。

38. 这里是指散发着火光的精灵，亦即圣雅各。“明亮内部”原文是vivo seno，直译为“明亮的胸中”，因为圣雅各的灵魂就处在这束光焰之中。

39. 这里表明圣雅各在听到但丁的陈述后感到高兴和满意。布蒂曾解释诗中的两个用词：“闪电”（lampo）是指“如一盏明灯持续的那样，一种炽烈的可持续的光芒”；“雷电”（baleno）是指“突如其来的、快速而不持续的电光”。

40. 这里是说，圣雅各如今在天堂对神德“望”满怀热爱；因为在天上，三神德中只有“爱”仍留存在享天福者身上：伴随圣雅各一生的“望”，已不再存在，因为他已拥有活着时所追求的天福（与此截然相反的是：在地狱，希望也不再存在，正如《地狱篇》第三首第9句所说：“抛弃一切希望吧，你们这些由此进入的人”，因此，希望只存在于炼狱和凡尘）；“信”在天堂也不再存在，因为觐见上帝的目标业已达到，因此，留下的只有“爱”，正如圣雅各在诗中所表示的对“望”的热切怀恋。由此，也可明显地看出，但丁何以用这位使徒来象征三神德的“望”。

41. “棕树枝”（palma）在这里隐喻殉道：公元62年，圣雅各被希律王杀害于耶路撒冷（见《新约·使徒行传》第十二章第二句）；传统的圣像中，棕树枝也代表殉道。“从战场上离开”意谓尘世战斗生活的结束（参见注27）。

42. 这里的“视同友好”是指在上帝施恩下获得遴选的。“新旧经书”指《旧约》和《新约》。“目标”（Segno）即是指天堂。“就此向我作出指教”则是指天堂也“指教”但丁认识到希望使他追求的是什么，换言之，即是追求永恒的天福。也有人把“目标本身”（原文为代词“esso”）解释为圣雅各，萨佩纽和波斯科—雷吉奥两注释本都不赞成这种解释。

43. 诗句对《旧约·以赛亚书》第六十一章第七句的原句“你们必得着双倍的好处”作了特殊的诠释，即把“双倍的好处”变为“两件衣裳”，亦即指灵魂与肉体；“土地”则是指天堂，“甜蜜的生活”如诗中所说，亦是指天堂；因此，但丁就从以赛亚谈及希望的对象，进而联系到最后审判日的肉体复活（见本篇第七首和第二十三首）。

44. “你的兄弟”指圣雅各的弟弟、使徒圣约翰，他在《新约·启示录》第七章第九句中曾说：“后来我又看见一大群人，不可胜数。他们来自各国、各族、各民、各方，他们身披白袍；手持棕树枝，站在宝座和羔羊面前……”诗中所说“白袍”，即是指享天福者放射光辉的身体（参见《炼狱篇》第一首第75句）。

45. “对你抱希望”，原文用拉丁文Sperent in te，直接摘自《旧约·诗篇》第九篇第十句，参见注35。

46. 这里是说，这束光辉比其他光辉显得更为明亮，而它即是圣约翰。诗中又用天象作比：巨蟹星座（Cancro）在黄道带所占位置与摩羯星座（Capricorno）恰相对立，因此，一个星座升起，另一个则必降落，反之亦然。太阳运行到摩羯星座内的时间为12月21日至1月21日。因此，诗句的意思是：倘若巨蟹星座中有一颗类似这束“闪烁发亮”的光辉的“水晶”般的星辰，在上述期间，当太阳落下时，它将会升起，而当它落下时，太阳则又会再次冉冉上升，这种天象将延续一个月，因此，诗中才说，“冬季（从12月21日至1月21日）将会有一个月都只有白昼之光”。这显然是但丁根据当时的天文学全属假想的情况写出的，从科学角度上看，则属荒诞无稽。

47. “那两位”即是指圣彼得和圣雅各。

48. “那位”即是指耶稣最喜爱的门徒圣约翰（San Giovanni）：他是西庇太的儿子，使徒雅各的弟弟。为有别于施洗者约翰，他被称为“福音书作者约翰”（Giovanni Evangelista），曾在小亚细亚传道，后被罗马皇帝多密善（参见《炼狱篇》第二十二首及有关注释）放逐到爱琴海的巴特摩岛（Patmo），据说，在该岛，他口述了《启示录》(96年);后他又在亚洲行省埃弗索(Efeso)用希腊文著述了《约翰福音》,最后死于该地。象征他的标记是鹰。"塘鹅"(pellicano)是指耶稣,因为耶稣为了救世,牺牲了自身,如同传说中所说的塘鹅一般:塘鹅为了救活自己所生的小鹅,撕破胸膛,用鲜血使小鹅起死回生。《旧约·诗篇》第一百零二篇第六句就曾用过"塘鹅"的说法:"我就像荒野中伶仃的一只塘鹅……"关于圣约翰作为耶稣最喜爱的门徒躺在耶稣胸前的情节,参见《新约·约翰福音》第二十一章第二十句:"彼得转身看见耶稣所爱的那个门徒跟在后面,就是在吃晚饭时靠在耶稣胸前问'主啊!是谁要出卖你?'的那个门徒",第十三章第二十三至二十五句也有上述情节的详细记载。

49. 这里是说,被钉在十字架上的耶稣,曾在垂死时选定圣约翰继承他作为圣母玛利亚儿子的地位,此典出自《新约·约翰福音》第十九章第二十六至二十七句:"耶稣看见他的母亲和他所爱的门徒(圣约翰),都站在旁边,就对母亲说:'母亲,看哪,他是你的儿子。'然后对门徒说:'她是你的母亲。'从那一天起,那个门徒就接她到自己家里去了。"

50. 这里是说,圣约翰的光辉照眼,尽管但丁想要努力去看,却因为光辉刺目,"一无所见"。"最后一束火光"即是指圣约翰。

51. 诗中所说的"一件这里并不存在的东西"是指中世纪盛传的传说:圣约翰曾携带其肉身升天("这里"即是指天堂)。此典出自《新约·约翰福音》第二十一章第二十二至二十三句:"耶稣说:'假如我要他(圣约翰)活到我再来,又与你(圣彼得)有什么关系?你只管跟从我吧!'于是在众弟兄中,就传说那个门徒(圣约翰)不会死;其实,耶稣并没有说他不死……"上述中世纪有关圣约翰携肉身升天的传说,正是根据耶稣上述的话传出的,当时,包括圣托马索(《神学大全》附册)在内的许多作者都认为,此传说"非不可能";但丁在本首中特意针对此传说,借用圣约翰本人之口,作了匡正。

52. "永恒的意图"指永生的上帝:"我们的数目"指享天福者的数目,诗中的意思即是指:享天福者的数目多少要符合上帝所规定的数目。但丁在《筵席》第二卷第五节第十二句段中曾认为,享天福者的数目将相当于被逐出天国的叛逆天使的数目,并取代这些天使的原有地位。诗中用典可能借鉴于《新约·启示录》第六章第十一句:"这时有白袍赐给他们,又有声音告诉他们要再稍候片刻,等到他们的弟兄被杀害的数目满足为止。这些人就是和他们一同作基督的仆人的。"

53. "两件衣裳"仍指灵魂与肉体;"幸福的隐修之所"指天堂;"两束光芒"是指但丁方才看见从恒星天飞向净火天的基督和圣母(其他享天福者则都留下,参加对但丁的提问),即是说,携带肉身升入天国的只有他们二位。但丁在这里也隐约地否定了中世纪有关两位先知以利亚和以诺克(Enoc或Enoch)也是携带肉身升天之说。然而,值得注意的是:中世纪的神学家乃至教会对圣母升天(携肉身)是有争议的,尽管教会名义上接受传统的说法;它只是在1950年才把此问题作为教会的信条,而但丁对此始终是坚信不疑的。

54. "火光灿烂的旋转"指三位使徒所属的旋转光环。

55. 这里是说,圣约翰的光辉异常强烈,一直使但丁"眼花目眩"。

第二十六首

1. 这里着重描述但丁在圣约翰的强光照射下，一时丧失视力的疑虑心情，即不知自己的视力是否还能恢复。这里的“声音”是指圣约翰。
2. 圣约翰在这里引出了对但丁进行第三次考试，亦即询问有关三神德的最后一“德”即仁爱问题的契机，即如萨佩纽注释本所说，用“理性的运用”“思维视力”来弥补“感觉的缺陷”(“视力”)。
3. “朝何处瞄准”(ove s'appunta)意谓追求什么最终目的，简言之，即但丁所爱的对象究竟是什么。这里不像前两次那样，首先询问“信”“望”的定义，但“爱的对象”显然也包含在“仁爱”的定义之中。
4. “那个女人”指贝阿特丽切。亚拿尼亚(Anania)是大马士革城信仰耶稣的一个信徒，他遵奉上帝之命，用“按手”的办法，使迫害耶稣信徒的扫罗恢复视觉(扫罗的视觉正是在上帝发出的一道“炫目的强光”刺激下丧失的)，扫罗恢复了视力之后，便马上接受洗礼，皈依了耶稣；此典见于《新约·使徒行传》第九章第一至十八句。诗句显然意在说明：贝阿特丽切的“目光”有像亚拿尼亚的“手”一样的神力“德能”，能使但丁像扫罗那样恢复视觉。
5. 这里是说，贝阿特丽切曾带着“烈火”，从但丁的双眼进入但丁的心灵，点燃但丁始终未熄的爱情。这种以“大门”或通道比喻“眼睛”的写法，是十三、十四世纪抒情诗的惯用手法，“温柔新体诗”的代表人物、但丁的好友圭多·卡瓦尔坎蒂(参见《地狱篇》第十首及有关注释)就有“您，通过我的眼睛，穿透我的心”的诗句。
6. “天朝”指众天使和享天福者；“善”指至善即上帝。本段三行韵诗的含义是：作为“至善”的上帝是我心灵中大小、轻重情感的起点(“阿拉法”)和终点(“亚米加”)，换言之，上帝是我的爱的首要和最终的对象。这种思想与经院哲学对仁爱所下定义是一致的：圣托马索在《神学大全》第二卷第一章中就说过：“对上帝的爱”就是“把上帝作为天国之福来加以热爱，而我们通过信仰和希望，是情心乐意地去追求这种天国之福的”。“阿拉法”(Alfa)和“亚米加”(Omega，但诗句仅用了大写O)为希腊文的第一个和最后一个字母，作为“起点”和“终点”或“始”与“终”的说法，则取自《新约·启示录》第二十二章第十三句：上帝说，“我是阿拉法，我是亚米加；我是首先的，也是末后的；我是始，也是终”；另，《启示录》第一章第八句也说：“主上帝说：‘我是阿拉法，我是亚米加；我是昔在、今在、以后永在的全能者。’”据萨佩纽和波斯科—雷吉奥两注释本估计，但丁及其同时代人可能习惯于把Omega写成O。
7. 这里用“筛子筛糠”的生活实例来比喻代表圣约翰的那个“声音”要求但丁详细说明他对仁爱的见解；同时再次用弓箭作比，询问但丁究竟是在谁的指引下热爱上帝的(“弓”即热爱，“目标”指上帝)。
8. “哲学论据”意谓理性论据，这是哲学所固有的，因为哲学家说过，“每个人都渴望至善”；“由此降下”是指由天上降下；“权威”则是指《圣经》。
9. 这里是说，作为“至善”的善正是通过人的理性或“哲学论据”和神的启示或“由此降下的权威”，把世人心中的仁爱之火“点燃”；善愈完美，爱也便愈“深湛”。
10. “这个基因”指上帝。这里也反映了亚里士多德和柏拉图两学派的有关“善”与“爱”的主要论点。
11. 这里是说，除至善外的其他的善或“基因”都无非是至善的光芒的反映，亦即至善光线的一部分。
12. “真理”是指对作为至善的上帝的爱。诗中的“那位”究竟是谁，注释家中众说纷纭：古代注释家一致认为，是指亚里士多德，因为他在《伦理学》《形而上学》《物理学》等著作中曾不断论述这一观点，指出：上帝是一切存在物据以派生的有效原因；另《论原因》(*Liber de causis*)一书也指出，“每个实质形式都来自其首要原因”，“神的善心降临在万物身上，否则，万物就不可能存在”（该书曾误以为是亚里士多德之作，实际上出于柏拉图之手）。也有人认为，这里是指柏拉图，或“亚略巴古的官杜内修”（参见本篇第十首第115句及注50）；萨佩纽注释本认为，后者更有可能，因为杜内修在其《论神的命名》（*De divinis nominibus*）中曾作过有关论述（参见圣托马索《神学大全》第一卷），总之，这类观点是通过新柏拉图学派传入经院哲学的。还有人认为，“那位”是指维吉尔。

13. “永恒实质”是指上帝所创造的天使和人类，因为所有这些造物都是热爱作为他们的“首要原因”的上帝的；这种爱亦即诗中所说的“首要的爱”（Primo amore）。

14. “真理的提出者”指上帝；“这一点”即是指对至善的爱。诗中所引上帝的话出自《旧约·出埃及记》第三十三章第十九句：“主说：‘我必定亲自叫你看见我美善的作为……’”

15. “崇高的宣言”可能指《新约·启示录》第一章第八句（见注6），此是拉纳和但丁之子彼特罗的见解，但《最佳评注》、本维努托、布蒂、塞拉维莱等则认为是指《新约·约翰福音》关于论述创世、三位一体、基督化为肉身等问题的头几个篇章，从而证明“全能者”的“无垠的善”，亦即第一章第一至十六句。

16. “这里的奥秘”指天国的奥秘；“其他文告”指其他福音书：这里是说，《约翰福音》侧重论述哲学—神学问题，而其他三部福音即《马太福音》《马可福音》《路加福音》则属“对观福音书”（Vangeli sinottici），侧重叙事。

17. “人的心智”是指哲学论据；“种种权威”是指《圣经》所作的“权威证明”，亦即诗中第26句所说的“由此降下的权威”。对此段三行韵诗有两种理解：一是对但丁就第二个问题（“是谁引导你的弓把这个目标射中”）所作回答的总结，属直陈式；一是把此段最后一句即第48句看成命令式，即“你该把你的爱的最高情感朝上帝表示”。很难说上述哪种解释更具说服力：第一种解释是古代注释家作出的，而近代注释家则倾向于第二种解释。

18. 这句的原文是con quanti denti questo amore ti morde，注释家对此句的写法有不同评价：有的认为“富有戏剧性和动感”，而一些近代注释家则不喜欢这种写法。

19. “鹰”是圣约翰的象征，《新约·启示录》第四章第七句就曾描述过四位福音书作者的“象征”：“第一个（圣马太）像狮子，第二个（圣马可）像牛犊，第三个（圣路加）有人的面孔，第四个（圣约翰）像飞翔中的鹰。”

20. “咬啃”（morsi）仍是从第51句的“咬定”而来（参见注18），其含义是指促使但丁“心向上帝”、产生仁爱之心的种种因素。

21. “我本人的存在”也意谓每个造物的存在。

22. “那位”指救世主耶稣：诗句的意思是耶稣为救人类而宁可牺牲自己。

23. 这里的“希望”是指希望获得永生，进入天国。

24. “深刻认识”指但丁前面所提及的论证：上帝是至善，要首先热爱上帝，超过一切。但丁在这里扼要地概述了当时神学家和教义辩护士们广泛阐述的最普遍论点。

25. “错爱”（amor torto）指对尘世财物的虚妄的爱，与下句的“正爱”（amor diritto）亦即对上帝的真正的爱恰相对立。

26. 这里，诗句从对上帝的爱进而论述对蒙上帝恩泽而获救的世人的爱：“永生的园丁”和“菜园”分别指上帝和“战斗的教会”（见本篇第十二首第72句和104句）。这种比喻写法可能借鉴于《新约·约翰福音》第十五章第一句耶稣说，“我是真的葡萄树，我父上帝是栽种的人”。“枝叶”指获救的世人。

27. 诗句所说的这一思想，即但丁要根据获上帝拯救的世人从上帝那里得到的善有多少，来爱他们，是来自彼特罗·隆巴尔多的《教父名言集》第三章，圣托马索《神学大全》第一卷也论述过这一观点：“有一个首要之物，它就其本质而言既是实质，又是善，我们称之为上帝，每个东西都可以根据这一首要之物自称为善和实质，因为它是这首要之物的一部分，有一定的相似之处，尽管远不及和有缺陷。并非所有的人都与上帝有同等的关系，但是，有一些人因为有更大的善心而更邻近于他，也便值得更加热爱。”诗中的“他”指“永生的园丁”即上帝。

28. 连续用三个“圣哉”（即Santo, santo santo!）的写法，既是出于祈祷文中的赞美词句（Sanctus），又来自《旧约·以赛亚书》第六章第三句：天使撒拉弗歌颂上帝“圣哉，圣哉，圣哉，万军之主；他的荣光普照大地”；《新约·启示录》第四章第八句：“这四活物各有三对翅膀（亦即天使撒拉弗），身体内外都长满眼睛，他们昼夜不停地高唱着：‘圣哉！圣哉！圣哉！主上帝是昔在、今在、以后永在的全能者。’”

29. “层层眼膜”（di gonna in gonna）是但丁对眼睛如何从大脑通过眼球产生视觉过程的分析，即是说，这一过程要经过眼睛的一层层眼膜。但丁在《筵席》第二卷第九节第四至五句段和第三卷第九节第七至九句段中对此也作过类似的分析。

30. “判断力”（stimativa）亦即洞察力，在亚里士多德理论中，它与常识和想象力一道，被视为内部感觉器官之一。这里是说：睡熟的人突被强光刺激而惊醒，对所见的强光只感“厌恶”，力图躲避，而若有“判断力”前来相助，对所见之物作出分析，就不会如此“不自觉”了。

31. “污垢”的原文为quisquilia，来自拉丁文quisquiliae，本意为“干草”，转意为“鸡毛蒜皮”，或“不洁之物”“掩盖物”。这里描述贝阿特丽切使但丁恢复视力，相当于亚拿尼亚使扫罗恢复视力（见注4），但《新约·使徒行传》第九章第十八句说，亚拿尼亚用按手使扫罗恢复视力时，“扫罗眼里好像有鳞片脱落一般”，故诗中的“污垢”也可能是类似“鳞片”的脏物或眼翳。

32. “里”的原文为milia，为罗马丈量长度的单位，一般译为“千步”，诗中只用来说明很远的地方，为使读者易懂起见，姑且译为“里”。

33. “第四束光芒”指亚当。

34. “第一个德能”指上帝，“第一个灵魂”指亚当：因为亚当是上帝创造的第一个人，是人类的始祖，也是“第一个”人类的“灵魂”。

35. “本身能力”（propria virtú）指树梢固有的伸曲弹力。诗中用树梢被风吹弯，后又凭借自身弹力重又竖直，比喻但丁此时的心态和动作，即在贝阿特丽切说出“第四束光芒”是亚当时，但丁先是因新的光束出现而惊呆，把头低下，随后又在“说话欲望”的驱使下，把头又重新抬起，因为他急切地要向亚当提出问题。

36. 这里把亚当比作“生来就已成熟”的“果子”：因为亚当是唯一一个不需经过成长过程而达到成熟年龄和完美体魄的人类，本篇第七首第27句也曾说，亚当“不是由妊娠而生的人”；但丁在《论俗语》第一卷第六节第一句段中也说：亚当是“这样一个人：他没有母亲，也未被喂乳，他不曾有过幼年和成年”。

37. 亚当作为“远古的生父”，他的后代中的所有女性，在婚嫁时，必然不是他的女儿，就是他的儿媳（嫁与他的后代中的男性）。

38. 因为亚当从上帝身上，能像其他享天福者一样，看出但丁的思想和欲望。

39. 诗句用“被布蒙盖的动物”形容被光辉笼罩的亚当，因此，亚当为能“满足”但丁的“要求”而感到“欢喜之至”，只能依靠光辉的闪烁（“覆盖物”）来显示，这正如那“动物”的“情感”要依靠“罩布”随它“乱踢乱动”而做出的“动作”来表露一样。

40. 这里是说，亚当通过上帝能把但丁的心思“看得一清二楚”，这“胜过”但丁辨明他所确信为真理的事物的能力。

41. 这两句是根据原文直译过来的，其含义是：神的心灵犹如镜子，能把万物反映出来，而万物当中没有一个能把神的全貌反映出来。本维努托对此曾作过较明确的诠释："上帝把万物都包含在自身当中，而不是相反；确实，没有任何东西，能像一面镜子一样，把上帝全部反映出来，而万物在上帝的镜子里则一概表露无遗。"

42. "精美的花园"指伊甸园，亦即地上乐园。这是但丁向亚当提出的第一个问题，即从上帝创造亚当到如今究竟过了多少时间。

43. "这一位"指贝阿特丽切；"漫长的阶梯"意谓攀登各重天体。

44. 诗句的意思是：亚当在地上乐园究竟愉快幸福地度过多少时光。这是但丁所提的第二个问题。

45. 这里是说，促使上帝"雷霆大发"、将亚当逐出伊甸园的"原罪"的真正性质是什么？这也是但丁的第三个问题。

46. 这是第四个问题：因为亚当是第一个发现说话方式的人，《旧约·创世记》第二章第二十句就说："那人（亚当）就给所有的牲畜、空中的飞鸟和地上的走兽都起了名字……"

47. 亚当开始回答但丁所提问题，但并非按照原来的顺序，而是根据问题的重要性大小，因而第一个回答涉及的是第三个问题，即亚当被上帝长期逐出伊甸园的"唯一起因"并不在于偷尝禁果，而在于亚当违反了上帝为亚当所规定的界限（"超越限定"），因而罪不在贪食，而在骄傲和叛逆。圣托马索在《神学大全》第二卷第二章中就说："原罪在于：超越正当限度地渴望得到一种精神财物，这就属于骄傲。"

48. 这里是指贝阿特丽切从林勃"请动"维吉尔去拯救但丁。

49. "聚会之所"指天国。

50. "四千三百零二次太阳周转"即是指四千三百零二年。这是亚当对但丁所提第一个问题的回答：但他未确切地说明从上帝造人到如今究竟过了多少时间，而是指出：他在林勃等待登上天国（亦即从他死后到耶稣下到地狱、把他从林勃解救出来）的年份，依照古代民族编年史作者欧塞比奥（Eusebio, 268—338）的计算，为四千三百零二年。《旧约·创世记》第五章第五句说："亚当死的时候是九百三十岁"；因此，萨佩纽和波斯科—雷吉奥两注释本认为，若计算从上帝创造亚当到但丁冥界与天界之行的总的时间，似应把四千三百零二年加上九百三十年，即等于五千二百三十二年，再加上一千二百六十六年（即从耶稣去世到1300年但丁的冥界、天界之行），总计为六千四百九十八年，这正是但丁所要知道的从上帝造人到如今的具体年份。

51. 太阳"运行路线的所有光点"指黄道带的所有星座；这里是说，太阳从离开到逐渐返回黄道带的所有星座，需时一年。因此，亚当活着时，看见太阳返回所有星座有九百三十次，亦即说明他活了九百三十年。

52. 亚当在这里回答但丁所提的第四个问题：诗中所说的"宁录"和"工程"是指宁录率领巴比伦人民建立巴别塔（参见《地狱篇》第三十一首及有关注释）。但诗句的含义与但丁在《论俗语》第一卷第六节第四至七句段中的观点不同，看来，但丁是有意做了更正：但丁在《论俗语》中曾指出，亚当所说的语言来源于神，因而是不能腐朽的，亚当的后代也继续使用此语言，一直到巴别塔造成语言的混乱为止；后来，亚当的语言为希伯来人所用，"因此，希伯来文就是那第一个说话的人的嘴唇所创造的语言"。诗中反映的但丁对语言的看法，充分表明但丁在语言问题上的独特见解，它也是与近代语言理论相接近的。

53. "上天影响"指天体和星宿的不同影响。

54. 本段三行韵诗的要旨与中世纪著名哲学家兼神学家埃吉迪奥·罗马诺（Egidio Romano, 1246—1316）在其名著《论君主制度》（*De regimine principum*）第三卷第二章第二十四句段中的有关论述类似："人说话是自然的事。的确，我们自然而然地倾向于向别人表明我们的思想。再者，我们说这种或那种语言，这并不取决于自然，而是取决于我们的意志"；圣托马索在《神学大全》第二卷第二章中也有相似的观点："对人来说，用符号来表达他特有的思想，这是自然的，但是，这些符号的选择则取决于人的意愿。"这一观点可追溯到亚里士多德，后则通过波伊提乌斯（参见本篇第十首及注54）传入西方拉丁思想，从而成为经院哲学的共同观念。

55. I在古代手抄本和注释家中常被认为就是Un（一个），因而常把I作为数字和字母错抄，但丁在诗中可能是从该字母的笔画和发音最简单出发，有意把它作为上帝的原始名字的代号。"至善"即是指上帝。EL在希伯来文中是用以指上帝的词汇之一；诗句的含义同样反映但丁纠正了他在《论俗语》第一卷第四节第四句段中的有关思想：因为当时他是把亚当的语言和希伯来文看成一个东西，并是由上帝启示的（参见注52）；在诗中，他则把此词作为人类在亚当死后和巴别塔造成语言混乱之前自行发明的语言形式，因此，语言的变化就如诗句所说，如同枯枝落下，新叶长出（"犹如枝头的树叶更换，此去彼返"），此比喻源于贺拉斯的《诗艺》第60—62句："就像在岁末的森林中树叶变化一样，最老的树叶纷纷落下；同样，老一代的语言在死去，那些刚刚诞生的语言则繁花般开放。"

56. 这里指位于炼狱山巅的地上乐园；该山峰高高耸立，距离海面比任何其他山峰都更高。

57. 这里是说，亚当在伊甸园的生活，先是"单纯"的，后来则犯下原罪（"不老诚"disonesta）。

58. 这里回答了但丁所提的第二个问题。亚当在伊甸园所待的时间是用日课经的计时计算的："第一时"是指晨祷的时间，即早晨六时，"第六时"是指午经的时间，亦即中午；"紧随第六时的那个时辰"。当时中午过后一时左右，因而亚当在地上乐园总共只待了七个小时不到。此说法来自彼特罗·曼加多雷的《经院哲学史》（参见本篇第十二首第134句及注64）。

59. 诗句把太阳一天运转的二十四小时分为四个"等分"，即"四分之一圆"（quadra即今文的quadrante），合九十度，含六小时；诗中说，亚当在伊甸园"从第一时待到紧随第六时的那个时辰"，即是说，太阳已跨过九十度，运行一天的四分之一时间，从第一个"四分之一圆"转到第二个"四分之一圆"（"太阳把四分之一圆变更"），按波斯科—雷吉奥注释本的诠释，第一个"四分之一圆"即是"从东地平线到子午线"，第二个"四分之一圆"则是"从子午线到西地平线"。

第二十七首

1. “财富”指天堂之福，正如布蒂所说：“所有尘世财富都是与贪求之心相连的……而后，则不能持久”，“天堂之财富是可靠的，因为它不会丧失，并且也是不生欲念的，因为一旦有了它，就不再渴望得到任何东西”；但丁在《筵席》第三卷第十五节第三句段中也说：“(欲念)不能与天福相连，因为天福是完美之物，而欲念则是有缺陷之物。”

2. “四束光焰”则是指圣彼得、圣雅各、圣约翰和亚当。这里是指圣彼得。

3. 如《炼狱篇》第二首和本篇第十四首所说，木星是白色星球，火星则是火红色的，倘若二者如“飞鸟”那样“互换羽毛”，木星就变成“火红色”的了；诗中是说，圣彼得出于激动，其光辉发出火星般的红色，为下面圣彼得谴责罗马教皇的腐败作了铺垫。

4. “这里”指天堂；“神意”指上帝，因为上帝分配“幸福的群体”(即所有享天福者)的“任务”与“职责”的意图，是凡人所无法识透的。

5. 诗中连用三个“我的地位”的写法是仿自《旧约·耶利米书》第七章第四至十一句，其中就有“这是主的殿，是主的殿，是主的殿”的重叠写法。“那个”是指博尼法丘八世，因为在但丁的冥界和天界之行时，任教皇的正是他。诗中强调“在上帝之子面前”教皇的席位是“虚空着”的，意在说明：在但丁看来，博尼法丘八世“篡夺”教皇席位，并非表明他当选教皇“不合法”，因为在世人当中，他当选教皇仍是合法的，但丁所谴责的是他在道德上的腐败堕落。

6. “坟墓”指教皇所在地罗马，因为圣彼得正是在那里殉道的。“污血狼藉”是指在博尼法丘八世的纵容下，教会内部因互相倾轧和争夺而流出的鲜血；“恶臭熏天”是指教廷与卑鄙和邪恶的习俗。

7. “从天上跌落的恶棍”指卢齐菲罗，因他反叛上帝，所以“从天上跌落”；“在地下”指地狱的底层；“悠然自得”是指卢齐菲罗看到教会内部的不和和罪恶而幸灾乐祸。

8. “整个天空”指所有闪闪发光的享天福者精灵；“颜色”指如旭日和夕阳般的红色。

9. 关于贝阿特丽切的“面色”如何“改变”，注释家说法不一：有人认为，贝阿特丽切因见教会腐败而感到痛心，她面色的改变不同于其他享天福者，而是面色发“白”，这与下句的“暗无天日”(eclissi)似相吻合；但也有人认为，贝阿特丽切“改变面色”是指面色“羞红”。

10. “最高权力”(supprema possanza)指化为肉身的圣子耶稣。

11. “它”指声音，即是说，声音和面色都有同样大的变化。

12. “基督的新娘”指教会(参见本篇第十一首第31—33句及注12)。“林”(Lin)即利诺(Lino)，亦即圣利诺，原名利诺·迪·沃尔泰拉(Lino di Volterra)，公元66年继圣彼得任教皇，原任首任罗马主教，78年9月23日殉道。“克列托”(Cleto)，萨佩纽和波斯科—雷吉奥两注释本都认为，他即是78年继圣利诺任教皇的阿纳克列托(Anacleto)，91年在罗马皇帝多密善(Domiziano)迫害下殉道(梅尔兹百科全书则注明他的殉道日期为93年4月26日)，史称“圣克列托”；另据该百科全书称，阿纳克列托另有其人，即阿纳克列托一世，雅典人，100—112年任教皇，112年7月13日殉道，史称圣阿纳克列托。

13. “幸福的生活”指永恒的天国之福。

14. 西斯托(Sisto)，117—127年任教皇，称西斯托一世，127年在罗马皇帝阿德里亚诺(Adriano)统治下殉道，史称圣西斯托。庇护(Pio)，142—157年任教皇，称庇护一世，原名庇护·迪·阿奎莱亚(Pio di Aquileia)，曾规定三月份满月后第一个星期日为复活节；157年7月11日殉道(一说是149年殉道)，史称圣庇护。卡利斯托(Calisto)，即217—222年任教皇的卡利斯托一世，在222—235年任罗马皇帝的亚历山大·塞维罗(Alessandro Severo)统治下殉道。乌尔巴诺(Urbano),222年继卡利斯托一世后任教皇,称乌尔巴诺一世,230年5月25日殉道,史称圣乌尔巴诺。

15. “流淌许多泪水”不是指殉道,而是指当时基督教徒所遭受的迫害。

16. “我们的意图”指圣彼得及其后继者,最早一批罗马教皇的意图。诗中把“基督教人民”分成两部分,分别坐在教皇的左右的写法,来自《新约·马太福音》第二十五章第三十一至三十三句,其中谈及最后审判日时说:“当我(耶稣)在荣耀中率领众天使来临的时候,我要坐在荣耀的宝座上,全世界的人都要群集在我面前。我要把义和不义的人分出来,像绵羊和山羊分类一样;绵羊在右边,而山羊在左边”(《马太福音》所指的“右边”是给“义人”的,“左边”则是给“不义之人”的)。这里,诗句显然是以讽刺的笔法,描述教皇如何恶意地效仿神的审判做法,把信徒分成两类:一类是教皇所宠爱的,而博尼法丘八世所支持的归尔弗派和黑党分子,他们坐在右边;一类是教皇所摒弃的,亦即博尼法丘八世所反对的吉伯林派和白党分子,他们坐在左边。诗句的用意恰恰在于以此来揭露和谴责博尼法丘八世等教皇在人民中间制造不和与分裂、从中渔利的罪行。

17. “两把钥匙”仍指基督交与圣彼得的天国钥匙,见《新约·马太福音》第十六章第十九句。这里,“钥匙”象征被教皇篡夺的教廷权威,犹如“鹰”象征被吉伯林派篡夺的帝国权威(见本篇第六首第101—105句),因此,诗中说“钥匙”是“教皇旗帜上的标志”。

18. “受洗礼者”即是基督教民众。

19. 这里是说,教皇为了牟取钱财,通过买卖圣职,把教会的利益和特权赐予不相称的人,而不是论功行赏,任人唯贤。

20. “草场”比喻教会的共有财富;“身披牧人外衣的凶残豺狼”的写法取自《新约·马太福音》第七章第十五句:“你们要提防假先知,他们外表驯如羔羊,但骨子里却像豺狼,凶残成性”;也出自《旧约·耶利米书》第二十三章第一句:“主说:‘那些毁灭和分散我草场的牧人有祸了!’”诗句意在说明:教会中的高级教士不是像“牧人”那样对教会利益善加管理,而是像“凶残豺狼”那样侵吞教会财产。

21. 此句写法借鉴于《旧约·诗篇》第四十四篇第二十三句:“主啊,求你醒来,不要再沉睡了……”

22. “卡奥尔人”的原文为Caorsini,是指法国城市卡奥尔(Cahors)都以放高利贷盘剥为生的居民(见《地狱篇》第十一首第49句及有关注释),这里则用以隐喻教皇约翰二十二世,他的家乡即是卡奥尔(参见本篇第十八首第130—136句及有关注释);“瓜斯科人”的原文为Guaschi,即Guasconi,这里是影射身为“瓜斯科人”(Guasco)的教皇克莱蒙特五世(参见本篇第十七首第82句及有关注释),瓜斯科人是以“生性贪婪”而闻名的。

23. 这里是说,教会和教皇最初是好的(“善始”),但随后则日趋腐败(“恶终”),同样的思想也见于本篇第二十二首第88至96句。

24. 西庇阿即“阿非利加的”西庇阿(参见《炼狱篇》第二十九首和本篇第六首及有关注释);诗句是指上帝令西庇阿率军在第二次布匿战争中战胜威胁罗马的迦太基名将汉尼拔,从而确保了罗马帝国对全世界的主宰和统一(“罗马在世界上的荣光”),而这是救世主诞生的必要前提。就本段三行韵诗对未来的教会与基督教社会的改革所作的预言而言,本篇的预言就与《地狱篇》第一首第101句有关“猎犬”的预言和《炼狱篇》第三十三首第43—44句有关“上帝的使者”“D.X.V.”的预言既相互呼应,又有区别地联系起来。

25. 因为但丁至今未摆脱自己的“肉身”,正如本篇第一首第73—75句所说,但丁是携带肉身(“凡人的体重”)登天的。诗句的意思是:俟但丁返回尘世后,但丁应把在天国所见所闻全部向世人汇报,不该加以隐瞒,特别是上天对教会堕落所感到的愤怒的神的即将“前来救助”。

26. 这里是指：在冬季，大气中的湿气将因寒冷而凝为“朵朵雪花”飘落下来。

27. “天羊的羯角”原文为corno de la capra del ciel，即是指摩羯星座（capricorno）；诗中所指是：在冬季，从12月21日至1月21日，太阳与摩羯星座恰好相连。

28. “胜利的气体”指享天福者精灵的光焰。

29. “向上抛去”指从恒星天抛向净火天即天国。

30. “他们”指享天福者的精灵。

31. 这里是说，但丁的视线一直追随这些享天福者的光辉向上望去，但当但丁与他们之间的一片太空变得“过分辽阔”时，但丁的视力就无法继续追随下去了。

32. 这里是说，但丁此时是在双子星座内与恒星天一起旋转上升的，因此，贝阿特丽切叫但丁朝下观望，看一看他在空中已走了多远。

33. 但丁最初朝地球望去是在本篇第二十二首第127—154句。古代地理学家曾把地球上有人居住的地区划分为七个气候带（clima）或纬度区，即从赤道向北部寒冷地区逐步划分：各气候带的变化则是以经度为依据，全部经度为一百八十度。诗中说，但丁从最初向下观望地球的时间算起，这时已“跨过从中间到终点的整个弧度距离”，意在说明：已走过上述经度的一半，即九十度，亦即最初是与双子星座一道处于耶路撒冷子午圈上方，如今则已西移，来到与加的斯（Cadice）子午圈相垂直的上方，恰恰度过六小时。关于这里何以只提“第一气候带”（primo clima，据说是通过埃塞俄比亚），而不提第三气候带（通往耶路撒冷）或第五气候带（通过罗马），波斯科—雷吉奥注释本认为，这是因为但丁这时所经历的不是地球上的气候带，而是太空中与之相应的气候带，既然他是置身于双子星座内，该位置即恰好与地球的第一气候带相应。

34. 这段的含义是：从但丁此刻所处的位置，可以把视线向西移动，移到“加德”（Gade，即加的斯）以西的地方，看到《地狱篇》第二十六首第125句提及的尤利西斯企图“疯狂”越过的“海格立斯石柱”；“那边”即是指以西之处，“这边”则是指加德以东的地方；“海滩”是指腓尼基（Fenicia），亦即靠近耶路撒冷之处，波斯科—雷吉奥注释本据此指出：此刻，但丁的视线则从原来的第一气候带向中部地区转移，即移至第三或第四气候带，亦即最重要的气候带。

35. 这里借用了希腊神话中的故事：林泽女神欧罗巴（Europa）是腓尼基国王阿吉诺尔（Agenore）的女儿，生得十分美貌，宙斯爱上了她，便化作一头雄牛，让她骑；欧罗巴不明其故，骑上雄牛，宙斯便把她从腓尼基掠到希腊的克里特岛；也有说是把她掠到欧洲所在的地区的，这也便是欧洲之所以称为“欧罗巴”的由来。奥维德《变形记》第二章对此有记载。

36. “花坛”指地球，这里是指地球本会向但丁“展露”东边更多地区。

37. 这里紧接上句，说明但丁何以不能看到东边更多地区：因为位于但丁脚下的太阳是在继续向西运行，而且距但丁“有一个多星座”（按黄道带内各星座之间的距离为三十度，但丁现在双子星座，太阳则在白羊星座，中间还插有金牛星座，因而太阳距但丁有三十多度），这就只能在一定限度内，照射到东边耶路撒冷方面的一些地区，换言之，东边一些地区是在阴影之中，非但丁的视力所能及；此外，但丁目前是在加的斯子午圈上方（见注33），而加的斯子午圈与太阳所在的子午圈二者之间，也有三十度到六十度一段距离，这就使太阳的光线朝东只能射到耶路撒冷以西的三十度到六十度之处，从天文学角度来看，在此条件下，不仅看不到腓尼基海滩，而且连其附近地区也是在阴影之中的。萨佩纽和波斯科—雷吉奥两注释本都就此指出，为了解释诗句中的这一矛盾，似可作两种假设：一是诗中所说，“靠近那片海滩之处”（第83句），可能是大致估计，即但丁可能认为耶路撒冷距腓尼基海滩要比预计得远得多；二是但丁可能记不甚清奥维德所写有关欧罗巴的情节，因而把她坐在变成雄牛的宙斯背上离开的地点弄混了，即把出发点腓尼基当成抵达点克里特岛，这一假设首先是由波雷纳提出的。

38. “她”指第88句的“我的贵妇”，亦即贝阿特丽切。

39. 莱达（Leda）是斯巴达（Sparta）国王廷达路斯（Tindaro）之妻，宙斯爱上了她，化为天鹅，与她交媾，生下双子星座的孪生兄弟卡斯托雷斯（Castore）和波鲁西斯（Polluce）。奥维德《变形记》第十七章讲述了这个故事。诗中用“莱达的美丽巢窝”比喻第八重天。

40. “旋转极速的天体”指原动天：但丁在《筵席》第二卷第三节第九句段中说，原动天“运动极速”，“它的速度几乎是令人难以理解的”；本篇第十三首第二十三句也说，原动天的运转“超过其他各重天”。

41. “光彩夺目”和“精美绝伦”的原文分别是vivissime和eccelse；由于有些手抄本将vivissime写成vicissime（最邻近的），有人便把这两个形容词诠释为“最近处”和“最高处”，萨佩纽和波斯科—雷吉奥两注释本都不赞成这种诠释。

42. “中心”指地球。这里是说，地球作为宇宙结构的中心，是不动的，而宇宙的其余部分则“绕它而行”。但丁在《筵席》第二卷第十四节第十五句段中曾说，原动天是“以其运动安排其他各重天的日常运转，因此，其他各重天每日都从它那里接受德能，并把它们各自的德能输送到尘世”。但更早些时候，人们曾认为，驱动下面各重天运转的是恒星天，即恒星天的轴心与宇宙的轴心相吻合，它是动的，如其他各重天那样不住旋转，但其中包含的星辰则固定在原有位置，是不变的，并与地球保持同样的距离（因为各星辰属于同一重天）；恒星天以逆时针方向围绕地球运转（一天运转二十四小时），并带动其他各重天体（它们的运转则是正时针方向进行，持续时间长短根据各天体而定）。公元前155年，著名天文学家尼凯亚的伊巴尔科（Ipparco di Nicea）发现春秋分，从而提出有关恒星天的新的理论，即在它之上另有一重天，原动天或称水晶天，从地球上无法看见这重天，它以一天二十四小时的运动，做逆时针方向运转，带动下面各重天，取代了一度认为是第八重天即恒星天所起的作用，原动天从此就成为带动其他天体的运转最快的天体，直到托勒密将此理论最后确定为托勒密天文体系，该体系在中世纪一直沿用，直到哥白尼和伽利略时才结束。

43. “起终点”原文为meta（本意为“目标”），对此注释家有不同解释：有的解释为“起点”，有的则解释为“终点”；波斯科—雷吉奥注释本认为，从该词的拉丁文词意来看，是指马戏团中马车据以旋转奔驰的中心柱，既是奔驰一圈的终点，又是下一圈的起点，诗中则用以比喻宇宙的运转，即如近代的马塔利亚（Mattalia）所说：“有形的宇宙在这里开始（朝下），也在这里终结（朝上）”；萨佩纽注释本也有同样的诠释。

44. 这里是说，水晶天本身包含其他各重天，但其本身则不被包含在任何地方（“没有其他归属之处”），它的唯一“归属之处”是“神的心意”（mente divina）；但丁在《筵席》第二卷第三节第十一句段中就说，上帝的心意即是指“净火天”，这重天“不是什么地方，而是只形成于第一心意（神的心意）之中”。

45. 这里是说，第九重天（即原动天或水晶天）从神的心意中获得“令它转动的爱”，并获得一种“德能”，它把这种德能传递到下面的各重天。

46. “一个圆圈”指净火天，即是说，净火天把原动天包拢在自身当中，就像包拢在“一个圆圈”中一般，而原动天又把所有较小的天体包拢在它旋转的圈子里。诗中所说的“光与爱”，实际上是净火天的特征，正如布蒂所说,“净火天无非就是光与爱”。

47. “头一道圈”指净火天;“那位”指上帝。

48. 这里的“它”指原动天。诗句的意思是,原动天的运动不是由其他天体来决定和测量的,恰恰相反,其他天体的运动则要由它来测量,这就如同数字“十”,可用“十”的“一半”即“五”和“十”的“五分之一”即“二”来测定,亦即是说,“二”乘“五”等于“十”。

49. 这里,诗句又运用一个奇妙的比喻来说明时间的测定问题,即是说,时间的测定要根据各重天体每天运转时间长短来进行,而决定时间测定的是原动天,尽管它的运动是人们所无法看见的,其他天体的运转则是人们所能看见的,人们也正是依据它们的运转来测定时间,但它们却是从原动天那里吸取动力,因而测定时间犹如一株植物,其“根子”是放在一个“花瓶”里,为人所不能见(指水晶天的运动),其“枝叶”则是放在另一个“花瓶”里,为人所能见(指其他各重天体的运动)。

50. 这里用典出自《旧约·以赛亚书》第五章第二句:“他开垦土壤,清除砂石,栽种了上好的葡萄。他在园子当中建了一座高楼,辟造了酒窖;他一心盼望得到美好的收成,谁知得到的只是野葡萄。”此外,托斯卡纳地区一句谚语也说:“当耶稣受难的星期日下雨时,每颗李子就要变成劣果酸汁。”意义也与诗句的含义相类似。诗句的意思是:人固然天生有向善的意愿,但不能久长;“连绵的阴雨”隐喻对尘世财物的贪婪,或教会的腐败所造成的恶劣环境和道德沦丧的气候,这就腐蚀人的善良愿望。

51. 这里是说,有人在年幼(“尚在牙牙学语”)时还能信守教会有关“守斋禁食”的规定,而到年长时(“舌头变得流畅”),则置上述规定于不顾,任意吃喝。诗中说“不问月亮是何形状”,是因为月亮是人们据以信守四旬斋(quaresima,即复活节前四十天要守斋禁食)的标志:“神圣的星期五”(venerdì santo,即耶稣受难日,亦即复活节前的星期五)是恰值满月。

52. 这个罪过显然比上段三行韵诗所谈的“吃喝罪”要严重得多,即有人在年幼时还能热爱自己的母亲,听母亲的话,等到年长,则盼望她早死,以免总是挨训或以期侵吞她的财产。

53. 此段三行韵诗是但丁笔下的典型的谜一般的诗句,令人费解之处主要在于:①“美丽女儿”究竟是指什么,是指“带来清晨、留下夜晚的那位”(即太阳)的女儿,还是指别的?波斯科—雷吉奥注释本认为,但丁可能从五世纪的马克罗比奥(Macrobio)的名著《农神节》(*Saturnali*)第1卷第17章中得知,希腊人把“太阳的女儿”理解为“阳光”;至于后一种情况,则不同的注释家有不同的解释:或指刻尔吉,或指教会,或指人性,不一而足。②“皮肤”是指“美丽女儿”的“皮肤”还是别有所指。③ 诗中的primo aspetto是指太阳的女儿(即阳光)的“直射”,还是指别的什么。④ 诗句开头的cosi是意谓“同样”(即接上两段三行韵诗的含义而来),抑或意谓“因此”(对上两段三行韵诗的总结)。诗句总的意思似是像本维努托所说的:“人的皮肤本是白的,但在阳光的照射下,就会逐渐变黑。”用以说明世人由好变坏。

54. “没有人在管理”指世上两个最高职能即帝制和教会,实际上都徒具虚名,因而世人缺乏能把他们引上正道的可靠引路人(《炼狱篇》第十六首第97—114句和本篇第十八首第125—126句都有类似的含义)。

55. 这里是说,由于在计算时间方面,每天都有百分之一日的疏漏,这种疏漏日积月累,便使一月“完全走出冬季”,即不再属于冬季,而属于春季。但丁时期,时间计算仍沿用朱利奥·凯撒的罗马历法,史称“朱利奥历法”(calendario giuliano,又译作“儒略历”),它把一年定为三百六十五天零六小时(并且每四年闰一日,即6小时×4=24小时),从而把一年的时间约延长十二分钟(百分之一日),这一计算错误后于1582年由教皇格雷高里奥十三世(Gregorio XIII)加以纠正,制定了新的历法,即"格雷高里奥历法"(calendario gregoriano)。但丁估计,要使一月成为春季的月份,需把上述错算积累"九十个世纪",亦即九千年。波斯科—雷吉奥注释本对此曾做过详细的介绍:太阳的年周转为三百六十五天五小时四十八分四十六秒,这就比罗马历法少十二分,总是走在罗马历法之前,久而久之,月份与季节变化不相吻合,经过上述九十个世纪的积累,作为冬季结束之标志的"春分"(3月21日)就会提前九十天到来,从而使一月成为春季的月份("走出冬季")。诗句意在说明:"在过去数千年之前",诗中所说的预言必将很快实现;实际上,这是一种"曲言法"(litote)的写法(如用"不多"说明"少","不少"说明"多"),在诗中则把"在过去数千年之前"说成"将不会过去很多时间"。

56. "一圈圈高天"指各重天体;"普照人间"原文为raggeran,即今文的irraggeranno,意谓给人世以影响;但有些版本以《圣经》为据,采用了ruggiran,意谓"怒吼",如《旧约》的《耶利米书》第二十五章第三十句:"主要在高天怒吼";《何西阿书》第十一章第十句:"我(上帝)像狮子吼叫";《约珥书》第三章第十六句:"上帝从锡安发出怒吼";《阿摩司书》第一章第二句:"主在锡安怒吼。"但萨佩纽和波斯科—雷吉奥两注释本都采用"普照人间"一词,这也是佩特罗基版本的印法,《炼狱篇》第三十三首第40—42句也有含义类似的诗句。

57. "幸运女神"(fortuna)在此有"神意"之意,但有人把它与下句的"船队"联系起来,认为有"暴风雨"之意,因为神的救助总要打乱现有状况,萨佩纽注释本同意这种诠释,波斯科—雷吉奥注释本则主张按该词的原意来理解。"直航水面"指走上正途。

第二十八首

1. "那位"指贝阿特丽切;"凡人凄楚堪怜"原文是miseri mortali,是一种经典写法,取自维吉尔的《埃涅阿斯记》第十一章和《农事诗》第三章,"现时生活"指贝阿特丽切在前一章揭露的教会腐败堕落,诗句在此有意用以表达因邪恶的激情而走上歧途的灵魂所怀有的"基督教情感"(萨佩纽)。这里的动词"促使……领略天国之乐"是但丁自行用名词paradiso(天堂、天国)和前置词in制造的新词,即imparadisare(进入天国),与本篇第三首第98句的incielare(在天上)、第二十二首第67句的impolare(有两极)一样;这种但丁自造的新词,在《天堂篇》中不胜枚举,构成该篇的特色之一。

2. 这里是说,此人先前并未直接看到或想到这座双枝烛台(doppiero),因为它是在他身后点燃的,他之所见只是反映在镜中之物。

3. 镜子"说出真相"(dice il vero),即是指如实反映。

4. "这里"是指地上;"它"是指上面所说的"光芒四射"的"点"。本段三行韵诗意在说明:前段所说的光点极小,甚至连天上最小的星,与它相比,也显得大如月亮。

5. 这里的"光束"泛指星辰,即日月或其他恒星。这里又用天文气象作比:"水气"指雾气,因为正是雾气使作为"光束"的星辰周围产生光晕,而雾气愈浓,星辰的光线对光晕的辐射也便变得"五彩缤纷"。诗句正是以此现象来形容上述光点周围的"火圈"(cerchio d'igne,见下段三行韵诗)。

6. 这里的"运动"是原动天的运动,因为它是旋转最快的天体。

7. 这里所说的九个"火圈",即是指围绕"光点"亦即上帝的九级天使。"尤诺的使者",即本篇第十二首第12句所说的尤诺的"使女",亦即彩虹伊里德(参见本篇第十二首第12句及注5)。诗中所说的彩虹是整个圆圈,而不再是弧形,意在说明第七个火圈之"宽阔",甚至用整个彩虹也无法把它"包拢"。

8. 这里又以数字递增而速度则递减为例，来说明各火圈距光点愈远，则旋转得愈慢。

9. 这里是说，距光点（“纯净的星火”）最近的“那个”火圈光芒最亮，言外之意即是：距光点愈远，火圈的光芒也便愈弱。“得到更多的真理”原文是inverarsi，又是但丁用in和vero（真理）合成制造的新动词。

10. 这里几乎是逐字逐句地借用亚里士多德的提法（见《形而上学》第十二章第七句段），圣托马索曾就此作过评注：“天与自然都依赖这个开端……这个开端即第一动力，天作为实质和运动的永恒性，正依赖于它。因此，整个自然也便依赖这个开端，因为自然万物都依赖天及其运动。”诗中的“点”即光点，亦即上帝。

11. “世界”指感觉世界的层层范畴，亦即地球与各重天体；“光轮”即围绕光点的层层火圈，亦即九级天使。诗句是说：如果说，各火圈距其中心（即光点）愈近而旋转愈快，圆圈愈小，感觉世界的情况则恰好相反，即距中心（即地球）愈远的天体则旋转愈快，圆圈也愈大。但丁正是出于这种情况相反的“秩序安排”，才请求贝阿特丽切作进一步说明。

12. “神性”指神爱；即是说，天体愈远离中心（地球），便愈是怀有炽热的神爱，因而旋转得也愈快。

13. “圣殿”的用法取自《旧约》的《撒母耳记》第二十二章第七句：“他（主上帝）在殿里听见我的声音”；《诗篇》第十一篇第四句：“主仍在他的圣殿里”；《新约·启示录》第七章第十五句：“他们在上帝的圣殿中，不分昼夜地侍奉坐在宝座上的上帝。”诗中用“圣殿”指可以在其中看出天使级别安排的原动天，而它是与作为“爱和光”的净火天毗邻的（“作为界限”）。

14. 原文的两个名词essemplo和essemplare，古代注释家（布蒂、本维努托等）认为，前者指“抄件”，即感觉世界、有形世界，后者指“原件”，即超感觉世界、心智世界；近代注释家则认为，二者的含义恰好相互颠倒（波斯科—雷吉奥注释本赞成前一种解释）；但实际上，原句的意义并不因而有所改变，即上帝所创造的世界是以存在于上帝心灵中的原型为样板的，特别是各重物质天体都从管理它们的各有关天使智慧中得到其各自形象和印迹，本篇第二十七首第112句：“一个圆圈的光与爱把它包拢”，也正说明这种关系（亦即净火天与原动天的关系）。

15. “有形的光圈”指物质范畴，即各重天体。

16. “善”指上帝通过起驱动作用的天使智慧注入各天体的美德，“福”则指善的影响，即是说，各天体被注入的“善”愈多，它能施加善的影响的范围也便愈大。

17. “那个”指原动天，因为它能把“另一片宇宙”（即其他八重天体所占据的宇宙）调动起来，与它一起运转；“最爱最知的光圈”指天使火圈中的第一个火圈，亦即六翼上品天使撒拉弗（参见本篇第八首第26句及注9和45）所属的火圈，因为撒拉弗最有仁爱之心，从上帝那里得到的智慧也最高，正如但丁在《筵席》第二卷第五节第九句段所说，撒拉弗“是最贴近上帝的，是任何天使造物所不及的”。

18. “实质”指天使，亦即上天的智慧之神。各级天使都各有各的火圈，它们围绕一个光点而旋转，在但丁看来，就成为“圆圆的火光”。

19. “智慧”（intelligenza）即是指天使，因为天使亦称为“上天的智慧之神”（Intelligenze celesti）或“起推动作用的智慧之神”（Intelligenze motrici）：诗句说明各重天体与各天使光圈之间的相应关系，即它们在“表面”上是相互颠倒的（“大小快慢”），而在“德能”上则是完全相符的，这样，贝阿特丽切就解决了但丁的有关疑问。

20. “大气的半球层”（emisperio de l'aere）指大气层接触地平线的部分，亦即为人们所能看见的天际，因为地平线呈半球状，大气层的这一部分也便成为穹顶似的半球形。

21. 这里是根据古代有关风向的地理图写出的：一直延续到十八世纪的有关风向的地

理绘图，是把东南西北风绘成“人面”，代表每一风向的人面，从中心枢纽为起点，以鼓腮吹风的形式，表示三种不同风向。“北风”原文为Borea（亦可音译为“博雷亚”，为北风的拟人化），从“口的中心”（即“北”）吹出“北风”（tramontana），鼓“左腮”吹出“东北风”（grecale），鼓“右腮”、亦即“风势最柔的一面”，吹出“西北风”（maestrale），因此，诗中所指应是“西北风”。据说，现存佛罗伦萨乌菲兹美术馆（Uffizi）的博蒂切利（Botticelli, 1445—1510）的名画《维纳斯的诞生》（*Nascita di Venere*）和《春天》（*Primavera*）中就绘出了上述几种风向。

22. “熊熊烈焰”指火圈：从字面理解，即每个火星都随各自所属的火圈运动，但由于诗句的含义不够明确，注释家有两种诠释：一是认为，不胜枚举的火星在其所属的火圈中各有各的特性，但又随着火圈朝一个方向，以一个速度运转；一是认为，一部分火星与留在火圈之内，保持火圈的完整形式的另一部分火星不同，但它们仍随后者以同一个速度旋转。波斯科—雷吉奥和萨佩纽两注释本都采用前一种诠释。

23. 这里又出现了但丁自造的新词汇：s'immilla（“翻成千倍”），这与本篇第九首第40句的s'incinqua（“成五倍”）和第十三首第57句的s'intrea（“一合为三”）恰好相同。诗句的写法是以教会的说法为依据，即如但丁在《筵席》第二卷第五节第五句段中所说，“教会说到、相信并传布那些最高贵的造物（天使）几乎是数不胜数的”；《旧约·但以理书》第七章第十句也曾就此说过：“有一道大河从他（上帝）面前涌出，千万的天使在服侍他”；《新约·启示录》第五章第十一句也说：“只见宝座与四活物和长老的周围，有千千万万的天使高声呼喊”；圣托马索《神学大全》第一卷也说：“天使的众多数量超过任何物质的众多数量。”诗句用“双倍棋盘格”（doppiar de li scacchi）翻成千倍形容天使数量（亦即“火星”）之多，实际上是用一开始的几何级数来累进计算双倍的棋盘方格（棋盘格数为六十四个），其公式即$2^{64}-1$，得出的数字为二十位，即18,446,744,073,709,551,615。按棋艺是由东方传入西方，但丁在诗中所指显然涉及有关棋艺的一个传说：棋艺的发明者曾向波斯王要求按如下办法奖赏他的发明，即以在棋盘的每一格中放进的麦粒多少予以奖赏，如第一格放一颗，第二格放两颗，第三格放四颗，第四格放十六颗，顺序按几何级数增加，以此类推，直推算到第六十四格；国王接受他的建议，但在兑现他的要求时，却发现国库中的全部麦子，根本不足以拿来奖赏他。此外，以棋盘作比在普罗旺斯和法国抒情诗中也是屡见不鲜的。

24. “一班一班地”是指所有九个火圈的天使都轮番、应和地歌颂上帝（“和散那”）；“光点”如前所注，即指上帝，他使各级天使始终保持在其应占有的地位。

25. “撒拉弗”“基路伯”以及其他七级天使，均请参见本篇第八首的注11、13、45：“撒拉弗”和“基路伯”分别属天使中的第一、二级，亦为最高的两级，原文分别为Serafini和Cherubini，为单数的Serafo和Cherubo的复数，相当于希伯来文的Saraf和Cherub，但更常用单数Serafino和Cherubino，此二词是从希伯来文的复数Serafim和Cherubim演变而来。

26. “纽带”是指把天使与上帝联结起来的爱的纽带。对下一句即第101句的诠释，有两种：一是把此句作为“原因”来解释；一是把此句作为“目的”来解释，即成为“为的是要尽可能地与那光点相像”；萨佩纽注释本倾向于后一种解释，认为各级天使的运动正是表明他们要与光点相像的渴望，波斯科—雷吉奥注释本则倾向于前一种解释，认为如本篇第二十七首第9句所说，享有天福即是“不生贪求之心的可靠的财富”，若作“目的”解，即“渴望”与上帝相像，意思就不明确了。诗句是说，撒拉弗和基路伯两级天使觐见上帝的能力最高，因而也最有可能做到与上帝相像：波斯科—雷吉奥注释本还就此进一步指出，这种觐见的程度不能增减，是永恒不变的，因为这是出自上帝的安排。

27. "其他的爱"指怀有炽热的仁爱之心的其他天使，这里所指的则是第三级天使德乐尼。

28. "体现神的容貌"（divino aspetto）是指上帝以这一级天使为座位，由此判断善恶（参见本篇第九首第61—62句及有关注释），因为德乐尼的原文即Trono（单数）和Troni（复数），意谓"宝座"，大格雷高里奥（见本篇第二十首及有关注释）就说，"在他们（德乐尼）身上，端坐着上帝，并通过他们，作出他的判断"。

29. "三级一组的头一批"（primo ternaro）即是指：九级天使中每三级分为一组，即"三级一组"（ternaro）：合三批"三级一组"。

30. 这里是说：这三级天使所享有的天福多少，是依他们觐见上帝（"真理"）的深浅程度而定，而在上帝即真理身上，人的心灵（"任何心智"）也会经过一番冥思苦想后"得到平息"，这一思想在本篇第四首第124—129句中也曾有详细阐述，反映了但丁《筵席》第二卷第十四节第二十句段中的同样观点。

31. 这里是说，享有天堂之福不是基于爱，而是基于觐见上帝，因为爱是觐见的结果，也取决于觐见，即觐见为第一位，爱则是第二位，这反映了但丁反对唯意志论，而接受圣托马索《神学大全》第二卷第一章与第三卷附册中的有关论点，十四世纪注释家塞拉瓦尔曾把圣托马索的论点作过如下概括："心智与意志在这一对比关系中相互的地位是这样的：心智的活动理所当然地走在意志的活动之前。确实，意志产生欢快或不快，爱或恨；但是，这种情况则不会发生，倘若在此之前，意志据以感到欢快或不快的事物，它所爱或所恨的事物不曾为心智所认识和明了的话。这对于一般的欢快是真实的，同样，对于天堂的欢快，也是真实的。"

32. 这里用深入一层阐述有关觐见问题的论点结束这段谈话，即衡量觐见程度深浅的是造物的功德大小，而功德又是由神的恩泽与随之而来的善良愿望所造成的，因此，这一循序渐进的过程就是："从天恩的启示到意愿，从意愿到功德，从功德到理解（'觐见'），从理解到爱（上帝）。"（布蒂）

33. "永恒的春天"指天国的春天，在那里，即使秋季到来，也不会像自然界那样，使花凋谢。"另一批三级一组"指第二批三级一组的天使。

34. 这里是说，随春季的开始，由于太阳位于黄道带的白羊宫，该星座就与太阳一起升降，这也就使该星座成为"白昼的星座"，是人们所无法看见的；但在秋季（9月21日至10月21日）太阳位于与白羊宫截然相对的天秤宫内，白羊星座就一变而为"黑夜的星座"，可以为人所见了。因此，诗句是以"黑夜的白羊星座"隐喻秋季，即是说，即使在秋季，天国中的春花也不会"凋零"。

35. 这里又用了但丁自造的新动词s'interna（分成三层），以表示这第二批"三级一组"的天使是分属不同的"三层"（三级）的。

36. "这个等级"是指"三级一组"的第二批。"神灵"的原文是dee，本意是"女神"（复数），这里是分属"德权""德能""德威"三级的天使。

37. 指第七、第八级天使。

38. "天使"是对九级天使的统称，但最低一级，即第九级的天使也被称作"天使"。圣托马索曾在《神学大全》第一卷中对此做过阐述："所有天国的精灵，作为神的事物的使者，都被称为天使（Angeli）。天使等级中最低的一级，不具备任何专一的特长，除了所有天使所共有的特长之外；因此，这一般的称谓便用到最低一级身上，正如杜内修在《论天国等级》（*De coelesti hierarchia*）第五章中所说的那样。"

39. "朝上"指朝光点亦即上帝；"朝下"则指位于其下的各级，即把各自的德能与威力、亦即善的影响施加于下面各层。但也有人认为，“朝上”不是指上帝，而是指上一级天使，波斯科—雷吉奥注释本不同意这种解释。整段三行韵诗的含义是：各级天使都热爱上帝，因而被上帝所吸引，同时他们又各自带动下面的天使，一齐朝向上帝。

40. 杜内修即《新约·使徒行传》第十七章第四十三句中所说的“亚略巴古的官杜内修”（见本篇第十首第116—117句及注50）；“满怀渴望”是指他渴求真理。他在《论天国等级》一书（见注38）中曾对天使等级做过如诗中所说的安排，这种顺序后为大多数最知名的哲学家（如彼特罗·隆巴尔多、圣托马索）所接受，但丁也据此纠正了他在《筵席》第二卷第五节第六句依据大格雷高里奥和布鲁内托·拉蒂尼的论述所持的有关天使等级分布的原有主张。但也有人认为，许多著作，其中包括《论天国等级》，原是写于新柏拉图主义后期的作品，却错误地归于杜内修的名下，萨佩纽注释本完全支持这种看法。

41. 但丁有意在诗中让大格雷高里奥自行纠正有关天使等级划分的论点；其实，大格雷高里奥生前已采纳杜内修的有关论述，尽管当时，各教父、神学家对该问题的观点并非完全一致。

42. “一个凡人”指杜内修。“真理”指天使级别的划分。

43. “那位”指圣保罗，因为他被提升到第三重天时，曾得以目睹这一“神秘的真理”（见《地狱篇》第二首第28—30句）；杜内修在《论天国等级》第六章曾声称，他是在圣保罗“激动声音”的教导下，才提出有关天使级别顺序的观点的。

44. 这里的“旋转光圈”可能是指天使火圈，但也可能是指各重天体，或兼指二者。

第二十九首

1. 拉托娜（参见《炼狱篇》第二十首及有关注释）的“一双儿女”指日神阿波罗和月神狄安娜；“白羊”和“天秤”指黄道带的白羊宫和天秤宫，亦即白羊星座和天秤星座。诗句是说，位于白羊宫的太阳与位于天秤宫的月亮同时处于地平线上的两个对立点，仿佛把地平线变成一条“腰带”，把日月截掉一半。

2. 这里是说，在上述条件下，日月与天顶（cenit，即今文zenit）“保持平衡”，即处于等距离的位置（时在月圆），后经双方的运转，太阳西下，月亮东升，离开原来的地平线（“摆脱那条腰带”），太阳从北半球下到南半球，月亮从南半球升到北半球，据计算，这段时间不长，不过只有一分钟多一些。

3. “征服”指光点以强光照射但丁的双目，使他不能仰视。“那一点”即上帝的光点。

4. “汇集一切地点与一切时间之处”指上帝，因为上帝是无穷和永恒的，换言之，上帝无处不在，无时不在。

5. 从本段起，贝阿特丽切开始向但丁解释有关上帝创造天使的问题（几乎占据本首全部篇幅），这是全诗神学—哲学色彩最浓的篇章之一，有人曾把它称为“天使学课文”（lezione di angelologia）。“永恒的爱”指上帝，“种种新爱”则指天使。诗句是说，上帝创造天使是无偿的，是上帝意志的一种自发行动，其目的是要创造一些有别于上帝、但又意识到自身存在（“我存在”）的造物。“反射的光辉”即是指反射上帝光芒的光辉，亦即天使。“超出时间”是指在时间存在以前，即是说，“永恒”是不能放在任何时间界限之内的，正如“无穷”不能放在任何空间界限之内；“超出任何其他包容之地”即是指超出空间，这里仍是指上帝的无时不在、无处不在的特征，同时也是指“不是在空间之内，也没有两极”的净火天（参见本篇第二十二首第67句）。“他”指上帝：圣托马索在《论威权》（*De potentia*）中就说过：“神的创世是必然地发生的，这时，神的意志作了安排，使创世得以发生，其方式是：神的意志愿意创世发生。”

6. “这”是指创世。诗句是说，不能说上帝在创世之前，曾躺卧睡觉，碌碌无为；这正是因为创世是超越时间，不存在“以前”和“以后”的。但丁在《筵席》第四卷第二节第六句段曾说：“亚里士多德在《物理学》第四章中就说，时间按先后来说，是运动的数字”；圣阿哥斯蒂诺在《忏悔录》(*Le Confessioni*)第十一章中也说：“如果说，在天地之前，不曾有时间，那么又为何要问：你在当时做些什么呢？的确，没有什么‘当时’，因为那时节，并没有什么时间。”

7. 诗句特意引用《旧约·创世记》第一章第二句的一句话作为依据：“上帝的灵在水面上运行”，这可能是由于水是创世的最初造物，况且《圣经》有多处提到上帝与水的关系。如《创世记》第一章第六句：上帝说：“水与水之间要有穹苍，把水上下分开”，第九句：上帝说：“在天以下的水要聚在一处，使干地出现”；《旧约·诗篇》第一百四十八篇第四句：“苍天要赞美他（上帝），天上的众水也要赞美他。”十三世纪英国著名神学家亚历山大·德·海尔斯(Alessandro di Hales)、大阿尔贝托、圣博纳文图拉、圣托马索等经院哲学大师们都曾把《圣经》所说的“天上的众水”说成是与各天体、特别是水晶天（即原动天）同一种东西（即水晶天是由一种永不腐败的物质构成，该物质有与水共同的特点，即透明性），而这时，但丁与贝阿特丽切的谈话正是在水晶天中进行的，因此，诗中用“这”(queste)形容“众水”，说明但丁与上述经院哲学大师的有关看法是一致的。

8. 这里所说的“形态”(forma)，或称“能动”(atto)，即是指能使受其影响的物质化为某种形态的造物，亦即作为智慧之神的天使；“物质”(materia)，或称“潜力”(potenza)，即是指各元素的不成形的原质，是不腐朽的，被视为纯粹的“潜力”(potenzialità)；上述“形态”和“物质”单独存在时，称“单纯的形态”(forma pura)和“单纯的物质”(materia pura)，二者结合在一起，称“复合的形态和物质”(forma e materia congiunte)，亦即各天体，是不可分的。上述三种东西都是由上帝直接造出的，无需有“次要起因”的协助（参见本篇第七首第64—72句和第130—138句及有关注释）；诗中再次用射箭来比喻三种造物的同时产生。

9. 这里进一步用光线射入三个透明物体（玻璃、琥珀和水晶）来说明上帝创造这三类造物，是瞬息完成的，没有时间的过程，亦即没有时间的“间隔”。

10. 诗句再次强调上帝创造这三类造物的同时性，即不分开始、中间和末尾。圣托马索也曾指出：“由此可以作出结论：造物是顷刻完成的，这就使一件东西，在它被创造的行动中就已经被创造出来，正像在照亮一件东西时，这东西便已被照亮一样。”

11. 这里是说，在创造上述“单纯形态”即天使（“实质”）的同时，也创造了宇宙的“秩序”(ordine)和这些实质的“本性”(costrutto)，但也有人把costrutto看成过去分词，而不是名词，从而把它作“建立”解，与原文中的另一个过去分词concreato（同时创造）并列起来。

12. 这里是说，单纯形态即天使处于造物的最高位置，亦即宇宙（“世界”）的“顶峰”；“单纯的能动”见注8。

13. “单纯的潜力”见注8；“最低部位”指月球下面的世界，即地球。

14. “在中央”指在地球与净火天之间；“把潜力与能动系紧”的“纽带”指各重天体。诗中的动词divimare（“解开”），由名词vime（“纽带”）派生而来，可能又是但丁自造的词汇。

15. “耶罗尼莫”(Ieronimo)，即杰罗拉莫(Gerolamo)或吉罗拉莫(Girolamo)，亦即圣杰罗拉莫（331—420），为著名的教父之一，生于达尔马提亚的斯特里多尼(Stridone)，从事经典著作研究。退隐伯利恒(Betlemme)后，将《圣经》译为拉丁文，称《圣经》通俗本(*Bibbia Vulgata*),为教会唯一承认的译本。

16. “另一个世界”指“感觉世界”(即“有形世界”,与超感觉世界是相对的)。这是圣杰罗拉莫的一个著名论点,曾为彼特罗·隆巴尔多在《教父名言集》第二章中援引过,并为众人所争议,但丁显然反对这种见解,并以《圣经》和亚里士多德的论点加以批驳(见本首第40—42句)。一般认为,天使是由上帝在创造物质世界的同时创造出来的,这一看法在一定程度上也为圣托马索所认可,尽管他所持论据不同,而他是坚决反对圣杰罗拉莫的有关论点的,并认为,这一论点是来自希腊教会的教父。

17. 这里是指《旧约》的《德训篇》第十八章第一句:“永生的主把万物一齐创造出来”;《创世记》第一章第一句:“上帝开始创造天地……”;《诗篇》第一百零二篇第二十五句:“你(上帝)曾建立大地的根基,你的手创造了苍天。”此外,彼特罗·隆巴尔多在《教父名言集》第二章也说过:“如果说,上帝在开始时曾创造天地,那么在天地之前,他并未创造任何东西”;圣托马索也说:“如果说,上帝在这之前曾创造某些东西,这是不对的;因此,天使并不是在创造有形世界之前被创造出来的。”“圣灵的各位作者”是指在圣灵启示下著述的作者。

18. “理性”指亚里士多德哲学对人类理性的高度概括,就其论点而言,总是低于《圣经》的权威性的,因而诗中用“相当”(alquanto)一词。这里是说,作为天体的推动者(“动力”)的众天使,本在被创造时就已达到“完美之境”,亦即具有实施其推动天体的职能的能力,这一理论也是理性所承认的,因为它不能接受关于天使被创造后有好多世纪(“这样长久的时间”)未能“达到其完美之境”的说法。布蒂就注释说:“当事物具有它被创造时就注定要达到的目的时,该事物就是完美的。”诗句的内容正反映了亚里士多德及一些注释其著作的阿拉伯哲学家(如阿威罗伊斯)所支持的论点,即天使若不起推动作用,就会是无所事事;亦即除了有责任推动和调节天体运动的天使外,就不存在其他天使。但是,但丁的有关见解实际上则是与所有基督教神学家相一致,即认为,除那些推动天体的天使外,也可能有另一些分门别类的天使,但在前者身上,推动天体的职能则是符合其本性的主要职能。此外,十六世纪的纳尔迪也就诗句分析说,“倘若天使是在感觉世界之前被创造出来的,那么,其中有些就会是未曾达到完美之境,而这完美之境正是享有他们应有的能动生活的天福”;这即是说,在此情况下,这些天使就不起影响感觉世界的应有的能动作用,因而也就是不完美的,而这一点又是“理性”所不容许的。

19. “爱”指天使;“何地”指净火天;“何时”指永恒;“如何”指按天使的整体以及与各天体和原质(“物质”或“潜力”)同时被创造:这三点正是但丁所热切希望澄清的问题,犹如“三把烈火”,如今经贝阿特丽切的解释和说明,也便“熄灭下来”。

20. 这里是说,从天使被创造出来到以卢齐菲罗为首的一部分天使反叛上帝而被打下天国,其间只过了很短时间即还不到“从一数到二十”的工夫。这也是一个为神学家和教父争议颇多的问题,但他们一致认为,时间很短,据诗句的说法,则不到一分钟。但丁在《筵席》第二卷第五节第十二句段中就说,“从所有这些(天使)级别当中,曾丧失相当一部分天使,当时,他们不过刚刚被创造出来,也许,数目相当于十分之一;后来,这个数目便由人类来加以弥补”;圣托马索《神学大全》第一卷和大阿尔贝托的有关著作对此也曾有过论述。

21. “四大要素”指气、火、水、土;“居下物质”原文为suggetto,直译为“在下面的东西”,根据亚里士多德物理学的说法,“土”是四大要素中位于其他三大要素之下的要素(在诗句中,即是指地球),这一说法也为经院哲学所接受。但也有人认为,该词有“原质”(materia primordiale)之意,只是在叛逆天使被打落到地狱时，才区分为种种元素。诗中的“要素”一词，萨佩纽注释本用elementi，波斯科—雷吉奥注释本则仍按佩特罗基版本，照例用alimenti（本篇第七首第133句也有同样情况）。

22. “另一些”指继续忠于上帝的天使。“技艺”（arte）指觐见上帝和依照上帝意旨主宰感觉世界的职能。

23. “绕转”指围绕光点的运转，亦即觐见上帝。

24. “那一个”指卢齐菲罗。诗中说他“堕落”的原因在于“狂傲”，因为他曾扬言：“我将与上帝一样。”

25. 这里是说，卢齐菲罗被打下天国，堕入“世界的全部重量”所压抑的地球中心（参见《地狱篇》第三十四首第110—111句）。

26. “那些”指忠于上帝的好天使；“谦卑”恰与卢齐菲罗的“狂傲”形成对照。

27. “善”指上帝的善心。

28. “视力”指心智的视力，亦即觐见上帝的能力。

29. 诗句是说，“坚定而完满的意志”来自对上帝的觐见：在觐见作为“至善”的上帝的同时，天使也便愿善和行善。圣托马索在《神学大全》第一卷中对此论点曾作过详细阐述。

30. 这里反映了但丁在有关问题上接近圣博纳文图拉乃至圣托马索的观点：圣托马索在《神学大全》第一卷中曾说，“天使在成为享天福者之前，曾蒙受上天的恩泽，这就使他配得上享有天福”；即是说，是天恩的赏赐、而不是他们对上帝的忠诚，使他们树立配得上享有天福的功绩，而这功绩随他们各自热爱上帝的程度深浅而有多有少。本维努托也曾就此作过如下解释：“恩泽是功绩的原因，而不是功绩是恩泽的原因……因此，作者（但丁）是要说：从上帝那里蒙受恩泽，对众天使来说，就是树立功绩从而配得上取得他们所享有的天福的理由。”

31. “群体”指天使群。

32. 诗句是说，尘世的一些学派混淆和歪曲真理，用一些暧昧不明的言辞来阐述问题，对同一个词语所可能具有的不同含义不做应有的区别，但丁在《水与陆地问题》（*Questio de aqua et terra*）第二十五句段中就说：依照亚里士多德的说法，“把意义的不同性与词汇的同一性混为一谈，就会造成误解”；如诗句所提的“理解”（intende）、“记忆”（si ricorde）和“愿意”（vole）本是用来形容人类的某些官能的词汇，这些学派却不适当地把它们照搬到根本不同的天使官能上，说是他们的“本性”。萨佩纽注释本曾对此作了较详细的诠释，指出：天使的理解与人类的理解完全是两码事，即天使的理解事物不是像人类那样，把可感觉的客体从具象变为抽象，按照论述的程序，把它们结合起来，又加以分解；同样，天使的意志是直接来自对上帝即至善的觐见，与人类对善的笼统倾向（这种倾向在人类身上即称为意志）截然有别；至于记忆，这本不是天使应有的特性，因为天使不需要记忆，他们是从上帝身上看到一切的（即过去、现在和未来）。实际上，但丁在这里所提及的问题是神学家们以不同方式广泛论述的问题（见《神学大全》第一卷）；以“记忆”为例，但丁就认为，天使本没有、也不需要记忆，而圣托马索、大阿尔贝托等经院哲学家则依据圣阿哥斯蒂诺的看法认为，天使是可能具有记忆的，尽管不是像人类那样，作为“感觉灵魂”的一部分，而是作为把知识保留在脑海中的“外衣”。

33. “实质”仍指天使。

34. 这里是说，天使从上帝身上可以看到过去、现在和未来，因此，他们的视线就不会像人类那样，会被突然出现的新的“客体”和事物所打断，也便无须具有记忆；但丁在《帝制论》第一卷第三节第七句段中曾说：天使的“存在是与其理解一致的，这就使其存在成为无间断的存在，否则，他们就不会是永恒的了”。诗句费解之处在于原文per concetto diviso的确切含义（现译为“用相互分离的概念”）：萨佩纽注释本认为，此句是指天使的记忆，无须像人类那样，依照论述的程序，从可感觉的形象当中抽出概念，结合起来又加以分解，犹如天使的理解一样（参见注32）；波斯科—雷吉奥注释本则认为，此短句是指“与其他对立的概念相分离的概念”，亦即天使的记忆无须像人类那样，“把与其他对立的概念相分离的概念召回到脑海之中”，这是“因为某种特定的知识曾陷于分裂，暂时离开脑海，亦即是说，曾被遗忘”。持后一种解释的目前居多。

35. 这里是说，世间有许多神学哲学大师硬说天使有记忆力，这恰如白日做梦（“不睡而梦”），其中有的是出于好心，以为自己说出真理，有的则出于恶意，明知自己所说是假（“不相信自己所言是真”），却为了标新立异，出头露面，硬要支持自己的主张，因此，二者比较，后一种人的“罪过更大”，“耻辱更重”。

36. “一条路径”是指真理之路，也是唯一可行的道路。

37. 这里，但丁严厉谴责了那些为出头露面而不惜歪曲真理的人：塞拉瓦尔曾就此作出诠释说：“作者（但丁）猛烈抨击了那些出于恶意而轻视和篡改《圣经》的人。确实，有些学者为了显示自己独树一帜，把一些虚假的过细哲理掺入《圣经》；有时，他们也明知，这些过细哲理与《圣经》本文不符，然而却为了自我炫耀，仍把这些过细哲理掺混进去。他们实际上是要使自己显得是独特的大师，讨老百姓的欢喜。有时，他们还篡改《圣经》的段落，把一些虚假的论断和异端邪说加进去。这是更糟糕的，这种情况不仅发生在各学派，而且也发生在向大众布道，后者也就更为危险了。如今，布道者忽视福音书本文，而去援引亚里士多德、阿威罗伊斯以及其他哲学家和诗人；许多人撰写大量充满奇谈怪论、想入非非的观点的论著，这是使上帝感到大为不快的。”上述谴责在但丁时期是屡见不鲜的，十四、十五世纪的作者们也同样以不同方式提出这样的谴责。

38. 这里是说，上天对待那些为了自我炫耀而提出一些独特论点的人尚能容忍，“愤慨的情绪”也会轻些，而对待那些把《圣经》（“神书”）放到次要地位或加以歪曲的人，则不然。

39. 这里是指耶稣及其他殉道者为传教布道、播撒《圣经》的真理种子而流出鲜血；“神书”仍指《圣经》，诗句是说，“谦卑地”信守《圣经》的人是受上帝欢迎的，这正是针对第85—87句所说的那些热衷出头露面而“忘乎所以”的人而言。

40. 这里以耶稣逝世时天昏地暗、不见天日为例，说明上段三行韵诗所提及的“创见”问题。古代神学家对此现象有两种解释：一是在被认为是杜内修所写的信件中提出的，即认为此现象是“月亮倒退”造成的，因为基督受难时，月亮正位于太阳的对面，而月亮是要在倒退黄道带的六个星座的条件下，才能运转到太阳与地球中间，这就使世上看不到太阳；杜内修的这一论点甚至也为圣托马索所接受（见《神学大全》第三卷）。一是圣杰罗拉莫所做的解释：他认为，在耶稣逝世时，太阳自行把自身掩盖起来，原话是：“太阳撤走了它的光辉，而同时也并未打乱天体的运动”，他的论点也曾被圣托马索提及过。诗句显然是接受圣杰罗拉莫的论点，其依据是《新约》的《马太福音》第二十七章第四十七句：“从正午开始，一直到下午三点钟，一片黑暗笼罩着大地。”（《马可福音》第十五章第三十三句、《路加福音》第二十三章第四十四至四十五句，也都有类似的记载）

41. “他是在撒谎”是指持第一种论点的人是在撒谎，原文是e mente, ché，说明但丁对这种反《圣经》的论点的愤慨，但有人则对诗句语气的激烈感到困惑，认为应理解为：一种人是这样说，另一种人是那样说，因此主张改为ed altri che，即“另有人说”，萨佩纽和波斯科—雷吉奥两注释本都不赞同这种改动：因为古代手抄本无此先例，况且，彼特罗·曼加多雷的《经院哲学史》也是认为“撒谎”是指持第一种论点的人，而但丁对此书又是“十分熟悉”的。

42. 这里是说，正是因为耶稣受难时，天昏地暗，不见阳光是“阳光自行把自己隐藏”，这种日蚀现象不仅出现在耶路撒冷的犹太人眼前，而且也出现在西班牙人和印度人眼前，是有人居住的世界的东西两极都能目睹的现象。

43. “拉波”(Lapo)和“宾多”(Bindo)是中世纪佛罗伦萨极为普遍的两个名字，诗中用二词的复数，分别为Lapi和Bindi。

44. “小绵羊”比喻信徒。“饱餐一顿大风”是指信徒在听布道时只是听到一通空话和废话。“看不出害处”是指信徒出于愚昧无知，辨别不出上述空话和废话的“害处”，因此，愚昧不能饶恕空话和废话令人犯下的罪过，换言之，愚昧本身也是罪过，是不能“鉴原”的。

45. 此句是从《新约·马可福音》第十六章第十五句中摘取并略加改写的，原话是：“耶稣给他们(十一个使徒)一个使命：‘你们要到世界各地去，向每一个人传扬福音……’”诗中的“真实的基础”即是指《马可福音》上述一段话。

46. “双颊”即是指嘴巴。

47. “风帽”(Cappuccio)是教士所戴风帽，这里是以“鼓起风帽”来形象地描绘布道者获得“引起哄堂大笑”的虚荣，踌躇满志，自鸣得意的样子。

48. “鸟儿”指魔鬼：中世纪的绘像中，常把魔鬼绘成黑色的鸟儿，或许是有意用来与代表圣灵的白色的鸽子作对照。但丁也曾在《地狱篇》第二十二首第96句和第三十四首第47句中分别把法尔法雷洛比作“恶鸟”，把卢齐菲罗比作“鸟”。

49. 这里的“宽恕”是指布道者向听众所许诺的“赦罪”，而由于他们的“风帽尖”里躲藏着魔鬼，这样的“宽恕”究竟有什么价值，就可想而知了。

50. 此段三行韵诗意在说明：由于人们轻信这类“赦罪”，愚昧也便大量增加，群起而追求虚假的布道者所做的任何许诺，不顾这些许诺是否得到教会当局的批准，即是说，即使这些诺言“没有任何证据作为见证”，也被轻信的人们所“追踪”。

51. 圣安东尼(Sant'Antonio, 251—365)，或称“伟大的圣安东尼”(Sant'Antonio il Grande)，生于埃及中部的埃拉克列奥波利(Eracleopoli)，曾在特拜(Tebaide)隐修，是东方“隐修生活”(Vita monastica或monachesimo)的奠基人之一，以战胜种种诱惑而著称，并被推崇为牲畜的保护神，常被画成脚下踏有象征魔鬼的一头猪。在中世纪，圣安东尼门下的僧侣，腐败堕落，被看成贪得无厌、肆无忌惮的募施者；该教派的教士惯于养猪，而他们所养的猪被平民大众视为神物，并由公家拨款饲养。诗句有意从揭露一些布道者利用信徒的轻信引出对圣安东尼派教士的贪婪腐败的谴责：诗中说“圣安东尼”养肥“他”的猪，似应理解为“圣安东尼派教士”养肥“他们”的猪。

52. “许多其他人”指圣安东尼派教士的情妇、私生子等，因此，他们“比猪还要脏”。

53. “未经铸造的钱币”指伪币。

54. “笔直的道路”指论述有关天使的“正题”，因为它曾被打断了。

55. “这类自然造物”(questa natura)指天使。

56. 这里是指《旧约·但以理书》第七章第十句：“有一道大河从他(上帝)面前涌出，千万的天使在服侍他。”

57. “初始之光”(prima luce)指上帝之光。“种种光辉”指众天使，即是说，每个天使都以各自方式来接受上帝的恩泽之光和觐见上帝的能力，其强弱程度也是大小不等的。

58. “感情”指对上帝的爱，即是说，随着对上帝的觐见(“认识的行动”)而来的是对上帝的爱，这种爱也依据觐见的深浅而有强弱(“爱的甜美程度就有热有温，互不相同”)。

59. “永恒的德能”指上帝。

60. 诗句说明上帝的统一性和一成不变性，即如十六世纪的注释家维路泰洛(Vellutello)所说，“上帝为自己制造了许多明镜，其数目与天使的数目相等……在这些明镜中，上帝把自己的形象分裂开来，在不同程度上放射着光辉，同时又依然保持自身的统一和完整，就像在创造众天使之前一样”。同样的形象比喻在本篇第十三首第55—60句也有。但丁在《论俗语》第一卷第二节第三句段和《书信集》第十三章第六十句段中也有类似的论述。

第三十首

1. 这里是用空间距离来计算时间距离，即由观察点的经线变化来说明时间的变化：经度的长度随逐渐远离赤道而按季节有所变化，这与时间恰好相等。但丁在《筵席》第三卷第五节第十一句段和第四卷第八节第七句段中曾估计：地球的圆周为二万四百里（这里的“里”，如前所注，应为罗马的长度计算单位，即miglio〈千步，复数为miglia〉，为便于阅读起见，姑译为“里”），太阳绕其圆周运转每日为二十四小时；但丁把此圆周分为四个等分，即四个四分之一圆，每一等分约为五千一百里（因为太阳每小时约运行八百五十里，六小时为一等分，6×850即等于5100）。诗中所说的“第六时”（ora sesta）是指距但丁所在的西方很远的东方（“在那里”）此刻为“中午”（“发出火光”）；诗句提及距西方“也许远达六千里”，是为了说明此刻但丁所在之处的时间为“黎明”，即比第一等分稍多一些，因黎明距太阳升起的时间（六时）尚有一小时，故在原有的五千一百里上要再增加八百五十里，等于五千九百五十里，与诗中有意说出的“六千里”恰好相符。
2. 这里也用地球（“这个世界”）的“阴影”来说明时值黎明：因为地球投射的锥影（cono d’ombra）的移动总是使其尖端保持在与太阳运行轨道截然相反的方位上，当太阳位于东方的地平线稍下几度之处，地球锥影的尖端也便必然地位于西方的地平线相应稍高的方位，正如诗中所说，“几乎投到平平的床榻之上”；诗句形象地把地平线比作“平平的床榻”（letto piano）。萨佩纽注释本认为这种描述时间的写法还是有一定的科学道理的。
3. 这里的“天空的一半之处”，应是指观察者的视线与对象物之间的一片空间，亦即大气层与整个天空直到恒星天的部分，因而是“高悬在我们上方”。也有许多注释家认为，这里的“一半之处”是指天空的子午圈部分或中间部分，但是，下句提及“一些星辰在丧失外貌”(意即一些星辰在消失),实际上是指黎明时分的头一批星辰在消失,亦即最靠近东方地平线的星辰在消失,而不是指位于天空中央部分的星辰在消失(这时,这些星辰仍在闪烁发光),因此,后一种说法是不妥的。

4. “底部”指地球,因为它位于宇宙的“底部”。

5. 根据奥维德《变形记》的说法,“时间女神”都是太阳的“使女”(参见《炼狱篇》第十二首第81句及第二十二首第118句以及有关注释):黎明女神奥罗拉(Aurore)是专管为太阳敞开东方大门的,诗中所指的“使女”即是指奥罗拉。

6. 这里把天上的星辰比作一扇扇窗户,原文是di vista in vista:vista本身有“开口”之意,在诗中显然是指星辰,因为星光正是从这些“开口”射出的;加之,诗句用了chiudere(“关闭”)一词,这就使全句更显形象而生动。

7. “胜利的队伍”指热烈欢庆的一队队天使。

8. “战胜我的视力”指该光点曾照得但丁眼花缭乱,不敢仰视;“那一点”指象征上帝的光点。

9. 这里是说,从表面上看这九队天使仿佛是在围绕、包拢象征上帝的光点,实际上则恰好相反:因为上帝是把他们乃至整个宇宙包拢在自身之内的。

10. 诗中所说的“内容”既包括以前在但丁的《韵律集》和《新生》中所谈关于贝阿特丽切作为“凡人”的美丽,也包括在《神曲》中所谈关于贝阿特丽切升入天堂、成为享天福者的美丽,特别是后者,如诗中所描绘的,随向天堂升去,其美丽和光彩照人的程度愈来愈甚,即使把一切赞誉之词化为一句,也不足以恰如其分地形容其美。

11. “我们”指凡人,即是说,甚至连级别最高的天使的智力也无法用言语表达贝阿特丽切的美丽,因此,只有上帝才能“欣赏”亦即“理解”她的“全部美丽”。

12. 这里用“喜剧”(comico)和“悲剧”(tragedo)来说明任何题材与风格的诗歌作者在其创作过程中都会被其中某个“难点”(“某一点”)弄得束手无策,但丁在描绘贝阿特丽切的美丽时,其难度更甚于此。关于“喜剧”与“悲剧”的含义,如前所注,分别指一般的题材和通俗的文风,以及悲壮的题材和高雅的文风。

13. “颤抖至极”指最怕强光照射的、最弱的视力。类似的形象比喻在但丁的《新生》第四十一章第六十句段、《筵席》第三卷第五节第五十五至六十二句段和第八节第十四句段以及第二卷第四节第十七句段中也可找到,其中都借鉴于亚里士多德在《形而上学》第二章第一节所说的一句话来加以说明的:“我们的心智对待那些最最光彩照人的东西所作出的反应,就像蝙蝠的眼睛遇上阳光。”因此,诗中的“视力”也并非指一般健全的视力,而是指某些夜间动物的不完善的视力。

14. 诗中所说但丁在尘世见到贝阿特丽切的“第一天”是指但丁在九岁时与贝阿特丽切第一次在距但丁家不远的小教堂门前的邂逅;“如今的相见”指但丁在净火天与贝相聚,看到贝的美丽容颜。但丁虽在本篇第十四首第79—81句、第十八首第8—12句、第二十三首第22—24句也曾说过类似的话,但这时所作的“无能为力”的表白,其强烈程度是远远超过前数次的,因此,与前数次的表白有实质上的区别,正如第33句所说,但丁已陷于江郎才尽(每个艺术家“才华用尽”)的境地。

15. “喇叭”(tuba)比喻但丁吟诵诗歌之声。

16. “那重天中”指净火天中;“最大天体”指原动天,因为它是各物质天体中最大的。

17. 第39句到本段三行韵诗,概括地写出了净火天的特征,即它是“纯粹”的“心智之光”和仁爱之火(“洋溢着爱”);但丁在《书信集》第十三章第六十七至六十八句段中曾说:“最高一重天不是从任何有形实体中汲取能力;这重天燃烧着它那炽烈之火,这并非因为它身上有什么物质之火,而是因为它身上有精神之火,即神圣的爱,亦即仁爱。”“真善”即是指上帝，诗句意在说明：对上帝的爱能使灵魂上升到觐见上帝，从而尝到超越尘世一切欢乐（“超越一切甜蜜生活”）的“天国之福”（“欢快”）。

18. 这两批“天堂战士”，一是天使，他们在天上为反对有罪的天使而战斗；一是享天福者的灵魂，他们生前曾为反对肉体和敌人而战斗。

19. 这一批是指享天福者，因为他们在最后审判日时，灵魂将与复活的肉体重新结合，届时，但丁还将看到他们的肉身和形象，言外之意则是：但丁未等到最后审判就提前目睹享天福者的“仪容相貌”，这也是上帝的恩赐，使他得以目睹上帝的绝对而充分的安排。

20. 第47、48句的原文是：priva da l’atto l’occhio di più forti obietti；由于有人把句中的atto（本意为“行动”）与più forti obietti（“更为刺目的对象”）联系起来，成为“更为刺目的对象”的照射行动，所以，原句就意谓“使眼睛无力承受更为刺目的对象的照射”；但也有人认为，atto是与occhio（眼睛）有关，是指眼睛本能观看刺目对象的能力，这样，全句就有了译文中的含义：眼睛无法观看其他对象，因为这些对象这时变得“更加刺目”，超过眼睛的视觉能力了。萨佩纽和波斯科—雷吉奥两注释本都倾向于后一种诠释。

21. 此处用典出于《新约·使徒行传》第二十二章第六句：圣保罗说：“那一天，大约在中午时分，当我快到大马士革城的时候，突然有一道从天上发出的强光照射在我身上。”动词“绕射”原文为circunfulse，正是从《圣经》中的拉丁原文circumfulsit变来。

22. 这里是说，象征上帝的“爱”使净火天得到满足，因而处于安谧而静止的状态：但丁在《筵席》第二卷第三节第九至十句段以及本篇第一首第122句、第二首第112句和第二十二首第64—66句都提及这一点。整段三行韵诗的意思是：代表上帝恩泽的“强光”注入享天福者的灵魂身上，使之作好觐见上帝的准备，犹如蜡烛刚接触火焰时还不能一点就着（强光照在眼睛），随后则燃烧起来（可以承受觐见上帝的熊熊火光）。

23. 这里是说，但丁的视力这时又得到进一步提高。

24. “自我防护”指但丁此刻已能经受任何强光的照射，换言之，这也是但丁获得上帝恩泽的第一个效果；即虽仍携带肉身，却已能觐见天堂的光辉了。

25. 这里用典出自《新约·启示录》第二十二章第一句：“天使带我看城内街道当中的一道‘生命水’的河，清澈如水晶，自上帝和羔羊的宝座流出来。”

26. 这种黄金镶嵌宝石的写法借鉴于维吉尔《埃涅阿斯记》第十章；本维努托曾对诗句中的流水、两岸、花卉、火星作过如下诠释：流水比喻上帝的恩泽，即从上帝那里流出，灌输到人的心灵；两岸指《旧约》和《新约》的两队享天福者；花卉指从河水中汲取灵感的圣者；火星则指带来上帝恩泽的满怀炽热的仁爱之情的天使。

27. “旋涡”一词，原文为gurge，是来自拉丁语汇，相当于今文的gorgo，也有波浪、流水之意，此用法也借鉴于维吉尔《埃涅阿斯记》第一章和第六章。

28. 这里用“畅饮”河水来比喻把双眼沉浸在这条光河里面。

29. “眼中的太阳”指贝阿特丽切。

30. “颗颗宝石”即是指火星点点。

31. “暗示性前兆”，原文是umbriferi prefazi，意谓真理有待揭示；prefazio一词本属做弥撒时的“序祷”，这里也有预示和先兆之意。

32. “生涩青酸”，原文是acerbe。诗句意谓这些东西并非本身便是有缺陷的。

33. 诗句是说，把双眼变为“明镜”，以便“更好”地反映真理。“更入佳境”原文为s’immegli，系动词immegliare的自反动词现在虚拟式，该动词又是但丁自造的，由副词meglio变来。

34. “两个天国的朝班”指享天福者和天使两支队伍。

35. “理得心安”是指得到充分的满足，从而平静下来。类似的写法也见于《炼狱篇》第三十首第9句、本篇第八首第86句。圣托马索在《神学大全》第二卷第一章中曾阐述过同样的思想：“渴望幸福不是别的，而是渴望心愿得到满足；这是每个人都愿意得到的东西”；圣阿哥斯蒂诺在《忏悔录》第一章第一句段中也说：“只要我们的心灵不以你（上帝）为依托，它就是忐忑不安的。”

36. 这里值得注意的是“返回”一词的使用，因为它表明：人生在世是“暂时”的，因而与天国相比，这是“过渡性的放逐”，每个灵魂的真正祖国应是“天国”。

37. 可以想象，这是一个类似环形露天剧场的景况，其中有一千多个梯阶，所有神圣的精灵都分布其上。

38. 诗句把上述露天剧场式的背景具体描绘成天国的玫瑰，亦即所谓“洁白的玫瑰”（candida rosa）；据波斯科—雷吉奥注释本称，“玫瑰”是常见的神秘主义象征，有多种含义。

39. 这里是指在上帝直接（“不需中介”）主宰之处，“自然规律”（包括在尘世或天体中起作用的自然规律）就没有任何作用可起了。“不需中介”即是指不需有“次要起因”介入，参见本篇第七首第142句；另，《炼狱篇》第二十五首第68—75句也有阐述。

40. “永葆春色的太阳”指上帝，因为上帝作为永恒的太阳，能使这朵玫瑰在永久的春天中盛开。

41. “身着白袍的群体”指享天福者精灵，用典见于《新约·启示录》第七章第九句：“……我又看见一大群人，不可胜数。他们来自各国、各族、各民、各方，他们身披白袍，手执棕树枝，站在宝座和羔羊面前。”

42. “我们的城市”指天国的耶路撒冷，用典也见于《新约·启示录》第二十一章第九至十句：“……其中一位天使对我说：‘随我来，让我将新娘——羔羊的妻子——指给你看。’在灵境中，他带着我上到一座高山。将由上帝那里从天而降的圣城新耶路撒冷指给我看。”

43. 这里是说，被上帝遴选入天国的人类灵魂永远是为数不多的，这也反映了但丁对腐朽堕落的人类的间接谴责；此外，但丁与其同时代人一样认为世界已接近末日：他在《筵席》一书中就曾把世界的存在分为六个时代，并说：“我们现在已处在世纪的最后阶段（即世界的第六个亦即最后时代），我们实际上是在等待天体运动的消耗殆尽”（见《筵席》第二卷第十四节第十三句段），因此，诗中提及“少数人前来填补”天国的空缺问题，不是偶然的。

44. “参加这婚礼晚宴之前”是指在但丁溘然死去，荣升天堂之前；关于天国婚宴的说法，《炼狱篇》第三十二首第76句和本篇第二十四首第1—3句都有提及。

45. “崇高的亨利”指神圣罗马帝国皇帝亨利七世（见本篇第十七首及有关注释），但丁曾在《书信集》第五至七章中把他推崇为“上帝的使者”，是上帝派来拯救意大利人民于水火、惩治腐败、恢复公正、消弭党派之争的“新摩西”。他原为卢森堡公爵，生于1270—1280年间；1308年11月27日被诸选侯选为德国国王，并于1309年1月6日在阿圭斯格拉纳（Aquisgrana，今德国亚琛地区）加冕。他有崇高理想，但缺乏实践经验，可能因年纪过轻之故；他曾应教皇克莱蒙特五世（见《地狱篇》第十九首及有关注释）邀请，南下意大利，调和党派争端。1310年10月，他跨越阿尔卑斯山；1311年1月6日主显节（Epifania），在米兰被加冕为“罗马皇帝”（rex Romanorum），戴上了铁冠。据称，正是在此期间，但丁得以与他相遇，并在一封书信中提及曾当面向他致敬。但丁在放逐期间，对他寄予厚望，不仅希望依靠他，能重返故土，而且还特别指望他能实现但丁的建立全球帝制、恢复秩序、公平与和平的宿愿，但可惜这一切最后均成泡影。亨利七世在平息意大利北部一些城市的叛乱中心力交瘁，后又试图粉碎在教皇克莱蒙特五世挑唆下成立的反对他的归尔弗派联盟而未果。1313年6月27日，他在矛盾尖锐、困难重重的条件下，终于在罗马被加冕为神圣罗马帝国皇帝，他随即又试图进击以佛罗伦萨为首的归尔弗派联军，不幸于1313年8月24日暴卒于锡耶纳附近的蓬贡文托（Buonconvento），也有说是他被人下毒谋害的。他的死导致但丁与许多其他吉伯林派分子及白党分子希望的泯灭。诗句有意指出，亨利七世前来拯救意大利的行动是操之过早，因为意大利尚未"准备好欢迎他"，但并未否定他那坚定而始终如一的理想。诗中"皇帝"一词用的是agosto，该词后来发展为augusto。

46. 这里用"贪婪"来形容意大利的丧失理智：竟把唾手可得的拯救和幸福像不懂事的孩童宁可饿死也不要乳娘那样，拒之门外。

47. "这样一个人"指教皇克莱蒙特五世；"神所"指教会。诗句也借此对克莱蒙特五世欺骗亨利七世的行为进行了谴责。"他"即是指亨利七世；本篇第十七首第82句也提及这一欺骗行为。

48. 这里显然是影射克莱蒙特五世是在亨利七世死后才八个月便一命呜呼的，这正是上帝对他的公正惩罚。值得一提的是：所有关于亨利七世乃至克莱蒙特五世的诗句都是以预言式手法写出的，这也便为诗句增添了不少神秘色彩。

49. "巫师西门"，见《地狱篇》第十九首及有关注释；克莱蒙特五世死后，被打入地狱第八层恶囊的第三环，即犯有买卖圣职罪的鬼魂受苦的地点。

50. "那个阿拉尼亚人"指教皇博尼法丘八世；"阿拉尼亚"（Alagna）即阿尼亚尼（Agnani），亦即博尼法丘八世的出生地。如《地狱篇》所描绘的，第八层恶囊第三层买卖圣职环的鬼魂都是被头下脚上倒栽在地洞里，俟后来的鬼魂接替原先鬼魂的位置，原先鬼魂就要被埋在地里的更下一层。克莱蒙特五世死于1314年，晚于博尼法丘八世（死于1303年），故诗中说他将使博"进入地层的更下边"。

第三十一首

1. "神圣的战士队伍"指"身披白袍，手执棕树枝，站在宝座和羔羊面前"的诸圣者（亦即享天福者，见《新约·启示录》第七章第九句），因为他们都"身披白袍"，就形成了诗中所说的"洁白玫瑰"。

2. 这里又进一步把"神圣的战士队伍"比作在世上取得战斗胜利的教会，而这胜利又是来自基督受难（"在他的血泊中"），此典见于《新约·使徒行传》第二十章第二十八句："……教会是主用自己的血赎回来的。"把"教会"作为基督的"新娘"的比喻在《神曲》中是屡见不鲜的。

3. "另一批战士"指众天使。

4. "那位"指上帝。

5. "在那里"指在蜂房。诗句是说，蜜蜂采集花粉的劳动会带来酿蜜的结果。

6. 诗句是指神光所在之处，因为神光是天使所热爱的永恒对象。

7. 此典来自《旧约·以西结书》第一章第十三句："四个活物（天使）的形象有如烧着的火炭"；《新约·启示录》第十章第一句："我又看见一位有大能力的天使从天而降。他身披云霞，头戴彩虹，脸如太阳……"

8. 《旧约·但以理书》第十章第五句描述天使长米迦勒的形象曾用过"纯金"的字样："……他身穿麻衣，腰束纯金"；《新约·马太福音》第二十八章第三句写"上帝的天使"时，也曾提及他"衣裳洁白如雪"。波斯科—雷吉奥注释本指出，诗句描绘的天使形象既借鉴于《圣经》，也取法于中世纪流行民间的圣像，古代注释家曾认为，红、金、白三种颜色象征仁爱、智慧、纯洁，当然，也有作其他诠释的。

9. 这里是说，天使送来的"平和"与"热爱"都是从他们飞向上帝时从上帝那里得来的。

10. "众多"一词，萨佩纽和波斯科—雷吉奥两注释本都依据佩特罗基版本，采用moltitudine一词，但不少手抄本则用plenitudine（充满），因为但丁在《新生》第二十八章第七句段和《筵席》第二卷第十四节第七句段以及第四卷第五节第十三句段中也曾用moltitudine形容“众多”天使和星斗，而未用plenitudine描述天使或星斗“布满”天空，另，《新约·路加福音》第二章第十三句中所说的“一大队天军”也用的是moltitudine。“飞翔之物”指天使；“上方”指上帝所在的地方；“光辉”指上帝的光辉。

11. 这段三行韵诗有两层意义：一是继续上段的含义，说明上帝的光辉是普照万物的，虽然天使正在上帝与“洁白玫瑰”之间，也不能把上帝的光辉“阻拦”，因此，上帝的光辉是“任何障碍都无法阻拦”的；二是上帝的光辉照耀万物的多少，要依照万物各自的资格高低、接受能力大小而定，即如诗句所说的：“依照宇宙承受照射的资格何如”(secondo ch'è degno)，同样的含义在本篇第一首第1—3句也曾提及。

12. 这里是指《旧约》与《新约》中所写的享天福者的魂灵；也有认为“旧”的国民是指天使（因为他们是先到）、“新”的国民是指享天福者（因为他们是后来）的。

13. “一个标的”指上帝。

14. “三合一的光”(trina luce)指三位一体的光。诗句从“欢乐而安稳”的“王国”联系到使尘世备受摧残的“骤雨暴风”，从而把二者作出鲜明的对比，祈求上帝给予多灾多难的尘世以怜悯的一顾。

15. 从诗句引述的希腊神话故事来看，“这样一片地区”是指地球极北部地区，相当于纬度五十五度以上。“爱丽丝”(Elice)是希腊人对小熊星（一说“大熊星”）的别称，诗中是指阿卡迪亚(Arcadia)国王吕卡翁(Licaone)之女卡利斯特(Calisto或Callisto)，她也是林泽女神爱丽丝，是月神狄亚娜的随从之一，并得到狄的宠爱。宙斯引诱了她，月神怒而逐之；后她生下了宙斯之子阿尔卡德(Arcade)，宙斯之妻尤诺出于嫉妒，将她变为母熊，后宙斯又将她变为大熊星座；其子阿尔卡德也遭到同样的命运，变为波俄特(Boote)星座，亦即牵牛星(Bovaro)，或称卫熊星(Arctofilace)。此典可能出自奥维德的《变形记》第二章第409—530句。由于此二星总是相伴出现于五十五度以上纬度线地区，并且每日都经过天顶，从不降落到地平线之下，但丁才根据这一天文现象写下有关诗句，并把二星生动地比喻为“依依不舍”的母子关系。

16. “拉特兰”(Laterano)指罗马著名的拉特兰宫（见《地狱篇》第二十七首及有关注释），原为罗马皇帝所住宫邸，在君士坦丁皇帝将罗马馈赠给教皇西尔维斯特罗（见《地狱篇》第十九首及有关注释）后，直到1305年罗马教廷迁往法国阿威农为止，一直是教皇所在地。这里可能是指罗马鼎盛时期，其宏伟的建筑，举世无双；但也可能是指某一特定历史时期，即在教皇西尔维斯特罗进住拉特兰到野蛮人最初入侵罗马之间一段时期，当时，罗马城的金碧辉煌的建筑尚保存完好。

17. 这里连用三个时空对比的诗句来说明，但丁之所以“大吃一惊”的原因，特别是把但丁既恨又爱的佛罗伦萨与充满欢乐与荣光的天国（“正义而健全的民众”）作比，表明诗人把佛市看成世界一切腐败和罪恶的象征。

18. 波斯科—雷吉奥注释本认为，这里所说的“圣殿”可能是指西班牙加利齐亚(Galizia)地区的圣雅各·迪·坎波斯泰拉圣殿(San Iacopo di Campostella)，因为该圣殿是中世纪最著名的朝圣地，本篇第二十五首第18句也提及该圣殿（请参考有关注释）。诗句是说，但丁急切地希望早日把自己所见的景象向世人讲述一番。

19. 近代一些注释家，依据古代注释家布蒂的分析，认为这时但丁与贝阿特丽切是在边走边看，但近代的莫米利亚诺不同意这种看法，强调这里只是指但丁用“目光”向上下、周围尽扫。波斯科—雷吉奥和萨佩纽两注释本也赞成莫的诠释。

20. “他人”指上帝。

21. “这一位”指贝阿特丽切，“另一人”即是指下句的“老翁”，亦即圣贝纳尔多（San Bernardo）：他是西多会（Cistercensi）教士，法国著名的西多会克莱尔沃修道院（Abbazia di Clairvaux，“克莱尔沃”的意文名为“基亚拉瓦莱”Chiaravalle，该修道院始建于1115年）的创始人和首任院长，因而一般称他为“圣贝纳尔多・迪・基亚拉瓦莱”（或“圣贝纳尔・德・克莱尔沃”）。他于1091年生在勃艮第（Borgogna）地区的芳丹（Fontaines），1153年在克莱尔沃逝世。他是十二世纪宗教文化界最杰出的人物之一，曾出任教皇与君主的参谋，倡议发动第二次十字军围剿，力主改革静修生活，积极从事传教布道，提议静修与禁欲，为当时神秘主义学派的代表人物。他最敬拜圣母，曾被誉为“甜蜜导师”（doctor mellifuus）、“圣母眼睛的眼珠”（pupilla dell’occhio della Vergine）、“圣母最钟爱的学生”（alunno familiarissimo di Nostra Donna）乃至“玛利亚的神秘主义学家”（mistico di Maria）；诗句用他来代替贝阿特丽切，作为但丁觐见圣母进而觐见上帝的引见人，看来正是以此为依据。他坚决反对当时经院哲学新学派亦即理性主义学派的代表人物之一阿贝拉尔多（Abelardo，1079—1142）的理论主张，促使桑斯主教会议（concilio di Sens）谴责阿为异端。他平生通俗体著作甚丰，但丁在《书信集》第十三章第八十句段中曾提及他的《论思考》（*De consideratione*）；他还为耶路撒冷圣殿骑士会（Templari）订立过教规。1174年，他被追谥为圣徒。诗中说“他的衣着”与其他享天福者“相同”，即是指他也是“身披白袍”。

22. 贝阿特丽切的座位是在拉结的旁边（见《地狱篇》第二首第102句和本篇第三十二首第7—9句）。

23. 这里是说，贝阿特丽切全身为一光环所缠绕，从而反射出照射在她身上的神的光辉（“永恒的光线”）。

24. 诗句意在说明：但丁的视线与贝阿特丽切之间距离，虽比深入海底、仰望最高天空的人的肉眼与那天空之间距离还要遥远，却仍不妨碍但丁清晰地看到贝阿特丽切的形象，因为在这距离中间，没有杂物阻隔，但丁观看贝阿特丽切是直接的。

25. 这里是追述贝阿特丽切为了拯救但丁，亲自下到地狱第一层林勃，请求维吉尔代她前往救助（见《地狱篇》第二首）。

26. “奴役”是指罪过使人受到奴役，此典出自《新约・罗马书》第六章第二十句圣保罗说的话：“当你们作罪的奴隶的时候，一点不会受义的管束。”因此，“获得了自由”即意谓脱离罪恶而获自由。圣托马索在《神学大全》第二卷第二章中也就此论述道：“既然依照自然的理性，人是倾向于正义的，而罪过则是违反自然的理性，因此，脱离罪过而获的自由才是真正的自由，同样，真正的奴役就是罪过施加的奴役。”

27. “医治痊愈”指灵魂摆脱罪恶而变得纯洁；“脱离肉体”指死亡。

28. “永恒的泉源”指上帝，因为上帝是享有天福之始，也是一切恩泽的永久源泉。此典也见于《旧约・诗篇》第三十六篇第九句：“你（上帝）是生命的泉源。”

29. “请求”和“圣洁的爱”都是指贝阿特丽切，即是说，贝在“圣洁的爱”推动下，“请求”圣贝纳尔多前来协助但丁圆满地完成他的最后一段行程；但也有人认为，“圣洁的爱”是指圣贝纳尔多。值得注意的是：在但丁天堂之行即将结束的阶段，作为“引路人”的贝阿特丽切由圣贝纳尔多取代，这正如在结束地狱和炼狱之行时，作为理性化身的维吉尔让位于代表神学的贝阿特丽切一样：此刻将要直接觐见上帝，神学已不能担当此任务，须让位于代表静修默想生活的圣贝纳尔多，况且，圣贝纳尔多作为圣母的“忠实信徒”，也将请求圣母把但丁引见于上帝。

30. “花园”原文为giardino，但在这里是指“洁白的玫瑰”。

31. 这里是说，观望享天福者所形成的“洁白玫瑰”，会使但丁的眼光变得更加有能力去觐见上帝，因为享天福者身上反射的正是“神光”。

32. “天后”指圣母。

33. “克罗地亚”(Croazia)：这里只是用以指一个远离罗马文明的外国地区。

34. “维罗妮卡”(veronica)指至今保存在罗马圣彼得大教堂内的据说是耶稣留下的“真容”的圣像；该词恰是由vera icona(真正的圣像)的谐音组成。根据基督教传说，基督受难时，有一虔诚的妇人曾用自己的头巾揩拭流淌鲜血的耶稣的脸，这脸便印在头巾上，此即“真正的圣像”；另，十三世纪还有一传说称：这个为耶稣揩拭面容的妇人即是《新约》的《马太福音》第九章第二十至二十二句和《路加福音》第八章第四十三至四十八句所说的曾被耶稣治愈的患有十二年血漏症的那个女人。诗句是说，渴慕耶稣圣像已久的外国朝圣者一旦看到圣像，便百看而不厌，换言之，看了很久也不觉满足(“不觉饱餐”)。但丁在《新生》第四十章也提及过这幅耶稣的“真容”。

35. “那位”指圣贝纳尔多。

36. 诗句是说：圣贝纳尔多通过“默想生活”，曾在尘世预先尝到天堂的平和。

37. “下面底部”指神秘的“洁白玫瑰”的下部。

38. “快乐的景物”指幸福的氛围亦即天堂。

39. “最远的一圈”指离但丁所在的地方最“远”(remoto)的一圈，亦即最“高”的一圈。

40. 这里是指：在光辉灿烂方面，“东方”压倒“日落”时的西方。

41. 这里用日神阿波罗之子法厄同驾驶太阳车、脱离太阳运行轨道、引火烧身的故事，比喻旭日行将升起的东方天际一片明亮，距此较远的四面八方则光线愈来愈弱。诗中的“车辕”即比喻太阳。

42. “金红色光芒”原文为oriafiamma，原是指法王的红色战旗，罗马拉特兰宫有一幅镶嵌画，描绘此旗乃是作为帝制象征，由基督亲自赐予查理大帝的。诗中是写“洁白玫瑰”最高处，中央一片“金红色光芒”，正是圣母所坐之处，而因为圣母曾使上帝与世人实现和解，同时也为了与法王战旗作鲜明对比，诗句特意用了“平和”一词。

43. 这里实际上是指在圣母所在的最明亮之处的“周围”。“技艺”指天使飞翔的动作有快慢高低之分，正如光芒的亮度也有强弱之分，因为如前所述，各天使是有等级之分的。

44. “美女”(bellezza)指圣母。

45. 这里是说，圣母的灿烂光辉反映在众享天福者的眼中，显示出他们内心的“欢喜”。

46. “炽热的火光”指圣母的火一般仁爱之情。

第三十二首

1. “静修默想者”指圣贝纳尔多；“他喜爱的对象”指圣母。

2. “如此美丽的妇女”指夏娃。“刺伤和撕裂创口”是指夏娃在人类身上“刺伤”和“撕裂”原罪的“创口”，而正是圣母生下救世主，使人类的“伤口”得到“弥合”和“治理”。

3. 这里是指从上向下数的第三排座位。

4. 拉结（Rachel）是雅各的第二个妻子，象征“默想生活”；关于她以及她与代表神学的贝阿特丽切坐在一起的情况，《地狱篇》第二首第102句和第四首第60句、《炼狱篇》第二十七首第104句和《天堂篇》第三十一首第67—69句都曾提及（参见上述诗句及有关注释）。“此女”指夏娃。

5. 撒拉（Sara）是亚伯拉罕的妻子，在亚年老时，为他生下一子，即以撒（见《旧约·创世记》第二十章第二句和第二十一章第二至三句）。利百加（Rebecca）是以撒的妻子，生下雅各（见《旧约·创世记》第二十四章第六十七句和第二十五章第二十六句）。正是从撒拉和利百加身上，产生了信仰基督的希伯来人的祖先。犹滴（Iudit，亦即Giuditta，朱迪塔）即设计杀死尼布甲尼撒手下大将荷洛芬斯、解救了被亚述军围困的犹太寡妇（见《炼狱篇》第十二首第58—60句）的人。“那一位”指路得（Ruth），她是波阿斯（Booz）的妻子，大卫王的曾祖母，见《旧约·路得记》第四章第十句：波阿斯说：“我要娶摩押女子、玛伦的遗孀路得为妻”；第十八至二十二句：“……波阿斯生俄备得（Obed），俄备得生耶西（Jesse），耶西生大卫。”她是忍耐的典范。“歌者”指大卫王，因为据说，《旧约》的《诗篇》是出自他的笔下。

6. 这里用典出自《旧约·撒母耳记下》第十一章第二至二十六句和第十二章第一至二十五句：其中说，大卫看上了赫人乌利亚之妻拔示巴，并与她交欢，拔示巴不久怀了孕，大卫得知便以借刀杀人之计，谋杀了拔之夫乌利亚，正式娶拔为妻，上帝对大卫此举甚是愤怒，派先知拿单谴责大卫的罪行，大卫悔罪，写了《诗篇》第五十一篇，其中第一句便说：“慈爱的上帝啊，求你怜悯我，除去我的罪污。”诗中的“求你怜悯我”是用拉丁文Miserere mei写的。

7. “发髻”（chiome）在这里比喻花瓣。诗中提及“从第七级向下算起”是因为第一级至第六级乃是从圣母到路得所在之处；“希伯来贵妇”是指《旧约》中所谈到的一些圣女，因为她们对基督的信仰体现为对即将来到人世的基督的信仰，亦即所谓对“未来的基督”（Cristo venturo）的信仰。

8. 这里进一步说明：注7所谈及的“分隔两部”的根据正在于对基督的信仰体现为对“未来”，还是对“过去”，亦即该分界线（“一道隔墙”）是以对“未来的基督”的信仰和对“已来的基督”（Cristo venuto）的信仰为标准：后者是指已降临人世的基督，因而涉及的都是《新约》中所谈到的圣者；享天福者的等级序列（“神圣的阶梯”）就是这样划分的。

9. “所有花瓣全都齐放”是指所有座位都已坐满；“未来的基督”即如注7所说，信仰上天许诺的“弥赛亚”亦即救世主即将降临人世，具体地则是指《旧约》所提及的各位始祖和圣者。

10. “另一边”指“隔墙”的右边，亦即圣母和“希伯来贵妇”的右边。诗中所说的“一些空当”，是要由未来的被上帝遴选者来填补的，最后要像另一个半圈那样，完全坐满。“已来的基督”见注8。

11. “天国贵妇”指圣母。

12. “伟大约翰”指施洗者约翰：“伟大”一词出自《新约·马太福音》第十一章第十一句耶稣对施洗者约翰的评价：“我确实地告诉你们，从母腹生的人，没有一个比施洗的约翰更伟大。”“始终的圣者”（sempre santo）是指在施洗者约翰出生前，他在母亲圣伊利沙伯的腹中便已被封为圣者：天使对施洗者约翰之父、祭司撒迦利亚说：“（施洗者约翰）在出生之前，已经被圣灵充满。”“荒野之苦”指施洗者约翰在“犹太的荒野”传道,他“身穿骆驼毛的衣服,腰束皮带,吃的是蝗虫野蜜”(见《新约·马太福音》第三章第一句和第四句)。“殉道之惨”指施洗者约翰被希律王下令砍头杀死(见《新约·马太福音》第十四章第一至十一句)。

13. 据说,施洗者约翰死后曾下到地狱的第一层即林勃,历时两年,后被基督解救,升入天堂。

14. “方济各”“本笃”即圣方济各和圣本笃,分别见本篇第十一首第43—117句和第二十二首第28—96句及有关注释。“奥古斯丁”即圣奥古斯丁,见本篇第十首第120句及注52。波斯科—雷吉奥注释本指出,诗句在这里未提及圣多明我,而在本篇第十一首和第十二首中,他与圣方济各是同时出现的,这可能是因为圣贝纳尔多这时所提及的都是各教派的创始人,而圣多明我的教派(多明我会)实际上是遵循奥古斯丁教派的教规的。

15. “其他”可能是指类似前三者的各静修教派的奠基人和教父;“这里的下面”是“洁白玫瑰”的“黄芯”之处。

16. 诗中的“方面”(aspetto)有“观点”之意,即是说,信仰的两种观点:一是对“未来基督”的信仰;一是对“已来基督”的信仰。“花园”仍有花朵亦即“洁白玫瑰”之意。这段三行韵诗再次反映出但丁认为当时已将属世界末日的思想,即上帝将作出安排,使代表《新约》圣者的一边的那些空位,将由新遴选的享天福者加以补充,最后与代表《旧约》圣者的一边数目相等,二者加在一起,恰好相当于被上帝打下天界的叛逆天使的数目。

17. 这里是说,从把享天福者分为两部的两条分界线中间部分横切成两半的那居下的一层算起,便都是天真无邪的孩童精灵的所在范围:他们被上帝安置在这里,不是靠个人功绩,因为他们是过早夭折,尚无选择善恶的能力(“真正选择”),至于“他人功绩”和“某些条件”,下面的诗句将作进一步详细阐述。

18. 这里值得一提的是:但丁认为,凡能升入天堂享有天福的精灵,其形象都保留其离开尘世时的年龄与面容(如本篇第三十一首第59句写圣贝纳尔多为一“老翁”),而中世纪其他神学家则认为,所有这些精灵在最后审判日复活时,都将以完全成熟的肉体出现,即相当于青年时期,因为有神力将纠正每个精灵身上的“缺陷”如或不成熟,或已衰老,并且以其在尘世时机体的发展条件为依据。因此,诗中所说的年幼的享天福者仍保持其“天真的面孔”和“稚嫩的声音”。

19. “王国”指净火天。

20. 这里用典出自《新约·启示录》第七章第十六句:“他们一定不会再挨饥抵饿或忍干受渴,也不会受日头和酷热的煎熬”;第二十一章第四句:“他(上帝)要擦干他们的眼泪。城中再没有死亡、忧伤、哭泣和痛苦。”

21. “永恒的法律”指上帝制定的法律。诗句的含义是:万物相互之间都要彼此相应(犹如“指环”与“手指”相应一样),换言之,上帝施恩多少要依各精灵的生前功绩大小而定。

22. “仓促来到真正生活之中”指过早来到天国,因此,这个“群体”即是指年幼的享天福者。

23. 这里是说,即使年纪幼小的精灵,不能依据他们的“功绩”来安排他们的席位,也要按照“某些条件”,使他们的地位有高低之分。这里也反映出但丁与其他神学家在有关问题上的看法差异:后者认为,在孩童精灵当中,享天福的程度应是同等的。

24. “国王”指上帝。

25. “心灵”(menti)即是指灵魂。“只消有结果便足矣”,是指在上帝的安排方面,只消知道结果,而不应也不能问其理由,正如本维努托所诠释的:“上帝的意志与人的意志不同,因此,要探讨上帝何以愿意如此,那是无益的”;彼特罗·隆巴尔多在《教父名言集》第三章也说,“在被遴选者当中,有些是上帝爱得更多一些的,另一些则是上帝爱得少一些的”。圣托马索在《神学大全》第二卷第一章中也有类似的论述。

26. 这里是指以撒和利百加所生的双胞胎兄弟:以扫和雅各;上帝早在他们降生之前就讨厌大的(以扫),喜欢小的(雅各),并对利百加说:“你腹中的孩子要成为两个敌对国家的始源,其中一个要比另一个强,大的倒过来要服侍小的”(见《旧约·创世记》第二十五章第二十三句)。“愤怒相争”是指同一章第二十二句:“两个胎儿在她(利百加)腹中彼此纠缠。”此例在中世纪经常被引用来说明上帝遴选的神秘性,彼特罗·隆巴尔多在《教父名言集》第一章、圣托马索在《神学大全》第一卷都引用过此例,而作为典故,此例当出于《新约·罗马书》第九章第十一至十三句:“然而,这对孩子还未出生,还没有显出谁善谁恶,上帝便对利百加说:‘将来大儿子要服侍小儿子。’”此外,《旧约圣经》又说:“我爱小儿子雅各,厌恶大儿子以扫。”这都是显明上帝拣选人,并不按着人的行为,乃是按着他自己的意思。

27. “最崇高的光辉”指上帝的光辉。诗句关于“头发的颜色”的写法,看来也是借用《圣经》的典故:十五世纪注释家兰迪诺就以扫和雅各的发色不同诠释此段说:“正如按上帝所喜欢的:以扫的发色是红的,而雅各的发色是黑的,因此,上帝也便喜欢给予雅各比给予以扫更多的恩泽。”

28. 这里是说,各孩童享有天福的程度不同,并非根据他的功绩大小,而是根据他们天生的觐见上帝的禀赋如何(“原生目光是否锐利”)。

29. 从本段三行韵诗起,连续两段说明第43句所说的“他人功绩”和“某些条件”究竟何所指。“最近两个世纪”是指人类被创造出来之后的两个不同时期,“最近”则是针对“创世”而言,亦即距创世最近的两个时期:一是从亚当到挪亚,为第一个时期;二是从挪亚到亚伯兰(即亚伯拉罕),为第二个时期;在这两个时期,为使孩童“得救”,除其本身的“天真无邪”外,只须其父母信仰“未来的基督”就够了。圣托马索在《神学大全》第三卷中就说:“在实行割礼前,只要信仰未来的基督,便足以使孩童作为成人以这种方法洗刷罪过。”

30. 这里是指:在前两个时期已成过去之后,孩童为了得救,除注29所述条件外,还必须实行割礼,以求使其双翼(“羽翼”)靠割礼而增添飞上天国的力量(“获取能力”)。但十六世纪注释家达尼埃洛(Daniello)认为,“羽翼”(penne,本意是“羽毛”)来自拉丁文penis,指“阴茎”,似也不无道理。圣托马索在《神学大全》第三卷曾就割礼问题阐述说:“大约在亚伯兰时期,信仰曾一度减退,许多人都倾向于崇拜偶像;此外,由于肉欲横流,天然的理性也受到蒙蔽。因此,在当时,而不是在这以前,建立割礼是适宜的,其目的是要加强信仰,减少色欲”;“割礼的建立特别是针对原罪,而原罪是由为父者所犯,而不是由为母者所犯”,因而割礼只用于男性。

31. “神恩的时期”指基督教时期。“完善的洗礼”是就作为“不完善的洗礼”的割礼而言:圣托马索在《神学大全》第三卷中曾说:“洗礼本身包含着解救的完善,而上帝是召唤所有凡人都获得这种完善的解救的。相反,割礼则不包含解救的完善,而是把这种解救体现为这样一种形象:它将在以后依靠基督来付诸实现。”诗句是说,在这一时期,孩童若不受洗礼,死后也不能升天堂,而是要下到地狱第一层林勃(见《地狱篇》第四首及有关注释)。

32. “那张面庞”指圣母的面庞。诗句的意思是:圣母的面庞放射出极为强烈的光芒(“光明”),能锻炼但丁的视力,使之能承受对基督的觐见。

33. “欢乐”指天堂的幸福光芒。

34. “神圣的心灵”指天使。

35. 这里的“爱”指天使长加百列,他曾下降到原动天,歌颂圣母的荣光(见本篇第二十三首第91—111句)。诗中引述的歌词是加百列受上帝差遣,下降人世,向圣母通报她已身怀六甲,即将生育基督时,向圣母所作的祝贺(见《新约·路加福音》第一章第二十八句),原文用的是拉丁文:Ave, Maria, gratia plena。"把他的翅膀张开"意谓向圣母致以虔诚的敬礼。

36. "幸福的天庭"指天堂中由天使和享天福者组成的两个朝班(见本篇第三十首第43—44句)。

37. "这下面"仍指"洁白玫瑰"的"黄芯";"永恒的安排"指上帝的神秘莫测的安排;"甜蜜所在"指席位。

38. "这位"指圣贝纳尔多。

39. "获得美丽"指圣贝纳尔多从圣母那里获得新的光辉,从而使自身更加"美丽",因而犹如"晨星"从太阳那里"借得光明",显得更加明亮晶莹。这里的"晨星"指启明星(stella Diana),亦即金星。

40. 这里所说的"上帝之子"即耶稣。"想要把我们的分量负载于一身",是指耶稣想要"化为肉身":因为"我们的分量"是指凡人肉体的分量;诗句自然也含蕴着耶稣要把人类罪恶所造成的痛苦承担起来,但这里似主要指耶稣要化为肉身,降临人间。"棕树枝"象征胜利,传统圣像《圣告图》(*Annunciazione*)中一般都画成加百列手持棕树枝或鲜花盛开的树枝,前来向圣母通报她怀孕和即将生子的。

41. "帝国"指天国;这里用尘世罗马帝国来隐喻:因为在尘世,正义和悲悯是衡量一个帝国是否完善的试金石,天上的"帝国"想必要在这两方面都达到顶峰了。

42. "奥古斯塔"(Augusta),本意为皇后,在这里指天后亦即圣母。因为在罗马帝国,皇帝的称号也应赋予皇后甚或皇太后,有时还赋予皇帝的姊妹("奥古斯塔"是由"奥古斯都"Augusto亦即皇帝一词变来的,该词也见于本篇第三十首第137句,即agosta),这种习俗一直持续到拜占庭王朝。

43. 从本段三行韵诗起,诗句说明"洁白玫瑰"的"两条根":一条在左面,为首的是"众人之父"即亚当,因为从他那里繁衍和沿袭下来信仰"未来基督"的众信徒。

44. "洁白玫瑰"的另一条根在圣母的右面:"圣教会的那位年迈之父"指圣彼得,因为他是信仰"已来基督"的众信徒的始祖,他也确是信仰基督的使徒中的第一位。

45. "艳丽鲜花"指天国,不是指"洁白玫瑰"。基督把天国的两把钥匙交付圣彼得的典故,出自《新约·马太福音》第十六章第十九句:"我(耶稣)还要把天国的钥匙交给你。"萨佩纽注释本与波斯科—雷吉奥注释本不同:把"钥匙"印成clavi,而不是chiavi。

46. "那一位"指福音书作者圣约翰(见本篇第四首及有关注释),他在去世之前,曾撰写《启示录》,揭示教会所遭受的种种虐待与迫害。"美丽的新娘"仍指教会。"所有苦难时期"指教会所经受的种种迫害和苦难。

47. 这里是说,教会是基督以被钉上十字架的自我牺牲换来的,在圣像中,耶稣受难常以"长矛"(lancia)与"钉子"(clavi)作为象征:据传,长矛是罗马百人队队长隆吉诺(Longino)的武器(一说他是一名普通士兵),他在基督受难时,率领罗马士兵守卫十字架下;他在耶稣被钉上十字架后,用长矛刺穿耶稣的肋部;后他皈依了基督教,殉道于卡帕多齐亚(Cappadocia)的蒂亚内(Tiane)。

48. "前一位"指圣彼得,即是说,圣约翰坐在圣彼得的右边。"另一位"指亚当,他的"身旁"则是指左边。

49. "导师"指摩西。他曾奉上帝之命,率领希伯来人离开埃及,返回迦南,一路之上,历尽艰辛,忍饥挨饿,多次遭受他所率领的人们的非议和抱怨,后上帝见怜,赐予他们"吗哪"为食,得以度过荒漠。详见《旧约》的《出埃及记》第十六章第十三至三十五句;《民数记》第十一章第七句;《诗篇》第七十八篇第二十四句:"降下如雨的吗哪,作为他们的食物";《新约·约翰福音》第六章第三十一至三十四句。

50. “安娜”(Anna)是圣母的母亲，其父是约亚金(Gioacchino)，他们死后都荣升天堂，成为圣者，被称为圣安娜和圣约亚金。“在彼得的对面”意谓在“洁白玫瑰”的另一边。

51. “最大的族长”指亚当。“对面”意谓在施洗者约翰的右边。“露齐亚”即是指催促贝阿特丽切去拯救但丁的女神，参见《地狱篇》第一、二首及有关注释。她后来又负责把但丁送到炼狱山脚(参见《炼狱篇》第九首第55—63句)。

52. 这里是指露齐亚促使贝阿特丽切去搭救在森林中遇险的但丁(见《地狱篇》第二首第100—108句)。“低垂眼帘”是指但丁丧失向上攀登的希望；“身陷危难”是指但丁身陷阴暗的森林，惊魂未定。

53. “令你昏沉入睡的时间”含义较暧昧，主要有两种解释：一是以南丘尼(Nencioni，1837—1896)为代表的见解：认为这里是指“人类的时间”“昼夜轮换、既有清醒也有睡眠”，这与“处于永恒的白昼”的无间断地醒而不睡的享天福者的状态恰好是相对立的；一是以巴尔比为代表的见解：认为这是指对神灵奥秘的沉思默想，静修入定，是一种“超越感官”的状态，因此，人也就像是在“熟睡”了。萨佩纽注释本倾向于后一种解释，波斯科—雷吉奥注释本则认为前一种解释“更佳”。全段的意思是：但丁最后一段行程所留下的时间业已不多，应把列举“名人”的话告一段落(“画个句号”)，而像“一个好裁缝”依照布料剪裁衣裙那样，安排旅程内容。

54. “首要之爱”指上帝。

55. “那位”指圣母。

56. 此句的含义是：你该用“心灵”而不是用“嘴唇”来“紧跟”我的话语；这里用典出自《旧约·以赛亚书》第二十九章第十三句：“这些人民只用口舌来尊崇我。他们的心却远离我……”《新约》的《马太福音》第十五章第八句和《马可福音》第七章第六句也有上帝所说的同样的话。

57. 本首到此戛然而止，有些像“悬念”，更像我国章回小说“欲知后事如何，且听下回分解”的套话；看来，诗句有意以此来引起读者对下一首亦即全诗大结局的关注和兴趣。

第三十三首

1. 本首开篇头三十九行是写圣贝纳尔多对圣母的祷告，内容丰富，感情充沛，是赞颂圣母的祷词中的精彩之作，特别是第一段三行韵诗的头两句，用三对相互对立和矛盾的词语概括了圣母的超自然特征，更是脍炙人口的“绝句”：其中称圣母既是“贞女”又是“母亲”；上帝（即基督）既是圣母的“儿子”，圣母反过来又是上帝的“女儿”（“你是你子之女”）；圣母在一切造物中既是“最卑微”又是“最崇高”。“固定不移的最终限度”，依照布蒂的解释，即是指在此限度内，“永恒的最高智慧”亦即基督决定“拯救人类并采用人类的肉身”。
2. 这里所说的“造物主”（fattore）仍是指三位一体中的圣子基督，造物主成为他本身的“造物”（fattura），是指基督化为肉身；这种写法显然借鉴于十一世纪的圣彼埃尔·达米亚诺（见本篇第二十一首第121句及注43）的有关祷词：Verbum fit factor et factura, creans et creatura（圣子既是造物主，又是造物，既是创造者，又是被创造之物）。
3. “花朵”指享天福者的“洁白玫瑰”；“永恒的平和”指净火天，亦即天国。诗句是说，通过圣母的孕育，才重新点燃起上帝对人类之爱，也正是从这种爱中，“洁白玫瑰”才得以萌芽开花，换言之，天堂之花的萌生犹如代表上帝对人类之爱的基督在圣母腹内萌生一样。类似的话也见于公元四世纪的著名教父圣安布罗乔（Sant'Ambrogio，330—397）的有关论述：“在圣母的子宫内，萌生了百合花的恩泽”；圣贝纳尔多本人也曾说过：“圣母的子宫鲜花盛开；玛利亚的圣洁而完整的内脏分娩了一朵鲜花。”
4. “这里”指在天国。“如日中天的火把”指熊熊燃烧的火把有如中午的太阳那样炽热。“活跃”意谓永不枯竭。
5. “此人”指但丁。“最低洼地”（infima lacuna）显然是指地狱，但也可能具体地指位于地球中心的科奇土湖（见《地狱篇》第九首第28—29句）；近代注释家对该词语是指地狱中的整个凹地，抑或只是指地狱的最低层颇有争议，萨佩纽和波斯科—雷吉奥注释本则认为，这是过分斤斤计较，诗句无非是要说明：但丁此行是经过宇宙空间的两个极限即“地心”与“天顶”罢了。
6. “精神生命”（vite spiritali），即是指灵魂，包括地狱、炼狱乃至天堂的所有精灵。
7. “最后之永福”（ultima salute）指上帝，因为整个天福都融汇在他身上。诗句是说，凡人的心智无力觐见上帝，必须依靠神的施恩，圣托马索在《神学大全》第一卷中也说过：“理性造物的最后完善要寄托在上帝身上，而这种完善是理性造物赖以生存的原则……必须使一切上升到超越其本性的地位的东西具备一种禀赋，这禀赋应凌驾于其本性之上……既然被创造出来的心智的自然能力不足以觐见上帝的本质，就必须使其身上的理解能力，依靠神的恩泽而得到加强。这种理解能力的加强，我们就称之为心智的启蒙。”
8. 这里连用三个“祈求”来表明圣贝纳尔多的祷告心情之热切。
9. “最大的欢乐”指上帝，因为他是最高的天福。
10. “王后”指圣母。诗句是说，希望圣母能保佑但丁在觐见“至善”（“如此重要的觐见”）之后，不致被尘世的虚妄财物所诱惑。
11. “人类的冲动”指尘世的罪恶激情，其中最严重的当然是骄傲。
12. “永恒之光”指上帝。
13. 这里是说，任何造物，天使也包括在内，都不能像圣母那样明晰地看透上帝的光芒。
14. 此句的动词是finii，本意是“结束”，因此，有人便认为此句的含义是但丁“心中的炽热愿望”已告“结束”；萨佩纽和波斯科—雷吉奥两注释本都不赞成作此解，而认为，该词在此处应有“达到顶峰”之意。
15. 这里是说，但丁的“视力”，在神恩帮助下，能深深地渗透到上帝的光芒里去，而上帝的光芒之所以“本身便是真理”，这是因为就其本质而言，上帝的光芒并不依靠其他光芒而成为真理，圣托马索在《神学大全》第一卷中就说："在上帝身上，其本质不仅符合其心智，而且也正是其心智本身；其心智是衡量任何其他本质和任何其他心智的标准，也正是其本质能进行理解。因此，不仅真理是在上帝身上，而且他本身便是第一真理和最高真理。"

16. "其他"指梦中的具体事物和细节。

17. "西比拉"(Sibilla)是相传崇拜日神阿波罗的八位女巫西比拉(Sibille)之一，据说她们都有预卜吉凶的能力，其中最有名的是库马娜(Cumana)，《西比拉书》(*Libri sibillini*)前几部据说即出自她手，其中写下有关罗马帝国命运的神谕；另一位女巫阿尔布内阿(Albunea)住在罗马市郊的蒂布尔(Tibur，即今蒂沃利Tivoli)，亦即称"蒂布尔蒂娜"(Tiburtina)，其神庙至今尚属完好；基督教作者曾认为，某些西比拉所写神谕有前基督教预言之价值，文艺复兴伟大画家米开朗基罗曾在梵蒂冈圣彼得大教堂的西斯廷礼拜堂(Cappella Sistina)中画有五位西比拉的肖像。诗中所说的"西比拉"，可能即是库马娜，因为她曾把神谕写在树叶上，不料阵风吹入洞中，把树叶纷纷吹散，维吉尔《埃涅阿斯记》第三章中对此有详细描述。

18. 萨佩纽和波斯科—雷吉奥两注释本都对此段三行韵诗的用意作过如下分析，即认为但丁可能有这样想法：神光不同于阳光，阳光强烈，人的眼睛可以设法回避，神光强烈，人的眼睛则应设法长时间地注视它，因为人注视神光愈久，神光也便使人的眼力变得愈强，愈能深入透视神光，否则，人的视力则不再有能力觐见上帝了。

19. 这里是说，但丁的"视线"能触及神的本质("无穷的威力")。

20. 此句的含义是：但丁宁愿把自己的全部视力都消耗在觐见上帝方面，尽管字面上原句似易使人误解为"摧毁视力"。

21. "它"指神光，亦指神的本质；诗句用撕得纷乱的纸张或书页合成一本或一卷为例，形象地比喻：宇宙中"被撕得五零七散"的万物，在上帝身上都会被上帝用"爱"把它们"连为一体"，从而说明上帝的统一性。

22. "实体"(sustanze)、"偶有性"(accidenti)都是亚里士多德和经院哲学的常用语汇："实体"是指靠其本身就能存在的物质；"偶有性"则是指依赖实体而存在的物质或方式，它不是必然的，而是可变的。"相互的关系"原文为costume，本意为"天赋"，这里则指实体与偶有性二者之关系。"简单的光明一线"意谓诗句只能说明真理之万一。

23. "这纽带的宇宙形式"指神的实质，因为上帝把一切造物都统一和联系为一个和谐的整体。

24. 此段三行韵诗含义暧昧，注释家对之争议颇多，关键在于对"嗜睡症"的理解。目前占优势的诠释是，"嗜睡症"(letargo)意谓"遗忘"，即是说，但丁在觐见上帝的光芒时，竟有"一瞬间"心驰神往，把其他一切都遗忘了("嗜睡")，其"昏迷不清"程度甚于对二千五百年以前("二十五个世纪以前")寻找金羊毛的阿耳戈英雄们(参见《地狱篇》第十八首及有关注释)驾驶第一艘海船航行海面的"壮举"的记忆：而但丁对当时海神奈图努斯初见这海船时惊得目瞪口呆的情景却还能记忆犹新。根据中世纪编年史通常记载，阿耳戈英雄在伊阿宋(参见《地狱篇》第十八首及有关注释)带领下寻找金羊毛是发生于公元前1223年，因而诗中说是"二十五个世纪以前"。诗中的"阿耳戈船影"，原诗只用Argo(阿耳戈)一词来代表破浪航行海上的第一艘大船。

25. 这里是说，觐见代表至善的上帝是人心所向，而这至善正完全包含在这神光(即上帝)里面；因此，即使是善，若不离开上帝〔"在那(神光)里面"〕便是"完美的"，若离开上帝("在那光芒外面")，也会从"完美"而变为"有缺陷"，因为只有上帝是"完美"的。

26. 这里又用"婴儿"作比，说明但丁无力表达超出他本身能力的景象。

27. 从本段起，诗句描述三位一体的神光，即三个光圈有三种颜色，一样大小："一个"指第二个，它似乎是"另一个"即第一个的"反射"；第三个则燃烧如火，是来自第一个（"这边"）和第二个（"那边"）。因此，第一个是圣父，第二个是圣子，第三个是圣灵，圣子是由圣父而来，圣灵则代表火一般的仁爱，它又来自圣父和圣子。

28. 诗句是说，光说但丁的"言语"与"思维"是"微不足道"，还是不够的，应当说是"毫无价值"。

29. 这里是说，神的三位一体表现在：神只能包含在自身之内，神理解自身（如圣父），也被自身所理解（如圣子），神同样靠自身来燃起仁爱之情，既理解又被理解（如圣灵）。这里用典盖出自《新约》的《约翰一书》第一章第五句："上帝是光，在他那里找不到黑暗的踪影"；《马太福音》第十一章第二十七句：耶稣说，"我的一切都是父交给我的，只有父才认识我，也只有我和那些我愿意指示的人，才认识父"；《约翰福音》第十章第十五句："正如我上帝认识我，我也认识父上帝。"但丁在《筵席》第二卷第五节第十一句段中也说，"只有神光自己才能完全看透自己"。

30. "那个光圈"指代表圣子的第二个光圈。从本段起，诗句开始转到基督"化为肉身"的问题上去。

31. 这里说明一种超自然的"反常"现象，即把一个图像用同一种颜色画在一件东西上，这对"凡人"来说，是不可思议的，而这正是神秘难测的"化为肉身"的体现：在这形象当中，圣子变为"真正的人"，而同时又继续成为"真正的上帝"。

32. "心灵的宿愿"指清楚地觐见神的奥秘；诗句是说，要洞悉神的奥秘，还必须有神恩的启示（"闪光"）。

33. "爱"指上帝，因为正是上帝在"推动"一切，即是说，正是上帝在以调节宇宙秩序的同样节奏来推动（"移转"）但丁的求知欲和意愿，犹如一个车轮在外力的推动下，围绕其轴心转动，它的各个部分所受到的推动力，也都是"均匀"的。"意愿"一词，原文为velle，为拉丁文，波斯科—雷吉奥注释本用斜体印出。值得注意的是：本首（同样也是本篇）也如前两篇那样，照例用"群星"（stelle）宣告结束。

本书系根据意大利新意大利出版社(La Nuova Italia)出版、纳塔利诺·萨佩纽(Natalino Sapegno)主编,勒·莫尼埃出版社(Le Monnier)出版、翁贝尔托·波斯科(Umberto Bosco)与乔瓦尼·雷吉奥(Giovanni Reggio)合编的但丁·阿利基埃里(Dante Alighieri)著《神曲》(*LA DIVINA COMMEDIA*)译出,其中:

《地狱篇》(*INFERNO*):新意大利出版社1994年5月版、勒·莫尼埃出版社1994年12月版;

《炼狱篇》(*PURGATORIO*):新意大利出版社1994年5月版、勒·莫尼埃出版社1995年1月版;

《天堂篇》(*PARADISO*):新意大利出版社1994年5月版、勒·莫尼埃出版社1995年2月版。

本书插图选自19世纪法国著名插图画家古斯塔夫·多雷为《神曲》所作的插图。

黄文捷

1999年1月译竣于北京

译后记一：
略谈但丁《神曲》版本的由来与发展

读者在读过伟大诗人但丁的这部巨著《神曲》之后，必会感到其中的注释何其繁多，有时甚至会繁多到令人生厌的地步。但与此同时，恐怕也会有相反的感觉，即感到这些注释的必要性，感到这些注释对于理解或加深理解诗句，是颇有裨益的。尽管有时，对某一诗句的解释，或对某一典故的考证，有几种诠释同时出现，令人无所适从。注释之多乃至不可或缺，自然是由于这部诗作确实寓意深、典故多，涉及的知识面广(举凡哲学、神学、天文学、星相学、物理学、数学、几何学、历史学、地理学、希腊神话、民间掌故等等，不一而足)，这是任何一个只具备普通常识和学识的人都难以驾驭的。译者在历时三年的翻译过程中，也深感个中的艰深，遍尝难言的苦味，有时甚至会感到，若没有一些古今注释家的有关诠释，几乎是只字难译，寸步难移的。今天，在完成这部不朽之作的翻译之后，译者情不自禁，要对一切有关的古今注释家，特别是对本译本所依据的两个版本的主编者萨佩纽先生和波斯科(已故)及雷吉奥两位先生，满怀感激之情，从心底里道声："多谢！"的确，若没有他们的指教和协助，要想比较顺利地完成这项繁重而艰巨的工作，是根本不可能的。(当然，对于一个译诗的译者来说，更重要的是如何恰当地处理诗句的结构、韵脚、风格问题；但是，如果不较好地解决作为理解原诗的第一步，又怎能迈出作为处理诗句的第二步呢？)

由此也可以看出，注释对于《神曲》版本的重要性。然而，根据译者所掌握的极不完全的资料，《神曲》问世之初，二者并不是像以后那样，是密不可分的，即形成类似金批《水浒传》那样的批注本或注释本。看来，正是这部不朽之作的价值和艰深，促使诗作本文与评注逐渐由分流发展为合流。《神曲》完成的年代，至今一直是众人争议的话题，这是因为但丁不曾留下手稿；最早的《神曲》版本都是手抄本，其中有些可追溯到十四世纪，亦即《神曲》问世不久，从这里也可以看出《神曲》的社会影响之巨大。最著名的手抄本(同时也是最古老的之一)，有1336年的皮亚钦察的"劳迪亚诺"(Laudiano)手抄本和1337年的米兰的"特里乌尔齐亚诺"(Trivulziano)手抄本，距但丁逝世的1321年分别为十五年和十六年。这两个版本都曾于1921年用珂罗版付印。当时人们对《神曲》的喜爱和重视，从中世纪流行的纤细画装饰抄本可见一斑。其中最精美的有“香提区手抄本”(Codici di Chantilly)和“梵蒂冈·乌尔比纳泰手抄本”(Codice Vaticano Urbinate)。薄伽丘对但丁十分崇拜，不仅把《神曲》的原名《喜剧》改名为《神曲》〔即在“喜剧”(Commedia)一词上加形容词“神的”(divina)，成为“神的喜剧”，中译名则为《神曲》，该名自1555年由卢多维科·多尔契出版社(Lodovico Dolce)出版的版本正式起用后，一直沿用至今〕，而且还写下著名的《但丁赞》，并亲自抄录《神曲》多次，其中最早的抄本为“卡皮托拉雷·迪·托列多手抄本”(Capitolare di Toledo)。薄伽丘生于1313年，比生于1265年的但丁小四十八岁，由于他对《神曲》钻研甚深，他所投靠的佛罗伦萨僭主于1375年左右，曾委托他在佛市的圣斯泰法诺·迪·巴迪亚(S. Stefano di Badia)教堂讲解《神曲》，因为他当时已经体力虚弱，只讲解了《地狱篇》里的十七首诗，即以健康为由中断，旋即溘然长逝。用印刷技术出版的《神曲》最早版本当中，最老的为一部1472年的版本。佛罗伦萨于1481年出版的第一版《神曲》是意大利文艺复兴时期的著名画家波提切利(Botticelli, 1445—1510)为之插图的。众所周知，《神曲》是但丁用所谓“俗语”(volgare)写的(其实，这种“俗语”与今天的意大利文比较，无异于我国的古文之于白话文)，十五世纪上半叶，贝托尔迪(Bertoldi, ？—1445)首次将《神曲》译为拉丁文，并作了评注。似乎可以由此推测，版本加评注，亦即《神曲》的注释本，大约起始于十五世纪。至十六世纪，就逐渐增多，如1544年威尼斯出版的亚历山德罗·维卢泰洛(Alessandro Vellutello)注释本，全名为《阿利基埃里·但丁的喜剧，附亚历山德罗·维卢泰洛的新说明》(*La Comedia di Dante Alighieri, con la nova espositione di Alessandro Vellutello*)；著名的威尼斯1555年版《神曲，附卢多维科·多尔契的评注》(*La Divina Commedia col commento di Lodovico Dolce*)。但也有单篇的注释本，如《阿利基埃里·但丁的喜剧中的地狱篇，附圭尼弗尔泰·巴尔齐扎的评注》(*Lo Inferno della Commedia di Dante Alighieri col commento di Guiniforte Barzizza*)。十七至十八世纪，较著名的注释本有1732年卢卡出版的《但丁·阿利基埃里的神曲，附庞贝·文图里神父的评注》(*La Divina Commedia di Dante Alighieri col commento del p. Pompeo Venturi*)；1791年罗马出版的《但丁·阿利基埃里的神曲，附B. 隆巴尔迪神父的评注》(*La Divina Commedia di D. Alighieri col commento del p. B. Lombardi*)；其中也有《神曲》个别篇章的注释本，如《洛伦佐·马加洛蒂评注但丁的地狱篇前五首》(*Commento di*

Lorenzo Magalotti ai primi cinque canti dell' Inferno di Dante)。洛·马加洛蒂(1637—1712)是罗马著名的文学家和科学家,曾担任佛罗伦萨名门望族莱·德·梅迪契(L. de' Medici)于1657年成立的"佛罗伦萨齐门托学院"(Accademia fiorentina del Cimento)的秘书。自十九世纪以来,《神曲》注释本如雨后春笋般大量出版,如:由著名的词典学家、多题作家R. 安德雷奥利(R. Andreoli, 1823—1891)评注的《神曲》,先后于1856年在那不勒斯和1870年在佛罗伦萨出版;由天主教教士路易吉·贝纳苏蒂(Luigi Benassuti)评注的《神曲》,于1865—1868年在维罗纳出版;由著名的评注家和文学家尼科洛·托马塞奥(Nicolò Tommaseo, 1802—1874)注释的《神曲》,于1865年在米兰出版;由著名的但丁学家贾科摩·波莱托(Giacomo Poletto, 1804—1904)评注的《神曲》,于1894年在罗马出版:波莱托曾在梵蒂冈举行过但丁讲座;由著名的瑞士但丁学家、新教牧师G. 安德雷亚·斯卡尔塔齐尼(G. Andrea Scartazzini, 1837—1901)修订并评注的《神曲》,先后于1874—1890年在莱比锡和1893年在米兰出版,由于该版本价值很高,1929年又由意大利但丁学会(Società dantesca italiana)出版,作为斯卡尔塔齐尼评注的《神曲》第九版,由朱塞佩·万戴利(Giuseppe Vandelli)在斯的评注基础上作了新的评注,通常称为"斯卡尔塔齐尼-万戴利注释本",以后又陆续多次重印和修订;由著名但丁学家、历史学家、文学评论家托马索·卡西尼(Tommaso Casini, 1859—1917)评注的《神曲》,于1889年在佛罗伦萨出版,该版本的第六版曾由S. A. 巴尔比(S. A. Barbi)重编并增订,于1922年在佛罗伦萨出版,曾多次重印,通常称为"卡西尼-巴尔比注释本"。在十九世纪,似乎也可以看出《神曲》的影响力扩及国外:如1818—1819年,在巴黎就出版了《神曲,附乔萨法泰·比亚乔利的评注》(*La Divina Commedia col commento di Giosafatte Biagioli*);1842—1843年,在伦敦出版了由著名的文学家、诗人、小说家和评论家乌哥·佛斯科利(Ugo Foscoli, 1778—1827)解说"一个意大利人"(即马志尼)主编的《神曲》;德国的莱比锡和弗赖堡也分别于1891年和1892—1893年出版了由菲拉赖特(Filalete)和贝耳泰尔神父(Berthier)评注的《神曲》。

随着二十世纪的到来,《神曲》的各种注释本更是以迅猛之势大量涌现。这些注释本各具特色,异彩纷呈,其中重要的有:由著名的文学家、评论家佛兰切斯科·托拉卡(Francesco Torraca, 1853—1938)重新评注的《神曲》,1915年出版于米兰;由著名的意大利文学史家维托里奥·罗西(Vittorio Rossi, 1865—1938)评注的《神曲》中的第一篇《地狱篇》,1923年出版于那不勒斯〔后两篇即《炼狱篇》和《天堂篇》的评注则由萨尔瓦托雷·法西诺(Salvatore Fascino)续作〕: 罗西是学术界知名人士,是罗马大学教授,曾任意大利最著名的林琴学院(Accademia dei Lincei)院长; 路易吉·彼特罗博诺(Luigi Pietrobono)评注的《神曲》,1923—1926年出版于都灵; 由伊西多罗·德尔·隆哥(Isidoro Del Lungo, 1841—1927)评注的《神曲》,1924—1926年出版于佛罗伦萨: 德尔·隆哥是著名的文学家和评论家,也是有声望的但丁学家,曾任成立于1582年的佛罗伦萨克鲁斯卡学院(Accademia de la Crusca)的院长; 同样,也是在1924—1926年出版的、由G. A. 文图里(G. A. Venturi)评注的罗马版《神曲》; 由卡洛·斯泰因纳(Carlo Steiner)评注的《神曲》,1926年出版于都灵; 由卡洛·格拉布埃尔(Carlo Grabher)评注的《神曲》,先后于1934—1936年在佛罗伦萨和1950—1951年在米兰出版; 由著名的文学家、评论家阿蒂利奥·莫米利亚诺(Attilio Momigliano, 1883—1952)评注的《神曲》,1945—1946年出版于佛罗伦萨: 莫米利亚诺自1934年起任佛罗伦萨大学意大利文学教授,并是克鲁斯卡和林琴两学院的院士; 由曼弗雷迪·波雷纳(Manfredi Porena)评注的《神曲》,1946—1948年出版于波洛尼亚,波雷纳还与马里奥·帕扎利亚(Mario Pazzaglia)合编了《但丁选集》(*Opere di Dante*),1966年也在波洛尼亚出版; 由法乌斯托·蒙塔纳里(Fausto Montanari)主编的《神曲》,1949—1951年出版于布雷夏; 由切萨雷·加尔博利(Cesare Garboli)主编的《神曲》,1954年出版于都灵; 由纳塔利诺·萨佩纽主编的《神曲》,1955—1957年出版于佛罗伦萨,其主编的第二版为修订版,亦出版于佛市,1985年又在佛市出版了其主编的新版; 由路易吉·马拉格利(Luigi Malagoli)评注的《神曲》,1955—1956年出版于米兰; 由丹尼埃莱·马塔利亚(Daniele Mattalia)主编的《神曲》,1960年和1975年出版于米兰; 由西罗·A. 基门兹(Siro A. Chimenz)主编的《神曲》,1962年出版于都灵; 由乔瓦尼·法拉尼(Giovanni Fallani)主编的《神曲》,1964—1965年出版于墨西拿; 由朱塞佩·贾卡洛内(Giuseppe Giacalone)评注的《神曲》,1967—1969年出版于罗马; 由翁贝尔托·波斯科和乔瓦尼·雷吉奥合编的《神曲》,1979年出版于佛罗伦萨,1988年又在出佛市出版了增添名家评论部分的新版; 由卡洛·萨利纳里(Carlo Salinari)、塞尔乔·罗马尼奥利(Sergio Romagnoli)和安东尼奥·兰查(Antonio Lanza)合编的《神曲》,1980年出版于罗马; 由埃米利奥·帕斯奎尼(Emilia Pasquini)和安东尼奥·夸利奥(Antonio Quaglio)合编的《神曲》,1982年出版于米兰,当时只出版了《地狱篇》和《炼狱篇》。此外，1924—1939年，在都灵，G. 比亚基(G. Biagi)、G. L. 帕塞里尼(G. L. Passerini)、E. 罗斯塔尼奥(E. Rostagno)和U. 科斯莫(U. Cosmo)合编了《神曲的艺术表现和历代评论》(*La Divina Commedia nella figurazione artistica e nel secolare commento*)，其中汇集了自十四世纪到十九世纪所有评论家的评注，应当说是一部很有参考价值的工具书。

这里值得一提的是：1921年，但丁学会出版了但丁全集的校勘本，后由乔治·佩特罗基(Giorgio Petrocchi)负责校订其中的《神曲》部分，题为《古本喜剧》(*La Commedia secondo L' antica vulgata*)，现定为但丁学会的国家版。其中"前言"和《地狱篇》两部分，1966年出版于米兰;《炼狱篇》和《天堂篇》两部分则于1967年仍在米兰出版。本译本所依据的萨佩纽注释本和波斯科—雷吉奥注释本，都借鉴于这一国家版，而尤以后者为最，但他们在评注上都并未把佩特罗基的观点全盘照搬，而是有所创新。

在二十世纪，《神曲》流传意大利国外的势头更大了，美国的波士顿，先后于1909—1913年和1933年，出版了由C. H. 格兰德金特(C. H. Grandgent)评注的《神曲》英文版；德国的斯图加特，于1954—1957年出版了海尔曼·格梅林(Hermann Gmelin)评注的《神曲》德文版。尤为著名的是1965年出版于巴黎的由安德烈·佩扎尔(André Pézard)翻译和评注的《但丁全集》法文版(*Dante, Œuvres complètes*)。

目前，从意大利国内的《神曲》注释本来看，最重要的当然首推国家版，但本译本所依据的两个版本也是最畅销的：萨佩纽注释本的1985年新版，至1994年5月已重印十次；波斯科—雷吉奥注释本的1988年新版，《地狱篇》至1994年底重印十二次，《炼狱篇》和《天堂篇》则分别至1995年1月和2月重印十一次。

在《神曲》版本的演变和发展的历史长河中，相继出现了不少有影响的注释家，其中参考价值最大的自然是一些古代注释家，他们的见解至今仍被当今版本大量引用，这是因为他们所处的时代与但丁时代相距甚近，有的甚至是但丁的亲属和同时代人，他们对《神曲》的背景和内容更为熟悉，对诗人的思想和精神吃得更透，尽管有些人只对《神曲》的个别诗篇，特别是《地狱篇》作了评注。在古代注释家中，较重要的，除前已提及的薄伽丘之外，还有如下一些：但丁的两个儿子：雅科波·阿利基埃里(Jacopo Alighieri)和彼特罗·阿利基埃里(Pietro Alighieri)；雅科波的评注，曾被收入由二十世纪初的著名的短篇小说家、记者、戏剧评论家朱利奥·皮齐尼〔Giulio Piccini, 1849—1915，笔名为“雅罗”(Jarro)〕于1915年在佛罗伦萨编纂出版的《雅科波·阿利基埃里评注但丁·阿利基埃里的〈地狱篇〉》(*Chiose alla cantica dell'Inferno di Dante Alighieri scritte da Jacopo Alighieri*)；彼特罗的评注，相对地被引用的较多，1845年曾由V. 南努齐(V. Nannucci)在佛罗伦萨出版了《彼特罗·阿利基埃里论但丁》(*Pietro Alighieri super Dante*)。据说，用意大利俗语写出《神曲》第一篇评注的是雅科波·德拉·拉纳(Jacopo della Lana, 1290?—1365?)，1866—1867年由皮亚钦察的文学家和史学家路奇亚诺·斯卡拉贝利(Luciano Scarabelli, 1806—1878)编纂了《但丁·德利·阿利基埃里的喜剧，附波洛尼亚的雅科波·德拉·拉纳的评注》(*Comedia di Dante degli Alighieri col commento di Jacopo della Lana bolognese*)，在波洛尼亚出版；1924年，德国的法兰克福也出版了有拉纳评注的、由F. 施密特-科纳兹(F. Schmidt-Knatz)编纂的其他版本。另一位也是出自波洛尼亚的文学家、公证人、政治家格拉齐奥洛·德·班巴利奥利(Graziolo de Bambaglioli, 1291—1343)，他曾用拉丁文评注《地狱篇》；1915年，由A. 菲亚马佐(A. Fiammazzo)在萨沃纳出版了他的《但丁评注》(*Il commento dantesco*)。有两位与但丁同时代的注释家，都是不知名姓的：一是以1865年在都灵出版有关著作的出版人F. 塞尔米(F. Selmi)命名的评注者，通称“塞尔米评注”(Chiose Selmi)，塞尔米出版的评注本题为《一位与诗人同时代的无名作者对神曲第一篇的评注》(*Chiose anonime alla prima cantica della Divina Commedia di un contemponeo del poeta*)；另一位即是十分著名的“最佳评注”(Ottimo)，全名为《神曲最佳评注》(*L'Ottimo commento della Divina Commedia*)，该书于1827—1829年在比萨由A. 托里(A. Torri)出版，L. 贝洛莫(L. Bellomo)于1980年曾认为，此作者为“安德雷亚·兰齐亚”(Andrea Lancia)。另有一位通称“佛罗伦萨无名氏”(Anonimo fiorentino)的注释家，此名大致取自1866—1874年由P. 范范尼(P. Fanfani)编纂的、在波洛尼亚出版的《十四世纪的无名氏对神曲的评论》(*Commento alla Divina Commedia di Anonimo del secolo XIV*)。被后世注释家经常借鉴和援引的两位十四世纪的注释家，是本维努托·达·伊莫拉(Benvenuto da Imola)和佛兰切斯科·达·布蒂(Francesco da Buti)，他们两位都是《神曲》最早的评注家中间的佼佼者，可惜译者手头没有他们的具体生卒日期和生平资料，只知前者是文学家；关于前者的评注，1887年，G. F. 拉卡伊塔(G. F. Lacaita)曾在佛罗伦萨编纂出版了《本维努托·德·拉马巴尔迪斯·德·伊莫拉评注但丁·阿利基埃里喜剧》

(*Benvenuto de Ramabaldis de Imola Comentum super Dante Alighierii Comoediam*)一书；后者的评注曾于1838—1862年由C. 贾尼尼(C. Giannini)在比萨编入《佛兰切斯科·达·布蒂对但丁神曲的评注》(*Commento di Francesco da Buti sopra la Divina Commedia di Dante*)。

近代乃至当代的《神曲》注释家在继承和借鉴古代注释家的基础上，对注释《神曲》这一艰巨工作，也作了不少值得赞许的贡献：他们在一定程度上发展和深化了古代注释家的一些观点和分析，弥补了古代注释的某些漏洞，澄清了其中某些疑点，纠正了某些难以避免的错误。近代注释家中比较重要的有：托马塞奥，他的原籍是达尔马提亚(现属南斯拉夫)的塞贝尼克(Sebenico)，是十九世纪著名的意大利评论家和文学家，他一生坎坷，于1839年居住威尼斯时期，曾因爱国思想而被当时统治意大利北部的奥匈帝国逮捕入狱，1848年曾参加昙花一现的威尼斯临时政府。威尼斯被奥地利攻陷后，他被迫逃亡到希腊的科孚岛(即今克基拉岛)，当时他已几乎失明；1854年返都灵，1865年又赴佛罗伦萨，靠卖文生活，直至逝世。他在流亡科西嘉岛时期，曾搜集并出版大量托斯卡纳、希腊等地民歌，一生著作颇丰，涉及范围极广(诗歌、小说、宗教、伦理、教育、历史、政治、文学评论、哲学、语文学等等)，还著有《神曲评注》(*Commento alla Divina Commedia*)一书。托拉卡曾于1903—1928年任那不勒斯大学意大利文学教授；1920年任意大利参议院议员，著有多部研究但丁及《神曲》的作品：如《但丁研究》(*Studi danteschi*)、《但丁新研究》(*Nuovi studi danteschi*)、《神曲评注》(*Commento alla Divina Commedia*)等。斯卡尔塔齐尼的《神曲评注》和《但丁百科全书》(*L'Enciclopedia dantesca*)，也是两部享有盛名的作品。此外，德尔·隆哥、卡西尼、斯泰因纳也都是但丁学家所推崇的注释家。至于当代注释家，萨佩纽、波斯科、雷吉奥是当前最杰出的注释家，可惜波斯科已去世，不然，作为专门研究但丁作品的学者，他必将会对《神曲》的评注工作，做出更多的令人瞩目的贡献；他与雷吉奥合作达十五年之久，在合编《神曲》的工作中，他侧重评论分析，雷吉奥则主要负责注解，他在评论中有时甚至敢于指出《神曲》中的某些不足和疏漏，尽管遭到某些学者的非议，但由此也可看出他作为一个实事求是的学者的魄力、睿智和胆识，在这一点上，雷吉奥也是与他有许多共同之处的。萨佩纽的注释本第一二版都主要依据斯卡尔塔齐尼–万戴利注释本，新版则以国家版为《神曲》本文的依据，但他从不全部照搬，而是有分析、有批判地加以借鉴和采纳，他与波斯科、雷吉奥都有旁征博引、敢于和善于提出独到见解的长处。

时代在前进,《神曲》的注释本也在随着时代的步伐,不断更新和完善。我相信,随着新的世纪的到来,必将有更多更好的注释本出现,这将是对世界范围的广大《神曲》读者乃至译者的莫大福音,使伟大诗人但丁的这部伟大诗作放出更加辉煌的光彩,永传后世。

黄文捷

1999年10月写于北京

译后记二：
我译《神曲》

今年是我翻译的但丁名著《神曲》面世的第九个年头了。趁此出新版[1]之机，我倒也想回顾和总结一下当初翻译这部鸿篇巨制的感受，以求鞭策我今后在译作这条艰辛的道路上更明智地走下去。

记得在我才译完《天堂篇》前几首，偶然与几位朋友聚会时，一位意大利朋友就曾问我："你怎么会想到翻译这么难译的作品？这样的作品对我们意大利人来说，也是很难懂的啊！"我当时据实告诉他：这是一位意大利文学权威人士在主编一套意大利古典文学名著的丛书时，在几位参加译著的朋友分工当中派给我的任务。我当时还有几句潜台词，没有说出，但这几句潜台词却是我在接受任务时，在一次相关的会议上，曾真诚而坦率地说出过的："我对这项翻译工作不够格。"的确，我虽然从事意大利政治经济问题的研究有近四十年，但从我的资历，从我的中外文学语言和修养的水平，从我近四十年长期从事的与文学毫不沾边的外事工作来说，我是远远担不起这样一种极端艰巨的重任的。但是，我最后还是担起来了：这一方面是出于对这位主编丛书的权威人士瞧得起我、委我以重任的感激，自思只要我能全力以赴，即使不能完成一项上乘之作，至少也不会辜负他的重托；另一方面也渴望弥补我久仰但丁名著的大名却始终不曾拜读的一大缺憾，若能殚精竭虑，将这部不朽名著译为多少像样的中文，也算是我在这区区一生中多少做了一件有意义的事。但是，我万万没有想到，动笔之后，竟发现这项译作的难度远远超过我所预料的。据我所知，在我之前，已有三位大家译过《神曲》全诗，最早的是王维克，随后的则是田德望和朱维基，其中田先生的译本是直接从意大利原文翻译的。从体裁来说，王、田两先生的译本均为散文体，朱先生的译本则为自由诗体（诗句行数与原诗相等，但无韵脚），那么我首先面临的、也必须解决的是译本的体裁，这体裁必

1　指华文出版社 2010 年 2 月出版拙译《神曲》。

须与以前的几种译本要有所不同，否则，要我来搞一个新译本又有何价值、有何意义呢？经过一番苦思酝酿之后，我决定用自由诗体，但要尽可能押韵，尽可能上口，并且要时刻注意不可因文害意。想得虽好，做起来却难了。我曾几度因举步维艰而想打退堂鼓，请求"换马"。感谢这位主编先生一再支持和鼓励，我终于在艰苦奋斗的三年中间坚持下来了，我完成了这部宏伟的世界名著的译作，但我的心始终是忐忑不安的，我深感有愧于但丁，尽管我的的确确尽了力。

众所周知，翻译是一种二度创作，它比纯粹创作省力的是少了一层原创构思，然而，把两种完全不同的文字化为其中的一种，即把西方的一种文字译为中文，具体到《神曲》的译作，则是把但丁所在的十三、十四世纪的古意大利文译为今天的汉语，却非易事，何况是译诗，尤其是译像《神曲》这样的格律严谨、包罗万象的百首长诗。谈到这里，我想起但丁自己所说的一段话："人都知道，凡是按照音乐规律来调配成和谐体的作品都不能从一种语言译成另一种语言，而又不致完全破坏它的优美与和谐。这就是为什么荷马史诗不能像希腊人流传下来的其他著作那样从希腊文译成拉丁文的缘故。这就是为什么《诗篇》(《圣经》)中的诗句没有音乐性的和谐之美的缘故，因为这些诗句是从希伯来文译成希腊文，又从希腊文译成拉丁文，而在第一次翻译中，那种优美就消失了。"[1]但丁在其《筵席》第一章第七句段的这番话，再精辟不过地说明了译诗之难，我从翻译《神曲》的整个过程当中也深切地感受到这番话是千真万确的。所以，一个有志或已经成为《神曲》的译者的人，不论他是不是"诗人"，也不论他有没有才气，更不论他是直接从原文翻译的，还是通过一种或几种文字转译的，似乎都应好好地琢磨琢磨但丁上述的一番话，以免对自己的译作作出不切实际的估价。

我不是诗人，我译《神曲》主要是靠努力而不是靠所谓的"诗才"。我为自己的译作规定的目标是量力而行的，是不高的，即：要在完全确保原诗固有的行数(《神曲》共一百首，其中《地狱篇》三十四首，《炼狱篇》和《天堂篇》各三十三首，每首一百余行)，尽可能把原诗每行诗句的含义保持在原行之内或原行所属的一个诗段之内的前提下，使读者对《神曲》全诗的结构和内容有较全面的了解。之所以如此，是因为：

1　译文引自田德望译《神曲》的《译本序》，见人民文学出版社 1994 年 6 月版，第 32—33 页。

《神曲》是以极其严格的格律写成的，即三行韵体（terzina），亦即每三行押一韵，为一诗段，而且每行限有十一个音节（endecasillabo），押韵的格式又属名为“塞万泰斯”（serventese）的连缀韵脚：aba, bcb, cdc, ded……以此类推；每首最后一行均为单行诗句，其韵脚要按前三行诗段的第二行诗句的最后音节押成。由此可见《神曲》格律之严谨和复杂，且不说译为中文，即使用英、德等与意文不同属一个语系的字母文字翻译，也是困难重重。翻译前辈田德望老先生就此曾说过一段话，是很值得我们这些后辈善加思考的，他说：“意大利语元音较多，适于用‘三韵句’写诗，英语和德语就不大适合这种格律”，“英德翻译家也有用这种格律译《神曲》者，然而，对照原文细读，就会发现，他们为使译文合乎格律，往往削足适履或者添枝加叶，前一种做法有损于原诗的内容，后一种做法违背原诗凝练的风格。”田老先生的这番话在我动笔之前，对我译诗目标的确定，曾起过很大的警戒作用。它启示我：要有自知之明，不可好高骛远，尤其是不可有类似痴人说梦的那种说什么要“保持原诗风格”的哗众取宠的抱负。因为这种抱负是根本无法企及的。与意文表达方式比较相近的一些西方文字尚且难以做到这一点，那么与意文等所有西方文字完全不同的中文要做到这一点显然就更是难上加难了。再者，什么是原诗的风格呢？不言而喻，原诗的风格首先体现在格律上。按原诗格律译《神曲》，对一些西方译者来说，正如前面所说，是一大难事，因此，有些人便舍此而求诸无韵的自由诗体或是散文。这种情况与我国过去和目前的情况是一样的。有谁又能不假思索地扬言：自己能用非原诗的格律翻译《神曲》而又能保持原诗的诗韵呢？又有谁能不自量力地自称有能力从非原文的版本转译《神曲》而又能保持原诗的风格呢？写到这里，我不禁又想起前面引述过的但丁论译诗的那番话了。

过去，我国确也有人尝试过用近乎我国古体诗的格律来翻译《神曲》，不过，我觉得，这种“翻译”实际上无异于林纾之译小仲马的《茶花女》，倒莫如说是一种“改写”。二十世纪二十年代的大才子钱稻孙老先生，就首创一种类似字数较多的骚体的新格律，用来译过《神曲》的《地狱篇》的前几首；据说，《地狱篇》的第一首译得很成功，第二、三首押韵格式就失严了：其翻译的诗句每行字数从六个到十三四个不等，根本无法与原诗每行十一个音节（实际上，每个音节等于我国的一个“字”）的严整匀称相比，何况钱大才子后来又不得已中途搁笔了呢！尽管如此，至今却仍有人在这方面跃跃欲试。记得在一次有关《神曲》

翻译的小型会议上，我眼见一位学者得意扬扬地拿出他把《地狱篇》第一首头一段三行韵诗译成四句五言古诗的一份手稿给一位外国朋友看。这位外国朋友不通中文，见了自然惊喜钦佩有加。我在一旁却不禁暗自慨叹：能用寥寥五个字一行译出《神曲》的诗句确是十分难得，但是，要知道，这不过是全诗——或者再缩小一些，是《地狱篇》——的开头三句，其内容简单，又没有全诗比比皆是的人名、地名、山名、水名等专有名词，这些专有名词音译起来，至少要占五个字中的两三个字，多则如但丁一生倾心爱慕的、在《神曲》中象征神学而带领但丁升入天堂的那个女子的名字："贝阿特丽切"！光是这一个名字就把五个字全部占满了，这诗又怎样译下去呢？由此可见，我国古诗的格律，不论是五言的也好，七言的也好，甚至是字数更多些的骚体也好，都无法涵盖和演绎《神曲》的丰富而庞杂的内容。所以，我深信，这位学者若能把《地狱篇》继续译下去，就一定会遇上许许多多本来就可以预料到的、难以解决和克服的问题与困难，甚而也许会比钱老先生更早地"中途搁笔"！

当然，《神曲》之难译并不仅仅表现在格律上，况且，对我来说，我已经像不少中外译者那样，把用格律诗译《神曲》视为畏途，"狡猾"地绕过这一困难而选择尽可能押韵的自由诗体了。应当看到，用中文译《神曲》确实要比用英、法、德等西方文字译《神曲》难得多：中西文的差异实在太大了。一九九八年九月，我曾应邀参加在但丁故去的地点拉维纳举行的介绍和讨论世界各国翻译《神曲》情况的国际研讨会。这次会议是由拉维纳文化关系中心主办的题为"神曲在世界"的一系列活动之一，而且是第一场。该研讨会每次举行三天，每次介绍和讨论用三种文字翻译《神曲》的情况：一天一种。我所参加的这次，恰恰是介绍和讨论《神曲》的中译本、英译本和法译本的情况。我在会上会下，曾向那些外国听众、外国朋友大致说明用中文译《神曲》难度之大，其中也谈到中西文的巨大差异。这些对中文完全不了解的听众和朋友听了之后，都感到既吃惊又有趣。譬如在句法上，西文是可以按需要把主语、动词、宾语、补语等随意调换位置的，中文则否；再如，西文的名词附加语是要放在名词之后的，有时很长，与名词相隔数行，甚而相隔一大段，中文则永远要把附加语放到名词之前，如果附加语过长，还得把它分解开来，重新组合。当时，我曾举《地狱篇》第二十六首第25至30行为例，为说明问题，我在这里不得不引述原文如下：

Quante il villan ch'al poggio si riposa,
nel tempo che colui che' l mondo schiara
la faccia sua a noi tien meno ascosa,
come la mosca cede a la zanzara,
vede lucciole giù per la vallea,
forse colà dov' e' vendemmia e ara:

我的译文是：

在普照世界之物
向我们隐藏它的面庞更少一些的时辰，
这时，苍蝇也让位于蚊虫，
在高地上歇息的农夫
看到山谷之下有多少萤火虫在飞舞，
也许，那地方正是他收获葡萄和耕耘土地之处；

我觉得，这两段三行韵诗是很有代表性的，能充分说明中文与原文在语法、句法、词语顺序上的差异之大，而且即使是原文本身的词句结构，也与其正常的形式大有区别。按照正常的表达方式，这两段三行韵诗理应是：

"Il villano che si riposa al poggio vede quante lucciole giù per la vallea, forse colàdove e' vendemmia e ara, nel tempo che colui che schiara il mondo tiene a noi la sua faccia meno ascosa, come la mosca cede a la zanzara;"

但是，但丁为了把上述内容写成三行韵诗，竟把应有的正常次序完全打乱了，其中尤为有趣的是：主句的主语Il villano（农夫），与其动词vede（看到）加宾语lucciole（萤火虫）相隔三行，而形容"萤火虫"的量词quante（多少）也与"萤火虫"相距三行之遥，并且还没头没脑地放在第一段三行韵诗第一行的句首，若不看下去，根本弄不清quante什么！这样的行文在中文中简直是不可思议的。类似的诗句在《神曲》中当然是不胜枚举，这迫使我在翻译过程中颇费苦心，只好依照我为自己定下的原则目标，即前面说过的要"完全确保原诗固有的行数"，要"尽可能把原诗每行诗句的含义保持在原行之内或原行所属的一个诗段之内"，加以处理。上面所举的两段三行韵诗就表明：这一点我还是做到了，即保持了原诗固有的第25至30行的行数；每行诗句的含义虽不能完全保持在原行之内，但毕竟是完全纳入两个诗段之内了。

译《神曲》之难也难在它所涵盖的知识面委实过于广泛。我在为我的译本所写的《略谈但丁〈神曲〉版本的由来与发展》一文中曾作过这样的表白：由于《神曲》"涉及的知识面广（举凡哲学、神学、天文学、星相学、物理学、数学、几何学、历史学、地理学、希腊神话、民间掌故等等，不一而足），这是任何一个只具备普通常识和学识的人都难以驾驭的"。正因如此，加之《神曲》寓意既深，典故又多，我在翻译过程中曾不得不参考大量古今注释家的注释，而且为方便读者阅读起见，我还尽量列举和有选择地采纳他们的一些观点，在译本中作了许许多多相当详尽的注释，正如我在上文中所说的，读者在读过《神曲》之后，"必会感到其中的注释何其繁多，有时甚至会繁多到令人生厌的地步。但与此同时，恐怕也会有相反的感觉，即感到这些注释的必要性，感到这些注释对于理解或加深理解诗句，是颇有裨益的。尽管有时，对某一诗句的解释，或对某一典故的考证，有几种诠释同时出现，令人无所适从"；我还说，我"在历时三年的翻译过程中，也深感个中的艰深，遍尝难言的苦味，有时甚至会感到，若没有一些古今注释家的有关诠释，几乎是只字难译，寸步难移的。今天，在完成这部不朽之作的翻译之后，译者情不自禁，要回过头来，对一切有关的古今注释家，特别是对本译本所依据的两个版本的主编者萨佩纽先生和波斯科（已故）及雷吉奥两位先生，深怀感激之情，从心底里道声：'多谢！'的确，若没有他们的指教和协助，要想比较顺利地完成这项繁重而艰巨的工作，是根本不可能的"。应当进一步说明的是：我在引述和借助这些古今注释家的分析和观点时，从不敢"掠人之美"，我总要注明出自谁人之口；此外，为了使读者对三行韵句和全诗每一首的诗句行数乃至段落有较为清晰的了解，也为了使一些专家和学者更易于研究并查考全诗，我还仿效我所依据的两个版本的做法，为每一首标出诗句行码并加上小标题。

今天，在九年过去、回首往事时，应当说，我对我的译作是很不满意的，因为尽管我已经作出了最大的努力，却毕竟补救不了我才疏学浅的致命伤。在一次有关翻译《神曲》的会议上，我就曾在发言的最后说："我深信，中国必将会有一些新的《神曲》译者作出更好得多的翻译，他们的翻译也定会无愧于但丁这个伟大的名字。"

九年来，我的心情一直很沉重，我总是感到很怅惘，很压抑，有时甚至会感到伤感和失落。仔细分析一下，这种心情并非完全来自我对自己译作的不满，它也出自我对眼下存在的某些现象感到的茫然：我突然发现但丁和他的《神曲》在人们的心目中似乎已经失掉昔日的光辉，受到从未有过的冷落。我常想起我的一位年轻朋友在见到我辛勤翻译《神曲》时曾说过的一句话："你何必这么辛苦地翻译它呢？将来即使出版了，又有谁会看它呢？！"应当承认：目前的情况正应验了他的话！我往往会想，但丁难道真的不如昆德拉？《神曲》难道真的不如《指环王》？难道时代不同了，就该把一些宝贵的文化遗产看成时过境迁的东西，好则送进博物馆，坏则扫入垃圾堆？难道对待一些如《神曲》这样的世界性文学精品，就该像二十世纪二十年代意大利未来主义者所宣称的那样，把它们看成和其他一切艺术作品一样，都是"相对"的，都注定要成为过时的东西，注定要毁灭，要像未来主义派最重要的创始人马里内蒂（1876—1944）所大声疾呼的，"要让艺术作品连同它的作者的尸体一起被烧掉"？！然而，目前，的确有人在明里、暗里或半明半暗地认为那些古老的、传统的、经典的文学艺术作品今天已经是"不合时宜"了，甚至主张（并且也这样做了！）对这些作品大动斧凿，大改特改：好莱坞前些年不是就曾把莎翁的《罗密欧与朱丽叶》和《哈姆雷特》，把狄更斯的《远大前程》，改编成以现时代为背景的"烂片"吗？我国不是也有人在不断地"东施效颦"吗？这种现象是很可悲的，实际上是一种"文化危机"，是另一种意义上的"文化虚无主义"！我每想到此处就不胜愤慨，却又无可奈何。我几乎感到回天无望了！但是，每到此时，我却觉得，仿佛又有一个声音在我耳边回荡。它在安慰我，鼓励我，提醒我；它在告诉我，但丁和他的《神曲》至今已流传了近七百年，并且还要继续流传下去，人类文化遗产宝库中的其他文学艺术精品也是同样如此！有谁能向我们保证当前走红的作家和畅销的作品有如此强大的生命力呢？但丁和他的《神曲》将永远不会被时代潮流所淘汰和淹没，因为其价值是永恒的。显然，这是我自己的心声的另一面：它在设法安抚我的悲观情绪。但这实际上也可说是一种聊以自慰的阿Q精神。

我深知，要想改变《神曲》和其他类似的世界精品受冷遇的现状，是很难的，因此，只要我还活着，我就必须、也只能怀着怅然而无奈的心情，继续在翻译的道路上一步一步地走下去，走下去……

黄文捷
写于2004年5月
2009年11月修订

译后记三：
十年有感

自从拙译但丁《神曲》于2000年出版以来，已经有十个年头过去了。十年，对于历史的长河来说，不过是短短的一瞬，但是，对于一个人的生命来说，却是相当漫长的：一个人的一生又能有几个“十年”呢？十年固然漫长，但流逝得却也飞快：一晃我已是八十有一的老人了，行将就木！一个人到了我这样的风烛残年的时候，总不免喜欢怀旧和忆旧。回顾我这几十年的翻译生涯，其中究竟有多少值得记忆的有意义的事呢？显然，《神曲》的翻译应当首列其内。

提起《神曲》的翻译，我不能不追忆起曾经倡议过、支持过、鼓励过我的故人——已故的吕同六先生。如果当时没有他的大力举荐，我是绝没有那么大的勇气和恒心接受和完成这项艰巨的工作的。我要重申对他的感谢。可惜他英年早逝，不能目睹译林的《神曲》新版的问世，但愿他在天有知，能为此感到欣慰。

但丁和我国的屈原一样，都是生于乱世，一生遭遇都很坎坷，结局都很悲惨：一位是客死异乡，另一位则是投江自尽。他们生前肯定都不会想到：他们各自所写的两部愤世之作——《神曲》和《离骚》——竟会成为留传千秋万代的文学瑰宝。联想到当今有一些搞文学艺术创作的人，他们生活在所谓“太平盛世”，锦衣玉食，一心追求的却是功名利禄，富贵荣华，把自己的作品看成“商品”，时刻不忘把自己的创作与“市场效应”和“票房价值”挂钩，有的甚至大言不惭地公开扬言愿当豪商富贾；这样的一些人，若多少还有一点良知，不妨把但丁、屈原以及古今中外许多大师大家当作一面镜子，用来虚心地对照一下自己，届时能不感到汗颜、无地自容吗？可以肯定，他们的东西是经不起时间考验的，早晚要被扫入历史的垃圾堆！

有人可能会说：时代变了啊！但是，我想：不管时代怎样变，文学艺术创作绝不该只图媚俗敛财，而永远是要自主创新，要与商业脱钩！文学艺术不能“商业化”，不然，就不能成其为文学艺术了。这是一条亘古不变的准则和真理。这正如公平正义，不管时代怎样变，都应是人类社会努力追求实现的一个崇高目标一样。

我曾在不同场合多次声明：就我本人的微薄才智和功力而言，翻译《神曲》这样的不朽名著，是不够称职的，但我毕竟是竭尽了我的全力。我也曾不止一次表示深信：国内今后必将有更多更好的《神曲》中译本出现，这些中译本必将无愧于但丁这个伟大名字。对此，我至今坚信不疑。我愿意在这里重申我的这种自我评价和坚定信念。

黄文捷

写于2010年9月12日

译后记四：
拙译《神曲》二十载

今晨偶思，余译但丁神曲，始发2000年。今已二十年。理应著文纪念。十年时有感，二十载则益当抒发情深而敬之。文轻人重，况乎世界文坛巨匠但丁耶？闻拙译后，已有多部新译，实为但丁三部曲百花齐放之盛事！2021年，恰值伟大诗人但丁不幸客死异乡七百周年，为纪念此悲壮史实，如纪念屈死汨罗之我国屈原同，余虽不才，然不可以阙漏，故建议重印第三版补订之，将为本人译作此世界不朽名著之大幸！《神曲》万岁！

黄文捷

写于2020年8月3日晨

图书在版编目（CIP）数据

神曲 ／(意) 但丁 · 阿利基埃里著；黄文捷译． —
南京：译林出版社，2021.5(2025.3 重印)
ISBN 978-7-5447-8606-5

I.①神… II.①但… ②黄… III.①诗歌 - 意大利
- 中世纪 IV.①I546.23

中国版本图书馆 CIP 数据核字（2021）第 043370 号

神曲 ［意大利］但丁／著 黄文捷／译

责任编辑 姚 燚
装帧设计 typo_d
校 对 孙玉兰 王 敏
责任印制 颜 亮

原文出版 La Nuova Italia; Le Monnier
出版发行 译林出版社
地 址 南京市湖南路 1 号 A 楼
邮 箱 yilin@yilin.com
网 址 www.yilin.com
市场热线 025-86633278
排 版 南京展望文化发展有限公司
印 刷 徐州绪权印刷有限公司
开 本 850毫米 × 1168毫米 1/32
印 张 41
插 页 6
版 次 2021 年 5 月第 1 版
印 次 2025 年 3 月第 5 次印刷
书 号 ISBN 978-7-5447-8606-5
定 价 228.00元（全三册）

神曲
炼狱 篇
LA DIVINA COMMEDIA
Purgatorio

〔意大利〕但丁 著

DANTE ALIGHIERI

黄文捷 译

译林出版社

扫码收听汉意
双语朗诵音频

二维码中的录音来自《从幽暗的森林到天堂——但丁〈神曲〉之旅》有声书项目，由意大利外交和国际合作部主办，拉文纳市政府协办，并与阿尔贝剧院 / 拉文纳剧院、但丁协会和意大利学学者协会合作。Alberto Casadei 选段并作序，Claudia Sebastiana Nobili 评注；Emons 出版社出版。

汉语有声书由意大利驻华使馆文化处制作。译者：黄文捷；出版者：译林出版社；评注译者：文铮；朗诵者：孙乐言、高昱诚、郑兆凯；艺术总监：孟斐璇、文铮；录音导演：罗睿、图图。

意大利语有声书朗诵者：Marco Martinelli、Ermanna Montanari、Claudia Sebastiana Nobili；导演：Marco Martinelli、Ermanna Montanari；音乐与录音导演：Marco Olivieri。

炼狱篇

目录

第一首

序诗

(1—12)

南半球的天空

(13—27)

卡托

(28—111)

谦卑的灯心草

(112—136)

序诗

为了航行在较为平静的水面①,
我的才华之舟扬起风帆,
它把惊涛骇浪撇在自己的后边;
我将把这第二个境界吟诵讴歌②,
在那里,人的灵魂在涤净罪过,
求得上升天堂的资格。
但在这里,吟诵死亡的诗歌须把格调更新③,
哦,神圣的缪斯,既然我是属于你们④;
在这里,卡丽奥皮斯也须略展才能⑤,
用她那乐声伴奏我的诗歌,
正是这乐声,曾使那些可怜的喜鹊遭到当头棒喝,
使她们灰心丧气,无法要求饶恕她们的过错⑥。

南半球的天空

东方蓝宝石的柔和光彩⑦
汇集在晴朗的天色之中,
碧空纯净,一直延伸到第一重⑧,
这景象重又开始令我赏心悦目,喜不自胜,
而我不过是刚刚离开那死亡的气氛⑨,
那气氛曾令我满目凄凉,心情沉重。
那美丽的星宿把爱洒向人间⑩,
她也曾使整个东方绽开笑脸,
她的光芒把在她护卫下的双鱼宫遮掩⑪。
我把身躯向右方转去,
一心只想把另一极看清⑫,
我望见了除人类始祖外从未有人见过的四颗星⑬。
天空似乎在把她们的熠熠光焰独享,
哦,多么凄凉的北方,
既然你无权欣赏那些星光⑭!

卡托

我把目光从那四颗星上移开,
稍把身躯转向另一极⑮,

我看到我身边有一个孤独的老人，
他仪表庄严，令人一见肃然起敬，
任何一个儿子都不会对父亲有比这更为敬重的心情。

第一首
第 31—33 行

在那里，大熊星早已不见踪迹[16]，
我看到我身边有一个孤独的老人[17]，
他仪表庄严，令人一见肃然起敬，
任何一个儿子都不会对父亲有比这更为敬重的心情。
他有掺杂着白须的长髯，
这与他的头发恰好一般，
有两绺头发垂落在胸前。
那四颗神圣星辰的光线
把他的面庞映照得神采奕奕，
我一见他就宛如太阳显现在我眼前。
他说："你们是谁？竟然逆着那隐秘的河流[18]，
逃出那永恒的监狱[19]。"
他边说，边摆动着那威严肃穆的胡须[20]。
"是谁把你们指引，或者说，是什么灯火为你们照射，
使你们走出那深沉的夜色，
而正是那夜色使地狱之谷变得永远如此黑暗！
难道这深渊的法律竟然被人如此大胆地违反[21]？
要么则是上天制定出新的法令？
竟让你们来到我所掌管的山洞！"
我的导师这时一把抓住我，
用言语，用双手和用眼色，
让我毕恭毕敬地眼帘低垂，双膝跪落。
他随即向老人答道："我前来并非出于主动：
是那位从天而降的圣女[22]
请求我救助此人，伴他同行。
但是，既然你的意愿是要我们对我们的处境
如实地作出更多的说明，
我的意愿也不能是对你的要求作出否定。
此人还不曾见到最后的一晚[23]；
但是，由于他想入非非，竟认为末日已如此临近，
即将流逝的只有很少的光阴。
正如我所说的，我是被派到他的身边来拯救他的性命；
他没有其他道路可走，
只能走我所选择的这条路径。

我曾向他指点所有犯罪的人[24];
现在我则要向他指点那些鬼魂
如何在你的管辖下涤罪洁身。
我究竟是怎样把他引到此处，说来话长，一言难尽：
是上天降下旨意，助我把他指引，
使他得以与你相见，聆听你的教训。
现在但愿你欢迎他的来临：
他正在把那如此可贵的自由找寻[25]，
这与那些为自由而舍生的人所见相同。
你对这一点了如指掌，你曾在乌蒂卡为自由而身亡，
但这并未使你感到凄伤，
因为你留在那里的肉体将在伟大的日子放出光芒[26]。
永恒的法律并未被我们破坏；
因为此人还活着；弥诺斯也无权管束我[27]；
但是，在我所属的那一环，你的玛尔齐亚在闪烁着贞洁的双眸[28]，
她的模样像是仍在向你祈求，
啊，神圣的胸怀，求你把她作为你的妻室收留[29]：
因此，看在她的爱情分上，请屈尊接受我们的央求。
请让我们到你的七个境界去走一遭[30]，
我将把你赐予我们的恩惠也算作她的功劳[31]，
倘若你肯于让我在那下面把你提到[32]。”
他于是说道：“玛尔齐亚在我眼中曾是如此怡人，
而那时我尚活在人世凡尘，
她曾向我要过多少恩宠，我都件件依从。
如今她则栖息在那罪恶河流的彼岸[33]，
她就无法再令我动情，
因为在我从那里出来之后，那项法律就已颁行[34]。
但是，既然如你所说，是天上的圣女派遣你和支持你[35]，
恭维奉承就大可不必：
以她的名义来求我，这就完全足矣。
那么，你就走吧，你要注意用一根灯心草
系住此人的腰[36]，
然后，洗濯他的脸，把一切污垢抹掉；

因为眼睛蒙上一层云翳，
不适于去见第一位使臣，
而他又是天堂使臣中的一名[37]。
在这座小岛周围的最低之地[38]，
在那海浪拍打的岛下地区，
灯心草长遍柔软的泥土里；
没有任何其他植物能如此繁茂或如此坚挺，
能在那里维持生命，
因为这些植物受不住波涛撞冲[39]。
此后，你们不可从此地返回原处[40]；
目前冉冉升起的太阳将为你们指点，
如何沿着更为平坦的坡度登上山峦。”
说罢，他就消失了踪影；
我于是站起身来，默不作声，
我把整个身子向我的导师靠拢，把双目向他投送[41]。

谦卑的灯心草

导师开言道：“孩子，跟随我的足迹：
让我们转身向后行，因为从这里，
这片平地向下斜倾，直到它最终的低地[42]。”
黎明在战胜早课的时间，
夜色也在向前逃窜，
我眺望到海面在远处抖颤[43]。
我们沿着荒凉的平地前行，
如同一个人返回一度迷失的路径，
他觉得此行是徒劳往返，直到把老路找到才改变初衷。
我们来到一个地方，
那里的露珠仍挣扎在阳光之下，
因为那里阴暗，露水不易蒸发，
我的老师把双手张开，
轻轻地放在草上，
我于是立即明白他此举用心何在，
我把泪痕斑斑的双颊向他递过去：
他使我的面颊完全恢复了本色，

而这脸色曾被地狱的浓烟黑雾掩遮。
我们随后来到那荒无人烟的海滩，
这海滩从未见过有人航行在它的水面，
哪怕此人精于航海，有本领棹舟重返[44]。
来到此处，他果然依照他人所嘱[45]，
用灯心草束住我的腰部，
啊，多么奇妙！他刚折下那棵谦卑的植物，
就在他拔草之处，竟又有同样的一株立即破土而出。

第二首

驾舟的天使

（1—51）

赎罪的魂灵

（52—75）

卡塞拉

（76—117）

卡托的训斥

（118—133）

太阳已经到达地平线，
而北半球子午圈的最高点
则把耶路撒冷俯瞰①；
黑夜与太阳的方向恰好相反，
它从恒河中脱颖而出，与它一起的是天秤座，
待到黑夜压倒白昼时，天秤座又从黑夜手中堕落②；
这样，在我所在的地方③，
那美丽的黎明女神的面颊由于年事过高，
也从雪白转为鲜红，随后又变为橘黄④。
我们依然待在海滨，
犹如人们在思索选择什么途径，
他们的心灵在走动，而身体则寸步不行。
看，有光焰一点迎面而来，
宛如火星在晨曦的遮掩下，通过浓雾，红光闪闪，
降落到西方的海面⑤，
那光焰就是这样显现在我们眼前，
但愿我能再见它一面，
它在海上移动得如此迅疾，任何鸟飞也无法与之匹敌。
我把视线从它那里移开，
想向我的导师问个明白，
而转眼一看，它却变得更大，更灿烂。
接着，在它的左右两边，
我似乎看到有一个不知何物的白色东西，
另有一个东西也从它下边缓缓出现⑥。
我的老师还在沉默不语，
这时，原先那两个白色东西却已显现为双翼；
当他看清那是一个船夫时，
他便喊道：“快，快把双膝跪落；
看，这是上帝的天使，快把双手合拢。
从现在起，你会看到一些这样的侍臣⑦。
你看他是如何把凡人的用具轻看，
他既不要船桨，也不要船帆，
单靠他的翅膀就航行在相距如此遥远的海滩之间⑧，

当他看清那是一个船夫时，
他便喊道：“快，快把双膝跪落；
看，这是上帝的天使，快把双手合拢。”

第二首

第27—29行

你看他是如何把双翼朝天竖起，
如何用那永恒的羽毛拍打空气，
那羽毛不像尘世生灵的毛发那样脱来换去。”
后来，那神鸟愈来愈飞近我们，
它也显露得愈来愈清；
由于双目从近处受不住那耀眼的光彩，
我只好把眼睛朝下看；那天使来到岸边，
驾着一条如此快速而轻盈的舟船，
那船甚至触不到一点水面⑨。
船尾站立着那位天国的舵手，
幸福的容光焕发在他的脸上⑩；
有一百多个魂灵坐在船舱⑪。
“以色列离开埃及的时候⑫，”
所有魂灵异口同声地一齐唱道，
他们还唱出那首诗篇下面写出的诗句。
接着，天使为他们画出神圣的十字；
于是他们全都登上海滩，
而天使则迅速离去，如同来时一般。

赎罪的魂灵

留在那里的这群魂灵似乎对当地十分陌生，
他们四下张望，
仿佛一个人在把新的事物试尝。
太阳把白昼的光线向四处射遍，
它也曾用百发百中的阳光之箭，
把摩羯座逐出中天⑬，
这时，新来的人抬起头来朝我们观看，
一边对我们说：“倘若你们知晓，
请向我们指出登山的通道。”
维吉尔答道：“你们或许以为，
我们对此地了如指掌；
但我们也是新来乍到，与你们一样。
我们才到这里不久，比你们稍早片刻，
而且走的是另一条路径，它是那样艰险难行⑭，以致如今登山，我们会觉得似在嬉戏游玩。”
这些魂灵发觉我在呼吸，
知道我还是一个活人，
他们面色发白，惊愕万分。
正如那些要听新闻的人
向手持橄榄枝的信使靠拢[15]，
无人不想挤在他的身边，
所有那些幸运的魂灵[16]
全都盯住我的脸，
几乎忘记要去洗心革面[17]。

卡塞拉

我看见其中一个走上前来[18]，
异常亲热地把我搂抱在怀，
这也促使我作出同样的姿态。
哦，虚无飘渺的魂灵！他们只不过存在于外形。
我三次把手搂在他的背后，
却三次仍把手放回到我的前胸。
我想，我当时脸上曾露出惊异的神情；
由于那幽灵微微一笑，向后退下，
我也便跟随他，向前迈进。
他语气温和地让我停下步来，
这时我才知道他是何人[19]，
我于是请求他略停片刻，与我谈论，
他回答我说：“我在有活人之躯时曾对你十分钟爱，
如今我虽已从肉体中消失，也同样对你钟爱至甚：
因此，我才停了下来；可你又为何来到此境？”
“我亲爱的卡塞拉，我到此一行，
是为了以后再次回到我如今所在的地方[20]。”
我这样说道：“可你又为何耽误了这许多时光？”
他对我说：“我并未受到任何亏待，
即使那位曾多次拒绝把我引渡过来[21]，
他接送魂灵，全凭他何时和是否高兴，
因为他实行他的意愿总是十分公正[22]：

确实，三个月来，他已把凡是有意前来的魂灵
全都顺顺当当地渡到此境[23]。
因此，我只是现在才面对那大海一片[24]，
在那里，台伯河的河水开始变咸[25]，
他也曾大发慈悲，接我上船。
现在，他振翼向那个河口飞去[26]，
因为凡不必朝阿凯隆特河降落的魂灵
都须集合在这里[27]。”
我于是说道：“倘若新的法律不禁止你[28]
回忆或唱出那恋歌，
它过去曾经常平息我的七情六欲[29]，
那么现在就请你用它来安慰一下我的灵魂，
因为这灵魂伴随我的肉体来到此地，
已感到如此力竭精疲！”
这时，他开始温柔地唱道：
“在我的心灵中向我诉说的爱[30]。”
这歌声至今仍在我的内心深处唤起甜美的乐感来。
我的老师和我以及与他在一起的那些人，
显得如此怡然自得，
似乎每个人都对其他问题无心过问。

卡托的训斥

我们正在全神贯注、如醉如痴地倾听他的歌声；
那可敬的老人则过来喝道[31]：
“这是干什么，懒惰的鬼魂？
如此心猿意马，如此停滞不前，这算何意？
快跑上山去脱掉你们的鳞皮[32]，
因为它不让你们觐见上帝。”
正如一群鸽子静悄悄地聚拢在食物旁边，
啄食着谷粒和麦片，
不再显示通常的那种神气活现[33]，
一旦它们所畏惧的东西出现，
它们就立即放弃食物，四下飞散，
因为还有更令它们关心的事占据心间；

我所见的这群新到的鬼魂也正是这般光景,
他们放弃听歌,纷纷向山坡逃奔,
正像一个人在行走,却又不知该走向何方:
而我们的离去也是同样匆忙。

第三首

重登旅程

（1—15）

亡人的飘渺身躯

（16—45）

被革除教门者

（46—102）

曼弗雷迪

（103—145）

重登旅程

尽管这些鬼魂突然间西窜东逃,
散落在这旷野荒郊,
朝那理性激励我们赎罪的高山奔跑[1],
我却重又把身子向那可信赖的伙伴靠近[2]:
没有他,我又怎能跑动?
谁又能带领我登上山岭?
我觉得,他是在自觉地感到悔恨[3]:
哦,高贵而纯洁的良心!
一个微小的过失怎么竟令你感到如此苦痛!
他的步履把速度减慢,
庄重的神态使每个动作都显得从容舒缓,
我的脑海方才曾是如此偏狭[4],
这时则是心猿意马,仿佛变得辽阔无涯[5],
我把我的目光投向山峰,
它高高地冒出海面,指向苍穹。

亡人的飘渺身躯

太阳在我们身后红如火焰[6],
它在我身前则裂成两半[7],
因为它从我身上找到辐射阳光的支撑点。
我惊骇地转过身去,
担心被抛到一边,
因为这时我看到只是在我身前才有阴影一片[8];
我的慰藉者掉转整个身躯[9],
开始向我说道:“你为何仍然如此猜疑?
难道你不相信我是与你在一起,是我在引导你?
在我的肉体埋葬处,现在已是晚祷时分
——而我的肉体也曾有过阴影:
那不勒斯现有我的遗体,这遗体曾是移自布林迪西[10]。
如今,倘若在我身前不见丝毫阴影,
你不必对此感到更加吃惊,
因为同样毋须惊异重重天体无法阻挡阳光从一层射到另一层[11]。

神力使这样一些躯体
也能感受灼热与冰冷的折磨，
却不愿向我们揭示神力如何行事的奥秘。
凡抱有如下希望的人都是非癫即狂：
他们竟然希望我们的理性能穿越那无穷的道路，
这道路也正是体现为三位一体的路途[12]。
凡人啊，你们该满足于知其然[13]；
因为你们若能洞悉一切，
圣母玛利亚也就毋须分娩[14]；
你们该看到，这样一些人所抱有的渴望均已落空，
而他们本能使他们的欲望得到满足，
但这欲望却使他们遭受永恒之苦[15]。
我说的是亚里士多德和柏拉图[16]，
以及许多其他人物。”谈到此处，
他低下头来，不再言语，神情恍惚。

被革除教门者

我们此刻已来到山脚：
我们发现这里山石陡峭，
即使腿脚灵便，也是难以登攀。
在莱里切和图尔比亚间的那带悬崖陡壁[17]，
最险峻，也最荒僻，
若与这山势比较，则像是宽阔易登的阶梯。
我的老师停步说道：
“现在，谁知哪边的山坡比较平坦，
使无翼而行的人也能登攀？”
他垂下目光，思索该走哪条路径，
我则抬起头来，
仰望那山石嶙峋，
这时左边有一群鬼魂在我眼前出现，
他们朝我们走来，迈着脚步，
他们的步伐是如此缓慢，却又不像在迈步，似在飘忽。
我说：“老师，请抬起你的眼睛：
看，这里有人可能会建议我们走哪条路径，

既然你自己无法决定。”
他于是看了一看，不禁喜上眉间，
答道：“让我们迎上前去，既然他们走得这么慢，
你该把希望抱定，可爱的孩子。”
我现在要说，在我们走了一千步之后，
那群鬼魂却依然距我们甚远，
这一千步恰好是一个投石好手所能抛出的一长段，
这时，他们全都挤在高耸陡壁的垒垒坚石前面，
一动不动，相互靠拢，
就像行路之人，疑窦顿生，停步观看。
维吉尔开言道：“哦，得到善终的人们，
哦，上帝遴选的精灵⑱，
请以我想你们大家都在企盼的永久平安之名，
告诉我们何处山岭伸展平缓，
使我们可以向上攀登；
因为知之越多的人就越不愿浪费光阴。”
正如小绵羊走出羊圈，
先是一只，随后则是两两三三，
其他小羊则是怯生生地低垂双眼和嘴脸；
头一只羊怎样做，后面的羊就跟着学，
它们紧随在它身后，驯顺温和，
一旦它停步不走，它们也跟着做，尽管不知为何。
这时，我看到那群幸运的鬼魂的头一批也正是如此，
他们移动身子，向前迈进，
面容谦卑，步履庄重。
走在前列的那些鬼魂
一见阳光照在我右面的地上，
却被我那抛射在石壁上的阴影所截挡⑲，
他们惊得停了下来，又后退了几步，
跟在他们后面的所有其他鬼魂，
也照样做，却又不知为什么。
“不劳你们动问，我可以向你们说明：
你们所见的是凡人的肉身；
因此，射到地上的阳光才被离分。

你们不必惊奇；但你们应当相信，
他设法把这山崖攀登，
并非没有来自上天的神力支撑[20]。”
老师这样说道；于是，那些高贵的幽灵也便说道：“那么你们就掉过头去，
走到我们前面[21]。”
同时用手背把方向指点。

曼弗雷迪

其中一个开言道：“不论你是何人[22]，
在你这样行走的同时，请转过你的视线：
想一想你曾否在人世见过我一面。”
我朝他掉过身去，定睛把他端详：
他头发金黄，相貌英俊，仪表堂堂[23]，
但是，他的一道眉毛被一剑砍伤。
我谦恭地否认曾见过他，
这时，他则说道：“现在，你就看吧；”
他还向我指出胸膛一方的一道伤疤[24]。
接着，他含笑说道：“我就是曼弗雷迪，
是康丝坦扎皇后的孙子[25]；
因此，我请求你，俟你复归人世，
去看望我那美丽的闺女[26]，
她是西西里和阿拉贡两个王朝的始祖，
倘若有别的传言，就请你把真相向她倾诉[27]。
我的身体曾被两处致命的剑伤所毁，
在此之后，我便痛哭流涕，
皈依了大慈大悲、宽恕罪人的那位[28]。
我的罪孽令人发指；
但那仁爱无边的神把宽大的手臂张开，
把凡向他悔罪的人都一律搂抱在怀。
那科森查的牧师曾受克莱蒙特委派，
前来将我加害[29]，
当时若能从上帝身上清楚地看到这一面[30]，
我的尸骨本会仍然

留在贝内文托附近那座桥梁的一端[31]，
上有大堆石块盖严[32]。
如今雨水淋湿我的骸骨，风飙也把这些骸骨
吹落到王国以外之地，几乎在维尔德河流经之处[33]，
在那里，他们把我的骸骨变成熄灭的蜡烛[34]。
虽然有他们的诅咒，
那永恒的慈爱却并未丧失到无可挽回的境地，
希望也仍留有一丝绿意[35]。
诚然，凡违抗神圣教会而死去的人
即使在临终时悔罪，
也必须守候在这座山崖的外边，
要待上比他狂妄横行的年月多三十倍的时间，
除非经过潜心祈祷，
这项法令才会缩短期限[36]。
现在且看你能否使我幸福，
向我那善良的康丝坦扎透露[37]：
你看到我的处境如何，又怎样被这项禁令所阻[38]；
因为在这里，若有尘世的人辅助，就会大有进步[39]。”

第四首

炼狱外界

（1—54）

南半球太阳的运行

（55—84）

炼狱山的特征

（85—96）

贝拉夸

（97—139）

由于我们的某个官能
能感受到欢快或苦痛，
灵魂也便完全集中表现在这个官能之中，
这时，显然灵魂不会去想发挥其他任何潜能的作用①；
这种情况与如下错误恰好相反：
它竟认为，我们身上会有一个灵魂在另一个灵魂之上点燃②；
因此，一个人听到或看到某件事情，
这件事情又强烈地把灵魂吸引，
这时，时间在流逝，而此人却觉察不清；
因为用来觉察的是一种潜能，
占据整个灵魂的潜能又是另一种：
后一种潜能几乎与灵魂相连，前一种潜能则与灵魂离分③。
此刻我对此正有切身经验：
我在倾听那精灵陈述，并把他注目观看④；
因为太阳已升到整整五十度⑤，
而我却并未发现，
这时我们来到一个地界，那些鬼魂向我们齐声叫嚷：
“这里正是你们要来的地方。”
当葡萄变得紫黑时，农夫
往往用叉子叉上一把荆棘，
把篱笆的裂口堵住⑥，
那裂口也比这山路更宽敞，
我的导师正是从这里攀援而上，我也紧随一旁，
因为那群鬼魂业已离去，我们就只剩孤身二人。
在桑莱奥和诺利都可以上下步行⑦，
在比斯曼托瓦也可以单靠双脚登上最高峰⑧；
但在这里，一个人必须飞腾；
我是说，要抖动那强烈愿望的灵巧羽翼，
追随那引路人身后飞翔，
他既是指路明灯，又给我以希望⑨。
我们沿着那裂石残罅的小径攀登，
两边石壁是如此狭窄，竟把我们的身子夹紧，
足下土地是如此险陡，也要求我们手脚并用⑩。

在我们到达那高耸悬崖的最高边缘之后，
一片平地豁然开朗，
我说：“我的老师，我们现在该走向何方？”
他于是对我说：“万不可把你的步子走乱：
你该紧随我身后，径直向上登攀，
直到有什么熟悉路径的人出现。”
山巅高耸入云，视力也无法望见，
坡度又是那样陡斜，
大大超过从半个九十度弧到圆心划出的线[11]。
我感到疲惫不堪，
这时，我开口说道：“哦，慈祥的父亲，请转过身，
看一看我会只剩孤身一人，倘若你不留停。”
他于是说：“我的孩子，不论如何你该爬到那里。”
边说边向我指出稍高处的一片山地，
那山地从山的一边把整个山峰环绕。
他的言语给我以有力的鼓励，
使我竭力匍匐在地，爬到他身边，
我的双脚终于踏上山岭边缘。
我们二人来到那里坐下，
转身眺望东方，正是从那里我们把山登上，
因为人们总是这样回顾来路，兴奋异常[12]。

南半球太阳的运行

视线先是投向那低低的海滩；
然后则是抬起，仰望太阳，
我惊讶地发觉：阳光竟从左面射在我们身上[13]。
诗人清楚地看出[14]，
我十分惊愕，呆望着那光明之车[15]，
它恰好运行到我们与北方之间的处所[16]。
于是，他对我说：“倘若卡斯托里斯和波路斯[17]
与那面明镜作伴[18]，
而那明镜又以它的光辉把上上下下照遍[19]，
你就会看到那红光四射的黄道带[20]
更加贴近大小熊星旋转[21]，

只要它不运行到原有的轨道以外㉒。
你若愿意思索这一切如何竟能发生，
你就该集中思想，
想象那西云山与此山同处于地球之上㉓，
两地都共有一个地平线，
而它们所处的两个半球却不一样；
正因如此，法厄同才走错了道路，不知如何驾驶车辆㉔，
那时，你就会看到，太阳在一地必须运行在这一边，
而在另一地则必须运行在另一厢㉕，
只要你的智力足以使你十分清楚地理解这个景象。”
我说：“当然，我的老师，
我从未像现在这样弄清问题，
即使我的才智似乎力所不及，
我看清那最高天体运动的子午圈
——在某种科学中它则叫作赤道㉖——
总是处于太阳与冬季之间㉗，
由于你所说的原因，它现在远离这里㉘，
向北走去，正如希伯来人曾见它
走向那炎热的地区㉙。

炼狱山的特征

但是，如你乐意，我很想知道，
我们还须走多少路；
因为那山峰太高，超过我的眼力所能达到的高度㉚。”
他于是对我说：“这山岭就是这样：
从山下开始攀登，总是感到吃力难行，
愈是往上行走，就愈是感到轻松㉛。
因此，等到你觉得山势十分平缓，
向上攀登也使你感到轻便，
犹如乘舟顺流而下一般，
那时节，你就将抵达这条山路的终点：
你的疲劳正指望到那里休息一番㉜。
我不再回答别的内容，这也便是我所知的实情㉝。”

他刚把他的一番话说尽，
旁边就发出人声㉞：
“也许在这之前，你们早该坐下停一停！”
一闻其声，我们都各自转身，
我们看到左边有巨石一块，
我和他先前都不曾觉察出来。
我们费力地爬到那里；
那里有一些人躲在石块后面的荫凉地，
正像一个人懒散无为，闲待在那里㉟。
其中一个在我看来似乎十分疲倦，
他席地而坐，双手抱膝，
低垂视线，呆视着双膝之间。
我说：“哦，我亲爱的主人㊱，
请注意观看那个人，他是那样懒散无为，
仿佛怠惰就是他的同胞姐妹㊲。”
这时，那人向我们转过身来，注目观看，
但只是顺着大腿，懒懒地抬起视线，
随即说道：“现在你就向上爬吧，既然你是这么勇敢！”
我此刻才认出他是谁，尽管
疲乏仍在稍微加速我的气喘，
却并未阻止我走到他的身边；
待我来到他的身旁之后，他才稍稍扬起头来，
说道：“你是否总算看清太阳
如何从左边驱赶车辆㊳？”
他那懒洋洋的动作和那短短的话语，
使我的双唇不禁略含笑意，
我随即开口说道：“贝拉夸，现在我真为你感到欢喜㊴，
但是，告诉我：为何你单单坐在这里？
你是在等待有人来指引，
还是又犯了老毛病㊵？”
他于是说道：“哦，兄弟，爬到山上究竟有何用途？
既然那上帝的天使不会让我去受涤罪之苦，
他正坐在炼狱山上的入口处。

首先，必须在炼狱门外，使整个天体在我四周旋转，
旋转的时间恰好与我的寿命一样长短[41]，
因为我曾把良好的悔罪之念拖延到临终时间，
除非在这之前有蒙受上天恩泽的活人
作发自内心的祷告，给我以帮助[42]；
作上天听不入耳的祈祷又有何用处[43]？”
这时，诗人已先我登山，
他对我说：“现在，你来吧，你可看一看：
太阳已射到子午线[44]，
而黑夜则已足踏摩洛哥，覆盖到海边[45]。”

第五首

维吉尔的责备

（1—21）

暴死者

（22—63）

雅科波·德尔·卡塞罗

（64—84）

蓬孔特·达·蒙泰菲尔特罗

（85—129）

皮娅

（130—136）

维吉尔的责备

我此刻已经离开那些鬼魂，
把我的导师的足迹紧跟，
这时，在我身后，竟有一个鬼魂把一个手指伸直，
喊道：“看啊，那阳光
似乎并未照到下面那人的左方①，
他那举动是多么像活人一样！”
我听到说话的声音，便把视线转到那边，
我看见那鬼魂正惊讶地把我注目观看，
他死死地、死死地把我盯住，也盯住那破裂的光线②。
老师说道：“为何你的心灵被如此纠缠，
竟使你把步子放慢，
他们在此絮絮叨叨，这与你又有什么相干？
快来跟在我的后面，且让这些人去说个没完；
你该像一座坚固挺立的塔，
即使有劲风吹过，塔顶也不摇撼；
一个人若让一个思想接着另一个思想不断产生，
就总会使目标远离自身③，
因为一个思想总要冲淡另一个思想的激情。”
我还能说什么，除了说“我来了”？
我果然就这样说了出来，一丝红色顿时泛到脸上，
这红色有时会使人无愧于得到原谅④。

暴死者

这时，有一群人从山坡上穿过⑤，
来到比我们稍高的地方，
把“怜悯我”一段一段地轮番歌唱⑥。
他们发现我的身体
竟挡住阳光的照射，
这时，他们就把赞歌变为又长又嘶哑的“哦！”；
其中有两个充当使者，
朝我们迎面跑来，向我们询问：
“请把你们的情况告诉我们。”
我的老师于是说道：“你们可以回去，

向派你们前来的那些人汇报，
就说此人的身体是用真正的血肉塑造。
倘若他们停下来看看他的身影，
就会如我所想，足以解答他们的疑问：
他们应当对他表示欢迎，他也可能对他们有用⑦。”
我从未见过在黑夜到来之前，
流星如此迅速地划破晴空，
也从未见过夕阳西下时闪电如此迅速地撕破八月的云层，
那些鬼魂正是这样转眼间跑回山上；
一到那里，便立即与其他鬼魂一起重又朝我们跑近，
犹如一队纵情奔驰的士兵⑧。
诗人说：“来人真是不少，他们在争先恐后地向我们围拢，
他们此来是有求于你，
因此，你自管走去，可以边走边听。”
这些鬼魂叫嚷着跑来：“哦，你这前来求福的灵魂，
你还带着你降生时带来的肉身，
请你把脚步停一停。
请看一看我们当中有没有你曾见过的人，
以便你将来把他的消息带到凡尘：
喂，为什么你仍在走？喂，为什么你不肯停？
我们全都是因受暴力而丧命⑨，
直到最后一刻才成为悔罪之人，
那时节，上天之光才使我们悟清我们的罪行，
我们悔恨过去，饶恕敌人，
我们与上帝重归和睦之后离开人寰，
而上帝也唤起我们想谒见他的强烈心愿。”
我于是说道：“尽管我仔细观看你们的面孔，
却不曾认出任何人；但是，生来有福的精灵⑩，
倘若你们乐意，就请说出我能为你们做何事情，
我一定会为求那天赐安宁尽力而为，
而我紧跟这样一位引路人的足印⑪，
一界一界地追寻，也正是为寻求那天赐安宁⑫。”

雅科波·德尔·卡塞罗

这时有一个开言道：“无须你发誓，

每个人都会相信你的一片好心⑬,
只要无能为力不致把你的善意伤损⑭。
因此, 我抢在其他人前面, 单独发言,
请求你, 一旦能看见位于罗马涅
与查理的王国交界的那个地点⑮,
你能在法诺费心祈求我的亲友⑯
为我虔诚祷告, 求得上帝惜怜,
从而使我能洗净种种严重过犯。
我正是那里的人; 但是, 我的灵魂所在的鲜血⑰,
却是从我在安特诺尔家族的领地上⑱,
被刺穿的深深伤口中流淌,
正是在那里, 我曾以为自己会更为安全无恙⑲,
埃斯蒂家族的那个人却差人干出那件勾当⑳,
他把我恨之入骨, 远远超出正当合理的限度㉑。
然而, 倘若我逃往米拉㉒,
我本会仍然留在有活人气息的地方,
而我却来到奥里亚科自取灭亡㉓。
我跑到沼泽地, 芦苇和淤泥令我动弹不得,
致使我跌倒在地; 正是在那里,
我眼见我血管中的鲜血在地上流成了河。"

蓬孔特 · 达 · 蒙泰菲尔特罗

接着, 另一个说道: " 倘若你那心愿
得以实现, 使你登上高山,
那么也请你发发慈悲, 助我实现我的心愿㉑!
我属于蒙泰菲尔特罗, 我就是蓬孔特
乔瓦娜或其他人都不关心我㉕;
因此, 我才羞愧地垂头与这些人走到一起㉖。"
我于是对他说: " 是什么力量或什么运气㉗
令你从坎帕尔迪诺逃了出来㉘,
以致从未有人知道你在何处掩埋?"
他答道: " 啊! 在卡森蒂诺山脚下㉙,
流过一条河, 名叫阿尔基亚诺㉚,
它发源于亚平宁山的隐修院上方㉛。

我来到这条河丧失其名的那个地方[32]，
正是在那里，我的喉咙被刺穿，
当时我在落荒而逃，血染平川[33]。
在那里，我丧失了视觉和说话能力，
最后在呼叫圣母玛利亚的名字时断了气，
也正是在那里，我倒在地上，只剩下我的肉体。
我下面说出的都是实情，望你把它向活人述说：
上帝的天使把我接去，而地狱的使者
则喊道：'哦，你这天上来的，为何把我的权利剥夺[34]？
你把此人的永恒部分带走[35]，
就因为那一小滴眼泪，而这滴眼泪竟把他从我手中夺去[36]；
但是，我却可以把他的另一部分作不同的处理[37]！'
你很清楚，那湿气如何在空气里集聚，
一旦升入更高一层，就要与冷气相遇，
它又怎样迅速转化为水雨[38]。
魔鬼一心只想用智力作恶行凶，
这邪念一旦产生，便会用他的本性赋予他的魔力，
掀起浓雾与狂风。
因此，待到白昼消逝，
从普拉托马尼奥到大山脉的那片山谷[39]，
便都是雾气弥漫；上空也是乌云布满，
这一来，浓重的空气便转化为水，
随即大雨涟涟，
而土地无法吸收的那些雨水也便流入沟堑；
雨水汇入激荡的洪流，
便急转直下，涌向那名副其实的大江[40]，
其飞速奔腾之势，没有任何障碍可以阻挡。
汹涌澎湃的阿尔基亚诺河
从河口之上发现我那冰凉的尸体；
随即把它推入阿尔诺河里，并解开在我胸前摆成十字的双臂[41]，
正是在痛苦把我征服时我曾把双臂放在那里[42]：
它翻转我的身躯，沿着悬崖和河底把我冲来撞去；
接着又用它那水草沙石覆盖和围拢我的遗体。"

"喂，等到你返回人世，
解除了长途跋涉的疲劳，"
第三个精灵紧接着第二个之后说道，
"请记起我，我就是那个皮娅[43]，
锡耶纳养育了我，而马雷马却把我毁掉[44]，
那个以前曾取出他的宝石戒指并给我戴上的人[45]，
对此应当知晓。"

第六首

暴死者的魂灵

（1—24）

祈祷的效用

（25—57）

索尔戴洛

（58—75）

对意大利和佛罗伦萨的哀叹

（76—151）

每逢掷骰子结束一局①，
输家总是痛心不已，
他把骰子掷来掷去，伤心地把教训记取；
所有的旁观者都随另一个离去②；
有的人在前面走，有的人在后面把他拉，
也有的人在旁边提醒他：
他却不把步子停下，
时而听这个讲，时而听那个说；
从他手中得到赏赐的人不再拥挤，他也乐得把身后的人摆脱。
我在这群鬼魂的重重包围之中，也恰是这般光景，
我把脸朝他们转去，时而转到这边，时而转到那边，
只是在作出承诺之后，我才得以从他们当中脱身。
这里有那个阿雷佐人③，
他曾在金·迪·塔科的一双凶恶的臂膀中丧命④，
还有另一个，他曾在追击奔跑时溺死在河中⑤。
这里有菲德里哥·诺维洛⑥，
他在伸出乞怜的双手苦苦哀求，
还有比萨的那一个，他曾使善良的马祖科显露坚强的本色⑦。
我看到了奥尔索伯爵和另一个鬼魂⑧，
后者的灵魂脱离了肉体，如他所说，
是由于仇恨和嫉妒，而不是由于他所犯的罪过。
我说的是皮埃尔·德拉·布罗恰⑨；
而那位贵夫人迪·布拉邦特只要活在世上，就该为将来到此准备充分⑩，
以免因此而落入那群罪孽更重的鬼魂当中。

祈祷的效用

既然我已把所有这些鬼魂摆脱掉，
而他们仍在一味请求别人为他们祈祷，
使他们能把成仙化圣的时间提早，
我便开口说道：“哦，我的光明，
你似乎在某篇诗文中明确否认⑪，

祈祷能改变上天的法令;
而这群人一味请求的正是这一宗:
那么,是他们的希望无法兑现,
还是我不曾把你说的话弄清?"
他于是对我说:"我所写的内容浅显易懂;
这些人所抱的希望也并非虚空,
倘若能用清醒的头脑把问题看明;
因为怜爱之火一时完成的事情,
可能会使栖息此处的人感到满足[12],
却并不能使神的裁判降低它的高度;
在我提出这个论点的地方[13],
罪孽并不能用祈祷来加以补偿,
因为这样的祈祷传不到上帝的身旁[14]。
然而,你也不可停滞在这如此高深的疑点上,
除非那位圣女不曾告诉你[15],
她才是沟通真理与智力的光芒。
我不知你是否明白;我说的是贝阿特丽切:
你将在上面与她相见,在这高山的顶峰上,
你将看到她笑容满面,幸福异常。"
我随即说道:"先生,让我们走得更快一些吧,
因为我已经不像方才那样感到疲乏,
现在,看啊:山峰在把影子投下[16]。"
他答道:"我们将趁着这个白昼往前行,
竭尽我们现在之所能;
但是,事实则总是另一种情况,非你所能设想。
在你抵达山顶之前,
你将看到那用山坡将自己遮盖的太阳重新出现[17],
你现在也不再能把它的光线截断[18]。

索尔戴洛

但是,你看,那边有一个孤单单的魂灵[19],
他正把视线投向我们:
那个魂灵定会告诉我们最轻便的路径。"
我们来到他身边:哦,伦巴第的幽魂[20],

你是多么轻蔑和傲慢，
而在转动眼睛时又是多么庄重和迟缓！
他对我们不发一言，
却听任我们转来转去，只是盯住我们看，
活像一头狮子，静静地待在一边。
然而，维吉尔却向他走近，
请求他为我们指出最佳的登山途径；
而那鬼魂并不回答他的提问，
相反，他却询问我们的家乡和情景；
温和的导师于是开口说明：
"曼图亚……"那个蜷缩着身子的幽灵
立即从他原来待着的地方朝导师跃然起立，
说道："哦，曼图亚人，我就是索尔戴洛，
你的同乡！"于是，他们相互拥抱在一起。

对意大利和佛罗伦萨的哀叹

啊，沦为奴婢的意大利，你是痛苦的藏身之地[21]，
是狂风暴雨中无人掌舵的舟楫，
你不是各省的主妇，而是卖身之娼妓[22]！
那个高贵的魂灵是如此殷勤，
这只不过是出于他的故土的温馨乡音，
他对在此地相遇的同乡表示欢庆；
而如今在你那里，你的那些活着的人则战乱不停，
那些被一堵城墙和一条壕沟围起的人
也都在相互啃啮拼命[23]。
可怜的人啊，你尽可到海岸周围搜索你的滨海城镇[24]，
然后再把你的腹地来探寻，
是否在你的国土上还有某块地方可享太平。
既然马鞍之上无人驾驭，
要用朱斯蒂尼亚诺的缰绳来把你约束，又有何用处[25]？
倘若没有这种约束，也可少暴露些耻辱。
唉，你们这些人！
倘若你们真能善解上帝给你们的指示，
你们本该虔诚奉教，让凯撒在马鞍上坐稳[26]，

你们现在该看一看，
在你们执掌马勒之后，这畜牲变得如何桀骜不驯，
因为你们不曾用马刺来把它纠正。
哦，德国的阿尔贝托啊㉗！
你把那难以驯服、野性大发的畜牲放任不管，
而你本该骑牢它背上的马鞍，
但愿公正的裁判能从星空落到你的血亲身上㉘，
但愿这裁判彰明昭著，不同凡响，
能令你的继承人恐慌万状㉙！
因为你和你的父王都贪恋那边的国土㉚，
不思返回此处，
而听任那帝国的花园陷于荒芜㉛。
粗心的人啊！来看一看蒙泰基和卡佩莱蒂两大家族㉜，
再来看一看莫纳尔迪和菲利佩斯基两大派系㉝，
前者已经灰心丧气，后者也是满腹疑虑㉞。
残酷无情的人啊！你快来，快来，看看你那些贵族惶惶不可终日的处境㉟，
你也该管一管他们的苦难重重，
你将会眼见桑塔菲奥拉发生多么悲惨的情景㊱！
你来看一看你的罗马吧，
她像个寡妇，孤苦伶仃，日日夜夜在呼喊：
“我的凯撒啊，为何你不与我作伴㊲？”
你来看一看你的人民是多么相互疼爱吧㊳！
倘若你对我们毫无怜惜之情，
那么你也该羞于有你这样的声名㊴。
倘若容许我这样说，哦，至高无上的宙斯啊㊵：
既然你是为我们在尘世被钉上十字架，
难道你的公正的眼光是投向他方？
要么则是在你深不可测的思虑中，
你作了妥善的安排，
而这又是完全超出我们所能预见之外？
因为意大利的城市全都充斥着暴君㊶，
而每个各霸一方的平民
也都各自成为马尔切洛㊷。

我的佛罗伦萨啊，你可以感到十分高兴：
因为这段插曲与你无干[43]，
这多亏你的市民在处心积虑，不使自己成为话柄。
许多人都心怀正义，却迟迟才直言如射箭[44]，
为的是不致不加思考便把弓箭上弦；
而你的市民却总是把正义挂在嘴边。
许多人都拒绝担任公职，
而你的市民却不经召唤
就急不可待地回答，并叫喊：“我来干！”
现在，你变得得意非凡，
因为你有理由欢欣鼓舞：你富有，你平安，你有先见！
倘若我说的是实言，其结果则无法遮掩。
雅典和拉凯戴蒙曾制定古老的法律[45]，
曾治理得井然有序，
它们不费吹灰之力便使人民乐业安居，
拿它们与你相比，
你采取的措施是如此精细，
而你在十月纺成的线维持不到十一月半[46]。
在人们可以记忆的时间，
你曾有多少次把法律、币制、公职和习俗改变，
又有多少次更新成员[47]！
倘若你还记得清，看得明，
你就会看到你好像一个卧床不起的病人，
他在柔软的床垫上睡卧不稳，
翻来覆去，想把他的疼痛减轻。

第七首

维吉尔和索尔戴洛的谈话

(1—63)

君主之谷

(64—90)

对君主的巡礼

(91—136)

在既彬彬有礼又欣喜若狂的相互拥抱
重复了三四次之后①，
索尔戴洛退下一步说道：“你们到底是什么人？”
“在那些有资格升天去见上帝的灵魂
可以登上此山以前，
我的尸骨就已被奥塔维亚诺深埋土掩②。
我是维吉尔，我并无任何其他罪愆，
只是因为我缺乏信仰而不能升天③。”
这时，我的导师就这样作了答复。
如同一个人突然目睹
令人惊讶的事出现面前，
一边说道：“您是……不是……”疑信参半，
那人此刻也正是这般模样；
他随即垂下目光，谦卑地回到维吉尔身旁，
像小辈似的搂在维吉尔的身上④。
他说道：“哦，拉丁人的光荣，
正是因为有您，我们的语言才显示出它的功能⑤，
哦，我生长的地方的永恒荣誉⑥，
是什么功德或是什么恩泽使你在我面前显现⑦？
倘若我有幸能聆听你的金言，
就请告诉我你是否来自地狱，又是来自哪一环。”
维吉尔答道：“我是经过那痛苦王国的所有圈层才来到此处⑧：
上天的威力把我调动，
而我此来也是依靠这威力的相助。
我丧失机会去见你所渴望的那崇高的太阳⑨，
并非由于我有所为，而是由于我有所不为所致⑩，
因为我得知那太阳已为时过迟。
下面那个地方没有鬼魂受苦的惨状⑪，
却只有一片黑暗，
在那里，哀怨之声此伏彼起，不是惨叫而是叹息。
我与那些清白无辜的婴儿待在那里，
早在他们摆脱人类罪孽之前⑫，
他们就被死神的獠牙咬死。

我与那些不曾身着三种神圣美德[13]
的人待在那里，他们并无过错，
而且还了解并奉行其他一切美德[14]。
但是，倘若你知道又能做到，
就请你给我们作出一些指教，
使我们能更快地去到炼狱的真正起点。”
索尔戴洛答道：“别人并未给我们定下固定的地点[15]；
我必须向上攀登，环山而转；
只要是我能去的地方，我就可以充当向导，走在你的身边。
但是，你看，现在已是日落西山，
而夜间无法登攀[16]；
因此，最好设法找个适当的过夜地点。
这里，有一些鬼魂单独待在右边[17]：
你若同意，我可以把你领到他们面前，
认识一下他们，你一定不会不喜欢。”
维吉尔答道：“这是怎么回事？
难道凡是想夜间登山的人都要受到阻止？
要么是他根本上不去，因为他没有能力？”
那位好心的索尔戴洛用手指在地上划了一下，
说道：“你看见了吗？日落之后，
只是这道线你不能越过[18]：
这并不是因为有别的东西在阻拦，
而只是因为夜的黑暗限制人的意愿，
正是这黑暗束缚人的能力，使他无法上山。
尽可以在黑暗中返回下面，
顺着山坡闲步，四下游荡一番，
只要那地平线把白昼关在外边[19]。”
我的先生仿佛感到惊异[20]，
于是说道：“那么，就请你把我们带到那个地方去，
你曾说在那里可以愉快地栖息。”

君主之谷

我们才从那里走了不远，
我就发现山岭已凹陷下去，

正好像在人世间，山谷把山岭掘空一片[21]。
那个幽魂说道：“我们要去的地方就是那里，
山坡在那里凹了下去，
在那里，我们将等待新的白昼东山再起。”
有一条倾斜的路径，它不陡也不平，
它紧贴着谷壁，把我们引到
谷顶边沿淹没大半的地带。
真金与纯银，胭脂与铅白[22]，
靛青，光亮而明净的木材[23]，
新破开的翡翠的鲜明光彩[24]，
这些颜色的每一种，
都要被栽种在山谷腹地的花草所战胜，
这与弱者胜不过强者恰好雷同。
自然界在此不仅泼洒丹青，
而且还把上千种芬芳
酿成说不明、辨不清的醉人馨香。
我在这里看到一些魂灵，
他们坐在绿草和鲜花丛中歌唱：“圣母，向你致敬[25]。”
由于山谷地势低洼，从外面无法看见这些幽魂。
那个把我们领到此处的曼图亚人开言道：
“在这微弱的阳光隐去之前，
请不要让我把你们带到他们中间。
你们从这高处观看
所有这些人的举止和面庞，
比在下面混到他们中间更加一目了然。

对君主的巡礼

那个坐在更高处的人，
模样像是对他该做的事漫不经心，
他不像别人那样放声歌唱，而是连嘴也不动，
他就是皇帝鲁道夫[26]，
他本能治愈使意大利死于非命的伤势，
以免别人复兴意大利为时过迟[27]。
另有一个看来像是对他表示慰藉[28]，

此人统治过的那片土地有摩尔塔河的水源[29]，
摩尔塔河把河水流入阿尔比亚河，而阿尔比亚河又把摩尔塔河送到大海里边[30]。
他的名字叫做奥塔凯罗[31]，
他在襁褓时期就比他的儿子文齐斯劳胜强多多[32]，
他的儿子胡须满面，只知迷恋女色，游手好闲[33]。
还有那个小鼻子，他似乎在与那相貌如此和善的人亲密商谈[34]，
他曾在败逃时命丧黄泉，
并把百合花撕成碎片[35]：
你们看啊，他在那边是怎样拍打自己的胸膛！
你们再看那另一个，他在唉声叹气，
把面颊托在手掌上。
他们是法国那个祸水的父亲和岳丈[36]，
他们知道那祸水所过的糜烂腐臭的生活，
因此，痛苦刺穿了他们的心窝。
那一个看来身材如此魁梧，
他正与那个有大鼻子的人亲亲热热，一边还唱着歌[37]，
他生前曾腰系一切美德的绳索[38]。
倘若那坐在他身后的年轻后生[39]，
继他之后能成为国王，
美德之酒本完全会从这缸倒到那缸[40]，
对其他继承人则不能这样来讲；
贾科摩和菲德里哥都拥有江山[41]；
他们任何一个都不曾占有那最好的遗产[42]。
人类的美德很少能依照家族支脉复出，
这是赐予美德的那位的意愿，
为的是让人们向他来求援[43]。
我的这些话也要说给那个大鼻子听[44]，
同样也是针对另一个，即与他一起唱歌的彼特罗[45]，
正因为这个缘故，普里亚和普罗旺斯才已陷入痛苦之境[46]。
正如树苗要比树种渺小[47]，
同样，康丝坦扎要比贝阿特丽丝和玛格丽特
更该为自己的丈夫自夸[48]。
你们看那生活简朴的国王，英国的亨利[49]，

他孤身一人坐在那里[50],
在他的支脉当中,他有过最好的后裔[51]。
在这些人当中,在更靠下的地方席地而坐的那一个,
他正在朝上看,他是侯爵威廉[52],
由于他,亚历山德里亚和它所进行的战争
曾使蒙菲拉托和卡纳维塞哭声震天[53]。”

第八首

黄昏的祈祷

(1—18)

守护天使

(19—42)

尼诺·维斯贡蒂

(43—84)

三颗星辰

(85—93)

天使驱蛇

(94—108)

科拉多·马拉斯皮纳

(109—139)

黄昏的祈祷

勾起航海人思乡之念的时分已经来临,
这软化了他们胸中的一片寸心,
那一天,他们正是心怀同样的伤感告别好友亲朋;
这个时分也激起新离故土的远行者的怀恋之情,
因为他听到远方传来的阵阵钟声,
这钟声像是为正在逝去的白昼哀泣送终①;
这时,我开始不去侧耳倾听②,
而是注意观看其中一个站起身来的幽灵,
他把手举起,要求别人听他把话说明。
他把双手合十,高高抬起,
把目光盯视东方③,
仿佛向上帝禀告:"除你之外,我别无他想。"
"在光明熄灭之前",这祷词从他口中唱出,唱得竟然如此虔诚④,
声调又是如此柔美动听,
竟至令我忘乎所以,颠倒神魂;
其他幽灵随即也柔和而虔诚地随他歌唱,
把全部赞歌唱得完完整整,
双眼则凝视着那无际的苍穹。

守护天使

读者啊,请在这里用锐利的目光仔细探索真理,
因为纱幕是如此稀薄,
透过那纱幕肯定是轻而易举⑤。
接着我看到那批高贵的大军⑥,
默默无语,眼望天空,
仿佛在等待什么,面色苍白,神情卑顺⑦;
只见天上出现并降下天使两名,
他们手持两口发出火焰的宝剑,
那宝剑不仅残缺,而且没有剑锋⑧。
他们身着绿色的衣衫,
那绿色犹如嫩叶初生,
那衣衫拖在身后,被绿色的双翼吹拂,飘然而动。
一位天使来到我们的上边,

另一位则落到对面山谷边沿，
这样，那群鬼魂便夹在中间。
我把他们的一头金发看得清清楚楚[9]，
但是目光投到他们的脸上，却变得恍恍惚惚[10]，
正如视力看到过分耀眼的东西而显得迷迷糊糊。
索尔戴洛说道：“他们两位都来自圣母的肚腹[11]，
他们前来守护这座山谷，
因为有蛇会随时出没在此处。”
我不知那蛇会从何方冒出，
于是四下环顾，
我吓得浑身冰凉，紧紧地靠到那可信赖的肩膀上[12]。

尼诺·维斯贡蒂

索尔戴洛又说道：“现在让我们下到山谷里面，
去到那些伟大的幽灵中间，我们还可以与他们攀谈[13]，
他们见到你们定会十分喜欢。”
我想我大约只往下走了三步远，
就已经来到下边，我看到有一个单单盯住我看，
像是要结识我一般。
这时候已经是天色转暗[14]，
但还不致暗到令他和我的双眼之间
不能把方才看不清的东西加以分辨。
他向我走来，我也向他走去：
高贵的法官尼诺啊，我见你不在那些有罪的鬼魂中间[15]，
我感到多么喜欢！
任何礼貌周全的问候在我们之间都不曾省略不谈，
他随即问道：“你是怎样从遥远的海面[16]，
来到这山脚下边？”
我告诉他：“哦！我是通过那悲惨的境地[17]，
今晨才来到这里，我还处在第一个生命之中，
尽管这样走下去，我会赢得另一个生命[18]。”
索尔戴洛和他听到我的答复，
立即往后退了一步，
仿佛突然受惊的人们，神色恍惚。

一个转向维吉尔，另一个转向坐在那里的一个[19]，
叫道："站起来，库拉多！快来看一看[20]，
上帝降恩想要做的是什么。"
他随即转身向我："看在你对那位的特殊感激的分上[21]
——那位总是把他的首要用意遮掩，
使人无从理解他的心愿，
俟你将来返回被巨浪隔开的那边[22]，
请告诉我的乔瓦娜为我祈祷苍天[23]，
因为苍天会回应清白无辜者的乞怜[24]。
我不相信她的母亲仍在爱我[25]，
既然她已更换那白色的头巾[26]，
可怜的人啊！她毕竟不得不仍然渴望把那头巾系紧[27]。
从她身上可以轻而易举地明了，
爱情之火在女人身上能持续多少，
一旦眼色或触摸不常把火点着。
米兰人军旗上的蝰蛇标记
将为她装饰一座漂亮的墓地，
想必不如用加卢拉的雄鸡族徽所做的那般美丽[28]。"
他这样说道，那纯真的热情[29]
顿时刻印在他的外貌，
而这似火的情绪则是有节制地在心中燃烧[30]。

三颗星辰

我的一双热切的眼睛凝望着天空，
但是，那里的星辰却在更加缓慢地转动[31]，
恰如靠近车轴的那部分车轮。
我的导师于是说道："孩子，你朝上面看什么？"
我向他答道："我看的是那三点火光[32]，
它们把这里的一极全部照得闪闪发亮[33]。"
他就此对我说道："你今早看见的那四颗星宿，
如今已降落到那下边去了[34]，
而这三颗则上升到那四颗原先所在之处。"

天使驱蛇

他正说着，索尔戴洛这时把他拉到身边，

言道:“你看,那边就是我们的敌人。”
他用手一指,顺手也便朝那边观定。
一条蛇正出现在那个方向,
就在那小小的山谷没有屏障遮挡的地方[35],
也许正是它曾让夏娃把苦果偷尝[36]。
那恶毒的爬虫在花草丛中匍匐而行,
不时掉过头去,舔着脊背,
犹如走兽在舔着自己的毛皮。
我不曾看到天国之鹰如何起飞[37],
因此,我无法说明这般情景,
但是,我却看清这只和那只在怎样行动[38]。
那蛇一听绿色的翅膀在划破空气,
立即仓皇逃遁,而两位天使也随即转身,
以同样的速度,飞回守地。

科拉多·马拉斯皮纳

在法官呼叫时走近他身边的那个魂灵,
在这整个袭击过程中,
丝毫不曾把视线从我身上移动。
“但愿那引你上山的明灯,
能从你的意志当中得到必不可少的足够蜡烛[39],
使你一直登上那五彩缤纷的顶峰[40],”
他开言道,“倘若你知道
马格拉河谷或邻近地区的真实消息[41],
就请告诉我吧,因为我在那里曾十分强大。
我名叫科拉多·马拉斯皮纳[42],
我不是那个老的,而是他的后裔[43]:
我对我的家人怀有的爱正在此得到提炼洗涤[44]。”
“哦!”我对他说,“我从未到过您的那些地方;
但是住在欧洲各地的人,
又有哪个不知这些地方是远近闻名[45]?
您的家族享有的名声,
震动各地僭主,震动大小城镇,
即使尚未到过那里的人也久仰大名;

我要向您发誓——一旦我能登上此峰：
您的那些尊贵的族人
定不会中止传扬那慷慨解囊、拔剑相助的美名。
习俗与本质使您的家族得天独厚，
尽管罪恶的首领使世界走上歧途[46]，
您的家族却仍单独勇往直前，鄙视邪恶之路。”
而这时他说：“现在，你走吧；
因为太阳将不会七次躺卧在那山羊
用四只蹄子覆盖和践踏的床上[47]，
但愿你这亲切的意见
能牢牢地钉在你的头脑当中，
它所用的钉子能比别人的话语更加坚硬[48]，
除非上天裁定的行程陷于停顿。”

第九首

但丁的梦

（1—33）

重新上路

（34—69）

炼狱的守门人

（70—93）

炼狱的大门

（94—145）

但丁的梦

年老的提索尼斯的爱妻①
已经在东边的阳台上，给自己的脸庞扑上白粉②，
她才从她那温柔的情郎的怀抱中脱身；
她的前额在闪闪发光，
是摆成那冷酷动物形状的颗颗宝石把它照亮，
而那动物是用尾巴把人蜇伤③；
夜已经在我们所在的地方，
向上迈出了两步，
而第三步也已在放下翅膀④；
这时，仍带有亚当的那一部分的我⑤，
却被困倦所征服，我就在我们五人所坐的地方⑥，
躺倒在绿草之上。
就在小燕子随清晨的临近
而开始悲鸣的时分，
仿佛她在回忆她旧日遭遇的不幸⑦，
就在这个时分，我们的头脑也更多地远离肉体，
更少地为思虑所纠缠，
它在幻觉中之所见，几乎像预卜先知一般⑧，
我这时在梦中似乎看见，
一只有金色羽毛的鹰翱翔在蓝天，
它张开翅膀，准备下降；
我仿佛身在甘尼梅德的伙伴
被他抛弃的地方，
因为他被劫掠到天国的会堂⑨。
我不由心中暗想：“也许这只鹰
只是出于习惯，才扑向这里，
也许它不屑于从别处用利爪把猎物抓起。”
接着，我觉得，它似乎略作盘旋，
便像一道闪电似的直劈下来，令人心惊胆战，
它把我掳到空中，一直抓到火球层⑩。
在那里，它和我仿佛都在燃烧；
幻想中的烈火竟烧得如此熊熊，
这就必然惊破睡梦。

便像一道闪电似的直劈下来，令人心惊胆战，
它把我掳到空中，一直抓到火球层。

第九首
第 29、30 行

过去阿奇琉斯一觉醒来，也与我并不两样，
他把初醒的双眼向四周观望，
不知自己身在何方，
当时，他的母亲才把他从奇隆的手中盗走，送到斯库洛斯岛，
他则熟睡在母亲的怀抱，
后来，希腊人又使他离开了那座岛⑪；
我这时也正是这样感到震惊，
睡意不过刚刚从我的脸上逃遁，
我一脸煞白，就像一个人受到惊吓，浑身冰冷。
我身边只有我的慰藉力量⑫，
太阳已经高升两个小时以上，
我把视线转到大海的方向。
我的先生说道：“不必害怕，
你该把心放宽，因为我们来在一个很好的地段；
不要扼制，而是要把全身的精力纵情发展。
你如今已来到炼狱：
你看那边有一道山坡把炼狱团团围住⑬，
你看那似乎断开的地方就是进口之处⑭，
不久前，在先白昼而来的拂晓时分，
你的灵魂还熟睡在你的肉体之中⑮，
朵朵鲜花把那下面的山谷装点得姹紫嫣红，
正是在这些鲜花之上，走来一位圣女⑯，
她说：‘我是露齐亚：请你们让我带走那熟睡的人；
这样，我就可以使他顺利地走上他的路程。’
索尔戴洛和其他高贵的灵魂都留了下来：
她把你带走，这时，天已大亮，
她便来到山上，我也便踏着她的足迹前往。
她把你放在这里，但在此之前，
她那美丽的双眸先向我指出那敞开的入口之地；
随后，她便与睡意一起，扬长而去。”
犹如一个人从疑虑重重转为信心十足，
把他的畏惧变为欢欣鼓舞，
既然真相已在面前展露，

我也正是这样改变了神色;
我的导师见我不再忧虑,
便举步登上山坡,我也紧随其后朝高地走去。

炼狱的守门人

读者啊,请你仔细地看一看:我在如何提高我的主题,
倘若我用更多的技巧来把它丰富,
你也不必感到惊奇。
我们步步走近,来到一地,
我原先觉得那里似乎是山坡断开之处,
犹如一道裂口把墙分离,
我看到一扇门,门下有通到门口的台阶三级,
每级台阶颜色各异,
还有一位守门人在默默无语[17]。
我把眼睛朝那边睁得越来越大,
我看到他坐在最高一级台阶上[18],
容光是那样焕发,使我都无法把他仰望。
他手持一把脱鞘的宝剑[19],
那剑光朝我们投射过来,是如此耀眼,
我几次抬起视线也是枉然。
他开口说道:“你们就站在那里说:你们要干什么?
你们的护送者在哪里?
你们要留神:不要让上山给你们带来晦气[20]。”
我的老师向他答道:“天上的那位圣女对此一清二楚[21],
就在刚才,她告诉我们:
‘到那里去吧:那里就是大门。’”
那位守门人彬彬有礼,又开言道:
“愿她引导你们的步伐走向善地,
那么,就请你们前来登上我们的台阶三级。”

炼狱的大门

我们来到那里;第一级台阶是白色大理石,
它是那么明亮洁净,
我像对镜自照一样,从它上面如实地映出我的身影[22]。

第二级台阶的颜色与其说是灰暗，倒不如说是深黑，
它是用粗糙而干燥的乱石砌成，
纵横之处布满裂缝㉓。
第三级台阶高高在上，硕大沉重，
我觉得它似是斑石所做，色彩火红，
恰似血管溅出的鲜血淋淋㉔。
上帝的天使在这级台阶上放着双脚，
他端坐在门槛之上，
我觉得，那门槛似是用金刚石制造㉕。
我的导师拉着满心欢喜的我，
登上这三级台阶，说道：
“你该谦恭地要求他把门闩拔掉㉖。”
我虔诚地扑倒在那神圣的足下，
我要求他发慈悲，为我开门，
但是，我先在胸前拍打了三下㉗。
他用那宽大的剑锋在我额前划了七个 P 字㉘，
并说道：“等到你进去之后，
你要注意把这几个剑痕洗净㉙。”
烟灰或挖出的干土，
与他的衣衫似是同一种颜色㉚，
正是从这衣衫之下，他拿出钥匙两把。
一把是金的，另一把是银的㉛：
他先用那把白色的，后用那把黄色的㉜，
把门打开，这使我感到称心如意。
他对我们说：“不论是两把钥匙中的哪一把失去作用，
不能在那锁眼中顺利转动，
这条途径就不能畅通㉝。
这一把更为贵重；但是那一把在开门之前㉞，
也要求运用太多的技巧和才智，
因为它是一把能解开症结的钥匙㉟。
我从彼得那里拿到这两把钥匙；他曾告诉我：
宁可把门错开，而不可把门错锁，
只要有人伏倒在地，拜到我的脚下求我㊱。”
他随即把那神圣的大门的两扇门板打开，

说道：“进去吧；但是我要让你们明白：
向后看的人就要回到门外[37]。”
那扇神圣大门的枢轴是用金属制成，
声音很大，又很坚硬，
在合叶里转动时竟发出这样大的响声，
连塔尔佩阿岩洞也不曾发出这样的尖叫，也不曾显得如此难以启动，
当时，那善良的梅泰洛曾被人从它那里推开，
后来，它终于被剥夺了钱财[38]，
我转过身去，注意倾听那一声雷鸣，
我觉得似乎听到人声与甜美的乐声混合在一起，
高唱“上帝，我们赞美你”[39]。
我听到的歌声使我产生一种印象，
这种印象恰好与人们在欣赏
有管风琴伴奏的歌唱时常有的印象相同[40]；
那些歌词时而听得清，时而又听不清[41]。

第十首①

炼狱第一层

(1—27)

谦卑的范例

(28—96)

犯骄傲罪者

(97—139)

炼狱第一层

我们随即跨过门槛，走进大门，
而魂灵的不当之爱却把这大门弃绝不用，
因为这种爱使人竟把迂回的道路当成笔直的途径[2]，
这时，我听到关门的响声；
倘若我掉转视线去看大门，
我该为犯此过错道出怎样才算合适的歉忱[3]？
我们沿着一条石缝攀登[4]，
那石缝时而转向这边，时而又转向那边，
犹如海浪既向前翻滚，又向后逃窜，
我的导师开言道：“在这里，需要运用一点技巧，
设法时而从这边，时而从那边，
贴近那凹进去的壁面[5]。”
这使我们如此步履维艰，
以致那残缺的月亮已先走到她的床前，
准备重又躺倒安眠[6]，
而我们却仍未走出那针眼[7]：
等到我们来到上面，来到那山峦向后缩进之处，
我们才感到豁然开朗，轻松自如，
但这时，我已觉疲乏，我们二人都对去路心中无数，
我们停留在一片平地上，
那里比沙漠里的道路还要荒凉。
从那毗邻太空的平地边际，
到高高耸立的陡壁的脚底，
宽度大约为三倍于一个人体[8]。
我的目光尽其所能，扫望过去，
时而向左看，时而向右看，
我觉得这框架似乎就有这样宽[9]。

谦卑的范例

到了上面，我们尚未把脚步移动，
这时，我就发现周围的那片绝壁
并没有那么陡峭难登，
我看出那绝壁是洁白的大理石，

上面有一些极其精美的雕刻装饰，
这不仅使波利克列托斯，而且也使大自然感到相形见绌[10]。
那位曾携带世人含泪企盼多年的和平旨令
降临人间的天使，
曾打开长期禁止入内的天国之门[11]，
这时他被刻在石壁上，姿态优美，
在我们面前，显得这样栩栩如生，
竟不像是哑口无言的雕像一尊。
人们会发誓说，他是在道"万福！"[12]，
因为在石壁上也刻有那位的肖像[13]，
她正在转动钥匙，把崇高的爱开放[14]；
这句话也刻印在她那启动的唇上：
"我是主的使女。"[15]
恰如印章打在蜡上一样[16]。
温和的老师说道："不要把你的心只放在一个地方。"
这时我正站在他的身旁，
站在人们有心脏的那一边[17]。
由于我移开了视线，我从圣母的后面，
从我身旁那位所站的一边[18]，
而正是那位曾叫我移动视线，
又看到另一个故事刻在岩石上面；
于是我跨过维吉尔所站的位置，向前靠近，
为的是让那浮雕的故事展示在我的眼前。
在同一块大理石上，
刻着一辆大车和几头牛在拉着约柜[19]，
正由于这个缘故，世人才害怕承担非属分内的任务。
车前有一群人，分成七个合唱队[20]，
所有这些人都触动我的两个感官[21]，
一个感官说，"他们不在唱。"另一个则说，"他们确是在唱。"
这正像其中刻出的袅袅香烟，
眼睛和鼻子也是一个说"有"，一个说"无"，
双方各持己见。
在那里，走在神器前面的是那谦卑的《诗篇》作者[22]，
他蹦蹦跳跳，手舞足蹈，

在那个场合，他是既胜过国王，又不如国王[23]。
对面，在一座高大宫殿的窗门，
刻着米甲，她在注目观瞧，
犹如一个女人既鄙视又气恼[24]。
我从我所站的地方，把脚步向前移动，
想就近把另一个故事看清，
因为在米甲的背后，那故事的洁白如雪的光彩把我吸引[25]。
在那里，刻出了那位罗马君主的无上光荣[26]，
他的美德曾把格雷高里奥促动，
推动他去大获全胜[27]；
我说的是特拉亚诺皇帝；
一个年轻寡妇抓住他的马勒，
泪流满面，悲痛欲绝[28]。
他的周围挤满了骑兵，
他们头上的金色雄鹰[29]
看来像是迎风飞动。
那可怜的妇人挤在那群骑兵当中，
像是在说："大人，请你为我被害的儿子报仇申冤，
正是因为他，我才心如刀剜。"
他向她答道："现在，你须等我回来再办。"
妇人说："我的大人啊，"
她像是一个人悲痛情急，不容拖延，
"如果你回不来呢？"他说，"接替我的地位的人会为你做主。"
她又说道："如果你把你自己该做的事置诸脑后，
那么，别人做的善事对你又有何好处？"
他于是又说："现在，你尽可放心；
理应在我出发之前，由我来尽到我的责任，
正义要求这样做，怜悯也挽留我。"
正是对事物不会感到新奇的那位
制造出这令人可以目睹的一番对话[30]，
这对我们则是新闻，因为人间没有这类作品。

犯骄傲罪者

我正兴趣盎然地观看这许多谦卑形象，

而由于制造这些形象的那位巨匠㉛,
我也便把它们看得珍贵异常,
这时,诗人却喃喃地说道:"到这边来,这里有许多人㉜,
但他们在迈着迟缓的步履:
他们定会把我们送到一层层高地㉝。"
我的眼睛原来只满足于看个仔细,
因为这双眼看到它们所贪恋的新奇东西,
这时,朝他掉转过去,也并非不忙不急。
因此,读者啊,我不愿你
因为听到上帝要人们如何偿还孽债,
便把良好的心愿丢弃。
你不要计较受苦的形式,
要考虑事后的补偿;要想到:即使在最坏的情况下,
受苦的期限也不会超出那伟大的审判㉞。
我这时开言道:"老师,我目睹朝我们走来的那一群,
我觉得他们并不像是人,
我也不知他们究竟是什么,我看了半天也无结果。"
他于是对我说:"他们所受的严重苦刑,
迫使他们朝着地面,弓背曲身,
因此,我的眼睛起初也无法断定。
但是,你注意看那边,你要用目光辨清
那些在石块重压下走上前来的人:
你如今已经可以看出,每个人都在各自捶胸。"
啊,狂妄自大的基督徒啊,可怜的不幸的人,
你们心灵的视力已失去作用,
你们竟对倒退的步伐抱有信心㉟。
你们难道看不出,我们都是一些蠕虫,
生来就是要化为天使般的蝴蝶,
毫无掩护地飞向天国受审㊱?
你们的精神究竟依靠什么如此跋扈飞扬?
既然你们几乎就是发育不全的毛虫,
与尚未成型的幼蛹恰好一样。
为了支撑天花板或屋顶,
有时可以看到用一个人像来代替托座,

这人像也是膝盖顶住前胸[37]，
这人像会使见到它的人
对并非真正的痛苦产生真正的心焦[38]，
我看到这些人也正是如此，只要我仔细观瞧。
诚然，他们是根据所负的重量多少
或多或少地扭曲身体；
有些人在负重的动作上还显出更大的耐力，
但他们似乎都在边哭边说：“我已承受不起。”

第十一首

犯骄傲罪者歌颂天父

（1—36）

翁贝尔托·阿尔多布兰德斯科

（37—72）

奥德里西·达·古比奥

（73—108）

普罗文扎诺·萨尔瓦尼

（109—142）

“哦，我们的天父[1]，
你在天国无拘无束[2]，
而是把最大的爱赐予天上的最初造物[3]，
每个造物都该赞美你的圣名和神力[4]，
正如对你那温馨的灵气
也理应表示感激。
但愿你那天国的和平能向我们降临[5]，
因为倘若它不降临，
我们即使发挥全部才智，也无法走向和平。
正如你的那些天使为你而牺牲他们的意愿，
唱着赞歌，欢呼上帝，
世人也同样该牺牲他们的意愿而在所不惜[6]。
今天，请赐给我们每天的吗哪[7]，
而没有吗哪，在这艰险的荒野[8]，
即使最急于向前行进的人，也要向后退下。
正如我们饶恕每个给我们造成伤害的人，
愿你也大发慈悲，饶恕我们[9]，
而对我们的功绩并不看重。
请不要用宿敌来测验我们的向善能力[10]，
因为这能力是如此不堪一击，
而是请你使我们摆脱那驱使我们作恶的宿敌。
亲爱的主啊，这最后的祷告[11]
并非为了我们自己，因为这并不需要，
而是为了留在我们身后的那些同胞。”
那些魂灵正是这样为自己，也为我们，
祈祷一路顺风，他们在重负之下向前走动[12]，
犹如那些有时梦见重物压身的人[13]。
他们身受的苦处大小不同，
却都在疲惫不堪地沿着第一道框架环绕而行，
并把那在人间蒙受的烟尘涤清。
既然那里的魂灵总是为我们热心祈祷，
那么，在这里，那些心愿有牢靠根基的人[14]
又能为他们说些什么，做些什么？

应当很好地帮助他们，
洗去从这里带去的污渍[15]，
使他们能纯净而又轻松地升入星空。

翁贝尔托·阿尔多布兰德斯科

“喂，但愿公正和怜悯能很快释去你们的重负[16]，
使你们能鼓起双翼，
腾空飞向你们渴望的高处，
请你们指点从哪一边
可以更快地走向梯阶[17]；
若不止有一条通道，就请告诉我们不甚陡峭的那一条；
因为与我同行的这个人，
还身带亚当肉体的负荷，
在登山时，与意愿相反，迈步只能缓慢。”
他们对我跟随的那个人所说的一番话[18]
作了答复，但这些答话
却未表明是哪一个作出的回答；
但话还是这样说的：“你们且与我们一起
顺着山崖向右行进，
你们将会发现那条可让活人攀登的途径。
我若不是被石块所妨碍——
它压住我那骄傲的脖颈[19]，
这就使我迫不得已，放低面孔，
我本可以看一看那个依然活着却又不知姓名的人，
以便了解我是否认识他，
并使他对这负重之苦产生怜悯。
我是拉丁人，出生于一个托斯卡纳的大户[20]：
威廉·阿尔多布兰德斯科是我的父亲[21]，
我不知你是否知道他的姓名。
我的祖先的古老血统和高尚业绩
曾使我变得如此盛气凌人，
我不认为众人都是一母所生[22]，
我把所有人都轻视得如此过分，
我也因此而丧命，

正如锡耶纳人所知道的，连坎帕尼亚蒂科的儿童也无不知情[23]。
我就是翁贝尔托；
骄傲伤害的不仅仅是我，
因为它把我的所有亲属同宗也都拖入不幸的泥坑[24]。
在这里，我不得不因为它而忍辱负重，
直到使上帝感到满意为止，
我既然在活人当中不曾这样做，在此地，就该做在死人当中。”

奥德里西·达·古比奥

我边听边把脸俯下；
他们当中的一个，不是那个说话的人，
在令他动作不便的重物压抑下，把身躯扭转过来，
他看了看我，认出我来，并呼叫着，
他费力地用眼盯住我，
我则弯腰弓背，与他们一起走着。
我向他说道：“啊！你不是奥德里西么[25]？
你是阿哥比奥的光荣，也是那门艺术的光荣[26]：
在巴黎，那门艺术有纤细画之称[27]。”
他说道：“兄弟，波洛尼亚的佛兰科[28]
描绘的书页要更加多姿多彩，悦目喜人，
如今，光荣完全属于他，属于我的只有一部分。
我活在世上时绝不会如此礼让，
因为我一心所追求的
就是出类拔萃的伟大理想。
正是由于这种妄自尊大，我才在这里受到应得的惩罚；
我若不是在仍可犯罪时求告于上帝，
我还不会来到这里[29]。
啊，人类才能的虚妄光荣！
尽管它未到衰败凋零的年龄，
它在枝头保持绿色的时间，却又是何等短暂！
契马布埃曾以为在画坛上能独领风骚[30]，
如今则是乔托名声大噪[31]，
这就使此人的声誉光彩顿消。

同样，一个圭多剥夺了另一个圭多[32]
在诗坛上的荣耀；
也许已生下一位，他将把这位和那位都逐出窝巢[33]。
尘世的声名无非是一股清风，
时而吹到这里，时而吹到那里，
正因为它变换方向，也便变换人名。
倘若你使衰老的肉体与你自己分离，
你那时在千年过去之前是否一定会比
你在学说'包包'和'钱钱'之前就猝然死去更有名气[34]？
因为与永恒相比，
千年的时间要比睫毛一眨
之于运行极慢的恒星天体转上一圈，显得更短[35]。

普罗文扎诺·萨尔瓦尼

慢吞吞地走在我前面的那个人[36]，
曾威震整个托斯卡纳，
而如今，在锡耶纳，人们只是悄悄地提到他，
他曾是锡耶纳的僭主，
曾把佛罗伦萨的狂妄怒火灭绝，
而当时佛罗伦萨是如此扬威耀武，正如今天沦为下贱的娼妇[37]。
你们的声名犹如草的绿色，
来去匆匆，那使它褪色之物[38]，
也曾使它青翠欲滴，破土而出。"
我于是对他说："你的至理名言把美好的谦卑注入我的心里，
平复我胸中膨胀的傲气：
但是，你现在谈到的那位究竟是谁？"
他答道："那个人就是普罗文扎诺·萨尔瓦尼；
他之所以在此地，是因为他夜郎自大，
要把整个锡耶纳抓在他的手里。
因此，他死后才是这样，走，无休止地走：
一个人在尘世过于胆大包天，
就要用这样的钱币把孽债偿还[39]。"
我于是说："既然那个幽灵

在悔罪之前就已达到生命的极限，
就该在与他的寿命相等的时间流逝以前，
待在山下，而不能上山来到此间，
除非虔诚的祈祷对他有所帮助，
他又怎样获准来到此处？”
他说道：“当他活在世上，风光达到顶点时，
他曾置一切羞耻于不顾，
自发地跑到锡耶纳的坎波广场上站住，
他迫使自己前往那里是为了解救
正在查理的监牢中受苦的他的朋友，
他的每根血管都在颤抖[40]。
我不想多说了，我知道我说得很含糊；
但是，再过不久，你的同乡们
就会让你把我的话理解清楚[41]。
正是这个举动替他把界限消除[42]。”

第十二首

受惩的犯骄傲罪者的其他范例

（1—69）

谦卑的天使

（70—99）

登上炼狱第二层

（100—136）

正如在羁轭下行走的耕牛一样,
我也以同样的方式, 与那重负压身的魂灵一道同行①,
只要那位温和的教育者对此容忍②;
但这时, 他却说: "离开他吧, 走过去③;
因为在这里, 每个人都需要动用双桨和双翼④,
尽其所能, 驱动他的舟楫。"
我于是立即挺直腰板,
正像一个人意欲迈步向前,
尽管我的心绪依然那么低沉怅然⑤。
我起步前行, 心甘情愿地
把我的老师的步伐紧跟,
我们两人都显出行走得多么轻松;
他又对我说道: "你把眼睛向下看:
看到你的脚跟所踩的地面,
这会对你有好处, 并使道路也变得稍显平坦⑥。"
犹如为了使人对死者铭记在心,
在埋葬他们的土坟石碑之上⑦,
还刻有他们生前的仪容,
因此, 人们多次来到那里哭泣,
被悼念亡人的情感所刺痛,
而这种痛感也只能促动有至诚之心的人:
我在那里所见的正是这般情景,
但是, 由于匠心独运, 形象更为分明,
在那山崖向外伸出、供人行走的空地上, 刻满了人形。
我在一边看到那一个⑧,
他曾被造得比其他造物更为高贵,
却像闪电般从天上坠落。
我从另一边又看到布里阿留斯,
他被天神的利箭射穿, 沉重地倒在地上⑨,
浑身死一般地冰凉。
我看到廷布雷奥, 我看到巴拉德和玛尔斯⑩,
他们依然手持武器, 围在他们的父亲身侧,
凝视着巨人们的肢体被劈得七零八落。

正如在羁轭下行走的耕牛一样，
我也以同样的方式，与那重负压身的魂灵一道同行。

第十二首
第 1、2 行

我看到宁禄，他在那巨大工程的脚下[11]，
几乎像是茫然失措，观望着与他一起在示拿的人们，
他们个个都是那么狂妄自大。
哦，尼俄卑，我看到你带着多么痛苦的眼光[12]，
被刻在道路上，
在你死去的七儿七女中央！
哦，扫罗，你在这里显示的模样[13]，
正像你在基利波自刎在自己的刀剑上，
此后，你也就不再感到雨露下降[14]！
哦，疯狂的阿拉克涅，我看到你[15]
已有一半变成了蜘蛛，
你在给你带来厄运的被撕碎的锦缎上，是如此凄伤。
哦，罗波安，你在这里的形象并不像是在威胁众人[16]；
却是有一辆车子把他载运，
他惊恐万分，尽管别人并未把他追踪。
那坚硬的地面还显示了阿尔克梅翁尼[17]
在如何让他的母亲领会
那不祥的首饰是多么昂贵。
它显示了西拿基立的两个儿子[18]
如何扑到正在神庙礼拜的他的身上，
又如何杀死了他，把他遗弃在庙堂。
它显示了塔米丽在大肆屠戮和残酷枭首[19]，
当时，她对居鲁士说道：
“你既然如此渴血，我就用血来把你灌饱。”
它显示了亚述人在荷洛芬斯被杀之后
如何逃之夭夭，纷纷溃败，
还显示了那被杀者的无首残骸[20]。
我看到特洛伊化为飞灰，变为废墟一片，
哦，伊利昂，从那里看到的形象[21]
把你雕刻得多么低微和卑贱！
是哪一位擅长运用画笔或雕刻刀的大师，
把其中的明暗面和线条刻画得如此精细？
即使是一位才华横溢的巨匠也要对此赞叹不已！
在那里，死人就像死人，活人就像活人：

哦，疯狂的阿拉克涅，
我看到你已有一半变成了蜘蛛。

第十二首
第 43、44 行

哪怕一个人目睹真相，也不能
把我弯腰行走时足踏的所有人像，看得比我更清。

谦卑的天使

现在，夏娃的子孙们[22]，
你们索性就自高自大吧，扬起脸来走动吧，
为了不致看到你们所走的邪路，你们也索性不必将头低下！
这时，我们已经围绕山崖走了更长的一段，
我们所消耗的太阳运行的时间
大大超过我那并未闲散的心灵所做的估算[23]，
这时，一直注意看着前方的那位[24]
开言道：“抬起头来吧；
现在已不再是垂首而行的时间。
你看，有一位天使在那边[25]，
他正准备向我们迎面走来；
你看，那第六个使女正从执行白昼的任务归返[26]。
你的面容和举止都该充满敬意，
这样，他才会乐意送我们上山；
你该想到，这样的一天将永不复返！”
我对他的告诫已是司空见惯，
他总是要我万勿耽误时间，
在这方面，他与我讲话不会用晦暗的语言。
那美丽的造物向我们走来[27]，
他身穿洁白的长衫[28]，
容光焕发，像是晨星闪闪。
他张开双臂，随即又张开双翼：
说道：“你们来吧：这附近就有阶梯，
如今可以轻而易举地上去。”
应这样的邀请而来的人寥寥无几[29]：
哦，人类啊，你们生来就是为了飞上天去，
为何遇上一丝风就这样跌落在地[30]？
他把我们领到岩石辟成蹊径之处：
在这里，他用翅膀拍打了一下我的前额；
随后便答应让我平安走上路途。

正如要攀登那座教堂所在的山岭
——那教堂从鲁巴贡特桥上方，
俯瞰管理良好的那座城镇[31]，
在右面，因为有在案卷和桶板
尚属可靠的年代建造的那些阶梯，
山崖的傲然挺立才被打断；
同样，从另一层落到这一层的
那片相当陡峭的悬崖也变得平缓；
但是，这边和那边都有高耸的石壁窄得令人擦肩[32]。
我们掉转我们的身躯向那厢走去，
耳闻一片歌声，唱道：“自知灵性贫穷的人有福了[33]！”
那歌声如此动听，简直无法用言语来形容。
唉，这里的入口与地狱的入口是多么不同！
因为这里是随着歌声进入，
而那下边，进入则是由哀号惨叫来伴从。
我们这时已是踏着神圣的石阶向上攀登，
我觉得自己竟比先前走在平地上
还要加倍轻松。
于是我说：“老师，请说一说，
究竟是什么沉重的东西从我身上卸掉，
我现在走着，几乎不感到丝毫疲劳？”
他答道：“待到仍然留在你脸上的那些 P 字，
几乎悄然消失，
将会像方才那个一样完全被擦拭[34]，
那时，你的双脚将会被向善的意愿所战胜，
不仅不会感到疲乏，
被驱向前进还会令它们感到欢欣。”
于是，我就像有些人那样步行：
这些人头上顶着东西却自不晓得，
只是看到别人示意，他们才产生疑惑；
因此，一只手就来帮助把问题弄清，
它探摸、发现并完成
视力所不能做到的事情；

我也正是用右手的五个手指
才发现那位掌握两把钥匙的天使㉟
在我两边额角上方刻下的字母只剩下六个:
我的导师看到这情景，笑了。

第十三首

犯嫉妒罪者

（1—21）

仁慈的范例

（22—42）

犯嫉妒罪者的刑罚

（43—84）

萨皮娅

（85—154）

犯嫉妒罪者

我们来到梯阶的顶端，
在那里，山崖第二次被锯断①，
登上此层的人都要涤清罪愆：
因此，这一层框架与第一层一样，
也把那山岭环绕，
只不过这一层的弧线收缩得更早②。
那里既不见人像，也不见雕刻，
陡壁显得光滑，道路也显得平坦，
岩石是一片青灰色③。
诗人讲道，“倘若在此等待询问来人，
我担心我们选择路径
也许会耽搁过分。”
他随即用目盯视太阳；
他把右身当作移动的中心，
把自身的左侧转向右方④。
他说，“哦，温和的光芒⑤，
正因为我信赖你才登上这新的征途⑥，
请来指引我们吧，既然在这里需要有人带路。
你温暖世界，你把光芒投射到世界上：
倘若没有其他理由令你行事相反，
你的光线就该永远作为我们的导向。”

仁慈的范例

人世间用千步计算的路程⑦，
我们在那里所走的恰好已有这么远，
而由于心愿急切，只用了很短的时间。
一些精灵的谈话声阵阵传送到我们耳边，
但是，我们对他们却视而不见，
他们在有礼貌地邀请我们参加爱之饮宴⑧。
飞送过来的第一个声音
高声说道：“他们的酒喝光了⑨。”
那声音飞到我们后面，把话说了一遍又一遍。
那声音尚未因去远而令人无法听见，

另一个声音又飘然而过，
喊道：“我是奥雷斯特。”这声音也不曾停落⑩。
我说道：“啊！父亲，这究竟是些什么声音？”
正在我提问时，第三个声音又接踵而至，
说道：“爱逼害你们的人⑪。”
慈祥的老师说：“这一环鞭笞的是
嫉妒之罪，因此，鞭上的皮带
都是由爱而来⑫。
马勒则要发出与此相反的声响：
我相信，根据我的猜想，
在抵达赦罪关之前，你就会听到这一点⑬。

犯嫉妒罪者的刑罚

但是，你仔细地把眼睛向空中望去，
你会看到我们前面坐着一些人，
每个人都紧贴石壁坐稳⑭。”
于是我比刚才更睁大眼睛，
朝我的前方观望，我看到一些魂灵
身穿的斗篷与岩石的颜色并无不同。
我们向前略走了几步，
我听到有人呼喊：“玛利亚，现在请为我们祷告吧！”
还呼喊“米迦勒”、“彼得”和“所有圣者”⑮。
我不相信，今天在世上会有心如铁石的人，
对我所见的那般情景，
竟然毫无同情之心；
因为待到我来到他们近处，
我把他们的姿态看得一清二楚，
沉痛的泪水不禁从我的眼里流出。
我觉得，他们似是被简陋的粗布所覆盖，
一个用肩支撑着另一个，
而大家又都由石壁支撑起来⑯：
那些一无所有的盲人正是这样，
在赦罪日前来乞讨施舍⑰，
一个把头垂在另一个肩上，

为了很快引起他人的怜悯，
他们不仅用声声求告的言语，
而且还用哀哀乞怜的神情。
正如太阳射不到瞎子的眼睛，
同样，天国之光也不愿自行
向我现在所说的这里的魂灵施恩[18]；
因为有一条铁丝把所有魂灵的眼帘穿透缝紧，
这正与对野鹰所做的相同[19]，
因为它片刻也不肯平静。
我一边行走，一边觉得自己不能以礼相敬，
因为我能看见他们，他们却不能把我看在眼中，
因此，我转身朝向我那明智的顾问。
他对我缄口未说的意思知道得很清；
因此，他不等我发问，
却说，“说罢，你要扼要简明。”
维吉尔走到我身边，走到那框架的外缘[20]，
那里有可能跌落空间，
因为那边沿没有任何遮拦。
我的另一边是那些虔诚的魂灵[21]，
他们在拼命地把眼泪从可怕的缝口挤出来，
这才浸湿了他们的双腮。

萨皮娅

我转身面向他们，开始说道，
“哦，确信能谒见那崇高光辉的人们[22]，
你们一心只想得到那光辉关照，
但愿上天的恩泽能很快
把你们良心上的泡沫冲刷，
使清澈的记忆长河能通过良心一泻而下[23]，
请你们告诉我——这会使我感到亲切和欢喜：
这里，在你们当中，是否有拉丁人的魂灵；
我若晓得他，也许这会对他有益[24]。”
“哦，我的兄弟，每个魂灵
都是一座真正城市的市民[25]；

96 但是，你莫非要说，有谁在意大利曾是作客异乡之人[26]。”
我听到作出回答的那个人
似乎是在距我所待的地方稍远之处，
99 于是，为了让对方听见，我朝那边走了几步。
在那些魂灵中间，我看到有一个
模样像在等待；若有人想说：“你怎会知道？”
102 那魂灵像瞎子那样把下巴抬高[27]。
我说，“为登天国而俯首听命的幽灵，
倘若你就是那个方才答话的人，
105 就请告诉我你的家乡或是你的姓名。”
她答道，“我是锡耶纳人[28]，
我与这些人一道在此补救我有罪的一生[29]，
108 用眼泪祈求那位把他的圣容赐予我们[30]，
我并非明智，尽管别人叫我萨皮娅[31]，
我对他人的灾难比对我自己的好运，
111 感到加倍鼓舞欢欣。
为了让你不致认为我是在骗你，
请听一听我所讲的，看看我是否丧心病狂，
114 而当时我的年龄曲线已趋下降[32]，
我的同乡们在科莱附近[33]，
与他们的敌人在沙场上鏖战，
117 我则请求上帝实现他的意愿[34]。
他们在那里溃不成军，
迈着痛苦的步伐，转身逃奔，
120 我眼见他们遭到追击，却感到无比高兴[35]。
我把高傲的面孔向上抬起，
向上帝喊道：‘现在，我不再惧怕你[36]！’
123 犹如画眉对待短暂的好天气[37]。
在我生命的最后时辰，
我才愿意与上帝和解；
126 我身负的责任本还不会因悔罪而得到减轻[38]，
若不是皮埃罗・佩蒂纳佑在他那神圣的祈祷中[39]，
曾一度把我想起，
129 他正是出于慈悲，才为我感到悲凄。

但你又是谁？你前来询问我们的情况，
而我相信，你的眼睛也不曾被缝上，
你一边呼吸，一边把话讲。”
我说，“我的眼睛在这里也会被剥夺，
但只须用很短的时间，
因为我以嫉妒待人而冒犯上帝的次数并不多[40]。
下面的受苦情景令我的心灵忐忑不宁[41]，
这就大大加强我的恐惧，
因为下一层的重负仍压在我的身躯。”
她于是对我说：“那么，又是谁把你领到上面，
来到我们中间，既然你认为自己可以回到下边？”
我答道：“就是与我在一起的那个人，他不发言[42]。
我是活人；因此，上天选中的幽灵，
你尽可向我提出要求，倘若你也想让我为你移动
那凡人的脚步，返回红尘。”
她答道，“啊！这番话听起来真是新鲜，
这充分表明上帝爱你；
因此，就请不时用你的祷告为我求得利益。
我现在以你最切盼的永生名义要求你，
一旦你踏上托斯卡纳的土地，
就请向我的亲属恢复我的良好声誉。
你将会在那些虚荣心重的人们当中看到他们，
这些人把希望寄托在塔拉莫内上[43]，
而他们在那里丧失的希望必将大于找到狄安娜江[44]；
但是，损失更大的却将是那些海军大将[45]。”

第十四首

圭多·德尔·杜卡与里尼耶里·达·卡尔博利

(1—27)

阿尔诺河谷

(28—54)

福尔齐耶里·达·卡尔博利

(55—72)

罗马涅的堕落

(73—126)

被惩罚的嫉妒罪

(127—151)

“此人是谁？他在死神任他翱翔之前①，
就围绕我们的山崖走动，
还能随意地把眼睛睁开和闭拢。”
“我不知道他是谁，但是，我知道他并非独自一人：
你不妨问一问他，既然他离你更近，
你要和颜悦色地对待他，好让他说话。”
有两个幽灵，一个偎依着另一个②，
正待在右边，这样谈论着我；
随后，他们就仰起脸来，跟我叙说③，
一个说道：“哦，仍然与肉体相连的魂灵，
你在走向天国，
请发发慈悲，给我们以安慰，并告诉我们：
你从何处来，你又是谁；
因为你蒙受的天恩令我们感到吃惊，
你所要做到的事情是从来不曾发生。”
我于是说道：“有一条大河在法尔泰罗纳山上发源，
它流经托斯卡纳的中心地带，
一百千步也不足以把它的流程计算④。
我的肉身就生长在这条河上的一个地点：
告诉你们我是谁，将是枉费舌唇，
因为我的名字还不太远近皆闻。”
这时，那个最先说话的幽灵回答我⑤，
“倘若我运用智力，把你的含义理解透彻，
那么你所说的是阿尔诺河。”
另一个则对他说道：“此人为何
把那条河的名称隐而不说，
竟像是一个人谈到的事情令人憎恶？”

阿尔诺河谷

被问起情由的那个幽灵只好这样答道：
“我不知道；但是，这个河谷的名字
倒是理应消失掉；
因为在这河谷的源头，高山峻岭是如此雄伟辽阔⑥

——从那里还截断了山峦佩洛罗，
在少数地区，甚至超出了那个规模，
正是从源头到海口这带地方⑦，
河水流入大海，使上天晒干的那片海水得到接济，
也正是从那里，条条江河得到随之奔流的涓滴雪雨⑧，
就在这片地区，大家把美德视若仇敌，
如同对待蛇蝎那样，仓皇逃避，
或是由于地势不利，或是由于世风恶劣促使他们把正道背离：
正因如此，这悲惨河谷的居民⑨
才彻底改变了他们的本性，
竟仿佛是刻尔吉把他们化为她饲养的畜牲⑩。
这条河先是把它那水量不足的流程
通往那些肮脏的猪猡当中⑪，
它们更配吃橡实，而不是人类餐用的其他饭食。
然后，这条河又往下流泻，遇上一群恶狗⑫，
这群恶狗狂吠不休，超出它们的力量所要求的限度，
这条河则对它们轻蔑地嗤之以鼻，随即掉头而去⑬。
河水继续向下流淌；河面越是变得宽广，
那该诅咒的倒运的河沟
就越是发现狗变成狼⑭。
接着，这条河顺沿更深的洼地往下流去⑮，
又发现一群狐狸，它们是如此诡计多端⑯，
竟对捕捉它们的陷阱也不畏惧。

福尔齐耶里·达·卡尔博利

我也不会因为有人在听而不再言语⑰；
这对此人会有好处，倘若他还记清
真正的圣灵向我揭示的那些事情⑱。
我看到你的孙子，他竟变成⑲
在这汹涌澎湃的河水两岸驱赶那些狼群的猎人，
他使众人都惊恐万分。
他在这些人尚且活着时就把他们的肉售卖，
然后像对待老弱的畜牲那样把他们屠宰：

他使许多人丧失性命，也使自己丧失美名。
他走出那凄惨的丛林，满身血腥[20]，
他把这片丛林就这样弃在那里。
千年之后也无法恢复昔日的繁荣。”
正如一个侧耳倾听的人闻知痛苦的惨剧就要发生，
他的面色骤变，十分惶恐，
不论危险从何方袭来，把他逼紧，
我眼见另一个魂灵也正是这般情景[21]，
他转身倾听，神色惶恐，满面愁容，
因为他把这番话谨记心中。

罗马涅的堕落

这一个的谈话和那一个的神情[22]，
令我切望得知他们的姓名，
我向他们提出询问，也连同表示恳请；
于是，那最先与我谈话的幽灵
重又开言道：“你是想让我同意向你
做你不愿向我做的那件事情[23]。
但是，既然上帝愿把他的恩泽之光明亮地照在你身上，
我对你也就不能把礼仪少讲，
因此，你该知道：我就是圭多・德尔・杜卡[24]。
我的血液燃烧着如此炽烈的嫉妒之火，
一旦我见到别人获得欢乐，
你就会看到我满脸气成青灰色。
我从我播下的种子中就把这样的稻草来收获[25]：
哦，人类啊，你为何把心肠
放在必须禁止与同伴分享的地方[26]？
此人是里尼耶里；他是达・卡尔博利家族的瑰宝和荣耀[27]，
以后，这个家族则没有一个子孙
成为他的美德的继承人。
在波河与那带山岭之间，在那片大海与雷诺河之间的这个地区[28]，
也不仅是他的子孙后代缺乏
为追求真理和树立正气所必需的善意；

因为在这带地域之内，
长满有毒的荆棘，
现在要耕种庄稼而铲除毒草，已为时晚矣。
那个好人利齐奥和阿里哥·马伊纳尔迪在何处[29]？
皮埃尔·特拉维尔萨罗和圭多·迪·卡尔皮尼亚又在哪里[30]？
啊，罗马涅人！你们都变成败家子弟！
何时在波洛尼亚有一个法布罗东山再起[31]？
何时在法恩扎有一个贝尔南丁·迪·佛斯科重新出现——
他是卑微的树干上的一根高贵的枝蔓[32]？
倘若我伤心哭泣，托斯科人，你且不要惊奇[33]，
因为这时我想起了圭多·达·普拉塔[34]，还有乌哥利诺·德·阿佐——
他曾与我们生活在一起[35]；
我还想起了菲德里哥·蒂尼奥索和他的一批人[36]；
特拉维尔萨罗家族和阿纳斯塔吉一家[37]
（前一家和后一家都已后继无人）；
我想起了那些贵妇和骑士，想起鞍马辛劳和逸致闲情，
这些都曾使我们产生爱慕之心和侠义之风；
也正是在这带地方，人心已变得如此凶狠。
哦，布雷蒂诺罗，为何你不逃之夭夭？
既然你的家族已经离去，
许多人为了不致犯罪也都告别此地[38]。
巴尼亚卡瓦洛做得好，因为他不曾留下子嗣[39]；
卡斯特罗卡罗做得糟，而科尼奥则做得更糟[40]，
因为他们为生下这类伯爵孽种而不辞辛劳。
巴加尼一家将会做得不错，
只要他们家的那个魔鬼撒手而去[41]，
但这也永远不会留下表明他们一家清正的证据。
哦，乌哥利诺·德伊·范托利尼，你的名字可以得到确保[42]，
既然不必再期待有谁会走上堕落之途，
能把这个名字玷污。
但是，现在你走开吧，托斯科人，因为如今
啼哭要比说话更令我感到加倍痛快，
我们的谈话是如此压抑我的心灵。”

我们知道，那些高尚可亲的魂灵
听到我们已在离去；因此，他们默不作声，
这就使我们确信我们所走的路径[43]。
随后，我们便单独向前行进，
这时，猛然从对面发出人声，
这声音竟仿佛是霹雳击破长空，
它说道："发现我的人都会杀我的啊[44]。"
这声音一掠而过，犹如顿时消散的雷鸣，
一旦闪电蓦地劈开乌云[45]。
这时，我们的听觉不再受到它的震动，
而又传来另一个声音，它是那样震耳欲聋，
竟像是紧随其后的又一阵轰隆雷声：
"我是变成石头的阿格劳洛斯[46]。"
于是，为了把我的身体贴近诗人，
我向右转去，却不是把脚步向前迈进。
这时，四周氛围已是悄然无声；
他于是对我说："方才听到的就是坚硬的嚼环[47]，
它需要把人束缚在它所限定的目标范围里面[48]。
但是，只要你们把诱饵咬住，
那宿敌的钓钩就要把你们拉到他的一边[49]；
因此，不论是马勒还是召唤都会没有多大用处[50]。
上天在把你们呼唤，并在围绕你们旋转[51]
把它那永恒的美丽展示在你们眼前，
而你们的目光却仅仅投向地面；
正因如此，洞察一切的那位才把你们惩办[52]。"

第十五首

慈悲天使

(1—39)

嫉妒与仁爱

(40—81)

昏迷的幻觉

(82—114)

但丁的苏醒

(115—145)

正如日球已在日课经第三时的结束
与白昼的开始之间出现,
而它又像顽童一般淘气游玩①,
那时太阳余下的行程也是同样长短,
但它却已朝向夜晚运转;
那里是晚祷时分, 这里则是夜半②。
阳光恰好射在我们的鼻梁中间③,
因为我们已把山崖绕行一大圈,
如今则是径直走向西面,
这时, 我感到一道灿烂光芒猛射我的额前,
它比方才的光芒更加耀眼④,
这从未见过的事情惊得我魂飞魄散;
于是我把双手举向我的睫毛尖端,
遮住我的视线,
从而把能见度的过量缩减⑤。
犹如光线从水面或镜面上跃起,
朝相反的方向射去,
它向上跃起的角度相当于
它射下的角度, 这正像它以石子垂落
的同样线路, 向上离去⑥,
正如经验与科学所表明的⑦;
我在这里觉得那反射的光线正是这样把我击中;
它从我的正面直射过来,
因而我把视线迅速避开。
我说, “那是什么, 慈祥的父亲?
我无法躲避它, 护住我的眼睛,
使我能承受它的照射, 它竟像是朝我们这边移动。”
他回答我说: “你不必感到惊奇,
倘若天国的家臣依然令你眼花目眩⑧;
他是使者, 前来邀请人们上升九天。
你不久就会看见这些东西而不觉得刺目难忍,
反会感到天性赋予你的感觉能力
使你感受到莫大的欢欣。”

我们随即来到那位和善的天使身前，
他用欢快的声音说道：“请从这里进到里面。”
他立在一道阶梯旁边，那阶梯不像前几道那样陡险[9]。
这时，我们已经离开那里，登上山去，
“善心仁慈的人有福了！”后面有歌声唱起[10]，
“应当庆幸的是获胜的你[11]！”

嫉妒与仁爱

只有我的老师和我两人向上走去，
我一边行走，一边思索，
想从他的谈话中获取教益；
我朝他转过身去，问道：
“那个罗马涅的幽灵方才把‘禁止’和‘分享’提起[12]，
究竟要说的是何意？”
于是，他对我说：“他身受他所犯的最大罪恶的损害[13]；
因此，你无须大惊小怪，
倘若他向我们重提这个罪恶，以便使人少受悲哀[14]。
因为你们的欲望若是放在
与人分享、份额因而减少的所在，
嫉妒就会把风箱拉起，令你们唉声叹气[15]。
但是，倘若对至高无上的天体的一片热爱[16]
把你们的欲望转而朝天上引去，
你们的胸中便不会有这种恐惧[17]；
因为在那里，愈是把‘我们的’多讲，
每个人就会拥有愈多的财富，
那天庭中的仁爱之火也就会烧得愈旺[18]。”
我说，“我感到现在比方才
未曾发言时更加意犹未满，
我心中也埋下更多的疑团。
怎么可能一件财物
分配给更多的占有者，
倒会使他们变得比少数人占有时更加阔绰？”
他于是对我说：“正因为你把心田
只放在世间财物上面，

你才从真理之光中收获到黑暗[19]。
那存在于天上的财富无穷无尽，不可言喻[20]，
它是那样热衷于爱，
正如阳光照射明亮的物体[21]。
它发现多少热，就赐予多少热，
不论仁爱延伸多么广，
永恒的财富都会在它之上相应增长[22]。
热爱上天的人数愈多，
就愈是应当善爱他人，天上也就有愈多的魂灵相爱相亲[23]，
这正像镜子使一道光线与另一道光线交相辉映。
倘若我的讲述不能解决你的饥渴，
你将会见到贝阿特丽切，
她必会把你的这个和其他一切渴望一概圆满解决。
只不过你须设法使那五个伤口
像前两个一样痕迹不见，
而创口的愈合又须经过痛苦的磨炼[24]。”

昏迷的幻觉

正当我想说“你已使我感到满足”时，
我发现我已来到另一环[25]，
那贪恋的双目令我闭口无言[26]。
在那里，我似乎立即
陷入一片昏迷的幻觉之中[27]，
看到一座圣殿中有许多人[28]；
一个妇女立在进门之处[29]，
以慈母般的温柔神态说道：
“我的宝贝儿子，你为什么这样作弄我们？
你看，你的父亲和我曾焦急万分，到处找你[30]。”
说到此处，她不再言语，
方才出现的景象也随即销声匿迹。
接着，我的面前又有一个妇女出现[31]，
悲痛挤出的泪水把她的面颊湿遍，
这悲痛来自对另一个人的无比愤懑，
她说道：“倘若你是这座城池的主人[32]，

——这城池的名字曾引起两位天神的激烈相争[33]，
也正是从这里，各门学问散发出光明[34]
——那么，你就该对那胆大包天的双臂进行报复，
它们竟敢搂抱我们的闺女，哦，庇士特拉妥。”
而我觉得，那位大人却显得慈善与温和，
他用平心静气的神色回答说：
“倘若那些爱我们的人被我们判罪，
我们拿那些渴望陷害我们的人又当如何？”
随后，我看见一群人怒火冲天[35]，
他们用石块击杀一个青年，
一边还此呼彼应地反复叫喊：“杀死他，杀死他！”
我见他朝地面弯下身去，
因为死亡已经把他压倒，
但是，他的双眼却一直仰望天际，
一边在如此凶残的杀戮中向崇高的主祷告，
请主饶恕他的那些迫害者，
脸上充满怜悯的神色。

但丁的苏醒

这时，我的灵魂从外界
返回它身外的真实情景，
我才发现我的错觉并非虚情[36]。
我的导师见我这般光景，
竟像是一个人脱离梦境，
便说道：“你怎么了？你竟站立不稳，
但你却走了半里多的路程[37]，
眼睛迷糊，腿脚笨重，
正如一个人酩酊大醉或是睡意犹浓。”
我说，“哦，慈祥的父亲，
倘若你愿听我述说，我就向你奉告：
当我的腿脚如此不听使用时，我究竟见了什么。”
他于是又说：“即使你在脸上戴上一百个面具，
你的心思对我也将隐瞒不了，
哪怕这些心思是多么微不足道。

你所眼见的那种景象
是为了让你不致拒绝向宁静的水敞开心房,
而这水正是从那永恒的泉源中流向四方[38]。
我问'你怎么了',并非要了解当一个人的肉体倒下去神志不清时,
究竟是由于他做了什么事所致,
况且他只是用肉眼看事物,对事物又是视而不见[39];
我这样询问相反是为了使你的脚变得有力而矫健:
必须用这样的方法来敦促懒汉,
因为他们一旦恢复神志,却迟迟不肯善用他们的苏醒条件。"
我们一直在晚祷时分行进着[40],
我们聚精会神,极目远望前方
顶住那灿烂的日暮光芒。
这时,有烟雾一片
渐渐朝向我们飘来,犹如黑夜一般;
无处可以把它躲闪:
这烟雾夺去了我们的清新空气,也夺去了我们的双眼[41]。

第十六首

易怒者环

(1—24)

马可·隆巴尔多

(25—51)

道德与政治败坏的原因

(52—145)

地狱般的黑暗,
暗得像没有任何星球的夜晚①,
在一贫如洗的天空下,乌云密布,使夜晚变得格外黝暗②;
这样的黑暗从不曾用如此厚重的布幕把我的脸面遮住③,
我也从不曾感受粗毛竟会如此刺人肌肤④,
就像在那里笼罩住我们的那片烟雾;
因此,我的眼睛尽管睁开,却忍受不住;
于是,我那睿智而可信的护送人⑤
便走近我的身边,让我靠住他的肱骨⑥。
正如瞎子跟在他的引路人身后行路,
为的是不致迷途,也不致撞上什么东西,
会把他伤害,或者也许会让他一命呜呼,
我就是这样在这辛辣而混浊的空气中迈步,
一边听到我的导师还在言语,
他说:"你要当心,不可与我分在两处。"
我听到一些人声,每个声音都像在
为慈悲与和平作祈祷,
祈求上帝的羔羊把他们的罪孽除掉⑦
这些声音的开头一句总是"上帝的羔羊"⑧:
所有声音都唱着同一的词句和同一的调门,
这就使它们之间显得十分和谐动听。
我说:"老师,我听到的那些
可都是幽灵?"他于是对我说:"你说中了,
他们正在解愤怒的结⑨。"

马可·隆巴尔多

"现在,你又是谁?你竟冲破我们的烟雾⑩,
并且在谈论我们,正如同
你还在把时间分成月份⑪。"
有一个人声正是这样把话说明;
于是,我的老师说道:"你回答吧,
再问一问可否从这里往上前行。"
我当即说道:"哦,你这正在洗涤自身的受造物,

他答道：" 只要我获得容许，就一定随你前进；
尽管烟雾不让我们相互看见，
听觉却将代替视觉，把我们紧紧相连。"

第十六首
第 34—36 行

你的目的是要整整洁洁地返回创造你的那位身边[12],
你若伴我同行,必将听到奇闻。”
他答道:“只要我获得容许,就一定随你前进[13];
尽管烟雾不让我们相互看见,
听觉却将代替视觉,把我们紧紧相连。”
这时,我又开言道:“我是带着死神
才能解除的裹布往上行进[14],
我曾经过地狱的艰险历程来到此境。
既然上帝使我蒙受他的恩泽,
愿让我以完全超出当前惯例的方式[15],
觐见他的天国,
你就不必向我隐瞒你在去世之前究竟是谁,
而是该以实言相告,并告诉我是否正确地走向那条通道[16];
你的话语将成为我们的向导。”
“我是隆巴尔多,曾被人叫做马可[17]:
我熟知世事,我热爱那种美德[18]:
如今世人却都把弓弦放松,不再向它求索[19]。
要想登山,你尽可径直走上去。”
他这样作了回答,又补充说道:
“我请求你:一旦去到天上,就为我祈祷[20]。”

道德与政治败坏的原因

我于是对他说道:“我以信誓向你担保,
定要把你对我提出的要求做到;但我被一个疑问紧紧缠住,
好不苦恼,倘若我无法使自己从中摆脱掉。
起初,这个疑问很简单,如今听你一说,却变得加倍难懂,
而我在这里乃至那里所听到的说法[21],
都使我确信我所怀疑的那件事情[22]。
正如你对我所说,
世间确已彻底丧失一切美德,
充满累累的严重罪恶;
但是,我请求你向我指出原因,
以便让我自己明白,并向他人说明;
因为这个说原因在天,那个又说原因在人[23]。”

他先是发出一声长叹，悲痛把它浓缩成一声“唉！”，
然后，他才开言道：“兄弟㉔，
世间是盲目的，而你也正是从它那里来㉕。
你们这些活着的人
总是把一切原因归于上天㉖，
就好像上天促使一切随之行动是属必然。
倘若果真如是，你们身上的自由意志就会被摧毁，
为善而喜，为恶而悲，
也就不会是什么公正行为㉗。
上天促使你们开始行动；
我说的不是所有行动，而即使是指所有行动，那也是指：
也曾赐予你们分辨善恶的明灯和自由意志㉘；
倘若在与上天的最初战斗中，
自由意志遇到困难重重，
随后则必获全胜，只要能善自加强养分㉙。
你们虽享有自由，
却总要屈服于更美好的自然和更伟大的力量，
那力量和自然在你们身上创造出头脑，而上天则无法对它施展影响㉚。
因此，若说是当今世人走上歧途，
原因正在于你们，要从你们身上来找寻；
我现在就将向你据实说明。
从他手中造出的灵魂㉛，
在成型之前就受到他的爱怜㉜，
这灵魂像孩童一样，时哭时笑，烂漫天真，
这个如此单纯的灵魂一无所知，
只知为快乐因素所驱使㉝，
一心一意地追求令他愉快的事，
最初，他尝到微小幸福的味道，
随后就将错就错，跟在它的后面奔跑，
只要向导或马勒不掉转他的爱好㉞。
因此，必须制定法律来约束人的行动；
必须有一位君主，
能至少从真正的城市中把塔楼辨清㉟。

法律是存在的，但又有谁来行使？
一个人也没有，因为走在前头的牧羊人[36]
可以反刍，但他的蹄子却并不分趾[37]；
因此，世人看到自己的带头人
一心只想把他所贪图的财物攫为己有，
于是也便以此为食，不再他求[38]。
你可以清楚地看出，这恶劣的行径
就是使世人犯罪的原因，
这原因并非来自你们身上被腐蚀的本性[39]。
罗马曾把世道造就良好[40]，
它通常有两个太阳，它们使世人看到[41]
两条大道：一条是世俗之道，另一条是上帝之道。
其中一个已把另一个消灭；而宝剑
也与牧杖相连；用专横的手段[42]
把一个与另一个拴在一起，必然乱成一团[43]；
因为两个连在一处，相互就无所畏惧[44]：
你若不信我的话语，你可以想一想麦穗，
任何草芥都可以从种子中识出[45]。
在被阿迪切河和波河浸润的那带地方[46]，
曾经常可以发现英勇之气和侠义之风[47]，
而当时腓特烈尚未与人相争[48]：
如今，任何人过去曾出于羞愧，
生怕与好人交谈或相遇，
都可以大放宽心，经过那里[49]。
然而，还有三位老人，从他们身上[50]
可看出老一代对新一代的谴责[51]，
而他们觉得，上帝迟迟不让他们过上更美好的生活[52]：
这三位是库拉多·达·帕拉佐和好人盖拉尔多[53]，
还有圭多·达·卡斯泰洛[54]，
最好用法语称此人为单纯的伦巴第人。
你现在可以说，罗马教会
由于把两种权威集于一身[55]，
就跌入泥坑，玷污了自己，也玷污了所负的职能。”
我说，“哦，我的马可，你说得真好；

我现在明白利未的子孙
何以未把产业继承[56]。
但是，你举例提及的那一个究竟是哪个盖拉尔多？
他作为业已逝去的一代人的遗老，
体现为对野蛮的后代的谴责[57]。”
他回答我说，“要么是你的话令我误解，要么是你想让我多说；
因为你对我说的固然是托斯科语[58]，
却似乎对那好人盖拉尔多从未听说过[59]。
我不知他有其他姓氏，
除非从他的女儿加娅那里摘出他的姓[60]。
愿上帝与你们同在，因为我不再与你们同行。
你看那曙光透过烟雾，
已吐露鱼肚白，我必须使自己离开
——天使就在那里，我须在他见到我之前就离去[61]。”
说罢，他就转身回去，不想再听我言语。

第十七首

受惩的愤怒罪

（1—39）

和平天使

（40—75）

爱的理论和炼狱的次序安排

（76—139）

你可以回忆一下，读者：
倘若你曾在山峦之上被云雾所遮，
因此，你观看事物只能透过那鼹鼠的眼膜[1]，
这时，那潮湿而浓密的水汽开始变得稀薄，
太阳的光盘是如何柔弱无力地[2]
从这片水汽中穿过；
这样，你的想象力也就不难理解：
我起初是如何重见太阳出现，
它此刻已在斜卧西边。
我正是这样，使我的脚步
跟上我的老师的可靠脚步，走出这片浓雾，
而那垂暮的阳光已落到海滩低处。
哦，想象力啊，你有时竟会把我们掳去，
使我们脱离现实，甚至令人觉察不出身边发生的事，
即使四周有一千个号角吹起，
是谁在推动你，倘若感官对你不起作用？
推动你的是天上出现的那线光明，
它是在自行其是，或是把令它朝下照耀的天意来奉行[3]。
在我的想象中，显现出那女人的残暴形影[4]，
她竟改变了模样，
变成一只最喜歌唱的飞禽：
在这里，我的思想
在内心深处是如此集中，
此刻根本不曾接受外界发生的事情。
接着，一个被钉在十字架上的人[5]
突然从天而降，落入我那崇高的幻象之中[6]，
他神情傲慢而凶狠，就这样呜呼毕命：
他的周围有亚哈随鲁和他的妻子以斯帖，
还有正直的末底改，
此人在言行上都是如此完美无缺。
这个幻象刚刚自行破灭，
宛如一个气泡，
因为它据以形成的水顿然消失掉，

在我的幻觉中就立即有一个少女出现⑦，
她在号啕大哭，并说道：“哦，王后，
你为何竟在一怒之下，情愿自寻短见？
你把自己杀死，是为了不致丧失拉维娜⑧：
而如今你却还是把我丧失掉！
母亲啊，我在哀泣另一个人的惨死之前，先为你的惨
　死而痛悼⑨。”

和平天使

正如一道新的光芒突然
射到闭拢的双眼，从而惊破梦幻，
梦幻虽已破碎，但在完全消逝之前，余象却仍在抖颤⑩；
我的幻觉也正是这样逐渐消散，
一旦那光芒射到我的脸面⑪，
它的亮度大大超过我们通常所见的那种光线⑫。
我转过身去，想看一看我究竟身在何地，
这时，一个声音说道：“从这里上去⑬。”
这句话打消我的其他一切心意；
它使我如此急切地希望观看
究竟是谁在发言，
只要与他不能相见，我就无法平息我的心愿。
但是，犹如阳光压住我的视线，
而由于光线过强，又把他的形象遮掩，
在这里，我的视力正是这样化为乌有。
“这是神灵，他无须让人请求
便为我们指出上山的路，
他用自己的光辉把自身掩盖住。
他对待我们就如同一个人对待自己⑭，
因为若是眼见别人需要，而又等候别人求助，
那就等于不怀好意地准备相拒。
现在，且让我们的步伐与如此郑重的邀请相应，
让我们设法在天黑之前向上前行，
因为一旦白昼消逝，就无法攀登。”
我的导师这样说明，

于是我便与他一起, 掉转我们的步伐, 朝一个阶梯走去;
我刚登上第一个梯阶,
就感到身边似乎有翅膀在扇动,
脸上吹来一阵风, 并且听到有人在说[15]:
“使人和睦的人有福了！因为他们没有恶劣的愤恨[16]！”
这时, 太阳的余晖已高射到我们的上空[17],
黑夜也紧随其后降临,
四面八方闪烁出点点星辰。
“哦, 我的气力啊, 你为何竟这样悄然不见[18]？”
我暗自说道, 因为我感到
两腿的力量一时全消。

爱的理论和炼狱的次序安排

我们来到阶梯不再上升之地[19],
我们于是停步不前,
犹如航船抵达海滩。
我侧耳倾听片刻,
仿佛听到有些东西在这新的一环;
我随即转向我的老师, 说道:
“我和蔼的老师, 请说说看,
在我们所在的这一环, 究竟要清洗什么过犯？
虽然双脚停止不动, 你切不可缄口不言。”
他于是对我说道: “对善的爱
不曾发挥到应有程度, 就要在此得到弥补[20];
船桨划得过慢, 就要在这里重划一番[21]。
但是, 为了让你领会得更清楚些,
你该把心神转向我,
你将从我们的暂歇中得到美好的收获。”
他开始讲道: “不论是造物主还是受造物
亲爱的孩子, 都从不会没有爱[22],
要么是自然之爱, 要么是心灵之爱; 这一点你很清楚[23]。
自然之爱永不会犯错误,
但另一种爱则可能因为目标不正,
或是过分强烈, 或是不够强烈而把大错铸成[24]。

只要这种爱是直接追求首要财物[25]，
而对那些次要财物能节制自我[26]，
就不可能造成罪恶的欢乐；
但是，一旦转而趋向恶，或是在追求善时，
心怀不应有的过多或过少的关注[27]，
受造物都会触犯造物主。
因此，你可以明白，爱在你们身上
必然会产生一切德行，
也会产生一切理应惩治的行动。
既然爱绝不会把视线
从它的主体的幸福那里移开，
万物也便不会对自身仇恨满怀[28]；
而既然不能把任何存在物理解为自我存在，
也不能把它理解为与第一存在物分隔开来，
任何受造物也便都与对造物主的仇恨截然分开[29]。
倘若我这样分类议论做得不错，
余下的问题便是：人之所爱的恶，是邻人之恶；
对这种恶的爱，以三种方式从你们的泥制肉体上表现出来[30]。
有的人希望自己出类拔萃，而把他的邻人一笔抹煞，
只是为了这一点，他便指望，
邻人会从他的崇高地位上被人打下[31]。
有的人因为他人荣升，
生怕自己丧失权力、恩宠、荣誉和名声，
因此，他忧心忡忡，甚至切望他人遭到相反的命运[32]；
还有的人似乎因受侮辱
而勃然大怒，一心只图报复，
因此，他必然要给他人造成痛苦[33]。
这三种爱正在这下面为赎罪而痛哭[34]；
现在我还想让你对另一种爱有所领悟，
这种爱是以混乱的步调把善追逐[35]。
每个人都模糊地了解一种善，
并企求得到它，因为它能使心灵感到安然；
因此，每个人也便竭力求得这种善。
若是不够强烈的爱在迟迟引导

你们望见它或是取得它，
在你们及时悔罪之后，这层框架就会给你们以惩罚[36]。
另有一种善，它不能使人得到快乐；
它不是幸福，也不是良好的基因，
不是一切善的果和根[37]。
过分沉湎于对这种善的爱[38]，
就要在我们上面的三层中受惩；
但是，如何把它分成三个部分来说明，
我且不谈，好让你自己来探索其中究竟。”

第十八首①

爱的理论（续）

（1—39）

爱与自由意志

（40—75）

怠惰者

（76—138）

但丁的困睡

（139—145）

崇高的师尊结束了他的论述，
他把我的双眼紧紧盯住，
看我是否已感到满足；
新的渴求仍在催促着我，
尽管我表面上保持沉默，我内心里则在说：
“或许询问过多，我会令他感到厌恶。”
但是，那位父亲具有真知灼见，
发觉我欲言又止的胆怯心愿，
于是又开口说话，让我大胆发言。
我说道：“老师，在你的光辉照耀下，
我的见解变得如此活跃，
这使我对你所做的分类或描述有清晰的理解。
因此，我亲爱的慈祥的父亲，
我请求你把一切善行及与之相反的行动
所导致的爱，向我说明。”
他说道：“把你那心智的锐敏眼光朝我盯视，
你就会明白何以那些盲人犯有过失，
而他们硬要使自己充当导师[2]。
受造的灵魂总是立即懂得去爱，
总是朝向一切它所喜欢的东西活动，
一旦它被这种喜爱唤醒，并化为行动[3]。
你们的觉察力从实物中摄取形象，
并在你们内心中把它充分扩展，
从而使心灵向它掉转[4]；
倘若那转向它的心灵又朝它下倾，
那下倾的行动便是爱，那也便是天性，
这天性正是出于喜爱而重又与你们结合起来[5]。
然后，犹如火的活动总是向上，
这是因为它的上升是天生的形状，
它要一直升到作为物质能持续最久的地方，
同样，被俘虏的心灵也便由此进入渴求状态，
这是一种精神活动，只要所爱之物
不能令它感到愉快，它也便永远不会停顿下来[6]。

现在，你可以看出，那些以为每一种爱的本身
都是值得赞许的东西的人，
是如何无法把隐蔽的真理看清⑦；
因此，爱的本质也许总是善；
但是，善并非打上的每一个印记，
尽管蜡本身则不失为善⑧。”

爱与自由意志

我向他答道，“你的话语和我潜心受教的努力
都向我揭示爱产生的根蒂，
但是，这却加重了我的怀疑；
因为爱倘若是来自我们身外之物，
心灵又不能用另一只脚走路，
不管它走的正路还是邪路，这都不能以它的功过论处⑨。”
他于是对我说道：“我能向你讲述的道理
都涉及你在这里所看到的；超出这个范围的事体，
你只能求教于贝阿特丽切，因为那是信仰问题⑩。
每一种实体形式都是与物质有别，
又与物质合为一体，
它本身总是汇集着特殊的潜力⑪，
这潜力若不在活动，就不会为人所感知，
它也只有通过结果才能自我显示，
犹如植物的生命要表现在碧绿的叶枝。
因此，人不知对最初信息的认识
以及对最初诱人之物的感情，
究竟是来自何方⑫，
而这认识和感情恰恰都是在你们身上，
犹如蜜蜂本身就有酿蜜的倾向；
这最初的愿望不必受责，也不值得赞扬⑬。
现在，为了使其他一切愿望都集聚在这最初的愿望一边，
就要由那天生的潜力来把计献，
它应当守住那接受与否的门槛⑭。
这便是那项原则：要根据它
来找出理由，判断你们的功过，

依照你们所接受和选择的爱是善还是恶[15]。
有些人在论述时能触及根本问题[16]，
他们就发觉这与生俱来的自由意志；
因此，他们才把道德之说流传后世[17]。
由此可见，我们姑且承认：
在你们心中点燃任何一种爱都是事出必然，
但你们身上也存在着潜力，能把它监管[18]。
贝阿特丽切把这高贵的能力
看成是自由意志，因此，你要注意，
她若与你谈及此问题，你须把它谨记。”

怠惰者

月亮迟迟几乎到半夜才出现，
它使我们觉得星辰似乎锐减，
它的形状犹如一只熊熊燃烧的大桶一般[19]；
它沿着太阳此刻照亮的那些道路，
奔驰在天空的逆向，而罗马人看太阳，
则是落在撒丁与科西嘉之间的地方[20]。
那位高尚的魂灵——
对他来说，皮埃托拉比曼图亚的任何村镇都有名[21]——
已经卸下我给他加上的负重[22]；
既然我已领悟了针对我的种种问题
提出的浅显易懂的议论，
我这时就如同一个昏昏欲睡的人。
但是，这昏睡突然间
被一群人所打消[23]，
他们已经绕到我们的肩膀后面。
犹如伊斯梅诺河与阿索波河[24]
在夜间看到发狂的人群沿岸奔跑，
每逢特拜人需要向巴库斯求告[25]，
据我看来，这群人在这一环
也正是这样飞奔而来，
策动他们的是善良的愿望和正当的爱[26]。
他们很快就赶上我们，

因为那一大群都在拼命奔跑;
有两个跑在前头,边哭边叫:
"玛利亚正匆忙地跑上山去[27];"
又喊道:"凯撒,为了征服伊莱尔达,
直捣马赛,然后又奔向西班牙[28]。"
"快,快,不该因为少量的爱
就荒废时间,"跟在后面的其他人也在叫着,
"对善的追求会使上天多降恩泽。"
"哦,人们啊,你们如今的强烈热情
或许能弥补你们出于对善爱得不深
而犯下的疏忽和拖沓的罪行,
这个尚在活着的人——我肯定不是在向你们撒谎——
正要走上山去,只要太阳能把我们重新照亮;
因此,请告诉我们邻近的隘口在何方[29]。"
这便是我的导师所说的话语;
那些魂灵中的一个于是说道:
"跟随我们来吧,你就会把那个洞口找到。
我们是如此急切地想要动身,
以致我们无法停顿不行;
因此,请你原谅,如果你认为我们急于前往受惩是无礼行动。
我曾是维罗纳圣泽诺的主持[30],
当时正是由贤君红胡子来统治[31],
至今米兰提起他来,仍悲痛不止[32]。
有这么一个人已把一只脚踏入坟墓[33],
他很快就要为那座修道院而痛哭[34],
他会因为曾掌握大权而不胜凄楚;
因为他曾把他的儿子放在那真正的牧师地位,
而他的儿子全身畸形,心术更是恶劣有加,
并且出生也不合法[35]。"
我不知他是在多说几句,还是缄默不语,
因为他已经从那里离我们远去;
但是,我领会了这一点,我很高兴把它牢记。
每逢需要就来帮助我的那位这时说[36]:
"你朝这边转过身来,你看又过来两个,

他们正在把怠惰不住痛责。"
他们两人在所有魂灵的背后说道:"那些人在约旦得以看见
他们的后代之前,就先已死去,
而大海曾为他们分开两面[37];"
又说:"那些不能与安奇塞斯之子[38]
忍受辛苦,坚持到底的人,
也无法在生前为自己争得光荣[39]。"

但丁的困睡

接着,当这些鬼魂离我们过远时,
我们再也无法看见他们,
我内心又有一个新的想法产生,
从这个想法中又衍生出更多的其他种种思想;
我从一种思想到另一种思想不住游动,
这就使我的双眼因头脑迷糊而闭拢,
我终于把思维变为梦境。

第十九首①

但丁的梦

(1—33)

热心的天使

(34—51)

释梦

(52—69)

贪婪者

(70—87)

阿德里亚诺五世

(88—145)

在这个时辰，白昼的热气
被大地所吸收，有时也被土星所战胜[2]，
不再能温暖月亮散发的寒冷；
这时，土占者在黎明之前，
从东方望见他们的“最大福星”[3]
正通过那短时间依然黝暗的路径，出现在天空[4]；
就在这个时辰，一个口齿结巴的婆娘来到我的梦中[5]，
她双眼斜视，双脚上方身弯腿曲，
双手无指，面如白纸。
我把她定睛观看；
正如太阳暖化被黑夜冻僵的冰冷肢体一般，
我的目光也使她的舌头变得灵便，
随即又使她转眼间直立起来，
并像爱情所希望的那样[6]，
把她那无色的脸染上色彩。
既然她讲话能如此灵巧，
她便开始歌唱起来，
那歌声竟令我难以把我的注意力从她身上移开。
她唱道：“我是甜美的海妖[7]，
我能使航行海上的水手神魂颠倒；
我是那么兴高采烈，一旦被人听到[8]！
我曾诱使急于赶路的尤利西斯转向我的歌声[9]；
凡是与我同居的人都很少离去；
我是如此能使他感到一切称心如意！”
她的嘴唇尚未闭拢，
而这时又有一个女人在我身旁现身[10]，
她是那么圣洁而温存，竟使那一个不胜惶恐。
“哦，维吉尔，维吉尔，这是何人！”
她怒形于色地说道；维吉尔走过去[11]，
双眼注视着那位尊贵的妇人。
他一手抓住另一个，撕破她的衣衫[12]，
把她暴露在我们面前，
让我看到那肚腹：它里面冒出一股臭气，惊破我的梦幻。

热心的天使

我移动了一下眼睛，那好心的老师于是说道⑬：
“我至少向你呼唤了三声！
站起来吧，过来：我们去找能让你进山的途径。”
我站起身来，那高悬的红日
已照遍环绕那神圣山岭的各层，
我们向前行进，新生的阳光射在我们的后臀⑭。
我跟随着他，把头垂下，
犹如一个人心事重重，
把自己变成半个桥拱⑮。
这时，我听到有人在说：“你们过来吧，从这里穿过去⑯。”
那声音是那样温柔和善，
这样的声音在这尘世间从不曾听见。
与我们讲话的那位⑰
张开宛如天鹅的双翼，指引我们
从那两边坚硬的石壁中间穿过，向上登攀。
他接着又扇动翅膀，把阵风向我们吹送⑱，
一边说道：“悲哀的人”有福了⑲，
因为他们将有得到安慰的灵魂。

释梦

我的导师开始向我说道：
“你为何总是往地上观瞧？”
这时，我们两人登上的地方比天使略高。
我于是说道：“那纠缠住我的新的幻觉
使我怀着如此沉重的疑虑行走，
这令我无法让自己不去思忧。”
他说道：“你所见的那个古老的妖妇⑳，
如今正在我们的上方独自受刑痛哭㉑；
你可以看出：人是如何摆脱她的束缚㉒。
到此为止吧，你快把双脚踏上实地：
你该把双眼朝那永恒的王转动的㉓
与巨轮一道盘旋的诱鹰物望去㉔。”
如同猎鹰先注视自己的双足，

我的导师开始向我说道:
“你为何总是往地上观瞧?”
这时,我们两人登上的地方比天使略高。

第十九首
第 52—54 行

一闻呼叫便掉转身躯，猛力冲去，
要把在那边引诱的猎物攫取[25]；
我此刻也正是这样急速迅猛；
只要那岩石开裂到容人向上攀登，
我也便如此径直走到那可以环行的一层[26]。

贪婪者

待到我走出洞口，来到第五环[27]，
我看见那里到处都有人在痛哭受谴，
他们躺在地上，全身向下倒转。
“我的灵魂已贴在地面[28]。”
我听到他们这样说着，并发出如此大声的悲叹，
甚至难以听清他们口中所言。
“哦，上帝精选的精灵啊[29]，
正义与希望使你们的痛苦不致如此剧烈，
请你们向我们指出哪里是那登高的梯阶。”
“倘若你们确信不必倒卧受苦，
又希望从速找到路途，
那么，你们的右边总是山崖的外部[30]。”
诗人就是这样提出请求，并得到了答复，
而答话的人就在我们前面不远之处；
因此，我从谈话中，察觉另有隐情未诉[31]；
我把我的眼睛转到我的先生的眼睛上[32]：
于是，他高兴地示意颔首，
同意我那渴望的目光所表示的要求。

阿德里亚诺五世

既然我可以随意行动，
我便走近那个受造物[33]，
他方才的讲话曾引起我的关注，
我说：“魂灵啊，你赎罪的果实正在成熟，
而做不到这一点，你就无法返回上帝面前，
请为我把你更关心的事暂时中断[34]。
你究竟是谁，为何你们要把脊背朝天，

请告诉我，倘若你愿意让我为你在尘世求得什么事情，
而我动身离开那里时，仍是活人。”
他于是对我说道：“你将会知道，
上天为何让我们把脊梁朝向天空；
但是，你该知道我生前曾是彼得的继承人[35]。
在西埃斯特里与基亚维里之间[36]，
有一条美丽的大河向下流贯[37]，
我的家族的称号就以它的名字标志自身的全盛阶段[38]。
一个月过后不久，我便感到那件大法衣的分量[39]
对一个不愿把它玷污的人是多么沉重，
以至于所有其他重担竟如鸿毛一般轻。
唉！我悔悟的时候毕竟太晚，
但是，待到我被任命为罗马的牧者[40]
我就发现生活竟是如此谎话连篇。
我看到，到达那个地位，心灵仍不能平静，
而一个人在尘世也不可能再高升；
因此，我心中热烈爱慕的是这里的生命[41]。
我的灵魂是彻头彻尾地贪婪成性，
我是如此可悲可鄙，如此远离上帝：
如今，正像你所见的，我为此在这里受刑。
贪婪使人如何下场，从这里可以得到说明，
悔过自新的灵魂要把罪孽洗净，
这山岭没有任何比这更重的苦刑。
既然我们生前不能把目光朝天仰望，
只是把尘世之物盯住不放，
在这里，正义也便要使这目光俯视地上[42]。
既然贪婪熄灭了我们对一切善的爱[43]，
从而也使我们丧失行善的机缘，
因此，正义才在这里把我们紧紧地捆绑起来，
双脚缚在一处，双手也束在一起，
只要我们动弹不得，匍匐在地，
公正的主就会感到满心欢喜。”
我这时已把双膝跪落，想要说些什么[44]；
但是，我刚开始这样做，

他就单凭听觉，发觉我的恭敬动作[45]，
他说：“什么原因令你躬身下拜？”
我对他说：“鉴于您的尊严，
我的良心令我愧对于保持站立姿态。”
“立起你的双腿，站起来吧，兄弟！”
他答道。“不可犯错：我与你和其他人一起，
都是奴仆，为一位权威效力[46]。
倘若你能领悟那位福音书的圣徒的话语，
他说：‘再没有婚姻的关系’[47]，
你就可以十分清楚，我为何这样讲述。
现在，你可以走了：我不愿你再停留下去；
因为你留在这里，会搅乱我的赎罪，
经过赎罪，我才能得到你说过的那个结局。
我在尘世有一个侄女，名叫阿拉吉娅[48]，
她天性善良，只要我的家族
不致用自身的榜样，把她变为恶妇[49]；
在人世间，也只剩下她能让我托付[50]。”

第二十首

对贪婪的谴责

（1—15）

贫穷与慷慨的范例

（16—33）

乌哥·卡佩托

（34—123）

地震与荣耀颂歌

（124—151）

对贪婪的谴责

意愿争斗不过更好的意愿[1]；
因此，为了令他高兴而违背我的欢心，
我只好把尚未吸满的海绵拿出水中[2]。
我开始走动；而我的导师则已在那边寻找空隙之地[3]，
紧贴石壁，把身子前移，
犹如一个人沿着筑有城堞的狭窄墙道向前行去[4]；
因为这些人把侵占整个世界的恶行[5]
化为泪水，滴滴挤出双眼，
他们伸展到山崖的另一边，过分靠近外缘。
古老的母狼啊，你真该诅咒[6]，
你掳去多少人，甚于所有其他野兽，
因为你的饥饿深不见底，无止无休！
哦，苍天啊，似乎人们相信，
天体的旋转会带来尘世的变迁[7]，
何时才会有人来到，把这头饿狼驱赶[8]？

贫穷与慷慨的范例

我们迈着缓慢的小步前行，
我对这些魂灵处处留神[9]，
我听到他们在凄惨地啼啼哭哭和怨言纷纷；
我偶然听见呼叫，“慈善的玛利亚啊！”
这呼叫就在我们前面，混杂着哭声，
犹如一个正在分娩的女人那样痛苦呻吟；
“你曾是那样的贫穷，
从那旅店就可以看出这般情景[10]，
正是在那里，你使你怀下的神圣孩儿降生。”
接着，我又听到：“哦，善良的法布里齐奥啊[11]，
你曾宁可要美德加贫穷，
而不想拥有巨大的财富加罪行。”
这些话语令我如此动情，
我于是向前走去，想认识一下
仿佛说出这些言语的那个魂灵。
他还谈到尼可洛[12]

对那三个少女的慷慨馈赠，
为的是让她们不致虚度青春。

乌哥·卡佩托

“哦，魂灵啊，你说得真好，”我说道，
“请告诉我，你究竟是谁，
为何只有你一个重提这些当之无愧的赞美。
我绝不会使你的话语得不到回报，
一旦我重新走上那短短的生命航道，
尽管那生命正飞向终极目标。”
他于是说道：“我就将告诉你，
这并不是因为我期望从人间得到慰藉，
而是因为在你死去之前就有那么多的恩泽光辉照耀你[13]。
我曾是那棵恶树的根基[14]，
它把阴影笼罩整个基督教大地[15]，
以致从它身上摘下的美好果实稀而又稀。
但是，只要杜阿乔、利拉、关托和布鲁吉亚力所能及，
必会很快对它报仇雪耻[16]；
而我也正是祈求审判一切的他把这一点付诸实施[17]。
人世间把我称作乌哥·恰佩塔[18]：
我生下的儿孙有几个叫腓力浦，有几个叫路易[19]，
新近就由他们来统治法兰西。
我是巴黎一个屠夫的儿子[20]：
那些古代的君王都相继去世，
除去其中一位又身入空门，穿上灰衣[21]，
这时，我发现管理王国的权柄
紧紧地握在我的手里，
我拥有能获得新的疆土的众多权力，朋友不可胜数[22]，
这就使无人承受的王冠
戴在我的那个儿子的头上[23]，
从他开始，那些人便经膏油涂抹身骨，立为国王[24]。
我的家族本来没有什么价值，但毕竟不曾做过坏事，
直到普罗旺斯的厚重妆奁[25]
使它丧失了廉耻。

自那时起，它就开始强取豪夺，
既用武力，又用诡计；
然后，还用抵罪的办法，占取了蓬蒂、瓜斯科尼亚和诺曼底㉖。
查理来到意大利，而且也以抵罪为名，
杀害了小科拉多㉗；
随即又用抵罪之说，把托马索送上天国㉘。
又过了不久之后，我看到
另一个查理离开了法兰西㉙，
为的是让世人更好地认识他自己和他的后裔。
他出国时不带武器，
只携带犹大玩弄过的那把长矛㉚，
那长矛扎得如此之深，竟使佛罗伦萨爆裂开它的肚皮㉛。
他使用这种勾当为自己赢得的不是土地，
而是罪孽和耻辱，
他愈是把这种恶行看轻，这恶行便愈是显得严重㉜。
另一个从海船出来便被俘虏㉝，
我看到他正在讨价还价，把他的女儿出卖㉞，
正如海盗把他人的女儿当作奴隶来对待。
哦，贪婪，既然你把我的大量血液都吸到你的身边㉟，
甚至令人把自己的骨肉也全然不管㊱，
你还能让我们干出什么更多的事，害理伤天？
为了使已经干出的和将要干出的坏事显得不算严重，
我还看到那面百合花旗帜打入阿拉尼亚㊲，
并把基督的代理人当作基督缉拿㊳。
我眼见基督受到又一次的嘲弄；
我眼见又一次逼他把酸醋和苦胆饮用㊴，
并使他在两个活生生的强盗中间毙命㊵。
我看到那新的彼拉多是如此残酷无情㊶，
他并不满足于这些罪行，而是未奉旨令，
便把贪婪的风帆扬进‘圣殿’之中㊷。
哦，我的主，何时我才能痛快地目睹
隐藏在你的奥秘心中的报复？
正是这报复得以缓和你的愤怒㊸。
我方才所说的有关圣灵

的唯一妻室之事[44],
曾令你向我要求做出一些解释,
这恰恰与我们所做的一切祈祷相适应,
只要白昼持续下去;但是,待到黑夜来临,
我们就不再做这种祈祷,而唱出与此相反的歌声[45]。
那时节,我们就追述彼格马利翁[46],
他那贪图黄金的念头
曾把他变为叛徒、窃贼和弑亲之人[47];
贪财的迈达斯的可悲状态[48],
是随他那贪得无厌的要求而来,
也正是由于这要求,世人必然永远对他耻笑不休[49]。
接着,我们各自也要追忆那丧心病狂的亚干[50],
他是如何偷窃战利品,
甚至在这里,约书亚的愤怒仍在把他痛啮不停。
随后,我们要控诉谢菲兰与丈夫通同作弊[51];
我们要赞扬埃利奥多罗斯被马蹄痛踢[52];
环绕整个山崖,痛斥之声响起:
责骂波利奈斯托雷斯杀死波利多鲁斯[53];
最后,我们在这里又要呼叫:
'克拉索,告诉我们,因为你知晓:金子究竟是什么味道[54]?'
时而有人高声说,时而有人低声道,
这都要以驱使我们说话的感情作为依照,
这感情有时让我们高谈阔论,有时则让我们细语悄悄[55]:
因此,方才讲述白昼时在此议论的善事的人[56],
并非只有我一名;而是待在这里附近
的其他人,都不曾提高嗓门。"

地震与荣耀颂歌

我们已经离他远去,
我们想方设法,竭尽我们的力量所能达到的程度,
要越过这条路途,
这时,我感到整个山崖都在震颤,
仿佛有什么东西塌落;我吓得浑身冰凉,
如同一个人通常在走向死亡时的感觉一样[57]:

德洛斯岛肯定也不曾如此强烈地震动[58]，
而在这之前，拉托娜曾把它当作窝巢来栖身，
养下了天上的一双眼睛[59]。
接着，四周开始响起一声高叫，
老师立即朝我身旁靠近，
说道：“莫怕，只要有我在把你指引。”
众人在说：“愿荣耀归于至高的上帝[60]。”
这是我从邻近处听出的内容[61]，
正因如此，我才能把那喊声听清。
我们纹丝不动，肃然起敬，
正如牧羊人首次听到这歌声[62]，
直到震动停息，歌声唱毕。
我们随即重新登上我们的神圣旅程，
注视着倒在地上的那些魂灵，
他们又恢复原来的哭声[63]。
任何无知都从不曾使我
如此焦急地渴望知道发生的事，
倘若在这方面，我的记忆不致出错，
当时，我一边思索，一边觉得我确是如此焦急；
我既因为要匆忙赶路而不敢提问[64]，
又不能依靠我自己在那里看清什么事情：
于是，我只好胆怯地向前走去，思虑重重。

第二十一首

一个鬼魂的突然出现

（1—39）

地震与颂歌的起因

（40—75）

斯塔提乌斯的历史

（76—102）

斯塔提乌斯与维吉尔

（103—136）

天然的干渴永不会得到满足①，
除非是把那撒玛利亚的小妇人②
要求天恩赐予的水来饮用。
正是这种干渴在把我折磨，匆忙赶路也在催促着我，
我跟在我的导师身后，沿着这条举步维艰的路径行进③，
这令我对那正当的报复也产生同情④。
突然之间，正如路加所描述的情景⑤，
基督显现在两个行路人的面前，
他这时已站立起来，走到墓穴外边；
有一个鬼魂也是这样出现在我们身边，来到我们后面，
而我们则在注视那群倒卧着的魂灵，望着脚下⑥；
我们并不曾发觉他，因此，他先开口说话，
他说道：“哦，我的兄弟们啊，上帝愿你们平安⑦。”
我们立即转过身去，
维吉尔也以与此相应的姿态向他还礼。
他随即开言道：“在那幸福的天地⑧，
愿那名副其实的法庭使你得到平安⑨，
而它则把我放在永恒的流放地⑩。”
那魂灵说道：“怎会如此！”而此刻，我们正在匆匆离去：
“倘若你们是上帝不容你们荣升的鬼魂，
又是谁护送你们沿着他的阶梯，攀登到这样的高地⑪？”
我的导师言道：“倘若你仔细观瞧
此人带有天使所划的痕迹⑫，
你就会清楚地看出，他理应与良善者一起作王相聚⑬。
但是，因为昼夜纺线的她⑭
尚未把纺锤从他身上取下⑮，
而正是克洛托把每人的生命之线放在纺锤上面绕缠，
他的灵魂——也正是你我的姊妹——⑯
在登天时无法单独前往，
因为他观察事物不能与我们一样⑰。
因此，我才应召走出地狱的那道广阔的沟壑⑱，
为他指引，而且我还要继续指引他前行，
只要我的学科能让我尽力领他行进⑲。

但是，你若知道，就请相告：
为何山岭方才发生这样的震动，
又为何整个山崖似乎一齐发出呼叫，直到那柔软的山脚[20]。”
他这样提出问题，正穿中我那求知的针眼，
既然有希望得到满足，
我的干渴也就变得不那么焦灼难言。

地震与颂歌的起因

那位开始说道：“这山岭的神圣整体发生的任何事情[21]
都不会是无令而行，
或是越出惯例规定。
这里没有任何尘世的变幻风云：
也可能会有偶然的变动，
但这是上天以自身力量在自身内部造成，而非出自其他原因。
因此，在那比短短的三级小阶梯更高的地方[22]，
不会落下雨水、冰雹和雪花，
也不会落下露珠与寒霜：
从不见浓霾厚雾，也不见零星浮云，
既不见电光闪闪，也不见陶曼特的千金[23]，
而在人间，这却常使各地变化不定[24]：
干燥的气体上升不会越过[25]
我所说的三级台阶的最高点，
彼得的代理人的双脚正立在那上边[26]。
在更低处，也许有或小或大的震颤；
但是，既然有隐藏在地内的那股风力，
我却不知这上面怎会从不震撼。
每逢某个魂灵自觉罪孽赎清，这里便山摇地动，
这也便使那魂灵升天或动身向上攀登[27]；
这样的呼声也便随之产生[28]。
只有意志才能证明罪孽清赎，
这使魂灵猛然醒悟，他可以完全自由地改变栖身之处，
也使他得到实现心愿的好处。
在这之前，灵魂本就热望从善，但消极之念不让他这样干[29]，
正如生前此念曾促使他犯下罪愆，

正是神的正义制裁不顾他的心愿，令这消极之念经受苦刑磨炼。
至于我，我曾在这痛苦之地㉚，
倒卧有五百余年㉛，
如今我才感到获得自由意志，能登上更美好的门槛㉜：
因此，你们才感觉到地震，闻听到那些虔诚的魂灵
在满山遍野赞美主的歌声，
主很快就会把他们送上天庭。”
他就这样对我们述说；既然愈是干渴，
就愈是享得畅饮之乐，
我真无法说出这使我感到多么快活。

斯塔提乌斯的历史

这位睿智的导师说道：“如今我才明白
把你束缚在此的网罗，才明白如何把绳索解开，
这里为何发生震撼，你们又为何高歌欢快。
现在，你究竟是谁，但愿你乐意让我知晓，
为何你在此倒卧有这么多世纪，
但愿你的话语能澄清我的问题。”
“在贤明的提图斯那个时代㉝，
他曾得到至高无上的王的帮助㉞，
对那流出被犹大出卖的鲜血的创口进行报复，
那时节，我曾在人世享有持续最久、荣誉最高的称号㉟。”
那个魂灵回答道，“我固然
天下名扬，却还没有信仰㊱。
我的歌喉是如此甜美动听㊲，
我是土鲁斯人，罗马却把我拉过去，认我为亲㊳，
正是在那里，我当之无愧地让爱神木装饰我的双鬓㊴。
当世间的人们仍称我为斯塔提乌斯，
我曾歌唱过特拜，随后又歌唱过伟大的阿奇琉斯㊵，
但是，我却肩负着那第二个重荷倒在人生途中㊶。
神的烈焰发出星星之火，
曾是点燃起我那火热诗情的种子，烘暖我的心窝，
而一千以上的诗人都在那神火照射下发光闪烁㊷；

我说的是《埃涅阿斯纪》,
它在吟诗上曾是我的妈妈,也曾是我的养育者:
没有它,哪怕分量只有一钱重的东西,我也难以制作[43]。
为了能活在人世,与维吉尔生活同时,
我宁可让阳光多照一年,超过我理应承受的限期,
再离开我那放逐之地。”

斯塔提乌斯与维吉尔

维吉尔听罢这一番话,便转身向我,
他默不作声,递给我一个眼色,像在言道:“且不要说;”
但意愿的力量却并非万事都能做;
因为不论是笑是哭,都是紧随激情而显现,
每一个动作都要据此表露在外面,
而这类动作又更少地听从最真诚的人们的意愿[44]。
我只是微微一笑,犹如一个人用秋波示意;
这一来,那鬼魂便缄口不语,
他盯视着我的眼睛,因为那里心绪显得更清;
“但愿你们能把如此艰巨的工作顺利完成,”
他说道,“为何你的面孔
方才向我闪出一丝笑容?”
这时,我夹在这一方和那一方中间:
一方要我闭口不言,另一方则在恳求我启齿言谈;
于是,我发出一声慨叹,
我的老师领会我的心意,便对我说道:
“不要害怕讲话;自管说吧,
把他如此关切的提问告诉他。”
于是我说:“古老的魂灵,
也许你对我方才的笑容感到惊奇,
但是,我倒愿意让你产生更多的仰慕之意。
指引我的双眼朝高处望去的这一位,
正是那位维吉尔,你曾从他身上
汲取力量,去把人与神歌唱。
你若认为我的笑容还有其他原因,
你且不去管它,因为它并不是真,

你该相信，是你方才谈到他的那一番话令我露出笑容。”
这时，他立即弯下身去，把我的导师的双足抱紧，
但是，老师却对他说：“兄弟，不可如此，
因为你是鬼魂，而你所见的也是鬼魂。”
他一边站起身来，一边说道：“现在，你可以明白：
暖热我对你的感情的是数量多大的爱，
而此刻，我却忘记我们那虚无飘渺的形态，
竟然把魂灵当作固体的东西来对待。”

第二十二首

斯塔提乌斯的罪过

(1—54)

斯塔提乌斯皈依基督教

(55—93)

林勃的一些幽魂

(94—114)

登上第六环

(115—154)

那位天使这时已留在我们身后,
让我们转向攀登第六环之路的也正是这位天使,
他曾从我的脸上拭了一拭①;
他告诉我们: 他曾向那些渴慕
正义的魂灵作了祝福,
他的声音只用了“干渴”一词, 而未用别的, 把这祝福的话说出②。
我这时走得比在其他各环行走时来得轻松,
以致能毫不费力地紧跟
那些健步如飞的鬼魂向上攀登;
此刻维吉尔开言道:“被美德点燃起的爱,
总是会点燃起其他的爱③,
只要它的火焰能显露在外;
自从乔维纳莱降落到地狱中的林勃④,
来到我们中间,
从那时起, 他就向我说明你对我的情感,
我对你的爱意也是如此强烈,
胜过对待一个从未见过的人所能有的好感,
以致现在, 我觉得这些阶梯似乎很短。
但是, 请告诉我: 贪婪在你的心中怎会占有位置,
又怎会混入你靠勤学苦练
而满载在你头脑里的如此众多的知识中间?
作为朋友, 请你鉴原,
倘若我的过分自信使我不讳直言,
作为朋友, 如今也请你与我坦诚相谈。”
这些话语使斯塔提乌斯先是微露笑意;
随即答道:“你每一句充满爱慕的言语,
对我都是亲密无间的示意。
诚然, 往往会发生这样一些事情:
由于真正的原因隐匿不明,
这些事情就显得似是而非, 令人疑念丛生。
你的提问令我确信,
你是认为, 我在尘世曾爱财如命,

或许这正是根据我所处的这一层。
但是，你该知道，贪财与我相去过远，
而这种挥霍无度的行为
已惩罚我有数千次月缺月圆⑤。
倘若不是我把我的恶念纠正，
我本会遭受滚动重物、相互碰撞的苦痛⑥；
而当时我曾思考你发出慨叹的那段诗韵⑦，
你在其中对人性之恶似乎十分愤恨：
‘哦，该诅咒的对黄金的贪求，
你为何不节制那些凡人的胃口？’
这时，我才发觉花钱的双手
能像展翅般过分张开⑧，
我对这个恶行的悔恨，不下于悔恨其他恶行。
有多少阴魂带着把头发也花得精光的脑袋前去复生⑨，
因为他们不知这也是一桩罪行⑩，
这才使他们在生前和临终都不曾悔过自新！
你该知道，与某种罪孽直接对立
而互不相容的罪过，
在此却要与它一起耗干绿色⑪：
因此，倘若我与这些因贪婪而受惩痛哭的魂灵为伍，
以求洗清我的罪恶，
也正是因为他们所犯的罪恶与我恰相抵触。”

斯塔提乌斯皈依基督教

这位牧歌的歌唱者说道⑫：
“现在，当你歌唱那残酷的战争
给乔卡斯塔带来双重的悲伤时⑬，
由于有克利奥斯在那里与你一起弹奏⑭，
这说明你似乎还不曾有虔诚的信仰，
而没有这种信仰，行善也不足以使你得到拯救。
倘若果真如此，那么又是什么阳光
或是哪些蜡烛令你摆脱黑暗⑮，
使你后来得以追随那位渔夫，扯起风帆⑯？”
他于是向维吉尔答道：“是你首先把我送往巴纳索斯山⑰，

去饮用它那洞窟里的清泉[18],
也是你首先照亮我,把我引到上帝身边[19]。
你的所作所为就如同一个夜间行路之人,
他把灯提在身后,不为自己照明,
却使走在自己身后的众人能辨明路径;
当时,你曾说道:'世纪在翻新;
正义和人类初期也在返璞归真,
新的子孙则从天上降临[20]。'
依靠你,我才成为诗人,依靠你,我才成为基督教徒:
但是,为了让你能更好地看清我所描绘的图像,
我将把手伸长,把色彩染上。
这时,整个世界早已布满真正的信仰,
是永恒王国的那些使者[21]
把这信仰播种在世人心上;
上面谈到的你的一番话语,
正符合新的预言家们之所讲;
因此,我养成习惯,常把他们拜访。
后来,他们也来找我,他们显得如此圣洁无比,
以致在多密善迫害他们时[22],
他们的痛哭无不有我的同声哀泣。
当我尚留在人世时,
我一直在帮助他们,而他们的正直作风
也使我把其他所有宗派一概不放在眼中[23]。
在我吟诗描述希腊人来到特拜的两条河流之前[24],
我就承受了洗礼;
但是,出于恐惧,我不敢把我的基督教徒身份泄露出去,
表面上则长期显示仍把异教信仰,
这种怠惰行为使我围绕第四环
奔跑了四百年以上[25]。

林勃的一些幽魂

因此,是你把那布幕掀开,而它曾遮住我的视线,
使我无法看见我所说的那许多至善,
既然我们登山还有多余的时间,

就请告诉我：我们的古人泰伦提乌斯现在何处[26]，
还有塞西利奥、普劳图斯和瓦罗，倘若你晓得[27]：
请告诉我：他们是否被判受苦，又在哪一部[28]。"
我的导师答道："这几位与佩尔西奥和我，以及许多其他人[29]，
我们都与那位希腊人待在一起[30]，
而缪斯女神用奶汁喂养那位希腊人，比喂养其他人更为精心；
我们都在那黑暗监狱的第一环[31]：
我们经常谈论那座山[32]，
那座山一向把那几位抚育者留在自己身边[33]。
欧里庇得也在那里与我们相聚[34]，
还有安提丰特、西蒙尼得、阿加托尼，其他希腊人也有许多[35]，
他们都用月桂装饰前额[36]。
那里也可见到你笔下的一些人物，
安蒂格尼丝、戴菲莱丝与阿尔吉娅[37]，
还有伊斯梅妮丝，她仍如生前一样凄楚[38]。
在那里可以见到那个曾指出兰吉亚泉的妇女[39]：
还有泰雷西阿斯的女儿和泰提丝，
戴伊达米娅与她的姊妹们在一起[40]。"

登上第六环

这时，这两位诗人都已缄口不语，
他们重又仔细地观看周围，
他们已摆脱登山之苦和石壁之累[41]；
而此刻，白昼的四个使女已落在后面，
第五个使女则在掌握车辕，
径直朝上竖起那火热的车辕尖端[42]；
这时，我的导师说道："我认为，
我们应当把右背转向那山崖边缘[43]，
像我们一贯的做法，绕山而转。"
这样，习惯在那里就成为我们的导向，
我们怀着更少的疑虑走向前方，
因为那位高贵的魂灵也同意这个走向[44]。
他们在前面绕行，我单独一人

跟在后面，倾听他们的议论，
这启示我如何把诗歌吟诵[45]。
但是，很快那悦耳动听的议论便被打断，
因为我们发现有一棵树立在道路中央，
树上的果实散发着醉人的馨香。
正如尖松的枝蔓越往上就越变得稀少，
这棵树则在下面才有稀少的枝蔓[46]，
我想，这是为了不让人向上登攀。
从我们已无路可行的一边，
有一股清泉从高高的山岩上流下，
沿着上面的叶丛四下洒遍[47]。
两位诗人走到这棵树的跟前，
叶丛中突然发出一声叫喊：
“你们且莫以此就餐[48]。”
接着，那喊声又说：“玛利亚想得更多的是
让婚礼办得隆重而周全[49]，
而不是只想她口中之物，而她的口如今正在为你们答辩。
古代的罗马女人为了饮用，
只满足于清水；但以理
也轻视膳食，而求得知识[50]。
最早的世纪是与黄金一般美丽[51]，
它为解除饥饿，曾使橡实变得香甜可口，
为解除干渴，则使每条溪流变成琼浆美酒。
野蜜与蝗虫曾作为饭食，
让施洗者在荒野中食用[52]，
因此，他才享有光荣，
他是那样伟大，正如福音书向你们所作的说明[53]。”

第二十三首

贪食者

（1—36）

但丁与佛雷塞·多纳蒂的相遇

（37—133）

我把双眼死死盯住那片绿色叶丛①，
犹如一个人往往为追踪小鸟
而浪费光阴的那般情景②，
这时，那位胜过父亲的人对我说道③：
“亲爱的儿子，现在你过来吧，因为留给我们的时间
要安排得更为妥善。”
我转过脸去，脚步也并不迟缓，
立即走到这两位智者身边，而他们一直在攀谈，
这使我感到登山毫不艰难。
此时可以听到有人在啼哭和歌咏④，
“主啊，求你张开我的双唇⑤！”
让我能唱出欢乐与悲痛。
我开言道，“哦，慈爱的父亲，我听到的是什么声音？”
他于是说：“也许是一些鬼魂在走来，
他们在把他们所欠的孽债的结解开⑥。”
如同陷入沉思的远行者所做的那样，
他们在中途遇上并不相识之人，
于是转身朝陌生人望去，并不留停；
一群鬼魂也正是这样，从我们身后过来，
他们默默无语，神色虔诚，
动作更快，超越了我们，又把我们注目观定。
每个鬼魂的眼睛都是黝暗而深陷，
面色苍白，他们的脸
是那样消瘦，竟变成皮包骨头⑦：
我不相信，埃里西东曾变得如此枯干⑧，
竟只剩下一层皮，
当时他曾为此更加害怕无物充饥⑨。
我一边思索，一边暗自沉吟：
“看这群失陷了耶路撒冷的人⑩，
那时节，玛利亚曾把儿子吞食干净！”
那些眼眶竟像未镶宝石的指环：
谁能从人们的脸上把 omo 这个词看出，
也就会从这里清楚地认出 M 这个字母⑪。

谁由于不明究竟而会相信：
果实的香味和清水的气味会使人产生强烈欲望，
竟把人弄成这般模样？

但丁与佛雷塞·多纳蒂的相遇

我正惊异地思索：是什么东西让他们饿成这般光景，
既然他们之所以如此瘦骨嶙峋、
皮裂如鳞的原因依然不明，
蓦地有一个鬼魂从那头上的深深眼窝里，
把目光转向我，定睛观望，
随即大声叫道："这是多大的恩泽竟降临到我身上？"
而从他的脸上，我绝不会把他认清；
但是，从他的声音里，我却察明
他的外貌所改变的他本身的原形。
这一点火花完全照亮了我的心，
使我从业已变形的嘴脸上恢复了认识，
辨出佛雷塞的面容[12]。
他央求道："喂，你切不要一味注意
那使我的皮肤褪色的干裂疥疮，
也不要一味注意我失掉原有肌肉的惨状；
而是请告诉我你的实情，
说明伴随你身旁的那两个魂灵是何人：
你不要总是不与我谈论！"
我向他答道，"你的脸，在你去世时我曾为它哀啼，
如今，见到它面目全非，
又令我怀起同样的悲痛为它哭泣。
因此，看在上帝分上，告诉我是什么东西把你这样折磨：
在我莫名其妙时，你且不要让我说些什么，
因为一个人满怀其他想法，可能把话说错[13]。"
他于是对我说："来自永恒意志的神力[14]
降临到始终落在我们身后的清水和果树之中，
这才使我们消瘦到这般光景。
所有这些边哭边唱的魂灵
因为曾对过度贪食姑息纵容，

就要在这里忍饥受渴，使自己重新变成圣洁纯净⑮。
果实和清泉散发出的馨香
燃起我们对饮食的炽烈欲望，
而清泉则喷溅到果树的绿叶上。
我们不能仅做一次的绕地奔跑，
要不断忍受我们的苦刑煎熬：
我说的是苦刑，其实应当说是欢笑⑯，
因为那种愿望把我们引导到这些果树前面，
它过去也曾引导基督欣然发出'我的上帝'的叫喊⑰，
当时，他曾用自己的鲜血使我们摆脱罪愆。"
我于是对他说道："佛雷塞，
从你离开人世去追求更美好的生活那天算起⑱，
直到如今来到此地，五年尚未过去⑲。
既然在忍受向善的痛苦、从而能使我们
重返上帝身边的那个时间到来之前，
你才没有能力再犯罪愆⑳，
你又为何仍然来到这上面㉑？
我本以为你是待在那下边㉒，
在那里，要用时间来补偿时间㉓。"
于是，他对我说道："是我的奈拉㉔
使我得以如此迅速地来啜饮
这种种苦刑酿制的甘醇㉕：
她用她那泪如泉涌的啼哭，她那虔诚的祷告和长吁短叹，
使我脱离了那等候入山的山边㉖，
也使我不必逗留在其他各环。
我心爱的寡妻，曾得到我生前的深情厚爱，
她在为人贤德方面愈是形影孤单，
也就愈是赢得上帝的钟爱和喜欢㉗；
因为撒丁岛的巴尔巴吉亚，就它的妇女而言，
要比我把她留在其内
的那个巴尔巴吉亚贞洁多倍㉘。
哦，可爱的兄弟，你还要我说什么？
未来的时代就在我的眼前，
目前的时间将不会距它很远，

届时，布道坛上将会
向那些厚颜无耻的佛罗伦萨女人发出禁令[29]，
禁止她们走在路上，露乳袒胸。
她们究竟是怎样的野蛮妇女、撒拉逊妇女[30]？
对待她们，似乎必须要么通过神职人员、要么制定纪律[31]，
才能让她们行路时把乳房遮蔽。
但是，倘若这些无耻的妇女得知
上天很快为她们安排的命运，
她们就会早已张开嘴巴，哀号悲鸣；
因为倘若我对此的预见不致把我欺骗，
在那如今仍靠催眠曲哄睡的人的面颊长出汗毛之前，
这些妇女就会肝肠痛断[32]。
喂，兄弟，现在你切不要再向我隐瞒你的真情！
你看，不仅是我，还有那些鬼魂，
都在注视着你遮住太阳的身影。”
因此，我对他说道：“倘若你还记忆犹新，
记得你曾如何对待我、我又曾如何对待你的情景，
现在的回忆仍会令人感到心情沉重。
日前，走在我前面的那一位
曾使我离开尘世，而那时，
这一个的妹妹还向你们显露圆圆的脸[33]，”
我指了指太阳，“那一位曾引导我
把这真正亡人的深沉黑夜走遍[34]，
而我则带着这活生生的肉体跟在他的后边。
是他指引我从那里向上走去[35]，
把这座大山攀登和绕行，
也正是这座大山把被人世间扭曲了的你们纠正。
他说他要伴我同行，
一直伴我到能与贝阿特丽切相见之地，
在那里，我须留下，他当离去。
这位就是维吉尔，他对我说的就是如此，”
我指了指他；“而那一位是一个魂灵，
方才你们的地界曾为他把每个山坡震动，
如今这地界则要遣他远行[36]。”

第二十四首

但丁与佛雷塞的谈话（续）
（1—33）

博纳钟塔与温柔新体诗
（34—63）

科尔索·多纳蒂
（64—99）

第二棵果树
（100—114）

惩罚贪食罪的范例
（115—129）

节制天使
（130—154）

谈话并未使步行放慢，步行也未使谈话变缓①；
我们却是边谈论边急步行走，
恰似顺风催舟；
而那些类似僵死之物的鬼魂，
则从双眼的深涧中向我射出惊异的眼神，
因为他们发现我竟是活人。
我还继续我的议论，
说道：“由于他人的原因②，
他也许会比他原能做到的迟些上升。
但是，请告诉我，倘若你知道，皮卡尔达现在何处③；
请告诉我，我是否能从这些凝眸注视我的鬼魂当中，
看到什么值得一见的人。”
“我那既美丽又贤惠的妹妹
——我也不知她是更美丽还是更贤惠——
她已在那高耸的奥林匹斯山，幸福地戴上胜利的王冠④。”
他先是这样说道；接着又说：“这里
并不禁止呼叫每个人的姓名，
既然我们的外貌已因节食而瘦得难以辨认。
这一个，”他用手指指了指，“是博纳钟塔⑤，
也就是卢卡的博纳钟塔；在他身后的那副面容，
比其他鬼魂显得更加千疮百孔，
此人曾把神圣教会搂抱在他的怀中⑥，
他曾来自托尔索，如今则用忍饥挨饿
把他吞食的博尔塞纳湖的鳝鱼和葡萄美酒洗净。”
他向我一个接一个地道出其他许多鬼魂的姓名；
大家对指名道姓的做法似乎显得十分高兴，
因为我不曾看出有怏怏不乐的举动。
我看到乌巴尔迪诺·达拉·皮拉和博尼法丘⑦，
他们因饥饿难熬而用牙齿在空中乱咬⑧，
而博尼法丘生前曾用塔形牧杖放牧许多居民⑨。
我看到马尔凯塞爵爷，他曾在福尔里纵情狂饮⑩，
尽管他那时并不口干难忍⑪，
他就是这样嗜酒如命，从不感到过足酒瘾。

而那些类似僵死之物的鬼魂，
则从双眼的深涧中向我射出惊异的眼神，
因为他们发现我竟是活人。

第二十四首
第 4—6 行

但是，正如一个人打量另外二人，然后对这一个比那一个
更为看重，
我于是走到那位来自卢卡的鬼魂身边[12]，
因为他似乎对我更有好感。
他在喃喃自语；我听到他在那里
说出我也不知是什么“珍图卡”一词[13]，
正是在那里，他受到正义的折磨，被消耗成近乎骷髅[14]。
我说道，“哦，魂灵，你看来有意与我攀谈，
就请你这样做，让我能领会你的语言，
用你的谈话来使你我都感到意足心满。”
他开言道：“那姑娘已经降生，如今尚未系上头巾[15]，
她将会令你喜欢我的城市[16]，
尽管人们都在把它痛斥。
根据这个预见，你将去到那里：
倘若你从我的喃喃自语中产生怀疑，
还是真情实况会向你说明问题[17]。
但是，请告诉我，我是否在此见到那一位：
他曾吟出新的诗韵，
开篇就是‘女人，你们有爱的智慧’[18]。”
我于是对他说：“我是这样一个人：
每逢爱向我启发，我便把它录下，
就像它是我心中的主宰，让我如实地表现出来[19]。”
他说道：“哦，兄弟，现在我才明白，
曾使那位‘书记官’、圭托内和此地的我，
与我要颂扬的温柔新诗风格格不入的症结所在[20]！
我清楚地看出，你们的笔触
如何紧紧追随那主宰者的意图，
而这种写法肯定不曾出在我们的笔下；
不论是谁要想探索得更远，
就会看不出一种诗体何以向另一种诗体转变。”
说罢，他仿佛已感满意，便沉默不语[21]。

科尔索·多纳蒂

犹如大雁沿着尼罗河岸避冬[22]，

有时则成群结队翱翔在天空，
然后排列成行，加速飞行；
待在那里的所有鬼魂也都是如此，
掉转面孔，加快他们的步子[23]，
这既是因为体瘦身灵，也是因为渴望轻装驰骋[24]。
正如一个人疲于飞奔，
听任同伴们前进，自己则缓步而行，
直到把胸中的吁吁气喘发泄干净，
佛雷塞也是这样听任那神圣的一群[25]
越他而过，自己则留在后面，与我同行，
一边说道："何时我才能与你重逢[26]？"
我向他答道："我不知我还能活上多久，
但是，我不会很快故地重游，
以致我不能依靠心愿早到此岸叙旧[27]；
因为我生活的那个地方[28]，
正日甚一日地善行沦丧，
看来就要走向可悲的灭亡。"
他说道："现在，你尽可放心；因为对此罪过最大的那个人[29]，
我见他被拖在一匹牲口的尾巴之上，
奔向那个山谷：在那里，永不能赎清罪行[30]。
那牲口每跑出一步，便加快一些速度，
它越跑越快，直到把他拖得半死不活，
把他的身体弄得七零八落[31]。
天上的那些轮子不必再旋转多少时辰[32]，"
他把目光投向苍穹，"你就会把我说的那件事看明，
而我的叙述无法把它讲得更清。
你现在暂且留下；因为在这个地境，
时间十分宝贵，我已把它荒废过分，
我与你走在一处，就要步伐相等，缓缓而行。"
犹如一名纵马迎敌的骑兵，
有时会快马如飞，冲出大队，
前去争得抢先交锋的光荣；
那鬼魂也正是如此，迈开更大的步伐，离开我们；
我只好与那两位留在路上，

而他们是如此伟大的世界师尊。

第二棵果树

他在我们前面已经去远,
而我的双眼仍然追随在他的后边,
正如我的脑海依然在回味他的言谈,
这时,另一棵果树又在我面前出现,
枝头挂满果实沉甸甸,色彩鲜艳,
距离不算很远,因为我当时刚刚绕到此间。
我看见树下有一群鬼魂在把双手举起,
朝向叶丛发出我也不知是什么喊叫,
像是一些孩子渴望摘取,却又枉费心机,
他们在祈求,被祈求的人则置之不理,
而是要使他们的渴望变得焦灼难抑,
他把他们所要得到的东西高高举起,并不掩蔽。
于是,这些鬼魂像是无可奈何地纷纷离去;
我们则立即来到大树跟前,
它曾拒绝那么多的祈求和泪滴。

惩罚贪食罪的范例

"你们向前走过去,不可靠近:
在更高的地方有一棵树,曾被夏娃咬啃[33],
这棵树正是从那棵树繁衍而生。"
在那叶丛中我不知究竟是谁在这样谈论;
因此,维吉尔、斯塔提乌斯和我相互靠紧,
从朝天耸立的石壁一边向前行进。
那声音又说道:"你们该记得那些在云雾中孕育而生的该诅咒的人[34],
他们曾喝得酩酊大醉,挺起两种前胸[35],
与特修斯一决雌雄;
你们也该记得那些以色列人,他们在饮水上显示出懦弱无能[36],
因此,基甸不要他们作为陪同,
而这时,他正从山上冲下,朝米甸人发动进攻。"

我们紧贴着山崖两个边缘的一边走过去㊲,
耳听有人谴责贪食之罪,
继之而来的惩罚必是十分可悲。

节制天使

接着,由于道路变得荒凉,我们又彼此散开而行㊳,
我们向前走了一千多步远近,
各自沉思,缄口不言。
"单只剩下的你们三个,你们在想些什么?"
突然那声音又说起来:这使我浑身一颤,大吃一惊,
正像是受惊吓的小马驹所作的反应。
我抬起头来,想看一看是谁在言语:
从未见过锻炉里有这样的金属和玻璃,
竟是如此亮晶晶,红彤彤,就像我所见的那个人㊴,
他在说道:"倘若你们喜欢向上攀登,
可以从这里转过路径;
谁想为求平安而行,就该从这里前进。"
他的外貌光彩照人,使我无法睁开眼睛;
因此,我转身去到我的两位导师身后,
就像一个人闻声而动㊵。
犹如带来黎明的五月微风,
徐徐吹拂,香气袭人,
它完全浸透了花草的芳馨;
我感到阵风吹来,正是这样掠过我的前额正中,
我还清楚地感觉出羽毛的拂动㊶,
它令我嗅到来自天国的芳芬。
我听到有人在说:"蒙受深厚的天恩照耀的人有福了!
这就使对美食之爱不致
在他们胸中引发过度的欲念,
对凡属正义之事则永远饥饿难填㊷。"

第二十五首

但丁的疑问

（1—30）

斯塔提乌斯的训教

（31—78）

飘渺的躯体

（79—108）

贪色者环

（109—139）

但丁的疑问

时间已晚，上山不能拖延；
因为太阳已经把子午圈
留在金牛星座，而黑夜则把它留在天蝎星座①：
因此，就像一个人，倘有急需在催促，
不是停下脚步，
而是继续赶路；
我们也正是如此，进入那狭小的路径②，
一个跟着一个，把阶梯攀登，
因为阶梯太窄，不容登山者二人并行。
犹如一只小鹳张开翅膀，
想振翼飞翔，却又没有胆量
舍弃旧巢，于是把翅膀垂放③；
我此刻也是这样，既点燃提问的愿望，
又把这愿望熄灭，最后采取一种行动：
这行动与一个人欲言又止的动作恰好相仿。
我那温和的父亲尽管步行匆匆，
却不曾忽略，而是说道："你索性
把说话的弓箭射出，既然你已经使弓身与箭头接触④。"
于是，我放下心来，把口张开，
开始说道："他们怎能消瘦，
而体内又感觉不到饮食的需求？"
他说道："倘若你记得梅利阿格洛⑤
如何像一根木柴缓缓烧掉那样把自己消耗殆尽，
你就不会觉得这个问题是如此艰深；
倘若你想到你们的一举一动
如何在镜子里由你们的形象做出同样的举动，
这看来深奥的问题也会使你觉得浅显易懂。
但是，为了使你内心的渴求得到平静，
瞧，这里有斯塔提乌斯；我召唤他，请他
现在来医治你的创痛⑥。"

斯塔提乌斯的训教

斯塔提乌斯答道："倘若在有你在场的地方，

由我来向他解释那永恒的景象⑦,
那就请原谅我:我无法拒绝你的谦让。”
他随即开始讲道:“倘若你的心灵,
孩子,能注意和接受我的话语,
这些话语就会说明你所提出的他们何以如此的问题。
那完美的血液不曾
被干渴的血管所吸收,
依然像是从一餐中撤下的饭食原封不动⑧,
这血液从心脏中汲取成形的能力,
组成人类的全部肢体,
正如那流经血管的血液使自身与那些肢体融为一体。
再经提炼,这血液向下流入一个地方⑨:
那地方与其讲出,则最好不讲;
然后从那里滴泻到天然小盆中他人的血液之上。
在那里,两种血液交融在一处,
一种处于被动,另一种处于主动,
因为后一种是从完美之地挤压而出⑩;
它在接触到另一类血液之后,便开始活动,
先是把二者凝固在一起,后则是把生命力
注入用它本身的材料使之凝为固体的那个东西⑪。
那主动的能力化为灵魂,
这灵魂与一棵植物的灵魂恰好相同,
二者也有很大的差异之点:前者犹在中途,后者则已达岸边⑫。
这灵魂随即活动频繁,
以致已能运动和有所感,犹如海绵;
由此又开始把它所产生的种种器官机能加以发展⑬。
亲爱的孩子,来自生殖者的心脏的那股能力
时而延伸,时而扩展,
在那自然精心制造所有肢体之地⑭。
但是,你现在还看不出如何从动物变为能说话的东西⑮:
这一点正是如此艰深,
它曾使比你聪明的智者也误入迷津⑯,
这使他根据他的理论,
把可能的智力与灵魂分散,

因为他看不出智力采用什么器官⑰。
你且把胸脯敞开，迎接前来的真理，
你该知道，一旦大脑在胚胎中形成，
达到完美无缺的境地，
那原动力便会转向它⑱，
对自然的如此神妙的技巧感到欢喜，
并注入充满能力的新生气⑲，
这就使它把从中发现的那个主动因素
汇入自身的实体，形成单一的灵魂，
既有生命又有感觉，还能自我反省⑳。
为了使你不致对上述话语感到惊奇，
你不妨考虑一下太阳的热量，
它一旦触及从葡萄中流淌的汁液，便使之变为玉露琼浆㉑。

飘渺的躯体

当拉凯西斯无纱可纺时，
灵魂则脱离了肉体，而在潜在能力上，
它仍把人类的机能和神赐的机能带在身上㉒：
其他潜在能力一概变得无息无声㉓；
记忆、智慧和意志则仍在活动，
甚而比以前还要灵敏㉔。
它不会擅自停滞不动，
却是神奇地落到两道河岸中的一道㉕：
在那里，它事先就了解到它所要走的途径㉖。
一旦来到那里，它的四周都是宇宙空间，
那成形的能力就要四下辐射㉗，
在方式和程度上都与活着的肢体一般：
正如空气浸透水分，
把别处射来的光线反映在自身，
从而变得七彩缤纷；
这里周围的空气也是这般光景，
它渗入一种形体㉘，
那形体正是依然存在的灵魂用成形的能力打印在空气当中；
它那新成的形体也类似一道火焰，

紧随烈火四处蔓延，
那形体也便紧随精灵移转[29]。
既然灵魂随即有了它的外形[30]，
这外形便被称为鬼魂[31]；
因此，灵魂也便把各种感官、直到视觉一一组成。
因此，我们能说话，因此，我们能欢笑；
因此，我们也能流泪和叹息，
这些景象你在山上都已能听到见到。
随着种种欲念和其他各类情感侵扰我们，
这鬼魂都能体现在自身，
这也便是你感到惊奇的原因。”

贪色者环

这时，我们已来到苦刑折磨的最后一层[32]，
我们向右转去[33]，
我们注意到另一种令人关切的情景[34]。
这里，陡壁悬崖火焰狂喷，
而这层框架向上吹起阵风，
这就把火焰吹回，使它远离这一层[35]。
因此，我们不得不从毫无遮拦的一边[36]，
一个跟着一个迈步向前[37]；
在那边，我害怕烈火烧身，在这边，我则害怕坠入山涧[38]。
我的导师向我说道：“在这个地方，
要牢牢管住眼睛[39]，
因为稍有疏忽，就会迈错脚步。”
这时我听到在那熊熊烈火当中，
响起一片歌声：“至高无上的仁慈的主[40]！”
这使我切望转过身去，其程度不下于注意步行；
我看到幽灵们在烈焰中边走边唱；
因此，我又要观看他们，又要留神我的脚步，
这就把我的视线时而放在这边，时而又放在那面。
在把那首颂歌唱完之后，
他们高声喊道：“我还不认识那男人[41]。”
随即又把那首颂歌唱起，声音低沉。

这时我听到在那熊熊烈火当中，
响起一片歌声："至高无上的仁慈的主！"
这使我切望转过身去。

第二十五首
第 121—123 行

唱毕，他们又喊道："狄安娜把自己固守在丛林之中，
而把爱丽斯从林中驱逐，
因为她中了维纳斯的毒[42]。"
接着，他们重又唱起歌来；
接着，他们喊出那些曾是忠贞不贰的丈夫和女人，
正如德行与婚姻要求他们恪守的规定[43]。
我想，这种做法足以使他们
度过烈火烧灼他们的全部时间：
必须用这样的治疗和这样的食膳[44]，
使创伤最终得以愈合告痊[45]。

第二十六首

贪色者

（1—87）

圭多·圭尼采利

（88—135）

阿纳尔多·丹尼埃洛

（136—148）

我们就是这样，一前一后，沿着山边行走，
那善良的老师不时对我言道：
“瞧，我提醒你注意，还算有益。”
就在此刻，太阳已照到我的右肩①，
因为它光芒四射，
已把整个西方的蔚蓝色变为白色②；
我带着我的身影使火焰显得格外通红③；
我看到许多鬼魂一边行进，
一边注意到这迹象竟是如此鲜明。
这也正是促使他们议论我的原因；
他们于是开始说道：
“那一个不像是有空虚的肉身。”
随即有几个尽其所能地向我走来，
一直留神不致走出
他们被烈火燃烧之处。
“哦，正在行走的你啊，你并非出于更加懒惰，
而也许是出于尊敬，才走在他人身后，
请回答在烈火和渴求中燃烧的我④。
你的回答并非仅属我的需求；
因为所有这些幽灵也都对它抱有更加急切的渴求
甚至胜过印度人或埃塞俄比亚人对凉水的渴求⑤。
请告诉我们，你怎么竟能把你自身
变为遮挡太阳的屏障，
正如你还不曾落入死神撒下的罗网⑥。”
其中一个就是这样对我言道；
倘若我不是被这时出现的另一件新鲜事所吸引，
我本会立即作出说明；
因为在那火烧的道路的半途中，
从这群鬼魂的对面，又来了一群鬼魂⑦，
他们令我停止说话，把他们注目观察。
这时，我见四面的鬼魂都匆匆聚拢，
他们一个个相互亲吻，却并不留停，
双方满足于短暂的以礼相敬⑧：

在一批黑乎乎的蚂蚁中间，
也正是这样一个与另一个相互贴近嘴脸，
它们也许是要把彼此的道路和运气相互打探⑨。
一旦他们结束了友好的相互问候，
在从那里迈开第一步之前，
每个鬼魂便立即拼命高声叫喊：
新来的那群鬼魂喊道：“所多玛和蛾摩拉⑩；”
另一群鬼魂则喊道：“帕西菲钻进那母牛的身体里去⑪，
为的是让那头公牛跑来满足她的肉欲。”
接着，他们也如同灰鹤一般，
一部分飞向沙漠，一部分则飞向里非山⑫，
后者是避开阳光，前者是避开严寒，
一些鬼魂走来，另一些鬼魂走去⑬，
他们都是一边流泪，一边反复唱出先前的歌曲⑭，
并且喊叫最切合他们的处境的范例⑮；
那些曾向我提出请求的鬼魂，
像方才一样，向我走近，
他们的神情表明他们是在注意倾听。
我曾两次看到他们乐意了解我的表情，
于是便开言道：“哦，确信不论何时
都终归要获得平安的灵魂⑯，
我在人间的那些肢体既未年轻夭折，也未年老死亡，
而是与我同在这里，
既带着它们的血液，又带着它们的关节。
我想从这里登上天去，以期不再成为盲人⑰：
是天上的那位圣女为我求得恩泽⑱，
因此，我才能带着凡人的肉体走遍你们的世界。
但是，倘若你们最大的愿望
能很快得到满足，使上天把你们收留在
那充满爱的广阔无垠的地方⑲，
就请你们告诉我：你们是谁，
那群与你们背向而行的幽灵又是何人⑳，
以便我能把这些在纸上书写分明。”
即使是山里人也不会如此感到困惑惊奇，

一旦这个粗俗、野蛮的人步入城里，
惊愕地四下张望，哑然无语，
每个鬼魂此刻流露在外的正是这种表情；
但是，他们随即不再感到吃惊，
因为那些崇高心灵中的惊异之感总是迅速趋于平静[21]。
这时，先前向我提问的那个鬼魂说道：
“你真有福，为了死得更善[22]，
你才从我们的境界中汲取经验！
不与我们一道行走的那些人曾犯下这样的罪行：
凯撒曾因此罪行而在大获全胜时，
听到自己竟被人以王后相称[23]：
因此，他们离去时才喊叫‘所多玛’，
正如你所耳闻，他们在责备自身，
他们感到羞惭，这也便帮助烈火烧得更盛[24]。
我们的罪孽包括男女两性[25]，
但是，因为我们不遵从人类法则，
却像兽类一般，对情欲唯命是从[26]，
我们要使自身受辱蒙羞，
当我们与他们分手时，我们要自行高呼那女人的名字[27]，
她曾钻入那禽兽的模型，把自己也变为禽兽。

圭多·圭尼采利

现在，你知道我们的所作所为，我们曾犯过什么罪；
倘若你或许还想知道我们每人的姓名，
可惜没有时间介绍，而且我也说不清。
我将很好地满足你对我所抱的愿望[28]：
我是圭多·圭尼采利；我已在把自身洗净[29]，
因为在生命的尽头，我就曾痛悔我的罪行。”
犹如在利古尔格的悲愤当中，
两个儿子跑来重见他们的娘亲[30]，
我此刻也是如此，尽管我不曾采取这样的行动[31]，
因为这时，我听到我的乃至其他优胜于我的人的父亲[32]
说出自己的姓名，
他一向把柔美而优雅的情诗吟咏[33]；

我久久地思虑重重，
惊讶地注视着他，不言也不闻，
而由于烈火熊熊，我也不曾向那边走得更近。
在我把他饱看一番之后，
我以令他人也深信不疑的宣告[34]，
表示我全心全意随时为他效劳。
他于是对我说道：“根据我的耳闻[35]，
你在我心中留下深刻的印迹，那印迹是如此明显，
即使是勒特河也无法把它磨灭和冲淡[36]。
但是，倘若你发出的誓言是实意真心，
就请告诉我：你在言谈和观看我时，
何以对我表示如此珍视的原因。”
于是，我对他说：“您的诗歌柔美[37]，
只要用现代语言写诗的做法能持续下去[38]，
即使抄录这些诗歌的文本也会变得弥足珍贵。”
“哦，兄弟，”他说道，“我用手指向你指出的那位，”
他顺手指了指前面的一个幽灵，
“才是用母语写诗的更为高超的匠人[39]。
无论是爱情诗还是传奇式散文[40]，
他都压倒众人；且让那些蠢材去说什么：
他们认为，莱莫西的那位比他优胜[41]。
他们把自己的脸更多地不是转向实际，而是转向传言[42]，
从而在他们考虑艺术或理性之前，
就先形成他们各自的意见[43]。
许多追随圭托内的古代诗人也正是这样干[44]，
他们此呼彼应地对他大事称赞，
直到依靠多数人，实际才战胜了对他的称赞[45]。
现在，既然你享有如此广泛的特权，
你可以前往那座基督充任
修道院主持的天庭[46]，
就请你代我向他背诵祈求我们天父的祷告[47]，
这对于处在这个世界的我们是多么需要，
因为在这里，我们再无犯罪的能力。”
接着，也许是为了给第二个鬼魂腾出地方[48]，

因为那个鬼魂就在他的身旁，
他随着烈火销声匿迹，犹如鱼儿顺水游向河底[49]。

阿纳尔多·丹尼埃洛

我向前朝那被指出的鬼魂略微靠近，
并且说道，我那充满渴望的心房，为他的姓名
准备好一个地方，恭候光临[50]。
他立即从容地开口说道[51]：
“您的礼貌要求令我受宠若惊，
以致我既不能也不愿向您隐姓埋名。
我是阿尔诺，我现在一边哭泣，一边唱歌，
我在默思我那疯狂的过去，心如刀割，
我也看到我所希望的天赐幸福就在眼前，这令我欢乐。
我现在请求您，看在那神力的分上[52]
——它正在引导您走向那山梯的顶峰，
您能及时记起我的悲痛！”
他随即隐没在那冶炼他的烈火之中[53]。

第二十七首

贞洁天使

(1—15)

火墙

(16—63)

但丁的第三梦

(64—108)

登上伊甸园

(109—142)

贞洁天使

凌晨的阳光闪烁在那个地方：
那个地方的创造者曾在那里把鲜血流淌，
与此同时，埃布罗河却落到高高在上的天秤星座下方，
恒河的波浪被第九时烧成通红一片，
太阳就在这个位置；因此，白昼已逝①，
正在此时，和颜悦色的上帝使者则在我们面前出现②。
他站在火焰燃烧不到的山边，
唱道：“心灵纯洁的人有福了③！”
他的声音比我们活人的声音要响亮得多。
“圣洁的灵魂们，倘若事先不让烈火咬上一口④，
你们就不能向前行进：进入火中去吧，
你们对烈火另一边的歌声不会充耳不闻⑤。”
后来，在我们走近他的身边时，他又对我们这样说；
因此，我一闻此言，就吓成
如同埋在墓穴里的尸体一样的人⑥。

火墙

我把身子向前伸探，胸脯则放到交叉的双手之上，
我凝视着烈火，产生触目惊心的想象：
仿佛已经看到焚烧人体的惨状。
两位好心的护送者向我转过身来⑦；
维吉尔对我说道：“我亲爱的儿子，
这里可能有痛苦的折磨，但不会烧死。
你该记得，你该记得！既然我曾
在格吕翁的身上安全地引导过你⑧，
如今在更邻近上帝的地方，我又会如何处理？
你该确信，即使你在这片火焰当中，
待上一千年整，
它也不会让你脱落头发一根⑨。
倘若你或许以为，我在把你欺骗，
那么，你就向它走去，你可以为你自己作个试验，
用你的双手抓住你的衣角放进火焰。
现在，你该撇开、撇开你的一切恐惧，

转身来到这里，来吧：放心进去！”
而我却依然纹丝不动，违抗良心的叮咛[10]。
他见我依然纹丝不动，执意不肯，
便显得有些困惑，说道：“现在，你看，儿子：
在贝阿特丽切与你之间，只有这一墙之隔[11]。”
正如濒临死亡的皮拉莫斯在听到希斯贝丝的名字时[12]，
张开睫毛，把她注视，
这时，桑树也变成了朱红色；
我的执拗也同样立即软化下来，
因为我听到那一直活跃在我心中的名字，
我转身朝向那睿智的导师。
于是，他摇了摇头，说道：“怎么！
我们难道愿意待在这里吗？”说罢，他微露笑颜，
就像一个人用苹果征服了孩童所做的一般。
接着，他在我之前，走入烈火，
同时请斯塔提乌斯最后进来，
而斯塔提乌斯原先在漫长的一路之上，曾把我们二人分开[13]。
我刚刚进入火中，
就想投入滚烫的玻璃浴液里去求得清凉[14]，
那里的烈火竟是如此灼热，无法计量。
我那慈祥的父亲为鼓励我，
一边走动，一边把贝阿特丽切说个不停，
他说道：“我觉得，我仿佛已看到她的眼睛[15]。”
有一个声音在另一边歌唱着[16]，
它在引导我们；我们只注意这声音，
竟然走出了烈火，来到向上攀登之境[17]。
“来吧，我父所赐福的人啊[18]，”
这声音来自那边的一片光芒之中[19]，
那光芒是如此耀眼，它压倒了我，使我无法观看。
那歌声又唱道：“太阳落去，夜晚来临：
你们切莫留停，而是要把脚步加快，
趁西边尚未黑下来[20]。”

但丁的第三梦

从岩石上凿出的路径笔直向上，

通向在我身前夺去阳光的一方[21]，
而这时，太阳已低落到地平线上。
我们才试探着走上几级台阶，
就发觉太阳已躺卧在我和我的两位智者的后面，
因为身影已悄然不见。
在整个辽阔无垠的地平线
成为浑然一体之前，
夜也尚未把它的黑暗四下洒遍，
我们各自都把一级台阶当作床铺；
因为山岭的自然法则
把我们继续登山的能力和乐趣剥夺[22]。
犹如一群驯顺的山羊在反嚼食物[23]，
而它们在饱餐之前，
却曾在山巅狂奔乱窜，
它们如今则在浓荫下默不作声，而烈日正燃烧在当空，
它们被牧羊人看守着，
那牧羊人正倚在牧杖之上，且让它们歇息安宁[24]；
也像离家在外的放牧者，
夜间静静地露宿在他的羊群旁边，
严加看管，不让野兽把羊群驱散；
当时，我们三个也正是这般模样，
他们像牧羊人，我像山羊，
这边和那边都有高耸的石壁遮挡[25]。
在那里，只能显露外面的苍天一线；
但是，即使在这一线之外，我也看到繁星点点，
它们显得比平常更大、更灿烂。
我就是这样沉思默想，这样把星空观望，
这时，我昏沉入了梦乡；而这睡梦往往[26]
在事实发生之前，就知道新的事情即将出现。
我想，就在西特丽亚从东方[27]
最先照耀山岭的那个时刻，
她似乎一直被爱情之火所烧灼，
我仿佛在梦中看见一位贵妇在一片平川上走着，
她既年轻又美丽，采摘着鲜花朵朵；

她一边唱歌，一边在说：
“不论是谁，若想问我的名字，
都该知道：我就是利亚，我要把我那美丽的双手向周围移转[28]，
我要为自己扎成一个花环。
为了揽镜自照，令我自己喜欢，我才在这里修饰装扮[29]；
但是，我的妹妹拉结，却总是寸步不离她的那面明镜，
整日价坐在一边。
她只想观赏她那双美丽的眼睛，
正如我只想用双手把自己打扮一番；
我满足于动，她满足于看。”

登上伊甸园

这时，破晓前的光辉反照，
给游子带来更大的喜欢，
因为这光辉照得愈高，归途中的游子就愈觉离家不远[30]，
这便使黑暗四下逃散，
我的睡梦也随之逃散；于是我站起身来，
看到两位伟大的老师早已站立一边。
“凡人千方百计地从如此众多的枝蔓中
寻找的那个甜美的果实[31]，
今天将会使你的渴求得到休止。”
维吉尔向我说出这些庄严的话语；
从来没有什么礼品
能像这些话语那样令人感到欢喜。
我是如此加倍地渴望登上顶峰，
以致后来我每迈出一步都觉得
像是长出翅膀，在轻松飞腾。
等到我们的双脚把整个阶梯跑完，
我们来到最高一级台阶上面，
维吉尔用他的双眼盯住我观看，
说道：“儿子，你已见识到暂时的和永恒的两种烈火[32]；
你如今来到这样一个地方：
在这里，我依靠我自身的力量，已不能进一步辨别方向[33]。
我曾用才智和技巧把你领到此处[34]；

现在，你可以把你的喜好当作向导[35]：
你已走出了陡峭的通途，也走出了狭窄的山路[36]。
你可以看到太阳正照在你的前额[37]；
你可以看到绿草、鲜花和灌木丛丛，
这些都是这里的土地自产自生[38]。
你尽可席地而坐，也可步入花草丛中，
直到那双欢乐的秀目来临，
这双秀目曾含泪让我前来助你脱身[39]。
不必再期待我说什么话，也不必再期待我做什么手势：
你现在有了自由、正直和健全的意志[40]，
若不按照它的指示去做，就会犯错：
因为，我把王冠和皇冕戴在你的头上，让你自作主张[41]。”

第二十八首

伊甸园的森林

(1—21)

玛泰尔达

(22—84)

伊甸园的风与水

(85—133)

伊甸园的黄金时代

(134—148)

伊甸园的森林

我切望从那浓密而翠绿的神林①
的深处和四周探寻②，
那神林使新的一天的光辉在眼前显得柔和明净③，
我已不再等待，立即离开山边，
缓缓地走上田园，
足踏到处散发芳香的地面。
那温柔的气流本身一成不变④，
阵阵扑上我的额前，
并不比和风更重地吹拂人面；
因此，微微颤动的叶丛，
柔顺地向一方斜倾，
正是在这一方，那神圣的山岭投出它最早的阴影⑤；
但是，这些叶丛也并不脱离
它们那挺立的姿态过甚，
以致鸟儿们仍可在枝头纵情地施展它们的一切技能⑥；
它们满心欢悦地在树叶丛中，
婉转歌唱，迎接最早的时辰⑦，
树叶则沙沙作响，伴随着它们的音韵，
这正像基亚西海滩上的那带松林⑧，
每逢埃奥洛放出东南风⑨，
树枝与树枝就相互聚拢，合奏起一片乐声。

玛泰尔达

这时，缓慢的步伐已把我带到
那十分茂密的古老莽林之中，
这令我无法看出我从何处入境；
此刻有一条小溪截断去路，使我无法再往前行⑩，
溪水翻着细微的浪波，
把长在溪岸上的青草向左弯折。
尘世间的所有更加清澈的流水，
似乎总会带有一些杂物，
而与它相比，它却是把任何东西都不掩盖住，
尽管它的色泽既暗又深，

在常年不败的树荫之下潺潺流动，
这树阴永不会让日月之光在那里射进。
我停下脚步，用目扫过
小河的彼岸，为的是观看
那万紫千红、鲜花盛开的枝蔓；
正是在那里，一位贵妇人形只影单[11]，
出现在我的眼前，
她的突然出现，仿佛是什么东西
令人感到惊异，不再去想其他问题；
她在款步行来，一边歌唱，一边挑选鲜花，
这些鲜花把她所走的道路装点得美妙如画。
“喂，美丽的夫人，
你用爱的光芒烘暖你的全身，
倘若我该相信往往能证明心境的面容[12]，”
我对她说道，“但愿你能乐意
向这条河流行进，
使我能听清你的歌声。
你令我想起普罗塞皮娜曾在什么地方，曾有怎样的情景[13]，
当时，她的母亲丢失了她，
她也丢失了春[14]。”
她在旋转着身体，如同一个跳舞的女人，
既把脚跟紧贴地面，又把双足并拢，
迈着小小的碎步，飘然前行，
她在朱红色和黄色的鲜花之上，
朝我转过身来，那神情
无异于少女低垂纯真的眼睛；
她使我的请求得到满足，
把身子移动得如此之近，
把那甜美的歌声连同歌词含义全都送入我的耳中。
她刚刚来到一个地方：
那里的青草被美丽河流的波浪浸润，
她就惠顾我，抬起她的眼睛；
我不相信，在维纳斯的睫毛之下，
会闪烁出这样晶莹的光亮，

这时，维纳斯正被她的儿子完全违反他的惯例，用利箭刺伤[15]。
她在彼岸玉立亭亭，满面笑容，
用她的双手把五彩缤纷的鲜花拨弄，
这些鲜花都是在这高贵的土地上无籽而生。
那河水使我们相隔有三步远近；
但是，埃列斯蓬托海峡——塞尔瑟曾从那里经过，
那里也还能制止人类的一切狂傲行径——[16]
曾遭受莱安德罗的怨恨，那怨恨却不如我的怨恨深，
前者是因为塞斯托与阿比多之间波涛汹涌[17]，
我则是因为这时小溪不曾开通。
她开言道："你们是新来乍到，
也许是因为我竟然在这精选的地方欢笑
——这地方被选来为人类做巢[18]，
你们才感到惊奇，从而产生某些疑团；
但是，'你使我心中快乐'的那首诗篇[19]
令人心明眼亮，也能把你们心灵中的疑云驱散。
你走在前面，并曾向我提出请求，
你索性说出你是否还想听到其他解释；
因为我来就是要回答你的任何问题，直到你满足为止。"

伊甸园的风与水

我说道："这流水和森林的响声
把我内心中的新的信念战胜[20]，
因为我曾相信我听到的事情，它恰好违反这里的情景。"
她于是说道："我将说明令你惊异的事情
如何根据它特有的原因而发生，
我也将把蒙蔽你的那片云雾澄清。
至高无上的善只欢喜它自身[21]，
它造出那个善良而又能行善的人[22]，
这个地方正是为他提供永久安宁的保证。
由于他的过失，他曾在此只停留不久[23]；
由于他的过失，他曾把诚实的欢笑与舒畅的游戏
变为哀泣与辛劳。
流水和大地散发的气体

给自身下面的地带造成混乱，
这气体又尽其所能追随热气而向上腾翻[24]，
为了使这混乱不致给那个人带来任何麻烦[25]，
这座山岭才高高矗起，指向苍天，
从那紧锁的进山之处就摆脱这种混乱。
如今，因为空气是全部在自身的运动轨道中，
随着最高一重天不住旋转[26]，
只要它那旋转的圆圈不致在某个角落被打断；
在这完全融入纯净空气之中的高山上，
这旋转的运动遇到顶撞[27]，
于是便使那森林因茂密而发出声响；
那被撞击的森林威力无比，
它把自身的繁衍力注入空气[28]，
而空气又在旋转中把这些力量遍洒各地；
于是，另一方土地，就根据自身的质量和天气[29]，
使不同的林木从不同的繁衍力中，
得到孕育和产生。
听罢这番言语之后，人世间若有一些林木
未播明显的种子而在地上植根而生，
那似乎也就不算是什么奇闻。
你该知道，你所在的这片神圣田园，
遍布各种各样的种子，
它本身还有人世间采摘不到的果实[30]。
你所见的这条溪流并非出自什么水泉，
从被冷气化为雨水的蒸气中汲取营养，
如同世间的江河那样，由此获得和丧失流量；
它却是从牢固而可靠的泉水中涌出[31]，
这泉水正是出自上帝的意愿，
它获取的水愈多，也便把愈多的水流向两边。
这一边，泉水向下流泻，
有剥夺他人对罪孽的记忆的能力[32]；
那一边，它又能恢复他人对所做的每一件善事的记忆。
这边是勒特河；因此，另一边，
那一条河名叫欧诺埃河，而它不会有灵验[33]，

倘若事先不把这边和那边的水都品尝一遍:
这条河的滋味也胜过其他所有河水。

伊甸园的黄金时代

尽管你的渴求可以得到很大满足,
即使我无须向你作更多的透露,
我仍将情愿向你进一步作出结论;
我也不认为,我的解释会对你不算珍贵,
即使超出了我对你所作的许诺范围。
那些在古代吟咏黄金时代
及其幸福状况的诗人,
也许曾梦想这个地方就在帕纳索斯山上[34]。
这里,人类之根是天真无邪[35];
这里,一切果实应有尽有,春天永存,
这里的水也是人人称道的美酒香醇[36]。”
这时,我把全身转向我的两位诗人[37],
我见他们面带微笑,
倾听了最后一番谈论;
随后,我又掉转面孔,朝向那美丽的贵妇人。

第二十九首

神圣的队伍

(1—36)

七座烛台

(37—60)

二十四位长老

(61—87)

凯旋车与狮鹰兽

(88—120)

七位贵妇与七位老者

(121—154)

她刚刚把话说完，
就像堕入情网的妇人那样歌唱起来：
“蒙主赦罪的人是多么有福啊①！”
正像一些林泽女神，
单身行走在荒莽的林影之中，
有的想观看太阳，有的则想躲避阳光，
这时，她逆着水流方向，把身子移动，
沿着河岸前行；我也与她并身前进②，
迈着小步，把她的小步紧跟。
她与我的脚步加在一起，尚未走出一百步远③，
两道河岸便陡然一齐转弯④，
这就使我重又面向东边⑤。
这样，我们尚未走出多少路程，
这时那位贵妇便朝我转过全身，
说道：“我的兄弟，你且看一看，听一听。”
这时一道突如其来的光芒
照向这大森林的四面八方，
这令我顿时怀疑：是否闪电在发光。
但是，既然闪电总是来时快，去时也快，
那光芒却持续照射，而且越照越亮，
我心中不禁暗想：“这究竟是什么光？”
一首优美的乐曲在光辉灿烂的空气中荡漾；
这时一种对善的热忱油然而生，
令我责备夏娃的胆大狂妄⑥，
在天与地都俯首听命的地方，
她作为女流之辈，又是单独一人，况且刚刚成形，
竟然不能忍受，让任何布幕遮住眼睛⑦；
她若在布幕之下，保持虔诚，
我也本可在更长的时间内，
享有早已感受过的难以言表的欢欣⑧。
我如醉如痴地在这带
永恒欢乐的新鲜景象中前行，
并且还渴望得到更多的欢欣，

这时，在我们的面前，像是烧起一片火光，
碧绿枝蔓下的空气突然变得通红发亮，
那柔美的乐声已听得很清，那是一片合唱之声。

七座烛台

哦，至为神圣的女神们啊，倘若我曾为你们⑨
受过饥饿、寒冷或彻夜不寐的煎熬，
那么就有理由敦促我呼吁你们给以酬劳。
现在，埃利科纳应当为我倾泻清泉⑩，
乌拉妮亚应当与她的歌咏队一起，助我一臂之力⑪，
使我能把一些难以设想的事物赋成诗篇。
我们往前稍走不远，只见有七棵金色大树⑫，
这是因为在我们与大树之间还有那段长长的距离，
这就把那原有的形象歪曲；
但是，等我走到离七棵大树很近的地方，
那使感官产生错觉的一般对象⑬，
才不因距离而丧失它的任何形状，
这时，为理性提供论证材料的觉察力
才恍然大悟：它们本是七座烛台⑭，
并且从歌声中，也才把“和散那”一词听出来⑮。
那美丽的灯具朝上空放射出一片火光，
远比运转一个月的一半行程的圆月⑯
悬在子夜的晴空上更加明亮。
我满怀惊异之情，
向善良的维吉尔转过身去，
他也用同样惊讶的眼光回答我的观望。
我随即又转过脸去，观看那些崇高的物品⑰，
它们正在缓慢地朝我们这边移动，
速度之如此缓慢，只有新嫁娘们才会赛过它们⑱。

二十四位长老

那位贵妇人向我喝道：“你为何竟一味地热衷于
观看那灿烂的光芒，
难道随光芒之后走来的东西你就不想观望？”

这时，我才看见有一群人跟在后面行进，
仿佛在追随烛台的指引，
他们身穿白袍；尘世间从未见过这样的雪白洁净。
河水从左侧反射出一片烛光，
倘若我从水中望去，那水也便像是一面明镜，
反映出我左边的身影[19]。
我从我所在的岸上，来到一个位置：
这位置使我与他们只有一水之隔，
为了看得更清，我暂把脚步停止，
我看到烛火走在前方，
留在后面的是一片五颜六色的空气，
那景象竟像是画笔挥洒的一道道痕迹[20]；
这一来，那上空就鲜明地留下七条飘带[21]，
所有飘带都染上那几种色彩，
太阳神以此绘成彩虹，黛丽娅则以此编为光晕[22]。
这几面旌旗向后飘扬，竟超出视力所限；
据我估计，靠外的两面
相距有十步远[23]。
在这如我所描绘的绚丽多彩的天幕之下，
二十四位长老，头戴花冠[24]，
两位一排，迎面而来。
他们都在唱道："愿你
在亚当的女儿中间蒙福，
也愿你的美丽蒙福，姿色永驻[25]！"

凯旋车与狮鹰兽

随后，在另一道河岸与我相对之处，
这些精选的人
走过了鲜花与其他嫩绿的草丛，
犹如天上一个星光紧随另一个星光出现，
在他们之后又来了四头活物[26]，
每头活物都戴有王冠似的绿叶一簇[27]。
每头活物生有六只翅膀[28]，
羽毛上长满眼睛；亚尔古的双眼[29]

二十四位长老，头戴花冠，
两位一排，迎面而来。

第二十九首
第 83、84 行

若还活着，想必就是这样。
读者啊，我不再浪费诗句来形容它们的形状，
因为还有其他景象在把我催促，
令我不能对这个景象尽情描述。
但是，请读一下以西结书，他曾描绘过它们，
叙述他如何看见它们从寒冷的地方
来临，带着狂风、大云和火光[30]；
你将从他的著作中发现这些活物
与这里的恰好一样，除了翅膀的数目，
约翰与我的写法相同，与以西结则相差悬殊[31]。
这四头活物的内部空间，
有大车一辆，架在两个车轮之上，荣耀凯旋，
这大车由一头狮鹰兽用脖颈拉牵[32]。
那狮鹰兽把双翅展向高空，
恰恰放在居中的彩带与左右两边各三条彩带之间，
尽管从中穿过，却不曾损伤任何一边。
那双翼向上伸展如此之高，令人无法看见；
那金色的肢体犹如飞禽，
另一部分肢体则是红白相间[33]。
不仅罗马不曾用过如此华丽的车子
令阿非利加人或名副其实的奥古斯都感到欢喜[34]，
而且太阳车与它相比，也显得寒酸穷气[35]；
那太阳车曾因走出正轨而被烧，
因为有虔诚的地球在祈祷央告，
而当时，宙斯的公正裁决又是那么神奥[36]。

七位贵妇与七位老者

有三位贵妇在右轮一边不住旋转[37]，
婆娑起舞，摇曳向前：其中一位是那样红艳，
她在火光之中令人难辨[38]；
另一位的肌肉与骨骼
仿佛是用翡翠制成[39]，
第三位则如新飘落的雪花那样白净[40]；
她们三位似乎时而由那位白色的牵头，

时而又由那位红色的带领;
并且随着这位的歌声，其他两位把舞步的快慢调整[41]。
在左轮一边，又有四位在歌舞欢庆[42]，
她们身着绛红衣衫，跟随其中一位的舞法跳动，
那位的头上竟生有三只眼睛[43]。
在上述整个队伍之后，
我又看见有两位老者，他们衣衫不同[44]，
但仪态相同，既威严又庄重。
一位像是那位至高无上的希波克拉底家族[45]
的一名成员，自然创造他
正是为了他所更为珍爱的那些动物[46];
另一位表现出另有一番关注，
他手持明亮而锋利的宝剑[47]，
吓得溪流这边的我胆战心寒。
接着，我又看见四位老者，神态谦逊[48];
四人之后，只有单独一位老人，
那老人走上前来，昏睡沉沉，眼神却依然锐敏[49]。
这七位老者所着衣衫与前一批一样[50]，
但他们却不是用百合花
编成花冠套在头上，
他们所用的是玫瑰和其他朱红色的鲜花[51]:
凡站在稍远之处的人观看他们的外貌，
定会发誓：说他们的睫毛上方有火圈在燃烧。
当大车来到我的对面时，
耳听一阵雷鸣，这些高贵的人[52]
似乎下令禁止再往前进，
他们紧随排在前列的那几面旗帜，就在那里止步立定[53]。

第三十首

贝阿特丽切的出现

（1—39）

维吉尔的消逝

（40—54）

贝阿特丽切对但丁的责备

（55—145）

最高一重天的北斗星①
从不知道黄昏与清晨，
也从未被除罪孽的布幕以外的其他云雾所遮隐②，
它使每个人都在那里领悟各自的责任，
犹如那颗较低的星辰③
令人掉转船舵，向港口驶进，
当这北斗星停止运动时，那些真正的人④
原先是走在狮鹰兽与北斗星之间，
此刻则转过身去，朝向大车，犹如朝向自身的安宁⑤；
其中一位，几乎像是上天派来的使者，
唱道："我的新娘，来吧，离开黎巴嫩⑥。"
他高唱了三次，所有其他人也都跟随歌咏⑦。
正如享有天福的魂灵把最新的召唤响应⑧，
各自迅速从墓穴中立起了身，
用恢复了的声音高呼"哈利路亚"，把上帝赞颂⑨；
有一百位永生的臣仆和使者也正是这样⑩，
从那华丽的神车上站起身来，
会合如此高贵的长老的声音，一齐歌唱⑪。
众人都在说道："奉主名而来的人当受欢迎⑫！"
他们一边朝上方和四周投散鲜花，
"哦，你们把满手的百合花掷撒吧！"⑬
我曾在白昼初来的时分，
见过东方呈现一片嫣红，
苍穹的其他部分则是万里晴空；
我曾见太阳的面孔在冉冉升起，却被阴影遮掩，
而由于雾气把阳光冲淡，
双目也便能久久地仰望那面孔而不觉刺眼：
同样，就在这从天使们的手中上升，
又在大车里里外外飘落下来
的一片花的云海当中，
一位贵妇在我面前出现⑭，
她头缠橄榄枝叶，罩在洁白的面纱上边，
在绿色的披风下面，身着的衣衫颜色宛如鲜红的火焰⑮。

尽管那么多的时间已经过去[16],
一旦见到她,我的精神仍只是惊愕不已,
我浑身颤抖,四肢无力[17],
我不再是用眼睛把她认出[18],
而是由于她身上散发出的神秘魅力,
我才感到旧情的巨大威力。

维吉尔的消逝

早在我脱离童年之前[19],
那崇高的魅力就穿透过我的心灵,
而这时,它又刺痛我的眼睛,
我把身子向左转去,满怀企盼之情,
一个孩子害怕时或伤心时,
就会带着这种心情跑向妈妈怀中,
我想对维吉尔说:“我身上
没有一滴血液不在战栗:
我认出了旧日情焰燃烧的痕迹。”
但是,维吉尔已离我们而去[20],
维吉尔,最最慈祥的父亲,
维吉尔,我为求得解救,曾委身于他,作为凭依[21];
古老的母亲不论丧失过什么东西[22],
都不足以使被露珠洗得容光焕发的面颊[23]
不会因流泪而重又变得惨惨凄凄。

贝阿特丽切对但丁的责备

“但丁,不要为维吉尔的离去
再哭啼,不要再哭啼;
因为你该为其他的剑伤而哀泣[24]。”
几乎像是一位海军统帅在船尾和船头走来走去,
观察手下人等在其他战舰上恪尽职责,
并大力鼓舞士气;
在大车的左面边沿[25],
我听到有呼唤我的名字之声,便转过身去——
这里,实录我名实在是万不得已[26],

我看见那位贵妇，她最初在我面前出现，
曾是在天使欢乐地抛散的一片花雨之下以纱遮面，
这时，则向溪流这边的我投出视线[27]。
尽管那条缠有密涅瓦的枝叶的面纱[28]
已从她的头上垂下，
仍然不能令人看清她，
她那帝王般的威严仪态，依然高傲的言谈举止，却令人历历在目，
她继续说下去，就像一个人谈话那样，
把最激烈的言辞留到最后宣讲：
“仔细地朝这边看！我就是她，就是贝阿特丽切。
你怎么竟敢登上此山？
你难道不知这里是幸福之人的洞天[29]？”
我把双眼垂落到那清澈的水泉[30]；
我从水中看到我的面庞，立即又把双眼移到草丛上面，
极大的羞愧重重地压在我的额前[31]。
母亲对待儿子声色俱厉，
与她对待我的模样恰好相同；
因为严厉的怜爱味道就是带有辛酸苦痛。
她这时默不作声；天使们立即唱道：
“主啊，我在你里面寻求庇荫[32]。”
但是，他们不曾歌唱“踏足”以下的诗韵。
正如白雪沿着意大利的山脊[33]，
在活的条条梁木中间冷冻成冰[34]，
被斯基亚沃尼亚的狂风劲吹，压缩成密密层层[35]，
随后则又融化为水，从自身涓涓流淌[36]，
只要那失去阴影的大地吹来阵风[37]，
这恰与蜡烛遇火就熔为蜡泪别无两样；
同样，我在那些天使的歌声传来之前，
也曾停止流泪和叹息[38]，
而天使们一直紧随天体永恒旋转的节奏唱出歌曲；
但是，我从那甜美的悠扬声中，
听出他们对我的同情，
胜过他们说出：“夫人，你为何使他如此灰心[39]？”

那紧锁住我的心房的冰冻
立即化为叹气和泪水，勉强通过嘴和双目[40]，
从我胸中一涌而出。
她一直纹丝不动，
立在大车的上述边沿[41]，
这时则转向那些悲天悯人的天使发言：
“你们在那永恒的白昼中不眠守护[42]，
以致黑夜与困睡都不能向你们遮掩
世纪沿着它自身的道路迈出的任何一步[43]；
因此，我的答复更为关注的是：
让那个在彼岸啼哭的人能对我领悟，
以便使他的罪过和痛苦能达到同一种程度[44]。
不仅出于天体巨轮的旋转——
这些巨轮把每个造物都安排到某个结局，
依照是什么星宿作为他的同伴[45]，
而且还由于神的恩泽宽厚，
使水汽将甘霖降到他们的身躯——
这水汽是如此崇高，甚至我们的视线也无法靠近那里[46]，
此人在他的新生时期[47]，
就潜在地成为这样的人，
任何合适的衣着都会在他身上产生惊人的效果[48]。
但是，一块土地愈是具有良好的地气，
倘若播下劣种和未加耕耘，
就会变得愈加恶劣，愈加荒野[49]。
我曾用我的容貌支持他有若干时间[50]：
我曾向他显示我那青春秀丽的双眼，
带领他与我一起朝正道勇往直前。
我刚迈上我的第二阶段的门槛[51]，
把我的生活改变[52]，
此人就舍弃了我，把自身向他人奉献[53]。
等到我从肉体升为精神[54]，
我的美丽与德行也随之倍增，
对他来说，我却不再是那么珍贵，也不再受到欢迎；
他掉转他的脚步，走上并非真正的道路[55]，

他追求那些虚假的善的形象，
而这些形象不能把任何许愿全部还偿[56]。
上帝所赐的启示对我也无济于事，
我曾利用这些启示在梦中或以其他方式劝他回头是岸[57]；
而他竟把这一点很少放在心尖！
他已堕落到这等地步，
一切能使他得救的话语都已效力不足，
除非向他指出那些人如何永劫不复[58]。
为此，我才往访亡魂的进门之处[59]，
含泪把我的请求
向曾领他上山的那位倾诉[60]。
上帝的崇高旨令将会被打破，
倘若他竟渡过勒特河，
也品尝到这样的玉液琼浆，却不做任何
痛哭流涕的忏悔，补偿罪过[61]。”

第三十一首

贝阿特丽切的指责与但丁的忏悔

(1—63)

悔罪与昏厥

(64—90)

浸入勒特河

(91—126)

贝阿特丽切显露真容

(127—145)

“哦，站在神圣的河水那一边的你①，”
这时，她把她的词锋直接对准我②，
即使那言辞的刀刃间接触及我时，我也觉得十分尖刻，
她重又开言，毫不拖延地继续前面的话题，
“你说，你说这是否符合实际：
应当把你的忏悔与这许多指责连在一起③。”
我此刻的心情是如此惶惶然，
声音刚刚起动，便在它的那些器官④
容许它发出之前，哑然收敛。
她颇不耐烦，随即说道：“你在想什么？
回答我；难道是因为你身上的那些可悲记忆⑤
尚未被河水抹去⑥。”
混在一起的慌乱和恐惧⑦
促使我把这个“是”字送出口去，
而又必须用眼睛来理解这个字的含义⑧。
犹如射箭时把弓弦和弓身拉得过紧，
弓弩因而裂成碎片，
弩箭也便不是那么迅猛有力地把箭靶射穿，
同样，我在那沉重心情的压抑下，嚎啕大哭，
把泪水和叹息一涌而出，
而声音则迟迟哽噎在它的出口处⑨。
于是，她对我说道：“正是我的切望
曾引导你去热爱至善，
而除此之外，就没有任何东西值得向往，
在我的切望感召下，究竟是什么壕沟横亘在你面前，
或者你究竟发现什么山峦把去路阻挡，
因此，你才不得不抛弃继续前进的希望？
究竟是什么舒适条件和利益，
显示在其他财物的外观⑩，
令你不得不对它们如此流连忘返？”
在发出一声苦涩的长叹之后，
我才勉强有声音作出答复，
双唇也好不容易才把声音形成话语。

我一边哭泣，一边说道：“你的面容刚刚隐没⑪，
眼前的东西就以其虚假的欢乐⑫
诱使我的脚步走入歧途。”
她又说道：“倘若你保持沉默或否认
你所忏悔的一切，你的罪过也不会变得不为人所见：
这样一位法官对此定然明鉴⑬！
但是，当对罪孽的谴责从自己的面颊上迸发而出时，
在我们的法庭上，磨轮
就会把自身对准刀刃⑭。
不论如何，既然你如今对你的过失感到羞耻，
既然以后，听到海妖的歌声⑮，
你会更加坚定，
你就且把哭泣的种子撇开，侧耳倾听⑯：
这样，你就会听到我那被埋葬的肉身
如何不得不推动你走上相反的途径⑰。
自然或人工从未向你显示有什么取悦于人的东西，
能抵得上曾把我包拢在内的那些美丽的肢体，
而这些肢体又已散失在地里；
倘若由于我的死去，你就丧失了最大的欢愉，
那么尘世还有什么东西
该使你产生要把它获取到手的情欲？
既然虚妄的东西使你中了第一次箭伤，
那么你就该追随在我身后，
善自奋力向上，尽管我不再是当初模样⑱。
你不该沉重地垂下双翼，
坐待更多的打击，或是妙龄少女⑲，
再或是其他过眼云烟的浮华东西。
新生的小鸟会遭受两三次打击⑳；
但在羽翼丰满的鸟儿眼前，
张网或射箭都会是枉费心机。”

悔罪与昏厥

犹如孩子感到羞愧，一语不发，
把眼睛朝向地下，一边听人训斥，

一边认错，悔恨交加，
我这时也同样如此；她又说道：“既然由于听，你感到伤悲，
那么就抬起你的胡须[21]，
看一看，你必将感到痛苦加倍。”
粗大的橡树，在或是来自我们本国的风，
或是来自雅尔巴国土的风狂吹之下，连根拔起[22]，
它为顶风而作的抗拒，
还不如我在她的命令下抬起下巴所花费的力气，
而她提出要求时，不说面孔而说胡须，
我深知这样用词的尖酸刺激。
因为我扬起了脸庞，
我的眼睛才看明那些最早的造物[23]
已停止把鲜花抛散；
而我的一双目光仍然有些迟疑不定[24]，
看到贝阿特丽切已朝着那头神兽转身，
也只有它一身兼备双重本性[25]。
她在面纱下面，又在河的那一边，
我却觉得她似乎胜过昔日的她自身，
更胜过她在人世时压倒世间群芳的那副姿容[26]。
这时悔恨的锋芒深深把我刺痛，
所有其他东西中，不论是什么东西，
愈是令我背离对她的爱，就愈是成为我的敌人。
如此沉重的负疚感在啃啮我的心，
令我经受不住，倒下身去；此刻我变成何等情景，
那个引起我的负疚感的女人想必知情[27]。

浸入勒特河

后来，待到心脏把知觉能力重又输出，送还到我的全身，
那位贵妇——我曾见她单独一人——[28]
正俯身向我，并说：“拉住我，拉住我！”
她把我拉进河水，直到喉头，
随即又把我拖在她的身后，扬长而走，
犹如一叶轻舟，在水上漂游[29]。
待到我浮到幸福的彼岸附近[30]，

只听得有人异常温柔地在唱"用水洒我"[31],
我现在已记不清那歌词,更不要说把它写明。
那美丽的女人向我张开一双臂膀;
她搂住我的头部,把我浸没
在那我不得不把水吞入的地方。
她随即把我拉出,我浑身湿漉漉,
她却把我送入那四位美女团团舞蹈的内部,
每个美女都用一只胳臂把我遮住[32]。
"我们在这里是仙女,在天上则是星辰[33]:
早在贝阿特丽切降到尘世之前,
我们就被安排做她的丫环[34]。
我们将把你带到她的眼前;
但是,在其中放射出的欢乐光芒当中,
那边的三位将会使你的眼睛变得更为锐敏,因为她们看得更深[35]。"
她们就是这样边唱边开言;
接着,她们带领我与她们一起来到狮鹰兽胸前,
在那里,贝阿特丽切已移过身来,与我们面对面[36]。
她们说道:"你可莫要吝惜你的眼光:
我们把你放在那对翡翠的前方[37],
爱曾从那里拔出它的利箭,将你射伤。"
千万种渴望比火焰还要炽热,
使我把双睛紧紧盯住那双晶莹闪烁的秋波,
但那秋波却一味凝视狮鹰兽,毫不动挪。
正如太阳反映在镜子里,
那双秀目中同样也有那双重性质的神兽在闪闪发光,
时而是这种形状,时而又是那种形状[38]。
读者啊,你可以想一想,
我眼见那东西本身静止不动,却又不断变换它反映出的形象,
我是否惊得目瞪口张。

贝阿特丽切显露真容

我的心灵充满了惊讶与欢乐,
品尝到这样的美味珍馔,

那美丽的女人向我张开一双臂膀;
她搂住我的头部,
把我浸没在那我不得不把水吞入的地方。

第三十一首
第 100—102 行

尽管已酒足饭饱，却仍感不胜饥渴㊴，
这时，那另外三位表现出
更为高贵的仪态，向前迈步，
随着她们的天使的歌唱节拍，翩翩起舞。
“转过来，贝阿特丽切，把圣洁的眼睛转过来，”
这便是那乐曲的歌词，“看一看你那忠贞不贰的人，
他为了见你，竟跋山涉水，走了这么多的路程！
请赏光，看在我们的分上，揭开面纱，
向他显露你的樱唇，让他看清
你所遮掩的第二个美丽的姿容㊵。”
哦，闪烁着灿烂的永恒光辉的容颜㊶，
有谁在帕纳索斯山的林荫之下
曾变得如此面色苍白，或是曾把此山的甘泉痛饮一番㊷，
而不致显得头脑混乱，
同时又在上天用和谐的笔触把你描绘的乐园，
试图把你的本来面貌如实体现？
而此时，你把自身则已融进这开阔的空气里边㊸。

第三十二首

亚当的树

（1—60）

但丁的困睡

（61—84）

但丁的使命

（85—108）

大车的演变

（109—147）

娼妓与巨人

（148—160）

我的双眼是如此目不转睛和聚精会神，
来满足那长达十年之久的饥渴①，
以致我的其他感官全部陷于停顿。
而双眼的这边和那边，都被无心他顾的墙壁所挡
——那神圣的笑容就是这样张开旧日的罗网②，
把这双眼睛拉到自己的身旁！——
这时，那三位女神迫使我把面孔③
转到我的左方④，
因为我听到她们在呼唤："你看得时间过长⑤！"
眼睛虽有观看事物的禀赋，
却因为刚被阳光照得扑朔迷离⑥，
这就使我一时丧失了视力。
但是，待我恢复了视力，观看那不太耀眼的东西
（我说"不太耀眼"，是与那令人感觉十分强烈的东西相比⑦，
而我曾被迫把眼睛移开那里），
我看到那光荣的军队朝右方转去⑧，
并向来路归返，
它的前面是太阳和七道火焰⑨。
正如一队士兵为了拯救自身，
躲到盾牌之下，并在全部人马掉转方向之前，
先随着旌旗，把本队转动⑩；
走在前列的那个天国先头部队⑪，
也是在大车转动车辕之前，
全部先走过我们的面前。
随后，那几位贵妇又返回车轮旁边⑫，
狮鹰兽也拉动那幸福的负重⑬，
而它身上的任何一根羽毛并不因此而抖动⑭。
那位曾拉我过河的美丽贵妇⑮，
以及斯塔提乌斯和我，都紧跟
那个用较小弧度滚动的车轮前进⑯。
队伍就是这样在那古木参天的森林中缓步而行，
森林荒无人迹，这是那个曾相信蛇的女人的罪过所造成⑰，
天使的歌声在把步调调整。

贝阿特丽切下车时，我们早已动身远去，
那空间的距离也许相当于
一支离弦的箭飞出三次之地[18]。
我听到大家在喃喃地说“亚当”[19]；
接着，他们又把一棵光秃秃的树木围住[20]，
那树的每根枝杈，既无树叶，又无花果苞芽。
树梢愈是往上就愈宽阔，
倘若此树长在印度人的树林里，
它的高度也会令他们感到惊异[21]。
“你真有福，狮鹰兽，你不曾用喙
啄下这树的甜果，把滋味品尝[22]，
因为这一来，必会绞肚拧肠。”
其他仙人就是这样在那粗大的树木周围喊叫；
那双重性质的动物则喊道[23]：
“是的，要把一切正义的种子保存好[24]。”
它转向它所拉的车辕，
把车辕曳到那一无所有的树木脚边，
用树的枝叶把车辕系在树上面[25]。
正如我们世间的那些树木，
每逢那巨大的光芒射下——
那光芒与紧随天鱼身后发光的那个星座混在一处[26]，
就变得苞芽饱满，随后，
早在太阳从其他星辰之下、为它的几匹骏马套上羁轭之前[27]，
每棵树木就使各自的本色复原；
那棵树木也同样立即焕然一新，
原先枝蔓是如此孤零零，
这时则绽开花朵，色泽有的比玫瑰浅，有的比紫罗兰深[28]。

但丁的困睡

我不明白这一切，
而那些仙人当时所唱的颂歌，也非人间所唱歌曲，
我也无法强打精神，把那颂歌全部听毕。
倘若我能描绘那一百只无情的眼睛[29]
在听到塞林格斯的故事时如何闭拢困睡，

——而为使这一百只眼睛长夜不眠而付出的代价又是如此昂贵；
我就会像画家那样临摹范本，
画出我如何昏睡沉沉；
但还是该让有心之人仔细描绘这酣然入睡的情景[30]。
因此，我如今只能描述我醒来时的所闻所见，
并说出：有一片灿烂的光芒撕破我的困睡帐幔，
还有一声呼唤：“起来，你在做什么呢？”
犹如彼得、约翰和雅各被带到山上[31]，
见到苹果树的小花朵朵开放，
这树使天使们也对它的果实垂涎欲尝[32]，
并在天国把永久的婚宴摆上，
他们为此惊骇不已，听了一句话才恢复镇定[33]，
那句话也曾把更加昏沉的困睡惊醒[34]，
他们看到他们的伙伴
摩西和以利亚都不知去向，
他们老师的衣服也改变了模样[35]；
我也正是这样恢复神志，
看到那有怜爱之心的女人在我的上方弯身[36]，
她先前曾引导我的脚步沿河而行。

但丁的使命

我满腹疑虑，问道：“贝阿特丽切在哪里？”
她于是说：“你看她坐在那新生的
枝叶下面，树根上边[37]；
你看环绕在她身边的那些伙伴[38]，
其他仙人则随在狮鹰兽身后，向上走去[39]，
唱着更悦耳，也更深沉的歌曲[40]。”
我不知她是否还要讲下去，
因为这时我的眼睛里只有另一位[41]，
她令我无心他顾。
她独自坐在寸草未生的土地上[42]，
仿佛是留在那里守卫大车，
我曾看见那双形兽把大车系在树上。

七位女神在她身边绕成一道围墙,
手里举着一些烛光[43],
那些烛光安然不受北风和南风的影响。
“你将在这片森林中短暂停留;
你将与我在一起,永无止境,
成为那座罗马城的公民,基督也是那里的罗马人[44]。
因此,为了有利于生活堕落的人世,
你现在应当把眼睛盯住那辆大车,
一旦返回凡尘,你该把你所见的情景一一写明[45]。”
贝阿特丽切这样说明;而我也毕恭毕敬,
拜倒在她的叮咛脚下[46],
朝她所指定的地方,投去心灵和眼睛。

大车的演变

浓重云层中的电火,
在劈下时从未以如此迅疾的速度,
从更高的天空中降落,
就像我所见的宙斯的飞鸟那样[47],
从天而降,扑到树上,
撕破树皮,连同花朵和树叶也一概啄伤;
它不遗余力地破坏大车;
这就使大车仰翻犹如风暴里的舟船,
被浪涛所冲击,时而是下风面,时而是上风舷。
接着,我又看见一只狐狸,
冲入凯旋车的内部,
它仿佛从未吃过美好的食物[48];
但是,我的那位贵妇斥责狐狸的可耻罪过,
立即把它赶走,它逃得那么迅速,
只要它那无肉的骨架经受得住。
随后,我见那只鹰又从初来之处飞出,
落在大车的四方车斗里,
把身上的羽毛抖落一地[49];
这时,从天上响起一个声音,
如同发自一个深感惋惜的心灵

它带着这种心情说道:“哦, 我的小舟, 你怎么装载这样的恶行[50]!”
接着, 我觉得两个车轮中间的土地似乎裂开,
我看见从中爬出一条龙[51],
那龙竟然把尾巴插入大车当中;
犹如黄蜂把恶毒的尾巴拉起,
把针刺缩回自身,
那龙也同样如此, 拖起一部分底板, 蜿蜒游去。
大车的剩余部分, 就像肥沃的土地
长满荒草, 竟铺满羽毛,
这些羽毛也许是出自善意, 才奉献在那里[52],
这个和那个车轮乃至车辕,
也都被羽毛盖满,
而所用的时间比张嘴呼气还要短[53]。
那神圣的运载工具发生这样的变化之后,
就从它的各个部位长出了一些头[54],
三个在车辕之上, 四个角落则各有一个。
头三个带着一对犄角像牛,
但那四个却仅长着一只角在各自的额头:
这样的怪物还真是绝无仅有。

娼妓与巨人

我的面前出现一个厚颜无耻的娼妓稳坐在大车上[55],
她满怀自信, 像是一座堡垒在高高的山岗,
滚动着一双放荡的眼珠, 朝四下观望;
我又看见她身旁矗立着一个巨人[56],
像是为了防备有人把她从他那里夺走,
他们两个不时拥抱在一起, 互相亲吻。
但是, 因为那贪婪而淫荡的眼睛
向我瞟来, 那个残暴的情人[57]
就用鞭子抽打她, 从头打到脚跟;
接着, 他满腹猜忌和狂怒,
把那怪物解开, 拉进森林深处[58],
这就使森林变成一道屏障, 把我挡住,
使我看不见那新奇的野兽和淫妇[59]。

我又看见她身旁矗立着一个巨人，
像是为了防备有人把她从他那里夺走，
他们两个不时拥抱在一起，互相亲吻。

第三十二首
第151—153行

第三十三首

女神的哭泣

（1—15）

贝阿特丽切的预言和训教

（16—102）

但丁到欧诺埃河

（103—135）

但丁涤清罪过

（136—145）

女神的哭泣

七位女神开始唱道:“上帝啊,你的土地被信奉别神的人征服了①。”
她们轮换地轻柔唱出诗篇,时而三位同唱,时而四位齐歌,
一边把泪珠洒落;
贝阿特丽切在倾听她们歌唱,
变得如此长吁短叹,悲天悯人②,
玛利亚在十字架前脸色变更,也不过略微超过她的表情③。
但是,既然其他几位圣女让她有机会开口说话④,
于是,她就站起身来回答,
她满面怒容,颜色如火一般红⑤:
“等一会儿,你们就见不到我;
我亲爱的姐妹,不过再过一会儿,
你们又看见我了⑥。”
她随即让七位女神走到她的前面,
只是使个眼色,让我和那位贵妇⑦,
以及依然留下的那位智者跟在她的后边⑧。

贝阿特丽切的预言和训教

她就是这样向前走去;
我想她在地上尚未迈出第十步⑨,
就用双目把我的眼睛盯住;
她随后又神色平静地对我说:“走得快一些,
这样,我若与你谈话,
你也便于把我的话听明。”
我刚像我该做的那样,走到她身旁,
她就对我说道:“兄弟,现在既然与我走在一起,
为何你不敢向我提出问题?”
正如有些人在他们的上司面前,
说话时过分毕恭毕敬,
甚至不能把清晰的声音送到齿根。
我此刻也是这般光景,
我开始说道,声音也是半吐半吞:
“夫人,您了解我的需要,也了解有助于满足这需要的事情⑩。”

她于是对我说:“我愿你今后
能把畏惧和羞愧的束缚挣脱,
不再像一个人在梦中那样述说。
你该知道,那条蛇所破坏的那个器皿⑪,
过去存在,如今则不复存在⑫;
但是,凡有这种罪过的人都该相信:上帝的报复不怕汤菜⑬。
那只把羽毛留在车上的飞鹰
——那大车曾因此变为怪物,然后又变为猎获品⑭,
绝不会永远后继无人⑮;
我确有把握地看出,因此,我也要讲述,
一些星辰已摆脱一切羁绊和一切障碍,
它们已接近于为我们创立一个时代:
在这个时代里,一位‘五百一十五’,上帝的使臣⑯,
将杀死那女贼和与她一道
犯罪作恶的巨人⑰。
也许我的叙述晦涩难懂,
犹如西密斯和斯芬克斯一样,难以把你说动⑱,
因为这叙述像她们一样,使你的智力变得模糊不清。
但是,一旦事实成为纳亚德斯女神⑲,
必将解破这个奥秘难猜的谜语,
而不致伤损五谷或羊群⑳。
你该切记;这些言语既然是我说出来的,
你就该照样向世人显示:
生命不过是向死亡奔驰㉑。
当你写下这些话语时,你切要记住,
不可掩盖你所见的那棵树的情景:
它如今曾两次在这里被盗窃一空㉒。
不论是谁偷窃它或是撕破它,
都是以实际的亵渎行为触犯上帝,
因为上帝创造它,只是为了达到自己使用它的目的㉓。
正是由于吃了它的果实,那第一个灵魂㉔
怀着痛苦和渴望,企盼了五千余年㉕,
才盼来了用自身受惩来赎食果之罪的那位㉖。
倘若你无法根据特殊的原因作出评价,

看出它是如此出类拔萃，树梢竟然颠倒朝下[27]，
那么，处于昏睡状态的定是你的才华。
倘若那些华而不实的思想，不是像埃尔萨的河水那样，把你的头脑环绕，使之麻木，
那些思想的自满自足，
也不是像皮拉莫斯那样，把桑树玷污[28]，
单只就这许多情况而言[29]，
你也可以根据道德的意义，
从这棵树上理解禁令中的上帝的正义[30]。
但是，因为我发现你的智力是用石头做成，
既受到污染，又冥顽不灵[31]，
以致我的言语的光芒把你照得双目眩晕，
我毕竟依然希望，你把这些话牢记心中，
即使不是写入脑海，至少也该淡描在心，
这也是因为朝圣者应把缠绕棕榈枝叶的手杖带回凡尘[32]。”
我于是说道：“如今我的头脑被您打上烙印，
火印盖在蜡上，
那印上的字迹就永不会变样。
但是，为何我如此渴望听到的您的话语，
竟飞得这样高远，超越我的视力？
我愈是追它不及，就愈是要花费力气[33]。”
她说道：“这正是为了让你了解你所研究的学问[34]，
让你看出：它的理论
怎能把我的话语跟从；
也让你看出：你们的道路与神的道路相距远甚[35]，
正如那在最高之处加速旋转
的天体，距离地球那样遥远。”
我于是向她答道：“我不记得，
我曾与您有这样的离分，
我的良心也不为此而抱恨。”
她含笑答道：“倘若你对此不能记清，
如今也该记得：
正是今天，你才把勒特河的水饮过；
倘若从烟可以料到有火，

那么，这遗忘也便明显地证明，
你移情他顾的欲念中所犯的罪过[36]。
但是，从此以后我的话语将是赤裸裸[37]，
正是要把这些话语揭破，
使你那粗浅的眼力得到开拓[38]。”

但丁到欧诺埃河

更为灿烂夺目的太阳，迈着更为缓慢的步伐[39]，
来到子午圈，而在这里和那里，
子午圈则根据种种侧面而不断变化[40]，
这时，七位贵妇停下脚步，
正如一个人走在众人前面，充当护送，
一旦发现新奇事物或新奇事物的迹象，便把步子停住，
她们站在淡淡的树影边缘[41]，
那树影就像阿尔卑斯山透过碧绿的树叶和乌黑的枝蔓，
投在山下的寒冷溪流上面的阴影一般。
我仿佛看见，在她们的面前，
幼发拉底河与底格里斯河从一股水泉中汩汩流出[42]，
几乎像是一对朋友，在依依不舍地各行其路。
“哦，光明，哦，人类的光荣，
这是什么河水？它在这里从一个源头涌现，
却又一分为二，各自去远。”
既然有这样的请求，她便对我说道：
“你请玛泰尔达告诉你吧[43]。”
那美丽的女人像一个人推卸过失那样，作出了回答：
“这个和其他事情，
我都已向他说明；我确信：
勒特河的河水不会把这些向他遮隐[44]。”
贝阿特丽切又说道：“也许那更大的关注[45]
往往会削弱记忆，
这就使他的心灵对眼见的情景，变得昏暗不明[46]。
但是，你看那边滚滚流出的欧诺埃河：
你该把他领到河边去，像你惯常所做的那样，
使他那陷于瘫痪的能力得到复活[47]。”

正如一个高贵的灵魂不以借口推脱责任，
而是把他人的愿望当作自己的愿望，
一旦他人的愿望明显地透露迹象；
那位美丽的贵妇也正是这样，
在把我拉住之后，立即开始行动，
并以高雅的姿态，对斯塔提乌斯说：“你跟他一起来。”

但丁涤清罪过

读者啊，倘若我有更长的篇幅可以书写，
我定会把饮用甘甜河水的情景部分地歌颂一番[48]，
而这河水不论如何痛饮，都永不会令我生厌；
但是，因为用来撰写这第二部诗篇
的所有纸张都已写满，
艺术的限定也不让我把它继续写下去[49]。
我从那至为神圣的水波中返回，
像一些新生的树木那样得到再生，
那些树木重又长出新的叶丛，
我身心纯净，准备好登天去会繁星[50]。

注 释

第一首

1. 本首一开头便用“较为平静的水面”把炼狱的气氛与“惊涛骇浪”的地狱背景明显地区别开来。

2. “第二个境界”即指炼狱，它既不同于“罪人的地狱”，又有别于“圣者的天堂”，而是但丁创造性地虚构的地狱与天堂之间的中介地带，这一构思主要汲源于民间传说，而经典神学著作中是不存在这种境界的（但它又不像民间传说那样，被说成是地下境界）。但丁把它放置在耸立于南半球海面中心的一座高山即伊甸山的山坡之上，按天主教所说的七大罪恶（i sette vizi capitali）即骄、妒、怒、惰、贪财、贪食、贪色等轻重不同的顺序，分成七层梯阶，盘旋而上；诗中所称的“环”或“圈”（girone）就体现了这些层次，罪重在下，罪轻在上，地盘也随环山的走势，越来越小，直通到山顶即地上乐园。因此，把炼狱的外围（分两个区域）和地上乐园算在一起，炼狱共有十层，与地狱的十层恰好相当。二者的差别在于：就形状而言，地狱犹如地穴，漏斗形，上宽下窄；炼狱则类似铜模，圆锥体，上窄下宽；就鬼魂的处境而言，地狱和炼狱虽都是把鬼魂按罪恶大小分别安排到有关的层次地点，但地狱中的鬼魂是永劫不复，永受苦刑，炼狱中的鬼魂则是得到上帝的宽恕，在悔过赎罪、涤清自身一切罪孽之后，则可荣升天堂；因此，地狱中的鬼魂是要固定在一个地点永受苦刑的，而炼狱中的鬼魂则可相继在各层涤清自身一切罪孽之后抵达地上乐园，等待升入天堂。

3. 这里是说，鉴于地狱与炼狱的根本差别，但丁在冥界之行中所写“吟诵死亡”的诗歌，到了炼狱境界，必须改变原有格调，亦即要在格调上有所提高。

4. 缪斯系掌管文艺的九位女神（参见《地狱篇》第三十二首第10句及有关注解）。古来认为，诗人是缪斯的祭司，因而是属于她们的（萨佩纽）。

5. 卡丽奥皮斯为缪斯之一，司史诗（参见《地狱篇》第三十二首有关注解）；奥维德《变形记》第五章说她是九位女神中最重要的一位。此句可能借鉴于奥维德的有关说法和维吉尔《埃涅阿斯纪》第九章第525句：“啊，卡丽奥皮斯，我请求你，启发我歌唱吧。”根据中世纪词源的释义，其名字本身就意谓“声音动听”（dalla bella voce）。

6. 这里引用了希腊神话的一个典故：色萨利王皮埃里奥斯（Pierio）的几个女儿，称皮埃里迪（Pieridi）或皮埃里埃（Pierie），自恃歌声动听，竟向九位缪斯挑战，比赛唱歌，结果被卡丽奥皮斯击败，卡还将她们变为“喜鹊”（即诗中的“可怜的喜鹊”Piche misere）；奥维德《变形记》第五章曾叙述这个故事，但其中并未提及比赛后喜鹊们有悔恨莫及、欲求饶而不得之意，因而，十四世纪注释家布蒂认为，原句中的动词disperare（绝望、灰心丧气）应为dispettare（蔑视、置若罔闻），全句就意谓“对求饶满不在乎”。

7. “东方蓝宝石”为一种天蓝色贵重宝石，产生于古代麦迪亚（Media）。

8. “第一重”原文为primo giro，对此有几种解释：布蒂认为是指围绕地球的九重天中的第一重天，即月球天，这也是绝大多数古代注释家的看法；本维努托认为是指位于大气层与九重天之间的“喷火圈”（sfera del fuoco）；雷吉奥等近代注释家则认为是指“天际”（orizzonte），有人也解释为第九重天即“原动天”（cielo primo mobile）。

9. “死亡的气氛”即指地狱的氛围。

10. “美丽的星宿”指金星（Venere），此词亦指爱神维纳斯，象征着爱，这里则隐喻在炼狱中，爱主宰着鬼魂之间以及他们与上帝之间的关系（萨佩纽）。

11. 这里是说，金星与双鱼宫星座同时出现；双鱼宫是在白羊宫之前出现的，而但丁认为，太阳即位于白羊宫之内，因而此句意谓即将黎明，雷吉奥更具体地指出，约是在日出前两小时。萨佩纽认为，自但丁随维吉尔游地府以来，这将是第四天的黎明了；他们从地心向南半球表面攀登，已过去二十个小时多一点。但波斯科－雷吉奥注释本也同时指出：根据天文学家计算，1300年春，金星应是在晚祷时而不是在早课时出现，因此，这纯属但丁的艺术虚构，意在使读者能产生一种真实感。

12. “另一极”指南极或南半球。萨佩纽说：从炼狱望去，南极在海平面上约30度，与从耶路撒冷望北极的度数恰好相等。

13. “人类始祖”(prima gente)指亚当和夏娃。“四颗星”象征四枢德(virtù cardinali)，即智义勇节(Prudenza，Giustizia，Fortezza，Temperanza)，这是古代注释家的一致看法；近代注释家虽也有同样看法，但也有人认为是指南十字星座(Croce del Sud)，即位于半人马座(Centauro)与变色龙座(Camaleonte)之间的灿烂的四颗星，因为它们距南极很近，北半球根本无法看到。萨佩纽和雷吉奥都对上述后一种看法有保留：萨佩纽认为，在《炼狱篇》中，对待诗中的寓意问题不必像在《地狱篇》中那样过于拘泥，这里所说的金星和“四颗星”都是令但丁“赏心悦目，喜不自胜”的“真实的星辰”；雷吉奥也说：如果但丁知道这四颗星是南十字星座，“他又怎能说这四颗星过去只有人类始祖见过呢？”

14. 萨佩纽对此句的解释是：“在原罪以后，特别是今天”，北半球的人就无法看到这四颗星了。

15. 这里的“另一极”则指北极。

16. “大熊星”即我国所说的北斗星，诗中用的是Carro，为大熊星(Orsa Maggiore)的别称，因其形状似车，故称“大车星”(Gran Carro)：四星如车轮，三星如车柄；“不见踪迹”即指大熊星已降落到地平线以下。

17. 此“老人”即卡托(参见《地狱篇》第十四首及有关注解)。诗中把他作为炼狱的看守者；其实，卡托是异教徒，又曾在乌蒂卡兵败自杀，本应作为“自杀者”或“异教徒”在地狱中受惩，但丁之所以把他几乎“神化”，甚至赋予他如此神圣的职责，主要是因为他是为自由而献身的，同时又是但丁所推崇的斯多葛学派的信徒；但丁在《筵席》第四卷第六节第九、十句段中就说：“那位光荣的卡托就是斯多葛派中的一分子。”在这方面，但丁显然也受到卢卡努斯、西塞罗乃至维吉尔高度评价卡托的影响。

18. “隐秘的河流”即指《地狱篇》第三十四首第127—134句所说的“小溪”。“隐秘”一词的原文是cieco，直译为“盲目”，意思是隐蔽在地下，为人所不能见。

19. “永恒的监狱”即地狱。

20. 这里值得注意的是：诗中“胡须”一词的原文是piume(羽毛)，意在突出描绘卡托的庄严相貌；但丁用“羽毛”形容男性外貌似有偏爱，在《地狱篇》第二十首第45句亦曾用penne(羽毛)暗示“男人特征”(原词加形容词maschili，男性的)。

21. “深渊的法律”即地狱的法律，因为地狱的法律是禁止受惩的罪人擅自离开受刑地点的。

22. “圣女”指贝阿特丽切。

23. “还不曾见到最后的一晚”即是说“未曾死亡”。萨佩纽和波斯科－雷吉奥两注释本都认为，这里不仅是从字面上指“肉体的死亡”，而且还在寓意上指“灵魂的死亡”，因为但丁“想入非非”，认为自己犯有种种罪过，死期已在“临近”，活着的日子已不多了。

24. “所有犯罪的人”指在地狱中受苦刑折磨的罪人。

25. 这里的“自由”是指精神上的自由，正如布蒂所说，是指“摆脱恶习和罪孽的自由”；萨佩纽还进一步指出，这种“自由”是“包括政治自由在内的一切自由的基础”。

26. “伟大的日子”指最后审判的日子，届时，卡托的肉体将与灵魂一起荣升天堂。

27. 弥诺斯即在地狱第二环判定鬼魂应在何处受刑的那位“法官”(参见《地狱篇》第五首及有关注解)。

28. 维吉尔所属的“那一环”即地狱的第一环“林勃”(参见《地狱篇》第四首及有关注解)。

玛尔齐亚(参见《地狱篇》第四首及有关注解)是卡托的妻子，她虽一度被卡托抛弃，转让给奥尔腾西奥斯为妻，但对卡托的爱情始终如一；奥死后，她又复归卡托。她对卡托的忠贞感情深得但丁赞赏。

29. 卢卡努斯在《法尔萨利亚》第二章曾叙述她渴望卡托仍把她作为妻子的情意，但丁据此在《筵席》第四卷第二十八节第十三至十九句段中曾对此情节做了较为细腻的描绘，其中说："玛尔齐亚说……至少你该给我一句话：'在这如此漫长的一生中，我应当属于你……'""神圣的胸怀"意谓神圣的心灵；但丁在《筵席》第四卷第五节第十六句段中也曾说："啊，卡托的无上神圣的胸怀啊！谁将打算与你攀谈？"

30. "七个境界"即指炼狱山按骄、妒、怒、惰、贪财、贪食、贪色七大罪恶划分的七环或七层。

31. 萨佩纽和波斯科－雷吉奥两注释本都对此句作了一致的诠释，即：维吉尔说他将就卡托赐予他和但丁的恩惠也向玛尔齐亚表示感谢，而此解系出自十四世纪注释家布蒂。有人也曾把此句释为："我要在你的玛尔齐亚面前说及你的恩惠"，或"我要把你给玛尔齐亚的恩惠带回给她"。

32. "那下面"指地狱，因为维吉尔还须回到他与玛尔齐亚所待的"林勃"。

33. "罪恶河流的彼岸"指阿凯隆特河的彼岸，因为该河的"彼岸"是"林勃"所在之处，过了河，就是惩罚犯有罪行大小不等的鬼魂之地了。

34. 这里所说的"法律"是指：得不到上天恩惠而升入天堂的鬼魂绝不能与受此恩惠的鬼魂相处；这项法律是在耶稣下到地狱、从林勃中救出一批鬼魂（其中包括卡托）之后制定颁行的（参见《地狱篇》第四首第63句）；由于玛尔齐亚不属于受耶稣拯救能荣升天堂的鬼魂之列，她将永远留在林勃（尽管她不必像其他犯有罪行的鬼魂一样受苦），将永远与卡托分离，甚至无法再像在人世时那样令卡托"动情"。

卡托死于公元前46年，因此，在耶稣拯救他出林勃之前，他在林勃已待了约八十年了。

35. 这里的"圣女"仍指贝阿特丽切。诗中所提"恭维奉承"是指维吉尔所说有关玛尔齐亚的一些赞美的话。

36. 灯心草象征"谦卑"，因为它生长在泥泞的低地，无结，有弹性，不易被海浪冲垮，这是古代注释家的一致看法，本维努托还说：谦卑是走向赎罪的"第一条路"；随后即是要清除脸上的"一切罪恶污垢"。

37. 这里的"使臣"指炼狱山各层的守门天使。

38. "最低之地"是指海滩。

39. 这里运用了隐喻的笔法，把"植物"比作"美德"，意谓：除谦卑之外，没有任何美德能使人走入炼狱。

40. 这里是说：一旦抵达炼狱，就不该返回地狱；言外之意即是说：人开始赎罪后，就不该重犯旧恶。

41. 但丁一直是跪在卡托面前，卡托走后，他便"站起身来"；"默不作声"表示一种静默肃穆的神情；"投送双目"则表示但丁在等待维吉尔发出命令。

42. "最终的低地"指海滩的边缘。

43. 早课是在黑夜最后一个时辰，亦即在拂晓之前所作。这一组三行韵诗描绘了本首最富诗意的画面。萨佩纽认为，这种笔法受到维吉尔《埃涅阿斯纪》第三章第589句的影响："黎明把带来露珠的黑夜从天空抹去。"

44. 这里的"此人"是指尤利西斯。

45. "他人"指卡托。

第二首

1. 中世纪的地理概念是：有人居住的大地位于北半球，其经度线为一百八十度，即从西班牙的埃布里河（Ebro）发源地到印度的恒河（Gange）河口，耶路撒冷恰好在这两个极限中间。但丁正是根据这一概念写下开头这三句诗；北半球子午圈的最高点"俯瞰"耶路撒冷是说：这时，太阳已运行到西方地平线，黑夜则围绕地球，已转到与太阳运行的方向相反的半球上，从恒河升起，亦即从耶路撒冷以东的地平线上出现，因此，此刻是：西班牙正值中午，印度正值半夜，耶路撒冷则正值夕阳西下。就本诗而言，此时耶路撒冷正值黄昏，而炼狱则正值旭日东升。
2. 这里是说，春分时，黑夜处于天秤座（Bilance或Libra）内，在黄道十二宫中恰好与太阳所在的白羊座（Ariete）对峙；至秋分时，夜长日短，亦即诗中所说的"黑夜压倒白昼"，黑夜就离开了天秤座，亦即诗中所说的"天秤座又从黑夜手中堕落"（这里，诗人把"黑夜"人格化了），进入天秤座的则是太阳。
3. 指炼狱；但丁把耶路撒冷与炼狱放在相对立的方向，因而如注1所说：耶路撒冷为日落，炼狱则为日出。
4. 这里用比喻的笔法描述炼狱的日出景色。这里同样把"黎明"也人格化了，并用了大写：Aurora，成为"黎明女神"，她的"面颊"颜色的三种转变反映了日出光线变化的三个层次。这种鲜明而生动的写法也曾影响薄伽丘，《十日谈》第三天中就有这样的词句："曙光随着太阳的临近，从原来的鲜红开始变为橘黄。"
5. 这里的"光焰"（lume）是指负责将魂灵引渡到炼狱的天使；因为距离很远，宛如清晨时分笼罩在浓雾之中的"火星"（Marte），这时它正出现在西方的太空。诗中说火星"红光闪闪"，但丁在《筵席》第二卷第十三章第二十一句段中也有类似的描述；他说："火星能烘烤和燃烧东西，因为它热气似火，正因如此，它发出火一般的颜色，随笼罩它的雾气的浓密和稀薄，时而深些，时而浅些。"这一写法也源自当时流行的亚里士多德《论大气现象》（*De meteoris*）一书中所作的有关论断。
6. 这里运用类似电影摄影的由远及近展现画面的动感手法，描述天使驾舟到来：先是从远处看，天使的面庞犹如一团光焰，随后则是两块白色物体，即天使的双翼，最后则是逐渐显现的白点，即天使的衣衫，由此也烘托出天使从海上出现的神奇气氛。
7. 这里的"侍臣"是指侍奉上帝的天使。
8. 这里是指从台伯河河口（参见第100—101句）到炼狱的海边。
9. 十四世纪注释家本维努托说："因为这叶扁舟是轻的，坐在舟中的魂灵由于没有肉体的重量，也是轻的。"
10. 萨佩纽注释本与波斯科–雷吉奥注释本对此句的诠释略有不同，因为两注释本所引原文互异：前者依据大多数版本，印为parea beato per iscripto（直译为"似乎把幸福写在脸上"）；后者则依据佩特罗基版本，印为faria beato per descripto（直译为"使人从描绘天使中感到幸福"）。萨佩纽固然认为后一种解释缺乏表现力，但也承认，从两种说法中选择其一是"困难而无把握的"。
11. "一百多个"为未定数，只用以形容人数很多。
12. 原文为拉丁文in exitu Israel de Aegypte，取自《旧约·诗篇》第一百一十四章第一句，意思是说，"在以色列摆脱埃及奴役的时候"，从解释《圣经》的特殊意义上说，则是指"在灵魂摆脱罪恶的时候"；但丁在《筵席》第二卷第一节第七句段和《书信集》第十八章第二十一句段中就对此句做过类似的解释："就像当灵魂摆脱罪恶的时候，灵魂就变得神圣而自由了……"。
13. 波斯科–雷吉奥注释本指出，这里的"太阳"系指神话中所说的太阳神阿波罗，他也是"百发百中"的猎手；"摩羯座"（Capricorno）在太阳升起时位于子午线，距白羊座有九十度，几乎在炼狱的天顶（zenit），而随天体的运行，它逐渐远离子午线，仿佛是被太阳神用"百发百中"的神箭"赶出中天"。

14. “另一条路径”即指但丁和维吉尔是从地狱来到炼狱的，因而是一条“艰险难行”的路途。

15. 但丁时代，报告战事消息（或和平，或胜利）的信使都要手持具有象征意义的橄榄枝。

16. 这里的“幸运”一词是说明：这些鬼魂确信自己将获天国之福。

17. 这里是说：这些鬼魂到炼狱来原是为了洗涤自己身上的罪过；由于他们一见但丁是个活人，感到十分惊奇，竟至把这个根本目的置于脑后。

18. 这个鬼魂是卡塞拉（Casella）；他是十三世纪皮斯托亚或佛罗伦萨的音乐歌唱家，但丁之友：十四世纪注释家布蒂就说他是一位“出色的歌唱家”，并“精通音律”，曾为但丁的一些十四行诗谱曲；他一生喜好游乐，很晚才悔过赎罪。但丁之子彼特罗、十四世纪的本维努托和十六世纪的兰迪诺（Landino，1424—1504）都认为他是佛罗伦萨人，而佛罗伦萨无名氏则认为他是皮斯托亚人：梵蒂冈第3214号手抄本中有一首莱莫·达·皮斯托亚（Lemmo da Pistoia）所写的情歌，就书有“卡塞拉作曲”的字样。他具体的生卒年份不详，萨佩纽估计他似乎死于1300年春前不久。

19. 这里是说：只是在卡塞拉开口讲话后，但丁才从他的声音中把他辨认出来。近代文学史家维托里奥·罗西（Vittorio Rossi）曾就此分析说，但丁之所以未能立即认出卡塞拉，是因为他不曾想到卡这时才来到炼狱；雷吉奥认为，这一说法是“可以接受”的。

20. 这里是说：但丁预计自己死后，将再次来到炼狱，以更好地拯救自身。

21. “那位”即指驾舟引渡鬼魂至炼狱的天使。

22. 这里是说：天使“实行意愿”是根据上帝的“公正”安排。

23. “三个月来”是指自教皇博尼法丘八世颁布的大赦年（即从1299年圣诞节至1300年圣诞节）开始实行以来的这段时间。但波斯科-雷吉奥注释本指出，根据1300年2月22日的教皇有关圣谕，该大赦并非针对亡人，只是在1457年，此令才由教皇卡利斯托三世（Callisto III）正式宣布可应用于亡人；由于大赦年可应用于亡人的说法是十三世纪的圣托马索（San Tommaso）等神学家提出的，此说即成为当时世人的共识，但丁显然也接受了此说法。

24. “大海一片”是指第勒尼安海。萨佩纽和波斯科-雷吉奥两注释本都认为，卡塞拉为何“只是现在”才来到炼狱海边，其意费解，因为诗中并无交代。

25. 此句意谓：此处即台伯河入海处，因而河水“开始变咸”。

26. “河口”即台伯河河口。

27. 这里把台伯河比作“教会”，是救苦救难的途径，可使魂灵经炼狱而升天堂，因此，不必被打入地狱中受苦的鬼魂都要在此处“集合”。

28. “新的法律”不仅意谓炼狱的“法律”对新到此地的卡塞拉是“新”的，而且也是指所有魂灵抵达一个新的地点。

29. 萨佩纽和波斯科-雷吉奥两注释本所用原文不同：前者用voglie（情欲），是注释家长期采用的；后者则用doglie（痛苦），是依据佩特罗基的版本。但丁在《筵席》第二卷第十三节第二十四句段中曾写道：“音乐可把人类的灵魂吸引过来，而灵魂又几乎主要是心灵的气息，这一来，这气息就几乎停止了活动。”薄伽丘曾就此在《但丁赞》中指出，但丁青年时期喜爱音乐，凡当时有声望的音乐家都与他交好。

此处的“恋歌”（amoroso canto）可能是指与风格高雅的普罗旺斯抒情歌曲有关的独唱歌曲（萨佩纽）；amoroso一词意谓“恋情”，但也有“悦耳动听”之意，但丁在《新生》第二十三节第十六句段中就有amorosa cosa da udire（听来悦耳的东西）的说法；这里虽说是由卡塞拉唱出“恋歌”，但此歌是唱给被比喻为“哲学”的“女人”听的，因而是对哲学的礼赞。

30. 此句原文用斜体，是但丁的《筵席》第三卷所评述的《第二首歌》（“canzone

seconda”)的第一句，其中说明，被歌颂的“女人”是“哲学”，而非“真正的女人”（雷吉奥），这一点与但丁在《新生》中所提及的“高贵的女人”（Donna gentile）有关。近代注释家就此认为，此歌原为情歌，只是后来才被寓意化。拉纳、《最佳评注》、本维努托、布蒂等古代注释家曾认为，此歌是由卡塞拉谱曲，但佛罗伦萨无名氏则认为，当时没有为说理诗谱曲的习惯，因此，此歌可能是叙事诗（萨佩纽和雷吉奥都不同意此说法）。

31. “可敬的老人”即看守炼狱的卡托。

32. “鳞皮”象征罪恶和世间习俗，原文为scoglio，指果皮或鱼鳞、蛇皮。

33. 这里用生动的笔法描绘鸽子缓缓行走时的神态。

第三首

1. 这里的“理性”（ragione）一词有两种解释：萨佩纽和雷吉奥都认为是指“上帝的正义”，亦即是说：上帝的正义在激励我们在山上洗涤罪孽，但雷吉奥又补充说：其更确切的含义是，在山上，上帝在惩罚我们；近代的莱维（G. A. Levi）等注释家则认为是指“有罪之人的良心”。

2. “可信赖的伙伴”指维吉尔。

3. “自觉地感到悔恨”是指维吉尔的悔恨心情出自良心，而不是由于受卡托的训斥所致，因为卡托的训斥只是针对那些鬼魂，而非针对但丁和维吉尔，何况维吉尔到炼狱来，并非为了谒见上帝（他是要永久待在地狱的“林勃”中的）；因此，他只是在卡托训斥的启发下，感到自己未尽到导师和引路人的责任。

4. 脑海“偏狭”是说：当时，但丁一心只想到友人卡塞拉和卡托的训斥。

5. 萨佩纽认为，这里是说，但丁的“心意”（intento）得到纵横驰骋的更大天地，“辽阔”到渴望认识新事物的程度；雷吉奥则认为，该词应意谓“注意力”，即注意力分散到其他问题上。

6. 这是指初升的太阳是红彤彤的。

7. 这里是说：因为但丁是活人，有阴影，阳光射在他的身上，仿佛被他的阴影分裂开来，从而又使他的身体成为“辐射阳光的支撑点”。

8. 因为维吉尔是鬼魂，是虚无飘渺、没有身影的；阳光从但丁和维吉尔的身后射来，只能照出但丁的身影。

9. “慰藉者”指维吉尔。

10. 这段三行韵诗是说：公元前19年，维吉尔殁于布林迪西（Brindisi），后奥古斯都皇帝敕令将其遗体迁葬至那不勒斯。“晚祷时分”是指春分时下午三时至六时；如前所述，炼狱此刻正值日出时分，耶路撒冷则处于黄昏，而位于意大利南部的那不勒斯，据但丁估计，是位于距巴勒斯坦经度四十五度处，因而是在下午三时至傍晚六时之间。

11. 这里用九重天体与鬼魂虚无飘渺的躯体作对比，它们都是透明的，因而“无法阻挡”阳光的照射。

12. “无穷的道路”指上帝行事的缘由和方式，是无穷尽的，非凡人的“理性”（即智力）所能理解，正如上帝所体现的“三位一体”一样，由此也可参阅《旧约·以赛亚书》第五十五章第八句中上帝所说的这句话：“我的思想不同你们的思想，我行事的方法也不同你们的方法。”

13. 这里的“知其然”，属意译，原文为中世纪拉丁文quia，相当于当今意大利文的che，是关系代词，中文没有相应的语汇，其含义相当于il come、il perche（原因）的反义词，亦即“所以然”的反义语，即“知其然”。因此，此句的意思是：对于上帝处理人间事物的意旨和行为，只须“知其然”就够了，而毋须追究其“所以然”；换言之，人的智力是有限的，宇宙万物则是无限的。

14. 本维努托对此句曾作过如下解释：“如果上帝愿使人类了解一切，就不会命令人类始祖（即亚当和夏娃）不要去尝分别善恶树的果子，而人类始祖不曾尝到这果子，世人也不会遭受惩罚，也就毋须使耶稣基督诞生、受苦、拯救世人了。”但雷吉奥更倾向于圣托马索的说法，即：“如果人类的理性足以了解一切事物，也就毋须神来启示了。”

15. “这样一些人”指才智卓著的人；此段意谓：这些才智卓著的人本能凭借他们超乎常人的理性来“满足”他们了解一切事物的“欲望”，但他们根本做不到这一点，因而他们不仅“渴望落空”，而且还要下到地狱的林勃中去受“永恒之苦”（参见《地狱篇》第四首）。

16. 亚里士多德（公元前384—前322），古希腊最著名、最伟大的哲学家，生于马其顿的斯塔吉拉（Stagira），青年时曾从事军旅生涯，后入柏拉图所办的学校学习。在马其顿王腓力浦三世（公元前359—前336）宫廷侍奉八年，受命教授其子亚历山大。返雅典后，开办学园（Liceo），创立亚里士多德学派（或称逍遥学派peripetetica）；在政治上，反对马其顿；后死于卡尔西德（Calcide）。学识极为渊博，几近百科全书；虽为柏拉图的弟子，却反对柏拉图的二元论。著有《逻辑学》（*Organon*）、《修辞学》（*Retorica*）、《诗学》（*Poetica*）、《物理学》（*Fisica*）、《形而上学》（*Metafisica*）、《政治学》（*Politica*）。其威望在中世纪达到顶峰（但丁对他十分崇拜，称之为“智者之师”），十七世纪起，开始衰微。

柏拉图（公元前427—前347），古希腊最伟大的哲学家之一，生于雅典恩基亚岛（Enghia），曾长期周游各地，后返雅典。公元前387年（或前386年），成立一座学校，称“学院”（Accademia），亚里士多德曾在此就读。至今发现其著作有三十六部，其中三十四部为对话体，主要部分为其师苏格拉底的答词。殁于雅典。

17. 莱里切（Lerice）为位于斯佩齐亚（Spezia）海湾东端、马格拉河（Magra）入海处的一座古堡；图尔比亚（Turbia）为距法国尼斯不远的一个市镇，今称图尔比（Turbie）。这里用此东西两地说明意大利利古里亚（Liguria）地区海岸线上的一带地方：但丁时期，此地山石陡峭，道路难行，少有人迹。

18. “得到善终”是指在上帝保佑下离开人世；“上帝遴选”是指蒙获上帝恩泽，得以享有天国之福。

19. 这里是说，但丁与维吉尔来到山下，向左转，朝那群鬼魂迎上前去；这时，阳光也从左面射下，但丁的身影映照在右方，恰好抛射在石壁上，仿佛把阳光截成两段。

20. 这里是说，但丁是得到上帝赐予的“特殊恩泽”而来到炼狱的。

21. 这里是说：鬼魂让迎面而来的但丁和维吉尔转过身去，走在他们的前面，朝鬼魂行进的同一个方向走去。

22. “其中一个”即曼弗雷迪（Manfredi, 1232—1266），属德国施瓦本家族，意大利吉伯林派支持者，为神圣罗马帝国皇帝腓特烈二世（Federico II）的私生子，后经其父正式确认为子嗣。英俊潇洒，文武双全。1250年其父逝世，他才十八岁，即统治西西里和那不勒斯两王国。其异母兄科拉多四世（Corrado IV）自德国来意后，他辅佐其登基，实际上仍大权在握。科拉多四世死后，他作为摄政王，名义上协助其侄小科拉多或科拉迪诺（Corradino）治理国家，实际上统揽实权，终于在1258年篡夺王位，自立为那不勒斯和西西里国王，直至1266年为止。他一直与历届教皇抗争，从小科拉多的监护人、教皇英诺森四世（Innocenzo IV）起，到亚历山德罗四世（Alessandro IV）、乌尔班四世（Urbano IV）和克莱蒙特四世（Clemente IV），都把他恨之入骨，革除教门，后两届教皇均为法国人，曾吁请法王之兄安茹的查理出兵，入主西西里和那不勒斯。1265年，安茹的查理应克莱蒙特四世邀请，前往罗马，2月28日，被加冕为那不勒斯国王；同年5月24日，曼弗雷迪发表谴责安茹的查理入侵的檄文。1266年，安茹的查理率军进入西西里王国领土，2月26日与曼弗雷迪大战于贝内文托；曼弗雷迪英勇奋战，终因内外交攻，寡不敌众，兵败被杀。十四世纪史学家维拉尼虽为归尔弗派，但也不得不在《编年史》第六章中盛赞曼弗雷迪的人品才华。但丁也属归尔弗派（白党），对腓特烈二世和曼弗雷迪自然均无好感，故在《地狱篇》中把前者作为异端的“伊壁鸠鲁派分子”打入地狱受苦，在本首中也通过后者本人之口，称其罪孽“令人发指”（第121句），但因据说，曼在临终曾有悔罪表现，但丁在本首中对其另眼看待，使其能获得上天宽恕，至炼狱中涤罪，等待荣升天堂。

23. 此句对曼弗雷迪的描绘，近乎《旧约·撒母耳记上》第十六章第十二句对大卫王的描述：“他是一个容貌俊美的少年，面色红润，眉清目秀。”由此也可看出但丁对曼弗雷迪的态度。

24. 指齐心脏处，曼弗雷迪被砍了另一剑。

25. 康丝坦扎（Costanza）：神圣罗马帝国皇帝亨利六世（Arrigo或Enrico VI）之妻，腓特烈二世之母，曼弗雷迪之祖母。

26. 曼弗雷迪之女亦名“康丝坦扎”，为阿拉贡国王彼特罗三世（Pietro III d'Aragona）之妻，有三子：腓特烈（Federico），1296年任西西里王；贾科摩（Giacomo）继父死后任阿拉贡王；阿尔封索（Alfonso）。1282年著名的反抗法国入侵者安茹的查理的西西里晚祷起义（Vespri Siciliani）后，她在西西里首府帕莱摩被立为女王，施政贤明，甚受人民爱戴，史称“西西里康丝坦扎二世”。

27. 意谓：若有不利于曼弗雷迪的流言传闻，请但丁向康丝坦扎澄清事实真相。

28. “那位”指上帝。

29. “科森查的牧师”指枢机主教巴尔托洛梅奥·皮尼亚泰利（Bartolomeo Pignatelli），他于1254—1266年曾任科森查主教和大主教。当时，教皇克莱蒙特四世曾任命他为驻安茹的查理宫廷的宗座代表，在曼弗雷迪生前和死后，均参与迫害曼的活动。据说，曼死后，他曾受命将曼的遗骨掘出，四下抛散。

30. 这里是说，如果科森查主教能看到上帝仁慈的一面，就不会惨无人道地对待曼弗雷迪的尸骨；也有人把此句的动词letto（看到）按其本意解释为“阅读”，把原文questa faccia（这一面）解释为“《圣经》阐述神的慈悲为怀的一页”。另，此句的时间副词“当时”（allora），在萨佩纽和波斯科-雷吉奥两注释本中曾被作了不同解释和处理：前者认为，此副词是修饰动词letto的，后者则认为是修饰“受克莱蒙特委派”的；因此，前者把“当时”与“看到”相连，后者则用逗号把二词断开。

31. 指横跨坎帕尼亚（Campania）地区的卡洛雷河（Calore）的马奥雷拉桥（Maorella）；卡洛雷河恰好流经贝内文托。

32. 这里的“大堆石块”，原文为grave mora；据说，曼弗雷迪战死沙场后，法国士兵曾受命，每人投掷一石块，将其尸体埋起。但据考证，mora一词，在中世纪拉丁语汇中意谓“桥柱”或“桥墩”，传说圣徒或英雄死后均葬于桥柱或桥墩之下，但也有与之相反的说法，即葬于此处的是异教徒的尸骨，据称，1614年，就曾发现砌入一座桥梁的桥柱之内的匣子，其中盛有曼弗雷迪的遗骨。近代注释家巴尔比则认为，此词在佛罗伦萨方言中意谓"一堆"，1255年佛市国家档案中就曾多次提到mora lapidum，即"一堆石块"。

单就本段诗句而言，似是指曼弗雷迪战死后，先是被石块埋葬起来，后则由科森查主教下令把作为"被革除教门者"的曼弗雷迪的遗骨掘出，撒落在利里河（Liri）一带，维拉尼在《编年史》第七章中对此曾有较详细的记载，并称，曼弗雷迪死后，有人曾建议予以厚葬，安茹的查理则以曼为"被革除教门者"为由，不准葬于圣地，命令将其葬于贝内文托桥下，并令人掷石为冢；他不同意有人说是科森查主教下令掘尸移葬的。

33. 维尔德河（Verde），似即是利里河或加里利亚诺河（Garigliano），位于那不勒斯王国与教会领地的边境一带，流入第勒尼安海。此是本维努托的看法，但丁之子彼特罗和布蒂则认为，此河是位于古时那不勒斯王国边境、今属马尔凯（Marche）与阿布鲁佐（Abruzzo）两地区的特隆托河（Tronto）的一条支流。

34. 古时，异教徒和被革除教门者死后，其尸体要倒栽葱式地加以埋葬，恰似倒置的熄灭了的蜡烛。萨佩纽依据近代注释家埃吉齐（Egizi）的说法，认为：曼弗雷迪的尸骨并未像传说所称，被四下抛掷，而是被砌入切普拉诺（Ceprano，参见《地狱篇》第二十八首及有关注释）的一座桥梁的桥栏之内，并就此指出：诗句证明，但丁不赞成科森查主教的那种违反基督教义的做法。雷吉奥也说，鉴于缺乏证实掘尸扬骨的史料，理应认为：但丁这样写的用意在于加强对教权的论战。

35. 此段三行韵诗是说：按正统的教会主张，被革除教门者并非注定要永受惩罚，因此，他们获得上帝的"永恒慈爱"，还是有希望的。萨佩纽注释本并引古代的乔尔达诺·达·比萨（Giordano da Pisa）的话说："革除教门……尽管使人遭受世俗的惩治……却并无其他惩罚……并不与地狱联系起来，不会妨碍你登上天堂。"

36. 炼狱规定：凡被革除教门者，只要临终忏悔，仍可得到上帝的恩泽和宽恕，但必须在炼狱外界（Antipurgatorio）守候三十倍于他犯罪的时间；若能有活着的人向上帝虔诚祷告，这期限还可相应缩减。

37. 这里仍指曼弗雷迪的女儿。

38. 指不准曼弗雷迪立即进入炼狱的"禁令"。

39. 此句意谓：在炼狱，若有凡人在尘世以"潜心祈祷"相助，鬼魂在涤罪的道路上就会进展得更快。

第四首

1. 这几行诗句带有明显的哲理意味，反映了但丁依据亚里士多德和圣托马索的有关论述，对当时哲学上有争议的灵魂之说所持的独特看法，认为：人的灵魂只有一个，但它有三种"潜能"(potenze)或"基本官能"(virtù fondamentali)，即：植物生长官能(vegetativa)、动物感觉官能(sensitiva)、人类智力官能(intellettiva)；他在《筵席》第三卷第二节第十一句段中就曾指出，"灵魂主要有三种潜能，即生长(vivere)、感觉(sentire)和理智(ragionare)"，另有一些次要官能，如视觉、听觉、嗅觉、味觉、触觉等，从属于上述主要官能。这几句哲理诗说明：当人的灵魂在强烈活动时，各种官能都集中在其中一种主要官能上，其他所有官能则都停止活动，即如俗话所说，"一心不能二用"。联系到本诗的内容，即是说：但丁此刻在集中精神倾听和思考曼弗雷迪的陈述(参见第十三、十四句)而无心过问其他。但丁的上述见解显然源自亚里士多德的一个灵魂三种精神之说，即植物精神(生长)、动物精神(感觉)、理性精神(智力)，其中第一种在肝，第二种在心，第三种在脑，而随人身的发展，这三种精神也随之顺序渐趋完备；同时也接近圣托马索在《神学大全》(*Somma theologica*)第一卷中的说法，即"各种作用中的主要作用"(il principio delle azioni)只有"一个"(unico)。
2. 这里的"错误"是指柏拉图的多种灵魂说：柏拉图认为，人有三种灵魂：贪婪(concupiscibile)、易怒(irascibile)、理性(razionale)，它们各不相同，在人体内各有各的确切地位；亚里士多德曾在《论灵魂》(*De anima*)第三卷中对此作了批驳，指出这三种灵魂实际上是一个灵魂的三种作用。诗中用形象手法，把"灵魂"比作"火苗"：一个火苗在另一个火苗上"点燃"。
3. 这三行韵诗是说："觉察时间流逝"的"潜能"是"智力潜能"(potenza intellettiva)，而"占据整个灵魂"的"潜能"则是"感觉潜能"(potenza sentiva)，前一种"与灵魂离分"，后一种"与灵魂相连"，这时在起作用。因此，但丁此刻一心一意地在倾听曼弗雷迪，而未发觉时间在流逝。
4. "精灵"即指曼弗雷迪。
5. 太阳运行是每小时走十五度，这时升到五十度，即是说：从日出时算起，已过了三小时二十分，因此，此刻的时间为九时二十分(日出时间为六时)。
6. 这里又用了一个生活比喻：葡萄种植者在葡萄成熟("变得紫黑")时，为预防盗窃，在葡萄园周围设置篱笆，在篱笆的最大裂口之处，则用叉子叉上一把荆棘将裂口堵住；诗中是说，炼狱山的"山路"(原文为calla，本义为"小径"，这里则有"大门"、"入口"之意)比篱笆上的最大裂口还小。
7. 桑莱奥(Sanleo)为圣马力诺(San Marino)附近一小镇，古时属乌尔比诺(Urbino)大公国；位于高耸而险峻的山顶，当时有狭窄的石径通到那里，虽难行，但可步行前往；诺利(Noli)为利古里亚地区西海岸一小城镇，距萨沃纳(Savona)不远，四周环山，当时只能由海路或穿山越岭到达那里。
8. 比斯曼托瓦(Bismantova)为亚平宁山脉的一座大山，高一千零四十七米，最险峻之处为诺利角(Capo Noli)和城堡峰(Monte Castello)，位于雷焦·艾米利亚(Reggio Emilia)境内，靠近卡斯泰尔努奥沃·德·蒙蒂(Castelnuovo de' Monti)；本维努托曾描述该山极高，多石，只有一条通道，易守难攻，战时，平原居民均逃至此处避难。"最高峰"一词原文为cacume，但在萨佩纽和波斯科-雷吉奥两注释本中，其含义及印法均有差异：前者将该词小写，即cacume，指比斯曼托瓦山西南方的高峰；后者则将该词大写，即Cacume，指属莱皮尼山麓(Lepini)、位于福罗西诺内(Frosinone)西南的卡库梅山，并用连词e(和)把它与比斯曼托瓦山并列(萨佩纽本则无此连词)。
9. "引路人"指维吉尔；"指路明灯"的说法源于《旧约》的《诗篇》第一百一十九章第

一百零五句（“你的话是我引路人的明灯，是我路上的光亮”）和《箴言》第六章第二十三句（“诫命是灯，教导是光”）。

10. 布蒂等古代注释家认为，这几句诗的细节描绘有特殊的寓意，说明“赎罪是严酷而艰难的，同时也是崇高的”；“手脚并用”可能隐喻人要从“情感”和“行动”上做到这一点。整段的意义可能来自《新约·马太福音》第七章第十四句：“通往永生的门窄小，路狭隘，找到的人也少。”

11. 这里诗中用了一些几何术语，描述山坡的倾斜度：“九十度弧”原文为quadrante，即圆周的四分之一，或称“四分之一圆”；“线”原文为lista，意谓“条带”，此处指倾斜度；“半个九十度弧”即指倾斜度为四十五度的角。本维努托曾把quadrante解释为“日规”，其意义也相同。

12. 古今注释家一般认为，此句是说明登山者抵达目的地后“回顾”来路的喜悦心情，但也有人进一步解释为：在立德修身的道路上，经过一番努力，回顾所走过的崎岖道路，感到无限鼓舞，准备继续走所选择的道路。但自十九世纪但丁学家安德雷奥利起，则包括巴尔比在内的近代注释家又认为，眺望“东方”有显示好兆头之意，萨佩纽和雷吉奥都不同意此说法，萨说：但丁之所以眺望东方，是因为他是从那个方向爬上来的。

13. 这里是说，人在北半球时，由于北半球位于北回归线（tropico di Cancro）以北，人望东方，太阳是从其右方升起，即位于他与北回归线即南方之间，而人若在南半球，情况恰恰相反：人望东方，太阳则从其左方升起，即位于他与南回归线（tropico di Capricorno）即北方之间；炼狱位于南半球，因而发生后一种情况。

14. “诗人”指维吉尔。

15. “光明之车”（carro de la luce）指太阳。

16. 这里的“北方”，原文为Aquilone，意谓“北风”。诗句的含义请参阅注13。

17. 卡斯托里斯（Castore）和波路斯（Polluce），在这里指双子星座（Gemelli）。他们原是同母异父兄弟：其母莱达（Leda），为斯巴达国王廷达罗斯（Tindaro）之妻，天神宙斯爱上了她，化为天鹅，与她发生关系，生下波路斯，而卡斯托里斯则为她与廷达罗斯所生。兄弟感情甚笃，宙斯使波路斯成神，波路斯祈求宙斯使其兄得到同等待遇，宙斯俯允，使二人成为同生共死的兄弟，并化为星座，即双子星。

18. “明镜”指太阳。这里，维吉尔为说明太阳在南半球的运行情况，举例说明：春分时，太阳位于白羊座，而双子星与太阳“作伴”（亦即太阳进入双子星）时，则是夏至（solstizio d'estate），此时，人可望见黄道带（Zodiaco）“红光四射”的一面（太阳进入其内，像火一样使其焕发红光），这一面又更靠近大小熊星，亦即更靠近北方，因而也就更靠近左方。

19. “上上下下照遍”指太阳轮番地照射南北半球，或如萨佩纽所解释的，意谓太阳在一年当中摇摆于南北回归线之间。

20. “红光四射的黄道带”参阅注18，这里即是指太阳。

21. 参阅注18。

22. “原有的轨道”即指惯常运行的轨道。

23. 西云山（Sion），位于迦南（Cannan）地带，《旧约·申命记》第四章第四十九句曾提及此山，并称它又名“黑门山”（Hermon），耶路撒冷的城池即筑于其上，因此，此处即指耶路撒冷，它与位于南半球的炼狱恰为对跖地。Sion一词来自希伯来文Siyyon，我国《圣经》汉译本一般把山译为“西云”，把城市（即耶路撒冷的别称）译为“锡安”（参见《旧约》的《耶利米书》第四章第六、三十一句和《耶利米哀歌》第一章第一、四句，这里虽指“城市”，却仍有“山”之含义）。

24. 法厄同驾驶太阳车一事，参阅《地狱篇》第十七首及有关注释。

25. 这里是说：太阳在白昼运行的轨道，面对炼狱，应是从右到左，面对耶路撒冷，则应是从左到右，因此，人若在耶路撒冷，向东望，太阳在其右；若在炼狱，向东望，太阳则在其左。维吉尔对但丁的教导即是：西云山位于北回归线以北，因而作为其对跖地的炼狱山，则位于南回归线以南。

26. “最高天体运动”指九重天中最高一重即“原动天”(Primo Mobile)的运动：它围绕地球自转二十四小时，并带动其他八重天体(地球在宇宙中心是不动的)；原动天作为一个“球体”，其“子午圈”(cerchio meridiano)是为“天文赤道”(equatore astronomico)，或称“天球赤道”(equatore celeste)。“某种科学”是指天文学。

27. 这里是说，上述“赤道”总是位于太阳在一年运行中所处位置与正值冬季的半球之间：春分时，太阳行至赤道，然后缓缓向北回归线(即北半球)转移，并把夏季带到那里，而南半球则为冬季；同样，秋分时，太阳又继而转回赤道，随即移至南回归线，又把夏季带到南半球，北半球则又为冬季了。由此可见，赤道总是处于太阳在回归线上的位置与南北半球的冬季之间。

28. “原因”指炼狱山与西云山是对跖地；“这里”指炼狱。

29. 这里引用了一个典故：希伯来人在因土地不够而移居埃及之前，是在祖先亚伯拉罕率领下从美索不达米亚定居巴勒斯坦的迦南地区(约在公元前2000年)，此处亦指耶路撒冷；当时，他们处于北半球，故曾见太阳向“炎热的地区”即南方运行。

30. 这里所说山峰太高非眼力所能及有双重含义：一是指山高，一是隐喻奠立“美德”(virtù)，正如本维努托和佛罗伦萨无名氏所说，山峰高耸入云，“犹如美德指向天空”，“美德之山如此高深，其山巅，亦即其深奥，非眼力所能及”。

31. 此处用炼狱山势来比喻涤罪赎过的过程：最初险峻难行，逐渐则趋于平缓，登山也便愈来愈容易了。本维努托对此三句的“道德含义”曾作过如下解释：“美德最初看来是严峻的，俟到最后，则是极为舒畅的。”换言之，鬼魂随着逐步涤罪，将会感到自身的罪孽愈来愈轻，步履也会愈来愈快。

32. 此句反映了亚里士多德在《伦理学》第二卷中的一句话：“表明美德业已取得的标志是伴随劳作的快感。”即是说，人在经过艰苦努力后使精神境界达到完美程度，其乐是无穷的。

33. 这里是说，维吉尔对炼狱的了解到此为止，要进一步了解情况则需由新的引路人即贝阿特丽切来承担了。

34. 此“人声”发自贝拉夸(Belaqua)。此人真名为杜契奥·迪·博纳维亚(Duccio di Bonavia)，“贝拉夸”是其绰号，为佛罗伦萨人，以制作诗琴、吉他为业，住在圣波罗科洛街区(San Procolo)，离但丁家甚近，但丁喜欢音律，与他甚为友善，诗中二人亲切而又略带嘲弄的对话，说明二人之间的关系。关于他生性懒惰，佛罗伦萨无名氏曾作过一番生动而详细的描绘：“这个贝拉夸是佛罗伦萨一个公民，手工业人，制作诗琴和吉他的琴颈，是从未有过的最懒惰的人。据说，他早晨来打开店铺，便坐了下来，从不站起，除非他是想去吃饭和睡觉。当时，作者(指但丁)也许与他很熟；因此，一天，作者拿他取笑，贝拉夸引用亚里士多德的话来答复他：‘坐着，心神平静，灵魂就会有许多知识。’作者就此回击他：‘确实，倘若一个人坐着就能成为智者，无怪乎从没有任何人比你更加有知识了。’”史料证明，他1299年7月2日还活在人世，1302年3月4日则早已与世长辞。

35. 这里又写了一些犯有懒散怠惰之罪的鬼魂在炼狱外界等待上山涤罪；他们的罪过与被革除教门者不同，等待的时间也不一样(见第131句)。

36. “亲爱的主人”是但丁对维吉尔的称呼。

37. 据说这是当时最流行的一句俏皮话。

38. 这是一句善意的玩笑话：不是嘲笑但丁对南半球太阳运行情况了解迟钝，而是揶揄他想知道的问题是贝拉夸认为“微不足道”的(雷吉奥)。

39. 但丁之所以“欢喜”，是因为他得知友人贝拉夸得救，可以在炼狱山上涤罪赎过。

40. “老毛病”指贝拉夸生前的懒惰。

41. 这里是说，凡生前懒惰的鬼魂必在炼狱门外等待与其寿命相等的年月才能入山。诗中所说的“天体旋转”即比喻岁月流逝。

42. 这一情节与上一首曼弗雷迪指望其女康丝坦扎为其虔心祷告以缩短在炼狱外界等待的期限是一样的。

43. 这里是说，得不到上帝恩泽的有罪之人做祷告，上帝是听不进去的，因而也是没有用处的。

44. “太阳已射到子午线”意谓此时已到中午，阳光正普照整个南半球。

45. 这里是说，南半球正值中午时，北半球则已是“黑夜”（黑夜“足踏摩洛哥”）；“海边”是指北半球西端大西洋的沿岸，有人曾误解为正值日出的“恒河边”。

第五首

1. 这里是说，这时太阳位于但丁和维吉尔的右面，他们则正背向东方，在炼狱山攀登；因为但丁是活人，从右射来的阳光，被他的身体挡住，照不到他的左方。

2. “破裂的光线”指但丁的身影把阳光截断了。

3. 这里的“目标”指悔过涤罪，因为但丁此行的目的正是要洗净身上的罪过，维吉尔对但丁的责备也正在于提醒他不应让所遇到的鬼魂分散其注意力，不应让私心杂念丛生，妨碍达到这个既定“目标”。

4. 这里的“红色”指羞愧之色；古代注释家布蒂对诗中之所以用“有时”一词，分析得十分精细。他曾指出，脸上泛起红色，并不总是出于羞愧，有时是出于愤怒，那就不配“得到原谅”了；而即使是出于羞愧，也并非总能得到原谅，因为有些罪孽绝不只是要求有羞愧之感的。

5. 这群人是“暴死者”，他们正从山坡较高一层的山路上走过来。所谓“暴死者”是指在战场上被杀或被敌人暗害的人。

6. 这里的“怜悯我”原文为拉丁文Miserere，取自《旧约·诗篇》第五十一篇，其中第一句即“慈爱的上帝啊，求你怜悯我……”这是常用的七首悔罪圣咏中的一首，用以表示悔罪赎过和求得上帝宽宥。据说，此首系大卫王为求上帝饶恕其所犯罪恶而作的诗：大卫王看上乌利亚（Uria）之妻拔示巴（Betsabea或Bethsabea）并与她通奸；为最终得到她，大卫王用借刀杀人之计谋害乌利亚：令其与强敌作战，乌果然阵亡；后先知拿单（Nathan）受上帝派遣，前来谴责大卫王，大卫王醒悟，于是写下这首悔罪赎过的诗（关于大卫王与拔示巴通奸谋害乌利亚的详情，参阅《旧约·撒母耳记下》第十一、十二章）；就诗本身的内容而言，显然适用于要在炼狱悔罪赎过、洗心革面的所有鬼魂，但鉴于该诗是大卫王犯下谋害乌利亚之罪后所作，从内容上更贴近本首所写的主题，本首中的鬼魂虽为被害者，他们本身则也有罪过需待忏悔和洗涤，同时又受到上帝的宽恕，他们对自己的对头和敌人也采取饶恕态度（见第55句），因而但丁选用此诗看来并非偶然。

诗中的“一段一段地”，原文为a verso a verso；萨佩纽注释本与波斯科-雷吉奥注释本的诠释略有不同：前者认为，鬼魂是把大卫王求主赦免的诗，即《诗篇》第五十一章中的十九段诗“轮番”歌唱，后者则遵循近代注释家基门兹的说法，认为是“一句接一句地”歌唱。

7. “有用”意谓但丁返回人世后可为鬼魂向世人宣传，令世人纪念他们并为他们向上帝祈祷，求上帝保佑，缩短他们在炼狱外界等待的期限。

8. 这里描述了暴死者的急切心情，与被革除教门者的那种温驯等待和怠惰者的懒散表现恰成鲜明的反差。

9. “因受暴力而丧命”即指横死，详见注5。

10. “生来有福”（ben nati）与《地狱篇》第五、十八、三十首中多次提到的“生来不幸”（mal nati）恰好相反，是说明这些鬼魂生前注定会得到上帝宽宥，可以永生的。

11. “引路人”指维吉尔。

12. “一界一界地”指但丁随维吉尔到冥界的各个领域。

13. 这个鬼魂是雅科波·德尔·卡塞罗（Iacopo del Cassero），全名为“雅科波·迪·乌古乔内·德尔·卡塞罗”（Iacopo di Uguccione del Cassero），为法诺（Fano）一古老贵族后裔，属归尔弗派，颇具军事政治才能，其叔马尔蒂诺（Martino）为当时著名的法理学家。1288年，曾与马尔凯地区（Marche）归派分子一道参加佛罗伦萨与阿雷佐的战争。1296—1297年，任波洛尼亚首席执政官，坚决抗拒斐拉拉侯爵阿佐八世（Azzo VIII）觊觎波市的野心；据说他还曾揭露阿的隐私：如说阿为一洗衣妇的“私生子”、与非生母私通等，并得罪阿的一些同党，这使他触犯众怒。1298年，他被任命米兰首席执政官，从威尼斯由海路前往上任；为谨慎起见，他避开走阿佐八世的领地，取道帕多瓦，但途中仍在距布仑塔河（Brenta）上奥里亚哥城堡（Castello d'Oriago）不远的地方，被阿派遣的刺客杀害。其遗体葬于法诺的圣多明各教堂（San Domenico）；据悉他遇害事件曾轰动一时。

14. 此句的简单含义即“心有余而力不足”。

15. “那个地点”指马尔卡·安科内塔纳（Marca Anconetana），位于罗马涅地区以南，安茹的查理二世（Carlo II d'Angio）于1300年统治的那不勒斯王国以北，大致相当于今天的马尔凯地区。

16. 法诺为卡塞罗的故乡（见注13），为佩萨罗省（Pesaro）一城市，罗马时有“幸运的法诺”（Fanum Fortunae）之称，因当地有建于公元前三世纪初的幸运女神古庙。

17. 但丁时期，一般认为，鲜血为一个人的生命与灵魂之所在。

18. “安特诺尔家族的领地”指帕多瓦地区，因为据说帕多瓦城系特洛伊人安特诺尔（Antenore）所建；这里可能还有一层隐喻之意，即安特诺尔为政治叛徒的代表人物：《地狱篇》第三十二首描述惩罚卖国贼等政治叛卖者灵魂的第九层第二环，即以其名命名，称“安特诺尔环”。安特诺尔原为特洛伊城的一位亲王，为普里阿莫斯的亲属，曾建议将海伦送还；他还与希腊军统帅阿伽门农私下串通，叛国投敌；特洛伊城陷被焚后，他追随墨涅劳斯前往意大利，建立了帕多瓦城。由此可见，诗中是以安特诺尔来影射帕多瓦人与阿佐八世密谋害死卡塞罗。

19. 因为当时帕多瓦地区非属阿佐八世管辖的势力范围。

20. 埃斯蒂（Esti）为阿佐·埃斯泰八世（Azzo VIII d'Este）的家族名称“埃斯泰”的复数。但丁本人对阿佐八世异常反感，在《地狱篇》第十二首中即曾提起他，说他有弑父之罪，还确认当时查无实据的有关阿佐八世是奥比佐二世（Obizzo II）之私生子的传闻。

21. 这里是说，阿佐八世作为卡塞罗的政敌，对他“恨之入骨”是正常的，但他对卡采用的阴险毒辣的暗杀手段则超乎“正当合理”的常情。

22. 米拉(Mira)是位于奥里亚哥(Oriago)与帕多瓦之间的小镇,靠近源自布伦塔河(见注13)的一条河道,当时由帕多瓦管辖。

23. 奥里亚科(Oriaco)即奥里亚哥的古称。近代但丁学家卡西尼(Cassini,1859—1917)根据1282年一份史料指出,在奥里亚哥附近,有一片属公家所有的芦苇塘,可见但丁所述不虚(见第82句)。

24. "另一个"是蓬孔特·达·蒙泰菲尔特罗(Bonconte da Montefeltro),他是《地狱篇》第二十七首提到的在惩罚欺诈者鬼魂的恶囊中受苦的圭多·达·蒙泰菲尔特罗之子。他也是一名英勇善战、足智多谋的吉伯林派将领,约生于1250年至1255年间。1287年,参与了将归尔弗派逐出阿雷佐的活动;1288年率阿雷佐吉派军队与锡耶纳归尔弗派军队大战于皮耶维·阿尔·托波(Pieve al Toppo)并获胜;1289年又率军与佛罗伦萨归派军队作战,在坎帕尔迪诺(Campaldino)战役中阵亡(但丁本人也参加了这次战斗),其尸体一度失踪,后被发现。关于坎帕尔迪诺战役前的一些细节,本维努托曾作过详细介绍,说明他事先曾侦察敌情,不主张进行这次战斗,但由于刚愎自用、不纳忠言的阿雷佐主教古利耶尔米诺(Guglielmino)一意孤行,最后二人双双战死沙场。这里所说的双方"心愿",是指但丁愿寻求天赐安宁,蓬孔特则是愿借活人的祈祷,缩短他在炼狱外界等候上山涤罪的期限。

25. 乔瓦娜(Giovanna)为蓬孔特之妻,蓬死后,她根本不关心安排蓬的后事;"其他人"可能指:蓬的女儿马宁泰萨(Manentessa),她曾下嫁于圭多伯爵家族(Guidi);蓬的兄弟腓特烈(Federico),他于1300年任阿雷佐首席执政官。

26. 因为蓬孔特的亲人在他死后都不怀念他,他才"垂头羞愧",无地自容。

27. 这里的"力量"指人力或神力;"运气"指偶然的机遇。

28. 坎帕尔迪诺(参见注24)为阿尔诺河上游卡森蒂诺山形盆地(Casentino)的平原地区,位于阿尔诺河左岸,右岸为波皮城堡(Poppi),1289年6月11日佛罗伦萨与阿雷佐大战于此,但丁作为骑兵冲锋队员曾亲身参加过这次战役,至今平原中心地带仍有石碑一块,纪念这次战斗,但史学家一般称此地为"切尔托蒙多"(Certomondo,意谓"某个世界"),因该地有圭多伯爵家族建立的方济各会修道院一座,如今已残破不堪,仅余一小教堂。布蒂曾对蓬孔特在坎帕尔迪诺战役中负伤一事作过如下介绍:"他负伤后,逃出卡森蒂诺,随即死去,其尸体始终未被发现。"

29. 波斯科-雷吉奥注释本认为,此处提及"卡森蒂诺"(见上注)之名,从地名学角度来看,是"很有趣"的,因为只是在今天,卡森蒂诺才延伸到阿雷佐,而当时,阿雷佐的毕比耶纳(Bibbiena,阿雷佐主教古利耶尔米诺曾派蓬孔特前往该地侦察敌情)以南之地,并不叫"卡森蒂诺"。

30. 阿尔基亚诺河(Archiano)为阿尔诺河的一条支流,水势汹涌,因为汇聚了许多激流;该河流经整个卡森蒂诺平川地区之后,在毕比耶纳附近流入阿尔诺河。

31. "隐修院"(Ermo或Eremo)指1012年由本笃会教士圣罗穆阿尔多(San Romualdo,956—1027)在卡马尔多利(Camaldoli)创立的卡马尔多利教派(Camaldolesi)所在的卡马尔多利修道院(Eremo di Camaldoli),位于阿尔诺河发源地法尔特罗纳山(Falterona)附近的丛林高地;在该修道院上方,有四条激流,汇成阿尔基亚诺河,其中两条流经修道院附近地区,形成所谓"卡马尔多利沟"(fosso di Camaldoli),另两条则从曼德里奥利山口(passo dei Mandrioli)泻下,汇成阿尔基亚诺河的前一部分;但也有人说,上述激流中只有一条在卡马尔多利修道院上方形成(如萨佩纽)。

32. "丧失其名的地方"意谓阿尔基亚诺河汇入阿尔诺河之处,因为从该处起,就不再叫阿尔基亚诺河了。

33. 从坎帕尔迪诺战场到阿尔基亚诺河河口，从空中看，不过五公里多，并不像但丁所描绘和想象的那么遥远，因而当代注释家维瓦尔迪（Vivaldi）对此句曾作过如下推测：他认为，蓬孔特负伤后是不可能跑到那么远的，至于蓬死后无尸一点，则可能是被阿尔基亚诺河或阿尔诺河冲走之故；他还认为，蓬当时可能看到阿雷佐军被击溃，欲将兵力撤至毕比耶纳，不料，却在那里遭到袭击，负伤，堕入阿尔诺河，或则是企图逃向阿尔诺河，以求保命。雷吉奥认为，维的上述推测无从证实，但维猜想蓬孔特的尸首可能是被河水冲走，却是有道理的。

34. "地狱的使者"即魔鬼，"使者"一词的原文为angelo（天使）。魔鬼与天使"争夺"鬼魂的情节在《地狱篇》第二十七首中也有描述，当时则是发生在蓬孔特之父圭多·达·蒙泰菲尔特罗身上，但在该首中，争夺的结果是魔鬼占上风。

35. "永恒部分"指灵魂，因为灵魂是"不死"的。

36. "一小滴眼泪"象征蓬孔特临终悔罪。

37. "另一部分"指肉体。

38. 这里引述了亚里士多德《论气象》第一章第九节和第二章第四节关于雨的形成的论点。

39. "那片山谷"指坎帕尔迪诺平川地带，位于普拉托马尼奥山（Pratomagno）与亚平宁山主脉之间。普拉托马尼奥山为位于阿尔诺河右岸的亚平宁山脉一座极高的山峰，地处阿尔诺河谷（Valdarno）与卡森蒂诺盆地之间；"大山脉"（gran giogo或giogana）指塞拉阿尔卑斯山（Alpe di Serra）的最后一段，它与卡泰纳亚阿尔卑斯山（Alpe di Catenaia）从东北方将卡森蒂诺盆地包拢起来，这里，但丁显然是指上述两座大山组成的位于阿尔诺河左岸的亚平宁山麓。

40. "名副其实的大江"指流入大海的江河；这里指阿尔诺河。

41. "十字"表示蓬孔特在临终时祈求圣母宽恕和拯救的心情，而汹涌的河水则象征魔鬼力求摧毁蓬的虔诚祷告，从而把他摆成十字的双臂"解开"。

42. 波斯科－雷吉奥注释本认为，这里的"痛苦"并非指垂死的痛苦，而是指蓬孔特临终时为自身的罪过而感到痛心，因而是懊悔和悔罪的情绪。

43. 皮娅（Pia）：但丁之子彼特罗、佛罗伦萨无名氏等大多数古代注释家均认为，她出身锡耶纳托洛梅伊家族（Tolomei）。其夫为沃尔泰拉和卢卡的首席执政官内洛·德伊·帕诺吉耶斯基（Nello dei Pannochieschi），他于1284年曾任归尔弗派税务官，至少一直活到1322年；在马雷马地区距马萨·马里蒂马（Massa Marittima）约十三公里处，他拥有一座城堡，称"石堡"（Castello della Pietra）。关于皮娅的死，有两种说法：一是说其夫看上了教皇博尼法丘八世之侄洛弗雷多·卡埃塔尼（Loffredo Caetani）之妻玛格丽特·阿尔多布兰德斯基（Marcherita Aldobrandeschi），准备在她正式解除婚约后迎娶她，因此，将原配皮娅幽禁在石堡之内，最后将皮从石堡阳台上推下摔死；一是说，他发现皮娅有外遇，出于嫉妒，将她杀害。

44. 这里是说皮娅在锡耶纳出生，却死在马雷马（参见前注）。

45. 这里用两个动词disposare（取出、出示）和inanellare（戴指环）说明宗教结婚仪式的两个步骤：新郎"取出"戒指，表示要娶新娘的意愿，然后把戒指"戴"在新娘的手指上，表示实现这一意愿（但也有人认为，二者是指订婚与结婚两个不同仪式）；因此，诗中所指的"那个人"即是指内洛·德伊·帕诺吉耶斯基。

第六首

1. 本首仍以暴死者为主题，可视为上首的续篇，由此而延伸到对意大利和佛罗伦萨的混乱腐败、派系乃至家族之间为争权夺利而自相残杀的现状的"哀叹"。

"掷骰子"原文为zara，为十三世纪流行极广的一种赌博，据说在东拜占庭比西拜占庭更为盛行，市政条令屡禁不止。其做法是：二人用三只骰子在小桌上投掷，类似猜拳，一人赌某个数字，另一人则掷骰子，若所投掷的骰子凑成对方所赌数字，对方即为赢家，反之，则为输家（三只骰子一次投掷，很难凑成六以下或十五以上的数字，因此，赌数字者一般都赌七至十四的数字）。据查，zara一词源自阿拉伯文azzahr，意思即为"骰子"，法文的hasard，意大利文的azzardo（本义均为"偶然"），其字源盖出于此，与"游戏"一词合用，分别成为jeux d'hasard和giochi d'azzardo词组，即意谓"掷骰子赌博"。按惯例，在赌博时，赌数字者要喊自己所赌的数字，而投骰子者则要喊zara，意谓"不中"或我国习惯的有关术语"眼儿猴"。

2. "另一个"指赢家。古代法理学家奥多弗雷多·德马里（Odofredo Demari）曾对当时掷骰子赌局的情景作过描述，与诗中所说大致相同："许多人惯于观看（掷骰子）赌局，当赌博者之一赌赢时，他们就要求他赏给他们一些喜钱，这些赌博者通常也都是这样做的。"本首头三段三行韵诗描绘掷骰子赌局的输赢家的神态和围观者的动态，充分显示了但丁的"神来之笔"，不愧是一幅意趣盎然的风情画。

3. "那个阿雷佐人"指十三世纪著名法理学家贝宁卡萨·达·拉泰里纳（Benincasa da Laterina）。他生于距阿雷佐不远的小城拉泰里纳，曾辅佐锡耶纳的首席执政官，任法官和行政长官。任职期间，他曾将吉诺·迪·塔科（见下注）的兄弟和叔父以盗窃抢劫罪处死；后他调任罗马，不幸被闯入法庭的吉诺·迪·塔科当场斩首杀害。

贝宁卡萨是本首第一个出场的暴死者，随后诗中又列举了一系列不甚知名的横死人物，其目的显然是为后一部分对意大利和佛罗伦萨现状的感慨和谴责提供了重要的背景材料，从而作了有力的铺垫。

4. 金·迪·塔科（Ghin di Tacco）即吉诺（Ghino）·迪·塔科。他出身锡耶纳望族弗拉塔（Fratta），性残暴，好盗窃，成为当时著名的江洋大盗，曾伙同其兄弟和叔父把该市府在马雷马地区所拥有的一座城堡攫为已有，拦路抢劫，坐地分赃，后被逐出锡市，在拉迪科法尼城堡（Radicofani）栖身，与罗马教会对抗；薄伽丘的《十日谈》第十天第二个故事对他有详细记载。晚年，他与教皇博尼法丘八世和解，并获得锡市当局赦免；后在锡市的阿西纳隆加（Asinalonga）遭暗杀。

5. "另一个"指阿雷佐的吉伯林派分子古乔·德伊·塔尔拉蒂·达·皮埃特拉马拉（Guccio dei Tarlati da Pietramala）。他生于十三世纪下半叶，在与被逐出阿市的博斯多利家族（Bostoli）的归尔弗派分子作战时，堕入阿尔诺河淹死。诗中的"追击奔跑"原文为correre in caccia，意思比较含糊，其中in caccia可作"追击"和"被追击"双重解释，因此，但丁之子彼特罗和本维努托认为，他是在"追击"博斯多利归派分子时堕河身亡的，而拉纳、《最佳评注》和布蒂则认为，他是在坎帕尔迪诺战役（见第五首注24和28）中"被人追击"。

6. 菲德里哥·诺维洛（Federigo Novello）：卡森蒂诺伯爵家族圭多·诺维洛（Guido Novello）之子；1289年或1291年，他在坎帕尔迪诺战役中，为救援古乔·德伊·塔尔拉蒂而在毕比耶纳附近，被博斯多利家族成员福马佑洛·迪·阿尔贝托（Fumaiolo di Alberto）所杀。

7. "比萨的那一个"指马祖科·德利·斯科尔尼贾尼（Mazucco degli Scornigiani）之子，古代注释家认为，他名叫法里纳塔（Farinata），近代的路易索（Luiso）则认为，他名叫加诺（Gano），是在比萨伯爵乌哥利诺与吉伯林派维斯贡蒂争夺对比萨的控制权的激烈斗争中，被前者杀害的，这场斗争最后以比萨大主教、吉伯林派分子鲁吉埃里·德利·乌巴尔迪尼取得“渔人之利”而告终（详见《地狱篇》第三十三首及有关注释）。马祖科当时是一位德高望重的人物，于1250年至1278年，在比萨及其他一些城市历任要职；1286年出家做了方济各会教士，在佛罗伦萨圣十字修道院（Convento di Santa Croce）度过他最后的十年，可能死于十四世纪初，但丁则认为他早在十四世纪以前就死了；但丁也曾在他晚年时结识了他。据说，他得悉其子被杀后，十分镇静，曾乔装改扮，去见乌哥利诺，祈求乌允许为其子下葬，但遭拒绝；薄伽丘、本维努托和佛罗伦萨无名氏都持此说法。萨佩纽注释本认为下一种解释更可信，即：马祖科作为基督教徒，放弃了为子复仇的意图，饶恕了杀子的仇人，据某无名氏评论家说：“他的朋友们乃至比萨市民都希望他复仇，采取某种方式与乌哥利诺对抗，但他却不愿采取行动，始终镇定而坚强”；布蒂还说，他曾与其他教士一道，为其子的遗体祈祷，并告其亲戚：“没有任何比与他们的敌人和解的做法更好的解决办法了。”

8. 奥尔索伯爵（conte Orso）属曼哥纳（Mangona）阿尔贝蒂家族（Alberti），其父为那波莱奥内伯爵（Napoleone）；1286年，其叔父亚历山德罗（Alessandro）之子、堂兄阿尔贝托（Alberto）为谋夺其家产将他杀害，揭开整个家族内部之争的序幕；1325年，阿尔贝托又被其侄斯皮内利（Spinelli）杀害。关于那波莱奥内与亚历山德罗手足相残的情节，请参阅《地狱篇》第三十二首及有关注释，他们二人都被打入地狱第九层该隐环中受苦。

“另一个鬼魂”见下注。

9. 皮埃尔·德拉·布罗恰（Pier de la Broccia）的法文名为皮埃尔·德拉·布罗斯（Pierre de la Brosse）。他出身寒微，因业外科医生而出名，得到法王路易五世和大胆的腓力浦三世（Filippo III L' Ardito）的宠信，后者还封他为宫廷内侍。1276年，腓力浦三世之长子路易神秘地暴卒，皮埃尔指控法王的第二个妻子玛丽亚·德·布拉邦特（Maria di Brabante）阴谋毒死前妻之子，以图让其亲生子美男子腓力浦（Filippo il Bello）继承王位。王后怀恨在心，趁1278年法国与西班牙卡斯蒂利亚（Castiglia）王国交战之机，反诬皮埃尔与卡斯蒂利亚王阿尔封索十世（Alfonso X）暗地勾结，图谋叛国。法王大怒，将皮埃尔以叛国罪处以绞刑（但薄伽丘的《十日谈》第二天第八个故事则说，是王后诬他企图诱奸她，从而使法王将他处死）。

10. “贵夫人迪·布拉邦特”见上注。这里是说，她在有生之日，应为将来死后到阴曹地府做准备，以免犯下更大罪孽而被打入地狱受惩。

11. “某篇诗文”指维吉尔的《埃涅阿斯纪》第六章第376句，其中说：埃涅阿斯的舵手巴利努罗斯（Palinuro）在掌舵航行时因困倦睡熟，堕入海中，他的魂灵央求女先知西比拉（Sibilla）助他渡过地狱中的阿凯隆特河，因他死后，遗体未得埋葬，不能过河，西比拉答道：“你不可希望神所决定的事情可以用祈祷来更改。”

12. “怜爱之火一时完成的事情”指活在世上的人可能出于对炼狱中有关鬼魂（即“栖息此处的人”）的“怜爱”，为他们祈祷，用以满足他们的要求；“不能使神的裁判降低它的高度”是指这样的祈祷并不能改变上帝的判决，因为上帝是要求鬼魂用更长的时间来赎清自己的罪愆的。

13. 这里仍指维吉尔说神的决定不能更改的诗章段落，参见注11。

14. 萨佩纽和波斯科－雷吉奥两注释本都认为，此句是说，为求上帝更改决定而做的祈祷，由于是出自异教徒，上帝是听不到的；后者还补充说，这是中世纪的一种典型的“违背历史”的写法，因为《埃涅阿斯纪》写于公元前30—前19年，维吉尔根本不可能知道上帝不愿听取“异教徒”所做的祈祷，当时“世界尚未因耶稣的牺牲而得到拯救”。

15. “那位圣女”指贝阿特丽切（见第46句）。这里是说，贝阿特丽切作为神学的象征，可以使但丁的“智力”理解“真理”，而维吉尔所代表的“理性”，只能“大致地”解决某些神学性问题，因此，要洞悉真理，必须求助于神学。

16. 这里是说，太阳已落到山后，因而把山影抛射到但丁和维吉尔所在的地方，时间约为下午前几个小时。

17. 这几句是说，维吉尔劝但丁不必性急，炼狱之行要持续两天之久。

18. 这里是说，太阳现已转到山后，但丁的身体现在不再能被太阳照出影子，因而也不再能把太阳的光线“截断”了。

19. “孤单单的魂灵”指索尔戴洛（Sordello）。他是十三世纪最著名的行吟诗人，擅长用意大利俗语和普罗旺斯语写诗，最负盛誉的诗歌是写于1236年的《哭僭主布拉卡兹》（*Compianto in morte di ser Blacatz*）。他生于曼图亚省的哥伊托（Goito），出身没落贵族，古代普罗旺斯一位传记作家曾称他相貌英俊，能歌善诗，并为“一大情种”。他年轻时曾在维罗纳僭主里卡尔多·迪·圣博尼法丘（Riccardo di S. Bonifacio）伯爵府中供职，曾写诗赞颂里卡尔多之妻库妮查（Cunizza），并爱上了她；1226年，在库妮查的两兄长埃泽利诺和阿尔贝托·迪·罗马诺（Ezzelino e Alberto di Romano）的帮助下，他与库妮查私奔。后他在马尔卡·特雷维加纳地区（Marca Trevigiana）的许多僭主的宫廷中任职，但因与奥塔·达·斯特拉索（Otta da Strasso）秘密结婚，不得不逃出该地，避难至普罗旺斯，侍奉莱蒙多·贝林基耶里（Raimondo Berlinghieri）。莱死后，他又服务于莱的女婿那不勒斯王安茹的查理，并随他返意，曾参加对西西里王曼弗雷迪的征讨；1269年，安茹的查理将帕莱纳（Palena）一片采地和阿布鲁佐的一些城堡赏赐给他，不久，他即与世长辞（约在1273年以前）。他在居住普罗旺斯期间，曾提高其普罗旺斯语水平，并使其行吟诗写作技巧更趋精湛；其名作《哭僭主布拉卡兹》中抨击了当时风云一时的政治人物的恶行劣迹，其中有腓特烈二世，法、英、卡斯蒂利亚、阿拉贡、纳瓦拉等国君主以及土鲁斯和普罗旺斯的一些僭主（据说，普罗旺斯的一些僭主曾应邀食用贵族布拉卡兹的心脏，以获得他的才智和勇敢）。他的另一篇名作题为《光荣的恩森哈门》（*Ensenhamen d'onor*），也以揭露权贵见称。但丁对他十分钦敬，在《论俗语》第一卷第十五节第二句段中曾称他“能言善辩”，对其诗作十分赞许。上述两篇名作可能是启发但丁在本首中谴责当时一些王公贵族的罪行的一个因素。

20. 曼图亚属伦巴第地区。

21. 从76句到126句是关于对意大利现状的感慨。“奴婢”“各省的主妇”等说法都见于《旧约·耶利米哀歌》第一章第一句对锡安（即耶路撒冷）的沦陷的哀叹：“这个扬威万邦的强国，现在却凄惨得像寡妇一样；这个曾傲视各省的皇后，现在却沦为奴婢！”这里的“奴婢”一词是指意大利当时没有皇帝来治国，而由各地的僭主或市政长官任意管辖，这进一步反映了但丁的政治思想：他在《帝制论》第一卷第十二节第七句段中就曾写道：只有统治万邦的君主才能以正义保障人民享有真正的公民自由。

22. “各省的主妇”源自《旧约·耶利米哀歌》的“傲视各省的皇后”的说法（见上注）；这里是说，根据东罗马皇帝朱斯蒂尼亚诺（Giustiniano，483—565）制定的法律，帝国的行政区域划分为省（即郡），意大利则不是省，而是各省的主宰；诗中则把它比作“主妇”。近代注释家德尔·隆哥对“卖身之娼妓”（原文bordello，直译为“妓院”）的诠释是：“公共事务不是按法制来管理，而是自行献予、卖身给那些想要管理它的人。”

23. 这里揭露了当时意大利国内封建割据，僭主各霸一方，市镇各自为政，派系乃至家族争战不休，市民自相残杀的混乱局面。

24. 这里的“海岸”指第勒尼安海与亚得里亚海之间的海边地区。

25. “朱斯蒂尼亚诺的缰绳”隐喻朱斯蒂尼亚诺制定的法典：他曾于530—534年修订并汇集了罗马法，从而制定了《民法大全》(*Corpus iuris civilis*)，因此才名垂青史。诗中用脱缰的野马形容当时无帝制法律管辖的意大利；但丁在《筵席》第四卷第九节第十句段中也有类似的比喻写法：“几乎可以把皇帝……比作驾驭人类意志的骑马人。这匹无骑马人驾驭的马如何在旷野奔驰，是十分显而易见的，特别是在那可怜的意大利，它始终处于没有任何办法来加以管理的状态。”

26. “你们这些人”：多数注释家认为是指教会，因为它本该“虔诚奉教”，不插手世俗事务，然而，它却染指意大利政权，致使意大利成为难以驯服的野马；但拉纳、《最佳评注》等则认为是指意大利全体人民，他们本该忠于帝制，亦即忠于诗中象征皇帝的“凯撒”。《新约·马太福音》第二十二章第二十一句就说：“属于凯撒的东西，应该给凯撒；属于上帝的东西，应该给上帝。”萨佩纽和波斯科–雷吉奥两注释本都更倾向于认为，此句源自《新约·约翰福音》第十八章第三十六句耶稣所说的话：“我不是这个世界的王，我的国也不属于这个世界”，用以隐喻教会，因为但丁本身的政治思想即是主张政教分离的。

27. “德国的阿尔贝托”(Alberto tedesco)指德国(或奥地利)皇帝阿尔贝托·德·哈布斯堡(Alberto d'Asburgo)，亦称阿尔贝托一世，身兼神圣罗马帝国皇帝，生于1248年，1298年登基，1308年被其侄施瓦本公爵乔瓦尼(Giovanni)杀害。据说，他与其父鲁道夫(Rodolfo)都只顾管理德国，而置意大利于不顾(他本人从未到过意大利)，致使皇权旁落，教皇篡夺世俗权力的野心愈来愈大，教皇博尼法丘八世就曾与他达成协议，充当他统治意大利的代理人。诗中特意强调他是“德国”的，尽管他同时也是神圣罗马帝国的皇帝，因而带有嘲讽的味道。

28. “公正的裁判”指上天的报复。这里的“血亲”可能是指阿尔贝托之子于1307年6月夭折或阿尔贝托本人于1308年6月被其侄所害。据此，曾有人推测《炼狱篇》前几首可能作于1308年左右，除非上述史实是经修订，增补上去的。萨佩纽对此说不以为然，他认为，但丁在诗中更多的是作“有意的预言”，并不能据以推断该篇撰写日期。

29. “继承人”可能是指卢森堡的亨利七世(Arrigo VII)。波斯科–雷吉奥注释本说，不知在但丁写此句诗时，他是否已被任命为继承阿尔贝托一世王位的人，如是，则可以肯定，他当时尚未表示有前往意大利之意。

30. “父王”指阿尔贝托的父亲鲁道夫；“那片国土”指德国。

31. “帝国的花园”指意大利，亦即神圣罗马帝国；但丁在《帝制论》第二卷第三节第十六句段中曾称意大利为“欧洲极其高贵的地区”。

32. 蒙泰基(Montecchi)和卡佩莱蒂(Cappelleti)是马泰奥·班戴洛(Matteo Bandello，1485—1561)和路易吉·达·波尔托(Luigi da Porto，1485—1529)先后所著的爱情故事《朱丽叶与罗密欧》中的男女主人公分别所属的两大对立家族(莎翁同名的悲剧即以此故事为蓝本)，这里则引申为拥护帝制的吉伯林派和反对帝制的归尔弗派的党派之争。关于两大家族的所在地，历来说法不一：在班戴洛的笔下，二者均系维罗纳的权贵；意大利梅尔齐(Melzi)小百科全书则说蒙泰基家族是在克雷莫纳，卡佩莱蒂家族则是在维罗纳；萨佩纽和波斯科–雷吉奥注释本更把二者恰恰颠倒过来：前者在维罗纳，后者在克雷莫纳。据说，蒙泰基家族为吉伯林派，卡佩莱蒂家族为归尔弗派，它们所代表的党派斗争蔓延到整个伦巴第地区；继他们之后，又分别出现代表吉派的图里森迪(Turrisendi)、埃泽利尼(Ezzelini)等家族，代表归派的圣博尼法丘(San Bonifacio)、德拉·托雷(Della Torre)等家族。正是这些无休止的党派斗争导致了意大利各城市僭主的乘机兴起、各自称霸的封建割据的混乱局面，而但丁认为，这种局面正是由于缺乏皇帝权威所致，他在《帝制论》第一卷第十二节第九句段中就说，人类要求只建立帝制，没有帝制，“各自为政，寡头政治和暴君统治便使人类沦为奴隶”。

33. 莫纳尔迪（Monaldi）和菲利佩斯基（Filippeschi）为奥尔维耶托（Orvieto）的两大家族，分别属于归尔弗派和吉伯林派。

34. 这里是说，莫纳尔迪和菲利佩斯基两大家族当时已感到末日临近，大势已去。

35. “惶惶不可终日的处境”的说法见于《新约·路加福音》第二十一章第二十五句：“日月星辰，必显出凶兆；怒海的波涛，使各国的人惶惶不可终日。”这里是说，贵族受周围城市领主的侵犯威胁，处境岌岌可危。

36. 桑塔菲奥拉（Santafiora）位于锡耶纳边界地带，阿米亚塔山（Monte Amiata）境内，为贵族阿尔多布兰德斯基（Aldobrandeschi）之采地，一度十分兴旺，后则日趋衰微，无力抗拒周围城市，特别是锡耶纳的侵犯，约在1300年，锡耶纳市就曾用武力，胁迫阿尔多布兰德斯基家族订立城下之盟，割让出相当大的地盘。但丁在此着重说明当时封建贵族的没落状况。

37. 诗句从党派之争、贵族没落写到帝国中心罗马，步步深入。“寡妇”一词源于《旧约·耶利米哀歌》（参见注21），这里是比喻罗马丧失君主，犹如“寡妇”丧失丈夫一样，“凯撒”一词仍泛指皇帝（参见注26）。

38. 这是一句辛辣的反话。

39. 这里是说，应对意大利的混乱腐败的现状感到羞耻。

40. “至高无上的宙斯”指耶稣基督。

41. 这里的“暴君”是广义的，既指掌权的僭主，又指党派的头目。

42. 马尔切洛（Marcello）：可能是指卢卡努斯在《法尔萨利亚》第一章第313句中所说的克劳迪奥·马尔切洛（Claudio Marcello），他于公元前50年任执政官，拥护庞培，曾被凯撒放逐，但在西塞罗保护下，得以重返罗马。但也有人认为是指另一个同名同姓的人，此人曾任军政首领，五次任执政官，曾战败汉尼拔，于公元前212年占领锡拉库萨和迦太基。

43. 话题从此句起转为对佛罗伦萨的哀叹。

44. 这里的“许多人”指其他城市的许多人。

45. 拉凯戴蒙（Lacedemona或Lacedemone），指希腊伯罗奔尼撒半岛上的古国拉科尼亚（Laconia）首都斯巴达，它与雅典分别以制定著名的吕库尔哥斯（Licurgo）和梭伦（Solone）宪法而驰名；近代注释家斯卡尔齐尼－万戴利（Scartazzini-Vandelli）认为，“雅典和斯巴达的体制似乎是民法的起源”。

46. 近代注释家德尔·隆哥认为，这里是说，佛罗伦萨归尔弗派白党最后一届首席执政官是1301年10月5日当选的，当时规定每两月改选一次，而此人却因黑党势力占了上风，不得不于同年11月7日即辞职下台，因此，尚“维持不到十一月半”。萨佩纽对此说法有保留，认为但丁所说并非政权更迭，而是政治行政措施的变更；雷吉奥与许多注释家则都附和德尔·隆哥的论点。

47. 这里是说，佛罗伦萨的市民随党派斗争中任何一派的得利或失利而得以返回故土或遭到放逐。

第七首

1. 这里用了两个表面上看来是有些矛盾的形容词:“彬彬有礼”和“欣喜若狂”,其实,诗句的内涵是要说明:维吉尔和索尔戴洛都是伟大的人物,他们总要庄重而适度地表达各自的感情,因此,他们的这种意外的惊喜尽管十分强烈,却是以一种不同于一般人的较为含蓄而得体的方式表达出来的。“重复了三四次”指重复了多次。
2. 这里是说,炼狱的鬼魂是要在得到上帝拯救之后,才能登上炼狱山的,而维吉尔死在耶稣诞生之前,那时还根本谈不到什么炼狱。奥塔维亚诺(Ottaviano),亦译作“屋大维”,即奥古斯都皇帝,当时是由他下令将维吉尔的尸体移葬到那不勒斯的,此事见于公元五世纪曾评论过维吉尔《埃涅阿斯纪》的克劳迪奥·蒂贝里奥·多纳托(Claudio Tiberio Donato)的《维吉尔生平》(*Vita di Virgilio*)。
3. 维吉尔既然死于耶稣诞生之前,无法具备基督教信仰,因而被放到地狱第一环即“林勃”(参见《地狱篇》第一、二、四首及有关注释)。
4. 这里是说,就年龄和资历而言,索尔戴洛都是维吉尔的“晚辈”或“小辈”,因而这时不能像方才那样平等地相互拥抱。关于诗中所说维吉尔“身上”的位置,注释家众说纷纭:佛罗伦萨无名氏认为是指“胸部以下”,本维努托和兰迪诺认为是指“臂膀以下”;也有人说是指“膝盖”“双脚”。波斯科-雷吉奥注释本不同意这类猜测,强调诗中所说只是表明小辈对长辈的尊敬态度而已。
5. “拉丁人”原文是单数、大写Latin,泛指意大利人民。萨佩纽注释本不同意当代注释家格雷森(Grayson)把Latin解释为“拉丁文”(latino),亦即下句中的“我们的语言”(lingua nostra)。这里的“功能”是指语言的“表现能力”。
6. 维吉尔“生长的地方”即曼图亚。
7. “功德”是指人的功德,亦即索尔戴洛的功德,但他出于对维吉尔持谦卑的态度,不好明说;“恩泽”则指上天的恩泽;由于同样原因,这种二者必居其一的说法只是表面的、形式上的。
8. “痛苦王国”指地狱。
9. “崇高的太阳”指上帝。
10. 此句的含义见于第8句:佛罗伦萨无名氏对“有所为”(fare)和“有所不为”(non fare)作了很好的诠释:“并非由于犯下罪过,而是由于不曾有过信仰。”
11. 这里指“林勃”,因为那里的鬼魂不像其他各层地狱的鬼魂那样要受苦刑折磨。
12. 林勃中也有未受洗而夭折的婴儿;“摆脱人类罪孽”即指经过洗礼,洗去原罪。
13. “三种神圣美德”指三超德(virtù teologali),即信(Fede)、望(Speranza)、爱(Carità)。
14. “其他一切美德”指包括勇义智节四枢德(virtù cardinali)在内的其他自然、理智和精神上的美德。
15. 此句源自维吉尔《埃涅阿斯纪》第六章第673句中希腊诗人穆塞奥斯(Museo,公元前1400年?)在理想乐土(Campi Elisi)即天堂中所说的话“没有任何固定的住处”(据说,英雄和有德之士死后都住到那里)。这里是说,索尔戴洛属于那些可在山上自由活动的鬼魂,他们可以上上下下地在山坡上行走,却不能跨过真正的炼狱门槛,他们都是在临终时才悔罪的;然而,但丁并未把索尔戴洛归在暴死者以及下面将提到的疏于职守的君主之列。
16. 这是炼狱中的规律:夜间不能行走。其象征含义是:没有上天恩泽的光芒指引,人就不能攀登内心的完美境界。
17. 这些鬼魂是一些王侯权贵人物,生前忙于政务,迟迟到临终时才悔罪。
18. 此句的含义见第44句及注16,但其典故出自《新约·约翰福音》第十二章第三十五句:耶稣说,“你们要趁着有光的时候走路,黑夜快来了,那时,在黑暗里的人,根本就不知道何去何从”。
19. 这里形象地用了一个“关”(chiuso)字,意谓太阳已落到地平线以下;“地平线”像一扇门，把“白昼”关在外面了。维吉尔《埃涅阿斯纪》第一章第374句也有类似的写法。

20. 这里是说，维吉尔不了解炼狱的规律，故而“感到惊异”；在《地狱篇》中，维吉尔只有一次表示“惊异”，即当他看到大祭司该亚法像十字架似的被钉在地上的时候（第二十三首第124句）。

21. 这里是说，但丁和维吉尔来到山岭凹陷成山谷的地方：山谷两侧从最高处逐步降低，直降到最低处，即谷底。

22. 这里的“胭脂”（cocco）和“铅白”（biacca）都是绘画用的颜料，“真金”与“纯银”也是指绘画着色用的金银粉；这表明但丁对绘画是相当熟谙的，因而他与当时的一些名画家，特别是乔托（Giotto，1266?—1336），交好甚厚。但萨佩纽注释本对有关此处涉及中世纪绘画技术的诠释有保留，认为此处不过是反映了“十三世纪抒情诗的某些想象的华丽而富有印象主义色彩的风格”。

23. 对此句不同的版本有不同的印法和用词：波斯科－雷吉奥注释本所印的原文是indaco, legno lucido e sereno，其中indaco为“靛青”，legno lucido e sereno则为被刨光的木材的那种“光亮而明净”的牙黄色；萨佩纽注释本所印原文则是indico legno, lucido sereno，其中indico legno为一种乌黑发亮的“印度木材”（legno indiano），lucido sereno则为明亮的天蓝色。由此可见，逗号的位置不同，用词的互异（一是indaco，一是indico），竟造成两种迥然不同的解释。但前一版本的注释似有一定道理：“乌木的黑色虽然发亮，却似乎不大可能放到一些鲜艳的色彩当中；至于天蓝色，放到一系列世上现有的物质具象当中，看来也并不协调。”

24. 这里是说，翡翠的绿色在“新破开”时显得格外鲜明。

25. “圣母，向你致敬”原文为Salve, Regina，原是十一、十二世纪对经唱谱的唱词（在赞美词前或后唱出），后则普遍流行，一般是在晚祷后唱颂赞美诗时使用；1227—1241年任教皇的格利高里九世（Gregorio IX）规定在星期五晚做圣事时唱此歌。该歌歌词有信徒们“在这泪谷中呻吟和哭泣”，祈求上天降恩，使他们能谒见基督等内容，有赎罪之意，因此很适合炼狱外界鬼魂的处境。

26. “皇帝鲁道夫”即指哈布斯堡的鲁道夫一世（Rodolfo d'Asburgo，1218—1291），德国的阿尔贝托的父亲，奥地利王室的始祖。1273年10月1日在法兰克福当选德国皇帝和神圣罗马帝国皇帝；同年又在阿圭斯格拉纳（Aquisgrana，即亚琛Aachen）加冕为德国皇帝。曾战胜波希米亚王奥塔卡罗（见注28）和巴伐利亚公爵亨利（Enrico），称霸奥地利、卡林查（Carinzia，即今克拉根福）、斯蒂里亚（Stiria，即今格拉茨）、卡尔尼奥拉（Carniola，今奥、意、南交界处）等地。维拉尼在《编年史》第7章曾对他作过详细介绍，说他为人豁达，勤于政事，颇具武功，但他不愿前往意大利，甚至不愿让教皇为他加冕，不然，佛罗伦萨人也会俯首称臣；那不勒斯王安茹的查理虽然强大，但也惧他三分，为讨好他，曾让孙子查理·马尔泰洛（Carlo Martello）娶鲁道夫之女为妻。他虽未正式任命为神圣罗马帝国皇帝，但丁则认为他仍拥有此称号，并责备他只忙于在德国抵制诸侯，加强自身地位，却疏于管理意大利政务，未恪尽其责。

27. 这里是说，内乱使意大利横遭毁灭（“死于非命”），而若有鲁道夫一世的干预，意大利本可免遭此劫。对“复兴”意大利“为时过迟”一句，大多数注释家认为，是指卢森堡的亨利七世（参见第六首及有关注释）曾试图在意大利恢复帝制，但萨佩纽和雷吉奥认为，若作此解，此句当写在亨利七世复兴帝国失败之后，然而，但丁在《炼狱篇》第三十三首中却又对亨利七世的复兴之举充满希望和信心，因此，此句可能是后来修订过的。

28. “另有一个”指波希米亚王奥塔卡罗（Ottacaro或Ottocaro），诗中则称“奥塔凯罗”（Ottacchero）。他是鲁道夫一世的死对头，曾被他征服（见注26），但在炼狱中二人不计前嫌，他反“慰藉”起鲁道夫一世来了。他的全名为普雷米斯劳·奥托卡罗二世（Premislao Ottocaro II），自1253年至1278年任波希米亚王。他曾极力反对选举鲁道夫为皇帝，并与之交战，最后战死在维也纳。

29. “那片土地”即指波希米亚。摩尔塔河（Molta）即摩拉瓦河（Moldava），在今捷克境内，长达四百二十公里，为易北河（Elba）的南部支流。

30. “阿尔比亚河”（Albia）即易北河，全长一千一百十二公里，从西北方流入北海。

31. 参见注26和28。

32. 文齐斯劳（Vincislao）即文塞斯劳（Venceslao），称文塞斯劳四世，1271年生，1278年在摄政王辅佐下继承王位，1300年被任命为波兰王，死于1305年。据说，此人十分懦弱，为与鲁道夫一世和解，尽管有杀父之仇，仍娶鲁道夫之女古塔（Guta）为妻。曾与内兄阿尔贝托争夺波兰，1305年与阿就此开始和谈时去世。

33. “满面胡须”意谓文塞斯劳已长大成人，与前句“在襁褓时期”恰成对照。

34. “那个小鼻子”（Quel Nasetto）指1270年至1285年任法国国王的大胆的腓力浦三世（Filippo III l' Ardito，1245—1285），“小鼻子”是他的绰号，其实他的鼻子很大（布蒂就说他是个“大鼻子”nasello）。各种版本在排印“小鼻子”一词时有所不同：萨佩纽等许多注释本中N都用大写，波斯科-雷吉奥则反对这样做，故用小写，而成nasetto。他是路易九世之子，1270年路易九世死后继位，有二子：一为美男子腓力浦四世，一为臭名昭著的佛罗伦萨归尔弗派黑白两党的“调解人”查理·德·瓦鲁瓦（Carlo de Valois）。在法国与卡斯蒂利亚关系紧张时期，他本应与阿拉贡王彼特罗三世（Pietro III）交好，以对付卡斯蒂利亚，但他却为支持法国的安茹家族觊觎西西里的野心，竟与彼特罗三世反目为仇，1285年还发动征讨阿拉贡的战争，在拉斯·佛尔米夸斯（Las Formiguas），法国舰队被阿拉贡海军大将鲁杰罗·迪·拉乌里亚（Ruggero di Lauria）击溃，后又因粮道受阻，不得不撤兵，途中又遇鼠疫传染病，军士大批死亡，他本人亦受感染，1285年10月5日死于佩尔皮尼昂（Perpignan）。

“相貌如此和善的人”为1270年至1274年任纳瓦拉王的亨利一世，其女乔瓦娜（Giovanna）继其王位，后赴法国与美男子腓力浦四世结婚。他绰号“胖子”（il Grasso），为特巴尔多一世（Tebaldo I）之子，继其兄特巴尔多二世（绰号“贤君特巴尔多”）任国王，遭阿拉贡和卡斯蒂利亚等王国反对，至1273年才得以正式加冕。1274年死于首都潘普洛纳（Pamplona）。诗中说他“相貌和善”只是指其外表，据说，实际上他性格暴戾，雷吉奥推测，但丁可能不知其有此缺点。也有些注释家认为，此处指的不是亨利一世，而是指特巴尔多二世之子威廉（Guglielmo），但与下句中的“岳丈”之称就矛盾了。

35. 关于“小鼻子”之死，参见前注；“把百合花撕成碎片”是隐喻玷辱法国王室的尊严，因法国王室的族徽为金底加三朵百合花。雷吉奥也就此推测，也可能是指腓力浦三世被彼特罗三世击败之后，失掉了西西里，亦即“百合花丢掉了它的叶子”。

36. “法国那个祸水”指美男子腓力浦四世，腓力浦三世为其“父亲”，亨利一世则为其“岳丈”。

37. “身材魁梧”的“那一个”是1276年至1285年任阿拉贡王的彼特罗三世，绰号“伟人”（il Grande），为贾科摩一世（Giacomo I）之子，1239年生，曾娶曼弗雷迪之女康丝坦扎（参见第三首及有关注释）为妻，1276年贾科摩一世死后继位。拉纳曾赞誉他“相貌英俊，身材魁梧，足智多谋，德高望重”。1282年西西里晚祷起义后，任西西里王，曾抗拒法国安茹家族侵占西西里的企图。

“那个有大鼻子的人”指安茹的查理一世，他与彼特罗三世生前不共戴天，在炼狱中却“亲亲热热”，这又是炼狱中的鬼魂冰释前嫌、饶恕敌人的一个例证。安茹的查理一世为法王路易八世之次子，路易九世之弟，为十四世纪版图扩张最大、实力最强的欧洲王朝之一安茹家族的始祖。1220年生，死于1285年。生前任安茹伯爵，1226年娶普罗旺斯的贝阿特丽丝（Beatrice），后又继承其采地，成为普罗旺斯伯爵。曾应教皇吁请，与施瓦本家族的西西里王曼弗雷迪作战，先后在贝内文托（1266年）和塔利亚科佐（1268年）大获全胜；1263年在罗马由教皇克莱蒙特四世加冕为那不勒斯王，1266年击败曼弗雷迪后，又由教皇马蒂诺四世（Martino IV）加冕为西西里王。他占领意大利南部并建立安茹王朝，自1266年至1442年达一百七十六年之久（在西西里则由于1282年3月31日西西里人民发动晚祷起义，仅维持到1302年）。

38. 但丁对彼特罗三世十分欣赏，这里所说“一切美德的绳索”，可能源自《旧约·以赛亚书》第十一章第五句对大卫王的描述：“他以公义作腰带，用信实作为束在肋下的带子。”诗中对他的突出赞颂对下面叙述他的后代不肖和没落起了更为鲜明的衬托作用。

39. 注释家对“年轻后生”的说法不一：大多数认为是指彼特罗三世的长子阿尔封索三世（Alfonso III）：他于1285—1291年在位，仅六年；但他死时并不年轻，声名亦不佳。有人则认为是指幼子彼特罗，他死在其父之前，当时风华正茂。萨佩纽和波斯科－雷吉奥注释本都倾向于后者，并说：彼特罗三世另有二子，即贾科摩二世和菲德里哥二世（Federigo II或Federico II），前者自1286年起任西西里王，1291年继阿尔封索任阿拉贡王，死于1327年；后者于1296年任西西里王，死于1337年。但萨佩纽强调：但丁在《天堂篇》第十九首以及《论俗语》第一卷、《筵席》第四卷中都曾对上述二人严加指责。

40. 此句用典出自《旧约·耶利米书》第四十八章第十一句：“摩押自幼就安享太平，好像酒在渣滓上未被搅动一样澄清，她从没有从这缸倒到那缸。”这里是指代代相传。

41. 贾科摩和菲德里哥均指彼特罗三世的两个儿子（见注39）。诗中的“江山”即指阿拉贡和西西里两个王国。

42. “最好的遗产”指彼特罗三世的“美德”。

43. “那位”指上帝。这里是说，美德很少能依照家族、血亲祖祖辈辈绵延下去，因为美德是上帝所赐，要具备美德，就须求助于上帝。诗中的“复出”一词，原文为risurgere，直译为“重新长出或冒出”，是从下而上地发展，因为西方家系图一般体现为树木，由树根、树干逐渐分散、伸展出枝杈，象征祖辈、父辈和子孙乃至直系、旁系等关系，因此，此词是异常贴切和形象的。

44. “大鼻子”即安茹的查理一世。

45. “彼特罗”即彼特罗三世。

46. 这里是说，原由安茹的查理一世管辖的普里亚王国（regno di Puglia）和普罗旺斯，由于其子安茹的查理二世（绰号“跛子”Lo Zoppo）所推行的劣政，民不聊生，因此，家族的蜕化并不仅限于阿拉贡的彼特罗三世一家。

47. 这里的“树苗”指安茹的查理二世，“树种”则指安茹的查理一世，说明从才能和功绩看，安茹的查理二世不如其父，因而比其父“渺小”。

48. 康丝坦扎为彼特罗三世之妻，贝阿特丽丝和玛格丽特（Margherita）则分别为安茹的查理一世的原配和续弦；由于安茹的查理一世的人品远不如彼特罗三世，故康丝坦扎比其他二人更有理由“自夸”有个好丈夫。如前所述，康丝坦扎为曼弗雷迪之女，1300年尚活在世间；贝阿特丽丝（参见注37）为普罗旺斯伯爵莱蒙多·贝伦加里奥（Raimondo Berengario）之女，死于1267年；玛格丽特为勃艮第（Borgogna）公爵厄德（Eude）之女，1300年尚活着。

49. “英国的亨利”指亨利三世（Enrico或Arrigo III，1207—1272），为英王“无地的约翰”（Giovanni Senzaterra）之子，1216

年继承王位。在位期间，以西蒙·德·蒙弗尔特(Simone di Monfort)为首的一批男爵纷纷造反，他率兵征讨，战败，与其子爱德华一世(Edoardo I)一起被俘。后其子得以潜逃，重新举兵讨伐西蒙，将其战败并杀死。维拉尼在《编年史》第五章第四节说，亨利三世是个“朴实而心地善良的人”，但“才干平庸”；行吟诗人索尔戴洛也说他“胆子不大”，因而曾应邀食用布拉卡兹的心脏，以增加勇气(参见第六首注19)。由于以上种种，注释家对“生活简朴”(semplice vita)中的“简朴”(semplice)一词颇有争议：有人认为该词有“无能”“一文不值”之意，因而应作“一生平庸”解，但作“生活简朴”解的人仍居多数，雷吉奥还说，semplice一词在但丁著作中几乎总是作褒义词用的。

50. 雷吉奥认为，亨利三世“独自”坐在一旁，是因为论才能，他不如前几位君主，不配与他们作伴。

51. “最好的后裔”指亨利三世之子爱德华一世(见注49)。他生于1239年，1272年继位，死于1307年。注释家一致认为，他是位“智勇双全的君主”，在立法上颇有建树，故有“英国的朱斯蒂尼亚诺”(Giustiniano inglese)之称。

52. “侯爵威廉”(Guglielmo marchese)由于等级缘故，只能“在更靠下的地方席地而坐”。威廉侯爵即绰号“长剑”(Spadalunga)的威廉七世，自1254年至1292年任蒙菲拉托(Monferrato)侯爵，出身阿莱拉莫(Aleramo)家族。1240年生，父为博尼法丘(Bonifacio)，母为玛格丽塔·迪·萨沃依(Marcherita di Savoia)。他曾是皇帝代理人和吉伯林派领袖，与归尔弗派掌权的各市镇长期对抗。他能征善战，在1275年至1285年十年当中，便将其领地扩大到米兰。但这促使萨沃依家族和马泰奥·维斯贡蒂(Matteo Visconti)结盟反对他。1290年，他赴亚历山德里亚(Alessandria)招募新兵，但亚市居民受到反对他的阿斯蒂市(Asti)的挑动，起来造反，将他逮捕，关入一铁笼之内，达一年半之久，直到他于1292年2月6日瘐死笼中。其子乔瓦尼一世(Giovanni I)为父报仇，发兵征讨亚历山德里亚，但这场战争旷日持久，使其侯爵领地损失惨重。

53. 蒙菲拉托的地域是指波河右岸延伸到塔纳罗河(Tanaro，长二百七十六公里)及其支流博尔米达河(Bormida，长一百五十三公里)的一片皮埃蒙特地区(Piemonte)；卡纳维塞(Canavese)是指从波河左岸绵延到格拉耶·阿尔卑斯山(Alpi Graie)和两条多拉河(Dora)，即巴尔泰阿河(Baltea，长一百六十公里)和里帕里亚河(Riparia，长一百三十五公里)的一片皮埃蒙特地区。正是这两片地区构成了蒙菲拉托侯爵的领地。威廉侯爵之子乔瓦尼一世发动的这场战争给这两片地区带来巨大灾难，当地居民陷于水深火热之中，为此，但丁曾在《论俗语》第一卷第十二节第五句段中谴责这场战争。近代著名文学评论家托拉卡就曾一针见血地指出：本首诗“对这些君主的严肃巡礼，最后以痛心地提及庶民的泪水而告终”。

第八首

1. 这两段三行韵诗是《神曲》全诗最著名的诗段中的两段，充满了浓郁的浪漫主义情调，以黄昏时分、晚祷钟声阵阵传来为背景，用深沉而又委婉的笔法，描述了“航海人”的“思乡之念”和“远行者”的怀恋故里之情，从而进一步反映了诗人本身在流亡生活中的痛苦凄凉的心境乃至炼狱中鬼魂虽已身离人世，却仍留恋凡尘的人和事的复杂而矛盾的精神境界：他们既焦虑和恐惧，又抱有信心和希望；既有悲伤与痛苦，又有欢乐与幸福。由于个别用词的语法问题，古代注释家对头三句诗曾作过略有不同的解释，但萨佩纽注释本认为，但丁之子彼特罗对有关诗句的分析是细致而可信的，近代注释家也都采纳了他的说法：“航海远行的水手和客商在早晨登船时曾渴望及早启程，但到了晚间，夕阳西下，这就改变了他们的心愿，使他们怀念起常在晚间与他们同在家门之外歇息的各自家人和朋友，从而切望与他们相聚。”这几句诗为本首诗起了定调和烘托气氛的作用。

“阵阵钟声”正是指一天诵经的最后一课即“晚课”（compieta）时敲响的钟声，具体地说，是在做完圣事时歌唱《万福圣母玛利亚》（*Ave Maria*）时的钟声：这种习惯做法是1318年由教皇约翰二十二世（Giovanni XXII）正式规定的，尽管在此之前，意大利乃至法国等地都早已这样做了：十四世纪法国注释家塞拉瓦尔（Serravalle）就说：“在高卢（即法国），这样的钟声是在晚间敲响的，以致那声音几乎像是哀泣正在结束的白昼。”据说，这种做法是方济各会高僧、曾任枢机主教的圣博纳文图拉（San Bonaventura，1221—1274）倡导的，中世纪许多修道院一天之内在不同时间做圣事时，都要敲钟。但也有人认为，这钟声也可能是市政厅在夜幕降临时为通知宵禁而敲出的，波斯科-雷吉奥注释本就提出了这种推测，并说，前一首的“圣母，向你致敬”（Salve Regina）和本首第13句的“在光明熄灭之前”（Te lucis ante）都是晚祷、晚课复诵的祷词，因此，钟声不可能涉及“圣母万岁”；该注释本还说，诗中所用动词squilla（钟鸣）似是一种“术语”，但丁在《韵律集》的《我言如是说》（*Cosi nel mio parlare*）一歌中就说：“我会随着那钟声度过晚祷，钟声长鸣”，因而该词是笼统地指晚祷和晚课时敲钟。

黄昏时分，由于夜之将至，是人的七情六欲、私心杂念最易油然而生的时候，从宗教的角度来说，是最易受到种种“诱惑”的时候，本首中的“蛇”就是这方面的一个象征，因此，更需求得神助，战胜这些诱惑。

2. 古代注释家大多认为，此刻索尔戴洛已结束谈话，鬼魂们也停止歌唱，因此，但丁不再“侧耳倾听”，但波斯科-雷吉奥和萨佩纽两注释本均认为，此时，但丁的主观因素也在起作用，因而才从听觉转到视觉，因为有个新东西在转移他的注意力。

3. 近代注释家巴尔比认为，按基督教徒的祈祷习惯，要面向东方：十四世纪的本维努托就曾说，“祈祷者面向东方，是要使正义的太阳能升起，照射到他的身上。”然而，但丁之子彼特罗和布蒂则认为，这种做法早在十四世纪就已过时，“因为上帝是无处不在”，因而可以朝向任何一方祈祷，不过，面向东方祈祷的做法是“更适宜”的。在托斯卡纳地区十三、十四世纪的壁画和拜占庭镶嵌画中都可看到有这样的祈祷姿态。

4. “在光明熄灭之前”（参见注1），据说是高僧圣安布罗乔（Sant' Ambrogio，330—397）谱写的一首晚课颂歌的头几个词，祈求神来救助，以抵御夜的诱惑，歌词大意是：“在光明熄灭之前，我们向你求助，哦，造物主，求你宽大仁慈，成为我们的监护人和守卫者。让夜间的梦幻和幽灵远远离去。请你把我们的敌人降服，使他不致把我们的身体玷污。”

5. 萨佩纽和波斯科-雷吉奥两注释本都认为，但丁之子彼特罗对此句的如下诠释最为确切（近代注释家也都采用了他的说法）：“正因为纱幕，亦即字句，是如此清晰明显，深入其内是轻而易举的，必须比过去任何时候都更要集中注意力，以免对包含在这类话语中的真理加以误解”，换言之，即“理解真理并不难，误解真理的危险却是存在的”。

6. “高贵的大军”即指那群君主王侯的鬼魂。

7. “面色苍白”是表示等待的急切，“神情卑顺”是指意识到自身毫无能力，只能期待上帝解救。

8. 佛罗伦萨无名氏曾综合古代注释家的有关意见，对两位天使所持的两把宝剑作了如下分析：两把宝剑象征“上帝的公正与慈悲”，二者是“合为一体”的，即“不能有没有公正的慈悲，也不能有没有慈悲的公正”；宝剑“没有剑锋”是说明此剑“不是用剑锋刺人，而是用剑刃砍人”；宝剑“发出火焰”是象征“仁爱的烈火”。萨佩纽注释本认为，《最佳评注》对缺少剑锋的解释值得一提，即：这两位天使的职责在于“防卫”，而非在于“进攻”。据查，宝剑“发出火焰”一典盖出于《旧约·创世记》第三章第二十四句对天使基路伯的描述：“上帝赶走了亚当以后，就派遣天使基路伯在伊甸园东边驻守，又用一把四面八方旋转、发出火焰的剑，守护在通往生命树的路上。”对下句天使一身的“绿色”，佛罗伦萨无名氏的解释是，绿色代表“希望的永恒”，亦即希望在世人的心田总是常绿常新的。

9. 天使有“一头金发”是以天使的传统画像为依据的，即他们总是被绘成一头金发和容光焕发。

10. 因为天使的面容灿烂夺目，令人眼花缭乱，下句正是此句的明确说明。

11. “肚腹”的原文为grembo，直译为“小腹部”。近代普遍解释为圣母所在的“天府”或“净火天”（Empireo），这种比喻用法取自《新约·路加福音》第十六章第二十二句，即把“亚伯拉罕的怀中”比喻“天堂”（原句是：“拉撒路死了，天使便带他到亚伯拉罕的怀中。”）。但，此处若把grembo按上例照译为“怀中”甚或“天府”，似有违原诗的特殊用意，因《路加福音》的亚伯拉罕“怀中”原文为seno，直译为“胸部”，意译为“怀中”，接近原词，无可非议。古代注释家一般都解释为“在上帝那里”或“来自基督那里”，因为基督“曾孕育在圣母的腹部”（布蒂）。

12. “可信赖的肩膀”指维吉尔的肩膀。

13. 这里的“伟大”，据萨佩纽注释本的说法，是指这些幽灵在人世间所占有的品级。

14. “转暗”原文是s' annerrava，但有的古代注释家将此词理解为senerava或assenerava，意谓“转晴”。十五世纪注释家兰迪诺就说：当夕阳西下时，天色就“转晴”了。

15. “法官尼诺”（giudice Nino），全名为尼诺或乌哥利诺·迪·乔瓦尼·维斯贡蒂（Nino或Ugolino di Giovanni Visconte），出身比萨归尔弗派名门望族，曾做过“法官”，实际上为“州长”，统领撒丁岛加卢拉州（giudicato di Gallura），为著名的比萨僭主乌哥利诺·德拉·盖拉尔德斯卡（Ugolino della Gherardesca，参见《地狱篇》第三十二、三十三首）之外孙，因与其外祖父有矛盾，年轻时即被流放，1276年返比萨，与其外祖父一道于1285年联合管理比萨，但双方摩擦不断，他再次被流放。流放期间，适逢比萨大主教、代表吉伯林派的鲁吉埃里获胜，其外祖父被囚死，他在外地与其他被流放者一起组织对付比萨吉派首领的归尔弗派市镇同盟（其中有热那亚、佛罗伦萨、卢卡）；1293年，他曾任归派税务长官。1288年至1293年间，他多次来到佛罗伦萨，从而结识了但丁。1296年，他殁于撒丁岛，始终未能与比萨和解，临终时令人把他的心脏运往归派掌权的卢卡，葬于圣方济各教堂（chiesa di San Francesco）。

“有罪的鬼魂”指在地狱中受苦的鬼魂。

16. “遥远的海面”指炼狱岛与台伯河河口远远隔开的那段距离。佛罗伦萨无名氏解释说，这时，尼诺以为但丁与其他鬼魂一样，也是驾着天使的轻舟，从海上来到炼狱岛的。

17. “悲惨的境地”指地狱。

18. "第一个生命"指尘世;"另一个生命"指"永恒的生命"。
19. 这里的"一个"指索尔戴洛,"另一个"指法官尼诺。
20. "库拉多"(Currado)即科拉多·马拉斯皮纳(Corrado Malaspina),详见下面有关注释。
21. "那位"指上帝。
22. "那边"指尘世。
23. 乔瓦娜(Giovanna),尼诺的独生女,1300年,即但丁虚构的冥界之行时,她才九岁。尼诺死后,她即被放逐,全部家产均被没收。她随母先后到斐拉拉和米兰,年未及笄即下嫁给里查多·达·卡米诺(Rizzardo da Camino),1312年,夫死,她一直守寡;1323年,她因贫困,不得已迁往佛罗伦萨,佛市府向她发放救济金,以纪念其父;1339年以前,她离开人世。
24. 这里的"苍天",原文为là dove,直译为"向那里",注释家对此说法不一:布蒂、兰迪诺认为是指"教堂",即上帝能满足祷告人的要求之处,另有人则认为是指"人世",即正直的活人所做的祈祷是上帝乐于听取的;但大多数人主张解释为"向苍天""向上帝",因为只有清白无辜的世人的求助,才能在苍天、上帝面前生效。
25. 十九世纪著名文学评论家托马塞奥曾认为,此处尼诺只提"她的母亲",而不提"我的妻子",说明他对妻子既怨又怜的心情:尼诺之妻名贝阿特丽切·迪·埃斯特(Beatrice d'Este),为斐拉拉僭主奥比佐二世(Obizzo II,参见《地狱篇》第十二、十八首及有关注释)之女,1296年尼诺死后,她与女儿乔瓦娜避居斐拉拉。1300年左右,她改嫁米兰僭主马泰奥·维斯贡蒂之子加莱阿佐(Galeazzo)。1302年,以托里亚尼(Torriani)为首的吉伯林派获胜,将加莱阿佐一家逐出米兰。贝阿特丽切随夫度过了多年颠沛流离的放逐生活。加莱阿佐后寄居卢卡和比萨僭主卡斯特鲁乔·卡斯特拉卡尼(Castruccio Castracani)家中,1328年死于贫困。贝阿特丽切在他死后未再改嫁,后米兰复归归尔弗派掌权,贝返回,其子阿佐(Azzo)已成为米兰僭主,使她晚年过得相当幸福。她死于1334年。
26. 根据中世纪市政条例规定,凡已婚妇女须头系围巾或纱巾,寡妇则以系白色头巾表示居丧。诗中说"更换"白色头巾,即指业已改嫁。根据乌哥利诺·达·罗马纳(Ugolino da Romana)的《维罗纳年鉴》(*Annales veronenses*)记载,贝阿特丽切是于1300年6月与加莱阿佐在摩德纳(Modena)举行隆重婚礼的,而另一编年史家菲亚马(Fiamma)则说是于1299年。萨佩纽和波斯科-雷吉奥两注释本均认为,既然婚事事先约定,但丁也可能考虑,婚礼是在他著述冥界之行时亦即1300年4月举行的。
27. 此处用曲折的笔法描述尼诺虽怪怨妻子过早地把他忘却而下嫁他人,却又仍然怜惜她作为女人的脆弱性格,并断言:后嫁不如前嫁,因而对舍弃了的"白色头巾"仍颇怀恋。
28. 这里用两个徽记或纹章的比较来再次表达上述同一种怜爱改嫁妻子的心情:米兰维斯贡蒂家族的族徽图案为一条蝰蛇在吞食一个撒拉逊人,诗中则把它作为该家族宿营用的军旗标志;"雄鸡"为尼诺·维斯贡蒂所管辖的加卢拉州的州徽。据说,贝阿特丽切的坟墓上同时饰有两个徽记,这似乎说明米兰维斯贡蒂家族意在以此表示对加卢拉州有继承之权,或则企图以此来驳斥但丁诗中的叙述,因为当时《神曲》已在广为传播了。
29. "纯真的热情"原文为dritto zelo;古代注释家布蒂、本维努托、佛罗伦萨无名氏等认为,这是指尼诺对贝阿特丽切仍怀有纯真的夫妻恋情,但近代注释家则相反认为,这是指尼诺对另嫁他人的妻子的"怨恨"。萨佩纽注释本接受前者,波斯科-雷吉奥注释本则倾向于后者。
30. 这里的"有节制地"燃烧表明一种高尚的心灵所必备的主要特征,特别是揭示了尼诺的慷慨大方的骑士风度。
31. "那里"指南极;由于围绕南极旋转的星辰

在同一时间内环行的幅度要比逐渐远离南极而接近赤道的星辰为小，速度因而也较慢，犹如车轮的车条靠近车轴的部分旋转也较慢一样。

32. “三点火光”指三颗星辰，这里隐喻信望爱三超德，这与第一首中用四颗星隐喻四枢德一样。十六世纪注释家维卢泰洛（Vellutello）曾认为，此时但丁见到象征三超德的星，是因为在夜间，这是修行养性的时刻，而象征四枢德的星是出现在早晨，主宰着一天的积极活动。萨佩纽和波斯科－雷吉奥两注释本都认为，此说的说服力不够，萨佩纽认为，较适宜的解释是：灵魂要彻底摆脱与尘世的联系，就更迫切需要有超自然的美德（即三超德）的襄助。

33. “这里的一极”指南半球。

34. 这里是说，但丁于早晨所见的象征四枢德的“四颗星宿”，这时已降到地平线以下去了，因而已经看不见了。

35. “没有屏障遮挡”是指山谷向下面的山坡开豁着，没有遮掩身体的东西，这里隐喻着诱惑总是在灵魂最薄弱、防御力最差的地方袭击灵魂。

36. 蛇引诱夏娃偷食伊甸园中的苹果的故事见《旧约·创世记》第三章第一至七句。

37. “天国之鹰”（li astor celestiali）指守护天使，这里用li astor（即今意大利文gli astori，即“苍鹰”的复数），是因为苍鹰是专擒食蛇类的猛禽。

38. 这句诗的含义是：“当上帝的恩泽降临到人身上时，人是感觉不到的，而……只能在事后才感觉出其效果。”（兰迪诺）

39. “明灯”指上帝的恩泽，“蜡烛”则指人的意志力；即是说：虽有上帝降恩辅佐，但人也必须具有足够的毅力，这样才能荣升天堂。

40. “五彩缤纷的顶峰”：更早一些的古代注释家认为指“天国”，只是在十五世纪时，认为指“地上乐园”的诠释才占据优势（萨佩纽）。

41. “马格拉河谷”（Val di Magra）指卢尼加纳地区，因为马格拉河（Magra，参见《地狱篇》第二十四首及有关注释）流经古代的卢尼地区（Luni，参见《地狱篇》第二十首及有关注释）；卢尼地区现已消失，现即指位于瓦拉河谷（Vara）与马格拉河谷之间并一直绵延到塞尔基奥河（Serchio，参见《地狱篇》第二十一首及有关注释）的卢尼加纳。

42. 科拉多·马拉斯皮纳（见注20），为马格拉河谷维拉佛兰卡（Villafranca）侯爵菲德里科一世（Federico I）之子，卢尼加纳僭主穆拉佐（Mulazzo）或称“干荆棘”（Spino secco）马拉斯皮纳家族始祖老科拉多（Corrado il Vecchio）之孙。该家族自十一世纪起即世代繁衍，统治卢尼加纳地区。他死于1294年；1306年，其家族曾接纳流亡的但丁。

43. “那个老的”（L' antico）即指老科拉多（见上注）。

44. 因为人世间家族的爱是封闭式的，有浓厚的家族门第的利己主义色彩，在炼狱，这种爱就要受到陶冶和“提炼”，要“洗涤”其中的一切污垢，使之成为对上帝、对旁人的“无私的爱”。

45. 当时，马拉斯皮纳家族是以其慷慨大度、高尚尊贵、礼貌周全而闻名于世的，十二世纪末和十三世纪初的一些普罗旺斯行吟诗人都曾写诗歌颂过他们。

46. 由于语法和句法问题，古代注释家对此句所作解释稍有不同，原句是：il capo reo il mondo torca，其中动词为torca（意谓“掉转”），有的注释家将il capo reo作为其主语，因而具有“罪恶的首领”之含义，亦即指教皇、皇帝或魔鬼，是他们把世界引上歧途；有的则把mondo作为主语，把capo reo作为受事，全句就另有“世界走上罪恶的道路”之含义，直译则为“世界把自己的头掉转到罪恶的方向”。近代注释家基门兹倾向于后一种说法，波斯科－雷吉奥注释本也采纳了这种诠释。

47. “山羊”指黄道十二宫的“白羊座”，“床上”则指“天空”；全句是说，当时，太阳正处于白羊座，但太阳将不会七次进入白羊座，换言之，即将不必再过七年。这里是隐喻科拉多·马拉斯皮纳对其家族将接纳但丁为门客的预言：如注42所述，该家族于1306年接纳但丁，距但丁的冥界之行（1300年）尚未到七年。据1306年10月6日一份史料说，当时但丁曾受到佛兰切斯基诺（Franceschino）侯爵的接待，并曾为该家族的几位侯爵即佛兰切斯基诺、莫罗埃洛（Moroello）、小科拉多（Corradino）充当法律代理人，与卢尼大主教安东尼奥·达·卡米拉（Antonio da Camilla）签署和约，可见但丁在其家中所受的重视和厚待。为了对马拉斯皮纳家族的深情厚谊表示感激，但丁在《韵律集》第七卷中的第一百一十三首就是他以莫罗埃洛侯爵的名义写下的一首答皮斯托亚僭主齐诺（Cino）的十四行诗；波斯科－雷吉奥注释本认为，这是但丁以其作为诗人的盛名，为马拉斯皮纳家族的几位侯爵树碑立传。

48. 这里的“钉子”比喻“论据”，即比“别人的话语”更有说服力的论据。

第九首

1. 从第1句到第12句这四段三行韵诗是《神曲》全诗争议最大的几个诗句，而古今注释家差异最大之处又莫过于第1句至第6句，集中表现在对诗句所述的时间乃至有关的地点的理解不同。古代注释家一般把前六句反应的时间看成一个地点的时间，即都是在炼狱，因此，他们便把本首第1句诗所提及的提索尼斯（Titone）之“爱妻”即黎明女神奥罗拉（Aurora）解释为“太阴之黎明”，即“月之黎明”（aurora lunare），而不是“太阳之黎明”，即“日之黎明”（aurora solare），因为但丁因困倦而堕入梦乡的时间是夜晚，而不是拂晓。近代注释家（包括萨佩纽和波斯科－雷吉奥两注释本）则一反上述见解，认为诗中反应的时间为两个地点的时间：“黎明”仍是“太阳之黎明”，是诗人写诗所在的北半球，特别是意大利的时间，这时正值拂晓时分，而由于意大利位于耶路撒冷四十五度角处，当为黎明六时，耶路撒冷位于北半球中央，当为太阳升起约三小时左右，即早上八时半至九时，而作为耶路撒冷的对跖地、位于南半球中央的炼狱，则恰好是晚上八时半至九时，这与第八首的时间安排恰相吻合，即但丁与维吉尔至君主之谷，为黄昏时分，随天色渐黑，又与尼诺·维斯贡蒂和科拉多·马拉斯皮纳谈话，其中还加上天使驱蛇的一段插曲，因此，近代的看法是：前六句是但丁从著诗所在的角度写时间的，从第7句“夜已经在我们所在的地方……”起，才又转回炼狱。古代注释家在分析时间上的落脚点，与近代注释家是一致的，但其论据的出发点却大相径庭，这与希腊神话中有关黎明女神与提索尼斯的故事有直接关系：黎明女神奥罗拉爱上了特洛伊王普里阿莫斯的兄弟提索尼斯，把他掳去，与他成婚，并请求宙斯使提索尼斯成仙，具有不死之躯，却忘记使他青春永在，故提索尼斯后来就变得老态龙钟；诗中一开头便说“年老的提索尼斯”，其原因即在此。“爱妻”一词原文为concubina，本义为“妾”，

古代注释家据此认为，奥罗拉是提索尼斯的“妾”，而不是“妻”，从而推论：她只能是“太阴”之黎明，而不是“太阳”之黎明。萨佩纽和波斯科-雷吉奥两注释本循近代注释家的普遍看法，都不同意这种解释，这也便是古今诠释的差异的主要原因。两注释本认为，此词在诗中并无贬义，即指“正式的妻子”，后者还举《旧约·士师记》第十九章第一、九、二十九句和第十、二十四、二十五句为例，说明用词尽管不同（其中称一个利未人娶犹大伯利恒的一个女子为妻：前三句用uxor“妻”，后三句用concubina“妾”），其含义均为“妻”。两注释本还说，这样的情节是希腊神话所没有的（查意大利梅尔齐百科全书，其中注明提索尼斯与奥罗拉是“夫”sposo“妻”sposa关系）。

2. “给自己的脸庞扑上白粉”指黎明的鱼肚白出现在地平线的边际。

3. 这三句又是古今注释家分歧较大的一处：古代注释家认为，这里的“宝石”是指天蝎座，大阿尔贝托《论动物》第十四章就曾指出蝎子属“冷酷动物”，佛罗伦萨无名氏也说，蝎子“生性冷酷”，《新约·启示录》第九章第五句则说，“不许杀死他们，只要让他们受五个月像蝎子蜇般的痛苦”；诗中是说，黎明女神刚从提索尼斯的怀抱中脱身，来到东边阳台上，朝天仰望，恰好见天蝎座从对面即西边出现，如宝石一般照耀她，近代的托拉卡、波雷纳也是这样诠释的。但近代一些注释家，认为不是天蝎座，而应是双鱼座，因为双鱼座是位于白羊座之前，在太阳升起前出现的。萨佩纽和波斯科-雷吉奥两注释本附和古代注释家的说法，强调双鱼座被金星的光芒所压住，不够明亮，与诗句所述不符（其实，下句写“冷酷动物”用“尾巴”蜇人，也证明应为天蝎座）；还有人把“宝石”说成是奥罗拉的额前头饰。

4. 这段三行韵诗，如前所述，把地点又转为炼狱，写夜已来临。中世纪根据春分日夜长短相等，把日夜各分为十二小时；就夜的划分而言，前六小时是夜的上升阶段（直至午夜），后六小时则是夜的下降阶段（但五世纪的马克罗比奥Macrobio则把夜分为七个部分，每一部分为两小时）。诗中说，“夜已经……向上迈出了两步”，即是说，已过了两小时，而“第三步也已在放下翅膀”则是说，第三个小时也行将过去：古时形容夜神总是用翅膀飞动的，因而诗中也用“放下翅膀”来隐喻第三个小时的结束。由此可见，这三句诗是说：此刻，在炼狱，夜已将近过去三个小时，亦即正值晚八时半至九时（与耶路撒冷、意大利时间的对比，参见注1）。

5. “亚当的那一部分”指“肉体”，即说明但丁仍是有肉体的人，因而时届夜晚，需要睡眠，而维吉尔等是鬼魂，不再有肉体，因而不需要睡眠。

6. “五人”即是指但丁、维吉尔、索尔戴洛、尼诺·维斯贡蒂、科拉多·马拉斯皮纳。

7. 这里又用了一个希腊神话的典故：雅典王潘狄翁（Pandione）有两个女儿：普罗格娜（Progna）和菲罗密拉（Filomela）。普罗格娜的丈夫、色雷斯国王提琉斯（Tereo）奸污了妻妹菲罗密拉，普罗格娜得知后，大怒，决心报复。她与妹妹议定，将亲生子伊提斯（Iti或Itis）杀死，做成肉羹，让丈夫食用。提琉斯食后发现此惨无人道的罪行，遂赶杀其妻和妻妹。这时，天神将普罗格娜变为夜莺，将菲罗密拉变为燕子（也有另一种说法：前者变为燕子，后者变为夜莺），将提琉斯则变为鸢（或说是变为戴胜）。因此，诗中所说的“小燕子”即是指菲罗密拉。据说，提琉斯奸污妻妹后，唯恐她泄露，曾将其舌头割掉；但也有说，他为了改娶妻妹，而将妻子的舌头割掉的。

8. 中世纪认为，清晨时所做的梦是灵验的（即“像预卜先知一般”）。近代注释家纳尔迪（B. Nardi）等认为，这种论点盖出自新柏拉图主义和阿拉伯学说；纳尔迪还引证过阿拉伯哲学家阿维森纳在《论灵魂》第四章中的有关论述，说明诗句与阿维森纳的话很近似。十九世纪科学家莱蒙迪（Raimondi，1826—1890）在《变异》（*Metafora*）一书中也论述过阿维森纳有关的话，并说此说曾被引用在中世纪知名的百科全书学家文琴佐·德·博维(Vincenzo de Beauvais)的名著《自然的镜子》(*Speculum naturale*)第二十六章。博维的《镜子》三部曲即《历史的镜子》、《自然的镜子》、《理论的镜子》(*Specchi istoriale, naturale, dottrinale*)在中世纪颇负盛名，因而可能是但丁有关诗句的来源(雷吉奥)。

9. 诗中所提的“地方”是指特洛伊城所在地特罗阿德岛(Troade)的伊达山(Ida)。甘尼梅德(Ganimede)为特洛伊王脱洛斯(Troo)或克罗诺斯(Crono)之子，相貌俊美，宙斯看上了他，一日，他与伙伴们在伊达山狩猎，宙斯化作老鹰(也有说是宙斯放出老鹰的)，将他掠上天去，命他代替青春女神埃碧丝(Ebe)充当诸神饮宴的斟酒人。

10. “火球层”(sfera del fuoco)，诗中仅用foco(火)一词。依照中世纪宇宙学，火球层位于地球的大气层与月球天之间。这里用梦中的“鹰”来比喻启明恩泽女神(Grazia illuminante)露齐亚(参见《地狱篇》第二首及有关注释)前来引导但丁走向炼狱之门。鹰是鸟类中飞得最高的，这意味着启迪人心的恩泽超过任何其他恩泽(佛罗伦萨无名氏)；“金色羽毛”意谓黄金是金属中最贵重的，不易腐蚀和磨损。

11. 这里又引用了希腊神话中的一个故事：阿奇琉斯的母亲为大海女神泰提丝(Teti)。她与埃吉纳(Egina)国王珀琉斯(Peleo)举行婚礼时，不和女神(dea Discordia)挑唆特洛伊国王普里阿莫斯之子帕里斯用投掷金苹果的办法，决定赫拉(Era，或称“尤诺”Giunone，宙斯之妻)、爱神维纳斯和战神雅典娜三人中间谁最美，帕里斯选中了维纳斯，后维纳斯帮助他抢走斯巴达王之妻海伦，从而挑起希腊人围攻特洛伊的战争。泰提丝知此战非有阿奇琉斯参加不能取胜，但阿必将死于这场战争。她从当时照管阿奇琉斯的奇隆手中盗走了儿子，送到斯库洛斯岛，并让他一直男扮女装，后终于被尤利西斯和狄奥墨德斯识破，阿奇琉斯不得已随尤等前往特洛伊参战(详见《地狱篇》第二十六首及有关注释)。

12. “慰藉力量”仍指维吉尔。

13. 这里的“山坡”，原文为balzo，指有环山小路可行的“斜坡”，但有的注释本则认为是“陡壁”。

14. 这里是说山坡上有一片石壁断裂了，此处即为炼狱的入口。

15. 灵魂“熟睡”在“肉体”之中，即意谓由于熟睡，灵魂已“远离”了肉体(参见第16句)。

16. 此句的“圣女”即指启明恩泽女神露齐亚(见注10)，她在《地狱篇》第二首曾一度出现：圣母派她去通知贝阿特丽切：但丁在途中遇三头猛兽；贝于是请维吉尔去救但丁。

对此句的“在鲜花之上”，有两种解释：一是认为它是但丁熟睡的地点补足语，即但丁睡在鲜花之上；一是把它作为露齐亚“走来”的补足语，用以描述这位恩泽女神的步履轻盈，姗姗而来。从原句用逗号将它与“熟睡”一词分开，而与“走来”一词相连来看，也似乎以后一解释为宜。

17. “守门人”指天使。古代注释家布蒂等曾指出，这里的“守门人”，从寓意上说，是指听取信徒忏悔的神甫或司铎，因而是“悔罪”的“守门人”。“默默无语”是指听取忏悔的神甫不应解救那些不要求悔罪的人，而对方一旦提出这类要求，就应立即准备赦罪。

诗中所说的“三级台阶”象征悔罪的三个步骤：“内心反省”(contritio cordis)、“口头忏悔”(confessio oris)、“行动贯彻”(satisfactio operis)，这是古代注释家普遍接受的说法，此说法出自圣托马索的《神学大全》第三卷。但也有人认为，三级台阶是指“内心反省”的三个部分：对罪过的醒悟，对罪过的痛心，对涤罪的热望。波斯科-雷吉奥注释本认为，后一种解释是“站不住脚”的。

18. 守门人“坐在最高一级台阶上”象征“坐在高椅上的法官，审查案情，作出公正判决”(本维努托)。

19. “脱鞘的宝剑”原文为spada nuda，其中“脱鞘”一词，即nuda，本义为“赤裸裸”，这里象征“公正”，即是说：听取忏悔的神甫应对悔罪人采取公正态度，特别是要用言语打动他，鼓励他，启发他，最终则是赦免他或谴责他；神甫对悔罪人说话要“赤裸裸”，即“不加掩饰，开诚布公”，要像宝剑一样“尖锐地刺疼、扎入人心，从而细致地观察罪孽，把罪孽暴露并根除”（本维努托）。

20. 这里是说，启明恩泽女神露齐亚应是但丁和维吉尔的向导，没有她的指引，但丁和维吉尔就不能上山悔罪赎过。

21. “天上的那位圣女”即露齐亚。

22. 第一级台阶象征悔罪的第一步：悔罪人在忏悔之前，必先像“对镜自照”那样自我反省，认清并牢记自己的罪孽，诚心彻底忏悔，要像“白色大理石”那样，没有瑕疵和污点。

23. 第二级台阶象征“口头忏悔”，即悔罪人继“内心反省”后要直接向神甫忏悔。诗中所说的颜色表示悔罪人在忏悔时的羞愧心情；“纵横之处布满裂缝”意谓悔罪人要表里如一，感到羞愧难当，内心所感要用言语表达，并须像击破坚硬的石头那样，击破罪孽的顽固性。上述两级台阶所代表的含义均出自佛罗伦萨无名氏的分析，拉纳、布蒂、兰迪诺等古代注释家的有关诠释，则与他相反：把第一、二级台阶的含义颠倒过来，即第一级台阶象征口头忏悔，第二级台阶则象征内心反省。

24. 第三级台阶象征以行动来赎罪；“色彩火红”是指仁爱之火烘热人心，促使悔罪人去赎罪。

25. 天使把双脚放在第三级台阶上，是象征教会的权威，意谓神甫对待悔罪人赎罪，要采取审慎行事的态度；炼狱大门用金刚石造成，则意味着神甫在接受赎罪时，要像金刚石一样坚定不移，要不徇私情，不畏武力，作出公正判决。以金刚石的坚固而持恒作为象征说法，取自《旧约·以西结书》第三章第九句：“不过，我要使你像他们一样固执顽梗，就像金刚钻比火石更硬一样。”

26. 萨佩纽注释本引用佛罗伦萨无名氏的诠释说，这里是指悔罪人应“谦恭地”要求神甫处罚他所犯的罪过；波斯科－雷吉奥注释本还提示说，值得注意的是，炼狱的门是关闭的，而地狱的门则是敞开的，诗中在这里和在《地狱篇》第八首第126句，都用了serrame（门闩、门锁）这个词，相互对照和呼应。

27. 时至今日，这一直是忏悔者做祈祷时的例行做法：在用手拍打前胸三下的同时，口中还念道：“我有罪，我有罪，我有大罪。”《最佳评注》就此解释说，“第一下是指思想上所犯罪过，第二下指舌尖上所犯罪过，第三下则指行动上所犯罪过”。

28. P是意大利文peccato（罪过，罪孽）的首字母，因而在这里就代表“罪过”，七个P字即是指骄傲、贪婪、贪色、贪食、愤怒、嫉妒和懒惰七大罪过，这七大罪过恰好与炼狱山的七层涤罪之地相当，鬼魂须到每一层去受惩和涤罪，每赎清一桩罪过，即洗去一个P。在这方面，但丁也不例外。波斯科－雷吉奥特别解释一个“疑点”，即并非所有的人都犯有“一切”罪过，因此，“应当设想，倘若一个人未犯某个罪过，那个P字就自行脱落，此人也便可以跳过这一层”。

29. “剑痕”（piaghe）说明是用剑真正刻出的“伤痕”，此用法可参见《旧约·以赛亚书》第一章第六句：“你们的伤口还没有痊愈，也没有人治理……”

30. 这里所说的颜色是指“灰色”，它象征“谦卑”，即听忏悔的神甫应谦卑地恪尽其责（萨佩纽）。波雷纳认为，这可能表明，但丁认为，“灰色”是教会和教皇应保持的“贫穷”色彩，与奉行苦修的方济各会僧侣的袈裟颜色有关。

31. 这两把钥匙是基督交付彼得去开天国之门的钥匙，事见《新约·马太福音》第十六章第十九句：耶稣对彼得说：“我还要把天国的钥匙交给你。”在这里，金钥匙象征上帝赋予其使臣的纠正罪过的“权威”，银钥匙则象征听忏悔的神甫在审查和判断罪过时所应持的谨慎而明智的态度。

32. 使用金银两把钥匙的先后次序表明：先用银钥匙是“因为必须掌握理论和具备谨慎态度来了解罪过……并向忏悔者说明这些罪过意味着什么”；然后用金钥匙则是指“为忏悔者赦罪”（兰迪诺）。

33. 这里是说：上帝赐予的权威和听忏悔的神甫所应具备的理论及方法，二者都是不可或缺的，即是说，不论是缺乏上述权威还是方法不对头，分不清是非，判断错误，听忏悔的神甫所做的赦罪都是无效的（萨佩纽）。

34. “这一把”指金钥匙，“更为贵重”是指它乃是上帝所赐的权威；“那一把”指银钥匙。

35. 这里是说，银钥匙能“挖掘有罪之人的良心，揭露其罪过，检验其悔过是否真诚”（雷吉奥）。

36. 这里是说，听忏悔的神甫应抱宽大的态度而不应盛气凌人，只要悔罪人是真正谦恭而懊悔地提出要求，就该向他们敞开大门。本维努托曾就此作出诠释：“神甫应时刻准备赦罪而不是拒绝赦罪。基督说得好：如果上帝是和善的，为什么他的司铎就该是严厉的呢？”类似的话可参见《新约·马太福音》第十八章第二十一、二十二句基督对彼得的叮咛：“彼得问耶稣说：‘主啊，如果有人得罪了我，我该饶恕他多少次呢？七次够了吗？’‘不够！应该有七十个七次。’”

37. 佛罗伦萨无名氏对此三句的含义曾作过如下诠释：“人们做了忏悔，也正由于有了忏悔的美德，他们走上了获得拯救之路；若向后看，即是说，若重新犯罪，他们就离开了刚刚有了良好开端的正确道路，他们就会故态复萌，而经常则是变本加厉。”此段用意可能取自《新约·路加福音》第九章第六十二句和第十二章第三十一、三十二句，分别为：“耶稣说：‘接受我所差派的工作却不全心全意去做的人，不配进上帝国。’”；“你们只要关心上帝的国，他一定会把这些东西供给你们的。小羊群啊，不要怕！因为你们的天父乐意把他的国给你们”。萨佩纽注释本还就此提出，这段诗句令人想起希腊神话的奥尔菲俄斯（Orfeo）的故事和《旧约·创世记》第十九章第二十六句罗得（Lot或Loth）之妻的不幸遭遇：前者是说，善用竖琴弹唱诗歌，从而令猛兽驯服、河水停流、顽石点头的诗人兼音乐家奥尔菲俄斯，为把被毒蛇咬死而入地狱的爱妻欧丽迪斯（Euridice）救出，用诗歌打动了地狱之王普鲁托，普鲁托准许他把妻子从地狱中带走，但令他在离开地狱前不可回头看妻子，他却违背了普鲁托的禁令，以致永远失掉了他的妻子；后者是说，上帝即将毁灭两个罪恶城市所多玛和峨摩拉时，罗得在上帝派遣的天使帮助下，携妻子撒莱（Sara）逃离了所多玛，幸免于难，但他的妻子违背了天使的叮嘱：不准他们回头看，在逃离时，“跟在她丈夫后面，她回头一望，就变成了一根盐柱”（至今死海西南岸边由浅蓝色岩盐形成的乌斯杜姆山Usdum，其中有许多形状各异的冲积物，有一尊类似雕像的大块岩盐，据说就是撒莱化成的“盐柱”，名曰“撒莱像”Statua di Sara）。

38. 这里所用典故出自卢卡努斯的《法尔萨利亚》第三章，其中说，凯撒击败庞培后，来到罗马，欲占有保存在塔尔佩阿（Tarpea或Tarpeja）岩洞之内的公共资财。勇敢的护民官塞西利奥·梅泰洛（Metello）挺身而出，试图制止，却被凯撒派人用武力撵走，凯撒终于获得这笔钱财。

塔尔佩阿为罗马当前名胜古迹之一，称作“塔尔佩阿崖”（Rupe Tarpea），位于罗马七座山丘之一卡皮托利诺山（Capitolino，即今罗马市政府所在地坎皮多利奥Campidoglio）西北方。古时是把犯有叛国罪的人推下山崖处死之地，据说，一个年轻的罗马姑娘名叫塔尔佩阿，她羡慕围攻罗马的萨宾人（Sabini）所佩戴的手镯，因而向敌人告密，透露了登上卡皮托利诺山的一条小径，事发后，被推下山崖处死，此崖即以她而得名。卡皮托利诺山建有农神庙（Tempio di Saturno），为罗马国库所在地，恰在塔尔佩阿崖的岩洞内。

39. “上帝，我们赞美你”(Te Deum laudamus)为赞美和感谢三位一体Trinità的颂歌，历来在特殊的庄严场合(如感恩)唱出，这一做法可追溯到公元五世纪。

40. 一般认为，歌唱是在管风琴伴奏下进行的，但近代的卡西米里(Casimiri)和法拉尼(Fallani)则认为，“管风琴”(organi)一词在诗中是指声乐，而不是指器乐，因而是无伴奏的复调歌曲(polifonia)。萨佩纽和波斯科-雷吉奥两注释本都不同意这种解释：前者指出，诗中用复数organi(单数为organo)正是指con organi(用乐器伴奏)，即等于中世纪许多宗教歌曲的歌谱上都注有cum organo(用管风琴伴奏)等字样；后者论证用管风琴伴奏歌唱宗教歌曲是久已形成的习惯，况且，早在十二世纪，教堂就使用管风琴了，而在十三世纪下半纪，则进一步把它作为装饰物。

41. 这里是说，有些歌词无管风琴伴奏，管风琴只是简短地弹奏过门，因而歌词就“听得清”，另一些歌词，有管风琴伴奏，琴声盖过了人声，歌词也便“听不清”了，因此，这是一种歌唱与管风琴轮唱轮奏形式。

第十首

1. 在开头的九首之后，本首才正式转入对炼狱的描述，波斯科-雷吉奥注释本曾就此指出：数字9对但丁可能有“特殊意义”，因为《地狱篇》同样是经过九首之后才正式进入对地狱更深层的描述，第三篇《天堂篇》也将是从第十首起才开始描述“更高、更纯净的天体”，这可能是诗人的“有意对称安排”，也可能是“简单的巧合”，即使是前一种情况，这也进一步证明，这种“趣味”是但丁与他的时代所共有的。

2. 这里透露了但丁为炼狱七层的划分树立的一个根本的标准，即“爱”:“不当之爱”(malo amore)即指爱的对象和方式不对头，用在七大罪恶之一的“骄傲”上，即是指爱之“反常”，亦即爱自己胜于爱别人或爱别人之不如自己；除爱之“反常”外，还有爱之“欠缺”，爱之“太过”，也正是从这些“不当之爱”中衍生出种种罪恶，本篇第十七、十八首对此将有详尽分析。本维努托曾指出，但丁认为，“爱是我们一切行动——德与恶，好与坏——的起因”，“不当之爱是在炼狱提出并惩治的七大罪恶的起因”。诗中的意思是由于这种“不当之爱”，人们就把“迂回的道路”错当成“笔直的途径”，宁走邪路不走正道，因此，也便不来叩炼狱的大门，以求悔罪和赎罪了。

3. 这里仍追述上一首天使叮嘱但丁和维吉尔的话：进入炼狱大门后，不可回头，不然就会被赶回到门外，因此，但丁若听到“关门的响声”而回头去看，就会犯下不可原谅的“过错”。

4. “石缝”是夸张地形容岩石从中开辟出来的狭窄的小径。

5. 因为狭小的石径蜿蜒曲折，两侧的石壁也凹凸不平，必须设法躲过突出部分，贴近“凹进去”的部分，才能顺利通过。

6. “残缺的月亮”原文是lo scemo de la luna，直译为“月亮的亏损部分”，这里是指距月圆时已过了四天以上，因而正是“月亏”，诗中用拟人化的笔法，写月亮已落到地平线；

萨佩纽注释本估计月亮大致只剩最后的四分之一，并指出，据天文学家计算，在炼狱子午线上的这个月落时分，大约应在日出后四小时半，亦即相当于上午十时半。波斯科-雷吉奥注释本不同意萨佩纽注释本对月亏的估计，认为：几天之前还是月圆，这时不可能有"几乎只剩到最后四分之一的月亮"，诗中所说的是：月圆之后，月落西方，首先接触到地平线的是"月亮的亏损部分"，这说明诗人观察得十分仔细。

7. "针眼"在这里比喻狭小的石径，这种说法取自《新约》的《马可福音》第十章第二十五句、《路加福音》第十八章第二十五句和《马太福音》第十九章第二十四句，其中说：骆驼穿针眼比有钱人进天国还容易。

8. 这里所说的"三倍于一个人体"的宽度，相当于五米多些。

9. "框架"（cornice）即指环绕炼狱山的各层平地（piano）。

10. 波利克列托斯（Policleto），公元前五世纪希腊著名雕刻家，西塞罗十分推崇他的作品，称他的技艺达到了最高的艺术境界。这里用波利克列托斯和大自然与炼狱第一层的浮雕像作了对比，旨在说明：艺术是对自然的模仿，因而必然是不完美的，而自然又是根据上帝的构思而产生的，因而也是不完美的，远不如上帝本身直接创造的炼狱山上的浮雕（有关的见解可参见《地狱篇》第十一章）；正因为这个缘故，波利克列托斯和大自然都在炼狱山的浮雕面前"相形见绌"。

11. 这三行韵诗说明：第一个浮雕故事说的是天使长加百列（Gabriele）奉上帝的旨意，向圣母玛利亚宣告圣子耶稣即将降生的故事，作为启迪和教育犯骄傲罪的鬼魂悔罪涤罪的三大"谦卑"范例的第一项，典故出自《新约·路加福音》第一章第二十六至三十八句。救世主的降生体现了上帝与人类之间的和解（"和平旨令"）的开始；正因为有了这种和解，自亚当犯下"原罪"以来，长期禁止人类入内的天国之门，也才得以重新向人类打开。

12. "万福"（Ave）是天使加百列向圣母宣告时说的第一句问候的话（中译本《圣经》也译作"恭喜"），如圣歌Avemaria，即为《万福玛利亚》（一般译为《圣母颂》）；详见《新约·路加福音》第一章第二十八句："恭喜你，蒙上帝恩宠的女子，愿主与你同在。"

13. "那位"即指圣母。

14. 这里是说，圣母的谦卑和圣洁促使上帝向世人敞开他的"崇高的爱"。

15. 此句在原诗中用拉丁文：Ecce ancilla Dei；原句出自《新约·路加福音》第一章第三十八句："我是主的使女，让他的旨意在我身上成全吧。"

16. 这里用"印章打在蜡上"来比喻浮雕像的生动逼真，既准确又明晰。

17. 即指左边。

18. "那位"指维吉尔，在诗中，他是站在但丁的右边，因为前句说明但丁站在他的左边。

19. 这里又用了《圣经》中的一个典故，即《旧约·撒母耳记下》第六章的一段情节：以色列王大卫战胜非利士人后，下令将藏有摩西（Mosè）传达上帝立下的十诫及其他律条的约柜从迦巴（Gabaa）运到基色（Geth），最后运到大卫城（即耶路撒冷）；约柜装在一辆牛车上，由亚比拿达（Abinadab或Abinedab）的两个儿子乌撒（Oza或Ozza）和亚希约（Achio）负责赶车；行至中途，牛突然失蹄，约柜摇摇欲坠，乌撒赶紧伸手去扶，这却触怒了上帝，用雷电将他劈死，因为约柜只能由祭司触摸，乌撒此举，虽是好意，却对约柜是一种不敬行为。后来，此故事竟成为人不该做越出分内的事的依据；但丁在《书信集》第十一章第十二句段中还曾把乌撒作为"妄自尊大"的典型。

20. "七个合唱队"（sette cori）是指伴随大卫王运送约柜的七个队伍，据说出自《新约·路加福音》第六章第二句，但查中、法文《圣经》中无此提法。

21. "两个感官"指视觉和听觉，即是说，石壁上的浮雕像栩栩如生，既令人看到，又似乎令人听到，因而眼睛和耳朵两个器官就发生争执：眼睛除看到外似乎也可以听到，耳朵则否认可以听到。同样的情况也发生在第62句的眼睛和鼻子的争执上。

22. “谦卑的《诗篇》作者”指大卫王，据说，《旧约》中的《诗篇》(*Salmi*)一百五十篇即出自他的手。“谦卑”一词是指大卫王因把约柜运回耶路撒冷，十分欢喜，他“身穿祭司的细麻布袍，在主前尽情欢舞”，但扫罗(Saul)之女、大卫王之妻米甲(Micol)见他“手舞足蹈，蹦蹦跳跳”，很不以为然，认为有失君王体统，并批评他说：“你身为以色列的君王，却居然在臣仆和婢女面前手舞足蹈，丑态毕露，你真是愚不可及啊！”大卫王就此责骂她说：“主不用父亲和他家里的所有人，却择选了我来治理他的子民以色列，为了表达我在主面前的喜乐，我非常愿意在他面前欢舞。我以后还要表现得更随和更谦卑，你说的那些婢女，她们会更尊重我！”(引文见《旧约·撒母耳记下》第六章第十六至二十句。)因此，这里把大卫王作为仅次于圣母的第二个“谦卑”范例。

23. 此句的含义是：大卫王身着祭司的长袍，就执行起祭司的职能，就这一点而言，是“胜过国王”；但由于他“手舞足蹈，蹦蹦跳跳”的举止，从权威上看，又似乎“不如国王”。

24. 米甲(见注22)由于轻视大卫王，上帝就惩罚她，使她“终生没有生育”(见《旧约·撒母耳记下》第六章第二十三句)。

25. “洁白如雪的光彩”指第二个浮雕故事的右边、米甲的身后出现的第三个浮雕故事光彩照人，显得十分突出。

26. “罗马君主”指罗马贤君特拉亚诺(Traiano, 52—117)，为罗马另一贤君尼尔瓦(Nerva, 30—99)之养子，因其贤德能干，公元98年，继承了帝位。在位期间，他把罗马帝国的版图扩展到中东欧、阿拉伯、亚美尼亚和美索不达米亚，国势强盛达到了顶峰。但他以迫害基督教徒而闻名；由于他公正仁慈，自三世纪起即被世人传颂，至中世纪，有关他的事迹则进一步广泛传布。他在著名的罗马广场(Foro Romano)以北，建筑了特拉亚诺广场(Foro di Traiano)，为附近许多广场中最宏伟最辉煌的。

27. 格雷高里奥(Gregorio, 540—650)，即教皇格雷高里奥一世，亦称“伟大的格雷高里奥”(Gregorio Magno)或“圣格雷高里奥”(San Gregorio)；诗中说他“大获全胜”，是隐喻他为拯救特拉亚诺的灵魂而与地狱和死神较量，而取得奇迹般的胜利。他以仁爱享名，曾主张废除奴隶制，改革宗教歌曲。据说，一日，他游逛特拉亚诺广场，看到特拉亚诺的雕像，并闻听特拉亚诺的公正贤明，深为感动，命人将特的尸骨从坟墓中掘出，发现特的一切几乎全都化为泥土，只剩骨骼和舌头，特别是舌头，竟如活人的舌头一般；格雷高里奥悟出，这是特拉亚诺生前主持公道，总是用舌头讲出公正的话，舌头才能不朽。为此他祈祷上帝拯救特的灵魂，使之免受地狱之苦，后上帝派天使托梦来告：“你所要求的已经实现。”事见古籍《哲学家精英录》(*Fiore di filosofi*)中的有关记载。但也有说他曾使特拉亚诺暂时还阳，皈依了基督教的，圣托马索的《神学大全》第三卷就记载了这一传说，显然，但丁对此是深信不疑的。

28. 特拉亚诺为年轻寡妇的被害儿子申冤报仇一事，自古以来，许多有关著作都有记载，最早则出自希腊文学家狄奥尼斯·卡西奥(Dione Cassio, 155—240)所写的罗马野史，后被收入罗马史学家、副主祭保罗(Paolo Diacono, 730—796)所写叙述圣格雷高里奥的生平的著作中，这是有关这个故事的最早文本。但丁诗句所依据的资料来源不详，但波斯科-雷吉奥注释本认为，可能出自十二世纪的乔瓦尼·迪·萨利斯伯里(Giovanni di Salisbury)的《波利克拉提库斯》(*Polycraticus*)，因为其中的对话与诗句十分相似，并断定但丁是阅读过该书的。《哲学家精英录》也有类似的记载：一天，特拉亚诺骑马率骑兵前去打仗，途中遇一寡妇，她请求特拉亚诺为她无辜被害的儿子申冤报仇。特拉亚诺原说须等他战后返回时为她解决，但寡妇说："要是你回不来呢？"特说："就由我的继承人来办。"寡妇又说："即使此人做了，他做的善事于你又有何干？你欠我的情，你本应依据你的所作所为得到报偿……别人的公正不能使你得到解救，他做的善事只能解救他自己。"寡妇的言语打动了特拉亚诺，他立即下马，仔细审察案情，最后满足了寡妇的要求，为她的儿子申冤报仇。特随即上马奔赴战场，终于战败敌人，凯旋而归。

波斯科-雷吉奥注释本还说，许多中世纪罗马古墓都有一皇帝骑马、路遇一妇人跪在一边的浮雕像，象征罗马帝国对外省的征服，但可能是受上述故事的启发，因为这些古墓名曰"怜悯冢"(Arco della Pietà)；中世纪导游手册《罗马城市名胜》(*Mirabilia urbis Romae*)就曾提及此问题；近代注释家加姆林(Gamlin)甚至认为，但丁曾在特拉亚诺广场亲眼看过此类浮雕，但波斯科-雷吉奥注释本认为，该广场早于十一世纪与十二世纪之间被毁，但丁时期，它已是面目全非了。

29. "金色雄鹰"指罗马绣在旗帜上的黑鹰金底的图案。

30. "对事物不会感到新奇的那位"指上帝，因为上帝是造物主，对他来说，任何东西都不是"新奇"的。"令人可以目睹的一番对话"是指炼狱山上的浮雕故事不是静止的场景，而是在时间上陆续展开的情节，因而可以从中看出对话的进行。

31. "那位巨匠"指上帝。

32. "到这边来"是指到维吉尔的"这边"即"左边"来。"许多人"是指在巨石重压下前往悔罪赎罪的犯有骄傲罪的鬼魂。

33. "一层层高地"指炼狱山的其他六层。

34. "伟大的审判"指最后的审判。

35. "对倒退的步伐抱有信心"是指由于"心灵的视力已失去作用"，分不清是非曲直，竟以为"倒退"就是前进。

36. 这里用"蠕虫"和"蝴蝶"来比喻世上的凡人和上天接受最后审判的灵魂，写法取自《圣经》，圣阿哥斯蒂诺就说过："所有人都生自肉体，如果不是蠕虫，又是什么呢？正是上帝把他们从蠕虫变为天使。"诗句的含义是：人是不完善的，犹如幼蛹与昆虫，最后终要死去，并化为蝴蝶，完成从肉体的不完善到灵魂的完善的过程。古代常把灵魂比作蝴蝶，从字源学的角度看，希腊文的"灵魂"和"蝴蝶"为同一个词。"天使般的蝴蝶"的寓意是：灵魂是不死的，而这是天使本性的一部分。诗中的"毫无掩护"，是指灵魂前往接受上帝审判时，不能指望用荣誉、财富、权力、光荣作为掩护，而"在尘世，这些则都是人据以产生骄傲和权力幻想的起因"。(萨佩纽)波斯科-雷吉奥注释本也就此解释说，人活在世上是被财富、荣誉乃至激情所掩护的，正如尚未成熟的昆虫，只有死后，灵魂才能"赤裸裸"地来到上帝面前，既带着自己的"善"，又带着自己的"恶"。

37. 这里用建筑上的人像托座来比喻正在肩负重石悔罪赎罪的灵魂。

38. 这里是说，人像所表现的那种"痛苦"并非真实的，而由于形象逼真，却使见到它的人为它所受到的"痛苦"而感到焦虑。

第十一首

1. 从本首一开头起，但丁就对《新约》的《马太福音》第六章第九至十三句和《路加福音》第十一章第二至四句中耶稣对门徒所作的一些训诫，作了演绎性的发挥，这也便是涉及“我们的天父”(Pater noster)的一些祷词。在中世纪，以文学形式演绎《圣经》章节是很流行的，但诗中的用意则似在于突出显示犯骄傲罪的鬼魂在祈祷上帝赦罪时的驯顺和乞求的赎罪心情，同时也为全首定了基调。
2. 此句意谓：上帝在天国并不局限于某个地方，而是无处不在的。但丁在《筵席》第四卷第九节第三句段中就曾指出：上帝无处不在，“不受任何限制”。
3. “最初造物”指天体与天使。
4. 这里演绎了《马太福音》第六章第九句和《路加福音》第十一章第二句：“……我们的天父，愿人都尊崇你的圣名。”关于“我们的天父”，两部福音书都用拉丁文Pater noster qui es in coelis，直译应为“我们在天上的父亲”；古代注释家认为，此句旨在赞美三位一体：“圣名”(nome)指圣子(Verbo)耶稣，“神力”(valore)是指圣父上帝，下句的“灵气”(vapore)，则是指圣灵(Spirito Santo)。但也有人认为，上述三点也都是上帝的特征，因而都是指上帝。萨佩纽和波斯科-雷吉奥两注释本似更倾向于后一种解释。
5. 此句分别演绎《马太福音》和《路加福音》上述章节第十句和第二句：“愿你的国降临”，“愿你在世界做主”。这里，但丁增添了“和平”一词，意在着重表示：若无上帝降恩，我们单靠发挥全部才智，也是无力走向和平的。这就突出表现对人自身的渺小和无能的醒悟。但丁在《君主论》第三卷第十六节第七句段中就说：“人类的德行若无神的明灯指引，是不能上天去谒见上帝，获得永恒幸福的。”
6. 此句分别演绎《马太福音》和《路加福音》上述章节的第十句和第二句：“愿你的旨意施行在地上，好像在天上一样。”这里的“赞歌”，原文为osanna，亦可直译为“和撒那”，是专用来赞美和欢呼上帝的词；该词来自希伯来文，常用于《圣经》及祷词，如耶稣进入耶路撒冷时，就曾用此词：《马太福音》第二十一章第九句说：“他们前呼后拥，欢呼着说：‘赞美大卫的子孙！……’”其中“赞美”一词，即为osanna。
7. 此句分别演绎《马太福音》和《路加福音》上述章节第十一句和第三句：“求你赐我们今天所需的饮食。”“饮食”一词在两部福音书中均为“面包”(pane)，但丁在诗中特意用了“吗哪”(manna)一词，因为“吗哪”是《旧约·出埃及记》中上帝赐予摩西等的食物：当时，摩西率领以色列人离开埃及，前往乐土耶路撒冷，行至沙漠，断炊绝粮，上帝前来救助他们，给他们每人每天一俄梅珥食物，“以色列人叫这种食物做吗哪，它的形状好像胡荽的种子，白色，味道好像用蜜糖制成的薄饼一样”(见《出埃及记》第十六章第三十一句)。因此，在诗中，此词有精神食粮之含义。
8. “艰险的荒野”指艰险的人生、尘世。此处用“荒野”(deserto)，意即“沙漠”，显然是迎合《圣经》文句，与“吗哪”一词对应的。
9. 此段分别演绎《马太福音》和《路加福音》上述有关章节第十二句和第四句：“免我们的罪债，好像我们饶恕得罪我们的人”，“赦免我们所欠的罪债，因为我们饶恕了那些亏欠我们的人”。
10. 此段分别演绎《马太福音》和《路加福音》上述有关章节第十三句和第四句：“不要让我们遭遇试诱，拯救我们脱离罪恶。”“宿敌”(antico avversario)指过去一向与我们作对的魔鬼，因为他总是引诱我们为非作歹。
11. 此句的“这最后的祷告”，原文即是单数：Quest' ultima preghiera，因此，注释家大多认为只指第19句至第21句，但也有人认为，应指从第13句至第21句但丁演绎《马太福音》和《路加福音》有关章节的全部内容，因为其中涉及世人祈祷上帝降恩为他们解决的种种精神需要；正因如此，应把

"祷告"作复数理解。萨佩纽注释本认为,这种诠释可消除在分析这几段三行韵诗时可能发现的不连贯和含糊不清之处;但波斯科-雷吉奥注释本则认为,既然魔鬼的引诱是单只针对活人,就应认为前几个祷告:第14—15句(即没有神的"吗哪",就会有"后退"的危险),第17—18句(即要求上帝"饶恕"),第19句(即指"向善能力"不堪一击),也涉及祈祷的鬼魂,但这些祷告却又只有涉及活人而不是涉及得救的灵魂时才会有意义,因此,有人才把"祷告"理解为复数,以克服诠释上的困难;其实,这种解释是"难以接受"的,除非"对清晰的文字作武断的理解"。

12. 这里的"一路顺风",原文是buona ramogna,词意较含混,一般认为是一种祝愿的词语;布蒂认为,这是指祝愿"旅程一路顺利"。用在诗句上,似有祝愿在涤罪道路上顺利前进之意。

13. 这里用人在做噩梦时感到有"重物压身"的现象来形容背负重石受苦赎罪的犯骄傲罪鬼魂的苦状。

14. "那里"指炼狱,"这里"指尘世。"心愿有牢靠根基"是指:只有为减轻死者痛苦而虔诚祈祷的"心愿"还是不够的,必须有保证这一心愿得以实现的上帝恩泽作为"牢靠根基"。

15. "这里"仍指尘世。

16. 圣托马索在《神学大全》第一卷第二十一章曾指出,"公正"和"怜悯"是上帝的两个特征,无论在奖赏时还是在惩罚时都总是一齐表现出来;但十六世纪的注释家维路泰洛则认为,"在炼狱中的魂灵要想免除身受的苦刑,必须从两方面着手:一是要依靠神的'公正',使自己能完全赎清生前所犯罪过;二是要依靠我们活人身上对这些魂灵所产生的'怜悯',从而用祈祷和善行来缩短他们等候赎罪的期限",这一说法得到近代某些注释家的认可。

17. "梯阶"是指从第一层登上第二层的石径。

18. "那个人"指维吉尔。

19. 本维努托曾对此句作了如下解释:该鬼魂"在谦卑的枷锁下,低下头来,因为他活着时总是把头昂起";托马塞奥曾对"骄傲的脖颈"一说作了考证,认为此说出于《圣经》,即《旧约》的《出埃及记》第三十二章第九句和第三十三章第三句,《申命记》第九章第十三句,《以赛亚书》第四十八章第四句,其中用"强硬的脖颈"(dura cervice)表示"桀骜顽固"(ostinazione suberba);但中译本的《圣经》则将"强硬的脖颈"分别意译为"顽固悖逆""冥顽不灵""顽梗悖逆""……你们是顽梗的,颈硬如铁……"等。罗马著名诗人贺拉斯(Orazio,公元前65—前8)的《书信集》第一卷第三章也有类似的说法:"难以驯服的骄傲的脖颈。"看来,这些都是诗句所借鉴的。

20. "拉丁人"即意大利人;"一家大户"指名门望族。

说话的人是翁贝尔托·阿尔多布兰德斯科(Omberto或Umberto Aldobrandesco),他是托斯卡纳地区声名显赫的阿尔多布兰德斯科家族的威廉·阿尔多布兰德斯科(Guglielmo Aldobrandesco)之次子。该家族拥有大片采地,面积相当于今天的格罗塞托省(Grosseto);十三世纪初,该家族的势力发展到顶峰。他们父子二人都与锡耶纳市为敌;翁贝尔托在坎帕尼亚蒂科(Campagnatico)拥有一座城堡,从那里,对锡耶纳人进行烧杀掠抢,并得到佛罗伦萨市的支持。他死于1259年;其死因有两种说法:一是说他在坎帕尼亚蒂科附近与锡耶纳人交战,因寡不敌众而被杀;一是说他被锡耶纳市雇来的刺客用枕头闷死在床上。

21. 威廉·阿尔多布兰德斯科,属阿尔多布兰德斯科家族的两个支系之一索阿纳系(Soana),另一支系为桑塔菲奥拉系(Santafiora,参见第六首及有关注释)。该家族在属锡耶纳管辖的马雷马地区称霸一时,因此,威廉·阿尔多布兰德斯科的名声在托斯卡纳地区很大,这时他才去世不到五十年,人们对他显然记忆犹新。

22. “一母所生”是指众人应是平等的。

23. 坎帕尼亚蒂科为翁贝尔托·阿尔多布兰德斯科的大本营(参见注20),其城堡建在属锡耶纳范围的翁布罗内河(Ombrone,一百六十一公里)河谷的一片高地上。由于翁贝尔托当时已成为传奇式人物,他的死常作为故事讲给儿童听,因此,儿童也对他“知情”。

24. 这里是说,翁贝尔托不仅自己为骄傲所害,被迫在炼狱中受惩,而且其“亲属同宗”也在阳间继续遭受不幸:阿尔多布兰德斯科家族的索阿纳系,在十四世纪时就渐趋衰亡;桑塔菲奥拉系也在锡耶纳人的进攻下,势力不断削弱:据说,桑塔菲奥拉系在其鼎盛时期,曾狂言:“一年当中,可以每天更换一个住处”(本维努托),可见其拥有的城堡数目之多,但后来因与锡耶纳人长期交战,元气大伤,至但丁时期,其家族已严重衰微,濒于灭绝。

25. 奥德里西(Oderisi),生于古比奥(Gubbio),故全名为奥德里西·达·古比奥(Oderisi da Gubbio)。十三世纪的著名纤细画家(miniatore)。史料证明,他于1268—1269年和1271年,曾在波洛尼亚工作,但丁可能就是在那里结识他的。十六世纪的著名画家和建筑家瓦萨里(Vasari,1511—1574)曾断定,1295年,他曾赴罗马工作,1299年左右,死于罗马。

26. 阿哥比奥(Agobbio),为古比奥的古称。

27. “纤细画”(miniatura),诗中用alluminar,即名词alluminatura(纤细画的别称)的动词原动式,据查,可能来自法文的enluminer。这种绘画为盛行于中世纪的一种书页装饰图案或插图;最早是用朱笔在卷首或书中主要章节绘出装饰性花草图案。纤细画于七世纪时产生于爱尔兰,用于装饰《圣经》一类书籍。八世纪法国加洛林王朝时,传入欧洲大陆。十世纪,除上述两种纤细画外,又有拜占庭和罗马式纤细画。十二世纪,纤细画加用金底勾勒图案,在前法朗德勒(Fiandre)、今佛拉芒(Fiamminghe)地区,又发展成为歌德式纤细画。十三世纪,纤细画在意大利兴起,奥德里西即为其代表人物。十五世纪,纤细画达到最高峰,有佛拉芒、法国、意大利三大流派,当时主要用于描绘时祷书(Breviario)一类的宗教书籍,许多古籍得以保存至今,主要是依靠其书内的精美的纤细画插页或图案。随着印刷术的普及,中世纪的纤细画艺术也日趋没落,不复存在。

28. “波洛尼亚的佛兰科”,目前注释本所印原文有两种:一是Franco bolognese,即“波洛尼亚的佛兰科”,“波洛尼亚”印成小写,作为“佛兰科”的形容词;一是Franco Bolognese,即“佛兰科·波洛涅塞”,形容词bolognese变为大写专名词Bolognese,成为“佛兰科”的姓氏;萨佩纽注释本的印法循前者,波斯科-雷吉奥注释本则循后者。佛兰科为十三世纪下半叶至十四世纪初的著名纤细画家,与奥德里西·达·古比奥同为波洛尼亚派纤细画最重要的代表人物,但他们二人的作品至今已无法辨认。据一些艺术评论家发现,古比奥市国家档案馆有六部合唱赞美诗手抄本的纤细画为奥德里西所绘;另有一些《圣经》手抄本的纤细画则出自佛兰科的手笔。一般认为,奥德里西作品的特色表现在仍保留传统的拜占庭风格,佛兰科的特征则显示他作为革新派的代表,其作品有歌德式的格调,可能是受法国画派的影响;波斯科-雷吉奥注释本还认为,佛兰科的画风也可能受到十四世纪伟大画家乔托(见注31)的影响,这可能也是因为他与乔托大致同时。

29. 这里是说,在仍有可能再犯罪的生命最后阶段,奥德里西得以悔过,因而才得到上帝的宽恕,允许他到炼狱悔罪赎罪,而不是被打入地狱受苦。

30. 契马布埃(Cimabue),名乔瓦尼(Giovanni)或切尼(Cenni),生于1240年,死于1301年或1302年。其父为佩波(Pepo),姓氏不详,契马布埃为其绰号。为十三世纪著名画家,佛罗伦萨画派的创始人。他的作品一扫拜占庭的矫饰、呆板格式，富有写实主义色彩。据《最佳评注》说，由于他名气很大，他为人骄横狂妄，不容别人指出他作品中的缺点，而是要由他自己来发现。关于他的傲气，瓦萨里在其名著《意大利杰出画家、雕刻家和建筑家传》(*Vite dei più eccellenti pittori, scultori e architettori*)中也有记载。但丁可能于1300年以前，在佛罗伦萨见过他的一些有签名的作品，如圣三位一体教堂的《圣母像》(又名《庄严》*Maestà*)、圣十字架教堂的《钉刑图》(*Crocifisso*，该作品可惜于1966年佛市水灾时大部分被毁)。

31. 乔托(Giotto)，为但丁时代最伟大的画家，并精通建筑。其父为蓬多内·德尔·科莱(Bondone del Colle)。他于1266年左右，生于佛罗伦萨附近的维斯皮尼亚诺(Vespignano)，1337年殁于佛罗伦萨。他是契马布埃的弟子。据说，一日，契马布埃散步在田野，见乔托一边牧羊，一边作画，当即发现他的绘画天赋，便带他到佛市教他绘画。他青出于蓝，后来居上，声名超过其师，为托斯卡纳以色彩、团块和构图为基础的新画派的奠基人，他的画法为后世文艺复兴时期的大画家如马萨齐奥(Masaccio)、皮埃罗·德拉·佛兰切斯卡(Piero della Francesca)所仿效。其名作有亚西西(Assisi)、帕多瓦、佛罗伦萨等地的一些宗教壁画，佛市的菲奥雷圣母堂的著名钟楼(Campanile di S. M. del Fiore)也是他设计的。但丁与他交往甚厚，他曾为但丁绘像，该作品一直保存至今。诗中的“此人”即指契马布埃。

32. 诗中前一个“圭多”(Guido)指但丁的好友诗人圭多·卡瓦尔坎蒂(Guido Cavalcanti，1255—1300，参见《地狱篇》第十首及有关注释)，后一个“圭多”则指圭多·圭尼采利(Guido Guinizzelli，1230?—1276)。圭多·圭尼采利为十三世纪波洛尼亚的著名诗人，为“温柔新体诗”(dolce stil novo)的创始人，圭多·卡瓦尔坎蒂、但丁也都属于这个诗派，但丁还把他奉为自己“写诗艺术之父”。他写过许多以爱情为主题的抒情诗、叙事诗和十四行诗，他的著名抒情诗《爱情总是躲避在高尚的心灵》(*Al cor gentile ripara sempre Amore*)为新体诗确立了写诗原则，即：没有爱，就没有高尚的心灵，爱也只能存在于高尚的心灵之中。在圭多·卡瓦尔坎蒂以前，他是用通俗语言写诗的最伟大的代表人物，但丁在《新生》第二十二节称他为“智者”，在《论俗语》第一卷第十五节称他为“最伟大的圭多”。关于他的身世，过去曾把他与其他一些人混为一谈，后据考证，得知他是圭尼采利·达·马尼亚诺(Guinizzelli da Magnano)之子，曾是波洛尼亚市的法官，参与波市的派系斗争，属以兰佩塔齐家族(Lampetazzi)为首的吉伯林派；1274年，归尔弗派首领杰雷梅伊家族(Geremei)在波市得势掌权，将圭多·圭尼采利等吉伯林派分子逐出波市。圭多·圭尼采利流亡到蒙塞利切(Monselice)，可能死于1276年，是年有文件证明：他曾把小儿子圭杜丘(Guiduccio)托付给其寡妻贝阿特丽切·德拉·佛拉塔(Beatrice della Fratta)。

33. 此句意谓：可能已出生一位诗人，在写诗方面超过两个“圭多”。但近代一些注释家认为，诗中的“这位和那位”应分别指乔托和圭多·卡瓦尔坎蒂，因为第97句已说明：第一个“圭多”已被第二个“圭多”超过了。另有人认为，此处所说新出生的诗人，是指但丁自己。波斯科-雷吉奥注释本指出，诗句的主旨是要说明尘世的荣誉都是一瞬即逝的，因而都是虚妄的，即使但丁是在影射自己，也并无妄自尊大之嫌，因而试图为但丁开脱罪名，是徒劳的。

34. 这里是说，老时死去未必比牙牙学语前的儿时死去名气会更大，即使名气延续千年，也是微不足道的，因为它不能达到永恒。诗中生动地用“包包”(pappo，即“面包”)和“钱钱”(dindi，即“钱币”)来模仿儿童牙牙学语，为诗句增添了活泼气氛。

35. 这里进一步用“睫毛一眨”与恒星天体运

行相比，说明这和千年与永恒相比，时间显得更长，从而突出千年之短。但丁在《筵席》第二卷第十四节第十一句段就说：恒星天体（cielo delle stelle fisse）的“运动几乎是令人感觉不到的……它从西向东运转，一百年才运转一度”，因此，恒星天体要围绕黄道极（polo dell' eclittica）转上一圈三百六十度，就须用三百六十个世纪。

36. “那个人”即锡耶纳的僭主普罗文扎诺·萨尔瓦尼（Provenzano Salvani），奥德里西在第121句中道出了他的姓名。他大约生于1220年，为锡耶纳吉伯林派首领萨皮娅（Sapia）之侄。生前在锡耶纳声望很高，在政治生活中起过举足轻重的作用，曾参加锡耶纳吉伯林派战败佛罗伦萨归尔弗派的有名的蒙塔佩尔蒂战役（参见《地狱篇》第十首及有关注释），并在该战役后举行的恩波利会议上，主张摧毁佛罗伦萨市。1262年，任蒙泰普尔恰诺（Montepulciano）首席执政官，曾被封为骑士，在锡耶纳市的威望进一步提高。1269年，锡耶纳军在科莱·迪·瓦尔德尔萨（Colle di val d'Elsa）战役中被佛罗伦萨军击败，他被俘，后被枭首示众，维拉尼的《编年史》第七章对此有记载。他死后，曾被他逐出锡耶纳的归尔弗派返回故土，对他的家族进行了残酷的迫害和报复。他在诗中是作为第三个犯骄傲罪者范例而出现的：据说，他曾因自己意志刚强而目中无人。

37. “灭绝”佛罗伦萨的“狂妄怒火”是指锡耶纳在蒙塔佩尔蒂战役大败佛罗伦萨，挫败佛市“耀武扬威”的嚣张气焰；“下贱的娼妇”是指佛罗伦萨人从过去的狂妄自大，妄图压倒邻邦，变为今日如“娼妇卖身”一样，为金钱可做任何事情（布蒂）。

38. 这里所说的“物”指太阳。用草的绿色象征不能久长的比喻写法，取自《旧约》的《以赛亚书》第十一章第六句：“一切血肉之躯也不过像草芥一样，他们的华美就像野地的花朵，只要主吹一口气，花草就干枯凋谢”；《诗篇》第九十篇第五、六句：“他们像草一样，早上还新生嫩绿，滋长蓬勃，到傍晚就凋零萎谢。”《新约·雅各书》第一章第十、十一句也说：“……富贵荣华都会像花草一样；当骄阳一出，热风一吹，草就干枯，花也凋谢，美丽就消失了。”

39. 此句意谓：在尘世妄自尊大的人，死后就要受身背重石、弯腰曲背之苦，用这样的苦刑（“钱币”）来向上帝赎罪（“把孽债偿还”）。

40. 这两段三行韵诗说明普罗文扎诺·萨尔瓦尼之所以能获准来到炼狱而无须在山门之外等候的原因：据说，他有一好友，因追随小科拉多（Corradino）与那不勒斯王安茹的查理作战，在塔利亚科佐（Tagliacozzo）战役中被俘（关于小科拉多和塔利亚科佐战役，参见《地狱篇》第二十八首及有关注释），安茹的查理知此人与普罗文扎诺·萨尔瓦尼交好，便致函向他索取一万佛洛林金币作为赎金，并须短期之内交出，否则即处死其友。普手头无此巨款，只好不顾身份，身着破旧衣衫，来到锡耶纳的主要广场即坎波广场（Campo），向过往市民乞讨援助。锡耶纳人为此十分感动，纷纷解囊，终于助他在期满之前将其友赎回。上帝正因普放下傲慢的架子，采取“谦卑”的行动，做出舍金赎友的善事，就容许他提前进入炼狱。据说，普罗文扎诺·萨尔瓦尼之友是巴尔托罗米欧·萨拉齐尼（Bartoromeo Saracini），但也有人说是米诺·德·米尼（Mino de' Mini）。“每根血管都在颤抖”是形容普罗文扎诺·萨尔瓦尼在乞讨时的谦卑而惶恐的心情。

41. 这里是预示但丁在不久之后就会通过自身被逐出佛罗伦萨的亲身经历，备尝颠沛流离、寄人篱下之苦，从而体验“几乎是沿街乞讨”和“违背本意地显示出时运的逆转”（但丁《筵席》第一卷第三节第四句段）的际遇究竟意味着什么。

42. “这个举动”即指普罗文扎诺·萨尔瓦尼为救友而采取的谦卑行动，“界限”则指炼狱与炼狱外界之间的界限。

第十二首

1. 这里的“魂灵”指奥德里西。
2. “教育者”指维吉尔。
3. 更早一些的版本把诗句中的“他”(lui)印作“他们”(loro),从上文看,以“他”为宜。
4. 这里,但丁发展了短语动用“帆篷与双桨”(con vele e remi)的说法,而用“双桨和双翼”(con l' ali e coi remi),说明需要动用一切手段;此说法也可能受维吉尔《埃涅阿斯纪》第三章第520句“使用帆篷和双翼”的启示。
5. 因为听到奥德里西所说有关尘世荣耀均属虚妄的一番言论,特别是预示但丁将有沦落他乡的不幸遭遇,但丁感到心情十分沉重和怅惘。
6. 地面上刻有犯骄傲罪者受惩的事例,但丁见了,会从中得到教益,并且由于分神,也不会再感到山路难行了。
7. 这里用但丁时期常见的“土坟石碑”(即坟墓挖成土穴,埋葬死者,上盖石板,板上刻有死者的遗像)来比喻炼狱山上地面雕刻的惩罚犯骄傲罪者的形象。据悉,这种殡葬方法常用于教堂或修道院,某些墓地也有,如著名的比萨公墓(Camposanto di Pisa);这种习俗随着时间的推移,日渐稀少,一直延续到十七世纪初。
8. 从此句起,诗中连续举出一系列犯骄傲罪者受惩的事例,并运用修辞技巧,采取中世纪喜用的排比连缀的“藏头诗”(acrostico)诗体写法,即用每段三行韵诗第一句第一个词的第一个字母,拼凑成一个词:诗中从第25句至第60句,共十二段三行韵诗,计三十六句,每四段为一组,第一句都由一个统一的字母打头,三组拼成一个词。对这种诗体,中译文无法表达,只能尽量用同类的词来略尽其意,如第25、28、31、34句,原文都用Vedea(我看到)打头,因而属以第一个字母V合成的一组;第37、40、43、46句又均以感叹词O(哦)打头,合成第二组;第49、52、55、58句,则以Mostrava(显示了)的第一个字母M构成第三组:三组的第一个字母恰好合成Vom,亦即Uomo(人)一词。

   这里的“那一个”指因傲视上帝而被打入地狱、在诗中被写成地狱之王的“天使”卢齐菲罗(参见《地狱篇》第三十一、三十四首及有关注释);“更为高贵”是指他的外形雍容华贵,异常俊美,胜过其他天使;“像闪电般从天上坠落”的说法取自《新约·路加福音》第十章第十八句:“我看见撒旦(即卢齐菲罗)像闪电般从天上堕下。”
9. 布里阿留斯,反对宙斯的巨人之一,有五十个头,一百只胳臂,后被宙斯用雷电劈死,参见《地狱篇》第三十一首及有关注释。“天神的利箭”即指雷电。
10. 廷布雷奥(Timbreo)即日神阿波罗,因特洛伊城所在的特罗阿德(Troade)有神庙廷布拉(tempio di Timbra)奉祀他,故他也被称作“廷布雷奥”;巴拉德(Pallade)即智慧女神雅典娜;玛尔斯为战神。这里是说,阿波罗、雅典娜和玛尔斯伴随其父宙斯,目睹宙斯在弗雷格拉战役(参见《地狱篇》第十四首及有关注释)中用雷电劈死巨人们。
11. 宁禄是挪亚之孙古实(Cus)之子,曾带领人们到示拿(Sennaàr)平原地带建造巴别(Babele)城和高塔,以期扬名天下,并团结在一起,不致四下流散,上帝为此大怒,搅乱了他们的语言,把他们分散到各地(详见《旧约·创世记》第十一章第一至九句和《地狱篇》第三十一首及有关注释)。“巨大工程”即指巴别塔;诗中着重描述宁禄见原有的统一语言被“搅乱”而感到“茫然失措”。
12. 尼俄卑(Niobè)为弗里吉亚(Frigia)国王坦塔路斯(Tantalo)之女,特拜国王安菲翁(Anfione,参见《地狱篇》第三十二首及有关注释)之妻。她自恃威力无穷,又是神的后裔(其母狄奥尼斯Dione为擎天神阿特拉斯Atlante之女),并生下七男七女,因而骄横狂妄,不可一世,勒令特拜臣民献祭她,而不献祭生育女神拉托娜(Latona),尽管拉托娜为巨人塞俄斯(Ceo)之女,日神阿波罗和月神狄安娜之母；嘲笑拉托娜不如她能生育。拉托娜大怒，命阿波罗和狄安娜用箭射死她的七儿七女；尼俄卑伤痛至极，化为石像。事见奥维德《变形记》第六章，诗句也可能借鉴于此。

13. 扫罗（Saúl），以色列第一位国王，四十岁登基，在位三十二年。先知、大祭司撒母耳（Samuele）曾遵从上帝意旨，尊立他为王。他多次战胜非利士人（Filistei）、亚马力人（Amaleciti）。由于他自高自大，曾不止一次违背上帝之命，上帝决定让大卫继任他的王位：在基利波（Gelboè或Gilboe）战役中，他被非利士人杀得大败，他的三个儿子约拿单（Gionata）、亚比拿达（Abinadab）、麦基舒亚（Malkischua）战死沙场，他自己也拔刀自刎（《旧约·撒母耳记上》第三十一章第一至五句对此有详细记载）。

14. 扫罗死后，大卫为哀悼扫罗以及与大卫交好甚厚的约拿单，写了一首名为《弓歌》（*cantica dell' arco*）的哀歌，其中一句是："基利波山啊，愿你雨露不降，在你的田里五谷不能生长……"（见《旧约·撒母耳记下》第一章第二十一句）。

15. 阿拉克涅变为蜘蛛一事。参见《地狱篇》第十七首及有关注释。

16. 罗波安（Roboam或Roboamo），所罗门（Salomone）之子，犹大（Giuda或Giudea）国王。他拒绝以色列民众要求减轻所罗门在世时加给人民的捐税负担，并狂妄地威胁臣民说："我的小拇指比先王的腰还粗！先王要你们负重轭，我要你负更重的轭！他用鞭子打你们，我却要用蝎子鞭抽打你们！"后以色列人民忍无可忍，发动起义，推翻了他，他也被迫乘车逃往耶路撒冷，事见《旧约·列王记上》第十二章第一至十八句。

17. 阿尔克梅翁尼（Almeone或Alcmeone），为攻打特拜城的七王之一安菲阿拉俄斯（见《地狱篇》第二十首及有关注释）之子。安菲阿拉俄斯能预卜先知，他卜算自己若参加攻打特拜，必被大地吞没，因而藏匿起来。但波吕涅克斯（见《地狱篇》第二十六首及有关注释）之妻阿尔吉娅（Argia）用珍珠项链诱导安之妻爱丽菲勒斯（Erifile）说出安藏身之地，波吕涅克斯终于把安找到；安不得已随波参加攻打特拜的战斗，果然连人带车被大地吞没。阿尔克梅翁尼责其母贪恋首饰而牺牲丈夫，怒而杀之；对此，斯塔提乌斯《特拜战记》、奥维德《变形记》和维吉尔《埃涅阿斯纪》都有记载。诗中所说事例的主角并非阿尔克梅翁尼，而是爱丽菲勒斯，因她不仅爱慕虚荣，而且还以获得火神伏尔甘（见《地狱篇》第十四首及有关注释）所造的神物珍珠项链而得意忘形。此项链原是火神送予其女阿尔莫尼亚（Armonia）下嫁特拜第一位国王卡德莫斯（Cadmo）的结婚礼物；据说，此物"不祥"，凡戴此首饰者均无好下场，如爱丽菲勒斯就为拥有此物而付出生命，因而代价是"昂贵"的。

18. 西拿基立（Sennacherib），为亚述王。他发兵攻打犹大王希西家（Ezechia），并嘲笑希信仰上帝，扬言上帝通过先知以赛亚告诉希耶路撒冷必不会落入亚述王之手的一番话，乃是对希的"欺哄"；为此，上帝让以赛亚又向希传达他对西拿基立的谴责，其中说："因为你向我所发的怒气和傲慢，我要钩着你的鼻，把嚼环放在你的口中，把你从原路牵回你自己的地方去。"当夜，上帝派天使到亚述营中杀死十八万五千人。西拿基立不得不立即拔营撤兵，返回尼尼微（Ninive）。一日，西拿基立在尼斯洛（Nisroc）神庙敬拜，他的两个儿子亚得米勒（Ardmmelic）和沙利色（Scharetzer）趁机用刀将他杀死。事见《旧约》的《列王记下》第十八、十九章和《以赛亚书》第三十六至三十八章。

19. 塔米丽（Tamiri），大月氏（Sciti）王后；其子被波斯王居鲁士（Ciro）俘虏并杀害，为报子仇，率兵攻打敌军，将敌军杀得片甲不留，并在杀死居鲁士后，割其首级，投入装满人血的皮囊中。此事在五世纪西班牙神学家兼史学家奥罗西欧（Orosio）的《异教徒史》（*Historias adversus paganos*）第二章中有记载，诗中塔米丽所说的话亦见于此书。但丁可能阅读过此书，故以此为素材。

居鲁士即波斯帝国的奠基人居鲁士大王(Ciro il Grande，或称老居鲁士Ciro il Vecchio)。公元前559年，篡夺其外祖阿斯提亚格(Astiage)的麦迪亚国(Media)王位，势力范围扩及小亚细亚、叙利亚、阿拉伯。曾容许以色列人返回故土，重建耶路撒冷神庙。曾是古代东方实力最强的君主。公元前529年，远征大月氏，阵亡。

20. 荷洛芬斯(Oloferne)为巴比伦国王尼布甲尼撒(Nebucadnetzar)手下的一名将军，奉命攻打犹太国的培沙利亚(Betulia)，遇犹太寡妇犹滴(Giuditta)，为其美貌所吸引，收入帐下；犹滴趁其熟睡，割其首级，返回城内，次日将其首级拿至城楼上向敌军展示，敌军大惊，纷纷溃逃，从而解除培沙利亚之围；事见《次经》的《犹滴传》第八至十五章。

"被杀者的无首残骸"原文是le riquie del martiro，注释家对此有不同解释：布蒂、但丁之子彼特罗、佛罗伦萨无名氏认为，是指"插在犹太人高举着的木杆上的荷洛芬斯的首级"；其他古代注释家则大多认为是指"在屠杀后留在战场上的亚述人的血肉狼藉的尸体"；还有人认为，是"掳获的被战败者的战利品"。萨佩纽和波斯科-雷吉奥两注释本则认为，应指被砍下首级、仍留在营帐之内的荷洛芬斯的"遗骸"。

21. 这里把特洛伊城(参见《地狱篇》第一、三十首及有关注释)作为被惩罚的骄傲的另一个典型事例；"伊利昂"(Ilion或Ilione)即特洛伊城的代称。

22. "夏娃的子孙们"即指人类、凡人。《最佳评注》认为，此处提夏娃而不提亚当，是因为夏娃"是第一个违背上帝告诫的，她想成为类似上帝的人"。

23. "并未闲散的心灵"是指注意力仍集中在观看地面上的雕刻。

24. "那位"指维吉尔。"一直注意看着前方"的原文是sempre innanzi atteso andava；对此，根据innanzi(在前面)在语法上所起作用，有两种解释：一是把它与atteso(注意)相连，此句的意思即为"注意看着前方"(萨佩纽注释本采用这种诠释)；一是把它与andava相连，则意谓"走在前面"。波斯科-雷吉奥注释本对两种解释，未作定论，但强调，前一种解释更好些。

25. 波斯科-雷吉奥注释本解释说，这位天使是守立在"赦罪关"(passo del perdono)的几位天使中的第一位，亦即通过此关，石级就通往上一层。这些天使的任务是：抹去鬼魂(包括但丁)前额上的一个P字，表示鬼魂在有关一层已经悔罪，得到上天宽恕，可再登上一层继续悔罪赎罪。每位天使都口唱颂扬与业已赎清的罪孽意义相对的美德的圣歌。

26. "第六个使女"是指伴随太阳神之车(carro del Sole)运行的一些"使女"(ancelle)，亦即"时辰女神"(Ore)，此说见于奥维德的《变形记》第五章；使女中的"第六个"即是指自太阳升起已过六个小时，因此，此刻应是中午过后。

27. "美丽的造物"指天使。

28. "洁白的长衫"是借鉴《新约》的《马太福音》第二十八章第三句、《马可福音》第十六章第五句、《路加福音》第二十四章第四句、《约翰福音》第二十章第十二句等所描述的天使形象而写出的，分别是：天使"衣裳洁白如雪"，"忽然看见一位身穿洁白长袍的青年(即天使)"，"突然有两位衣服放光的人(即天使)，站在旁边"，"她看见两个穿着白衣的天使"。本篇第二首第23句所写的天使也是这个模样。

29. 此句取自《马太福音》第七章第十四句："……通往永生的门窄小，路狭隘，找到的人也少"，和第二十二章第十四句："被邀请的人多，选上的人却少。"但此句究竟是谁说的：但丁？天使？古今有些注释家认为，两种可能性都有，即：可以理解为是紧接上句，是天使说的，但也可以理解为是但丁针对仍然活在世上犯罪的人所作的一种思考。萨佩纽注释本认为，上述见解无一可下定论；波斯科-雷吉奥注释本则肯定，此句是天使说的，因为若是但丁说的，转到下段三行韵诗就显得突兀，况且，也只有天使才能根据事实，断定接受他的“邀请”的人是“寥寥无几”的。

30. 这里的“风”隐喻诱惑和罪恶，这里特别是指骄傲。

31. 这里又用但丁所熟悉的尘世实景与炼狱的山路做了比较：“教堂”是指建在佛罗伦萨以南、阿尔诺河沿岸的克罗齐山（Monte alle Croci）上的圣米尼亚托教堂（S. Miniato）；该教堂从鲁巴贡特桥（Rubaconte）一方俯瞰着佛罗伦萨，亦即诗中所说，一度曾“管理良好的城镇”。从佛市向克罗齐山攀登，山路十分险峻，但后来由于在右面建造了一条石径，陡峭的山路就变得平缓（“被打断”）了。鲁巴贡特桥系1237年由米兰最高行政官鲁巴贡特·迪·曼德拉（Rubaconte di Mandella）开始在阿尔诺河上建造，因而得名，后改名为“恩泽桥”（Ponte alle Grazie），第二次世界大战期间，被德军地雷全部炸毁，战后改建，式样已现代化。诗中谈及此桥系在贪污尚未成风的时代所造，其中引用了有关“案卷”和“桶板”两个典故：关于“案卷”，据贡帕尼（Compagni，1251？—1304）的《当代大事记》（*Cronaca delle cose correnti nei suoi tempi*）第一卷第十九章记载，佛罗伦萨最高行政官蒙菲奥里托·迪·科德尔达（Monfiorito di Coderda）被一些有权势的政客所利用，在奖惩上颠倒是非；1299年5月5日，事发，被解职，并遭非刑拷打，供认曾用伪证，判尼科洛·阿恰尤利（Niccolò Acciaioli，萨佩纽本作Niccola Acciaioli）无罪。他的招供均记录在案。数月后，尼科洛·阿恰尤利当选任期两月的行政长官，获悉此案卷有其罪状，遂与其律师兼任法官的巴尔多·德·阿古利奥内（Baldo d'Aguglione）密谋销毁案卷。他利用职权，将案卷中有关他的罪行划掉，但当时负责记录的书记官对此产生怀疑，经检查，发现他果然作弊，当即予以揭发，尼科洛·阿恰尤利被捕，并罚款三千里拉；巴尔多·德·阿古利奥内被判罚款二千里拉，放逐一年，但他得以畏罪潜逃，后他于1311年负责审理佛市归尔弗派黑白两党的斗争问题，在实行赦免被放逐的白党分子的所谓“改革”（Riforma）时，竟将但丁排除在外，重申对但丁的放逐。关于“桶板”，据《最佳评注》和佛罗伦萨无名氏所述，苦行修士杜兰特·基亚拉蒙泰西（Durante Chiaramontesi）通过经营生意，赚了不少钱，但他的暴富是很可疑的；他在担任销售食盐的监管职务期间，曾发了一笔大财：他改变斗的官方度量，即他从市府领到用正规的斗称出的食盐，却用改制的小斗（从木制的斗上撤掉一条桶板）将盐量出销售。事败后，他被判死刑，其全家也都为此蒙上耻辱，当时还曾流行以他偷偷撤除桶板为内容的儿歌。从此以后，量盐的木斗即改为铁斗。

32. “另一层”指上一层。这里是说，由于有这条石径，从第一层登上第二层就变得很容易，犹如从佛罗伦萨登上克罗齐山有石径可攀，山路也不显陡峭一样，但不同的是：炼狱的石径极窄，人需在两侧石壁的夹缝中“擦肩”而过。

33. 此句唱词原文用拉丁文Beati pauperes spiritu，摘自《新约·马太福音》第五章第三句：“自知灵性贫穷的人有福了，因为天国是属于他们的。”

34. 这里是说，表示骄傲罪的P字已被第二层守卫的天使擦掉（见第98句：“他用翅膀拍打了一下我的前额。”），而《圣经》上说，骄傲乃一切罪过之本，因此，其他六个这时也已“几乎悄然消失”，并最终将会“完全被擦拭”。

35. 即第一位守护炼狱之门的天使。

第十三首

1. 这里是说，山崖在第二层又像第一层一样断开，形成环行平地。
2. “弧线收缩得更早”意谓第二层的曲率半径比第一层小些；如前所述，炼狱山各层平地一层比一层小，呈圆锥形，盘旋而上。
3. “青灰色”是一种令人感到压抑的暗色，显然是诗人有意用来烘托气氛；布蒂曾对这一层与第一层惩罚犯骄傲罪者的白色大理石的亮色相反作过这样的解释，即认为这个颜色与第二层所惩罚的嫉妒罪“恰相吻合”。
4. 这里通过对维吉尔转动身躯的过细描绘，说明此刻已过中午，太阳是从右面，亦即从北面射来。
5. 注释家对“温和的光芒”有多种解释：古代注释家大多认为，这象征上帝的恩惠，但丁之子彼特罗则认为，是指思辨哲学，十九世纪的托马塞奥和安德雷奥利更认为，是指应作为行动指南的自然理性。萨佩纽和波斯科－雷吉奥两注释本都比较倾向于第三种说法，认为这与下面的第20、21句恰相呼应；若解释为“上帝的恩惠”，就与这两句意思相左了，因为没有任何东西能不依照上帝的意旨行事。
6. “新的征途”也是对维吉尔而言，因为炼狱之行对维吉尔也是新的经验。
7. “千步”（migliaio）是罗马计算路程长度的单位，大致相当于一英里。
8. 这里用邀请参加“爱之饮宴”来隐喻要求人们怀有仁爱之心，用“爱”来代替嫉妒。第二层警诫魂灵的方式与第一层不同：不是用石壁和地面的有关雕刻，而是通过不见身体的声音传送。
9. “他们的酒喝光了”，原文用拉丁文：Vinum non habent，直译为“他们没有酒了”，系摘自《新约·约翰福音》第二章第一至十句：在迦拿村（Cana）举行的一次婚宴上，宴过一半，圣母发现酒已喝完，就要求耶稣显灵，想办法找些酒来，于是，耶稣化水为酒，第一次显示神迹。这里借用此话，是要表明圣母的怜爱心情，这也便是第一个仁慈范例。
10. 这是第二个仁慈范例。奥雷斯特（Oreste）是米凯奈（Micene）和阿耳戈（Argo）国王阿伽门农（Agamennone）之子。其母克丽廷尼斯特拉（Clitennestra）与埃吉斯托斯（Egisto）私通，暗害了阿伽门农。当时，奥雷斯特尚年幼，其姊厄列克特拉（Elettra）把他送往佛西德（Focide）国王、叔父斯特罗菲俄斯（Strofio）处寄养，以期他长大成人，替父报仇。在那里，他与堂兄彼拉提斯（Pilade）交好甚厚；长大后，二人重返米凯奈和阿耳戈，杀死其母及情夫，但被陶里克·切尔索尼索斯（Chersoneso taurico）国王托安提斯（Toante）捕获；托安提斯要以弑母罪判奥雷斯特死刑，作为祭品献祭。彼拉提斯为救其友，声称“我是奥雷斯特”（因托不认识奥），而奥不愿其友代己受刑，也称“我是奥雷斯特”，二人相争一死的情节成为佳话，在古希腊文学中享誉甚高，罗马的奥维德、瓦莱里奥·马西莫（Valerio Massimo，公元一世纪）的一些著作中也引用过此情节。但丁所借鉴的材料可能出于西塞罗的《论友谊》（*De amicitia*）第七章和《论结局》（*De finibus*）第五章第二十二节，其中提到：在罗马诗人巴库维奥（Pacuvio，公元前220—前130）所写的有关悲剧演出时，每逢演到二人争说“我是奥雷斯特”一场，必获满堂彩声。这里引用此例，是要说明为友情而不惜牺牲自我的团结精神（奥雷斯特后恢复了其父的王位，并将其姊嫁于好友彼拉提斯，彼还做了米凯奈王）。
11. 此语出自《新约》的《马太福音》第五章第四十四句和《路加福音》第六章第二十七、二十八句：耶稣在山上教导门徒说：“要爱仇敌，甚至为逼害你们的祷告”；“应该爱你们的敌人，以德报怨。为背叛你们的人祝福，替凌辱你们的人祷告”。
12. 这里是说，仁慈的范例起着激发的作用，即用与所犯之罪相反的美德来启发教育有罪之人：嫉妒罪的反面即是仁爱，因而做成抽打嫉妒罪的鞭子的“皮带”也便来自仁爱。

13. “与此相反的声响”是指“马勒”所起的作用与前三种声音所起的激发作用(即以美德来启发教育)不同,而是以惩治嫉妒等罪过为范例来制止犯罪,本篇第十四首第130句起,对此有详细叙述。“赦罪关”见第十二首注25。

14. 这里所说的石壁是朝上逶迤,通往第三层的,因此,维吉尔提醒但丁“把眼睛向空中望去”。

15. 这里,犯嫉妒罪的鬼魂唱出了圣徒祈祷文(litanie dei Santi)的诗句,即从祈祷“圣玛利亚,现在为我们祈祷”,一直唱到“所有圣者”,其顺序是:先求告于三位一体(圣父、圣子、圣灵)和圣母,然后是求告于天使长米迦勒(参见《地狱篇》第七首及有关注释)和其他天使及天使长,再后则是求告于圣彼得(参见《地狱篇》第一、二、十九首及有关注释),最后为求告于“所有圣者”。

16. “粗布”为谦卑和悔罪的象征,系用马鬃织成的,对皮肉有摩擦刺痛感觉。“一个用肩支撑着另一个”在这里是说:这些犯嫉妒罪者活着时嫉恨旁人,作为“报复刑”,在炼狱就不得不仁爱互助。

17. 这里是说,每逢教堂举行郑重仪式,靠乞讨为生的盲人就前来要求施舍;“赦罪日”(perdoni)即指教堂或圣殿实行布施的活动。

18. 这里说明:第二层悔罪的鬼魂都是“瞎子”,因为在世上,他们见人荣耀,就心怀嫉妒,见人不幸,就幸灾乐祸,死后,在炼狱,上帝就惩罚他们,让他们成为盲人;但丁之子彼特罗还说,“好嫉妒的人,可说是特殊的瞎子,因为他们对待上帝赐予他人恩泽,本应采取明智态度,而他们却视而不见”,因此,“嫉妒使人看不到本该看到的东西”,“这样,‘嫉妒’一词就是从‘视而不见’而来”(“嫉妒”的意大利文为invidia,从字源来看,即由non vedere看不见二词构成)。

19. 古代为驯鹰狩猎,常将雀鹰的双眼缝上,便于更好地加以驯服,神圣罗马帝国皇帝腓特烈二世(参见《地狱篇》第十、十三、二十三首及有关注释)的《论用鹰狩猎技术》(*De arte venandi cum avibus*)一书第二章中就谈到这种方法。

20. 这里是说,维吉尔走到但丁的右边,那里是山崖平地的光秃秃的边沿。

21. “另一边”指左边。

22. “崇高光辉”指上帝。

23. “记忆长河”(fiume de la mente)曾被注释家作过多种解释:如“记忆”(memoria)、“智力”(intelleto)、“真理”(verità)等。波斯科–雷吉奥注释本主张用“记忆”,因为这影射到“勒特河”即“忘川”(参见《地狱篇》第十四首及有关注释),该河把经过悔罪的魂灵对自己所犯罪过的记忆洗掉,这样,“记忆长河”才能“清澈”地流动,而不再有会使之变得混浊的罪恶痕迹。

24. “对他有益”是指但丁回到人世,可以转告与该魂灵有关的人,为该魂灵向上帝祷告,请求赦罪。

25. 这里的“一座”有“独一无二”之意,因此,在这里即是指上帝的城市,亦即天国的耶路撒冷。

26. “作客异乡”(peregrina)一词来自圣保罗的一句话:“我们在人世没有一座城市是可以常住下去的,而我们是要寻找那座未来的城市”;因而,这里是把活在人世比作“作客异乡”(peregrinatio)。

27. 瞎子等待别人讲话,一般都有类似的动作。

28. 说话的幽灵是萨皮娅(参见第十一首注36)。她是蒙泰雷焦尼(Montereggioni)附近的卡斯蒂利昂切洛(Castiglioncello)僭主吉纳尔多·萨拉齐诺(Ghinaldo Saracino)之妻,普罗文扎诺·萨尔瓦尼(参见第十一首及有关注释)之姑母。1289年以前去世。据说,她虽出身于吉伯林派的萨尔瓦尼家族,她本人却是归尔弗派,因此,对拥护吉派的锡耶纳市民和锡市首领、其侄普罗文扎诺恨之入骨,甚至在锡耶纳军在科莱·迪·瓦尔德尔萨(参见第十一首注36)战役中被佛罗伦萨军杀得大败时,她也幸灾乐祸地兴高采烈。关于她的生平,史料无详细记载,但丁所说的内容可能出于当时流行在托斯卡纳地区的一种传言。据说，她也做过一些善事：如与其夫在卡斯蒂利奥内山（Castiglione）脚下办过一所收容流浪汉的圣玛利亚收容所（ospizio di S. Maria per i Pellegrini），1274年她立下的一份遗嘱还指定了一名代理人，她在其夫于1269年死后，一直照管这所收容所。波斯科-雷吉奥注释本认为，但丁笔下的萨皮娅的形象是“未切中要害”，“未对准焦距”，因而是“矛盾百出”的，有人为解释萨之所以仇恨本市居民及其侄，曾寻找一些理由，把她说成是“归尔弗派”，但此说被历史资料所否定，因为萨本人很可能也是“吉伯林派”；还有人说，由于其侄“背叛”过她，所以她才对普罗文扎诺进行“报复”。该注释本认为，这些探索都是“一厢情愿”，也是“完全无用”的，因为嫉妒是很容易产生的，况且，萨若出于党派考虑而仇恨锡耶纳人和普罗文扎诺，“她的罪过就不会只是嫉妒了”。

29. “补救”一词原文为rimendo，本义是“缝补”，是根据波斯科-雷吉奥注释本所用的佩特罗基版本的本文；萨佩纽注释本所用的版本与此不同，所印的原词为rimondo，有“洗涤”“赎清”之意。佩特罗基认为，之所以可以采用“缝补”一词，因为“这使人更直接地想起‘有罪的一生’，亦即这一生是有待‘缝补’，有待‘重新缝上’的，正如犯嫉妒罪者的眼帘被缝上那样”。

30. “那位”指上帝；祈求上帝“赐予圣容”即意谓祈求上帝赐予这些魂灵“视力”，使他们能谒见上帝。

31. 这里使用了中世纪惯用的一种类似谐音引义的文学笔法，即从字源学角度，说明名字与其本义之间的奥妙关系：萨皮娅（Sapia）的字源为savio（明智）的阴性savia，读音应为“萨维亚”，只一字之差，尽管Sapia的重音在pi上，而savia的重音在sa上。这是一种风趣、俏皮的说法，因此，诗中说萨皮娅说她“并非明智”。

32. “年龄曲线”指人生的一半，即三十五岁（参见《地狱篇》第一首及有关注释），诗中的意思是：萨皮娅自云已过了三十五岁，处事本应“明智”，却仍然如此糊涂，如此“丧心病狂”（folle）。

33. “科莱”（Colle）即指科莱·迪·瓦尔德尔萨（Colle di Valdelsa），意谓埃尔萨河谷山丘。这里即指1269年6月8日佛罗伦萨军在安茹的查理的代理人乔瓦尼·贝尔特朗（Giovanni Bertrand）指挥下，大败普罗文扎诺和圭多·诺维洛（Guido Novello）率领的锡耶纳军的科莱·迪·瓦尔德尔萨战役。据维拉尼在《编年史》第七章记载，锡耶纳在这场战役中所受的损失大于佛罗伦萨于九年前在蒙塔佩尔蒂战役中所受的损失；战役结束后不久，佛罗伦萨的当政者就扶植锡耶纳的归尔弗派上台，将锡市的吉伯林派逐出该市。

34. 萨皮娅认为，锡耶纳在这场战役中战败是天定的，所以请求上帝实现其意愿；其实，锡、佛两军在这场战役中力量悬殊，锡军的惨败是意料之中的。

35. 这里是说，萨皮娅得以从她的城堡上看到佛罗伦萨军追杀锡耶纳军的情况，因为该城堡位于科莱通往锡耶纳的大道上。

36. 波斯科-雷吉奥注释本对萨皮娅向上帝喊出的话所作的解释是：萨皮娅见锡耶纳军溃败，十分高兴，因而不管上帝会给她带来任何其他不幸，她都不会感到畏惧了；布蒂对萨皮娅所说的话作了更贴切的具体解释：“现在，上帝尽可给我带来最糟糕的事情，我都不会害怕，因为我已看到了我最希望看到的事情。”

37. 这里用一个当时人所熟知的寓言故事来比喻萨皮娅的心情：据说，画眉在冬季总是在有太阳的时候才出来歌唱的；一次，经过一段酷寒的时期之后，有几天连续出了太阳，画眉竟以为严冬已过，便出来歌唱道：“上帝，我不再畏惧你，因为我已离开了冬季。”言外之意即是高兴得过早。这个故事以及画眉唱出的话，在十三世纪时就已成为格言谚语，但另有一个涉及画眉的成语即“画眉的日子”（giornate della merla），则是另一码事了，因为它意谓一月份最后几天，亦即最寒冷的几天。十四世纪短篇小说家萨凯蒂（Sacchetti，1330—1400）的名作《故事集》中的第一百四十九篇就说的是上述画眉的寓言。

38. 这里是说，若不是有第127句起所述的情况，萨皮娅本应与那些临终悔罪的犯怠惰罪者那样，守候在炼狱外界。

39. 皮埃罗·佩蒂纳佑（Piero Pettinaio）：出生在基安蒂（Chianti）地区的坎皮（Campi），但住在锡耶纳，开了一所售卖纺织用梳的店铺，"佩蒂纳佑"一词（Pettinaio）由pettine（梳子）而来，即指"梳子制造者"，因而其姓名亦可译为"梳子制造者皮埃罗"，"梳子制造者"亦有诨号之作用。皮埃罗·佩蒂纳佑是方济各会第三级修士，1289年12月逝世，追谥为圣徒。他为人忠厚，苦行修道，在锡耶纳甚孚众望，有关他的事迹的传闻甚多，市府还曾拨款，在埋葬他的低级修士教堂内建造了设有圣体盘的祭坛一座。1328年，锡耶纳还开始举行一年一度专门纪念他的节日。

40. 这里是说，但丁的眼睛在炼狱也会短时间失去作用，因为他不常以嫉妒待人，对上帝的触犯不严重，视力不会被"剥夺"太久。

41. "下面"指炼狱第一层。

42. "那个人"指维吉尔。

43. 据说，锡耶纳人"虚荣心重"，好大喜功，曾企图学习热那亚人和威尼斯人那样，为锡耶纳找到一个可以经营海上通商的出海口。"塔拉莫内"（Talamone）为位于托斯卡纳地区南部、靠近阿尔詹塔里奥山（Argentario）的第勒尼安海海滩上的一个小镇和港口，属桑塔菲里奥伯爵家族，由蒙塔米亚塔山（Montamiata）上的圣救世主修道院（San Salvatore）的主持代管；1303年，锡市以八千弗洛林金币的巨款购买该镇，并耗费大量钱财，改造疟疾肆虐的地理环境，但因该镇距锡市过远，海运货物无法畅通，收效甚微，为此，遭到锡市的死敌佛罗伦萨的嘲笑。

44. "狄安娜江"（Diana），又名"月神河"，为锡耶纳人臆想的地下水道。锡耶纳为山城，饮用水为一大难题；至今仍然存在的一些名泉，如布兰达泉（Fonte Branda）、羊圈泉（Fonte dell' Ovile）、福洛尼卡泉（Fonte Follonica）等，均位于低地，这就使当地市民以为，地下必有河流流经该市，并为此想象中的江河起名曰"狄安娜江"。为开采此江，该市花费大量投资，终不奏效，现仅掘出一井，亦称之为"狄安娜井"。此事亦被佛罗伦萨人当作笑柄。

45. "海军大将"原文为ammiragli，古代注释家本维努托、拉纳、《最佳评注》等都把此词与开采狄安娜江联系起来，认为是指负责开采此江的承包商；但丁之子彼特罗、布蒂以及大部分近代注释家则认为是指有朝一日将成为指挥锡耶纳舰队的舰长之人；萨佩纽注释本认为，从诗句的句法结构来看，该词应与涉及塔拉莫内港的主句有关，涉及狄安娜江的诗句仅是插话，因此，它提出了折中性的诠释：将ammiragli解释为负责建港工程的领导或港口长官；波斯科-雷吉奥注释本基本上与萨本解释相同，但强调，此词是舰长，但不一定是战舰的舰长，因为锡耶纳人似不曾指望成立舰队，因而，此词可能也是出于佛罗伦萨人对锡耶纳人的嘲弄。

第十四首

1. “死神任他翱翔”即是说，死神使他的灵魂脱离肉体，不再受肉体束缚。本首一开头便写出了两个鬼魂见但丁仍是活人却来到炼狱而进行的一番对话。

2. 这两个鬼魂：首先说话的是圭多·德尔·杜卡（Guido del Duca），随后发言的是里尼耶里·达·卡尔博利（Rinieri da Calboli），下面第81句和第88句分别把他们的姓名点了出来。

圭多·德尔·杜卡出身拉维纳的奥奈斯蒂（Onesti）豪门贵族，该家族在贝尔蒂诺罗（Bertinoro）有大量地产，历任该地僭主，并与马伊纳尔迪家族（Mainardi）和特拉维尔萨罗家族（Traversari）有亲戚和党派关系（属吉伯林派）。圭多本人长期在罗马涅地区（Romagna）许多城镇（如伊莫拉、法恩扎、里米尼、拉维纳以及贝尔蒂诺罗等）担任法官职务，1249年尚活在人世。本维努托曾称他为人“高尚和谨慎”；关于他所犯的嫉妒罪，除但丁所说之外，并无史料见证。

里尼耶里·达·卡尔博利出身福尔里的有权势的归尔弗派家族保卢齐（Paolucci），该家族历任卡尔博利（Calboli）一地僭主，于十三世纪下半叶，在罗马涅地区的党派斗争中起过重要作用。里尼耶里曾先后担任法恩扎（1247、1292年）、帕尔玛（1252年）、拉维纳（1265年）等市的最高行政官；1276年，他在托斯卡纳地区的佛罗伦萨和波洛尼亚两市归尔弗派的帮助下，发动叛变，反对由吉伯林派控制的福尔里市府，但被吉派首领圭多·达·蒙泰菲尔特罗击败。后罗马涅地区并入教皇国版图，他与教皇和解，为恢复他作为归派领袖的威望和提高他对教皇当局的地位，于1291年，与里米尼僭主马拉泰斯塔·达·维鲁基奥（参见《地狱篇》第二十七首及有关注释）一起，成为罗马涅地区与教皇驻罗马涅地区代表签署的协议的担保人。1292年，他又发动突击，占据了福尔里，将教会代表伊尔德布兰迪诺·达·罗梅纳（Ildebrandino da Romena）逐出该市，但两年后，即1294年，他本人又被该市驱逐出境；1296年，他再次夺回该市；不久，由斯卡尔佩塔·德利·奥尔德拉菲（Scarpetta degli Ordelaffi）率领的福尔里吉伯林派民兵队围攻卡尔博利城堡，他在与敌军交战中被杀。

3. “仰起脸来……叙说”是贴切而生动地形容瞎子与人讲话的惯有姿态。

4. 这里的“大河”指阿尔诺河；法尔泰罗纳山（Falterona）为亚平宁山位于托斯卡纳与罗马涅两地区交界处的一段山麓，阿尔诺河在此发源，高一千六百五十四米。维拉尼在《编年史》第一章曾描述了阿尔诺河的流程：阿尔诺河几乎从托斯卡纳地区的中心地带穿过，然后流经毕比耶纳（Bibbiena）和卡森蒂诺（Casentino），向东从阿雷佐附近流过，再经平原地区，流入佛罗伦萨市内，随后脱离平原地区，从恩波利（Empoli）附近的狼山（Montelupo）和卡普拉亚（Capraia）两市之间穿过，流经卢卡和比萨两市，在比萨附近，流向大海，全长为二百四十公里，为意大利第四大河。“千步”（单数miglio，复数miglia），如前所注，为罗马长度单位，但计算方法因地而异，如罗马为一千步等于一千四百七十二米，托斯卡纳为一千步等于一千六百二十三米，英、法、美、德等国则分别等于一千五百二十四、一千六百零九、一千八百五十、七千四百二十米。总之，这是一种古代的计算方法。

5. “最先说话的幽灵”指圭多·德尔·杜卡。

6. 这里的“高山峻岭”指亚平宁山脉的法尔泰罗纳山麓一段，那里山势陡险，地域开阔；原有一座绵延到西西里岛东北角的佩洛罗山（Peloro），据公元一世纪的罗马地理学家称，西西里原与大陆衔接，因发生地震，地质结构发生变化，西西里便与大陆断开，亚平宁山脉的佩洛罗山也便与主脉截开，现为法罗角（Capo Faro），为西西里东部面临墨西拿海峡的最高峰。关于上述地质变化的情况，甚至维吉尔的《埃涅阿斯纪》第三章和卢卡努斯的《法尔萨利亚》第二章也有记述；近代科学家对此也确认无疑。

7. “海口”指阿尔诺河向西流入第勒尼安海之处。

8. 此两句的意思是：阿尔诺河把河水输送到被太阳（“上天”）晒干的一部分大海里去，而海水蒸发后又凝化为雨雪降入江河，因此，这里描述的都是一种自然科学现象。

9. “悲惨河谷”仍指阿尔诺河谷。

10. 刻尔吉为希腊神话中的著名女巫，曾用魔法把尤利西斯的同伴变为猪猡，参见《地狱篇》第二十六首及有关注释。

11. “肮脏的猪猡”指卡森蒂诺的居民，但也可能是指位于卡森蒂诺高地上的猪圈堡（castello di Porciano），该地系权势颇大的圭多伯爵家族，亦即莫迪利亚纳家族（Modigliana）一支的采地，而这些伯爵生活十分糜烂，曾被称为“猪圈伯爵”（conti di Porciano）。波斯科–雷吉奥注释本依据近代但丁学家托拉卡的说法，指出这段诗句可能涉及但丁被流放的初期，甚或1311年，因为托拉卡曾是引述但丁在《韵律集》第九十六、九十七章与齐诺·达·皮斯托亚（Cino da Pistoia）交换的有关诗作的独一无二的一位，但丁在他所写的一篇悲哀凄恻的十四行诗的第七、八两句曾说：“我所来到的地方是如此充满罪恶/善心竟找不到有人愿意为它提供住所”，诗中所说的地方可能就是卡森蒂诺。

12. “恶狗”原文为botoli，是指比其他狗都能狂吠的小狗，这里则比喻外表傲慢，实则虚弱的阿雷佐人，犹如常言所说，“会叫的狗不咬人”。萨佩纽注释本认为，这或许也是用来讽喻阿雷佐城徽上的一句格言：“野猪往往会被不大的狗捕获。”十四世纪著名短篇小说家萨凯蒂给阿雷佐首脑里纳尔多·贾恩菲利亚齐（Rinaldo Gianfigliazzi）的一封信中曾描述过阿雷佐人的“特性”：“你们所统治的那些人总是被称作恶犬；确实如此，因为他们没有头脑，总是一味地狂吠，如果他们的主子不打他们的话……而在挨打之后，他们则又心惊胆战，奴颜婢膝了。”

13. 这里原文只用了torce il muso，直译为“扭曲嘴脸”，意谓“做鬼脸”或“做怪相”，生动地形容阿尔诺河对阿雷佐的轻视和厌恶，但萨佩纽和波斯科–雷吉奥两注释本都认为，这种解释还不足以解释全句的含义：从地理上说，阿尔诺河从阿雷佐附近流过，拐了一个大弯，把流程从向南改为向西，因而像是出于厌恶，向阿雷佐做了个鬼脸之后，便有意避开它，扬长而去。有鉴于此，近代版本一般都将古代手抄本中的“对它们”（a loro）改为“从它们那里”（da loro），以求更明显地说明阿尔诺河的流向（波斯科–雷吉奥注释本就采用了这种印法），萨佩纽注释本则不赞成这样做，因为这样就会冲淡了“做鬼脸”的轻蔑含义，是“不必要”的。

14. 这里的“河沟”是指阿尔诺河的两岸；“狼”是比喻佛罗伦萨人：布蒂就说，“佛罗伦萨人像恶狼似的贪婪成性”。因此，这里是说，阿尔诺河从阿雷佐附近流向佛罗伦萨，因而发现两岸的居民逐渐从“狗”变成“狼”。

15. 这里是指阿尔诺河流向河谷下游，在流经南岸的西尼亚（Signa）之后，两岸都是深洼地，特别是在皮埃特拉·哥尔佛利纳峡（Pietra Golfolina）一带；在这之后，该河就流向平原地区和比萨了。

16. “狐狸”比喻比萨人，因为比萨人是以狡黠奸诈而知名的，十四世纪的注释家布蒂就说：“比萨人在狡诈方面，类似狐狸；因此，比萨人是狡猾奸诈的，他们正是更多地用诡计而不是用武力，从他们的邻邦那里捞到好处。”十四世纪的诗人安东尼奥·普契（Antonio Pucci）给短篇小说家萨凯蒂所写的一首十四行诗中，也曾把比萨比作狐狸。

17. 这里的“有人”（altri）曾被古代注释家作过多种解释：多数认为，是指里尼耶里，因为他一直在与圭多谈话，况且下面的诗句又谈及他的孙子的恶行，他将不得不感到十分痛心；但是，佛罗伦萨无名氏认为，此处系泛指，而大部分近代注释家也都同意这种说法。拉纳、本维努托、布蒂等则认为，这是影射但丁,因为但丁是托斯卡纳人,听到他的故土将大难临头,必然要感到痛苦万分。也有人认为是指但丁和维吉尔的。波斯科–雷吉奥注释本认为,从句法看,该词与下句的"此人"(costui)有联系,故应理解为是指但丁(萨佩纽注释本指出,"此人"是影射但丁的)。

18. "真正的圣灵"(vero spirto)指上帝。此说法取自《新约·约翰福音》第十六章第十三句:"真理的圣灵来了,他自然会指导你们,让你们明白一切的真理。"这里的"真理的圣灵"(spiritus veritatis)即是诗中所说的"真正的圣灵"。

19. "你的孙子"指里尼耶里的孙子,即福尔齐耶里·达·卡尔博利(Fulcieri da Calboli)。1303年,他曾任佛罗伦萨的最高行政官,为归尔弗派黑党首领,性残暴,曾对归派白党以及吉伯林派进行残酷的迫害与报复(当时,白党和吉派在佛市的影响很大,他十分嫉恨)。他先后任米兰(1298年)、摩德纳(1306年)的最高行政官(后被逐出摩市);1299—1300年,任波洛尼亚市的护民官,1321年下半年,再次出任该职。他于1303年担任佛市最高行政官时,作为黑党迫害白党的政治工具,继续干下前任坎泰·德·加布里埃利·达·古比奥(Cante de Gabrielli da Gubbio)和盖拉尔迪诺·达·甘巴拉(Gherardino da Gambara)的罪恶勾当,而坎泰本人正是1302年签署放逐但丁的判决书的人。

20. "凄惨的丛林"指作为"狼窝"的佛罗伦萨。

21. "另一个魂灵"指里尼耶里·达·卡尔博利。

22. "这一个"指圭多,"那一个"指里尼耶里。

23. 这里是说,但丁想让幽灵向他透露姓名,而他自己却不想向幽灵这样做。

24. 参见注2。

25. 这种"种瓜得瓜,种豆得豆"的说法来自《旧约·箴言》第二十二章第八句"播种罪孽,收割到的必然是灾祸"等宗教书籍。这里特别指出"收获"的是"稻草",即是隐喻生前犯下的罪孽所造成的结果是:在炼狱中受苦。

26. 萨佩纽注释本对此句的解释是:"嫉妒是独自贪婪地占有人间财物的一个方面,也是政治秩序和风俗习惯腐化堕落的主要原因之一。"

27. 从这句起,诗人开始通过里尼耶里本人的美德而怀念一去不复返的美好过去,并谴责日趋堕落的今天。

28. "这个地区"是指北起波河,南至亚平宁山脉,东迄亚得里亚海,西达雷诺河(Reno)的一带地方,亦即罗马涅。

29. 利齐奥:全名为利齐奥·迪·瓦尔博纳(Lizio di Valbona),1260年曾为佛罗伦萨最高行政官圭多·诺维洛(Guido Novello)服务;属归尔弗派,曾帮助里尼耶里·达·卡尔博利对付福尔里的吉伯林派。同时代的注释家和编年史家说他豪放豁达,才华卓著;但丁之子彼特罗和本维努托曾谈及他的一件轶闻:有人向他报告他的一个品质恶劣的儿子死去的消息,他听后说道:"这对我来说,不是什么新鲜事,因为他从来不曾活过。"薄伽丘也赞扬他是个"作风正派的骑士"。1279年,他尚活在人世。

阿里哥·马伊纳尔迪(Arrigo Mainardi)为贝尔蒂诺罗僭主家族(见注2)的成员;1170年,他曾被法恩托俘虏过;至少活到1228年。古代注释家称他为人慷慨好客;但丁之子彼特罗和本维努托说他与圭多·德尔·杜卡交好甚厚。据说,他死后,圭多十分悲痛,命人把与他经常坐在一起的长凳锯成两半,并称:今后世上再无人像他那样"慷慨大度"了。

30. 皮埃尔·特拉维尔萨罗(Pier Traversaro):出身拉维纳名门贵族(见注2),有拜占庭血统和公爵称号。1218年至1225年曾任拉维纳僭主,为吉伯林派。死于1225年。古代注释家称他为人豪爽豁达。

圭多·迪·卡尔皮尼亚(Guido di Carpigna或Carpegna):出身蒙泰菲尔特罗一地的米拉托佑·迪·卡尔佩尼亚(Miratoio di Carpegna)伯爵家族,为归尔弗派，反对腓特烈二世。1251年任拉维纳最高行政官。死于1280年或1283年。据《最佳评注》称，他长期住在布雷蒂诺罗(Brettinoro)，为人宽厚，生活放荡不羁。

31. 法布罗：全名为法布罗·德伊·兰佩尔塔齐(Fabbro dei Lampertazzi)，为波洛尼亚和罗马涅地区的吉伯林派首领，曾多次出任维泰勃、波洛尼亚、法恩扎、比萨等市的最高行政官。在波洛尼亚与摩德纳、拉维纳进行的几次战争中英勇无敌，并是精明强干的政治家；死于1259年。他的死标志着吉伯林派在波洛尼亚以及波洛尼亚在罗马涅地区的霸权走向没落的开端。

32. 贝尔南丁·迪·佛斯科(Bernandin或Bernandino di Fosco)：出身寒微因德高望重而成为法恩扎的重要人物之一，曾于1240年率军保卫法恩扎，对付神圣罗马帝国皇帝腓特烈二世的进犯。1248年和1249年，他先后出任比萨和锡耶纳的最高行政官。

33. "托斯科人"(Tosco)为"托斯卡纳人"的简称，即指但丁。

34. 圭多·达·普拉塔(Guido da Prata或Prada)，为法恩扎境内的普拉塔的贵族人士，1184年和1228年两年的史料曾提及他居住在拉维纳。

35. 乌哥利诺·德·阿佐(Ugolino d'Azzo)：出身托斯卡纳地区著名的乌巴尔迪尼家族(参见《地狱篇》第十首及有关注释)，但更多的时间则住在他在罗马涅地区拥有的一些城堡里。在诗中列举的一系列罗马涅名人当中，他是唯一来自外地的，因此，诗中说他"曾与我们生活在一起"。他于1293年死于罗马涅地区。但十九世纪的注释家万戴利对"曾与我们生活在一起"的原句vivette nosco有不同解释，认为这是指乌哥利诺与圭多·达·普拉塔二人生活在一起，亦即在他们年纪尚轻的那些年月，他们还活着。萨佩纽和波斯科-雷吉奥两注释本都对此说法有保留：因为这样一来，二人必须是同时代人，可能涉及另一个乌哥利诺，即1170年曾任法恩扎执政官的乌哥利诺：他曾于1183年作为该市代表参加康斯坦扎(Costanza)和谈，但此人并不姓"德·阿佐"。

36. 菲德里哥·蒂尼奥索(Federico Tignoso)：里米尼贵族，家资豪富，据本维努托说，他为人慷慨好客，喜结交贤明人士，诗中所说的"他的一批人"即是指与他结交的友人。据说，他生有一头漂亮的金发，因而人们送他一个意义相反的绰号tignoso，意谓"生有疥癣的人"或"吝啬鬼"；据此似可推测，"蒂尼奥索"并不是他的姓氏。

37. 特拉维尔萨罗家族(la casa Traversaro)：参见注2和注30，第98句提及的皮埃尔·特拉维尔萨罗即该家族成员，以慷慨大度著称。

阿纳斯塔吉一家(li Anastagi)：拉维纳的另一家贵族。该家族与特拉维尔萨罗家族在十三世纪达到繁荣兴旺的顶点，但是，到但丁时期，两家族则均已消亡，因此诗中说两家"都已后继无人"(diretata)。近代艺术史家里齐(Ricci，1858—1934)曾对两家做过简介：特拉维尔萨罗家族据说是起源于五世纪，为王室贵族，因该家族的一些妇女曾嫁给君主，诗中所提的皮埃尔尤为著名，许多史学家和短篇小说家都谈到过他，不少普罗旺斯诗人还写诗歌颂其妻爱米丽亚(Emilia)；阿纳斯塔吉家族在历史上也是很有名的，该家族起源于十二世纪；当但丁抵达拉维纳时，阿纳斯塔吉家族早已消亡，特拉维尔萨罗家族则仅剩一些女性成员了。

38. 布雷蒂诺罗(Bretinoro)即贝尔蒂诺罗(见注2)，为位于福尔里与切塞纳(Cesena)之间的一小城市。该地山清水秀，土地肥沃，城墙壮丽，为贵族群聚之地。圭多·德尔·杜卡曾与阿里哥·马伊纳尔迪和圭多·迪·卡尔皮尼亚(分别见注29和30)长期住在这里。这里的民风豪爽侠义，显贵人士中间更是如此，为此，他们也常相互嫉妒，力求在行侠仗义方面压倒对方。诗中的"你的家族"用单数，不知具体所指，有些注释家认为是指卡瓦尔坎蒂(Cavalcanti)伯爵家族，该家族于1177年即消亡；也有人认为是指马伊纳尔迪家族，该家族于1200年被驱逐。波斯科-雷吉奥注释本认为，最好把此两句理解为：此刻贝尔蒂诺罗一地也已是一片荒凉，因为该地原是“骑士大本营”，而这时，“骑士一代一般说来业已消亡”，因而似应把诗中的“家族”作广义的理解。“许多人为了不致犯罪也都告别此地”意谓由于世风日下，许多人不愿同流合污，因而远避他乡。

39. 巴尼亚卡瓦洛（Bagnacavallo），地名，这里是指巴尼亚卡瓦洛一地的马尔维齐尼（Malvicini）伯爵家族。该家族于1300年只剩下三个妇女，其中一人名卡泰琳娜（Caterina），嫁与圭多·诺维洛·达·波连塔（Guido Novello da Polenta）。这里仍是指一些家族断绝香烟是件好事，以免后代子孙堕落腐化，败坏门风。

40. 卡斯特罗卡罗（Castrocaro）为蒙托内河谷（Valle del Montone）的伯爵家族，科尼奥（Conio）则为伊莫拉地区科尼奥城堡的伯爵家族；这两个家族的后裔与他们的先人相比，都是品德沦丧，作风恶劣。

41. 巴加尼（Pagani）为法恩扎的僭主家族。诗句是说，该家族的最后一个后裔，即号称“魔鬼”（demonio）的马基纳尔多·巴加尼·达·苏西纳那（参见《地狱篇》第二十七首及有关注释）一旦死去（“撒手而去”），该家族就没有后代了，因而也便“做得不错”，但即使如此，也无法挽回被“魔鬼”所毁坏的家族名声。

42. 乌哥利诺·德伊·范托利尼（Ugolino dei Fantolini）：法恩扎贵族，切尔夫尼亚诺（Cerfugnano）僭主，在拉莫内河（Lamone）和塞尼奥河（Senio）两河谷地区有不少城堡，死于1278年左右，遗下二子：范托利诺（Fantolino）和奥塔维亚诺（Ottaviano），但他们二人也早在1300年以前便死去了，未留子嗣。

43. 这里是说，这些鬼魂不再说话，证明但丁和维吉尔所选择的道路是正确的，可以通到上一层。

44. 此话是因嫉妒而杀害同胞弟弟亚伯的该隐说的，参见《旧约·创世记》第四章第十四句。这是第一个受惩罚的嫉妒罪范例。

45. 这是根据中世纪对雷电形成的科学论断而写出的：闪电是一股火气，它能“从水汽的最薄弱环节冲破水汽，透入其内，自身则燃烧成火”；此说法取自十三世纪阿雷佐教士里斯托罗（Fra Ristoro d'Arezzo）于1282年所著《世界的构成》（*La composizione del mondo*）第二章。

46. 阿格劳洛斯（Aglauro）：为雅典王西克罗普斯（Cecrope）之女，因嫉妒墨丘利（Mercurio）爱上其妹爱尔斯（Erse），设法破坏他们的爱情，墨丘利怒而将她变为石头。这是第二个受惩罚的嫉妒罪范例。

47. “嚼环”（camo）即指第十三首第40句所说的“马勒”（freno）。此说法见于《旧约·诗篇》第三十二篇第九句：“不要像无知的马和骡子一样，必须有嚼环含在口中才肯驯服。”

48. 此句意谓：这“嚼环”要把人约束在上帝为他确定的界限之内，使之不能嫉妒他人的好运和幸福。

49. “宿敌”仍指魔鬼。

50. “召唤”即美德的启迪。

51. 这里的“上天”指各重天体。

52. “那位”指上帝。

第十五首

1. 本首一开始便用两段三行韵诗说明但丁与维吉尔此刻的行动时间：第一段第一句的“日课经第三时”(ora terza)是指上午九时，第二句的“白昼的开始”是指早上六时；由于诗人人为地把前后两个时间倒置起来，注释家对“日球”(spera，本义是“球体”)曾作过不同解释：有人曾把它解释为“日球天”(cielo del sole)或“繁星天”(cielo stellato)，甚至认为是指“黄道”(eclittica)，正因如此，不同的注释家就把第三句的“顽童”的比喻做过不同的诠释：有的说是指阳光的闪烁照射，有的说是指太阳摇摆于南北回归线之间，有的还说是指昼夜和季节的更替，甚至有的还认为是指太阳从不同的海平面升起。但大多数仍是认为spera是指日球，因此，第三句的比喻是指太阳像“顽童”捉迷藏似的，时而照在南回归线，时而又照在北回归线，萨佩纽、马塔利亚(Mattalia)、波雷纳等都持这种看法，而不像几乎所有注释家所说的，是指太阳持续不断地运转，因为这种运转是所有星球的共性，况且也“毫无顽童的迹象”(波雷纳)。波斯科-雷吉奥注释本也附和这一说法，它和萨佩纽注释本都指出，在白昼的头三个小时里，只能看到“日球”，其他都是无法看见的。
2. 第二段三行韵诗又用太阳的运行比较了南北半球的不同时刻：太阳的行程都是一致的，即三小时从“白昼的开始”到“日课经第三时的结束”(亦即上午六时至九时)，但在“那里”(即炼狱)，它已“朝向夜晚运转”，因而正是“晚祷时分”(即下午三时至六时)，逼近黄昏，而在“这里”(即意大利)，则恰是“夜半”，因为作为炼狱之对跖地的耶路撒冷，此刻为凌晨三时，意大利位于耶路撒冷的西面，经线四十五度处，恰是半夜十二时。
3. 本篇第一首和第三首业已说明：但丁与维吉尔是从东向西环山而行的。这时，太阳虽然很高，但已位于西北方，因此，阳光恰好射在正在西行的他们两人的脸上(“鼻梁”)。
4. “灿烂光芒”指另一位守卫天使焕发出的异彩；“方才的光芒”指阳光。
5. “能见度的过量”(soverchio visibile)为亚里士多德物理学的术语，指所看的物象中有某种因素超出视觉器官的能量。此处显然指天使发出的光芒过强，但丁不得不用手挡住光线。
6. “石子垂落的同样线路”指石子垂直落下的线路，即指光线直射下来，又直射上去。本维努托曾引大阿尔贝托在《论诸元素的特性》(*Sulle proprietà degli elementi*)一书中所提出的论点说：“石子垂落就是从太阳中心垂直地落到人们的头上的那个线条。”
7. 这里的“科学”(arte)是指欧几里得的“反射光学”(Catottrica euclidea)。近代注释家纳尔迪(Nardi)认为，除欧几里得外，但丁也可能还根据阿拉伯数学家和物理学家海桑(Alhazen，约965—1039)与波兰自然科学家和哲学家维泰洛(Witelo，约1225—约1275)的有关理论写出的；他在《筵席》第二卷第三节第六句段中就曾提及“称为透视的科学”，在中世纪，这类科学即是指欧几里得的《光学》(*Ottica*)。
8. “天国的家臣”即指诸天使，因为他们是天国的臣仆。
9. 此句原文为ad un scaleo vie men che li altri eretto，萨佩纽注释本认为，此句是说明但丁和维吉尔来到的地点以及那位守卫天使所立之处，但近代注释家万戴利等则认为，此句是天使所说的话，直接与上句“进到里面”衔接，因此，全句的意思就成为：“沿着一道阶梯进到里面，那阶梯不像前几道那样陡险”，波斯科-雷吉奥注释本所采用的佩特罗基版本也是这样诠释；这样，波本和萨本在排印上也有很大出入：前者将此句纳入引号之中，后者则用逗号将此句与上句断开。
10. “善心仁慈的人有福了！”原文用拉丁文Beati misericordes，系摘自《新约·马太福音》第五章第七句，即耶稣在山上传道时所讲的“八福”中的“第五福”：“善心仁慈的人有福了，因为他们必蒙上帝的怜悯。”几乎所有注释家都引用圣托马索在《神学大全》中所说的话来解释此句，即：“好嫉妒的人见他人幸福便难过，善心仁慈的人则是见他人不幸而伤心；因此，有嫉妒心的人就不会做到善心仁慈。”纳尔迪认为，这可能是但丁想象中的颂扬基督的歌曲的开头部分。这时，但丁和维吉尔已走过天使所在地点，因而歌声从后面唱起：这里，但丁用不同的艺术手法处理了但丁经过“赦罪口”，俟第79—81句出现时，但丁的又一个P字已从额上抹去了。

11. 此句系从《新约·马太福音》第五章第十二句演绎而来：原句应是“你们应该庆幸欢喜，因为你们将来在天上必会得到大的奖赏”。这里所说的“获胜”是隐喻人们（其中也包括但丁）克服了嫉妒心。

12. “罗马涅的幽灵”指圭多·德尔·杜卡。他所说的有关“禁止”和“分享”的话，参见第十四首第87句。

13. “最大罪恶”即指嫉妒。正如前述，在炼狱，较大的罪恶都要在最下方受到惩治。

14. 此句系根据萨佩纽注释本的诠释译出：圭多·德尔·杜卡向但丁和维吉尔谴责自己所犯的嫉妒罪，意在使他们警惕，不致重蹈他的覆辙，在炼狱赎罪时也可少受痛苦。波斯科－雷吉奥注释本则将此句诠释为：这样，可使为嫉妒而赎罪的人数减少。亦即两注释本对原文的men si piagna中的men一词理解不同：萨本把它作为动词si piagna的副词，波本则把它作为动词的主语。

15. 这里是说，人们若贪恋和独占世间财物（“所在”），却又达不到目的，于是只能与他人“分享”，而分配自己名下的“份额”就必然减少，在此条件下，嫉妒心就会和“拉风箱”一样，令人感到沮丧和怨恨，不住地“唉声叹气”。诗中用mantaco（风箱）来形容发出叹气声的“胸部”，是十分生动而形象的。

16. “至高无上的天体”：波斯科－雷吉奥注释本认为是指“净火天”（Empireo），即天体中的最高一层，是诸神与圣徒的所在地，亦即天国；萨佩纽注释本认为是指“超自然的永恒财物”，与“世间财物”恰好是相对的。

17. 这里的“恐惧”是指：倘若人们热爱的是天国的“永恒财物”，而不是“世间财物”，就不必担心由于要与他人“分享”而“减少”自己的分配份额。

18. “天庭”是指获得荣升天堂的幸福的灵魂所集聚的地方，亦即“净火天”，天体最高的一层，上帝、天使及圣徒所在之处。诗句所阐述的思想是圣阿哥斯蒂诺、伟大的格雷高里奥等基督教作者的著作共同发挥过的思想，对此，古代注释家乔尔达诺·达·比萨说得十分简明扼要：“天堂的财物不会因为他人占有这些财物、变得富有而减少”；兰迪诺也说，在天国，说“我们的”的人愈多，占有天国财物的人愈多，每个人占有的天国财物自然也就愈多，因为“同伴愈多，每个人所享受到的欢欣也就愈是增加，仁爱也就烧得愈旺”。

19. “真理之光”是指维吉尔所做的符合真理的回答，而由于但丁一心所想的是“世间财物”，就听不明白其中涉及“天国财物”的真理，因而得到的只是“黑暗”。

20. 这里的“财富”（bene）即是指“至高的善”（sommo Bene），“永恒的善”（Bene eterno），亦即上帝，“它不会因为有更多的人来平分而减少的”（兰迪诺）。

21. 这里把上帝总是对悔罪赎罪的魂灵施以仁爱比作“阳光照射明亮的物体”，这种比喻来自中世纪的物理学，当时认为，光只能射向明亮的物体。

22. 这里的“财富”（valore）仍是指从上帝那里得到的“财富”（见注20），即“至善”。

23. 这里的“热爱”一词原文是s' intende，其本义是“相互谅解”，但s' intende in则意谓“热爱”，盖此用法来自普罗旺斯语s' entende en。根据萨佩纽的注释，其中的介词in（即en），即相当于诗句中的“上天”（là sù），加上句主的“人们”（gente），即应解释为人们“热爱上天”或“热爱天国及其财富”，因此，第73句的原文Quanta gente più

là sù s' intende就意谓:“那些把自己的爱献上天国的人愈多”;波斯科-雷吉奥注释本对s' intende一词的解释与萨佩纽注释本基本相同,但未说明作为“热爱”解的s' intende in的in的作用,因而它把此句就解释为:“在天堂(là sù),愈多的人相亲相爱(s' intende)。”

24. 这里的“伤口”即是指但丁进入炼狱时,第一位天使在他额上用剑刻出的七个P字,这时,第一个P(代表“骄傲罪”)和第二个P(代表“嫉妒罪”)已先后被抹去,因而只剩下五个了。“痛苦的磨炼”指悔罪赎罪。

25. “另一环”指第三环,即惩罚犯愤怒罪者之所在。

26. 这里是说,由于第三环出现了一些新的景象,但丁的“双目”贪看这些景象,连话都顾不上说了。

27. “昏迷的幻觉”(visione estatica)是指但丁仿佛陷入昏迷状态,看到一系列作为“愤怒”的对立面的美德——“温顺”的范例,以及另外一些惩罚“愤怒罪”的范例(第十七首将描述此类景象)。

28. 这是“温顺”的第一个范例,典故出自《新约·路加福音》第二章有关耶稣少年时的故事(第四十一至五十句):“每年逾越节,约瑟和玛利亚都上耶路撒冷过节。耶稣十二岁那年,跟着父母同上耶路撒冷过节;节期完了,来过节的人都陆续回家,耶稣却仍然留在那里。约瑟和玛利亚一直没有发觉,还以为他跟在同行的人中间。走了一天,才发现不见了耶稣;他们连忙在亲戚朋友中间寻找,结果没有找着,只好折回耶路撒冷。三天后,才在圣殿里找到耶稣;当时,他正和教师们坐在一起,讨论许多深奥的问题。大家对他的惊人的理解力和答话,都感到诧异。他的父母也大惑不解。玛利亚说:‘孩子,你为什么要这样作弄我们呢?害得我们到处找你!’耶稣反问:‘你们为什么要找我呢?难道你们不知道我是应该在我父家里的吗?’可是他们却听不明白。”

29. 此“妇女”即圣母玛利亚。

30. 这句话几乎是逐字逐句引用《路加福音》有关章节的,但也作了细致生动的烘托,如原句只用“孩子”(拉丁文fili,即“儿子”,相当于意文figlio),但丁则改用“宝贝儿子”(figliuolo),使原有的庄重但又不失亲切的语气,更显得温和慈爱。

31. 这是“温顺”的第二个范例。该“妇女”是公元前六世纪雅典暴君庇士特拉妥(Pisistrato)之妻。这里所说的故事出自罗马史学家瓦莱里奥·马西莫的名著《名人言行录》(*Raccolta dei Detti e dei Fatti memoriali degli Uomini illustri*)中有关庇士特拉妥的一段纪事:雅典有一青年爱上了庇士特拉妥的女儿;一次,他在街上遇见这位公主,大胆地当众吻了她,王后一见大怒,要求国王下令处死该青年。庇士特拉妥答道:“我们若是杀了那些爱我们的人,那么,我们拿那些恨我们的人又该怎么办呢?”这句话也几乎是逐字逐句地引用原话。但丁在诗中对细节作了戏剧性的描绘,如王后的悲愤表现和与国王的对话,都是马西莫的原作所没有的。

32. “这座城池”即指雅典。

33. 这段有关雅典名称来历的插话取自奥维德的《变形记》第四章,其中说:海神奈图努斯(Nettuno)与文艺女神密涅尔瓦(Minerva,为罗马对雅典娜Atena或巴拉德Pallade的称谓)曾为命名该城有过一番激烈争执,后诸神决定:谁赐予人类以更有用的礼物,便采用其提出的名字。密涅尔瓦为人类种下一棵橄榄树,奈图努斯则送给人类一匹马。诸神于是评判密涅尔瓦为胜者,该城便命名为“雅典”。

34. 这里,但丁借用了西塞罗的《演讲人》(*Oratore*)和阿哥斯蒂诺的《论上帝之城》(*De civitate Dei*)中的有关说法:前者曾说,“雅典创立了一切学说”;后者则说,“那个城市(即雅典)是一切自由艺术和许许多多伟大哲学家的母亲和养育者,在希腊,没有任何城市能比它更有名更高贵了”。

35. 这是“温顺”的第三个范例,即圣徒司提反的殉道，取自《新约·使徒行传》第七章第五十四至六十句：司提反批评犹太领袖虽然接受上帝的律法，却“全不遵守”，犹太领袖大怒，唆使众人抓住司提反，把他拉到城外，用石头掷他，在乱石投掷之下，司提反向天呼喊：“主啊，不要追究他们的罪。”说罢，就安息了。诗中的“一群人”指犹太百姓。

36. 这里是说，但丁在“昏迷的幻觉”中所见的情景，在灵魂以外的真正现实中并不存在，但他的所见所闻，作为“主观经验”却是确实发生过的，并非虚妄。

37. “半里多的路程”原文是più che mezza lega，lega即里格，为计算长度的单位，随时代和地点而有所不同（如在英美，约为三英里），与“千步”（miglio）的含义一样；这里只用来说明，但丁固然陷入昏迷，却已走了相当长一段路程。

38. “永恒的泉源”一典出自《新约·约翰福音》第四章第十三、十四句：耶稣对撒玛利亚妇人说：“人喝了这井里的水，还会再渴。但是，喝了我所赐的活水，就永远不渴。因为我所赐的水，要在他里面成为生命的泉源，涌流不息，直到永生。”

39. 这里是说，但丁方才在昏迷中所见的幻象，就像一个人用肉眼看事物，只能看到事物的外在现象，而不能看出事物的内在原因，换言之，他无法解释何以昏厥的原因，而维吉尔是明知但丁何以昏厥的，因此，其询问的目的并不在此。波斯科-雷吉奥注释本认为，第134—135句的字面含义是“不完全明确”的，尽管总的含义是清楚的；它认为，把这两句注释为：“只用肉眼看事物的人，当他的肉体不省人事地倒下时，就再不能看事物了”，或是解释为：“只用肉眼看事物的人，当他看到有人昏倒在地时，就看不出何以昏倒的原因”（后一种解释以巴尔比为代表，大部分注释家都接受这种看法），都比较牵强，尤其是前一种解释显得“平庸无奇”，因此，它强调：“我们这次不得不承认……但丁用了一种含糊不清的说法。”

40. 这里是说，但丁和维吉尔来到第二位守卫天使面前时，正是晚祷开始的时刻，此刻晚祷则接近尾声，因而他们是“一直在晚祷时分行进着”，这时大约是在下午六时，晚霞依然灿烂，十分耀眼。

41. 这里用“夺去”一词说明，烟雾使但丁和维吉尔呼吸不到原来的“清新空气”，也看不清周围的景物了。波斯科-雷吉奥注释本指出，夺去“眼睛”即视力，使人看不见事物，也是一种“报复刑”（第十六首将说明这种情况），因为“愤怒”即像“使人变成盲目的烟雾”。

第十六首

1. “没有任何星球的夜晚”是指既无月又无星的夜晚：在但丁时代，日月都被看成“星球”(pianeto)，诗中说的既是“夜晚”，显然是指月亮和其他星辰。
2. 这里用“一贫如洗”来形容天空，即povero cielo，是指夜空原有宝石般璀璨的星辰映照，这时却任何星辰都没有了，因而仿佛“一贫如洗”了。
3. 这里的“脸面”(viso)是指视线。
4. 这里用“刺人肌肤”的“粗毛”(aspro pelo)形象而生动地形容上句的“厚重的布幕”，给人以被烟雾笼罩的难以忍受的直觉。
5. “护送人”即维吉尔。
6. “肱骨”(omero)是从肩膀到臂肘的骨骼部分，维吉尔就是用这个部分支撑住但丁。
7. “上帝的羔羊”指耶稣基督。此典出自《新约·约翰福音》第一章第二十九至三十六句：施洗的约翰见耶稣走过来，便对众人说：“啊！上帝的羔羊，就是除去世人罪孽的那一位！……”
8. 这里的“上帝的羔羊”，原文用拉丁文Agnus Dei，这是做弥撒祷词的第一句；祷词一般要将此句重复三次：第一次即引出上述《约翰福音》所说的那句话；第二次则在呼出“上帝的羔羊”后，唱出“怜悯我们吧”；第三次是在重复此句过后，唱出“赐给我们和平吧”。因此，这几句诗把上述三次重复“上帝的羔羊”的全部含义一概归纳进去了。从祷词的内容看，即象征“温顺”的神的羔羊即耶稣、“慈悲”、“和平”，都与在第三层悔罪赎罪的易怒者的鬼魂处境十分贴切，因为这些都恰恰是“愤怒”的对立面。
9. “解愤怒的结”意谓这些易怒者鬼魂正在悔罪赎罪。这里用“结”(nodo)来形容“愤怒”：本维努托说，“愤怒确实就是一个把人束缚起来的强有力的结，它剥夺了人的自由”。
10. 因为但丁是活人，有肉身，所以能“冲破”烟雾。
11. 这里，诗人的笔锋一转，引出但丁与易怒者鬼魂之一马可·隆巴尔多(见注17)的对话。因为马可看出但丁是活人，故说他“还在把时间分成月份”，而对鬼魂来说，时间则是“永恒”的。“月份”一词，原文用复数词calendi，其单数词为calende，是罗马历每月的第一天，在诗中则引申为“月份”。近代注释家波雷纳认为，这里把时间分为月份作为“活人”的一个标志，是不妥的，因为炼狱的天文现象也用时间计算，鬼魂在各环所待的时间也同样要用时间计算(第二十二首将会述及此问题)，波斯科–雷吉奥注释本据此指出，这种“前后不连贯”(incongruenza)的写法可能出自“押韵的需要”(necessità della rime)。
12. “那位”指上帝。
13. 这里是说，易怒者鬼魂必须在烟雾中行动，而不能走出烟雾。
14. “裹布”隐喻“肉身”，因为人只有死后，灵魂才能离开肉身。
15. “超出当前惯例的方式”是指：在埃涅阿斯和圣保罗之后，目前任何活人都不曾享有特权，下到冥界(关于埃涅阿斯和圣保罗游地府的事，参见《地狱篇》第二首)。
16. “通道”指第三层至第四层的关口。
17. 马可·隆巴尔多(Marco Lombardo)：此人生平不详，“隆巴尔多”究属姓氏，抑或此人的出生地，尚难定夺。但萨佩纽认为，“隆巴尔多”(Lombardo)一词不是姓氏，而是指马可的出生地——伦巴第地区(Lombardia)，意即“伦巴第人”，从诗句中可以看出，这里也可作广义解，即泛指意大利北部；雷吉奥也持类似看法，却未明确断定此词系表姓氏抑或出生地，甚而进一步推测，马可也许出生在伦巴第境内的马尔卡·特雷维加纳(Marca Trevigiana)。既然此人详情无从查考，如今只能从《古代故事百篇》(*Novellino*)第四十六篇以及维拉尼的《编年史》第七章有关部分了解一二：据说，此人可能生活在十三世纪下半叶，为宫廷幕宾，多才智，性豪爽，谙于世故，但为人高傲正直，轻于财物，乐于助人，对权势不阿谀奉承，见其恶亦敢于直言不讳，如曾当面向比萨僭主乌哥利诺（参见《地狱篇》第三十二、三十三首及有关注释）预言其将受天谴，甚得当时一些僭主爱戴，因而曾为一些僭主充当媾和的代表和说客，其为人和遭遇与但丁本人有不少相似之处，因而但丁在诗中通过其口，阐述了自身的一些主要政治哲学思想。

18. “那种美德”即是指作为幕宾所应具备的美德。

19. 这里用拉弓射箭来比喻对美德的追求；“把弓弦放松，不再向它求索”，即隐喻世人目前已不再像过去那样积极努力，追求上述美德了。

20. 此句的“天上”，原文为sù，本义为“上面”，意义含糊，故有两种解释：一是指世上，即返回人间；一是指天国，指升到天堂；从上下文看，似以后者与诗人原意更贴切些。

21. “这里乃至那里”分别指马可·隆巴尔多在“这里”和圭多·德尔·杜卡在“那里”对但丁所讲的有关世道败坏的那些话。

22. “那件事情”指当前世道败坏的原因在于天意抑或人之恶行。

23. 这里的“这个”和“那个”意谓众说纷纭：一些人这样讲，另一些人又那样讲。诗中的“在人”，原文为qua giù，直译为“在下面”，与“在天”（nel cielo）相对，实际上是指：原因在于人的意志，亦即“在人”。

24. “兄弟”是炼狱中男性鬼魂之间的称呼，是很符合他们的处境的。

25. “盲目”意谓不辨真理；但丁既然来自世间，也便证实他是不辨真理，心怀疑问的。

26. 这里的“上天”是指星宿的运动，亦即古代占星术所谓的“质天”。古代占星术从宗教的角度，认为世道的变迁和凡人的际遇，均由“质天”即星宿的运动而定，而不是由人的“自由意志”（libero arbitrio）所定，因此，世人无法分辨善恶，对自身的行为也便无须负责了。由此也便产生了宿命论（determinismo）。这种占星术的观念从远古到十六、十七世纪一直十分盛行。

27. 这里反映了经院哲学的一个基本思想，即：若是星宿运动必然决定人的行动，亦即所谓“宿命论”，而无“自由意志”可言，上帝也就会没有任何根据来做出惩恶扬善的公正判决。这一思想在圣托马索的《神学大全》第一章和公元六世纪罗马哲学家波伊提乌斯（Boezio）的《哲学的慰藉》（*Consolazione della filosofia*）中都有阐述。诗中的“为恶而悲”的“悲”（aver lutto），有为恶而感到悲愤、予以惩罚之意。

28. 这里的“明灯”（lume）指“理智之光”（lume della ragione），即是说，上帝造人亦“赐予”人以“理智之光”和“自由意志”，在古代占星术中，上帝亦代表着“神天”。全段的意思是：即使人的行动全部都来自天命，人也并非必然要依照星宿运动而行事，因为人可以依靠理智和自由意志来分辨善恶，从善弃恶。圣托马索在《反异教徒》（*Contra gentiles*）一书第三章也说过：“诸天体并非我们意志所做抉择的动因；的确，意志属于理性灵魂”；在《神学大全》第一章还说：“没有任何东西可以阻止人以自由意志来抵抗欲念……人可以利用理智来抗拒星宿的影响。”

29. “善自加强养分”是指善自用德行来加强自身。

30. “更美好的自然和更伟大的力量”指上帝，因为灵魂向善的总趋势是由上帝决定的。这里的“头脑”（mente）指理智和意志，即是说：有“头脑”的灵魂是不受星宿运动所影响的。

31. “他”指造物主上帝。

32. “成型之前”指上帝把灵魂造出之前，亦即把灵魂纳入肉体之前。

33. “快乐因素”亦指上帝，因为上帝体现为最大的幸福和最完善的快乐，这里是说，灵魂既然是上帝制造的，也便一心一意追求快乐和幸福。这里也反映出但丁对圣托马索和十二世纪神学家皮埃尔·隆巴尔多（Pier Lombardo）所持有关理论，是十分信奉的，即认为灵魂的塑造是持续不断的，而不像古希腊神学家和新柏拉图主义哲学家奥利金(Origene,约185—约254)所说的:灵魂的塑造是一次完成。因此,但丁依照圣托马索的说法,认为灵魂像一块空白的画板(tavola rasa),随时都可能被人画上各种线条和图案;但丁借马可之口所阐述的思想,正是上帝轮番塑造灵魂的道理,因此,灵魂就犹如"天真烂漫"的"孩童",入世后,很容易接受各类影响。

34. 但丁在《筵席》第四卷第十二节第十五、十六句段中所叙述的内容恰好可以用来诠释这三行诗句:"我们的灵魂一旦进入这条新的、从未走过的生活道路,总是把目光投向生活最大幸福的终点,因此,不论看到任何似乎本身带有某种幸福的东西,便以为它就是最大幸福。正因为灵魂的最初认识是不完善的,既无经验又无理论指导,于是,微小的幸福在它看来就像是最大的幸福,因此,也便由此开始产生最早的欲望。于是,我们看到,他们似乎充其量只是渴望得到一个苹果;随后逐渐变为渴望得到一头小羊,再进一步则是渴望得到漂亮的衣裳;然后是马匹,再后则是女人;先是渴望得到不多的财富,然后是很多的财富,再后是更多的财富。之所以如此,是因为它从这些东西中总是找不到它正在寻找的那个东西,并认为,那个东西要在更远的地方才能找到。"

这里的"向导"隐喻君主,"马勒"隐喻法律;"掉转他的爱好"意谓使其"爱好"从不完美的"善"转向完美的"善"。

35. 这里是说,塔楼在一座城市中是最高的,最易为人所见,因而它可以引导世人直接走向既定目标,因此,布蒂把它比作"正义",即是说,"正义"是上帝的永恒城市("真正的城市")的守卫和防线。关于"君主"的职能,但丁在《帝制论》第一卷中已有阐述,即要在世间伸张正义,因为这是世俗幸福乃至永恒得救的首要基础。近代注释家纳尔迪认为,诗句的含义是受圣阿哥斯蒂诺的观点影响,即:把政治秩序看成限制人性缺陷的"马勒"或解救人性缺陷的良药,而"真正的城市"的说法,亦即圣阿哥斯蒂诺所说的"上帝之城"。

36. 这里的"法律"既是指人定的法律,也是指神定的法则,包括世人心目中存在的"自然法则"(布蒂)。但由于教皇篡夺了君主的世俗权力,目前已无人掌管这些法律:教皇深知神的法律,却不能分清善恶,贪恋世间财物,因而作为"走在前头的牧羊人"为作为被率领的羊群的"世人"树立了恶劣榜样。

37. 这里引用了《旧约》的《利未记》第十一章第三至八句和《申命记》第十四章第六、七句所述的内容,揭示教皇篡夺世俗权力的恶行:摩西及其兄亚伦(Aronne)遵上帝之命,告诫以色列人不能食用既不反刍又无分趾的蹄的动物的肉:"在地上的各种动物之中,只要是蹄有分趾的,而又是反刍的,你们都可以吃;但以下这些不洁净的动物你们却不可以吃:骆驼是反刍的,但蹄却没有分趾;岩獾是反刍的,但它的蹄也没有分趾;兔子也是反刍的,但蹄没有分趾;猪的蹄有分趾,但它却不是反刍的。你们切不可吃它们的肉,就是它们的尸体也不要摸;因为它们是不洁净的";"凡蹄有分趾和反刍的动物你们都可以吃,只是缺少以上一样的,都不可以吃"。圣托马索在《神学大全》第二章中曾说,"蹄的分趾意味着有能力分辨善恶;而反刍则意味着能思考并正确地理解《圣经》"。但丁看来正是根据这一思想,构思诗句,把教皇比作能反刍却无分趾的蹄的动物,因为他认为:教皇掌握神的科学,却不能正确看清制约行动的规则;能宣讲善,却不能把善体现在行动中。但丁之子彼特罗和本维努托都曾就此指出:"高僧和统治者都须具备两件东西:一是反刍,即智慧;二是慎行,形象地说,即分趾。现今的牧羊人虽是有智慧的,亦即是反刍的,却没有分趾的蹄,用来辨别和分清世俗事物和神职事务,因而他们篡夺了本应区别开来的世俗权力";"当时任教皇的博尼法丘,很熟悉法律和《圣经》,而且还写过有关教规的著述,但他却不曾把世俗权力与神职权力分开,甚而把两种职能混为一谈”。

38. “以此为食”即是指世人也效仿教皇,一心只想获取世间财物。

39. 这里的“被腐蚀”是指被天体、星宿运动所破坏。

40. 这里反映了但丁在《筵席》第四卷第五节中缅怀罗马帝国盛时的统治功绩:他认为,当时罗马依靠帝制对世道做了“极好的安排”,因为当时有“两个太阳”,即君主和教皇分别执掌的权力:前者率领世人走上世俗幸福之路,后者率领世人走上永恒幸福之途。同样的思想在《帝制论》第三卷第十六节第十句段中也有论述。这种政教分立而又相互合作的政治思想是但丁的主要政治主张,而且他与其他一些拥护帝制的理论家还认为,历史上,君士坦丁大帝、朱斯蒂尼亚诺教皇等在位时,曾在一定程度上做到这一点,只是在腓特烈二世死后,帝制才成为空缺,因为直到卢森堡的亨利(Arrigo di Lussemburgo)为止,没有一个德国皇帝愿意真正行使神圣罗马帝国的职责,这就为教皇博尼法丘八世提供了机会,使之得以自命为皇帝的代理人。

41. 参见注40。

42. “一个已把另一个消灭”即是指神权消灭了王权,教皇篡夺了帝制:“宝剑”象征帝制,“牧杖”象征教皇。

43. 这里是说,教皇把神权与王权集于一身,把世道搞乱了。

44. 这里是说,倘若政教分离,帝制和教皇两个权力之间就可以相互监督,彼此制约。

45. “麦穗”在这里意谓两种政权混为一体所造成的“结果”。诗句还用“种瓜得瓜,种豆得豆”的道理,说明从“种子”中可以看出“草芥”即结果。这种说法取自《新约》的《路加福音》第六章第四十四句和《马太福音》第七章第十六句:“树的好坏,从果子就可以分辨出来。荆棘长不出无花果,蒺藜也结不出葡萄”;“从他们的所作所为,你们就可以辨别出来了。荆棘怎能结出葡萄呢?蒺藜哪能长出无花果呢?”

46. 阿迪切河(Adice)即阿迪治河(Adige),为意大利第三大河,全长四百一十公里,也是威尼斯的最大河流。这里所指的地带,就广义而言,应是指当时的伦巴第地区,其中包括下面出现的三个人物中之一(即盖拉尔多)所属的马尔卡·特雷维加纳(见注17和53)。

47. “英勇之气和侠义之风”都是骑士固有的作风和美德。

48. 这里是指神圣罗马帝国皇帝腓特烈二世(见注40)与教皇之间的权力之争。

49. 言外之意是指:这带地方“好人”业已绝迹,因此,过去怕在这里遇见“好人”的人,都可放心地由此经过了。

50. 这“三位老人”参见注53和54。

51. 由于老一代人有“英勇之气和侠义之风”,而新一代人都腐化堕落,因此,他们的出现就突出显示了后代人的可耻,也是对后代人的“谴责”。

52. 这里是说,前辈看到后辈如此蜕化变质,恨不得上帝能早日让他们死去,早登天堂。

53. 库拉多·达·帕拉佐(Currado da Palazzo),出身布雷夏(Brescia)伯爵家族,又称“科拉多三世”(Corrado即Currado)。1276年,曾任安茹的查理的代理人,并任佛罗伦萨首席执政官,据说,但丁的阿利基埃里家族与佛市主教圣马丁教堂之间的诉讼案就是在他任职期间审理的。1277年,任归尔弗派首领;1279年,在布雷夏与特伦托两市的战争中,他曾出任军队指挥。1288年,任皮亚钦察(Piacenza)首席执政官。据拉纳说,他为人行侠仗义,高尚正直。

盖拉尔多:全名为盖拉尔多·达·卡米诺(Gherardo da Camino)。1240年生,1266年就担任贝卢诺(Belluno)和菲尔特雷(Feltre)两市军队指挥,自1283年起任特雷维索(Treviso)的总指挥和僭主(贝、菲、特三市均属马尔卡·特雷维加纳地区),直到1306年去世。本维努托说他“善良、富有人情、侠义、豪爽,喜结交善良之人”,故有“好人”的美称。但丁在《筵席》第四卷第十四节第十二、十三句段中也称道他为人"高尚"，尽管他在政治上是反对帝制的，并支持曾借安茹的查理之力而上台、迫害佛罗伦萨归尔弗派白党的黑党头目科尔索·多纳蒂(Corso Donati)。据说他与埃斯特家族的阿佐八世结交甚厚，曾与子理查尔多(Rizzardo)合谋杀害阿佐的对头雅科波·德尔·卡塞罗(参见第五首及有关注释)。波斯科-雷吉奥注释本认为，但丁可能不知此事，但即使确有此事，也像但丁对待科尔索·多纳蒂那样，不会因政治立场不同而改变对对方的评价。

54. 圭多·达·卡斯泰洛(Guido da Castel)：为雷焦·艾米利亚(Reggio Emilia)的显贵罗贝尔蒂家族(Roberti)成员。1235年生，1315年仍活在人世。但丁在《筵席》第四卷第十四节第六句段中也称道其高尚品德；《最佳评注》曾称他为人慷慨大度，并说他是从法国来到雷焦·艾米利亚的，在法国，他也以慷慨豪爽著称，因此，被人称作"单纯的伦巴第人"(semplice Lombardo)："伦巴第人"一词在法国，即等于意大利人，他们在那里做生意，故此词也带贬义，即指"吝啬鬼""无赖汉""重利盘剥者""敲竹杠者"，此诨号用在圭多身上，系取其反意，因为他恰恰相反，为人既老实又慷慨。

55. 这里是说，教皇把神权与王权"集于一身"。

56. 这里又用了一个《圣经》典故，出自《旧约·民数记》第十八章第二十至二十四句："主对亚伦说：你不得在以色列人的土地中占有产业，在他们的财产之中，你也不得有份；因为我就是你所得的份，是你的产业。以色列人土地出产所有的十分之一，我要赐给利未的子孙作为产业，这就是他们在会幕服务的酬劳。以色列人不可再接近会幕，不然便要永担罪罚而死；只有利未人能在会幕里服务，担负全责，这是你们世世代代永远都要遵守的条例。利未人在以色列人中不可占有产业，我已经把以色列人献给我那十分之一的出产赐给利未人了，所以，我吩咐他们不可在以色列人中占有产业。"《旧约·约书亚记》第十三章第三十三句也说："至于利未族摩西并没有给他们分产业，因为主以色列的上帝就是他们的产业。"亚伦是摩西的兄长(见注37)，是公元前十五世纪(？)的第一位以色列大祭司，属以色列利未族(Leviti)；圣徒保罗时，其子孙都被立为祭司，圣保罗曾称赞他的业绩，详见《新约·希伯来书》第五章第四句、第七章第十一句、第九章第四句。

57. 由于马可仅提及盖拉尔多的名，未提他的姓，但丁才如此提问。"对野蛮的后代的谴责"的含义同注51，"野蛮"意谓堕落而不文明。

58. "托斯科语"即托斯卡纳语，佛罗伦萨属托斯卡纳地区，从广义而言，但丁说的话也是托斯卡纳语，正如有的鬼魂称他为"托斯卡纳人"一样。

59. 这里是说，但丁既然是托斯卡纳地区的人，理应听说过盖拉尔多其人，况且盖又与佛罗伦萨的多纳蒂家族关系甚密(见注53)。

60. 这里用迂回说法道出盖拉尔多的姓氏，即"达·卡米诺"，因为盖拉尔多的女儿加娅·达·卡米诺(Gaia da Camino)生活放荡，名声很坏，马可用这种讥讽的口吻提及她，一则说明她的为人与其父恰恰相反，另则也体现了他对整个后一代的痛恨和谴责。加娅下嫁于托尔贝尔托·达·卡米诺(Tolberto da Camino)，死于1311年，生前在伦巴第地区乃至全意大利臭名昭著，被称为"快乐而轻浮的女人"。据说她曾对其弟理查尔多(见注53)说："给我找一些年轻的恋人吧，我也会给你找上一些漂亮的姑娘的。"

61. 马可从曙光透过烟雾，得知天使就在近处，而他是不能离开烟雾的，故必须离去。但从烟雾的尽头到天使所在之处，尚有一段距离，因此，在下一首，但丁还须走一段路，目睹易怒者鬼魂受惩的一些状况，才遇见天使。

第十七首

1. 古代认为，鼹鼠的眼睛里有一层薄膜似的眼翳，这使它几乎看不见任何东西，这种说法在但丁时代也颇盛行，至今民间仍有此论。这里显然是指雾气太大，但丁无法看清周围景物，犹如鼹鼠一般。
2. "太阳的光盘"不是指太阳的光线，因为这时浓雾虽已开始"变得稀薄"，尚不能看到太阳的光线，只能勉强看到太阳的圆圆轮廓从雾气中显露出来。
3. 这里反映了圣托马索在《神学大全》第一卷中一个有关想象力的论点，即：想象力一般是依靠感官来觉察事物的，但有时感官处于睡眠状态（即诗中所说的"不起作用"），人无法再观察事物，于是，就要靠天体、星宿（即诗中所说的"光明"）来施加影响，使人产生想象力，这便是诗中所说的"光明自行其是"的情况，另一种情况则是"光明"秉承上帝的旨意来启示人，使之在没有感官的帮助下而发挥想象力，亦即诗中所说的"光明奉行天意"；但丁的用意显然是指后者，因而产生第十五首曾提及的"昏迷的幻觉"（visioni estatiche）。
4. 该"女人"即第九首提到的普罗格娜（参见第九首注7）。她因为丈夫提琉斯奸污了自己的妹妹菲罗密拉，怒而决心报复，与其妹密谋，将其子伊提斯杀死，做成肉羹，让其夫食用；她的这一暴行遭到天惩，天神将她变成夜莺（即诗中所说的"最喜歌唱的飞禽"），将其妹变成燕子。这是受惩的愤怒罪的第一个范例。
5. 此人是波斯王亚哈随鲁（Assuero）的宰相哈曼（Aman）。此典出于《旧约·以斯帖记》第三至七章：亚哈随鲁任命哈曼为宰相，位极人臣，文武百官见他都要下拜，只犹太人末底改（Mardocheo）不肯拜他，哈曼十分恼怒，存心报复，不仅要杀死末底改本人，还要将国内所有犹太人全部杀死，并定于12月动手。他于是向亚哈随鲁进谗言，诬末底改图谋独立，不遵国法；末底改过去虽救过国王的命，亚哈随鲁还是听信哈曼的话，命令把末底改交由哈曼随意处置。末底改的侄女兼养女、国王十分宠爱的王后以斯帖（Ester）闻知此事，为救养父和全国犹太人，急忙设计，哄骗哈曼，最后向亚哈随鲁揭露哈曼的阴谋罪行，亚哈随鲁大怒，下令用哈曼准备用以处死末底改的五十肘尺高的十字架，钉死哈曼，末底改则被封为宰相。但《圣经》所说哈曼临死前的情形，并不像诗中所说的"神情傲慢而凶狠"，而是跪地求饶，"惊得面如死灰"。但丁在诗中对他做出独特而生动的描绘，看来是为了把他作为受惩的愤怒罪的第二个范例。此外，《圣经》在写到哈曼被处死时，也并未说亚哈随鲁、以斯帖和末底改在场。
6. "崇高的幻象"是指幻象并非来自感官，而是来自上帝。
7. 这是受惩的愤怒罪的第三个范例："少女"为拉维尼亚（参见《地狱篇》第四首及有关注释）。她是拉丁诺国王拉蒂努斯之女，为鲁图利斯国王图尔努斯之未婚妻，后埃涅阿斯从特洛伊逃难来到此地，爱上了她，要娶她为妻，图尔努斯闻知大怒，率军前来讨战，并与埃决斗，胜者与拉维尼亚结婚；决斗中，拉维尼亚之母阿玛塔（Amata）不愿女儿与埃涅阿斯结合，竟以为图尔努斯已被埃杀死（当时，图尚未被杀），愤而悬梁自尽。后图尔努斯果然决斗身亡，埃涅阿斯与拉维尼亚结婚，并为拉建立了拉维尼奥城（Lavinio），以纪念爱妻。此故事在维吉尔的《埃涅阿斯纪》中有记载，但与本诗不同的是：在维吉尔的笔下，拉维尼亚"痛悼"母死，曾有具体的细节描绘，如，抓乱头发，撕破面颊，但丁则仅用哀痛欲绝的独白来表示拉维尼亚对其母自缢的强烈感情。
8. "拉维娜"（Lavina）即拉维尼亚。
9. "另一个人"指图尔努斯。
10. 这里用原是形容鱼的抖动的动词guizzare（"抖颤"）来形容梦幻的即将消逝：梦幻虽已近苏醒，"余象"却仍未完全逝去，就像鱼儿被钓，行将死去的那种抖动的挣扎。《埃涅阿斯纪》第二章中也有类似的描述，但他写的是梦的开始，本诗则写的是梦的结束。波斯科-雷吉奥注释本认为，这是两个“大胆的比喻”。

11. 这“光芒”是从守卫在第三环至第四环的阶梯旁的又一位天使身上发出来的。

12. “我们通常所见的那种光线”是指阳光。

13. “一个声音”指天使的声音。

14. 这是一种“推己及人”的说法，取自《新约》的《马可福音》第十二章第三十三句：“我们要尽心、尽智、尽力去爱他（上帝），并且又要爱人如己”；《马太福音》第二十二章第三十九句：耶稣说爱上帝“是第一条，也是最重要的诫命”之后说，“其次的也与此相似，就是‘要爱人如己’”；《路加福音》第六章第三十一句：“你们想别人怎样对待你们，就要怎样对待别人。”

15. 这里是说，天使在“扇动翅膀”，把但丁额上的又一个P字抹掉。说话的人也是这位天使。

16. “使人和睦的人有福了”原文是用拉丁文Beati pacifici，取自《新约·马太福音》第五章第九句：“使人和睦的人有福了，因为他们必称为上帝的儿女。”这也是耶稣所说的“八福”中的第七福。但下一句则是但丁根据诗句内容自行更动的：这里所说的“恶劣的愤恨”（ira mala）是指无理的愤恨，它有别于“善良的愤恨”（ira buona），即因热爱善和正义而产生的愤恨。这种区分愤恨的“善”与“恶”的做法，也是圣托马索《神学大全》第二卷第二章中所论述的一个思想。

17. 这里是说，太阳此刻已落到地平线，其光线因而是朝上空射去，只能射到山巅；但丁和维吉尔这时大约已走了一半山路，恰在半山腰，因此，光线是在他们的上方。

18. “气力”（virtù），本义是“德行”“能力”；这里是指行路的气力。正如维吉尔前面说过，夜间无法登山，因此，黑夜即将降临，星斗也出现了，但丁便感到双腿已没有力气。

19. 这里是说，但丁和维吉尔已来到阶梯的顶端，亦即第四层的边缘。

20. 这里的“善”（bene）是指代表上帝的“至善”（bene sommo），因此，这种爱若是不像应有的那样强烈，就等于犯下“怠惰”罪（accidia），而第四环正是“弥补”亦即赎清这一罪过之所在。

21. 这里用水手划船过慢来比喻在热爱上帝方面的怠惰和疏忽，因而，为重新赢得已丧失的时间，水手就须努力加快速度。

22. 从这段三行韵诗起至本首结束，都是维吉尔向但丁所作的有关“爱”的理论（即爱是一切德行和罪恶的起因），进而也分析了炼狱各层次的安排：开头一句便是说，上帝作为造物主，本身就是爱，而受造物无一不是永远在某种爱的驱使下行动的；圣托马索的《神学大全》第一卷第二章特别对后一点作过详细论述。

23. 这里继续根据《神学大全》第一卷中的有关思想，把爱分为两种：一是“自然之爱”（amore naturale），一是“心灵之爱”（amore d'animo）：前者是天生的、本能的，不会犯错误，受造物因而不必对此负责；后者是经院哲学的专用提法，指“有选择之爱”（amore d'elezione），这种爱是有意的，是要靠理智、智力、意志的自由决断而作出的一种选择，受造物因而要对此负责。但丁对经院哲学，特别是对圣托马索的《神学大全》十分熟悉，因此，维吉尔在诗中说他对“这一点”很清楚。但丁本人在《筵席》第三卷第三节第一至十一句段中对受造物的天性与爱的关系以及人的理性的爱（即“有选择的爱”）作过分析：他认为，每个受造物都有其特殊的爱；他把受造物分为五种：①“简单物体”（corpora simplici），如地之向心，火之燃烧圆周并上升；②“复合物体”（corpora composte），如矿藏之恋其所在之地；③植物：恋其所生之地，因而有恋水、恋山、恋海滩之分；④禽兽：不仅恋其地，而且还有相互之恋；⑤人：恋完善和诚实之物。他还把前两种归为无生物，后三种归为有生物，并着重分析了人之“天性”（natura），认为人兼备前四种特有的天性，但与它们不同的是，人还具有第五种天性，即“真正属人的天性”(natura vera umana)，或称“天使般”(angelica)的天性，亦即“理性的”(razionale)天性，因此，人才热爱真理与德行。由此可见，但丁是把前四种天性产生的爱归于“自然之爱”，把后一种天性产生的爱归于“心灵之爱”，这似乎又是对《神学大全》的有关论点的一个发展。

24. “另一种爱”是指“心灵之爱”，即“有选择之爱”。诗中指出这种爱可能犯有三种错误：一是“目标不正”(malo obietto)，即爱所追求的“目标”不是“善”，而是“恶”，并且是他人之“恶”，换言之，即爱或希望他人遭到不幸，在此情况下，凡有此爱的人就会犯有骄傲、嫉妒、愤怒之罪，这三种罪恶要在炼狱的第一、二、三层受惩赎罪；二是爱得“过分强烈”(per troppo di vigore)，这里是指对世间财物爱得太过，有此种爱的人所犯的罪将会是贪财、贪食、贪色，他们要在炼狱的上三层即第七、八、九层受惩赎罪；三是爱得“不够强烈”(per poco di vigore)，这里则是指对真正的善，即“至善”亦即上帝爱得不够，这就要犯“怠惰”罪(见注20)，须在第四层受惩赎罪。由此可以看出，但丁把炼狱也像地狱那样分为三大部分，层数(或环数)则少于地狱。

25. “首要财物”(primo bene)指至善，即上帝。

26. “那些次要财物”(secondi beni)指世间财物。

27. 这里重申了注24的三种不当的爱：“转而趋向恶”是指爱他人之恶；“追求善”包括两个方面：一是“关注”过多，这个“善”即是指世间财物；一是“关注”不够，这个“善”则又是指上帝了。在以上三种情况下，都要犯下违抗上帝意旨的罪恶。

28. 这里是说，爱总是关怀作为爱的“主体”的幸福的，因此，它所爱的“恶”也定是他人之恶(见注24)，是他人的不幸，由此推论，一切受造物(“万物”)绝不会“仇恨”自己。

29. 这里所说的“存在物”(essere)即指受造物，“第一存在物”(Primo Essere或Essere Primo)则指造物主上帝：由于“存在物”是上帝造出的，它不能“自我存在”，也不能与造物主分开，它既不会仇恨自身，也便不会仇恨上帝(“与对造物主的仇恨截然分开”)。

30. “泥制肉体”原文为limo，本义是“黏泥”；因为上帝造出的第一个人(即亚当)，是用泥土捏成的，诗中便借用了这个典故。

31. 从本段起，维吉尔进一步分析了三种爱“邻人之恶”：本段写的第一种情况，涉及的是骄傲罪。但波雷纳等注释家认为，诗中所举的例子不足以说明此罪，因为这里的“骄傲”接近于“嫉妒”，几乎把二者混为一谈：骄傲是“爱自己，过分看重自己，可能会扬扬自得，却不会想压倒他人”，因此，但丁把骄傲归于爱他人之不幸一类，几乎是把它看成类似嫉妒的东西，其实，骄、妒的区别很大：“往往骄傲者并无嫉妒之心，而好嫉妒的人也几乎不是什么目空一切的人。”波斯科-雷吉奥注释本则认为，但丁的诗句是与圣托马索的《神学大全》第二卷第二章的有关提法相一致的，即“凡爱自己的优胜，从而硬想超过他人，这便是骄傲”。

32. “相反的命运”指遭遇不幸。这里所说的是嫉妒罪。

33. 这里指的是愤怒罪。以上三种情况的主要思想依据是来自圣托马索的《神学大全》第二卷第二章。

34. “在这下面”是指炼狱的第一、二、三层，在这里，犯骄、妒、怒罪者都要受惩。这三种爱也都属于“目标不正”之爱(见注24)。

35. “混乱的步调”也指不具备应有的强烈程度。这里的“善”与下面诗句所提及的“善”，都是指“至善”。

36. “这层框架”指第四环。这里特别提及“及时悔罪之后”，其意在于：若在临终时不及时悔罪，犯罪的人死后就要被打入地狱，而不能获得上帝恩泽，到炼狱中涤罪，然后荣升天堂。

37. 这里的“善”指世间财物，因为世间财物不能使人得到真正的、完全的幸福。“良好的基因”(buona essenza)指上帝，《神学大全》

第一卷曾说:“显然,只有上帝就其固有的本质而言,具有一切尽善尽美的特性,因此,也只有他从本质上说是良好的”;“一切善的果和根”是指:一切善也都是来自上帝,并从上帝那里得到酬报,而世间财物则做不到这一点。

38. 这里的“善”仍指世间财物;对世间财物爱得过分(“过分沉湎”),就要犯贪财、贪食、贪色之罪,要在炼狱最高三层受惩(见注24)。

第十八首

1. 萨佩纽注释本认为,从第十五首至第十八首,是《炼狱篇》乃至《神曲》全诗最重要的四首,因为其中汇集了“涉及哲学和诗歌结构的主要问题”;波斯科-雷吉奥注释本还推测,第十七首和第十八首很可能是“统一构思”的,即使从诗句的数量安排上看,也是如此:两首中共有二百八十四句,可以明显地分为四个部分,每个部分约为七十句,这四个部分又可分为叙事性(narrativo)和议论性(didascalico)两大部分:如第十七首的第1至69句属叙事性部分,下面紧接的就是两个议论性部分,即第十七首的第70至139句(共七十句),第十八首的第1至75句;这两个部分之后,又接的是另一个叙事性部分,即第十八首的第76至145句(共七十句);此外,在第一个叙事部分与其他两个议论性部分之间,在这两个议论性部分与第二个叙事性部分之间,又各插入对时间的叙述:一是第十七首的第70至72句;一是第十八首的第76至81句。

2. 把硬要充当别人的“导师”的人比作“盲人”,是但丁惯用的比喻手法,他在《筵席》第一卷第十一节第四句段中就曾把这类“冒牌教师”说成是“看不见谨慎从事的光芒的盲人”。但此比喻也见于《新约》的《马太福音》第十五章第十四句:“他们好像瞎子领瞎子,只会一起掉进坑里”;《路加福音》第六章第三十九句:“瞎子怎能给瞎子带路呢?他们必定会双双掉进深沟里。”这里是指那些认为任何一种爱本身都永远是善的人,本首第34—39句提到这类人。

3. 这里描述了爱作为人天生的潜力,如何通过“它所喜欢的东西”,从“潜力”(potenza)化为“行动”(atto)。这是一种心理过程,下面一些诗段将作出详尽的论述。这既是但丁本人对爱的观念的基本论点,也是包括他的前人以及他同时代的人——“温柔新体诗”的倡导者圭尼采利、卡瓦尔坎蒂(参见本篇第十一首)——在内的中世纪对爱的观念的主要内容(这个观念是依照亚里士多德的有关学说形成的)。但在本首中,但丁借维吉尔之口所作的有关论述,比过去,特别是比他青年时期对爱的观念,有了进一步发展,即但丁像其他人一样,原是把"爱"完全肯定的,而在本首中,他把此课题作了扩大和深化,提出要根据所爱的对象善恶来肯定或否定这种爱,因此,波斯科-雷吉奥注释本认为,这是但丁在"纠正"(corregge)有关的其他人和他自己。

4. 这段和下段三行韵诗详细而明确地陈述了爱从"潜力"转化为"行动"的过程。"实物"(essere verace)指外界现实;"充分扩展"是指运用想象力把从外界"实物"中"摄取"来的"形象"加以发挥,引起心灵对它的注意("掉转")。

5. "朝它下倾"(inver di lei si piega)指心灵被外界实物的形象所吸引;"重又"(di novo)一词的确切含义,注释家的看法不同:有的认为是指"首次",有的认为是指"第二次",萨佩纽注释本倾向于前一诠释,波斯科-雷吉奥注释本则认为,两种诠释的实质意义并无不同,但也许应理解为拉丁文的ex integro,即"重又","从头开始"。译者认为,爱既是天生的潜力,如今被它所喜爱的外界实物化为行动,换言之,这种"天性"在人的心中开始起作用("结合起来"),译为"重又",似更贴切。

6. 这里用火的上升比喻作为"天性"的爱的"精神活动"(参见第十七首注23)。但丁在《筵席》第三卷第二节第二句段中也曾阐述过类似的思想:"爱……只不过是心灵与所爱之物的精神结合,在这种心灵固有的天性的结合当中,心灵要随着它本身是自由的还是受到阻碍的情况,奔驰得快或慢。"

7. 这段与下段进一步说明了爱必须根据其所爱对象的善恶以及其所采取的爱的方式的好坏,来判断这种爱是善还是恶,因此,但丁批判了那些认为爱永远是"值得赞许的东西"(laudabile cosa)的人,亦即注2所说的看不清"隐蔽的真理"的"盲人"。

8. 这里又用在蜡上打上印记来形容爱之善恶:托马塞奥曾对此作了诠释:"亚里士多德的信奉者都把物的性质称为物质,它可以由种种差异来决定,正如原材料可以由多种形式来决定一样。蜡正是这种可以被别的东西决定的物质;印记或形象打在蜡上,也便是决定蜡的那种形式。既然蜡尽管是好的,或是不坏的,都可以打上坏的印记,那么,天然之爱也就尽管其本身并非可悲,却也可能向坏的印记下倾。"

9. "心灵又不能用另一只脚走路"是一种比喻说法:心灵只能依靠其天性来活动,这里所涉及的爱显然是"自然之爱",是不能论功过的。

10. 这里是说,维吉尔向但丁所作的解释都涉及理性问题,"超出这个范围",维吉尔作为"理性"的化身,就无力阐述了,因此,但丁只能求助于代表"信仰"亦即"神学"的贝阿特丽切。

11. 从这段起,连续八段三行韵诗都是维吉尔向但丁说明天然之爱与理性之爱之间的关系,以及如何分辨爱的善恶问题。"实体形式"(forma sostanziale)指心灵或心智,是中世纪的哲学语言,是与不表明存在物,而是表明存在物的某种存在方式的非实体形式(forma accidentale)相对立的,《神学大全》第一卷就指出:实体形式在人的身上,是与作为肉体形式的"物质"相结合的,但它又与物质分离,自行存在,因为它不属于肉体的任何器官。"特殊的潜力"(specifica vertute)是指物质或实体所具有的一种固有能力,犹如植物的生命力,这里是指但丁所说人之有别于无生物与其他有生物(动植物)的"第五天性"即理性(参见第十七首注23)。

12. "最初信息"(prime notizie)指最初知识,是理性能对之发生影响的最初原则,亦即亚里士多德所说的"本身为人所知的最初易于理解者"(intelligibilia prima per se nota)。"最初诱人之物"(primi appetibili)指为人所追求的最初对象,亦即指"善",经院哲学认为,人之天性是倾向于善,这与我国《三字经》上所说“人之初，性本善”，在道理上是相似的。

13. 这里仍是说，来自天性的爱，无善恶之分，故无须褒贬：“最初的愿望”即指第十七首所说的“自然之爱”。

14. “其他一切愿望”指来自意志的行动，亦即所谓“心灵之爱”，这种爱可能是善的，也可能是恶的，若是要使它们与“最初的愿望”取得一致，亦即都趋向于善，就要依靠“天生的潜力”即理性来向意志、心灵提出建议（“来把计献”），决定是否应接受这种爱，犹如看守“接受与否”的门户的守卫：善的爱就接受，恶的爱便拒绝。

15. “那项原则”即指要依靠理性来选择爱的原则；而人要对据此选中的爱（善或恶）负责的，因此要奖“功”罚“过”。

16. “根本问题”仍是指上述理性问题，亦即承认有“自由意志”之存在。本维努托说，“倘若取消自由意志，古代哲人就会无法创立道德学说”，换言之，若无自由意志做前提，把伦理学作为一门科学，就会成为不可思议的事。

17. 这里的“他们”指“古代智者”（萨佩纽）或“哲学家，尤其是亚里士多德”（雷吉奥）。诗中的意思是：这些智者和哲学家承认人的身上存在着“自由意志”，并据此创立了“道德之说”，流传后世。换言之，若没有自由意志，把道德作为科学的伦理学也会变为不可思议。十四世纪的本维努托就说，“倘若取消了自由意志，他们（指‘古代智者’）的这种做法（指立‘道德之说’）就会是枉费心机的”。

18. 这里的“潜力”仍指理性。下句说明，贝阿特丽切是看重理性的，认为是指导人的活动的指针，是“高贵的能力”。象征“神学”的贝阿特丽切用她的语言来说，即是“自由意志”。

19. 注释家对这段描写时间的诗句有一些争议；波雷纳曾戏谑地说，这是“天文学家式的但丁论者之间”（fra i dantisti astronomi）和“但丁论者式的天文学家之间”（fra gli astronomi dantisti）的一场争论，萨佩纽注释本与波斯科－雷吉奥注释本的有关诠释也各有不同：前者认为，此段是说，月亮几乎在半夜才出现，其中的“迟迟”（tarda）是指月升的时间比头一天晚上要迟些，此时，距满月后已过五天，月亮的形状虽略亏，却仍宛如发光的铜制大桶，其走向在本月也与一般时间相反，即自西向东，其所占位置恰是太阳在将近冬至时所占的位置，因此，罗马人看太阳是位于撒丁岛与科西嘉岛之间（第81句）；萨本强调，但丁在此描绘时间像通常一样，是出于想象。但波雷纳认为，但丁在此描述时间是从北半球的角度来进行的，因为春分时，满月后的月亮的行程要越来越走向南回归线，月升的时间在北半球要迟，在南半球，亦即在炼狱，则应提前，因此，这时在炼狱，月升的时间应为晚九时至十时间，并非几乎是半夜，甚至月如大桶的描绘，用在北半球也显得更符合实际。波斯科－雷吉奥注释本基本上同意波雷纳的看法，但它认为，这不能归咎于但丁的“疏忽”，因为原诗的tarda一词是指半夜的晚些时候，况且诗中并未写“月升”，月如发光的大桶，其光芒压倒其他小星辰，使之“锐减”，也只能在此时有这种情况，但诗中又说，这大桶又在“熊熊燃烧”，应呈红色，这颜色也只能在月亮处于地平线时才有，而这时，月光又不足以强烈到压倒其他星辰；因此，它采用佩特罗基的说法，把“熊熊燃烧”（tutto arda）诠释为“一直发亮”（tuttor arda），因为动词ardere在古文中也有“发亮”的意思。萨本和波－雷本在此句的排印上，也恰有上述用词的差异。

20. 这里是说，在11月末左右，从罗马所在的经度上看，太阳是落在撒丁岛和科西嘉岛之间的博尼法乔海峡（Bocche di Bonifacio）方向（参见注19）。但萨佩纽认为，这是但丁的假设，因为视力不可能到达那个地方，在中世纪的地图上，撒丁岛和科西嘉岛的方位要更靠南一些。波斯科－雷吉奥注释本还指出：在这个时期，太阳是位于人马座上，而此刻,月亮的月行程与日行程相反,不是从东到西,而是从西到东(参见注19),因此它取代了太阳的位置:在满月时,月亮因与太阳位置相反,太阳位于白羊座,月亮则位于天秤座,满月后五天,月亮便以每日十三度的角度运行,此刻便在黄道星座上,位于偏东六十五度处,恰好便是人马座。

21. "高尚的魂灵"指维吉尔;"皮埃托拉"(Pietola)即今"皮埃托莱"(Pietole),古称"安德斯"(Andes),为曼图亚的一个村镇,亦即维吉尔的故乡(参见《地狱篇》第一首及有关注释)。注释家对此句有两种解释:本维努托认为,是指皮埃托拉比邻近的曼图亚市有名;布蒂、佛罗伦萨无名氏则认为,是指皮埃托拉比曼图亚市任何村镇都有名。萨佩纽注释本倾向于第一种说法,认为原诗villa mantoana(曼图亚城市)中的villa一词,在但丁时期就有"城市"之意,但近代注释家马塔利亚认为,此词若作"城市"用,须加指定冠词,因此,波斯科-雷吉奥注释本据此认为,萨本的说法欠妥,因为但丁从未用villa romana来说罗马的;它认为,这里的villa有泛指"地方"之意,亦即皮埃托拉比曼图亚的任何一个地方都有名。

22. 此句意谓:维吉尔已解答完但丁所提的疑问。但也有人解释为"维吉尔使但丁卸下疑问重负";波斯科-雷吉奥注释本认为,前者更好,下两句即是证明。

23. 这群人是怠惰者的魂灵;作为"报复刑",他们必须夜以继日不停地围绕第四层山崖奔跑,这时,刚跑完一圈,朝着但丁和维吉尔的行进方向跑下去。

24. 伊斯梅诺河(Ismeno)和阿索波河(Asopo)都是希腊比奥齐亚地区(Beozia)的河流。

25. 这里,但丁根据斯塔提乌斯的《特拜战记》第九章和维吉尔的《牧歌集》(*Bucoliche*)第六首的有关内容,写出了特拜人为祷告特拜城的保护神酒神巴库斯庇佑而进行狂欢的盛况:沿着伊斯梅诺和阿索波两条河岸奔驰狂饮。

26. 这里的"善良的愿望和正当的爱"是指怠惰者的鬼魂为了悔罪赎罪而心甘情愿地服"报复刑",以求得上帝的宽恕。

27. 这是促人取得与怠惰相反的德行的第一个范例,典故取自《新约·路加福音》第一章第三十九句,其中叙述圣母玛利亚奉上帝旨意,去为年纪老迈、一向不能生育的亲戚伊利沙伯(Elisabetta)蒙上帝赐福怀孕六个月问安、祝福:玛利亚闻知天使长吉百利(Gabriele)传达上帝之命后,"立刻动身到犹太山地的一座城去",到了伊利沙伯的丈夫撒迦利亚(Zacaria)家,与伊利沙伯见面,并与她同住了约有三个月,才回家去。

28. 这是第二个促人取得德行的范例,故事取自卢卡努斯的《法尔萨利亚》第三章:在凯撒与庞培的内战中,凯撒包围了马赛,后又将攻陷此城的任务交予布鲁都(参见《地狱篇》第三十四首及有关注释),他本人则率军以迅雷不及掩耳之势,进攻西班牙,在伊莱尔达(Ilerda,即今"莱里达"Lerida),挫败了庞培手下的两名上将阿夫拉尼奥(Afranio)和佩特雷伊奥(Petreio)。这里强调的是凯撒进军西班牙的"迅雷不及掩耳的速度",因此,有人认为,此例与怠惰者生前对上帝的爱不够强烈的罪行相去甚远,似属不妥,但波雷纳认为,"在但丁看来,凯撒是在一场导致罗马帝国建立的战争中,作为实现神的意志的工具",因此,此例与玛利亚迅速执行上帝之命一样,都是"对取得至高无上的精神财富的促进"。

29. 这里所说的"隘口",是指可以登上第五环的山口和通道,和下面的"洞口"一样。

30. 说话的人是附属维罗纳的圣泽诺教堂(San Zeno)的一座修道院的主持(即院长),名盖拉尔多二世(Gherardo II),死于1187年,这也是近代注释家才发现的,古代注释家都不知其为何许人。笔名"维尔侬·李"(Vernon Lee)的英国女作家维奥列塔·帕杰特(Violetta Paget,1856—1935)曾发表过一些有关论文,认为此人生活很"圣洁",只是懒惰成性,正如多数僧侣一样,因为他们"身体过胖";但丁之子彼特罗也曾说过："怠惰在僧侣中间是屡见不鲜的。"波斯科-雷吉奥注释本认为，可能当时在维罗纳有涉及某个异常怠惰的主持的传说，但丁在逗留该市时得知此事，于是便将它写了出来；它还估计，但丁之所以用此人，是为下面第124—126句提及的朱塞佩·德拉·斯卡拉（见注34）作伏笔，因为但丁所用材料都是确切史料，或是他认为是这类的素材。

31. "贤君红胡子"（buon Barbarossa）即神圣罗马帝国皇帝腓特烈一世（Federico I，1121或1124？—1190），属施瓦本家族或霍亨斯陶芬家族，绰号"红胡子"（Barbarossa）。他曾一直反对意大利的归尔弗派和市镇割据。他于1154年、1158年、1163年、1166年、1168年和1174年，先后六次进入意大利，摧毁了托尔托纳（Tortona）、斯波列托（Spoleto）、米兰和克雷马（Crema）等城市，并与教皇作对，1168年，教皇亚历山德罗三世（Alessandro III）将他革除教门，米兰人趁其处于逆境，不顾禁令，重建家园。第六次进攻意大利时，他被隆巴第同盟（Lega Lombarda）彻底击败（该同盟是得到教皇亚历山德罗三世支持的），他不得不与教皇修好，先后签订了威尼斯停战协定（Tregua di Venezia，1177）和科斯坦扎和约（Pace di Costanza，1183），承认隆巴第同盟的各市镇的权利。他在阿尔卑斯山南部遭到彻底失败后，又与英、法联合，率六十万十字军，东征巴勒斯坦；后在西德诺河（Cidno）沐浴时，被淹死。这里的"贤君"有"英勇善战"之意，但丁对他的评价一直是积极的。

32. 这里是追述1162年腓特烈一世下令摧毁米兰。但丁在此提及此事是作为对反对帝制的佛罗伦萨人的警告：他在《书信集》第六章第二十句段中就曾提及"红胡子"对米兰和斯波列托的摧毁，并就此作了同样的论述。腓特烈一世在十九世纪中叶的意大利复兴运动（Risorgimento）时期，一直被看成是"外国压迫者"和"市镇自由的敌人"；但丁在他所处的时代则持不同看法，认为"红胡子"代表着"带来秩序和正义的皇帝化身"，并指责隆巴第市镇同盟反对帝制，是国内不和的起因与根源。

33. 此人是维罗纳僭主阿尔贝托·德拉·斯卡拉（Alberto della Scala），死于1301年9月10日；《神曲》所写但丁的冥界之行在1300年春，因而诗中说他"已把一只脚踏入坟墓"。他有三子：巴尔托洛梅奥（Bartolomeo）、阿尔博伊诺（Alboino）、坎格兰德（Cangrande），此三人继承了他的爵位；另一子朱塞佩（见注30和34）为私生子。

34. 此处说明阿尔贝托·德拉·斯卡拉曾滥用其权，把他的私生子朱塞佩·德拉·斯卡拉（Giuseppe della Scala）安插在圣泽诺教堂修道院的主持地位，此子身体畸形，品行恶劣（但丁之子彼特罗曾说他"是跛子，精神失常"；本维努托曾说他为人粗暴，夜间常率人到市镇行凶作恶，盗窃财物，并让当地妓女充斥），又为私生子，本不应担任神职工作，但其父依靠权势，仍使之身居著名的圣泽诺修道院的领导地位，这对该修道院是一种玷污，因此，诗中说他要为此而"痛哭"（亦即受惩赎罪）。朱塞佩·德拉·斯卡拉生于1263年，自1292年起担任圣泽诺修道院主持，直到去世（1313年）。朱塞佩死后一年的一份资料（1314年1月26日）证明，对他的那些指控都并非毫无根据。波斯科曾指出，但丁在此只谴责朱塞佩及其父，但他对巴尔托洛梅奥、坎格兰德则持另一种态度：如在《天堂篇》中曾称道巴为人行侠仗义，为"伟大的隆巴第人"（巴曾主动接纳流亡的但丁）；在其他诗句中也曾赞赏坎的军事才能和慷慨大度；在《筵席》第四卷第十六节第六句段中曾提及阿尔博伊诺比老实慷慨的圭多·达·卡斯泰洛（参见第十六首及注54）知名度高，却未加褒贬。据说，坎格兰德于1321年也犯过类似其父阿尔贝托的罪行，即同意将朱塞佩·德拉·斯卡拉的私生子任命为圣泽诺修道院主持，因此，此诗句实际上也囊括阿尔贝托父子，但丁尽管受恩于斯卡拉家族，但在涉及权势人物的恶行方面，他仍是毫不容情地予以揭露的。波斯科还认为,也许但丁并不知坎格兰德也犯有类似其父的罪孽,但他对该家族还是持否定态度的:认为教皇是把宝剑与他的牧杖结合起来,阿尔贝托则是把牧杖与他的宝剑结合起来。由此也可看出但丁在人品上的不计个人得失的正义感和独立性。

35. 这里揭露了朱塞佩为阿尔贝托的私生子。

36. “那位”指维吉尔。

37. 这里是第一个受惩的怠惰罪范例:典故出于《旧约·民数记》第十四章第一至三十九句,其中说以色列人为逃脱法老迫害,随摩西和亚伦逃出埃及;行至红海,上帝为解救他们,令摩西向海伸出手杖,使海分成两面,以色列人得以从中间的平地上安然通过,而追赶前来的埃及军队则被重又合拢的海水淹死;但后来,行至荒野,以色列人对上帝大出怨言,上帝愤而令“你们这些群起反抗我的恶人全死在荒野”,只有嫩(Nun)的儿子约书亚(Giosuè)和耶孚尼(Jephunné)的儿子迦勒(Caleb)得以幸免,来到上帝为他们的后代所许诺的地方,即约旦,亦即巴勒斯坦:《旧约·申命记》第一章第二十六至二十八句就提到这一点,上帝说:“只有耶孚尼的儿子迦勒得见这地”;“嫩的儿子约书亚……可以进去”。诗中的“大海”即指红海(见《旧约·出埃及记》第十四章第十五、十六句)。

38. 安奇塞斯为埃涅阿斯之父,参见《地狱篇》第一首及有关注释。

39. 这里是说,埃涅阿斯带父亲及妻儿等逃出被毁的特洛伊城之后,历尽艰辛,来到西西里,其从人不愿继续随他前进,因而未能与他分享建立罗马的“光荣”(维吉尔的《埃涅阿斯纪》第五章对此有记载)。这是受惩的怠惰罪的第二个范例。有人认为,上述二例似与诗中所说对上帝的爱不够强烈的“怠惰”不相吻合,波斯科则认为,对上帝所代表的“至善”的爱就是要“与上帝的意愿合为一体”,而怠惰罪就是出自未能在各方面彻底履行此责任;以色列人到达约旦和埃涅阿斯手下的特洛伊人参与建立罗马,都是上帝的旨意,他们却未完成,这种怠惰归根结底也是一种“怯懦”(pusillanimità),因此,他们所服的“报复刑”也与《地狱篇》第三首犯怯懦罪者所受的刑罚十分相似。

第十九首

1. 本首接续上首末尾叙述的但丁陷入的梦境：这是本篇但丁第二次做梦；第一次是在第九首内结束炼狱外界的经历之时。本篇先后写了三次但丁的梦幻：除上述两次外，第三次将写在第二十七首内。三次梦境内容不同，但写法却是一致的，即都是从时间写起。

令人感兴趣的是：这三梦的划分一方面表现了但丁所走的赎罪历程的三个阶段：一是从炼狱外界到炼狱，亦即赎罪的开始；二是向炼狱的最后三部分过渡，亦即在这三层要赎清人类最易犯下的罪孽，即热爱世间财物，也是最难克服的；三是但丁洗净一切罪恶之后，进入地上乐园。另一方面，篇幅的安排似乎也是经过精心策划的：三梦相隔的篇章几乎都是九首（第九首、第十八—十九首、第二十七首）。

2. 这里是说，白昼阳光的热气，到了夜间，已被干冷的大地所吸收；土星作为夜间出现的星辰，也是被看成寒冷的［但丁在《筵席》第二卷第十三节第二十五句段和维吉尔在《训世诗》（*Georgighe*）四卷本的第一卷中都提到土星的“寒光”］，因而“有时”出现在地平线上时，就更“战胜”白昼的热气；按当时的科学的说法，月亮的光线是冷的，或是可以带来寒气。

3. “土占者”即相当于我国的“风水先生”，他们是根据在沙土上划出的图像，再与天象相对比，进行占卜，就这一点而言，又接近我国的所谓“扶乩”。这里是说，他们在拂晓之前，望见东方，出现六颗组成双鱼座的星辰（也有人说是宝瓶座和双鱼座），这星相与他们在占卜上划出的代表“最大福星”（Maggior Fortuna）相当类似：由六点组成四边形，外带一条尾巴。

4. 这里是指出现上述星座的那部分地平线，暂时仍很黑暗，但不久即将放出曙光。

5. 这里所说的奇形怪状的女人是象征对世间财物的过分热爱，凡是看见她的人，她就会立即改变丑恶的形态，吸引对方，使之远离对至善的爱，而陷入“无节制”（incontinenza）的罪恶，即贪财、贪食、贪色。但丁在此有意用贬义词femmina，即“婆娘”，而不用常用的donna，即女人或妇人。

6. 此句有多种解释：布蒂等古代注释家认为，这是出自但丁的想象力，那女人的外形发生了变化，犹如一个堕入情网的人对待自己所热恋的对象，亦即我国俗话所说的：“情人眼里出西施”，布蒂就说，世间幸福本不是完善的，而是虚假的，但在看上它的人眼中，它就成为真实而完善的幸福，“这是我们看错了的缘故”。萨佩纽注释本认为，这里是说，那女人的苍白无色的脸焕发了光彩，“有意引人心中产生爱慕之意”；马塔利亚甚至认为，这无色的脸染上了“红色”。波斯科-雷吉奥注释本同意古代注释家的解释，并批评了马塔利亚的“红色”说法，认为，这里应像但丁与“温柔新体诗”的其他诗人所常形容的女人出于恋爱而在面庞显现的颜色，即“珍珠般的面色”（Color di perle，见但丁《新生》第十九章第十一句段和第三十六章第一句段）。

7. “海妖”，音译为“西莲娜”（serena，即今文的sirena），是古代传说的海妖，上半身为美女，下半身为双尾鱼（中世纪前也有说上半身为美女，下半身为鸟的），共六名：帕尔特诺佩斯（Partenope）、利吉娅（Ligea）、利乌科西娅（Leucosia）、特尔西埃佩阿斯（Telsiepea）、莫尔佩斯（Molpe）、阿哥劳菲尔妮斯（Aglaoferne）。她们住在卡普里岛（Capri）与西西里岛之间的礁石丛中（也有说是在墨西拿海峡附近的）。她们专用极为甜美的歌声迷惑航海的水手，使他们迷路淹死。荷马的史诗《奥德赛》就对她们作过描述，后传至中世纪，但丁时期此传说已极为盛行，但丁在《书信集》第五章第十三句段中也提及类似诗中所说为害世人的“海妖”（Sirenes）。

8. 此句中的a sentir：萨佩纽解释为“为那些听到我的歌声的人”；雷吉奥注释为“我的歌声被人听到”，意思大致相同。

9. 此句有几种诠释，萨佩纽和波斯科-雷吉奥两注释本都采用巴尔比的说法（如译诗）；按荷马的《奥德赛》，尤利西斯是逃出海妖的诱惑的，但丁不曾直接阅读此史诗，只能从西塞罗和塞内加的著作中略知一二；萨佩纽估计，但丁也可能把曾将归途中的尤利西斯留住很久的女巫刻尔吉（参见《地狱篇》第二十六首及有关注释）当作了“海妖”，借此象征这位希腊英雄一度被虚假的欢乐所诱惑。

10. 这里的原文有意用donna与第7句所用的femmina（见注5）相对立。但萨佩纽和波斯科-雷吉奥两注释本都认为，此“女人”究竟象征什么，并不明确。它们都认为，她不能再象征“理性”，因为象征“理性”的是维吉尔；波斯科-雷吉奥注释本也排除了象征贝阿特丽切的可能性：因为如是她，诗中就会点明，但丁本人也会认识她的。萨佩纽注释本比较主张按布蒂的说法，认为此“女人”是象征“哲学”（Filosofia）：它既使人不得不接受它的哲理，也动员维吉尔亦即理性来考虑“世间幸福的卑鄙性和欺骗性”；波斯科-雷吉奥注释本则比较倾向于认为，此女人是象征上天的另一位“恩泽女神”（亦即在圣母、露齐亚和贝阿特丽切之外的一位）。对此“象征”作出不同估计的还有：美德、真理、仁爱、节制、正义、圣母、露齐亚等。

11. 此句问话是一种责备，即斥责维吉尔听任但丁受海妖的迷惑，而维吉尔自己也因此迷惑而走了神。

12. “另一个”即是指那个“婆娘”。布蒂认为，这里是说，“哲学”蒙上帝恩泽，“启示理性（维吉尔）和感觉去认识世间幸福的欺骗性”。

13. 波雷纳认为，此句的动词“移动”（mossi）是古抄本字迹模糊而弄错的，原应是“睁开”（aprii）；波斯科-雷吉奥注释本不同意这种诠释，因为前一句诗已说明但丁已经醒来，不言而喻，也便说明但丁已“睁开”眼睛，况且，擅自修改手抄本本文，也是不妥的。因此，这里是说但丁把眼睛移向维吉尔。

14. “射在……后臀”亦即射在后背，因为但丁和维吉尔正向西行；“新生的阳光”即是指新的一天的到来。

15. 这里是说，但丁在低头弯腰向前行进，其身体的弧度就像一座尖拱桥的尖拱（arco a sesto acuto）的一半。

16. “这里”即是指“赦罪口”，从这里登到第五环。

17. “那位”即又一位守卫天使。

18. 这里的“把风吹送”即是指抹去但丁额上的第四个P字。

19. 此处的“悲哀的人”原文为拉丁文Qui lugent，是摘自《新约·马太福音》第五章第四句：“为自己的罪过悲哀的人有福了，因为他们必得安慰”，但只摘了其中的片段；《新约·路加福音》第六章第二十一句也有类似的话：“……哀哭的人有福了，你们快要欢笑！”

20. “古老的妖妇”（antica strega），直译为“古老的女巫”，本维努托认为，应解释为“自有人世起就诱惑男人的极古老的娼妓”。

21. “我们的上方”是指炼狱的最后，也是最高的三层涤罪之处。

22. 萨佩纽注释本根据布蒂的说法，认为，此句是指人如何“利用哲学”摆脱束缚，而波斯科-雷吉奥注释本则认为，是“依靠理性的干预”来认识到迷人的外表下的丑恶，而这理性又是受到“更高的德行”（superiore virtù）促成的。

23. “永恒的王”（rege etterno）即上帝。

24. 这里把上帝比作“天国的猎鹰人”（celeste falconiero），把上帝的召唤比作猎鹰人诱使猎鹰起飞的“诱鹰物”（logoro）。这里的“巨轮”（rote magne）指永久在旋转的各重天体。

25. 这段三行韵诗根据上段提到的“诱鹰物”，便以当时流行的猎鹰情况来比喻世人如何响应上帝的号召。萨佩纽和波斯科-雷吉奥两注释本都表示不明确比喻是涉及猎鹰者在训练猎鹰抑或是让猎鹰前去捕鸟，但它们根据上下文，都赞成兰迪诺（Landino，

1424—1504）所作的类似诗中所描述的那种猎鹰者放鹰捕鸟的细节的诠释。另一种解释是指猎鹰一闻猎鹰者的呼叫便飞去捕鸟，它们认为似与诗句的内容不符。总之，古代注释家对此段只注重其比喻的含义，对细节则并未作更多的诠释。

26. 这里是说，但丁像猎鹰一样，依据大块岩石开裂的宽度和长度，积极向上攀登；“可以环行的一层”是指阶梯的顶点，从那里就可以在第五层绕山而行了。

27. “第五环”是生前犯有贪财、贪婪罪的人受惩赎罪之处。

28. 此句原文用《旧约·诗篇》第一百一十九篇第二十五句的第一句，系拉丁文Adhaesit pavimento anima mea，因第五环受惩的鬼魂系手脚捆绑，面朝地面躺倒，但中文《圣经》对第一句诗的翻译属意译：“我已差不多完全绝望，求你照你的应许把我救活”；法文《圣经》的有关诗句则与诗中用拉丁文所写的内容相同。

29. 从第76句到第78句和从第79句到第81句这两段三行韵诗，分别是维吉尔和一个鬼魂的问答。“上帝精选的精灵”是维吉尔对这些受惩赎罪的鬼魂的称呼，意思同于第三首，因为他们觉悟到自己受苦是正确的，并有希望升入天堂，享有永恒之福，苦刑的剧烈程度也便有所减轻；维吉尔的这句问话旨在向他们探路。

30. 这段诗句是某个幽灵对维吉尔提问的答复；因为维吉尔向鬼魂问及“登高的梯阶”，幽灵便以为他可能是蒙受天恩，可不再受刑，或是以为他已赎清自身的罪过，第一句用“倘若”这一怀疑语气正说明这一点，特别是由于鬼魂在此，都是面朝地上，无法看到维吉尔和但丁。鬼魂回答说“右边”是“山崖的外部”，即是说维吉尔和但丁的左边就是山壁，因此，他们二人应沿着右边山崖外缘向前行走。

31. 此句的原文是nel parlare avvisai l’ altro nascosto，因为其中的l’ altro（直译为“另一个”或“另一点”）意思比较含糊，古今注释家对此句的诠释就大为不同：古代的布蒂、兰迪诺乃至托马塞奥认为，此词是指说话的鬼魂还有些话未曾说出：或是他还弄不清但丁是否为活人，或是怀疑但丁和维吉尔是否必须在此环受刑赎罪，或是想了解对方的姓氏，甚或是指鬼魂视需要在几层涤罪，如无在该层须洗涤的罪孽，则可自由通过该层，但也有认为是该鬼魂想象但丁和维吉尔已洗清罪过，变得“自由”了。近代的托拉卡、波雷纳、莫米利亚诺（Momigliano）也附和这种说法。但古代的本维努托、塞拉瓦莱则认为，此词是指说话的鬼魂的身体或身体的一部分即脸面，因受面朝地面躺倒的苦刑而“隐藏”起来，但丁从说话声的方向中，却仍可察觉这身体藏在何处。近代的巴尔比附和这一说法。萨佩纽注释本倾向于前一种解释，波斯科-雷吉奥注释本虽未否定前一种解释，但强调，“从字面上看”，后一种诠释更佳。但这两种注释本都未提及关于无涉及某层须洗涤之罪即可自由越过之说。

32. 但丁向维吉尔以目示意，目的是想让他理解但丁想要与该鬼魂谈话。

33. “受造物”即是指方才说话引起但丁注意的那个鬼魂。

34. “更关心的事”指悔过赎罪。

35. 此句开头的几个字“你该知道我”，是用拉丁文，是教会所用的庄严正式语言，即Scias quod ego。“彼得的继承人”即教皇，因为圣彼得是第一位教皇（参见《地狱篇》第二首及有关注释）。

说话的鬼魂是教皇阿德里亚诺五世（Adriano V），他原名奥托布奥诺·德伊·菲耶斯基（Ottobuono或Ottobono dei Fieschi），是热那亚豪门贵族拉瓦尼亚（Lavagna）伯爵家族的泰迪西奥（Tedisio）及其妻西蒙娜·达·沃尔塔（Simona da Volta）之子，生于1210年和1215年间。其叔为教皇英诺森四世（Innocenzo IV），曾提升他为枢机主教，他长期为其叔及后来几届教皇的政策服务，负责外交工作，曾被派驻英国，显示他英明决策的才干。1276

年7月11日当选教皇，迁教廷至维泰博，因为年老多病，同年8月18日即逝世，只做了三十八天教皇。关于他贪财揽权，史料无从考证，有人估计，但丁乃至后来的伟大诗人彼特拉克，不知根据什么来源，把他与阿德里亚诺四世弄混了；阿德里亚诺四世，从1154年到1159年任教皇，原名布瑞克斯皮尔（Breakspear），贪婪权欲之心颇大，英国经院哲学家乔瓦尼·迪·萨利斯布里（Giovanni di Salisbury，1110—1180）就曾在其一部著作中提及阿德里亚诺四世所说有关权势的话，内容与诗句所述大致相同。

36. 西埃斯特里（Siestri）即今塞斯特里·莱万特镇（Sestri Levante）；基亚维里（Chiaveri）也是一个市镇，与上述市镇均属利古里亚地区的里维耶拉·迪·莱万特区（Riviera di Levante），该区位于热那亚与拉斯佩齐亚（La Spezia）之间。

37. 这条“美丽的大河”即是从西埃斯特里镇和基亚维里镇之间倾泻而下的激流拉瓦尼亚河（Lavagna），阿德里亚诺五世所属的伯爵家族原名“菲耶斯基”（见注35），后则以此河为名（见注35）。拉瓦尼亚河汇入斯图尔拉河（Sturla），后改称恩泰拉河（Entella），今将基亚维里镇与塞斯特里镇分开的那条河水，即称恩泰拉河。

38. 古今注释家对此句原文中的Fa sua cima一句（直译为“〈把河的名字〉作为〈家族称号的〉顶峰”）有种种不同解释：有认为是指菲耶斯基伯爵家族以此河的名字为“来源”的，也有认为是指该家族以此河的名字作为“最后定名”的，甚至还有人认为是指该家族的盾形族徽图案上方右角有此河的名字的；但，总的意思都显然说明该家族的称号与该河有关。布蒂认为，该家族希望自身的权威和声名能达到此河所处的高度，后来果然做到这一点，便从此以该河的名字即“拉瓦尼亚”为名，而不再称作“菲耶斯基”了。

39. “大法衣”比喻教皇。

40. “罗马的牧者”即教皇。

41. “这里的生命”指永恒的生命，即尘世以外的生命。

42. “正义”指神的判决。

43. 这里的“一切善”指“真正的善”，即是说，贪婪使人丧失对“真正的善”的爱，而一味追求财富、权力等。

44. 这里反映出：但丁对教会上层领导是一向敬重的，甚至在《地狱篇》第十九首中，对受苦刑的教皇尼可洛三世也缓和了对他的谴责，因此，诗句中说但丁此时已“双膝跪落”。

45. 由于这里悔罪赎罪的魂灵所受的报复刑是面朝地上，不能仰视，只能从来自身旁的声音中辨认出但丁跪落在地。

46. “一位权威”指“唯一的权威”，亦即上帝。

47. 这里又用了《圣经》的一个典故：几个不相信复活的撒都该人（Sadducei）想用问题难倒耶稣，于是问：“摩西的法律规定，如果一个人死了，遗下妻子，没有儿女，他的兄弟便当娶这个寡妇，替哥哥立后，传宗接代。假如一家有七个兄弟，大哥结了婚，没有孩子就死了，他的妻子便与老二结婚，不幸这老二也没有生孩子便去世了，这寡妇又与老三结婚……这样下去，七兄弟都先后和这个女人结过婚，并没有生孩子便死了。最后这女人也死了，那么到复活那天，她该是谁的妻子呢？因为七兄弟都跟她结婚了。”耶稣答：“人们错了。你们既不明白《圣经》，也不知道上帝的能力。因为到复活的时候，人人都要像天使一样，再没有婚姻的关系了。”上述用典见《新约》的《马太福音》第二十二章第二十九、三十句；《马可福音》第十二章第十八至二十五句；《路加福音》第二十章第二十七至三十五句。诗中的“再没有婚姻的关系”用的是拉丁文Neque nubent。

48. 阿拉吉娅（Alagia）：系阿德里亚诺五世的兄弟尼可洛（Niccolò）之女，乔瓦加洛（Giovagallo）侯爵莫罗埃洛·马拉斯皮纳（Moroello Malaspina）之妻。据佛罗伦萨无名氏说，她品德高尚，为人善良，经常布施、赈济穷人，并虔诚地为其伯的亡魂做弥撒和祈祷，但丁在卢尼加纳（Lunigiana）一地逗留很久，得以认识和了解此女。

49. 这里的“家族”是指该家族中一些行为恶劣的人，本维努托就提到有：帕尔玛的皮埃罗·德·罗西（Piero de' Rossi di Parma）和卢基诺·维斯贡蒂（Luchino Visconti）二人的妻子；拉维纳大主教博尼法丘·菲耶斯基（Bonifacio Fieschi），他属于贪食者之流；阿德里亚诺五世之叔西尼巴尔多（Sinibaldo），亦即喜任用私人的教皇英诺森四世，但丁曾在《书信集》第十一章第十六节中轻蔑地提及他。诗句的意思即是指希望这些恶例不致影响到阿拉吉娅的为人。

50. 这里是说，阿德里亚诺五世如今只能依靠阿拉吉娅为他在人世祈祷，助他早日洗清罪孽，荣升天堂。

第二十首

1. 这里的两个“意愿”，前者是指但丁渴望继续与阿德里亚诺五世的谈话，后者则是指阿德里亚诺五世渴望加速进行自己的赎罪，因而是“更好的”，但丁的“意愿”只好向后者让步，亦即“争斗不过”后者。

2. 这里又用了一个形象比喻：把但丁未得到满足的愿望比作未吸满水的“海绵”。

3. “空隙之地”是指未被伏卧在地的魂灵占据的空地。

4. 这里是指古城堡的城墙筑有城堞，其下有狭窄的人行道，可容卫兵行走巡逻。诗句正是把这种墙道比作但丁和维吉尔正在攀登的狭小山径。

5. “恶行”系指“贪婪”，它泛滥到世界各处。下句是指：由于鬼魂躺倒的地方，逼近边缘，使人难以通过。

6. “狼”象征贪婪（参见《地狱篇》第一首及有关注释），而由于“贪婪”一词，意文是avarizia、cupidigia，均属阴性名词，故成为“母狼”；“古老的”是指自开天辟地以来，“贪婪”就与世界一起产生了。

7. 这里是指当时流行的看法，即认为天上的星移斗转能说明尘世事物“变迁”的原因。这里的“天体”是指围绕地球旋转的重重天体，也可理解为“幸运女神”转动的“轮子”（雷吉奥）。

8. 这里是隐喻能驱赶恶狼的“猎犬”（参见《地狱篇》第一首及有关注释），是维吉尔早已预言将要到来的救星。

9. 这里的“留神”是指小心翼翼地躲开地上的魂灵，以免踩撞他们。

10. “旅店”指破旧的马厩；这里引用了圣母生下耶稣的典故，作为“贫穷”的第一例。《新约·路加福音》第二章第六、七句说：约瑟带着怀着身孕的玛利亚抵达伯利恒时，“玛利亚的产期到了，于是生下了她头一个孩子。她用布把他裹着，安放在马槽里，因为旅店早已客满了”。

11. 这是第二个“贫穷”的范例，用以启发世人要轻视财富：法布里齐奥，全名为卡尤·法布里齐奥·卢西尼奥(Caio Fabrizio Luscinio或Luscino),公元前282年,任罗马执政官,曾成功地将罗马与萨姆尼人(Sanniti)之间战争和平解决,萨姆尼人馈以厚礼,被他婉拒;两年后,罗马又与希腊厄皮鲁斯(Epiro)国王皮鲁斯(Pirro)发生战争,又由他媾和,皮鲁斯赠礼相谢,也遭他拒绝,说明他的廉洁轻财的高尚品德;据说,他还轻蔑地拒绝皮鲁斯的御医所献毒害皮鲁斯的计策(公元前281年),并写信通知皮鲁斯有人要谋害他,其中一句名言是:"你不是善于判断你的敌友的好法官";公元前275年,他任监察官期间,曾以过度挥霍的罪名,将普布里奥·科尔奈利奥·鲁菲诺(P. Cornelio Rufino)开除出元老院。他死时十分穷困,殡葬费用都由国家承担。公元一世纪的史学家瓦莱里奥·马西莫(Valerio Massimo)的《名人言行录》(*Raccolta dei Detti e dei Fatti memorabili degli Uomini illustri*)对他的上述事迹有记载,维吉尔的《埃涅阿斯纪》第六章中也提及他"满足于些许之物"。但丁在《筵席》第四卷第五节第十三句段和《君主论》第二卷第五节第十一句段中都曾盛赞他,称他为"抗拒贪婪的崇高典范"。

12. 尼可洛(Niccolò),即公元三世纪和四世纪之间的圣尼可洛;他是小亚细亚利齐亚(Licia)地区米拉市(Mira)的主教,有关的传说事迹东西方家喻户晓;他也是巴里市(Bari)的保护神。诗中所说的故事是指:尼可洛年轻时即做了许多善事,一次,他得悉一位家道中落的士绅有三个女儿,但因为该士绅家贫如洗,无法备置妆奁将女儿嫁出,于是,他连续三夜,悄悄地将三个钱袋,从窗外投入该士绅家中,该士绅连续在次日清晨,发现钱袋,喜出望外,以为是上帝所赐,立即将三个女儿相继嫁出,把原来想让女儿卖身赚钱的想法也打消了。此故事在中世纪传播甚广,罗马著作和小说也都曾以此为题。这是除上述两个"贫穷"的范例之外的第三个有关"慷慨"的范例。

13. 这里的"恩泽"是指上天恩准但丁在活着时就享有遨游冥界的特殊厚待。上句"并不是因为我期望从人间得到慰藉",原文是non per conforto ch' io attenda di là,古代注释家对其中conforto一词有两种解释:一是指"世间的声名"(布蒂、兰迪诺),一是指说话的鬼魂即乌哥·卡佩托(Ugo Capeto)的子孙后代为他做的祈祷和善举(拉纳、佛罗伦萨无名氏、《最佳评注》)。本维努托则把二者综合起来,作出折中诠释。近代注释家则主张后者(包括萨佩纽和波斯科-雷吉奥两注释本),因为该鬼魂知道自身的后代均已堕落腐败,不能寄希望于他们;斯卡尔塔齐尼(Scartazzini)还说,乌哥·卡佩托在炼狱已三百多年,这时已感到赎罪结束的日期临近,因而也不再需要别人为他祈祷了;萨佩纽也说,在炼狱赎罪的鬼魂与地狱中受苦的鬼魂不同,他们是"不关心世间声名"的。

14. "恶树"是指乌哥·卡佩托开始继承法兰西王位的卡佩托王室:法兰西在公元五世纪至八世纪中叶,由默洛温王朝(merovingi)统治,自公元752年至987年,则由加洛林王朝(carolingi)统治,继加洛林王朝的即是卡佩托王朝(capetingi):该王朝共分为三个时期:卡佩托直接统治时期,从乌哥·卡佩托至查理四世(Carlo IV):987—1328年;卡佩托间接统治时期,或称瓦鲁瓦王朝(Valois)时期,从腓力浦六世(Filippo VI)至亨利三世(Enrico III):1328—1589年;波旁王朝(Borboni)时期,从亨利四世至路易·腓力浦(Luigi Filippo):1589—1848年。波斯科-雷吉奥注释本认为,诗中说乌哥·卡佩托是"恶树的根基"有误:因为开创卡佩托王朝基业的不是乌哥·卡佩托,而是其父,即乌哥一世大帝(Ugo I il Grande),他是法兰西、勃艮第(Borgogna)、阿奎塔尼亚(Aquitania)的公爵,巴黎和奥尔良(Orléans)的伯爵,为当时法国朝廷的重臣之一;他实际上为法王卢多维科四世(Lodovico IV)管理王国,后又于公元954

年，为年仅十四岁的洛塔里奥（Lotario）摄政，但始终未被封王。他死于公元956年，遗一子，即乌哥·卡佩托，或称乌哥·卡佩托二世（Ugo II Capeto）；乌哥二世在继洛塔里奥任法王的卢多维科五世（绰号“懒鬼”il Nighittoso）死后，因法王无嗣而于公元987年7月3日在兰斯（Reims）加冕为王。因此，波斯科-雷吉奥认为，但丁把两个“乌哥”弄混了，但这种误解并不仅出自但丁，因为大家对卡佩托王朝的起源的认识，是“相当模糊和不完善”的。

15. 萨佩纽注释本引近代注释家波雷纳的话说，这里反映了但丁的一贯思想：但丁认为，以卡佩托家族为代表的法国王室执行的是一种“反帝制的政策”，因为它与历届教皇相勾结，这也便使他那个时代的主要灾祸之一变得更加严重，特别是法王迫使教皇迁都阿威农（Avignone）以后，历届教皇对法王更是俯首帖耳。因此，诗中说“恶树”的“阴影笼罩整个基督教大地”，亦即是说，整个基督教世界的体制混乱和世风日下都是起自卡佩托王室的贪婪。

16. 杜阿乔（Doagio）和利拉（Lilla），即今属法国的杜埃（Douai）和里尔（Lille）；关托（Guanto）和布鲁吉亚（Bruggia），即今属比利时的根特（Gand）和布鲁日（Bruges）；当时，这四个重要城市均属弗朗德勒（Fiandra）。此处说的是1297年，法王美男子腓力浦（参见《地狱篇》第十九首及有关注释）强占弗朗德勒伯爵领地，同时也是指1299年，他背信弃义地将弗朗德勒伯爵及其几个儿子投入巴黎监狱，而在这之前，弗朗德勒伯爵曾获法王许诺：他若投降，便可获得自由，当时，弗朗德勒伯爵被围困在根特城堡，不得已与法王签订城下之盟，不想法王违背前约。这里的“报仇雪耻”是指为时不久，布鲁日及其他城市即揭竿而起，反对法军，特别是1302年，在弗朗德勒（即今比利时）的库尔特莱（Courtrai），给法军以重创，法军大败而逃；由于战败法军距法王征服弗朗德勒时间意外之短，即仿佛是上帝有意对法王的贪婪与背叛进行严惩。

17. “审判一切的他”即指上帝。

18. “恰佩塔”（Ciapetta），系由法文的Chapet转来，后法国受拉丁文一些著作的影响，将此词变为Capet（拉丁文为Capetus）。据近代注释家拉伊纳（Rajna）推测，“恰佩塔”为乌哥·卡佩托的绰号，意谓“小披风”，巴尔比等认为，这是因为乌哥一世和二世都喜着世俗教士所穿的带风帽的披风之故。

19. 乌哥二世除继其王位的儿子罗贝托一世（Roberto I）及其孙亨利二世外，自1060年起，凡卡佩托王室生下的长子都起名为“腓力浦”或“路易”，共有四个“腓力浦”和四个“路易”曾继承王位，由其家谱可见一斑（至但丁时代为止）：

乌哥大帝	（956）
法王乌哥·卡佩托	（987—996）
罗贝托一世 （绰号“虔诚者”）	（996—1031）
亨利一世	（1031—1060）
腓力浦一世	（1060—1108）
路易六世 （绰号“大个子”）	（1108—1137）
路易七世 （绰号“年轻人”）	（1137—1180）
腓力浦二世	（1180—1223）
路易八世 （绰号“狮子”）	（1223—1226）
路易九世 （绰号“圣人”）	（1226—1270）
腓力浦三世 （绰号“胆大者”）	（1270—1280）
腓力浦四世 （绰号“美男子”）	（1285—1314）

下一句的“新近”一词指在加洛林王室灭绝之后。加洛林王室最后一个后裔是查理·德·洛林（Carlo di Lorena），他是洛林公爵，洛塔里奥的兄弟，懒鬼卢多维科五世之叔，曾试图恢复王位，却被乌哥·卡佩托捉获，囚死狱中，时在公元992年之后（一说是991年）。

20. 关于卡佩托出身低微，为“屠夫”之子的说法，源自十四世纪传播甚广的传说，布蒂对此也作过介绍：乌哥·卡佩托为巴黎一名屠户之子，德高望重，成为巴黎伯爵，并为法王最高的军政首脑，法王对他言听计从，因此，他得以统揽王国大权，并娶王室一贵妇为妻；后法王无子嗣，王位后继无人，尽管仍有一人，却身为教士，不愿承戴王冠，于是，便让乌哥·卡佩托之子罗贝托承受王位，这皆是因乌哥有钱有势，善于笼络人心所致。但维拉尼在《编年史》第四章中则持相反的说法：他说乌哥·卡佩托为“巴黎的一位知名而富有的市民阶级”，出身于贩卖牲口的商人家庭。波斯科-雷吉奥注释本据此认为，乌哥父子都并非出身低微，这又是诗中“不确切”之处。据说，有关的传说出自法国一首史诗《雨哥·卡佩之英雄赞歌》(*Chanson de geste de Hugues Capet*)，但其中的“雨翁”(Huon)并非一个屠夫的“儿子”，而是一个屠夫的“女儿”；该注释本推测，但丁未必读过此诗，而是听信当时的类似传言，借此也便又一次可以表明：“没有任何东西要比‘新兴人物’和‘暴发户’对人类是更为严重的了”，而“卡佩托家族的出身卑微在这方面正是一个证明：野心勃勃和极端强烈的占有欲”。萨佩纽注释本也持同样的看法。

21. 这里的“古代的君王”系指加洛林王朝的历代君王；“灰衣”系指僧侣所着的暗色粗布袈裟。诗句所说的史实亦属传说；也有说是乌哥·卡佩托为了使其子罗贝托继加洛林王室登上王位，而将加洛林王室的最后一人关入修道院的，甚至说此人曾被乌哥百般摧残，最后被迫做了僧侣。波斯科-雷吉奥注释本猜测，但丁把加洛林王朝的结束与默洛温王朝(见注14)的结束弄混了：因为默洛温王朝最后一个国王基尔德里科三世(Childerico III)就曾被加洛林王室的短命鬼皮皮诺(Pipino il Breve)废黜，被幽禁到修道院，因为但丁对默洛温王室比对加洛林王室的情况更不了解。

22. 这时的乌哥·卡佩托虽无国王之名，却行国王之实，因而得到许多人的支持，“朋友”即指这些支持者。

23. 这里的“儿子”指罗贝托一世，但波斯科-雷吉奥注释本认为，这里又有一些含混之处：罗贝托一世的继位是在乌哥·卡佩托已在兰斯当选法王六个月之后，其目的是为了保证卡佩托王室能继承王位。

24. 法王加冕历来要在兰斯举行郑重仪式，由该地大主教膏立为王。萨佩纽认为，其中“经膏油涂抹身骨”(sacrate ossa)的说法，也可能有讥讽的意味，即乌哥·卡佩托用此说法来痛斥其子孙的蜕化变质，正如《最佳评注》所说，这是说他们的“身骨”是“该诅咒和令人厌恶”的。

25. 有关“厚重妆奁”的说法，注释家各持己见，萨佩纽和波斯科-雷吉奥两注释本都认为，较可靠的说法是指：1245年，安茹的查理一世娶普罗旺斯伯爵莱蒙多·贝林基耶里四世(Raimondo IV Berlinghieri)之女贝阿特丽丝(Beatrice)，因贝继承了其父所拥有的普罗旺斯伯爵领地；此婚事是由莱蒙多四世的朝臣罗米欧·迪·维拉诺瓦(Romeo di Villanova)撮合的；其实，这也是欺诈与暴力相挟的产物：因为贝阿特丽丝原已许配给莱蒙多·德·土鲁斯(Raimondo di Tolosa)，法王率军围攻普罗旺斯，莱蒙多四世才不得不毁弃婚约，将女儿嫁给法王，把自身的领地拱手奉送给入侵者。也有人说，这“妆奁”是涉及莱蒙多四世另一个女儿玛格丽特(Margherita)于1234年嫁给法王圣人路易九世(见注19)的，波斯科-雷吉奥注释本指出，此婚姻虽也是由罗米欧·迪·维拉诺瓦一手撮合，但只限于莱蒙多四世让出塔拉斯贡(Tarascon)一个城堡，因此，它与萨佩纽注释本都认为，此说“不大可信”。

26. “蓬蒂”(Ponti)即今蓬蒂厄(Ponthieu)；瓜斯科尼亚(Guascogna)，即中世纪对阿奎塔尼亚(见注14)的称谓。此两地均为英王爱德华一世(Edoardo I)之属地，于1294年被法王美男子腓力浦所侵占；关于诺曼底(Normandia)，原为古法兰西一省份。公元911年，加洛林王朝的国王“老实人查理”(Carlo il Semplice)将诺曼底割让给诺曼人(Normanni)领袖罗隆(Rollone)为采地，并封其为公爵。公元1203(1204？)年，卡佩托王朝的国王腓力浦二世复夺此地，并于1206年，与英王“无地的约翰”(Giovanni Senza terra)签订停战协定，后者被迫承认法国对诺曼底的主权。后两国争夺此地的战火再次爆发，一直持续到十五世纪中叶。

27. 这里是说，安茹的查理一世于1265年应教皇之邀，率军前往意大利，夺取曼弗雷迪(参见《地狱篇》第六首、《炼狱篇》第三、四首及有关注释)所统治的那不勒斯王国；曼弗雷迪属德国施瓦本家族，1266年，在贝内文托战役中战败，被安茹的查理一世杀害，其侄小科拉多(Corradino，或音译“科拉迪诺”)继位，试图夺回那不勒斯而未果，在塔利亚科佐一战(参见《地狱篇》第二十八首及有关注释)，中计被俘，1268年被安茹的查理一世斩首，时年才十六岁。

28. 这里的托马索是指著名的天主教哲学家圣托马索·德·阿奎诺(San Tommaso d’Aquino，1225—1274)。但丁根据当时流行的一种说法(维拉尼的《编年史》第九章也有记载)，认为他是被安茹的查理一世唆使其御医毒死的：1274年，他应教皇格雷高里奥九世(Gregorio IX)邀请，前往里昂参加主教会议，行至拉齐奥地区(Lazio)特拉齐纳(Terracina)附近的佛萨诺瓦(Fossanova)修道院，突然不疾而亡。据说，他所属的德·阿奎诺家族素来反对安茹的查理一世，因此，查理生怕圣托马索在主教会议上揭露其罪行，并担心圣托马索会当选枢机主教，于是令其御医在圣托马索所食的糖果中下毒，害死了圣托马索。

29. “另一个查理”是指查理·德·瓦鲁瓦(Carlo di Valois)，他是法王大胆者腓力浦三世之子，美男子腓力浦四世之弟，生于1270年。他是安茹的查理二世的妹夫，其妻给他带来安茹(Angiò)和麦纳(Maine)两块伯爵领地作为嫁妆。1299年，妻亡，他野心勃勃，权欲旺盛，续娶了享有东罗马帝国王位继承权的卡特琳娜·德·库尔特奈伊(Caterina di Courtenay)为妻。后其兄派他赴西西里，设法将因西西里晚祷起义失掉的领土收回，未能成功；教皇博尼法丘八世则利用他作为“和事佬”，前往佛罗伦萨调停黑白两党的争端，实际上是支持黑党压白党，最后扶植黑党上台(1301年11月—1302年2月)。复夺西西里失败后，他声名扫地，灰溜溜地返回法国。亨利七世(Arrigo VII)死后，他曾被提为神圣罗马帝国的候选人，但他又一次受挫。1325年，他死于诺让(Nogent)。维拉尼的《编年史》第八章对此有记载。

30. 这里是说：查理·德·瓦鲁瓦前往意大利时，确实不曾携带兵刃，只偕同一些伯爵和子爵，并由五百名法国骑士伴随；他初进佛罗伦萨时，也未带武器，因为他施用的是外交奸计，而不是武力。诗中说他只携带“犹大玩弄过的那把长矛”，系指犹大使用的“背叛武器”。

31. 这里用“爆裂开它的肚皮”比喻：在教皇博尼法丘八世和查理·德·瓦鲁瓦策划下，佛罗伦萨的黑党得以上台执政，从而开始迫害白党的一系列罪恶活动：放逐、杀戮、掠夺。近代注释家曼塞利(Manselli)曾认为，这一生动而令人毛骨悚然的比喻笔法来自《新约·使徒行传》第一章第十八句对犹大自杀的描述：“犹大用那出卖耶稣所得来的钱买了一块田，自己吊死了。后来仆倒在那里，腹破肠流。”

32. 这里是说，阴险毒辣的人对自己的恶行是不会感到羞耻的，也不会反悔，但他必将遭到上帝的更加严重的裁判。

33. 这里的“另一个”查理，是指“跛子”安茹的查理二世(Carlo II d’Angio lo Zoppo)，但丁对他十分厌恶和轻视，在《炼狱篇》、《天堂篇》乃至《论俗语》、《筵席》等著作中都曾多次提及他。他是安茹的查理一世之子；诗中所指是：1284年6月，即在西西里晚祷起义后，安茹家族与统治西西里的阿拉贡家族(Aragonesi)进行鏖战，安茹的查理二世在那不勒斯湾(Golfo di Napoli)的一场海战中，被率领阿拉贡家族舰队的鲁杰罗·迪·劳里亚(Ruggero di Lauria)所俘。诗中描述他从自己的船中出来，被解往战胜者的舰上去。在安茹的查理一世死后，他获释，并继承其父的王位，死于1309年。

34. 这里是说：1305年，安茹的查理二世将年纪极轻的女儿贝阿特丽切嫁给年纪已大的侯爵阿佐·德·埃斯特八世(参见《地狱篇》第十二首和第十八首及有关注释)；据十四世纪的贡帕尼(Compagni)的《当代大事记》(*Cronaca delle cose correnti nei suoi tempi*)中记载：阿佐八世为了娶得王室的公主，宁可少要妆奁，相反却给予其岳丈一大笔钱，并将摩德纳和雷焦(Reggio)送给其妻，因此，这桩婚姻等于一笔买卖和交易。

35. "血液"在此意谓家族、后裔。

36. 这里仍然影射安茹的查理二世"卖女"。

37. 阿拉尼亚(Alagna)即阿纳尼(Anagni)的古称。"百合花"系法国王室的标徽。此处用典是指：教皇博尼法丘八世与法王美男子腓力浦四世之间的长期争夺达到白热化。法王与博尼法丘之间的冲突，早在1295年就发生了，因为当时教皇曾干预法王与英王的斗争，后因博尼法丘禁止法王向教会人士征收苛捐重税，矛盾便进一步恶化。为报复，法王有意隆重接见了与博尼法丘家族有仇的科洛纳家族，在1303年4月13日教皇将法王革除教门之后，法王立即于6月10日唆使召开主教会议，宣称博尼法丘当选教皇"不合法"；并命人向教皇宣读会议决定，博尼法丘不得已逃往阿纳尼领地，连续发表谴责法王的五道圣谕。正值他准备发表第六道圣谕时，1303年9月7日，法王的朝臣威廉·德·诺加雷(Guglielmo di Nogaret)偕教皇的对头夏拉·科洛纳(Sciarra Colonna)带领一群武装军士闯入教皇在阿纳尼的宫邸，逮捕了教皇，对他百般戏弄，把他监禁宫中三日之久，并欲把他解往法国。幸而当时意大利民众起义，博尼法丘八世得以返回罗马，但因对所受侮辱，十分气愤，加之本来多病，是年10月2日，即逝世；维拉尼的《编年史》第八章和贡帕尼的《当代大事记》第二章对此均有记载。

38. 教皇一向被看作是耶稣基督的代理人，因此，逮捕教皇亦即等于逮捕基督。

39. 此典出于《新约》的《马太福音》第二十七章第三十四句和《马可福音》第十五章第二十三句和第三十六句，但其中所说逼受难的耶稣饮用的东西并不一致：《马太福音》说："士兵给了耶稣一杯混合了苦胆汁的酒……"；《马可福音》则说："他们将用没药调和的酒给耶稣喝……"，"有人将一块海绵浸满酸酒，夹在竿子的末端，送给他(耶稣)喝……"。

40. 耶稣在各各他被钉在十字架上死亡时，两旁各有一名强盗也被钉死在十字架上，但这里描述博尼法丘八世作为基督的代理人被处死时，伴随他的不是受酷刑的同伴，而是两名刽子手，即威廉·德·诺加雷和夏拉·科洛纳(见注37)。

41. 彼拉多(Pilato)系罗马总督，他为了逃避处死耶稣的责任，将有关决定交由群众作出，并说："流这义人的血，与我无关，一切的后果，完全由你们自己负责。"(《新约·马太福音》第二十七章第一至二十六句。)诗中把法王美男子腓力浦四世比作"新的彼拉多"，即他把教皇博尼法丘八世交给科洛纳处理，犹如彼拉多把耶稣交给仇恨耶稣的人处理一样，这样，他就可以推卸侮辱教皇的个人责任。后来，教皇贝内德托十一世(Benedetto XI)果然于1304年在佩鲁贾(Perugia)的一次演说中，把他称作"新的彼拉多"，但丁当时可能亲耳听到或阅读过这篇讲话。

42. 这里通过乌哥·卡佩托之口，揭露了卡佩托王室所干的最后一桩可耻罪行："圣殿"(Tempio)系指公元1119年在耶路撒冷成立的"圣殿骑士会"(Ordine dei Cavalieri del

Tempio);“未奉旨令”是指该骑士会直属教皇管辖,但诗中所说法王美男子腓力浦四世对它采取的掠夺行动(“把贪婪的风帆扬进‘圣殿’之中”),却是未经教皇批准下令的。圣殿骑士会是在几次十字军围剿时期成立的,历时近二百年,势力浩大,积累了巨大财富。在圣地以外的欧洲各国,都有圣殿骑士会成员(Templari)的会址,为各国君主充当银行代理人。其教堂结构成圆形,类似耶路撒冷的圣墓(Santo Sepolcro),故称为“圣殿”。圣殿骑士会成员与欧洲各国不时发生摩擦,如神圣罗马帝国皇帝腓特烈二世(参见《地狱篇》第十、十三、二十三首及有关注释)就曾将他们逐出西西里;骑士会特别与耶路撒冷的“救世军”(Ospitalieri)有矛盾。法王美男子腓力浦四世利用这一矛盾乃至教皇克莱蒙特五世(Clemente V)的懦弱无能,于1307年10月13日,施用诡计,逮捕了大祭司雅克·德·莫莱(Jacques de Molay)及圣殿骑士(当时他们正在巴黎),指控他们犯有异端罪,用非刑逼供,未经教皇下令,即将他们活活烧死,侵吞了他们的财产,后又对教皇施加压力,逼他于1312年在维也纳主教会议(concilio di Vienne)上下令取消圣殿骑士会。但克莱蒙特五世命令将圣殿骑士会的财产转拨救世军,法王则置若罔闻,不仅继续收取不动产的地租,还勒令毁掉一切账目(其中有他对骑士会的欠款);他占有了骑士会的全部财富,还迫使救世军付给他二十万里拉,赔偿他的存款。

43. 这里的“报复”指正当的惩罚;“隐藏”的说法意谓上帝的裁判是世人所无法看到的,而判处何等刑罚上帝在其“奥秘心中”早已作出了。

44. “圣灵的唯一妻室”即指圣母玛利亚。

45. 这里是说,这一层的鬼魂白昼祈祷的是歌颂圣母等贫穷和慷慨范例,夜间则“唱出”意义相反的“歌声”,即对贪婪的惩罚。亦即白昼是正面教育,夜间是反面警戒。

46. 这里揭露的第一个贪婪范例是:提罗斯(Tiro)国王彼格马利翁(Pigmalione),系迦太基女王狄多(参见《地狱篇》第五首及有关注释)之弟,为了夺得其叔兼姐夫希凯奥(Sicheo)的财物,竟将他杀死,并将此事向其姊隐瞒;夜间,希凯奥的鬼魂托梦给其妻,狄多遂携带全部财物潜逃;彼格马利翁一无所获,只落得遗臭万年。

47. “弑亲”的原文是parricida(萨佩纽注释本)或paricida(波斯科-雷吉奥注释本),原意为“弑父”,这里则是指杀害近亲。

48. 第二个贪婪受惩之例是取自奥维德的《变形记》第十一章:弗里吉亚国王迈达斯(Mida)为酒神巴库斯(Bacco)找回了他的随从、森林之神西莱诺斯(Sileno),为了得到奖赏,他要求酒神赐给他所摸之物皆变成黄金的本领。他果然如愿,但他摸到的饮食之物也都变成黄金,这使他面临为饥渴而死的危险;因此,他不得已求酒神收回赏赐,酒神令他投入巴托洛河(Pattòlo)之中,从此,该河的水面上就漂浮着金箔。此故事与一个有关阿波罗将他的耳朵变为驴耳朵的故事,在奥维德的《变形记》同一章节也有记载,但丁在《牧歌》(*Egloghe*)第四首中也曾提及:阿波罗怒其认为阿的歌声不如巴尼斯(Pane)和马西亚(Marsia)二神的歌喉柔美动听,便将其耳变为驴耳,并令其保密,不可泄露天机,后其理发师发现其驴耳,泄露了秘密,并将其埋入土中,化为芦苇地,随风发出“迈达斯有一双驴耳”的声音。此二故事流传甚广。

49. 这里的“要求”(dimanda),原文是用指示代词,较含糊,因而有人解释为前句的“可悲状态”(miseria);波斯科-雷吉奥注释本认为,诠释为“要求”更好些。

50. 这里引用了《圣经》一个典故:约书亚率领以色列人攻克耶利哥城(Gerico),并传达上帝的旨意,要“毁灭这座城和城里所有的东西”,“至于所有的金银和铜铁器皿都要分别出来,奉献给上帝”,但是亚干(Acàn)却起了贪婪之心,偷取了一些上帝要毁灭的东西,上帝大怒,让约书亚率领三千以色列人攻艾城(Hai)遭到大败,并责令约书亚用抽签的办法，找出偷窃耶利哥一些战利品的祸首。次日，约书亚果然找出了亚干为盗窃之人，亚干也认了罪，约书亚责备他："你为什么连累我们呢？今天上帝要你作法自毙了。"言罢，以色列人便用石头扔死亚干，又焚毁了他所有的东西。他们又在亚干身上堆起一大堆石头，至今这些石头仍在；该地现称"亚割谷"(Acor)，"亚割"即"连累"之意。事见《旧约·约书亚记》第六、七章。

51. 从此句起，乌哥·卡佩托连续列举了鬼魂夜间祈祷的各项有关贪婪受惩的内容：这里又引用了《圣经》另一典故：信徒遵从上帝旨意，同心合意，凡物公用，人人都卖掉房屋田产，把所得到的钱交给使徒，照各人的需要分配，因此，人人一无所缺；但其中一个信徒亚拿尼亚(Anania)虽与妻子谢菲兰(Saffira)也把田产卖了，却私自留下一部分钱，然后才把其余的拿去交给使徒。彼得发现此事，责备亚拿尼亚鬼迷心窍，欺骗上帝，上帝于是先后用雷电击毙亚拿尼亚夫妇(《新约·使徒行传》第五章第一至十一句，但其中只说亚拿尼亚听到彼得的责备后就"仆在地上死了"，其妻谢菲兰在夫死三小时后，也遭彼得责备，"立刻仆倒在彼得脚前死了")。

52. 埃利奥多罗斯(Eliodoro)为叙利亚王塞琉卡斯四世(Seleuco IV)的国库大臣，奉命洗劫耶路撒冷的圣殿，掠夺其财宝，不料，突然出现一位可怖的骑士，身骑骏马，驱赶这一亵渎神灵者，后又出现两位美少年，用鞭子抽打他，使他狼狈不堪，抱头鼠窜。故事出自《次经·玛喀比传》第三章。波斯科-雷吉奥注释本认为，诗句可能是在但丁看到梵蒂冈的拉斐尔的有关名画、受到启发后写出的。

53. 波利奈斯托雷斯(Polinestor)为色雷斯(Tracia)国王，特洛伊国王普里阿莫斯(参见《地狱篇》第三十首及有关注释)之婿。特洛伊城行将沦陷，普里阿莫斯为使其幼子波利多鲁斯(参见《地狱篇》第三十首及有关注释)避免受难，令之携财宝躲至波利奈斯托雷斯处；波利奈斯托雷斯见财行恶，杀死内弟，夺取了财宝，后被波利多鲁斯之母赫枯巴(参见《地狱篇》第三十首及有关注释)弄瞎眼睛而丧命。维吉尔的《埃涅阿斯纪》第三章和奥维德的《变形记》的第十三章都记载了此事。

54. 克拉索即与凯撒、庞培并列"三巨头"的马尔科·利齐尼奥·克拉索(M. Licinio Crasso)，他为人贪婪成性，酷爱黄金，在与帕提亚人(Parti)交战中遭惨败，被割掉首级；帕提亚王奥罗德(Orode)见送上克拉索的首级时，知其生前极端贪婪，便令人将熔化的黄金注入其首级口中取乐。西塞罗和公元二世纪罗马史学家福洛罗(Floro)的有关著作对此均有记载。

55. 此句显然是指鬼魂说话高低、快慢、多少均由各自所抱的感情强烈或冷漠而定。但1921年的一部版本将该句原文a dire ci sprona ora a maggiore e ora minor passo中的dire(说话)印为ire(行走)，从而将此句的含义变为"有时让我们小步行走，有时则让我们大步奔跑"，并得到许多近代注释家的首肯。萨佩纽注释本如今维持旧说，波斯科-雷吉奥注释本则采用新版的印法；萨佩纽认为，在上下文都涉及说话、谈论的氛围中，采用"行走"的比喻似是不妥当的。

56. "善事"即是指圣母等的贫穷、慷慨范例。

57. 这里是把但丁感到的恐惧比为死囚走向行刑现场的感觉。

58. 德洛斯岛(Delo)为南爱琴海的斯克拉提群岛(Cicladi)的一座小岛。据说是海神奈图诺斯用海浪冲出的岛屿，随海漂浮，经受风吹浪打，摇晃不稳。古代注释家还提及传统说法，即认为该岛在洪荒之前，经常发生震动，以致世人无法在岛上建造房屋，这种震动可能就使但丁以为是"地震"。

59. 这里用了希腊神话的一个典故：宙斯爱上了拉托娜(Latona)使她怀了孕，宙斯之妻尤诺得知，嫉恨交加，要加害于拉托娜，拉于是逃至德洛斯岛，生下日神阿波罗和月神狄安娜。"天上的一双眼睛"即日月二神；托拉卡认为，把日月拟人化的笔法并不“新奇”，奥维德就曾把太阳比作“世界的眼睛”。

60. 此句原文用拉丁文Gloria in exelsis Deo，这原是一群天使在耶稣降生时唱的颂歌：“愿荣耀归于至高的上帝。”（《新约·路加福音》第二章第十四句。）从下一首诗歌中可知，地震是说明一个鬼魂在炼狱已完成赎罪的任务，即将升入天堂，众鬼魂于是唱出这句颂歌，与他一起分享快乐。《路加福音》中的这句颂歌的全句是：“愿荣耀归于至高的上帝，平安临到他所喜悦的人”，恰好符合此情此景。

61. “从邻近处”指从靠近但丁所处之地的鬼魂的呼声中听出这句颂歌。

62. 这里引用《新约·路加福音》中的一个典故：天使向待在城郊的一群牧羊人显现，报告耶稣降生的“空前大喜讯”，因此，这群牧羊人是首先听到天使的有关歌声的人。

63. 因为方才歌唱颂歌，而把受苦的哭声停止，这时则又开始把心思转到受苦赎罪上来，从而又发出凄惨的哭声。

64. “匆忙赶路”是指维吉尔在催促但丁急速前进。

第二十一首

1. “天然的干渴”是比喻人生来就有认识真理的渴望，亦即求知欲。

2. 这里用典取自《新约·约翰福音》第四章第六至十五句：耶稣离开犹太，回加利利，途经撒玛利亚，中午时分，到达叙加城，此城距雅各留给其子约瑟的那块地方很近，雅各井就在那里。耶稣因走路疲乏，就坐在井旁休息。这时，有一个撒玛利亚的妇人来打水，耶稣便向她要水喝，撒玛利亚妇人奇怪耶稣向她要水，因为犹太人与撒玛利亚人一向没有来往。耶稣说：“要是你知道上帝的恩典，也晓得向你要水喝的是谁，你早就会求他，他也必早把活水给你了。”撒玛利亚妇人说，他们世代都喝雅各井的水，难道耶稣比雅各还伟大，并问“活水”从何处来。耶稣说：“人喝了这井里的水，还会再渴；但是，喝了我所赐的活水，就永远不渴。因为我所赐的水，要在他里面成为生命的泉源，涌流不息，直到永生。”于是，撒玛利亚妇人请求耶稣赐予“活水”，这样，她就不会再渴了，也无须每天跑这么远来打水。但丁在《筵席》第二卷第八节第十四句段中就说，撒玛利亚妇人要求的水就是“基督的绝对真实的学说，就是途径、真理和光明”。诗句用此比喻只有神学能使求知欲得到彻底满足。这里用“小妇人”是意在说明撒玛利亚妇人的纯真与卑顺。

3. “举步维艰”是指遍地倒卧着受苦的鬼魂，使但丁和维吉尔难以举步。

4. “报复”意谓上天的惩戒，亦即“报复刑”，诗句的含义稍有曲折，即：但丁对受惩的鬼魂感到怜悯，尽管这种惩罚是“正当”的。

5. “路加”指福音书的作者路加，这里所引的典故出自《新约·路加福音》第二十四章第十三至十五句：这里说的是耶稣复活后的第一次显圣。“在（发现耶稣已复活）同一天，有两个门徒正前往离耶路撒冷十一公里的以马忤斯村去，一路谈论最近发生一连串的事件，言谈间，耶稣贴近他们，还上前跟他们一起走路。”

6. 这里是说，但丁和维吉尔“注视”(guardando)脚下倒卧着的鬼魂，以免踢踩着他们，但也有人认为，这一现在分词是与上句的“来”字相连，因而也就成为鬼魂在“望着脚下”，萨佩纽和波斯科-雷吉奥两注释本都不同意后一种看法。

7. “上帝愿你们平安”是从福音书上耶稣向门徒打招呼的惯用语发展而来：拉丁文为pax vobis，《新约》的《路加福音》第二十四章第三十六句，《约翰福音》第九章第十九、二十六句都有此句，即“愿你们平安”。

8. “幸福的天地”即指“幸福者的境界”，亦即天堂。

9. “名副其实的法庭”即指审判永远正确的上帝的法庭。

10. 这里，维吉尔说上帝的法庭把他“放在永恒的流放地”，即是指永被排除在天国之外；波斯科-雷吉奥注释本认为，“流放”与“平安”是相对的，“流放地”一般即是指尘世(因为天国是“灵魂的真正祖国”)，因此，它援引近代注释家帕多安(Padoan)的说法，诗中的“永恒的流放地”即是笼统地指整个地狱，而不是具体地指林勃。

11. “他的阶梯”即是指炼狱，因为它是通往天堂的阶梯。

12. “痕迹”即是天使在但丁额上刻画的P字，如今只剩下最后三个了。

13. “良善者”是指蒙上帝赐福荣升天堂者，这里用了《圣经》的一个典故：诗句中用了动词regno，即“作王”(此词作为名词，意谓“王国”或“王朝”)；可参见《新约》的《马太福音》第二十五章第三十四句：“我父所赐福的人啊！来承受在创世之先就为你们预备好的国吧！”；《提摩太后书》第二章第十二句：“若能忍耐到底，就必和他(基督)一同作王。”

14. 这里引用了希腊神话中的典故：“她”是指司人的生命和命运的巴尔凯(Parche)三女神之一，即司纺人的生命线的拉凯西斯(Lachesi)；这三位女神相当于司同样职责的莫伊丽斯(Moire)三女神。第一位女神为诗中所说的克洛托(Cloto)，她象征人的降生，即把人的“生命之线”放到纺锤上缠绕；第二位女神即拉凯西斯，她象征人的寿命延续，因而不断地在纺线；第三位女神为阿特洛波斯(参见《地狱篇》第三十三首及有关注释)，她象征死亡，即把人的生命线剪断。

15. 拉凯西斯尚未把但丁的生命线取下，即是说，尚未结束纺但丁的生命线，换言之，但丁尚未到寿终正寝的时刻。

16. 这里是说，但丁的灵魂与维吉尔及说话的鬼魂一样，都是纯粹的魂灵。

17. 既然但丁的魂灵尚未脱离肉体，因而他观察事物真相，就不能与作为幽灵的维吉尔等一样。

18. 维吉尔在这里又追述了他此行的使命：“广阔的沟壑”指地狱中地方最宽广的地方，即林勃。

19. 这里的“学科”(scola)指维吉尔的教导，而维吉尔在诗中既代表理性，这里也就意谓人类的理性能把但丁带领到理性的极限所能到达之处。

20. 这里的“呼叫”仍指前诗所提的“荣耀归于至高的上帝”的欢歌之声；“柔软的山脚”指炼狱山的最低处，因被海水冲刷，变得“柔软”了。

21. 这里的“神圣整体”原文是religione(直译为“宗教”)，近代注释家波雷纳认为，这里有当时通用的“集体”、“大家庭”之意，意谓宗教派别和修士聚居之所。萨佩纽和波斯科-雷吉奥两注释本都认为，这里的用法可能借鉴于维吉尔在《埃涅阿斯纪》第八章的religio loci的提法，意指“神圣的山岭”，即是说，整个神圣山岭的安排都并非不听从上天之命或超出惯例、一反常态的。

22. “短短的三级小阶梯”即是指从炼狱外围进入炼狱山、有守门天使把守的三级台阶(参见本篇第九首)。

23. “陶曼特”(Taumante)是海洋女神厄列克特拉(Elettra)之夫，是肯陶罗斯之一，他们生下了哈尔比姊妹(参见《地狱篇》第十三首及有关注释)和伊丽德(Iride)；诗中所说的“千金”即是指陶曼特的女儿伊丽德：伊是诸神的使者，宙斯之妻尤诺曾将她变为彩虹；至今iride（彩虹）一词即来自她的名字。古人常将彩虹人格化，奥维德的《变形记》第一章和第十一章即曾提及她。

24. 这里是说，风雨雷电等自然现象就会出现在不同地区。

25. 这里的“干燥的气体”之说是来自亚里士多德的物理学，其中认为，地球上天气变化源自从地球内部涌出的种种气体：雨水是来自潮湿的气体，风则产生于干燥而稀薄的气体，而干燥而浓厚的气体，由于一直蕴藏在地球内部，一旦涌出，便会造成地震。但是，气体不能上升到空气的第二层区域（也有说第三层区域的），即冷区域，因此，但丁认为，炼狱的大门即位于这个冷区域的上层界限，换言之，这个区域之上，即是炼狱山；炼狱山又分两部：低部为炼狱外围，它位于空气的头两个（或头三个）区域内，因而受人间天气变化的干扰，高部为炼狱山，它则不受此干扰。

26. “三级台阶的最高点”即炼狱大门的门槛处；“彼得的代理人”即守门天使（参见本篇第九首），他即站在这第三个台阶上。

27. 这里是说，炼狱山“从不震撼”，但每逢发生震动，必是有魂灵感到自身已赎清罪愆，于是便站立起来，或是“动身”向上一层走去，但布蒂和兰迪诺认为，有两种可能：或是“升天”，或是从赎清罪孽的一层上升到需待赎清另一种罪孽的另一层。总之，炼狱山的“地震”是表明鬼魂赎清罪孽、准备升天的一种现象。

28. “呼声”仍指歌颂上帝荣耀的欢呼声。

29. 一般注释家对这段三行韵诗的诠释均以圣托马索的《神学大全》附卷的有关论述为依据：人的意志有绝对意志（voluntas absoluta）和相对意志之分，后者也称“受制约的意志”（voluntas conditionata）；在涤罪之前，魂灵肯定要想望升天的（亦即绝对意志，诗中的“从善”即指升天），但是，相对意志或受制约的意志，即诗中所用的talento（现译为“消极之念”）则渴望先洗涤罪孽，于是“神的正义制裁”便违反魂灵的初衷，使之受苦涤罪，正如在人间，人的绝对意志是向善的，而相对或受制约的意志却使之向恶。诗中最费解的一词是talento，该词本义为“才能”，帕多安曾解释为“本能”，即“本能在人身上可以不必求助于理性而行事，有时甚至还违反理性”，萨佩纽不同意这种说法。萨佩纽和波斯科–雷吉奥两注释本主要仍是依据《神学大全》的说法，后者对此似解释得更为清楚：作为“相对或受制约的意志”解的此词，“在人世曾是违反倾向于善的绝对意志而起作用的，因此，它曾是罪孽的意志，如今，则起着某种报复刑的作用，成为解救、赎罪的意志，与此同时，也成为神的正义制裁的工具”；因此，它认为，斯塔提乌斯在这里是根据圣托马索的理论，“突出在炼狱受刑的自觉自愿”。

30. “痛苦之地”指受苦刑的一环。

31. 斯塔提乌斯，全名为普勃利奥·帕皮尼奥·斯塔提乌斯（Publio Papinio Stazio），生于公元45年，死于公元96年，距但丁时期，已死约一千二百余年，在第五层已待了五百余年，而在下一首，他将提及：在惩戒怠惰者一环，他曾待过四百年，其余年数则曾分别待在炼狱外界和炼狱山头三层。

32. “更美好的门槛”指天堂的门槛；“自由意志”即摆脱了“消极之念”的意志。

33. 提图斯，全名为弗拉维奥·萨比诺·维斯巴西亚诺·提图斯（Flavio Sabino Vespasiano Tito，40—81），为罗马帝国一代贤君。他于公元76年继承其父维斯巴西亚诺的王位，直到逝世。诗中所说的“报复”一事，是指公元70年，他曾征服犹大（Giudea），摧毁了耶路撒冷，等于为被犹大出卖的耶稣复仇。如今罗马的著名名胜古迹，如斗兽场（Colosseo）、泰尔梅温泉浴场（Terme）等均为他所建；他还广修文治，为民造福，罗马的凯旋门（Arco）即是为纪念他而建立的。他为人宽厚仁慈，常说的一句名言是：“我未做出慷慨之举的那一天，就是白白地浪费掉了”(Era perduto quel giorno in cui non faceva qualche atto generoso)。他曾被称为“世人的快乐”(Delizia del genere umano)。波斯科-雷吉奥注释本认为,但丁可能对罗马历届帝王的年代不大清楚,因而以为,提图斯摧毁耶路撒冷的时间是在提已继承王位之后,其实,公元70年时,罗马皇帝当为其父维斯巴西亚诺,因为在下一首,但丁曾提到:斯塔提乌斯在提图斯任皇帝时曾是异教徒,在下一位罗马君主多密善(Domiziano)继位时,才皈依基督教。

34. “至高无上的王”指上帝,即但丁认为,提图斯定奉上天之意率领罗马人打垮以色列人,因为后者是杀害耶稣的罪魁祸首。这也反映了但丁的基本政治思想,即帝制乃是天意。

35. 这里的“称号”是指诗人,因为诗人的名声最持久,最光荣。

36. 这里即是指提图斯统治时期,斯塔提乌斯尚未皈依基督教。

37. 这里,但丁援引了罗马著名讽刺诗人乔维纳莱(全名为德齐莫·朱尼奥·乔维纳莱 Decimo Giunio Giovenale,55—130)的一段有关的话:当时人们每逢斯塔提乌斯歌唱吟诗,都趋之若鹜地前来倾听,他的歌声如此甜美,竟令人听得如醉如痴。但丁在《筵席》第四卷第二十五节第六句段中也称斯为“甜美的诗人”。乔维纳莱遗有《讽刺诗》(*Satire*)五卷十六首,其中无情地鞭挞了多密善统治下社会的腐败现象。

38. 实际上,斯塔提乌斯于公元45年生在那不勒斯,而非法国的土鲁斯(Tolosa)。这是当时人们把斯塔提乌斯与生在高卢的纳尔博内塞(Gallia Narbonese)亦即法国土鲁斯的演说家卢契奥·斯塔提乌斯·乌尔索洛(Lucio Stazio Ursolo)弄混了,况且诗人斯塔提乌斯是活在多密善任皇帝的时期(81—96),乌尔索洛则活在尼禄(Nerone)任皇帝的时期(54—68)。之所以有这样的误解,萨佩纽和波斯科-雷吉奥两注释本都认为,是因为中世纪乃至但丁本人只知道斯塔提乌斯的两部名著:《特拜战记》(*Tebaide*)和《阿奇琉斯记》(*Achilleide*),而对他的另一部著作《诗集》(*Selve*),却无人知晓,其中则明确提及他是生于那不勒斯。

39. 斯塔提乌斯在罗马戴上诗人的“桂冠”,据说是实有其事,这从他的《诗集》第三章中就可得到证明,然而,由于但丁不知有《诗集》一书,因此,据一些注释家推测,他是从有关斯塔提乌斯的传记,特别是从《阿奇琉斯记》中推论出来的。这里令人奇怪的是用“爱神木”来代替“桂”冠。“爱神木”原文是mirto,拉丁学名为Myrtus communis,而“桂冠”的“桂”系从“月桂”(alloro)而来,其拉丁学名为Laurus nobilis,以“桂冠”的通称来代替诗中的“爱神木”是不妥的;近代注释家波雷纳猜测,但丁在此之所以用“爱神木”,是因为他认为,斯塔提乌斯当时被公认为“爱情诗人”,但这种用法却不见通用,故不如单纯理解为“诗人的王冠”。

40. 这里所说歌唱特拜和阿奇琉斯,即是指《特拜战记》和《阿奇琉斯记》,参见注38。

41.《阿奇琉斯记》是斯塔提乌斯未完成的作品,他在把该书第二卷写到一半时便故去了。但此问题在当时是一个有争议的问题,至少在十四世纪,并非大家一致认可的,本维努托就曾把但丁列入认为该作品为未完成的作品的人中间。

42. “一千以上”是个虚数说法,只在形容其多。

43. “一钱重”的“钱”原文为dramma,是一种衡量单位,或译“打兰”、“英钱”,相当于一两的八分之一,亦即四克;在此亦为虚数,只在形容其轻。这里突出表明斯塔提乌斯对维吉尔的无限崇拜。萨佩纽注释本引述斯在用了十二年之久的工夫即将完成《特拜战记》一书时,曾对着自己的作品慨叹道:“你万勿试图达到《埃涅阿斯纪》的神圣水平,而是要在保持一定距离的条件下追随它,要永远敬爱它留下的遗产。”(《特拜战记》第十二章)

44. 这里是说,本性愈是单纯的人,就愈是难以使自己的意愿控制住产生于激情的哭或笑。

第二十二首

1. “拭了一拭”即擦拭掉但丁额上的又一个P字。
2. 这里的“祝福”仍是指《新约·马太福音》第五章耶稣向众门徒所说的“八福”中的一“福”，即第四福：“慕义若渴的人有福了，因为他们必获得满足”(第六句)。但值得注意的是：这里只用了拉丁文全句Beati qui esuriunt et sitiunt iustitiam，quoniam ipsi saturabuntur中的动词“干渴”(sitiunt)，而未用另一动词“饥饿”(esuriunt)，这在《圣经》中译本中是看不出来的，因为中译本把两个动词合译为“渴”(“慕义若渴”)，而法译本中则两个动词是并用和有区分的：faim(饥饿)和soif(干渴)；天使之所以只提“干渴”，是因为“饥饿”一词将在第二十四首中由第六环天使针对贪食者的鬼魂而提出。另外，最后一句quoniam ipsi saturabuntur(“因为他们必获得满足”)也省略了。
3. 这里所说的“爱”是出于美德的爱，是对《地狱篇》第五首佛兰切丝卡所怀有的“肉欲的激情”(passione sensuale)的“纠正”或“限制”(雷吉奥)，因为这种爱只体现在“精神关系领域”(萨佩纽)。布蒂曾解释说：“肉爱(amore carnale)永不会点燃起美德的爱(amore virtuoso)，因为它只能点燃起肉爱；但是，美德的爱则永远能点燃起种种美德的爱。”
4. “乔维纳莱”参见前一首注37。也有说他是公元47年左右生于阿奎诺(Aquino)的，因而与斯塔提乌斯同时，他对斯的《特拜战记》尤为赞赏。但丁在《筵席》第四卷第十二节第八句段和第二十九节第四句段以及《帝制论》第二卷第三节第四句段中都曾提及他。“林勃”即地狱的第一环，参见《地狱篇》第四首及有关注释，也是维吉尔所待之处。
5. 这里是说，斯塔提乌斯所犯的罪孽，不是贪财，而是挥霍；据亚里士多德的说法，任何德行都是处于两种极端的罪恶的中间，因此，对财富的适度使用，就处于两种极端即挥霍与贪财二者之间，而此二极端的根源都是对世间财物的不正当的爱。诗中说斯塔提乌斯因为挥霍之罪而受惩达“数千次月缺月圆”之久，即是指：斯在第五层已待了五百余年，论月份即相当于六千多次“月缺月圆”或六千多月。关于但丁得知斯塔提乌斯有挥霍浪费之恶习的来源，在斯的传记中，并无此说法，但丁可能是从乔维纳莱的第七首讽刺诗的一段中得此结论的，因为其中提及：斯塔提乌斯当时极为贫困，以致不得不以卖诗为生。
6. 这里是说，斯塔提乌斯若未悔过，本该被打入地狱第四层，与贪财者和挥霍者两队鬼魂一起，逆向而行，滚动重物，滚到该层中间一段，相互碰撞，彼此咒骂，又转过身子，朝原路转回去，如此周而复始，受此苦刑折磨(详见《地狱篇》第七首及有关注释)。
7. 这里所谈的维吉尔的诗段是指波利奈斯托雷斯因贪财而杀死其内弟波利多鲁斯的情节，写在《埃涅阿斯纪》第三章，维吉尔在该章第56—57句中曾慨叹：“该诅咒的对黄金的贪求，你使人类的灵魂何等坏事干不出来？”大部分注释家认为，但丁在此误解了维吉尔原诗的用意，因而套用此“慨叹”，针对挥霍者而不是贪财者；因此，注释家在诠释此句时，就分为两派：一派认为，但丁对维吉尔原诗有误解；一派则持相反意见，认为但丁是从广义着眼，用以针对造成贪财与挥霍两种过度行为的共同原因(萨佩纽注释本倾向于后一种诠释)。此外，注释家对句中的几个词：是perché(为何)还是per che(何等坏事)？动词reggi意谓“驱使”还是意谓“节制”？sacra fame de l'oro是“对黄金的神圣渴望”，还是“该诅咒的对黄金的贪求”？都有不同意见。例如，萨佩纽注释本就把全句解释为：“该诅咒的对黄金的贪求，你把凡人的胃口引向何等恶行？”波斯科－雷吉奥注释本的解释则是：“对黄金的神圣渴望，为何你不节制凡人的胃口？”它还解释说，这里说“神圣”(sacra)，因为原词本无“该诅咒”(esecranda)之意，而且当“渴望”适度时,就是正当的了。

8. 这里用“展翅”(aprir l'ali)比喻大手大脚地花钱,犹如今天意大利文常用的比喻aver le mani bucate(带窟窿的手)。

9. 这里的“复生”是指到最后审判日,魂灵都要到上帝面前接受最后审判。

10. 这里用了“不知”(ignoranza)一词,是因为许多人都认为,挥霍浪费并非罪行,但丁则认为,它也是“罪行”,但比贪财为轻,这一点似符合圣托马索《神学大全》第二卷中的说法,即:“挥霍,就其本身来考虑,是一种不如贪财那样严重的罪孽。”

11. 这里是说,贪财与挥霍是处于两个极端,势不两立的罪过,但在炼狱山,则要一并赎罪、受苦,犹如一株植物,要把其绿色耗尽,变为干枯,换言之,要把罪恶洗涤干净。

12. “牧歌的歌唱者”指维吉尔,因为他是《牧歌》(*Bucoliche*)的作者。

13. 这里是说,在斯塔提乌斯撰写《特拜战记》的时候:“残酷的战争”是指弑父娶母的俄狄浦斯的两个儿子埃特奥克勒斯与波吕涅克斯为争夺王位而发生的手足相残的残酷战争,详见《地狱篇》第二十六首及有关注释;乔卡斯塔(Giocasta)为俄狄浦斯的母亲及王后,也是埃特奥克勒斯和波吕涅克斯兄弟的生母,“双重的悲伤”是指两兄弟最后两败俱伤,同归于尽,给乔卡斯塔带来的悲痛。

14. 克利奥斯(Clio)是九位缪斯女神中司历史的(详见《地狱篇》第二首和第三十二首及有关注释)。波斯科-雷吉奥注释本认为,但丁此段写法似“不合逻辑”,因为尽管斯塔提乌斯在《特拜战记》中多次提及克利奥斯,但不能由此推论,斯塔提乌斯就是“异教徒”,因为缪斯女神与异教是毫无关系的,但丁本人也常提及缪斯女神;况且,此话出自维吉尔之口,死于公元前19年的他又怎会知道《特拜战记》呢?难道是乔维纳莱在林勃告诉他的?但由于诗句写得十分自然,读者都不曾发现这种不合逻辑,注释家中也只有波雷纳指出了这一点。这里的“弹奏”是指克利奥斯用竖琴为斯塔提乌斯吟诗伴奏。

15. “阳光”比喻神的恩泽;“蜡烛”则比喻人的教导。

16. 这里的“渔夫”指耶稣的门徒西门彼得,参见《新约》的《马太福音》第四章第十八、十九句:“耶稣沿着加利利湖边行走的时候,看见西门彼得和安得烈两个兄弟正在撒网捕鱼……耶稣对他们说:‘来跟从我!我要指示你们怎样成为得人的渔夫。’”《马可福音》第一章第十六、十七句和《路加福音》第五章第十句也有类似的叙述。

17. 巴纳索斯山(Parnaso):位于希腊德尔夫(Delfo)东北方的一座山岭;巴纳索斯原为海神奈图努斯及其妻克丽奥多拉(Cleodora)所生之子,后以其名命名佛西德(Focide或Ftiotide)地区一座山,据希腊神话称,此山为神山,居住着九位缪斯女神和日神阿波罗。诗中以此山象征诗坛,即斯塔提乌斯在维吉尔的启发下走向诗坛。

18. 巴纳索斯山的山洞内有一股清泉,名卡斯塔利亚泉(fonte Castalia)。该泉在诗中同样起着象征诗坛的作用。

19. 波斯科-雷吉奥注释本对许多注释家的诠释有保留:他们(包括萨佩纽注释本)都认为,此句意谓维吉尔以其诗作“照亮”斯塔提乌斯,使之“走向上帝,走上通往上帝之路”。它认为,诗中的原文appresso Dio,并无“走向上帝”的动作之意,再者,若无上帝的恩泽,单凭维吉尔的诗作是不可能引导斯塔提乌斯走向诗坛,信仰上帝、得到拯救的;因此,它主张将此句理解为,“只是在上帝之后,斯塔提乌斯才承认是维吉尔在凡人当中第一个照亮他,使他有了信仰”,这也是近代注释家斯卡尔塔齐尼-万戴利的看法。萨佩纽注释本则认为,获得信仰诚然首先要有上帝恩泽的直接干预,但诗中要突出“中间原因”而非“首要原因”所起的作用;波雷纳说得更明确:诗中说明“首要的促进作用来自维吉尔,而不是来自上帝”。

20. 这里但丁基本上援引了维吉尔《牧歌》第四

首第5—7句，原诗是："一个伟大的世纪周期又在开始。因此，圣母又返回人间，农神的王朝又重新建立，一代新人从高空降临。"维吉尔的诗原是用来歌颂在奥古斯都统治下，罗马帝国又再现了黄金时代；据说，该诗是在奥古斯都之子阿西尼奥·波利奥内(Asinio Pollione)降生时写的，在基督教早期，就曾被理解为是对救世主诞生的预见，这种理解可能为中世纪提出有关"一个基督教前的维吉尔"的传说奠立了基础。"正义和人类初期"是指正义和自然纯真的时代，在基督教徒看来，这样的时代就相当于亚当和夏娃在犯下原罪之前的伊甸园时代。"正义"(giustizia)在维吉尔的原诗中用的是Virgo，即正义女神阿斯特丽亚(Astrea)的别称。

21. "永恒王国"指上帝的王国；"使者"指使徒。

22. 多密善(参见本篇第二十一首注33)：全名为多密善·提图斯·弗拉维奥(Domiziano Tito Flavio，公元51—96年)，为罗马著名贤君提图斯(参见第二十一首注33)之弟，继提图斯任皇帝(公元81—96年)，为弗拉维奥家族最后一位皇帝。继位初期，政策贤明，后与元老院发生矛盾，开始执行暴虐政策。为保卫疆土，曾先后四次远征：一次征萨尔马蒂人(Sarmati，居住多瑙河和波罗的海流域)，一次征卡蒂人(Catti，居住德国中部的图林加地区Turingia)，两次征达西人(Daci，居住今罗马尼亚)。生前要求人们把他作为神来敬奉。最后被刺身亡，元老院对他作了严厉谴责。据说，他生前对基督教徒曾进行残酷迫害。

23. 这里的"宗派"指宗教和哲学派别。

24. "两条河流"指伊斯梅诺河和阿索波河(参见本篇第十八首注24)。此句可作两种理解：一是指斯塔提乌斯开始写作《特拜战记》之前；一是按古代拉纳、《最佳评注》和本维努托所解释的，指《特拜战记》第七或十一章所写的具体情节：援助波吕涅克斯的希腊大军，在阿德拉斯托斯(Adrasto)率领下抵达特拜的伊斯梅诺河和阿索波河的河岸。

25. 炼狱山的第四环是惩罚怠惰者鬼魂之所在，因此，斯塔提乌斯因犯怠惰罪就在此绕山奔跑了四百余年。但丁所据来源不明，但在《特拜战记》中有几处是描述宽容女神(Clemenza)的祭坛和特修斯(参见《地狱篇》第九首和第十二首及有关注释)的故事的，其中反映的宗教思想就与基督教思想很接近：中世纪曾把宽容女神祭坛看作是《新约·使徒行传》第十七章第二十三句所说的"不知名的神"的祭坛，而把特修斯看成是"基督的形象"。萨佩纽认为，十五世纪的人文主义诗人、哲学家波利齐亚诺(Poliziano，1454—1494)就曾指出《特拜战记》第四章提及占卜家泰雷西阿斯(参见《地狱篇》第二十首及有关注释)谈到某个最高而不为人知的神灵，并说，提起此神的名字是很危险的，等等，这些可能对但丁都有所启发；因此，他估计，但丁的依据可能取自中世纪传播广泛的某些传记或评论，而今天这些材料则已散佚了。

26. 泰伦提乌斯(Terrenzio或Terenzio)：全名为普布里奥·泰伦提乌斯·阿夫罗(P. Terenzio Afro)，为罗马著名喜剧作家，公元前192年左右生于迦太基，公元前159年死于希腊。他先为奴隶，后成自由人。据说，他属于著名的罗马大将西庇阿(即号称"阿非利加的西庇阿"Scipione Africano)及其同党、执政官莱利奥的幕宾。遗有喜剧六部，其中包括《阉人》(*Eunuco*)，在中世纪极负盛名。诗中称他为"古人"，波斯科-雷吉奥注释本认为，此称更适于普劳图斯(Plauto)，因普比他时间更早。

27. 塞西利奥(Cecilio)：全名塞西利奥·斯塔提乌斯(Cecilio Stazio)，生卒年份一说是公元前220年和前166年，一说是公元前230年和前168年。据说有可能是米兰人。也是著名的罗马作家和喜剧作家，遗有剧作四十二部及零星资料，但波斯科-雷吉奥注释本认为是"古人"把这些作品归于他的，其实，他的任何剧作都不曾留下。

普劳图斯：全名为提图斯·马齐乌斯·普劳图斯(T. Maccio Plauto)，为罗马最著名的喜剧作家，他的剧作曾为希腊人所模仿；公元前254年生于福尔里的萨尔西纳(Sarsina)，遗有剧作二十一部，其中包括《囚徒》(*I prigionieri*)、《徒负虚名的士兵》(*Il soldato vanaglorioso*)，但在中世纪却不为人知，直到十四世纪下半叶，才经大诗人彼特拉克发现一部分，认为是“人文主义的成就”，有些选集曾选有他的作品。但丁在诗中把泰、塞、普三人并列，可能是以贺拉斯的《书信集》(*Epistole*)第二卷中有关资料为依据。但丁也可能从西班牙博学教士伊西多罗(Isidoro, 570—636)的名作、百科全书性质的《词源学》(*Origines seu Etymologiae*)第八卷中得到启示，但其中未提塞西利奥。

瓦罗(Varro)：由于过去的手抄本对“瓦罗”有各种各样的拼写法，以致注释家推测，“瓦罗”是指博学家马尔科·泰伦提乌斯·瓦罗内·雷阿蒂诺(M. Terenzio Varrone Reatino)或诗人普布里奥·泰伦提乌斯·瓦罗内·阿塔齐诺(P. Terenzio Varrone Atacino)甚或罗马行省总督普布里奥·昆蒂利奥·瓦罗(P. Quintilio Varo)；萨佩纽和波斯科-雷吉奥两注释本都同意另一种推论：“瓦罗”是指卢契奥·瓦里奥·鲁佛(Lucio Vario Rufo)，他是奥古斯都时期的史诗和悲剧诗人，是维吉尔和贺拉斯的好友；他曾与图卡(Tucca)一起，在维吉尔死后出版了维的《埃涅阿斯纪》，而维在临终时，曾把该诗稿交付他，要他把诗稿焚毁，而他却一字不改地将维的这部伟大作品公布于世；这情节可能是但丁从某些有关维吉尔的传记中得知的。此外，但丁必然很熟悉的贺拉斯的《诗艺》(*Ars poetica*)一书中，有一段也曾提及瓦里奥·鲁佛，并把他与维吉尔并列，认为他二人应享有与塞西利奥和普劳图斯同样的声誉：“为何罗马人将容许塞西利奥和普劳图斯享有特权，而不该把这一特权给予维吉尔和瓦里奥呢？”瓦里奥·鲁佛有悲剧诗作《蒂耶斯特》(*Tieste*)，可惜已散佚。

28. 这里是说，上述列举的诗人是否犯有重罪，而被打入地狱，在其哪一地区受苦。

29. 佩尔西奥(Persio)：全名为奥洛·佩尔西奥·佛拉科(Aulo Persio Flacco)，公元34年生于沃尔泰拉，62年便死于罗马，可谓英年早逝。他是著名的讽刺诗人，在中世纪风行一时，遗有讽刺诗六首，曾作为中世纪学校教材。萨佩纽注释本认为，他的作品但丁可能不曾读过，只知其名，因在但丁的其他著作中从未提及过他，但波斯科-雷吉奥注释本则根据帕拉托雷(Paratore)的《但丁著作中的传统与结构》(*Tradizione e struttura in Dante*)一书的说法，认为但丁曾直接读过他的诗作。

30. “那位希腊人”指荷马。

31. “黑暗监狱的第一环”即地狱的第一层，亦即林勃。

32. 此“山”即巴纳索斯山(见注17)。

33. “几位抚育者”即指九位缪斯女神。

34. 欧里庇得(Euripide，公元前480—前406年)，与希腊其他两位悲剧诗人即索福克勒斯(Sofocle，公元前496—前405年)和埃斯库罗斯(Eschilo，公元前525—前456年)并称为希腊三大悲剧诗人。他生于萨拉米纳岛(Salamina)，虽比索福克勒斯年轻，却多次与之竞争(索福克勒斯与比他年老的埃斯库罗斯也比赛过，并战胜后者)。年老时，应马其顿国王阿凯拉奥(Archelao)邀请，来到佩拉(Pella)，陪王伴驾，最后客死当地(早于索福克勒斯数月)。著作甚多，仅留存十七部，与其他悲剧诗人一样，其作品主要内容均取自神话，但其人物富有人性，合唱也在剧中不再占主要部分。

35. 安提丰特(Antifonte)：公元前四世纪希腊悲剧诗人，作品未遗存。西蒙尼得(Simonide)：希腊著名抒情诗人，生于开俄岛(Ceo)，先后生活在雅典、色萨利和锡拉库萨。精于写英雄诗和宗教诗，其哀悼公元前490年希腊大胜波斯的马拉松英雄城

(Maratona)阵亡者的挽歌尤为著名；至今仅存其著作的片段。生卒年份不定：有说是公元前559—前469年的，也有说是公元前556—前467年的。阿加托尼(Agatone，公元前448—前400年)：也是希腊悲剧诗人，为苏拉格底的学生，柏拉图和欧里庇得的好友。遗作未存留至今。但丁在《帝制论》第三卷第四节第七句段曾说及亚里士多德的《伦理学》援引过阿加托尼的一段话，因此，但丁是从亚里士多德的著作中得知阿加托尼的，而由于如前所注，但丁不懂希腊文，以上列举这些希腊诗人的状况，他都是从西塞罗乃至圣托马索的著作中间接了解的。

36. 这里用"月桂装饰"来比喻为上述这些人戴上诗人的桂冠，参见本篇第二十一首注39。

37. 这里又列举了一些人物：

安蒂格尼丝(Antigone)：特拜王俄狄浦斯与其母兼王后乔卡斯塔所生之女；埃特奥克勒斯和波吕涅克斯兄弟相互残杀后，乔卡斯塔之兄克瑞翁(Creonte)趁机篡位(早在俄狄浦斯发现犯有乱伦罪，扎瞎自己双眼，自行放逐之后，他就掌握特拜大权)，下令不准把波吕涅克斯的尸首成殓埋葬，而安蒂格尼丝及其妹伊斯梅妮丝(Ismene)抗此暴君的禁令，二人均被他处死。公元前1250年，特修斯推翻其王位，并处死了他。

戴菲莱丝(Deifile)：为攻打特拜城的七王之一提德乌斯(Tideo)之妻。

阿尔吉娅(参见本篇第十二首及有关注释)，为波吕涅克斯之妻，也是戴菲莱丝之姊妹。亦被克瑞翁处死。

38. 这里说伊斯梅妮丝"仍如生前一样凄楚"，是说她目睹自己的亲人一个个惨死，包括其未婚夫齐雷奥(Cirreo)，而她是与齐一起被暴君克瑞翁处决的。

39. 这个"妇女"指楞诺斯岛女王许普西皮勒(参见《地狱篇》第十八首及有关注释)；她在逃出楞诺斯岛后，途中遇见前往攻打特拜的希腊七王，她向他们指出位于伯罗奔尼撒半岛上的尼米阿(Nemea)附近的兰吉亚泉(Langia)，并向他们诉说了自身的不幸遭遇。斯塔提乌斯《特拜战记》第四章中叙述了此情节。

40. 这里所说的"泰雷西阿斯的女儿"，只能是"曼图"(二人参见《地狱篇》第二十首及有关注释)，因为他们都是占卜家，死后被打入地狱第八环即"恶囊"的第四囊受苦；既然如此，就与本首诗有矛盾：曼图竟又进入林勃，与维吉尔在一起了！为澄清此矛盾，古代注释家(如本维努托)认为，诗句中的èvvi(在那里)笼统地指"黑暗监狱"，即地狱，而不是指林勃；有人则认为，但丁写《地狱篇》的有关曼图的一节是后加的，却忘记在《炼狱篇》中曾提及她是在林勃；也有人说这里是指海神尼雷奥(Nereo)的女儿，亦名"泰提丝"(Teti)。萨佩纽和波斯科－雷吉奥两注释本都明确表示不同意最后一种假设，对其他解释也未置可否。

泰提丝为阿奇琉斯的母亲；戴伊达米娅(参见《地狱篇》第二十六首及有关注释)为斯库洛斯岛国王利科麦德斯(Licomede)之女，爱上阿奇琉斯，但尤利西斯识破阿男扮女装，迫阿同往参加特洛伊战争，戴因被阿抛弃，悲痛而亡。此二人已不是《特拜战记》中的人物，而是《阿奇琉斯记》中的人物了。

41. 这里是说，维吉尔和斯塔提乌斯已来到石梯的顶端，抵达第六层的平地：登山已暂告一段落，狭窄的两边石壁已不再妨碍他们行进，遮住他们的视线了。

42. "白昼"的"使女"的说法，参见本篇第十二首及有关注释。这里是说，自日升起，已过了头四个小时，第五个小时("第五个使女")尚未运行到其行程的一半；这里的"车辕"是指太阳车的车辕，因为这时尚沿着太阳运行的弧线轨道向上行驶，故诗中说把太阳车的"车辕尖端"向上"竖起"。根据以上情况，此刻大约是在上午十时与十一时之间。

43. "把右背转向那山崖边缘"即是说转向右

方。这里值得注意的是：维吉尔和但丁在炼狱的"一贯的做法"，是向右转，而在地狱，则是向左转。

44. "高贵的魂灵"指斯塔提乌斯；他之所以"同意"，因为这时他已涤清罪恶，能受到上天启示，知道如何向上攀登。

45. 这里的写法可能借鉴于《旧约·诗篇》第一百一十九篇第一百三十句："你的话普通人也能明白，以致得到启迪。"

46. 这里描绘的"树"是一棵头、根颠倒的树：如尖松颠倒一般，树尖朝下，因而枝蔓越下越少，人也就无法攀登了。古代注释家曾试图探讨但丁在此之所以描绘一棵头根颠倒的树的用意，认为：此树根朝上，是从上天取得养分，即是伊甸园中的那棵树，十四世纪上半叶的诗人兼神学家佛雷齐（Frezzi，1346？—1416）曾根据但丁的启示，写过一部诗《四王》（*Quadriregio*），其中就是这样描绘伊甸园的树的，但萨佩纽和波斯科-雷吉奥两注释本都认为，这种写法不足说明但丁的真正用意。但从诗句下文的"警告"来看，似是针对贪食者的，是对贪食者的惩罚；在但丁走出第六环之前，他还会遇到另一棵类似的树，第二十四首将谈及此情况，并说明这是上帝在地上乐园植下的分别善恶树。因此，萨佩纽注释本认为，此说法的可能性较大。究竟是《旧约·创世记》第二章第九句所说的"生命树"，抑或"分别善恶树"，波斯科-雷吉奥注释本似也倾向于后者，并与萨本一样，强调此树在惩罚贪食者鬼魂的一环中并非只有两棵（第二十三首将谈及这一点）；萨佩纽还引述《创世记》第二章第十七句，证明上帝禁止食用此树果实的话正是涉及分别善恶树的："只有那棵分别善恶树的果子你却不可以吃，因为你吃了它，就必定死。"

47. "无路可行的一边"指左边，因为那里有山壁阻挡去路。由于树尖朝下，叶丛集中在上方，清泉也便在"上面的叶丛"中四下流淌。

48. 这是神发出的禁止取果为食的警告，也不仅是针对此树。

49. 这里是启示节制的第一个范例：取自《新约·约翰福音》第二章第一至十一句：在加利利省迦拿村，有人举行一次婚宴，圣母、耶稣及门徒都应邀参加，圣母异常关心婚宴举行的情况（如"婚宴过了一半，酒便喝完了"，而不顾自己尚未进食）。本维努托解释诗句中的动词rispondere（"答辩"）的含义说，此即意谓"圣母的口在为我们向上帝祈祷"。

50. 这里是根据公元一世纪罗马历史学家瓦莱里奥·马西莫《名人言行录》第二卷第一章所说："过去，罗马女人是不知饮酒的，为的是不致酒后举止有些失态。"圣托马索的《神学大全》第二卷第二章也有类似的论述。

但以理（Daniello或Daniele），公元前五世纪的以色列先知。《圣经》的《旧约》中收有《但以理书》。巴比伦王尼布甲尼撒（Nabucodonosor）攻陷耶路撒冷之后，他曾被俘，后被尼选中，与一些健康、英俊、聪敏、博学的以色列王室贵族少年一起，在宫中学习；在三年训练中，尼布甲尼撒让他们吃的都是与尼一样的佳肴美酒，以期他们学成后可以服侍他。但以理却"决心不吃王所指定的膳食，且滴酒不尝，以免玷污自己"，他与另外三个青年一样，每日只以青菜和清水为食，这样，上帝便赐予但以理等以"聪明智慧，有高度的学习能力，不久，他们便通晓一切文学和其他学科"，上帝"特别给但以理能力，解释各样异象和梦兆"。详见《旧约·但以理书》第一章第三至十七句。以上是第二、三个节制范例。

51. 这是第四个范例："最早的世纪"即是指"黄金时代"（età dell'oro），亦即人类的最早年代：在那个时代，人若饿了，便可以香喷喷的橡实为食，若是渴了，淡水便成为美酒，可供人饮。此说法取自奥维德《变形记》第一章，然而，但丁是从理性角度来解释其中所述有关奶与酒形成的江河和滴流甜蜜的树木的寓言罢了。

52. 这是第五个，也是最后一个范例：典故出自

《新约》的《马太福音》第三章第四句和《马可福音》第一章第六句，其中说：施洗的约翰来到犹太的荒野传道，"约翰身穿骆驼毛的衣服，腰束皮带，吃的是蝗虫野蜜"。

53. 赞颂施洗的约翰的伟大，出自《新约》的《马太福音》第十一章第十一句和《路加福音》第七章第二十八句，其中谈到耶稣向众人称赞施洗的约翰说："我确实的告诉你们，从母腹生的人，没有一个比施洗的约翰更伟大。"

第二十三首

1. 这里紧接上一首谈及叶丛中发出声音，这使但丁异常好奇地注视声音传来之处，想弄清究竟是谁在讲话。

2. 这里用捕鸟人埋伏一旁、枉费心机地等待小鸟飞来的生活实例，来比喻当时但丁的心神状态。

3. "胜过父亲的人"指维吉尔；下句的"亲爱的儿子"，原文为figliuole，等于今文的figliolo，是figlio（儿子）的昵称，中文无法表达，只好加上形容词"亲爱的"。

4. 这是一些贪食者鬼魂在"啼哭"和"歌咏"。

5. 此句原文用拉丁文：Labia mea，Domine，为《旧约・诗篇》第五十一篇"求主赦免"（Miserere）第十七句祷词："主啊，求你张开我的双唇，我的嘴将不断赞美你"（根据《圣经》法文本译出，中文本与此有很大出入：一是属第五十一篇第十四、十五句；二是译文为"我……不会闭嘴，我要不断的赞美你"）。诗句只引用了原句的前半句。本维努托对但丁特意引用此句的诠释是："双唇和嘴往往用来饮食的"，这时，贪食者的鬼魂则为了洗罪，要求上帝让他们张开嘴巴，用更大的热情来赞美和歌颂上帝。

6. 这里是指贪食者要偿还对上帝欠下的"孽债"，因为他们生前犯下"贪食"的罪过。

7. "皮包骨头"的说法也是借鉴于《圣经》：如《旧约・诗篇》第一百零二篇第五句就有"呻吟叹息，使我变得瘦骨嶙峋"的说法，《旧约・约伯记》第十九章第二十句则说："我的骨头只有皮包裹着"；《旧约・耶利米哀歌》第四章第八句也说："可叹他们皮里包骨，枯瘦如柴。"

8. 埃里西东（Erisittone）是色萨利王特里奥巴斯（Triopa）之子。他胆大包天地砍断了祭祀谷神西里利斯（Cerere）的圣林中的一棵橡树，被谷神判处永受饥饿煎熬的刑罚。为了饱腹，他不得不倾家荡产，甚至把亲生女儿也变卖，以期换得食物。最后，他一无所有，只好用牙啃啮自己的肢体，一点一点地把自己的肉体吃掉。此典取自奥维德《变形记》第八章。

9. 这里是说，埃里西东发现自己已骨瘦如柴，没有可食之处，就更加害怕要饿肚子了。

10. 这里引述了罗马皇帝提图斯（参见第二十一首及有关注释）于公元70年围攻耶路撒冷的史实：据说，当时被围困的以色列人在城内断粮无食，有一妇人名玛利亚·德·埃列阿扎罗（Maria d'Eleazaro）饥饿难挨，竟将亲生子吃掉。受提图斯及其父重用和赏识的著名以色列史学家朱塞佩·佛拉维奥（Giuseppe Flavio，公元35—100）的名著《犹太与罗马人交战史》（*La storia della guerra giudaica contro i Romani*）、公元五世纪的西班牙史学家奥罗西奥的《异教徒史》和十二世纪的英国哲学家萨利斯伯里的《波利克拉蒂库斯》中对此事都有记载。

11. 这里反映了中世纪神学家与预言家中流行的一种说法：认为人脸的结构体现为OMO这个词即“人”（omo），其中大写的M形似人的两个颧骨、两条眉毛和一个鼻子，两个O字则如同一双眼睛。由于贪食者鬼魂的脸庞极瘦，其中的M就显得尤为突出了。

12. 此鬼魂是佛雷塞·多纳蒂（Forese Donati）：多纳蒂家族是佛罗伦萨的名门望族，佛雷塞是西莫内·多纳蒂（Simone Donati）之子，其兄科尔索（Corso）是黑党臭名昭著的头目，其妹皮卡尔达（Piccarda）将在本篇第二十四首和《天堂篇》第三首被提及。佛雷塞生活在十三世纪下半叶，1296年7月28日去世。他是但丁之妻杰玛·多纳蒂（Gemma Donati）的远亲，也是但丁本人的朋友，但是，由于二人曾写过一首争论诗（tenzone），其中包括六首嘲弄挖苦性质的十四行诗，但丁曾多次嘲讽他“贪食”，有人据此认为，二人曾是“相互仇视的敌人”。这样的争论诗是当时相当盛行的一种诗体，诗人双方彼此交换，内容多是相互攻击、谩骂，以唇枪舌剑为特点，被看成是托斯卡纳地区的一种“市民阶级”（borghese）诗风，从写法和语言上看，也可看作《神曲》某些篇章（如《地狱篇》第三十首亚当和西农的争辩）的先例。但丁与佛雷塞交换的争论诗写作年代可能是在1290年以后，也有人曾怀疑此诗的真实性。由于此诗内容粗俗，本篇第三十一首中，贝阿特丽切还就此指责但丁。以上情况表明，本诗这一部分带有一定的传记甚至自传色彩。但是，诗句对故友重逢情景的描绘还是十分亲切的，似乎是对过去那首争论诗的否定。

13. 这里是说，但丁此刻想要澄清的是其他疑点，因而不便答复佛雷塞提出的问题。

14. “来自永恒意志的神力”即是指来自上帝意志的力量，它使果树和清水发出诱人食欲的香气，却又不让这些鬼魂果腹解渴。

15. 这里再次描述贪食者鬼魂“边哭边唱”的情景：“哭”的是受苦刑折磨；“唱”的是祈求上帝赦罪，从自愿的受刑中得到解救灵魂之乐，亦即如诗中所说，“使自己重新变成圣洁纯净”，换言之，洗净一切罪过，恢复上帝造人初期的“圣洁”。

16. 这里再次运用反衬笔法，说明“苦刑”实际上是获得永恒幸福的“欢笑”。这种笔法在当时普罗旺斯式的抒情诗中是常见的，在诗句中则能很好表达鬼魂受刑赎罪的自觉自愿心态。

17. 这里的“我的上帝”原文是用Eli，是耶稣被钉在十字架后发出的高声叫喊：“我的上帝，我的上帝，为什么离弃我！”见《新约》的《马太福音》第二十七章第四十六句、《马可福音》第十五章第三十四句。这里用“欣然”（lieto）一词是表示耶稣以牺牲自己（“用自己的鲜血”）来解救世人，使之摆脱原罪。

18. “更美好的生活”指冥间的生活，亦即是说，死后的生活要比尘世的生活为好，因为“尘世”曾被比作“泪谷”（Valle di lacrime），是世人暂栖之所。

19. 佛雷塞·多纳蒂死于1296年7月28日，至但丁冥界之行，实际上尚未过去四年。这里可能从诗韵角度考虑，所以多写了一年。

20. “向善的痛苦”指悔罪；全句的意思是说：

佛雷塞只是拖延到生命最后一刻、不能再犯罪时，才忏悔自己所犯罪孽。

21. 因为佛雷塞是临终才悔罪的，本不能立即来到炼狱山上。

22. "那下边"指炼狱外界，即是说，佛雷塞本该在炼狱外界等候一定时间才能入山。

23. 如前注所说，佛雷塞应当用在炼狱外界等候的"时间"来补偿因延迟悔罪而荒废的"时间"。

24. 奈拉(Nella)是佛雷塞·多纳蒂的妻子，生平不详。但从但丁所写的那首讽刺佛雷塞的争论诗(参见注12)中第一首十四行诗的内容看，但丁曾把她写成对丈夫的行为十分不满，因为佛雷塞对她感情不深，夫妻关系不够和睦；因此，诗中既挖苦了佛雷塞，也揶揄了奈拉，而这种以婚嫁不如意为主题，在当时用奥克语(occitanico)或意大利语所写的抒情诗中还是屡见不鲜的。值得提出的是：上述可能属实的情况在诗中则做了很大改动：佛雷塞对奈拉的热爱溢于言表，尤其表现在称她为"我的奈拉"方面，而奈拉对佛雷塞则更是竭尽"贤妻"的应负责任，虔诚地为他祈祷，使他提前登上炼狱山赎罪，从而成为佛罗伦萨妇女当中的一个表率。这显然是但丁对过去所写的争论诗作了修正。另一点值得注意的是：在标点符号上，萨佩纽和波斯科–雷吉奥注释本与佩特罗基、巴尔比所主张的用法有很大不同：后二人主张把句号点在"用她那泪如泉涌的啼哭"之后，因而全句要做奈拉用"啼哭"使佛雷塞得以迅速"啜饮"苦刑酿制的"甘醇"的解释，而他们的主张是几乎所有版本都接受的。萨佩纽和波斯科–雷吉奥两注释本则遵循1921年的一些版本的做法，把标点放到"我的奈拉"之后，从而将"用她那泪如泉涌的啼哭"与前面的词句断开，使之紧跟下一段三行韵诗句中的主要动词。但两注释本在标点用法上仍有一点差异：萨本用冒号，波–雷本则按托拉卡的主张，用惊叹号，借以表达佛雷塞对妻子的亲切感激之情。

25. "种种苦刑酿制的甘醇"原文为dolce assenzo d'i martiri，说明贪食者鬼魂所受的刑罚是既甜又苦的，其含意同于"边哭边唱"。这种说法也近似《圣经》中所说的"苦杯"(amaro calice)：《新约》的《马太福音》第二十六章第三十九句、《马可福音》第十四章第三十六句、《路加福音》第二十二章第四十二句中，耶稣都提及"苦杯"这个词。

26. "等候入山的山边"即是指炼狱外界。

27. "我心爱的寡妻"原文是la vedovella mia，其中的vedovella是vedova(寡妻、寡妇)一词的昵称(直译应为"小寡妻")，中文只好用形容词"心爱的"来表达。诗句用奈拉的"贤德"作为佛罗伦萨各家族的普遍堕落和道德败坏的反衬，也为下一段三行韵诗作了铺垫。

28. 巴尔巴吉亚(Barbagia)是撒丁岛中部最高山地杰纳尔詹图(Gennargentu)附近地区，当地居民处于半野蛮状态，只是到了六世纪才皈依基督教，即使在但丁时期及以后，仍保留一些粗野民风。诗中有意把佛罗伦萨比作依然未彻底摆脱野蛮状态的巴尔巴吉亚，特别在涉及妇女的习俗方面。从字源学角度来看，Barbagia也与barbarie(野蛮)相等。

29. 这里用"布道坛"来象征教会。

30. "撒拉逊妇女"(saracine)："撒拉逊"是中世纪欧洲人对伊斯兰教徒的称呼，有轻蔑之意。据说，撒拉逊妇女生活淫乱，走在街上，袒胸露乳。

31. 这里是说，教会和市政当局都应颁布禁令，净化民风。据说，1310年，佛罗伦萨主教曾发布法令，禁止妇女身着过分敞胸的衣服，但波斯科–雷吉奥注释本认为，当时的史料和档案都没有十四世纪初有关纠正妇女伤风败俗的时装的资料，最早的有关资料是在1324年4月，当时佛罗伦萨曾颁布禁令，禁止佛市妇女的"混乱衣饰"(维拉尼的《编年史》第九章有记载)，可能指的是衣饰过于华丽，而不是伤风败俗。

32. 这里所说的佛雷塞的“预见”究竟是指哪些史实，不甚清楚，但诗句的说法与但丁在《书信集》第四章第十七节的说法：“如果我的预见性心灵不曾出错”相近。有人据此推断，本首诗或《炼狱篇》的整篇诗可能写于1311年3月（萨佩纽不同意此说）。“面颊长出汗毛”是儿童变为成人或发育到青春期的象征，年龄大约在十五岁左右，因此，距冥界之行的1300年，大致在十五年之后，由此可以推论：佛雷塞的“预言”可能在1315年前后变为现实，从而引起佛罗伦萨妇女的极大悲痛。除有人猜测是天灾人祸外，有人还认为，诗句是指神圣罗马帝国皇帝亨利七世于1310—1312年向佛罗伦萨发动进攻，当时佛罗伦萨人不得不拿起武器进行抵抗，最后遭到惨败：房屋被毁被焚、平民反叛、教堂被洗劫、儿童被拉去为父辈所犯的罪过抵罪，大部分市民被杀或被囚、少数被放逐，等等。还有人猜测是指福尔齐耶里·达·卡尔博利于1303年所进行的屠杀（参见本篇第十四首及有关注释）。萨佩纽和波斯科-雷吉奥两注释本都认为，亨利七世对佛罗伦萨的征讨可能性最大。但丁在《书信集》第六章也曾作过类似的“预见”。总之，但丁是借佛雷塞之口，表述了自身对上帝在不久的将来对罪恶的佛罗伦萨的公正惩罚的信念。
33. “这一个”指太阳，“妹妹”指月亮：因为希腊神话说，日神阿波罗和月神狄安娜是拉托娜所生的兄妹。“显露圆圆的脸”指月圆。
34. “真正亡人的深沉黑夜”指地狱的黑暗。
35. “从那里”指从地狱。
36. 这里是说：斯塔提乌斯已洗净罪孽，即将离开炼狱，登上天堂。

第二十四首

1. 本首紧接上一首：但丁与佛雷塞·多纳蒂的亲切谈话并未影响但丁向前行走的速度。
2. “他人的原因”是指但丁和维吉尔造成的原因：因为斯塔提乌斯虽已赎清罪孽，本可更快地升天，但他为了陪伴但丁和维吉尔，就延缓了升天的时间。
3. 皮卡尔达（Piccarda，参见第二十三首注12）：是佛雷塞·多纳蒂的妹妹，如诗中所述，她“既美丽又贤惠”，但丁将在《天堂篇》第三首中与她在第一重天（即月球天）相会。
4. “高耸的奥林匹斯山”指天上。古代神话认为，希腊色萨利的这座山峰为神仙所居之地。但丁在本诗中用异教字眼形容基督教的某些实体，是司空见惯的。诗中用“王冠”一词，说明这是上天的赏赐，是通过艰苦的斗争而得来的。
5. 博纳钟塔（Bonagiunta）：全名为博纳钟塔·奥尔比齐亚尼·德利·奥维拉尔迪（Bonagiunta Orbicciani degli Overardi），为意大利十三世纪下半叶的卢卡名诗人，属以圭托内（Guittone，1230—1294）和但丁的老师布鲁内托·拉蒂诺（参见《地狱篇》第十五首及有关注释）为代表的托斯卡纳地区普罗旺斯式诗派（Scuola Provenzaleggiante），该派的风格是以爱情与政治、宗教内容相结合为特点；但博纳钟塔的诗风更接近于由神圣罗马帝国皇帝腓特烈二世（参见《地狱篇》第十首）倡导的、以十三世纪名诗人“书记官”雅科波·达·连蒂尼（Notaro Iacopo da Lentini）为代表的“西西里诗派”，据近代注释家贡蒂尼（Contini）称，正是由博纳钟塔将西西里派诗风移植到托斯卡纳地区的。他的生卒年份不详，因当时卢卡市有九名书记官，都叫“博纳钟塔”，这些姓名登记注册一直延续到1296年，目前估计他大约生于1220年左右。据说，他可能读过但丁《新生》第十九章的名诗《女人，你们有爱的智慧》（本首第51句），并可能与但丁见过一面。上述两派都反对但丁等创立的“温柔新体诗”,博纳钟塔就曾与“新体诗”的代表之一圭尼采利(参见本篇第十一首及注32)写信论战,指责“新诗体”改变旧有诗风:“你们改变了写法”(Voi ch'avete mutata la mainera);普罗旺斯派诗人擅写宫廷典雅华美的诗句,是为“温柔新体诗”派诗人所不取,但丁在《论俗语》第一卷第十三节第一句段就曾批评他们的诗作“并不显得高贵优雅,而是纯属狭隘猥琐(municipale)”。古代注释家拉纳、本维努托和布蒂都认为博纳钟塔与但丁相识,并与他还交换过一些十四行诗,其实,此说都是来自本首有关诗句。

6. “把神圣教会搂抱在他的怀中”是指与教会结婚的“夫婿”,即教皇。此鬼魂为1281年至1285年任教皇的马蒂诺四世(Martino IV)。马蒂诺四世原名西莫内·德·布里埃(Simone de Brie),是继尼可洛三世(Niccolò III)后任教皇的;他生于法国古省布里埃(Brie,即今法兰西岛Ile-de-France、香槟Champagne、布里埃Brie一带地方),但诗中说他“来自托尔索”,是因为任教皇前,他曾任托尔索(Torso)即屠耳(Tours)主教堂的司库。维拉尼在《编年史》第七章说他为人豪爽、宽宏大量;关于他贪食之说,只见于名间传说故事,据说,他最喜欢博尔塞纳湖(Bolsena,位于维泰博,长十五公里,宽十二公里,面积一百一十五平方公里)中的鳝鱼,并令人在其居室剥杀后置于葡萄酒中浸泡,然后烧煮而食;因此,他死后,人们曾立一讽刺他贪食鳝鱼的墓志铭,曰:“鳝鱼们该欢天喜地了,因为这里安息的是几乎犯有应处极刑之罪的人,他曾令人剥杀鳝鱼。”据悉,他任教皇期间,曾任命安茹的查理为其代理人,支持意大利归尔弗派,并曾将东罗马皇帝安德罗尼克二世(Andronico II, 1282—1328)革除教门。

7. 乌巴尔迪诺·达拉·皮拉(Ubaldin da la Pila):全名为乌巴尔迪诺·德利·乌巴尔迪尼(Ubaldino degli Ubaldini),属强大的吉伯林家族的一支,因为他在穆杰洛(Mugello)有皮拉城堡(castella della Pila)一座,故人称他为“乌巴尔迪诺·达拉·皮拉”。他是枢机主教奥塔维亚诺(参见《地狱篇》第十首及有关注释)和乌哥利诺·德·阿佐(参见本篇第十四首及有关注释)之兄弟,大主教鲁吉埃里(参见《地狱篇》第三十三首及有关注释)之父:生活在十三世纪下半叶,可能死于1291年。本维努托称他挥霍钱财,为满足饕餮之欲,不惜采取任何手段;他的贪食名声可能延续久远,十五世纪短篇小说家萨凯蒂的二百二十三篇短篇小说的第二百零五篇即是以他作为其中一个人物的。

博尼法丘(Bonifacio)不是教皇博尼法丘八世,而是博尼法丘·菲耶斯基(Bonifacio Fieschi),属拉瓦尼亚伯爵家族(参见本篇第十九首注49),一说是该家族帕尔玛一支,一说是热那亚人;为教皇英诺森四世(Innocenzo IV)的侄子,1274年至1295(1294?)年曾任拉维纳大主教。据说此人为人豪迈大度,但民间传说他喜欢享乐,追求排场;1281年,他曾致函萨维尼亚诺市(Savignano),要求对方设盛宴招待他及其随从人等,否则以处罚巨款治罪,也有人说,尽管此文件于1921年被发现,却并不能证明他贪食,因为这只体现当时僭主与属下的例行关系。

8. “在空中乱咬”的典故出自奥维德的《变形记》第八章,其中描述埃里西东(参见第二十三首注8)饿得“咬动着下颌,牙齿嚼着牙齿,不仅吃不到饭食,而且还徒劳无益地吞食着触摸不到的空气”。

9. “塔形牧杖”的“塔形”原文为rocco,即国际象棋中的“车”,今亦称为“塔”(torre),是拉维纳大主教手持的一种特殊样式的牧杖,不像一般牧杖的顶部呈弯曲状,而是像棋子中的“车”或“塔”;有人则认为,这里是指高僧所着的法衣。诗中用“放牧”(pasturare)一词含义模糊,可诠释为博尼法丘作为“牧师”放牧许多羊群即信徒居民;但布蒂认为,博家大业大,加之,他本人又贪吃，因而他采取善举，请许多居民大吃大喝。波斯科-雷吉奥注释本不赞成后一种说法。

10. “马尔凯塞”不是指贵族称号“侯爵”，而是名字：全名为马尔凯塞（Marchese）或马尔凯西诺·德利·阿尔古利奥西（Marchesino degli Argugliosi），福尔里名门望族，1296年曾任法恩扎最高行政官，可能死于1316年。据说此人十分豪爽，性格平静；古代注释家均称他能喝善饮，本维努托说：有一次，他请他的酒窖管理人告诉他别人对他的议论，那管理人战战兢兢地答道：“大人，他们说，你什么事都不干，光是喝酒。”他听罢笑着说：“为什么他们不说，我总是口渴呢？”可能正是这些轶事趣闻启发但丁写出这个人物。

11. 这里是说，马尔凯塞生前并不像如今在炼狱这样“口干难忍”。

12. “来自卢卡的鬼魂”即是指博纳钟塔。

13. “珍图卡”原文为Gentucca，诗中说此词是博纳钟塔“喃喃自语”说出的，但丁也未听清何所指，因此，此词对注释家来说，一直是个疑问。古代注释家一般认为，此词为gentuccia，意谓“微不足道的小人物”，这里则是指周围受苦的那群鬼魂，布蒂则是首先把此词作为一个女人的专名词来加以诠释的，因为诗中把有关的情节作为“预言”而提出，但丁佯作不知；根据“预言”，但丁将从佛罗伦萨放逐到卢卡，那里有一位贵妇人，名叫“珍图卡”，此女甚为贤德忠厚，但丁对她颇有好感，但并非“爱情”。然而，从卢卡的有关档案中查找，当时有很多妇女，都叫“珍图卡”，布蒂推测，此女可能是罗辛佩洛（Rossimpelo）之妻，而有人则认为，她的全名为珍图卡·迪·丘基诺·莫尔拉（Gentucca di Ciucchino Morla），下嫁给博纳科尔索·封多拉（Buonaccorso Fondora）。托拉卡则认为，此词乃是名词gente（人们）和动词ucca（谴责）组合而成，因此，当诠释为“人们谴责”卢卡市。总之，众说纷纭，莫衷一是，但萨佩纽和波斯科-雷吉奥两注释本根据下文，都倾向于布蒂的说法，即系一贵妇人的名字。巴尔比还认为，但丁作为莫罗埃洛·马拉斯皮纳（参见《地狱篇》第二十四首及有关注释）的客人，曾住在卢卡，可能与此贵妇人结识。

14. 此处诗中用了一个生动的动词pilucca，其本义是从一串葡萄里一粒一粒地摘下葡萄，最后只剩下葡萄枝，用以形容受苦赎罪的贪食者鬼魂被饥饿折磨的惨状。

15. 这里博纳钟塔开始向但丁解释他未曾听懂的“珍图卡”的含义：尚未成长为妇人的少女。根据当时市政条例规定，凡已婚妇女须在头上系黑色的头巾或头带，盖上头发、鬓角和下巴；寡妇则须系白色的头巾或头带。

16. 这里的“我的城市”即指卢卡：当时，地方主义盛行，但丁也不例外，因而对卢卡也是很反感的，但博纳钟塔预言，但丁将因此女而改变对卢卡的态度。

17. 波斯科-雷吉奥注释本对但丁在卢卡遇上珍图卡，从而改变对卢卡的看法的具体时间作了探讨，认为：不可能是发生在由吉伯林派分子乌古乔内·德拉·法乔拉（Uguccione della Faggiola）作为卢卡僭主时期，即1314—1316年，因为根据《炼狱篇》的撰写时间，这一时期似嫌过晚。因此，它推断，很可能是在但丁投奔马拉斯皮纳，来到卢尼加纳（Lunigiana）的时候，或稍晚几年，即1308—1309年，据说但丁的长子乔瓦尼（Giovanni）就是这时诞生的，这也是巴尔比的推断。

18. 这是但丁为其心目中的情人贝阿特丽切所写的《新生》第十九章的开头第一句诗：“女人，你们有爱的智慧”（Donne che avete intelletto d’amore）；该诗在当时十分有名，也能充分代表温柔新体诗的新颖诗风，但丁的崇高声誉似也由此诗而始，他本人在《新生》第二十章第一句段中就说，该诗“在人群中传播甚广”，并引起人们对他的“超出应得的厚望”，1293年，波洛尼亚的书记官皮埃特罗·阿莱格兰扎（Pietro Allegranza）还把它抄录下来，作为“回忆录”存入波洛尼亚市档案。波斯科-雷吉奥注释本根据本段内容推测，博纳钟塔可能读过《新生》第十七至十九章，从而领略到但丁的“新的诗韵”。

19. 在所有研究温柔新体诗的文学史中，都引用但丁对该诗体所下的这一著名定义。萨佩纽和波斯科-雷吉奥两注释本都强调指出，但丁对博纳钟塔的答话中的谦逊口气，即不把温柔新体诗的创立归功于己，而是归功于佛罗伦萨吟诵这类新情诗的诗人群体。

20. 对于此段三行韵诗的“现在”(issa)一词，萨佩纽和波斯科-雷吉奥两注释本看法不同：萨本认为，此词不是指博纳钟塔听到但丁关于新体诗的解释之后“才明白”，而是指博现在炼狱，已无人世间的傲气，不再寻求论战，更能根据实际情况作出判断，因他已提高到新的精神境界，能理解新体诗的“宗教般真理”的特点，把“爱”作为“内心革新”和“道德基础”的一个因素，所以，他告诉但丁：他早已改变对新体诗的看法，已明白过去所不能理解的奥秘；波-雷本则认为，上述说法“不足为信”，否则，就无法解释下句的对但丁所下定义“仿佛也感到满意”了，因此，它认为此段与上段是有联系的。

“书记官”指在神圣罗马帝国皇帝腓特烈二世宫廷内任书记官的诗人雅科波·达·连蒂尼，为腓特烈二世倡导的西西里派诗人领袖，皮埃尔·德拉·维涅(参见《地狱篇》第十三首及有关注释)等也是此派的佼佼者。连蒂尼约死于1250年。但丁在《论俗语》第一卷第十二节第八句段中曾赞扬过他；在诗中显然把他作为西西里诗派的代表。

圭托内全名为圭托内·德尔·维瓦·德·阿雷佐(Guittone del Viva di Arezzo, 1230—1294)，为享乐修士(参见《地狱篇》第二十三首及有关注释)，为托斯卡纳地区普罗旺斯式诗派领袖，在十三世纪下半叶曾盛极一时，但在如何处理爱情诗歌方面，是与温柔新诗体相对立的，因此，但丁在《论俗语》第一卷第十三节第一句段和第二卷第六节第八句段中曾批评过他及“圭托内派诗人”(guittoniani)，其中包括博纳钟塔(参见注5)。

21. 萨佩纽和波斯科-雷吉奥两注释本对“满意”一词作了不同解释，正如对第55句的“现在”一词一样(参见注20)：萨本认为，“满意”的不是听到但丁的阐述，而是有机会向但丁陈述博纳钟塔对温柔新体诗的“新”的看法；波-雷本则认为，“满意”的是但丁所说的话和终于明白两种写诗的方法。有人认为，但丁此句诗有“讽刺”的味道，即认为博纳钟塔“幻想自己已弄明白”温柔新体诗的定义；萨佩纽认为，这种诠释是不妥的。

22. 大雁到尼罗河“避冬”，系泛指到天气热的国家过冬；这种写法在维吉尔《埃涅阿斯纪》第六章和卢卡努斯《法尔萨利亚》第五章中都在不同程度上存在。

23. “掉转面孔”是指这些鬼魂先是惊奇地望着但丁，现在则把脸掉到自己前进的方向上去。

24. “渴望轻装驰骋”即是指渴望加速赎罪，释去身上的重负。

25. 这里称“神圣的一群”(santa greggia)是表示这群鬼魂是悔罪赎罪，愿意迅速洗清罪孽的。

26. 这句简单而自然的问话是颇能深刻体现故友即将分别时的友谊之情的，这里的“重逢”显然意味着只有在但丁死后，双方才能再次会晤。

27. 波斯科-雷吉奥注释本认为，此句似乎反映但丁有想死的“心愿”，而1300年春正是他在政治上十分活跃的时期，看来有些奇怪，也许此句是要说明但丁希望“早死”而不致眼看佛罗伦萨彻底崩溃，因此，此句可能是把作为“诗人”的但丁放到第一位，而不是作为诗中的“人物”来写的。它还估计，此诗是但丁于十四世纪上半叶末写出的。

28. 这里的“地方”指佛罗伦萨。

29. “那个人”指科尔索·多纳蒂(Corso Donati)：

他是佛雷塞和皮卡尔达·多纳蒂的哥哥，是佛罗伦萨黑党头目，但丁认为，佛罗伦萨的毁灭是他一手造成的。他生于1250年，性格残暴，曾逼迫立志献身上帝、充当修女的妹妹皮卡尔达嫁给罗塞利诺·德拉·托萨（Rosselino della Tosa），并用暴力将皮从其修道院拉出，皮最后卧床不起而亡（详见《天堂篇》第三首）。他先后任波洛尼亚、帕多瓦、皮斯托亚、帕尔玛等市最高行政官或护民官，每逢返回佛罗伦萨，必制造混乱。他曾作为护民官，率领佛市盟友皮斯托亚民兵参加1289年6月的坎帕尔迪诺（Campaldino）战役，与阿雷佐吉伯林派军队交战，并违抗指挥官命令，私自从侧翼袭击阿雷佐军，大胜，他因而更踌躇满志，不可一世。即使与本党分子，他也经常发生冲突，1296年，但丁的好友、温柔新体诗诗人圭多·卡瓦尔坎蒂（参见《地狱篇》第十首及有关注释）曾试图在公共广场上将他杀死。1299年，任奥尔维耶托（Orvieto）最高行政官，1300年任马萨·特拉巴里亚（Massa Trabaria）首脑；尽管他不曾直接参与佛市五月节（Calendimaggio）的骚乱事件，但他曾参与旨在推翻当时白党市政府的阴谋（号称“圣三位一体宫廷政变”congiura di San Trinità），因此曾被缺席判处死刑。随查理·德·瓦鲁瓦（参见本篇第二十首及有关注释）于1301年11月以调解佛市黑白两党纠纷为名进入佛市，黑党重新上台，他又趁机返回佛市，对白党进行残酷的报复和屠杀。他不仅与吉伯林派作对，而且欺压百姓；他还在第三次结婚时娶了卢卡吉伯林派首脑乌古乔内·德拉·法乔拉（见注17）之女为妻。由于他树敌过多，1308年10月，他被控犯有叛逆罪，不得已逃离佛市，但在佛市城外不远的圣萨尔维修道院（San Salvi）附近，被佛市僭主雇来的西班牙加泰洛尼亚雇佣军捕获，在解往佛市途中坠马，被雇佣军所杀。贡帕尼和维拉尼的有关著作对此都有记载。

30. 这里的“山谷”指地狱。

31. 诗中把科尔索描述为被马拖得体无完肤，是出自但丁的创新构思，而当时市政条例规定，凡犯有叛逆罪者，均判以系于马尾上拖死的刑罚，因此，但丁还是“言之有据”的。

32. 这里的“轮子”指九重天体，因此，诗句的意思即是说不须再过许多年。

33. “更高的地方”指炼狱山的山顶，即指伊甸园或地上乐园；此树即“分别善恶树”。上帝曾嘱咐看管伊甸园的亚当说，园中各种果子都可以吃，只是分别善恶树的果子不可以吃，吃了必死；但上帝用亚当的一根肋骨造出女人夏娃后，夏娃却在蛇的诱惑下，吃了分别善恶树的果子，因此，诗中说此树“曾被夏娃咬啃”。此典见于《旧约·创世记》第二至三章。

34. 这是惩罚贪食罪的第一个范例：半人半马的肯陶罗斯（参见《地狱篇》第十二首和第二十五首及有关注释），系拉皮提斯（Lapiti）国王伊修尼斯（Issione）与云神尼菲尔（Nefele，亦即相当于意大利文的“云”Nuvola）所生：伊修尼斯爱上了宙斯之妻赫拉（Era）即朱诺（Giunone），宙斯让云神化作赫拉，与他交媾，生下了若干半人半马的儿子，即肯陶罗斯。肯陶罗斯性情暴烈，一次，参加伊修尼斯之子、继其父即王位的庇里托俄斯（Piritoo）与伊波达米亚（Ippodamia）的婚礼，在宴席上喝得酩酊大醉，竟要掠夺和强暴新娘和席上的女客，幸而庇里托俄斯之友特修斯（参见《地狱篇》第九首和第十二首及有关注释）挺身而出，战败了他们，并杀死了大部分肯陶罗斯。由于肯陶罗斯是云神所生，诗句才用了“在云雾中孕育而生”（nei nuvoli formati）的词语。

35. “两种前胸”意谓这些肯陶罗斯的前胸一半是人，一半是马。

36. 这是惩罚贪食罪的第二个范例：此典出自《旧约·士师记》第六章第十一句和第七章第二十五句：基甸（Gedeon或Gedeone）受上帝之命，率领以色列人打击进犯的米甸人（Madian或Madianiti）。上帝认为，他率领的士兵人数太多，要他打发那些胆小怕死的回去；先是有二万二千人离去，只剩一万人，上帝认为，人数仍多，命他把这些人带到下面的哈律泉（fonte di Arad）旁，由上帝替他挑选适当的人随他作战。基甸命士兵在泉边集合，上帝对他说："你要以他们喝水的方法，把他们分成两组：用手舀水到嘴边，然后像狗一样用舌头舔着喝的是一组；跪下来喝的又是另外一组。"结果只有三百人是舔着喝的，其余都是跪下来喝的，因为这样的喝法，可以喝得很多，显示"懦弱无能"，不胜饥渴。于是，上帝说，"我就用这三百人去打败米甸人，其余的都可以回家了。"果然，基甸率领这三百战士从山上冲下，攻入扎营在谷中的米甸人，战胜了敌军。

37. "两个边缘"是指山崖道路有内外两边，诗中的"一边"是指靠内即靠石壁的一边。

38. 因为鬼魂们均已跑远，道路上无人（"荒凉"），所以，但丁等可以相互"散开"一些，不必像方才那样彼此贴近了。

39. "那个人"即启示节制饮食的天使。

40. 此句有两种解释：一是维吉尔和斯塔提乌斯与但丁讲话，或是由于但丁被天使的光芒照得睁不开眼睛，只好随维吉尔和斯塔提乌斯二人的谈话声，转过身去；一是听到天使讲话，但丁便朝其发出声音的方向移动。萨佩纽注释本采用后一解释。

41. 这里是说天使用羽翼擦去但丁前额上的又一个P字。

42. 这里发展了《新约·马太福音》第五章第六句的说法："慕义若渴的人有福了"，即"八福"中的第四福，参见本篇第二十二首及注2，但这里引用的方式与上次不同：第二十二首引用此话，是针对贪婪罪，只用"干渴"，未用"饥饿"，这里则是针对贪食罪，只提"饥饿"，未提"干渴"。

第二十五首

1. 这里是说，太阳原在白羊星座（Ariete），随白羊星座向前移动，当白羊星座在子午圈时，时为中午；太阳随白羊星座前移，离开子午圈，子午圈便为随白羊星座之后移动的金牛星座（Toro），金牛星座距白羊星座三十度，因此，这说明：中午时间已过，此刻应为下午二时（太阳通过星座移转持续两小时）。黑夜恰与太阳相对，因而在太阳位于白羊星座时，它位于天秤星座（Libra或Bilancia），随天秤星座向前移动，就把原地让与随后而来的天蝎星座（Scorpione）。

2. "狭小的路径"即是指从第六环到第七环的狭窄通道。

3. 这里用小鹳飞离鸟巢的犹疑态度来形象地比喻但丁想提问而怕对方责怪的矛盾心理。

4. 这里又用射箭来比喻维吉尔劝但丁有话即当说出：譬如射箭，箭已搭在弓弦上，弓身已弯起，箭头（诗中用ferro，即"铁"，因为箭头是铁制的）已因箭尾放在绷紧的弓弦之上，接触到弓身，呈一放即射之势。

5. 梅利阿格洛（Meleagro），为卡利多尼（Caledonia）国王奥埃尼俄斯（Oeneo）及王后阿尔提亚（Altea）之子；在他生下时，司人生命与命运的三女神把一根木柴掷入火中，称他只能活到木柴燃尽的时刻。其母阿尔提亚立即将木柴抽出，并隐藏起来。后梅利阿格洛在猎获一头野猪时，与其两个舅父普利西波斯（Plesippo）和托塞俄斯（Tosseo）争夺猎物，竟将他们杀死，阿尔提亚闻知大怒，将隐匿的木柴取出，掷入火中，梅利阿格洛不久即随之毙命。事见奥维德《变形记》第八章。维吉尔用此例及下段有关"镜子"的例子来说明问题，澄清但丁的疑问，萨佩纽注释本指出，这是经院哲学常用的"以范例作论据进行解释"的方法，拉丁文为：explanatio per argomenta exemplorum；前一例说明：人体可以用外因而"消瘦"，甚至"消耗殆尽"，而并不受饮食影响；后一例则说明：正如镜子能反映人的形象，虚假的肉体也能反映灵魂的痛苦，但这两种说明都不能澄清问题，因此，维吉尔把澄清任务请斯塔提乌斯来完成。

6. 这里的“创痛”与一般用来指肉体的“创痛”不同，它是形容不断在痛苦折磨人的疑窦。

7. “永恒的景象”(veduta etterna)有多种诠释:《最佳评注》解释为“看到永恒灵魂的现象”，近代的斯卡尔塔齐尼则认为是指“在这些永恒之地所见的现象”，也还有解释为“永恒的报复”“永恒的真理”的；萨佩纽注释本解释为“神力所从事的活动”；波斯科－雷吉奥注释本则解释为“神的活动的奥秘”，看来上述两注释本的诠释比较贴近原意。

8. 从此句起，一直到第108句，都是斯塔提乌斯向但丁阐述的有关人的产生和人的灵魂的起源的内容，此问题是中世纪哲学家和医学家争论不休的问题，看来，诗句中反映的但丁的有关看法，大抵取自亚里士多德、圣托马索和大阿尔贝托的有关论点，因而兼备神学、哲学、科学三种特征。“完美的血液”是指用于受孕的那一部分最纯净最精美的血液，它不是作为父体的养分为血管所吸收(诗中的“干渴”一词即表明血管需要用血液供给人体)；这一部分血液是完整的(“像是从一餐中撤下的饭食原封不动”)，具有“成形的能力”(vertute informativa)，即能组成人的各个肢体，而其他的血液则为已形成的各个肢体提供养分，这部分血液则是“流经血管”的。按中世纪的科学论断，人的生殖首先要有男性的精液，即所谓“精子”(seme)，它具有“成形”(formativo)和“主动”(attivo)的能力，一旦在子宫(matrice)中与女性的血液接触，就能组成胚胎，形成肢体，并赋予其生命力，但丁在《筵席》第四卷第二十一节第四、五句段中对此曾作过简略阐述，而圣托马索的《神学大全》、亚里士多德的《形而上学》也都有类似的论断：近代注释家纳尔迪在解释亚里士多德《形而上学》的有关论点时就说：“按照亚里士多德《形而上学》的永久性原理，任何被生殖的东西都是一种统一的因素产生的，亦即一种具有同样性质的因素……因此，父体的精子便被看成是生殖的工具性因素，经院哲学家从中也得出结论：这一因素应具有一种主动能力，这能力来自主要因素即父体的灵魂。”但丁也曾把这种主动能力称为“生殖性灵魂的能力”(《筵席》)。

9. 这里的“提炼”是说，那部分“完美的血液”经过变化，成为精液；“与其讲出，则最好不讲”的“地方”即是指精液流入男性生殖器官；“天然小盆”(naturale vasello)即指子宫，从当时通用指女性生殖器官的vaso(本义为“盆”)派生而来。但丁在《筵席》第四卷第二十一节第四句段、圣托马索在《神学大全》第三卷中都提到这一点。

10. “那里”即指子宫；“处于被动”的血液即指女性的月经；“处于主动”的血液即指男性的精子；“完美之地”指心脏，男性的“主动能力”即是来自心脏。《神学大全》第三卷第三十三章中就指出:“在生殖过程中，要分为主动活动和被动活动。因此，全部主动能力都在男性一方，而被动能力则在女性一方。”

11. 父精母血接触之后，精子便开始起作用，把二者凝成一个固体(佛罗伦萨无名氏把它比作“牛奶中的奶皮”)，并把生命力注入其内；这里诗句又用了一个形容月经活动的术语即constare，意谓“凝为固体”，此用法见于中世纪翻译亚里士多德《论动物之生殖》(*De generatione animalium*)一书的版本。“凝结”的说法也取自《旧约·约伯记》第十章第十句:“你不是已经把我像奶一样倒来倒去，又把我当作奶酪一般拿去凝结吗?”

12. 这里是说:“主动的能力”变成的“灵魂”(亦即“胚胎”)与植物的灵魂一样，即所谓“植物灵魂”(anima vegetative)，即有生命而无感觉，但二者不同之处在于：前者仍在继续发展中，后者则已完成此过程(“已达岸边”)。

13. “灵魂”(即胚胎)继续活动，以致变得有运动，有感觉，即从“植物灵魂”变为“感觉灵魂”(anima sensitiva),从这一阶段起,就开始组成各种感觉器官,而这些器官又都是从灵魂亦即主动能力中产生的。但这种“感觉灵魂”仍是属于低级组织,亦即介乎植物和动物之间的组织;关于“海绵”一词,萨佩纽注释本与波斯科–雷吉奥注释本所印的词汇不同:前者用fungo marino(海蘑),后者用spungo marino(海绵spugna),而一般版本都采用前一种解释,萨佩纽认为,即使在中世纪,spungo也不常作spugna来使用,只是见于一部分手抄本,因此,此处应如拉纳所说,是指类似海中的凝结物,能运动,有感觉,但无器官,如水母、海绵、软体运动等;纳尔迪虽采用萨本的印法,但仍诠释为“海绵”。

14. “生殖者”即指父体,“能力”即指“成形的能力”;“自然精心制造所有肢体之地”即指精子的主动能力活动之处,亦即胚胎。

15. “能说话的东西”原文为fante,来自拉丁文fari,即相当于今文parlante(能说话的),简言之,即是指“人”;但丁在《论俗语》第一卷第二节第十一句段中就说:“在所有现存的东西中间,只给予人以说话的能力”,这也就意味着人是唯一具有理性的物种或动物,亦即具有“理性灵魂”(anima razionale)。因为只有人有理性,有思想,需要与别人交流,诗中才用了“能说话”一词来代表“人”,这也是“人”或“理性灵魂”的特征。至于“理性灵魂”的产生根源,但丁是遵循亚里士多德《论动物之生殖》第二章第三节的有关论点的,其中说:“由此可以推论,智力是来自外部,只有它是神力所造的;实际上,肉体的活动在智力的活动中不起任何作用”,因此,下面的诗段就说明:理性灵魂的起源不取决于精子的主动能力,而是在胚胎发展到特定程度,由上帝创造和注入胚胎之中的。

16. “比你聪明的智者”是影射阿拉伯哲学家阿威罗伊斯(参见《地狱篇》第四首及有关注释)。诗中说他在上述问题“误入迷津”,是指他把智力与灵魂分开,从而犯了否定灵魂不死论的错误。但丁对阿威罗伊斯的思辨才能还是十分推崇的,只是在理性与灵魂的关系上与他有歧见。

17. “可能的智力”(possibile intelletto),即指思维能力(facoltà intellettiva),亚里士多德把它则称为“可能的智力”,但丁和中世纪经院哲学家也都沿袭了这个名称。关于但丁认为阿威罗伊斯在此问题所犯的“错误”,应追述中世纪经院哲学根据亚里士多德的学说对此问题所持的共同见解,即认为认识的基础和前提是“可感觉的察觉力”,但是,作为“认识宇宙的智慧”的科学,只有在一种更高的能力,亦即思维能力的干预下,才有可能成立。亚里士多德认为,在活动中的感觉总是与相应的可感觉的对象相吻合的:如听到声音与声音本身二者相吻合;同样,理解的行动也与可以思维的对象相吻合。但是对于“处于潜在状态”的智力来说,这种一致性是不存在的,因而要把智力分为“可能的智力”(intelletto possibile)和“活跃的智力”或“主动的智力”(intelletto agente或attivo)两种。“活跃的智力”对“可能的智力”产生影响,犹如光线使颜色得到体现,而颜色在黑暗中是处于潜在状态的。推而言之,“活跃的智力”使真理得到显现,而真理在“可能的智力”中则只是处于潜在状态的。亚里士多德在其《论灵魂》第三章中说,“主动的智力”是“(与灵魂)分离的、不可捉摸的、不容混淆的”,但他却未解释清楚这种“分离”的含义:“主动的智力”是在人身上,抑或是在上帝身上,再或是在人和上帝二者身上,这也便是以阿威罗伊斯为代表的阿拉伯哲学与基督教的经院哲学争执之点。阿威罗伊斯虽是第一位诠释亚里士多德学说的阿拉伯哲学家,但在解释亚里士多德的这一有关“智力”的学说时,从根本上改变了阿拉伯的学说,因而曾遭到穆斯林的谴责:因为他认定,“可能的智力”不是灵魂,而是某种与灵魂分离的东西,对灵魂来说,它只不过是一种disposizione(天赋),是与主动

的智力相通的。他还把"主动的智力"的作用比作阳光,把"可能的智力"比作视觉潜力,这种潜力只有借助阳光才能看见,并把人的心灵中可以理解的形态即观念比作颜色。阿威罗伊斯因把"可能的智力"看成"与灵魂分散"的东西,也便否定了个人灵魂的不死,因为"不死的智力"是所有个人身上唯一存在的东西,它作为"主要的天赋"(disposizione essenziale)与所有个人的灵魂相通,只要这些灵魂"活着";但它又与灵魂有别和分离,灵魂死了,它也依然存在。正因如此,阿威罗伊斯的论点也便与基督教的经院哲学相抵触,因为后者是把"可能的智力"与上帝注入每个人身上的"理性灵魂"看成是一个东西。圣托马索的《神学大全》等著作都曾在此问题上批评了阿威罗伊斯的理论。诗中提到的阿威罗伊斯"看不出智力采用什么器官",是指他认为,理解的行动不能与任何人体具体器官相适应:如眼睛与视觉感官、耳朵与听觉感官相适应;并就此得出结论:"可能的智力"是与人的个人灵魂相脱节的单个主体,是所有人独一无二的东西。

18. "原动力"(motore primo)指上帝。

19. "充满能力的新生气"即是指"可能的智力",亦即"理性灵魂"。

20. "从中发现的那个主动因素"是指从"胚胎"中发现先是变为"植物灵魂",后又变为"感觉灵魂"的"成形的能力";这样,"可能的智力"与"成形的能力"汇合起来,成为一个"单一的灵魂",即不只有生命(如植物)、有感觉(如低级动物),而且还能意识到自身的活动("自我反省")。值得注意的是:在这一问题上,但丁脱离了圣托马索的有关论述,因为后者认为,感觉灵魂是继植物灵魂的腐朽和消失之后出现的,因为植物灵魂已完成它的使命;同样地,理性灵魂也是继感觉灵魂的腐朽之后而出现。他还曾表示支持包括大阿尔贝托在内的其他思想家的有关见解,即认为从植物灵魂到感觉灵魂再到理性灵魂的进化过程,不是取决于"精子能力的作用",而是受"外来动因"的"影响"。

21. 这里的"惊奇"实际上涉及神赐的智力如何与自然产生的植物灵魂和感觉灵魂融为一体的问题。诗中举葡萄汁液遇太阳热量而变为葡萄酒为例,就是要说明想必有某种因素能将物质因素(葡萄汁液)与非物质因素(太阳热量)融为一体的道理。有人也曾将此例作为灵魂与肉体的结合加以说明,波斯科-雷吉奥注释本认为,此说不能成立,并指出,在此问题上,但丁脱离了圣托马索的有关论点(参见上注)。

22. 拉凯西斯(Lachesis或Lachesi)是司人的生命的三女神之一,负责将象征人的生命线的纱(原文用lino,直译"亚麻")纺织,参见本篇第二十一首及注14。这里所说的"无纱可纺"即隐喻生命已经完结。"人类的机能"指植物和感觉的机能,"神赐的机能"则指思维的机能(facoltà intellettiva),换言之,即是分别指植物灵魂和感觉灵魂以及思维(理性)灵魂,这一点再次证实但丁与圣托马索的不同见解。

23. "其他潜在能力"指植物机能和感觉机能:因为人已死去,与之有关的各种器官均已不起作用("无息无声"),这些机能便纯粹处于潜在状态,不再活动。

24. 这里是说,只有神赐的思维机能仍在继续活动,并且比生前更为"灵敏",因为它不再受到肉体的妨碍、限制了。思维机能(思维灵魂)的三大表现即如诗中所说的:"记忆、智慧和意志。"

25. 这里是说,灵魂根据上帝的意旨,具有内在的推动力,因而不能停滞下来,而是要"神奇地"降落到冥界的两道河岸之一:一是地狱的阿凯隆特河,倘若注定要打入地狱受苦;一是台伯河,倘若蒙上天恩泽可经炼狱而升天堂。

26. 这里是说,在未抵达上帝指定的地点之前,灵魂就可以意识到自己的永恒命运,因为河岸本身就说明该灵魂是上天堂抑或下地狱。

27. 这里的"成形的能力"是指灵魂本身所具有

的成形能力；一旦达到灵魂所应去的地方，它便像在人体(胚胎)内形成植物灵魂和感觉灵魂一样，在四周的空气中活动("辐射")，以期形成一个"飘渺的躯体"(corpo aereo)。

28. 这里用自然现象来形容灵魂在包围它的空气之中如何形成飘渺的躯体："别处射来的光线"指阳光，即是说，如雨过天晴，空气潮湿，阳光射来，反映出一道彩虹一样，灵魂四周的空气，也会采取灵魂本身的形象("渗入一种形体")，而这形象也正是灵魂的"成形的能力"打印在空气中的。

29. 这里又用火焰追随烈火蔓延为例，比喻灵魂所形成的新形体也像火焰追随烈火一般，随灵魂的活动而活动。

30. "外形"即是指飘渺的形体，而通过这形体，灵魂就成为可以看见的东西。

31. 这里的"鬼魂"，原文为ombra，本义为"影子"，也有人曾把它直译为"影子"，但从全诗对此词的用法来看，仍以译为"鬼魂"或"幽灵"为是。此外，"影子"本身的含义也只说明它反映的是人体的"轮廓"，而不是"全部"，这与下一句也是意义相左的。

32. "苦刑折磨的最后一层"原文为ultima tortura，指炼狱山的最后一环，即第七环，是贪色者鬼魂受苦赎罪之所在；但也有人(包括本维努托)把它诠释为"围绕山崖拐弯的最后一道山路"。

33. 这里再次表明：在炼狱山上总是向右拐的。

34. 这里可作两种解释：或是鬼魂在第七层受苦的情景，或是这一段行程十分艰巨和危险，因而"令人关切"，见第115至117句。

35. 这里是说，烈火蔓延到整个山路，除了这一层的外部边缘，因为从那里吹起一阵一阵风，将火吹回。

36. 由于山崖靠外的一边无火，可容人行走，尽管它是没有遮拦的东西以防坠落的。

37. 因为边缘过于狭窄，只能排成一前一后的队形前进。

38. "那边"指山路靠内的一边，"这边"则指靠外的一边。

39. "管住眼睛"即是指山路狭窄而险峻，必须目不旁顾。这一层贪色者鬼魂所受的火刑，同样也是报复刑的一种：烈火即象征他们生前的情欲之火，死后便须用火来赎清生前所犯贪色罪。古代注释家(如兰迪诺)还进一步阐释维吉尔叮嘱但丁要"管住眼睛"的深刻含义，即："眼睛是窗子，爱情正是从窗子进入……因此，倘若我们不愿陷于这类麻烦，就应当时刻管好眼睛。"

40. "至高无上的仁慈的主"原文用拉丁文Summae Deus clementiae，这是一首颂歌的第一句话，该颂歌是在每星期六早上背诵的，现为罗马日课经(Breviario)文本的词句，略有变动，即改为Summae parens clementiae(至高无上的仁慈的天父)。该颂歌中有几句诗正是针对贪色罪而写的，而且也提及诗中所描述的报复刑，其中呼吁让正义的火焰烧毁作为色欲的渊薮的腰与肝，并加以洗净，把任何肉欲的诱惑远远地排除掉。

41. 此句话是天使长吉百利奉上帝之命，向圣母玛利亚宣告她即将怀孕，生下上帝的儿子耶稣时，玛利亚说："这怎么可以呢？我还不认识男人。"原诗用拉丁文Virum non cognosco，但中译本《圣经》将此句译为"我还没有结婚"，法译本则与诗中所引拉丁文一致。此话见于《新约·路加福音》第一章第三十四句。这是作为贞洁的第一个范例。

42. 这是贞洁的第二个范例，取自希腊神话：月神狄安娜为了保持自己的贞洁，与女伴们居住在森林之中，但林泽女神卡丽斯托(Calisto)，俗称"爱丽斯"(Elice)，被宙斯诱惑，为此，狄安娜将她逐出森林，以免破坏森林居所的纯洁。爱丽斯被逐的故事在奥维德《变形记》第二章中有叙述，其中还提及：爱丽斯被逐之后，宙斯之妻尤诺发现她与宙斯的私情，怒而将她变为熊，后宙斯又将她变为大熊星。波斯科-雷吉奥注释本不赞成有人把此例说成是既是"贞洁"的范例，又是"情欲"的范例：即狄安娜代表前者，爱丽斯代表后者；它强调，此例的主人公应是狄安娜，因而应把此例作为贞洁的第二例。

43. 这是第三个贞洁的范例。这里的“女人”是指妻子；鬼魂们喊出的“忠贞不贰”的夫妻，即是符合但丁对“非淫欲的爱情”的看法：只有拥有“贞洁之德”并为“婚姻”所约束的爱情才能是这类的爱情。

44. 这里的“治疗”是指鬼魂们在其中行走的烈火；“食膳”系指精神食粮，亦即祈祷和对上述三个范例的思考。

45. 这里的“创伤”是指罪孽造成的“创伤”。波斯科-雷吉奥注释本估计，“创伤”一词原文为piaga，也是以p打头，可能也是影射鬼魂前额上所刻下的P字创痕。

第二十六首

1. 这里是说，从但丁随维吉尔、斯塔提乌斯走上阶梯起，已过了一些时间，如今约在下午四五点钟的时刻，因此，日已西斜，阳光照到但丁的右侧，几乎与但丁处于平行线上，诗中才用了“右肩”(omero destro)一词；这也说明：三位诗人已达到阶梯顶端，正在朝南向右转。

2. 此句描述十分细致：在天空中有太阳之处，天色发白，其他地方则呈蔚蓝色，因此，这时太阳西落，便把那片天色从蔚蓝变为白色。

3. 又是一句细致的自然景象描绘：在太阳光芒照射下，火焰显得不太鲜红，但丁的黝黯身影一旦介入阳光与火焰之间，挡住阳光，火焰也便显得“格外通红”了。

4. 这里用“燃烧”来形容“渴求”了解但丁的情况，是很别致而生动的，因为“渴求”的强度与“烈火”的热度一样在折磨着说话的鬼魂，正如萨佩纽所恰当地形容的：是在“内外燃烧”。

5. 这里用印度和埃塞俄比亚两个热带地区的居民对凉水的渴求来比喻鬼魂急切了解但丁情况的心情。“埃塞俄比亚人”原文用Etiopo，是指有闪米特族(semitico)血统的人，因而与黑人不同，古希腊人把凡有棕黑色皮肤的民族都称为“埃塞俄比亚人”；此外，古代把位于埃及西南部的各国，如阿比西尼亚、努比亚(Nubia)、达夫尔(Darfur)、索马里等，都称为“埃塞俄比亚”，从广义上说，则用以统称“非洲”；中世纪则特地将此词指十二世纪下半叶的传奇式高僧雅尼僧侣(Prete Ianni)的“国家”：据说，欧洲从十二世纪下半叶起就开始至印度和东亚寻找该僧，自十四世纪起，又到埃塞俄比亚寻找，教皇约翰二十二世(Giovanni XXII)曾于1316年派一多明各教会使团前往埃塞俄比亚，从而建立了信奉基督教的埃塞俄比亚与欧洲各国的关系。

6. 这里用“死神撒下的罗网”的说法，是由于当时常把死神比作猎人或渔夫，张网捕获猎物或打鱼。

7. 这群鬼魂前进的方向与但丁及原有一群鬼魂恰好相反：他们是犯有反自然的贪色罪亦即鸡奸罪的鬼魂（见下文）。

8. “相互亲吻”原是古代基督教或犹太教复活节或逾越节教士和信徒之间的问候礼节，此典出自《新约·罗马书》第十六章第十六句：“希望你们各人都亲亲热热的彼此问候”，法文译本还明确用了baiser（亲吻）一词；这里则另有一层含义：对生前犯有贪色罪的鬼魂所处的报复刑。

9. 类似的写法也见于维吉尔的《埃涅阿斯纪》第四章、奥维德的《变形记》第七章等对蚂蚁群的描绘，但此处则用作比喻，描述双方似乎在“打探”彼此走什么路和找到什么食物。

10. “所多玛和蛾摩拉”是《旧约·创世记》第十八、十九章提到的两个“罪孽深重”的城市，特别是前者，犯有贪恋男色的罪过，“所多玛”（Soddoma或Sodoma）即今文Sodomia（鸡奸）一词的词源。为了惩罚二城，上帝用硫磺和火毁灭了它们。“新来的那群鬼魂”即是指第二批走来的鬼魂，方向与第一批相反。

11. “另一群鬼魂”指第一批与但丁等走在一处的鬼魂。帕西菲即克里特岛的王后，因爱上一头公牛，不惜钻进特意为她制作的木制母牛之内，与公牛交媾，从而生下牛首人身怪弥诺陶洛斯（参见《地狱篇》第十二首及有关注释）。因此，这一批与另一批相反，系犯有纵欲淫乱罪，即其对性欲的追求超出理性的限度；二者的淫欲不同，一是“自然”的淫欲，一是“反自然”的淫欲。

12. 里非山（Rife或Rifei），亦称伊佩尔博雷伊山（Iperborei）：为欧洲的山脉，但古人对其具体位置，说法不一：维吉尔和奥罗西奥在其各自著作中称它位于欧洲的东北部地区，常年积雪，气候异常寒冷；意《梅尔齐百科全书》则称，古希腊人认为该山脉位于欧亚两洲交界处（Eurasia），却未指明地点。“沙漠”系泛指非洲沙漠，波斯科-雷吉奥注释本则认为，系指利比亚的沙漠地带。

13. “走来”的是指犯有鸡奸罪的一群鬼魂，“走去”的则指与但丁等走向相同的犯有贪色罪或淫欲罪的另一群鬼魂。

14. “先前的歌曲”即是指第二十五首第122句中鬼魂所唱的“至高无上的仁慈的主”。（参见该首原句及注40）

15. “最切合他们的处境的范例”是指第二十五首第127—139句中鬼魂所叫喊的范例（参见该首原句及注41、42、43）。波斯科-雷吉奥注释本认为，此句原文“最切合他们的范例”含义“不甚明确”，因为从下面第79—81句来看，犯有淫欲罪的鬼魂只是在与另一批鬼魂相遇时，才喊出与自身有关的范例，而不像叫喊宣扬贞洁的范例那样，在行路时高喊的（犯有鸡奸罪的也同样如此）。因而它设想，在但丁的想象中，两队鬼魂在行进时是轮番歌唱“至高无上的仁慈的主”和高喊贞洁的范例，随后在双方相遇时，则各自高喊与各自罪行有关的范例；分手时，则重又轮番唱起赞美主的颂歌和高喊贞洁范例。

16. 这里是说，这些鬼魂（即犯有鸡奸罪的鬼魂到来之前的那些与但丁等走向相同，并向但丁提出问题的鬼魂）自信早晚将享有天国之福。

17. “盲人”在句中是指由于所犯罪过和错误，在心灵上看不见事物，因而是“心灵上的盲目”，需要上天给予智力上的光辉照耀。

18. 这里的“圣女”，几乎所有古今注释家都认为是指贝阿特丽切，但也有人（如斯卡尔塔齐尼、波雷纳）则认为，也可能是指圣母，萨佩纽和波斯科-雷吉奥注释本都不同意后一说法。

19. 这个地方是指净火天（Empireo），亦即享有天国之福者的所在地，换言之，即天国。

20. “与你们背向而行”的鬼魂即指犯鸡奸罪的鬼魂。但丁表示要把他们名字记录下来，传达给世人，以期为他们祷告，请求赦罪。

21. 这两段三行韵诗先是用“山里人”初到城市感到惊奇的情景来比喻、形容鬼魂听到但丁的回答后的反应，后又说明：这些鬼魂都是一些智者，有“崇高心灵”，有较强的自我克制能力，因而很快就恢复镇静自若的神态。

22. “死得更善”（morir meglio）是指在上帝的保佑下死去；但也有人把morire（死）换成vivere（活），因而全句的意思就变为“为了有较好的生命”，甚或“为了取得更圣洁的生命”，萨佩纽和波斯科－雷吉奥两注释本都未采用上述版本的印法。此时，但丁尚未死去，自然应求得上帝保佑，使之得到善终，用“死”似较符合原意。

23. 此典出于罗马历史学家斯维托尼奥（Svetonio，70—140）的名著《十二凯撒传》（*Vite dei dodici Cesari*），其中记载了从凯撒到多密善十二位罗马皇帝的事迹，但萨佩纽和波斯科－雷吉奥两注释本都认为，更可能的是出于乌古乔内·达·比萨（Uguccione da Pisa）的《伟人溯源》（*Magnae derivationes*）一书。诗中所说的情节，是指凯撒与比提尼亚（Bitinia）国王尼科梅德斯（Nicomede）关系十分亲密，因而在凯撒最后获得胜利时，曾有某个叫奥塔维奥（Ottavio）的人讥刺地呼叫他为比提尼亚国王的“王后”，后来，凯撒的敌人也这样称呼他；斯维托尼奥的有关著作中叙述此情节时，曾写有士兵歌唱“凯撒的尼科梅德斯”的词句，而乌古乔内·达·比萨的有关书籍中则明确把尼科梅德斯和凯撒并列为“国王”和“王后”。波斯科－雷吉奥注释本对凯撒犯有“鸡奸”罪有怀疑，并指出，若果然如此，但丁就该把凯撒放到与布鲁内托（参见《地狱篇》第十五首及有关注释）一起，而不应把他置于“伟大的幽魂”之列了。

24. 这里是说，羞耻之心加剧了悔罪之感，从而也使惩治罪行的烈火取得更大的效果。

25. “包括男女两性”系指他们所犯的罪孽是涉及两性的，亦即“异性恋”（eterosessuale），与犯鸡奸罪的鬼魂的“同性恋”（omosessuale）恰恰相反，原文用ermafrodito，直译为“雌雄同体”；此典源自希腊神话，奥维德的《变形记》第四章也有叙述：此词原为墨丘利与维纳斯所生之子埃尔马佛罗迪特（Ermafrodito）：墨丘利和维纳斯的希腊文名分别为Hermes或Ermete和Afrodite，因此，此子的名字等于将其父母的名字捏合在一起。据说，埃尔马佛罗迪特在林泽女神萨尔玛提德斯（Salmatide，或称萨尔玛斯Salmace）的泉水中沐浴，女神一见钟情，埃尔马佛罗迪特则试图逃走，却被女神搂住，在女神的祈求下，诸神允诺使他们二人合为一体，并具有雌雄两种特征。

26. “人类法则”指理性法则、规律，即对淫欲本能要有所节制。但丁在《筵席》第二卷第七节第四句段中就说：“谁离开理性，而仅仅使用感觉部分，他也不是作为人而生活，而是作为兽而生活。”

27. “那女人的名字”即是指帕西菲的名字（参见注11）。

28. 此句的言外之意是指向但丁透露自己的姓名，以满足但丁的愿望。

29. 圭多·圭尼采利（参见本篇第十一首及有关注释）：为十三世纪波洛尼亚的名诗人，为用俗语写诗的主要代表人物，甚而早于圭多·卡瓦尔坎蒂（参见《地狱篇》第十首及有关注释），为“温柔新体诗”的创始人，但丁在《新生》《论俗语》《筵席》等著作中对他都倍加赞扬。他死于1276年，但出生年份不甚确切，传为1230年（？），因而有人曾把他说成是圭尼采洛·迪·巴尔托洛梅奥（Guinizzello di Bartolomeo）之子，目前则大多认为他是圭尼采利·达·马尼亚诺（Guinizzolli da Magnano）之子：他本人做过法官，属波洛尼亚市兰贝塔齐家族为首的吉伯林派，参加过波市的党派斗争，1274年，由于归尔弗派的杰雷米家族在波市掌权，他被流放到蒙塞利切（Monselice），可能死于1276年，因为当时有一文件，写明将其子圭杜丘（Guiduccio）交与其寡妻贝阿特丽切·德拉·佛拉塔（Beatrice della Fratta）监护（此子为他与贝二人所生）。

诗中说他“已在把自身洗净”是指他“已来到炼狱”。

30. 这里又用典形容但丁见自己所钦敬的圭

多·圭尼采利而又不敢上前拥抱(因圭在火中燃烧)的情景。此典出于斯塔提乌斯《特拜战记》第五章:尼米阿(Nemea)国王利古尔格(Licurgo)将自己的小儿子奥菲尔特(Ofelte)交给他的女奴许普西皮勒(参见本篇第二十二首及注39)看管。她把孩子放在草地上,暂时离开片刻,不料孩子被蛇咬死。国王大怒,判许为死罪,就在行刑时,许的两个儿子托安特(Toante)和欧尼俄(Euneo)认出被行刑的妇女就是自己的生母,于是,不顾生死,闯入武装的卫队,抱起母亲,把她救走。

31. 如上所注,但丁本想走上前去,像许普西皮勒的两个儿子那样拥抱圭多·圭尼采利,但因圭在烈火当中,但丁不敢这样做。

32. "其他优胜于我的人"是但丁的自谦之词;波斯科-雷吉奥注释本认为,这可能是指圭多·卡瓦尔坎蒂和齐诺·达·皮斯托亚(Cino da Pistoia,1270—1337)乃至拉波·贾尼(Lapo Gianni)。齐诺·达·皮斯托亚也是"温柔新体诗"的诗人,是但丁和彼特拉克的好友;拉波·贾尼是十三、十四世纪佛罗伦萨诗人,也是但丁的好友,但丁在《论俗语》中曾赞扬过他。

33. "柔美"指诗的声调,"优雅"指诗的风格,二者都是"温柔新体诗"的两大特征。

34. "令他人也深信不疑的宣告"指发出誓言(见第109句)。

35. 这里的"耳闻"是指圭多听到但丁受到上天的特殊恩泽,能带着肉身遨游冥界,但也可能是指但丁表示愿意为他效劳,波斯科-雷吉奥注释本认为,后一种解释理由不够充足。

36. 勒特河(参见《地狱篇》第十四首及有关注释),为地上乐园的一条河流,能使鬼魂忘记自己所犯的罪过,但并不失却整个记忆。在此处应理解为古人所指的"忘川"(fiume dell' oblio),因为"勒特"的原文Lete是希腊文动词"隐匿"的字根。

37. 这里所指的柔美诗歌是指爱情诗。诗中所用"诗歌"一词为detti,直译为"言谈、说话",在意大利古文和法文古文中,detto和dit都分别指"吟诗",特别是指写议论诗,但丁本人就写过一首小诗,名曰Detto d'Amore即《情诗》。

值得注意的是:但丁此处以"您"称呼圭多·圭尼采利,这类情况在本诗中是罕见的,他只有对其老师布鲁内托以及法里纳塔、卡恰圭达和贝阿特丽切采用这种称呼。

38. "用现代语言写诗"是指用"俗语"写诗;但丁在《新生》第二十五节第四句段中曾说:"这些用俗语写诗的诗人最早出现以来,并未过去许多年。"

39. "用母语写诗"原文是parlar materno,直译为"用母语说话",或是"从母亲口中学到的话",在但丁对语言的概念中,这种"母语"是与"有文法的语言"(grammatica)相对立的,后者即是指拉丁语。

"更为高超的匠人"是指阿纳尔多·丹尼埃洛Arnaldo Daniello,他是十二世纪末和十三世纪初法国普罗旺斯的著名游吟诗人(见注51)。

40. "传奇式散文"(prose di romanzi)系古代一种叙事性散文作品,与"爱情诗"恰好相对:一是叙事,一是抒情。诗句的含义即是说,圭多·圭尼采利十分谦逊,认为阿纳尔多·丹尼埃洛在上述两方面都超过包括他自己在内的其他诗人。

41. "莱莫西的那位"系指法国普罗旺斯另一位名诗人吉罗·博耳奈尔(Giraut Bornelh),他也是以用方言、俗语写诗而著称。"莱莫西"(Lemosi)即"莱莫西诺"(Lemosino),即"里摩日",该地靠近吉罗·博耳奈尔的出生地佩里科尔(Péricord)地区的埃克西德伊(Excideuil),因此,诗句并非严格从地理角度称道这位诗人的。吉罗·博耳奈尔生活在十二世纪中叶至十三世纪初。生前与英王理查一世(亦即"狮心理查"Riccardo Cuor di Leone)、阿拉贡和卡斯蒂利亚(Castiglia)两国国王都有交往。但丁对他十分赞赏,在《论俗语》和《筵席》中都称赞过他,并说他的诗超过阿纳尔多·丹尼埃洛和贝尔特朗·德·鲍恩(参见《地狱篇》第二十八首及有关注释)。然而但丁在《论俗语》第二卷第二节第九句段中也曾把诗歌体现人类精神的最高目的分为三类:率直(rettitudine)、爱情、战争(armi),并指出:吉罗和但丁代表第一类;阿纳尔多·丹尼埃洛和齐诺·达·皮斯托亚(见注32)代表第二类;贝尔特朗·德·鲍恩代表第三类。这三类涉及诗歌的内容标准,而在《神曲》中,但丁还着眼于诗歌的内在价值:形式和语言,正因如此,他指责圭托内的语言有狭隘的乡土气,赞赏阿纳尔多为"用母语写诗"的"匠人"。

42. 当时的舆论认为,吉罗·博耳奈尔是最伟大的游吟诗人,意大利的圭托内派(参见本篇第二十四首注5)诗人泰拉马尼诺(Terramagnino)也是这样评价。但丁则是认为,在爱情诗上,阿纳尔多·丹尼埃洛是胜过吉罗的(见上注),因而是爱情诗的代表;诗句的弦外之音则在于:但丁以"反对"吉罗为名,矛头则指向圭托内及其仿效者,借以宣扬"温柔新体诗"的出类拔萃,这就如同圭托内派的主将之一博纳钟塔(见本篇第二十四首及注5)曾率先攻击圭尼采利对诗歌的改革,创立"新体诗",泰拉马尼诺为吉罗·博耳奈尔大事鼓吹,这在但丁的《论俗语》中还是有不少阐述的。诗中所说"把自己的脸……"即是说这些"蠢材"只着眼于舆论,而不注意"真理"("实际")。

43. 有人也曾把"艺术或理性"释为属有格,即"艺术的理由",波斯科-雷吉奥注释本排除这种说法,认为应把"理性"看成"一种健全的判断标准"。

44. 圭托内,全名为圭托内·德拉·维瓦·德·阿雷佐(Guittone del Viva d'Arezzo),关于他创立的普罗旺斯诗派的诗风及其本人的生卒年代,请参阅本篇第二十四首注5。他是享乐修士(参见《地狱篇》第二十三首及有关注释),也是意大利最古老的作家之一。他曾首创意大利学术性散文体(Prosa dotta italiana);他的名诗之一是叙述佛罗伦萨归尔弗派于1260年被法里纳塔和西西里王曼弗雷迪联军击溃的蒙塔佩尔蒂战役(参见《地狱篇》第三十二首及有关注释)的诗歌。但丁在《论俗语》第二卷第六节第八句段中曾写道:"那些愚昧无知的追随者应当停止颂扬圭托内及其他一些人,因为他们在遣词造句上从未停止过采用一些粗俗的方式",同书第一卷第十三节第一句段也有类似的说法。

45. 诗句中的"依靠多数人"(con più persone)有两种诠释:一是指直到有许多人能更好地判断是非,实际才取得了胜利("战胜了对他的称赞");一是指直到有许多诗人胜过他(圭托内),实际才战胜了他。萨佩纽注释本对这两种解释虽未予评论,但从把后一种解释置于第一位这一点来看,似倾向于后一种;波斯科-雷吉奥注释本则明确表示,从上下文来看,前一种更符合原意。

46. "天庭"的原文为chiostro,本义为修道院常有拱廊的庭院,也有"隐修院"之意,此处作"天堂"解,布蒂曾就此解释说:"天堂是享有天国之福者隐居之地,正如隐修院是教士的隐居之地";"正如修道院主持为僧侣的父亲和主人,基督也便在更大程度上是享有天国之福者的父亲和主人"。

47. 这里所说的"祷告"可参见本篇第十一首开头部分,只是把该首第22句起几句取消,因为那是为依然活在世上的人说的。下句的"这个世界"即是指炼狱。

48. 对"第二个"的解释,萨佩纽注释本认为是指在圭多·圭尼采利后面的另一个鬼魂;波斯科-雷吉奥注释本则认为,若把待在圭多·圭尼采利身旁、"第二个"来讲话的鬼魂,解释为在他之后,就与第116句的意思相左了,而且第136句中,也说明但丁是"向前"靠近。另有人将"第二个"与"地方"联系起来,诗句的意思就变为给身边另一个鬼魂提出"适当"的地方。

49. 这里用了一个异常美妙的比喻,形容这位波洛尼亚诗人离开了但丁的视线。

50. 这里的诗句格调异常精细典雅,很适合但丁说话的对象。

51. 说话的鬼魂是普罗旺斯诗人阿纳尔多·丹尼埃洛（见注39）：他的法文姓名为阿尔诺·丹尼尔（Arnaut Daniel），为著名的普罗旺斯游吟诗人，在1180—1210年间，盛极一时。他生于多尔多纳（Dordogna）地区的里贝拉克堡（Ribérac），与吉罗·博耳奈尔同属里摩日（莱莫西诺）人。在古代游吟诗人的传记中，曾提及他喜用精雕细刻的诗韵，因此，他的诗作晦涩难懂，过去曾被实证主义浪漫派（romantico-positivistico）评论家所否定，如今这种评价已有所改变，承认他力求从技巧上更完美地体现精神状态和抒情感受，而不是"简单地玩弄技巧"。但丁和彼特拉克都对他十分赞赏，但丁还模仿过他的特殊诗韵，并试图在技巧运用上与他一决高低，但丁在《爱情的胜利》（*Trionfo d' Amore*）一诗第四章第四十句段中曾称"在众人当中，他是独占鳌头的"，是"伟大的情诗大师"，他"用他那新颖而美妙的诗句为他的乡土进一步争光"。但丁在《论俗语》第二、六、十、十三卷中曾对他倍加称赞。

由于阿纳尔多·丹尼埃洛是用"母语"即普罗旺斯语写诗的，因而原诗从第140句起至第147句止，全部都用普罗旺斯语写出如下：

"Tan m'abellis vostre cortes deman,
qu'ieu no me puesc ni voill a vos cobrire.
ieu sui Arnaut, que plor e vau cantan;
consiros vei la passada folor,
e vei jausen lo joi qu'esper, denan.
Ara vos prec, per aquella valor
que vos guida al som de l'escalina,
sovenha vos a temps de ma dolor!"

52. "神力"的原文为valor，一般认为指上帝，即如本篇第十一首第4句的用法一样，但波斯科-雷吉奥注释本认为，近代的基门兹的见解也值得考虑：这里也可能是指引导但丁升天的"天女"，因为此词在普罗旺斯的诗歌中通常用来指本人所热爱的女人的美德。

53. "冶炼"即是指洗涤罪行。

第二十七首

1. "那个地方"是指耶路撒冷；"那个地方的创造者"则是指在十字架上死去的耶稣。埃布罗河的原文用Ibero，即Ebro，位于西班牙；"恒河"（Gange）即指印度的恒河。本首的开头两段三行韵诗，又循旧例，以南北半球的时间差异来说明此刻炼狱山的时间：北半球的中心即耶路撒冷正被"凌晨的阳光"照耀，而位于耶路撒冷西部九十度角处的西班牙埃布罗河，则正处于太阳所属的白羊星座对立面即天秤星座的下面，因而正是半夜；位于耶路撒冷东部九十度处的印度恒河，"被第九时烧成通红一片"是指：罗马计算白昼时间从上午六时算起，分成四个部分，每个部分为三小时，"第九时"即相当于下午三时，亦即介乎十二时和十五时之间的时段，但"第九时"也可作罗马上午九时所做的日课经（九时经）解，时间也约为十五时，后因习惯使然，逐渐将此时所做的日课经时间向前移，集中到中午（即六时经），因此，佛罗伦萨当时也习惯于把中午称为"第九时"（维拉尼的《编年史》第十一章，但丁的《筵席》第四卷第二十三节第十六句段对此都有阐述），因此，恒河此刻为中午。依照但丁所设想的地理位置，即如上述，因此，诗中说："太阳就在这个位置。"这时，位于南半球中心的炼狱山则是"白昼已逝"，恰是日落黄昏的时刻。

2. 这里的"上帝使者"是指看守第七环的天使。

3. 此句取自《新约·马太福音》第五章第八句："心灵纯洁的人有福了，因为他们必得见上帝"；亦即"八福"中的第六福。

4. 这里反映了但丁受基督教兴起初期教会领袖著作的影响，认为在地上乐园的周围有"火墙"一道，这一方面是作为惩罚贪色者的具体工具，另一方面也是象征亡魂经过炼狱涤罪的整个过程的总结，正如《新约·马太福音》第三章第十一至十二句中所说：上帝"要用'圣灵'和'火'为你们施洗"，即经过赎罪后要履行"火的洗礼"；关于"火墙"的设想似也可从《旧约·创世记》第三章第二十四句中得到验证:“上帝赶走了亚当以后,就派遣天使基路伯在伊甸园东边驻守,用一把四面八方旋转,发出火焰的剑,守护在通往生命树的路上。”

5. 这里是指在“火墙”另一边的天使所唱出的歌声。

6. 这里是说,但丁闻听要进入“火墙”,就吓得面色苍白,浑身冰冷,如同坟墓中的尸体,但也有人认为,是像《地狱篇》第十九首和本篇第二十首所说的被判处“倒栽葱”式的活埋死刑的人;波斯科-雷吉奥注释本认为,后一种诠释较为牵强。

7. 这里是指维吉尔和斯塔提乌斯。

8. 格吕翁是带翼的怪兽,维吉尔和但丁曾骑在它的背上,从地狱的第七层飞到第八层,参见《地狱篇》第十七首及有关注释。

9. 这里是借用耶稣谈到末世的预兆时对门徒说的一句话:“但你们却连一根头发也不会失落”,见《新约·路加福音》第二十一章第十八句。

10. 这里是说,但丁出于恐惧,执意不肯移动身子,甚至对“良心”为鼓励他服从维吉尔所说的话而作出的告诫也听不进去。

11. 这里用只有这道“火墙”把但丁与贝阿特丽切隔开的诗句说明一个寓意颇深的道德含义:若要彻底清除身上带来的尘世积垢,接近真理,必须坚定意志,做出自觉的巨大努力,不畏任何险阻,何况目前只有一道障碍需要克服了。

12. 这里引用了奥维德《变形记》第四章中叙述的一个传说故事:皮拉莫斯(Piramo或Pyramus)与希斯贝丝(Tisbe或Thisbes)是巴比伦的一对男女青年,他们彼此相爱,但他们各自的双亲反对,而他们两家恰是近邻,只有一墙之隔(这也与诗中所说但丁与贝阿特丽切目前只被一道火墙隔开相符),这对年轻的恋人只能通过墙上的一道缝隙谈情说爱。最后,他们决定离家出走,约定在邻近亚述王尼诺(参见《地狱篇》第五首及有关注释)陵墓的一棵桑树下会面。希斯贝丝先来到约定地点,突然出现一头母狮,她被吓跑了,却遗下了一条头巾,母狮嘴上有刚吃过其他野兽的鲜血,在把希的头巾咬碎时,把血迹也留在上面,然后离去。这时,皮拉莫斯来到,看到被撕碎的有血迹的头巾,以为希斯贝丝被猛兽吃掉,绝望之余,拔剑自刎,他的鲜血溅到桑树的树根和白色的桑葚上,不仅染红了树根,桑葚便也从此由白色变为红色。希斯贝丝随后回到原地,见皮拉莫斯自刎,奄奄一息,悲痛欲绝,边痛哭,边呻吟地呼唤皮拉莫斯的名字,皮最后睁开双目,望见情人,随即死去。希斯贝丝痛不欲生,也用剑自杀,倒在情人的身旁。这个传说在中世纪叙事性文学中流传甚广,十六世纪的大诗人塔索(Tasso,1544—1595)曾据此写了名诗《阿敏塔》(*Aminta*)。

13. 在第七环,但丁与维吉尔、斯塔提乌斯因要避开火烧,必须在烈火烧灼不到的山崖边缘,一前一后行走:诗中所说斯塔提乌斯在整个行程中将但丁与维吉尔“分开”,是说他走在二人的中间;维吉尔在他之前,但丁在他之后。

14. 此句是说:“滚烫的玻璃溶液”本已达到白热程度,而“火墙”的热度更甚于它,因此,但丁想到“玻璃溶液”中去“求得清凉”。

15. 这里维吉尔特别强调贝阿特丽切的“眼睛”:在《地狱篇》第二首,维吉尔就曾提及:当贝阿特丽切下到林勃请他前往救助但丁时,他就曾为她的一双明眸所动,并与但丁谈到这双明眸之美,这里,也同样以这双眼睛来设法激励但丁,说明贝阿特丽切即将在眼前出现。贝阿特丽切的这双秀目早在但丁的《新生》中就显示了无穷的魅力:不但对但丁,而且对所有看见她的双眼的人;在《神曲》,特别是本篇最后几首,这双秀目更进一步发展为具有寓意作用的主题。

16. 这个“声音”即是在“火墙”另一边的天使的歌声,他迎接二位诗人登上地上乐园。

17. 这里是说,离开烈火,就有一道山梯直通山顶。

18. 此句是耶稣在最后审判日向经上帝遴选可以升天国的灵魂即《圣经》中所说的“义

人”所说的话，全句应是：“我父所赐福的人啊！来承受在创世之先就为你们预备好的国吧！”（参见《新约·马太福音》第二十五章第三十四句）

19. 这片“光芒”是“火墙”另一边的天使散发出的光辉。该天使是守护地上乐园的，但不一定是《创世记》中所说手持发射火焰的宝剑看守伊甸园的基路伯天使。

20. 根据炼狱山的律条，夜间不准登山行走，如今，虽已越过最后一环，但仍不能在黑暗中行路。

21. 这里的“一方”是指东方，即这时，但丁等正向东方行走，因为日落西山，但丁又是活人，太阳的余晖就从但丁的身后照射过来，被但丁身前映出的影子所挡住（“夺去阳光”）。这里值得一提的是：但丁等开始登山时，太阳正在东方升起，他们是向西而行，因而是背向东方，这时，则围绕山岭，已走了半圈，因而是向东而行，背向西方了。

22. 这里的“自然法则”，原文为natura，本义是“自然”，在诗句中则意谓炼狱山禁止夜间登山的律条。“乐趣”（diletto）在这里有“渴望”之意。

23. “反嚼食物”原文为ruminando，本义为“反刍”，即山羊把已食的青草不断地在口中嚼来嚼去，形象十分生动。

24. 这一段与下一段三行韵诗用牧羊人放牧羊群的静谧景象作为铺垫和衬托，既给人以经过一段艰苦的历程得以暂歇的恬静印象，又令人产生将有新的神秘事件发生的预感。《最佳评注》和本维努托曾分析诗中所举这两个例子的用意：前一个例子着重描绘但丁本人（作为“山羊”），后一个例子则着重描绘维吉尔和斯塔提乌斯（作为“牧羊人”），正如第86句所明确指出的。

25. 因为山路是从岩石上开辟出来的，两边都是石壁，宛如“洞穴”，因而原文也便用了grotta一词。

26. 这是但丁所做的第三个梦（前两个分别参见《地狱篇》第二十六首和本篇第九首），与以前的梦一样，因为都是在黎明前做的，都有预见性的作用。

27. 西特丽亚（Citerea）是维纳斯女神亦即金星的别名，因为据说维纳斯是在希腊西特拉岛（Citera）附近的海涛中诞生的，该岛就成为祭祀维纳斯的中心，女神也便有了“西特丽亚”的名字。这里是说，黎明前不久，金星开始从东方照射炼狱山；在本篇第一首第19—21句中，但丁也同样曾描述金星在日出之前不久，从炼狱山的地平线上出现，因此，他是把金星作为晨星来说明时间的。波斯科-雷吉奥注释本认为，但丁在这里提及金星，也是因为它是象征爱神维纳斯（参见本篇第一首第19句及注10），但该注释本指出，按照1300年春分时期，金星不应是“晨星”，而应是“昏星”（Vespero），亦即黄昏之星，因此，但丁是有意这样假设的；同样的见解在诠释本篇第一首有关诗句时，它也提出过（参见本篇第一首注11）。

28. 这里用典出于《旧约·创世记》第二十九、三十和四十九章：利亚（Lia）是拉班的长女，拉结的姊姊（参见《地狱篇》第二首和第四首及有关注释），是雅各的第一个妻子，她长得并不美丽，但为雅各生了六儿一女；拉结是雅各的第二个妻子，非常美丽，先不能生育，后经上帝怜悯，才生下两个儿子约瑟和便雅悯（雅各与利亚、拉结以及她们各自的婢女悉帕和辟拉，共生下十二个儿子，后来发展为以色列的十二族）。这里提及利亚、拉结两姊妹，仍如《地狱篇》有关诗句所包含的意义（但该篇只提及拉结），即：利亚代表“行动生活”（vita attiva），拉结代表“冥想生活”（vita comtemplativa），在诗句中，利亚就不断在花草丛中走动摘花，而拉结则“寸步不离她的那面明镜”。这种理论来自圣托马索《神学大全》第二卷第二章，其中说：“智力分为行动和冥想两种，因为思维认识的目的，要么是认识真理，这种认识属于冥想智力，要么则是某种外在行动，这种行动则属于实践或行动的智力……这两种生活方式，正是由雅各的两个妻子所代表的，利亚代表行动生活，拉结代表冥想生活”；但丁在《筵席》第四卷第二十二节第十至十一句段中也说：“我们心智的运用包括两方面，即实践与思辨……两种运用都是极有乐趣的，尽管冥想的运用乐趣更大……实践的运用是为我们而活动的，要有道德地进行，亦即要按‘勇义智节’（fortezza，giustizia，precauzione，temperanza）四德行事；思辨的运用则并非为我们而活动的，而是要考虑上帝和自然的业绩”；因此，前者的目的是求得尘世的幸福，后者的目的是求得永恒的幸福，亦即求得“觐见上帝”而要做到这一点，“若无神的恩泽，凡人的德行是无法实现的”（见但丁《帝制论》第三卷第十六节第七句段）。

29. 这段三行韵诗有两处谈到“镜子”的问题：“揽镜自照”，“寸步不离她的那面明镜”。有的注释家认为，此处的“镜子”是指上帝，也有的则认为，是指个人的良心。近代注释家帕扎利亚（Pazzaglia）赞成后一种解释，他曾援引十一、十二世纪法国神秘主义神学家和哲学家理查·达·圣维托雷（Riccardo da San Vittore）的说法，即：“理性灵魂，作为觐见上帝的首要和主要的明镜，无疑会从自身当中发现上帝。”

30. 此段的第一句“破晓前的光辉反照”，原文为splendori antelucani，萨佩纽和波斯科-雷吉奥两注释本对此句的用词都作了细致介绍：因为这里描述的是太阳升起之前，天际反射出来的光亮，诗中才用了splendori一词，而未用luce（光芒）；它们还引用了但丁在《筵席》第三卷第十四节第五句段中有关二词的区别的阐述：根据哲学家的习惯说法，后者是直接从光源中发射出来的，前者则是从另一个发亮的地方反射出来的。由此可见但丁用词之考究。萨佩纽还认为，最后一句也反映了但丁常有的思想：“渴望越大，被渴望的那个东西就离渴望者越近”（《筵席》第三卷第十节第二句段）；“每个可爱的东西，越是被人所爱，它就离爱它的人越近”（《帝制论》第一卷第九节第十五句段）。但是，原诗中“离家不远”（meno lontani）在许多手抄本和某些注释家的评注中采用了più lontani（离家更远）的写法，萨佩纽认为，这种做法本身是“含糊其词”的，而且不符合但丁当时的状况：他正在走近，达到目的地的渴望也就愈来愈大；波斯科-雷吉奥注释本的解释也是：“游子愈是离家不远，就愈是感到欢喜。”

31. 这里用比喻的笔法，形容世人在想方设法通过许多途径，用许多办法（“如此众多的枝蔓”）来寻找“至善”（“甜美的果实”），亦即以伊甸园为象征的幸福；在但丁的梦幻中，这一幸福是由利亚和拉结来加以体现的。但丁的这一思想也反映了六世纪波伊提乌斯在《哲学的安慰》第三章中的论点：凡人经历千辛万苦，通过种种道路所追求的只有一个目的，即是“幸福的目的”，“而幸福即是如此伟大的至善，一旦有人得到它，他就不再可能渴望任何其他东西了”。

32. “暂时的烈火”是指炼狱山使灵魂涤罪的苦刑，受刑之后，即可经地上乐园而荣升天堂，因而是“暂时”的；“永恒的烈火”是灵魂在地狱中所受的苦刑，因而是永劫不复的。

33. 维吉尔的这句话即是说：来到此处，理性与人类科学已需要用信仰和神学来代替了，因此，代表理性的维吉尔已无力充当行路的向导。

34. “才智”是指能随时随地找到应付局面的适当手段和方式，“技巧”是指将这些手段和方式付诸实施的办法。

35. 这里是说，但丁目前可以根据自己的“喜好”和“志趣”来决定自己前进的方向了，因为这种“喜好”和“志趣”都已经过纠正和洗涤，可以使但丁走向真正的至善。

36. 这里是隐喻但丁已来到“精神自由的境界”，不再需要通过不断的斗争和艰苦的努力来获得德行了。

37. 从字面上看，是指但丁目前是面向东方，阳光恰好照在他的前额，但布蒂还认为有其他寓意：上帝的恩泽之光照在他的前额，前额上的七大罪恶的痕迹也都悄然消失了。

38. “绿草、鲜花和灌木丛丛”都是对地上乐园景物的预示和概括；花草灌木的自生自长也象征着奥维德在《变形记》第1章中所说的“黄金时代”(età dell'oro)，根据基督教神学家对《圣经》的解释，人类初期在地上乐园中的生活就是这样不必从事任何劳累的工作的。

39. “秀目”即是指贝阿特丽切。“助你脱身”一句参见《地狱篇》第二首第116—117句，其中谈到贝阿特丽切曾下到林勃，含泪要求维吉尔速去救助但丁摆脱三头猛兽(豹、狮、母狼)的威胁和袭击。

40. “自由”是指摆脱罪孽的奴役，布蒂曾解释说：“虽然每人都有自由意志，但倘若肉欲使理性感到厌恶，这种自由就被严重地压抑了，情欲就几乎成为暴君；然而，当心灵把各种罪恶清除得一干二净时，这才是真正的自由意志”；“正直”是指不会再走入歧途，“健全”是指不再有任何贪欲。

41. 这里是说，但丁从此可以成为自身的主宰和主人。“王冠”(corono)和“皇冕”(mitrio)原是指国王和教皇分别所戴的冠冕，因此，古代注释家中有人(《最佳评注》、布蒂、兰迪诺)就曾认为，这里可能影射王权和神权，有授予王权和神权的政治含义；萨佩纽和波斯科–雷吉奥两注释本都不同意这种见解，认为：这无非是“同义词的连用说法”(dittologia sinonimica)，况且，维吉尔本不能授予他人神权，但丁本人“也未成熟到能接受神权的地步”。

第二十八首

1. “神林”系为上帝所造的森林，显然与《地狱篇》中但丁所进入的“森林”大不相同。

2. 这里是描述新到一地的人对周围的环境感到新奇，极想到四处走一走，看一看。

3. 由于森林茂密，遮挡住阳光，使又一个白昼的光亮不那么灿烂夺目。

4. 这里是说，此处的气流运动的强度和方向是始终如一的。

5. “这一方”是指西方，因为正值清晨，太阳从东方升起，使山岭把它的影子投向西方。

6. 这里的“技能”，据本维努托、布蒂和兰迪诺分析，是主要指“歌唱”，但也有人认为，其中也包括从树枝之间来回飞翔和筑巢。

7. “最早的时辰”(ore prime)，目前许多注释家都认为是指“早晨的微风”，萨佩纽和波斯科–雷吉奥两注释本则都主张维持所有古代注释家的诠释，即释为“最早的时辰”。

8. “基亚西”(Chiassi)，即今克拉塞(Classe)之古称。克拉塞原是罗马皇帝奥古斯都所建的著名港口，靠近亚得里亚海，位于距拉维纳五公里处，有凯撒大道(Via Cesarea)将它与拉维纳相连，罗马舰队每年在此过冬。公元728年被拆毁，随后填土，成为陆地，至今仍存有著名的克拉塞圣那波利纳雷主教堂(Basilica di San Apollinare in Classe)。

9. 埃奥洛(Eolo)，为宙斯之子，风王，生有六男六女，住在伏尔甘群岛(Vulcanie)上，他则把这些岛屿称为“埃奥洛群岛”(Eolie)。据维吉尔《埃涅阿斯纪》第一章说，他在山洞之内，用木桩和锁链将不听驾驭的大风束住，由他指挥。诗中说他“放出东南风”，即吹起东南风之意。

10. 这条小溪即是“勒特河”。

11. 这位“贵妇人”即是玛泰尔达(Matelda)，她是但丁在地上乐园这一段旅程的向导，将向但丁介绍地上乐园的状况和解释一些奥秘的自然现象，但她的名字只是在本篇最后一首即第三十三首才正式宣布，她的具体任务也将被说明是带领亡魂去饮伊甸园两条溪流的水，彻底完成涤罪过程。关于她的来历，请参见第三十三首有关注释。在诗句中，她是作为但丁在梦中所见的利亚（参见前一首第94—108句）的形象的补充，并加深其寓意，从而成为地上乐园的象征。

12. 这里的“爱”是指“仁爱”。“证明心境的面容”是但丁惯用的笔法，他早在《新生》第十五章第五句段中就写过：“面容表明心灵的颜色”；第十九章第十二句段中也说：“你们从她那里可以看出绘在面容上的爱”；第二十一章第二句段还说：“我的女人把爱投入眼睛之中”。

13. 普罗塞皮娜（参见《地狱篇》第九首及有关注释），是宙斯与五谷之神西里利斯（Cerere）所生之女；她在西西里的埃纳平原（Enna）上，与女伴们一起采摘鲜花时，被地狱之王普鲁托（参见《地狱篇》第六首及有关注释）掳去，从而成为地狱王后。奥维德的《变形记》第五章中叙述了这个故事。诗中所说的“地方”，即是指西西里埃纳的繁花似锦的丛林；“情景”即是指普罗塞皮娜的年轻美貌和愉快心情。

14. “春”（primavera）是指普罗塞皮娜被普鲁托掳去，失掉了这鲜花盛开、四季如春的境界，但有不少注释家都接受拉纳的诠释，认为是指“春天的花”，亦即“她所采摘的花”，因为拉纳是根据奥维德的原诗所作的细致描绘而提出上述看法的：奥维德描述她被地狱王掳去时，“她所采摘的花朵都从她那不再能揽住的衣襟上掉落下去……这种不幸的事也使少女感到痛心”。波斯科－雷吉奥注释本把此句解释为：普罗塞皮娜也丢失了“永恒的春天”，因为在奥维德笔下，该地是春天常在的，但它又指出，但丁与十四世纪的诗人、作家也常用“春”来比作“鲜花盛开”（fioritura），因此，它认为，这种诠释“似乎更好”。诗中的“她的母亲”即是指普罗塞皮娜的母亲、五谷之神西里利斯。

15. 这里插入一个典故，涉及希腊神话：维纳斯爱上了米尔拉（参见《地狱篇》第三十首及有关注释）由乱伦之罪所生的儿子阿多尼斯（Adone）；维纳斯的情人战神玛尔斯出于嫉妒，唆使一头野猪向他袭击，维纳斯为了拯救他，将这相貌极为俊美的青年变为一朵银莲花（anemone）；当爱神之子丘比德（Cupido）看到母亲爱上阿多尼斯时，他带着箭囊，搂抱维纳斯，与她亲吻，无意中用利箭刺伤了母亲。奥维德《变形记》第十章对此有记述，诗中用典概出于此。有些注释家认为，诗中插入此典是要说明维纳斯“更多的是被别人所爱，而不是爱别人”（托马塞奥）；波斯科－雷吉奥注释本认为，从奥维德的原诗来看，此典还是用来说明丘比德“违反他的惯例”，不是蓄意地用箭射人，而是无意中刺伤母亲。

16. 埃列斯蓬托海峡（Elesponto或Ellesponto）为达达尼尔海峡的古称。塞尔瑟（Serse）即塞尔瑟一世，公元前485—465年任波斯王。曾率五百万大军征服过埃及；公元前480年，又率大军渡过埃列斯蓬托海峡，远征希腊，焚毁雅典，最后则在萨拉米纳（Salamina）一战中大败，不得已重新渡过海峡溃逃，后被其近卫军队长阿尔塔巴诺（Artabano）谋杀篡位。诗中说该海峡“也还能制止人类的一切狂傲行径”即是隐喻塞尔瑟进击希腊，狂妄自大，不可一世，终因战败渡海逃窜，遭到惩罚。

17. 这里以埃列斯蓬托海峡与地上乐园中使但丁与玛泰尔达相隔仅“三步”之遥的溪流作对比，说明此刻但丁“怨恨”溪流使之不能与玛泰尔达相会，甚于莱安德罗（Leandro）“怨恨”埃列斯蓬托海峡使之不能与其情人爱罗斯（Ero）相聚。莱安德罗为住在埃列斯蓬托海峡靠近亚洲一边的海岸城市阿比多（Abido）的一个青年，其恋人、维纳斯的女祭司爱罗斯则住在与阿比多隔海相望的塞斯托（Sesto）；为了与爱罗斯相会，莱安德罗必须每晚从阿比多游泳过海，去到塞斯托，有时天气恶劣，海浪过大，莱安德罗只好放弃约会；一次，莱安德罗试图在暴风雨中强渡海峡，不幸溺毙，爱罗斯也投海自尽。

18. 这里的“精选”意谓伊甸园是上帝为人类特

选出来作为定居之处的（“为人类做巢”）。

19. 原诗此处用拉丁文Delectasti，系摘取《旧约·诗篇》第九十二篇第四句的开头一个词：“你使我心中快乐”；全句应是：“主啊，你为我所做的事使我心中快乐，我要来唱喜乐的诗歌，称颂你手所做的美事。”

20. “新的信念”是指但丁在本篇第二十一首第四十三至四十七句中听到斯塔提乌斯所作的解释：在炼狱山第三级台阶以上，就不会有任何天气变化，无风无雨，也不会有地震，但丁对地上乐园中尚有流水乃至森林之声感到奇怪，因为这与斯塔提乌斯所说的情况恰恰相反：流水要由雨雪中得到接济，森林的呼啸声则要有风吹动。

21. “至高无上的善”指上帝；“只喜欢它自身”是说：上帝认为，只有他自身才具备完美的善。

22. 这里是说，上帝造出处于原始天真无邪状态的人，亦即天性善良、自由、不会被腐蚀的人，换言之，人类的祖先亚当。

23. 这里的“过失”即是指亚当与夏娃所犯的“原罪”。“停留不久”是指：但丁在《天堂篇》第二十六首第139—142句中所说，六个多小时。

24. 这里的“热气”指太阳的热气，亦即水气和地气要随太阳的热气而上升到一定限度。

25. “那个人”仍是上帝创造的第一个人即亚当。炼狱山是上帝创造的，超过水气和地气随太阳的热气上升的限度，因此，天气变化不会影响到炼狱山（“从那紧锁的进山之处就摆脱这种混乱”），更不会给住在位于山顶的伊甸园的人“带来任何麻烦”。直到第102句，玛泰尔达所作的解释都是对斯塔提乌斯的有关理论的确认。

关于地上乐园的具体位置，古代哲学家和神学家曾对此长期争论不休。按亚里士多德的说法，地球外部空气分三“界”（regioni）或三“层”（interetizi）：最低的一“界”（层），温和，适于人类生存，中间一“界”（层），寒冷昏暗，为流星产生之所，最高的一“界”（层），晴朗光明，不受暴风骤雨袭击。经院哲学家们对此作出的结论各不同，但其出发点主要是围绕被收集在《圣经通注》（*Glossa ordinaria*）一书中的英国高僧贝达（Beda，672—735）提出的见解，这一见解后又为十二世纪经院神学家彼特罗·隆巴尔多（Pietro Lombardo）所接受，即认为地上乐园位于距地球大气层极远之处，被海洋和山脉隔开，位置极高，以致触及月球天；这一见解显然是要想符合亚里士多德的有关理论。但是，这一见解为众人所否定，认为不能设想伊甸园是位于毗邻月球天的烈火天或烈火圈（sfera del fuoco）；大阿尔贝托与圣托马索认为，只能把地上乐园安置在第一界，因为只有那里，动植物才能生存；方济各会高僧博纳文图拉（Bonaventura，1221—1274）、著名哲学家和神学家埃吉迪奥·罗马诺（Egidio Romano，1246—1316）乃至但丁本人，都主张把它放在第三界，因为那里最高，天清气爽。

26. 这里是说，空气（亦即“大气”）始终是与众天体直到“最高一重天”（la prima volta）亦即“原动天”团团旋转的，只要在运行轨道上不遇到什么障碍。有人也把“最高一重天”的原词理解为“月球天”或“烈火天（圈）”，波斯科-雷吉奥注释本认为，不论作何解释，其意义还是一样的。

27. 这里说明，地上乐园的森林响声虽也是来自“风”，但这“风”不像尘世间的风那样，是产生于大地内部迸发出来的气体，而是环绕地球旋转的空气遇到障碍（亦即碰撞到炼狱山顶），致使茂密的森林发出响声，因此，这“风”实际上是旋转中的“空气”。就这一点而言，玛泰尔达的解释超出了斯塔提乌斯所作说明的范围，因为斯仅仅提及炼狱山上不会发生各种大气现象。

28. 这里的“繁衍力”原文是virtute（德性、能力）。

29. “另一方土地”指有人类居住的世界，亦即指北半球。下句的“繁衍力”原文是virtù，其本义也是“德性”、“能力”。波斯科-雷吉奥注释本指出，但丁在此是依照圣托马索《神学大全》第一卷中所阐述的论点，说明：一切植物原都是上帝在伊甸园中所造的，正是旋转的空气把那里的种子撒向有人居住的另一部分地球之上。

30. 此句显然是指地上乐园的有些果实是人间所无。但也有人认为，这里是指《旧约·创世记》第二章第九句所说的“生命树”或“分别善恶树”，甚至有人还解释：有些果实太美，太好吃，“这样的果实我们这里是不采摘的”。萨佩纽和波斯科-雷吉奥两注释本都不同意做这样的诠释。

31. “牢固”是指永不改变；“可靠”是指永不枯竭。

32. 这里汇成的河即是“勒特河”（Letè，参见《地狱篇》第十六首及有关注释）；此词来自希腊文，原是指地狱中的一条河流，亡魂饮其水，即丧失生前生活的记忆。

33. “欧诺埃河”（Eunoè），此词是但丁根据中世纪词汇中的两个希腊文词汇eu和nous拼凑而成：前者意谓“良好”，后者意谓“记忆”，即“良好的记忆”；但丁在《筵席》第二卷第三节第十一句段中也曾拼凑成一个词，即Protonoè，意谓“首要的记忆”。诗句着重说明，若不事先把这两条河的水都饮尝一遍，欧诺埃河就不会起作用：其中也似乎包含一层含义，即若不饮勒特河的水，就不可能忘记所犯罪孽，这种悔恨显然不会使对所做善事的快乐记忆变得充分。况且这条河的“滋味”又比其他河水的“滋味”更好呢！

34. 这些古代诗人中间要首推奥维德，因为他在《变形记》第一章中就描述过黄金时代（età dell'oro）。帕纳索斯山（Parnaso）位于希腊佛西德地区（Focide）境内，是祭祀缪斯女神和日神阿波罗之所在，在诗歌中往往象征诗的灵感。中世纪把诗歌常看作是隐含真理的美好寓言；诗句也有这样的用意，因此，但丁以带有更多的古代异教诗人的色彩，而不是《圣经》的色彩的笔触，来描绘伊甸园，因为这些古代诗人从他们的诗歌梦幻中已预感到基督教的真理。

35. 这段三行韵诗都是按照奥维德原诗的主要内容写出的，因此，古代异教诗人对黄金时代的描述无异于对基督教伊甸园的预示。“人类之根”即人类的祖先。

36. 与诗句相应的奥维德的原诗分别是“最早的时代，即黄金时代……崇尚忠诚与正义”（《变形记》第一章第89—90句）；“春天是永存的……”，“大地不需耕耘就产生五谷”（《变形记》第一章第107句和第199句）；“流淌着牛乳的江河，玉液琼浆的江河”（《变形记》第一章第111句）。

37. “两位诗人”指维吉尔和斯塔提乌斯。

第二十九首

1. 此句原文用拉丁文：Beati quorum tecta sunt peccata！是从《旧约·诗篇》第三十二章第一、二句摘取下来的，原句是："蒙主赦罪的人是多么有福啊！罪孽蒙遮盖的时候是多么快乐啊！心里没有诡诈，上帝又算他为无罪的人是多么有福呢！"布蒂认为，这时，但丁就要渡过可以忘却所犯罪孽的勒特河，才引用《诗篇》中的此章此句。

2. "并身前进"是指但丁与玛泰尔达朝一个方向行进，几乎就在她的身旁，尽管有勒特河将他们二人隔开（因为他们是分在河的两岸同行的）。

3. 这里是说，但丁与玛泰尔达各走了不到五十步远，"加在一起"因而是"尚未走到一百步远"。

4. 萨佩纽和波斯科-雷吉奥两注释本都认为，这里是指两道河岸"一齐"转了一个"直角"弯，详见下注。

5. 但丁进了伊甸园后，一直是向东行走，后遇勒特河阻挡去路，而河水是向北流淌的；如今，但丁与玛泰尔达逆水而行，方向显然变为向南，而河道突然转了一个九十度的弯，但丁于是"重又面向东边"，因为河道是向左扭转的。有人曾认为，这里所说的"方向"也有一层象征意义：勒特河是来自东方的，而太阳又是上帝的象征；河水随后转弯，向北而流，因而是向有人居住的北半球方向而流，那里则正是地狱的进口处；但丁朝东而行，亦即是说，朝神的恩泽启示方向而行。

6. 这里的"对善的热忱"（buon zelo）是指因对善的热爱而产生的正当愤慨。这里但丁"责备"夏娃是因为：正如圣托马索在《神学大全》第二卷中所说，夏娃所犯的罪过"比亚当所犯的罪过更为严重"，因为首先犯罪的正是夏娃，她因而应对原罪负责。

7. 这里是说，在天、地以及一切造物都应听命于上帝意志的地方，夏娃竟然不顾诗中所举的她所具备的三个特点（"女流之辈"、"单独一人"、"刚刚成形"）而犯了原罪，而这三个特点本该让她服从上帝的。这里的"布幕"是指"无知之幕"（velo dell'ignoranza），亦即上帝在知识上对伊甸园中的人所作的限制（《旧约·创世记》第二章第十六、十七句："主上帝吩咐那人说：'你可以随意吃园中各种的果子，只有那棵分别善恶树的果子你却不可以吃，因为你吃了它，就必定死。'"），而夏娃却在狡猾的蛇的诱惑下，不甘心待在布幕之下：《创世记》第三章第四、五句就说，蛇对夏娃说，上帝"是骗你们的，你们是一定不会死的。上帝这样吩咐你们，是因为他知道你们吃了这树的果子以后，眼睛就会明亮，像他一样懂得分别善恶"。

8. 这段三行韵诗中的"我"是泛指人类，因此，全段的意思是：若非为夏娃犯罪所累，人类本可从诞生时起就享有天赐幸福，并且持续下去，永远待在地上乐园之中，直到世界的末日。

9. "至为神圣的女神们"是指九位缪斯女神；这里，但丁呼吁女神们赐以灵感，协助他把下面所见所闻写入诗歌，因此，此段在一定意义上为下文起着铺垫作用。

10. 埃利科纳（Elicona）系位于佛西德（Focide）和比奥齐亚（Beozia）两地区之间的山脉，据说为缪斯女神的居住地，最高峰为今帕拉佑伏诺峰（Palaiovouno），高达一千七百四十八米。埃利科纳山有二泉：阿加尼佩泉（Aganippe）和伊波克雷尼泉（Ippocrene），相传能为诗人提供灵感。近代注释家中有人认为，埃利科纳山系帕纳索斯山的两条山麓之一，波斯科-雷吉奥注释本指出此说不确，因为帕纳索斯山为希腊另一大山脉，山上有一泉，名卡斯塔利亚泉（Castalia），但该注释本也不排除：但丁有可能与古代注释家一样，把二山弄混了。维吉尔在《埃涅阿斯纪》第七章中也写过："哦，女神们啊，请打开埃利科纳的两道清泉吧。"

11. 乌拉妮亚（Urania）系九位缪斯女神之一，司天文学（参见《地狱篇》第二首及有关注释)，从其字源来看，其名即指天体，因此，但丁在此采用其名，而不选用歌喉动听的另一位缪斯女神卡丽奥皮斯(Calliopè)。歌咏队(coro)在此即是指乌拉妮亚的伙伴，亦即其他八位缪斯女神。萨佩纽注释本采用Urania的名称，波斯科-雷吉奥注释本则从佩特罗基注释本的印法，采用Uranie(乌拉妮埃)的名称，因佩本是根据中世纪的手抄本选用此名称的。

12. "七棵金色大树"：由于但丁与所见的景色之间仍有一段较长的距离，产生了视觉上的差错，把七座烛台看成七棵大树。关于"七座烛台"，请参见下面有关注释。

13. "一般对象"(obietto comun)系亚里士多德与经院哲学所用的哲学术语，指一般感觉物，即是说：在某个物体中，有一些东西是为多种感官所能觉察出的(但不是为"一种感官"所能觉察)，因此，往往使感觉能力发生错觉。但丁在《筵席》第三卷第九节第六句段中说："应当知道，就特性而言，色与光是容易看见的……它却完全是另一件可见的东西，但不是就其特性而言，因为另一种感官也有那样的感觉，以致不能说，可见之物是其特性，也不能说，就其特性而言，它是确凿无疑的；形象、大小、数目、运动的静止状态就是这样一种状况，因此，这些就称为一般感觉物：这些东西都是我们依靠多种感官可以理解的。但是，色与光则是就其特性而言的；因为只有依靠视觉，我们才能理解这一点，而不是依靠其他感官。"由此可见，但丁在此几乎是逐字逐句地遵循亚里士多德有关区分"特殊感觉物"(sensibili propri)，即只能用视觉来觉察、不会有差错的感觉物，与"一般感觉物"(sensibili comuni)，即可用多种感官如视觉、触觉等来觉察，可能会有差错的感觉物的理论(参见亚里士多德的《论灵魂》第二章第六节或圣托马索对《论灵魂》的评注)。他在同书第四卷第八节第六句段中又说："感觉观察……往往是极为错误的，充其量，是从一般感觉物中作这样的观察，而在这方面，感官又往往是有错觉的"，因此，"外部观察"(parere di fuori)就要求有"内部观察"(parere d'entro)亦即理性判断来加以纠正。

14. "七座烛台"源于《圣经》中所提的"七盏灯"：《旧约》的《出埃及记》第二十五章第三十七句和《民数记》第八章第二句都提及"灯台"的"七盏灯"，这里特别值得注意的是"七"这个数字的象征意义，正如《神学大全》第一卷中所指出的，这个数字是"神圣"的；《圣经》中多处涉及上帝的内容都与"七"字有关。但"七座烛台"的更直接的来源似是《新约·启示录》，其中第一章第十二句就说："我(使徒约翰)立刻转过身来，看看究竟是谁对我说话。一转过来，就看见七个金的灯台"，而据第一章第二十句说，"……而那七个金灯台则代表七间教会"，这"七间教会"是亚洲的"以弗所、士每拿、别迦摩、推雅推喇、撒狄、非拉铁非、老底嘉"(《启示录》第一章第十一句)。但也曾有人把"七座烛台"解释为神职人员的七个品级、七件圣事(洗礼、圣餐、坚信、忏悔、临终涂油、圣职、结婚)等。当前，最普遍的诠释是：认为"七座烛台"即是指《启示录》第四章第五句所说的"代表上帝的七灵"的"七盏灯"(全句是"从宝座中有闪电、响声、雷轰发出；宝座前面又点着七盏灯，代表上帝的七灵")。所谓上帝的"七灵"(settemplice spirito)在《旧约·以赛亚书》第十一章第二句中曾提及："主的灵在他的身上，使他有聪明智慧，有谋略和力量，有认识和敬畏上帝的灵"，却不是"七"个；根据《梅尔齐百科全书》，"七灵"即"圣灵"(Spirito Santo)的七件"赠品"(doni)，亦即七种天赋：智慧(sapienza)、思考(intelletto)、谋略(consiglio)、力量(fortezza)、知识(scienza)、怜悯(pietè)、敬畏上帝(timore di Dio)，但丁在《筵席》第四卷第二十一节第十二句段也曾提到这一点。

这里把"七座烛台"放在象征教会思想史的游行队伍的最前列，是符合基督教早期领袖的有关著作精神的，特别是与圣杰罗拉莫(San Gerolamo, 331—420)的《致保罗书》(*Ad Paulum*)中所谈有关《圣经》来源的内容相一致,因为教会思想史亦即是整个人类的历史,但丁可能正是借鉴了圣杰罗拉莫的说法。

15. "和散那"(osanna)原是希伯来文,表示祝贺、赞美,《圣经》采用此词,专用来赞美上帝;诗中可能是指耶稣进入耶路撒冷时受到群众的欢呼,详见《新约·马太福音》第二十一章第九句:"他们前呼后拥,欢呼着说:'赞美大卫的子孙!奉主名来的当受欢迎。赞美在至高之处的上帝!'"其中两个"赞美",原文都是Osanna。

16. "美丽的灯具"即是指排列齐整的七座烛台。这里所说的"运转一个月的一半行程的圆月",显然是指每月十五日的满月。

17. "崇高的物品"即指七座金色烛台。

18. 这里又用了一个生动的比喻:波斯科-雷吉奥注释本认为,但丁可能在此也简略地勾画出社会风气很正的旧时,佛罗伦萨妇女的纯真姿态,与诗人所处的时代已大不相同(参见本篇第二十三首有关佛市世风日下的部分)。近代注释家卡西尼-巴尔比曾引用较但丁稍晚的著名诗人佛雷齐(Frezzi, 1346?—1416),借鉴但丁诗作所写的名诗《四韵诗》(*Quadriregio*),其中描述新嫁娘的神态,似是对诗句的最好评注:"正如新娘走在街道上/迈着小步,低垂双目/满面含羞,不敢开口。"

19. "河水从左侧……"是指从但丁及其同伴的左侧,他们正逆水向东而行。近代注释家波雷纳曾怀疑此句的寓意,他认为,但丁行在勒特河的河岸上,是不可能看到自己的身影反映到河水中的,即使向前探身,也只能看到自己的头部。波斯科-雷吉奥注释本认为,这位"眼光极为敏锐的学者"是"过分"要求写实了。

20. 这里把火焰在空中划出了条条色带比作画笔挥洒的一道道痕迹,其中"画笔挥洒"原文为tratti pennelli,但也有人把它诠释为"旗帜高举",因为pennello一词也有"小旗"之意,但不常用,特别是许多近代注释家都认为,应指当时各市镇的五颜六色的旌旗,萨佩纽不同意这种诠释,认为,否则就与第79句提法重复了;波斯科-雷吉奥注释本则认为,"没有绝对的理由,偏爱两种诠释中的一种"。

21. "七条飘带"既然是七座烛台的火焰在空中划出的彩色痕迹,似应随"烛台"的解释,即是指圣灵的七种赠品,亦即代表上帝的七灵。但也有人认为,七座烛台是象征七种赠品,而"七条飘带"应象征"七福"(sette Beatitudini)。

22. "那几种色彩"即是指彩虹的红橙黄绿青蓝紫七色。有人认为,既然七条飘带代表不同的象征,似应各具一色,合起来共有七色,而不是每条都兼有七色。波斯科-雷吉奥注释本认为,上述解释看来似更合逻辑,但是,在但丁时期,彩虹究竟有几种颜色,却是并不肯定的。因此,有些古代注释家说是有红、血红、绿、白等四色,有些则态度暧昧,不表示意见。近代注释家波雷纳则赞同后一种说法,并以拉纳和《最佳评注》为依据:但拉纳却说,"具有七种颜色的飘带留下一片彩色如画的天空";《最佳评注》也说,"烛台上空分为七种不同色彩",这些说法实际上并未说明问题。萨佩纽注释本也认为,究竟是每条飘带都有七色,抑或把七色分配到七条飘带当中,"这一点是不清楚的"。

黛丽娅(Delia)即月神狄安娜;这里之所以称"黛丽娅"因为她是生在德洛斯岛(Delo)上的。

23. "靠外的两面"是指"左右两边"靠外的"各两面旗帜",因而是四面,这里的"十步"的数字"十",古代注释家都认为是指摩西的"十诫"。但是许多近代注释家认为,"十"是个完善的整数(但丁在《筵席》第二卷第十六节第三句段中就曾这样说过),因此,它的寓意应是:圣灵的七赠品完美地照亮了教会,使之变为神圣。萨佩纽和波斯科-雷吉奥两注释本对以上两种诠释态度不同:前者同意后一种诠释,后者则认为后一种诠释“过分精细”了。

24. “二十四位长老”：系依据圣杰罗拉莫的《圣经通译》(Vulgata或Volgata）一书序言所说，将《旧约》归纳为二十四书，这“二十四位长老”即代表《旧约》二十四书。一般认为，这二十四书为：《撒母耳记》上下作为一卷，《列王记》上下、《历代志》上下亦各作一卷，《以斯拉记》和《尼希米记》合为一卷，十二位小先知之书合为一卷，合计共二十四卷书；波斯科–雷吉奥注释本特别提醒：此二十四书是指书卷数目，并非指作者，否则，作者则不足此数。诗句的另一来源则为《新约·启示录》第四章第四句：“宝座的周围设有二十四个座位，有二十四位‘长老’坐在上面，他们身穿白袍，头戴金冠。”这里与《启示录》不同之处，是指“长老”所戴是“花冠”，原词是fiordaliso，萨佩纽和波斯科–雷吉奥两注释本都具体诠释为“百合花冠”，因为“百合花”象征对弥赛亚的“信仰”。

25. 此两句祝福是根据《新约·路加福音》第一章第二十八句和第四十二句的内容重新编写：前一句是天使吉百利向玛利亚宣告，她将怀孕生子：“恭喜你，蒙上帝恩宠的女子，愿主与你同在”；后一句是玛利亚向撒迦利亚的妻子伊利沙伯问候，伊腹中的胎儿就被圣灵触动了，伊于是对玛利亚祝福说：“在妇女中你是最蒙福的，你腹中的孩子也是蒙福的”；另一根据则是《旧约·雅歌》第四章第七句：“我的爱人啊，你实在是完美无瑕的。”托马塞奥认为，《圣经》有许多描绘圣母的象征词句，因而此处的祝福可能是说给圣母听的，正如第五十一句的“和散那”是赞美基督的一样；还有人认为，这两句是针对贝阿特丽切讲的，波斯科–雷吉奥注释本认为，最后一种诠释“欠佳”。

26. “四头活物”象征四部福音书：《马太福音》、《马可福音》、《路加福音》和《约翰福音》。但丁的写法源自《旧约·以西结书》第一章第四至十四句：“在异象中，我看见有一阵狂风从北方刮来，随后有一朵闪耀着火光的大云，云的四周环绕着灿烂的光芒，火的中心好像发亮的金属。云中有四个像人形的活物，每个活物有四张不同的面孔和两对翅膀。他们的腿是直的，就像人腿一样，足部却像牛犊的蹄，它们像磨光了的绸般发亮，四面翅膀下都有像人的手。他们的翅膀彼此相连，行走时不必转身，各朝自己的前面行走。至于他们的脸的形状；他们的正面都是人的脸，右边是狮的脸，左边是牛的脸，后面是鹰的脸。他们展开上面的一对翅膀，与别的活物相连，另外的一对翅膀则用以遮蔽身体。无论灵往哪里去，他们都紧紧跟随，他们都向前直去，并不用转身。四个活物的形象有如烧着的火炭，活物之间有好像火把的东西在不断做上下移动。发出耀目的电光。活物往来奔驰，好像闪电。”（《旧约·但以理书》第七章第二句起也有类似的描述。）但萨佩纽认为，诗句的内容似更接近《新约·启示录》第四章第六至八句：再前面，有一个清澈如水晶的玻璃海。宝座的四边有四活物，前后遍体都长满了眼睛，第一个像狮子，第二个像牛犊，第三个有人的面孔，第四个像飞翔中的鹰。这四活物各有三对翅膀，身体内外都长满眼睛。他们昼夜不停地高唱着：“圣哉！圣哉！圣哉！主上帝是昔在、今在、以后永在的全能者。”

27. “绿叶一簇”，按拉纳的解释，是象征“希望”，亦即得救的希望，向摆脱原罪的人敞开。也有更多的人认为，它象征福音书的理论永世长存，萨佩纽和波斯科–雷吉奥两注释本都不同意这一解释。

28. “六只翅膀”的说法见于《旧约·以赛亚书》第六章第二句，是指二级天使撒拉弗(Serafini)的：“在他（上帝）上面有撒拉弗侍立一旁，撒拉弗都有三对翅膀，他们用一对翅膀遮面，一对翅膀遮脚，一对翅膀飞翔”；其象征意义有各种各样的解释。诗中虽追随《以西结书》的写法，却又把翅膀的数目从“两对”改为“三对”（《启示录》亦是如此），波斯科–雷吉奥注释本认为，但丁想必有其用意，但令人费解。

29. “羽毛上长满眼睛”：但丁之子彼特罗认为，身体前后长满眼睛是指能从智力上看到过去和未来，正如圣杰罗拉莫在《圣经通译》序言中所说的。波斯科-雷吉奥注释本据此认为，但丁的用意可能在此。

亚尔古（Argo）为希腊神话中亚尔古王子，生有一百只眼睛，其中五十只是永远睁开的。由于宙斯爱上了亚尔古王朝奠基人、卡里亚（Caria）国王伊纳克（Inaco）之女伊俄（Io），又怕妻子尤诺嫉妒，便将她变为一头母牛，命亚尔古看守她（一说是尤诺出于嫉妒，将伊俄变为母牛，命亚尔古看守她）。墨丘利用神笛将他催眠，割掉他的首级。尤诺怜惜他，将他的眼睛洒在孔雀的尾巴上。亚尔古在神话中是作为精明老练的看守人而出现的，目光犀利，因此，诗中用他的“双眼”来比喻四活物羽毛上的眼睛。

30. 这里所说的“狂风、大云和火光”，出自《旧约·以西结书》第一章第四句，参见注26。“从寒冷的地方”即指北方。

31. 这里的“约翰”即是写《启示录》的作者；因为《启示录》所写的翅膀数目也是“三对”，与但丁相同，与以西结则有别（参见注28）。

32. “大车”指凯旋车，古今注释家都认为，它是象征教会。萨佩纽认为，诗句的依据可能是罗马人使用的凯旋车，也可能是中世纪文学中常提及的凯旋车，但波斯科-雷吉奥注释本认为，但丁究竟依据什么来源描述此车，是难以推断的，它同意萨佩纽注释本的看法，即此典不一定出自《旧约·以西结书》、《诗篇》或《列王记》：《以西结书》第十章第九至十九句谈的只是“四个轮子”；《诗篇》第六十八篇第十七句谈的是“千千万万的战车”；《列王记》下第二章第十一、十二句则说的是“火车火马”和“以色列的战车和马兵”。至于“两个轮子”，注释家的说法也不尽一致：多数认为是象征《旧约》和《新约》，拉纳、本维努托和佛罗伦萨无名氏认为是指“行动生活”和“冥想生活”，还有人认为是指智慧和仁爱，或对上帝的爱和对邻人的爱。近代注释家董德利（Tondelli）则按钦加雷利（Zingarelli，1860—1935）的说法，认为古代的若亚金·达·菲奥雷（Gioachino da Fiore，1130—1202）的诠释是对的，即：象征基督教思想的胜利。

狮鹰兽，原文是grifone，直译为“格里弗内”，是有鹰头、鹰翼的狮身怪兽，这里是象征“半人半神”（Uomo-Dio）的基督，作为具有人神双重本性的教会领袖，这种说法可追溯到西班牙高僧、博学家伊西多罗·迪·塞维利亚（Isidoro di Siviglia，570—636）的名作《字源学》（*Origines seu Etimologiae*）第十二卷第二章，其中谈及可以用各种名称来指明基督，在动物的名称中，则可用狮和鹰来形容基督，并详细述及“格里弗内”：指出这些兽是“身体每一部分都是狮子；翅膀和头则又类似兀鹰”。由此可以推断：但丁用此典是直接取自伊西多罗。

33. 这里的“金色”，是指象征神的部分即鹰；“白”则象征人的肉体，“红”则象征耶稣受难时流淌的鲜血。狮鹰兽的双翅恰好穿在左右两边各三条彩带之间的那条中间彩带，却不曾伤损任何一边的彩带：波斯科-雷吉奥注释本认为，此句具体含义不清，不主张去探讨；萨佩纽注释本则认为，这可能是象征：耶稣的理论与圣灵的智慧二者之间是完全协调一致的。此外，布蒂还解释，狮鹰兽的双翼伸展到人的视线所不能及的高空，是意谓：双翼“一直伸向上帝那里，而任何人是无法理解上帝的”。

34. “阿非利加人”（Affricano）即罗马名将西庇阿的绰号（意思是“阿非利加征服者”）。他全名为普布里奥·科尔内里奥·西庇阿（Publio Cornelio Scipione，公元前234—183）。他一生战功显赫，夺回西班牙，数度战败迦太基，并于公元前207年征服迦太基。因他曾于公元前203、202年先后在阿非利加大获全胜，并战败迦太基名将汉尼拔，从而结束第二次布匿战争，击溃迦太基势力，故有“阿非利加人”之美称。他做过执政官，虽取得辉煌胜利，却仍遭平民护民官的攻击。他为此自动隐退利泰诺(Literno)，最后死于该地。

35. 根据奥维德在《变形记》第二章中的描述，“太阳车”是极为华丽的：车轴、车舵、车箍都是金的，车条则是银的，车轭上镶有排列齐整的贵橄榄石和宝石，闪烁出太阳神的光辉。

36. 这里插入一段神话故事：太阳神之子法厄同要求其父允许他驾驶太阳车，凌空飞驰，后走出轨道，燃起天空大火，眼看要坠落地球，烧毁一切，为此，宙斯在地球的央告下，不得不用雷电将法厄同击毙(参见《地狱篇》第十七首及有关注释)。诗中提及宙斯的“公正裁决”是“神奥”的，萨佩纽认为，这也许是指：宙斯是“从打击儿子方面来打击父亲所犯的罪过”，此外，“上帝的公正裁决始终是凡人的短浅见识所不能理解的”。但他与波斯科–雷吉奥注释本也都指出这段插话的更深的含义：言外之意在于希望上帝进行干预来惩治像法厄同那样越出正轨的教会领导；两注释本都引述了但丁《书信集》中第十一章第五句段的话来证明(实际上，该章是但丁写信给枢机主教们的一封信)：“你们都是战斗的教会的首要领队人，却疏忽大意地驾驶教会这部大车沿着十字架划出的道路前进，你们终于离开了正道，与无经验的驾车者法厄同没有什么两样。”

37. “三位贵妇”象征“信”(Fede)、“望”(Speranza)、“爱”(Carità)三“超德”(virtù teologali)。

38. 这位浑身“红艳”、“在火光之中令人难辨”的“贵妇”是“爱”，即象征“仁爱”的“超德”。

39. 这位“仿佛是用翡翠制成”的绿色“贵妇”是“望”，即象征“希望”的“超德”。

40. “如新飘落的雪花”的“第三位”白色“贵妇”是“信”，即象征“信仰”的“超德”。

41. 这段三行韵诗的寓意是：“希望”只不过是“信仰”和“仁爱”的“结果”，而永不会是“起因”，因此，在这舞蹈中，它总是或由“仁爱”带头，或由“信仰”领先；在“信望爱”三超德中，“仁爱”又是最伟大的，因而“希望”和“信仰”又要根据它的“歌唱”节奏来“调整”舞步，此说法来自《新约·哥林多前书》第十三章第十三句使徒保罗写给哥林多城教会的信中的一句话：“‘信、望、爱’这三件事，都是永存不朽的。而最伟大的，仍然是爱。”

42. 这“四位”贵妇即象征“勇”(Fortezza)、“义”(Giustizia)、“智”(Prudenza)、“节”(Temperanza)的四“枢德”(virtù cardinali)：此处的“智”原意是“谨慎”。

43. 这里的“绛红衣衫”有多种解释：《最佳评注》认为，绛红色的衣衫是“以法治国”的僭主的衣着，因而意谓要靠此四枢德来治理市民生活或以此四枢德作为市民生活的基础；兰迪诺等则认为，绛红色象征“仁爱”，“若无仁爱，任何人都不能具备此四枢德”；圣托马索的《神学大全》第二卷第一章中也说：“若无仁爱，精神上的各种德行是不可能存在的。”四枢德中以“智”为主，因此，诗中把“智”作为领舞者，但丁在《筵席》第四卷第十七节第八句段中就说：“智”是“精神上各种德行的指引者，它指出各种德行自我形成的道路，没有它，这些德行是不可能存在的”，萨佩纽也解释说：“智”是“善用勇、节、义的准绳”。诗中把象征“智”的“贵妇”写成有“三只眼睛”，其寓意曾由但丁在《筵席》第四卷第二十七节第五句段中作过解释：因为“智”应“对过去的事物有良好的记忆”，“对当今的事物有良好的认识”，“对未来的事物有良好的预见”；西塞罗在《论创见》(*De inventione*)第二章中也有类似的说法。

44. “两位老者”：据萨佩纽注释本分析，其中之一为圣路加(San Luca)，另一位为圣保罗(San Paolo)：前者是作为《新约·使徒行传》的作者和象征，后者是作为《新约》的《罗马书》《哥林多前后书》《加拉太书》《以弗所书》《腓立比书》《歌罗西书》《帖撒罗尼迦前后书》《提摩太前后书》《提多书》《腓利门书》《希伯来书》的作者和象征。但波斯科-雷吉奥注释本认为,诗中所写的人物都应代表“书”,而不是代表“人”,这也适用于下面出现的类似情况。

45. 希波克拉底是古希腊名医,有“医学之父”之称,参见《地狱篇》第四首及有关注释。诗中说圣路加是希“家族的一名成员”,据波斯科-雷吉奥注释本的注释,这是因为“根据传统说法,圣路加是医生”。

46. 这里是说,自然之所以使希波克拉底降生,是为了希所“更为珍爱”的“动物”,亦即“人”,因为希是为“人”解除病痛的。

47. 按传统习惯,圣保罗一般都被描绘成持剑的战士,其实他并未从事过军务,而据说是制造和贩卖篷幕帐幔的。他与圣路加相反,不是治病救人,而是用“剑”来刺痛灵魂,用严厉的言语激发世人行善。诗中这样用典,盖出自《新约·以弗所书》第十至十七句,其中说:“希望你们靠着主的力量做刚强的人,要穿戴上帝所赐的全副的‘武装’,这样就能防御魔鬼的阴谋了”,“弟兄姊妹们,务要站稳!用‘真理’束腰,以‘公义’为护心镜遮胸,穿上‘和平福音’的鞋子准备行动。此外,又要拿稳‘信心’的盾牌,抵挡恶魔的烈焰火箭。更要戴上‘救恩’的头盔,紧握‘圣灵的宝剑’,就是上帝的道。”波斯科-雷吉奥注释本说,从十二世纪起,圣保罗就往往体现为“手持宝剑”的形象。

48. “四位老者”象征《新约》的《彼得前后书》、《约翰一、二、三书》、《雅各书》和《犹大书》。因为这四位使徒的著作重要性和篇幅较小,诗中才把他们的外貌写成“神态谦逊”。当然,也有不少其他解释,萨佩纽注释本认为,均不可信。

49. 这位“老人”象征《新约·启示录》。诗句之所以这样处理,波斯科-雷吉奥注释本认为,可能是影射《启示录》的作者圣约翰的寿命很长;“单独”一词可能是指《启示录》与《新约》中的其他所有经书均完全不同;“昏睡沉沉”的原文是dormendo,用此词是说明《启示录》乃是一部充满幻觉和异象的书;“眼神却依然锐敏”是指《启示录》的预见性,正如该书第一章第一句所说:“以下是上帝赐给耶稣基督的启示,让耶稣把将来要发生的事情,向他的众仆人显示出来。”

50. “前一批”指二十四位长老,因而这后面的七位也都是身着白袍。

51. “朱红色的鲜花”是象征仁爱的颜色:前二十四位长老头戴白色百合花花冠是象征对等待救世主到来的信念,而象征《新约》的七位老人头戴玫瑰与朱红色鲜花的花冠,则说明“旧日的许诺在充分的时间内,依照仁爱的律条得到实现”(波斯科-雷吉奥注释本引近代注释家罗卡Rocca的话)。

52. 这里的“雷鸣”是指神在下令,让游行队伍停止前进,并不是自然现象的“打雷”,因为如前所述,这种自然现象在地上乐园中是不存在的。

53. “旗帜”(insegne)即是指最前面的七座烛台。

第三十首

1. “北斗星”，原文是settentrione，本义是“北方”，这里是指北斗七星，即“小熊星”（Orsa Minore）；“最高一重天”，原文是primo cielo，这里指“净火天”（Empireo），亦即上帝所在的天国。诗中是用“净火天”上的“北斗星”来比喻队伍最前列的“七座烛台”，因而，这样的星辰没有“升降”的问题（“从不知道黄昏与清晨”），而是永恒静止的，正如布蒂所解释的，“圣灵的七种赠品是无始无终的”，亦即永恒存在的。
2. 这里是说，象征“七灵”的北斗七星，既然属于天国，就不像实际的北斗七星那样，会被云雾或黑暗所“遮隐”，能“遮隐”七灵的只有“罪孽的布幕”，因为“只有罪孽才使人看不到圣灵的七种赠品”（兰迪诺）。
3. “较低的星辰”指实际的小熊星，因为它位于第八重天，亦即星空天（或称原动天、水晶天）。古代航海人在海上辨别方向，常以北斗星为准，就像诗中的队伍以七座烛台为导向一样。
4. “真正的人”（gente verace）指代表《旧约》二十四书的二十四位长老；因为他们是受上帝启示、代表真理的，所以是“真正的人”。
5. 这里说二十四长老“朝向大车”，是指他们朝向象征基督所建立的教会，亦即朝向他们所渴望和预见的目标；布蒂曾解释说：“《旧约》中所做的一切，其目的就是为了成立神圣的教会，而基督正是为此目的而来。”
6. 此句原诗用拉丁文：Veni, sponsa, de Libano，摘自《旧约·雅歌》第四章第八句，全句是：“我的新娘，来吧，让我们一起离开黎巴嫩，离开那狮巢豹跃的黑门高峰吧。”正因如此，上一句的“其中一位”即是指二十四位长老中象征《雅歌》（相传为所罗门王的歌）的那位长老。在中世纪，“新娘”系象征“上帝的智慧”（《筵席》第二卷第十四节第二十句段和第三卷第十五节第十六句段）或尘世间代表上帝智慧的教会，诗中已把“大车”象征教会，此处当是以“新娘”向贝阿特丽切发出呼吁，因为贝是代表神学的。
7. “高唱了三次”：根据波斯科–雷吉奥注释本的解释，是指所引《雅歌》的此句中曾三次用veni（“来吧”）一词，它曾引用拉丁文版《雅歌》的原句是：Veni de Libano, sponsa mea, veni de Libano, veni，即：“来吧，离开黎巴嫩，我的新娘，来吧，离开黎巴嫩，来吧。”这显然与中文版《雅歌》的词句有出入（只用一个“来吧”，见上注）；查法文版《雅歌》也与拉丁文版原句有差异（与中文版也有差异）：Viens avec moi du Liban, ma fiancée, viens avec moi du Liban！（“来吧，与我一起离开黎巴嫩，我的新娘，来吧，与我一起离开黎巴嫩！”）只用了两次“来吧”。因此，原诗中的“三次”究竟是指“来吧”一词“高唱”了三次，抑或指所引这一句“高唱”了三次，看来是值得探讨的。
8. “最新的召唤”指最后的审判，因为这时它发出最后一次召唤：诗中的“最新”也就有了“最后”的含义。
9. “高呼‘哈利路亚’”，原文用动词alleluiare（高呼“哈利路亚”）的现在分词alleluiando：“哈利路亚”（Alleluia）为希伯来文，意谓“赞美上帝”。
10. “永生的臣仆和使者”即是指上帝的臣仆和使者；亦即指天使，其中有传达主的信息的（“使者”），也有执行主的命令的（“臣仆”）。
11. “会合如此高贵的长老的声音”，原句用拉丁文：ad vocem tanti senis；萨佩纽和波斯科–雷吉奥两注释本都认为，此处用拉丁文并非引述原文，而是出自“押韵”的需要。
12. “奉主名而来的人当受欢迎！”原句用拉丁文：Benedictus qui venis！ 摘自《新约》的《马太福音》第二十一章第九句、《马可福音》第十一章第十句、《路加福音》第十九章第三十八句；但原句并未引全，全句应是：Benedictus qui venit in nomine Domini，因而诗句把后一部分“奉主名”略去了。所摘此句原是描述以色列人欢迎基督进入耶路撒冷城的，《旧约·诗篇》第一百一十八篇第二十六句也有同样的话：

"奉主名而来的人是有福的。"有人认为,诗中引用此句是针对耶稣或但丁的,但目前大多数注释家都认为,此句是针对行将出场的贝阿特丽切,萨佩纽和波斯科-雷吉奥两注释本认为,这种诠释"最为可信"。

13. "哦,你们把满手的百合花掷洒吧!"此句系借用维吉尔《埃涅阿斯纪》第六章的一句诗:是埃涅阿斯之父、特洛伊王子安奇塞斯(见《地狱篇》第一首及有关注释)赞美夭折的马尔切洛的一句话,其中的"哦"(oh)这一感叹词,是但丁为了凑齐十一音节(endecasillabo)诗句而自己插入的,维吉尔的原诗并无此词,因而波斯科-雷吉奥注释本印此句时除"哦"字用印刷体外,其余均用斜体,以示区别,但有些版本,如萨佩纽注释本,将"哦"字与其他词均一律印成斜体,波-雷本不赞成这种做法,认为可能会混淆视听,使人以为维吉尔原诗就有此词。

马尔切洛,全名为马尔科·克劳迪奥·马尔切洛(M. Claudio Marcello,公元前42—23),为罗马奥古斯都皇帝之孙,原定由他继承帝位,却不幸早逝。维吉尔在《埃涅阿斯纪》第六章曾歌颂他。

14. 这位"贵妇"即贝阿特丽切。诗中用三段三行韵诗为贝阿特丽切的出现作了美妙的衬托和铺垫,其中描绘贝阿特丽切在"花的云海"中出现的背景,令人不禁想起同时代的一些端坐宝座上的圣母像,其背景也是优美清新、光辉灿烂的,特别是但丁在《新生》第二十三章第七句段中写贝阿特丽切在天使簇拥下在梦中与但丁相会,其情景也如诗句所述,美不胜收。

15. "橄榄枝叶"编成的冠可能象征和平,布蒂曾分析说:"当心灵有了信仰时,和平就在心灵之中了";"面纱"的"白","披风"的"绿"和"衣衫"的"红"都如前注,象征"三超德"。但橄榄枝叶冠也可能象征"智慧",因为橄榄是祭祀智慧女神密涅瓦(亦即巴拉德或雅典娜)的供品,本首第六十七句就直接提及"密涅瓦的枝叶",况且,智慧女神是头戴"神圣的神学王冠"的(布蒂),而贝阿特丽切又正是神学的象征。贝阿特丽切身着红衫或白衫,在但丁的《新生》第二章第三句段、第三章第一和第四句段以及第三十九章第一句段中都曾有过描述,她在但丁梦中披着"洁白的面纱"出现,则在《新生》第二十三章第八句段中曾被提及。

16. "那么多的时间"是指自贝阿特丽切于1290年去世至但丁冥界之行已过去十年之久。

17. 这时但丁见到贝阿特丽切的感觉,与她生前在但丁面前出现时对但丁产生的效果完全一样;但丁曾在《新生》第二章第四句段、第九章第一至三句段、第十四章第四至六句段、第二十四章第一句段对此有详尽的描绘。

18. 这里是说,但丁不能用眼睛把贝阿特丽切认出,一方面是贝用面纱遮住脸庞,另一方面是但丁双眼感到迷糊。

19. "童年"一般是指到十岁为止年龄限度,正如但丁在《新生》第二章第二句段所说,初见贝阿特丽切时,但丁才九岁,比贝略长,因为文中说,当时贝是"九岁开头"(principio del suo anno nono),但丁则是"九岁末尾"(fine del mio anno nono)。

20. 这里的"我们"指但丁和斯塔提乌斯。正由于维吉尔的"离去",为了抒发但丁的深刻怀念之情,事先引用了维吉尔的一些诗句:如第21句和第48句:"我认出了旧日情焰燃烧的痕迹"(几乎是逐字逐句引用维吉尔《埃涅阿斯纪》第四章第23句),有意为这时突然发现维吉尔已离他而去做了很好的铺垫。

21. 这里是说,但丁在这艰难的行程中一直依靠维吉尔的引导。

22. "古老的母亲"隐喻夏娃:"不论丧失过什么东西"是指夏娃失去了地上乐园中一切美好的东西。

23. 这里是说,但丁进入炼狱,已被"露珠"洗净了脸上从地狱中带来的一切尘埃。

24. "其他的剑伤"意谓"更大的痛苦",亦即"对你所犯罪过感到耻辱"(萨佩纽)。

25. "大车的左面边沿"即是指靠但丁所在的对

岸一边。

26. 这里，但丁对诗中“不得已”写出自己的名字表示歉意。本维努托曾解释说，“在哲学家的著作中，写入自己的名字，不符合哲学家的习惯，除非是在罕见的情况下，有什么正当理由”；但丁在《筵席》第一卷第二、三句段中也曾说过：“某些人谈起自身似乎是不妥的”（谈起自己的名字当然就更为不妥了），这“对修辞学家来说”是明确禁止的。《最佳评注》认为，这里写贝阿特丽切直呼但丁之名，理由有二：一是确信自己是在与何人说话，二是缓和直呼姓名给对方带来恐惧的语气，显得更为亲切。萨佩纽注释本则认为，这里写直呼但丁之名是“用来增加羞愧之心”；波斯科-雷吉奥注释本认为，但丁把贝阿特丽切的话“实录”下来，可能是想“把地上乐园的情节与他在人世间对贝阿特丽切的爱更紧密地联系起来”。

27. “溪流”指勒特河。

28. 橄榄是祭祀智慧女神密涅瓦的供品（参见注15），据说，橄榄最初就是由密涅瓦创造的，因此，她有权用自己的名字命名雅典（“密涅瓦”是罗马对智慧女神的称呼，希腊则称之为“雅典娜”）。奥维德的《变形记》第六章对此有记载。

29. “幸福之人”指洗净罪愆，即将享有永恒幸福之人。关于贝阿特丽切质问但丁何以来到地上乐园的话，古代的兰迪诺和近代的某些注释家认为，其中有明显的讽刺意味，即质问但丁何以“屈尊”来到地上乐园，近乎责备，从而使但丁感到羞愧；萨佩纽注释本同意这种看法，但波斯科-雷吉奥注释本则认为，贝阿特丽切的言语虽然严厉，但就此提出她有“过分明显的讽刺意图”，“似乎很怪”，因此，它同意古代的布蒂和近代大多数注释家的解释，认为贝阿特丽切只是质问但丁何以竟能登上此山，尽管诗中的动词degnare在意大利古文中有“能”之意，但不符合但丁的习惯用法，即把此动词理解为degnarsi（屈尊）。

30. 这里是说，但丁听到贝阿特丽切的质问，感到羞愧，不敢仰视。“清澈的水泉”仍指勒特河。

31. 这里生动而有层次地描绘但丁的羞愧表现：先看到水中反映的沮丧的面庞，于是掉转视线，去看草丛，终于感到无地自容，抬不起头来（“重重地压在我的额前”）。

32. 此句和下句的“踏足”原文都用拉丁文，即：In te, Domine, speravi和pedes meos；摘自《旧约·诗篇》第三十一篇第一至八句：“主啊，我在你里面寻求庇荫，求你不要让我蒙羞，以你的公义拯救我”是第一句；“你没有将我交给仇敌，却让我踏足在广阔安舒的地方”是第八句。第八句以下的诗句因与本段诗歌的内容无干，所以天使们就没有继续唱下去。

33. 这里的“山脊”指亚平宁山的山脊。

34. “活的梁木”（vive travi）是但丁的一种迂回笔法，即是指树的枝干，亦即是说，这些树木将来要用作“梁木”，但目前则仍是“活着的树木”。从本段三行韵诗起，但丁继续用两段来以白雪先冻成冰，后又融化为水，形容此刻他的心情变化。

35. “斯基亚沃尼亚”（Schiavonia），即斯拉夫人的国家，即今南斯拉夫，诗中用形容词schiavo，指来自东北部的寒风。

36. “从自身涓涓流淌”是如实地描述雪的融化：先是从上层溶解，一点点延至下层。

37. “失去阴影的大地”指非洲，“吹来阵风”亦即吹来“热风”。兰迪诺和但丁之子彼特罗都曾特意解释诗中何以用“失去阴影”的说法：前者说：“在南方地区，太阳是很少照出阴影的”，因为在那里，阴影显得很短，特别是在中午时分，阳光直射，几乎不见阴影；后者说：诗中所说之处可能是指埃及的西埃尼（Siene，即今阿斯旺），按卢卡努斯在《法尔萨利亚》第九章的说法，在春分时令，那里就照不出阴影。

38. 这里是说，由于贝阿特丽切言语冷淡，曾令但丁无法啼哭和叹息，后因听到天使的歌声，透露对他的同情，才如白雪融化一般，重又哭泣和叹息起来。

39. 此句萨佩纽和波斯科–雷吉奥两注释本的印法不同：前者印为più che，即“胜过”，后者则循佩特罗基版本，印为pare che，即“似乎在说”，尽管其根本意义不变。

40. “勉强”一词原文是con angoscia，是说明但丁此刻心理上的缓慢而细微的变化，不是一听天使的歌声，泪水和叹息马上“一涌而出”，因此，萨佩纽和波斯科–雷吉奥两注释本都将此短语诠释为faticosamente、con fatica、con pena（均意谓“勉强”）。有人将此短语释为“连同痛苦”、“伴着痛苦”，似不妥。

41. “上述边沿”仍指第61句的“左面边沿”。

42. “永恒的白昼”（etterno die）：布蒂认为，这是指上帝，因为上帝是“永无愚昧的贤明，永无错误的真理”；萨佩纽注释本就此解释说，可把“永恒的白昼”理解为没有时间区别的“永恒的现在”（presente etterno）。die（白昼）本身也有“光芒”之意，因而波斯科–雷吉奥注释本认为，可作“上帝的永恒光芒”解。

43. 波斯科–雷吉奥注释本基本上依照兰迪诺的解释，认为：“黑夜”意谓“愚昧”，“困睡”意谓“麻木”（但兰迪诺解释为“怠惰”或“人体的贪婪”）；“世纪”（secolo）则指“世人”，它与“道路”一样都是取自《圣经》的比喻：《旧约·耶利米书》第十八章第十五句就说：“我的子民竟把我置诸脑后，向虚无的神烧香，在他们旧日的路上滑跌；他们不行康庄大道，却走旁门左道。”因此，该注释本将此句解释为“愚昧和麻木都不能向你们（天使）遮掩世人在其道路迈出的任何一步”，“亦即是说，天使们从上帝身上可以看到人世间过去、现在或未来的任何事件”。

44. 这段三行韵诗的大意是：贝阿特丽切向天使们解释，她现在所做的答复并非针对他们，因为天使们从上帝身上可洞悉一切，而是针对但丁，让他“领悟”贝的意图，使但丁的罪过和忏悔能彼此相应，亦即痛苦的大小应与所犯罪过大小相等。

45. 这里是说，一个人的结局如何都是上天根据他所属的星宿，在他诞生时就命定好的。但丁在《筵席》第四卷第二十一节第七句段中就说：“因此，上天的安排……可能是好的，较好的，和最好的（这一安排随不断因人而异的星宿而变化）；它也便证明：从人的精子和这些能力中产生的灵魂是更纯真的还是不够纯真的。”但丁属双子星座，上天安排他从事科学与文学，因此，这种安排还是异常有利的（参见《地狱篇》第十五首）。

46. 这里是说，“神的恩泽”像“甘霖”一样降到世人身上，而“甘霖”又是从“水气”中产生的；“水气”实际上是指“神的恩泽”据以产生的种种深不可测的原因，“这水气是如此崇高”，甚至天使和享有天福的人也无法理解（“我们的视线也无法靠近那里”）。

47. “新生时期”（vita nova）：根据《新生》第二十三章第十七句段的解释，即是指“青春时期”；《筵席》第四卷第十九节第九句段和彼特拉克的《诗集》第一百一十九首第二十三句也提及这一点。这也是但丁青年时期的第一部作品《新生》的题名。

48. “合适的衣着”（abito destro）意谓“良好的天赋”，“天然的底蕴”。

49. 这里把“土地”比作“天资”，亦即天资越好，如不用正确理论来指导，不用德行来培植，也会产生越坏的恶果，因为他做坏事会比天资差的做得更好。

50. “若干时间”是指但丁初次遇见贝阿特丽切直到她亡故，根据《新生》的说法，是从1274年到1290年。“用我的容貌支持他”意谓“用我的存在使他一直走在康庄大道上”。但丁在《新生》第十一章第一句段、第十九章第九句段、第二十一章第二句段、第二十六章第一和第三句段等处曾多次提及贝阿特丽切对他的良好影响。

51. “第二阶段”是指生命的第二个年龄段，亦即少年之后的青年时期；但丁在《筵席》第四卷第二十四节第一至六句段中曾把人生划为四个年龄段（其中内容与我们今天的看法是区别很大的）：一是“少年”（Adolescenza），到二十五岁为止；二是“青年"(Gioventute),到四十五岁为止;三是"老年"(Senettute),到七十岁为止;四是"暮年"(Senio),即在"老年"后再活十年左右。因此,诗中说贝阿特丽切"刚迈上我的第二阶段的门槛",即意谓贝当时是在从二十五岁走向二十六岁的时期。

52. 这里是说:贝阿特丽切的生活从尘世转到天国,亦即指她"香消玉殒",时在1290年6月9日。

53. 这里的"他人"(altrui)可能指两个方面:一是指"人":根据《新生》第三十五章和第三十七章,但丁在贝阿特丽切死后曾钟情于其他"贵妇"(donna gentile),有人曾推测是"丽塞塔"(Lisetta)、"维奥列塔"(Violetta)等,但都很难证实;一是指"学习",即但丁在贝死后,为了求得安慰,曾从事一些哲学研究,认为除神学外,这些哲学理论也有一定真理,《筵席》第二卷第十七节就提及这一点。本篇第三十一首和第三十三首都曾涉及上述两方面的问题。

54. 指尘世的"肉体"生活转为天国的"精神"生活。

55. "走上并非真正的道路"即是指丧失了"康庄大道",而走上"旁门左道"。

56. "虚假的善的形象"是指世间财物:波伊提乌斯在《哲学的慰藉》第三章就说:"世间暂时的财物似乎向世人展示其真正善的形象,甚或某些不完美的善的形象,但却不能提供真正完美的善。"

57. 这里的上帝"启示"是指上帝赐予但丁的良好启示:本可使贝阿特丽切引导但丁走上正轨,却没有什么用处。"其他方式"指在但丁醒来时规劝他。《新生》第三十九章和第四十二章、《筵席》第二卷第七节第六句段都提及但丁在幻觉中见到贝阿特丽切,但只有在这里,但丁才写出贝阿特丽切对他的帮助,无助于使他发生持久的转变。

58. 这里是说,只有用让但丁目睹地狱中受苦的亡魂的惨状的办法,才能使他振聋发聩。

59. "亡魂的进门之处"即是指"林勃"。

60. "那位"指维吉尔。

61. vivanda是"玉液琼浆"的原词,本义是"食物",但广义上,也可作"饮料"(bevanda)解;萨佩纽和波斯科-雷吉奥两注释本都认为,这里是指勒特河的河水,但近代的马塔利亚(Mattalia)则认为是指欧诺埃河的河水。

第三十一首

1. “神圣的河水”指勒特河，这时但丁尚未渡过该河。
2. 这里原诗用per punta（“词锋”）和per taglio（“言辞的刀刃”）来形容贝阿特丽切“直接”和“间接”对但丁的谈话，显然是有意与上一首第57句的“剑伤”联系起来：原先，贝是与天使们讲述但丁的罪过，类似“刀刃”，是“间接”的，如今则是转过来“直接”向但丁谈话，类似“剑锋”，亦即“词锋”。
3. 诗句中的“这”是指贝阿特丽切对但丁的责备；把“忏悔”与“指责”连在一起，意谓：既然贝阿特丽切对但丁提出如此严厉的指责，但丁就该作出沉痛的忏悔，这样，但丁的罪过才能得到宽恕。
4. 声音的“那些器官”指喉咙和嘴。
5. “可悲记忆”指但丁对所犯罪过的记忆。
6. “河水”仍指勒特河的水。
7. 兰迪诺解释说：“慌乱”是指“对所犯错误感到羞愧”，“恐惧”是指“对应得的惩罚感到畏惧”；波斯科－雷吉奥注释本认为，把“恐惧”解释为对但丁的罪过引起贝阿特丽切的“愤恨”感到“恐惧”，“也许更为妥当”。
8. 这里是说，要理解但丁这时所说出的“是”字，光用“听觉”是不够的，因为但丁心情复杂，说出的话音令人听不见，只能从口型动作和面部表情来理解，因此，还必须用“视觉”。
9. 声音的“出口处”显然指“嘴”。这里用射弩箭为例，比喻但丁从不敢哭泣和叹息转为“号啕大哭”，但仍然如“弓弩裂成碎片”，射出的箭就变得“不是那么迅猛有力”，因而声音依旧“哽噎”在喉，“迟迟”发不出来。
10. “其他财物”指除“至善”以外的尘世财物。“流连忘返”原文是passeggiare anzi，直译为“在门前徘徊”；古代注释家一般对此词的含义把握不大，直到十六世纪的注释家贝纳尔多·达尼埃洛·达·卢卡（Bernardo Daniello da Lucca）才对此词作出比较令人信服的解释：他认为，此词有堕入情网的恋人对自己钟情的人“追求”“渴慕”之意，“正如人们谈到堕入情网的人经常所说的那样，他们总是习惯于在他们所爱的人的家门前面徘徊不去”，这一解释已为注释家所共同认可。但，萨佩纽注释本认为，也有手抄本把“其他财物”从阳性复数li altri改为阴性复数le altre，意即“其他女人”（delle altre donne），这种解释似“更有说服力”，而且“不那么令人感到奇怪”，因为与贝阿特丽切在上一首第126句对但丁的责备有更加明确的联系。波斯科－雷吉奥注释本及其所用的佩特罗基版本都不同意这种诠释，当代的马佐尼（F. Mezzoni）也担心这种诠释会使人误解但丁的步入歧途是属于情感乃至色情问题，而贝阿特丽切的“责备”也被降低为“一个好嫉妒的情人的心理”了。
11. “隐没”指贝阿特丽切死去，但丁因而再看不到她的面容了。此词与下句的“眼前的东西”即可以看到的东西，恰好是相对的。
12. “眼前的东西”指可以为人所直接得到的尘世财物，因而它们给予的“欢乐”是“虚假”的，是“一瞬即逝”的，它会使人把神的、“至善”的美忘得干干净净，这既涉及但丁的个人遭遇，但也代表着超出他个人之外的典型事例。
13. 这位“法官”就是上帝。
14. 这段三行韵诗中的“面颊”，在这里是指“嘴”或“双唇”；“迸发”是指但丁“谴责”个人的“罪孽”时，连同泪水和叹息，像火山爆发般脱口而出。“磨轮把自身对准刀刃”是一种象征性的比喻笔法，意谓：只要但丁悔罪，在上帝的天国法庭上，还会像磨轮把刀刃磨钝那样，缓和上帝的愤怒，并把“愤怒”变为“慈悲”，使但丁得到饶恕。这与人间恰恰相反：在人间，有罪之人的招供则不会得到法官的怜惜，反而变成为判罪的口实。因此，这里的“刀刃”是比喻“神的正义之剑”。
15. “海妖”（参见本篇第十九首及注7）指尘世的虚妄财物的诱惑。
16. “哭泣的种子”指促使但丁哭泣的慌乱

与恐惧。此说法见于《旧约·诗篇》第一百二十六篇第五句:“那些流泪撒种的必定欢然收割。”

17. “相反的途径”指与但丁选择的道路相反的途径,亦即贝阿特丽切要使但丁不是走向尘世财物,而是走向天国。“被埋葬的肉身”亦即指尸体;波斯科-雷吉奥注释本认为,这种赤裸裸的说法是意在强调肉体之美的虚妄性。

18. 这里是说,贝阿特丽切的姿色本是“虚妄的东西”,是容易腐朽的,因此,贝的死使但丁“中了第一次箭伤”,十分痛苦和沮丧;有鉴于此,但丁在贝死后,就不该再追求易于腐朽、死去的尘世东西(何况尘世没有比贝能给但丁以“最大欢愉”的东西),而应“奋力向上”,提高认识,以在天国的贝为榜样,追求不朽的、永恒的东西,亦即灵魂、精神的东西,这些东西将不会使但丁再受到过去那种痛苦的创伤。关于贝阿特丽切说她“不再是当初模样”,这是指贝死后,就不再是“虚妄的东西”,而是变为“不朽和永恒”的了。

19. “妙龄少女”的原文是pargoletta,泛指“年轻的女人”。萨佩纽注释本认为,这里可能是影射贝阿特丽切死后,但丁所热恋的其他对象;但丁在《韵律集》第八十八首和八十九首中都用过此词,指美丽而傲慢的女人,甚而是“铁石心肠的女人”(《韵律集》第一百首第七十二句),因此,也有可能是指这类女人。波斯科-雷吉奥注释本根据《最佳评注》的分析,认为,尽管有人试图说明这里的pargoletta究竟是指“丽塞塔”、“维奥列塔”(参见上一首注53)抑或“菲奥雷塔”(Fioretta),尽管这些名字在《韵律集》里都曾出现过,而且也不能排除但丁在此也有意具体指其中的某个女人,但这些尝试虽多,却都不过是“假设”罢了。

“更多的打击”:波斯科-雷吉奥注释本遵循佩特罗基版本的说法,诠释为“更重的打击”,这与萨佩纽注释本的诠释(即“其他的打击”)不同;另一点差异在于:萨本用vanità con si breve uso,即“其他过眼云烟的浮华东西”,波-雷本则用novità con si breve uso,意谓“其他还不甚了解的新鲜事物”;后一种用法系来自佩特罗基版本,佩本把它诠释为“年轻人的经历”、“不成熟的激情”,这却是波-雷本也不能接受的。

20. “新生的小鸟”指初生、尚未长出羽毛的幼雏,因为缺乏经验,容易被猎获或射伤;“羽翼丰满的鸟儿”则经验丰富,就不会上猎人的当了。此说法取自《旧约·箴言》第一章第十七句:“好像鸟儿一样,看见罗网张开在眼前,还是不肯躲避。”

21. 这段三行韵诗的意思是:但丁听了贝阿特丽切的一番话,感到难过,若是再“看一看”贝在天国的姿色,就会更加难过,因为他竟然舍弃这样的“姿色”而去追求“虚妄的东西”了。

“胡须”一词在中世纪常指“下巴”,托斯卡纳地区的古文、南部方言乃至伊比利亚半岛也都有这样的语言习惯。但诗中用“胡须”,虽指“下巴”乃至“面孔”,却是有尖酸刻薄的意味,即是说:但丁早已不是孩子,本该在世上作为“成人”行事,因而以保留其本意为佳。但丁在《筵席》第一卷第十二节第八句段中也曾说:“这里,应当知道的是:某些东西特有的任何长处,在这个东西里都是可爱的;同样,在男性身上,有胡须也是好事。”

22. “来自我们本国的风”指来自欧洲北部的风,亦即“北风”;“来自雅尔巴国土的风”则是指南风,非洲的风,因为“雅尔巴”(Iarba或Jarba)是杰图利亚(Getulia,即今利比亚)的国王;他曾热爱狄多(参见《地狱篇》第五首及有关注释),并将土地献给她,由她建立迦太基王国,但狄多并不爱他。维吉尔《埃涅阿斯纪》第四章对此有描述。

23. “最早的造物”指天使,因为他们是上帝造物时最早造出来的,或则是因为他们比所有其他造物都优越。

24. 这里是说,但丁此刻心情仍然忐忑不安,出于羞愧和畏惧,他还不敢正视贝阿特丽切(“目光仍然有些迟疑不定”)。

25. “双重本性”仍指兼备鹰和狮的两种性质。

26. 这句诗的写法比较迂回曲折，因而古代手抄本和近代版本有的就将两个vincere（“胜过”）中的一个，代之以verde（“绿色”，指“绿色的河”）和vedere（“看见”，指“我似乎看见”），萨佩纽和波斯科–雷吉奥两注释本都不同意这样改法。

27. 这个“女人”即是贝阿特丽切。

28. 根据中世纪生理学的说法，当一个人因激动而昏厥时，散布在全身的血液就要全部集聚到心脏内部，而苏醒时，心脏里的血液又重新流出，散布到身体各部。这段三行韵诗的第一句就是说明这个道理：知觉能力，亦即指血液或生命力。“那位贵妇”即是指玛泰尔达。

29. “轻舟”原文为scola，此词可作纺纱用的“梭子”或“小船”解：萨佩纽根据托斯卡纳地区目前尚流行的说法，认为用轻轻游动在经纱上的“梭子”来形容玛泰尔达飘然在水面上行走，还是很恰当的；波斯科–雷吉奥注释本则根据威尼托–罗马涅地区的方言，认为应作“轻舟”、“贡多拉船”解，并指此词的字源是scaula，可能来自拜占庭（萨佩纽注释本也承认，此词是由上述地区传入托斯卡纳地区的，并且不否认，此词也有“小船”之意）。波斯科–雷吉奥注释本还指出，用“梭子”形容玛泰尔达轻盈行走在水面，是不太妥当的，因为玛并未在水面上“来回行走”。

30. “幸福的彼岸”即是指但丁原先所在的河岸的对岸，因为勒特河的这边是像贝阿特丽切、玛泰尔达等享有天国之福的神灵所在之处，而凡涤净了对尘世罪孽的记忆的魂灵都从这里荣升天国。

31. “用水洒我”一句系摘自《旧约·诗篇》第五十一篇第七句：“求你以洗罪的血洒在我的身上，使我得到洁净，求你洗净我，使我比雪更白。”这是天使伴随浸礼唱出的歌声。

32. “四位美女”即四枢德，见本篇第二十九首第130句及注42。她们各自伸出一条臂膀“遮住”但丁，据布蒂和兰迪诺所作的分析，是表示保护但丁不受与各枢德相对立的罪恶所侵蚀。波斯科–雷吉奥注释本更进一步具体描述她们舞蹈的方式：她们手拉手围成一圈，但丁就在其中，她们又伸出一条胳臂，恰好在但丁头上形成一个十字架，犹如一幅华盖。

33. 这里所说的“星辰”即是本篇第一首第24句中所说的象征“四枢德”的“四颗星”。

34. 在但丁的笔下，贝阿特丽切一直是作为“贤德的圣女”出现的（参见《地狱篇》第二首第76句，但丁《新生》第十章第二句段），作为象征，她代表着上天显示的真理，亦即神，她的地位是四枢德早在有基督教之前的人世上就已准备好的，因此，四枢德就被上帝安排作为贝的侍女（“丫环”），在人世有了基督教、贝降到人世之后也仍然如此。

35. “那边的三位”即是指三超德，参见本篇第二十九首第121句及注37。“其中放射出的欢乐光芒”是指贝阿特丽切眼中放出的光芒。诗中说三超德将使但丁的眼睛“变得更为锐敏”是指：三超德能使心灵变得更为细致周密，来思考神的事物，换言之，要领悟神的事物的深奥，必须具备三超德。

36. 这里是说，这时贝阿特丽切已离开原先所站的位置，即大车左沿，来到大车前方，因而正与但丁“面对面”。

37. 这里用碧绿的“翡翠”形容贝阿特丽切的一双晶莹闪烁如宝石的秀目。

38. 这里是说，狮鹰兽反映在贝阿特丽切的眼眸当中，不断变换形状，时而是狮，时而是鹰；这里有更深一层的含义：在神学中，基督是交替地被看作“真人”和“真神”的。在诗句中，但丁则是从贝阿特丽切的眼睛中，间接地了解神的形象。用镜子反映太阳的说法来比喻贝阿特丽切的眼睛反映狮鹰兽的形象，这种写法也借鉴于奥维德《变形记》第四章关于林泽女神萨尔玛斯（Salmace）的眼睛的描述。

39. 此句写法可能来自基督教《圣经·旧约》的《训道篇》第二十四章第二十九句：“那些吃了我的人仍会饥饿，喝了我的人仍会干渴”；也可能借鉴《新约·约翰福音》第四章第六至十五句耶稣对打水的撒玛利亚妇人说：“人喝了这井里的水，还会再渴；但是喝了我赐的活水，就永远不渴。因为我赐的水，要在地里面成为生命的泉源，涌流不息，直到永生。”但后者与本诗此段内容似嫌脱节。

40. “第二个美丽的姿容”是指“樱唇”，因为“第一个”姿容是指眼睛。但丁在《筵席》第三卷第八节第八句段中曾说：“灵魂主要在面庞的两个地方活动……这就是眼睛和嘴。”几乎所有注释家都对此作出这样的解释，但马佐尼认为，“第二个美丽的姿容”是指“上帝的美丽姿容”，因为在下面第139—145句都说明，贝阿特丽切的整个面容（包括眼睛和嘴）都反映了上帝的美。还有人认为，这是指贝阿特丽切在天国的美，因为第一个“美”是贝在尘世间的“肉体”的美。萨佩纽和波斯科－雷吉奥两注释本都认同绝大多数注释家的看法。

41. “永恒光辉”指上帝的光辉，它从贝阿特丽切的“容颜”中反映出来。波斯科－雷吉奥注释本说，此句似乎证明马佐尼的解释是对的，但“这绝不意味着，人们不能更合乎逻辑地把‘第二个美丽的姿容’理解为樱唇”。

42. 这几句诗又是写得相当迂回而曲折：关于在帕纳索斯山“林荫”下变得“面色苍白”，是指在祭祀缪斯女神与日神的神山上因绞尽脑汁构思作诗而累得“面色苍白”；关于饮此山的泉水，是指从山泉中汲取诗的灵感：需要指出的是，这里的“甘泉”，原文是cisterna，本义是“蓄水池”，这里可能是指帕纳索斯山的山洞内冒出的水泉即卡斯塔利亚泉，但是，波斯科－雷吉奥注释本怀疑，但丁也可能把帕纳索斯山与埃利科纳山弄混了，因而把卡斯塔利亚泉理解为埃利科纳山的二泉：阿加尼佩泉和伊波克雷尼泉（参见本篇第二十九首第40句及注10）。因此，两段三行韵诗的大意是：有谁曾在帕纳索斯山上汲取诗的灵感，而不会显得无力在上天把你描绘得如此和谐的地上乐园，把你的真容如实地体现出来呢？实际上是一句反问话，意在说明，如实地体现贝阿特丽切的真容是很难做到的，即使是汲取了神山的灵感！

43. 这里是说，贝阿特丽切这时已揭开面纱，整个面容都“融入”空气中去了。

第三十二首

1. 这里是指但丁渴望再次见到贝阿特丽切已达“十年”之久，因为贝是1290年去世的，而但丁的冥界之行是在1300年。
2. “旧日的罗网”隐喻贝阿特丽切的“笑容”固然“神圣”，却产生了旧日的魅力，燃起但丁对她的旧情。
3. “三位女神”指三超德。
4. “左方”也是大车的“右方”，因为但丁这时是面对大车，而三位象征“三超德”的女神恰好站在凯旋车的右方。
5. 波斯科-雷吉奥注释本认为，三位女神“警告”但丁凝视贝阿特丽切过久，是因为但丁这时把贝作为“女人”而不是作为神的象征来看待。但基门兹对此有怀疑；波-雷本就此指出：不能排除但丁此刻怀起尘世的恋情，尽管这看来很奇怪，因为但丁虽已涤清罪恶，但他毕竟是“尘世的凡人”，而不是“纯正的精灵”。
6. 这里的“阳光”是贝阿特丽切身上散发出的耀眼光彩，犹如太阳一样强烈。
7. “不太耀眼的东西”是指队伍中的七盏烛光和其他光线不强的东西；“令人感觉十分强烈的东西”，原文是molto sensibile，是中世纪的哲学科学术语，也是亚里士多德常用的语汇，正如本篇第十五首第15句所用的词汇“能见度的过量”（参见该首注5）。
8. 这里用“军队”来形容诗中所说的仙人队伍，是指人多而又整齐之意。“朝右方转去”是说：队伍原是由东往西行的，方向恰好与在勒特河另一岸行走的但丁相反；如今又转向右方，亦即往回走，因此是重又朝东前进（即下句的“向来路归返”）。
9. 既然队伍重又朝东行进，其前面显然就有阳光和位于队伍最前列的七座烛台（“七道火焰”）。
10. 这里诗句用一队士兵临阵撤退的情景来比喻和描述仙人队伍的掉转方向，亦即在全队“掉转方向”之前，每队士兵要跟随先头部队的“旌旗”（这里即是指“七座烛台”，参见第二十九首第154句），一队一队地自行转换方向，直到后卫部队为止。
11. 这里的“先头部队”是指二十四位长老。
12. “那几位贵妇”指代表“三超德”和“四枢德”的七位贵妇，她们在伴随但丁走到狮鹰兽前面（参见第三十一首第113句和第130—131句）之后，这时又分别回到右轮和左轮原处。
13. “幸福的负重”（benedetto carco）即是指载着享有天国之福的贝阿特丽切的凯旋车。
14. 对此句古今注释家至少有三种解释：一是说：不“抖动”羽毛系指基督领导基督教会，不是用物质手段，而是用他永恒的精神，持这种看法的是多数近代注释家，萨佩纽和波斯科-雷吉奥两注释本也倾向于这种诠释；二是说：从《旧约》到《新约》的演进过程和基督教的成立，不曾丝毫改变上帝的正义与慈悲两项宗旨（布蒂），或：尽管教会的形式变了，但是神本身则无任何改变（本维努托），再或：“人类从律条状态向恩泽状态转变，是十分温和的，既然把《旧约》看成《新约》的体现……几乎感觉不到有任何改变”（《最佳评注》），因此，这类看法是属于古代注释家的；三是说：“基督的真正宗教的进展是不使用暴力的”，这主要是十九世纪的托马塞奥（Tommaseo，1802—1874）和安德雷奥利（Andreoli，1823—1891）的看法。
15. 这位“贵妇”即玛泰尔达，她曾拉着但丁渡过勒特河。
16. 这是指右轮，因为大车向右转动，右轮在转动时，弧度就比左轮为小。
17. “相信蛇的女人”即是指夏娃，因为夏娃是在蛇的蛊惑之下，违背上帝的禁令，吃了分别善恶树的果子（见《旧约·创世记》第三章第一至七句）。由于夏娃和亚当犯了原罪，上帝便把他们逐出伊甸园，“森林”也便“荒无人迹”了。
18. 这种迂回说法即表示下车的贝阿特丽切与已经走开的但丁等之间的距离有“三箭之地”。
19. 这里是说，他们在抱怨和责怪人类的祖先亚当把自己所犯之罪留传后世。

20. “光秃秃的树木”(pianta dispogliata)，联系到上一句，显然是指上帝叮嘱亚当不能食用其果的“分别善恶树”(《旧约·创世记》第二章第十六、十七句及第三章第一至七句)。但是，萨佩纽和波斯科-雷吉奥两注释本都指出，根据但丁在《筵席》第二卷第一节第三至五句段中所阐述的有关写作的“四种含义”(即“字面”letterale、“寓意”allegorico、“道德”morale、“释奥”anagogico)，以及第三十三首第70—72句所包含的“道德含义”，亦可把此树理解为“上帝的正义”(giustizia di Dio)，正如布蒂所说，此树象征“服从”，而由于亚当违背了“服从”，此树就变成“光秃秃”，先是没有了象征天国之福的果子，然后则是丧失了象征“来自谦卑和服从的德行”的树叶，亚当也便失去了上帝的恩泽，直到基督救世，才使人类与上帝和解，秃树也便重新变绿，有了生机(见本首第49—60句)。古今注释家对此有多种解释：如服从、人类、十字架、罗马、教会、自然律条、上帝意志等等；较普遍的一种解释是把此树作为“帝国”的象征，波斯科-雷吉奥注释本认为，这种解释与本首第112—117句和第124—129句中把“宙斯的飞鸟”即“鹰”比作“帝国”又相矛盾了，尽管神的正义在尘世要通过帝制来体现(《帝制论》第二卷第二节第四、五句段)。因此，萨本和波-雷本都认为，把此树作“分别善恶树”或“上帝的正义”解，是仅有的两种可靠的诠释。

21. 这里用印度人的树林和反应作比较和衬托，是因为：据说印度人的森林中树木极其高大，甚至拉弓射箭也达不到其高度；这种写法在维吉尔的《农事诗集》(*Georgiche*)第二章第122—124句和普林尼(Plinio，23—79)的三十七卷《自然史》(*Storia naturale*)第七卷第二章中都有描述。

22. 这里是赞颂象征基督的狮鹰兽不曾犯下亚当食禁果的罪过。萨佩纽和波斯科-雷吉奥两注释本都指出，这里是说明基督作为救世主恢复了被原罪所破坏的上帝正义，而对于把树木比作“帝国”的注释家来说，诗句则意谓：耶稣对世俗权力的服从和敬重，因此，他才为教会规定下纯属宗教的任务，不准它参与世俗政治事务和占有世俗财产：《新约·马太福音》第二十二章第二十一句就有耶稣说的话：“属于凯撒的东西，应该给凯撒；属于上帝的东西，应该给上帝”；但丁的《帝制论》第二卷第十一节第六句段也论述了教会应服从世俗政权的问题。

23. “双重性质的动物”即是指狮鹰兽。

24. 此句的意思是“恪守神的正义是一切正义的基础”(萨佩纽)。《新约·马太福音》第三章第十五句就说：“我们应当作一切属于正义的事”；《新约·罗马书》第五章第十九句中圣保罗的话更接近诗句内容：“这样，因一个人(亚当)的悖逆，多人成为罪人；也因为一个人(基督)的服从，多人都成为义人了。”

25. 此句的原文是quel di lei a lei lasciò legato：古代注释家布蒂认为：quel di lei是指用分别善恶树之木材制成的车辕，此说法来自中世纪传布甚广的传说，即所谓“十字架树”(Albero della croce)，据说，耶稣被钉在其上的十字架即是用分别善恶树的木材制作的，因此，“十字架即是神圣教会的车辕”。萨佩纽注释本认为，这种说法很有启发意义，不能排除；波斯科-雷吉奥注释本则不同意布蒂的解释和萨本的评论，认为但丁不可能既把“车辕”看成“基督牺牲的象征”，又在本首第136—147句把它作为“可怕变化”的“对象”。它认为，此处只是说明：通过教会，实现了“与上帝正义的和解”。

26. “巨大的光芒”指阳光；“天鱼”的“鱼”，原文为lasca，本义为软口鱼类，因此，系集体名词，在佛罗伦萨古代方言中甚为通用，泛指“鱼”，此处则隐喻双鱼星座；在春季，太阳系随白羊星座一起运转，而白羊星座紧随在双鱼星座之后，因此，诗句的意思是：太阳的光芒与白羊星座之前的双鱼星座的光芒“混在一起”，说明太阳与双鱼星座一起运转，即在一个月以前，这时，大地在太阳的照耀下，树木开始发芽："苞芽饱满"的说法，借鉴于维吉尔的《牧歌》第七首第48句和《农事诗集》第一首第315句。

27. "其他星辰"指金牛星座，它在白羊星座之后，太阳随它一起运转（"在其他星辰之下"），也须在一个月之后；太阳"为它的几匹骏马套上羁轭"，是指日神把太阳车的马系到车上，准备与新的星座一起运转，因此，此句的意思即是指继发芽后"不到一个月"：这时每棵树木的花、叶就会重新生长。

28. 关于这里所用的颜色，几乎所有古代注释家都认为是隐喻耶稣的血，因为基督是救世的象征和教会的基石。波斯科－雷吉奥注释本指出，那些认为此树是象征"帝国"的注释家则断言，此颜色是隐喻皇帝所着衣衫是绛红色；也有人认为，此颜色是指"四枢德"女神所着衣衫的颜色；近代的帕罗迪则认为，此颜色是指紫晶，因为神秘主义哲学家圣贝纳尔多（San Bernardo，1091—1153）曾认为，紫晶是象征正义的宝石。

29. 此处用典出自希腊神话："一百只无情的眼睛"是指受命看守变为母牛的伊俄的亚尔古的眼睛（参见本篇第二十九首及注29）。宙斯因为亚尔古的眼睛十分敏锐，看管伊俄甚严，不能接近伊，便命墨丘利设法将亚杀害，墨于是向亚尔古歌唱关于潘尼神（Pane或Pan）爱上阿尔卡迪亚（Arcadia）林泽女神塞林格斯（Siringa）并把她变为芦苇的故事，亚尔古听得酣然入睡，墨丘利趁机将他杀死（一说是用神笛吹奏催眠曲，趁亚睡熟，将他杀死）；奥维德《变形记》第一章第568—747句中叙述了这一情节。

30. 这里是说，但丁本想以亚尔古为"范本"描述自己入睡的情景，但既然奥维德在《变形记》中未详细描绘亚尔古酣睡的情节（况且那又是客观的描述），但丁又怎能描绘自己的入睡情况呢？因为他当时已对现实失去知觉，无法凭记忆加以描述。

31. 这里用典出自《圣经》中有关使徒彼得、约翰和雅各目睹耶稣在泰伯山（Tabor）上变容的章节，详见《新约》的《马太福音》第十七章第一至八句；《路加福音》第九章第二十八至三十六句，《马可福音》第九章第二至九句："六天后，耶稣带着彼得、雅各和约翰，暗暗地登上一座高山。耶稣在他们面前改变了自己的形象：面目如太阳一样发光；衣裳洁白，发出炫目的光芒。忽然，摩西和以利亚一起出现，跟耶稣谈话。这时，彼得禁不住冲口而出：'主啊！我们在这里好极了！你若准许，我就盖三座帐幕：一座给你，一座给摩西，一座给以利亚。'他正在说这话的时候，一朵灿烂的云彩出现，笼罩着他们。云里传出了这样的声音：'他是我喜悦的爱子，你们要听从他。'门徒听见这声音，惧怕不已，便伏地叩头。耶稣就过来摸他们，说：'起来吧，别害怕。'他们抬起头来，看见剩下耶稣一个人。"上述三部福音的有关内容大体相似，只是《路加福音》在叙述摩西和以利亚出现后，还提及三个使徒"疲倦得很，昏昏欲睡"，"当他们清醒过来，睁开眼睛，看见耶稣的荣光；他和摩西、以利亚站在一起"；此外，《路加福音》和《马可福音》都没有叙述耶稣的这句话"起来吧，别害怕"，而这句话在诗中是很重要的。

32. "苹果树"的典故亦出自《旧约·雅歌》第二章第三句："我的爱人在男子之中，好像森林中的一棵苹果树"；这里的"苹果树"就是用来比作基督。波斯科－雷吉奥注释本认为，苹果树的"小花"隐喻基督的智慧之光，"果实"则隐喻"觐见基督"，因此，这也是天使们所渴望做到的。"永久的婚宴"是指天国的幸福，亦即能永久谒见上帝，用"婚宴"作类似的譬喻在当时是屡见不鲜的。

33. 这句"话"就是耶稣对三个使徒所说的："起来吧，别害怕"，参见注31。

34. "更加昏沉的困睡"是指耶稣使睚鲁家的女孩起死回生的故事：有人告诉睚鲁，他的女儿死了，"耶稣听见，就对睚鲁说：'不用怕，只要信，你的女儿一定会好的！'后耶稣到了睚鲁家，只准彼得、雅各和约翰与睚鲁夫妇与他一起进到屋内，屋内的人哭哭啼啼，耶稣说：'不要哭，她没有死，只是睡着了。'

众人讥笑耶稣，但耶稣拉着那女孩的手，说：'小女孩，起来！'她立刻重获生命，站了起来"；参见《新约・路加福音》第八章第四十九至五十五句。

35. "衣服"原文为stola，指耶稣变容时，"衣服变得雪白炫目，世界上再也找不到漂得那么白的"（《新约・马可福音》第九章第三句）。此段三行韵诗的内容参见注31。

36. "有怜爱之心的女人"指玛泰尔达。

37. 贝阿特丽切所坐之处可能有这样的寓意：她作为"神学"的象征应坐在那里，看守由基督（"狮鹰兽"）联系在上帝的正义（"树"）上面的教会（"凯旋车"），换言之，她是在看守基督方才在上帝的正义与教会二者之间建立的纽带。

38. "伙伴"指代表"三超德"和"四枢德"的七位贵妇。

39. "向上走去"意谓向天上走去，因为他们正是从天上下来的。

40. 波斯科－雷吉奥注释本认为，可作两种解释：或是比你至今所听到的歌曲都更悦耳和深沉，或是比方才令你入睡的那首歌曲更悦耳和深沉。萨佩纽注释本倾向于前者，但也指出，多数注释家作后一种诠释。

41. "另一位"指贝阿特丽切。

42. "寸草未生的土地"原文是terra vera，直译为"真正的土地"。注释家对其中的形容词vera的理解是多种多样的，萨佩纽和波斯科－雷吉奥两注释本都认为，把它诠释为nuda即"裸露"、"空无一物"，较为妥当，但也有人把nuda解释为有影射教会应保持谦卑和贫穷之意，波斯科－雷吉奥注释本不赞成这种解释，因为贝阿特丽切象征"神学"，而不是象征"教会"。《最佳评注》认为，"真正的土地"是指地上乐园的土地，因为它是"服从它的造物主的真正土地"，造物主创造它是作为"人类的专有住所"，是"代表纯真和真理的土地"。近代的波雷纳把vera理解为是mera（纯朴）一词之误，但这一韵脚又与第92句的韵脚m'era不相称，且易弄混，因为手抄本常把m'era写成mera。

43. 此句是说：七位女神手中的"烛光"永不会被"北风"（Aquilone）和"南风"（Austro）吹熄，尽管这两股风是十分强劲和猛烈的。但是，这里的"烛光"究竟是指什么？萨佩纽注释本认为，可能就是"七座烛台"，而且古代的布蒂和兰迪诺还曾推测但丁有意在"七德"与"圣灵的七件赠品"两者之间建立的"关系"："四枢德"中的代表"义"的女神所持的烛灯是"驱赶狂傲"的"敬畏"（Timor）；代表"智"的女神的烛灯是"驱赶嫉妒"的"怜悯"（Pietà）；代表"勇"的女神的烛灯是"驱赶愤怒"的"力量"（Fortezza）；代表"节"的女神的烛灯是"驱赶贪婪"的"谋略"（Consiglio）。"三超德"中的代表"信"的女神所持的烛灯是"驱赶怠惰"的"知识"（Scienza）；代表"望"的女神的烛灯是"驱赶贪食"的"智慧"（Sapienza）；代表"爱"的女神的烛灯是"驱赶贪色"的"思考"（Intelletto）。以上材料可参见本篇第二十九首注14。但也有人认为，女神手中的灯烛是另外的灯烛，象征"七件圣事"（参见第二十九首注14）。波斯科－雷吉奥注释本对把女神手中的灯烛释为"七座烛台"有保留，指出：既然"七座烛台"从远处看巨大如树（见第二十九首第43—50句），又怎能持在手中呢？它认为，由于但丁不曾说明这是另一些灯烛，就不该设想诗人是"用现实主义的逼真笔法"书写诗句。

44. 这里的"罗马城"是指天国的罗马城，而基督是这个城市的"第一公民"（"罗马人"）。

45. 波斯科－雷吉奥注释本认为，"有利于生活堕落的人世"不是笼统地指有罪之人，而是指那些不相信帝制的人，因此，贝阿特丽切提醒他要"盯住那辆大车"（在下一首还提及要注意那棵树木），其用意在于让但丁证明：必须服从上帝根据其"正义"所作出的规定，教会必须摆脱当前的腐败。因此，此段三行韵诗有"道德和预见的含义"（萨佩纽），是"政治－宗教性的信息"（雷吉奥）。这里是全诗第一次明确指出但丁肩负的任务：即把"所见的情景"写下，以教育世人。

这也令人想起《新约·启示录》第一章第十一句所说的话："把你所看见的异象写在书上。"

46. "叮咛脚下"这类写法是当时甚为流行的写作技巧，如圭多内的诗句："我的心灵的脖颈虔诚地俯到您的脚下"，彼特拉克的诗句："用心灵的膝盖躬身下拜。"

47. "宙斯的飞鸟"即是指鹰，此说见于维吉尔的《埃涅阿斯纪》第一章第394句。在诗中，象征从尼禄（Nerone，37—68）到狄奥克列齐亚诺（Diocleziano，约243—313或316）统治下的迫害基督教徒的罗马帝国；因此，它严重伤害象征"上帝的正义"的"树木"，几乎把象征"教会"的"大车"破坏殆尽。波斯科-雷吉奥注释本指出，这也排除了主张"树木象征帝国"的说法。

48. "狐狸"象征异教、异端邪说；由于它们都是建立在错误虚妄的理论上的，因此诗中说它们"仿佛从未吃过美好的食物"，有"无肉的骨架"（第123句）。也有人认为，这里具体地是指阿里奥（Ario，280—336）创立的异教派，或教皇阿纳斯塔修斯二世（见《地狱篇》第十一首及有关注释），甚或穆罕默德（见《地狱篇》第二十八首及有关注释）、罗马皇帝"叛教者朱利亚诺"（Giuliano l'Apostata，331—363）。波斯科-雷吉奥注释本特别提及佛罗伦萨西班牙人大礼拜堂（Cappellone degli Spagnoli）内一幅据说出自佛罗伦萨名画家安德雷亚·迪·博纳尤托（Andrea di Bonaiuto，1330—1392）手笔的壁画，说明当时教会与异教派争斗之激烈，最后以前者，特别多明我会获胜：其中画了正在驳斥异教分子的圣徒多明我（Dominico）、托马索（Tommaso）和殉道者彼得（Pietro Martire）肖像，在他们下方又绘了象征多明我会教士的一群白色带黑花的狗在撕咬一群象征异教分子的"狐狸"。诗中是由代表神学的贝阿特丽切将"狐狸"赶走的。

49. 这里又一次描述代表"帝国"的鹰"从初来之处"飞下。近代的基门兹据此推测，这只鹰在树上有巢：这意味着上帝把他的正义寄托在"帝国"身上，而尘世即是以上帝的正义为依据的。波斯科-雷吉奥注释本认为，诗中虽未明确提到这一点，但鹰两次沿着树木飞下，可能证实了基门兹的看法。

诗中说鹰飞下把羽毛抖落在大车上，这是指：君士坦丁皇帝对教皇西尔维斯特罗的赏赐（见《地狱篇》第十九首及有关注释），从而造成教会贪婪腐败的开端，这不仅肢解了帝国特权，也严重破坏了教会的神职。

50. "小舟"系指彼得的船，这里用"小"词，是表示一种"昵称"：但丁在《书信集》第六章第三句段和第十一章第十二句段中就说过："彼得的小船"；此说法源自《新约》的《马太福音》第八章第二十三句和《路加福音》第八章第二十三句。有人认为，这里所说的"声音"可能是圣彼得的，但也可能是基督的。据但丁之子彼特罗和一些古代注释家说，君士坦丁皇帝在赏赐之后，人们曾听到天上发出声音说："今天，把毒药撒在上帝的教会里了。"

51. 这里的"龙"即代表撒旦的"蛇"或《新约·启示录》第十二章第三句所说的"巨龙"。注释家对此解释不一：有说是指穆罕默德的，有说是指"反对基督的"，总之，是指魔鬼在教会内部制造分裂，从而剥夺了教会的一些信徒["拖起（大车的）一部分底板"]。也有注释家认为是像《启示录》第十二章第三至九句所说的，"巨龙"即是"古蛇"、"撒旦"，它剥夺了教会的"守贫精神"，使之产生"对尘世财物的贪婪"。

52. 这里是说：君士坦丁皇帝的赏赐是出自"善意"，却收到了"恶果"：但丁在《帝制论》第二卷第十二节第八句段就曾提及君士坦丁皇帝的"怜惜的意图"，在《天堂篇》第二十首中更明确地指出："善意造成恶果。"但是，诗中则加进怀疑词"也许"（雷吉奥）。

53. 这里是说，教会通过购买财富和对世俗权力日益增长的贪得无厌，很快便在其各级陷于腐败，如《启示录》所描绘的，成为"怪兽"

（萨佩纽）。

54. 这里是说，象征教会的大车这时长出了七头十角；此说法见于《新约·启示录》第十二章第三句和第十七章第三句：前者是说“巨龙”：“有一条红色的巨龙出现，它有七头十角”；后者是说“怪兽”：“我在那里见到一个妇人，骑着一只朱红色的怪兽。怪兽有七头十角，身上涂满了亵渎上帝的名号。”拉纳、《最佳评注》和本维努托等古代注释家认为，“七头”是象征七大罪恶，其中三个头有一双犄角的，象征“骄”、“妒”、“怒”；另四个则象征罪过较轻的“惰”、“贪财”、“贪食”、“贪色”。大部分近代注释家也同意这种分析。

55. 这里的“厚颜无耻的娼妓”象征罗马教廷（curia romana）；波斯科-雷吉奥注释本认为，她“也许是特别象征博尼法丘八世、克莱蒙特五世乃至阿威农时期的罗马教廷”。

56. 古代注释家一致认为，这里的“巨人”系指法国王室，特别是法王美男子腓力浦四世（见《地狱篇》第十九首及有关注释）。但丁在《书信集》第七章第二十九句段中就把腓力浦四世说成是“哥利亚”（Golia），即被大卫用弩箭射死的巨人。这里用“娼妓”和“巨人”来隐喻当时罗马教廷屈从法国王室的状况。

57. “向我瞟来”：有人认为，这里是用但丁象征教皇博尼法丘八世所靠拢的其他君主，如奥地利的阿尔贝托皇帝（Alberto）或西西里王腓特烈（Federico）；还有人认为，这里是隐喻基督教人民，特别是意大利人民。波斯科-雷吉奥注释本认为，波雷纳的解释可能更正确：即隐喻博尼法丘八世与腓力浦四世的决裂，以及博尼法丘在其阿纳尼行宫受辱（参见本篇第二十首第86句及注37）。

58. “怪物”即被狮鹰兽缚在树上的大车。

59. “新奇的野兽”亦指“怪物”，即象征教会的大车。

第三十三首

1. 此句原文用拉丁文Deus, venerunt gentes，取自《旧约·诗篇》第七十九篇第一句，全文为：“上帝啊，你的土地被信奉别神的人征服了。他们亵渎你的圣殿，耶路撒冷已经成为废墟。”诗句引用《诗篇》哀圣城被毁的若干词句隐喻上一首诗中有关象征“帝国”的“鹰”和“巨人”对象征“教会”的“大车”和“娼妓”的破坏、腐蚀和欺凌。

2. 这里是说，贝阿特丽切对教会所遭受的厄运感到痛苦和惋惜。

3. 这里用十字架前的圣母的哀痛与贝阿特丽切此时的表情作对比：前者的哀痛达到最大限度，而后者的哀痛不过略逊于前者，因而也是很深的。

4. 这里是说，七位贵妇已唱完诗篇，这就使贝阿特丽切“有机会开口说话”。

5. 这里描述贝阿特丽切面色改变，如同《天堂篇》第二十七首圣保罗在谴责蜕化变质的教皇时的表情一样。

6. 这段三行韵诗，除“我亲爱的姐妹”外，均用拉丁文：Modicum, et non videbitis me; et iterum, modicum, et vos videbitis me，系摘自《新约·约翰福音》第十六章第十六句耶稣对使徒们说的话：他即将死去，但不久，又将复活。许多注释家认为，此句在诗中是隐喻：教廷即将被迫迁至法国的阿威农，但不久，仍必迁回罗马。萨佩纽和波斯科-雷吉奥两注释本都不赞同将此句诠释得如此具体和确切，主张将它笼统地理解为：教会已堕落到最低点，不久必将实现深刻的道德革新。

7. “那位贵妇”指玛泰尔达。

8. “那位智者”指斯塔提乌斯。

9. 萨佩纽和波斯科-雷吉奥两注释本都强调指出：这里是说，贝阿特丽切已迈出“九”步，“第十步”尚未迈出；波-雷本还指出：但丁在《新生》不少章节中都把数字“九”与贝阿特丽切联系起来，这里也同样如此，想必有其寓意，但不易说清。那些认为贝在预言教廷将迁往阿威农、随后不久又将迁回罗马的注释家（如近代的帕罗迪），主张把此句与第十至十二句的含义联系起来，即：教廷必将在十年之内从阿威农迁返罗马，因为教廷系于1305年迁往阿威农，迁返罗马就该是1315年左右了。萨本和波－雷本都不同意这种诠释。

10. 这里，但丁称贝阿特丽切为“夫人”（Madonna），是与他以“您”称呼贝相一致的，这就表现出他是以骑士般的尊敬口吻和态度与贝说话，如同下级对待上级一般。

11. “器皿”（vaso）指大车。这里的“蛇”即是指拖走大车的一部分底板的“龙”（参见第三十二首第131—135句及注51）。

12. 此句的说法借鉴于《新约·启示录》第十七章第八句：“你所见的怪兽，以前曾经生存，现今则不再存在。”这里是说，象征教会的“大车”由于腐败、堕落，丧失了自由，就仿佛不再存在一样。

13. 此句的意思是：上帝的报复不怕艰难险阻，花招诡计，早晚总有一天要到来。但诚如波斯科－雷吉奥注释本所说，若从“字面上”来解释，就“更困难”了。“不怕汤菜”，原文是non teme suppe，拉纳、布蒂、本维努托、《最佳评注》、佛罗伦萨无名氏等古代注释家几乎一致认为，这是佛罗伦萨的一种谚语式的习惯说法，犹如谚语“天网恢恢、疏而不漏”Dio non paga il sabato（直译为“上帝不付星期六工资”）。此说法的来源，有人认为是来自希腊，有人则认为是来自法国。一般认为，是指：一个杀人者若敢于在被杀者的身上或墓前，一连九天吃菜汤或肉汤，就可避免死者亲属来复仇或免遭市政府制裁，而这一点是根本做不到的，这样，“不怕汤菜”就有了“必不可避”的含义。对于suppe本身，有多种解释：但丁之子彼特罗认为，suppa即offa（侵犯），其含义与根据该词的本义来解释，无根本区别；也有人把它解释为法王令其陪臣发誓效忠于他的一种宗教仪式：即把一块面包浸入葡萄酒中食用，法文称之为soupes，波斯科－雷吉奥注释本认为，这种解释“更令人着迷”，因为其中带有“反法”的意味，但它仍主张采用最通用的诠释为佳。

14. “怪物”是指大车被鹰（帝国）破坏和腐蚀后长出七个带犄角的头（参见第三十二首第143—147句及注54），“猎获品”是指大车被“巨人”掠去（参见第三十二首最后几段三行韵诗）。

15. 这里是说，帝国（“飞鹰”）不会永远无主；但丁认为，自神圣罗马皇帝腓特烈二世（参见《地狱篇》第十首及有关注释）死后，就不再有任何皇帝来到意大利戴上神圣罗马帝国皇帝的王冠（见但丁《筵席》第四卷第三节第六句段），因而诗中借贝阿特丽切之口，预言不久将有神助，不会让帝国的王位永远空缺，“后继无人”。

16. “五百一十五”是一种代号，与《地狱篇》第一首提到的“猎犬”一样，都是指能力挽狂澜、革新世道的救世主，就但丁本人的政治思想而言，就是指望上帝能派遣一位明主贤君来拯救世界，还教会以自由，歼灭法王。用数码来作为某位皇帝的代号，见于《新约·启示录》第十三章第十八句，其中就曾以“六百六十六”影射罗马皇帝尼禄；“五百一十五”系罗马数码的写法：DXV，与作为“元首”解的DVX（即duce）是很接近的，尽管有两个数码或字母的颠倒，波斯科－雷吉奥注释本认为，作为一种“谜”一般的语言，要求如此确切，是没有必要的。该注释本认为，第一篇第一首用“猎犬”和第二篇第三十三首用“五百一十五”隐喻救世主，看来不可能是偶然的巧合，但其区别是：从时间上看，前者是写于最早的篇章之一，大约写于1304年和1307年之间，而当时，无论在世俗或宗教方面，但丁都不能以某个人作为隐喻的对象，除非这些最早的篇章后来又作过修订；而后者最后几首很可能写于1309—1310年和1311—1313年之间，亦即在亨利七世（或阿里哥七世，参见本篇第六首和第七首及有关注释）于1313年8月24日去世之前，因此，有理由认为，此处的“五百一十五”是亨利七世的代号，因为但丁本人也曾把“救世”的希望寄托在他身上：但丁在《书信集》第七章第二十九句段（即1311年4月11日）的一封写给亨利七世的信函中，就曾向亨利七世发出呼吁：“用你的智慧的弩弓和你的力量的石弹，把这个歌利亚打翻在地。”萨佩纽注释本也认为，这是“可能性最大的解释”。波斯科－雷吉奥注释本还认为，即使亨利七世后来复兴罗马帝国的行动失败了，他本人也与世长辞，但丁也无须修改诗篇内容，因为诗句本身是谜一般的语言，也足以遮掩亨利七世死后无法确定后继人选的问题。但对“五百一十五”代号，不同注释家仍有不同的解释：有人认为是指Domini Xristi Vertagus（主基督的真理）、Domini Xristi Vicarius（主基督的代理人）甚或Dante Xristi Vertagus（但丁是基督的真理）等字首的缩写；还有人认为，这里所指的“救世主”是维罗纳著名僭主、曾于1318年（一说为1315年）被视为“皇帝代理人”的吉伯林领袖坎格兰德·德拉·斯卡拉（Can grande della Scala，该家族在但丁流亡时曾收留过他）：波斯科－雷吉奥注释本不同意这种推测，因为坎格兰德没有这样高的声望。

17. 这里的“女贼”和“巨人”即是影射腐败的教会和法王，参见第三十二首最后部分。“犯罪作恶”系指使教皇原应从事的神职使命转而去追求政治目的，并对教皇施用暴力，参见第三十二首第153—156句。

18. 西密斯（Temi或Temide）：天神（Urano）与地神（Terra）之女，为正义女神。她曾向色萨利王德乌卡利奥尼斯（Deucalione）及其妻皮拉（Pirra）作出晦涩难懂的回答，奥维德《变形记》第一章中对此有记载。

斯芬克斯（Sfinge），为狮身人面带翼的怪兽（埃及的狮身人面像即由此而来），为巨人提弗斯（Tifone）和狮首、龙尾、羊身、脊背上多出一个羊首的怪兽基梅拉（Chimera）之女：她伏在通往特拜的道上，向过往行人提出谜语，凡无法解破谜语的人，当即被她杀死，如有解破谜语者，她则投入山涧自杀。她的谜语是：“什么样的动物早上用四足行走，中午用两足行走，晚间用三足行走？”后此谜被俄狄浦斯（Edipo）解破：“这个动物是人，因为人在生命的早晨（即孩提时期）用双手和双脚行走，在生命的中午（即青年时期）用双脚行走，在生命的晚间（即老年时期）用双脚和拐杖行走。”她听后，立即投涧自杀。俄狄浦斯则成为特拜国王。

19. 纳亚德斯女神（Naiade或Naiadi）是司管泉水、河流、湖泊的女神，或称“水神”，共三位：波塔梅迪斯（Potameidi）、佩拉吉斯（Pelagie）、林姆纳迪斯（Limnadi）；但丁根据奥维德《变形记》第七章的有关段落，把这三位女神作为能解破谜语之神，因此，诗中才用“事实”来与她们相比。其实，早在布蒂时，对这一令人费解的比喻就作了澄清，后近代的基萨尔贝蒂（Ghisalberti）在其1932年的《但丁研究》（*Studi danteschi*）一书第十五、十六章中又作了进一步考证：证明在中世纪的手抄本中，把《变形记》中的这一段里提到的Laiades（意即特拜国王拉伊奥斯Laio之子，亦即俄狄浦斯），误抄为Naiades（纳亚德斯），从而把原句“拉伊奥斯之子猜破了任何聪明人以前不能理解的谜”，变为“纳亚德斯女神猜破了……”波斯科－雷吉奥和萨佩纽两注释本都纠正了但丁及其同时代人依据错误的手抄本而对《变形记》有关段落产生的误解。

20. 此句用典亦出自奥维德的《变形记》：其中叙述正义女神西密斯为了替斯芬克斯之死复仇（因为她的谜语被俄狄浦斯猜破），便派出一只野兽将特拜城的羊群和田地（“五谷”）全部破坏。经中世纪一些考证，证明奥维德在叙述该事件时有误：西密斯原是与斯芬克斯有竞争的，因而不可能为她之死复仇，事件的发生是另有原因。据波斯科－雷吉奥注释本称，与但丁有书信之交的乔瓦尼·德尔·维吉利奥（Giovanni del Virgilio）曾写过一篇评论奥维德《变形记》中这一有关段落的文章，可能著述于但丁死后，但丁未能得见，其中说道：“西密斯女神过去一直受到特拜人的崇敬。但由于她所作回答总是晦暗不明，使特拜人无法弄懂，特拜人便轻视她，转而去崇敬纳亚德斯女神，因为纳亚德斯女神所作回答更好，更明确。西密斯女神为此大怒，立即派出一只野兽毁坏所有田地，杀害所有人。”波-雷本认为，根据以上资料，可知但丁及其所属时代何以对奥维德《变形记》的有关段落产生误解，也更能明了本首有关诗句；上述问题亦可参阅基尔萨贝蒂的《但丁研究》有关文章（见注19）。

21. 此句与圣阿哥斯蒂诺说的话近似：“尘世生活的时间不过是朝死亡奔驰。”（《上帝的城市》*La Città di Dio*第十三章第十句段。）

22. 对“两次盗窃”的解释，注释家各有不同，古代注释家拉纳认为：第一次是亚当偷食禁果，犯了原罪，致使该树丧失了枝叶和果实；第二次是“巨人”，把大车从树上解下，拉入森林。本维努托认为：第一次是亚当，第二次是象征“帝国”迫害最早的基督教徒的“飞鹰”。布蒂认为：第一次是“飞鹰”，撕破树皮和枝叶；第二次是“巨人”。萨佩纽、巴尔比等近代注释家比较同意上述第三种看法；波斯科-雷吉奥注释本则认为，上述三种诠释各有各的理由，在近代注释家中也各有各的追随者。但萨佩纽和波斯科-雷吉奥两注释本都不同意近代的彼特罗博诺（Pietrobono）和纳尔迪（Nardi）认为第一次是亚当、第二次是君士坦丁皇帝对教皇西尔维斯特罗的赏赐，因为君士坦丁皇帝的做法不能认为是“盗窃”，况且如第三十二首第138句所说，他或许是“出自善意”，尽管其后果是有害的。

23. 萨佩纽和波斯科-雷吉奥两注释本对此句的解释不同：前者从寓意角度来诠释，认为是指：“偷盗”或“撕破”该树的都是在侵犯“上帝”所确定的正义秩序和根据上帝的意愿来体现正义的体制；后者则不主张从寓意角度来理解，而是认为，应根据《旧约·创世记》所说的树木，是上帝仅为自己、为自己的使用而创造的，因而人类不能享受，从第61句以下的诗句也可证明这种诠释是对的。

24. “第一个灵魂”指亚当。

25. 这里是说，亚当为了等待基督降临，引导他去觐见上帝，不得不“企盼”五千余年；这“五千余年”的计算是：亚当活了九百三十岁（《旧约·创世记》第五章第五句），死后到林勃又待了四千三百零二年（这是但丁在《天堂篇》第二十六首中计算的），直到耶稣下到地狱把他带上天堂（参见《地狱篇》第四首第55句）为止，共计五千二百三十二年；这是驻巴勒斯坦切萨雷亚（Cesarea）的主教欧塞比奥（Eusèbio，268—338）用希腊文撰写的《古代民族编年史》（*Gronaca dei popoli antichi*）提供的资料。

26. 这里的“那位”指耶稣，因为他用自己的牺牲为亚当赎罪。

27. 这里的“出类拔萃”（eccelsa）指该树“极高”，超出其他树木；“树梢颠倒朝下”是指世间树木是愈高愈小，树梢因而是窄小的，而该树恰好相反：本维努托指出，树的高度意味着“上帝的学问无限高深”，树的颠倒则意味着“任何人都不能爬上，达到如此高度”。

28. “华而不实的思想”是指世间的虚妄思想；埃尔萨河（Elsa）为阿尔诺河的一个支流，水中石灰质很多，易将周围之物积垢、结石，这里则用以隐喻使思想僵化、麻木；皮拉莫斯殉情自杀、鲜血染红桑树的故事，见本篇第二十七首第37—39句，这里用以比喻：对这些虚妄思想感到满足，不意味着会受到玷污而变得昏暗不明。萨佩纽注释本指出，贝阿特丽切有意用“密码式”（crittografia）的谜一般的晦涩语言与但丁讲话，是此段三行韵诗的特点；波斯科-雷吉奥注释本也认为，第二个比喻所用的形象是“奇特而又大胆”的。

29. “这许多情况”是指这棵树的高度和形状（上大下小）。

30. 这里强调“根据道德的意义”来理解，显然是根据但丁所说的“四种含义”之一（参见第三十二首注20)。此句的总的意思是:该树象征上帝的正义,而上帝是下令禁止触动它的,亦即禁止触动上帝的正义。

31. 这里又以另一种形式重复说明第67—69句的内容:"受到污染"是指皮拉莫斯用自杀的鲜血染红桑树;"冥顽不灵"和"用石头做成"是指被埃尔萨河的河水侵蚀,"智力"亦即"心灵"、"头脑",变得麻木不仁,运转不灵。

32. 这里用朝拜圣地的人应带回"缠绕棕榈枝叶的手杖",作为"朝圣"凭证为例,比喻但丁应把贝阿特丽切的话语如实带回人世,证明但丁曾来过此地,尽管他对贝的话语不甚了了。

33. 这里是说,贝阿特丽切所说的话过于高深,超过但丁的智力所能接受的限度:诗句是以"视觉"比喻和替代"听觉"。下句的意思是:但丁愈是听不懂这些话语,就愈是要做出努力("花费力气")来设法理解它们。

34. 这里的"学问"(scuola)是指但丁对神学以外的哲学的研究;有人(如彼特罗博诺)曾就此认为,但丁有接近"异端"之嫌,也有人(如帕罗迪)认为,但丁所研究的"学问"是拥护罗马教廷者所倡导的教皇高于皇帝的理论,萨佩纽和波斯科-雷吉奥两注释本认为,这两种解释都是不能令人信服的;它们认为,巴尔比对贝阿特丽切指责但丁在心智上走入歧途的分析是对的,即:"但丁的罪过只有一个,即更热爱尘世之物而不是上帝,他所追随的学问是尘世间的贫乏智慧。"

35. "你们的道路"即是指"有意与神的道路相对立的尘世智慧,人类的贫乏科学"(雷吉奥)。"在最高之处加速旋转的天体"是指原动天(Primo Mobile),因此,尘世的道路与神的道路相比,有天渊之别,正如《旧约·以赛亚书》第五十五章第九句所说:"天是怎样高过地,我的方法也同样比你们的方法高明,我的思想也是同样比你们的思想高超。"

36. 这里是说,但丁上面提到他所"遗忘"的事,明显地证明:他曾在"欲念"上犯过罪:渴望得到其他东西,而不是渴望得到贝阿特丽切,因为饮过勒特河的水会遗忘"罪过",而不会遗忘"善行"。

37. 这里的形容词"赤裸裸"(nude)即是指直截了当,简单明确;与下句的动词"揭破"(scovrire)恰好呼应:后者即是指不加掩盖,不再迂回曲折。

38. 这里是说,贝阿特丽切要用明确易懂的语言,使但丁的智力能够接受;这里又一次用"视觉"替代"听觉"。

39. "来到子午圈"的太阳是指中午时分的太阳,这时的阳光显得格外耀眼,而由于太阳的光线几乎是直射,太阳的运转就仿佛很慢("迈着更为缓慢的步伐")。

40. "种种侧面"是指根据不同的视觉角度;全句的意思是:子午圈根据观看天象的人的不同视觉角度而移动,换言之,每个观察者所看到的子午圈都与其他处于不同经度线上的观察者所看到的子午圈不同。

41. "淡淡的树影"是指森林边缘的树影,那里的阴影与森林深处的阴影比较,因为枝叶较为稀疏,显得淡些。

42. 幼发拉底河(Eufrates或Eufrate)和底格里斯河(Tigri)是从灌溉伊甸园的一条河中分出的四条支流的两条,在这里比喻勒特河和欧诺埃河:《旧约·创世记》第二章第十至十四句说:"有一条河从伊甸流出来,灌溉那园子,又从那里分出四条支流。第一条支流叫比逊,它环绕着哈腓拉全地,那地方出产上等的精金,此外还有珍珠和红玛瑙。第二条支流是基训,它环绕着古实全地涌流。第三条支流名叫底格里斯,它流向亚述的东边。第四条支流是幼发拉底。"

43. 玛泰尔达(Matelda),这位带领但丁渡过勒特河的"贵妇"至今才正式显露她的名称。但对此人的来历和原型,古今注释家众说纷纭,至今难有定论:古代注释家一致认为,她就是伯爵夫人玛蒂尔德·迪·卡诺萨(Matilde di Ganossa,1046—1115):玛蒂尔德伯爵夫人,绰号"大伯爵夫人"(Grande Contessa),系卡诺萨僭主、托斯卡纳侯爵博尼法丘三世(Bonifacio III)之女,1069

年嫁于表兄“跛子”哥弗雷多（Goffredo il Gobbo），1076年，其夫被暗杀后，教皇乌尔班二世（Urbano II）于1089年，撮合她与巴伐利亚的亨利·归尔弗五世（Enrico Guelfo V di Baviera）结合，1095年二人分居，其夫在十字军东征时战死。她曾积极支持教皇参与“授权”（Investiture）之争，并把教皇格雷高里奥七世（Gregorio VII）接纳在其卡诺萨城堡；1077年，亨利四世（Enrico IV）屈服于教皇。她死于蓬德诺（Bondeno）城堡，葬于波里罗内（Polirone）的圣贝内代托（San Benedetto）修道院，后教皇乌尔班八世于1635年决定将其遗骨移葬梵蒂冈主教堂（Basilica Vaticana）。由于她是极力拥护教皇、反对帝制的，萨佩纽注释本就此认为，但丁不可能让她担任地上乐园中如此重要的职务。近代注释家则认为，她可能是但丁《新生》一书中所说的某位贵妇，或是贝阿特丽切生前随从中的某位贵妇，但都查无实据。因此，被推测为“玛泰尔达”原型之人甚多，其中有德国本笃会修女、专事经书著述的玛蒂尔德·迪·海克伯恩（Matilde di Hackeborn，死于1298年），亦有从事论述苦行修道的著作的玛蒂尔德·迪·马哥德堡（Matilde di Magdeburgo），等等。

44. “向他遮隐”意谓抹去他的记忆。

45. “更大的关注”是指但丁在听过玛泰尔达最初向他所作的解释之后，目睹了一系列奇景异象，从而分散他的注意力，换言之，他的注意力更多地放到他所见到的甚至亲身经历的事件上去了。

46. 萨佩纽和波斯科-雷吉奥两注释本都认为，本维努托对此句的诠释较为妥当，即：但丁“不相信自己所见的情景就是他记忆中的那些事情”，即是说，他把所见的情景与他所听到的玛泰尔达的话割裂开来。

47. 这里的“能力”指记忆力，亦即饮用欧诺埃河的水能使对“善行”的记忆力起作用；之所以用“复活”，是因为饮过勒特河的水，记忆力已“陷于瘫痪”（即忘记个人的罪过）。

48. 这里用“部分地”（in parte）是指：由于才力有限，不可能把所见所闻全部记录下来。

49. 这里的“艺术的限定”，原文是lo fren de l'arte，直译为“艺术的马勒”，意谓诗歌的布局限制。

50. 本篇与《地狱篇》一样，也是以“繁星”（stelle）结束。

图书在版编目（CIP）数据

神曲 ／(意) 但丁 · 阿利基埃里著；黄文捷译．—
南京：译林出版社，2021.5(2025.3 重印)
ISBN 978-7-5447-8606-5

Ⅰ.①神… Ⅱ.①但… ②黄… Ⅲ.①诗歌－意大利－中世纪 Ⅳ.①I546.23

中国版本图书馆 CIP 数据核字（2021）第 043370 号

神曲 ［意大利］但丁／著 黄文捷／译

责任编辑 姚 燚
装帧设计 typo_d
校 对 孙玉兰 王 敏
责任印制 颜 亮

原文出版 La Nuova Italia; Le Monnier
出版发行 译林出版社
地 址 南京市湖南路 1 号 A 楼
邮 箱 yilin@yilin.com
网 址 www.yilin.com
市场热线 025-86633278
排 版 南京展望文化发展有限公司
印 刷 徐州绪权印刷有限公司
开 本 850毫米 ×1168毫米 1/32
印 张 41
插 页 6
版 次 2021 年 5 月第 1 版
印 次 2025 年 3 月第 5 次印刷
书 号 ISBN 978-7-5447-8606-5
定 价 228.00元（全三册）

神曲
地狱 篇
LA DIVINA COMMEDIA
Inferno

〔意大利〕
但丁
著
DANTE
ALIGHIERI

黄文捷
译

译林出版社

扫码收听汉意
双语朗诵音频

二维码中的录音来自《从幽暗的森林到天堂——但丁〈神曲〉之旅》有声书项目，由意大利外交和国际合作部主办，拉文纳市政府协办，并与阿尔贝剧院 / 拉文纳剧院、但丁协会和意大利学学者协会合作。Alberto Casadei 选段并作序，Claudia Sebastiana Nobili 评注；Emons 出版社出版。

汉语有声书由意大利驻华使馆文化处制作。译者：黄文捷；出版者：译林出版社；评注译者：文铮；朗诵者：孙乐言、高昱诚、郑兆凯；艺术总监：孟斐璇、文铮；录音导演：罗睿、图图。

意大利语有声书朗诵者：Marco Martinelli、Ermanna Montanari、Claudia Sebastiana Nobili；导演：Marco Martinelli、Ermanna Montanari；音乐与录音导演：Marco Olivieri。

但丁 · 阿利基埃里像

1265—1321

罪和赎罪的故事

徐　贲

我们都知道，在昼夜的变化中，不只是有黑夜和白昼，还有拂晓和黄昏。许多人都会觉得，最迷人的就是拂晓和黄昏，因为这是昼夜更替中最富有变化，最引人遐想的时刻。思想的历史也是这样，最富有变化，最难以界定的时刻，正是那些出现承前启后作品的时候。但丁的《神曲》就是这样的作品。

《神曲》是一座衔接中世纪和文艺复兴时期这两个时代的桥梁，它开始以道德而非全部以信仰作为善的基础，成为文艺复兴时期新人文主义思想中一个先驱的观念作品。《神曲》所写的是天堂、地狱以及炼狱的情形，顾名思义，它是人死之后灵魂所见的一种景象。但在这之外，还有更深的一层意义，那就是，它是一种比喻或寓言，表示了人类需要精神上的启发和指导。

我们今天为什么还要阅读七百多年前的《神曲》呢？

因为《神曲》向我们提出了“罪”的问题，这是一个令现代人茫然不知所措的问题。在所有的人类文化创造中，“罪”也许是最难以为人所接受的东西。人们宁可相信自己的善良和无辜，而不愿承认自己的罪过。承认人的罪过，意味着认可自己存在的有限性、自己的不成熟、人性的偏差和软弱。承认这些是需要勇气的。

《神曲》里描绘了多种罪孽，如情欲、贪吃、贪婪、易怒，这些是人类的通病。今天，许多人不再把这些视为严重的道德罪过问题，而是将它们变成了“健康”问题。他们求助的不再是信仰、神学或道德哲学，而是医学、医生和心理咨询师。但是，罪的问题其实比病要严重得多。

那么,《神曲》里的罪和赎罪是怎样的呢?

但丁出生于1265年,他生活在一个动荡的年代,当时佛罗伦萨政界分为两派,他所属的那一派在政治斗争中失利,他也被放逐出佛罗伦萨。他的个人生活也不顺心。他结了婚,但爱着的是另一位女子,她年轻时就去世了。但丁在《神曲》里抨击他所憎恨的人,他自己也是诗里的主角。《神曲》讲述了但丁试图去往天堂的故事,但他必须先经过地狱和炼狱才能到达天堂。

《神曲》大部分内容都是基于基督教流行文本(包括《圣经》)的景象。还有一些是他为讲故事而渲染描绘的。《地狱篇》可能是《神曲》三个部分中最受欢迎的,与人们喜欢看恐怖电影的那种心理相似。

但丁在罗马诗人维吉尔的帮助下,必须进入地狱的深处,才能穿过地球,到达地球的另一边,然后爬《炼狱篇》里的那座炼狱山。这样才能与他相爱的贝阿特丽切一起进入天堂。研究者们认为,贝阿特丽切真有其人,但我们可以把她看成是一个纯洁爱情的象征。

哪些是地狱里的重罪,为什么"背叛"之罪特别严重?

《神曲》被称为涤荡人性,重塑新人的指南,是一种神学的人文教育。神学和世俗的人文教育都关注人,都重视教育对人性的塑造,都秉持培养万人的理念。《神曲》采用了中世纪流行的梦幻文学的形式,描写了一个幻游地狱、炼狱、天堂三界的故事。

但丁称他的诗为"喜剧",用的是中世纪的分类。《神曲》是一部喜剧,因为所有以可怕的事情开头,以大欢喜结尾的诗都被称为"喜剧"。《神曲》原来的题目"Divine Comedy"直接翻译就是"神圣的喜剧",它以宗教寓言来阐述天主教的教义,也涉及了当时意大利的一些政治问题。

《神曲》中描绘的地狱形似一个上宽下窄的漏斗,共九层;而炼狱则像一座山,下面宽大,越往上越狭小,有七个层级。地狱里过了第五层是一个由堕落天使严加把守的罪恶之城,城里从第六到第九层是罪孽最深重的地方。

这些是什么样的地方？为什么这里的罪孽最为深重？

从第六层往下，是罪孽最深重，刑法最严酷，受刑者最痛苦的地方：第六层是异端的罪人，就是不信基督教的人。在这里，异端者站立在坟墓中，下肢受烈火灼烧的刑罚。第七层是施暴的罪人，他们用暴力作恶。第八层是欺诈者，在地狱里受到各种严厉的惩罚：一、引诱通奸者，被妖怪用带刺的皮鞭鞭打；二、拍马屁和阿谀奉承者，泡在一堆粪便中；三、用神鬼来骗人者，身体倒埋在一个小坑洞里，脚掌上点火烧烤；四、说自己能预言未来的人，眼睛长在背后，看不见前方；五、贪官污吏，在沸腾的沥青中受折磨；六、伪君子，穿着镀金的铅衣，重负苦不堪言；七、盗贼，跟毒蛇合体（人蛇形体互换）；八、欺诈者，全身着火；九、挑拨离间者，肢体残缺、内脏外流；十、说假话的人，永远受病痛折磨，全身腐烂，发出恶臭。

想想看，哪一种欺诈不是我们在今天所常见的？依照但丁所说的，有多少人将会到这里来做邻居啊！欺诈是我们今天感受最深的一种罪孽，是社会道德危机的熟悉景象。

欺诈的罪孽虽然非常严重，但还有一种更加严重的罪孽，那就是地狱第九层的“背叛”。我们熟悉的欺骗、出卖、打小报告、告密等等都是背叛。但丁说到了四种背叛：一、出卖亲人；二、出卖祖国或所属团体，即今天的叛国和叛党；三、出卖客人，做生意的宰客；四、出卖恩人。这里的人们被冰冻得全身乌紫，互相啃食头颅。

但丁把“背叛”放在地狱的底端，视其为最邪恶的罪过，有没有道理呢？

我想是有道理的，因为，“背叛”会败坏社会存在和人类共处的最基本条件，那就是“信任”。这就像最邪恶的犯罪是在空气里放毒。我们这个世界有禁止使用神经学毒气的公约，就是因为空气如果有毒，人要呼吸，就必死无疑。

信任对于社会，就如同空气对于每时每刻都必须呼吸的人类。即使知道空气有毒，你能不呼吸吗？即使知道社会的信任已被破坏，你不是还得靠某种信任才能在社会里生活下去？

道德哲学家安尼特·拜尔（Annette Baier）在《信任与反信任》一文中指出，即使在信任被破坏了的可悲状况下，我们仍然不得不生活在某种假设的信任关系之中。只是人们在这样的环境中生活,会永远摆脱不了不安、焦虑和害怕。

信任是人必需的一种生存条件,也正因为此,信任使我们在许多方面都变得容易被人利用、操控和伤害。拜尔指出:“对各种信任钻研最勤的专家不是道德哲学家,而是罪犯”。罪犯们钻研信任是为了利用人们的信任——更准确地说是利用他们的轻信——从他们身上得到好处,将他们变成自己的猎物。各种各样花样翻新的经济、政治和其他骗术就是这样产生的。

相比之下,我们大多数人对信任问题太忽视了。拜尔写道:“我们大多数人注意到某种信任的时候经常是在这种信任已经被破坏或严重受损的时候。我们生活在信任的环境里,就像我们生活在空气中一样。我们关注信任的方式与关注空气的方式是一样的,只是在信任和空气变得稀少或被污染的时候,我们才会予以关注。”为了加强对信任的关注,我们需要对孩子从小提供关于信任的教育,因为人生最大的难事就是学会信任值得信任的人。反过来说,如果别人信任你,你也就应该对他担负起不背叛的道德责任。这样看来,背叛确实应该是《神曲》里所说的最严重的罪孽。

今天,我们常常把暴力、欺骗和欺诈、出卖和背叛当作社会道德,而不是罪孽的问题来对待,这就像把情欲、贪吃、贪婪、易怒当作是不良习惯或者性格缺陷一样。《神曲》让我们看到,所有这些道德欠缺和性格弱点其实要严重得多。所有这些都是人的灵魂发生了严重问题,那就是罪孽。人在活着的时候往往回避罪孽的问题,但是,当生命快要结束的时候,罪孽感会让人不能平静和心安理得地离开这个世界,也无法期待死后灵魂仍然有存在的意义。

今天,人们会为自己失控的性欲、酒精依赖、贪吃、毒瘾去寻求医生的帮助。医生给他们开处方,送他们进戒酒或戒毒的治疗所,或者干脆把胃切掉一半,降低对饮食的欲望。《神曲》让我们看到,人类曾经不是这样看待纵欲和贪吃的,而是把这些视为必须超级认真对待的“罪孽”。不是身体有了毛病,而是灵魂出了问题,因此,寻求的不是医生的治疗,而是上帝的拯救。

地狱与监狱，哪个更可怕？

《神曲》里有地狱和炼狱，这两处都不是好地方，却是有区别的。一般人只知道有地狱，不知道有炼狱。炼狱虽然不是但丁发明的，但没读过《神曲》的人还真不知道那是个什么样的地方。

《神曲》里的地狱，对各种酷刑和折磨都有生动的描绘。罪孽的灵魂在那里受苦，悲苦地哭泣，辛酸地哀号。例如，在地狱第五层，郁郁寡欢的灵魂嘴鼻被泥巴堵住，透不过气来；怒火冲天的灵魂互相殴斗，弄得你死我活；饕餮之徒被迫吃大便，等等。

受惩罚和折磨的景象非常可怖。但这些都是为了证明《神曲》的一个重要主题，那就是，上帝代表完美的公正，有什么样的罪孽，就有什么样的惩罚。

在《神曲》里，地狱的存在就是为了伸张上帝的正义，惩罚罪孽是为了表明，所有的罪孽都侵犯了上帝的正义。从根本上说，罪是对上帝的背叛。罪的问题构成了《旧约》神学的重要主题。神学家德佛里斯（S. J. de Veries）说："与许多为罪寻找借口，并且化解罪之严肃性的现代宗教家不同，大多数《圣经》学者都敏锐地认识到罪的可憎、可责与可悲。"

人的罪是对上帝正义的侵犯和破坏，这是罪孽必须受罚的根本原因。古人或基督徒这样看待罪的严重性，与我们今天对罪的看法是完全不同的。今天的罪只是违反了现有的法律，这样的法律是人制定的，不是上帝的律法。今天的罪侵犯的是他人的权利或国家的利益，司法机关以法律的名义予以惩罚。谁犯了罪，就按法律把他关进监狱，这就算是最可怕的惩罚了。

人间法律的惩罚，代表正义的是法律，不是上帝。法既然由人制定，也就能由人修改。但上帝的律令是不变的、永恒的。《神曲》里的地狱很恐怖，但它要彰显的不是恐怖，而是上帝的正义。神的正义惩罚比人的法律惩罚更可怕，因为那是对灵魂永久死亡的判决。

今天的人们只看到地狱的恐怖，就跟看恐怖电影一样。他们看不到地狱恐怖所代表的正义。他们害怕监狱，但并不害怕地狱。

今天的人们不能严肃对待人的罪孽。他们对罪和恶视而不见、装聋作哑，甚至同流合污、为虎作伥。正因为如此，《神曲》里的罪恶观仍然是《圣经》文化对人类的一项重要道德遗产，对我们认识道德律令与法律规定的不同具有重大意义。这是我们阅读《神曲》的一个理由。

幸灾乐祸

你会妒嫉吗？你妒嫉过别人吗？对这样的问题，我想任何诚实的人都会回答说，我会妒嫉，我也妒嫉过。在《圣经》里，妒嫉是“七宗罪”之一；在《神曲》里，妒嫉也是人在进天堂之前，必须克服的一桩罪过。

妒嫉这个人人都会犯的“罪”，既然如此普遍，想来一定是人们难以克服的。然而，在《神曲》的《炼狱篇》里，妒嫉却只是在七层露台的底部第二层，即仅次于“骄傲”的那一层，似乎并不是最难克服的。

在妒嫉之上，更难攀登的还有第三层“愤怒”、第四层“懒惰”、第五层“贪婪”、第六层“贪吃”、第七层“情欲”。第六和第七层很难攀登，也许是因为，食色性也，人之大欲，所以需要特别有道德修行之人，才能克服这两道孽障。

但丁和维吉尔抵达第二露台的时候发现，第二露台看起来与第一个非常相似，只是更窄一些。这不奇怪，因为露台本来就是越往上越窄。这里没有奇怪的雕塑，岩石的颜色是奇怪的蓝黑色。但丁远远地看到一群人，都在呼叫求救。当他越走越近时，他意识到自己正在目睹对妒嫉灵魂的惩罚，他的眼睛里立刻充满了泪水。

这些是正在接受折磨的灵魂，他们的最大的特征就是眼睛被弄瞎了。我听医生说，人最大的恐惧是死亡，而仅次于死亡的就是眼睛瞎了。这些妒嫉的灵魂，他们的眼睛本来不瞎，他们看不见东西，是因为眼皮被用铁丝缝了起来。

一个女魂灵非常坦诚地告诉但丁，她是个幸灾乐祸的人，宁愿自己交不上好运，也要看到别人倒霉。

但丁显然把妒嫉与幸灾乐祸归入了同一种罪孽。中世纪的时候，人们用《圣经》来指导对人性和人性弱点的理解。《圣经》上说七宗罪，就是七宗罪，从来不加以细分。今天，我们对七宗罪有了更多的了解，得益于现代心理学和社会心理学。心理学家们把愤怒、贪婪、妒嫉等等当作情绪，而不是罪孽来理解和认识。这里先讲一讲幸灾乐祸的问题，因为这关系到我们今天如何对待“看人家倒霉”这个问题。

“幸灾乐祸”是一个十八世纪才出现的概念，十九世纪才成为一个英语词汇，可见人们对幸灾乐祸的认识还不是太久远的事情。但丁那会儿还没有这样的认识，是不足为奇的。所以我们阅读经典时，在许多具体问题上的理性认识不应该局限于经典中的认识。

一般的幸灾乐祸发生在有可比性的人们之间，如熟人、同事、邻居、同行人士等等。在社会伦理和人际道德中，幸灾乐祸是一种比“妒嫉”更邪乎的“恶”：妒嫉是不乐意见到别人有好事，而幸灾乐祸则是以别人的祸事为乐。叔本华说，妒嫉虽然不好，却是人之常情，而以别人的不幸为自己的快乐则是魔鬼心肠。他认为，幸灾乐祸是人性中非常接近“残忍”的部分。但是，心理学家本济夫（Aaron Ben-Ze’ev）认为，叔本华把幸灾乐祸看得太严重了，因为如果不是太乖戾、病态和恶毒，一般的幸灾乐祸不过是一种人之常情。

妒嫉与愤怒

在《炼狱篇》里，妒嫉（第二露台）与愤怒（第三露台）是紧挨着的，这也许是因为妒嫉会令人怒火中烧，而愤怒则经常是出于嫉恨。但是我们知道，妒嫉绝不是愤怒的唯一原因。《神曲》里的愤怒不仅出现在《炼狱篇》里，还出现在《地狱篇》里，二者有所不同。

在地狱里，从第六到第九层是特别严重的罪孽，愤怒在第五层，不算是最严重的。这样安排，大概与愤怒是人之常情、人人都有发怒的时候有关。

《炼狱篇》里的愤怒在从底部数起的第三层，上面还有四层，也不是最严重的罪孽。第十七首里提到对愤怒的惩罚，但没有多少具体的描述。那是一个暗无天日、潮湿阴冷、令人难以呼吸的地方。

但丁把妒嫉和愤怒描绘为必须受到地狱惩罚的罪孽，是一种宗教理解。今天，除了在神学或哲学层次上，已经很少有人能接受这种宗教理解了。在当代心理学和社会心理学研究中，妒嫉和愤怒被当作“情绪”而不是罪孽。研究者们不仅看到各种情绪的负面作用，也看到它们的正面作用，这与《神曲》中只是强调负面和恶的一面是很不同的。

文学作品中所描述的妒嫉往往也是负面的。文学讲述的妒嫉故事都是强调妒嫉的害处和对人品质的败坏：妒嫉造成了人物性格的缺陷。例如，十四世纪英国诗人乔叟在《坎特伯雷故事集》中说：“妒嫉肯定是一切罪恶中最恶的，因为所有其他的罪恶都只是反对某一种美德，而妒嫉反对的是所有的美德和所有好的东西，因为妒嫉对别人拥有的一切好东西都心怀仇恨，因此，妒嫉与其他的罪恶都不相同。几乎所有其他的罪恶本身都能给人带来某种快乐，唯独妒嫉不是这样，妒嫉本身就是痛苦和悲惨。”莎士比亚的《奥赛罗》讲的是奥赛罗因妒嫉而自毁的故事。普希金的诗剧《莫扎特与萨列里》描述了平庸的萨列里因嫉妒而毒杀了天才的莫扎特。剧中的莫扎特和萨列里两人之间形成如镜像般“天才与平凡”的对比。大仲马的《基督山伯爵》、奥斯丁的《傲慢与偏见》、托尔金的《魔戒》，有关于妒嫉内容的作品数不胜数，都是刻画妒嫉的恶，没有说妒嫉有正面价值的。

然而，进化心理学就不这么看待妒嫉了。例如，得克萨斯基督教大学的希尔（Sarah E. Hill）和德尔普里奥尔（Danielle J. DelPriore），及得克萨斯大学奥斯汀分校的沃恩（Phillip W. Vaughan）在共同写作的《妒嫉的认识作用：注意力、记忆和自我调节的耗竭》中指出，妒嫉让人的头脑更高效、敏锐。人对妒嫉过的人和事情具有更深刻的记忆，对当下周围的人和事也更注意，证明了妒嫉有增强记忆和注意力的作用。至少，妒嫉不是对人一点帮助都没有的，当然，妒嫉记忆和关注的事情是不是真的值得关注（如别人的外貌、财富、地位），那就是另外一回事了。为了寻找妒嫉与进化的关联，希尔教授和她的同事观察实验中男性和女性对同性照片的不同反应。结果显示，女性更有可能会对外形靓丽的同性产生妒嫉之心，这符合进化心理学的理论：外表对于女性繁衍后代有十分重要的作用。在古代，男人繁衍后代的重要因素也许是身体强健，而在现代社会中，男人繁衍后代更重要的因素是财富和地位。因此，妒嫉别人的财富和地位在心理进化上是可以得到科学解释的。

对愤怒，现代心理学和社会学也有了远比但丁更丰富、复杂、深入的认识。愤怒会让人丧失理智，会使人陷入仇恨而不能自拔。愤怒的人会诉诸暴力，把暴力手段当作解决问题的正义手段。

但是，愤怒有时候是正当的，因为它包含着对正邪、是非的道德判断，不只是一味的情绪冲动。早在两千五百多年前，亚里士多德就在《修辞学》中对"愤怒"情绪在人际交流中的作用有所阐述。他指出，一个人的愤怒之所以会对他人有所影响，根本原因不是愤怒本身，而是愤怒后面的那种能被他人认同的"正义感"，即对某种"不公平"的不满和抵制。这一正义感使得不同的人们对某件事情的"不正当"有了共同的看法。《修辞学》第二部分第二章讨论的"愤怒"和第九章讨论的"愤慨"都涉及愤怒情绪的正义感。他说，愤怒是"针对某人或他的亲友所施加的，为他们所不应遭受的显著的轻慢所激起的"。愤怒情绪中有不痛快，也有报复的欲望。

道德习俗要求人制怒，但也承认，人发怒，有时候是有正当理由的。人在自己或眼看别人被背叛、欺骗、愚弄、践踏、无视和欺压的时候，无论制怒的修养有多好，都会难以遏制地愤慨。

愤慨是一种我们因为看到坏人得好运而引起的愤愤不平。愤慨往往包含某种关于"好东西"的"正当性"的意识。人们一般并不会因为看到别人正直、勇敢、品德高尚而感到愤慨。人们是因为"财富、权力以及应该由好人得到的东西"被坏人得到才感到愤慨。

被奴役的人、卑贱的人和没有雄心壮志的人，是不会感到愤慨的，因为他们认为，没有一样好东西是自己应该得到的，所以坏人得到好东西就随他去了。因此，能愤慨、会愤怒的公众其实是任何一个社会都需要的，而他们带有怒意的公众意见也是值得听取和重视的。一个不会愤怒的社会是一个麻木的社会，这样的社会是永远不会有所变革，永远不会有所进步的。

贪婪是一种怎样的罪过?

贪婪之罪的原始拉丁文是Avaritia,从中衍生出“avarice”一词。按照但丁的说法,贪婪原是一种圣爱,人凭此而热爱上帝创造于这个世界的物品。但是,这种对物质的爱遭到扭曲,变成了纯粹物质主义的痴迷,这就是为什么它只被放在第四,而不是更低的地狱圈里。其他源于圣爱的欲望堕落(色欲、暴食)的罪也都处于地狱的较高层圈子里。

《地狱篇》第七首里,但丁从地狱的贪吃圈(第三层)逃出来之后,进入了贪婪的圈子(第四层)。与别的圈子相比,这简直是一个工业化的世界。在这里,受罪的灵魂在沸腾的熔化的金子里饱受煎熬。他们曾经要么拼命囤积居奇,获取暴利;要么花天酒地,无度挥霍。在这个“酷刑工厂”里,但丁看到一部叫“幸运转轮”的机器,出其不意地使出惩罚的招数。他还碰到了财富之神普路托斯。

在希腊神话里,普路托斯是一位头饰叶冠,手持丰饶角的少年或儿童。宙斯使他双目失明,以避免他分财不均。他常被与和平女神和运气女神联系在一起:财富带来和平,财富要靠幸运。古希腊的喜剧作家阿里斯托芬在他的喜剧《普路托斯》中改变了普路托斯的故事:他的眼睛在神庙中被医治好了,可以看这世界了。于是,他把财富给了穷人,结果谁也不愿意再干活了。

贪婪正在败坏人的心灵。就像但丁所认为的那样,贪婪本来是一种神圣的恩典,却因为人类的滥用和歪曲,变成了一种罪恶。

贪婪是对物质利益的无止境渴望,也是但丁谴责最多的罪孽之一。这符合《圣经》中所说的,贪婪是“一切罪恶的根源”。中世纪的基督教思想认为贪婪的罪过在于无视人类珍贵的爱的精神。但丁进一步认为,贪婪是社会道德堕落和政治腐败的根源。贪婪伴随着骄傲和嫉妒,败坏佛罗伦萨城邦的人心。因此,贪婪是比色欲和暴食更严重的罪过。

正如但丁看到的那样,贪婪之罪在于它的过度和贪得无厌。过量的食物会引发各种身体失调，同样，过度的物质追求会带来道德和伦理的疾病。

身体的失调远比道德伦理的疾病容易得到诊断和受到重视。很少有人会对不节制的饮食引发的高胆固醇、高血压、高甘油三酯等疾病掉以轻心。但是，对源自贪婪的疯狂物质追求，人们就算看到它对人心的腐蚀、对道德的败坏，也未必就承认它对个体人格和群体价值观有致命危害。

贪婪是现代消费社会的一种流行趋势，对此有两种不同的看法。第一种把贪婪看成一种对个人和社会都有害的精神疾病；第二种把贪婪当作一种有用的社会资源，认为它可以利人利己。美国著名的经济学家和评论人华尔特·威廉姆斯(Walter Williams)就说过，若不是因为美国人无节制的消费，美国的经济和社会机器就会难以运转，因此他同意许多其他经济学家们的看法，认为贪婪"在大多数时候和大多数情况下，有好的经济效果"。

他们之所以看中贪婪对经济发展的经济效应，是因为从功利的角度看，贪婪是人类最可靠，甚至唯一可靠的心理驱动力量。

尽管人是自私的动物，但一个社会普遍的道德文化却对贪婪的表现和放纵程度有很大的约束作用。例如，澳大利亚前总理陆克文就曾批评过"贪婪有益"的论调，在狂热的资本主义消费制度中，贪婪必须对金融危机、华尔街丑闻和不道德的投机交易负有责任。同样，在中国，也有许多对贪婪型消费和道德弊端的尖锐批评。现实生活中攀比势利的风气与无节制的贪婪密切相关，这些都是道德沦丧和精神堕落的病灶，既不能增进个人的幸福，也不能帮助提高整体社会的福祉。

对个人幸福而言，贪婪是一个凶狠的杀手。美国心理学家大卫·费鲁吉(David Farrugia)是一位治疗贪婪心理疾病的专家。他指出，人贪婪的各种东西，房子、财富、珠宝、情妇，都不过是短期的人生目标，对家庭、婚姻、事业等等都会带来毁灭长久幸福的祸种。贪婪的祸害还不止于此，习惯性的贪婪会令人陷入难以自拔的焦虑、赌徒心态、倦怠和价值错乱之中，使人对现实失去正常的判断，进而扭曲整个人生。

对整个社会来说，无度的贪婪总是与无度的冷淡相伴随的。它最丑恶、最病态的表现便是巨大悬殊的贫富差距。一个社会越是把超乎寻常的物质占有视为成就的标志和成功的证明，就越是会对极度的贫困采取无动于衷、冷漠鄙视的态度，把失败看成是贫困者自己的罪过。贪婪不仅关乎物质财富和金钱，而且关乎权力。早期文艺复兴思想家但丁就已经把贪婪确定为“过度热衷于寻求金钱上或权力上的优越”。英国哲学家培根则说：“无度的权力欲能让天使堕落。”

贪婪的根源在于无度，而不在于“富起来”。富起来本身并不是坏事，只是当富起来变得无度和不择手段，并成为它的最终目的时，它才成为众恶之首的“贪婪”。贪婪是失控的欲望，其他的罪恶都不过是失控欲望的补充和衍生而已。

贪婪应该成为今天社会的一个公共讨论问题。我们关心贪婪，反对贪婪，不只是一个人在自己心里不要过度欲念或者凡事不要太贪心，而是要反对在公共生活和社会、政治制度中让某些人凭借权势（它本身就是最被贪恋的东西）做不该做之事。不仅如此，我们还要反对以发展经济为名，无限度地向大自然索取，以严重污染自己的和子孙后代的生态环境为代价，竭泽而渔，进行毁灭性的资源掠夺和榨取。这些做法已经将我们这个时代的贪婪推向了一个极度膨胀的深渊。这在人类历史上也是极为罕见的。如果这样的社会非正义被容忍而不受到谴责，或者甚至被当作一件有利于稳定和有利于经济发展的好事，那么整个社会的价值观就会受到破坏，而社会本身离恶和崩溃也就不远了。如果恶是从我们自己的人心和社会里面出来的，那么污秽的必然是那里的每一个灵魂，人人如此，无可幸免。

《神曲》让我们看到的，是个人生活融入社会，人希望死后能灵魂得救的例子：一个人的灵魂如何不只是他自己的事情，也是社会必须关心的事情。个人的罪孽必须要有大家看得见的惩戒，地狱和炼狱便是施行这种惩戒的场所。

中世纪的文学是基督教的信仰作品，但是，在但丁那里，我们已经能够看到一种悄悄的转变，那就是，个人罪孽不能只归咎于魔鬼撒旦，而必须由罪孽者自己承担。

今天，我们阅读但丁的《神曲》，不仅仅因为他头上戴着“伟大作家”的桂冠，还因为他的《神曲》可以帮助我们思考许多与自身有关的人文问题，这是阅读人文经典时选择作家和作品的一个重要标准。

七百年后我们为什么还在读《神曲》?

文　铮

整整一百年前,中国读者第一次读到了被译成中文的《神曲》,虽然只有开篇的前三首,但也能让中国读者窥见这部诗作的伟大。1921年是但丁逝世六百周年,上海著名的《小说月报》杂志辟专栏纪念这位欧洲中世纪最伟大的诗人。在一系列纪念文章中,这个被冠以《神曲一脔》之名的译本格外显眼,一是因为此前的二三十年间,通过梁启超、王国维、鲁迅、胡适等文坛领袖的介绍,这位意大利诗人对中国文学,乃至中国社会的变革与发展都产生了很大影响;二是因为译者钱稻孙以古雅的楚辞体移译该诗,脍炙人口。

其实,在二十世纪初很长的一段时间,绝大多数中国人对但丁的认识和接受要先于对《神曲》的阅读,那时候国人对但丁的关注往往集中在他的民族思想和政治主张上,并没有很多人愿意仔细品读《神曲》。因此《神曲》的中文翻译相对滞后,直到二十世纪四十年代末和五十年代初才相继出版了两个完整译本,分别是王维克的散文体译本和朱维基的自由体诗歌译本,至今仍在刊行。除了这两个全译本之外,新月派诗人于赓虞和北大才子吴兴华的节译本也颇具才情。但遗憾的是,这些译本都不是直接从意大利文原文译出的,虽然它们各自依据了优秀的英文、法文、德文等译本,甚至有的还参考了意大利文原文,但转译本毕竟有其局限,像隔着一层纱幔在欣赏风景。

真正从原文翻译《神曲》始于北大的田德望教授,他从二十世纪八十年代中期开始,用生命最后十八年的时间以散文体通译了这部作品。田先生之所以用散文体,是因为在他看来，只有译者自己也是诗人，才能译出真正的诗来。田先生坦陈自己不是诗人，所以将《神曲》的内容老老实实地译为散文形式，并做了大量的考据和注释，为国人开辟了研习《神曲》的新门径。

译林出版社这个译本的译者黄文捷先生也不是诗人，但他的文化底蕴和对意大利语言的精准把握，以及锲而不舍的治学精神是这个自由体诗歌译本得以诞生的重要保证。作为意大利文学的研习者和资深翻译者，黄先生努力在翻译的艺术性与忠实度之间保持平衡，既能做到与原诗基本上句句对应，并尽量保持诗歌的结构、节奏和韵律，又能尊重欧洲古典语文学传统，参考意大利古今名家研究成果，发微抉隐、字斟句酌，而且注释详实，为我们深度阅读《神曲》提供了一个信实、流畅而又不失诗歌之美的译本。

近年来，国内关注和研究《神曲》的人越来越多，新译本也不断出现，各有各的风格与特色，当然也各有各的局限和遗憾，这是再正常不过的事，就像我们的《论语》《道德经》《红楼梦》也有不少英文译本一样，每个译本都是译者的解读方式，也有其一定的时代特征和“适用范围”。像《神曲》这样博大精深的作品几乎不可能有完美的译本，仅从英文译本的情况来看，几百年来，几乎每个世纪都有一两个公认的“权威”译本和十几甚至几十个“普通”译本出现。同样道理，《神曲》的中文译本，以及解读、评论和研究著作也应该是与时俱进、生生不息才对。

当然，《神曲》的很多妙处只能在意大利文原著中才能尽显。但我们千万不要以为意大利人都是但丁迷或《神曲》的忠实读者，他们中的大多数人除了在上中学时被老师逼着读过一些以外，也许一辈子不会再读。这种现象类似于我们中国人之于屈原的《离骚》，只不过《神曲》的长度是《离骚》的几十倍。

《神曲》作为世界文学史上最重要的经典作品之一，读者却不是那么踊跃，即便硬着头皮读了，也觉得力不从心，这恐怕有以下几个原因。

首先，《神曲》写成之后的这几个世纪，世界已发生了翻天覆地的变化，但丁的世纪已经完全抽象成书中的文字和博物馆里的展品，最多是屏幕上的纪录片而已。所以我们发现，但丁的存在意识与现代人截然不同。在但丁的世界里，地球还处于宇宙中央，太阳和其他星球都围绕地球旋转，意大利只是一个地理的概念，诗人口中的“祖国”其实就是如今的佛罗伦萨，而当时最重要的政治势力是它南边的罗马教廷和阿尔卑斯山北面的神圣罗马帝国。此外，今人和古人的生活体验也完全不同。比如但丁一上来就说自己曾在一片幽暗的森林里迷失了道路，并用“原始”、“险恶”和“举步维艰”这样的词来描述森林的恐怖，还说“现在想起也仍会毛骨悚然”。对于很少有机会步入原始森林的现代人而言，很难与一出城马上就能见到荒林蔽日的但丁产生共情。

其次，但丁的三观我们现代人也不易理解。他对天主教的信仰是极其虔诚的，一点也不会因为他对当时教会的痛恨而打折扣，因此他相信上帝的存在，也相信《圣经》中描述的事都真实发生过，还相信自己与神界之间保持着非同寻常的默契。虽然今天百分之九十以上的意大利人仍是天主教徒，但与但丁那个时代相比，宗教在现代人心中的分量要轻得多，几乎已不再能支配人们的意志、判断和情感。但丁的家乡尚且如此，遑论其他地方。其实，即便在但丁那个时代，大多数人也不会相信一个诗人真有上天入地的本事，他们读《神曲》就和我们今天读莎士比亚、塞万提斯和卡夫卡一样，知道这是一种文学的虚构，然而不同的是，那时候的人会比我们更乐于接受《神曲》中透射出的世界观，他们能敏锐地感知诗人但丁和主人公但丁的意图。这部长诗对于他们而言，除了艺术的享受和心灵的陶冶，恐怕还是天主的训诫和诗义的教化。

再次，《神曲》采用诗歌叙事的形式，这和我们现代人习惯的讲故事的方式大不一样，虽然有些译本呈现出散文体的面貌，但读起来依然不像读小说或散文那样直截了当，需要读者投入更多的注意力和想象力，乃至共情能力。特别是对于我们中国读者而言就更是如此，因为但丁这部长诗比我们以前读过的任何一首中国古代长诗都长得多，然而它遵循的韵律和规则却并不比我们的格律诗简单。

最后，也是我们最不好意思承认的一个事实，就是《神曲》的信息量太大，但丁在其中注入了太多的内容，极尽“东拉西扯”之能事，几乎每一行诗句都在考问读者的知识与耐心，如果不借助浩繁的注释，阅读时会举步维艰。

也许我们还会找出更多的理由来回避对《神曲》的阅读，然而我们无法回避的是《神曲》在以后的世界思想史和文学史都留下了深刻的印迹，就连基督教中地狱、炼狱和天堂的形象也因为《神曲》的出现而变得更加具体，甚至与以前有很多不同之处。我们中国也不例外，自十九世纪末但丁的名字被我们认识以来，无论是在戊戌变法、五四运动等重大历史事件中，还是在梁启超、鲁迅、胡适、茅盾、老舍、巴金这些伟大人物的思想和创作中，我们都会发现但丁和《神曲》清晰的痕迹。

时隔七百年，这14233行诗句中蕴含的宏大力量，仍然能够穿越历史，跨越文化，不断焕发新生；虽然在不同时期和不同语言中，人们对《神曲》的诠释会与原作有很大差异，可是但丁仍然能够为读者提供足够的理由来欣赏他的这部杰作。无论世界如何千差万别，人们都能领悟到但丁通过《神曲》展现的文化，正如庞德和T. S.艾略特这两位超级但丁迷所说的那样，《神曲》的的确确是一部适合于每个人的作品，每个人都能从中发现自己的本性和希望，觉察自己的错误，明确自己的伟大使命，感受到认知世界万物的张力，同时也认识到我们不可能无所不知。

那么，我们应该如何阅读《神曲》这部具有中世纪文化色彩和强烈宗教意识的作品呢？

现代读者想要看懂《神曲》，当然最好先了解一些但丁那个时代的背景知识，但这不是最关键的，如果你没有时间或没有兴趣，也可以像读小说那样随时翻开书页，甚至连序言都可以跳过，直接从“我走过我们人生的一半旅程”读起。如果你能克服诗歌体叙事给你带来的不适，而很快进入情境，就会发现但丁不仅仅是一位极具语言张力的诗人，同时还是一位极善于烘托气氛、刻画人物和制造悬念的叙事大师，也是想象力无边的筑梦者，他可以说自己在圣母的恩惠下步入了天国，也可以一本正经地说自己有死而复生的本事，还可以安排古罗马时代的伟大诗人维吉尔做自己的向导。他把这些想象注入了优美的诗句，尽管诗中呈现的内容与现在的生活经验相去甚远，但仍然可以吸引我们，打动我们。作为现代人，现实主义的生活态度与欣赏习惯会时时处处提醒我们要克服虚幻的想象，然而这样的提醒在面对《神曲》时会失去作用，因为我们的想象和愿望会被但丁紧紧绑缚在他诗歌的韵律中。

这样说来，我们在读《神曲》的时候，完全可以纯粹为了寻求审美的快感而忽略相关的知识、文化和思想，满足于那些光怪陆离的故事、美妙的场面和精妙的诗句，沉浸在作者为我们营造的或恐怖或神圣的氛围中。不过，如果我们肯多付出一些时间和精力，参照注释和其他必要的资料，从字里行间读出但丁或深或浅地埋藏在文字中的情感和思想时，那么最终收获的将不仅仅是故事情节带给我们的刺激与愉悦，还会有许多让我们意想不到的感受和体悟，比如迷失、惶恐、罪恶、救赎、悔恨、无奈、徒劳、虔诚、安宁、幸福……同时我们也将收获但丁用他的才智为我们过滤出的纵横两千年的历史与文化。甚至我们还可以在慨叹古今之变的同时，体会到数百年来人类从未改变或变化甚微的东西，比如爱与恨、善与恶、欲望与理性、欢乐与痛苦，以及人类对身后世界的惶恐与憧憬。

然而在阅读过程中，在我看来，还有一点值得我们注意，那就是要看清但丁的套路。在《神曲》中，但丁既是作者，又是此番旅程的亲历者，这就决定了在整部作品中作者本人始终在场，他不会任由读者沉浸在虚构的故事中而忘掉作者的存在。相反，他会时时提醒读者听取作者的观点，因为作者如何看待和评价这些事物要比故事本身更加重要。如果但丁知道我们把《神曲》当作一部纯文学作品来读的话，肯定会非常失望。但历史与社会的发展已经不允许我们再赋予《神曲》那么多神学意义和价值了，理解《神曲》也并不意味着要认同但丁的一切观点，其实这种观点在《神曲》诞生后不久的文艺复兴时期就已经有人提出了，可见但丁的意识和思想不但与我们不同，即便与同一个世纪的人也大不相同。T. S. 艾略特就直言不讳地说过，我们没必要为了阅读《神曲》而去接受但丁的哲学和神学思想。一位天主教徒之所以比非教徒更能理解《神曲》，不是因为他的信仰，而是因为他受到的教育。我们没有必要把《神曲》当成阿奎那的《神学大全》来读，信仰归信仰，文学归文学，这未尝不是好事，因为我们可以就此开辟新的道路，探寻新的阅读意义。

人们经常将《神曲》比作一部百科全书，但这样的比喻或许不能吸引更多读者，反而使他们望而却步。的确，但丁通过《神曲》为我们打开一扇通往陌生神奇世界的大门。但《神曲》与百科全书的区别在于，尽管百科全书的词条可以为我们讲述另外的世界或另外的书籍，但不会像《神曲》这样给读者带来丰富的阅读享受和人生体悟。但丁带领读者自由地游走于时空之间，一会儿见到古希腊的英雄，一会儿邂逅古罗马的拉丁诗人，一会儿遭遇法国的国王和罗马的教皇，一会儿又面对自己梦中的情人——我们通过主人公但丁的眼睛体验这种时空交错的感觉，又通过诗人但丁的叙述了解他伟大但未免任性的思想，这样的阅读乐趣难道不值得我们尝试吗？

但丁逝世七百年后的今天，我们在距意大利万里之遥的中国纪念但丁，翻译、阅读、讨论他的《神曲》，这样的爱恐怕也能推动太阳和群星。

地狱篇

目录

第一首①

森林

（1—12）

阳光照耀下的山丘

（13—30）

三头猛兽

（31—60）

维吉尔

（61—99）

猎犬

（100—111）

冥界之行

（112—136）

森林

我走过我们人生的一半旅程②，
却又步入一片幽暗的森林③，
这是因为我迷失了正确的路径。
啊！这森林是多么原始，多么险恶，多么举步维艰！
道出这景象又是多么困难！
现在想起也仍会毛骨悚然，
尽管这痛苦的煎熬不如丧命那么悲惨；
但是要谈到我在那里如何逢凶化吉而脱险，
我还要说一说我在那里对其他事物的亲眼所见④。
我无法说明我是如何步入其中，
我当时是那样睡眼朦胧，
竟然抛弃正路，不知何去何从。

阳光照耀下的山丘

我随后来到一个山丘脚下，
那森林所在的山谷曾令我心惊胆怕⑤，
这时山谷却已邻近边崖；
我举目向上一望，
山脊已披上那星球射出的万道霞光⑥，
正是那星球把行人送上大道康庄。
这时我的恐惧才稍稍平静下来，
而在我战战兢兢地度过的那一夜，
这恐惧则一直搅得我心潮澎湃。
犹如一个人吁吁气喘，
逃出大海，游到岸边，
掉过头去，凝视那巨浪冲天⑦，
我也正是这样惊魂未定，
我转过身去，回顾那关隘似的森林，
正是这关隘从未让人从那里逃生。
随后我稍微休息一下疲惫的身体，
重新上路，攀登那荒凉的山脊，
而立得最稳的脚总是放得最低的那一只⑧。

三头猛兽

看！几乎在山丘开始陡起之处，
一头身躯轻巧、矫健异常的豹子蓦地蹿出[9]，
它浑身上下，被五彩斑斓的毛皮裹住。
它在我面前不肯离去，
甚而想把我的去路拦阻，
我多次扭转身躯，想走回头路。
这时正是早晨的开始[10]，
太阳正与众星辰冉冉升起[11]，
从神灵的爱最初推动这些美丽的东西运转时起，
这群星就与太阳寸步不离；
这拂晓的时光，这温和的节气[12]，
令我心中充满希冀，
对这头皮色斑斓的猛兽也望而不惧；
但是，我又看到有一头狮子向我走来，
这却不能不令我感到惊骇。
这狮子似乎要向我进攻，
它昂着头，饿得发疯，
空气也仿佛吓得索索抖动。
接着又来了一头母狼，它瘦骨嶙峋，
像是满抱种种贪婪欲望，
它曾使多少人遭受祸殃[13]，
一见它，我就不禁心惊胆寒，
像是有一块重石压在心田，
登上山峰的希望也随之烟消云散。
犹如一个一心只图赢钱的赌徒，
时运不济，却使他一输再输，
他心中悲苦万分，不住流涕痛哭[14]；
这猛兽也同样令我忐忑不宁，
它一步一步地向我逼近，
把我逼回到森林，那里连太阳也变得悄然无声[15]。

维吉尔

我又陷入那低洼的地方，

这时有一个人在定睛向我张望[16]，
他仿佛经过长久的缄默，几乎发不出声响[17]。
我见他伫立在荒凉的山地，
便向他叫道：“你是真人还是鬼魑？
不管你是什么，请可怜可怜我[18]！”
他答道：“我不是活人，但过去是，
我的父母祖籍伦巴第[19]，
他们俩都以曼图亚为出生地。
我出生在凯撒时代，可惜我生得太迟[20]；
明君奥古斯都当政时，我在罗马度日[21]，
那个时代正充斥着冒牌、伪装的神祇[22]。
我是个诗人，我曾把一位义士歌颂，
他是安奇塞斯的儿子，只因雄伟的伊利昂城被焚，
他才逃离了特洛伊城[23]。
但是，你又为何返回这痛苦的深渊，
为何不攀登那明媚的高山[24]？
而这高山正是一切幸福的来由和开端。”
“那么你就是那位维吉尔，
那涌现出滔滔不绝的动人诗句的泉源？”
我向他答道，不禁满面羞惭。
“啊！众诗人的光荣和明灯啊！
我曾长期拜读你的诗作，
对你的无限爱戴也曾使我遍寻你的著说。
你是我的恩师，我的楷模，
我从你那里学到那优美的风格，
它使我得以声名显赫。
你看那头猛兽，它迫使我退后，
著名的智者啊！请救我逃出它那血盆大口，
它使我的血管和脉搏都在不断颤抖。”
“倘若你想从这蛮荒的地界脱身，
你就该另寻其他路径，”
他答道，他看出我泪珠滚滚；
“这头野兽曾吓得你大声呼救，
它不会让任何行人从它眼前溜走，

它要阻挡他的去路，甚而把他吞入血盆大口。
它本性就是如此凶恶，如此狠毒，
它的贪婪欲望从来不会得到满足，
它在饱餐后会感到比在饱餐前更加饥肠辘辘。

猎犬

许多动物都与它为婚，这情况将来会更甚[25]，
但是猎犬终会来临[26]，
会叫它痛苦万分，丧失性命。
这猎犬食用的不是土地和钱财，
它据以为生的是：智慧、美德和仁爱，
它的诞生地在菲尔特罗与菲尔特罗之间的那片地带[27]。
它会拯救那不幸的意大利，
圣女卡米拉、欧吕阿鲁斯、图尔努斯和尼苏斯[28]，
都曾为这片衰败的国土而负伤捐躯。
猎犬会把母狼从一座座城市中赶出，
直到把它赶回阴曹地府，
原先把这畜牲放出地府的正是嫉妒[29]。

冥界之行

因此，我为你的安全着想，
我认为你最好跟随我，我来做你的导向，
我把你带出此地，前往永恒之邦[30]。
你在那里将会听到绝望的惨叫，
将会看到远古的幽灵在受煎熬[31]，
他们都在为要求第二次死而不断呼号[32]；
你还会看到有些鬼魂甘愿在火中受苦[33]，
因为他们希望有朝一日
前往与享受天国之福的灵魂为伍。
倘若你有心升上天去瞻望这些灵魂，
有一个魂灵则在这方面比我更能胜任[34]，
届时我将离去，让你与她同行；
因为坐镇天府的那位皇帝[35]
不愿让我进入他统治的福地，

这正是由于我生前曾违抗过他的法律[36]。
他威震寰宇，统辖天国；
天国正是他的都城，有他那崇高的宝座：
啊！能被擢升到天国的人真是幸福难得！”
于是，我对他说：“诗人啊！我请求你，
以你不曾见识过的上帝名义，
帮我逃出这是非和受苦之地[37]，
把我带到你方才所说的那个地方去，
让我能目睹圣彼得之门[38]，
看一看你所说的如此悲惨的幽魂。”
于是他起步动身，我则在他身后紧跟。

第二首

但丁的困惑与恐惧

（1—42）

维吉尔的慰藉与贝阿特丽切的救援

（43—126）

但丁恢复坦然的心情

（127—142）

白昼在离去，昏暗的天色
在使大地上一切生物从疲劳中解脱，
只有我独自一人①
在努力承受这艰巨的历程
和随之而来的怜悯之情的折磨，
我记忆犹新的脑海将追述事情的经过。
啊！诗神缪斯！啊！崇高的才华！现在请来帮助我②；
我的脑海啊！请写下我目睹的一切，
这样，大家将会看出你的高贵品德。
我开言道："指引我的诗人啊！
在你让我从事这次艰险的旅行之前，
请看一看我的能力是否足够强大。
你说过，西尔维乌斯的父亲还活着时③，
也曾去过那永恒的世界，
尽管他依然带有肉体的感觉。
但如果说万恶之敌④
因为想到埃涅阿斯所必然产生的深远影响，
而对他相待以礼，
不论他的后代是谁，又有什么德能，也都似乎不会有违明智者的心意⑤；
正是在净火天里⑥，
他被选定为圣城罗马和罗马帝国之父：
这帝国和圣城——倘若想说实情——
也都曾被奠定为圣地，
被奠定为大彼得的后继者的府邸⑦。
通过你所吟诵的那次冥界之行，
埃涅阿斯听到了一些事情，
得知他何以会取胜，教皇的法衣又何以会应运而生⑧。
后来，'神选的器皿'去到那里⑨，
为信仰带来了鼓励，
而信仰正是走上获救之途的凭依。
但是，我为何要到那里去？又是谁容许我这样做？
我不是埃涅阿斯，我也不是保罗；

我自己和旁人都不会相信我有这样的资格。
因此，如果说我听任自己前往，
我却担心此行是否发狂。
你是明智的；你必能更好地理解我说的理由。”
正如一个人放弃了原先的念头，
由于有了新的想法，改变了主意，
把已经开始做的事全部抛弃，
我在这昏暗的山地所做的也正是这样，
我原来的行为实在莽撞，
经过再三考虑，我才舍弃了这大胆的设想。

维吉尔的慰藉与贝阿特丽切的救援

“倘若你说的话我没有听错，”
这个伟大的灵魂回答我，
“伤害你的心灵的是怯懦；
这怯懦曾不止一次起阻碍作用，
它阻挡人们去采取光荣的行动，
正如马匹看到虚假的现象而受惊。
为了消除你心中的惊恐，
我要告诉你我此来的原因，
我还要告诉你我何以从一开始便对你抱有怜惜之情。
我是悬在半空中的幽魂中间的一个[10]，
那位享有天国之福的美丽圣女召唤我[11]，
而我自己也欢迎她对我发号施令。
她那一双明眸闪闪发光，胜过点点繁星[12]；
她开始用柔和而平静的、天使般的声音，
向我倾诉她的心情：
‘啊！曼图亚的温文尔雅的魂灵！
你的声誉至今仍在世上传颂，
并将和世界一样万古长存，
我的朋友——但他并不走运——
正在那荒凉的山地中途受阻，
他受到惊吓，正在转身走回头路；
我担心他已经迷失路途，

我又不能及时赶去救助，
尽管我在天府听到他陷于危难之中。
如今请你立即行动，
用你那华美的言辞和一切必要的手段救他一命，
你能助他一臂之力，也便令我感到心里轻松。
我是贝阿特丽切，是我请你去的；
我来自那个地方，我还要回到那里去[13]，
是爱推动我这样做，是爱叫我对你说。
当我回到我的上帝面前时，
我一定要经常向他赞扬你。'
这时，她不再言语，
我随即说道：'啊！贤德的圣女！
只是依靠你的贤德，人类才能超越
存在于天上最小圆环之下的一切生灵[14]，
你的命令使我感到喜悦欢欣，
即使我立即从命，似乎也嫌太迟；
你不必再多费心思，只须向我吐露你的心事。
不过，请告诉我：你为何不怕
从那辽阔的空间下降到这地球的中心[15]，
而你还要再返回原来的仙境。'
她答道：'既然你心中是如此渴望知道其中原因，
我就简略地向你说明究竟，
说明我何以不怕到此一行。
人们只须害怕某些事情：
这些事情有能力去伤害别人；
对其他事情就无须顾忌，因为这些事情并不骇人听闻[16]。
感谢上帝使我得以享有天国之福，
你们的不幸不会令我心动，
地狱酷刑的火焰也不会给我造成伤痛。
天上的慈悲女神怜悯此人面临危境[17]，
命我来请你前往援救，使他绝处逢生，
因而她打破了上天所作的严厉决定。
这位女神把露齐亚召到她的面前[18]，
她说：——如今你的忠实信徒需要你，

我也就把他托付给你——
露齐亚对任何残暴行为都深恶痛绝，
她立即动身，前来找我，
我正和古代的拉结一起，结伴同坐[19]，
她说：——贝阿特丽切，上帝真正赞美的女神！
你为何不去搭救如此爱你的人？
他曾为你脱离了世上庸俗的人群。
难道你不曾听见他痛苦的哭泣？
难道你不曾看见威胁着他的死神？
那死神就伏在那大海也难以匹敌的波涛汹涌的江河[20]！——
世上没有任何人会像我，
在听罢这番话之后立即迅速动作，
力图寻求安全，逃避灾祸，
我就这样离开我的天国福地，降落到这里，
我相信你的诚恳话语，
这话语使你自己和闻听此言的人都感到光荣无比。'
她向我讲述一番之后，
就转动着她那晶莹的泪眼，
暗示我尽快前来营救。
我如她所愿来到你的身边；
我要救你从这猛兽面前脱险，
这猛兽竟敢阻挡你径直登上那壮丽的高山。
那么，你这是怎么了？为何，为何你又踟蹰不前？
为何你心中仍让那怯懦的情绪纠缠？
为何你仍无胆量，仍不坦然？
既然有那三位上天降福的女神，
在天上的法庭保佑你安全脱身[21]，
我自己也对你作了如此诚挚的应允？"

但丁恢复坦然的心情

正如低垂、闭拢的小花，在阳光照耀下，
摆脱了夜间的寒霜，
挺直了茎秆，竞相怒放[22]，
我也就是这样重新振作精神，

鼓起我胸中的坚强勇气，
开始成为一个心胸坦荡的人：
"啊！那位大慈大悲、救我活命的女神！
还有你，如此温文尔雅的灵魂！
对她向你说的那些真情实话，你是那样立即听从！
你的一番叮咛，慰藉了我的心灵，
使我甘心情愿与你同行，
我回心转意，恢复我原来的决定。
现在，走罢！我们二人是同一条心：
你是恩师，你是救主，你是引路人。"
我对他这样说；他随即起步动身，
我于是走上这条坎坷、蛮荒的路径[23]。

第三首①

地狱之门

(1—21)

无所作为者

(22—69)

阿凯隆特河与卡隆

(70—129)

地震与但丁的昏厥

(130—136)

地狱之门

“通过我，进入痛苦之城，
通过我，进入永世凄苦之深坑，
通过我，进入万劫不复之人群。
正义促动我那崇高的造物主；
神灵的威力、最高的智慧和无上的慈爱，
这三位一体把我塑造出来②。
在我之前，创造出的东西没有别的，只有万古不朽之物，
而我也同样是万古不朽，与世长存③，
抛弃一切希望吧，你们这些由此进入的人。”
我看到这些文字色彩如此黝暗，
阴森森地写在一扇城门的上边；
我于是说：“老师啊！这些文字的意思令我毛骨悚然④。”
他像一个熟谙此情的人对我说：
“来到这里就该丢掉一切疑惧；
在这里必须消除任何怯懦情绪。
我们已来到我曾对你说过的那个地方，
在这里你将看到一些鬼魂在哀恸凄伤，
因为他们已丧失了心智之善⑤。”
他随即用他的手拉起我的手，
和颜悦色，带我去看人世间所见不到的秘密，
我立即感到无限慰藉。

无所作为者

这里到处都是叹息、哭泣和凄厉的叫苦声，
这些声音响彻那无星的夜空，
因此，我乍闻此声，不由得满面泪痕。
不同的语言，可怕的呼嚎，
惨痛的叫喊，愤怒的咆哮，
有的声高，有的声低，
还有手掌拍打声与叫声混在一起，
一直回荡在这昼夜不分的昏天黑地，
犹如旋风卷起黄沙，把太阳遮蔽。
我的头脑被惊恐所缠绕，

我不禁开言道:“老师,我听到的是什么呼叫?
这些是什么人的幽魂?他们似乎已被痛苦所压倒!”
老师对我说:“这凄惨的呼声
发自那些悲哀的灵魂,
他们生前不曾受到称赞,也未留下骂名⑥。
混杂在这可鄙的合唱当中,还有一些天使⑦,
他们曾不忠于上帝,但也不反叛上帝,
他们一心考虑的只有自己。
上天把他们驱逐出去,以免上天失去美丽,
而万丈深渊的地狱也不愿收留他们,
因为那些罪恶的天使会觉得自己比他们还多少有些光荣⑧。”
我说:“他们究竟有多大的痛苦,
以致发出如此强烈的哀号?”
老师答道:“我会十分简略地让你知道。
这些灵魂无望求得彻底的死⑨,
他们的黯淡一生又是那么一文不值,
因而他们才对任何其他鬼魂的命运羡慕不止⑩。
世上对他们的名声不能容忍;
慈悲和正义对他们也不闻不问:
我们不要再谈论他们,你走过去,看看吧。”
我于是注目观看,我看到有一面旗帜
在飞速地绕着圈子奔驰,
我觉得,它似乎片刻也不能停下;
在那旗帜后面,有一大群人排成长龙,
我简直不敢相信,
死神竟毁掉这么多人的生命。
接着,我从中认出几个幽魂。
我看出,并且也认得那个人的魂灵,
他就是那曾出于怯懦而放弃重要权位的人⑪。
我立即恍然大悟,并且确信:
这是一群胸无大志的懦弱之徒,
他们得不到上帝以及上帝的敌人的欢心。
这些倒霉鬼生前一直庸庸碌碌,
如今则是露体赤身,

在这里被毒蝇和黄蜂狠狠叮蜇[12]。
他们一个个血流满面,
而血又和泪掺和在一起, 流到脚上,
被那令人厌恶的蛆虫吮吸饱尝。

阿凯隆特河与卡隆

随后我又举目远望,
我看到一些人聚集在一条大河的岸上;
于是我说: "老师, 现在请让我知道,
这是些什么人, 是什么本能
使他们显得急不可待地渴望渡河,
这是我借着这微弱的光线所看到的。"
他对我说: "当我们停下脚步,
去到那凄惨的阿凯隆特河上时[13],
你便会了解所有这些事。"
我听罢当即垂下羞愧的眼帘,
唯恐他会恼怒我的失言,
我只好默默不语, 径直来到河边。
这时, 一个老人年逾古稀, 须发皆白[14],
驾着一叶扁舟迎面驶来,
他叫道: "你们该倒霉了, 可恶的灵魂!
你们永远不要希望能见苍天:
我此来便是要把你们渡到河的另一边,
叫你们去受火烧冰冻之苦, 永陷黑暗深渊[15]。
嗨, 你这个人, 是个活的灵魂,
你快离开那些死的灵魂。"
但是, 他见我没有离去,
便说: "你该走另一条路, 到另一些港口[16],
运载你的该是一条更轻便的小舟,
那时你将会达到对岸, 而不该由此经过。"
我的导师对他说: "卡隆! 不要发火:
是那能够做到随心所欲的地方愿意安排此行[17],
你就不必多问!"
那个在这灰黑的泥沼中划船的船夫有一张毛茸茸的脸,

这时，一个老人年逾古稀，须发皆白，
驾着一叶扁舟迎面驶来，
他叫道：“你们该倒霉了，可恶的灵魂！”

第三首
第 82—84 行

这时他那脸上立即消退了怒容，
尽管眼圈仍被怒火染得通红。
但是，那些赤条条、神色凄惨的鬼魂
听到这些话语如此凶狠，
立即面色大变，牙齿也不住打战。
他们诅咒上帝，诅咒他们的爹娘，
诅咒人类，诅咒祖先对他们的孕育和生养，
还诅咒孕育和生养他们的时间和地方[18]。
所有这些鬼魂随即聚拢在一起，
在那险恶的河岸上号啕大哭，呼天抢地，
而那河岸正等待着每个不怕上帝降罪的人上船。
魔鬼卡隆，双眼红如火炭，
他示意他们一个接一个下岸登船；
只要有人延迟一步，他就用船桨把那人打得叫苦连天。
犹如秋天的树叶随风飞扬，
一片接一片，飘然而起，
直到树枝眼见自己的所有衣裳都被吹落在地[19]。
亚当的这些不肖子孙正是这样，
他们一个接一个地纷纷下岸登船，
如同驯鸟应主人召唤而归巢一般。
这样，这些鬼魂就漂游在黝黑的河浪上面，
而他们尚未抵达对岸，
就又有一批新的亡魂集聚到这边。
“我的孩子，”那位热心的老师说，
“所有那些触怒上帝而死亡的人，
都要从四面八方到这里来集合；
他们都争先恐后地渡河，
因为有神灵的正义在驱赶，
这就使他们从畏惧变成自愿。
这里从来没有善良的灵魂经过；
但是，倘若卡隆对你口出怨言，
你如今就可以明白：他为何对你这样说。”

地震与但丁的昏厥

话刚说完，黑暗的荒郊突然地动山摇，
这把我吓得魂不附体，
至今一想起，我仍然大汗淋漓。
泪水浸透的大地刮起狂风，
血红色的电光闪过夜空，
霎时间，我丧失了一切知觉；
我猝然倒下，犹如一个人昏然入梦。

第四首①

林勃

（1—63）

古代名诗人

（64—105）

伟大灵魂的城堡

（106—151）

一声低闷的巨响冲破我头脑中的沉沉睡意，
我倏然从昏厥中苏醒，
犹如一个人猛然从睡梦中震惊。
我睁开眼睛，四下环视了一番，
我站起身来，定睛观看，
想弄清自己究竟来到什么地带。
我果真是来到了岸边，
但那是痛苦深渊的山谷边缘，
那深渊收拢着响声震天的无穷抱怨。
这山谷是如此黑暗，如此深沉，如此雾气腾腾，
尽管我注目凝望那谷底，
却什么东西也看不清。
“现在，让我们下到那里沉沉的世界，”
诗人的脸色顿时变得煞白，
他说，“我在前面走，你跟在后面。”
我一眼看出他面色骤变，
便说：“你总是给我的恐惧以慰藉，
既然你也害怕，我又怎能前去？”
于是他对我说：“是待在下面的那些人受苦受刑，
令我的面容显出恻隐之情，
而你却把这心情当成惊恐。
我们走罢，因为漫长的道路不容我们稍停。”
这样，他开始动身，并让我跟着走进
那环绕深渊的第一层。
这里，从送入耳际的声音来看，
没有别的，只有长吁短叹，
这叹声使流动在这永劫之地的空气也不住抖颤。
这声音发自那些并未受到酷刑折磨的人的痛苦②，
他们人数众多，排成一行行队伍，
其中有男人，也有妇孺。
和善的老师对我说：“你不曾询问：
你看到的这些是什么样的鬼魂？
现在我想让你在走开之前得知：

他们并无罪过；但即使他们有功德也无济于事，
因为他们不曾受过洗礼，
而洗礼正是你所虔信的那个宗教的入门③。
因为他们先于基督教而出生，
他们无法对上帝做应有的崇敬，
我本人也归属到这些人当中。
正因为这些缺陷，而并非由于其他罪孽，
我们才遭劫，也仅仅为此而遭惩处，
这使我们生活在无望之中，心愿永远得不到满足。”
我听他这样说，心中感到一阵巨大痛楚，
因此，我知道：在这林勃之中，
也有一些功德无量的人悬在半空。
“请告诉我，我的老师，请告诉我，救主，”
我开言道，为的是希望确信：
我的这个信念不致有任何错误。
“难道就不曾有人离开这里，
去享天国之福，不论是靠自己，还是靠别人的功绩？”
老师明白我的暧昧话语，
就答道：“过去，我新到此地④，
曾看到有一个威力无比的人光临这里，
像是有一顶胜利的王冠戴在他的头顶⑤。
他从这里救出了许多人的亡魂：
其中有：第一个为父之人，他的儿子亚伯⑥，
挪亚和摩西——这位服从上帝意旨的立法者⑦；
族长亚伯兰和国王大卫⑧，
以色列及其父，还有他的儿子们⑨，
以及拉结——他为她曾效劳多年⑩；
还有许许多多其他人，这个威力无比的人都让他们得福升天。
我想让你知道：在他们之前，
人类的灵魂无一得到幸免。”

古代名诗人

我们一直不曾停步，因为他仍在讲述，
但我们还是穿过这森林

——我说的是：那密密层层宛如森林的一群鬼魂。
从这第一圈的边沿到顶端，
我们要走的路并不算长，我这时看见：
有一片火光照亮了周围地带的一半黑暗。
我们距离那火光仍有些远，但是已相当邻近，
以致我多少能发现：
有一些相貌可敬的人站在那边。
“啊！你这位为科学和艺术增光的大师啊！
这些如此荣耀光彩的人究竟是谁？
他们竟享有与其他人不同的地位！”
大师对我说：“他们的显赫声名
曾在你的生活中四下传播，
因而也得到上天赋予的恩泽。”
这时，我听到有一个声音[11]：
“大家来向这位至高无上的诗人致敬：
他的灵魂曾离开此地，如今又回到这里。”
接着，这声音停下不响，带来一片寂静，
我看见有四个伟大的灵魂向我们走来：
他们的面容既不欢喜也不悲哀。
好心的老师开言道：
“你瞧那个掌剑在手的人，
他走在其他三人前面，像位陛下，
他就是诗人之王荷马[12]；
另一位随之而来的是讽刺诗人贺拉斯[13]，
第三位是奥维德，最后一位则是卢卡努斯[14]。
因为他们与我一样都有诗人的称号，
只须有一个声音就足以呼出众人的头衔，
他们做得真好，这令我感到光彩体面。”
这样，我看到这位唱出无限崇高的诗歌的诗王
荟集了一批美好的精英，
而他则超越众人，宛如雄鹰凌空。
他们聚在一起，畅谈良久，
然后转过身来向我致意颔首，
我的老师也微笑频频：

这样，我看到这位唱出无限崇高的诗歌的诗王
荟集了一批美好的精英，
而他则超越众人，宛如雄鹰凌空。

第四首
第 94—96 行

这使我感到更加光荣，
因为他们把我也纳入他们行列当中，
我竟成为这些如此名震遐迩的智者中的第六名。
这样，我们一直走到火光闪烁之处，
一边谈论着现在最好不必细谈的事情，
因为这些事情该在适合谈论的地方谈论。

伟大灵魂的城堡

我们来到一座高贵的城堡脚下[15]，
有七层高墙把它环绕，
周围还有美丽的护城小河一道。
我们越过这道护城小河如履平地；
我随同这几位智者通过七道城门进到城里：
我们来到一片嫩绿的草地。
那里有一些人目光庄重而舒缓，
相貌堂堂，神色威严，
声音温和，甚少言谈。
我们站到一个角落，
那个地方居高临下，明亮而开阔，
从那里可以把所有的人都尽收眼底。
我挺直身子，立在那里，
眼见那些伟大的灵魂聚集在碧绿的草地，
我为能目睹这些伟人而激动不已。
我看到厄列克特拉与许多同伴在一起[16]，
其中我认出了赫克托尔和埃涅阿斯[17]，
还认出那全副武装、生就一双鹰眼的凯撒[18]，
我看到卡密拉和潘塔希莱亚[19]，
在另一边，我看到国王拉蒂努斯，
他正与他的女儿拉维尼亚坐在一起[20]。
我看到那赶走塔尔昆纽斯的布鲁图斯[21]，
看到路克蕾齐亚，朱丽亚，玛尔齐亚和科尔尼丽亚[22]，
我看到萨拉丁独自一人，待在一旁[23]。
接着我稍微抬起眼眉仰望，
我看见了那位大师[24]，

他正与弟子们在哲学大家庭中端坐。
大家都对他十分仰慕，敬重备至，
在这里，我见到苏格拉底和柏拉图㉕，
他们两位比其他人更靠近这位大师；
我看见德谟克里特——他曾认为世界产生于偶然㉖，
我看见狄奥格尼斯，阿那克萨哥拉和泰利斯㉗，
恩佩多克勒斯，赫拉克利特和芝诺㉘；
我还看见那位出色的药草采集者
——我说的是狄奥斯科利德㉙；
我看到奥尔甫斯，图留斯，黎努斯和道德学家塞内加㉚，
我看到几何学家欧几里得，还有托勒密㉛，
希波克拉底，阿维森纳和嘉伦，
以及做过伟大评注的阿威罗伊斯㉜。
我无法把他们一一列举，
因为我急于要谈的问题是那么繁多，
我往往不得不长话短说。
这时六位哲人分为两批：
明智的引路人把我带上另一条路径，
走出那静谧的氛围，进入那颤抖的空气，
我来到一个地方，那里看不见一线光明。

第五首

第二环，弥诺斯

（1—24）

淫欲者

（25—72）

佛兰切丝卡·达·里米尼

（73—142）

我就是这样从第一环下到第二环①，
但第二环所占的地方要比第一环小，
而它所包含的痛苦却大得多，到处都是凄声惨叫。
坐镇那里的是弥诺斯，他狰狞可怖，切齿咆哮②，
他在进口处审查鬼魂们的罪行；
逐个作出判决，依照尾巴缠绕身上的圈数来遣送鬼魂③。
我要说的是：一个生来不幸的亡魂④，
一旦来到他跟前，就须向他交待自己的全部罪行：
他对亡魂在人世所犯罪孽了解之后，
就考虑该把亡魂打入地狱的哪一层；
他把尾巴绕上若干圈，
这就表明他要把亡魂放到哪一环。
他面前总是站立着许多亡魂，
每个亡魂都要轮流受他审问，
他们交待罪行，听候审判，然后下到若干层。
“啊！你这个来到受苦之地的人，”
弥诺斯一见我就开言道，
他把如此重要的职务暂搁一边，
“你瞧瞧，你是怎样进来的，你信任的是什么人，
你不要以为进口处如此宽阔，可以随便出进⑤！”
我的老师于是对他说：“你为何叫个不停？
不准你阻挡上天安排他到此一行：
是那能够做到随心所欲的地方作出这个决定，
你不可再多问。”

淫欲者

这时，我开始听到那些惨痛的呼声；
这时，我来到哭声震天之境，
这哭声令我心酸难忍。
我来到连光线也变得喑哑的地方⑥，
那里传出阵阵轰隆浪涛声，仿佛大海在暴风雨中，
吹打这大海的正是那逆向的顶头风。
地狱里的狂飙始终吹个不停，

它那狂暴的力量把鬼魂吹得东飘西荡；
鬼魂随风上下旋转，左右翻腾，苦不堪言⑦。
他们被吹撞到断壁残岩⑧，
他们惨叫，哀号，怨声不断；
他们在这里诅咒神明的威力。
我恍然大悟：正是那些肉欲横流的幽灵
在此经受如此痛苦的酷刑，
因为他们放纵情欲，丧失理性。
正像紫翅椋鸟的双翼
把它们一群群带入寒风冷气，
那狂风也同样使这些邪恶的阴魂
上下左右不住翻滚；
他们永远不能抱有任何希望：
哪怕只是希望少受痛苦折腾，而不是停下不飞。
正像空中排成长列的大雁，
不住发出凄惨的悲鸣，
我所目睹的这些凄厉叫苦的幽魂
也同样被那狂风吹个不停；
因此，我说道："老师，这些是什么人？
他们被那昏暗的气流折腾得如此惨痛！"
"你想知道这些人的情况，"
我的老师于是对我说，
"其中第一个就是那位统治多国人民的女皇⑨。
她是如此糜烂荒淫，
甚至她的法律也定得投其所好，
以免世人唾骂她的秽行。
她就是塞米拉密斯，观看史书，
可知她是尼诺之妻，还继承了他的王位，
她当时掌管的疆土就是苏丹今天统辖的国度⑩。
另一个女人是为爱情而自寻短见，
她毁弃了忠于希凯斯骨灰的誓言⑪；
接踵而来的则是淫妇克丽奥帕特拉⑫。
你看，那是海伦，为了她⑬，
多少悲惨的岁月流逝过去；你再看那伟大的阿奇琉斯⑭，

为了爱，他一直战斗到死。
你看，那是帕里斯，还有特里斯丹[15]。”
老师向我指点一千多个阴魂，一一叫出他们的姓氏，
正是爱情使他们离开了人世。
由于我听到我的老师说出
这些古代贵妇和骑士的姓名，
怜悯之情顿时抓住我的心灵，

佛兰切丝卡·达·里米尼

我几乎晕倒过去，开始说：“诗人！
我真想跟那一对比翼双飞的人谈一谈[16]，
他们随风飘荡，似乎身轻如燕。”
他于是告诉我：“你可以看一看，
他们何时靠我们更近，你就以支配他们行动的爱情名义，
请求他们，他们一定会飞过来的。”
当大风把他们吹到我们身边时，
我立即喊道：“啊！备受折磨的幽魂啊！
倘若别人不反对，请到我们这边来叙谈一下[17]！”
犹如两只被情欲召来的鸽子，
心甘情愿地展翅翱翔天际，
随后飞回到甜蜜的窝里；
这一对脱离了狄多所在的那个行列[18]，
透过那黝暗的气流飞到我们面前，
随之而来的一声呼叫是如此响亮而亲切。
“啊！慈悲而和善的灵魂！
你在这昏天黑地中游荡，
来拜访我们这用鲜血染红世界的一双，
如果宇宙之王对你友好[19]，
我们愿求他保佑你平安无恙，
因为你对我们的邪恶之罪抱有恻隐心肠。
你们喜欢听什么，谈什么，
只要狂风像现在这样减弱，
我们都会与你们攀谈，向你们诉说。
我诞生的那片土地坐落在海滨，

“诗人！
我真想跟那一对比翼双飞的人谈一谈，
他们随风飘荡，似乎身轻如燕。”

第五首
第73—75行

波河及其支流倾泻入海，
随即变得波平如镜。
是爱迅速启示我那高贵的心灵[20]，
使我得知他爱上我那美丽的身躯，
但这身躯却被人无情夺去，至今我为此仍不胜唏嘘。
是爱不能原谅被爱的人不以爱相报[21]，
他的英俊令我神魂颠倒，
你可以看出，至今这爱仍未把我轻抛。
是爱使我们双双丧命。
该隐环正在等待那杀害我们的人[22]。”
他们把这些话语讲给我们听。
听罢这双受害幽魂的诉说，
我不由得把头低低垂落，
这时，诗人对我说：“你在想什么？”
我答道：“唉！多么缠绵的情思，
多么炽烈的欲火，
这使他们犯下惨痛的罪过！”
接着我又转向他们，开言道：
“佛兰切丝卡，你的不幸遭遇
令我伤心怜惜，泪流如注。
但是，请告诉我：当初发出甜蜜的叹息时，
爱是用什么办法，又是以怎样的方式，
使你们洞悉那难以捉摸的情欲？”
她于是对我说：“没有比在凄惨的境遇之中
回忆幸福的时光更大的痛苦；
你的老师对此是一清二楚。
但是，既然你如此热切地想知道
我们相爱的最初根苗，
我就说出来，那个正在哭泣的人儿也会直言奉告。
有一天，我们一道阅读朗斯洛消遣[23]，
我们看到他如何被爱所纠缠；
当时只有我们二人，而我们也并无任何疑虑之感[24]。
我们一起阅读这部著作，
这使我们情不自禁多次含情相望，面容也为之失色；

但是，其中只有一段令我们无法解脱。
就在我们阅读时，那被他渴求的、嫣然含笑的嘴唇
终于得到这如此难得的情人的亲吻，
正是此人，我与他永远不会离分，
他的嘴亲吻我，浑身抖个不停。
这本书和书的作者就是加列奥托㉕：
那一天，我们再也读不下去了。”
一个幽魂在陈述这爱情经历，
另一个幽魂则在不住哀啼；这使我不胜怜惜，
我蓦地不省人事，如同突然断气。
我晕倒在地，好像一具倒下的尸体。

第六首①

贪食者与刻尔勃路斯

(1—33)

恰科及其预言

(34—93)

最后审判后的受苦亡魂

(94—115)

我已经恢复了神志,
这神志在我因为怜悯那一对叔嫂
而伤心过度时,曾一度丧失。
此刻,我移动、翻转我的身躯,
朝四下凝眸环顾,
我看到新的苦刑在折磨,新的一批人在受苦。
我来到了第三环②,
那该诅咒的永恒的苦雨冷凄凄,
不停地下,又下得那么急,那么密,
大块的冰雹,深黑的冷雨,还有纷飞的雪花,
在浓黑的空气中倾盆泼下,
泼在那大地上,恶臭到处散发。
刻尔勃路斯,那凶残而怪异的猛兽③,
它有三个咽喉,
朝着那些沉沦此地的人狗吠似的狂吼。
它有血红的眼睛,油污而黝黑的胡须,
肚皮很大,手上长着尖锐的指甲;
他猛抓住那些鬼魂,剥他们的皮,把他们撕碎。
雨雪也使鬼魂们如狗一般嚎叫不止。
这些悲惨的受苦亡魂不断地转来转去,
用这边的身躯遮蔽那边的身躯。
刻尔勃路斯这条大蛆虫,一见我们
便大张三张血口,向我们龇出他那满嘴獠牙;
他那四肢无一能够停下。
我的老师伸出他的双手,
抓起泥土,满把攥成泥球,
投入那些贪婪的大口。
如同一条饿狗狂吠不停,
只是在咬住食物时才变得安静,
因为它要使出力气,把食物一口吞进,
魔鬼刻尔勃路斯的三副丑恶嘴脸,此刻也是这样平静下来,
但他仍在朝着鬼魂们吼叫不止,
闹得鬼魂们真想变成聋子。

我们从这凄风苦雨击打着的幽魂中通过，
用脚践踏着他们的身体，
而这些身体却空荡飘渺，形同虚设。
幽魂全都在地上躺倒，
除了有一个，一见我们从他面前走过④，
就迅速直起身来，席地而坐。
“啊！你这个人被领到地狱一行，”
他对我说，“认一认我吧，如果你能：
你是在我去世之前降生。”
我随即对他讲：“你如今遭受苦刑，
这也许令我的头脑无法将你记清，
我似乎从未见过你的形影。
不过，请告诉我你是何人，
竟落到如此痛苦的田地，受此苦刑，
哪怕其他苦刑比这更甚，也绝不会令人如此伤情。”
他对我说：“你的城市遍地都是嫉妒⑤，
在我活在那明朗的人世时，
它就已经是恶贯满盈。
你们的市民都曾叫我恰科：
因为我犯下贪图美食之罪，十恶不赦，
正如你所看到的，我如今受尽雨雪折磨。
像我这样悲惨的灵魂，并非只有一个，
因为所有的灵魂犯下类似的罪过，
都要受同样的酷刑折磨。”别的话他不再多说。
我回答他：“恰科，你所受的煎熬令我心疼，
我泪流如雨，情不自禁，
不过，请告诉我，如果你能，
这灾难深重的城市的市民，将会落到怎样的光景；
那里是否还有正直的人；请告诉我原因：
为何这个城市被如此严重的不和所围困。”
他回答我：“经过长期紧张对立之后，
将会发生流血争斗⑥，
那村野的一方将会驱逐另一方，并使它屈辱蒙羞⑦。

然后，再过三载，
那村野的一方也要倒台，
另一方则会借助那个左右逢源的人之力上台[8]。
它将长期称霸这个城市，
使另一方备受欺凌压迫，
尽管另一方为此而怨言载道，怒不可遏。
有两位为人公正，却无人听从他们[9]；
嫉妒、贪婪、骄横，
正是燃烧人们心灵的三个火星[10]。”
说到这里，他中止了那如泣如诉的声音。
我于是对他说：“我还想向你求教，
请再费心向我多谈一些事情。
法里纳塔和泰加尤，这两位曾是如此尊贵的人[11]，
雅科波·鲁斯蒂库齐、阿里哥和莫斯卡[12]，
以及其他那些把才能用于善行的人，
请告诉我他们现在哪里，请让我见一见他们；
因为我抱有炽烈的渴望，想知道：
他们是得到上天之福，还是遭受地狱之苦。”
他答道：“他们是属于罪孽更重的鬼魂当中；
不同的罪过把他们打入底层：
你若能下到很深的地方，你就可以见到他们。
但是，等你将来回到那甜美的世界里[13]，
请你把我送入众人的脑际，
我现在不再跟你多说，我也不再答复你。”
这时，他把一双直视我的眼睛斜了过去，
他注视了我一会儿，随即低下头去，
像其他双目失明的鬼魂一样倒下，连头带身躯[14]。

最后审判后的受苦亡魂

我的老师对我说：“他不会再苏醒，
除非传来天使的号角声[15]，
那时节，众鬼魂敌视的权威将会驾临[16]；
每个鬼魂将会重见自己的悲惨墓地，
重拾自己的肉身和形影，

将会聆听那永远震荡寰宇的判决声[17]。”
我们通过那鬼魂和雨雪混在一起的地面，
迈着缓缓的步伐，
一边在略略谈及来世的生涯；
于是我说：“老师，在那伟大的判决之后，
这些苦刑将会增加还是减少，
还是跟现在一样难熬？”
老师回答我：“你可以再读一读你的学说[18]，
你的学说认为：事物越是完美，
就越会感到快乐和伤悲。
尽管这些该诅咒的人，
永远不会达到真正的完美，
但他们在最后审判后要比在最后审判前更指望完美。”
我团团绕着这条道路行走，
谈论着许多问题，我现在不再多说；
我们来到那向下倾斜的陡坡：
正是在这里，我们遇到人类之大敌——普鲁托[19]。

第七首

普鲁托

(1—15)

贪财者与挥霍者

(16—66)

幸运女神

(67—99)

斯提克斯沼泽：易怒者

(100—130)

"帕佩 撒旦，帕佩 撒旦 阿莱佩！①"
普鲁托用他那嘶哑刺耳的声音开言道；
那位高贵的哲人——他无事不晓——②
为了给我壮胆，说道：
"但愿你的恐惧不要把你压倒；
不论他威力多大，也无法阻挡我们下到这断岩残崖。"
接着，他转身面向那怒气冲冲的嘴脸，
说道："住口，你这该死的恶狼；
把你的怒火咽进你的胸膛。
来到这地狱深层不是没有原因：
是上天愿意这样决定，
因为米迦勒要惩办这嚣张的叛逆罪行③。"
正如那鼓胀的船帆被风卷起，
随桅杆断裂而倒落下去，
这残暴的猛兽也正是这样扑倒在地。

贪财者与挥霍者

我们就这样下到第四个坑谷，
沿着那地狱的陡坡往下行进，
这里包拢了整个宇宙的恶行。
唉！上帝的正义啊！我看到
他聚拢的新的折磨和苦刑有多少？
为何我们的罪过竟使我们受到如此煎熬？
正如卡里迪漩涡区的浪潮
与另一股浪潮相遇，撞击在一起④，
这里的人也不得不像这两股浪潮一样，绕着圆圈，撞来撞去。
我看见这里的人数比别的地方更多，
他们从一个方向和另一个方向大声吆喝，
用前胸的力量滚动着重物⑤。
他们相互碰撞在一处，
就在那里，每个人又掉过头去，往回走，一面呼叫：
"你为何抱着不放？""你为何任意乱抛？"
他们就是这样，绕着那幽暗的第四圈，

从这一边转到那一边，
再次相互叫骂着无穷尽的秽语脏言；
然后，他们又各自转回去，绕个半圈，
决斗在相反的地点。
我见此光景，几乎感到于心不忍，
我说："我的老师，现在请指教我：
这些人是何许人，我们左边的这些削发者⑥
是否都是神职人员。"
他对我说："所有这些鬼魂
生前都是缺乏头脑的人，
他们不懂得适度地花销钱财。
每逢他们来到第四环的两个相撞地点，
他们那狗吠似的叫骂声就足以把问题说明，
因为在那里他们相互责骂的正是相反的罪行。
这些鬼魂没有头发遮盖头顶，
他们都是神职人员，有教皇和枢机主教，
他们爱财如命达到无以复加之境。"
我于是说："老师，在这些人当中，
我想必能认出几个人，
他们曾犯下贪财挥霍的罪行。"
他回答我："你的想法是枉费心机：
他们生前不分善恶，这曾使他们沾满罪恶泥污，
现在也使他们面目全非，令人辨认不出。
他们永远要来到这两个相遇点碰撞，
他们从坟墓中冒出：这边的人是紧握拳头，
那边的人则是毛发皆光⑦。
挥霍无度和一毛不拔使他们不能荣升天堂，
他们总是要相互较量，
我不想用什么美好的言辞来描述他们如何对抗。
现在，孩子，你可以看出钱财对人们的短暂愚弄，
因为钱财是掌握在幸运女神手中，
而人们为获得钱财仍在疲于奔命；
这是因为不论是过去还是现在，
月天之下的所有黄金

都会使这些疲惫的魂灵无一能得到安宁⑧。”

幸运女神

“老师，”我对他说，“现在，请再告诉我：
你向我提到的那位幸运女神，
她究竟是什么神，何以会把天下的钱财都抓在手中？”
他回答我：“啊！愚蠢的生灵们，
你们受到多大的无知的伤损！
我现在希望像喂孩子吃食那样，让你记住我的说明。
智慧超越一切者创造了天体多重⑨
并指派了天使操纵各重天体的运行，
使每个部分都能各自发光，
把光芒分配均匀，普照四方：
同样，他也命令一位总管天神⑩
掌管世间的荣华富贵，
要她及时把这富贵虚荣
从这个人转到那个人，从一个血统转到另一个血统，
而人类的智慧却无力与之抗争；
因此，一国人民耀武扬威，另一国人民则没落衰颓，
一切都要听从她的判断，
而她则像隐伏草中的蛇，人所不能见。
你们的智慧无法与她抗衡：
她安排一切，判决一切，自行其是，
正如其他天神也各尽其职。
她转移世间荣华富贵的工作永无休止：
而遵照上帝意旨的必要性也令她从速而行；
因此，世人的处境也便经常变化不定。
正是她遭到一些人的百般咒骂，
而这些人本该极口赞扬她⑪，
他们把她错怪，使她留下骂名；
但是，她却自得其乐，对此充耳不闻⑫：
她与其他最早的创造物一起⑬，
愉快地转动自己的轮盘，幸福地自享乐趣⑭。
现在，让我们下到更加悲惨的地方⑮；

我动身时正在升起的众星辰，此刻都已在下降[16]，
我们逗留的时间不可过长。”

斯提克斯沼泽：易怒者

我们穿过第四圈，到达彼岸，
靠近一条沸腾、倾泻的水泉，
顺沿着被这泉水冲成的沟壑。
这水与其说是黝黑，莫如说是混浊；
而我们，在这灰黑色的水浪伴随下，
沿着一条陡峭的道路进入下层断崖。
这条惨淡的水道流入一个沼泽地，
它的名字叫斯提克斯[17]，
那黑水往下流淌，流到昏暗而险峻的断崖脚下。
我这时注目观定，
看到浸泡在泥沼中满身泥污的人[18]，
他们都赤身露体，满面怒容。
他们不仅用手相打，
而且还用头相撞，用脚相踢，用胸相碰。
他们用牙齿把彼此的肉一块块咬下，咬得遍体伤痕。
善良的老师说道：“孩子，现在你可以看到
那些被怒火战胜的人的魂灵；
我还想让你确信：
在这水下还有一些哀叹之人[19]，
他们使这水面咕噜咕噜地冒着气泡，
正如你的眼睛不论转到何处，都会告诉你这般情景。
他们没入这泥泞当中，
言道：‘我们在那阳光普照的温和空气里，
曾是那么郁郁寡欢，因为我们把郁怒的烟雾带到里面：
现在，我们就该在这黑水污泥当中自艾自怨。’
他们的喉咙里咕哝着这赞歌似的怨言，
因为他们无法把话讲清说全。”
我们就这样沿着这污泥浊水绕行，
在那干燥的堤岸和泥塘之间走了一段路程，
眼睛则一直盯视着那些身陷污泥的人：
我们终于来到一座塔楼的墙根。

第八首

渡斯提克斯沼泽：弗列居阿斯

(1—30)

腓力普·阿尔詹蒂

(31—63)

狄斯城

(64—81)

魔鬼的抗拒与维吉尔的失意

(82—130)

我现在继续往下说①:
早在我们到达那高耸的塔楼脚下之前,
我们的眼睛就仰视到那塔顶,
我们看到那里有两束火光通明②,
另有一束火光与之遥相呼应,
但那束火光距离太远,眼睛勉强才能把它看清。
我转身朝向那一切智慧之海③,
说道:"这是何意?那另一束火光在作何反应?
那些打火光的究竟是何人?"
他对我说:"倘若泥潭的雾气不曾把你的视线遮拢,
你就可以从那污浊的水浪上,
看出他们所期待的是什么人。"
弓弦从不会这样把箭矢发出:
让它凌空飞驰如此神速,
我看到一条小船
顺水迎面驶来,恰如那箭矢离弦。
只有一个船夫在驾驶,
他叫道:"可恶的鬼魂,你到底来了!"
"弗列居阿斯!弗列居阿斯!你在空喊一气④,"
我的救主说,"这一次,你只能在渡河时把我们控制在手,
你控制的时间不会比这更久。"
正如一个人发觉受骗,上了大当,
随后感到十分沮丧,
弗列居阿斯这时也只好把怒火压在胸膛。
我的老师下到船里,
然后叫我也随他进去,
而只是在我上船之后,那船才仿佛装载了东西⑤。
老师和我方才在船上坐定,
那古老的船首便破浪而行,
那船也比素常运载亡灵时吃水更深⑥。

我们正在那一潭死水中行进，
忽然在我面前出现一个满身泥污的人，
他说："你这提前到来的究竟是谁[7]？"
我对他说："我确是来了，但我不会在此停留；
可你又是谁，弄得浑身如此龌龊？"
他答道："你可以看出，我是个受苦啼哭的人[8]。"
我于是对他说："该诅咒的鬼魂！
你会永远这样啼哭、受苦下去；
我认得出你，尽管你浑身都是污泥。"
这时他把双手朝小船伸了过来；
机智的老师立即把他推开，
一边说道："快跟其他的狗一起滚开！"
老师接着用双臂搂住我的脖颈；
他亲吻我的面孔，并说："义愤填膺的魂灵！
生养你的那位，真好福分[9]！
那人在世曾是个目空一切的人；
他未给世人留下美名：
正因如此，他的亡魂才在此怒气冲冲。
多少人眼下在世间享有显赫名声，
将来到这里则会像污泥中的猪群，
身后也留下可憎的臭名！"
我于是说："老师，我多么渴望，
在我们离开这水潭之前，
看到他淹没泥塘。"
他对我说："在你看到彼岸之前，
你就会心满意足：
因为理应让你满足心愿。"
片刻之后，我就看见
那些满身泥污的人把那人撕裂，
我再次赞美上帝，感谢他使我的义愤得以发泄。
大家都在喊叫："痛打腓力普·阿尔詹蒂！"
而那狂怒的佛罗伦萨人的亡魂
则气得用牙齿痛咬自身。

我们离开了这里，详情我不想多叙；
但这时一片惨叫声震动了我的耳鼓，
于是我注目向前望去。
慈祥的老师说：“现在，孩子，
那座城池正在临近，它名叫狄斯⑩，
那里有受重刑折磨的人，还有一列大军⑪。”
我说：“老师，我已经从这山谷中看出，
那城池的塔楼一座座十分清楚⑫，
它们是那样红如赤铁，仿佛才从烈火中烘出。”
他对我说：“那永生的烈火把它们烧灼，
烧得它们遍体通红，
正如你在这地狱低处所看到的情景。”
我们径自来到那深深的沟渠，
那沟渠把这凄惨的城池团团围拢：
我觉得那城墙仿佛是用铁铸成。
我们事先不得不绕行一大段河沟，
最后才来到一个地方，
那船夫厉声喝道：“下船去！这就是入口！”

魔鬼的抗拒与维吉尔的失意

我看到那些城门之上，
有一千多个从天上坠落的魔鬼⑬，
他们气势汹汹地说：“那人是谁？
他尚未死去却来到这死人的都城！”
我那博闻广识的老师做了一个手势，
表示要私下与他们交谈。
这时，那些魔鬼的巨大怒气稍见收敛，
说道：“你自己过来，叫那人走开，
他竟如此大胆，擅闯这冥界。
让他独自返回他胆大包天走过的路径，
让他试上一试，倘若他能；
你则必须留下，既然你把他带进这黑暗地带。”
读者啊！请想一想，

听到这该死的话语，我是多么胆战心慌，
因为我绝不相信我能回到世上。
“啊！我亲爱的恩师啊！
每逢我遇到严重危险，
你都令我鼓起勇气，化险为夷，达七次以上⑭。
不要撇下我，”我说，“让我无路可投，
如果他们不准我们再往前走，
我们就赶快一起按原路回去。”
那位把我领到此地的老师对我说：
“不要畏惧；谁都不能截断我们的去路：
因为这是那一位的叮嘱⑮。
但是，你且在此等候，
振作起颓丧的精神，抱起美好的希冀，
我是不会把你撇在这阴曹地府的。”
那位温和的父亲就这样走了过去，
他把我留在原地，
我一直忐忑不安，“成”与“不成”在我脑海中交战。
我听不到他向那些魔鬼讲的话语，
但他也不曾与他们长久地待在一起，
因为城里的那些魔鬼都争先恐后地退了回去。
我们的这些对头把城门朝我的老师迎面关闭，
老师于是只能待在城门之外，
他迈着缓慢的步伐，转身向我走来。
他眼望着地，眉宇之间没有丝毫怡然自得之气，
他唉声叹气地说道：
“这帮人竟然不让我进入这痛苦之城！”
他对我说：“你不可泄气，尽管我气恼万分，
我必将赢得这场斗争，
不论城里怎样拼命抵御，不让我们进城。
他们如此气焰嚣张，这并不新鲜：
他们早已在那道不如这里秘密的城门就干过这种勾当⑯，
而那道城门至今还未被门闩关上。
你曾在那道城门上方看过那阴森的字句，
现在已经有一位正顺着陡坡，从那道城门下到这里，

他经过一环又一环，无须护卫，
而这座城池的大门正是要由这一位来为我们开启⑰。”

第九首

但丁的恐惧与维吉尔的安慰

（1—33）

复仇女神

（34—60）

天国使者

（61—105）

但丁和维吉尔进入第六环

（106—133）

一见我的老师掉头返回，我心中顿感惊骇，
这惊骇使我的面色变得一片煞白，
老师立即克制住他那惶惑神色，镇静下来。
他止住脚步，像倾听什么似的仔细谛听，
因为天色黑暗，雾气又浓，
视线无法把远处看清。
“无论如何，我们总要战胜拦阻，”
他开言道，“除非……不过，那一位也曾慨然相助①。
啊！我奇怪来人何以到得如此迟延！”
我清楚地看出，他用后来说的话
掩盖开头说的话，
而后几句话与前几句话则又相差很大；
但他的说法毕竟令我感到害怕，
因为我发现，那中断了的话语
也许有更为不祥的含意。
“在这地狱深坑的底部，
难道第一环的人从不曾下来过？
而第一环的苦刑无非是使希望永得不到满足②！”
我提出了这个问题，老师就此答道：
“曾走过我所走的路的人
在我们当中为数寥寥。
我诚然有一次下到这里，
是受那残暴的厄里克托魔法的驱使③，
她能召唤魂灵复归死者的身躯，
当时我的肉体刚刚死去，
她便差我进入这城墙之中，
为的是从犹大环带出一个魂灵④。
那一环地势最低，也最黑暗，
距离那环绕一切而转动的天也最远⑤：
这条道路我很熟悉，因此，你尽可把心放宽。
这沼泽散发着恶臭，
它把那痛苦之城团团围住，
如今若不通过抗争，我们就无法进入。”

复仇女神

他还说了别的，但是我已记不甚清；
因为我的视线已经转向
那高耸塔楼的火红塔顶，
那里霎时间突然出现三个地狱复仇女神⑥，
她们浑身上下，鲜血淋淋，
她们的四肢和模样则酷似女性；
一条条青绿色的水蛇把她们的腰部缠紧，
她们的头发也由一条条小蛇和有角蛇构成，
这些蛇把她们那狰狞可怖的双鬓盘定。
对那永恒悲泣之国的王后的女仆⑦，
老师了解得一清二楚，
“看啊！”他对我说，“那是三个凶恶的厄里尼厄斯⑧。
左边这个是梅盖拉；
右边哭泣的那个是阿列克托；
中间的是提希丰涅。”说罢，他便沉默不语。
她们用指甲划破各自的前胸；
用手掌击打着自己，并且高声喊叫，
吓得我向诗人紧紧靠拢。
“叫梅杜萨来！我们要把他变成石头⑨，”
她们三个齐声这样说，一边往下瞅；
“我们不曾对特修斯的攻击进行报复，这是错打念头⑩。”
“你快转过身去，闭上眼睛，
因为果尔冈一旦出现，你若看她们一眼⑪，
你就再也无法返回人间。”
老师这样说道，并且亲自掉转我的身躯，
他不让我自己动手，
却用他的手捂住我的眼睛。

天国使者

啊！你们这些思维健全的人啊！
请注意发现那奇特的诗句
纱幕隐蔽下的教益⑫。
这时从那混浊的波浪上，

发出惊天动地的一声巨响，
骇得人失魂丧胆，震得两岸索索发颤，
这无异于冷热两股对立气流相撞，
促使一阵狂风倏起[13]，
扫荡森林，所向披靡，
把树枝吹断，刮落，席卷而去；
眼前是一片飞沙走石，
惊得走兽和牧人四下逃避。
他把双手从我的眼睛上移开，
说道："现在你可以仔细看一看
那泡沫翻腾的古老河面，雾气更浓的那一边。"
正如青蛙遇上它的死对头——长虫，
吓得纷纷没入水中，
各自蜷缩成团，与泥土混同。
我目睹一千多个受苦亡魂，
也与青蛙一样吓得四处逃奔，
因为他们看到有人步行渡过斯提克斯沼泽，却不湿脚跟[14]。
他不时把左手放到面前摇摆，
把那浓密的烟雾从眼前扇开；
他似乎只是厌倦这浓雾的纠缠。
我恍然大悟，他是受上天派遣，
我于是转向老师；老师则向我示意，
叫我保持肃穆，向来人鞠躬敬礼。
啊！在我看来，他是多么满怀怒气！
他来到城门前面，就用一根小杖，
打开城门，未见有任何抵抗。
"啊！你们这些被天国逐出的败类，可鄙之辈[15]！"
他开言道，伫立在阴森可怖的门槛，
"你们哪里来的这种嚣张气焰？
你们为何抗拒上天的意旨？
而你们对此又无能力加以阻止！
以往多次尝试也曾加剧你们的痛苦[16]，
与天命对抗究竟有何好处？
倘若你们还能记得清楚，

你们的刻尔勃路斯的下巴和脖颈至今仍无完肤[17]。”
他随即转身走回那满是污泥的路途，
他不曾与我们搭话，却像是一个人
另有公务在身，促其速行，
而无暇顾及眼前的人；
我们移动脚步走向鬼城，
听罢这番圣言，我们都大放宽心。

但丁和维吉尔进入第六环

我们进入那里，未遇任何阻拦；
我很想把城堡观察一番，
看看其中究竟有怎样的景象，
因此，我一进城就四下张望：
我看到到处都是一马平川，
到处都可听到痛苦的呻吟，看到受刑的惨状。
就像在罗讷河淤积其内的阿尔[18]，
就像在夸尔纳罗海湾附近的普拉
——意大利囊括这海湾，它的边疆也恰好浸沐在海湾水下[19]，
在那一大片坎坷不平的地带，到处都是墓穴，
这里也与那里一样，遍地都是坟冢，
除了这里有更加惨不忍睹的苦痛；
因为在那坟墓与坟墓之间，散布着熊熊烈焰，
这就把所有坟墓都烧得红遍，
任何铁匠都不会要求烧出更红的铁件。
所有棺材的盖子都支在一边，
从里面传出阵阵凄厉的抱怨，
显然这都是些可怜人和受刑者在哭声震天。
我于是说道：“老师，那些葬在棺材之内的人
究竟是什么人？他们
发出痛苦的叹息声，使远近皆闻！”
老师告诉我：“这里是各种异端邪教的鼻祖，
还有他们的信徒，这些坟墓
所装人数大大超出你的设想。
他们在这里是同类与同类一起埋葬，

“老师，那些葬在棺材之内的人
究竟是什么人？他们
发出痛苦的叹息声，使远近皆闻！”

第九首

第 124—126 行

坟墓焚烧的热度则高低不一样⑳。”
随后我们向右转去㉑，
走过那火烧的坟场与高高的城墙之间的地方。

第十首

伊壁鸠鲁派信徒的坟墓

(1—21)

法里纳塔 · 德利 · 乌贝尔蒂

(22—51)

卡瓦尔坎泰

(52—72)

法里纳塔的预言

(73—93)

亡魂预卜的局限性

(94—120)

但丁的惶惑

(121—136)

伊壁鸠鲁派信徒的坟墓

现在我们走在一条狭窄难行的羊肠小径，
在那鬼城的城墙和火烧的坟冢之间，
我的老师走在前面，我尾随在他的后边。
“拥有最高美德的导师啊！”我开言道，“你随心所愿①
带领我绕过这罪孽深重的一环又一环，
请告诉我，也请满足我的心愿：
那些躺在坟墓中的人能否看到外面的东西？
既然这些棺盖都已竖起，
任何看守又已不见踪迹。”
老师对我说：“等他们从约沙法谷回到这里②，
带着他们如今留在人世的那些肉体，
所有棺盖就将紧闭。
这一带都是伊壁鸠鲁派信徒的墓地，
他们与伊壁鸠鲁本人葬在一起③，
他们认为，灵魂是与肉体一道死去。
因此，对你向我提出的问题，
不出这个地方，你就可以很快得到满意的答复。
你的心愿也会得到满足，尽管你不曾向我说出④。”
我说，“好师长，我并非要把话埋在心里不说，
我只不过是不想啰唆，
你并非只是现在才乐意我这样做⑤。”

法里纳塔·德利·乌贝尔蒂

“啊！你这个谈吐如此文雅的托斯卡纳人⑥！
你竟然活着便来到这火之城⑦，
请你在这个地方暂且停一停。
你的言谈说明
你是出生在那高贵的家乡⑧，
或许我曾给它带来祸殃⑨。”
这声音是突然从一个坟墓中发出，
因此，我吓得心惊肉跳，
向我的老师身边稍许靠得更近。
老师对我说，“转过去吧！你怎么了？

你看法里纳塔在那边已经站立⑩:
你可以看到他从腰部以上的全部身体。”
我早已把我的视线盯住他的视线;
他正挺胸昂首,巍然屹立,
仿佛把地狱根本不放在眼里。
老师用他那鼓励而灵敏的双手,
把我推到坟墓丛中的那人身旁,
一边说道:“你说话切要得当。”
我来到他的坟墓脚下,
他打量我一眼,随即几乎是盛气凌人,
问我:“你的祖辈是谁?”
我一心只想诸事依从,
因而对他并不隐瞒,而是把一切说明,
这一来,他把眉毛稍稍向上一抬⑪,
然后说道:“他们对我,对我的祖先,对我的党派,
曾视如仇敌,不共戴天,
我曾先后两次,把他们驱散⑫。”
我回答他,“他们尽管曾被赶走,却仍从各地重返,
先后两次,都是如此⑬,
可你们的人却不曾很好地学会这套本事⑭。”

卡瓦尔坎泰

这时,从棺盖打开的地方,
有一个鬼魂在此人身旁出现⑮,
他只露出了下巴,我想他是起身跪下:
他朝我的四周张望了一下,
仿佛想要看看是否有人与我在一起,
随后,他的猜疑完全消失,他边说边泣:
“既然你凭借你的卓著才华,
来到这黑暗的监狱,
那么我的儿子在哪里?他为何不与你在一起?⑯”
我对他说,“我并非独自来到这里:
是那个等在那边的人带领我经过此地,
去见也许您的圭多还不屑于见的那位⑰。”

此人的话语和他所受的苦刑
都已经使我知道他的名姓;
因此,我才作出这样明确的回答。
他一听立即挺起身来,叫道:“你说什么?
他怎么了?难道他不再活着?
难道那和煦的阳光不再照射他的眼睛?”
他见我在回答之前有些踟蹰,
便立即重又仰面倒下,
不再从墓中显露。

法里纳塔的预言

但是,另一个气魄豪迈的人仍留在我身边,
他的神情丝毫未变,
他既不转动脖颈,又不屈下腰身:
他继续把方才的话讲下去,
说道:“倘若他们不曾把那本事学好,
这会使我受到比躺倒墓地更加痛苦的煎熬。
但是,那统治这里的女人的面孔
照亮不到五十次[18],
你就将领教那本事的后果会多么严重[19]。
但愿你能回归那温馨的世界[20],
请告诉我:为何那里的人民在他们制定的各项法律中[21],
对我的家人总是那么残酷无情?”
于是我对他说:“那惨绝人寰的大屠杀
把阿尔比亚河染成一片血红[22],
这使我们不得不在我们的殿堂宣读祷文[23]。”
这时,他摇了摇头,长叹一声,
他说,“干出此事的并非只我一人,
而我与其他人一道行动也肯定并非毫无原因。
不过,在众人都同意摧毁佛罗伦萨的当儿,
只有我单枪匹马,
挺身而出保卫它[24]。”

亡魂预卜的局限性

"哦，但愿您的亲族有朝一日得到安宁，"
我向他恳求道，"请您为我解开那症结，
它在这个问题上困扰我，使我无法把真相判明。
倘若我不曾听错，你们似乎能预见
随时间流逝而发生的事件，
而对于眼前的事，你们则无力卜算㉕。"
他说："我们就像眼力不济的人㉖，
能看到距今遥远的事情；
这也是仰仗最高的主宰给我们带来的光明㉗。
一旦事情临近或业已发生，
我们的智力就完全不起作用；
倘若无人向我们通报，我们对你们人间的事物就会无从知晓。
因此，你可以明白：
未来的大门一旦关闭，
我们的认识也便完全消失㉘。"
这时，我像是对自己的过错感到愧疚，
说道："现在请您告诉那倒下去的人，
他的儿子还与活人一起在世上生存。
倘方才我不曾马上回答，
请您告诉他：我之所以如此，是因为
我当时在思索您已经为我解决的那个疑团。"
这时我的老师已经在向我召唤；
我不得不急忙请求那灵魂
告诉我：与他在一起的是何人。
他对我说："我与一千余人躺在这里㉙，
坟墓里有腓特烈二世㉚，
还有枢机主教；至于其他人，我就不再说明㉛。"

但丁的惶惑

说罢，他便重又倒下，我转动脚步，
走向那古代诗人，一边则在回想
刚才的谈话，我觉得那内容似很不祥㉜。
他开始动身；随即一边走着，

一边对我说:“你为何如此惶惑?”
我对他的问话作了答复。
这位智者对我说:“你的脑海依然记住
你所听到的不利于你的话语,”
“现在,你要注意听着,”他随即竖起一个手指:
“等你将来面对那位圣女的温柔目光㉝,
你就将得知你一生经历的旅程,
因为那圣女的秀目能把一切看清。”
说罢此话,他便把脚向左方移动:
我们离开城墙,走向这层地狱的中心,
沿着一条通往山谷的小径㉞,
那山谷的浊气一直冲到上边,奇臭难闻。

第十一首

教皇阿纳斯塔修斯墓前

(1—15)

地狱中鬼魂的分布

(16—90)

高利贷者的下场

(91—115)

教皇阿纳斯塔修斯墓前

我们来到一片高高的断崖上边①,
这断崖是由巨大的残石围成一圈,
一批受着更加残酷的刑罚的鬼魂就在我们下面②;
这里, 那深邃的坑谷散发的恶臭,
气味可怕, 令人难挨,
我们不得不退后几步, 躲近一个硕大石墓的棺盖,
我看到墓上有一块碑文,
写道: "我看管的是教皇阿纳斯塔修斯,
浮提努斯曾引诱他离开正路③。"
"我们可以停顿一下, 再下去,
这样, 就可以先使嗅觉能稍微
适应那难闻的气味, 然后对它就不必在乎。"
老师这样说, 而我则对他言道:
"可否想些办法, 让时间不致荒废掉。"
他于是说: "我已经想到这一点, 你可以看到。"

地狱中鬼魂的分布

"我的孩子," 他随即开言道, "在这些断裂的岩石里面,
有三个小圈圈, 它们一圈小于一圈④,
就像前面经过的那几环。
各圈都布满了该诅咒的幽灵,
但既然你随后就会亲眼得见, 足以弄清,
你就可以领悟他们是怎样、又为何被如此囚禁。
任何遭到天怒的恶行,
其目的都是要伤害别人,
要达到任何此类目的, 不论是用暴力还是以欺诈,
都会对他人造成伤损。
而由于欺诈是人固有的罪恶, 为上帝最不容, 因此, 欺诈者⑤
也便被囚在底层, 所受苦刑也更重。
第一环监禁的都是施暴者⑥;
但由于他们对三种人进行暴力侵犯⑦,
他们就被分成三类, 放在三大圈。
他们施暴的对象是上帝、他们自身和他人,

我们不得不退后几步，躲近一个硕大石墓的棺盖，
我看到墓上有一块碑文，
写道：“我看管的是教皇阿纳斯塔修斯。”

第十一首
第6—8行

我说的是：这三种人的身体和东西，
你将会听到我详尽地加以说明。
用暴力把别人置于死地，
令别人遭到严重伤害，
破坏、焚烧、肆无忌惮地掠夺他人家财；
因此，杀人者、所有严重残害他人的家伙，
洗劫纵火者和强取豪夺者，
全都被分成不同的队伍，在第一个大圈中受苦。
一个人也可能施暴于他自己的身体和财物；
因此，凡是迫使自己离开你们人世的人，
就必须在第二个大圈中徒劳地忏悔过去；
同样，凡是用赌博挥霍和荡尽家财的人，
也要在这个大圈中白白哀叹悔不当初[8]，
而这类人在阳间本该为拥有家财而欢悦，
不是为丧失家财而啼哭[9]。
也可能以暴力对待神灵，从心底里否定和咒骂他们，
蔑视自然和自然的恩宠[10]。
因此，最小的那一圈是给所多玛和卡奥尔[11]
以及那些心里蔑视上帝、口里公开亵渎的人，
打上它特有的烙印。
欺诈损害所有良心[12]，
一个人可以用它来对待信任他的人，
也可以用来对待并不相信他的人。
这后一种做法显然会割断
自然给人们建立的爱的纽带[13]；
因而在下一环里麇集着
伪善、谄媚、妖言惑众者，
造谣生事、盗窃和买卖圣职、
作淫媒者、贪赃枉法者以及类似的污垢[14]。
这是用另一种方式把自然赋予的爱置于脑后，
同时也忘记了后来增加的那种爱：
正是这后一种爱把特殊的信任关系建立起来[15]；
然后就是那最小的一环，
那里是宇宙的中心，有狄斯在上面坐镇[16]，

凡有叛卖行为的人都要在那里承受苦刑。”
于是我说：“老师，你的讲解相当明确，
你把这深渊描述得也相当贴切，
包括它所囚禁的那些鬼魂。
但请告诉我：那些陷在泥泞的沼泽中的幽灵，
那些被狂飙吹荡、雨雪击打的亡魂，
以及那些不断相撞、互相辱骂的魂灵[17]，
他们为何不在这烧得红如赤铁的城池中受惩？
既然上帝如此憎恶他们！
倘若上帝对他们并不恼怒，他们又为何落到这般光景？”
他于是对我说：“为何你的才智
竟然偏离了常轨？
要么就是你的脑中竟有了其他思维？
你难道忘了你的伦理学详尽阐述的那些话[18]？
其中谈到有三种劣性
为上天所不容：
即放纵、奸诈和疯狂的兽性，
而放纵尚不致触怒上帝太甚，
它所受的责罚也较轻[19]。
倘若你善自考虑一下这个论断，
再回忆一下狄斯城外
头几圈受刑的那些人，
你就会清楚地看出：为何他们
要与这些恶人如此区分，
为何神的正义对他们的打击没有那么凶狠。”

高利贷者的下场

“啊！拨开挡住一切视线的云翳的太阳[20]！
你为我解决疑难，令我多么欢畅，
尽管疑问令我感到的愉快并不下于知晓[21]。
请再把你说过的话题略微追述一遍，”我说道，
“请再讲一讲高利贷如何触犯神的恩典，
为我解开这个疑团。”
他对我说：“哲学不仅在一处[22]

向理解它的人指出：
自然如何起源于神的思维和艺术㉓，
倘若你把你的物理学㉔
好好地钻研一番，
你就会在不多几页之后发现，
你们的艺术是尽可能追随自然㉕，
犹如学生追随师尊；
因此，你们的艺术几乎就像是上帝之孙㉖。
你倘还记得《创世记》的开头部分，
人类就应当以这两点㉗
来维持生计和改善生存；
而由于高利贷者走的是另一条路㉘，
他既轻看自然本身，又蔑视随自然而来的艺术，
因而他把希望寄托在其他方面。
不过，现在随我来吧，我想继续向前，
因为双鱼宫已在水平线上闪烁升起㉙，
北斗星则完全斜卧在西北方向㉚，
从那断崖高处再前行几步，便可走向下方。”

第十二首

塌方与弥诺陶洛斯

(1—45)

弗列格通河与肯陶罗斯

(46—75)

奇隆

(76—99)

涅索斯

(100—139)

我们来到一个地方,从那里可以从断崖边上走下去,
这地方山势险峻,陡峭难行,
目光所及之处还有那个东西,它令任何视线都不敢观望①。
那山崩地裂险恶异常,
恰如从特兰托下游一侧,波及阿迪治河左岸的那片塌方②,
或是由于地震,或是由于塌陷地基,
险峭的巉岩从山顶迸裂,
一直滚落到平地,
像是要给来到崖上的人开辟一条路途;
走下那深沟巨壑,就须沿着这条通路;
在那断崖残壁的顶端,
克里特岛的耻辱之物正匍匐卧定③,
它曾在那假造的母牛腹中孕育而成:
它一见我们就啃咬自身,
犹如一个人无可奈何,把怒火压在心中。
我的智者向他喝道:“难道你
以为那位雅典公爵来到这里④?
他曾在人世把你置于死地!
滚开,畜牲:此人前来
并非受你姐姐的指派⑤,
而是要见识一下你们给鬼魂施加的酷刑。”
这时它正像一头遭到致命一击的雄牛,
在挣脱绳索,猛冲狂奔,
它不知闯往何处,却只知东跳西蹦。
我见弥诺陶洛斯就是这样胡窜乱动;
那位机智的老师于是叫道:“快跑到那坑口:
趁着它狂怒不休,你最好赶紧往下走。”
这样,我们就沿着那乱石滚成的蹊径往下行,
这些石头因为有了新的负重⑥,
不时在我脚下滑动。
我这时在沉思默想,老师问道:
“你或许在想到那怒气冲冲的野兽看守的断壁残岩⑦,
而我如今已经打掉它的气焰。

现在我想让你知晓：
上一次我降入这地狱的底层，
这片山岩尚未塌陷；
但是，我倘若不曾记错，
肯定是在那位驾临此地不久之前，
他曾从地狱的最高一环从狄斯手中救走许多猎物[8]，
当时，那幽深而又污秽的山谷
曾四下发生巨震[9]，
我想，这是宇宙在感受到爱，因为有人
认为：由于有了爱，世界往往才变得一片混沌[10]；
正是在那时，这带古老的山岩，
才在这里和别处崩坍。

弗列格通河与肯陶罗斯

但是，你注意看那山谷下边：
血河就在眼前[11]，
它在熬煮着用暴力伤害别人的罪犯。”
啊！疯狂的愤怒和盲目的贪婪[12]
驱使他们在短促的一生中犯下这种罪愆，
如今则浸泡在滚烫的血水中永受磨难！
我看见一条宽阔的弧形沟壑，
正如我的护卫者所说，
它把整片平地囊括；
在悬崖底部和沟壑之间[13]，
奔驰着肯陶罗斯，他们排成一列，身背弓箭[14]，
如同在世上通常前往狩猎一般。
他们看到我们走下山崖，便都停步不前，
有三个从队伍中走上前来，
手持弯弓和事先选好的雕翎箭；
有一个从远处喊道：“你们这些从山上下来的人，
到此受什么苦刑？
你们就站在原地说话；不然，我们就要拉弓。”
我的老师说道：“等我们去到你们跟前[15]，
我们就会向奇隆答话[16]：

你们总是这样飞扬浮躁，这很糟糕。”
接着，他碰了我一下，说：“此人是涅索斯[17]，
他曾为美丽的德伊阿妮拉而死，
并亲自为自己报仇雪恨。
中间那个垂头注视自己胸膛的人[18]，
就是伟大的奇隆，他曾把阿奇琉斯扶养成人；
另一个是福罗斯，他曾如此怒火填胸[19]。
他们来到沟壑周围，有成千上万，
凡有鬼魂从血水中冒出，超过为惩罚其罪行而限定的深度，
他们就把箭向这些鬼魂射出。”

奇隆

我们走近这些飞速灵巧的怪物身边，
奇隆拿出一支雕翎箭，
用箭尾把胡须向后左右分开，拨到两腮上面。
当那大嘴巴显露出来时，
他对同伴们说：“你们可曾发觉：
那后面的人能触动所有他碰上的东西？
死人的双脚通常则不能这样。”
我那善良的老师这时已站在他的胸前，
而那胸部正是人马两种本性连接的地方[20]，
老师应声道：“他确是个活人，而且只有他孤零一个，
我须要向他指点那黑暗的坑谷深壑，
他来到此地是出于必要，而不是为了娱乐。
一位圣女暂停歌唱‘赞美上帝’[21]，
她赋予我这个新的使命：
他不是强盗，我也不是盗贼的魂灵。
但是，既然我是依照神的意旨移动我的脚步，
走上这如此荒凉难行的道路，
也请你遵奉神的意旨，派出你们当中一人来伴我们同行，
让他告诉我们何处可以涉水渡河，
让他把此人驮在背上，飞渡沟壑，
因为此人不是能凌空翱翔的魂魄。”
奇隆向右转过身去，

对涅索斯说:“你转身回去,带领他们前往,
倘若遇上别的队伍,你就让他们闪开,不要阻挡。”

涅索斯

这时,我们与那可以信赖的护卫一起动身,
沿着那沸腾的赤红色河水的堤岸,
河里那些被煮沸的人不断发出刺耳的惨叫声。
我看到有的人浸在水下,一直没到眼眉[22],
那位身材魁梧的肯陶罗斯说道:“这些都是暴君,
他们血腥镇压和强取豪夺他们的臣民。
他们在这里痛哭流涕,为残酷伤害他人的罪孽而受刑。
这里有亚历山大,还有残暴的狄奥尼西奥斯[23],
后者曾使西西里度过多少痛苦的岁月,
那个额前被漆黑的毛发遮住的人,
是阿佐利诺;另一个人头发则是金黄色[24],
他是奥比佐·达·埃斯蒂,他确实[25]
曾在人世被他的私生子所弑。”
于是我转身去看诗人,诗人说道:
“现在,这位是你的第一个向导,我则是第二个[26]。”
向前稍走了一段路,这位肯陶罗斯突然站住,
因为有一些人似乎从那滚烫的血河中冒出[27],
甚至露出他们的喉部。
他向我们指出一个独自待在一边的鬼魂[28],
说道:“此人在上帝怀中刺穿了一颗心,
这颗心依然在泰晤士河上得到世人尊敬[29]。”
随后,我看到有些人把头放在血河的水面,
有的甚至露出整个上半身;
我倒认清其中不少人。
这样,血河逐渐变得低浅,
甚至仅能盖住脚面;
这里正是我们可以渡河的所在。
“既然你从这里可以看出,
滚烫的血河在渐渐减少深度,”
这位肯陶罗斯说,“我希望你能相信,

在另一边，河床则越来越下沉，
一直沉到最深处：
暴君在那里不得不痛苦呻吟。
神的正义在惩办那个阿提拉[30]，
他曾是人世间的鞭子，
被惩办的还有皮鲁斯和塞克斯图斯[31]；
另有里尼埃尔·达·科尔内托、里尼埃尔·帕佐[32]，
他们在沸水煎熬下泪水横流，永无休止，
因为他们生前曾拦路抢劫，杀人越货。”
说罢，他掉转身躯，渡过那段浅水河。

第十三首

自杀者的丛林

（1—30）

皮埃尔·德拉·维涅亚

（31—108）

倾家荡产者

（109—129）

自寻短见的佛罗伦萨人

（130—151）

涅索斯尚未到达河的那边，
我们就已经步入一片丛林，
那里不见任何路径。
枝叶不是绿色，而是色彩暗黑；
树枝不是光滑挺直，而是多节弯曲；
没有果实，只有毒刺：
即使野兽憎恨切齐纳镇与科尔内托市之间的那片耕耘之地①，
它们也找不到如此荒凉、如此茂密
的荆棘林作为栖身之所。
那些丑恶的哈尔比正是在这里筑巢做窝②，
她们曾把特洛伊人赶出斯特洛法德斯岛，
因为她们对他们的未来做出不祥的预告。
她们有宽大的翅膀，有人形的脖颈和面庞，
她们双脚带钩，硕大的肚皮长满羽毛；
她们栖息在怪异的树木上发着凄厉的吼叫。
善良的老师于是对我开言道："在你进入更深的地方之前，
你该知道：你如今已经来到第二大圈，
并且你将继续待在那里，直到你看到那可怖的沙滩③：
因此，你要仔细地看一看；
你将看到一些东西，
这些东西即使我对你说了，你也不会相信我的话语。"
我听到遍地叫苦声，
而我却看不到叫苦人；
因而我惊慌失措，停步不行。
我现在认为，我当时认为自己是以为④，
这许多声音是来自那片荆棘林，
是来自一些我们无法得见的隐起身来的人⑤。
因此，老师说道："倘若你
从这些树当中折断一棵树的几根小树枝，
你现有的想法就会全部消失。"

皮埃尔·德拉·维涅亚

于是我把手稍稍向前伸出，

我抓住了一棵大荆棘的枝蔓；
这根枝蔓的树干喊叫道：“你为何把我折断？”
接着，从折断处流出了一股黑血⑥，
它又开始说道：“你为何把我撕裂？
难道你就没有丝毫怜悯之心？
我们过去是人，如今则成为荆棘林：
即使我们是蛇的魂灵⑦，
你下手也该多多留情。”
正如一根青柴一头烧着，
另一头则在流着水滴，
吱吱地叫着，还冒出热气，
从那折断的伤口，也同样地
既说出话，又流出血；
我不禁扔掉树枝，犹如一个人受到惊吓，愣在那里。
我的智者答道：“受伤害的魂灵啊，
如果他事先能相信，
只有从我的诗句才能看到的那件事情⑧，
他也就不会伸出手去，把你触动；
但是，那不可思议的事情却使我让他做出此举，
这使我自己也深感歉忱。
但请你告诉他你是何人，
为了补偿过失，人间会恢复你的声名，
因为他必将返回尘世。”
树干说道：“你的温和话语令我心动，
我不能缄口不语；但愿你们不致感到厌烦，
因为我要略费工夫，讲述一番。
我就是那个持有两把钥匙的人⑨，
这钥匙属于腓特烈二世的心，
我曾小心翼翼地转动钥匙，锁住和打开他的心扉，
致使几乎所有的人都无法分享他的隐情：
我信誓旦旦地履行这光荣的职责，
甚至使我丧失了睡眠和脉搏⑩。
娼妓从不会把那淫邪的视线
从凯撒的宫殿移开，

共同的祸患和宫廷的弊端
把众人敌视我的胸中怒火点燃；
这火焰甚而也烧到奥古斯都的心田⑪，
他使那欢快的荣誉变为悲惨的啼哭。
我的心灵，为求得苦痛的满足，
以为借助死亡就能逃避众人的讥笑和愤怒，
于是对正义的我采取了非正义之举⑫。
以这棵树的新奇树根的名义，我向你们发誓⑬：
我过去从未破坏对我主公的忠诚，
他也无愧于人们对他的敬重。
倘若你们当中有人回到人世，
就请为我申诉冤情，
我至今仍在嫉妒的重击下难以翻身。”
诗人等了一会儿，随即对我说：
“既然他沉默下来，你且不可错过时机，
说话吧，向他提出问题，倘若你还有此心意。”
我于是对诗人说：“还是你
向他提出你认为能满足我的好奇心的问题；
我如今问不出来，因为怜悯之心令我不胜伤情。”
因此，诗人重又开言道：“如果此人心甘情愿
做出你所请求的事情，
那么，受监禁的魂灵啊，还请你再谈一谈：
魂灵如何与这些多节的树干结合在一起，
如果你能，就请你也谈一谈，
是否有人曾摆脱你这样的肢体。”
这时，那坚硬的树干吐了一口气，
接着，那口气便化为人声人语：
“我将简短地回答你们。
一个暴烈的魂灵从他所厌弃的肉体，
愤怒地离开之际，
弥诺斯就会把那魂灵打入第七个坑口⑭。
他跌落到丛林之中，没有选择余地，
而是全凭命运之神掷扔，
就像斯佩尔塔小麦，在播撒的地方发芽生根⑮。

他像一根幼芽那样生长，长成一棵野生植物：
随后哈尔比则以他的树叶为食物，
给他造成痛苦，并给痛苦打开一扇窗户[16]。
像其他亡魂一样，我们将来也要找回我们的肉身[17]，
但是，没有一个人能再把它披上，
因为一个人把忍心舍弃的东西收回，并非理所应当。
我们将把这些躯壳拖到这里，
在这凄惨的丛林中，我们的肉体将一一挂起，
而每个肉体都将悬在曾厌弃它的那个灵魂所长成的荆棘。”

倾家荡产者

我们仍在那棵树干旁边注意倾听，
以为他还要谈些别的事情，
这时，我们被一阵喧嚣声震惊，
就仿佛一个猎人在他窥伺的地方，
听到野猪和猎狗向他奔驰而来，
他听到猎狗的吠叫和野猪摩擦树丛的唰唰声响。
瞧，左边有两个人赤裸着身子，遍体伤痕，
他们在拼命逃窜，
撞断了丛林中的一片片枝蔓。
前面那人在叫喊：“现在，你快来吧，快来吧，死神[18]！”
另一个人看来已过于迟延[19]，
他叫道：“拉诺！你的双腿不曾有过如此灵便，
即使在托波附近的比武会上也不曾这样[20]！”
接着，他或许是上气不接下气，
急忙与一片丛林混在一起。
他们身后的那片丛林，
满是饥饿而又飞驰的黑犬，
恰如猎兔狗甩掉锁链。
这些黑犬用牙齿朝那蜷缩成一团的人身上咬去，
把他一片又一片地撕得四分五裂，
随后又把那痛如刀割的四肢叼开。

这时，我的护卫者拉起我的手，
把我领到正在哭泣的树丛跟前，
那树丛被撕得鲜血淋淋，但此时哭也枉然。
树丛说：“啊，雅科波·达·圣安德烈亚！
你拿我当屏障究竟有何用处？
我对你的罪恶一生又负有什么罪责？”
老师来到树丛上方站住，
他说道：“你生前是谁？
你的顶端多处受伤，淌着鲜血，又口出怨言！”
树丛对我们说：“啊！你们这两位灵魂
到此眼见我受此残忍的伤害，
这伤害把我的枝叶从我身上撕开，
请把这可怜的树丛脚下的枝叶拾捡起来。
我曾是那座城市的人[21]：
它曾把第一位守护神改为施洗者约翰，
正因如此，那第一位守护神
才总是运用他的法术，令那座城市备受刀兵之苦；
若不是在阿尔诺河的通途上还保留着他的一些踪迹，
即使市民后来在阿提拉烧杀的废墟上
把那座城市重新建立，
他们的重建工作也会是枉费心机[22]。
我曾在家中立起绞架，让我投环自缢。”

第十四首

火雨纷飞的沙地

(1—42)

卡帕纽斯

(43—72)

血溪

(73—93)

克里特岛的老人和地府的河流

(94—142)

对故土的情思触动我的心灵，
我把散落在地的枝叶捡起，
奉献给那个这时已沉默不语的人。
这样，我们就来到坑穴的边缘，
从那里，第二大圈就区分于第三大圈，
从那里也可看到如何进行可怕的正义裁判。
为了详细说明那情景是前所未见，
我现在要说：我们这时来到一片沙地，
它使任何草木都无法在地面上生存。
环绕沙地的是那片凄惨的丛林，
犹如一道悲惨的沟壑把沙地围定，
在这里，我们紧靠着沙地边沿停下脚步。
这片空地布满了干燥而厚实的沙粒，
它与曾被卡托足下践踏的①
那片沙漠别无二致。
啊！上帝的报复！
凡是目睹我亲眼所见的景象的人
对你该是多么畏惧！
我看见成群结队的赤身露体的鬼魂，
他们都在凄凄惨惨地哭个不停，
看来他们是在承受另一种苦刑。
有些人仰面躺在地上，
有些人则紧缩着身子席地而坐，
还有些人在不断地来回走着②。
围绕沙地转来转去的人最多，
躺在地上受苦的人则较少，
但他们的舌头却更便于哀呼惨叫③。
在这整片沙地上方，
有大片大片的火雨在缓缓而降，
犹如飞雪飘落在无风的高山上④。
如同亚历山大在印度的炎热地带⑤，
眼见火焰降落下来，落到他的军旅身上，
又降落在地，却仍燃烧未熄；

他下令他的队伍要着力用脚踏地，
这一来，烈焰在单独燃烧时，
扑灭它也便更加容易；
地狱中的永恒烈火也正是这样从空而降；
因此，沙地才被烧得发烫，
犹如火镰打上火石，痛苦也倍加增长。
那一双双可怜的手掌，在无休止地挥动⑥，
时而拍打这里，时而又拍打那里，
拼命从身上拍掉新落下的烈焰火星。

卡帕纽斯

我开言道：“老师，你曾战胜千难万险，
除了在进城门时遇到那些
强硬的魔鬼把我们阻拦⑦，
那身材魁伟的人是谁？他似乎置那熊熊烈火于不顾⑧，
他神态轻蔑，怒目而视，躺卧此处，
仿佛那火雨不是在使他受苦。”
那人竟如此机敏，
他听到我向我的导师问起他的事情，
他喊道：“我活着时是这样，死后也是这样。
尽管宙斯令他的铁匠疲惫不堪，
因为他怒不可遏，要从铁匠手中获得那锐利的雷电⑨，
我正是在我的末日，被雷电击中，送了性命；
尽管宙斯也使其他人疲惫不堪⑩，
让他们在蒙吉贝洛的黝黑锻炉旁轮流苦干，
他一边还呼喊着：‘帮忙啊帮忙！好样的伏尔甘！’
就像他在弗雷格拉大战中所做的一般⑪，
他竭尽全力来对我劈击，
但他的报复毕竟不能做到痛快淋漓。”
这时，我的导师厉声喝道
——我还从未听过他这样大声呼叫：
“啊！卡帕纽斯！正因为你的嚣张气焰不收敛。
你现在才受到更严厉的惩办：
除了你满腔的愤怒，

没有任何苦刑能使你的狂妄遭受恰当的惩处。”
接着，他和颜悦色地转向我，
说：“此人是围攻特拜的七王之一；
他过去瞧不起上帝，
看来现在也依然如此，对上帝并不尊重；
但是，正如我刚才对他所说，他那轻蔑神情
也不过是他内心恰如其分的反衬[12]。

血溪

现在，你走到我的身后来，还要注意
不可把脚踏入那灼热的沙粒；
而是要把脚紧贴那片丛林，片刻不离。”
我们默默地来到一个地方，
那里有一条小溪在林外流淌，
它那鲜红的颜色又一次令我胆战心慌。
犹如那条从布利卡梅涌出的溪流[13]，
娼妓们曾把它分割开来，各自享受[14]，
那条小溪也正是这样沿着沙地往下流。
溪流的河床和两边的陡坡，
以及两岸的边缘，都用石头铺成，
因此，我看出：那里正是可以通行的路径。
“自从我们进入那道
不拒绝任何人迈入门槛的城门[15]，
我曾向你指出所有其他东西，其中
有一件东西不曾被你的眼睛发觉，
它是那样值得注意，那就是现在这条河流，
因为在这条河流上，所有的火苗都被它熄掉。”
这些话语是出自我的师尊之口；
因此，我请求他赐给我饭食，
既然他已经引起我进食的渴求[16]。

克里特岛的老人和地府的河流

他于是说：“在大海中央[17]，
有一个陷于衰微的岛国，名叫克里特[18]，

在它的统治下，过去世人曾纯真无邪，安居乐业。
有一座大山，名叫伊达[19]
它曾是水源丰富，林木葱郁，
如今却荒无人迹，如同破衣敝屣。
雷亚曾选择此山，作为她小儿子的可靠摇篮[20]，
为了把他隐藏得更好，
每逢他哇哇哭叫，她就让人鼓噪喧嚣。
山后矗立着一个老人，身材巨大[21]，
他使自己的脊背朝向达米亚塔，
他宛如揽镜自照，眺望着罗马[22]。
他的头为真金所铸，
双臂和胸膛则用纯银制成，
下身直到胯骨，都是铜料；
由此往下则全都用上好的铁来铸浇，
除了右脚是用陶土塑造；
但这老人却把身子更多地支撑在这只脚，而不是另一只脚[23]。
每个部分——黄金部分除夕——都已破裂，形成一道缝隙[24]，
从缝隙中流出涓涓泪滴，
这些泪滴汇在一起，穿透了那块岩石。
泪水流过这一条条山谷；
变成阿凯隆特河、斯提克斯河和弗列格通河；
然后顺着这狭窄的水道向下流去，
一直流到不能再往下流的地方：
形成了科奇土斯湖；那是怎样一片水塘，
你以后将会看到，因此，这里就不必多讲[25]。”
我于是向他问道：“既然眼前这条小河
是这样发源于我们的世界，
那么，为何只是在这一层的边缘上，它才显现在我们面前？”
他对我说：“你知道：这地方是圆形；
你虽然经过许多地界，
又只是向左，往下直通谷底，
但是却不曾把整个圈子走尽：
因此，即使有什么东西显得新奇，
也不该令你的面容露出惊奇之色。”

我又说道:“老师，弗列格通河和勒特河究竟在哪里㉖?
因为你不谈其中的一条㉗，
却谈到另一条是形成于那如雨的泪滴㉘。”
他答道:“对你所提的所有问题，我确乎都很欢喜;
但是，那赤水河的滚滚热浪
想必能解答你所提的一个问题㉙。
你以后会看到勒特河，但它是在这条沟壑以外，
在那里，亡魂都来洗涤自己，
因那时，经忏悔的罪过，都已得到解脱。”
接着，他又说:“现在已是离开丛林的时候;
你注意要走在我的后头:
这些河岸才是可行之路，因为未被火雨烧灼，
况且河岸上方，所有烈焰也都在熄灭着。”

第十五首

鸡奸者

（1—21）

布鲁内托·拉蒂尼

（22—99）

犯鸡奸罪的神职人员和文人学士

（100—124）

这时，我们沿着一条坚硬的河岸走开，
小溪的雾气从上覆盖，
这就使溪水与河岸免受火雨烧灼之灾。
正如圭赞特和布鲁日之间的那些佛拉芒人①，
生怕海潮向他们冲来，
筑起一道堤坝把海水挡开；
也如帕多瓦人在卡伦塔纳感到热天到来之前，
就沿着布伦塔河筑起堤坝②，
保卫他们的城市和村镇不被洪水冲垮，
地狱中的那些河岸也是这般光景，
尽管那位建筑师——不论他是何人——
不曾把河岸筑得同样厚大，同样高耸。
此刻我们已经离开丛林很远，
我看不清它在何处，
尽管我把身躯掉转，
这时我们遇到一群鬼魂③，
他们沿着堤岸前行，
每个鬼魂都在观察着我们，
就像一个人夜晚在新月之下注视另一个人；
他们朝着我们凝眸定睛，
就像年迈的裁缝在引线穿针。

布鲁内托·拉蒂尼

我就是这样被这群鬼魂盯视着，
其中有一个认出了我，
他扯住我的衣襟，喊道：“多么奇怪！”
他把手臂朝我伸过来，
我这时才把视线盯住他那被烈火烧伤的面容，
那焦黑的脸庞并不妨碍
我的头脑认出他的形影；
我俯下身来，把我的脸靠近他的脸④，
答道：“是您在这里吗？布鲁内托先生⑤！”
他于是说：“哦，我的孩子，你万勿不快，

倘若布鲁内托·拉蒂诺转回身来,
与你同行片刻,而让队伍向前走开。"
我对他说:"我竭尽全力,请求您这样做,
假如您愿意让我停下来,与您待在一起,
您就这样做吧,只要那个与我同来的人乐意。"
"哦,孩子!"他说,"这群人当中不论哪一个
只要停步不行,就要躺上一百年,
即使烈火烧灼他,他也不能给自己遮掩。
因此,你索性向前走:我会跟在你身旁,
然后我会把我的队伍赶上,
这队鬼魂正在为身受的永恒苦刑而啼哭。"
我不敢走下河岸上的道路,
与他并肩同行;而是低垂着头,
就像一个人在毕恭毕敬地走路。
他开言道:"是事出偶然,还是天命所定,
使你在末日来临之前就下到幽冥?
这个带路的又是何人?"
我答道:"我在上面的尘世,在那明朗的人间,
曾在一个山谷间迷失路径,
这正是在我满盛年之前,
只是在昨天早晨,我才离开那山谷:
而正当我要重返山谷时,这一位就在我面前出现,
是他带领我沿着这条道路返回家园⑥。"
他于是对我说:"倘若你随从你的星宿指引⑦,
你就不可能不获得光荣的成功,
如果我在那美丽的人世所见属真;
我若不是死得如此过早⑧,
眼见上天对你如此厚爱,
我本可以给予你的事业以有力的安排。
但是,这忘恩负义的、歹毒的人民,
他们来自那古老的菲埃索莱⑨,
依然不改那山野和顽石般的秉性,
尽管你做尽善事,他们还会成为你的敌人:
因此,在那酸涩的野果当中,

理所当然地不该让那甘甜的无花果结成。
他们在人世久已臭名昭著，被称作有眼无珠[10]；
这帮人贪婪、狂傲又嫉妒，
你该注意：不可使自己沾染他们的习俗。
你的命运使你得到无上光荣，
以致不论是这一派还是那一派都恨不得把你活剥生吞[11]；
但是，你千万要像草儿远离羊口那样远离他们。
那些菲埃索莱畜生把他们的同类当作饲料[12]；
倘若在他们的粪堆中竟然还长出青苗，
万不可让他们把它触动，
因为那是罗马人的神圣种子在复生，
正是在那万恶的巢穴建成时，
罗马人曾留在其中[13]。”
我答复他说：“假如我的愿望
能得到充分满足，
您本来也还不致从人间被逐；
因为您那亲切而慈祥的父辈形象，
深深铭刻在我的心房——而如今这形象却令我心伤，
想当初您在世上，
曾时刻教导我：一个人如何才能万古流芳：
我对您的教诲是多么感激不尽，只要我一息尚存，
我就该用我的舌尖时刻将我的心迹表明。
我要把您所讲有关我余生的话一一记下，
并把它与另一个人的预言一起保存，
我若能见到那位能说明此事的圣女，就请她来说明。
我现在只希望您能明白，
只要我的良心对我不加责怪，
我已经准备好听任命运女神随意安排。
这种预示对我的耳朵已不新鲜，
因此，我让命运女神任意转动她的轮盘，
就像让农夫任意把他的锄头挥动一番。”
这时，我的老师转过他的右脸[14]，
把身躯也朝后右转，
他看了看我；随后说：“善听者才能牢记心尖[15]。”

我也并未因此而不再想
与布鲁内托先生谈话,
我问他:他的同伴当中有谁职位最高,名声最大。
他于是告诉我:"了解一些人是适宜的,
而对于其他人则最好还是缄口不言,
因为须要谈的是那样多,而时间又是那样短。
总而言之,你该知道:所有这些人都曾是
享有盛名和伟大的神职人员与文人学士,
但他们在世上都被同样的罪孽所玷污。
普里夏恩在与那污浊的人群同行[16],
还有那佛兰切斯科·达科尔索[17];
你若还想见识一下这些秽物,
你可以看一看那个人:他曾被众仆之仆[18]
从阿尔诺调往巴基利奥内就任[19],
正是在那里,他留下那用来满足邪欲的神经[20]。
我还想再多说几句;但是,我不能
与你多叙,也不能再伴你同行,
因为我看到那边沙地上扬起滚滚烟尘。
前来的人并非我该与之为伍的伙伴[21]:
现把我的《宝库》托付给你[22],
此书是我得以永生的凭依,更多的要求我也不再提。"
说罢他就转过身去,
就像维罗纳越野赛上的那些参赛者[23]
争先恐后地跑去夺取绿旗,
像一个赛胜者而不是赛败者向前奔去。

第十六首

三个佛罗伦萨人

(1—63)

佛罗伦萨的腐败

(64—90)

但丁的绳子

(91—114)

格吕翁的出现

(115—136)

这时来到一个地方，
那里可以听到溪水流入另一环的嗡嗡声响①，
那声响犹如蜜蜂乱飞在蜂房。
此刻只见三个幽魂，
一起从正在走过的一群人中跑开，
这群人在火雨的烧灼下受着酷刑。
他们三人向我们跑来，每个人都在叫喊②：
“停下来，从你的穿着来看，
你像是我们那罪恶城市的人③。”
哎呀！我看到他们遍体鳞伤，
有新伤痕，也有旧伤痕，都是被烈焰烧成！
至今我只要一想起，仍不禁心痛。
我的老师注意到他们的喊叫；
他转过脸来对我说道：“现在，你等一等，
对这几个人应当以礼相迎。
若不是这里的自然力
放射烈火，我本想说：
加紧行事的最好不是他们而是你。”
我们刚刚停下步来，他们就又开始老一套的哭诉，
他们来到我们身边，
三人围成一圈，团团旋转。
犹如一丝不挂、浑身涂油的角斗选手所做的一般，
他们交手时，在被击败和击中之前，
总要伺机而动，争取上风，
这三人也是如此旋转，
各自把视线都投向我这一边，
而脖颈不断移动的方向则与双脚恰恰相反。
其中一人开言道：“尽管这片沙地松软，令人难以立稳，
还有我们那被火烧焦和脱皮的面容，
这些都令我们的请求变得无足轻重，
但是，我们在世上的声名
毕竟还能促动你的心灵来说出你是何人，
你那灵活的双脚竟是如此坚定，不怕地狱的苦刑。

你看这个人，他紧踩着我的足印，
虽然他赤身露体，烧掉表皮，
但他生前享有的显赫地位却令你简直无法相信：
他是那贤惠的瓜尔德拉达的嫡孙④；
圭多·古埃拉是他的大名，
他一生智勇双全：既有头脑，又有宝剑。
另一个足踏沙地，靠近我身边，
他是泰加尤·阿尔多布兰迪，他的声音
在上面的人世间，本该被人采纳为忠言⑤。
至于如今与他们一起受苦的我本人，
我是雅科波·鲁斯蒂库齐，
当然，凶悍的妻子对我的伤害甚于他人⑥。”
倘若我不致被烈火烧灼，
我本来会跳下去，与他们待在一起，
而且我相信：老师对此也会容许；
但是，恐惧终于战胜了我的善良愿望，
因为这样做会使我烧坏燎焦，
尽管我是那样渴望将他们拥抱。
于是，我开言道：“并不是我轻视你们，
而是你们的现状令我十分痛心，
这种心情只有很晚才能完全除清。
我的这位先生刚才对我说的几句话，
使我立即想到：前来的人
就是像你们这样的人。
我就是你们的同乡，
我也一向总是抱着亲切的心情，
谈论和耳闻你们的业绩和令人钦敬的大名。
我正在摆脱罪孽的苦水，去追寻
我那位言而有信的老师许诺我得到的甘果；
但事先我必须一直下降到那地球中心⑦。”

佛罗伦萨的腐败

那人继续说道：“但愿你的灵魂
能长久地把你的肢体指引⑧，

但愿你的声名在死后仍能大放光明,
请你说一说: 礼仪和英勇
是否仍如往昔存在于我们的城市,
抑或已经完全匿迹销声;
因为古利耶尔莫 · 博尔西埃雷的话曾把我们的心伤透⑨,
他才与我们一起受苦不久,
此刻则与伙伴们走到前头。”
“佛罗伦萨啊！新来的人和暴发的财富⑩
已使你变得傲慢无礼和放肆无度,
这就使你深受折磨, 哀声痛哭。”
我就是这样扬起头来, 大声疾呼;
那三人以为这便是对他们问话的答复,
他们面面相觑, 如同一个人闻知真相而大吃一惊。
他们齐声答道: “倘若今后你总是能
如此轻松地满足别人,
你真幸运！竟能说得如此简明！
因此, 一旦你离开这黑暗的天地,
返回人世, 重见那美丽的繁星,
那时, 你将会为能说出 ‘我曾去过那里’ 而感到高兴,
也请你届时向世人谈到我们。”
说罢, 他们就散开圈子, 各自逃奔,
他们的双腿迅捷如飞, 恰似雀鸟展翅凌空。
还不到说声 “阿门” 的工夫⑪,
他们就已跑得无影无踪;
于是, 老师认为此刻应当起程。

但丁的绳子

我跟在老师后面, 我们走了一小段路程,
这时只听得水声如此邻近,
我们彼此说话也勉强才能听清。
就像那条最先有自己的入海通道的河流⑫,
从蒙维索峰以东的地方泻下,
又顺势从亚平宁山的左坡奔流,
在它倾泻而下, 流入低矮的河床之前,

世人把它称作阿夸凯塔[13],
99 而到了福尔里, 这名称就不见流传,
它在阿尔卑斯山的圣本笃峻岭上如雷轰鸣,
因为它仅从一个落差中一泻而下,
102 而它的堕落本该分散为一千个落差[14];
我们发现那赤色的河水也同样是从一个陡峭的悬崖流下[15],
它发出响雷一般的轰隆声,
105 只需很短时间就能把耳朵震聋。
我有一条绳子围系腰部,
我一度曾想用它
108 把那只皮毛斑斓的豹子拴住[16]。
这时我已按老师对我所嘱,
自行把它完全解下,
111 随即把它收卷起来交给他。
于是他把身子转向右方,
尽量把绳子投到远离岸边之处[17],
114 扔进那片深谷[18]。

格吕翁的出现

我不禁暗自说道:"老师的眼神
如此注意地做出的新的暗示, 说明
117 定有新的现象发生。"
啊!人们应当多么谨慎!
因为他们身边的人不仅观察他们的行动,
120 而且还用头脑来深入探测他们的内心。
他对我说:"我所期待、你所梦想的东西
很快就会来到上边:
123 你必然很快就能亲眼得见。"
说出那真相的人总会有一副撒谎的面孔,
因此, 只要能够, 就该闭上嘴唇,
126 以免因无罪受责而蒙羞丢人[19];
但在这里, 我无法缄口不言;
读者啊!我要以这部喜剧的诗句向你发誓[20]
129 即使这部喜剧的诗句远不能令你喜欢:

我眼见在那浓密而黝暗的空气中，
有一个形影在浮游上升㉑，
它能令任何一个胆大无畏的心也感到震惊，
它就像一个人有时沉入水底，
去把那卡住暗礁或深藏海底的
其他东西的船锚拔起，
它把上身伸展开来，而把双脚则收缩到一起㉒。

第十七首

格吕翁

(1—27)

高利贷者

(28—78)

下降到第八环

(79—136)

"瞧那只野兽，它有一条尖尾，
它穿山越岭，冲破城墙，毁坏兵器，
瞧它把全世界都熏上了臭味[1]！"
我的老师开始对我这样讲；
他还向那只野兽示意，叫它爬上
靠近我们行走的石路尽头的深谷边沿。
那丑恶的欺诈形象已经来临，
它露出了头部和上半身，
却未把尾巴拖到边沿上面[2]。
它的脸是正直人的脸，
忠厚善良之色透出容颜，
形体的其余部分则都是蛇身蜿蜒[3]。
两只利爪乃至腋下长满毫毛，
两肋、后背和前胸
布满一个个圆圈和一条条花纹：
不论是鞑靼人还是突厥人
都未制过这样的布匹：底衬、花样更繁多，色彩更缤纷[4]，
阿拉克涅也未织过这样的纺织品[5]。
正如小船有时停泊岸边，
半在水中，半在地面，
也像在那些好吃贪杯的德国人中间[6]，
海狸在严阵以待，准备作战[7]，
那恶毒的野兽也正是这样
趴在那环绕沙地的石砌边沿。
它把整条尾巴悬在空中扭来扭去，
而那毒叉则向上翘起，
如同蝎子一样，那尾端也装有这件武器。

高利贷者

师长说道："现在应当
稍微改变一下我们行路的方向[8]，
一直走到匍匐那边的恶毒野兽身旁。"
因此，我们从右边走下去，

那丑恶的欺诈形象已经来临,
它露出了头部和上半身。

第十七首
第7、8行

又紧踩着深谷边沿走了十步⑨，
为的是彻底避开热沙与火雨。
我们来到它的面前，
我这时看到稍远的地方，
有一些人坐在靠近深谷的热沙之上⑩。
这时，老师对我说："为了使你
充分体验这一层的情况，
走过去吧，看一看他们的现状。
你在那边的谈话要简短：
等你回来时，我还要与这只野兽谈一谈，
让它允许我们借用它那强壮有力的双肩。"
于是，我单独一人
紧贴着第七环的边沿前往，
走到那悲惨的人群席地而坐的地方。
他们的双眼迸发出他们的痛楚；
他们用双手扑打这里，扑打那里，
时而抵挡烈焰，时而抵挡灼热的沙地。
夏日里的狗儿所做的动作也与他们不差分毫，
一旦被跳蚤或苍蝇或牛虻所叮咬，
狗儿也会这样抵挡，时而用嘴，时而用脚。
尽管我把目光投向某些人的面孔，
却辨认不出任何人，
因为酷毒的火雨在纷纷落下，烧灼他们。
但我发现：每个人都有一个钱袋挂在脖颈⑪，
每个钱袋都有某种颜色和某种花纹⑫，
他们似乎都在把各自的钱袋一味地看个不停。
我一边观望，一边来到他们中间，
我看到一个黄色的钱袋，上有天蓝色的图案，
那图案呈现出一只狮子的姿态和嘴脸⑬。
我的目光之车继续向前⑭，
这时，我又看到另一个血红色的钱袋，
那钱袋显示着一只鹅：它更多的是奶油色，而不是白色⑮。
还有一个人，他那白色的小钱袋上
饰有一只大腹便便的天蓝色母猪⑯，

他对我说：“你到这坑谷里来做什么？
现在你走开吧；因为你若是还活着，
就该知道：我的同乡维塔利亚诺[17]
将要来到这里，坐在我的左侧。
我是帕多瓦人，而这些跟我在一起的是佛罗伦萨人：
他们多次大喊大叫，简直要把我的耳朵震聋，
他们喊道：‘叫那位至高无上的骑士来吧！
他将带着那饰有三头山羊的钱袋来临[18]！’”
说罢他撇了撇嘴，又伸了伸舌头，
犹如一头在舐着鼻子的公牛。
我担心若是逗留过久，
会使嘱咐我略待片刻的他气愤，
我于是转身回去，离开那些受苦的亡魂。

下降到第八环

我发现我的老师已经
登到那凶恶的野兽的背上，
他对我说：“现在你要大胆、坚强。
今后我们就要用这样的阶梯层层下降[19]：
你骑到我前面来，因为我想坐在中央，
这样，那尾巴就不能把你弄伤。”
犹如一个人染上四日热，就要颤抖发作，
他的指甲已变得没有血色，
只要看到阴凉地，就会浑身哆嗦[20]，
我一听此话，也变成这个模样，
但是，羞耻心对我威逼恫吓，
因为在英明的主人面前，奴仆也该变得坚强。
我坐到那硕大的肩膀之上；
我确实想说：“请抱住我。”
但我却不能随意发声。
不过，以前在其他危难时刻，
他也曾救助过我，因而我刚骑上去，
他就用臂膀把我搂住，扶稳；
他于是说道：“格吕翁，现在你走动吧：

你要把圈子转大，下降要慢：
你要想到你肩上载有新的负担㉑。”
正如小船逐渐向后退去，离开河岸，
格吕翁也是这样缓缓离开坑谷边缘；
等到它自觉可以任意翱翔之后，
它便把尾巴掉到方才前胸所在之处㉒，
并把尾巴伸展开来，像鳗鱼似的不住摆动，
它还用两只利爪把空气向身上划动㉓。
我相信：即使法厄同撒掉缰绳㉔，
也不会比我更加惊恐，
尽管他眼见天空已在燃烧，这现象至今仍可看到㉕；
可怜的伊卡洛斯也同样如此，即使他发觉腰际的羽毛
因蜡已熔化而纷纷落掉，
此刻父亲则向他叫喊：“你走错了道㉖！”
我这时的惊恐正是这样超过他们，
因为我看到：我已完全置身空中，
除了那只野兽，一切景象都从我眼前消失殆尽。
它缓缓地向前游动：
转着圈子，徐徐降落，但是我只发觉，
风儿正从我迎面吹来，又从我身下拂过。
我此刻从右边听到，
我们下面有可怕的流水哗哗倾泻声，
因此，我伸出头来，把目光朝下观定。
这时，我更加害怕从空中掉下去，
因为我眼见火光熊熊，耳听震天哭声；
我吓得浑身发抖，把双腿夹得更紧。
随后，我又看到方才未能看到的景象㉗：
我正在受苦的人群上空盘旋、下降，
他们变得越来越近，分散在四面八方。
正像猎鹰在上空飞翔过久，
未见诱饵和飞鸟就开始降落㉘，
这就使放鹰者说道：“哎呀！你怎么下来了！”
猎鹰疲惫不堪，缓缓降落，
它转了一百个圈子，也不像素日那样迅速灵活，

它落在离主人很远的地方，既气恼又懊丧；
格吕翁也是这样降落在地，
紧靠那巉岩峭壁，
它卸下我们的身体，
随即如箭离弦，霎时间渺无踪迹。

第十八首

恶囊

(1—21)

淫媒者和诱奸者

(22—39)

维内迪科·卡恰内米科

(40—66)

伊阿宋

(67—99)

阿谀者

(100—136)

恶囊

这个地方在地狱里叫做“恶囊”①，
它全部都是用铁灰色的岩石构成，
正如四周环绕的峭壁一样。
在这罪恶深渊的正中央，
一个井口敞开着，宽深异常，
我下面会说明这口深井的构造情况。
深井和高耸而坚硬的峭壁之间的
那个环形地带，自然是圆的，
它把底部分成沟壑十层。
犹如条条壕堑围绕城堡，
为的是把城墙保牢，
那些壕堑所呈现的形状，
也正是这些沟壑所表现出的模样；
也像座座小桥把城堡的门洞
与外面的沟岸连在一起，
块块岩石从峭壁的根基
延伸出去，横跨堤岸与沟壑，
直通井口，而井口则把堤岸与沟壑既切断又汇总收齐。
正是在此地，格吕翁把我们
从它的脊背上卸下；诗人
于是向左前行，我也便在后跟从②。

淫媒者和诱奸者

我从右边看到的新景象令人心生恻隐，
我看到前所未见的鞭笞，看到新的苦情③，
这第一恶囊到处都是这般光景，
有罪之人一个个赤身露体待在沟底：
从中间划界，这边一队人朝我们迎面走来，
那边又有一队人与我们方向一致地走去，而两队人的
　步伐都更大④。
恰如在大赦年，由于朝圣者人数过多，
罗马人想出妙法，要人们在大桥之上，
做到过桥文明礼让⑤，

这一边，大家都面向城堡，
走向圣彼得大教堂；
那一边，大家则把山丘作为走向。
我看到这边和那边，在那灰黑色的岩石上，
都有头上生角、手持长鞭的魔鬼
从后面追打着这些人。
哎呀！头一鞭刚刚打下，
他们是怎样地拔腿就跑啊！
没有一个人想等待第二下、第三下的鞭打。

维内迪科 · 卡恰内米科

我一面走，我的目光
却落在一个人的身上，
我立即说道：“我过去并非不曾见过此人；”
因此，我停下步来，仔细端详：
和善的师长也与我一起站住，
并且允许我往后走了几步。
那个被鞭打的人把脸垂下，
以为这样就可以隐蔽自己，但这对他用处却不大，
我于是说道：“哦，你竟把目光垂到地面，
假若你的相貌不是要把人们欺骗，
那么，你就是维内迪科 · 卡恰内米科[6]：
可什么罪过令你遭受如此毒辣的折磨[7]？”
他回答我：“我实在不想说；
但是，你的明确话语触动了我，
使我回忆起往日的人世生活。
我就是那个唆使吉索拉贝拉献媚[8]，
去满足那位公爵情欲的人，
正如那猥亵的传言所说的内容。
不过，在这里受苦的并不只有我一个波洛尼亚人；
相反，这个地方到处都是他们，
如今世上还见不到有这么多的舌头，
要在萨维纳河与雷诺河之间的地带，把‘西巴’这个词学得朗朗上口[9]；

你若想得到有关的验证或证明,
只须记起我们那嗜财如命的秉性。”
他正在说话,一个魔鬼
就用皮鞭将他抽打,
并说:“这里没有女人可以哄骗,拉皮条的,滚吧!”

伊阿宋

我回到我的护送者身旁⑩,
接着我们向前走了几步,
来到一块岩石从陡壁突了出来的地方⑪。
我们登上这座石桥并不吃力;
我们顺着桥面,向右转去,
离开了布满层层永恒之环的峭壁⑫。
我们来到下面架空的桥顶,
那架空之处正可以让受鞭刑者通行,
师尊说道:“你且站定,
你要让这些生来不幸的人把视线对准你,
你方才还不曾看到他们的面容⑬,
因为他们曾与我们一起前行。”
我们从那古老的桥上望见,
另一边的人群正朝我们这边走来⑭,
他们也同样被皮鞭催赶。
慈善的老师未等我动问,
就对我说:“注意看那正走过来的魁伟的人,
他似乎并未因受苦而泪水纵横:
他竟依然保持着那威严的仪容!
这位就是伊阿宋,他凭借勇敢和智谋⑮,
使科尔喀斯人把那只公山羊丧失掉⑯。
他曾路过楞诺斯岛,
那里的妇女心狠手辣,残酷无情,
竟把她们的所有男人一概杀尽⑰。
在那里,他用谈情说爱的手段和花言巧语,
骗取了许普西皮勒的芳心⑱,
而那年轻的姑娘在此之前曾欺瞒过所有其他女人。

后来他遗弃了她，尽管她身怀有孕，孤苦伶仃；
正是这个罪过使他如今受此苦刑；
这也是为美狄亚报仇雪恨⑲。
与他走在一起的正是进行这种欺骗的人：
关于这第一条沟壑以及在其中饱受摧残的人的情景，
知道这一点也就足够了。”

阿谀者

这时我们来到一个地方，
在那里，狭窄难行的通道与第二道堤岸相连，
并把这道堤岸变成另一个桥拱的支撑点⑳。
从这里，我们听到另一个恶囊中有人低声呻吟，
嘴巴和鼻孔在呼哧呼哧地送气，
还用手掌不住地拍打自己㉑。
峭壁上铺满青苔，
因为有阵阵呼气从下面升上来，
粘在石壁上，熏得鼻子难受，眼睛睁不开。
谷底又暗又深，
我们站立的地方无法令我们看清，
除非登到那块岩石更加居高临下的所在、石桥的拱顶。
我们来到那里；我朝下面的沟壑一眼望去，
只见一些人沉浸在粪便里，
那粪便就像是从人们的厕所里流出来的。
我用目光在下面搜寻，
这时我看见有一个人污秽不堪，满头是粪，
看不出他是僧侣还是俗人。
此人向我喝道：“为何你如此目不转睛，
专门看我，而不去看其他肮脏的人？”
我回答他：“倘若我记得不错，
我曾见过你，你那时头发是干的，
你是阿列休·英特尔米内伊·达·卢卡㉒：
正因如此，我才专门盯视你，而不是盯视所有其他人。”
这时，他敲打自己的脑袋瓜㉓：
“送我下地狱的是吹牛拍马，

因为我的舌头在这方面从来不知疲乏。”
听罢此话，导师又对我说：“你注意
把视线稍微往前扫一扫，
你就可以用眼睛好好地瞧，
看到那肮脏而又披头散发的娼妇的脸，
她在那里用沾满大粪的指甲抓搔着自己，
时而蹲下，时而站立。
她就是塔伊斯，那个婊子㉔，
她的相好曾问她：‘你对我是否十分感谢？’
她答道：‘简直感谢得五体投地！’㉕
我们看到这里可算是足矣。”

第十九首

买卖圣职者

（1—30）

教皇尼可洛三世

（31—87）

对所有买卖圣职的教皇的谴责

（88—133）

啊！术士西门！啊！可怜的追随者们①！
上帝的物品本该与良善结亲②，
而你们这些贪得无厌的人，
竟然拿这些物品去倒换金银；
如今，应当为你们吹起喇叭③，
因为你们现在待在恶囊第三层。
我们这时来到了下一个墓穴④，
我们登上了石桥的那个部分：
那部分恰好凌驾在沟壑的正中⑤。
啊！最高的智慧！你在天上、
地上和这罪恶的世界显示了多么伟大的神工⑥，
你赏罚功过的威力又是多么公正！
我看到沟壑的两侧和底部，
都是灰黑色的岩石，石上都是孔洞，
每个孔洞都是圆形，大小也都相同。
我觉得，这些孔洞并不比
我那美丽的圣约翰洗礼堂里的⑦
那些孔洞更小或更大，那正是做洗礼之地；
其中有一个孔洞，在不多年以前，
我曾把它打破，因为有一个人溺在里面⑧：
希望我现在所说的是个明证，使世人不致误传⑨。
每个孔洞都有罪人的脚和小腿
乃至大腿，露在洞口之外，
其余部分则在洞内填埋。
所有罪人的一双脚掌都在被燃烧；
因为两个膝关节抖动得异常厉害，
即使上面有藤条和麻绳捆绑，也会被挣断裂开。
犹如涂油的东西被火点燃，
那火焰也只是浮动在表皮上面，
这些罪人正是这样：从脚跟慢慢烧到脚尖。

“此人是谁，老师？他痛楚万分，
抖动得甚于与他命运相同的人，”
我这样说道，“烧在他身上的火焰也更红。”
他回答我说：“你若是愿意我领你
沿着横亘在更低处的那道堤岸走下去，
你就可以听到他亲口说明他本人和他的罪孽。”
我于是说：“只要你喜欢，我就乐于从命，
你是主人，你知道我不会背离你的旨意，
即使我不说出心中所想，你也会知悉。”
于是，我们来到第四道堤岸：
我们从左边转弯走下去，
走到下面那布满孔洞、狭窄难行的沟底。
好心的老师不曾让我离开他的左右，
直到把我带领到
那个用腿哭泣的人所待的洞口⑩。
我开始说道：“啊！可悲的灵魂⑪！
你像根木桩，上下颠倒，插在地里，
不管你是谁，你若能说话，就请开尊口。”
我待在那里，像是教士听取不忠的杀手做忏悔，
那杀人犯被倒埋在坑中，
他把教士召来，请求免除死刑⑫。
这时，他喊道：“你已经竖到这里来了么？
你已经竖到这里来了么，博尼法丘⑬？
那生死簿竟把我诳了好几年⑭。
难道你这么早就厌腻了已得的财富？
而你过去为了发财，曾不怕把那佳人骗娶到手，
随后却又把她变卖玷污⑮！”
我听罢此言，就如同不理解对方答话的人一般，
几乎摸不着头脑，
也不知如何回答是好。
维吉尔于是说道：“你马上告诉他：
‘我不是那个人，我不是你所以为的那个人。’”
我立即听从指教，作了回答。

这一来，那鬼魂把双脚一齐扭动了一下；
随后又叹了一口气，用哭泣的声音对我说：
“那么，你要求我做什么？
你是否想知道，我何以对你
是如此重要，因而才使你跑下这悬崖陡壁，
你该知道，我生前曾身着尊贵的法衣[16]。
我确实是母熊的儿子[17]，
我是如此贪婪成性，想让小熊们也能青云直上，
在人世我把钱财放进口袋，在这里则是把我自己打入恶囊。
在我的头下，还有其他人被拖进，
他们被一个压一个地平放在岩石的夹缝[18]，
因为他们在我之前犯有买卖圣职的恶行。
等那个人来到此地[19]，
我也会下降到那里，
我方才把你误认为是他，所以冒昧地提出那个问题。
但是，我的双脚被火烧、
我如此被倒栽在这里的时间，
比那个人将带着那烧红的脚插在此处要长[20]：
因为继他之后，还要从西方前来一个无法无天的牧人[21]，
他的罪行要更加丑恶，
须由此人来遮盖他和我。
来人将是新伊阿宋，从《玛喀比传》中可以读到伊阿宋的事情经过[22]，
正如伊阿宋的国王曾屈就于他，
今天那个统治法国的人对来人也是照旧这样做[23]。”

对所有买卖圣职的教皇的谴责

我不知道我当时是否过于唐突，
因为我只是用这样的语气对他答复：
“喂，现在你告诉我：我们的主
曾向圣彼得索取多少钱财，
好让他把天国的钥匙交给圣彼得？
当然，他只不过是要求：‘来跟从我’[24]。
彼得和其他人也都不曾向马提亚索过金银，

当时，马提亚被抽签抽中，
接替那罪恶的灵魂所丢掉的职分㉕。
因此，你就待在那里吧，这使你得到应有的惩罚；
你就好好地看守那来路不正的金钱，
它曾令你胆大包天，要造查理的反㉖。
若不是对你曾在快乐的人世
执掌的权柄的尊重
阻止我对你冒犯，
我本会使用更加严厉的语言；
因为你的贪婪使世风日下，凄惨不堪，
把好人踩在脚下，把恶人捧上了天。
那位福音书的作者早已发现你们这些牧者，
他看到坐在世界众水之上的那个女人，
正在与地上的君王纵欲荒淫㉗；
那女人生来有七头十角㉘，
只要她的夫君喜欢美德善行，
她就会威力无穷。
你们用金银制造上帝㉙：
这使你们与偶像崇拜者又有何差异？
除非是他们崇拜的偶像只有一个，而你们崇拜的则有一百个！
啊！君士坦丁！并不是你的皈依成为多少罪恶的母亲，
造成这些罪恶的却是那第一个富有的父亲㉚
从你手中得到的赠品！”
我对他歌唱的正是这种调门㉛，
这时，啃啮他的不是愤怒就是良心，
这促使他的双脚极力地乱踢乱动㉜。
我十分确信，这番话使我的导师很高兴，
他脸上浮起满意的笑容，一直在倾听
我说出的坦率话语的声音。
因此，他用双臂把我抱起：
把我举起来，贴近他的前胸，
随即沿着下来时走过的原路重又向上攀登。
他不知疲倦地把我搂紧，
一直把我抱到石桥的拱顶，

“你像根木桩，上下颠倒，插在地里，
不管你是谁，你若能说话，就请开尊口。”

第十九首

第 47、48 行

这石桥正是从第四道堤岸通往第五道堤岸的路径。
在那里，他轻柔地放下负重㉝，
他是那么轻柔，因为那石桥既陡峭又艰险，
对山羊也会是一道难关，
正是在这里，另一个深谷又展现在我的眼前㉞。

第二十首

占卜者

(1—30)

安菲阿拉俄斯、泰雷西阿斯、阿伦斯

(31—51)

曼图和曼图亚

(52—102)

其他占卜者

(103—130)

现在，我该赋诗叙述新的苦刑，
介绍关于深陷地下者的首部诗篇的①
第二十首诗歌的内容。
我已完全做好准备，
来观望展现眼前的那片深层，
那里浸透惨绝人寰的泪水涟涟；
我看到那浑圆的深谷中行着一伙人，
他们泪流不止，默不作声，
迈着世人连续祈祷时所走的那种步伐行进②。
我把目光朝下，俯视他们，
令我震惊地发现：每个人
竟都是下颌与上半身的起点前后颠倒的情形③；
因为面部已掉转到臀部那边，
他们不得不向后倒行，
这是由于他们无法向前看。
也许是因为患了瘫痪症，
每个人就这样完全颠倒了前后身，
但是，我过去不曾见过、现在也不相信有这样的事情。
读者啊！但愿上帝能让你
从阅读我的诗篇中获益，如今你可以设身处地，
想一想：我又怎能眼干泪不滴，
而这时我看到，眼前我们这些人的形象
竟被这样扭曲：泪水从眼中流出，
却顺着两股之间的缝隙浸湿臀部，
我确实哭了，倚在那坚硬岩石的一个突起部分，
这一来，我的护送者却对我说：
“你难道与其他蠢材一样么？
在这里，只有丧失怜悯，才算有怜悯之心④。
有谁能比如下那种人更加邪恶难容：
他竟敢对神的判决萌生恻隐？”

安非阿拉俄斯、泰雷西阿斯、阿伦斯

把头抬起来，抬起来，看一看：
大地在特拜人的眼前竟豁然敞开，
他们在一齐叫喊：“你沉陷到哪里去，
安非阿拉俄斯？你为何离开战争⑤？”
他只有向下沉沦，
一直到弥诺斯那里，而弥诺斯是抓住每个人，不让逃生。
你看他把后背当作前胸，
因为他以前曾想看得过远，
如今则只能向后看，并且倒退而行。
你再看一看泰雷西阿斯，他曾经改变模样⑥，
从男人变成了女性，
全部肢体都变了形；
后来，他必须先用那根木棍，
再把那交媾的双蛇敲打一顿，
他才得以恢复男性的特征。
阿伦斯就是那个跟在泰雷西阿斯的肚皮后面行走的人⑦，
他在卢尼的群山里，在白色的大理石丛中⑧，
把洞穴当作自己的栖身之所，
而住在山下的卡腊拉人则把山上的荒地开垦⑨；
他正是从这洞穴里观察星相和大海，
也没有什么东西把他的视线遮盖。

曼图和曼图亚

还有那个女人，她那散乱的发辫
把你无法看见的双乳遮掩，
而她的另一边，皮肤则是茸毛长遍，
她就是曼图，她曾漂泊到许多地方，寻觅安身之处⑩，
后来才在我的诞生之地落户⑪，
我很喜欢你听我对此略加讲述。
她的父亲离开了人世，
巴库斯的城池也遭到奴役⑫，
在这之后，她不得不长期流浪世界各地。
在大地之上，在那美丽的意大利，

在封闭拉马涅亚、俯瞰蒂拉利的那段阿尔卑斯山的山脚之下,
舒展开一片湖泊, 它名叫贝纳科⑬。
我想, 这片湖水是由上千条水源汇合而成,
湖水更多地浸润着加尔达、卡莫尼卡河谷和亚平宁山脉之间的土地⑭,
而不是在湖泊中淤积。
此处正是一个中心地带:
特伦托、布雷夏和维罗纳三市的牧师若是走这条途径,
都可以来此传布福音⑮。
佩斯基耶拉位于这里, 那是座壮丽而坚固的堡垒⑯,
用来抵御布雷夏人和贝尔加摩人,
在那里, 湖泊周围的堤岸更加斜倾。
也正是在那里, 无法存储在贝纳科湖的湖水,
就不得不全部向外溢泻,
化为江河流下去, 浸润碧绿的田野⑰。
那湖水一旦开始流出,
它就改叫敏乔, 而不再称作贝纳科,
它一直流经戈维尔诺洛, 汇入波河⑱。
它的流程并不很长, 抵达一片洼地,
便扩散开来, 把洼地变成沼泽;
有时, 它也往往缺水干涸⑲。
那个生性残忍的处女经过这个地方⑳,
看到有一片土地在那沼泽中央,
没有庄稼, 也不见居民的踪迹。
为了躲避任何群居,
她与她的奴仆留在那里, 施展她的魔法巫术,
她在那里生活下去, 并留下了她那灵魂出壳的身躯㉑。
后来, 散居在四周的人们
也聚集到这个地带, 它是那么坚不可破,
因为四面俱是沼泽。
他们把这座城市就建立在她的遗骨之上;
为了纪念她率先选中这个地方,
他们不曾使用其他占卜方法, 便把这座城市命名为曼图亚㉒。

城内的居民本来为数更众，
那时节，卡萨洛迪的昏聩
尚未受到皮纳蒙泰的欺哄[23]。
因此，我告诫你：“倘若你听到
有人用其他方式解释我家乡的起源，
那么，任何伪论都无法篡改真话实言。”
我听罢说道：“老师，你阐述的道理
对我来说是如此明确，令我深信不疑，
我把其他说法只会看成熄灭的炭火一堆[24]。

其他占卜者

但请告诉我：在这群行进的人当中，
你是否看出有什么值得注意的人；
因为我的心思只关注这件事情。”
于是，他对我说：“那个人把胡须
从面颊放到棕黑色的肩膀之上，
过去，希腊的男人一度走光，
只有摇篮中的男婴勉强得以留存[25]，
此人就是当时的那位占卜者，他曾与卡尔卡斯一起，
在奥利斯确定砍断第一根缆绳的时机[26]。
他的名字是欧利皮鲁斯，我那高雅的悲剧
在一些段落曾这样把他吟诵[27]：
你对他一清二楚，因为你曾把这悲剧全部熟读。
另一个是如此膀瘦腰细，
他就是迈克尔·司各特，他才真正是精通[28]
魔法幻术，迷惑世人。
你看看圭多·博纳蒂；你再看看阿兹顿特[29]，
后者现在可能想要拿起皮子和麻绳，
但是，时过境迁，后悔已晚。
你看那些万恶的女鬼，
她们曾撇下缝针、梭子和纺锤，
却充当女巫神婆，用药草和假人兴妖作怪，坑害世人[30]。
但是，现在你该走了；因为该隐和荆棘
已落到两半球交接的边际，

把塞维利亚下面的海浪也触及[31],
昨夜，明月团圆，
你想必记得很清：它曾一度
使你不致因那幽暗的森林而受惊[32]。”
他这样对我说明，于是我们重又登程。

第二十一首

贪官污吏的恶囊

(1—45)

马拉布兰卡们

(46—57)

维吉尔与马拉科达的谈话

(58—117)

魔鬼巡逻队

(118—139)

我们就这样从一座桥走到另一座桥①，
边走边谈我的喜剧所不想吟诵的其他事情；
我们这时来到了桥顶，
我们站住，观望恶囊的另一条沟渠
和另一些徒劳的哭泣；
我看那沟渠黑暗得胜似乌漆。
如同在威尼斯人的造船厂里，
把坚硬的沥青熬煮在冬季②，
这沥青是用来涂抹他们那些磨损的舟楫，
因为在那个季节，他们无法去航海，
既然如此，有的人就在制造自己的新舟，
有的人则在填补航行过多的船舶的两侧③；
有的人在加固船尾，有的人则在加固船头；
有的人在做船桨，有的人在卷船缆，
也有的人在缝补前帆和主帆，
那下面熬煮又稠又厚的沥青的情景
也同样如此，但不是用火，而是靠神功，
那沥青把四处的峭壁也溅得黏黏糊糊，脏得惊人。
我看到的只是沥青，里面的东西却无法看清，
只见沸煮掀起一个个气泡不住翻滚，
先是全部膨胀起来，随后变瘪，又收缩下去。
我定睛向下观望，
这时，我的导师说道："瞧啊，瞧！"
他把我从我站立的地方拉到他的身旁。
我随即转过身去，犹如一个人
急切地要观看他本应逃避的那个东西，
而恐惧又立即使他勇气全泯，
尽管仍想观看，却恨不得马上离开；
我看见我们后面有一个黝黑的魔鬼，
顺着石桥，飞步跑上来。
哎呀！他的相貌是多么凶恶狰狞！
在我看来，他的动作又是多么暴烈蛮横，
他张开两只翅膀，双脚轻快如风！

他那个肩膀既高又尖，
一个罪人的双臀恰好压在他的肩，
而他则把那罪人的脚踝紧攥[4]。
他从我们的桥上说道："喂，马拉布兰卡们[5]，
瞧这是圣齐塔执政官中的一名[6]！
你们把他放到下面去，我好再回到原地，
那里有的是这类东西：
每个人都是贪官污吏，彭图罗还不算在其内[7]；
为了钱，'否'也变成了'是'[8]。"
他把那人扔下沟去，随即顺着坚固的石桥，
转身回去，即使解掉锁链的恶狗，
也不会如此飞速地去追赶小偷。

马拉布兰卡们

那罪人沉落下去，又弓起背浮了上来，
但是，躲在桥上的那些魔鬼
却喊道："这里可没有圣脸的地位[9]：
在这里，游泳要用另一种方式，可不像在塞尔基奥河[10]，
因此，你若不想被我们抓破，
就不要浮到沥青的表面上来露头。"
接着，他们又用一百多把铁叉把他叉住，
说道："你该躲在这里跳舞，
倘若你能，你还可以悄悄地偷鸡摸狗。"
即使厨师也不会改变做法，让他们的徒弟
用肉叉把肉块按进锅底，
不让它从汤中浮起。

维吉尔与马拉科达的谈话

那和善的老师对我说："为了不让人发现你在这里，
你快蹲到一块突出的岩石后面去，
它可以把你遮蔽；
我若受到任何触犯，
你都不要害怕，对这类事情我已经司空见惯，
因为以前我也曾遇到这种麻烦。"

说罢，他就从桥顶走到另一边；
他去到第六道堤岸上面⑪，
这时，他不得不做出镇静自若的表现。
那些待在桥下的魔鬼猛地跳将出来，
就像扑向乞丐的一群狗，
穷凶极恶，旋风似的动作，
而乞丐则立即停在原地，请求施舍⑫；
他们一齐把铁叉掉转过来，向他扎去，
但是，老师立即喝道：“你们当中谁也不准恶意伤人！
在你们用铁叉把我扎住之前，
你们当中应当出来一个听我述说，
然后再商定是否用铁叉扎我。”
所有的魔鬼齐声喊道：“让马拉科达出去⑬！”
这时，一个魔鬼走动了，其他魔鬼则立住不动，
这个魔鬼向老师走来，一边念叨：“这对他究竟有什么用？”
我的老师说：“马拉科达，你难道以为，
你们眼见我平安抵达这里，
是未得上天的恩准和神的旨意？
尽管我曾须要克服你们设置的一切艰难险阻，
放我们走，因为是天意要我
给另一个人指明这荒野的道路。”
这一来，那魔鬼的骄横之气顿时收敛，
他把铁叉靠到脚边，
并向其他魔鬼说道：“现在，不要伤害他了。”
于是，我的导师对我说：“啊！你偷偷地
躲在那石桥的乱石中间，
如今可以放心地回到我身边。”
这样，我便开始走动，急忙来到他跟前；
而魔鬼们却一齐冲上前来，
我真担心他们能否信守诺言；
我曾目睹协议投降的比萨步兵
就是这样胆战心惊，他们走出卡普罗纳城，
发现自己周围竟有这么多的敌人⑭。
我把整个身体都紧靠到我的导师身旁，

我也不敢从他们的神态移开我的目光，
那神态显然并不善良。
他们把铁叉放低，其中有一个对另一个说：
“你想要我扎一扎他的屁股吗？”
另一个答道：“你就给他来一下吧！”
但是，那个与我的导师谈话的魔鬼，
马上转过身去，说道：
“放下，放下，斯卡尔米利奥内[15]！”
接着，他又对我们说：
“不能再顺着这座石桥往前去，
因为第六座桥拱已完全断裂，落进沟底。
你们若想继续前行，
就必须沿着这道堤岸行进；
附近有另一座石桥可以通行。
昨天，比此时晚五个多钟头，
这条道路断裂就正好有
一千二百六十六年之久[16]。
我现在派遣我手下的人去到那里，
察看是否有人从沥青中露出头来，
你们可以跟他们同行，他们不会心怀叵测，把你们伤害。”

魔鬼巡逻队

他开始说道：“阿利基诺出队，还有卡尔卡布里纳，
还有你，卡尼亚佐；
巴尔巴里恰，你来带领这十人队。
利比科克过来，还有德拉基尼亚佐、
格拉菲亚卡内，还有龇着獠牙的齐里亚托、
疯子鲁比坎泰以及法尔法雷洛[17]，
你们要围绕这沸汤滚滚的黑色黏胶寻觅：
让这两个人能安全地一直到达另一堆乱石形成的桥梁：
它完完整整地横跨这层层深洞[18]。”
“哎哟，老师！我看到的是什么啊？”
我说道，“哦，还是让我们不要护送，独自前行，
既然你熟悉路径，我也不为自己要求什么护送。

倘若你像往常那样眼亮心明，
难道你看不出他们在咬牙切齿，
虎视眈眈，随时会干出坏事？”
他于是对我说：“我不想让你害怕：
你索性让他去咬牙切齿就是，
他们这样做是针对那些受熬煮之苦的人。”
他们向左岸转去；但是，
在这之前，每个人却都伸出舌头，用牙紧咬，
朝着他们的头目发出暗号；
于是，那头目也便把肛门当作了号角[19]。

第二十二首

魔鬼与贪官污吏

(1—30)

恰姆波罗 · 迪 · 纳瓦拉

(31—90)

恰姆波罗的诡计与魔鬼的争斗

(91—151)

我过去曾见过骑兵拔营，
检阅队伍，开始进攻，
有时还后退撤兵；
我还见过轻骑兵在你们或阿雷佐人的土地上侦察驰骋[1]，
也见过骑兵烧杀掠抢，践踏敌营，
在竞技场上，两军对峙，单骑相争；
我曾见过骑兵打信号，有时吹号，有时打钟，
用鼙鼓也用狼烟烽火通风报信，
既用我们自制的东西，也用外来品；
而我过去从未见过骑兵、步兵
竟用如此奇特的信号工具来开拔[2]，
也从未见过靠陆地显现或星辰位置确定航向的船舶用它来起碇。
我们随同这十个魔鬼前行：
哎哟！多么吓人的一群伙伴！
不过，在教堂就是与圣徒为伍，在酒肆就是有酒鬼作伴。
我只好把我的注意力
放在沥青胶液上，
观看在其中被烧煮的人们的种种状况。
就像海豚在海面弓起腰脊，
向水手传递风雨即来的信息，
叫他们必须想方设法保全他们的舟楫[3]。
有些罪人也正是如此，
露出脊背以减轻痛楚，
而转眼间，又把它藏到沥青下面。
也像那些伏在水沟边沿的青蛙，
只把嘴脸露到外面，
双脚和大部分身躯却隐匿在下边；
四处的罪人也都是这般光景；
但是，一见巴尔巴里恰走近，
他们也就急忙没入沸腾的沥青。

我曾见过这样一种景象，
如今一想起，仍使我心中发凉，
就仿佛是一只青蛙留在那里，另一只则跳进水塘；
格拉菲亚卡内站在离他更近的地方，
用铁叉叉住了他那沾满沥青的头发，
并把他拖了上来，活像拖上一只水獭。
所有这些魔鬼的名字我都早已知晓，
因为在挑选他们时我就把这些名字一一记牢，
这时我则注意他们何以这样呼叫④。
“喂，鲁比坎泰，你来用大铁叉
把他扎住，给他剥皮！”
这些该诅咒的家伙齐声喊道。
我这时说道：“我的老师，倘若你能做到，
就请你想法弄清
那个落入仇敌之手的不幸者是什么人⑤。”
我的导师走近那人身边；
询问他哪里是他的家园，
那人答道：“我生在纳瓦拉王国⑥。
我的母亲把我送到一位僭主那里充当仆役，
她与一个浪荡子弟将我生下，
此人既荡尽了家底，又毁灭了自己⑦。
后来，我进入了那贤明的君主特巴尔多的王室⑧：
在那里，我开始卖官鬻爵，贪污受贿；
为此，我如今在这滚烫的沥青中煮沸，是罪有应得。”
齐里亚托的嘴巴两边
都龇出一颗獠牙，犹如野猪一般，
这令他们感到，仿佛只用一颗也能把他撕烂。
这正是老鼠落在恶猫中间；
但是，巴尔巴里恰用双臂把他围拦，
并说：“我来把他收拾，你们且待在一边。”
他又把脸转向我的老师，
说道：“你若想从他那里了解更多的事，
那么，你就问吧，趁着别人尚未把他毁掉。”

导师于是开言道:“现在，你说一说:
你是否知道在其他罪人当中，有谁是拉丁人⑨，
也在沥青之下受苦刑？”
那人答道:“不久前，我刚离开一个人，他的老家就离那里
　很近⑩:
我本该仍与他一道被沥青所遮隐！
这样，我就不必害怕魔爪与铁叉。”
这时，利比科克说道:“我们容忍得太过了。”
他当即用叉子把他的一只胳臂挑起，
把它撕裂，把连筋带肉的一块径自拿去。
德拉基尼亚佐则想朝下面给他一下，扎他的双腿;
这时，那位十人队的头目转过身去，
面带怒容，朝周围来回扫视几遍。
等他们稍微平静下来，
我的导师就趁势向那人提问，不敢延缓，
而那人仍在把自己的伤口看了又看:
“你说你方才不该离开那个人而来到岸边，
那个人究竟是谁呢？”
他于是答道:“他是修士葛米塔⑪，
是加卢拉州人，是个恶贯满盈的器皿⑫，
他手里掌管着他的主子的敌人，
却使他们个个对他交口称赞，满意十分。
他拿了大笔钱财，不加审讯就释放了他们，
正如他所说的行话;在担任其他要职时，
他也照样枉法贪赃，不是小污吏，而是贪污之王⑬。
洛哥多罗州的米凯莱·赞凯老爷经常与他谈话⑭;
每逢谈起撒丁的事由，
他们的舌头就从不感到疲乏。

恰姆波罗的诡计与魔鬼的争斗

哎哟！你们看那另一个也在切齿咬牙⑮:
我本想再说下去，但我担心他
在准备把我痛打⑯。”
那个大头目转向法尔法雷洛⑰，

而法尔法雷洛却瞪大眼睛，要伤害那人，
大头目言道：“退下去，可恶的鸟⑱。”
那吓破了胆的人重又说道：
“如果你们想见一见托斯卡纳人或伦巴第人⑲，
或是想听一听他们讲话，我可以叫他们过来；
但是，那些马拉布兰卡必须站到一边去，
使他们不致害怕遭到报复；
而我则留在原处，
我虽是一个人，却能唤来七个人⑳，
只要我像我们通常的做法那样，吹一声口哨，
有些人就会从沥青中露出头来。”
卡尼亚佐一闻此言，就抬起了嘴巴㉑，
一边还摇晃着脑袋，说道：“我听出那狡猾的话，
他是想投身钻入沥青底下！”
于是，这个诡计多端的家伙
答道：“我真是心眼太恶，
竟然要让我的同伴受更大的折磨。”
阿利基诺按捺不住了，他与其他魔鬼意见相反，
他对那人说道：“你若沉落下去，
我不会快步把你追赶，
而是要展开双翅飞到沥青上面：
我们要离开那堤岸的顶端，让峭壁把我们遮掩，
看看你一人能否胜过我们众人。”
啊！阅读诗篇的诸位啊，你就将有新奇的好戏看：
每个魔鬼都把视线投向堤岸的另一边；
首先是那个魔鬼：他原来最反对这样干㉒。
那个纳瓦拉人抓住对他有利的时机；
他把双脚在地上并拢，
刹那间纵身一跃，就从魔鬼头目的手中脱了身。
为此，每个魔鬼都引咎自责，后悔莫及，
而那一个则悔恨更甚，因为疏忽大意正是由他而起㉓；
因此，他暴跳起来，大喝一声：“你跑不了！”
但这对他作用不大：
因为翅膀无法胜过害怕㉔：

那个已钻到下面，而这个则把胸膛一挺，朝上飞腾：
一旦猎鹰临近，
野鸭也同样立即向下潜入水中，
害得猎鹰只好气急败坏，重又飞向上空。
卡尔卡布里纳因中计而怒不可遏，
他飞来飞去，跟在阿利基诺后面穷追不舍，
指望那人侥幸逃生，他好与阿利基诺争斗一番；
由于那贪官已逃得杳无踪迹，
于是他把利爪指向他的伙伴，
他们两个在沟渠之上扭打在一起。
但另一个也是只凶猛的雀鹰[25]，
他也用利爪猛抓对方，他们双双
堕入沸汤滚滚的沥青。
热气立即把他们两个熏开，
但是，他们已无法从沥青中飞起，
因为胶液已粘住他们的双翼。
巴尔巴里恰与他的手下十分焦急，
他命令其中四个飞向堤岸的另一边，
全都手持铁叉，而众魔鬼快步如飞
都从这边和那边跑下堤岸，各就各位：
他们把铁叉伸向那两个被粘住的魔鬼，
那两个早已在那沥青的黏液中烫得皮开肉绽；
这时，我们离开了他们，而他们的处境依然狼狈不堪。

第二十三首

但丁与维吉尔的逃离
（1—57）

伪善者的恶囊
（58—72）

两个享乐修士
（73—108）

该以法
（109—126）

离开第六个恶囊
（127—148）

我们默不作声，无人作伴，单独前行，
一个在前，另一个殿后，
就像低级修士在街上行进①。
由于方才的争斗为我目睹，
我联想起那个伊索寓言，
其中谈到青蛙和老鼠②；
“如今”和“现在”这两个词并不比
这件事与那件事更为相似③，
倘若把两件事的开头与结尾做一番仔细的对比。
正如一种想法从另一种想法迸发出来，
这种想法又使另一种想法随之产生，
我最初的恐惧也由此倍增。
我这样想道：“这两个魔鬼遭到嘲弄，
又受到伤损，原因都在我们，
我相信，他们定会恼怒万分，
倘若怒气加在恶意上边，
他们就会从后面紧追猛赶，
会比猎狗对待被它一口咬住的野兔还要凶残。”
我此刻惊骇得毛发竖立，
一心只想我们背后发生的事，
我于是说道：“老师，
如果你不马上把你我藏起，
我真害怕那些马拉布兰卡：他们已经在我们后面追赶，
我是这样想象，而且也听到他们在呼喊。”
老师说道：“我若是一面镜子，
那么，我照出你的外在形象，
不会早于你那内在形象④。
恰在此时，你的思想来到我的思想当中，
以同样的外表和同样的行动，
这就使我从我们二人心中得出同一个决定⑤。
倘若斜坡就在右边，
我们可以从那里下去，进入另一个恶囊，
我们就将能逃出那想象中的追赶。”

他还不曾把那决定说完,
我就看见那些魔鬼展翅飞来, 离我们不远,
他们是想把我们擒捉拿获。
我的老师立即抱起我,
如同慈母从嘈杂声中惊醒,
眼见燃烧的火光邻近,
她抱起儿子, 急速逃奔, 不敢停顿,
关心孩子甚于关心她自身,
以致只穿着一件衣衫;
老师从坚硬峭壁的顶端,
俯身顺着斜陡的岩石往下走,
而这陡坡的一端恰好堵住另一个恶囊的边沿。
倾泻的流水从未奔驰得如此飞快,
推动那陆地磨坊的水车轮子不住旋转,
尤其在它流近轮子的叶片之时,
我的老师正是如此飞快地顺着陡坡奔驰,
他把我紧紧地搂在胸前,
像是他的儿子而不是伙伴。
他的双脚刚刚沾上下面沟底的平地,
那些魔鬼就已经来到俯瞰我们的那片陡壁边际,
但是, 不必再对他们心生畏惧;
因为崇高的天意
要他们看守第五道沟渠,
不准他们所有人擅离那里。

伪善者的恶囊

我们在下面发现一群衣着色彩醒目的人,
他们迈着缓慢的步伐, 绕着圈子前行,
他们哭哭啼啼, 面容疲惫而无神。
他们身着长袍, 风帽低垂,
放到眼睛前面,
那长袍的式样像是为克吕尼修道院的僧侣所制的一般⑥。
那长袍外面是镀金的, 金光闪闪, 令人目眩;
但里面却全都缀满了铅,

他的双脚刚刚沾上下面沟底的平地，
那些魔鬼就已经来到俯瞰我们的那片陡壁边际。

第二十三首

第 52、53 行

这些长袍是那样沉重，腓特烈的那些长袍倒像是把稻草絮在里面⑦。
哦，身穿这永恒的令人疲惫不堪的袍服啊！
我们仍然只是向左转，与他们一起行进，
一面注意谛听那凄惨的哭声；
但是，这人群在重压之下如此疲乏，
他们只能慢慢地走动，
以致我们每移动一步，就有新的伙伴同行⑧。

两个享乐修士

因此，我对我的导师说："请你设法找到几个人：
他们的行为或姓名是世人皆闻，
请你一边继续行走，一边把视线投向四周。"
有一个人闻听我说的是托斯卡纳语⑨，
在我们后面叫道："请你们停下脚步，
你们在这昏暗的空气中竟跑得如此迅速！
也许你从我这里会得到你所要求的那个答复。"
于是，导师转过身去，说道："你且等一等，
然后你再依照他的步子前行。"
我停了下来，看到有一个人
用面部来表达内心要与我同行的急切心情⑩；
但是，身上的重负和狭窄的道路使他们迟迟难行。
他们终于赶到，却竭力用歪斜的眼光⑪
注视我，不发一言，
随后又转身面面相对，彼此言谈：
"从喉咙的活动来看，此人是活人⑫；
倘若他们是死人，又有何特权
不穿上那沉重的衣衫？"
接着，他们对我说："哦，托斯卡纳人，
你已来到这群悲惨的伪善者中间，
你若不轻视我们，就请说明你是何人。"
我于是对他们说道："我生长在那伟大的城镇⑬，
它坐落在那美丽的阿尔诺河沿岸。
我现在仍有我过去一向拥有的肉身。

可你们又是谁？我眼见痛苦挤出那么多的泪水，
从你们的面颊上淌下，
你们身上如此光辉耀眼，又受的是什么刑罚？”
其中一人向我答道：“那橙黄色的长袍
絮有厚厚的铅块，那重量
甚至使他们的天秤也要发出咯吱咯吱的声响[14]。
我们曾是享乐修士，是波洛尼亚人[15]；
我名卡塔拉诺，他叫洛德林哥[16]，
我们曾一道被你的家乡选定，
为保持它的和平，通常只选出一人[17]，
而我们的所作所为
使加尔丁哥周围的人至今也能看清[18]。”

该以法

我开言道：“哦，修士们，你们的苦痛……”
但我不能再说下去，因为我眼前出现一个人，
他像十字架那样，被人用三根木桩钉在地上[19]，
他一见我便把全身扭动[20]，
从胡须中间发出阵阵叹息，
卡塔拉诺修士见此情景，
便对我说：“你所注视的那个受钉刑的人[21]，
曾向法利赛人建议：
应当让一个人去为人民牺牲。
他赤身露体，横放在路上，
正如你所见的那样，必须让他
在有人经过之前，感受到来人有多大重量[22]。
那岳父与参加会议的其他人[23]
也同样在这沟渠之内受刑，
正是这次会议为犹太人播下了恶种[24]。”
这时，我看到维吉尔惊异万分[25]，
他目睹那人躺倒地上成十字形，
竟然如此可耻地经受这永被放逐的苦刑[26]。

维吉尔随后又向这个修士发出这样的声音[27]：
“倘若你能，望你能乐意告诉我们，
右边是否有什么路径可通，
让我们二人可从那里出去，
而不必迫使黑天使[28]
来帮助我们离开这沟底。”
那修士于是答道：“比你所希望的还要好：
附近恰巧有一座石桥，
它从那大圈圈开始延伸，跨越所有可怕的谷壑沟壕[29]，
只是在这一层，它已断掉，无法越过：
你们可以顺着那乱石残岩向上攀援，
那乱石残岩横亘成斜坡堤岸，在沟底堆成一片。”
导师低头沉吟片刻，
随后说道：“那个用铁叉折磨罪人的家伙[30]
把事情讲得不清不楚[31]。”
那修士也说：“我早在波洛尼亚就听说，
魔鬼有许多罪恶，我听到的其中之一
就是：他喜欢撒谎，是撒谎的始祖[32]。”
导师听罢就大踏步地向前走去，
神色因愤怒而略显不宁，
我也离开了那些负重的人，
脚踏着那亲切的足印。

第二十四首

登上第七个恶囊的堤岸

(1—63)

盗贼的恶囊

(64—96)

变形

(97—120)

瓦尼·福齐及其预言

(121—151)

在这新春伊始的一年的这段时期，
宝瓶座上的太阳光辉照射得越来越暖[1]，
黑夜则已走向一天的一半[2]，
这时，大地上的寒霜
在描摹她那雪白的姊妹的形象，
但她那笔锋却不能延续久长[3]；
农夫缺少草料[4]，
他起身一看，只见田野一片素裹银装，
因此，他拍打臀部，焦急懊丧，
他返回房内，踱来踱去，怨天怨地，
像个可怜人不知如何处理，
接着，他又走出门来，重新产生希冀，
因为他看到世界在顷刻之间
就已改变面貌，
他于是拿起牧杖，赶出羊群去吃草。
老师令我如此吃惊，
因为我见他突然满面愁容，
那速度之快正如他刚才用药治好我的恐惧症。
在我们来到那座坍毁的石桥时，
老师曾转身向我露出亲切和蔼的神情，
那是第一次我在山脚下与他相遇时所见到的面容[5]。
他先是仔细观察了一下乱石残岩，
随后在心中拿定了主意，
他张开了手臂，一把将我抱起。
正如一个人似乎总是成竹在胸，
一边思考，一边行动，
他也同样如此，扶我向一块巨石的顶端攀登，
他又凝视着另一块巉岩，
说道：“你然后再爬到那块岩石上面，
但事先要试一试，它是否坚固，能把你承担。”
这可不是一条身着长袍的人所能走的路径，
我们只是勉强地一块一块地向上攀登，
尽管他是轻飘飘，我则靠他推动。

若不是那道堤岸的陡坡
比另一道要短⑥,
我真不知他会怎样, 而我必定会累得犹如败兵。
但是, 由于整个恶囊都是
向那极低的深井斜倾,
层层山谷就呈现出这样的地形:
外层堤岸向高处走, 内层堤岸向低处行,
我们虽然终于来到那道堤岸的尖顶,
但从那里, 最后一块岩石又与堤岸断开, 向下斜倾⑦。
我爬到上面时, 肺腑之气已近耗尽,
我无法再继续前行,
刚一爬到那里, 就坐下不动。
"现在你该改掉这偷懒的毛病,"
老师这样说道, "因为不论
坐在羽绒垫上还是躺在被子下, 都同样不能天下扬名⑧;
一旦没有声名, 虚度此生的人
就会在世上留下自己这样的残痕:
犹如水中的泡沫, 空中的烟云⑨。
因此, 站起来吧: 用打赢
一切战役的精神来战胜辛劳,
只要不想萎靡不振, 随沉重的身体倾倒。
应当顺着更长的阶梯向上爬⑩;
光是离开那些人还不够⑪。
你若领悟我的话, 现在就干起来, 争取有利于你的结果吧。"
我于是站起身来, 显示出
我拥有的气息比我感觉到的还要足,
并且说道: "走吧, 我是刚强有力, 无所畏惧。"
我们踏上石桥, 向前走去,
这石桥是如此坎坷嶙峋, 狭窄难行,
而且比前一座还要陡峭至甚⑫。

我边走边谈，为的是不显得乏力疲倦，
这时从另一道沟壑里传出一个声音，
但说出的话时断时续，令人难懂。
我不知那声音说的是什么，尽管我已来到桥顶，
正是在这里，那桥拱横跨沟渠：
但说话的人似乎在起步走动。
我朝下望去，但即使目光锐利，
也由于昏暗无光而无法看到沟底，
因此，我说：“老师，请你
设法去到另一道堤岸，让我们走下这石桥的陡壁⑬；
因为在这里，我听也听不清，
向下看，却什么也看不见。”
老师说：“我不向你作别的回答，
只有采取行动，
因为正当的要求应以行动来满足，不必吭声。”
我们从石桥的一端走下桥去，
那一端恰好与第八道堤岸相连⑭，
那恶囊随即展现在我的眼前；
我看见里面有一大堆蛇，令人毛骨悚然，
那些蛇形形色色，种类繁多，
至今一想起来，我的血液就仍会难以循环。
利比亚以及它那沙漠也不能再自我吹嘘⑮；
因为尽管放烟蛇、带翼蛇、画尾蛇
都是它的产物，还有直行蛇乃至双头蛇⑯，
再加上整个埃塞俄比亚和位于红海之滨
的那个地区，却也从未出现⑰
这许多毒蛇与瘟虫。
在这一大群残酷而恶毒至极的蛇虫当中，
有一些赤身露体、惊骇万分的人在狂奔，
他们无法希望找到鸡血石来治伤，寻到洞穴来藏身⑱：
他们的双手被蛇缠绕，倒绑在背后，
也有些蛇把头尾顺着胯骨钻出钻进，
再从前身系成结子，死死捆紧⑲。

在这一大群残酷而恶毒至极的蛇虫当中,
有一些赤身露体、惊骇万分的人在狂奔。

第二十四首
第 91、92 行

瞧，在我们站立的堤岸这边，
有一条蛇缠住了一个人，
它从那人的脖颈与肩膀相连之处穿出去[20]。
即使写 o 或 i 也从不会有如此之迅[21]，
那人转瞬就自行点燃，用火自焚，
他终于不得不倒下，全部化为灰烬；
他就这样在地上被烧得尸骨不存，
随后那灰尘又自己一起聚拢，
蓦地又恢复原来的人形：
伟大的哲人们曾这样宣称[22]：
凤凰涅槃，死而复生，
涅槃时它就要活到第五百个年份[23]。
它一生不食草料也不餐五谷，
而只是以乳香和豆蔻的汁液来果腹，
薰衣草和没药是最后的裹身布[24]。
正如一个人跌倒又不知是如何跌倒的，
是由于魔鬼把他推倒在地，
还是由于血脉堵塞令他身不由己，
他一旦站起，便四下观望，
因身受的巨大折磨而神色迷茫，
同时还边观瞧，边叹息；
这个罪人也同样如是，此刻已经站起，
啊，上帝的威力是多么严厉，
为了报复，竟给他如此猛烈的打击！

瓦尼 · 福齐及其预言

导师随即询问他是何人；
他因而答道："我是不久前
才从托斯卡纳落入这残暴的食管[25]。
我生前喜欢过禽兽般非人的生活，
犹如骡马，而我正是一头骡[26]；
禽兽瓦尼 · 福齐就是我，皮斯托亚是与我相称的窝[27]。"
我于是对导师说："请告诉他不要溜掉，

并问一问是何罪把他打落在那下边;
我曾见过他是个嗜血暴怒的人。”
那罪人听懂我的话,并未佯作不明,
而是将注意力和面孔都向我对准,
露出悲凄而又羞愧的面容;
他随即说道:“令我悲痛的不是
我被迫脱离了人世,
而是你在这悲惨的境地认出了我,又眼见我如此凄惨㉘。
我无法拒绝你的提问,
我被打入地狱正是因为
我偷窃了圣器室的珍奇物品,
而过去却把罪名误加给另一个人㉙。
但是,为了不让你见此光景而乐祸幸灾,
你若将来离开这黑暗的地带㉚,
现在就张开耳朵,听一听我的告白:
先是皮斯托亚把黑党分子驱赶而人口锐减㉛,
后来则是佛罗伦萨更新施政方式和人选㉜。
马尔斯从马格拉河谷提取火气㉝,
这火气却包围在乌云浓雾里;
在那突然大作的狂风暴雨之中,
一场鏖战展开在皮切诺场上空㉞;
最后火气将用猛力撕破云雾,
白党分子则将一一被击伤。
我说此话,就是为了让你痛断肝肠。”

第二十五首[1]

瓦尼·福齐的侮辱行为和但丁对皮斯托亚的诅咒

(1—15)

肯陶罗斯卡库斯

(16—33)

五个佛罗伦萨盗贼：第二种变形

(34—78)

第三种变形

(79—151)

这个盗贼说罢此语，
便抬起双手，用手指做出淫秽的嘲弄手势②，
喊道："接过去吧，上帝，让我用它来教训你！"
从这时起，有几条蛇对我可算友好③，
因为其中一条此刻把他的脖颈缠绕，
仿佛在说："我不要你再唠叨。"
另一条蛇缠在他的双臂上，重新把他捆紧④，
同时把自身牢固地系在他的前身⑤，
这使他的双臂丝毫不能活动。
啊，皮斯托亚，皮斯托亚！为何你不能决心使自己化为灰烬？
这样你就不致继续长存，
既然你为非作歹，胜过你的祖宗⑥！
我经过暗无天日的各层地狱，
不曾见过有鬼魂竟敢对上帝如此傲慢狂妄，
即使从特拜城墙上跌下身亡的那一个也不敢如此猖狂⑦。

肯陶罗斯卡库斯

那人连忙逃走，一句话也不再多说，
我这时看见一个肯陶罗斯满面怒容⑧，
他跑过来，叫道："那狂徒在哪里，在哪里呢？"
我相信，纵然马雷马的蛇⑨
也不会与这个肯陶罗斯马背上的蛇一样多，
正是从这里开始长出人的模样⑩。
在他的后颈之后，双肩之上，
蜷伏着一条张开双翼的龙⑪，
那龙见人就把烈火朝对方身上喷。
我的老师说道："这是卡库斯⑫，
他住在阿文汀山的石窟里，
经常把鲜血泼洒遍地。
他与他的兄弟们走的不是一条路径⑬，
因为他曾把诡计玩弄，
偷窃了他附近的大批牛群⑭；
因此，他在海格立斯的棍棒之下

结束了他那可鄙的活动，
也许海格立斯打了他一百下，而他则连十下也不曾觉察[15]。”

五个佛罗伦萨盗贼：第二种变形

正当他这样说的时候，那肯陶罗斯则已跑了过去，
这时，在我们下面来了三个鬼魂，
我和我的导师都不曾发觉他们，
只是在他们喊叫“你们是谁？”时，我们才看见这三个魂灵：
因此，我们中断了我们的谈话，
我们的注意力也便只放在他们身上。
我并不认识他们，但他们却像
往往在偶然情况下那样，
一个人不得不把另一个人的名字呼叫，
说道：“钱法，你待在哪里？”
因此，我伸出手指，放到从下巴到鼻子的地方[16]，
让老师对此注意。
读者啊，现在你若不愿相信
我将说出的事情，那也不足为奇，
因为我虽是亲眼得见，却也勉强相信此事不虚。
我把目光投在他们身上，
只见一条六足蛇在其中一人的面前窜出[17]，
把那人全身紧紧缠住。
它用中间的双脚绕住那人的肚皮，
又用一对前脚抓住他的两只胳臂；
接着用牙齿啃啮他的左右面颊；
它的一对后脚爬上他的大腿，
把尾巴盘在大腿中间，
又顺着臀部从后面伸展。
即使常春藤也不会像这条可怕的爬虫
这样紧绕一棵树，
它竟然把自己的肢体与另一人的肢体交缠在一处。
双方的肢体像是用热蜡胶粘在一起，
他们的颜色也融合到一块，
不论哪一个都已显不出原来的色彩，

正如把一张纸莎草纸放在火焰之前，
一种棕褐色就在纸上蔓延，
那颜色不再是黑色，而白色却也悄然不见。
其他二人注视着这情景，各自不禁叫嚷：
“哎呀！阿涅洛，你怎么变成这个模样[18]！
你看你既不是两个，也不是一个[19]。”
这时，那两个头已变成一个头，
两个混在一起的身体却只有一张脸，
他们双双都消失在这里面。
那人的双臂与蛇的一对前足合成两条膀臂，
大腿连带小腿，以及胸膛和肚皮
都汇成了世人从未见过的肢体。
先前的一切外貌均遭破坏：
那怪异的形象既像原来的两个，却又一个也不像，
那怪物就这样迈着缓慢的步子走开。

第三种变形

犹如绿蜥蜴在伏暑白昼的骄阳辐射下，
从一个篱笆转到另一个篱笆，
它穿过道路，疾如闪电，
一条凶如烈火的大蛇似乎也正是这般[20]，
朝着另外二人的腹部冲刺过去，
那大蛇皮色青黑，宛如胡椒的颗粒，
它刺穿了其中一个的部分身体：
这部分正是我们作为胎儿吸取养分之地[21]；
它随即在那人面前直挺挺地倒下去。
那被刺穿的人盯视着它，却一言不发；
甚至还并拢双脚，不住地打着呵欠[22]；
就像是困倦和发烧在袭击他。
他注视着蛇，蛇也注视着他；
一个是从伤口，另一个是从嘴巴，
冒出阵阵浓烟，而两股烟又相撞到一处。
卢卡努斯今后在描述可怜的萨贝洛和纳西迪奥的篇章中，
应当默不作声，

应当等待倾听别人来大发才情。
奥维德也不要再说什么卡德莫斯和阿雷图萨，
因为他在诗中让后者化为泉水，让前者化为爬虫，
而我对他并无艳羡之心；
因为他从不曾使两种性质的东西
面对面地相互变更，
使两种形态如此迅速地改变各自原形[23]。
这两个东西的变化都符合这种规矩[24]：
那蛇把尾巴分成叉状，
那被刺伤的人则把双脚缩到一起[25]，
大小腿相互间粘连得如此紧密，
霎时间看不出
有任何显示联接的痕迹。
那分叉的尾巴渐渐成为人形，
而另一方的人形却逐步丧尽，
前者的皮逐渐变软，后者的皮则逐渐变硬[26]。
我眼见那人的双臂渐渐朝腋下缩进，
那爬虫的双足原来很短，这时则在伸长：
那双臂缩成多短，这双足就延伸多长。
接着，蛇的两只后足绕在一处，
变成那人遮掩的男性生殖器，
而那人的可怜生殖器却分化为蛇的双足。
这时，双方喷吐的烟雾也有了新的颜色，
它使一方的身上长出人皮，
却使另一方的人皮竟然脱去，
一个立起，另一个倒卧[27]，
但双方都不把对视的恶意眼光偏移，
正是在这眼光下，双方改变各自的嘴脸。
那个立起的人把嘴脸扯向鬓角，
这就留出了过多的材料，
竟然使本无双耳的面颊上长出一对耳朵：
那多余材料中未曾向后收缩的部分，
则依然留在原处，
它给脸面安上鼻子，并使双唇有了应有的厚度。

那个躺倒的东西把嘴脸向前延伸，
把双耳缩入头部，
正如蜗牛把双角缩入硬壳之中；
还有那舌头，原是完整的一条，随时能讲话，
这时却分裂开来，像是一把叉[28]，
而另一个身上的分叉舌却自行合拢，也不再把烟雾喷[29]。
变为爬虫的那个鬼魂
窸窸窣窣地爬着，逃往深谷[30]，
在它后面的另一个鬼魂则边说话，边把痰吐[31]。
接着，那鬼魂把新变出的肩膀背向那蛇，转过身去，
对另一个鬼魂说："我真希望布奥索[32]
能像我方才那样，匍匐地沿着这条路径跑去。"
这便是我看到的第七层恶囊中的破烂货变来变去的情况；
这里，我请求原谅我对这件奇事的宣讲，
倘若我的笔法略显杂乱无章。
尽管我的双眼有些模糊不清，
精神也恍惚不定，
但那二人却无法悄悄逃遁
而让我看不清那瘸子普乔[33]，
他是最先前来的三个伙伴当中
唯一的一个不曾变形；
另一个则是你——加维莱啊——因他而哭泣的那个人[34]。

第二十六首

对佛罗伦萨的诅咒

(1—12)

阴谋献计者的恶囊

(13—48)

尤利西斯与狄奥墨德斯

(49—84)

尤利西斯的最后一次航行

(85—142)

对佛罗伦萨的诅咒

佛罗伦萨，你且享受一番吧！既然你是如此伟大①，
你展开双翼，翱翔在天涯海角，
而你的名字也传遍地府阴曹。
在那群盗贼当中，你竟发现有五名是你的市民，
为此我感到羞耻，无地自容，
而你也不会因而提高身价，大受尊敬。
但倘若临近清晨时做的梦总是属真②，
那么，你不久之后就会亲身体验
普拉托乃至其他城市都渴望你遭受的那种厄运③。
而倘若这厄运业已发生，那也不算过早：
既然它总要发生，那就索性让它早日来到！
因为不然的话，这会使我更加痛苦，正如我会变得更加衰老④。

阴谋献计者的恶囊

我们离开那里，我的导师拉着我，
重又走上那层层石阶，
而先前我们沿着这些石阶下去，曾累得面色发白⑤；
我们继续走着那荒凉的路径，
在那石桥的坎坷嶙峋的乱石丛中，
若不是用手相助，单靠脚则寸步难行。
当时我非常悲痛，至今
每逢我追忆起我所目睹的情景，
我仍十分伤心，并且比通常更加抑制住我的才情，
使它不致任意驰骋而不受美德指引，
既然吉利的星宿或更加美好的事物赐予我这样的天分，
我自己就不该把它滥用罄尽⑥。
在普照世界之物
向我们隐藏它的面庞更少一些的时辰⑦，
这时，苍蝇也让位于蚊虫⑧，
在高地上歇息的农夫
看到山谷之下有多少萤火虫在飞舞，
也许，那地方正是他收割葡萄和耕耘土地之处；
这第八个恶囊就是这样到处闪烁着火光，

我们刚刚来到那石桥顶上，
就立即看出那恶囊的最低地方。
犹如那个人借助两头熊来进行报复[9]，
他眼见以利亚的车子离开尘世[10]，
这时，拉车的马匹竖起身子，向天空飞驰，
他无法目送以利亚与车马，
却只见烈焰一团，
宛如云朵，浮上九天；
团团火焰正是这样在沟壑的狭窄低地中游动，
因为任何火焰都不曾显示它所掩藏之物，
每团烈焰都隐匿着一个罪人。
我站在桥上，踮起脚尖观看，
倘若我不曾攀住一块巉岩，
即使无人推我，我也会向下跌落。
导师见我如此聚精会神，便说：
“这些火球里都有亡魂；
每个亡魂都被烈焰包拢，火焚全身。”

尤利西斯与狄奥墨德斯

我答道：“我的老师，听你一说，
我更加肯定；不过，我早已察觉，
情况就是这样，而且我还想对你说：
在那个火球里的究竟是谁？
那火焰上方分成两部，仿佛
是从把埃特奥克勒斯及其兄弟的尸体放到一起的火堆里蹿出[11]。”
他回答我说：“在那里面受苦刑的是
尤利西斯和狄奥墨德斯[12]，
他们就是这样一起受到报复，正如一起曾遭天怒；
在他们的火焰里面，
那匹藏有伏兵的木马也在呻吟，
而这也正是那罗马人的高贵种子破土而出的原因[13]。
他们在那里为施展计谋而哭个不停，
这计谋曾使戴伊达密娅死后仍为阿奇琉斯而伤恸[14]，

他们还为窃走巴拉迪奥像而备受苦刑[15]。”
我说：“他们若能从熊熊燃烧的火焰中讲话，
老师，我要一而再，再而三地向你恳请，
但愿这恳请顶得上一千次的求情，
请你不要不准我等待，
等待那有双角的火焰到此来临[16]：
你可以看出：我因渴求与他们相会，竟朝火焰弯下了身[17]。”
他于是对我说：“你的请求值得大为称赞，
因此，我接受你的请求；
但是，你该注意约束你的舌头[18]。
你且让我来开口，我也领会你想了解的情由；
因为他们是希腊人，
也许会不屑与你攀谈答问[19]。”
由于那火焰已来到这里，
我的导师认为时间地点都很相宜，
我听到他用这样的方式说出话语：
“哦，待在同一个火焰里的你们二位啊，
如果说我生前对你们有过功绩，
如果说我曾写过高雅诗句，
也算是于你们有过功劳，且不论这功劳是多是少，
那么，就请你们不要走开；但请你们其中的一位说一说，
他是去到何处迷失路途，并且一命呜呼。”

尤利西斯的最后一次航行

古老火焰中那个更大的角[20]，
开始摇晃，发出沙沙的响声，
正像火焰被风吹得不住晃动；
那火焰的尖端摆来摆去，
如同一条舌头在言语，
它传出了人声，说道：“刻尔吉[21]
曾把我留在加埃塔附近的地方一载有余，
这发生在埃涅阿斯给这座城市如此命名之前；
在我离开她的时际[22]，
不论是对儿子的亲情，还是对老父的孝心，

也不论是那应有的恋情，
它想必曾使潘奈洛佩感到欢欣㉓，
所有这些都不能把我心中的热情战胜，
我热切希望成为周游世界的行家，
洞悉世人的弊端与美德的能人；
但是，我航行在这辽阔无垠的大海上，
只驾着一叶扁舟，只有一小伙人作伴，
而我也不曾被这些人抛下不管。
我看见了地中海的此岸与彼岸㉔，
最后，我还看见了西班牙乃至摩洛哥，
以及被这四周的海水浸润着的撒丁岛和其他岛屿㉕。
当时，我和同伴们都已年老力衰，
我们仍来到了那狭窄的入海口，
那里正是海格立斯划出他的界标之所在㉖，
界标警告世人不能再越雷池一步：
在右边，我离开了塞维利亚，
在另一边，我先已离开了休达㉗。
我说：'哦，弟兄们，经过千难万险，
你们终于到达了西方境界㉘，
在我们所剩无几的知觉
所处的这个如此短暂的苏醒状态㉙，
你们千万不可放弃那亲身体验：
尾随着太阳，去探索那无人的世界㉚。
你们要考虑你们的起源：
你们并非生来就像禽兽般活着，一无所成，
而是要追求知识与德行。'
我这短短的一番话打动了我的同伴们的心，
他们如此急切地渴望继续前进，
我后来几乎难以阻止他们的航程；
我们把船尾掉向清晨㉛，
我们把双桨变为狂飞的双翅，
一直向左方疾驰㉜。
黑夜已望见另一极的群星点点，
而我们这一极则如此低落，

甚至无法露出海面[33]。
月亮把光芒射向下方，
在我们投入这艰辛的航行之后，
这光芒曾五次熄灭，五次照亮[34]，
这时，出现了一座大山[35]，
由于距离太远，它显得模糊不清，
我觉得我从未见过任何大山像它那样高耸入云。
我们异常兴奋，但很快便转为悲啼；
因为从那新的大地上一阵旋风倏起，
击打前部舟楫[36]，
它使船只随着周围的海水旋转了三次：
到第四次，则把船尾向上掀起，
正如迎合另一位的欢心，使船头向下冲去[37]，
最后，我们都被淹没到海里[38]。”

第二十七首

圭多·达·蒙泰菲尔特罗

(1—30)

罗马涅的现状

(31—57)

圭多的罪孽与受惩

(58—136)

那火焰这时已经竖直，
它停止跳动，不再言语，
经温和的诗人的许诺，已经离我们而去①。
正在此刻，追随其后的另一团火焰
却使我们把视线转向它的顶端，
因为从那里发出丝丝的声咽。
犹如那西西里的公牛，
它最初便是随着那人的哭泣哞哞而叫②，
这也是正当合理的：因为正是他用自己的锉刀把它制造，
那公牛随着受刑者的呼号，
不住嗥叫，虽然它全部都是用铜铸造，
却仿佛只有它本身在痛苦号啕；
这样，由于从一开始便从烈火之中找不到
透气散热的孔洞和通道，
惨痛的话语就变成烈火的呼啸。
但是，既然这话语从火焰的尖端找到了通气的途径，
这就使那尖端产生
舌头在发出话语时所做的同样颤动，
我们听到那火焰在说：“哦，请你听着：我在向你说话，
而你现在讲的是一口伦巴第语③，
你在说：‘如今，你走吧，我不再想让你留下。’
尽管我也许来得过晚，
但愿你不要因为要停下来与我谈话而生厌烦，
你瞧，我就不感厌烦，况且我还在焚燃！
既然你恰好是现在从那温馨的拉丁大地④
堕入这暗无天日的世界⑤，
而我又是从那片大地上带来我的一切罪孽，
那就请你告诉我：罗马涅人是在和平还是在战争；
因为我就生长在那里，
在乌尔比诺与台伯河一涌而下的那个山崖之间的崇山峻岭⑥。”

罗马涅的现状

我仍在向下探身，注意倾听，

这时，我的导师在我身边碰了碰我，
说道："你说话吧；这是个拉丁人⑦。"
我早已准备好作出回答，
于是我毫不迟延地开始讲话：
"哦，隐藏在下面火焰中的魂灵，
你的罗马涅不论是过去还是如今，
都是如此：它在它的暴君心中从来就不是没有战争⑧；
但是，在我离开那里时，它却没有任何明显的战争迹象⑨。
拉维纳仍像多年以前那样：
达·波连塔这只山鹰把它置于自己的卵翼之下，
甚至用自己的翅膀把切尔维亚也加以掩藏⑩。
这片土地早已经受长期考验⑪，
并且在绿色狮爪之下，
对法兰西人进行了血腥屠杀⑫。
达·维鲁基奥那老小两头恶犬，
在那惯常用钻头般的牙齿把人咬得稀烂之地，
使蒙塔尼亚饱受摧残⑬。
那头小狮子从白色的巢穴，
统领着莱蒙河与桑泰尔诺河的两座城市，
它自夏至冬不断改变自己的派系⑭。
那座被萨维奥河浸润一侧的城市⑮，
正像它位于平原与山岭之间，
处在暴君统治与自由国家并立的条件⑯。
现在，你是谁，我请求你告诉我们：
你万不可比别人更不肯谈论⑰，
但愿你的名字能因此而在世间长存。"

圭多的罪孽与受惩

由于那火团兀自呼呼作响，
那尖尖的顶端也就来回摆动，
随即送出这样的人声：
"倘若我认为，我的回答是给予
一个终究会返回尘世的人，
这团火焰就会不再摇动⑱；

不过，既然过去从这底层
从未有人生还，如果我听到的果是实情，
我就回答你而不怕累及声名[19]。
我曾是个武人，后来又做过腰系绳索的人，
因为我以为，我系上这条腰带就能赎清罪愆[20]，
我的信念本来会完全实现，
若不是那个大司铎——让他不得好死！——[21]
又让我把原先的罪孽重犯；
我愿意让你知道他是怎样又为何这样干。
自从我的母亲给了我血肉之躯，
我所从事的活动
就不是狮子的勇猛，而是狐狸的奸计。
我精通种种狡诈伎俩和阴谋诡计，
我如此神妙地运用机谋，
声名甚至远扬到世界的尽头[22]。
待到我眼见自己来至我的年纪的这个阶段[23]：
每个人到了这个年龄，
都会不得不降下风帆，盘起缆绳，
原先令我喜欢的东西这时就会令我厌弃[24]，
我悔恨，我忏悔，我遁入空门；
唉，我这可怜的不幸者啊！这可能会于我有益。
新法利赛人的王公
在拉特兰附近发动战争[25]，
他既不是对付撒拉逊人，又不是对付犹太人[26]，
因为他的每个敌人都是基督教徒，
没有一个人曾战胜过阿克里[27]，
也没有一个人曾经商到苏丹的国土[28]；
他既不顾及自己的最高权位和神圣职能[29]，
又不顾及我身上的那条圣索，
那圣索通常用来使系带者消瘦腰身[30]。
但是，正如君士坦丁要求希拉蒂山洞中的西尔维斯特罗
来为他治愈麻风病[31]，
此人也同样要求我来充当医生，
为他治愈他那妄自尊大的热症：

他征求我的意见，我则缄口不谈，
因为他的话语像是梦呓胡言。
接着，他进一步说道：'你的心不要恐惧；
我从现在起就赦免你，
你须教给我如何才能把巴列斯特里纳打翻在地[32]。
正如你所知道的，我能把天国开启和关闭[33]；
但是，这两把钥匙
却是我的前任所不曾珍惜[34]。'
这时，那严厉的谈话把我威逼到这步田地：
我从中认识到：沉默对我更加不利，
于是，我说：'父亲，既然你洗刷我的罪恶，
而如今我又不得不重蹈覆辙，
只要多许诺而少守约，
你就将旗开得胜，稳坐那崇高的宝座[35]。'
我死之后，圣方济各前来接我[36]；
但是，黑天使当中的一个[37]，
却对他说：'不要把他带走：不要妨碍我。
他应当来到下面，来到我的奴仆中间，
因为他曾为人出谋划策，瞒哄欺诈，
从那时以来，我就时刻准备揪住他；
凡不悔罪的人就不能获得赦免，
不能既悔罪又把旧罪重犯，
因为这是不能容许的自相矛盾的事端[38]。'
啊，我是多么痛苦！那黑天使抓住我并对我说：
'也许你不曾想到：我是个讲究逻辑学的人[39]！'
我这时才恍然觉醒。
他把我带到弥诺斯面前；
弥诺斯把尾巴在那坚硬的脊背上绕了八圈；
他咬着自己的尾巴，怒气冲天[40]，
说道：'此人该属贼火中的罪犯[41]；'
因此，你如今看到我正是在那里遭受劫难，
我身着这样的衣衫，一边行走，一边苦不堪言[42]。"
他就这样把他的话讲完，
那火焰一边痛哭，一边去远，

它把那尖尖的角弯下去，不住抖颤。
我们——我和我的导师——也便再往前行，
顺着那石桥一直走到另一座桥拱[43]，
那桥拱横亘另一条沟壑：
在沟壑中，那些因为挑拨离间而犯罪的人正在得到应有的报应。

第二十八首

挑拨离间者

(1—21)

穆罕默德与阿里

(22—63)

皮埃尔·达·梅迪齐纳

(64—90)

库利奥

(91—102)

莫斯卡·德伊·兰贝尔蒂

(103—111)

贝尔特朗·德·鲍恩

(112—142)

挑拨离间者

有谁能仅仅用不受约束的语言①，
充分传达我眼下所见：
那鲜血淋淋、创伤累累的情景，哪怕把它说上几遍？
任何语言肯定都无法说明这全部情景，
因为我们的言辞和智力
都不足以令我们理解这许多情形。
倘若把所有那些曾在普利亚
那备受命运捉弄的必争之地②、
因特洛伊人和长期战争而流血牺牲的人③
——正如李维所言不虚地写出的④，
那长期战争曾把掠夺的指环
高高地堆积如山；
与那些为抵御罗贝托·圭斯卡尔多的进犯⑤
而受重创的人，以及
那些尸骨仍积聚在切普拉诺的人放到一起
——在切普拉诺，每个普利亚人都在撒谎蒙骗⑥，
而就在那里，老阿拉尔多
从塔利亚科佐附近大获全胜而未动干戈⑦；
不论这些人的肢体是怎样被刺穿还是被砍断，
他们都无法与第九个恶囊
的惨状相比相攀。

穆罕默德与阿里

一个酒桶即使失掉了中板或侧板⑧，
也不如我所见的一个人那样破损不堪，
那人竟被劈成两半：从下巴一直劈到屁眼：
大小肠悬挂在两腿中间，
心肺肝脾全都暴露在外面，
还有那令人作呕的袋子——它把吞咽下的食物都变成粪便⑨。
我凝视他身上的一切，
他则望着我，用双手把自己的胸膛扯开，
说道：“现在，你看我是怎样把我自己撕成两块！
你看穆罕默德被割裂得多么厉害⑩！

在我前面，阿里正在边走边哭⑪，
他的面部从下巴到蓄发的前额被砍成两片。
你在此处看到的所有其他人
生前都是不和与分裂的制造者，
因此，他们都被砍成这般光景。
这里，有一个魔鬼跟在后面，
他虐待我们是如此凶残，
每逢我们把这痛苦的道路转上一圈，
他就把犯有此类罪行的每一个人都剑劈两半；
因为在重新走到他跟前之前，
原有的伤口都已合拢愈痊。
可你又是何人？竟在这石桥上目不转睛地观看。
也许你是为了推迟前去受刑，
尽管上面早已根据你的认罪而将苦刑判定⑫。”
我的老师答道：“既不是死神将他勾魂摄魄，
也不是罪孽把他召来忍受折磨；
而是已故的我为了使他对阴曹地府有充分的体验，
必须带领他把地狱游遍，
带领他到这下面转上一圈又一圈：
这便是实情，正如我现在与你谈话一样属真。”
他们有一百余人听到我的老师讲话，
这时都在沟壑之内停下步来，把我凝视，
他们都惊奇万分，甚至忘记身受的酷刑。
“既然你或许不久就能重见天日，
那么你如今就可以告诉多里奇诺修士⑬：
倘若他不愿很快就追随我到这里，
他就该设法囤积粮食，
这样，即使被大雪围困，也不致把胜利奉送给那个诺瓦拉人⑭，
否则，那人也不会如此轻易取胜。”
穆罕默德对我说出这番话语，
他已抬起一只脚，准备掉转身躯；
说罢，他便把脚放落在地，起步离去。

另一个人的喉咙被刺穿，
他的鼻子也被切开，一直切到眼眉下面，
他只有一只孤零零的耳朵，
他一直与其他人一起，惊奇地望着，
他在其他人面前，敞开他的喉管，
那喉管一片赤红，鲜血四溅，
他说道：“哦，不曾判罪的你啊，
我曾在拉丁大地上见过你一面⑮，
倘若面貌的过分相似不致骗过我的双眼，
你该记住皮埃尔·达·梅迪齐纳⑯，
如果你一旦返回人间，
重见那从维尔切利向下绵延到马尔卡博城堡的温馨平原⑰。
你该告诉法诺的那两位名人，
即圭多大人，还有安乔列洛⑱：
让他们晓得：倘若预见并非徒劳，
他们在卡托利卡将被扔出他们的船舶⑲，
并被装进袋里淹死在海水，
这正是出于一个狠毒暴君的背叛行为⑳。
奈图努斯在塞浦路斯与马略卡之间㉑，
也从未见过这样滔天的罪行，
这既不是海盗的行径，也不是阿耳戈人的手段㉒。
那叛贼虽然只用一只眼睛观看㉓，
却控制着那片土地，而这里与我在一起的那个人，
则宁愿从未见过这座城镇㉔，
那叛贼将会把那两位名人召来与他谈判，
随后他会设法让他们
不必向那佛卡拉的巨风祷告许愿㉕。”

库利奥

我于是对他说：“你若愿意让我把你的消息带到世间，
那么就请你指出并说明，
那个见到里米尼就感到伤心的究竟是何人。”
这时，他把一只手放到他的一个伙伴的腮下，

并且打开那人的嘴巴,
喊道:"这便是你说的那个人,他不能说话㉖,
他曾被驱逐,也曾打消凯撒心中的疑虑,
扬言什么一个人准备就绪,
总是会因迟疑不决而一败涂地。"
啊!库利奥喉咙里的舌头竟被切断,
在我看来,他那神情是多么惊愕慌乱!
而他当初进言时则又是如此大胆!

莫斯卡·德伊·兰贝尔蒂

有一个人,他的一只手和另一只手都被砍断,
他在那昏暗的空气中举起两个残肢,
这就使鲜血溅污了他的脸面。
他在叫喊:"你也该记得莫斯卡吧㉗,
可怜的人哪!他曾说过:'把他干掉算了。'
这就给托斯卡纳人播下了灾难的种子。"
而我又给他加上一句:"这也使你的家族遭到灭亡㉘。"
于是,此人痛上加痛,
便像一个人悲痛欲绝,精神失常,径自走向他方。

贝尔特朗·德·鲍恩

但是,我却仍留在原地,望着那群鬼魂,
我这时看见一个东西,光是把它讲出来,
我也会感到十分恐慌,因为没有别的证据来证明它的惨状;
只是良心才使我感到心安理得,
它是个良好的伴侣,使人得到保护,感到解脱,
因为它使人自觉清白无过。
我当时确实亲眼得见,如今也仿佛犹在眼前,
那是一个无头的上身在行走㉙,
那行走的样子与那凄惨一群的其他人别无二致;
他抓住被砍掉的脑袋的头发,
像提着一盏灯笼似的摆动它;
那脑袋盯住我们,说道:"哎呀!"
它把自己当作自己的灯光,

他抓住被砍掉的脑袋的头发，
像提着一盏灯笼似的摆动它；
那脑袋盯住我们，说道：“哎呀！”

第二十八首
第 121—123 行

它们是两位一体，又是一分为两：
只有那一位才知道如何才能这样[30]。
他径直来到桥头，
这时，他把那提着整个脑袋的手臂高高举起，
为的是把他的话语贴近我们的耳际，
他说道：“你这人依然在喘气，
你是前来观看那些死人，那么你就看看这残酷的刑罚吧，
看看是否有什么刑罚如这个刑罚一样严厉。
既然你要把我的消息带去，
你就该知道：我就是贝尔特朗·德·鲍恩，
就是那个向幼主进献恶毒谗言的人。
我曾使他们父子相互反目[31]：
亚希多弗也不曾用如此险恶的挑拨手段，
离间押沙龙与大卫的情感[32]。
正因为我把关系如此亲密的人分裂开来，
可怜的人啊！我这躯干上的头脑
才从其根部被两下分开。
这样，因果报应的法则从我身上也便可以观察出来。”

第二十九首

杰里·德尔·贝洛

（1—39）

金属伪造者：格里弗利诺·德·
阿雷佐与卡波基奥·达·锡耶纳

（40—120）

锡耶纳人的虚荣心

（121—139）

许多受苦人和种种怪异创伤
使我泪珠盈眶, 视线迷茫①,
眼见这般光景, 我不禁想哭泣一场;
但是, 维吉尔对我说:“你还在看什么?
为什么你的视线仍一味地停留在那下面,
停留在那些被切割得残缺不全的悲惨鬼魂中间?
你在其他恶囊中并没有这种表现:
你若以为能把他们都一一观看,
那么你该想到: 这深谷有二十二里方圆②。
此时, 月亮已在我们的脚下③:
如今留给我们的时间已经不多,
而还有许多需要观看的景象是你不曾见过。”
我随即答道:“如果你想到
我之所以这样观瞧,
也许你会容许我再待下去。”
这时, 导师业已向前走动, 我也便在他后面随行,
我已回答了他的提问,
此刻又补充说道:“在我如此注意观瞧的沟壑之中,
我想, 其中必有一个鬼魂是属于我的血统,
他在为自己的罪孽而痛哭受刑,
这罪孽使他在那下边付出代价如此惨重。”
老师于是说道:“你从现在起,
不必再在他身上放置你的思绪,
你该想到别的事情, 且让他径自待在那里:
因为我在石桥的桥头就看到了他,
他在用手指向你指指点点, 百般威吓,
我还听到有人呼叫他的名字: 杰里·德尔·贝洛④。
当时, 你正一心一意地关注
那曾拥有阿尔塔弗尔泰城堡的人⑤,
所以你不曾向那边张望, 他也便动身离去。”
我说道:“啊, 我的老师,
他因暴力而亡, 有些人至今尚未为他报仇雪恨,
而这些人理应分担这奇耻大辱,

这才使他不屑与我相会，不肯与我交谈，
才如此扬长而去，我对此正是这样看：
也正因为这个原故，他令我对他更加惜怜。”
我们就这样谈论着，一直来到原先地点，
这地点从石桥上可以把另一个深谷展现⑥，
倘若光线更强，甚而可以把谷底的一切纵览。

金属伪造者：格里弗利诺·德·阿雷佐与卡波基奥·达·锡耶纳

我们来到整个恶囊的最后一个苦行禁地⑦，
在我们的眼前，可以
一一展示出那里的僧侣，
种种怪异的叫苦声向我射来，
犹如铁制利箭，激起我的哀怜⑧，
我情不自禁地用双手盖住我的耳朵眼。
正像在七月和九月之间，
瓦尔迪基亚纳、马雷马和撒丁的那些医院，
把所有患者都一齐放到一道沟壑，令人目睹心酸⑨，
这里也正是如此情景，
从中散发的气味也同样臭不可闻，
那臭气犹如通常来自腐烂的肢体。
我们往下行走，来到漫长石桥最后一道堤岸⑩，
依然只是走向左面；
这时，我的视线更加清晰，
我观瞧下面的谷底，
在那里，崇高天主的使臣，那绝不错判无辜的正义女神⑪，
正在惩罚被记录在案的伪造者们⑫。
我不认为，在埃吉那岛会看到比这更加凄惨的情景⑬，
那时节，空气中充满了有毒的细菌，
岛上居民都一一丧生，
所有动物，甚至一只小小的蠕虫，
也全都中毒倒下，而后来那些古代居民，
根据诗人们的讲述说明，
又从蚂蚁的种族中得以死而复生；

尽管在那黑暗幽谷中所见的惨状同样令人伤情,
因为那里的鬼魂奇形怪状,三五成群,在有气无力地呻吟。
他们一个躺在另一个的身上,
有的压着他人的肚皮,有的趴在他人的肩膀,
有的顺着那凄凉的路径匍匐而行。
我们沉默不语,一步步地行进,
一边观看这些病人,一边倾听他们的哀声,
他们都无力抬起他们的躯身。
我看到两个人背靠背,席地而坐,
就如同放在灶火上的两个相互紧贴的扁锅,
他们从头到脚,长满肮脏的疮痂;
我过去从未见过一个马童,
因为主人在呼唤而如此拼命挥动马刷,
也不曾见过有哪一个马夫是如此不甘守夜刷马[14],
这些鬼魂正如上述马童和马夫那样,因为刺痒难熬,
经常用手指甲在自己的身上乱搔乱抓,
他们找不到对付刺痒的其他办法。
他们用指甲把疥疮刮下,
就像用刀在鲤鱼的鳞片上剥刮,
或者是在剥刮别的鱼,而这些鱼的鳞片更大。
我的导师向其中一人开言道:
“哦,你在用手指剥掉你铠甲上的网眼[15],
你有时竟把手指当作铁钳,
请告诉我们:待在此处的那些人当中,
是否有拉丁人[16],
但愿你能永远单靠手指就足以从事这种劳动。”
那人边哭边答:“我们俩都是拉丁人,
你看,我们在此都被毁坏了面容,
可你又是谁,竟然问起我们?”
导师于是说道:“我是这样一个人:
我与这个活人下到此地,一层又一层,
我要向他指点地狱的情景。”
这时,那二人相互紧贴的身体立即分离,
他们俩与间接地听到此话的其他人一起,

都各自转身看我，一边浑身战栗。
善良的老师紧紧贴近我的身边，说道：
“你想知道什么，就对他们说吧。”
既然他愿意我这样做，我便开始讲话：
“但愿尘世对你们的记忆
不致从世人的脑海中消失，
而是能岁岁年年延续下去，
请告诉我你们是谁，是哪里人：
但愿你们那不堪入目、令人作呕的苦刑
不致妨碍你们向我说明。”
一个人答道：“我是阿雷佐人，
阿尔贝罗·达·锡耶纳曾令人把我处以火刑[17]，
但并不是我为之而丧命的罪过把我打入此境。
诚然，我曾开玩笑地对他讲：
‘我能使自己在空中飞翔。’
而那个好奇任性、头脑欠缺的人却非要我向他展示这个伎俩；
只是因为我不曾让他变为代达罗斯[18]，
他就叫那个认他为子的人[19]
将我活活烧死。
但是，弥诺斯则是因为我在人世曾从事炼金术，
才把我打入这十个恶囊中的最后一个，
而他在判罪上不可能犯错误。”

锡耶纳人的虚荣心

我于是对诗人说：“现在是否有人
像锡耶纳人那样虚荣心重？
肯定不是法国人，因为他们远没有那么崇慕虚荣[20]！”
这时，另一个麻风病人听到我的话[21]，
就回答我的话道：“你且把下面这些人不要算在名下：
其中有斯特里卡，他曾懂得有节制地把钱花，
还有尼可洛，他曾用丁香花蕊做调料[22]，
是他最先发现这种阔绰的习惯，
让这类种子生根在菜园[23]；
你该把那浪子队伍也不算在内[24]，

其中卡恰·德·阿西安曾挥霍掉大片树林和葡萄园[25],
还有阿巴利亚托,他曾使他的明智得到表现[26]。
但是,为了让你知道是谁在支持你反对锡耶纳人,
你该把目光向我仔细对准,
这样,你便可以把我的面孔看清:
你便会看出:我就是卡波基奥的亡魂[27],
我曾用炼金术伪造金银:
你该记得我,既然我能很好地将你辨认,
正如伶俐的猿猴就是我的本性[28]。"

第三十首

假扮他人者: 贾尼·斯吉基、米尔拉

(1—45)

伪造货币者: 亚当师傅

(46—90)

说假话者: 西农

(91—99)

亚当师傅与西农的争吵

(100—148)

尤诺因为塞墨勒的缘故，
迁怒于特拜家族，
她曾先后两次表现了她的嫉妒，
就在此时，阿塔玛斯精神丧失常态，
一见妻子每只手
各抱一子走来，
便叫道："让我们把网撒开，
我要把那由此经过的母狮和两头幼狮抓来。"
他随即伸出那无情的手爪，
把那名叫莱阿尔库斯的儿子揪住，
举起旋转了一下，就把儿子朝一块石头掷去；
而妻子则抱着另一个儿子投海自尽①。
幸运女神转动车轮②，
使胆大包天的特洛伊人的时运③
从高转低，国王与王国一起玉石俱焚④，
这时，悲凄、可怜而又歹毒的赫枯巴⑤，
一见一命呜呼的波利塞娜，
又痛苦地发现
她的波利多鲁斯丧命在海边，
她疯狂地哀嗥，犹如吠犬；
巨大的悲痛使她精神错乱。
但是，从未见过有人
在伤害野兽和人类肢体方面竟然如此残忍，
即使那特拜人的狂怒和特洛伊女人也不及毫分⑥，
我所见的两个面无血色、赤身露体的鬼魂
正是这般光景，他们边跑边咬，
犹如猪圈一旦打开，猪猡便猛地冲出，乱咬狂奔。
一个鬼魂扑向卡波基奥⑦，
一口咬住他的后颈，
拖拽着他，让他的肚腹刮着坚硬的地层。
留在原地的那个阿雷佐人⑧，
浑身打战，对我说道："那恶魔是贾尼·斯吉基⑨，
他总是这样狂怒地虐待别人。"

“哦！”我对他说，“但愿你不致被人咬住脖颈，
有劳你费神说出。
那方才离开这里的是何人。”
他于是对我说：“那是邪恶的米尔拉的古老亡魂⑩，
她不去追求正当的爱恋，
却假扮父亲的情人。
那女人与其父犯下罪孽，
把自己假扮成别人的身形，
正如那个走远的人一样⑪，
为了赚得畜群中的那匹牝马，
他竟敢冒充布奥索·多纳蒂⑫，
把合法的遗嘱口授立下。”

伪造货币者：亚当师傅

我一直盯视着那两个狂怒的人，
待到他们去远，
我才把视线转向其他生来不幸的鬼魂。
我看见一个人，形状像是诗琴⑬，
倘若他的腹股沟
断离人体分叉的其余部分⑭。
那严重的水肿病，由于腹水难消，
竟把肢体变得怪状奇形，
面孔也与肚腹不相对称⑮，
这使他一直把双唇大张，
恰似肺痨患者所做的那样：
他因为口渴难熬，下唇垂向下巴，上唇则翻卷向上。
此人对我们说道：“哦，你们这些不受任何苦刑的人，
我真不知你们
为何来到这苦难的世道，仔细观瞧⑯
亚当师傅的悲惨堪怜的处境⑰：
我生前拥有的东西比我想要的多得多，
而如今，可怜的人！我竟切盼滴水解渴⑱。
条条小溪从卡森蒂诺的翠绿山丘涓涓流下⑲，
汇入阿尔诺河，

这些溪流的河床清凉而又湿软[20],
这情景一直在我的眼前呈现，而这并不徒然，
因为这些形象使我加倍舌燥口干[21],
远甚于那使我面容日益消瘦的病痛，
严峻的正义裁判使我备受苦情，
它从我犯罪的地方找到惩治的凭依，
这也便使我更加痛苦叹息。
那个地方就是罗梅纳，正是在那里[22],
我伪造铸有洗礼者形象的金币[23];
因此，我才在城堡上留下那被焚的尸体[24]。
但是，我若能在这里看见
圭多或亚历山德罗或他们的教士的可悲魂灵[25],
我也不会把目光投向布兰达泉[26]。
这里面已经有了一个魂灵[27],
如果那些疯疯癫癫、转来转去的鬼魂所言是真;
可这于我又有何作用，既然我的手脚已被捆紧[28]?
我若能变得更加身轻，
即使我在一百年里只能走上一寸[29],
我也早就会登上那条小径，
从这畸形的人群中把他来寻，
尽管这恶囊方圆有十一里[30],
横宽还不到半里。
我正是因为他们才来到这一伙人当中，
他们曾唆使我铸造弗洛林，
这些金币掺有三开伪劣的黄金[31]。"

说假话者：西农

我于是对他说："那两个可怜的人又是谁呢？
他们相互靠紧，躺在你的右边，
浑身冒着热气，就像湿手在冬天[32]。"
他答道："自从我落到这陡峭的沟壑之中[33],
在这里见到他们，他们就一直不能转动，
我相信，他们永远也不能转动他们的躯身。
那一个是说假话的女人，她曾对约瑟发出指控[34],

另一个是说假话的男人，特洛伊城的希腊人西农[35]：
他们俩都患上急性热病，倒卧在地，焦臭难闻[36]。”

亚当师傅与西农的争吵

其中那个男人恼羞成怒[37]，
也许是因为听到自己的名字受到如此玷污，
他立即用拳头捶打那说话的人的坚硬肚腹[38]。
那肚腹竟然如同鼙鼓；
亚当师傅则用他的臂膀猛击他的面部，
而这一击也似乎并不比那一拳轻，
一边对他说道：“尽管我的肢体沉重，
这使我无法活动，
但我的这条胳臂却灵便自如，能干这种事情。”
这时，那人说道：“当年你前去被火焚烧，
你的动作也没有如此迅猛：
但是，你铸造假币却正是这样迅疾，甚至更加疾速如风。”
那水肿病人说道：“你说此话确是实情：
但是，在特洛伊，别人要你讲出真话，
你却不曾提供真实的证明[39]。”
西农说道：“我固然说了假话，但你也铸造过假币，
我是因为一桩罪行而来到此地，
而你所犯罪行则要比任何其他魔鬼所犯的还要多！”
那个肚皮鼓胀的人答道：“发假誓的家伙，
你该记得那头木马；
你该感到疾首痛心，因为全世界都知道这桩罪行[40]！”
那希腊人则说道：“但愿口渴把你折腾，
使你的舌头干裂；还有那腐臭的腹水
使你的肚皮胀成一道篱笆，遮住你的眼睛！”
这时，那造币者又说：“由于你所犯罪行，
你的嘴巴就要像如今这样永远大张；
我虽口渴嘴干，腹水鼓胀，
你则是高烧如火，头痛难当；
为了舔一舔那西索斯的镜面[41]，
你不会让人多费唇舌求你这样干。”

我全神贯注地听他们吵闹，
这时，老师对我说："现在你就自管看吧，
我险些要与你争吵[42]！"
我此刻才听到他在怒气冲冲地跟我讲话，
我十分羞愧地转过身去面向他，
至今这情景还萦绕在我的脑中。
正像一个人梦见自己遇上不幸，
他尽管已在梦中，却仍渴望做梦，
他希望那是梦境，却又好像那并不是梦[43]，
我此时也正是这种心情，我说不出话来，
我希望能道歉，然而也道了歉，
我却以为自己做不到这一点。
老师说："哪怕是更少的羞愧之心，
也能把更大的过错洗净[44]，
况且这也不算是你的过错，因此，你尽可释去种种痛悔之情；
你该注意到：我时刻都在你的身旁，
一旦幸运女神再次把你
送到人们进行这类争执的地方；
因为愿意倾听这种相骂，是一种低劣的愿望。"

第三十一首

巨人

(1—45)

宁禄

(46—81)

厄菲阿尔特斯与布里阿留斯

(82—111)

安泰俄斯

(112—145)

同一条舌头先是责备我,
弄得我两颊羞红,
然后, 它又医好了我的病痛①。
我曾听过这样的叙述:
阿奇琉斯和他父亲的那把投枪,
就常使人先是感到忧伤, 然后又得到良好的奖赏②。
我们背向那凄惨的深谷而行③,
沿着环绕深谷的堤岸迈进,
穿过堤岸, 默不作声。
这里既不是白天, 也不是夜晚④,
这令我无法向稍远处投射我的视线;
但是, 我却听到一阵响亮的号角声在回旋,
那声音是如此震耳, 甚至赛过一切雷鸣,
那响声传送的路径恰好与它发出的方向相反,
它使我朝那边盯住一个地方, 目不转睛。
在那惨痛的溃败之后,
查理大帝丧失了神圣的战友⑤,
就是罗兰也不曾把号角吹得如此令人动魄心惊。
我把头稍微转向那边,
我似乎看见许多高塔矗立眼前,
于是我说: " 老师, 请告诉我: 这是什么城镇? "
他向我答道: " 由于你在黑暗之中,
从过远的地方一眼望去,
你可能会把形象辨认不清。
倘若你去到那里, 你就会看明
那遥远的形象是怎样把视觉蒙混;
因此, 你该赶紧走近。"
他随即亲切地握住我的手,
说道: " 在我们向前走动之前,
为了使你不致为此感到胆战心惊,
你该知道: 这些不是高塔, 而是巨人⑥,
他们全都是从肚脐以下,
待在那堤岸围绕的深井。"

犹如浓雾散去，视力逐渐看清
那雾气遮掩的情景，
正是雾气把空气变得那么浓重，
我此时也正是这样：透过那浓密而昏暗的气氛，
逐步向岸边靠拢，
错觉从我身上消失，恐惧在我心中加重；
因此，正像在蒙泰雷焦尼的团团围墙之上[7]，
座座塔楼拔地而起，
深井四周的边沿也与此别无两样，
那些可怕的巨人的半个身体，高塔般俯瞰着井边，
即使宙斯在威胁着他们，
从天上发出雷电[8]。

宁禄

我这时已经看出一个巨人的脸面[9]，
看见他的大部分肩膀、胸脯和肚腹，
还看见他的双臂顺着臀部垂在两边。
既然自然界业已放弃生产这类动物，
当然，它就做了大大的善事：
它使战神玛尔斯把这种战争执行者一概丧失[10]。
自然界固然对生产大象和鲸鱼并不悔恨，
但是，凡是明察秋毫的人都会承认，
它这样做是更加正确，更加谨慎；
因为一旦理智的力量
加在恶意伤人的意愿和威力之上，
人们就无力与之作任何对抗[11]。
我觉得，那巨人的脸又大又长，
宛如罗马圣彼得大教堂的那颗松果[12]，
其他骨骼也与这张脸比例相当；
这一来，那堤岸竟成为一块遮羞布[13]，
它把那下半身盖住，
却把那上半身充分暴露，
纵然三个弗里西亚人叠立在一起，也很难自吹能摸到他的发部[14]，

因此，我所见到的此人，从扣斗篷的地方以下算起[15]，
也足有三十拃之巨[16]。
“拉菲尔，马伊，阿麦凯，扎比，阿尔米[17]。”
那凶恶的嘴巴开始叫喊，
这样的嘴巴不适合吟诵甜美的诗篇。
我的导师向他说道：“愚蠢的灵魂，
你就只管吹号角吧，只要你怒火中烧[18]，
或是满怀其他激情，你就用它来发泄怨恨！
你从脖颈上寻找你的号角吧，
你会发现那皮带把它就系在你的脖颈，
哦，糊涂的魂灵，你该看到它像绶带般套在你那宽阔的前胸。”
接着，导师又对我说：“他在自我暴露；
此人就是宁禄，由于他居心不良，
竟使人不能只把一种语言用在世上[19]。
随他去吧，我们不必枉费唇舌；
因为各种语言对他都是无法听懂，
正如他的语言对别人一样，谁也无法弄通。”

厄菲阿尔特斯与布里阿留斯

随后，我们又走了更长一段路程，
向左转行；而在一箭之地，
我们又发现另一个身材更大、相貌更凶的巨人。
我说不出是哪一位铁匠师傅
用锁链把他缚住，
但是，他的左臂被捆在前边，
而右臂则被捆在后面，
那锁链从他的脖颈以下，把他缠了又缠，
在那暴露外面的上半身甚至绕了五圈。
我的导师说道：“这个狂傲的人竟想试用他的威力，
反对至高无上的宙斯，
因此，才得到这样的赏赐。
他名叫厄菲阿尔特斯，就在巨人们恐吓诸神之时[20]，
他曾作出胆大包天的尝试：
他曾胡乱挥舞他那双臂，而从此那双臂永无动弹之力。”

我于是对导师说:“可能的话,
我真希望使我的眼睛能见识一下
那庞大无比的布里阿留斯㉑。”
导师就此答道:“你将看到安泰俄斯㉒,
他离此不远,能言谈,又未被缚住,
他会把我们送到这罪恶深渊的底部㉓。
你想见到的东西在更远处多不胜数,
他们都像此人一样被捆住,形状也相同,
除了他们的面目显得更加狰狞。”
即使十分强烈的地震
也不会把一座塔楼如此猛烈地撼动,
就像厄菲阿尔特斯随时都会撼动他的全身㉔。
倘若我不曾看见那些锁链,
这时我会比过去任何时候都惧怕死神,
而单只那恐惧就足以令我丧命。

安泰俄斯

我们于是又继续向前,
我们来到安泰俄斯身边,
他从深井中露出,不算头部,整整有五阿拉㉕,
“哦,你曾住在那幸运的河谷㉖,
那河谷曾使斯基比奥获得无上光荣,
而汉尼拔与他的部下则败退逃奔,
你曾捕获狮子千头作为食品,
倘若你曾参加你兄弟们的那次激烈战争,
至今还会有人认为,
那些大地之子原会旗开得胜㉗。
请把我们送下去吧,切勿不屑理睬我们,
请把我们送到科奇土斯,那里,寒冰把湖水冷冻㉘。
请不要令我们去求助提替俄斯和提弗乌斯㉙:
此人可以奉献这里人们所渴求的物品㉚,
因此,请俯下身来,不要扭曲你的面孔㉛。
因为他是活人,他还能使你在世间扬名,
等待他的还有漫长的人生旅程㉜,

只要天神的恩泽不提前把他唤到身边。”
老师说了上述一番话；那人于是
赶紧伸出双手，抱起我的导师，
而过去海格立斯感到自己正是被这双手有力紧握[33]。
维吉尔觉出自己已被抱住，便对我说：
“到这里来，让我把你抱起。”
他随即一手把我搂住，就像一块布包住他和我。
犹如从倾斜的下方，仰望加里森达斜塔[34]，
一旦一片云朵从它上面掠过，
就仿佛那斜塔倾下，迎向云朵；
在我看来，安泰俄斯也正是这样，
我注意观看他俯下身躯，而就在此刻，
我宁可有另一条道路可供选择。
但是，他却轻轻地把我们放到井底，
正是那井底把卢齐菲罗和犹大吞食在一起[35]；
因为他是深弯身躯，他未曾拖延下去，
他立即把身子挺直，犹如海船把桅杆竖起。

但是，他却轻轻地把我们放到井底，
正是那井底把卢齐菲罗和犹大吞食在一起。

第三十一首
第 142、143 行

第三十二首

科奇土斯湖

（1—30）

该隐环

（31—69）

安特诺尔环

（70—78）

博卡·德利·阿巴蒂

（79—123）

乌哥利诺伯爵与鲁吉埃里大主教

（124—139）

倘若我有尖酸辛辣的诗句,
正如描绘这个凄惨的洞穴本该使用适当的词语①,
而在这洞穴之上另有大片岩石块块矗立,
我原会更充分地绞尽脑汁来这样做;
但是,因为我对此类诗句并不掌握,
我只好惴惴不安地勉强述说;
因为要把整个宇宙的底层描写透彻②,
这可不是应予轻率对待的一个举措,
也不是用呼妈唤爸的舌头就能加以叙说③:
不过,但愿众女神能帮助我完成我的诗作④,
她们曾帮助安菲翁建筑特拜城的围墙⑤,
但愿她们帮助我述说也不致有两样的结果。
哦,所有这些生来不幸的罪人啊,
你们待在此地,这使我谈起你们是多么困难⑥,
你们倒不如曾作为绵羊或山羊活在人间!
我们这时已落入这黑暗的深井⑦,
在那巨人的脚下,我们显得低矮更甚⑧,
我还在凝眸观望那高耸的石壁,
耳听有人在对我说:"看看你是怎样走过来的;
走开,你不要把脚跟
踩在可怜而又悲惨的兄弟们的头顶⑨。"
于是,我转过身来,看到我的面前,
在我的脚下,有湖水一湾⑩,
因为湖已冰冻,它不像是水,倒像是玻璃片。
奥地利的多瑙河在冬季,
它的水流也不会结成这样厚实的冰层,
顿河在那寒冷的天空下也不会这样结冰⑪;
即使坦贝尔尼基山或是皮埃特拉帕纳山⑫
倒落到这冰湖上边,
冰湖也不会发出咯咯的震裂声,哪怕是在它的边缘。

犹如青蛙把嘴脸浮出水面⑬,
呱呱地叫个没完,
而这时节,农妇则常常梦见把麦穗拾捡⑭;
那些埋入冰中的受苦幽魂
冻得青紫,一直埋到羞愧发红的面孔,
他们牙齿打战,发出鹳鹤的敲喙声。
每个鬼魂都把脸转到下面:
嘴上证明他们在挨冻受寒,
眼里则证明他们在痛苦心酸⑮,
这时,我朝我的四周扫视了一下,
又把目光转到脚下观察,
我看见有两个人紧贴在一起,头发也相互混杂⑯。
我说:"你们俩彼此贴胸抱紧,
请告诉我,你们是何人?"
他们仰起脖颈;随后又朝我抬起了面孔,
他们的眼睛先是含满了泪水,
此刻则把眼泪滴滴洒落在双唇,
寒冷把他们之间的泪水冻结成冰,把他们二人也紧紧密封⑰。
即使铁条也从不会把木板与木板钳得如此之紧;
因此,他们就像两头山羊似的一起撞顶,
冲天的怒气使他们无力抗争。
有一个人已经把双耳冻掉,
尽管他一直把脸面放到下边,
他说道:"为什么你这样死死盯住我们?
你若是想知道这两个是何人,
毕森丘河倾泻而下的那片河谷⑱
就属于他们的父亲阿尔贝托,也属于他们⑲。
他们俩是从一个肉体中出生⑳,
你可以在整个该隐环中到处寻觅,
你找不到更值得埋入寒冰的鬼魂。
那个被亚瑟王一手刺死的人比不上他们,
亚瑟王刺穿了他的胸膛,也毁坏了他的身影㉑;
佛卡恰也比不上他们;

那个用脑袋挤着我、令我无法看得更远的人
同样比不上他们㉒，他名叫萨索尔·马斯凯罗尼㉓，
你若是托斯卡纳人，如今就该很清楚他是何许人。
为了使你不必让我多费辞令，
你可以知道：我就是卡米丘恩·德·帕齐㉔；
我正在等待卡尔林，他会使我的罪行显得更轻㉕。”

安特诺尔环

后来，我又看见上千个冻得青紫的面孔；
这使我不禁打起寒噤，
每逢我见到冰冻的水塘，我总会这样情不自禁。
我们朝那中心地区走去，
一切重量都汇集在那里㉖，
此刻在那永恒的冰天雪地，我不由得浑身战栗㉗。
我不知这是出自天意，还是命运使然；
但是，当我从这些人头中穿过时，
我的一只脚却重重地踢到一个人的脸面。

博卡·德利·阿巴蒂

他边哭边对我叫骂：“你为什么踢我？
既然你不是来加重蒙塔佩尔蒂的报复㉘，
那你又为什么折磨我？”
我于是说：“我的老师，现在请你在这里等我，
我要消除对此人的疑惑：
然后，你可以听凭你的意愿，催促我加快前行。”
导师停下步来，我于是对那人说道，
尽管那人仍在穷凶极恶地骂个不停：
“你究竟是什么人，竟然如此训斥别人？”
“那么你是什么人，竟然在安特诺尔环走动㉙？”
那人答道，“还脚踢别人的脸面，踢得那么重，
倘若我是活人，这一足也过分伤人㉚。”
我的回答是：“我可是个活人，这可能会对你有价值，
倘若你想要扬名人世，
我可以在此行其他纪录中记下你的名字㉛。”

他于是对我说："我渴求的恰好相反；
你从这里滚开，不要再跟我捣乱，
在这个深渊里，你说这些讨好话实在是打错算盘[32]！"
于是，我把他后颈上的头发一把揪住，
说道："你必须说出你的姓名，
不然的话，你这里的头发会一根不剩。"
这时他对我说道："即使你揪掉我的头发，
我也不会告诉你我是什么人，
即使你倒在我头上一千回，我也不会让你看出我是谁。"
我此刻已经把他的头发攥在手里，
我从他头上拔掉不止一绺，
他不住地吠叫，眼睛拼命往下瞧[33]。
这时，另有一人叫道："你怎么了，博卡？
你若不吠叫，光用腮帮子打出声响难道还不够么[34]？
你究竟着了什么魔？"
我说道："我现在不想再让你多讲，
可恶的叛贼；我将来要介绍你的真情实况，
好叫你臭名远扬。"
他答道："滚开吧，你愿意怎样说就怎样说，
但是，你一旦从这里出去，
万不可不提那个家伙：他现在竟然如此油嘴滑舌[35]。
他在这里哭泣的是法国人给他的那笔钱财：
你将来可以说，'我曾见到那个多维拉家的人[36]，
就在那有罪之人挨冻受罪的地带。'
倘若有人问你：'还有其他人么？'
你就说，他的身旁还有贝凯里亚家的人[37]，
佛罗伦萨曾砍断他的脖颈。
我想，在更远处，那是贾尼·德·索尔达尼埃尔[38]，
同他一起的是加奈洛内和泰巴尔代洛[39]，
正是泰巴尔代洛在法恩扎人熟睡时大开了城门。"

我们已经离他远去，
这时我看见有两个人冰冻在一个窟窿里[40]，
一个头像顶帽子扣在另一个头上；
犹如一个人饥肠辘辘，在啃啮面包，
上面的人正是这样把下面的人用牙紧咬[41]，
他所咬之处是脑壳与颈椎相连的地方：
这与提德乌斯怒火万丈，
啃咬梅纳利普斯的太阳穴没有两样[42]，
那人也在狠狠地啃啮着另一人的头颅和其他部分[43]。
我说道：“哦，你在你啃咬的那人身上，
表现出如此残暴的愤恨，
请告诉我，这是什么原因，
暂且以此为条件，倘若你对他发泄怨恨是在情理之中，
一旦我得知你们是谁和他所犯罪行，
我一定会在尘世为你昭雪冤情，
只要我用来说话的舌头不致干枯难动[44]。”

第三十三首①

乌哥利诺伯爵

（1—78）

对比萨的谴责

（79—90）

托勒密环

（91—108）

阿尔贝里哥修士与布兰卡·多里亚

（109—150）

对热那亚的谴责

（151—157）

那个罪人从那可怕的食物上抬起嘴巴②,
把嘴巴在头发上擦了擦,
那正是长在被他啃烂的后脑壳上的头发。
接着,他开言道:“你希望我把那绝望之痛重述一番,
而这痛苦是如此压抑着我的心田,
只要一想起,未经讲述,我就先肝肠痛断。
但是,我的话语若是一些种子,
能结出果实,揭露我所啃啮的那叛贼的丑事,
你就会看到我泪水滂沱,追述往事。
我不知你是谁,也不知你如何
来到这地下;但听到你讲话,我便觉得,
你似乎是地道的佛罗伦萨人。
你想必知道,我就是乌哥利诺伯爵,
此人则是鲁吉埃里大主教③:
现在我就要告诉你:我为何是他如此残暴的近邻。
正由于他用心险恶,
我又对他十分信任④,
我先是被擒,随后丧命,这一点不必多云。
但是,你无从知晓的是:
我死得多么悲惨,
你就将听到并了解他是否曾把我摧残。
那鹰塔有一个狭小的窗洞⑤,
而由于我的缘故,鹰塔才有饿塔之称⑥,
此后它还需要监禁别人,
那窗洞通过它的缝隙,向我显示:
多少月业已流逝,而这时,
我则做着噩梦,这噩梦撕破了遮盖我的前途的纱巾。
此人在梦中像是进行围猎的老爷和带头人⑦,
他猎取老狼和小狼在那崇山峻岭⑧,
那山岭使比萨人不能把卢卡看在眼中⑨。
他让瓜兰迪家族、西斯蒙迪家族及兰弗兰迪家族
带领着瘦骨嶙峋,却又动作敏捷、训练有素的猎犬⑩,
作为他的先驱,布置在最前线。

经过短暂的一阵奔跑，我感到
父亲和儿子们已经精疲力竭，无力再逃，
我似乎看到，锐利的犬齿撕裂父子们的臀腰。
清晨来临之前，我一觉苏醒，
我听到我的儿子们在梦中哭个不停[11]，
他们与我关押在一起，正要求有面包食用。
倘若你想到我的心灵所预测的下场而无动于衷，
那么你真是残酷无情；
倘若你不为此而哭泣，那么你通常究竟为何才泣啼？
这时，他们都已醒来，
而我们通常用饭的时间也在临近，
由于他们都做梦，他们都害怕梦会成真；
我听到可怕塔楼的下层，
传来钉门的声音；
于是我盯住儿子们的面孔，默不作声，
我不曾啼哭，我的内心已如铁石般坚硬：
他们则在泣不成声；
我的安塞尔穆丘说道：'你这样目不转睛，你怎么了？父亲[12]！'
因此，我既未流泪，也未回答，
那一天，整个白昼是如此，夜晚临近也无变化，
一直到次日的太阳又在世间升起。
这时，一点点光线
射入凄惨的监狱，
我从四张脸上看出我自己的模样，
我悲痛欲绝，把我的双手紧咬不放；
他们以为我这样做是想吃东西，
便立即纷纷起立，
说道：'父亲，倘若你把我们吃掉，
这会使我们的痛苦大大减少：
你曾把这些可怜的血肉给我们穿上，现在就索性把它们剥掉。'
于是，我冷静下来，为的是不使他们更加悲哀，
当天和翌日，我们全都不把口开；
唉，狠心的大地啊，为何你不把自己打开？

后来，我们挨到第四天⑬，
加多扑倒在我的脚前⑭，
69 说道：‘我的父亲，你为何不帮助我啊？’
说罢，他就断了气；正像你如今见到我这个样子，
我眼见三个儿子一个接着一个倒下去，
72 这是在第五天和第六天之间；这时，我已双目失明⑮，
我拼命地在他们身上摸来摸去，
在他们死去之后，我呼叫他们有两天之久⑯，
75 后来，饥饿终于比悲痛更有能力把我的性命夺走。”
他说完此话，便歪斜着眼睛⑰，
重又用牙齿把那可悲的头颅咬啃，
78 那牙齿一直啃到骨头，如同犬牙一般坚硬。

对比萨的谴责

啊，比萨，你是美丽国土的居民的耻辱⑱，
在那片国土上，可以听到说“西”⑲，
81 既然邻人迟迟不来惩罚你⑳，
那就让卡普拉亚和哥尔格纳移动过来㉑，
把阿尔诺河的河口阻挡，
84 让河水把每个人都淹死在你的土地上！
因为乌哥利诺伯爵固然
有叛卖你的城堡的声名㉒，
87 你却不该让他的儿子们惨遭牺牲。
他们青春年少，烂漫天真，
新的特拜城啊，他们就是乌圭乔内和旅长㉓，
90 还有上面诗句提及的另外两个人㉔。

托勒密环

我们又向前行，那里的寒冰㉕
把另一群人残酷地包拢，
93 他们不是转身朝下，而是全都仰卧冰中。
眼泪本身无法流淌，
痛苦的泪水在眼睛里遇到屏障，
96 只好流回心中，加剧悲伤㉖；

因为最先流出的眼泪冻成冰核，
竟如同一副面盔，由水晶制成，
这些泪水把睫毛下边的水盆填得严密无缝[27]。
尽管我的面孔
已冻得麻木不仁，
就像生有老茧的部分，
这时我却似乎感到有阵阵来风；
因此，我说："我的老师，这风是谁在吹动？
这下面不是一切蒸气都已消失尽[28]？"
他于是对我说："过一会儿你就会明白，
这风是从何处来，
因为你会看到这阵风吹落的原因所在[29]。"

阿尔贝里哥修士与布兰卡·多里亚

冰层受苦人当中有一个人
这时向我们喊道："哦，狠心的魂灵，
既然你们来到这最后一环地层，
就替我把脸上的坚硬面纱揭除，
让我在泪水冻成冰块之前，
能稍微发泄一下压抑我心灵的痛楚。"
因此，我对他说道："你若想要我助你一臂之力，
就告诉我你是谁，而我若不能把你解脱，
就该让我沉入这冰湖的湖底[30]。"
于是他答道："我是阿尔贝里哥修士[31]，
我就是那个献上罪恶果园中长出的水果的人，
而如今我则在这里，用无花果把海枣换得[32]。"
我对他说："啊！难道你现在就已死了么[33]？"
他于是对我说："我的肉体在世上究竟如何，
我对此一概不晓得。
这个托勒密环就有这个特权[34]，
在阿特洛波斯推动世人死亡之前[35]，
灵魂却往往先堕入地府深渊。
为了让你更加心甘情愿
把那冻成玻璃似的眼泪从我脸上剥去，

你可以知道，一旦灵魂背叛，
就像我所做的一般，
魔鬼就会把他的肉体夺走，然后把它控制在手，
尽管他活着的时间仍在全部流转。
灵魂一直堕落到这深井之中；
也许这阴灵的肉体却仍在尘世间留存，
而这阴灵却尾随着我，到这里苦度严冬㊱。
如果你只是现在才来到地下，你想必知道他：
他是布兰卡·多里亚先生㊲，
多年已经过去，自从他被封在冰中。”
我对他说：“我认为，你是在骗我；
因为布兰卡·多里亚尚未死掉，
他仍在吃吃，喝喝，穿衣，睡觉。”
他说道：“在上面马拉布兰卡们的沟壑里㊳，
烧滚着黏黑的沥青，
而米凯莱·赞凯尚未来到其中㊴；
此人曾让魔鬼钻进他的肉体，作为他的替身㊵，
他的一个亲戚也同样如是，
这亲戚曾同他一起犯下背叛的罪行㊶。
但现在，请把手伸过来；替我把眼睛打开。”
而我并未替他打开双目；
对他不讲信义，就等于以礼相待㊷。

对热那亚的谴责

啊，热那亚人啊，你们这些人
缺乏任何良风，却充满种种恶习，
你们为何不在人世绝迹？
因为我在你们当中发现有一个人㊸，
他与罗马涅的那个更加险恶的鬼魂待在一起㊹，
由于他的所作所为，他的灵魂早已浸在科奇土斯湖里，
而在上面的尘世，却仍可见到他那活生生的肉体。

第三十四首

犹大环

（1—15）

卢齐菲罗

（16—60）

犹大、布鲁都与卡修斯

（61—67）

脱离卢齐菲罗的身体

（68—99）

维吉尔对宇宙的解释

（100—126）

重登地面

（127—139）

“地狱之王的旗帜在向我们行进①；”
我的老师说道，“因此，你若能把它看清，
就该举目向前观定。”
犹如浮起一片浓雾，
或是黑夜把我们的半球笼罩住。
这时，远处似有一座风车在把阵风吹送，
我觉得此刻看到的正是这样一架庞大机器在转动；
由于阵风强劲，我蜷缩到我的导师后身；
因为这里没有其他洞窟可以避风。
那时我已身临其境，而如今把所见景象写入诗句也仍
　感肉跳心惊，
那里的所有鬼魂都被寒冰覆盖②，
他们像放在玻璃里的麦秆那样透明，
有人躺卧；有人直立，
这个脚朝下，那个倒栽葱③；
还有人弯腰似弓，把面孔弯向脚跟④。

卢齐菲罗

我们向前走了很远，
这时，我的导师很愿向我指明
那个曾有过美丽容貌的生灵⑤，
他走到我前面，让我停下，
说道：“这便是狄斯，这也便是
你必须壮起胆量之地。”
读者啊，请不必询问：
我当时是怎样遍体冰凉，浑身无力⑥，
我现在也不把它写出，因为任何话语都会是词不达意。
当时我不曾死，也不算仍然活着：
你若有一些智慧，今天不妨自行捉摸，
想想我当时变成什么模样；既不是死，又不是活。
痛苦王国的那个皇帝⑦
从冰湖中露出前胸的一半；
拿我与一个巨人相比，

要胜过拿巨人们对比他的手臂[8]：
你现在可以想见那整个身体
该是多么巨大，它与这样一个部分又是多么对称[9]。
既然他过去是那样美，正如他今天是如此丑，
他竟敢竖起眼眉，对抗他的造物主，
人间的一切痛苦就理应从他身上产出[10]。
啊，我看到他头上竟有三张脸，
这对我来说是多么大的奇观[11]！
一张脸在前面，而且是鲜红一片；
另有两张脸与这张脸相连，
生在每个肩膀中央的上边，
然后又延伸到长有冠毛的地方[12]：
右脸似乎又白又黄；
左脸看来与来自尼罗河的水浪
泻下之处的那些人的肤色一样[13]。
每张脸之下伸出两只大翅膀[14]，
其大小与同样体积的飞鸟恰好相当：
我从未见过像那翅膀这样大的海船船帆。
翅膀都没有羽毛，而是像蝙蝠的双翼一般；
这些翅膀不停地扇动，
从他身上扇出了三股风：
因此，整个科奇土斯湖才冷冻成冰。
六只眼睛都在流泪，顺着三个下巴，
滴滴流下，泪水中还有血红的唾液掺杂[15]。
每张嘴都在咀嚼着一个罪人，
像是打麻机在绞碎麻茎[16]，
这使那三个罪人痛不欲生。
对前面那个人来说，咬嚼算不上酷刑，
酷刑倒是用利爪抓搔，
有时，那罪人脊背上的皮竟被全部剥掉。

犹大、布鲁都与卡修斯

老师说："在上面的那个鬼魂受刑最重，
他就是加略人犹大[17]，

他的脑袋在嘴里，两腿则在嘴外，乱踢乱动。
另外两个人则是头朝下，
那个悬在嘴边、长着黑发的是布鲁都[18]：
你看他是在怎样扭曲身体，一言不发，
另一个是卡修斯，他看来仍是那么身强力大[19]。

脱离卢齐菲罗的身体

但是，夜又已降临，
现在必须离开此地，因为我们已看完所有情景。”
我迎合他的心意，把他的脖颈搂紧；
他也把时间和地点安排就绪，
等到翅膀张开到相当大的程度，
他就攀住那毛茸茸的肋部。
然后在那浓密的汗毛与寒冷的冰层之间，
抓住一根根汗毛向下攀援。
我们来到大腿转弯的地方，
恰好在臀部高高的突起之处，
这时导师已疲惫不堪，吁吁气喘，
他把头掉到他的双腿所在的一边[20]，
一把抓住汗毛，如同一个人向上攀援[21]，
这一来，我倒以为他是又朝地狱重返。
老师像一个精疲力竭的人那样喘着粗气，
说道：“好好搂住我，
因为必须顺着这个阶梯离开这万恶之地[22]。”
接着，他从一块岩石的孔洞中爬出[23]，
把我放下，让我坐到洞边；
他随即迈出敏捷的一步，来到我的跟前。
我抬起双眼，以为我看到的卢齐菲罗，
会像我离开他时一模一样；
而我这时看到的他，却是双腿向上[24]；
愚昧无知的人可以想一想
我当时是否惊得手足失措，
因为他们也不明白我是从什么地方经过。
老师说：“快站起来：

道路还很漫长，行程还很艰险㉕，
况且，太阳又已升到三时经的一半㉖。”
我们所到之处不是宽敞明亮的大厅㉗，
而是一个天然洞穴㉘，
地面凹凸不平，光线昏暗不明。

维吉尔对宇宙的解释

这时，我把身子站直，说道：
“我的老师，在我离开地狱之前，
请对我略加解释，澄清我的疑团：
那冰湖现在哪里？
这家伙怎会头下脚上地倒立？
怎么在如此短暂的时刻，太阳就从夜晚来到晨曦？”
他于是对我说：“你现在仍以为
你是在地球中心的那一边㉙，
我曾在那里抓住那穿透世界的罪恶蛆虫的汗毛攀援㉚。
在我向下攀援时，你恰好是在那一边㉛；
等到我把身子掉转，
你则穿过了把各方面的重量吸引到一处的那个地点㉜。
你如今已来到这个半球之下，
它正是在另一个为大片干地所覆盖的半球对面㉝，
而在另一个半球的顶端下边㉞，
未经原罪而生、生来也清白无罪的那位曾遭摧残㉟：
你现在脚踩的是小小的圆球，
它的另一面是犹大环㊱。
这里是清晨，那里则是夜晚㊲；
这家伙曾让我把他当作阶梯，
他如今仍然像原来那样竖立。
正是在这一边，他曾从天上堕下；
而陆地以前曾从这里冒出，
因为害怕他，才用大海把自身遮住，
并且来到我们这个半球；或许，
为了逃避他，显露在这一边的那片陆地
曾把空地留在这里，重又向上奔去㊳。”

那下面有一个地方，与鬼王别西卜相距甚远[39]，
而坟墓的伸展也与这远近一样长短[40]，
因此，不是靠听觉，而是凭声音才把这个地方发现，
那声音来自一条小溪[41]，
它顺着一块岩石的孔洞泻下，流到这里，
那孔洞正是被小溪流经的蜿蜒曲折而又略微倾斜的水道腐蚀而成，
导师和我沿着这条幽暗的路径，
又开始重返那光明的世界之中，
我们顾不上丝毫休整，
他在前，我殿后，我们一起攀登，
直到我透过一个圆洞[42]，
看见一些美丽的东西显现在苍穹[43]，
我们于是走出这里，重见满天繁星[44]。

注 释

第一首

1. 《神曲》全诗共分三部诗篇(Cantica),即《地狱篇》、《炼狱篇》和《天堂篇》。《地狱篇》有诗歌(Canto)三十四首,其他两篇各有三十三首,全诗总计一百首。《地狱篇》的第一首诗歌,实际上是全诗的“序诗”,该篇本身的真正“序诗”,是第二首。
2. 人生的“一半旅程”系指三十五岁。其依据是《旧约·诗篇》第九十节第十句,其中说上帝“赐给人七十年的寿命”。但丁在其另一部著作《筵席》(*Convivo*)第四篇第二十三节第六至十句段中曾写道:“尘世上人的生命可以比作一扇拱门,许多人认为,拱门的顶端相当于三十岁至三十四岁之间,但我认为,把这顶端看成三十五岁则更理所当然。”但丁的这句诗,写他即将开始遨游地狱,可能受到《旧约·以赛亚书》第三十八章第十句(即:“我正当盛年,竟然快要离开人世。”)的启发。一般注释家认为,但丁大约生于1265年,其地狱之行可能是在1300年,亦即正当他三十五岁的时候;日期约是在“神圣的星期五”(即复活节前的星期五,亦即耶稣受难日)的晚上,即4月8日的晚上,或是按传统说法,集亚当的创造、耶稣被孕育和耶稣受难于一日的3月25日的晚上。
3. “幽暗的森林”据一般注释家分析,有双重含义:一是象征人世间的错误和歧途,二是隐喻当时意大利社会的混乱状态,而这种状态主要是教会的腐败堕落和皇权的软弱无力造成的,这正反映了但丁的政治观点。
4. “逢凶化吉而脱险”指但丁陷入歧途之后,得到上天派遣的罗马诗人维吉尔(Virgilio,公元前70—前19)的救援。“其他事物”指下面但丁路遇三头猛兽威胁。维吉尔对但丁在文学上的成长,特别是对《神曲》的撰写,影响很大;《神曲》大量引用了维吉尔的名著《埃涅阿斯记》(*Eneide*)的内容。
5. “山丘”与“森林”相对,指在上天保佑下走向幸福之途。
6. “星球”指太阳。依据中世纪盛行的托勒密天文体系(Sistema tolemaico),太阳是围绕地球而转动的;这里则隐喻上帝。
7. 这是《神曲》中第一个用生活细节的描绘形容诗中情景的比喻。
8. 此句寓意费解,古今注释家争议颇多。从字面上看,是描述登山的步伐:当向上迈出一只脚时,总要把立在下面的另一只脚放稳。十四世纪的薄伽丘(Boccaccio,1313—1375)和本维努托(Benvenuto)都持这种看法,本维努托说:“当一个人登山时,那只放在下面的脚总是要承受登山人的全部体重。”但十三世纪的大阿尔贝托(Alberto Magno,1193—1280)则认为,“立得最稳”的脚应是“左脚”,“左脚”代表着尘世间的七情六欲,它干扰着“登山者”的行为,不能配合象征理性的右脚。当代注释家萨佩纽(Sapegno)认为,此句说明但丁行路还是不轻便,不稳定的,隐喻他“对达到实现美德的境地还把握不大”。译者认为,萨佩纽的看法有一定道理,但丁运用左右两脚在登山时轮番地放低、立稳、承受体重作用的运动规律,说明寻求天国幸福不像平地行走那样容易,即通往天国之路不是坦途。
9. “豹子”隐喻肉欲,与随后出现的“狮子”和“母狼”一起象征着三重障碍和三种罪恶(“狮子”象征狂傲,“母狼”象征贪婪)。近代评论家也有把豹子解释为象征嫉妒的。据1285年一份文献记载,当时佛罗伦萨市政府曾有一个关闭一头豹子的笼子,但丁可能看到过。有关三头猛兽的想法可能出自《旧约·耶利米书》第五章第六句:“有狮子要从森林出来杀害他们,豺狼从荒野出来毁灭他们,豹子也虎视眈眈,瞪着他们的城邑,无论谁从城中出来,都要被撕裂。”
10. 中世纪计算白昼时间系从日出算起(早六时许),直至日落(约十八时),然后则开始计算夜晚时间。因此,豹子出现的时间约在凌晨。
11. 古代,特别是中世纪,一般认为,上帝造物是在春季,而且首先是创造星辰;这时,太阳位于黄道星座的白羊宫,恰值春分。
12. 但丁之行始自春分,又在凌晨,因此,但丁认为,时间和节气都对他十分有利。

13. 如前所注,母狼象征贪婪,在但丁看来,这是最危险的。此说来自《新约·提摩太前书》第六章第十句,即圣保罗说:"贪财乃是万恶之根。"当代注释家雷吉奥(Reggio)分析说,但丁认为,"贪婪是佛罗伦萨和意大利的一切祸害的根源,是教会腐败的起因,是妨碍世间伸张正义的障碍",而正因为当时缺少"一位能约束和制止贪欲的皇帝","才无法实现和平和伸张正义"。但丁的这一政治思想在他的著作《帝制论》(*De Monarchia*)中曾有明确阐述。

14. 萨佩纽认为,这并不是一个"真正的比喻","倒莫如说,它是间接描述人物的心态,即他一心指望能爬到altezza(山峰),后来则发现自己的希望归于泯灭,因而失望得垂头丧气"。

15. 这是从声音的角度来描绘太阳,注释家雷吉奥说,这是一个"大胆的比喻","把视觉和听觉加以调换",其含义显然是指森林中看不到太阳。

16. 此人为维吉尔,实际上为维吉尔的鬼魂,在诗中象征理性和哲学,负有上天赋予他指引但丁遨游地狱和炼狱、走向尘世幸福的使命,其寓意是:人要依靠理性和哲学,才能克服自身的错误和罪恶,走上自新之路。

17. 此处原文为fioco,即指声音喑哑,几乎发不出声。但古今注释家对该词的真正含义有不同的解释,主要有如下几种:一是说维吉尔沉默太久,以致连话都说不出来了;二是说森林中光线很暗,维吉尔轮廓不清;三是说维吉尔长期沉默不语,因而其形象在世人的心目中变得模糊了,即有被人淡忘之意(当代注释家帕利亚罗Paliaro);四是说维吉尔作为理性的化身,其"理性的呼声在有罪过的人的心灵中曾长期缄默,这时才开始重新苏醒,要以建议拯救对方,但仍难以令对方听到"(萨佩纽)。

18. "可怜"一词的原文为拉丁文miserere,是礼拜仪式的习惯用语。

19. "伦巴第"(形容词lombardo或名词Lombardia),为中世纪说法,出自"隆哥巴迪"(Longobardi)一词,指居住在意大利北部波河流域一带的日耳曼居民;但丁时代,则是指意大利北部接近今伦巴第大区(Lombardia),亦即包括部分威尼托大区(Veneto)和部分艾米利亚大区(Emilia)一带地方的居民,往往也指"意大利人",特别是阿尔卑斯山以北的意大利人。今天的伦巴第大区,在维吉尔时代,属阿尔卑斯山内高卢地区(Gallia Cisalpina);雷吉奥指出,维吉尔用了这个与其时代不合的词,是《神曲》中一个"著名的与年代不符的写法"。

20. 维吉尔出生在安德斯镇(Andes),即今皮埃托莱镇(Pietole),年代为公元前70年。"在凯撒时代"原文用拉丁文sub Julio;Julio即Giulio,为凯撒的名字(有的版本把Julio印成Iulio)。维吉尔诞生时,朱利奥·凯撒(Giulio Cesare,公元前100—前44)尚未成就大业;凯撒于公元前44年遇刺身亡时,维吉尔才二十六岁,也未来得及得到凯撒生前赏识,故有"余生也晚"之叹。

21. "奥古斯都"(Augusto,公元前63—14),为罗马帝国第一位皇帝,全名为奥古斯都·卡尤·凯撒·屋大维(Augusto Caio Cesare Ottaviano),"奥古斯都"系元老院和罗马人民因其功勋卓著、人品高尚而献给他的称号,意谓神圣、崇高。为凯撒的姐姐的外孙,被凯撒立为继承人。凯撒死后,完成帝业,文治武功卓著,对维吉尔甚为器重。

22. 指当时尚无基督教,因而异教盛行(维吉尔死于公元前19年,耶稣尚未诞生)。

23. "安奇塞斯的儿子"指埃涅阿斯(Enea),维吉尔于《埃涅阿斯记》中记载了他的传说。埃涅阿斯原系希腊神话中的一个英雄人物,是特洛伊(Troia)人安奇塞斯(Anchise)与爱神维纳斯(Venere)所生的儿子。特洛伊城被攻陷后,他背负着老父,手携幼子阿斯卡尼奥斯(Ascanio,或名"尤路斯"Julo),偕同妻子克雷乌萨(Creusa)逃出城来,当夜,与妻子失散。他与老父、幼子乘舟前往厄皮鲁斯(Epiro,

即今阿尔巴尼亚南部同名地区)，遇暴风，被吹至西西里岛，老父丧命。埃涅阿斯又前往迦太基(Cartagine)，爱上迦太基女王狄多(Didone)。随后又赴意大利中部的拉齐奥(Lazio)，为劳连托(Laurento)国王拉蒂努斯(Latino)所看重，并将公主拉维尼亚(Lavinia)许配给他。埃涅阿斯先后战胜了鲁图利斯(Rutuli)国王图尔努斯(Turno)和沃尔斯克(Volsci)国王之女卡密拉(Cammilla)等拉齐奥地区的部族。后在与埃特鲁斯(Etruschi)国王梅森齐奥斯(Mesenzio)作战时，忽然狂风一阵，埃涅阿斯升了天。维吉尔在《埃涅阿斯记》中称他为未来罗马帝国的最早奠基人，其子阿斯卡尼奥斯为凯撒和屋大维的祖先。诗中的"伊利昂城"(Ilion)的说法出自《埃涅阿斯记》，即指特洛伊城。

24. "明媚的高山"与"幽暗的森林"恰成对比，象征尘世幸福。

25. 此句的"动物"形容人，全句的意思即是染上贪婪恶习的人很多，将来会更多。"与贪婪为婚"的说法曾被但丁在其《书信集》(*Epistole*)第十一章第七节第十四句段中写出过，即"每个人都与贪婪为婚"。

26. "猎犬"(Veltro)是全诗中著名的"谜"。至今有如下几种猜测：一是根据但丁的政治观点，认为这是影射但丁所拥戴的亨利七世(Enrigo VII)，即但丁希望亨利七世来拯救为贪污腐败的教会所造成的混乱的意大利；二是认为这是指但丁受迫害流亡期间，曾给予他恩惠、接纳他的坎格兰德·德拉·斯卡拉(Can Grande della Scala)或乌古丘内·德拉·法乔拉(Uguccione della Faggiola)，此二人均为反教皇的吉伯林派，前者为维罗纳(Verona)僭主，后者为卢卡(Lucca)僭主；三是认为但丁当时政治思想尚未定型，属"温和的归尔弗派"，尚指望教会内部有人能出来改革教会弊端，因而说这是指教皇贝内代托十一世(Benedetto XI)。总之，诗中的"猎犬"主要是指救世主。

27. 又是一个令人难以猜测的谜。对"菲尔特罗"(Feltro)一词大致有如下几种说法：一是十四世纪的薄伽丘、班巴利奥利(Bambaglioli, 1291—1343)、《最佳评注》(十四世纪《神曲最佳评注》*L'Ottimo commento della Divina Commedia*，简称《最佳评注》*L'Ottimo*)认为，"菲尔特罗"是一种用作圣方济各会僧侣的袈裟的粗布，因而但丁意在说明："猎犬"是从圣方济各会僧侣中选出的；二是另有一些古代注释家认为，"菲尔特罗与菲尔特罗之间"是指"天与天之间"；三是过去有人还认为，这是指威尼托地区的菲尔特罗与罗马涅(Romagna)地区的蒙泰菲尔特罗(Montefeltro)之间的那片地带，从而认为，作为"救星"的"猎犬"是指前注的维罗纳僭主坎格兰德·德拉·斯卡拉，因为他的领地恰好在包括维罗纳、维钦察(Vicenza)、帕多瓦(Padova)、贝鲁诺(Belluno)和菲尔特罗在内的一带地方；四是近代注释家则认为，"菲尔特罗"是用来制选票箱的布，因而猜测"猎犬"是经选举产生的。

28. 四人都是《埃涅阿斯记》中的人物，分别属埃涅阿斯率特洛伊人为夺取拉齐奥而进行的战争的作战双方：卡米拉参见注23，她在与埃涅阿斯作战中阵亡；欧吕阿鲁斯(Eurialo)和尼苏斯(Niso)是亲密的战友，偕同埃涅阿斯作战，二人在一次夜袭图尔努斯的鲁图利斯军时牺牲；图尔努斯曾企图占有劳连托公主拉维尼亚，后在战争中与埃阿涅斯决斗被杀。但丁提及这次战争的用意在于：拉齐奥是罗马所属地区，恰好代表意大利。

29. 据萨佩纽、雷吉奥的注释，这是指魔鬼卢齐菲罗(Lucifero)由于嫉妒世人，把贪婪(即母狼)从地府中放出，从而给人世带来危害，如今则要依靠"猎犬"，把母狼赶回地府。

30. "永恒之邦"指地狱。

31. 按萨佩纽的解释，"远古的幽灵"是指在"人类历史早期"下地狱的幽灵。

32. "第二次死"系指经上帝最后审判后的灵魂死亡，"第一次死"则是指肉体死亡。

33. “甘愿在火中受苦”指宁可经受炼狱磨难，以求在消除罪恶后进入天堂。

34. 这里指但丁一生倾心爱慕的意中人贝阿特丽切·波尔蒂纳里（Beatrice Portinari，1266—1290），出身名门，父名佛尔科（Folco）。据说，但丁初见她时才九岁，便一见钟情。九年后，但丁又与她相见；1286年，她嫁给骑士西莫内·迪·杰里·德·巴尔迪（Simone di Geri de Bardi），1290年逝世时才二十四岁。但丁在她生前，始终未向她吐露对她的恋情；她死后，但丁在他的第一部文学著作《新生》（*Vita Nova*）中抒发了对她的爱情和哀思（该著作约完成于1292—1293年）。在《神曲》中，贝阿特丽切象征信仰和神学，在中世纪传统观念中，要比维吉尔所象征的理性和哲学高一筹，故贝阿特丽切能引导但丁上天堂，而维吉尔则不能。

35. 这里的“皇帝”指上帝。

36. 维吉尔生前，尚无基督教，他只能是异教徒，故不能上天堂。

37. “是非和受苦之地”分别影射三头猛兽挡路和魂灵进入地狱。

38. “圣彼得之门”有两种解释：一是指炼狱之门，一是指天堂之门。持第一种说法的注释家较多，因为《炼狱篇》第九首第127句和第二十一首第54句都曾提及，炼狱之门系由一位天使亦即“彼得的代理人”（Vicario di Pietro）看管。雷吉奥还说，但丁笔下的天堂并没有门。萨佩纽的看法与他相左。萨佩纽认为，“但丁可能首先想到的是此行的最后目的地”，因此，说门是天堂之门是“更加自然”的。

第二首

1. 此句意谓但丁是唯一的活人，因为维吉尔是鬼魂，对他来说，此行不会像对活人那样“艰巨”。

2. 这里的“崇高的才华”是指但丁的才华，但也有注释家（如法国的佩扎尔Pézard）认为是指诗神缪斯，即但丁希望得到诗神“才华”的启发。雷吉奥认为，此说不妥。

3. “西尔维乌斯的父亲”即埃涅阿斯。《埃涅阿斯记》第六卷记载了埃涅阿斯肉身游地府。西尔维乌斯（Silvio）为埃涅阿斯与拉维尼亚所生，为阿斯卡尼奥斯的异母兄弟，后成为阿斯卡尼奥斯所奠立的阿尔巴·隆加（Alba Lunga，罗马帝国的前身）之王。

4. “万恶之敌”指上帝。

5. 此句含义模糊，萨佩纽认为，可有两种解释：一是指埃涅阿斯的影响，指他为建立罗马帝国和教会作出贡献，或则指他的后代（如凯撒、屋大维）及其功德；一是指埃涅阿斯本人的人品和高贵出身，指他与克雷乌萨、狄多和拉维尼亚等王族的联姻（《帝制论》第二卷第三节第八至十七句段有这方面的叙述）。雷吉奥完全排除第二种解释，但条件是须更动版本的标点符号：要用句号把全句句断，而不像萨佩纽注释本，在“哪一位和何种人”（'l chi e 'l quale）后面用逗号逗开，使之成为一句插话。

6. “净火天”指上帝所在的“第十重天”，或曰“天府”。据萨佩纽注释，净火天是不动的，其周围有九重天在运行，即：月球天，水星天，金星天，日球天，火星天，木星天，土星天，恒星天，水晶天（或称原动天）；但丁在《筵席》第二卷第三节第八至十一句和《书信集》第十三节第六十七、六十八句中都曾提及。但此说似与托勒密天文体系的说法有出入：托勒密体系认为，九重天是围绕地球运行的，而地球是不动的。但丁显然是从神学角度看待此问题的。

7. “大彼得”指耶稣收下的第一个门徒圣彼得，他曾被耶稣指定为继承人和代理人，曾亲眼得见耶稣变容，并参加最后的晚餐。

他取道叙利亚来到罗马，成为罗马首任主教，亦即首任教皇。后与圣保罗一道被捕，被钉死在十字架上。诗中所提他的“后继者”即指历届教皇。近代注释家（如费雷蒂G.Ferretti）曾根据但丁的这句诗，推断《神曲》是分“两个阶段”写成的，因为他们认为，诗句中对教皇的看法与但丁在《帝制论》和《新生》中的思想观点相矛盾，即有“明显的（亲教皇）归尔弗主义”，并说，但丁后来对此做了纠正。萨佩纽倾向于这种说法，认为但丁在撰写《神曲》的“这一阶段”，“思想上是有某种不确定和摇摆不定的成分”。雷吉奥则不同意这种说法，认为但丁的思想是“牢固而已经成型”的，并指出《筵席》第四篇和《神曲》前几首诗歌都证实了这一点。

8. 指前述《埃涅阿斯记》第六卷关于埃涅阿斯游地府的传说：埃涅阿斯在地狱中见到父亲安奇塞斯的亡魂，安奇塞斯向他预示：他将战胜鲁图利斯国王图尔努斯等部族，并称，埃涅阿斯在称雄意大利建立罗马帝国之后，教皇的权威也将随之奠立。这里的“法衣”（ammanto）即指“权威”。

9. “神选的器皿”的说法来自《新约·使徒行传》第九章第十五句。这里指圣保罗。《新约·哥林多后书》第十二章第二至四句中提及，圣保罗被“提到第三层天上去，这是肉身上的经验呢？抑或是心灵里的经验呢？我都不知道，只有上帝知道”。但丁在《书信集》致坎格兰德的信（第十三章第七十九句段）中也提到这一点。

10. “悬在半空中的幽魂”指不必下地狱受苦，又不能上天堂享福，只能待在地狱第一层“林勃”（Limbo）的那些魂灵，其中有在耶稣降生前曾有功德和业绩的人物（如维吉尔），也有未受洗礼而夭折的儿童；因他们生前无罪，不必在地狱中受酷刑折磨，但也因他们未能信仰基督教或未受洗礼，不能升入天堂，只能“悬在半空中”。有人将“林勃”译为“候判所”，似不妥，其本义有“边缘地带”之含义。

11. 指贝阿特丽切。

12. 这里的原文用单数stella（一颗星），据注释家认为，实际上有复数stelle的作用，即“繁星”（既然形容“明眸”，想必至少有两颗星），但丁在《新生》第二十三节第二十四段（全诗第五十句）中也曾有同样的用法。有的注释家则诠释为stella diana即启明星。

13. 指天堂。

14. “天上最小圆环之下”指“月球天之下”，因月球天位置最低，运转的圆周也最小。萨佩纽解释说，“处于月球之下的一切东西都是会死的，而在月球之上的则都是不死的”；雷吉奥说得更简明：此句即是指“地球上的一切东西”。

15. “地球的中心”指地狱，因为地狱位于地球的中心，而地球又位于宇宙的中心。（雷吉奥）

16. 这段话引自亚里士多德的《尼各马可伦理学》（*Etica a Nicomaco*，尼各马可为亚里士多德之子）。据说，但丁不懂希腊文，许多希腊古典名著的引言都是依靠拉丁文版本间接借用的；此段引文便是从圣托马索（S.Tommaso）的有关评论中读到的。

17. “慈悲女神”指圣母玛利亚。下文第124句“三位上天降福的女神”即是指圣母、露齐亚和贝阿特丽切。早期注释家（如圭多·达·比萨Guido da Pisa）认为，这三位女神分管预赐恩泽、启蒙世人、鼓动共济的职能，也有认为，她们分别代表慈悲、希望和信仰。

18. 露齐亚是四世纪的圣女，据说于公元303年殉道，当时被世人看成类似我国“眼光娘娘”的司明女神；但丁对她十分崇敬，在《筵席》第三篇第九节第十五、十六句段中曾提及他患有严重眼疾，因而自称是她的“忠实信徒”；可能是希望得到她的保佑。

19. 拉结，据《旧约·创世记》第二十九至三十五章说，是拉班的次女，她与姐姐利亚同嫁雅各。按圣经布道传统说法，拉结象征“冥想生活”（Vita contemplativa），亦即代表“出世”，其姊利亚象征“行动生活”（Vita attiva），亦即代表“入世”。拉结死于难产，葬于伯利恒，雅各为她竖立的墓碑，据说至今仍在。

20. “波涛汹涌的江河”象征“罪恶渊薮”，意谓世人堕落到极其危险的境地。但也有人把它说成是地狱里的阿凯隆特河（Acheronte），甚至是佛罗伦萨的阿尔诺河（Arno）。

21. 指三位女神将在神灵的法庭上为但丁辩护。

22. 注释家一致认为，这是一个“极为美妙的脍炙人口的比喻”，继但丁后的一些名家，如薄伽丘、十五世纪名诗人波利齐亚诺（Poliziano）、十六世纪名诗人塔索（Tasso）乃至十九世纪名诗人兼小说家曼佐尼（Manzoni）等，都曾效仿过但丁的这一笔法。

23. 指地狱之行开始。

第三首

1. 这一首的主要构思源自《埃涅阿斯记》第六卷对埃涅阿斯游地府的描述，但是，但丁也以其天才的幻想，进一步丰富有关内容，特别表现在他对无所作为者的刻画，这是维吉尔的诗作中所没有的。

2. 但丁在《筵席》第二篇第五节和第三篇第十二节第十二句段中都曾提及所谓“三位一体”，即“圣父的最大威力、圣子的最高智慧和圣灵的极为热烈的慈爱”。萨佩纽解释说，这是指“地狱不仅是上帝的威力造成的结果，而且也是上帝据以规范宇宙和谐有序的智慧以及他表现为惩罚得当的正义的慈爱造成的结果”。

3. 这里是说：上帝在创造地狱之前，先创造了天使，包括九重天在内的天体，以及包含古希腊哲学所说的气水土火四大要素在内的原质，这些都是“万古不朽”的，后来，以卢齐菲罗为首的一批罪恶天使反叛上帝，被上帝逐出天国，打入地狱，地狱才由此产生，同样也是“万古不朽”的；在这之后，上帝才创造出地形、动植物和人类等非“万古不朽”的东西。

4. 此句有两种解释：一是按词句本意，将前句中的“文字”即parole的di colore oscuro释为“含义晦涩”，将后句中的duro相应地释为“难懂”；一是根据上下文的连贯意义，作如译文中所采用的诠释。

5. “心智之善”指上帝、最高真理。但丁此说，取自亚里士多德《伦理学》第六章；但丁在《筵席》第二篇第十三节第六句段就曾这样写道：“……特殊真理是我们的至善，正如这位哲学家（即亚里士多德）在《伦理学》第六章中所说的，他说：真理即心智之善。”诗中以此指上帝所代表的最高真理，萨佩纽解释说：“见到上帝，心智也便得到满足。”

6. 这些鬼魂生前胸无大志，无所作为，死后亦为上帝乃至地狱所唾弃。

7. 这些是所谓“中立”的天使，不见经传，只流传于民间传说。但丁可能受《新约·启示录》第三章第六句的启发，但这却是中世纪民间传说对《圣经》的有关章节的误解。《启示录》谈及老底嘉城（Laodicea）教会天使时曾写道：“……你却是不冷不热，像温水一样，我就要将你从我口中吐出去！”

8. 因为“罪恶的天使”自觉尚有胆量反叛上帝，比那些“中立”的天使浑浑噩噩，要胜强一些。

9. 指“第二次死”，即灵魂的灭亡。

10. 指这些鬼魂甚至羡慕那些在地狱中受酷刑折磨的鬼魂。

11. 对此人有多种猜测，但多数注释家认为，这是指让出教皇权位的切列斯蒂诺五世（Celestino V）。此人生于1210年左右，原名皮埃尔·达·莫罗内（Pier da Morrone），出身寒微，长期隐修。1292年4月，教皇尼可洛四世（Nicolò IV）逝世，佩鲁贾（Perugia）枢机主教秘密会议选他为教皇。他经过一番犹疑之后终于接受任命，1294年8月正式加冕为教皇，但他始终定居那不勒斯，未赴罗马。据说，他出任教皇曾是受那不勒斯国王安茹的查理二世（Carlo II d’Angio）施加压力促成的。他很快感到无力对付周围争权夺利的政治环境，不顾查理二世的反对，决定辞职；据说，他的辞职也曾受到枢机主教卡埃塔尼（Caetani）的怂恿。1294年12月，即在他就位不满四个月之后，他就放弃教皇之位，同月，卡埃塔尼出任教皇，即博尼法丘八世（Bonifacio VIII）。退位后，切列斯蒂诺原想恢复隐修生活，不想被阴险的博尼法丘八世下令幽禁在福莫内城堡（Fumone）内；1296年5月瘐死。但丁认为，博尼法丘八世是导致佛罗伦萨陷于内乱并迫害但丁本人的罪魁祸首，切列斯蒂诺五世逊位为他上台执政铺平道路，因而把切列斯蒂诺五世列入胸无大志、无所作为的鬼魂之中。其实，据史书记载，切列斯蒂诺五世德高望重，并于1313年被封谥为圣徒。有些注释家出于对但丁谴责切列斯蒂诺五世的态度不解，也猜测此处可能影射别人，如推卸处死耶稣责任的总督彼拉多（Pilato）、统治罗马帝国二十年后主动让位的狄奥克列齐亚诺（Diocleziano）、《旧约·创世记》中出卖长子身份的以扫（Esau）。

12. 这是但丁幻想出的地狱和炼狱中的刑罚，即所谓“报复刑”（contrapasso）有因果报应之意；生前犯的什么罪，死后也相应受到“一报还一报”的惩罚。无所作为者生前懵懂过活，死后就被迫不断奔跑，并受毒虫叮蜇；“中立”的天使不分善恶曲直，采取“骑墙”态度，也同样受这类刑罚的折磨。

13. 阿凯隆特河系希腊神话和民间传说中冥界的一条河流。阿凯隆特（Acheronte）相传为太阳与大地之子，因他曾为反抗天神宙斯的巨人们提供用水，被宙斯打入地狱，变为河流。

14. 此老人为负责运载鬼魂渡河的卡隆。他是幽冥之神埃雷勃（Erebo）与夜神（Notte）之子。据说，他只引渡那些死后入土埋葬的鬼魂，并索取一个奥勃洛（obolo，古希腊硬币）作为摆渡费。

15. 指鬼魂在地狱根据所犯罪行，受火烧或冰冻之苦。

16. 指但丁应像可得救的鬼魂那样，不必经过阿凯隆特河，而应聚集在台伯河（Tevere）河口，乘轻舟，前往炼狱之岛（《炼狱篇》第二首第101句和第二十五首第86—87句有详细描述）。

17. 指待在净火天的全能上帝。

18. 这些诅咒大抵取自《圣经》，如《旧约·约伯记》第三章第三句：“愿我出生的那一天受到咒诅，让我母亲怀我的那夜也是这样……”；《耶利米书》第二十章第十四句：“愿我出生的那天成为可咒可诅的一天，愿我母亲生我的那天不蒙祝福……”等。

19. 这一比喻是但丁直接效仿维吉尔《埃涅阿斯记》第六卷309—312句的写法。但维吉尔用以描绘在河岸请求上船的鬼魂数目之多，而但丁则侧重细节的刻画，因而显得更为生动。

第四首

1. 自本首起,但丁开始对地狱的具体描述。但丁把地狱想象为一个位于北半球的漏斗形圆形地带,上宽下窄,也与我国传说的地狱分为十八层相类似,把地狱分为九层,每层称为“环”或“圈”(cerchio),又根据不同情况或罪孽,进一步分为若干层次;层层地狱如古希腊圆形剧场或罗马圆形竞技场的看台那样向下逐步倾斜,直至地心,即地狱之王卢齐菲罗所在地。本首所写的是第一层,即所谓“林勃”(Limbo),该词本义有“边缘”之意,意谓离地心最远的一层,译为“候判所”似不妥,故采用音译的做法。

2. 在“林勃”中的鬼魂分两种:一是生前有功德的人,但在基督教诞生前出生,属异教徒;二是未受洗礼的儿童。因为他们身无过犯,不必在地狱中受苦,但也不能进天堂。

3. 洗礼在基督教七大圣事(洗礼、圣餐、坚信、忏悔、临终涂油、圣职、结婚)中占第一位,故曰“入门”。

4. 维吉尔死于公元前19年,在耶稣逝世(三十四岁)前五十三年,而但丁地狱之行(1300年)距耶稣逝世则过了一千二百六十六年。

5. “威力无比的人”即耶稣,《神曲》中从不直接提他的名字。但丁大抵是从中世纪宗教画中所绘的基督神像来描述耶稣的:头上带光圈,光圈内有十字架标记,或手持一面十字架旌旗,十字架即象征胜利。

6. “第一个为父之人”即亚当。亚伯(Abel)为亚当的次子,是牧羊人,其兄该隐(Caino)是农夫。兄弟二人各以自己的产品向上帝献祭,但上帝却只喜欢亚伯的祭品。该隐出于嫉恨,将亚伯杀死(详见《旧约·创世记》第四章第一至八句)。因此,在《神曲》中,亚伯被耶稣救出地狱,而该隐则被打入地狱第九层,该层并称“该隐环”。

7. 挪亚(Noè)为亚当第三子塞特(Seth)的后代,是个“正直的人”和“完全无可指责的人”,上帝因见世人罪恶滔天,十分愤怒,欲使洪水泛滥,毁灭世界,事先则命挪亚造方舟,使其全家幸免于难(《旧约·创世记》第五至十章)。

   摩西(Moisè)因埃及王迫害以色列人,率领以色列人逃离埃及,定居迦南,传说他在西奈山上从上帝受十诫并订立了神的种种典章法律,从而为犹太教奠立了基础(详见《旧约·出埃及记》)。《旧约·约书亚记》(第一章第一句)称他为“上帝的仆人”。

8. 亚伯兰(Abraam)为挪亚的长子闪(Sem)的后代,后上帝赐名亚伯拉罕(Abraham):《旧约·创世记》第十一至十七章有详细叙述,其中说:“主向他(亚伯兰)显现说:……以后你的名字不再叫亚伯兰,要改为亚伯拉罕,因为我要立你为许多民族的始祖。”(第十七章第五句)

   大卫(David,公元前十一世纪—十世纪),以色列和犹大国王。公元前1033年继扫罗(Saul)任以色列王(扫罗曾多次企图谋害他)。他是伯利恒的耶西(Isci或Jesse)七个儿子中最小的。在与非利士人(Filistei)作战中,杀死巨人歌利亚(Golia)。占领耶路撒冷后,立该城为国都,当政四十年。据传,他曾改进竖琴,并使音乐成为祭祀的主要内容;《旧约·诗篇》一百五十篇也传为他所作(详见《旧约·撒母耳记》上下)。

9. 以色列即“雅各”(Giacobbe),是亚伯拉罕的儿子以撒(Isacco)所生的双胞胎之一,兄为以扫。雅各遵照上帝旨意,带着妻儿回乡,途中与一天使角力,雅各获胜,迫使天使为他祝福,天使说:“你以后不要再叫雅各了,你要叫以色列,因为你跟上帝和人的角力都得胜了。”此处指雅各及其父以撒以及他的十二个儿子(详见《旧约·创世记》第二十五、三十一、三十二、三十五章)。

10. 拉结(参见第二首注释19),为雅各的舅父拉班(Laban)的次女。雅各遵父命,到舅父家选妻。途遇拉结,一见钟情。拉班应雅各要求,同意雅各为他家工作七年之后把拉结许配给他。因而雅各为娶拉结曾辛苦工作七年。但七年后,拉班以妹不能先姊而嫁为由,把拉结之姊利亚(参见第二首注释19)嫁与雅各,并称,雅各必须再为他干活七年,他才同意在雅各与利亚结婚七天后再把拉结配与雅各。七天之后,拉结虽与雅各成婚,但雅各仍须为拉班再干七年。故先后雅各为要拉结共干活十四年(详见《旧约·创世记》第二十八、二十九章)。

11. 诗中未说明是谁的声音。注释家一般认为,是下文中的荷马的声音,因为他是众诗人之首,代表他们讲话。

12. 荷马(公元前十世纪—前九世纪),古希腊最伟大的诗人,有名著《伊利亚特》(*Iliade*)和《奥德赛》(*Odissea*)两部史诗等。据说,他是个双目失明的乞丐。有人曾怀疑他的存在,认为上述两部史诗是把当时散布于民间的叙事诗(rapsodi)收集而成的。但丁不懂希腊文,他对荷马的了解据注释家分析,主要是通过贺拉斯、西塞罗等人的著作;他在《新生》《筵席》《帝制论》等著作中也曾从亚里士多德、贺拉斯的文章中借用其中援引的荷马原诗段落。但丁对荷马极为崇敬,称他是众诗人中"最伟大的诗人"。诗中形容荷马"掌剑在手",是指荷马擅长写战事诗。

13. 贺拉斯(公元前65—8),全名为昆托·贺拉斯·弗拉科(Quinto Orazio Flacco),是罗马最伟大的诗人之一。曾赴希腊求学。参加过屋大维与安东尼(Antonio)战胜布鲁都(Bruto)和卡修斯(Casio)的腓力比(Filippi)战役。与维吉尔十分友善。著有《讽刺诗》(*Satire*)二卷、《书简》(*Epistole*)二卷等。

14. 奥维德(Ovidio,公元前43—公元16),原名普勃利奥·纳索内(Publio Nasone),为罗马著名多产诗人。公元9年,不知身犯何罪,被屋大维放逐黑海岸边的佛米(Fomi),直到逝世。著有《变形记》(*Metamorfosi*)等。

卢卡努斯(Lucano,38—65),原名阿内奥·马可(Anneo Marco),罗马名诗人,哲学家塞内加之侄。著有记录凯撒与庞培大战法尔萨卢斯的《法尔萨利亚》(*Farsalia*)十卷。二十七岁时,被暴君尼禄(Nerone)指控谋反,被迫自杀。但丁在《论俗语》(*De vulgari eloquentia*)中称他与奥维德在文风上为典范,并在《筵席》中称他为"大诗人"(分别见上述著作第二卷第四节第七句段和第四篇第二十八节第十三句段)。

15. 注释家一般认为,诗中所描绘的"高贵的城堡",把一些伟大的灵魂与林勃中的一般鬼魂区别开来,是但丁的一大独特创造,有的甚至说,是但丁的"前人文主义"(Preumanesimo)的一大表现。但对于城堡的寓意,则始终各有各的说法:有的认为,城堡象征科学,七道城墙和城门则象征"七艺"(或称七种自由艺术),即指前三艺(trivio):语法、修辞、逻辑;后四艺(quadrivio):算术、几何、天文、音乐。有的则把城墙和城门分开,认为:前者象征七德,即道德上的谨慎、公正、坚忍、节制和思辨上的聪明、学问、明智;后者则象征七艺。有的还认为,城堡象征哲学,城墙(或包括城门在内)象征哲学的七个部分,即物理、形而上学、伦理学、政治、经济、数学、辩证法;持这种看法的有但丁之子彼特罗(Pietro)。雷吉奥认为,城堡象征"人的高贵品质",并指出,但丁在《筵席》第四章第十九节第五句段中即说过:"凡美德之所在即是高贵";因而他认为,把城墙比作七德是"可取"的,这种诠释也是萨佩纽等近代注释家的共识。关于"护城小河",一般认为,它象征一种"障碍物",即要获得人的内在高贵品质(进入城堡),就必须克服这种障碍物,亦即人的"俗念和恶习";持这种看法的有但丁的另一个儿子雅可波(Jacopo)。

16. 厄列克特拉(Elettra),为特洛伊城奠基人、特洛伊人祖先达达努斯(Dardano)的母亲。"许多同伴"指她的诸如赫克托尔(Ettore)、埃涅阿斯等后代。

17. 赫克托尔,为特洛伊城的最伟大英雄,曾在特洛伊战争中令希腊军闻风丧胆。后被阿奇琉斯(Achille)所杀。

18. "鹰眼"指凯撒的目光锐利,炯炯有神,宛如猛禽兀鹰之眼。

19. 卡密拉,参见第一首注释23。

潘塔希莱亚(Pantasilea),为阿玛松(Amazzoni)女儿国的女王。曾营救被围困的特洛伊城,被阿奇琉斯所杀。

20. 拉蒂努斯和拉维尼亚,参见第一首注释23。

21. 布鲁图斯(Bruto),全名为布鲁图斯·卢丘斯·优纽斯(Bruto Lucio Giunio),为古代罗马国王塔尔昆纽斯(Tarquinio)之甥。因好友科拉蒂努斯(Collatino)之妻路克蕾齐亚(Lucrezia)被塔尔昆纽斯之子塞克斯图斯(Sesto)所奸污,路克蕾齐亚在丈夫面前用匕首自刎,死前要求丈夫为她报仇(公元前510年),布鲁图斯与科拉蒂努斯率领罗马人民起义,赶走塔尔昆纽斯,推翻王政,成立贵族共和国,布、科二人成为共和国最早的两位执政官。他曾大义灭亲,处死两个密谋恢复王政的亲生子。后与塔尔昆纽斯之子阿隆特斯(Arunte)交战,相互杀死(公元前508年)。

22. 路克蕾齐亚见上注。

优丽亚(Julia或Giulia,公元前82—前55),凯撒之女,与前夫离异后改嫁庞培。

玛尔齐亚(Marzia),罗马护民官卡托(Catone,公元前96—前45或前46)之妻,后被卡托让与奥尔腾西奥斯(Ortensio),奥死后,又复归卡托。但丁赞扬她对第一个丈夫的忠诚和热爱,在《筵席》第四篇第二十八节第十三至十九句段中称她的“复归”如“灵魂在生命垂危之际复归上帝”。

科尔尼丽亚(Corniglia),罗马典型的贤妻良母和才女。为在第二次布匿战争中战胜汉尼拔的名将“阿非利加征服者”斯基比奥(Scipione Africano,公元前三世纪)之女,执政官格拉古斯(Gracco)之妻。她操守严谨,才华出众,教子有方。所生二子:蒂贝里奥斯(Tiberio)和盖约斯(Gaio),均为护民官,主张实行有利于平民的土地分配改革制度,遭贵族反对,改革失败后,先后于公元前133年和前121年被害。二子死后,她致力于希腊罗马文学研究。据说,她新寡不久,埃及王托勒密(Tolomeo)前来求婚,被她拒绝;一次,一位贵妇人向她炫耀珠宝,她毫不在意,指着二子说:“这就是我的珠宝和首饰。”罗马人民敬仰她的高贵人品,曾为她立碑,上写:“格拉古斯兄弟的母亲科尔尼丽亚。”近代注释家根据古籍(其中包括卢卡努斯的《法尔萨利亚》)认为,这里是指庞培的第二个妻子,但雷吉奥不以为然。

23. 萨拉丁(Saladino,1137—1193),埃及名君。1173年任埃及苏丹,征服叙利亚、美索不达米亚、巴勒斯坦。1187年占领耶路撒冷;十字军二次东征时,曾与腓特烈一世、狮王理查和法王腓力浦二世交战。文治武功显赫。吸收不少基督教文明,西方对他也十分崇敬。薄伽丘的《十日谈》(第一天第三故事和第十天第九故事)和但丁的《筵席》(第四篇第十一节第十四句段)都曾给他以好评,但丁并把他列为“慷慨大度”的君主。因他属伊斯兰教,故但丁使他“独自一人,待在一旁”。

24. 指亚里士多德(公元前384—前322)。在但丁眼中,哲学家、科学家要比政治家胜强一筹,故把他们放在政治家之上,须“抬起眼眉仰望”。但丁对亚里士多德推崇备至,曾称他为“哲学家之大师”(《筵席》第四篇第八节第十五句段)、“智慧之大师”(《论俗语》第二卷第十节第一句段)、“人类理智之师”(《筵席》第三篇第五节第七句段)等,并说,亚里士多德“极其值得信赖和服从”,“他的话语享有最高权威”(《筵席》第四篇第六节第五、六句段)。

25. 苏格拉底(Socrate,公元前469—前399),古希腊最著名的哲学家之一。

柏拉图(Platone,公元前427—前347),古希腊著名哲学家,苏格拉底的最出色弟子,亚里士多德的老师。

但丁把他二人看成道德哲学的创始人,亚里士多德又进一步完善了这一哲学(《筵席》第四篇第六节第十三至十六句段)。

26. 德谟克里特(Democrito,公元前约460—前370),古希腊哲学家,倡导“原子哲学”(filosofia atomistica),认为宇宙系由依照机械规律落入空间、偶然聚合而成的原子构成。

27. 狄奥格尼斯(Diogenes),雷吉奥认为,可能是犬儒学派创始人狄奥格尼斯(公元前413—前323)或爱奥尼亚学派(filosofia ionica)的同名哲学家(公元前五世纪),称“阿波罗尼亚的狄奥格尼斯”(Diogene d’Apollonia)。萨佩纽倾向于前者,但雷吉奥则由于亚里士多德曾多次提及后者,圣托马索又像诗中那样,常将他与阿那克萨哥拉(Anassagora)和泰利斯(Talete)等相提并论,似乎更倾向于后者。

阿那克萨哥拉(公元前约500—前428),古希腊哲学家。据说,他是第一位将哲学输入雅典的哲学家。他的基本理论是认为:现实由无数相似的分子(即种子)的组合与分裂构成。因他否认太阳和月亮为神,被诬“渎神”,遭流放。

泰利斯(公元前七至六世纪),爱奥尼亚学派创始人,认为水为万物之源,并曾研究日月蚀原因。

28. 恩佩多克勒斯(Empedocle,公元前496—前424),古希腊哲学家,认为宇宙系由火、气、水、土四要素构成,而四要素又受相对立的原则即“爱”与“恨”所起作用实行聚合或分离,从而造成万物之不同与变化。他还是位诗人,他的诗曾与荷马等的诗一起,在奥林匹克运动会上朗诵过。据传,他在埃特纳火山(Etna)一次爆发中自杀身亡。

赫拉克利特(Eraclito,公元前六世纪),古希腊哲学家,认为:由于现实所固有的一种“神的永恒性促动”,一切都在“流动”、变化。他与恩佩多克勒斯都是苏格拉底前的哲学家。

芝诺(Zenone),注释家一般弄不清究竟是古希腊斯多噶学派的芝诺(公元前334—前262),抑或是埃利亚(Eleate)学派的芝诺(公元前五世纪)。雷吉奥和萨佩纽认为,但丁对古希腊哲学家的了解都是通过亚里士多德的著作,因而是间接的,可能把两人混为一谈;《筵席》中曾转述亚里士多德对古希腊哲学家的看法,该书第四篇第六节第九句段还曾提及斯多噶学派哲学家芝诺,并称他为“远古哲学家”中的“第一人和鼻祖”。

29. 狄奥斯科利德(Dioscoride或Diascoride,公元一世纪),古希腊名医、博物学家,著有研究药草特性和功能的书籍。

30. 奥尔甫斯(Orfeo),希腊神话的诗人和音乐家,传说他的优美动人的诗歌能使野兽驯服,河水停流,顽石向他靠拢。

图留斯(Tulio)即西塞罗(公元前106—前43),全名为马可·图留斯·西塞罗(Marco Tullio Cicerone),此处着重指出他的“哲学家”身份。

黎努斯(Lino),希腊神话的又一名诗人,据传是图留斯的老师,音韵和旋律的发明人。

塞内加(Seneca,4—65),全名为卢契奥·阿内奥·塞内加(Lucio Anneo Seneca),罗马著名演说家、哲学家和诗人。曾为暴君尼禄的老师,后被尼禄怀疑参与谋反,被迫自杀。生前研究斯多噶派哲学,还写过九部悲剧。

31. 欧几里得(Euclide,公元前306—前283),古希腊最伟大的数学家,为几何学的创始人。

托勒密(Tolomeo,100—178),古希腊著名数学家、物理学家、天文学家。创立地球宇宙中心论,为中世纪天文学的基础,直到十六世纪才被哥白尼所推翻。

32. 希波克拉底(Ipocrate或Ippocrate,公元前460—前377),古希腊名医,为古代医学始祖,被誉为“医学之父”。著有《格言集》(*Aforismo*)、《传染病学》(*Epidemie*)、《古代医学》(*Antica medicina*)等。

阿维森纳(Avicenna,890—1037),阿拉伯名为阿布·阿里·伊本·西拿(Abú Ali Ibn Siná),阿拉伯名医、哲学家,为穆斯林文化最杰出的代表之一,号称“医中之王”。曾诠释亚里士多德和新柏拉图主义的著作,对十三世纪哲学思想影响极大。著有《医疗学》(*La Guarigione*)、《医学规范》(*Canone medico*)等。

嘉伦(Galieno或Galeno, 129—201),希腊名医。精于解剖学,认为:解剖学为医学之基础。其理论对医学界的影响一直延续达一千二百年之久。

33. 阿威罗伊斯(Averois或Averroè, 1126—1198),阿拉伯名为伊本·罗什德(Ibn-Roscd),阿拉伯名医、哲学家。对亚里士多德研究极深,被称为亚里士多德和"逍遥学派"(Peripatetici)著作的非基督教"出色评论家"。其理论为腓特烈二世所赏识,在意大利广为传播,对西方哲学影响很大,至今仍为哲学界讨论研究的专门话题。他否认上帝造物,灵魂不死,神灵降福,理智与宗教可以调和。

第五首

1. "第二环"是惩罚生前犯淫欲罪的鬼魂。如前所注,地狱呈上宽下窄的漏斗形。因此,第二环比第一环(即林勃)要窄小,但鬼魂所犯罪孽则大,并且要受苦:林勃的鬼魂只是长吁短叹,这里的鬼魂则是哀号惨叫。
2. 弥诺斯(Minòs),希腊神话中克里特岛(Creta)国王,为宙斯与欧罗巴(Europa)女神所生之子,以公正严明著称。早在荷马的诗篇中就把他写成审判鬼魂的地狱之王。维吉尔在《埃涅阿斯记》中把他作为地狱中的判官(第六卷第432—433句),但丁在这里沿袭了维吉尔的写法,但又有所创造,把他描绘成既骇人又滑稽的长着尾巴的魔鬼。波斯科-雷吉奥注释本说,弥诺斯之所以坐镇第二环入口,因为林勃的鬼魂无罪孽,不受他的审判。
3. 指用尾巴缠绕身子的圈数来决定打发鬼魂下到地狱的层数(以下诗句有详细的叙述)。萨佩纽说,这并不意味着弥诺斯的尾巴长得出奇,因为他只须用尾巴在身上绕上几次,就可决定地狱的层数。他还说,这种诠释最早是十九世纪注释家布兰克(Blanc, 1781—1866)提出来的。
4. "生来不幸"一语出自《新约·马太福音》耶稣说起犹大叛主的话(第二十六章第二十三句):"那出卖我的人有祸了,他不生在这个世上还好!"意谓若不生在世上,死后亦不致受地狱之苦。
5. 此句用典出自《新约·马太福音》第七章第十三句:耶稣说,"你们要进窄的门,因为通往灭亡的门阔大,路宽敞,走这条路的人也多……"
6. 但丁又一次运用以听觉("喑哑")形容视觉("光线")的手法(第一次运用此手法见第一首第60句)。
7. 这里表示犯淫欲罪的鬼魂所遭受的"报复刑",即被象征情欲的狂飙永无休止地吹来吹去。
8. 这里的"断壁残岩"原文为ruina(废墟)。波斯科-雷吉奥的注释本和萨佩纽的注释本都把它解释为耶稣死后发生地震，造成地狱的塌方断层，但古今注释家也有把它解释为“刮出狂飙的风口”的。（关于耶稣死后地震一事，参见《新约·马太福音》第二十七章第五十至五十二句：“耶稣又大喊了一声，就断了气……只见地动山摇，岩石崩飞，坟墓也震开了……”）

9. 指塞米拉密斯（Semiramide，公元前1356—前1314），亚述王国（Assiria）开国君主尼诺（Nino）之妻，曾暗杀尼诺继承其王位。尼诺在位时，曾与她共图征服全亚细亚。但丁根据公元五世纪西班牙神学家和史学家奥洛席乌斯（Orosio）《反异教徒史》（*Historias adversus paganos*）第一卷所载的史料，在《帝制论》第二卷第八节中谈及她的事迹。据称，她荒淫无度，嗜杀成性，曾将所有情夫一一处决，并与其子乱伦通奸，最后被其子杀害。她曾颁布法律，凡人均可为所欲为，父母与子女通奸亦不论罪，从而为自己开脱。

10. 但丁时期，苏丹系指埃及王，其疆土扩及亚洲西部，但并不相当于塞米拉密斯所统治的地域。因而萨佩纽认为，此处的“疆土”可能是指“城市”，即介乎亚述王朝首都巴比伦（Babilonia）与开罗所在的埃及之间的那片地区。雷吉奥也说，这里是指埃及巴比伦的苏丹，但丁可能把埃及巴比伦与亚述王朝的美索不达米亚巴比伦混为一谈。也有人认为，此处是指埃及全境。

11. 这里指的是狄多，参见第 首注释23。狄多为提罗斯（Tiro）国王贝洛斯（Belo）之女，腓尼基国王希凯斯（Sicheo）之妻。希凯斯死后，她曾立下永远忠于希凯斯的誓言。她逃往非洲，成立了迦太基王国（公元前880年）。后因爱上了埃涅阿斯，背弃了忠于亡夫的誓言。埃涅阿斯奉神的旨意，离开她前往意大利，她于绝望中自杀。维吉尔在《埃涅阿斯记》第六卷中叙述了这段情节，但丁几乎完全借用了维吉尔的有关描述，他在《筵席》和《韵律集》（*Rime*）中也都提及此传说。

12. 克丽奥帕特拉（Cleopatra，公元前69—前30），为埃及国王托勒密·奥列特斯（Tolomeo Aulete）之女，艳丽非凡，聪颖绝顶，据说通晓二十国语言。先为凯撒所恋，被立为埃及女王，生一子，名凯撒里奥尼斯（Cesarione）。凯撒遇刺后，又为罗马执政官、后三巨头之一安东尼（Antonio）所恋。她与安东尼策划脱离罗马独立；安东尼与屋大维大战阿克兴海湾（Azio）——史称“阿克兴海战”，战败自刎（公元前31年）。她在敌军围困下用杵蛇（aspide）啮咬的办法自尽。

13. 海伦（Elena），西方古代传说中的绝代美人，相传为宙斯与斯巴达王后莱达（Leda）所生之女。雅典王特修斯（Teseo）慕其姿色，将其掳走，被卡斯托雷斯（Castore）和波卢克斯（Polluce）兄弟夺回。嫁与斯巴达王墨涅劳斯（Menelao），但被特洛伊国王普里阿莫斯（Priamo）之子帕里斯（Paris或Paride）掠至特洛伊城，从而导致旷日持久的特洛伊战争。帕里斯死后，她嫁与德佛勃斯（Deifobo）。特洛伊城陷落后，德佛勃斯将她献回墨涅劳斯。墨涅劳斯死后，有关她的下落有几种说法：一是说她幸福地终老于斯巴达；一是说她被逐出斯巴达，逃往罗得岛（Rodi），投靠亲戚帕利索（Palisso），反被帕利索下令绞死；一是说她被一希腊妇女为报夫仇而杀害。诗中说“多少悲惨的岁月流逝过去”即是指为海伦而爆发的长达十年之久的特洛伊战争。

14. 阿奇琉斯（Achille），希腊神话中最著名、最骁勇善战的英雄人物。据说为米尔米多尼斯（Mirmidoni）国王珀琉斯（Peleo）与海神特蒂斯（Teti）所生。特蒂斯为使他变得刀枪不入，所向无敌，曾手提其脚踝，将他淹入地狱中的斯提克斯河（Stige），因此，他只有脚踝才能被兵器所伤。据传，他所用的投枪，若刺伤对方，可用枪锈来治愈。他曾前往特洛伊城为希腊大军助战，杀死特洛伊主将赫克托尔，并将其尸体拖拉绕城三次，显示战功。后他爱上特洛伊王普里阿莫斯之女波利克塞娜(Polissena),欲与之成婚,不料在举行婚礼时,被埋伏在神庙中的帕里斯用希腊著名英雄海格立斯(Ercole)之毒箭射中脚踝而死。关于他因爱情而战斗致死的传说,奥维德的《变形记》第十三章有记载。

15. 帕里斯,参见注13、14。荷马把他描绘成具有女性美而作战欠英勇的美男子。据说,宙斯曾让他在宙斯之妻尤诺(Giunone)、文艺和战神密涅瓦(Minerva,亦即女神雅典娜)、爱神维纳斯(Venere)三位女神当中判断哪位最美。他指出最美的是维纳斯,后来,正是在维纳斯的帮助下,他掠走了海伦。关于他的死,有两种说法:一是说他被阿奇琉斯之子皮罗斯(Pirro)所杀;一是说他因爱恋海伦,遗弃了懂得医术的妻子,后在特洛伊战争中,他中了菲洛克特特(Filottete)所射的毒箭,他求其妻为他治伤,遭拒绝,最后毒发而亡。

特里斯丹(Tristano),十二世纪英国亚瑟王(Artù或Arturo)的圆桌骑士之一。据高卢僧侣蒙穆特(G.de Monmouth)的《圆桌骑士传奇》(*Romanzi della tavola rotonda*),又名《亚瑟王传奇》(*Ciclo d'Artu*)中的《特里斯丹与伊瑟》("Tristano e Isotta")记载,特里斯丹奉其叔王马可·迪·科诺瓦利亚(Marco di Cornovaglia)之命,前往邻国迎娶公主伊瑟(Isotta)。途中,误饮为新婚夫妇准备的药酒,使他对伊瑟产生了永生不忘的爱情。后被马可发现,一对情人被逐出王宫。最后,马可赦免了伊瑟,但用毒箭射死了特里斯丹。薄伽丘在注释《神曲》时还说,在特里斯丹垂危之际,伊瑟来探视,二人一见即紧紧相互拥抱,但因用力过猛,把彼此的心都挤裂了,于是双双死去。

16. 指佛兰切丝卡·达·里米尼(Francesca da Rimini)及其小叔保罗·马拉泰斯塔(Paolo Malatesta)。佛兰切丝卡为拉维纳(Ravenna)僭主老圭多·达·波连塔(Guido da Polenta il Vecchio)之女。1275年后,嫁与里米尼僭主马拉泰斯塔·达·维鲁基奥(Malatesta da Verruchio)之子贾恩乔托·马拉泰斯塔(Gianciotto Malatesta)。贾恩乔托是一个跛子,相貌丑陋,这实际上是一桩政治婚姻,目的在于结束拉维纳和里米尼两大家族的长期争夺。贾恩乔托之弟保罗相貌英俊,与佛兰切丝卡相互爱慕并私通。后被贾恩乔托发觉;1282—1283年(当时,保罗在佛罗伦萨任护民官)或1285年间(当时,贾恩乔托任佩萨罗Pesaro僭主),贾恩乔托将二人一并杀害。史料对此无记载,只有民间流传;据薄伽丘和十四世纪的佛罗伦萨无名氏(Anonimo fiorentino)等一些古代注释家称,保罗原是代替其兄与佛兰切丝卡完婚的,因而佛兰切丝卡以为自己嫁的是美貌的保罗,而不是丑陋的贾恩乔托。

17. "别人"指上帝。

18. 狄多,参见注11。

19. "宇宙之王"指上帝。

20. 这是诗中极其有名的连续三段以"爱"开头的三行韵诗(terzina),体现了十三、十四世纪盛行的以圭多·圭尼采利(Guido Guinizelli,1230?—1276)、但丁等为代表的"新体诗"(Stil Novo)或"甜美新体诗"(Dolce Stil Novo)的主要特点,即把爱看成提高思想境界的源泉。尤其是第一句,把"爱"与"高贵的心灵"直接联系起来,这恰恰是圭尼采利的名诗标题《爱总是躲入高贵的心灵》(*A cor gentil ripara sempre Amore*)和但丁的一首十四行诗"爱与高贵的心灵是同样的东西"的寓意和主旨。不过,但丁在这里也进一步发展了这一观念,即认为,爱不仅能提高思想境界,而且也会导致犯罪。

21. 此句用典出自安德烈·卡佩拉诺(Andrea Cappellano,十二至十三世纪)的《论爱情》(*De amore*)。该书关于爱的论述在中世纪十分流行,对普罗旺斯宫廷抒情诗(Lirica cortese)和意大利"新诗体"都有深刻影响。萨佩诺还说,诗中的这一思想甚至为一些宗教作家所采用,即对上帝的爱也必须如此。

22. "该隐环"(Caina),为地狱的最后一层,即第九环的最底层：那里的鬼魂罪孽最大，受苦也最大。关于该隐，参见第四首注释6。贾恩乔托·马拉泰斯塔死于1304年，故但丁游地狱时，他尚在人世，诗中才用“等待”一词。

23. 朗斯洛（Lancialotto），全名为朗斯洛·德尔·拉哥（Lancialotto del Lago），即“湖上的朗斯洛”，事迹见上述《圆桌骑士传奇》，因他原是布列塔尼（Bretagna）国王之子，被“湖上夫人”窃走，养大成人后被夫人送给亚瑟王，成为亚瑟王御前十二名圆桌骑士中的第一名，“湖上的朗斯洛”之名亦由此而起。据说，他偷偷爱上了亚瑟王之妻吉妮维尔（Ginevra）。

24. 这里有两种解释：一是如译文所取，指双方爱情极深，以致毫不疑虑对方的感情；一是指毫不顾忌被别人发现。

25. 加列奥托（Galeotto），在故事中为宫廷总管，是他鼓励和唆使胆怯的朗斯洛向王后吉妮维尔表示爱情。但书中是王后作为骑士的被保护人，按惯例亲吻骑士的，而不是相反。正是由于此故事影响深远，中世纪就把加列奥托作为牵红线乃至拉皮条的专用术语。萨佩纽说，但丁在诗中写成由骑士来吻王后，“可能是有意使小说的这一情节与他所要讲的故事相适应”。

第六首

1. 这一首是《神曲》中篇幅最短的诗歌之一。《神曲》全诗一百首，每首句数大抵相等，不满一百三十句的只有三首，一百六十句的只有一首。

2. 第三环是专用来惩罚生前犯贪食罪的鬼魂之所。

3. 刻尔勃路斯（Cerbero），希腊神话中看守地狱之门的三首怪犬。为巨人蒂弗斯（Tifeo）与半人半蛇女妖埃基德纳斯（Echidna）所生。维吉尔、奥维德等古代诗人曾把它描绘成三首、蛇尾、蛇鬃的怪兽。但丁在这一基础上发挥其独特想象力，对它又作了更为细致而生动的刻画。

4. 此人系恰科（Ciacco），十四世纪《神曲》注释家布蒂（Buti）说，“恰科”是“猪的名字”，“该人因贪食而被人如此称呼”。此人史料无记载，据说为佛罗伦萨人。有人根据古诗，说他是诗人恰科·德·安圭拉亚（Ciacco dell’Anguillaia），还有人说，他是个银行家，因吃喝过度，把眼睛都弄坏了，为人所不齿；佛罗伦萨无名氏则认为，他是个“交际家，寄生虫”，但薄伽丘则不同意此看法，说他钱财不多，但有“口腹之癖”，善言谈，性随和，与上层人士交往甚密，每有吃喝机会，或应邀而至，或不请自来，因而在当时佛罗伦萨人眼中，是个知名人士。甚至有人把他与但丁和诗人佛雷塞·多纳蒂（Forese Donati）并提为“吃喝玩乐的三巨头”。萨佩纽强调，但丁在诗中对他“并无任何轻视之意，反而还抱有一定的同情”。

5. 指佛罗伦萨争权夺利的派系斗争源出于嫉妒，而揭露和谴责佛市内部纷争也正是《神曲》全诗的主题之一（此处是全诗第一次触及此主题）。佛市党派纷争由来已久，主要表现为十二至十四世纪分裂意大利的两大派系归尔弗派（Guelfi）和吉伯林派（Ghibellini）之间的斗争。两派原产生于德国法兰克王朝（Franconia）最后一个皇帝亨利五世死后（1125年）。归尔弗派支持亨利五世后裔撒克逊公爵洛塔里奥·迪·苏普林堡(Lotario di Supplimburgo),吉伯林派则支持反对苏普林堡的施瓦本公爵腓特烈·迪·霍亨斯陶芬(Federico di Hohenstaufen);罗马教皇站在归尔弗派一边。经过旷日持久的斗争,两派政治立场逐渐演变为支持市镇共和与教皇的一派(归尔弗派)和支持国王与诸侯的另一派(吉伯林派),并进一步又分化为市镇之间的斗争(如佛罗伦萨以归尔弗派占优势,米兰则为吉伯林派所统治);后市镇内部不仅有两派对立(佛罗伦萨自1215年起即分为归、吉两派),而且一派内部又分裂为对立的两派,这主要表现在十三世纪末和十四世纪初佛罗伦萨当权者归尔弗派分化为黑白两党:黑党以科尔索·多纳蒂(Corso Donati)为首,白党以维埃里·德·切尔基(Vieri de Cerchi)为首。黑党较激进,白党较温和。但丁即属白党。

6. 这里是指1300年5月在佛罗伦萨圣三位一体广场上发生的一起黑白两党流血冲突:多纳蒂和切尔基两大家族的一些青年在佛罗伦萨春节(Calendimaggio)集会上相互斗殴,切尔基家族一青年被打伤,从而使两党的争权斗争进一步加剧。十四世纪两部史料:贡帕尼(Compagni)的《当代大事记》(*Cronaca delle cose correnti nei tempi suoi*)和维拉尼(Villani)的《佛罗伦萨编年史》(*Cronache fiorentine*)对此都有记载,贡帕尼(但丁的好友,亦属白党)甚至说,该事件导致了佛市的"毁灭"。

7. "村野的一方"指切尔基派,即白党。因他们来自农村。贡帕尼在《当代大事记》第1卷中指出,他们"社会出身低微,但却是豪富巨贾"。薄伽丘则说,他们不仅"骄横傲慢",而且"习俗粗野"。另一方指黑党,即多纳蒂派。1300年5月流血事件后,佛市执政官(但丁当时为其中之一)于同年6月,将斗殴双方一些重要肇事者驱逐出境,随后又因黑党密谋政变,于次年6月,将黑党所有领导人全部驱逐出境。黑党当时不仅被放逐,而且被罚大笔款项。

8. 指白党于1302年1月底失势。从诗中虚构恰科的预言到白党失势,恰好是三年时间。"左右逢源的人"大多注释家均认为是指但丁的死敌教皇博尼法丘八世,但也有人认为是指法国伯爵查理·迪·瓦卢瓦(Carlo di Valois);萨佩纽和雷吉奥都不同意后一看法,说查理当时正在弗朗德勒(Fiandre,旧译法兰德尔或法兰德斯),忙于战事,并未插手佛罗伦萨事务。薄伽丘和贡帕尼指出,博尼法丘八世当时对黑白两党都表示"同样的好感",但他的"全部心灵"则是"拥护黑党一方"的;他"一方面(对白党)说着甜言蜜语,另一方面则在我们(指白党)头上安插一个僭主"。据说,博尼法丘为了实现自己控制佛市统治的野心,在1301年11月1日万圣节之际,派查理·迪·瓦卢瓦赴佛市,名义上是调解黑白两党纠纷,实际上则是支持黑党上台。黑党上台后,即对白党大肆迫害。但丁本人亦在此期间被判流放三年,罚款五千弗洛林(1302年1月)。因他未出席受审,同年6月,又判他终身流放,家产全部没收。

9. 两个"公正"的人,但丁未说明是谁。现代注释家德尔·隆哥(Del Longo)认为,"二"是不定数,只是表示为数寥寥。但有人则说,这是指但丁和史学家贡帕尼,或但丁及其诗友圭多·卡瓦尔坎蒂(Guido Cavalcanti)等。当代注释家马佐尼(Mazzoni)则根据圣托马索评论亚里士多德《伦理学》的说法,认为,"有两种公正形式:一是自然法、不成文法,另一则是法律所确认的法,而这两种法在佛罗伦萨均未被人'听从'……总之,在佛罗伦萨,任何公正当时都是没有的"。萨佩纽认为,但丁在这里把自己也包括在"公正"的人之内,这"虽不可思议,但却很有可能"。

10. 这是但丁认为佛罗伦萨之所以衰败没落的三点主要原因。在他看来,党派之争、目空一切以及大人物乃至平民百姓企图高踞人上的野心,都是使佛市陷于水深火热之祸根。萨佩纽认为,但丁之所以对佛市历史抱有如此消极的看法，主要是由于他对意大利乃至欧洲的历史演变的观点闭塞，估计脱离实际，加之他个人的痛苦遭遇，这些都促成了他的消极立场。

11. 法里纳塔（Farinata），为马南泰·迪·雅科波·德利·乌贝尔蒂（Manente di Iacopo degli Uberti）的绰号。1239年起任佛罗伦萨吉伯林派首领。1248年曾将归尔弗派逐出佛市，但1251年，归尔弗派趁支持吉伯林派的腓特烈二世（Federico II）逝世（1250年）之机，又返回佛市，得势后于1258年又将包括乌贝尔蒂家族在内的大部分吉伯林派家族逐出佛市。法里纳塔逃往锡耶纳，在西西里国王曼弗雷迪（Manfredi）帮助下，重整旗鼓；1260年，吉伯林派在蒙塔佩尔蒂（Montaperti）战役战胜归尔弗派，他重返佛市执政。当时，吉伯林派有人建议摧毁佛市，他独自一人挺身而出，制止这一行动。他死于1264年，归尔弗派随即东山再起，把他判为异端罪；《地狱篇》第十首写他因犯异端罪被打入第六环。

泰加尤（Tegghiaio），全名为泰加尤·阿尔多布兰迪·德利·阿迪马里（Tegghiaio Aldobrandi degli Adimari），为佛罗伦萨归尔弗派代表人物。1238年曾任圣吉米尼亚诺（San Gimignano）执政官；1256年又任阿雷佐（Arezzo）执政官。1260年任归派军队统帅之一。他曾出面调解圣吉米尼亚诺与沃尔泰拉（Volterra）两市的纠纷。1266年以前去世。《地狱篇》第十六首写他犯鸡奸罪，被打入第七环第三层受苦。

12. 雅科波·鲁斯蒂库齐（Iacopo Rusticucci），1235年至1254年史料记载，他曾是佛罗伦萨富豪，属归尔弗派卡瓦尔坎蒂集团，1254年任佛市特别行政长官。曾与泰加尤一起，调解沃尔泰拉与圣吉米尼亚诺两市争端，并促成佛市与托斯卡纳大区其他一些城市的媾和与结盟。《地狱篇》写他与泰加尤都犯有鸡奸罪，被打入第七环第三层。

阿里哥（Arrigo），具体情况不详，但据一些古代注释家分析，因他在诗中与莫斯卡（Mosca）并提，猜测他属菲凡蒂（Fifanti）家族，曾参与1215年杀害彭代尔蒙泰（Buondelmonte）事件。有人则认为，他就是阿里哥·迪·卡夏（Arrigo di Cascia）：此人曾与泰加尤、鲁斯蒂库齐一道促成沃尔泰拉与圣吉米尼亚诺两市媾和，且在诗中又与此二人并提。

莫斯卡，属佛罗伦萨吉伯林派兰贝尔蒂（Lamberti）家族。十二世纪末出生。在佛市历任要职，并任维泰博（Viterbo）和托迪（Todi）两市执政官（时间分别为1220年和1228年）。1229—1235年佛市与锡耶纳战争期间，任佛市统帅。1242年任雷焦（Reggio）执政官，次年死于该市。因他曾挑唆杀害彭代尔蒙泰，导致佛市归、吉两派最早分裂和长期不和，在诗中被写成犯有挑拨离间罪，被打入第八环第五层受苦。

13. 指人世。

14. 因恰科一直直视但丁，这时，他重新倒下去，但仍想保持原来的视线，因而不得不把眼睛“斜了过去”。

15. 指天使在吹起最后审判的号角时，躺在地上的亡魂才会苏醒和站立起来。

16. “众鬼魂敌视的权威”指耶稣基督。

17. 指最后审判所作的永恒的最后判决。

18. 指亚里士多德的学说。马佐尼说，但丁此处所援引的是圣托马索评亚里士多德《论灵魂》（*De anima*）的有关段落，其中说：事物越是完美，就越能感到乐与苦。萨佩纽解释说，诗中的寓意是：在最后审判后，由于人在灵魂与肉体的结合方面恢复完美，受苦者的苦刑会加剧，圣洁者的幸福则会增强。

19. 普鲁托（Pluto），希腊神话中的财神（拉丁文为Plutus，意大利文为Pluto）。也有人认为是希腊神话中的地狱之王普鲁托（拉丁文为Pluto，意大利文则为Plutone）。但丁之子彼特罗曾提及：西塞罗认为，普鲁托与地狱之王狄斯（Dite）是一神两名，而这两个名字在拉丁文和希腊文中都有“财富”之意。在《神曲》中，但丁已把卢齐菲罗作为地狱之王（而不是狄斯），故普鲁托应为财神，统管地狱第四环惩罚贪图和浪费财富的鬼魂之处。诗中提到普鲁托为“人类之大敌”，也正反映了但丁的“贪图财富乃人类之死敌”的思想（雷吉奥），而这一思想可追溯到《新约·提摩太前书》第六章第十句：“贪财乃是万恶之根。”

第七首

1. 原文是：Papé Sàtin, papé Sàtin aleppe。近代注释家认为，此句为“魔鬼语言”，无任何意义，萨佩纽注释本则说，其中有些语汇属中世纪，且古代注释家曾有基本一致的解释：“帕佩”（papé）相当于希腊文“帕拜”（papai），是表示惊讶的感叹词；但对“阿列佩”（aleppe）的解释则有差异：有的说是表示“痛苦”（《最佳评注》），有的则认为是指“上帝”，但一致认为，相当于希伯来文第一个字母“Aleph”，表示痛苦的感叹，如《旧约·耶利米书》第一章第六句耶利米的话第一个词即是此词：“主我的上帝啊”。但丁之子彼特罗的看法也与此相同，他并把全句诠释为：“啊撒旦，啊撒旦，魔鬼之首和魔鬼之王，我们看见的是什么啊！”
2. “高贵的哲人”指维吉尔。
3. 指在天国，天使长米迦勒要惩办以卢齐菲罗为首的叛逆天使。
4. 指在意大利南部墨西拿（Messina）海峡的两个漩涡区卡里迪（Cariddi）和希拉（Scilla）之间，爱奥尼亚海（Ionio）的海浪与第勒尼安海（Tirreno）的海浪相遇，冲撞到一起。
5. 指贪财者和挥霍者在第四环受苦，因他们生前所犯罪行恰好各走极端，故在地狱中服刑时，分成左右两队，推着重物，绕圈迎面而行，行至半圈之处，相撞、相骂，然后又掉头回走，行至另一半圈之处，又一次相撞、相骂，如此周而复始，永无休止。
6. “我们左边”指贪财者一边，“削发者”指教会神职人员。
7. 这里描述了贪财者和挥霍者的各自特点：前者“紧握拳头”，表示一毛不拔；后者“毛发皆光”，表示倾家荡产。
8. “月天之下的所有黄金”指世间财富，全句的意思是：过去和现在的世间财富都不能使任何一个鬼魂感到满足，只要他们活在世上，就会渴望得到它，享受它。但波斯科－雷吉奥注释本则倾向于另一种解释，即：世上的所有黄金都不足以使任何一个鬼魂片刻不受苦刑折磨。近代注释家巴尔比(Barbi)和萨佩纽注释本都持前一种解释,其根据是但丁在《筵席》第四卷第十二节第三至十句段中曾指出:“世上的财富既令人得意,又令人失望,使人总是不能满足,另一方面,也使个人和国家的安宁总是受到威胁。”但丁的这一思想源自六世纪罗马哲学家波伊提乌斯(Boezio)的《哲学的慰藉》(*Consolazione della filosofia*)。

“月天”是九重天中离地球最近的天体,所以这里用它来隐喻人世。

9. 指上帝创造了九重天。

10. 指幸运女神。

11. 此句意谓:有些人若被幸运女神抛弃,他们就可不受希望与失望的摆布,因而本该赞扬而不是咒骂幸运女神。这里再次反映出但丁受波伊提乌斯的思想影响:波伊提乌斯在《哲学的慰藉》第二卷中曾说:“现在使你感到如此伤心的那个原因,本该是使你感到安心的原因。她(幸运女神)确实已经把你抛弃了,而任何人都永远不会确信自己是会被她抛弃的。”

12. 这里,但丁又一次接受了波伊提乌斯的思想:波伊提乌斯在《哲学的慰藉》第二卷中曾把幸运女神写成“任性而无情的神”,“她不肯倾听不幸者的哭诉,不关心他们的泪水,嘲笑由她残酷地引起的抱怨,她就是这样运用和试验自己的力量”。

13. 指司管各重天体的天使:上帝在造物初期,在创造各重天体的同时,也创造了天使。

14. 民间流传的幸运女神形象是一个站在轮盘之上的蒙住双眼的女神,轮盘按人间兴衰荣辱富贫等不同境遇分成八个部分,幸运女神即用转动轮盘的方法来决定世人的遭遇。幸运女神的最著名画像在维罗纳圣泽诺主教堂(Basilica di S.Zeno di Verona)内,这对但丁可能有所启发,但在诗中,幸运女神执行其职务并非“盲目”,而是遵从上帝意旨。

15. 指惩罚易怒者魂灵的第五环。

16. 这里指的是维吉尔“动身”去营救但丁,不是指开始地狱之行。萨佩纽根据星辰绕地球一周运行二十四小时(东升西降各为十二小时)推算,此时距维吉尔“动身”已逾十二小时,从第二首开始(日落时分)到第十一首113—114句(距凌晨约二小时)估算,当约为3月25日至26日之间的午夜时分。雷吉奥的分析接近这一说法,但他强调,诗中的时间是诗人虚构的,旨在使读者对地狱之行有真实感,若斤斤计较则是“徒劳”的。

17. 斯提克斯(Stige),希腊神话中的地狱河流。

18. 诗中把易怒者分为暴怒者(iracondi)和郁怒者(accidiosi)两种(萨佩纽),此处指前者。按基督教教义,愤怒乃人生七大罪过(骄傲、贪婪、色欲、愤怒、贪食、嫉妒和懒惰)之一;1994年逝世的当代注释家波斯科(Bosco)分析说,圣托马索评注亚里士多德《伦理学》时,曾把易怒者分为三类:即“爆发怒气者”(pronti all'ira)(这种怒气“不会持续很久”)、“郁结怒气者”(amari)(这种怒气会持续很久,“要在报复所受伤害后平息或随时间慢慢平息”)、“难消怒气者”(difficili)(这种怒气“只有在报复后才能消失”);后两种属怀恨在心,并会越积越深,因而比“爆发怒气者”更危险,所受苦刑也更重,但他们的表现则是不能有所行动,是一种怠惰(accidia)。此处说明但丁受到亚里士多德有关思想的一定影响。

19. 指郁怒者;按此词即accidioso系名词accidia的形容词,亦可译为“怠惰者”。萨佩纽认为,但丁用以说明这类罪人的罪过的说法“不易解释”。他还认为,但丁之子彼特罗的解释是值得“认真考虑”的,即:易怒者、郁怒者、狂傲者(suberbi)和嫉妒者(invidiosi)都是在第五环中受惩:易怒者和狂傲者在沼泽地的表面,分在不同区域,郁怒者和嫉妒者则在下面,尽管后者未被明显提及,因此,七大罪过都在地狱的头几环找到了各自受惩的位置。

第八首

1. 本首的开头写法一反常规，引起古今注释家的猜测。十四、十五世纪的本维努托、卡斯泰尔维特罗（Castelvetro）解释说，这是诗人要把上一首未交待完的情节讲下去。薄伽丘、佛罗伦萨无名氏以及本维努托对本首与其他七首开头写法的不同解释为：但丁在撰写过程中曾一度中断，现又重新续写；这种解释造成注释界有关《神曲》著述“两个阶段”论的说法。据薄伽丘等说，前七首是但丁被放逐之前写成的，后连同别的东西一起散失，数年之后，诗稿失而复得，这时，但丁已寄居隆尼加纳（Lunigiana）贵族马拉斯皮纳（Malaspina）府中（1306年），于是着手续写。萨佩纽认为，此说法不无根据，诗稿在续写时曾有多处修改，况且从艺术质量上看，除有关佛兰切丝卡一节外，前七首均不如第八首。但雷吉奥认为，薄伽丘的说法是“虚构”的，尽管近代注释家接受此论断，但仍“不大可信”。
2. “火光”系指中世纪城堡上用来通风报信的烽火。
3. “一切智慧之海”指维吉尔。
4. 弗列居阿斯（Flegias），希腊神话人物。战神马尔斯（Marte）与克丽丝（Crise）所生之子。因太阳神阿波罗（Apollo）诱奸其女科洛尼德斯（Colonide），愤而焚烧了德尔斐（Delfi）的阿波罗神庙。维吉尔的《埃涅阿斯记》和斯塔提乌斯（Stazio, 45—96）的《特拜战记》（*Tebaide*）都对此有记载。但丁在诗中则把他写成看守第五环的魔鬼，象征愤怒，其任务似是运载斯提克斯河岸的鬼魂，行至中途，把鬼魂投入泥沼之中受苦。
5. 但丁是活人，有重量，因而船“仿佛装载了东西”。
6. 船既装载了东西，吃水也必然比运送无体重的鬼魂要深。
7. “提前到来”是指但丁是“活着”来到地狱。
8. 此人为腓力普·阿尔詹蒂（Filippo Argenti），据薄伽丘说，他是佛罗伦萨归尔弗派阿迪马里（Adimari）家族的一支，属黑党，为但丁的政敌（但丁属白党）；其姓为德·卡维丘利（de Cavicciuli），家财豪富，本人为骑士，曾命为其坐骑钉银掌，故有“阿尔詹蒂”即“银”（argente）之绰号。据说，此人魁梧健壮，孔武有力，性格暴躁易怒。薄伽丘的《十日谈》第九日故事八和萨凯蒂（Sacchetti，1330—1400）的《故事集》（*Novelle*，二百二十三篇）第一百一十四篇中都曾提到他。据有些古代注释家说，他作为但丁的政敌，曾打过但丁一记耳光，但丁得罪阿迪马里整个家族，其中一人曾侵吞但丁财产，并将他放逐。
9. 此句出自《新约·路加福音》第十一章第二十七句。
10. 狄斯（Dite），地狱之王，又名普鲁托（参阅第六首注19）。“狄斯城”即地狱，维吉尔的《埃涅阿斯记》和奥维德的《变形记》中都有这种写法，但丁则把地狱之王写成为卢齐菲罗，而不是狄斯。
11. “大军”是魔鬼组成的大军。
12. 这里的塔楼原文为moschite，即清真寺。狄斯城是魔鬼据守的，出于宗教偏见，但丁即借用此阿拉伯语汇来形容塔楼。“山谷”指第五环的地形宛如山谷，自上而下、由外向内倾斜，直通第六环。
13. 指叛逆的天使。
14. “七次”为不定数，意谓多次。
15. “那一位”指上帝。
16. “不如这里秘密的城门”指但丁最初经过的第一道城门，即外城（参阅第三首第1—11句）。“早已……干过的勾当”指耶稣基督下到林勃拯救一些灵魂时亦曾遭到魔鬼阻挠（参阅第四首第52—55句）。自耶稣基督破门而入以来，那第一道城门就一直未用“门闩关上”。
17. 这里诗人给读者留下一个悬念：“有一位”究竟是谁？从最后一句维吉尔的预示，可以料到将是但丁的“救星”，因他将把城门“开启”。

第九首

1. 这里但丁描述维吉尔遇魔鬼阻拦后的心理上的骤变：开头的“除非”表示维吉尔心中浮起的疑虑，随即又改变想法，确信贝阿特丽切乃至上帝曾允诺“慨然相助”。
2. 这里但丁用曲折、隐晦的问话，探询维吉尔究竟有无来过狄斯城的经验。
3. 厄里克托（Eriton）为卢卡努斯在《法尔萨利亚》第六卷（508—827句）中提到的色萨利（Tessaglia）女巫，她有招魂还阳之魔法，曾召唤一亡魂在法尔萨卢斯大战前夕，向庞培之子塞克斯图斯预示此战结局。萨佩纽和波斯科-雷吉奥两部注释本都认为，此处显然是但丁阅读该书后借用此典；另一依据则是维吉尔的《埃涅阿斯记》第六卷（565句），其中述及女巫西比拉（Sibilla）引导埃涅阿斯游地府时曾向他说明：她曾伴随过冥界女神赫卡特（Ecate）来过冥界；但丁沿用此写法，说明维吉尔也有来过狄斯城的经验，同时也表明，他不相信当时中世纪流行的说法：维吉尔擅长巫术（雷吉奥）。
4. 犹大环（cerchio di Giuda），地狱最后一环亦即第九环的最底层，那里惩罚罪行最重、背叛恩人的鬼魂，故以叛徒犹大命名。
5. 这里的“天”指“水晶天”（Cielo cristallino）或“原动天”（Primo Mobile），亦即围绕地球而转动的九重天中最外层的，离地球最远，因而离位于地球中心的地狱也最远；按中世纪天文学说法，地球不动，九重天则绕地球而动，水晶天处于最外层，自然绕地球和其他八重天而动，故曰“环绕一切而转动”。
6. “三个复仇女神”（tre Furie）是：代表“永不休息”的阿列克托（Aletto）、代表“敌对者”的梅盖拉（Megera）和代表“惩罚杀人者”的提希丰涅（Tesifone或Tisifone）。在希腊神话中，她们代表“懊悔”，专事折磨那些犯有杀人罪的人。据说，她们发怒时会变黑，平静时会变白。但丁用此典故，据萨佩纽和波斯科-雷吉奥两部注释本分析，是受维吉尔《埃涅阿斯记》第六、七、十二卷，奥维德《变形记》第四卷，斯塔提乌斯《特拜战记》第一卷的影响。
7. “悲泣之国”指地狱，“王后”为普罗塞皮娜（Proserpina），她是地狱之王普鲁托之妻。
8. 厄里尼厄斯（Erine或Erinni），复仇女神的正式名称，为冥河阿凯隆特与夜神所生三女；“复仇女神”（Furie）系罗马人给她们的别称。
9. 梅杜萨（Medusa），为海神佛尔科斯（Forco）所生三女妖果尔冈（Gorgoni）中最年幼、最凶恶的。据说，她与海神涅普图诺斯（Nettune）在智慧女神密涅瓦（Minerva）神庙中交媾，密涅瓦大怒，将她的头发变为蛇，并使她产生魔力：凡正视她的人都被化为石头。后她被珀修斯（Perseo）砍掉脑袋，而其魔法不变。
10. 特修斯（Teseo）：希腊神话中的英雄人物，曾参与阿耳戈英雄随伊阿宋寻找金羊毛的行动。他曾杀死牛首人身怪弥诺陶洛斯（Minotauro），征服女儿国阿玛松（Amazzoni），成为雅典王。他与其友拉皮提斯（Lapiti）王庇里托俄斯（Piritoo）下地府，试图掠夺地狱王后普洛塞皮娜，庇里托俄斯被地狱怪犬刻尔勃路斯吞食，特修斯则被冥王普鲁托囚入地府，后被海格立斯（Ercole）救出。诗句的含义是：三个复仇女神如在特修斯擅闯地府时给以应有的打击，就可防止以后再有人仿效他而闯入冥界。
11. 果尔冈，参见注9。
12. 这里，但丁未说明“教益”为何。古代注释家曾猜测纷纭：十四世纪注释家雅科波·德拉·拉纳（Iacopo della Lana，为第一位用通俗文字评注《神曲》的注释家）认为，这是用以说明梅杜萨象征异端邪说，薄伽丘则认为，她象征性欲，旨在迷惑世人，此说为近代注释家所接受。但丁之子彼特罗、本维努托、班巴利奥利等则从三个复仇女神出发加以诠释，说她们象征“懊悔”，试图使但丁半途而废。因而古代注释家大多从孤立的人物来诠释“教益”。萨佩纽与他们不同，从总的情节出发，指出：世人在悔过自新、求得解脱罪孽的道路上，必须克服梅杜萨、复仇女神以及魔鬼诱惑等象征的重重障碍，在一定程度上，依靠维吉尔象征的“理性”可以做到这一点，但要完全克服障碍，还须有上天的“恩泽”，亦即天使来救。这实际上是全诗的主题。

13. 这里但丁从科学角度描述夏季在冷热两股气流相遇之下引起的暴风雨现象。

14. 此人即上天派来的天使。

15. 指叛逆天使。

16. 这里指耶稣基督、特修斯和海格立斯先后下到地狱，都曾给魔鬼带来除叛逆而受处罚之外的其他痛苦教训。

17. 怪犬刻尔勃路斯在海格立斯下到冥界时，试图拦阻，却被海格立斯挫败；海格立斯用铁链锁住它的脖颈，因用力过猛，甚至把它下巴和脖颈上的皮也磨掉了。维吉尔《埃涅阿斯记》第六卷有此情节，但丁则在此做了“异常写实的细节描绘”（萨佩纽）。

18. 阿尔（Arli或Arles），法国普罗旺斯省南部一小市镇，位于罗讷河左岸，卡马尔科平原（Camarque）北端，罗马遗迹甚多，特别是在中世纪，曾有大片罗马坟冢，名曰“阿利斯冈墓地”（Cimitière des Alyscamps），至今仍留存一部分。传说，这片墓地是一夜之间出现的，为的是埋葬随查理大帝征战异教徒的阵亡将士。过去有人曾将“淤积”（stagna）一词诠释为“入海”，但阿尔并非位于近海处，故似应按雷吉奥的解释，理解为罗讷河流至三角洲一带淤积而成沼泽；萨佩纽依据但丁在第二十首第66句“淤积”一词的词义也曾解释为“入海”，但他也提出阿尔并非近海市镇，并未排除作淤积而成沼泽的诠释。

19. 普拉（Pola），位于伊斯的利亚（Istria）半岛南端，今属克罗地亚。当地也曾有过大片罗马墓地，具体地点为格兰德港（Porto Grande），但今已荡然无存。

　　夸尔纳罗海湾（Carnaro或Quarnaro，Quarnero），位于伊斯的利亚半岛与达尔马提亚（Dalmazia）之间的亚得里亚海海域，属意大利边界东北端。

20. 火烧的热度高低依异端邪说者所犯罪行大小而定。

21. 波斯科–雷吉奥注释本着重指出，这里是但丁写法上的一个“例外”，即但丁与维吉尔在冥界中一直是向“左”转，只有两次是向“右”转：此处是第一次，第二次则是在《地狱篇》第十七首下到第八环时。雷吉奥曾引《旧约·箴言》第四章第二十七句试图说明但丁此句的寓意：“你不要向右，也不要向左，务要远避恶事；但是，主喜欢右边的道路，左边的道路是弯路。”

第十首

1. 萨佩纽注释本对但丁称维吉尔为“拥有最高美德的导师”作了独到的解释，即认为，维吉尔在诗中是象征“理性”，而理性被但丁所崇拜的亚里士多德视为“最高美德”，故但丁在此是有意提醒读者注意维吉尔所代表的象征意义。

“随心所愿”一语，古今专门研究寓意的学者都苦心探索其真正寓意。萨佩纽认为，尽管可以把此语解释为维吉尔带领但丁游地府，一直向左转，只是到了这一层即第六环才向右转（参阅第九首第132句），仿佛有些“随心所愿”，但此语的“象征意图”依然是“费解”的。他引述了安德雷奥利（Andreoli，1823—1891）的注释，该注释认为，维吉尔与但丁为上岸进入狄斯城曾绕了一大圈（参阅第八首第79—81句），进城之后，发现把第六层已走了大部分，为找到前往第七环的固定地点，他们不得不向右退回去，而不是向左往前行。

2. 约沙法谷（valle di Iosafàt或Giosafat），上帝进行最后审判的地点：在最后审判日，所有鬼魂都将集中于此听候审判（参见《旧约·约珥书》第三章第二句：“我要在约沙法谷审判各个民族”）；在这之前，鬼魂须先恢复遗留在人世的肉身，使之与灵魂结合，一起受审。

3. 伊壁鸠鲁（Epicuro，公元前341—前270或前271），古希腊唯物主义哲学家，公元前306年，曾在雅典成立一著名的哲学学院。他推崇哲学原子学说，认为世界由原子构成，事物的生与死均由原子的聚合与分离所决定；灵魂亦由更细微的原子组成，随人的死亡而分解，因而灵魂并非“不死”。他不否认神的存在，但认为神存在于异常遥远的世界，自得其乐，不问人世，因而人亦不必畏惧神与死（死只是“长眠”）；他主张人生在世，应采取在痛苦与乐趣二者之间保持等距离的冷漠、无动于衷（atarassia或apatia）的态度。他还认为，人的行动动机起于精神的而非物质的“乐趣”。但丁从西塞罗的有关著作中了解到伊壁鸠鲁的学说，并在《筵席》第四卷第六节第十一句段中着重指出：伊壁鸠鲁说明所有动物生来就是“追求快乐，逃避痛苦”，因此，“我们的目的就是乐趣（voluptade）……亦即无痛苦的欢乐（diletto sanza dolore）”。伊壁鸠鲁学说产生于基督教诞生之前，本不该列为异端邪说，但在中世纪，所有反对灵魂不死之说的人均被看成“异端”，亦即“伊壁鸠鲁派信徒”（epicurei），但丁自然也不例外，故他在《筵席》第二卷第八节第八句段中又谴责这种否认灵魂不死论为“所有野蛮主张之一”，是“极愚蠢、极卑鄙、极有害的看法”。中世纪把伊壁鸠鲁派信徒的范围甚至扩大到反对教皇干涉世俗权力的吉伯林派。中世纪宗教裁判所对异端分子的处罚是判以火刑，因而诗中第六环的报复刑即是火焚坟墓，表明犯异端罪者死后也要受此酷刑，灵魂不得安宁。由于但丁对伊壁鸠鲁学说有上述两种不同评价，有些注释家便就此提出但丁对伊壁鸠鲁学说的认识分“两个阶段”。雷吉奥和萨佩纽对此说均有保留，但二人出发点不同：前者认为，但丁在《神曲》中有关伊壁鸠鲁学说的写法是“对他以前在其他作品中表达的思想”的一种“纠正”，而且，全诗中不乏此例；后者则认为，但丁对伊壁鸠鲁的看法是针对不同问题而有所不同。

4. 但丁未说出的“心愿”是想知道坟墓中有无自己的同乡，特别是法里纳塔；他在经过第三环时就曾向犯贪食罪而受苦的恰科探询过（参见第六首第78—79句，关于法里纳塔，参见第六首注11）。法里纳塔虽是吉伯林派首脑人物，是属于归尔弗派的但丁的政敌，但他为人正直，甚至连归派著名史学家维拉尼也称他为“睿智而英勇的骑士”，但丁对他也十分钦敬，从以下诗句中可以看出（如一直以“您”相称）。法里纳塔死于1264年；1266年，支持吉派的西西里王曼弗雷迪与法国的安茹的查理和教皇交战，战败于贝内文托（Benevento）战役并被杀，支持吉派的施瓦本家族（或称霍亨斯陶芬家族）的势力彻底衰落；1267年，归派东山再起，重新统治佛罗伦萨，对法里纳塔家族为首的吉派分子大肆迫害；1283年，即在法里纳塔死去十九年后，圣方济各会僧侣萨尔莫内·达·卢卡（Salmone da Lucca）代表宗教裁判所，追判法里纳塔及其妻阿达莱塔（Adaleta）犯异端罪，命令将二人的遗骨从圣雷帕拉塔（S.Reparata）教堂掘出，并没收其遗产，宅第夷为平地，将法里纳塔的乌贝尔蒂家族永远驱逐出境。是年，但丁十八岁，对此事件印象极深，故在冥界之行中一再探听法里纳塔的下落。

5. “并非只是现在”原文为non pur mo，当代注释家波雷纳（Porena）认为，应解释为“很久以来”，因此，全句应为“你很久以来就乐意我这样做”，因为他说，维吉尔此时并未向但丁“作任何类似的告诫”。

6. 托斯卡纳（Toscana）为意大利中北部大区，佛罗伦萨即为其首府；诗中用的是它的形容词tosco，相当于意大利文的toscano。

7. “火之城”即狄斯城，因此处，犯异端罪的亡魂的墓地均被火烧。

8. “高贵的家乡”即佛罗伦萨。

9. “带来祸殃”指吉伯林派与归尔弗派的朋党之争，通过法里纳塔本人，给佛罗伦萨带来内战、刀兵之祸。

10. 法里纳塔，参见第六首注11。诗中始终用鲜明的笔触，刻画了法里纳塔的豪迈高傲、坚毅不屈的品格。关于他被判为“异端”，与伊壁鸠鲁派信徒放在一起，注释家对此颇有看法；雷吉奥就指出，法里纳塔的“异端”罪很复杂，因而有的注释家对此抱怀疑态度，有的则明确指出，在他去世十九年后才定罪，这说明有政治目的；但有人也认为，当时划为异端邪说的范围很广，吉伯林派反对教皇干涉政治事务，恰与反对罗马教皇的异端分子（如清净教Catari）不谋而合，也便成为异端分子。

11. 有的注释家将“把眉毛稍稍向上一抬”诠释为表示回忆，萨佩纽注释本认为不妥，指出：这是表示“这个吉伯林派分子的既傲又怒的神态”，因为他从但丁述说其祖先的姓名中得知对方就是自己的冤家对头，而下面的诗句也证明了这一点。

12. 指1248年和1260年，在佛罗伦萨占据统治地位的吉伯林派“驱散”归尔弗派。萨佩纽注释本指出，“驱散”（dispersi）有“肃清”、“消灭”（annientati）之意，这是但丁所不能接受的，所以，但丁在答复时针锋相对、但又恰如其分地改用了“赶走”（cacciati）一词。

13. 指1251年和1267年，归派重掌佛市政权。前一次是由于施瓦本家族势力的衰落，神圣罗马皇帝腓特烈二世于1250年逝世，吉派力量有所削弱；后一次请参阅注4。

14. “本事”指重返佛市的本领：1267年归派在佛市重新上台，政权巩固，虽放逐了吉伯林派分子，但为笼络人心，曾颁布大赦、赦免等政令，使绝大部分吉伯林派分子得以陆续返回佛市，只法里纳塔的乌贝尔蒂家族被排除在外，永不能返回故土。

15. 此鬼魂是卡瓦尔坎泰·德伊·卡瓦尔坎蒂（Cavalcante dei Cavalcanti），为但丁的好友、“新体诗”杰出代表圭多·卡瓦尔坎蒂（Guido Cavalcanti）之父。据薄伽丘、本维努托等十四世纪注释家称，他是个“风流倜傥、腰缠万贯的骑士”。他是归尔弗派的首脑人物，蒙塔贝尔蒂战役后，吉伯林派曾烧毁他的宅第；1267年，归派借吉派力量削弱重返佛罗伦萨，为巩固两派的暂时和平，他与法里纳塔的乌贝尔蒂家族联姻，使其子圭多与法里纳塔之女贝阿特丽切（Beatrice）订婚。据说，他是个“异端分子”、“伊壁鸠鲁学说的信徒”，“不相信肉体死后灵魂永存”，并说他曾认为“人世最大幸福莫过于肉体的乐趣”，他“口中总是不忘所罗门的名言：人与兽之死是一般无二的，二者的命运并无差别”（本维努托）。作为“异端”，他被与政敌法里纳塔放在一起受火烧之苦。

16. 此处指卡瓦尔坎泰以为自己的儿子圭多也同样“才华卓著”，理应与但丁一起遨游地府。

圭多·卡瓦尔坎蒂(1255—1300),是十三世纪佛罗伦萨文化生活中最显赫的重要人物之一,特别在诗坛上享有盛名,但丁从事新体诗的创作,也受到他的影响,但丁本人对他也钦佩备至,在《新生》第三卷第十四节曾称,他这部青年时代的小说就是献给圭多这位“最要好的朋友”的。圭多在哲学上也颇有成就,崇尚阿拉伯哲学家阿威罗伊斯的思辨哲学,当时被公认为“异端分子”,甚而被说成是“无神论者”。薄伽丘的《十日谈》中也有他的故事(第六天第九故事)。他曾积极参与政治生活,尽管由于当时法律规定,他出身贵族,不能担任公职。作为白党首领,他参与了1300年6月与黑党分子的斗殴流血事件,事后被流放萨尔扎纳(Sarzana);作此决定的六位执政官中有但丁,同时,黑党首脑人物亦遭流放。不久,他在流放地染疾,获准返回佛罗伦萨,同年八月底病故。但丁的冥界之行始于1300年春分之际,故当时他尚活在人世。

17. 对“圭多还不屑于见的那位”一句注释家有不同诠释。有人也把此句解释为圭多拒绝随维吉尔前去。问题的焦点似在于对联系代词cui的理解。有的注释家认为cui代表“等在那边的人”,亦即维吉尔;有的则认为是代表贝阿特丽切即神学(帕尔亚罗)。波斯科–雷吉奥和萨佩纽两部注释本都接受后一种解释:萨佩纽说,但丁认为圭多拒绝被带领去见贝阿特丽切,并非指见那圣女,而是指见她所象征的信仰、神学,因此,但丁“影射的是他朋友的异端立场”;雷吉奥也说,把圭多说成对维吉尔不满,不愿随他而去是“莫名其妙”“站不住脚”的。

18. “统治这里的女人”指地狱之王普鲁托之妻普罗塞皮娜(参见第九首注7)。在希腊神话中,她亦被看成是月神,是猎神狄亚娜(Diana)的三个名称之一:在天上,称月神(Luna),在地上称狄亚娜,在冥间称赫卡特(参见第九首注3)或普罗塞皮娜。她的“面孔照亮”指月圆,“不到五十次”则指不到五十个月。因此,距虚构的地府之行(1300年春分)约有四年零两三个月时间,即要到1304年5、6月。但丁于1302年被流放,至1304年间曾多次会同遭放逐的白党分子以及吉伯林派分子试图用武力打回佛罗伦萨,结果均告失败;法里纳塔的预言恰恰针对这一史实。

19. 此句意谓但丁与乌贝尔蒂家族永被流放,无法还乡,二者遭遇是一致的。

20. “温馨的世界”指人世。

21. 这里指当权的归尔弗派尽管通过一系列赦免吉伯林派的法律,却一直把乌贝尔蒂家族排除在外,如1280年,枢机主教拉蒂诺(Latino)就试图在归吉两派之间斡旋,促使归派颁布赦免令。

22. 这里的“惨绝人寰的大屠杀”指蒙塔佩尔蒂战役,吉伯林军重创归尔弗军,甚至把邻近蒙塔佩尔蒂的一条小河——阿尔比亚河也“染成一片血红”。

23. 这里指吉伯林派在蒙塔佩尔蒂战役中对归尔弗派的“大屠杀”促使归派采取迫害吉派的报复性决定。当时,按惯例,此类决定要在教堂,主要则是在圣约翰教堂中作出;注释家帕尔亚罗把这一活动比作“一场大的天灾之后,在圣殿中做隆重祷告”。

24. 蒙塔佩尔蒂战役中,由以法里纳塔为首的佛罗伦萨吉伯林派,与全托斯卡纳大区各城市的吉伯林派组成联军,在西西里王曼弗雷迪的民兵协助下,击溃了佛罗伦萨归尔弗军;联军首领在恩波利(Empoli)开会,主张摧毁佛罗伦萨,此建议甚至得到与会的佛市代表同意,当时只有法里纳塔一人,铁面无私,坚决反对,终于保住了这座名城。

25. 指地狱中的亡魂只知未来的事,不知眼前的事。

26. “眼力不济”意谓患了远视眼。

27. “最高的主宰”指上帝。

这里,注释家曾有争议:有人认为,法里纳塔所说的这种只知未来、不知现在的缺陷,是所有鬼魂共有的;有人则认为,只是伊壁鸠鲁派信徒才有的,因为他们否定有“人世以外的生活”，这种缺陷是上天施加于他们的报复刑。萨佩纽注释本接受后一种解释，但也指出这一点对恰科不适用（参见第六首第34—93句），因恰科既知现在，又知未来；当代注释家基门兹（Chimenz）还说，“只是后来，肯定地说，只是从第十六首第67—72句起，（但丁）才把这种情况引申为‘一般准则’。”

28. 指最后审判后，将不再有未来，一切将永远不变，鬼魂的“认识”也便永远“消失”。

29. “一千余人”系不定数，表示众多。

30. 腓特烈二世，神圣罗马帝国皇帝腓特烈一世（号称“红胡子”Barbarossa）之孙，亨利六世之子，1197年任西西里王，1214—1250年任神圣罗马帝国皇帝。一贯反对教皇，支持吉伯林派。博学多才，曾促进西西里文化事业繁荣，创立“西西里诗歌学派”（Scuola poetica siciliana），并为文艺复兴奠立初步根基。因此，尽管在政治上与但丁属于对立派别，在人品上，则如法里纳塔一样，深得但丁景仰，被称为“伟大的君主”；《地狱篇》第十三首第75句和《论俗语》第一章第十二节对他赞扬备至。中世纪把他视为“异端”，十三世纪史学家萨林贝内（Salimbene，1221—1287）在《编年史》（*Chronicon*）就称他为“伊壁鸠鲁派信徒”，说他本人并令他的学者从《圣经》中“寻找和搜集一切能证明死后没有其他来生的材料”。正因如此，但丁把他放在第六环中受火烧之苦。

31. “枢机主教”指奥塔维亚诺·德利·乌巴尔迪尼（Ottaviano或Attaviano degli Ubaldini），1240—1244年任波洛尼亚（Bologna）主教，1245年起任枢机主教，1273年逝世。出身吉伯林派名门望族。同时代人不呼其名，只简称其为“枢机主教”，故诗中亦沿用此惯称。公开支持吉伯林派，宣扬异端立场；其侄为著名大主教鲁吉埃里（Ruggieri），但丁把他作为叛徒放在第九环中受苦（第三十三首）。他虽多年站在教皇一边，反对腓特烈二世，但积极支持吉伯林派的立场始终未变。十四世纪注释家雅科波·德拉·拉纳曾说，枢机主教奥塔维亚诺是一个“世俗之人”，“他异常关心这些世俗之事，看来，他并不相信除现世外还有来世”；本维努托也说他说过这样的话：“我可以说，倘若有灵魂，我为支持吉伯林派，也早已把它失掉了。”

32. 指法里纳塔预言但丁将被终身放逐。

33. 圣女指贝阿特丽切。萨佩纽注释本和波斯科-雷吉奥注释本都指出，后来向但丁讲解他的“一生经历的旅程”的并非贝阿特丽切，而是他的高祖卡恰圭达（Cacciaguida），即在《天堂篇》第十七首。雷吉奥说，但丁在撰写本首和下面的第十五首时，确是想由贝阿特丽切来讲述他的一生，但《神曲》尽管基本主题早已确定，内容则是“随编写的时间逐渐演变和丰富”的。

34. 这里的“山谷”指第七环。

第十一首

1. 这片断崖从第六环通往第七环。
2. 这里指在第七环中受苦的鬼魂，他们都是生前犯施暴罪的人。
3. 阿纳斯塔修斯，即阿纳斯塔修斯二世(Anastasio II)，496—498年任教皇。当时，君士坦丁堡(Costantinopoli)主教阿卡丘斯(Acacio)倡导基督单性说(即认为基督只有神性而无人性)，被教会视为异端，从而造成东西方教会分裂的局面。阿纳斯塔修斯二世力图实现教会和平，于497年，派遣特使晋见东罗马皇帝特奥多里科斯(Teodorico)，谋求媾和，这一举措得到特萨洛尼卡(Tessalonica)大主教安德烈亚(Andrea)派往罗马的副司祭浮提努斯(Fotino)的热烈响应，阿纳斯塔修斯二世还接纳他入教会，但浮提努斯乃是阿卡丘斯的信徒，因而被教会内部正统强硬派视为异端分子，阿纳斯塔修斯二世也被指责受浮提努斯的"引诱"，"离开正路"。这一中世纪的传统说法正是但丁诗中情节的主要依据，尽管后来此说被证实不确。有些注释家试图为但丁错引史料开脱，说他是把教皇阿纳斯塔修斯二世与东罗马皇帝阿纳斯塔修斯一世弄混了，而后者才是受浮提努斯引诱，脱离正统，信奉异端的。雷吉奥认为此做法不妥，强调对但丁诗中的写法不应抱"反历史"态度，不然，就是"用一种不确切的依据代替了另一种不确切的依据"。
4. "三个小圈圈"指第七、八、九环，如前所注，地狱被但丁描绘成类似漏斗，上宽下窄，故"一圈小于一圈"。
5. 萨佩纽注释本对此句作了较详细的说明："任何罪恶都使犯罪者遭到上帝的愤恨，最终成为不正当行为，成为对神的法则或自然法则的侵犯，不论是用暴力还是用欺诈"，但"用欺骗手法来伤害……是更严重的，因为它使人的特有功能即理性遭到歪曲，达到邪恶的目的，因此，欺诈者所处的地狱层次比施暴者更低，所受苦刑也更重"；十六世纪史学家雅科波·纳尔迪(Iacopo Nardi，1476—1563)也分析说：诗中的"恶行"是指"这种自觉自愿达到的目的是不正当的行为，亦即侵犯权利，不论是神的权利还是人的自然权利，因为这些权利规定我们与上帝，与自己，与我们的同类人应有什么样的关系，对他们应负什么样的责任，因而伤害就是针对他们来的"。萨佩纽还指出，但丁所构思的地狱"秩序"是根据亚里士多德的伦理原则，而这一原则又"脱胎于罗马法"，在这方面，法学家引用西塞罗的如下一段话肯定是但丁所牢记难忘的，即："可能以两种方式进行伤害：要么用暴力，要么用欺诈，欺诈是狐狸所固有的，暴力则是狮子所固有的，二者都是人所极力反对的，但是，欺诈则更加令人憎恶。"
6. 这里的"第一环"是指惩罚犯有施暴罪的鬼魂的第七环。
7. "三种人"指上帝、自己和他人，以下诗句有详细说明。
8. "迫使自己离开你们人世"指自杀；"徒劳地忏悔过去"意谓自杀者死后来到地狱，后悔在人世自寻短见为时已晚。"用赌博挥霍和荡尽家财的人"与第四环的挥霍者不尽相同，因他不是贪图享受，大吃大喝，而是醉心赌博，情节更恶劣，性质更严重，故放在第七环受苦。
9. 指这些鬼魂生前本该因拥有家财而过着幸福的日子，却因嗜赌成性，把家产输光，不得不终日以泪洗面。
10. 此句是指"蔑视"上帝的所有物即"自然"(上句则是指施暴于上帝本身)。但萨佩纽注释本和波斯科-雷吉奥注释本在解释此句时略有不同：前者认为，此句只指"自然的法则和秩序"；后者则认为，此句所指是"自然和艺术"，亦即上帝所创造的自然以及自然促使人类从事的劳动，因而这里受苦的鬼魂既有违反自然规律的鸡奸者，又有靠金钱而不是靠劳动获利的高利贷者。关于"恩宠"一词的归属，两种注释本也见解各异：萨佩纽同意现代注释家万戴利(Vandelli)的说法，认为是指上帝的恩宠，即应理解为"从自然身上蔑视上帝的恩宠";雷吉奥则接受基门兹的解释,认为是指自然的恩宠:基门兹说:"自然的恩宠在于它像母亲一样教导人类如何'追随'它,模仿它,亦即如何像它按照上天意旨所做的那样,通过劳动来生产生活需要所必不可少的那些财物;同时也在于它慈爱地把自己的果实给予了劳动。"

11. "最小的那一圈"指第七环第三个大圈,即惩罚鸡奸者和高利贷者鬼魂的所在。所多玛(Soddoma或Sòdoma)为巴勒斯坦古城,位于死海(Mar Morto)西南面,因其市民无恶不作,特别是犯有违反自然的淫欲罪(意大利文"鸡奸"sodomia一词即来自Soddoma),触怒上帝,与巴勒斯坦另一罪恶古城蛾摩拉(Gomorra)被上帝"从天上降下的硫磺和火"毁灭,事见《旧约·创世记》第十八、十九章,诗中则隐喻鸡奸者。卡奥尔(Caorsa)为法国一市镇(法文名Cahors),在中世纪,被视为高利贷者的"巢穴",薄伽丘曾说,"如有人说某人是卡奥尔人,那就是指他是个放高利贷的";诗中隐喻高利贷者。

12. "欺诈损害所有良心"一句,雷吉奥认为,"不易诠释";波斯科-雷吉奥注释本和萨佩纽注释本都引用了当代注释家巴尔比(Barbi)对此句的解释:"在欺诈时,总会有理性的介入,总会意识到这是作恶,因此,良心也就受到损害。当一个人因放纵或用暴力犯罪时,可能会使理性受到蒙蔽,以致使它完全不能介入,在这种情况下,良心可能会感觉不到受到伤害,但在欺诈时,良心则是不可避免地要受到损害……欺诈,凡它所到之处,都不会使良心得到平静。"此外,波斯科-雷吉奥注释本还援引了基门兹的另一种解释,即:"受伤害的良心是非欺诈者的,因为正是在他们受到欺诈时,他们感到自己受到伤害。"

13. 这里意谓人与人之间本应由相互友爱联系起来,但丁在《筵席》第一卷第一节第八句段中就说,"人与人自然地成为朋友"。萨佩纽在诠释此句时指出,"真正的欺诈者和叛徒的区别,正如区分不同类别的施暴者一样,也是以感情纽带的程度深浅为依据的,而犯罪的人正是在犯罪时破坏了这一纽带",他还援引了十四世纪注释家圭多·达·比萨(Guido da Pisa)的解释:"欺诈是有双重性的,正如爱也有双重性一样:有自然的爱和偶然的爱。自然的爱使一个人能一律平等地爱所有人;偶然的爱则使他对一个或一个以上的人抱有更深的感情。凡触犯前一种爱的人就是欺诈者,凡触犯后一种爱的人就是叛徒。"

14. 这里混用表示动作的名词(如伪善、谄媚等)和表示做动作的人的名词(如妖言惑众者、做淫媒者等),在原文中是为了押韵,译文中无法体现。

15. "后来增加的那种爱"指自然的爱以外的那些因"亲属、家乡、款待等特殊关系"而产生的另一种爱,这种爱能造成"特殊的信任",亦即注13中提到的"偶然的爱"。

16. 按照中世纪托勒密天文体系的说法,"宇宙的中心"也就是地球的中心;狄斯城的最底层,亦即地狱之王狄斯(诗中则是卢齐菲罗)坐镇之处,即是宇宙亦即地球的中心。

17. 这里罗列的都是狄斯城外、前几环受苦的鬼魂。

18. "你的伦理学"指但丁所熟悉的亚里士多德的《尼各马克伦理学》,或称《致尼各马克的伦理学》,参见第二首注16。

19. 有关"三种劣性"的说法源于亚里士多德《伦理学》第七章第一节:"有三种应予谴责的习俗:奸诈、放纵和兽性。"萨佩纽在解释"放纵"(incontinenza,亦即无节制)一点说:"在这三种劣性中,放纵是听任热情过分地占据上风,超乎正当的程度去寻求对一些本身并无可非议的东西的享受,因此,放纵本身并非那么严重,遭受的责罚也要轻一些,因为它的自觉目的并非伤害别人。"但在"奸诈"一词的解释方面,波斯科-雷吉奥注释本与萨佩纽注释本差异很大,因而对"三种劣性"的分析也有不同:

前者认为“奸诈”(malizia)是“‘欺诈’的同义词”，因而“其意义不同于第22句，因为第22句的malizia含义是笼统的(即指“恶行”)”；它还认为“疯狂的兽性”是“‘暴力’的同义词”，并说“这样解释三种‘劣性’是最合乎逻辑、最自然的诠释”。萨佩纽注释本则认为，此句的malizia与第22句含义一样，即仍意谓“恶行”，因此他不同意把“疯狂的兽性”诠释为“暴力”，认为这“似乎会与维吉尔的全部论述相左，因为维吉尔把暴力看成恶行的一种形式”；它采用了圣托马索评注亚里士多德《伦理学》所作的解释，即把“恶行”分为“人的恶行”(malitia humana)和“兽的恶行”(malitia bestialis)，这样也就“无须从但丁虚构的地狱的道德序列中找到‘疯狂的兽性’的确切对应物了”。

20. 这里的“太阳”是对维吉尔的比喻。

21. 这里指“疑问”和“知晓”同样使但丁感到“愉快”，因为有疑问便可向维吉尔请教，而维吉尔的解答和教诲会使但丁茅塞顿开，得到“获教”的喜悦。

22. “哲学”仍指亚里士多德的哲学。

23. 波斯科－雷吉奥注释本和萨佩纽注释本都解释此句的意思是：自然界是由上帝的“思维和行动”创造出来的；萨佩纽还进一步指出，“自然也可以被说成是上帝的艺术(arte)，也就是说，它是上帝的意志在造物时的按部就班的实现”(参见《旧约·创世记》第一章第二十至二十六句)，并说，但丁在《帝制论》第一卷第三节第二句段和第二卷第二节第三句段都有这样的说法。

24. “物理学”亦即亚里士多德的物理学。

25. 雷吉奥指出，亚里士多德《物理学》几乎在一开头(即第二章第二节)就指出：“艺术尽可能模仿自然”，因此，这两句诗“几乎是逐字逐句地转译了上述亚里士多德的论断；即：人类(你们)的劳动、勤劳(艺术)追随自然，犹如学生追随师尊”。

26. 萨佩纽、雷吉奥都指出此句意谓：“既然自然理所当然地可以自称为上帝的儿子，那么出于自然的人类艺术也便应当被看成几乎是上帝的孙子了。”

27. “这两点”指自然和艺术(即劳动，参阅注10和注25)；此句意义来源于《旧约·创世记》(第一章第二十至二十八句即指“上帝造了水中的大鱼和无数不同种类的生物和飞鸟”，“上帝造了各种走兽、牲畜和爬虫”，上帝造了男人和女人，“对他们说：你们……治理这地，管理海里的鱼、空中的飞鸟以及在地上走动的一切活物”等；第二章第十五句即指“上帝把那人安置在伊甸的园子里，让他看管园中的一切”，第三章第十七、十九句即指上帝对亚当说：“你必须终身艰辛劳苦，才能尝到地里出产的食物……你要汗流满面，才可以维持生计。”)和《新约·帖撒罗尼迦后书》(第三章第十句即指保罗说：“不工作的，就不可以吃饭。”)，萨佩纽对此作了解释：人从自然和劳动中取得维持生计、繁荣后代的手段，因为“自然和劳动是生产和财富的惟一正当来源”，《圣经》就教导人“要劳动，要靠额上的汗水来挣面包”。

28. 此句意谓高利贷者轻视自然和劳动，试图“从金钱借贷中牟取果实”，而金钱本身“只起交换工具的作用”，“就其本质而言，并不生产财富”，因而高利贷者既“直接侵犯自然本身”，又“侵犯来自自然的艺术”，因而也就“间接地侵犯上帝”(萨佩纽)。

29. “双鱼宫”为黄道十二宫之一，略早于太阳所在的白羊宫(十二宫分布于南北两个半圆形天体，每个半天体有六宫，顺序是，北半天：双鱼、白羊、金牛、双子、天蟹、天狮；南半天：室女、天秤、天蝎、人马、摩羯、宝瓶)，因此，双鱼星座开始出现，应是在凌晨之前三小时。

30. “北斗星”(亦称大熊星)“完全斜卧在西北方向”，意谓此时北斗星已落西北，这恰好是距太阳升起约两小时稍多一些的时候。

第十二首

1. “那个东西”即牛首人身怪物弥诺陶洛斯(Minotauro)详见注3,并参阅第九首注10。

2. 这里指意大利第三大河阿迪治河(Adige)左岸、罗维雷托(Rovereto)市南面的著名大塌方斯拉维尼·迪·马可(Slavini di Marco)。十三世纪哲学家大阿尔贝托的《论气象》(*De Meteoris*)第五章第六节曾记载此塌方系“位于特兰托与维罗纳之间阿尔卑斯山麓一座大山发生大面积塌方,落入阿迪治河,埋葬了相当于九英里到十二英里的地面与活人”。据考,此事件约发生在公元883年,山名“祖尼亚·托尔塔”(Zugna Torta),山崩直落于距罗维雷托市下游三公里处的两个市镇马可(Marco)和莫里(Mori)之间的阿迪治河河底。波斯科-雷吉奥注释本和萨佩纽注释本都认为,诗中所用资料即出于上述著作。二十世纪初注释家巴塞尔曼(Bassermann)推测,但丁本人曾亲眼见过此塌方,因据传,但丁被放逐后,曾投靠维罗纳僭主斯卡利杰里(Scaligeri),并一度寄居该僭主的友人卡斯泰尔巴尔科(Castelbarco)伯爵家的利扎纳城堡(Castello di Lizzana),从那里恰可眺望此塌方;该城堡已成废墟,但仍以“但丁城堡”(Castello di Dante)享名。波斯科-雷吉奥本认为此说不确,因本首写于但丁流放初期,“很难设想,但丁曾做过卡斯泰尔巴尔科家的客人”。

3. “克里特岛的耻辱之物”指弥诺陶洛斯。据传,克里特岛(Creta)国王弥诺斯(Minosse)之妻帕西菲(Pasife)爱上了海神波塞顿(Poseidone)送来的一头雄性神牛;为与神牛交媾,她钻进了一头木制的母牛腹中,从而怀孕,生下牛首人身怪弥诺陶洛斯。弥诺斯为它建造了那座著名的迷宫,让它栖身其内,并令被他战败的希腊人每九年进贡童男童女各七名供它食用。

4. “雅典公爵”即特修斯(参见第九首注10)。他是雅典王埃吉奥斯(Egeo)之子。他被派往克里特岛,按克里特岛国王的要求,送去一批童男童女。弥诺斯的女儿阿丽安娜(Arianna)对他一见钟情,在他前往迷宫之前,赠他一个线球,叫他进宫时将线拴在入口处,逐渐延长,一直拉到弥诺陶洛斯在迷宫中的住地,这样,特修斯就不致身陷其内。特修斯最后用阿丽安娜送给他的一把魔剑,将弥诺陶洛斯杀死,救出童男童女,顺利地循原线路,离开了迷宫。由于这一功绩,特修斯被立为雅典王。

5. 阿丽安娜和弥诺陶洛斯同为王后帕西菲所生,因而是同母异父姊弟。

6. 但丁是活人,有重量,所以能使石头在脚下滑动。

7. 注释家对弥诺陶洛斯在诗中究竟象征什么,是否第七环的“看守”,意见不一:波斯科-雷吉奥本认为,从此句的“看守”一词以及第19句的含义来看,弥诺陶洛斯象征“疯狂的兽性”,是整个第七环的看守。这也是多数注释家的看法。但萨佩纽本则认为,弥诺陶洛斯并不象征“蓄意伤害别人的暴力”,而是“丧失理智的兽性的愤怒形象”,况且但丁并未把它放在第七环,而是放在第六环和第七环之间的地方;第七环各大圈都有各自的看守:如第一大圈的看守便是肯陶罗斯,它象征“人性的暴力”(violenza umana)。

8. “那位”指耶稣基督,“最高一环”指“林勃”,“救走许多猎物”可参阅第四首第53—63句。

9. “幽深而又污秽的山谷”指地狱。这里的“巨震”是指耶稣被钉在十字架上断气后,发生剧烈的地震,一直波及地狱。参见《新约·马太福音》第二十七章第五十至五十七句:“耶稣又大喊了一声,就断了气……只见地动山摇,岩石崩飞。”

10. 这里指古希腊哲学家恩佩多克勒斯的“火气水土”四元素论(参见第四首注28)。他认为,“爱”与“恨”左右上述四元素的结合与分离,从而造成一切事物的不同状态和永久变化:“恨”使四元素分离时,世界就井然有序；“爱”使四元素结合时，世界即变得一片混沌。但丁是从亚里士多德的《形而上学》(*Metafisica*)中了解恩佩多克勒斯的这一理论的，而亚里士多德在该书中对这一理论曾作了批判。

11. “血河”即指热浪沸腾的弗列格通河(Flegetonte)。

12. 这里的“贪婪”和“愤怒”与第四环和第五环因犯放纵个人激情之罪而受惩的亡魂不同，而是指因贪婪和愤怒而伤害他人，因而其“报复刑”也体现在滚烫的血河中受苦。

13. “护卫者”指维吉尔。“沟壑”和“平地”分别指血河的河床和第七环的底部，因而血河的河床是第七环的第一圈，即最靠外的一圈；“沟壑”呈圆形，但丁从其所站立的角度来观看，则只看见呈“弧形”的半圆沟壑。

14. “肯陶罗斯”(Centauri)是希腊神话中半人半马的怪物，传为色萨利亚拉皮提斯(Lapiti)国王伊修尼斯(Issione)与云神尼菲尔(Nefele)所生。性暴烈，好掠夺，因而被但丁选做施暴者的看守。彼特罗·阿利基埃里、薄伽丘、本维努托在注释时曾把他们比作中世纪为意大利暴君烧杀掠抢的雇佣兵团。但丁对他们的描述主要取自维吉尔、奥维德、斯塔提乌斯等人的有关诗句，并进一步从造型上加以强烈的现实主义渲染。

15. 这里有两种解释：萨佩纽本诠释为“等我们去到你们跟前”，而波斯科－雷吉奥本注释则注解为“等我们去到奇隆跟前”(着重号是译者加的)。

16. 奇隆(Chirone)：希腊神话中农神乌拉诺斯(Urano)之子。为肯陶罗斯中最著名的一员，诗中为群肯陶罗斯之首。古希腊史学家普鲁塔克(Plutarco，公元50—120年)把他誉为“智者”，曾是阿奇琉斯的老师，擅医学和外科。据说，他已成为不死之身，但他宁可要求宙斯把其不死之性让与普罗米修斯(Prometeo)，宙斯满足了他的要求。他死后，被奉为群星座中的人马座(Sagittario)。

17. 涅索斯(Nesso)：据奥维德《变形记》第九章记载的希腊神话，涅索斯在驮着海格立斯之妻德伊阿妮拉(Deianira)渡过欧厄诺斯河(Eveno)时，突然对她产生爱意，并试图将她掠走。海格立斯一见大怒，用他惯用的沾有莱尔纳斯沼泽(Lerna)七头蛇(Idra)鲜血的毒箭将他射死。涅索斯临死时，将所着血衣送给德伊阿妮拉，说是凡着此衣者都会对她产生恋情，德伊阿妮拉信以为真。后海格立斯爱上埃卡利亚斯国(Ecalia)公主伊奥拉(Iola)；为使之回心转意，德伊阿妮拉让海格立斯穿上此衣，不料海格立斯穿上此衣之后，立即发疯毙命。波斯科在《但丁》一书曾指出，“在但丁时代，因复仇而导致他人死亡的举动，是并不有伤体面的”。

18. “垂头注视自己的胸膛”是对善于思考的奇隆的生动描绘。

19. 福罗斯(Folo)为肯陶罗斯中最凶暴的，他曾与其他肯陶罗斯一起，参加拉皮提斯王庇里托俄斯(参见第九首注10)与伊波达米亚(Ippotamia)的婚礼。他与其他肯陶罗斯在酒宴上喝得酩酊大醉，大肆扰乱，他要把新娘和拉皮提斯国所有妇女一概掠走，有关情节在奥维德的《变形记》第十二章和斯塔提乌斯的《特拜战记》第一章均有记载。

20. 指肯陶罗斯由人马两种形象构成：胸部以上为人形，以下则为马形，因此，胸部“正是人马两种本性连接的地方”。

21. 原文为Alleluia，音译为“哈利路亚”，为犹太教和基督教赞美神的欢呼语。

22. 犯施暴罪者均须根据其罪行程度，被判在血河中受煮沸之苦：或浸足面，或露上身；浸至眼眉，几乎没顶，乃罪行最重者。

23. 亚历山大(Alessandro)：萨佩纽和波斯科－雷吉奥两种注释本都倾向于指色萨利亚的暴君亚历山大·菲雷(Alessandro di Fere)，他曾抗拒特拜(Tebe)对色萨利亚的征战，后被特拜将军埃巴米农达斯(Epaminonda，公元前420？—前362年)所杀，时在公元前363年。西塞罗和罗马史学家瓦莱里奥·马西莫(Valerio Massimo，公元一世纪）以及但丁的老师、罗马史研究家布鲁内托·拉蒂尼（Brunetto Latini, 1220—1295？）都曾在各自著述中提及他的残暴。但古代注释家则认为是指亚历山大大帝（Alessandro il Grande或Alessandro Magno，公元前356—前323年），本维努托就说："如果提到亚历山大，最好认为是指亚历山大大帝"；西班牙神学家兼史学家奥洛席乌斯曾把他称为"嗜血"，塞内加则说他是"掠夺各国人民的强盗"，因此许多评论家都赞成此说。亚历山大大帝系马其顿王，二十岁登基，生前纵横欧亚非三洲，在征服埃及后，建立了亚历山大城（Alessandria）。他不仅战功显赫，且倡导文化科学，曾为亚里士多德的学生。但丁在《筵席》第四卷第十一节第十四句段以及《帝制论》第二卷第八节第八至十句段都对他倍加称道。

狄奥尼西奥斯（Dionisio或Dionigi，死于公元前314或前367年），为史书上著名的暴君，在西西里岛锡拉库萨（Siracusa）统治近四十年。在西塞罗、瓦莱里奥·马西莫、布鲁内托·拉蒂尼的有关著作中，都曾像诗中那样，将他与亚历山大·菲雷并提。

24. 阿佐利诺三世（Azzolino, 1194—1259），全名为埃泽利诺·达·罗马诺（Ezzelino da Romano），1223年至1259年为马尔卡·特雷维加纳（Marca Trevigiana）的吉伯林派首领，著名暴君，被称为"撒旦之子"，当时在意大利北部势力最大。在教皇亚历山大四世主持下，威尼斯、费拉拉、帕多瓦、克雷蒙纳、曼图亚、米兰等城市组成联军与之交战：他战败并被俘；在狱中，他拒绝饮食和医药，数日后瘐死，其全家族亦被斩尽杀绝。

25. 奥比佐·达·埃斯蒂（Opizzo或Obizzo da Esti）：此处指奥比佐二世，为费拉拉、莫德纳和雷焦三城市的僭主，死于1293年。当时盛传，他是被其亲生子、僭主继承人阿佐八世（Azzo VIII）用枕头闷死的；另传，阿佐八世为其"私生子"，故诗中不用figlio（儿子）一词，而用figliastro（非亲生子或忤逆子）一词。萨佩纽说，尽管上述传闻均不可靠，但丁则仍要通过诗句"郑重证实"此说，从而表明他对阿佐八世的憎恶；雷吉奥也说，阿佐八世是在1308年才死去的，这证明但丁对当时流传的儿弑父的"秘密"作了"勇敢"的揭露。但丁在《论俗语》第一卷第十二节第五句段和《炼狱篇》第五首第77—78句中，也曾描述对阿佐八世的恶感。有人认为，"私生子"实际上是号称"修道院主持"（Abate）的彼特罗（Pietro）。

26. 此句意谓：维吉尔让但丁相信涅索斯所说的话，因有涅索斯在场，维吉尔就自愿退居"第二位"。

27. "滚烫的血河"原文为bulicame，意思是"鲜红的沸水"；其实，该词为维泰博（Viterbo）附近的一个温泉的名字，这里把专有名词作为普通名词来用，形容沸腾的血河犹如泉涌。

28. 该鬼魂是圭多·迪·蒙弗尔特（Guido di Monfort），他是西西里王安茹的查理一世派驻托斯卡纳大区的代理人，以残暴著称。其父西蒙（Simon）被英王爱德华一世（Edoardo I）所杀；为报父仇，他于1272年在维泰博一座教堂内，用匕首杀死英王之表亲亨利（Arrigo或Enrico），当时法王腓力普三世和安茹的查理一世正在做弥撒，故下一句说他"在上帝怀中刺穿了一颗心"。维拉尼在《编年史》第七卷第三十九节中对此有记载，并称：后来，亨利的心脏被放在"泰晤士河上伦敦桥头一根柱子上端的一个金杯里"；本维努托则说是放在坟墓的一座金色雕像手托的高脚酒杯里。该凶杀案当时曾引起巨大轰动，舆论群起谴责凶手和在场未做公正反应的君主，但丁因而有意让凶手"独自待在一边"。

29. 此句的动词原文为si cola，对此，古今注释家解释不同：古代注释家认为，此动词意谓"得到尊敬"，但大部分近代注释家（如帕罗迪Parodi）则沿袭十九世纪托马塞奥（Tommaseo）和卡西尼（Casini）的说法，认为是指"仍在流血"，即暗示此仇尚未得报。

30. 阿提拉(Attila，公元五世纪)：绰号“上帝之鞭”的匈奴王。434年，与其兄布莱达(Bleda)共管王国，442年杀其兄，独揽王权。447年扫荡东罗马帝国，451年侵入高卢(Gallia)；后被罗马将军埃齐奥(Ezio)所败。452年侵入洗劫意大利，在教皇圣莱奥内一世(S.Leone I)劝说下撤走。453年，在庆祝其婚礼时暴卒。

31. 皮鲁斯(Pirro)：究竟是曾征战罗马的马其顿厄皮鲁斯(Epiro)国王皮鲁斯(公元前319—前272)，抑或是阿奇琉斯之子、在围攻特洛伊城时杀害国王普利阿摩斯(Priamo)及其子女乃至屠杀大批特洛伊人的皮鲁斯(又名尼奥托莱莫斯Neottolemo)，迄今无定论。但丁读过维吉尔《埃涅阿斯记》中有关后者的记载，对前者则曾在其《帝制论》第二卷第九节第七、八句段中有所颂扬，因而雷吉奥认为，可能是指后者。

塞克斯图斯(Sesto)：波斯科-雷吉奥和萨佩纽两注释本都认为是指庞培的儿子；卢卡努斯和奥洛席乌斯在各自著作中都曾把他描绘成“残暴的海盗”。也有人说，这是指罗马最后一个国王、暴君塔尔昆纽斯(称“高傲的塔尔昆纽斯”Tarquinio il Superbo)之子塞克斯图斯(参见第四首注21)。

32. 里尼埃尔·达·科尔内托(Rinier da Corneto)和里尼埃尔·帕佐(Rinier Pazzo)，据佛罗伦萨无名氏记载，都是烧杀掠抢的江洋大盗：前者与但丁为同时代人；后者属瓦尔达尔诺(Valdarno)的帕佐家族。二人活跃于托斯卡纳马雷马(Maremma)、罗马、瓦尔达尔诺、阿雷佐(Arezzo)等地，拦路抢劫，作恶多端。里尼埃尔·帕佐于1268年，因杀害抢掠前往罗马途中的佛罗伦萨主教西尔文塞(Silvense)及其随从，被教皇克莱蒙特四世(Clemente IV)逐出教门。1271年，教皇格雷高里奥十世(Gregorio X)重申此决定，佛市政府并宣布他为“叛乱分子”；1280年，尽管枢机主教拉蒂诺(Latino)从中斡旋，佛市僭主仍把他排除在赦免之外。

第十三首

1. 这里指托斯卡纳的马雷马地区：该地区北起切齐纳镇，南至科尔内托市，即今塔尔昆尼亚市(Tarquinia)。切齐纳属里窝那省(Livorno)，因同名小河(长七十八公里)而得名，该河西流入第勒尼安海；科尔内托市为第十二首第136句所述江洋大盗里尼埃尔·达·科尔内托的故乡。在但丁时代，马雷马地区乃是一片灌木丛生的荒野沼泽地，野兽经常出没其间，后经开垦，野兽不复在其中栖身。

2. 哈尔比(Arpie)：希腊神话中陶曼特(Taumante)与海洋女神厄列克特拉(Elettra)所生的人首鸟身女怪，姊妹多人，其中有阿埃洛(Aello)、奥西佩特(Ocipete)、蒂埃洛(Tiello)和塞莲诺(Celeno)等。她们栖息在斯特洛法德斯岛(Strofadi)，以丑陋污秽、饥饿贪食而著称。诗中对她们的描述和有关情节主要取自维吉尔《埃涅阿斯记》第三卷第209—257句：埃涅阿斯及其特洛伊伙伴来至斯特洛法德斯岛，遭到哈尔比姊妹的袭击，她们用粪便弄脏了他们的饭食，塞莲诺还预言：这些特洛伊人在下一步航程中将会遇到灾难和挫折。

3. 这里是第七环的第二大圈，即对自身施暴者受苦所在，下一圈即第七环第三大圈，将是火雨纷飞的一片炽热沙滩。

4. 这里但丁运用动词credere(认为，相信)的几个不同时态：现在式credo即“我现在认为”；过去式credette即“我当时认为”；虚拟式credesse即“自己是以为”；其目的似在于配合即将出现的人物即皮埃尔·德拉·维涅亚所固有的那种矫揉造作、浮夸华丽的宫廷式谈吐和文风，营造一种特殊气氛，同时也反映诗人当时的那种扑朔迷离、言语支吾的心态。

5. 此句通常被诠释为：这些鬼魂“为了不让我们看见”而蓄意躲藏起来；萨佩纽不赞成这种解释，他说：果真如此，这些鬼魂“就该保持沉默了”。译文现按他的注释本的诠释。

6. 这段情节基本上仿效维吉尔《埃涅阿斯记》

第三卷第22句的有关写法：特洛伊国王普利阿摩斯的幼子波利多鲁斯(Polidoro)被波利奈斯托雷斯(Polinestore)图财害命，死后被葬在色雷斯海(Tracia)岸上；埃涅阿斯上岸时，曾从一束灌木丛中折下几根树枝作为祭台，只见被折断的枝杈竟流出鲜血，并闻听坟墓中发出人声，令他速速离去，不然将大祸临头。诗中一些细节描述(如树人合一：既说话又流血)，与维吉尔原诗不同，同时还充满了维吉尔笔下所不曾有的那种悲剧气氛。

7. 蛇是最令人厌恶的动物，故这里用蛇来比喻恶人。

8. 指维吉尔的《埃涅阿斯记》有关波利多鲁斯死后等情节。

9. 此人即皮埃尔·德拉·维涅亚(Pier della Vigna，1190左右—1249)，著名的“西西里诗歌学派”诗人，法学家。出身寒微，曾在波洛尼亚学法律。1221年，任神圣罗马帝国皇帝腓特烈二世的书记官。自1230年起，成为腓特烈二世的宠臣，1246年任御前首席书记官，并国王驻西西里代表(相当于宰相)，达到他仕途顶峰，腓特烈二世对他言听计从。诗中说持有掌握腓特烈二世的心的“两把钥匙”，即是指他洞悉腓特烈二世的一切心事。十四世纪注释家布蒂(Buti)即说：“一把是用来肯定的，是开启的钥匙；一把则是用来否定的，是关闭的钥匙”；此处的“钥匙”也隐喻“权柄”，源自《旧约·以赛亚书》第二十二章第二十二句：“大卫王室的权柄都是他的”，“权柄”的原文即“钥匙”。1248年，腓特烈二世征战帕尔马和波洛尼亚失败，变为猜忌多疑，皮埃尔·德拉·维涅亚开始失宠；1249年，他涉嫌参与反对腓特烈二世的宫廷政变(据说是受一些嫉恨他的大臣谗言诬告)，被捕于克雷蒙纳，投入圣米尼亚托·阿尔·德代斯科(S.Miniato al Tedesco)狱中，并被处烙瞎双眼的酷刑。同年，他在狱中(一说是在比萨)自尽。

10. “丧失脉搏”，通常被诠释为“丧失健康”，即鞠躬尽瘁之意。雷吉奥认为，不如取十九世纪注释家托马塞奥之意，即“先失安宁，后失性命”，亦即：维涅亚对腓特烈二世忠心耿耿，虽得宠于他，却也遭群臣嫉恨，结果受诬系狱，自尽身亡。

11. 这里，但丁反复运用隐喻、迂回的笔法，鲜明生动地刻画了维涅亚的谈吐文雅、辞藻华丽的形象：“娼妓”和“凯撒的宫殿”乃至“奥古斯都”等词语都形象地描绘了群臣争宠君前的情景，从而引出下句的“共同的祸患”和“宫廷的弊端”，点出维涅亚悲剧下场的根本原因。“共同的祸患”系指“嫉妒”，此说源于《圣经》中写魔鬼(卢齐菲罗)因嫉妒引诱亚当和夏娃犯下原罪。

12. “正义的我”指维涅亚自认为是受谗言陷害，因而是无辜的；“非正义之举”指维涅亚采取了自寻短见的违反自然死亡的不正当做法。

13. “新奇树根”指维涅亚所具体变成的前所未有的特殊的“树根”。“新奇”一词(nove)，托马塞奥也曾解释为“新近”(recente)，因维涅亚之死距但丁游地府不过五十年，但萨佩纽和波斯科-雷吉奥两注释本均认为，用“新奇”一词来诠释(因维涅亚自认为已成为一“新的生物”)，更为妥帖。

14. “第七个坑口”即指第七环。

15. “斯佩尔塔小麦”系一种生长特别容易的麦种。

16. 这里的“窗户”比喻“伤口”，意谓从伤口中似可听到痛苦的呻吟抱怨声。

17. 这里指维涅亚将像其他鬼魂一样，在最后审判日，带着自己的肉身，前往约沙法山谷，听候上帝审判。但由于自杀者是自愿舍弃肉身的，他们都不能实现灵魂与肉体合而为一，却永远将在地狱中受报复刑：即灵魂变为荆棘，肉身则吊在上面。

18. 这里呼号“死神”，系指求得第二次死，即指继肉身之后，灵魂也归于灭绝。

19. “另一个人”指贾科摩·圣安德烈亚(Giacomo Sant’ Andrea)，诗中称他为“雅科波”(Iacopo)。他是奥德里科·达·蒙塞利切（Oderico da Monselice）和埃泽利诺三世（参见第十二首注24）的前妻斯佩罗内拉·德莱斯马尼尼（Speronella Delesmanini）之子，1237年曾追随腓特烈二世，1239年被埃泽利诺四世派人暗杀。据说，他挥霍钱财达到疯狂的程度：一次，在布伦塔河（Brenta）上荡舟，为消磨时光，他竟从钱包里掏出一块一块钱币，投入河中消遣；另一次，他为了“欣赏”燃烧大火的情景，竟让人把他的一座别墅烧掉。

20. “拉诺”（Lano）据说是锡耶纳人，原名埃尔科拉诺·马可尼（Ercolano Maconi）或阿尔科拉诺·达·斯夸尔恰·迪·里考尔夫·马可尼（Arcolano da Squarcia di Riccolfo Maconi）；薄伽丘称他是“浪子队伍”（brigata spendereccia）中的一员，布蒂也说他是“倾家荡产的败家子”。十九世纪末、二十世纪初大诗人、1906年诺贝尔文学奖获得者卡尔杜契（Carducci，1835—1907）曾认为，他是十三世纪讽刺诗人安乔利埃里（Angiolieri）所写一首十四行诗的人物［后证明此诗非安乔利埃里所作，系出自一锡耶纳诗人穆夏（Muscia）之手］。据查，拉诺曾在锡耶纳大议会中代表圣马丁市（S.Martino）第三等级，家产几近荡尽，自愿投军，求得战死沙场，曾参加锡耶纳与阿雷佐交战的皮埃维·德尔·托波（Pieve del Toppo）战役，因中敌军埋伏而阵亡。这里用讽刺的口吻揶揄拉诺：把托波战场说成“比武会”，讥讽拉诺当时跑得不如在地狱中“灵便”，以致丧命。

21. “那座城市”指佛罗伦萨。古代注释家对说话的人究竟是谁，均无定论：薄伽丘和本维努托认为，但丁在此不提其名，是有意的，因当时佛市自杀者甚多，几乎如上帝对佛市发出的“诅咒”。班巴利奥利、拉纳、佛罗伦萨无名氏则猜测此人为法官洛托·德利·阿利（Lotto degli Agli），1266年至1290年资料对他有记载，说他因受贿，错判冤案，后悔自杀；《最佳评注》、布蒂等则推测此人为鲁科·德·莫齐（Rucco de' Mozzi），他是因荡尽家财而自缢的。

22. 这段情节来自有关佛市的古代传说和史书：佛市最早的守护神为战神马尔斯，佛市信奉基督教后，将这一异教神改为圣徒施洗者约翰；据说，战神为此大怒，施展法术，使佛市常年陷入内战，民不聊生，在但丁时期，战神的塑像仍保留在阿尔诺河的“通途”亦即“老桥”（Ponte Vecchio）上，然已残缺不全，且经风雨剥蚀，诗中所说“一些踪迹”盖即指此；1333年佛市发洪水，该像没于河中。十三世纪史学家马利斯皮尼（Malispini）的《佛罗伦萨编年史》（*Cronaca fiorentina*）曾记载：佛市在匈奴王阿提拉入侵时被夷为平地；据传，后查理大帝（Carlo Magno）着手重建佛市。但维拉尼在《编年史》第二卷纠正上述马利斯皮尼的说法，指出马利斯皮尼把阿提拉与东哥特王托提拉（Totila）弄混了，后者才是摧毁佛市的人，他曾于公元542年入侵佛市。另据佛罗伦萨史学家大卫德松（Davidsohn）说，1333年堕入阿尔诺河中的塑像不是马尔斯的，而是东哥特王的，而且塑像当时只剩下基座了。

第十四首

1. 卡托(Catone,公元前95或96—前46):为了区别于其曾祖父老卡托(Catone il Vecchio)或监察官卡托(Catone il Censore),通常把他称为“乌蒂卡的卡托”(Catone d'Utica或Catone Uticense),因他是在北非的乌蒂卡(Utica)自杀身亡的。他全名为马克·波尔齐奥·卡托(Marco Porcio Catone);他拥护自由共和,反对专制,以反对独裁者苏拉(Silla)而功勋卓著,公元前63年任罗马护民官。他支持庞培,认为庞培能拯救自由共和,尽管他强烈反对庞培、凯撒和克拉苏(Crasso)组成的“三巨头”(Triumvirato)。公元前46年,凯撒大败庞培于北非的塔普索(Tapso),卡托自知无力继续保卫乌蒂卡,为避免被凯撒生擒,拔剑自刎。据说,他生前还是斯多噶派哲学家。诗中的“沙漠”是指卡托在庞培兵败之后,率领残部路过的利比亚沙漠。关于他与妻子玛尔齐娅的关系,参见第四首注22。

2. 这里描述了三类受苦的亡魂:“仰面躺在地上”的是施暴于上帝的人;“紧缩着身子席地而坐”的是施暴于劳动的人,亦即高利贷者;“不断地来回走着”的是施暴于自然的人,亦即鸡奸者。

3. 这里似乎反映了但丁对当时社会现象的一种“统计”,特别是涉及佛罗伦萨的社会现实:据说,当时佛市充斥着鸡奸罪行,因此,诗中说此类人数最多,其次为高利贷者;反对上帝的人最少,但他们在阴间受苦,用舌头“哀呼惨叫”,与在阳间用舌头辱骂上帝一样“灵便”。

4. 这里描写无风高山的飞雪情景,主要是效仿圭多·卡瓦尔坎蒂(参见第十首注16)的诗句:“白雪在无风中飘下”,但丁的笔法当然另有一番意境;他在《韵律集》第C卷第五节第二十至二十二句中也有过类似的描述:“白色的冷雪在大片大片的飘落。”这是一种“无风”飘雪的景象,倘若“有风”,雪花就不会是“大片”的了。

5. 这里的亚历山大系指亚历山大大帝,此情节概出自大阿尔贝托的《论气象》一书的有关段落:亚历山大在给亚里士多德的一封信(后证明此信系伪造)中,叙述他在远征印度时的奇景:开始大雪纷飞,亚历山大于是命令士卒顿足踢落雪片,后大雪突然变成一片火雨,他乃又命令士卒用衣衫扑灭烈火。大阿尔贝托可能把前后两种现象混为一谈,但丁也便据此写出亚历山大下令队伍“用脚踏地”灭火的情景。

6. 此句“挥动”一词,原文为tresca,是那不勒斯一种热烈活跃的民间舞蹈。这里形象地借用来形容鬼魂双手扑打身上火焰的状况。

7. 这里追述但丁与维吉尔在进入狄斯城时遇到魔鬼阻拦的情节(参见第八首第82—130句)。

8. 此人是卡帕纽斯(Capaneo),为希腊神话有名的七王攻特拜的七王之一;斯塔提乌斯的《特拜战记》中对此有详尽记载,并说卡帕纽斯曾口出狂言:“勇敢才是我的上帝……以前,是恐惧在世上创造了天神。”他在攻占特拜时曾登上城墙,并向特拜的守护神海格立斯及酒神巴库斯(Bacco)乃至宙斯挑战,扬言:他“现在再不怕天神了”,宙斯大怒,最后用雷电将他劈死。

9. 宙斯的“铁匠”指伏尔甘(Vulcano),亦即火山,为宙斯与尤诺之子。生下后,宙斯和尤诺嫌其丑陋,把他从天上打入列诺岛(Lenno),他因而成为跛足。据说,他精通冶炼金属技术。他在埃特纳火山(Etna)为宙斯锻造雷电。

10. “其他人”指与伏尔甘一起干活的几个独眼巨人(Ciclopi),其中最凶恶的是波利菲莫斯(Polifemo)。据说,他们曾用雷电击毙阿波罗之子埃斯库拉皮奥斯(Esculapio),阿波罗为子报仇,用箭射死了他们。

    蒙吉贝洛(Mongibello)为中世纪埃特纳火山的古称,此词来自阿拉伯语。

11. “弗雷格拉大战”指宙斯在色萨利弗雷格拉(Flegra)山谷大战企图攀登奥林普斯山(Olimpo)的巨人们(Giganti或Titani)。据说,巨人们系地府之神塔尔塔罗斯

(Tartaro)和大地女神泰拉(Terra)所生,他们曾试图在奥林普斯山诸神饮宴时出其不意,将奥萨山(Ossa)放到奥林普斯山之上,再将佩利奥斯山(Pelio)放到奥萨山之上,作为云梯,登到天上,向诸神发动进攻,以迫使诸神从奥林普斯山迁走。这激怒了宙斯,于是宙斯用雷电把他们劈死。维吉尔的诗作和奥维德的《变形记》对此都有记载。

12. “反衬”原文为fregi,意谓“装饰”,有讽刺之意,指卡帕纽斯外表显得“轻蔑”,内心却十分痛苦,因为他对上天的恼怒是无可奈何的。

13. “布利卡梅”(Bulicame),此词在第十二首第116句曾作为普通名词出现,用以比喻弗列格通河(“滚烫的血河”,参见第十二首注27);此处为专名词,系位于维泰博北面六公里处的一个硫黄矿泉,水温甚高,几近沸点,注释本均用形容词bollente(沸水)来形容它。

14. 此句有两种解释:一是说,布利卡梅温泉流经之处,形成一片片水洼,被住在附近的“娼妓”(原文为peccatrici,即“有罪的女人”)分用来沐浴、洗衣、烧水乃至治疗性病;古代注释家持此说的有拉纳、本维努托、薄伽丘、佛罗伦萨无名氏、《最佳评注》等,波斯科–雷吉奥本亦沿用此解释,因此,该版本所印原词亦为peccatrici,近代注释家也大多接受此看法;另一则是把peccatrici改 为pcssatrici、poctatrici或pettatrici,意谓“梳麻女工”,因根据十三世纪史料或市府文件,布利卡梅温泉流经的一些水滩当时曾被用来沤麻,而娼妓用来沐浴、烧水等情况却不见史载,萨佩纽本赞成此说,故该版本所印原词也不再是peccatrici,而是pettatrici。

15. “不拒绝任何人迈入门槛的城门”指地狱之门,参见第三首开头部分。

16. 这里用“饭食”(pasto)和“进食的渴求”(disio)来比喻但丁要求维吉尔用“解答”来满足他引起但丁的“求知欲”或“好奇心”。

17. “大海”指地中海。

18. 这里的克里特“岛国”系指第一位国王、宙斯之父萨图努斯统治下的克里特岛。据说当时人民“纯真无邪,安居乐业”,属“黄金时代”,广而言之,也是人类的“黄金时代”。在他之后,世道就日趋没落了。

19. 伊达(Ida),为克里特岛最高的大山(二千四百六十米)的旧称,今名普西洛里蒂斯山(Psiloritis),位于该岛中央,传说宙斯即生在此处,故又名“宙斯山”(Monte Giove)。

20. 雷亚(Rea或Rhea),亦名“渠贝尔”(Cibele),为萨图努斯之妻,宙斯之母。据术士预卜,萨图努斯的王位将被其子所推翻,故雷亚每生一子,必被萨图努斯吃掉。雷亚生下宙斯后,为保全其性命,将他藏匿在伊达山的一个山洞之内,每逢小宙斯哇哇哭叫,她就令祭司们(Coribanti)用铙钹、歌唱和兵器等声响盖过婴儿啼叫声。

21. 此“巨大”的“老人”,亦称“时间老人”,因他代表人类从兴旺至堕落的不同时代。此情节取自《圣经》中巴比伦王尼布甲尼撒(Nabucodonosor)梦中所见的一座雕像,详见《旧约·但以理书》第二章第三十一至三十三句:“陛下梦见一个金碧辉煌、甚为宏伟的大像站在面前,状甚恐怖,它有金的头、银的胸和双臂、铜的肚和腰、铁的腿和半铁半泥的脚……。”奥维德的《变形记》有关诗句(第一卷第89—131句)也给但丁以启发:奥维德在诗中把“金的头”解释为最早到来的人类的“黄金时代”,并说随之而来的“银的时代”就比黄金时代差了,但比第三个时代即“铜的时代”要“珍贵”些,“铜的时代”象征人类变得“残暴”,“动不动就从事骇人听闻的战斗”,然而尚未变得“邪恶”,最后一个时代为“铁的时代”,它象征“一切罪恶汹涌而至”,人类丧失了“廉耻、真理和信仰”,取而代之的则是“奸诈、欺骗、背信弃义、暴力和对财富的无耻追求”。

22. 达米亚塔(Dammiata)位于埃及尼罗河口,此处意谓“东方”;老人背向东方,隐喻背弃文明发源地。

“眺望着罗马”意谓向往作为帝制和教会中心的罗马，桑坦杰洛（Santangelo）等近代注释家还进一步解释说，自奥古斯都大帝之后，君主体制已经日趋没落了。

23. 注释家一般都认为，老人的双脚象征教会和帝制分别代表的“神权”和“俗权”，因此，铁的脚代表帝制，而当时，帝制的权威已在衰退；“陶土的脚”则代表腐败透顶的教会，从而反映人类社会日趋堕落的根源。

24. 关于地狱河流的形成，古今注释家有不同的解释：多数认为，这些河流是由克里特岛老人巨像的“一道”裂缝中流出的眼泪形成的，亦即最初仅是一条河流，经过地狱各层陡坡，这条河流逐渐分成不同的环形湖泊、河流，从而成为阿凯隆特河、斯提克斯沼泽、弗列格通河、科奇土斯湖；巴尔比等近代注释家则持不同说法，认为：各条河流是由雕像的“几道”裂缝流出的眼泪形成的。

25. 科奇土斯湖（Cocito）系位于地狱最底层亦即第九环的冰湖，叛卖者的亡魂都在那里受惩。

26. 勒特河（Lete或Leteo），亦名“忘川”，因该河能使亡魂忘记尘世间的生活。但丁把它放在《炼狱篇》中的地上乐园：经过忏悔赎罪的灵魂，在勒特河中洗涤，便可摆脱尘世的一切罪愆，升往天堂。

27. 指勒特河。

28. 指弗列格通河。

29. 意谓弗列格通河的鲜红、沸腾特征，足以“解答”但丁所提的两个问题之一：“弗列格通河在哪里？”

第十五首

1. 佛拉芒人（Fiamminghi）：居住在中西欧弗朗德勒地区的日耳曼血统的民族，现大部分属比利时（77%），一部分属荷兰（16%），小部分属法国（7%）。弗朗德勒（参见第六首注8），中世纪时曾归法国勃艮第（Borgogna）公国所占有，后归属奥、西管辖。十八世纪末归法独占，1814—1831年并入荷兰，1831年比利时从荷兰分裂出来，占有弗朗德勒一部分地区。现弗朗德勒大部分地区属比利时，分东西两部：东部首府为根特（Gant），西部首府为布鲁日（Bruges）；一部属法，其首府为里尔（Lille）。

圭赞特（Guizzante）系佛拉芒语：Wissant（维杉特）或Wilsant（维尔杉特）的意文名，也叫Guitsand（吉特桑），靠近加来（Calais），位于弗朗德勒西部边境，现属法国，中世纪时为与英国通商的重要港口；布鲁日为重要商港，当时经常有意大利、特别是佛罗伦萨商人往来。

2. 布伦塔河（Brenta，参见第十三首注19），为意大利北部河流，长一百六十二公里。

卡伦塔纳（Carentana），史学家维拉尼称，即当时的卡林齐亚（Carinzia）公国，现大部分属奥地利，一小部分属斯洛文尼亚。当时，每逢春季解冻，冰雪融化，河水猛涨，常造成洪水泛滥之灾。但也有人认为（如薄伽丘），卡伦塔纳系指卡尔尼凯阿尔卑斯山（Alpi Carniche）地区，即包括卡林齐亚、斯蒂里亚（Stiria）和卡尔尼奥拉（Carniola）在内的卡兰蒂尼亚（Carantinia）地区。

3. 这群鬼魂都是曾犯有鸡奸罪的人。

4. 此句原文是chinando la mia a la sua faccia，其中la mia（我的）省略了名词，故注释家现有两种解释：一是认为，la mia是随下一词语la sua faccia（他的脸）而来，因而是la mia faccia（我的脸）；萨佩纽本就采用了这种说法，并认为，这种说法“更自然”，“更符合当时情况”。另一是把la mia解释为la mia mano（我的手），因但丁已经“认出他的形影”，不必再把脸靠近，所以伸下手去，表示亲近；波斯科-雷吉奥本采用了这种诠释。

5. 此人是布鲁内托·拉蒂尼(Brunetto Latini，诗中用“拉蒂诺”Latino，1220—1294)，政治家，诗人，大学校长，属归尔弗派，在佛罗伦萨政治和市政事务中起过一定作用，可能还是但丁的老师，因此，诗中但丁对他十分尊敬，一直以“您”相称。1260年，他作为使节，奉命前往谒见卡斯蒂利亚(Castiglia)国王阿尔封索十世(Alfonso X)，设法说服他出兵协助归派与曼弗雷迪及吉伯林派交战；后得知归派已大败于蒙塔佩尔蒂，吉派在佛市得势，他无法返回，不得已流亡法国，直至1266年贝内文托战役归派反败为胜。他返回佛市后，曾历任要职：他曾任西西里王安茹的查理一世驻托斯卡纳代表圭多·迪·蒙弗尔(Guido di Monfort)的文书长；1273年，又任佛市文书长。1280年，枢机主教拉蒂诺调解佛市归吉两派纠纷时，他曾充当保证人。1287年，他曾任佛市执政官(任期二月)。他博学多才，流亡法国期间，曾用法文著述百科全书式的名著《宝库》(*Trésor*)或《宝库全书》(*Li Livres dou Tresor*)，后由博诺·贾姆博尼(Bono Giamboni，十三世纪)译成意文；他还用意文撰写七音步双排句诗集《小宝库》(*Tesoretto*)、《小寓言》(*Favoletto*)等。至于他所犯的鸡奸罪，萨佩纽说此事只见于但丁此诗，维拉尼则曾说他是个“交际家”(mondano uomo)。当代注释家(如法国的佩扎尔)也曾试图为他辩护：说布鲁内托·拉蒂尼的过错其实在于：他曾轻视母语，而用法语著述；为市政而非为帝国服务；或支持清净派(Catari)的异端邪说，等等。

6. “返回家园”意谓“走上正途”。关于但丁与维吉尔相遇的情节，参见第一首。

7. “你的星宿”即是指但丁据以诞生的星宿，亦即双子星座，据中世纪星相学的说法，凡生于双子星座的人都将在文学和学术方面有所成就。

8. 这里是说，布鲁内托·拉蒂尼逝世时，但丁才二十九岁，拉若能活得更久，将对但丁的学业和为人方面有更多的帮助。

9. 菲埃索莱(Fiesole)，系位于佛罗伦萨西北附近山区一市镇，据十二、十三世纪史料记载，传说罗马独裁者苏拉(Silla，公元前138—前78)的同党人卡提利纳(Catilina，公元前109—前62)于公元前63年曾策动政变，试图建立贵族专政，事败，逃往菲埃索莱；凯撒派军围剿，将菲埃索莱夷为平地，卡提利纳战死在皮斯托亚(Pistoia)。凯撒为杜绝后患，在阿尔诺河两岸，建立新城，以古代君主佛奥里诺(Fiorino)名字命名，即佛罗伦萨(Firenze)，其居民有参加征战的罗马士卒，但多数为菲埃索莱的移民，这也是佛市经常发生内讧乃至内战的远因。维拉尼曾就此写道：“可以看到佛罗伦萨人何以彼此发生争战与不和，这是不值得奇怪的，因为他们出身于两个如此相反、如此敌对、习俗如此不同的民族：一方面是高贵的、讲求美德的罗马人，而另一方面则是粗野、好战的菲埃索莱人。”古代史学家马拉斯皮尼的著作、布鲁内托·拉蒂尼的《宝库》第一卷对此均有记载；但丁在《书信集》第六章第二十四句段中曾称佛罗伦萨人为“可怜的菲埃索莱人”。菲埃索莱位于山区，因而诗中说佛市居民至今仍有“山野和顽石般的秉性”。

10. 此处用典来自古代流行于托斯卡纳的一句谚语，其内容是讽刺佛罗伦萨人当时称霸一方的：据说，东哥特王托提拉(参见第十三首注22)为夺取佛市，曾谎称他欲与佛罗伦萨人交好，佛市信以为真，大开城门，使他得以长驱直入，将佛市摧毁。维拉尼在《编年史》第二卷第一章中就说，正因如此，佛罗伦萨人“在谚语中一直被称作瞎子”，佛罗伦萨无名氏也持此说法。但也有人(如薄伽丘、本维努托)认为，这里是指佛罗伦萨人曾上过比萨人的当：即在比萨人远征巴利阿里群岛(Isole Baleari)时，佛罗伦萨人曾允诺为之镇守后方，后比萨人表示

"酬谢",送给佛罗伦萨人两大块破损的斑岩,以此欺哄对方,因斑岩用红布包裹,佛罗伦萨人仍以为是完美无缺的,欣然接受了"礼物",因而谚语把佛罗伦萨说成"有眼无珠"。

11. 注释家对此亦持不同解释:有人认为,这是指黑白两党都有意把但丁争取过去;萨佩纽和雷吉奥则认为,黑白两党都对但丁十分仇恨(黑党把但丁放逐,白党则恼恨但丁被放逐后曾不得已背离了他们),要把他"活剥生吞",雷吉奥还说,没有任何资料证明黑白两党曾试图将但丁拉到各自一方。

12. 这里把菲埃索莱人比作自相残杀的畜牲。

13. "万恶的巢穴"指佛罗伦萨。根据雷吉奥分析,但丁在这里认为,其家族与其他所有属古代贵族后裔的家族一样,都具有罗马人的血统,因此,其余佛罗伦萨人则均为"菲埃索莱畜牲"。"罗马人的神圣种子"的类似说法可见于但丁的《筵席》第四卷第五节第六句段:"十分显然:天神选定了罗马帝国,让它来促使那神圣的城市诞生。"

14. 但丁是跟在维吉尔后面沿着右河岸行走,故维吉尔要与但丁讲话,须把"右脸"转过去。

15. 意谓善于听取意见的人才能把对方的话铭记在心。

16. 普里夏恩(Priscian),全名为普里夏诺·迪·切萨雷亚(Prisciano di Cesarea),五、六世纪时著名拉丁文法学家。他曾在君士坦丁堡教授文法,著有《文法技艺规范》(*Institutio de arte grammatica*或*Institutiones grammaticae*)十八卷,为中世纪学校广泛采用的课本,据说,该书是为罗马一不知名的贵族朱利亚诺(Giuliano)写的。无任何资料证明他犯有鸡奸罪,只是十三世纪伦理诗人乌古乔内·达·洛迪(Uguccione da Lodi)曾说他是个"背弃宗教"的僧侣,因此,有人怀疑,这里是否把他与四世纪一异端教派的创立者普里西利亚诺(Priscilliano)弄混了:普里西利亚诺的许多"罪过"之一就是鸡奸罪。据雷吉奥说,目前注释家的一个主要论点是:但丁把普里夏诺列入犯鸡奸罪者,是因为这种罪过是与当时的文人学士和学校有联系的,这也是古代注释家的普遍看法,他们认为,"教育者"的拉丁文为paedagogus(意文为pedagogo),该词与"鸡奸者"(sodomita或pederasta)几乎是同义词。

17. 佛兰切斯科·达科尔索(Francesco d'Accorso,1225—1293),与其父阿科尔索·达·巴纽洛(Accorso da Bagnolo)均为佛罗伦萨著名法学家。他生长于波洛尼亚,曾在波洛尼亚大学教民法,直到1273年为止。后应英王爱德华三世邀请,赴英执教于牛津大学,直到1281年。返国后,他作为吉伯林派分子于1274年被没收的财产得以归还。1293年殁于波洛尼亚。

18. "那个人"指安德烈亚·德·莫齐(Andrea de' Mozzi),他出身名门望族,曾为教皇亚历山大四世(Alessandro IV)和格里高里奥九世(Gregorio IX)的御用神甫,后又作为枢机主教拉蒂诺驻托斯卡纳的随从,不久被教皇尼可洛三世(Niccolò III)派作代表,调停归尔弗派与吉伯林派的争端。1272年,他任佛罗伦萨市专职神甫,1287年升任主教,任主教期间,佛市著名的圣十字架教堂和医院开始建立,据说,该医院是在他建议下由但丁心目中的情人贝阿特丽切之父佛尔科·波蒂纳里负责建筑的。1295年,他被教皇博尼法丘八世(参见第三首注11和第六首注8)调往维钦察(Vicenza)任主教。同年(或次年年初)死于该市。他的调任曾引起舆论大哗,当时,但丁正值青年时期,可能耳闻目睹。本维努托曾说他是个"大畜牲",佛罗伦萨无名氏也说他为人"极不老实",又"缺乏头脑";薄伽丘则说,他的调动可能是因为他的兄弟托马索·德伊·莫齐(Tommaso dei Mozzi)对博尼法丘八世施加压力所致,目的是消除他在佛市的"鄙劣的丑行"。

"众仆之仆"指教皇,这里则是指博尼法丘八世。

19. “阿尔诺”为佛罗伦萨的河流，“巴基利奥内”(Bacchiglione)则为维钦察的河流，这里即是指从佛市调往维市。
20. “留下……神经”意谓死亡。
21. 这里是指犯鸡奸罪的鬼魂按罪行大小分组成队，因此，“前来的人”非布鲁内托·拉蒂尼所属的队伍。
22.《宝库》一书是拉蒂尼在1262—1266年流亡法国期间撰写的名著，但雷吉奥认为，他的扬名主要还是“凭依”但丁的《神曲》。
23. 维罗纳越野赛始于1207年，是为纪念维罗纳僭主阿佐·德·埃斯特(Azzo d'Este)战胜圣博尼法丘(S.Bonifacio)伯爵和蒙泰基奥(Montecchio)伯爵的联军而举行的。每年四旬斋(复活节前四十天)的第一个星期日，在圣路齐亚镇(S.Lucia)附近的一个平原上举行。参赛的获胜者获绿布制成的锦旗一面，败北者(即最后一名)也有“奖励”，即获得公鸡一只，实际上是对他的一种嘲弄。

第十六首

1. “另一环”指第八环。
2. 此三人是圭多·古埃拉(Guido Guerra)、泰加尤·阿尔多布兰迪和雅科波·鲁斯蒂库齐(后二人参见第六首注11和12)。圭多·古埃拉出身著名的圭多伯爵家族，称圭多·古埃拉六世，父为多瓦多拉(Dovadola)伯爵马可瓦尔多(Marcovaldo，或称鲁杰罗Ruggero)，母为贝阿特丽切·德利·阿贝尔蒂(Beatrice degli Aperti)；1220年生，青年时期服务于腓特烈二世宫廷，返回佛罗伦萨后，成为托斯卡纳地区归尔弗派中流砥柱之一；1241年曾参加反对腓特烈二世的著名的法恩扎(Faenza)保卫战；1255年，率佛罗伦萨军与阿雷佐吉伯林军交战；1260年，归尔弗军在蒙塔佩尔蒂战败后，他流亡在外，力主打回佛市；1266年贝内文托一战，归军大胜，他战功显赫，次年，返回佛市；1272年歿于蒙特瓦尔基(Montevalchi)。
3. “罪恶城市”指佛罗伦萨。
4. 瓜尔德拉达(Gualdrada)，全名为瓜尔德拉达·迪·贝林乔内·贝尔蒂·德·拉维涅亚尼(Gualdrada di Bellincione Berti de' Ravignani)，1180年嫁给圭多·古埃拉六世之祖父老圭多(Guido il Vecchio)，因为操持家务严谨，为人庄重贤德，当时被誉为贤妻良母之典范。
5. 这里是指泰加尤·阿尔多布兰迪曾参加1260年蒙塔佩尔蒂战役，事先，他权衡敌我力量悬殊，曾劝阻佛市归派与锡耶纳吉派交战，否则必败无疑，但其建议未被采纳，最后，归派果然大败于蒙塔佩尔蒂。
6. 此情节出自佛罗伦萨无名氏的说法，即：雅科波·鲁斯蒂库齐虽非出身名门，但在当时社会上甚有声望，因其才华出众，和蔼可亲，其妻则与之相反，甚为“凶悍”，最后迫使他与之离异；注释家据此认为，这可能是他厌恶女色，犯下鸡奸罪的主要原因。

圭、泰、雅三人当时都是佛市享有盛誉的知名人士，因而维吉尔嘱但丁要对他们

"以礼相迎"。

7. "地球中心"指地狱的底层。

8. 意谓"但愿你能活得长久"。

9. 古利耶尔莫·博尔西埃雷(Guglielmo Borsiere),此人不见经传,但古代注释家一致认为,他是佛罗伦萨一个"放荡不羁、慷慨大度"的人物,薄伽丘也曾说他是个出入宫廷的"骑士",有教养,善言谈,举止文雅,常为大人物调解纠纷和谈判联姻,等等,甚而在《十日谈》第一天第八个故事中,把他作为批评一个热那亚人贪财吝啬的角色。他可能死于1300年。

10. 指新近从农村迁入佛罗伦萨的人,他们大多靠放高利贷和做生意而牟取暴利。

11. 这一说法等于"说时迟,那时快",可能是当时流行的惯用语。

12. 这条河流可能是指托斯卡纳和艾米利亚(Emilia)两地区境内的亚平宁山脉的阿尔卑斯山圣本笃(San Benedetto)山岭附近的蒙托内河(Montone,或称"山羊河")。该河与几条其他河流一起,从蒙维索峰(Monte Viso或Monviso)以东处,顺沿亚平宁山左坡流下,是当时唯一直接流入大海的河流(其他河流则流入波河)。如今经过长年人工改变水道,该河已与隆科河(Ronco)合流;直接入海的变为雷诺河(当时则为波河的一个支流)和莱蒙河(Lamone,当时曾淤积,无法入海)。

蒙维索峰为阿尔卑斯山最高峰,为波河发源地,高三千八百四十一米。

13. 此句意谓蒙托内河上游称为阿夸凯塔河(Acquacheta,意思是"静水河"),俟该河流至福尔里(Forlì)平原地带(即"低矮的河床"),则不再如此称呼,而称蒙托内河。阿夸凯塔河为汇成蒙托内河的三条激流之一,由它形成圣本笃山岭地带的瀑布群。

14. 这里的"一个落差"系指阿尔卑斯山圣本笃村附近的罗米蒂瀑布(Romiti),该瀑布正是由阿夸凯塔河形成的。因为蒙托内河(或阿夸凯塔河)仅由"一个"而非"一千个"瀑布水道倾泻而下,水势集中一起,其声响才"如雷轰鸣"。但薄伽丘、本维努托、佛罗伦萨无名氏等古代注释家以及后来的一些注释家,对此段诗句也做了另一种解释:但丁在此是有意谴责当时的一座本笃会的修道院,该修道院收入颇丰,足以供养千余人,而它却只收留少量僧侣,或是指圭多伯爵家族是设想要在圣本笃山岭建立一个能容纳千人之众的城堡。萨佩纽和波斯科–雷吉奥两注释本都否定这种诠释。

15. "赤色的河水"指弗列格通河。

16. 这里,但丁首次提到他腰间的"绳子",并曾想用它来"拴住"最初遇见的豹子,而这一情节在第一首有关诗句中丝毫未提及,为此,古今注释家对"绳子"的寓意猜测纷纭,莫衷一是:古代注释家一般认为,绳子意味着"欺诈"或"虚伪",是淫欲者的调情工具,欺诈者的诳骗手段;十四世纪的布蒂则认为:绳子是圣方济各会僧侣用的"圣索"即腰带,并说但丁本人曾做过"较低级的修士";还有人说,但丁晚年曾做过"第三级教士"(萨佩纽指出,此说不确,因第三级教士用的腰带是"皮带",而不是绳子)。卡雷蒂(Caretti)、纳尔迪等现代注释家的说法接近古代注释家,认为:绳子系针对色欲、欺诈而意谓"节制""正义";还有人说,绳子象征但丁的"怜悯心",在其游地府的前一阶段还存在于其心中,在下到地狱底层之前,就变得"无用"了,因而但丁就"把它扔掉"。

无论如何,绳子在此出现,显然是为了给格吕翁的即将出场做铺垫,上述种种诠释均属猜测,似不必过多纠缠。

17. 此句意谓把绳子抛得尽量远些,以免被岸边岩石挂住。

18. "深谷"指第七环到第八环的坑穴。

19. 此段意谓某些真相若讲出来,尽管属实,却难以令人相信,反而会使人认为,讲真相的人是在"撒谎",故应尽量避免讲出,以免"无罪受责",反受凌辱。

20. 这里的"喜剧"指《神曲》,因为《神曲》直译名应为《神圣的喜剧》(*La Divina Commedia*)。然而,但丁最初仅以"喜剧"命题,"神圣"一词是薄伽丘在《但丁赞》(*Trattatello in laude di Dante*)中后加的(约1357—1362年);薄对《神曲》推崇备至,并曾应佛罗伦萨僭主聘请,在圣斯泰法诺·迪·巴迪亚教堂(San Stefano di Badia)讲解过《神曲》,可惜因身体不佳,只讲解了十七首。1555年,威尼斯路多维科·多尔切(Ludovico Dolce)出版此书,正式用《神圣的喜剧》作书名,此后该书名便一直被普遍采用。在中世纪,喜剧与悲剧已不再像以往那样只限于指戏剧表演形式,一些叙事诗根据不同的内容和格调,往往亦称为"喜剧"或"悲剧":开头平静、结局悲惨、文风高贵典雅并用拉丁文书写的称"悲剧",开头曲折、结局圆满、文风通俗素朴并用意大利文书写的称"喜剧",《神曲》即归于后一种。在我国,《神曲》最早(约1910年)曾译为《神剧》(见钱单士厘《归潜记》),1921年才改用《神曲》译法(见钱稻孙《神曲一脔》)。

21. 这个"形影"即格吕翁(Gerione),详见下一首。

22. 这里,但丁用细腻而生动的写实手法,描绘格吕翁像游泳者从水下上浮那样从深谷飞上来的姿态。

第十七首

1. 这只野兽即是"格吕翁"(Gerione)。根据希腊神话和古代传说,它是位于西方的大西洋岛屿厄里提亚(Eritea)的国王,是个有三头、六臂、六腿的巨人,残暴异常,后被海格立斯所杀(属海格立斯的十二业绩之一);在本诗中则是作为惩罚欺诈者的第八环的看守。尽管有维吉尔、奥维德、贺拉斯等先辈有关诗作借鉴,但丁对格吕翁外形的描绘则完全是独创的;前人一般都把它描绘成有三个身体的怪物,但丁则把它写成有人脸、狮爪、蛇身、外带蝎子式毒叉尾巴的怪兽,其用意正在于要使之成为外表善良、内藏奸诈的典型欺诈者形象。据萨佩纽、雷吉奥等分析,但丁对格吕翁形象的构思可能受《新约·启示录》第九节第七至十一句描述蝗虫的一段的启示,其中说:"那些蝗虫……面孔酷似人脸……它们的尾巴像蝎子一样,上面有毒刺……"但古代传说中对一些怪物的描绘对他也不无影响,如罗马地理学家索利诺(Solino,公元三世纪)、自然学家老普林尼(Plinio il Vecchio,公元23—79)乃至但丁的老师布鲁内托·拉蒂尼所描绘的"曼蒂科拉"(Manticora),大阿尔贝托在《论动物》(*De animalibus*)中所描绘的"莫林托摩里翁"(Morintomorion),就都是有人脸、狮身和蝎尾的怪兽;古代教堂中狮身人面像以及其他类似的雕刻装饰对但丁的艺术创造也起了一定的启发作用。薄伽丘在《神的家谱》(*Genelogiae deorum*)中对格吕翁的描述,可视为对但丁笔下的这一"野兽"的最好诠释:他说格吕翁是统治巴利阿里群岛(Baleari)附近地区的一个阴险狠毒的国王,"经常以善良的面孔、甜蜜的言语和周到的礼节迎接来客,然后,在他用阿谀奉承的手段使客人陷于昏迷状态之后,就把他们一一杀死。"格吕翁象征"欺诈",是前所未有的,如维吉尔在《埃涅阿斯记》中就只把它与肯陶罗斯,哈尔比,七头蛇,果尔冈,有五十个头、一百条胳臂的巨人布里阿雷奥斯(Briareo)等一起作为地狱的看守。

2. 这里但丁形象地写出欺诈者的特征：表面善良忠厚(“露出了头部和上半身”),内藏奸诈歹毒(“未把尾巴拖到边沿上面”);《最佳评注》就曾指出:“因为欺诈者总是要把自己的目的遮掩、隐蔽起来。”

3. 但丁进一步从外形上刻画格吕翁的“欺诈”特征；他在《筵席》第四卷第十二节第三句段中也有类似的描述:“那些最初不曾表现其缺点的东西是更危险的,因为人们往往不能防范这些缺点；这正像我们从叛徒身上所见到的,叛徒在人前总是摆出一副友善的面孔,使人对他抱有信任,而在友好的借口下,却隐匿着敌意的缺点。”

4. 这里用鞑靼人和突厥人的花色繁多的布匹来与格吕翁的表皮作对比,因为在中世纪,居住在波斯和周边国家的这些人所织的布匹是闻名遐迩的。

5. 阿拉克涅(Aracne),神话传说中精于织布的少女,居住在小亚细亚的吕底亚(Lidia)。她曾大胆地向密涅瓦(即雅典娜)挑战,要与密涅瓦比赛织布,终于不胜,被密涅瓦化为蜘蛛；但另有一说是：密涅瓦见阿拉克涅的织物果然精美,于是将她的织布机毁掉,阿拉克涅伤痛欲绝,悬梁自尽,密涅瓦即将她变为蜘蛛。因此,至今其名“阿拉克涅”(Aracne)仍成为许多与“蜘蛛”有联系的词汇的字根,如蛛网膜(aracnoide)、蜘蛛中毒(aracnidismo)等。

6. 这里的“德国人”是泛指欧洲北部人,当时谚语中,常把德国人说成是“好吃贪杯”之徒。

7. 这里用海狸用尾巴引鱼上钩的情况形容格吕翁的险恶用心,而前两句则用小船的停泊形容它的姿态。但丁之子彼特罗曾解释海狸在岸边钓鱼的狡诈做法:“据说,海狸是用尾巴钓鱼的,它把尾巴放到水里晃动着；由于海狸的尾巴有油脂,分泌出一滴一滴的油,可引鱼上钩,当鱼游近油滴时,它就转过身子,把鱼捕获。”据悉,北欧渔民捕鱼之用海狸近似我国南方渔民之用鱼鹰。

8. 这里意谓应从一贯的向“左”转改为向“右”转。诗中写但丁与维吉尔向“右”转只有两处：即此处和在第六环(参见第九首第132句)。这说明,格吕翁停落在离溪水较远的地方,故须改变方向走近道。《最佳评注》曾诠释诗句的用意是：凡人进行欺诈,总不能用“直截了当”的办法,而是要用“迂回曲折”的手段。

9. “十步”系“几步”之意。

10. 这些都是高利贷者的亡魂。

11. 这表明高利贷者在放债时,桌上总要放着钱袋和账本,因而,高利贷者是钱袋不离身的。

12. 意谓钱袋的底色和图案代表着不同家族的族徽。

13. 此族徽是佛罗伦萨归尔弗派贾恩菲利亚齐(Gianfigliazzi)家族的,该家族在1300年归派分为黑白两党后属黑党。拉纳说,该家族所有成员均为“非常有名的高利贷者”;《最佳评注》认为,但丁在这里未具体说明该人是谁,意在举一反三。但大多数古代注释家都猜测,此人是卡泰洛·迪·罗索·贾恩菲利亚齐(Catello di Rosso Gianfigliazzi);此人与其兄弟及一个表兄弟都曾在法国放高利贷,返国后,还获得过骑士头衔,死于1283年以后。

14. “我的目光之车继续向前”是但丁的独特形象写法,意谓“顺着我的目光所向望去”。近代注释家托拉卡(Torraca,1853—1938)就指出,《炼狱篇》第一首第2句“我的才华之舟”与“我的目光之车”正是同类比喻。

15. 这个血红色带奶油色鹅的图案是佛罗伦萨吉伯林派奥布里亚基(Obriachi)家族族徽的标志。据拉纳说,该家族是古老的贵族门第,成员也都是“非常有名的高利贷者”,1258年,曾与其他吉派家族被当时掌权的归尔弗派赶出佛市。有人认为,但丁此处影射的是该家族一个名叫恰波(Ciapo)的成员,但根据史料,此人应是洛科·奥布里亚基(Locco Obriachi),他于1298年曾在西西里放过高利贷。诗中的“奶油色”(burro),

有人认为该是“象牙色”，萨佩纽则指出，“奶油色”这一烹调形象更符合诗中的“挖苦讽刺的笔调”。

16. 白色带天蓝色肥猪图案的族徽属帕多瓦的名门望族斯克罗威尼家族(Scrovegni)。注释家大多认为，这里系指雷吉纳尔多·斯克罗威尼(Reginaldo Scrovegni)；此人系著名的高利贷者，吝啬至极，甚至被编入当时流行的谚语。该家族其他成员(如雷吉纳尔多之子阿里哥Arrigo)也放高利贷。据说阿里哥为其父赎罪，曾命人建造驰名世界的斯克罗威尼礼拜堂，其中有十四世纪著名画家乔托(Giotto，1266？—1336)所绘的壁画。

17. 维塔利亚诺(Vitaliano)，大多数注释家认为，此人系帕多瓦的维塔利亚诺·德尔·登泰(Vitaliano del Dente)，他于1304年和1307年先后任维钦察和帕多瓦的最高执政官，但据古代编年史学家说，他为人“豪放，豁达”，因而有人认为，此人可能是维塔利亚诺·迪·雅科波·维塔利亚尼(Vitaliano di Jacopo Vitaliani)。

18. 此人为佛罗伦萨另一高利贷者乔瓦尼·迪·布亚蒙泰·德伊·贝基(Giovanni di Buiamonte dei Becchi)。他曾历任公职，1293年曾任最高大法官，并曾被授予骑士勋章。其族徽是金底外带三头黑山羊(Becchi有“山羊”之意，但也意谓“鸟喙”，故我国有的译者曾错译为“上面有鸟喙的钱袋”)。据《最佳评注》说，他“靠放高利贷发了大财，但下场很惨，一贫如洗”。他精通银行业务，曾是一家大银行的股东，但后来破了产；十四世纪初，因诈骗罪被判刑，死于1310年。此处称他为“至高无上的骑士”，有讥讽之意，同时也揭露佛市竟然将骑士勋章授予这类人。萨佩纽认为，诗中所举高利贷者只有一人为帕多瓦人，其余则均是佛罗伦萨人，这是但丁对佛市的猛烈抨击，这情节在第十五首、第十六首都曾出现，而到了本首，其“尖刻而无情的讽刺语调”则达到了顶峰。

19. “用这样的阶梯层层下降”意谓今后要借助格吕翁等之力，下降到地狱的第八九环。

20. “四日热”是每四日即要发作一次的热病；发作时，病人高烧，打冷战，“看到阴凉地”也会“浑身哆嗦”。

21. “新的负担”指但丁，因为但丁是活人，是格吕翁从未负载过的。

22. 这里形象地用小船离岸来描述格吕翁此时的动作：把船尾掉到小船停泊时船头所在的地方。

23. 这里又用游泳者用臂划水的形象来描述格吕翁在空中用脚“把空气向身上划动”。

24. 法厄同(Feton或Fetonte)，太阳神之子。他一再要求其父允许他驾驶太阳车，太阳神无奈应允，但他根本不懂如何驾驭拉车的四匹烈马，烈马欺生，任性狂奔，他慌了手脚，撒开缰绳，车子离开固定的轨道，把一部分天空也烧着了，宙斯为避免灾祸扩大，用雷电击毙了他，他跌落到埃里达诺斯河(Eridano，即波河)，变成了天鹅；因此，他也被称为“埃里达诺斯”。奥维德的《变形记》第二卷第47—324句对此有叙述，但丁正是从中得到启发，尤其是其中描写法厄同惊慌失措的一些诗句：“这时不幸的法厄同从天上看到大地就在他的脚下，他吓得面无血色，膝盖也因恐惧而立即颤抖起来……他晕头转向，惊骇使他浑身冰凉，竟使缰绳脱手而去”。

25. “这现象至今仍可看到”系指被焚烧的一部分天空变成了银河，至今仍可见到。这是中世纪的有关传说，但丁并不相信，如他在《筵席》第二卷第十四节第五至七句段中就复述亚里士多德关于银河系的科学论断，否定了中世纪的上述传说。诗中的写法主要是为了加强对故事情节的神奇色彩的烘托。

26. 伊卡洛斯(Icaro)是雅典的能工巧匠代达罗斯(Dedalo)的儿子。据传，代达罗斯是船帆、斧头、楔子、水准仪等的发明人，并能制造自行活动的雕像，伊卡洛斯随父来到克里特岛，国王弥诺斯令代达罗斯为弥诺陶洛斯(参见第十二首注1和3)建造迷宫(故迷宫亦称"代达罗斯的迷宫" labirinto dedalio),但因他曾为王后帕西菲制造假母牛,帮助她与真牛交媾,弥诺斯为了惩罚他,把他囚在迷宫。代达罗斯为了偕子逃出迷宫,用羽毛做了假翼,用黄蜡粘在自己和儿子的脊背上,二人腾空而飞。行前,他嘱咐儿子勿离开他指定的路线,但伊卡洛斯飞到空中,兴奋过度,竟离开指定路线,飞近太阳,致使黄蜡融化,羽翼脱落,他自己也跌入大海,因而诗中写代达罗斯见儿子的羽翼脱落,惊呼:"你走错了道!"这段情节也是以奥维德《变形记》第八卷第203—233句为借鉴而写出的,只是把代达罗斯行前的叮嘱改为事后的惊呼。

27. 因为"方才"只凭风吹的感觉,知道自身在盘旋下降,视觉并未起作用,这时才随着逐步下降而益加清楚地看到下面的景象。

28. "诱饵"是一种把两只翅膀安装在一根小木棍上的假鸟,用以召回飞在空中捕鸟的猎鹰。此句的意思是:猎鹰在空中飞了很久,已感疲惫,尽管放鹰者未用"诱饵"召回,也未捕获猎物,却自行飞落下来,故放鹰者叹道:"哎呀!你怎么下来了!"这段把猎鹰未捕获鸟儿而垂头丧气的样子,充分显示了但丁把猎鹰"人格化"的生动笔法。

第十八首

1. "恶囊"原文为Malebolge,由male(罪恶)与bolge(口袋,单数为bolgia)二词合成一复数专名词,即罪恶渊薮之意,是第八环惩罚欺诈者之所在,共分十层,亦即十层恶囊,呈同心圆沟壑状,与前七环一样,也是层层渐小,收拢于中心处的一个深井,此即与第九环的交接处。每层恶囊都有从四周峭壁伸出的巨石构成的天然石桥,驾凌沟壑之上,桥头与桥尾均有堤岸,桥尾的堤岸则是下一层恶囊的石桥的桥头部分。

2. 这里重又要"向左"走,是因为路径位于沟壑与峭壁之间,即左面是峭壁,右面是沟壑,但丁和维吉尔往前行走,只能紧贴峭壁,照例向左转行。

3. 鬼魂在第八环第一层恶囊所受的苦刑是鞭笞,而鞭打他们的是"头上生角"的魔鬼,这种现象是在前七环所未见过的。被鞭打的鬼魂分为两队:一队为淫媒者,一队为诱奸者;两队绕行沟壑的方向恰好相反。萨佩纽注释说,根据当时市政条例规定,凡拉皮条者或为妓女拉客的人,都要处以鞭刑。

4. 如前注所说,两队鬼魂前进方向不同:一队是朝但丁与维吉尔"迎面走来",是淫媒者,另一队是与但丁和维吉尔并行,朝同一方向走去,是诱奸者;但他们的"步伐"都不得不迈得"更大",因为有魔鬼在后面用鞭子催赶。

5. 这里,但丁特意用1300年罗马举行的"大赦年"(giubileo)的朝圣情况与第一层恶囊的鬼魂行进作了比较。大赦年又名"圣年"(Anno Santo),是教会保佑信徒平安和宽恕他们的罪过的定期举行的朝圣集会。首届"圣年"是教皇博尼法丘八世于1300年举行的,当时即称为"大赦年",意谓遵从上帝意旨,对世人举行特赦,定期为每百年特赦一次。"特赦"一词原文即giubileo,系根据希伯来法"约贝尔年"(anno di Jobel)而取的。大赦年后经几届教皇修订,将一百年的限期逐步减为二十五年,而实际上,并未严格按期执行。据说,但丁可能参加过1300

年首届大赦年，目睹过盛况，维拉尼在《编年史》第八卷也有记载，据称这一年朝圣者来往不断，除罗马人外，外地朝圣者即达二十万，反复多次前来者尚不计其内。前往圣彼得大教堂（Santo Pietro）朝圣必须经过横跨台伯河的圣安杰洛桥（Sant' Angelo）；为维持秩序，防止拥挤，当时曾从桥中心划界：前往朝圣的人走一边（面向圣安杰洛城堡Castel Sant' Angelo），朝罢返回的人走另一边（面向乔尔达诺山Monte Giordano），中间用栅栏隔开。

6. 维内迪科·卡恰内米科，全名为维内迪科·卡恰内米科·德尔·奥尔索（Venedico Caccianemico dell' Orso），系波洛尼亚归尔弗派杰雷梅伊（Geremei）家族一党的首领之一。生于1228年，曾协助其父阿尔贝托（Alberto）长期从事反对该市吉伯林派兰贝尔塔齐（Lambertazzi）家族的争斗，并于1274年击败吉派，放逐吉派的一些首领。他曾先后担任伊莫拉（1264年）、米兰（1275、1286年）、皮斯托亚（1283年）最高行政官；1273年至1274年，任摩德纳护民官。但由于他迎合斐拉拉埃斯腾斯（Estensi）侯爵觊觎波市的野心，曾于1287年和1289年先后两次被流放。1294年，他进一步靠拢埃斯腾斯家族：使其子兰贝尔蒂诺（Lambertino）与阿佐八世（Azzo VIII）之女科斯坦扎（Costanza）结婚。1301年，他再度被放逐，次年殁。然而，但丁可能以为他死得更早一些。他之所以被写成在第一层恶囊受苦，并列为“淫媒者”，是因为他曾为讨好斐拉拉侯爵，唆使其妹与之通奸。但此事不见史料，而古代注释家布蒂、本维努托、佛罗伦萨无名氏、《最佳评注》乃至波洛尼亚的拉纳等，都持此说法，不同的是：前数人认为，通奸者为阿佐八世，拉纳则认为是奥比佐二世（Obizzo II），近代注释家也同意前一批人的说法。萨佩纽推测，但丁年轻时可能曾于1287年以前在波洛尼亚见过他。

7. “毒辣的折磨”原文是pungenti Salse，直译是“辛辣的酱油”。但丁学家巴尔比曾根据中世纪乔尔达诺修士（fra Giordano）的布道，解释“酱油”（salse）和芥末油（mostarde）都是豪门富户举行宴会时必备的调料，这里用以加强诗句的辛辣、讽刺的语气。但也有一些古代注释家认为，“酱油”一词应为专名词Salse，即当时波洛尼亚市郊的一个乱葬岗子，凡被处决者、异教徒和自杀者的尸体都抛到那里。

8. 吉索拉贝拉（Ghisolabella），维内迪科·卡恰内米科的胞妹，斐拉拉人尼可洛·封塔纳（Niccolò Fontana）之妻，死于1281年后。十四世纪注释家布蒂曾把此名分写成Ghisola和bella（美丽），从而成为“美人吉索拉”，波斯科-雷吉奥注释本根据二十世纪初但丁学家德尔·隆哥（Del Lungo，1841—1927）在《但丁》一书所公布的资料，证明应为“吉索拉贝拉”。

9. 这三句诗的意思是：世上的波洛尼亚人还没有这里的多，当然这是一种夸张的写法。萨维纳河（Savena）和雷诺河（Reno）分别位于波洛尼亚东部和西部，这里用来说明这些“舌头”所处的地理位置，因此，亦即指波洛尼亚，“舌头”代表波洛尼亚人，学说的“西巴”（sipa）一词是波洛尼亚方言中动词essere（是）的现在虚拟式，相当于意大利文的sia，但目前的波洛尼亚方言已改说sepa了。

10. “护送者”即维吉尔。

11. 这块“突了出来”的岩石又是一座天然石桥。

12. “层层永恒之环”指地狱九层惩罚鬼魂之所在，因为这一层层环形地带都是紧贴着悬崖峭壁形成的；但有的古代注释家（如布蒂）曾诠释为仅指第八环第一层，近代一些注释家（如巴尔比）还据此引证说，中世纪佛罗伦萨就有让罪犯在鞭打下游街示众的习俗。萨佩纽不同意这种解释，指出：这时但丁尚未“离开”第一个恶囊，并且还要在那里耽搁很久，况且，这里的“永恒之环”是复数（cerchie eterne），因此，他主张解释为地狱各环，因为各环与峭壁实际上已形成一体，同时可按十六世纪注释家维路泰洛(Vellutello)的说法，但丁此时离开的是"所有的堤岸，既包括第一个恶囊的堤岸，又包括上面各环的堤岸"，因为各环都是围绕峭壁一层层排列下去的。

13. 这里是说，这些人先前与但丁等朝一个方向同行，故但丁"不曾看到他们的面容"。"生来不幸"的说法参见第五首注4。

14. 如注4所说，这群人是诱奸者。

15. 伊阿宋(Iason或Giasone)，希腊神话中著名的色萨利英雄。其父为色萨利约尔科斯(Iolco)国王埃索尼斯(Esone)，国王之弟佩利亚斯(Pelia)篡夺了王位，迫使伊阿宋带领一批勇士前往科尔喀斯(Colchide)窃取国王埃艾塔斯(Eeta)所守护的金羊毛。伊阿宋建造了第一艘航海用的大船阿耳戈(Argo)，是以这批寻觅金羊毛的航海勇士史称"阿耳戈英雄"(Argonauti)。途中，抵达楞诺斯岛(Lemno)，伊阿宋诱骗了国王托阿斯(Toante)的年轻美貌的女儿许普西皮勒(Isifile)，并使她怀了孕。到达科尔喀斯后，在公主美狄亚(Medea)的帮助下，伊阿宋获得了金羊毛，他也诱骗了美狄亚，答应娶她为妻；后他又遇上科林托斯(Corinto)国王之女克雷乌萨(Creusa)，与她结婚而抛弃了美狄亚。美狄亚是个女巫，擅魔法，为报复，送给克雷乌萨一件魔衣，克着上后即窒息而死；又当着伊阿宋的面，将她与伊所生的二子杀死(一说她还把二子剁为肉块，做成"佳肴"，宴请伊阿宋)。后美狄亚逃往雅典，与雅典王、特修斯之父埃吉奥斯(参见第九首注10和第十二首注4)成婚。伊阿宋后来占领了科尔喀斯，最后被杀于阿耳戈船下。伊由于先后诱骗了许普西皮勒和美狄亚，死后便作为诱奸者，被打入第八环第一个恶囊中受惩，从行文上，可看出但丁更同情美丽而纯洁的少女许普西皮勒，对美狄亚只一笔带过。关于阿耳戈英雄的事迹，奥维德的《变形记》第七卷中有记载，一世纪拉丁诗人弗拉古(Flacco)的《阿耳戈英雄历险记》(*Argonautica*)更是一部专论；关于许普西皮勒和美狄亚的故事，奥维德的《列女志》(*Heroides*)第六卷、斯塔提乌斯的《特拜战记》第五卷都有记述；上述著作可能都是但丁诗作所本。

16. 此处的"公山羊"即有金羊毛的公山羊。

17. 楞诺斯岛的妇女因丈夫移情别恋，愤而决定将岛上的所有男人(丈夫、父亲、兄弟、儿子)一概杀死。许普西皮勒为救父免于一死，瞒过岛上的其他妇女，设法放父逃生。所以，诗中说许普西皮勒"在此之前曾欺瞒过所有其他女人"。

18. 参见注15。

19. 参见注15。

20. "另一个桥拱"即跨越第二个恶囊的天然石桥。

21. 这些鬼魂即阿谀者。

22. 阿列休·英特尔米内伊·达·卢卡(Alessio Interminei da Lucca)，其中的"英特尔米内伊"(Interminei)今文作"英特尔米内利"(Interminelli)，他是卢卡名门望族，属白党，详情少见于史料，只有1295年12月一份资料提到他，因而他可能死于1295年后。关于他的阿谀谄媚行为只出于此诗，并为古代注释家沿用为"依据"。

23. 这里，但丁特意用通俗的语言来形容阿列休的丑态。

24. 塔伊斯(Taide)，是公元前二世纪罗马喜剧诗人泰伦提乌斯(Terenzio)的喜剧《阉奴》(*Eunuco*)中的一个人物。

25. 这一情节是发生在《阉奴》一剧第三幕第一场：塔伊斯的情人("相好")、士兵特拉索内(Trasone)询问拉皮条的涅亚托内(Gnatone)：他托涅送给塔伊斯一个女奴，塔对此礼物有何反应。特问："塔伊斯是很感谢我吗？"涅答："感谢至极。"据推测，但丁可能并未读过泰伦提乌斯的有关剧本，只是从西塞罗的《论友谊》(*De amicitia*)第二十六章评论该剧中的这段情节并用以讥讽阿谀者的谄媚嘴脸了解该剧，因此，他不知这两句对白是在特拉索内和涅亚托内之间进行的(况且,西塞罗的评论中是用“呼格”提及塔伊斯的,意思比较含糊),从而写成特直接询问塔伊斯;此外,他还有意加重语气,把原来业已夸张的“感谢至极”(ingentes)改为“简直感谢得五体投地”(anzi mera-vigliose),从而把吹牛拍马者的丑态更加刻画得活灵活现。关于塔伊斯为“婊子”一说,有人认为,但丁可能是从《伊索书》(*Libri Esopi*)中得悉的。

第十九首

1. 这里指《圣经》中的西门术士(Simone),他在撒玛利亚用邪术行骗,后皈依基督教,曾想用金钱买下使徒彼得和约翰按手使信徒领受圣灵的能力,事见《新约·使徒行传》第八章第九至二十四句:“撒玛利亚城里有个名叫西门的术士……西门看见使徒一按手,上帝便立刻赐下圣灵,就想出钱买这能力……彼得责备他:‘你和你的钱都一同毁灭吧!你以为上帝的恩赐是可以用钱收买的吗?’”
2. 此句意谓“上帝的物品”(圣职)本该由“良善”(好人)占有。
3. 古代在街上向公众宣读文告或判决书,须由宣告人吹起喇叭,以便把公众召来或引起公众注意;这里借用来表示宣判在第三个恶囊中受刑的鬼魂。雷吉奥认为,这里也可能寓意“最后宣判的喇叭”。
4. “墓穴”指第三层恶囊。
5. 这个“部分”即天然石桥的“拱顶”。
6. “罪恶的世界”指地狱。
7. 圣约翰洗礼堂(Battistero di San Giovanni),为佛罗伦萨著名的洗礼堂,但丁诞生后曾在此受洗,因而对它十分亲切,称之为“我那美丽的圣约翰洗礼堂”。在中世纪,施洗是施浸礼,即把受洗的孩子放进施洗的小井似的孔洞即施洗池[原文单数为battezzatorio(或battezzatoio,系今文),复数为battezzatori]内施洗。但由于施洗者的原文复数亦为battezzatori(单数为battezzatore),古代注释家对诗中的battezzatori见解不一:布蒂认为,应指施洗教士,《最佳评注》则主张解释为施洗池。遗憾的是,该洗礼堂早于1576年即因大公佛兰切斯科一世(Francesco I)为其子做洗礼而被拆毁,缺乏实物,现仅能从存于梵蒂冈的一帧草图大致了解该洗礼池的究竟:井深八十公分,井口直径三十七公分(草图附有《最佳评注》介绍)。后在比萨和皮斯托亚曾发现类似的洗礼池,特别是1965年由萨基(Sacchi)在皮斯托亚发现的1226年兰佛兰科·达·科摩（Lanfranco da Como）建造的洗礼池，曾由1966年4月于皮斯托亚举行的国际研究讨论会上鉴定，与圣约翰洗礼堂的施洗池恰好相符。萨佩纽和波斯科-雷吉奥两注释本都认为，《最佳评注》的说法可靠。

8. 诗中叙述了但丁亲身经历的一件事。《最佳评注》对此曾作过说明：“一次，在但丁面前，一个小男孩进入这些洗礼池中的一个，但他的双腿深陷池底，为把他拉出，必须打破洗礼池，但丁果然就这样做了……”古代注释家对此事反应不同：有的不予置评，有的幻想联翩，有的甚至还认为，但丁此举是“亵渎”圣地；有人曾推测，当时被救出的孩子名叫安东尼奥·迪·巴尔迪纳乔·德伊·卡维丘利（Antonio di Baldinaccio dei Cavicciuli）。关于诗中说“在不多年以前”，雷吉奥分析，应是在1301年以前（亦即在但丁被放逐以前），由此推理，《地狱篇》可能开始写于1304年或1306、1307年，过去曾有人估计该篇开始写于1313年亨利七世去世之后，是不对的。

9. 但丁在这里有意说明此事属实，避免有人加以曲解。

10. 这里意谓此人倒栽在洞内，只能用露在洞外的双腿表示“哭泣”。

11. “可悲的灵魂”指教皇尼可洛三世（Niccolò III）。他原名乔瓦尼·加埃塔诺·奥尔西尼（Giovanni Gaetano Orsini），于1277年11月25日至1280年8月22日任教皇，是有名的“任人唯亲”的代表人物。据维拉尼在《编年史》第七卷中说，他年轻时即任神职人员，后任枢机主教，原来为人朴实，生活严谨，做教皇后则一心只想发财，并任人唯亲，公开为亲戚买卖圣职；尽管他寿命不长，却拥有“超过所有罗马人的地产、城堡和金钱”。

12. 在中世纪，凡受雇用的刺客、杀手都要被处以活埋的死刑：即头朝下，埋在坑里，慢慢加土，直到犯人窒息。本维努托对此曾有过解释：“有时，被处以活埋的罪犯在被头朝下插入坑穴之后，召来教士，向他忏悔某些罪过；这时，听取忏悔者就必然要把耳朵贴近地面，仔细倾听”；萨佩纽据此提出；但丁在诗中也是想说明，他在把头俯在地上，以便听鬼魂讲话。雷吉奥还强调指出，这种写法是很有讽刺意味的，因为现实中的忏悔者和听忏悔者被颠倒过来：忏悔者应是俗人，听忏悔者应为教士，而诗中的听忏悔者恰恰是作为俗人的但丁，忏悔者却是教皇尼可洛三世。

然而，在应如何理解第51句“他把教士召来，请求免除死刑”的含义方面，古今注释家的说法有很大的不同：当代注释家帕利亚罗（Pagliaro）曾从字源学的角度，对原句“请求免除死刑”（per che la morte cessa）作了不同于古代注释家的新的解释：他认为，动词cessare一般诠释为“暂缓”（differire），但其原意应是“停止”，在诗中则应为“避免”（evitare），因而全句应意谓“免除死刑”，而不是“暂缓死刑”。他还从诗中的“杀手”（assessin，相当于今文assassini）一词的字源做了探索，指出：此词原是指十一世纪第一次十字军东征后成立的一个暗杀基督教徒的秘密团体，狂热的伊斯兰教派伊斯马伊利蒂（Ismailiti）教派的成员（该教派的教主为哈桑-本-萨巴Hassan-Ben-Sabah），因他们服用印度大麻（hascich）做成的迷幻药酒，饮后精神恍惚，盲目地服从首领（称“山大王”Vecchi della montagna）的指令，为非作歹，杀人越货，故称haschischin，亦即assassini；他还说，诗中特别用了“不忠”（perfido）一词，说明被活埋的杀手力求免于一死，要求召来教士，向他揭露幕后的主使人。看来，帕利亚罗的诠释是不无道理的；波斯科-雷吉奥注释本接受了他的说法，而萨佩纽注释本则仍沿用旧说法。

13. 这里，但丁用了讥讽揶揄的词句“竖到这里来”，与前面的“上下颠倒，插在地里”恰相呼应。“博尼法丘”系指教皇博尼法丘八世（参见第三首注11和第六首注8）。

14. 尼可洛三世以为说话者为继他而来的博尼法丘八世，但博任教皇的时间是从1294年12月至1303年10月，他是死于任上的，因而在但丁游地府时，他尚在人世。尼可洛三世说“生死簿”诳了他好几年，意谓生死簿定博死于1303年，而目前则是1300年，故有三年之差，有人认为，“生死簿”是确实有过的，即《教皇序考》(*papalisto*)；曾误传为能预卜先知的教士乔阿基诺·达·菲奥雷(Gioacchino da Fiore，1130—1202)所作。但丁在《天堂篇》第十二首第139—140句中曾提及他。雷吉奥说，但丁是有意“预言”博尼法丘八世将受地狱酷刑之苦的，正如下面他以同样的诅咒方式对待教皇克莱蒙特五世(Clemente V)，而克死得更迟(1314年)。

15. 中世纪神秘主义者和神学家常把教皇比作新郎，而把教会比作新娘，因而诗中尼可洛三世说博尼法丘八世曾把教会“骗娶到手”。“变卖玷污”指教皇以买卖圣职的恶行“玷污”了教会。

16. “尊贵的法衣”指教皇所着的袍服。

17. “母熊的儿子”：尼可洛三世的家族姓氏为“奥尔西尼”(Orsini)，其字源为orso，即“熊”，当时的资料也称该家族的人Orsini为de filiis orsae即“母熊的子女”；在中世纪，母熊被视为贪婪无度、疼爱幼兽的动物，与尼可洛三世的为人恰好名实相符，故诗中用了副词“确实”(veramente)。

18. 这里是说，先被插入孔洞的鬼魂，俟后继者到来后，就要放到孔洞以下的地方去，“一个压一个地平放在岩石的夹缝”，而后继者则接替他，头朝下，脚朝上并被火烧，倒插在孔洞之内受苦。

19. “那个人”指博尼法丘八世。

20. 尼可洛三世死于1280年，至但丁地狱之行(1300年)时已倒埋受苦达二十年之久，而博尼法丘八世要到1303年才到阴曹地府来接替他，而死于1314年的克莱蒙特五世前来接替博尼法丘八世时，博在孔洞中受苦不过才十一年。所以，尼可洛三世抱怨他受苦的时间比博尼法丘八世要长。

21. 这一“牧人”为教皇克莱蒙特五世。他是法国人，原名贝尔特朗·德·哥(Bertrand de Got)，1295年任康敏热(Comminges)主教，1297年任波尔多(Bordeaux)大主教；他奸诈圆滑，善于在号称“美男子腓力普”(Filippo il Bello)的法王腓力普四世与博尼法丘八世之间玩弄权术，左右逢源。在继博短期任教皇的贝内代托十一世(Benedetto XI，1303—1304)死后，尽管他当时未任枢机主教，未能出席选举教皇的枢机主教秘密会议，却在法王影响下当选教皇。1305年11月，他就任教皇，取名克莱蒙特五世，但他在职期间，始终未离开法国，并于1309年，自罗马将教廷迁至法国阿威农(Avignone)，直至1376年或1377年为止，史称“阿威农之囚”或“巴比伦之囚”(cattività babilonese或Servitù di Babilonia)。因他原籍加斯科涅(Guascogna)，而加斯科涅位于阿威农之西，阿威农本身又位于罗马之西，故诗中说他“从西方前来”。但丁在《天堂篇》第十七首第82句中曾轻蔑地提到他为“加斯科人”。他表面支持试图平息意大利归尔弗和吉伯林两派长期之争的神圣罗马皇帝亨利七世，暗地里却又与亨利七世的死对头西西里王查理二世(Carlo II)和安茹的罗伯特(Roberto d'Angio)相串通。1313年亨利七世死后，他曾企图将归尔弗派尽归安茹的罗伯特控制，但未及，殁于1314年4月20日。维拉尼在《编年史》中称他“十分贪财，大肆买卖圣职，在其宫廷内，他拥有一切生财之道”。萨佩纽就有人曾根据但丁“预言”克莱蒙特五世之死而推断本首可能写于1314年4月克死后，指出这种推论是欠妥的，因为一般教皇任期都不会持续二十年之久，况且克本人多病，作出此类“预言”并不困难，尤其是本首只谴责克买卖圣职和邀宠法王腓力普四世，却未提及另外两大“罪过”：一是将教廷迁往阿威农(1309年)，一是反对亨利七世(1312年)，而但丁后来是不遗余力地加以抨击的，这就说明："似可假设但丁曾在1314年或1314年以后，对以前所写的第十九首的本文做过纠正和修改。" 雷吉奥也说："在1314年和1315年间，《地狱篇》的某些篇章可能做过修订：对克莱蒙特五世之死的'预言'可能就是这类修订之一。"

22. "新伊阿宋"是把克莱蒙特五世比作犹太教祭司长伊阿宋（Iason或Giasone）；伊阿宋是犹太教祭司长欧尼亚斯三世（Onia）之弟，《玛喀比传》（*Maccabei*）第二卷第四节第七、八句中曾说，他曾向当时统治巴勒斯坦的叙利亚王安条克·埃皮法尼四世（Antioco IV Epifane）应允以四百四十金币（一说为三百六十金币）购得祭司长职位。

《玛喀比传》为《旧约》佚经，原四卷，后仅存二卷，其中记载公元前二世纪希伯来民族英雄玛喀比一家抗击叙利亚占领巴勒斯坦的业绩，玛喀比七兄弟均为叙利亚王安条克四世杀害：巴勒斯坦被叙利亚占领后，安条克四世即宣布犹太教为非法，阿斯梅内伊（Asmenei）家族的马塔蒂亚（Matatia）之子犹大·玛喀比（Giuda Maccabeo）率希伯来人起义（公元前164年），不幸阵亡（公元前160年）。后直到公元前142年，希伯来人才在西门（Simone）领导下争得宗教上乃至政治上的自由，一直延续到公元前63年为止。

23. 这里指维拉尼在《编年史》第八卷称：贝尔特朗·德·哥为购买教皇宝座，求得法王腓力普四世支持，曾作出很大让步，其中包括将教会所得农产品什一税交由法王提取，为期五年。这一事例与伊阿宋用金币购买祭司长职恰好相似。

24. 这段情节源于《新约·马太福音》第十六章第十九句耶稣对彼得说的一番话："我还要把天国的钥匙交给你"；另一句"来跟从我"也取自《新约·马太福音》第四章第十九句和《新约·马可福音》第一章第十八句耶稣向西门、彼得和安得烈说的话。

25. 这一情节源于《新约·使徒行传》第一章第十三至二十六句：叛卖耶稣的犹大"自己吊死了"之后，使徒彼得说："我们须要选立一个人来代替犹大。" 被提名的有两个人：犹士都约瑟（又名巴撒巴）和马提亚……他们抽签决定，结果抽中了马提亚，就把他列入十二使徒中。

26. "来路不正的金钱"有两种诠释：一是说尼可洛三世曾从拜占庭的乔瓦尼·达·普罗齐达（Giovanni da Procida，1210—1298）手中得到金子，用以策动著名的西西里晚祷起义（Vespri Siciliani，1282年），密谋推翻安茹的查理的统治，但此事只有维拉尼《编年史》中有记载（第七卷），可能但丁也对此确信无疑，因尼可洛三世是一直反对安茹的查理的，近代史学界则证明此事为子虚乌有；一是说尼可洛三世将教会的什一税和其他收入均中饱私囊，因而财大气粗，敢于与安茹的查理相抗衡。

27、28. 这里的福音书作者指圣约翰。"坐在世界众水之上的女人"一节源自《新约·启示录》第十七章第一至三句，约翰说："……七位天使之中，有一位前来对我说：'你过来！我要让你看那坐在世界众水之上的大淫妇将要遭受的刑罚。她犯了和地上的君王纵欲荒淫的罪……'"，"我在那里见到一个妇人，骑着一只朱红色的怪兽。怪兽有七头十角……" 这里的"大淫妇"系比喻"腐败的教会"，是中世纪异教徒或半异教徒乃至主张改革教会的教会人士的说法，但丁借用来写下这些诗句：用"坐在世界众水之上的女人"比喻买卖圣职、贪污腐败的教皇，"众水"则意谓"各国人民"，"与地上的君王纵欲荒淫"比喻教皇为法王效劳。但诗中也有一些不同于《圣经》原作的写法："七头十角"原属怪兽，诗中则把它与"大淫妇"融为一体。"七头十角"的原意，按《新约·启示录》第十七章第九、十句，"七头"应"象征着七座山，即是那淫妇坐镇的地方；又象征着七个王"；"十角"应"象征着十个还没有得势的王"。但丁在诗中显然赋予"七头十角"以新的含义："七头"可能指"七件圣事","十角"则可能指"十诫",这些都是教会建立之本;若教皇(即诗中的"夫君")能信守这些基本律条(诗中的"喜欢美德善行"),教会就会"威力无穷"。

29. "用金银制造上帝"的说法见于《旧约·何西阿书》第八章第四句:"他们用金银制造神像,敬拜假神"。"一个"和"一百个"意谓:偶像崇拜者只崇拜一个神,而贪婪的教皇则崇拜无法胜数的钱财。

30. 这一情节来自传说:君士坦丁皇帝(Costantino,274—337)曾患麻风病,被教皇西尔维斯特罗一世(Silvestro,314—337)治愈。为表示酬谢,他不仅皈依了基督教,而且把罗马赐予西尔维斯特罗,从此,教皇开始掌握了俗权。此传说在十五世纪时曾被人文主义学家洛伦佐·瓦拉(Lorenzo Valla,1407—1457)证明属虚,且但丁时期,人们已对此说抱怀疑态度,但丁在诗中之所以仍沿袭此说法,一方面可能对此仍深信不疑,另一方面可能意在说明教会的腐败早在当时即种下了根苗。但丁反对教会染指俗权的思想是一贯的:他在《帝制论》第三卷第十节第十四句段中就说:"教会根据从《马太福音》可以读到的明确禁令,本应绝不愿意接受世俗财物,禁令说:你们万不可拥有金银和钱财";同时在该书第三卷第十、十三节也说,一位皇帝不该哪怕是部分地放弃帝国的权利。

"第一个富有的父亲"即指接受君士坦丁大帝赠送的罗马(世俗权力)的教皇西尔维斯特罗。

31. "我对他歌唱的正是这种调门"指但丁对尼可洛三世所说的正是上面这些坦率而明确的话。

32. 尼可洛三世听到但丁的讽刺挖苦的话,十分气愤,但因被倒埋在地里,无法用面容表示愤恨的反应,只能用"双脚极力地乱踢乱动"。

33. "负重"指但丁。

34. "另一个深谷"即第八环第四个恶囊。

第二十首

1. "首部诗篇"即指《神曲》的"首部",亦即《地狱篇》。"深陷地下者"即指打入地狱中受惩的亡魂。

2. "连续祈祷"原文是letane(即今文litanie),为托斯卡纳方言letanie民间口语,指善男信女或僧侣列队前进,口念祷词,类似我国僧尼诵念"南无阿弥陀佛"。这些人是占卜者、巫师、女巫和占星者。注释家指出,由于他们在世间说了过多不该说的话,如今在地狱中就被"报复刑"惩罚为"默不作声";同时,由于他们曾预卜未来,这时也便被罚为头倒转,脸朝后,向后倒行。

3. "上半身的起点"即脖颈。

4. 此句的意思是:对这些占卜者的惩处是上帝判决的,因而不该对他们有什么"怜悯之心",换言之,即:只有不怜悯,才算怜悯。但近代注释家对"在这里"有两种不同解释:一是泛指整个地狱,因此,此句就该意谓:"有谁能比对神的公正裁判结果感到恻隐的人更加亵渎神灵的呢?"(德·奥维德D' Ovidio,1849—1925、巴尔比)一是专指第四个恶囊,因此,此句意思就稍有变化:"有谁能比硬要对上帝的判决萌生恻隐的人更加亵渎神灵的呢?亦即要使上帝的意见变为被动……让它服从人的行动,而上帝的意见本该是主动的"(帕罗迪Parodi、罗西Rossi),或是"有谁能比竟想篡夺神的职能,幻想自己能确有把握地预见未来变迁的人更加亵渎神灵的呢?"(齐基托Cicchitto)

5. 这里借用了斯塔提乌斯的《特拜战记》第七章第690—823句中的一段情节。安菲阿拉俄斯(Anfiarao)是围攻特拜的七王之一,通占卜。他预知将战死疆场,为躲过此劫数,藏匿起来,不料其妻爱丽菲勒斯(Erifile)被七王主将波吕涅克斯(Polinice)所收买,说出他藏身之地,他只好参加战斗。战争中,宙斯令大地在其战车下"豁然敞开",他连车带马卷入地内,一直落到弥诺斯跟前,被打入地狱。与斯塔提乌斯原著不同之处是：但丁把弥诺斯见到安菲阿拉俄斯时所说的讽刺问话，安放在特拜人之口，意在说明：占卜者尽管预见未来，下场却是可悲的。

6. 泰雷西阿斯（Tiresia）为特拜著名的占卜者，他在特拜战争时曾运用魔法；据说，他因泄露天机，被上帝惩罚，变为瞎子。诗中，但丁借用了奥维德《变形记》第三章第324—331句中所述的故事，即：泰雷西阿斯一次曾用一根木棍敲打两条正在交媾的蛇，他立即变成女子；七年之后，他又用同一根木棍敲打原来的那两条蛇，他才恢复了男性。

7. 阿伦斯（Aronta或Arunte），古意大利埃特鲁斯（etrusco，即今托斯卡纳）著名的肠卜者。他曾预卜凯撒与庞培必将发生战争，而凯撒必胜。事见卢卡努斯《法尔萨利亚》第一章第584—638句。因为这些人是头倒转，朝后倒行，他只能“跟在泰雷西阿斯的肚皮后面”。

8. 卢尼（Luni）为埃特鲁斯的旧城，靠近马格拉河（Magra）河口，但丁时期已成废墟，卢尼加纳（Lunigiana）一地的名字即源出于此。其实，卢卡努斯在《法尔萨利亚》一书中曾说，阿伦斯是居于荒凉的卢卡（Lucae，即今Lucca）山上，但有些手抄本写成Lunae，但丁可能读过，以为即是指“卢尼”，同时又从“荒凉”一词出发，在但丁印象中，卢尼加纳的景色即是如此：有白色的大理石山，并可远眺大海。据说，但丁于1306年，即在写本首诗歌之前，曾在那里小住。

9. 卡腊拉（Carrara）为马萨·卡腊拉省（Massa Carrara）一小市镇，其居民住在阿普阿尼山（Monti Apuani）之下的平原上，曾在山坡上开垦荒地，种植庄稼。阿普阿尼山有不少白色大理石采石场，因此，诗中的“卢尼的群山”看来即指此山。

10. 但丁用生动的写实笔法描绘了曼图（Manto）的奇形怪状：由于头向后转，头发不是披在背后，而是“遮掩”双乳；后身（因倒行，但丁是看不见的）则“长满”茸毛。有两个神话传说涉及这个特拜女巫的事迹：一是说她是泰雷西阿斯之女，是著名的女先知，先嫁与安菲阿拉俄斯之子阿尔克梅翁尼（Alcmeone），后又改嫁拉西奥斯（Racio），死于克拉罗斯（Claro），曾为特拜城的不幸遭遇而化成泪人；一是说她嫁与阿尔巴（Alba）国王蒂贝里诺斯（Tiberino），生子奥克诺斯（Ocno），其子为纪念她，建立了曼图亚城。诗中涉及她的情节概出于上述两种传说的综合：维吉尔的《埃涅阿斯记》、奥维德的《变形记》、斯塔提乌斯的《特拜战记》都有关于她事迹的记述，其中特别指出，她在父亲死后，为了不受篡夺王位的暴君克瑞翁（Creonte）的统治，逃离特拜，流浪四方，最后选定一地居留下来，该地被后人建成曼图亚。诗中写曼图为“生性残忍的处女”，更接近斯塔提乌斯笔下的曼图：斯说她是innuba（处女），并残忍屠宰牲畜用作“血腥祭品”；维吉尔则把她说成是河神图斯库斯（Tosco）之妻，奥克诺斯之母。波斯科曾指出，但丁在本首诗中把她放入第四个恶囊，而后来在《炼狱篇》第二十二首第113句中又把她列入与斯塔提乌斯一起待在“林勃”之中的亡魂名单（诗中称“泰雷西阿斯的女儿”），认为这是两种形象互不相容的矛盾现象；他推测，这可能是因为本首是后补的，但丁在起草时，“忘记”自己在《炼狱篇》中曾简略提及过她，或则是由于但丁对斯塔提乌斯的有关著作读得不够仔细，或索性记错了，把曼图与斯塔提乌斯所写的另一个女性人物弄混了。

11. 维吉尔的“诞生之地”为曼图亚的安德斯镇（参见第一首注20）。

12. “巴库斯的城池”即特拜城，因特拜城是敬奉酒神巴库斯（Baco或Bacco）的。“遭到奴役”指特拜城受到克瑞翁的残暴统治：克瑞翁系特拜王后乔卡斯塔（Giocasta）之兄弟。特拜王俄底浦斯（Edipo）发现自己娶了生母乔卡斯塔为妻之后，悔恨莫及，自己弄瞎了双眼，弃国出走，其长子埃特奥克勒斯（Eteocle）继位，但不愿按协议规定的日期让位于其弟波吕涅克斯（见注5），波因此发动了七王攻特拜的战争，兄弟二人在交战时互相杀死。克瑞翁趁机篡夺了王位。

13. 拉马涅亚（Lamagna或La Magna）为日耳曼各国的总称；“那段阿尔卑斯山”指雷蒂凯阿尔卑斯山（Alpi Retiche）的一段山麓：它标志拉马涅亚的南部边界，位于科摩省一小市镇梅拉诺（Merano）附近的蒂拉利（Tiralli，或称蒂罗洛Tirolo）城堡的北面；当时，这片地区曾为蒂罗洛伯爵马伊纳尔多二世（Mainardo II）的采地。萨佩纽估计，这段山麓可能是维诺斯泰阿尔卑斯山（Alpi Venoste），因该山正是从北部“俯瞰”蒂拉利城堡，贝纳科湖（Benaco）即加尔达湖（Garda），正在其山脚之下。

14. 卡莫尼卡河谷（Val或Valle Camonica），位于伦巴底地区，曾属贝尔加摩管区，长六十公里。亚平宁山（Pennino或Apennino），或称亚平宁阿尔卑斯山（Alpes Apenninae），在中世纪，一般指阿尔卑斯山全部山脉或其中一部分，但丁在《论俗语》、《书信集》中也是用这样的提法。诗中所指地带可能是介于卡莫尼卡河谷与加尔达湖靠维罗纳一边的加尔达市之间的阿尔卑斯山区，因那里有上千条溪流汇入贝纳科湖（即加尔达湖）。雷吉奥指出，该湖的水文地区应是：东有加尔达市，西为卡莫尼卡河谷，北有亚平宁山。据悉，该湖水最深处达三百四十六米，方圆三百七十平方公里。

15. 此句意谓特伦托、布雷夏和维罗纳三地的教区边界正汇集在贝纳科湖的中央地区。萨佩纽注释本认为，这可能是指修士岛（Isola dei Frati），即今莱基岛（Isola Lechi），因为岛上的圣玛格丽塔教堂（Santa Magherita）归上述三个教区的主教管辖。但近代注释家巴塞尔曼、卡恰（Caccia）推测，这可能是但丁的虚构，因为三个教区的教士如果真正前来布道，就无须在诗中说什么“若是走这条途径”了，否则就似有讽喻的味道：三个教区的主教“经常忽略像应做的那样，前来视察他们所管辖的地区”。也有人认为，这个地区应是坎皮奥内（Campione），因它也是三个教区的会合点。波斯科–雷吉奥注释本倾向于巴、卡二人的说法，认为但丁的注意力是放在下句的佩斯基耶拉（Peschiera）上，而那里是贝纳科湖的水流汇成敏乔河、而该河又流泻而成曼图亚沼泽地之处，这正是但丁诗句所要具体描述的，因而诗中的“中心地带”既不指莱基岛，也不指坎皮奥内。

16. 佩斯基耶拉堡垒（Forte di Peschiera）系维罗纳僭主斯卡利杰里家族防御体系中主要碉堡之一。雷吉奥估计，但丁撰写本首的时期距他最初流亡到斯卡利杰里家寄居并不太远，故他可能亲临过此地。

17. 这里的“江河”指敏乔河。

18. 戈维尔诺洛（Governol或Governolo）为曼图亚省巴纽洛·圣·维托市（Bagnolo San Vito）的一小镇，距敏乔河河口约二公里。

19. 萨佩纽注释本把此句的原文grama一词解释为“缺水干涸而不卫生”，而波斯科–雷吉奥注释本认为，这两层含义是自相矛盾的：因为“不卫生”并非由于“缺水”，而是沼泽地本身造成的，况且也不是像诗句所说的那样，是“有时”（talor）和“往往”（suol），根据本维努托对此句的诠释，即“由于水少，沼泽地就变得腐臭，空气也就难闻了”，应只理解为第一层含义，第二层含义只能作为第一层含义的延伸。

20. “生性残忍的处女”指曼图。斯塔提乌斯在《特拜战记》中曾说她用魔法协助其父，屠杀牲畜，用血祭神，“把仍然冒着热气的五脏六腑摆在其父周围”，类似肠卜者的做法。也有人把“生性残忍”一词的原文cruda诠释为“反对结婚”“野蛮孤独”。

21. “灵魂出壳的身躯”指没有生命的肉体，亦即寓意死亡。

22. 古代建立新城，必须用占卜等办法（如肠卜、鸟飞）加以命名，而曼图亚城的命名则一反常规，近代注释家（如万代里Vandelli）曾解释说：维吉尔这样说意在“使他的曼图亚的起源清除掉任何魔法的污迹或沾染，并再次说明，由于他本人也曾被人诬说为巫师，这就证明他完全与妖术魔法毫无瓜葛”。雷吉奥说，实际上，作此“纠正”的并非维吉尔，而是但丁，但丁有意“把任何巫术从只由人类根据上帝意旨创造的历史中剔除掉”。

23. 卡萨洛迪即阿尔贝托·达·卡萨洛迪伯爵(Alberto da Casalodi)，为曼图亚的僭主；卡萨洛迪为曼图亚省一市镇，亦称卡萨洛多(Casalodo)。皮纳蒙泰即皮纳蒙泰·德伊·博纳科尔西(Pinamonte dei Bonaccolsi)，为曼图亚贵族，本维努托曾称他“豪放而有胆略”，深得老百姓爱戴。当时，曼图亚有许多贵族，迫害百姓，百姓恨之入骨。皮纳蒙泰曾建议将城内一些心怀不轨的贵族暂时逐出城外，以平民愤，僭主卡萨洛迪听信了他。事后，皮纳蒙泰发动民众暴乱，推翻了卡萨洛迪，自立为僭主(1272—1291)。

24. “熄灭的炭火一堆”指有关曼图亚起源的不同于维吉尔的说法，都将被但丁视为“无稽之谈”。这里所指的其他不同说法包括：西班牙的伊西多罗·迪·塞维利亚(Isidoro di Siviglia，570—636)在《字源学》(*Etimologie*)一书中说曼图亚是曼图自己建立的；维吉尔《埃涅阿斯记》说它是曼图之子奥科诺斯所造(尽管都是出自维吉尔一人之口)；塞尔维奥(Servio)在评《埃涅阿斯记》时则说，它是埃特鲁斯人托尔科内(Torcone)所建。

25. 指在希腊人围攻特洛伊期间，希腊各国所有成年男子都离开祖国，前往战斗，国内仅剩下儿童和襁褓中的婴儿。

26. 欧利皮鲁斯(Euripilo)，为参加特洛伊战争的一位希腊英雄，但诗中却通过维吉尔之口，说他是个“占卜者”，这与维在《埃涅阿斯记》中的说法也迥然不同：后者说他是久攻特洛伊城不下而渴望回国、但又受暴风所阻的希腊人派去请示阿波罗神谕的人，而这一说法又是诈降特洛伊的希腊奸细西农(Sinone)的诡称。因此，他根本不曾“与卡尔卡斯一起”，“确定砍断第一根缆绳的时机”。根据近代注释家帕罗迪的分析，但丁可能对《埃涅阿斯记》中的拉丁原文有所误解，其中涉及阿波罗对欧利皮鲁斯所作的神谕，大意是：你们希腊人在前来特洛伊时，曾在奥利斯(Aulide)把伊菲吉尼亚(Ifeginia)作为祭品，平息风暴，如今你们要离特洛伊而去，也必须把一个希腊人(指诈降的西农)作为祭品。帕罗迪认为，上述“神谕”中的动词“平息”，为拉丁文第二身复数(placastis)，但丁可能以为不是指希腊人，而是指欧利皮鲁斯和卡尔卡斯。波斯科就此进一步指出，也可能是但丁所读手抄本有误，或是但丁本人读过后索性“淡忘”了，把复数动词placastis看成单数动词placasti，亦即只指欧利皮鲁斯一人，因为是欧一人建议把伊菲吉尼亚作为祭品的。萨佩纽也基本上附和这种说法，并说，可能欧利皮鲁斯与卡尔卡斯一起提出上述建议。译者认为，不论古今注释家分析如何，不能排除但丁像对待其他神话、传说、历史一样，在诗中糅进了自己的独特构思和创新虚构。

卡尔卡斯(Calcante)，希腊著名占卜者，曾随军围攻特洛伊。据希腊神话说，是他建议：为求得希腊舰队顺风启航，以希腊大军主帅阿耳戈(Argo)和米凯奈(Micene)国王阿加门农(Agamennone)之女伊菲吉尼亚作为祭品。

奥利斯，为一古代港口城市，希腊远征特洛伊从这里登舟启航。

27. “高雅的悲剧”即指《埃涅阿斯记》；关于“悲剧”的含义，请参阅第十六首注20。

28. 迈克尔·司各特(Michele Scotto)，苏格兰医生、哲学家、炼丹术士、天文学家，曾在腓特烈二世宫廷长期供职，因翻译亚里士多德和阿维森纳的著作而闻名。薄伽丘的《十日谈》里曾提及他，把他说成是巫师和占星者。

29. 圭多·博纳蒂(Guido Bonatti)，十三世纪末至十四世纪初的著名占星家，生于福尔里(Forlì)，原为低级修士，后为腓特烈二世供职，随后又相继为马尔卡·特雷维贾纳、拉维纳（Ravenna）、乌尔比诺（Urbino）三市的僭主（分别是埃泽利诺Ezzelino、圭多·诺维洛·达·波连塔Guido Novello da Polenta、圭多·达·蒙泰菲尔特罗Guido da Montefeltro）服务，充当参事和占星士。著有论星相的巨著。

阿兹顿特（Asdente），曾被但丁轻蔑地称为“帕尔玛的鞋匠”（Lo calzolaio di Parma），见《筵席》第四卷第十六节第六句段。“阿兹顿特”为“本维努托师傅”的绰号，生活在十三世纪下半叶，因能预卜先知而闻名遐迩。同时代的名史学家萨林贝内与他相识，在其《编年史》中曾对他颇为称道。本维努托曾说，他“在舍弃他的手艺之后，完全投身于占卜术，经常预卜未来，使人们大为震惊，但我认为，他这是依靠天赋，而不是依靠科学，因为他是个不通文墨的人”。

30. 这里指的是一些“恶毒”的女巫与神婆。她们用药草制成的药剂和用蜡或其他材料制成的假人（用火烧或用针刺），来诅咒、伤害世人。

31. “该隐和荆棘”指月亮，因为民间传说把月亮上的黑影说成是背负一捆荆棘的该隐，正如我国传说月中有吴刚伐桂。“两半球交接的边际”指月亮落到以耶路撒冷为代表的半球与另一半球的交界处。“把塞维利亚下面的海浪也触及”指月亮已“触及”西班牙的塞维利亚（Sobilia，即Siviglia）附近的海面。由于下句提及“昨夜，明月团圞”，“昨夜”是指头一天夜里，但丁迷失在“幽暗的森林”里；意谓这时正值满月时期（时值春分），大约是清晨六时。

32. 满月使但丁“不致因那幽暗的森林而受惊”这一细节在第一首中并未描述。

第二十一首

1. “从一座桥走到另一座桥”指从第四个恶囊的石桥走到第五个恶囊的石桥。

2. 威尼斯造船厂是十二世纪初开始建立的，到但丁时期，已成为欧洲最兴旺的造船厂之一。但丁把第五个恶囊的“黑暗”比作威尼斯造船厂用以制造和修理船舶的沥青，并以此为契机，引出了下文中魔鬼与被惩罚的鬼魂的极具讽刺情趣的场景，特别是对船厂内部各种劳动的生动描绘，是《神曲》中最著名的篇章之一。有人据此推测，但丁曾亲临现场，但波斯科–雷吉奥注释本认为，但丁很可能是1308年至1310年去过威尼斯的，因此，从时间上说，似嫌过迟，除非是后来他根据自己的亲眼目睹，对诗句做了补充修饰。诗中说在冬季熬煮沥青，因为冬季不宜航海，是修船、造船的季节。

3. 这是指船舶由于“航行过多”，两侧护板松散裂开，须用沥青“填补”。

4. 注释家对此句所反映的形象曾有不同解释：有人认为，“罪人”是“骑”在魔鬼的双肩上。萨佩纽和波斯科–雷吉奥两注释本都认为，这是不合情理的，况且，原文中的“肩膀”是单数omero，故应如本维努托所说：“屠夫把已屠宰的牲口拿去剥皮和出售”，就是用一个肩膀掮着的。雷吉奥还说，从十四世纪一些《神曲》手抄本的纤细画插图来看，形象也是这样的。

5. “马拉布兰卡们”原文为Malebranche，意谓“恶爪”（如“恶囊”的Maleborgie），是但丁杜撰的又一复数专名词，若音译为“马莱布兰凯”，不易分辨单复数，作为魔鬼的名字，似也不宜意译为“恶爪”，故不如按中文习惯，音译单数Malabranca加“们”，以表复数。

6. “圣齐塔”（Santa Zita）为一圣女名。她原为一虔诚女仆，原籍蓬特雷莫利（Pontremoli），住在卢卡，1272年（或1282年）作为“圣女”死于该市（尽管未获教会正式承认），据佛罗伦萨无名氏称，“卢卡人对圣齐塔十分崇敬”；此处即代表卢卡。中世纪市政领导一般由市长、护民官（由外地人担任）和当地遴选的执政官（数目因地而异）组成；执政官的名称各地不同：如卢卡称“长老”（anziano），佛罗伦萨称“首长”（priore）。诗中的这名执政官究竟是谁，注释家对此看法略有差异：十四世纪的圭多·达·比萨猜测为马蒂诺·博塔里奥（Martino Bottario），布蒂附和这一说法，并证实此人死于1300年，近代注释家（如巴尔比）更进一步说明，此人为1293—1295年卢卡史料中提及的一个酒桶商马蒂诺（“酒桶商”一词意文为bottaio，与Bottario相近），当时曾任执政官，死于1300年4月9日。萨佩纽认为，但丁未具体指明被魔鬼掮着的这位“圣齐塔执政官”，意在讥讽“卢卡的所有市民阶级和管理市政的执政官”；雷吉奥则认为，地狱之行的时间可能很容易使卢卡读者把“圣齐塔执政官”的称呼联系到具体人物身上。此外，萨佩纽注释本还指出：卢卡和佛罗伦萨当时是托斯卡纳地区黑党的两大营垒，卢卡曾于1308年将佛罗伦萨流亡该市的白党分子逐出该市。

7. “彭图罗还不算在其内”一句意谓彭图罗比所有其他人更坏。拉纳曾指出，彭图罗是“这个城市里最大的、或人所尽知的盗用公款的贪官污吏”。彭图罗全名为彭图罗·达蒂（Bonturo Dati），十四世纪初曾为民众领袖，后历任要职；1308年，卢卡前任执政官格兰迪（Grandi）一家因犯贪污罪被放逐后，他曾吹嘘已消灭前任官长的贪污之风，后经揭发，他本人所犯贪污罪行不胜枚举。1313年，因他无礼取笑与卢卡达成协议的比萨人，致使两市重又反目，卢卡在战争中遭受重大损失。为此，他遭放逐，避祸佛罗伦萨，约死于1324年末到1325年初。据推测，关于卢卡与比萨之间的战争因他而起一事，但丁本人可能不知，但意大利著名诗人、1906年诺贝尔文学奖获得者卡尔杜契曾就此写过名诗《市镇的决斗》（*Faida di Comune*）。雷吉奥指出，彭图罗是又一个人尚未死而但丁“在地狱中加以谴责”的人。

8. 这里的“否”与“是”系指在卢卡，“为了钱”，是非颠倒，在选举执政官、议会代表和作出决议方面，原该投反对票“否”，却投了赞成票“是”。

9. 圣脸（Santo Volto）：为八世纪由拜占廷传入卢卡的一个古老的乌木制的耶稣十字架雕像，现仍保存在卢卡圣马丁主教堂（Basilica di San Martino）一座小礼拜堂内，为世人所敬拜。对魔鬼何以说出这句恶意讽刺的亵渎的话，有几种分析：一是认为，该罪人从沥青中露出自己那张弄黑了的脸，恰似那个乌木雕像（巴尔比）；二是设想该罪人喊出“圣脸，救救我啊”，魔鬼于是说此地不是呼吁圣脸救命的场所（布蒂）；三是该罪人从沥青中浮起时是弓着背，仿佛对圣脸像顶礼膜拜，因而魔鬼说出此言（德国但丁学家布兰克Blanc，1781—1866）。波斯科-雷吉奥注释本倾向第一种分析。

10. 塞尔基奥河（Serchio），意大利中部一条河流，距卢卡市不远，古时曾与阿尔诺河合流；该河向西流入利古里亚海（Mar Ligure），长一百一十二公里。

11. 指第五个恶囊与第六个恶囊之间的堤岸。

12. 对此句的细节一般解释为：乞丐来到门口，立即站住乞讨，因为害怕猛犬袭来。但巴尔比认为，是狗闻听乞丐乞讨之声，立即冲了过来，萨佩纽注释本赞成这种说法，波斯科-雷吉奥注释本则认为，狗见有生人过来，未等乞丐开口乞讨，便扑了过来，吓得乞丐“立即停在原地”。

13. 马拉科达（Malacoda）系由mala（罪恶）和coda（尾巴）二词组成，又是但丁给魔鬼起的怪名。注释家认为，但丁此举并非无端虚构，可能也有突出魔鬼的形态和作风之意。萨佩纽认为，也不排除如近代但丁学家托拉卡所设想的，即但丁用怪异的名字或绰号影射同时代的什么人。

14. 这段诗句又以但丁亲身经历的史实来比喻他当时的恐惧心理：1289年，托斯卡纳地区的归尔弗派组织以佛罗伦萨和卢卡两市为主的联军，与阿雷佐、比萨等吉伯林派联军交战；6月11日，佛市归派军队在阿尔诺河左岸的坎帕尔迪诺（Campaldino）战役中大败阿雷佐市吉派军队，之后，它又与锡耶纳和皮斯托亚两市的援军一起，前往救援处于困境的卢卡军队。当时，原为比萨归尔弗派占据的卡普罗纳城堡（Caprona）被比萨吉伯林派军队将领圭多·达·蒙泰菲尔特罗夺去，佛市联军围攻八日后，比萨占领军无法固守，于1289年8月6日投降。波斯科-雷吉奥注释本认为，从诗句看，但丁曾亲自参加过这场战役，有人甚至说，他是作为佛市民兵四百骑兵之一参加的，但也有人说，他只是作为“观察员”。目前，注释家普遍认为，但丁亲自参加围攻卡普罗纳城堡一事“绝对可靠”，巴塞尔曼还说，正是在这一时际，但丁与卢卡军队的统帅尼诺·维斯贡蒂（Nino Visconte）结成友谊，但雷吉奥则认为，此系推测。

15. 斯卡尔米利奥内（Scarmiglione）是那个建议“扎一扎”但丁的“屁股”（原文为groppone，意谓脊背的下部，亦即“屁股”）的魔鬼的名字。

16. 此句是说：距这座石桥断裂，已过了一千二百六十六年零一天不到（差五个小时），言外之意即：自从耶稣断气导致撼动整个地球直至地狱的地震以来，已过了这许多年。

17. 阿利基诺（Alichino）、卡尔卡布里纳（Calcabrina）、卡尼亚佐（Cagnazzo）、巴尔巴里恰（Barbariccia）、利比科克（Libicocco）、德拉基尼亚佐（Draghignazzo）、格拉菲亚卡内（Graffiacane）、齐里亚托（Ciriatto）、鲁比坎泰（Rubicante）、法尔法雷洛（Farfarello），这十个魔鬼的名字一般都是由两个词拼凑成一个颇具谐谑意味的名字，也有的是加上词尾，或表“巨大”（ozzo），或表“微小”（ello或etto），如：Barbariccia系由barba（胡须）和riccia（卷）组成，意谓“卷胡子”，Graffiacane包含graffia（抓破）和cane（狗）二词，意谓“抓破狗儿”；Draghignazzo谓曰“大龙”，Cagnozzo谓曰“大狗”；Farfarello相当于今文的folletto，即“小精灵”或“小机灵鬼”。但也有不知其所指的，如Calcabrina。

18. “层层深洞”即“层层恶囊”。

19. 此句以诙谐戏谑的词句写巴尔巴里恰与其他魔鬼一应一和地做出猥亵、粗俗的“信号”；据说，这种“滑稽”情趣是中世纪特有的写法。

第二十二首

1. 此句反映了但丁在1289年坎帕尔迪诺战役中的亲身经历，据说，他当时是冲锋队骑兵（参见第二十一首注14）。

2. 指前一首结尾时，巴尔巴里恰用“肛门”发出的怪异信号。

3. 这是中世纪海员航海时观测气象的一种传统做法：若海豚游近船舶，并露出海面，就证明风暴将至。这里则用海豚露出的“腰脊”与受苦鬼魂的脊背相比。

4. 此句有两种解释：一是说但丁注意这些魔鬼之间彼此如何称呼；一是如基门兹所说，是但丁注意魔鬼们的名字是否与其形象相符。萨佩纽注释本采用了前者，波斯科－雷吉奥注释本倾向于后者。

5. 把魔鬼比作“仇敌”的说法源于《新约·彼得前书》第五章第八句：“你们务要冷静，步步为营，因为你们的仇敌魔鬼……伺机吞吃你们。”

6. 据古代注释家推测，此人为恰姆波罗（Ciampolo）或贾姆波罗（Giampolo），即托斯卡纳地区通用人名贾恩·保罗（Gian Paolo）的方言说法，但其来历如何，无人知晓，只能照抄但丁诗句。纳瓦拉王国（Navara）在九世纪至十四世纪为一独立王国，位于比利牛斯山南北两面山坡之上，1607年北部被法王亨利四世并入法国，南部则于十六世纪初即归属西班牙。

   十四世纪注释家本维努托估计，恰姆波罗为但丁在巴黎结识的，其法文名为让·保罗（Jean Paul）。

7. 据本维努托说，此人在倾家荡产后自缢身亡。

8. 特巴尔多（Tebaldo），指特巴尔多二世，香槟区（Champagne）第五代伯爵，1253—1270年任纳瓦拉国王，是法王路易九世之婿，曾随其岳父远征突尼斯。诗中所说的“贤明的君主”则是指特巴尔多二世之父，即第四代伯爵特巴尔多一世，此人才华卓著，为用法国中世纪卢瓦尔河以北地区用语奥依语（oil）撰写诗歌的“最受敬重的抒情诗人之一”。但丁曾在《论俗语》第一卷第九节第三句段、第二卷第五节第四句段和第六节第六句段中都提及他，称他为“纳瓦尔王”（拉丁文Rex Navare）。

9. “拉丁人”即意大利人。

10. 这里指撒丁岛，因当时撒丁不归意大利管辖。但丁曾在《论俗语》第一卷第十一节第七句段中指出：“撒丁人不能算是拉丁人，而是应当被看成与拉丁人相近。”撒丁一度为撒拉逊人（Saraceni）所占领，1022年比萨夺取了撒丁，由贵族维斯贡蒂（Visconti）家族统治，将撒丁分为四个州（Giudicato），州长称总督（giudice）；但丁时期，该四个州为阿尔博雷亚（Arborea）、卡利亚里（Cagliari）、洛古多罗（Logudoro）和加卢拉（Gallura）。

11. 修士葛米塔（frate Gomita），生于撒丁，做过修士，曾于1275—1296年作为总督尼诺·维斯贡蒂的代表，管理加卢拉州。据佛罗伦萨无名氏称，他原是尼诺·维斯贡蒂的老师和军官，深受重视，尼诺曾将他擒获的一些敌人交给他来看管，这些敌人甚为富有，用钱买通了他，一夜，他佯作敌人越狱而逃，将他们全部放走；后尼诺·维斯贡蒂见他暴富，甚为怀疑，命人侦查究竟，才知他贪图贿赂，放走敌人，于是下令对他处以绞刑。

12. “恶贯满盈的器皿”原文为vasel d'ogni frode，“器皿”的说法取自《圣经》，如第二首第28句就曾用“神选的器皿”来形容圣保罗（参见第二首注9）。

13. “贪污之王”在此有“最大的贪官”之意；原文所用形容词为sovrano意谓“君主”，据说十四世纪时，卢卡有“贪污之王”（Re dei barattieri）之称，故恰姆波罗的这句话有“影射作用”（萨佩纽）。

14. 米凯莱·赞凯（Michel Zanche）：据说，他可能是为撒丁国王恩佐（Enzo）管理洛哥多罗州（Logodoro，为现洛古多罗Logudoro的古名）的总督（恩佐为施瓦本家族的腓特烈二世之子）。后他篡夺了王权，成为该州的僭主，但古代注释家对此说法不一，史书亦无记载。1275年或1290年，其婿布兰卡·多里亚（Branca Doria）叛变，将他杀害。

15. “另一个”指法尔法雷洛。

16. “痛打”原文为grattare la tigna，直译为“搔皮癣”，为意大利文一种特殊用语，意谓“痛打”。

17. “大头目”指巴尔巴里恰。

18. 这里用“可恶的鸟”来称呼魔鬼，是因为他们生有双翼。

19. 这两个地区代表意大利，但也可能是有意指但丁和维吉尔各自的故乡：前者是托斯卡纳，后者是伦巴第。（萨佩纽）

20. 这里的“七”仍意谓“许多”。

21. 这里的“嘴巴”原文为muso，布蒂注释说，“这恰好是指狗的嘴巴，而正是用狗的形象来描绘这个魔鬼的”。

22. “那个魔鬼”指卡尼亚佐。

23. “那一个”指阿利基诺，因他曾保证恰姆保罗逃不出众魔鬼之手。

24. 此句意谓恰姆波罗因“害怕”而跑得要比阿利基诺的“翅膀”飞得快。

25. “凶猛的雀鹰”（sparvier grifagno）是指已经成熟、有能力捕捉雀鸟的雀鹰，据但丁的老师布鲁内托·拉蒂尼在《宝库》一书说，“一切猛禽分为三类，即巢鹰、枝鹰和猛鹰……”“猛鹰”的原文即为grifagni。

第二十三首

1. “低级修士”（frati minori）指方济各会的教士，按当时习惯做法，这些教士在外行走，总是一个在前（稍有权威的），一个随后，“默不作声”，边祈祷、静思。这种做法正符合方济各会创始人圣方济各所定的教规。

2. 伊索寓言中的青蛙与老鼠故事取自据说是加尔蒂埃里乌斯·安格利库斯（Galtierius Anglicus）所著的《伊索书》（*Liber Esopi*），内容是：老鼠在路上行走，走近一条水沟，那里有许多青蛙；为了渡过水沟，老鼠不得不求助于青蛙，青蛙假作应允，其实是想设计溺死老鼠，它建议老鼠把一只脚与它的一只脚系在一起，这样，老鼠就不会掉入水中。老鼠就照办了；青蛙游到水中央，把身子往水里钻下去，老鼠被带下去，老鼠拼命挣扎，也无济于事。这时飞来一只鸢，见老鼠浮在水面，就俯冲下去，把老鼠抓起，由于青蛙与老鼠系在一道，青蛙便与老鼠一起被抓走了。

3. “如今”（mo）和“现在”（issa）意思一样，犹如魔鬼对待但丁和维吉尔与青蛙对待老鼠也一样，最后自食其果。

4. 这里的“镜子”原文为“铅制的玻璃”（piombato vetro）。但丁在《筵席》第三卷第九节第八句段和《天堂篇》第二首第89—90句中都曾把“镜子”说成“铅制的玻璃”：“那池清水的形成几乎就像镜子，镜子就是用铅制成的玻璃”；“玻璃本身的后面，隐藏着一层铅”，亦即镜子是用背面贴上铅片的玻璃制成的。此句意谓维吉尔此刻既看出但丁的面部表情又洞悉他的内心思想。

5. 此句的意思是：既然你我的想法一致（“你的思想来到我的思想当中”），都同样害怕迫在眉睫的危险，不论从“外表”和“行动”上看都是如此，这就使我们可以做出同样的决定。（萨佩纽）

6. 克吕尼修道院（Clugni或Cluny），为法国古时勃艮第（Borgogna）一座著名的本笃会修道院，那里的僧侣所着僧袍既宽大又色彩鲜艳。该修道院为阿奎塔尼（Aquitania）公爵威廉一世(Guglielmo I)于公元910年所建,为十一世纪倡导教会文化和教会改革的中心,曾有四位教皇出自该修道院。圣贝纳尔多(San Bernardo,1091—1153)曾在一封致其侄的信中批评克吕尼修道院僧侣所着僧袍用“又轻又暖的皮毛”,“柔软而华贵的衣料”,“长长的袖子和肥大的风帽”,并讽刺说,这样的僧袍想必会使僧侣变成“圣徒”。但许多古代注释家乃至大部分古代典籍却认为,诗中的修道院是指德国科伦(Cologna)的一座修道院,十四世纪注释家班巴利奥利就说,那里的僧袍又宽又长,风帽几乎像裙子;近代注释家鲁索(Russo)则认为,可能有些手抄本的抄录者更喜欢法国的那座修道院,因为它比另一座修道院更出名。

7. 这里用这些亡魂所着沉重的袍服与神圣罗马皇帝腓特烈二世用以惩罚暗害君王的罪犯的“袍服”进行比较,尽管后者同样用“铅”制成,却“像是把稻草絮在里面”了。布蒂曾就此解释说,腓特烈二世皇帝曾因有人犯下伤害皇帝的罪行,便令他们脱光了衣服,穿上一件用一指厚的铅块做成的衣服,然后把他们放进大锅炉里,用烈火猛烧,把紧贴在罪犯身上的铅块烧化了,从而把罪犯活活烧死。据说,这是当时反对腓特烈二世的教会人士和归尔弗派凭空捏造的传说,不见史籍,但萨佩纽认为可信,因所有古代但丁注释家都几乎一致地持有这一说法。但丁设想这种惩罚伪善者鬼魂的报复刑,可能是受十四世纪比萨僭主乌古乔内·达·比萨(Uguccione da Pisa,属归尔弗派)的《字源大辞典》(*Magnae Derivationes*)中对“伪善”(ipocrita)一词的分析、考证影响,其中说:ipocrita一词由yper(在上面)和crisis(黄金)构成,几乎等于“在上面涂金”,即从表面和外部看,似是好的,内心和内部却是坏的;或者该词由ypo(在下面)和crisis(黄金)构成,就像一个在黄金下面隐藏着什么东西的人。萨佩纽认为,这种字源考据是“虚假”的,然而,但丁由此构思却“不是不可能的”。

8. 由于但丁与维吉尔走得要比鬼魂们快,因而每移动一步,身旁就会变换一道同行的“伙伴”。

9. 但丁的故乡是佛罗伦萨,属托斯卡纳地区。

10. 这两个鬼魂因身穿沉重的袍服,步履艰难,尽管心中急于与但丁等同行,却无法加快步伐,只能通过面部表情来透露心中的“急切”。同时,由于袍服肥大,占去不少空间,“道路”也便变得“狭窄”了。

11. 因风帽低垂而沉重,无法转过头来直视但丁,只好用“歪斜的眼光”注视。

12. “喉咙的活动”指但丁在讲话,特别是呼吸时,喉咙便动了起来,这证明但丁还是个“活人”。

13. “伟大的城镇”指佛罗伦萨。

14. 这里原文仅用“天秤”(bilance)一词,但注释家对此词的“细节”解释亦有不同:萨佩纽认为,是指天秤的“中轴”(asse),雷吉奥则认为,是指天秤的两边秤杆(bracci)。

15. “享乐修士”(Frati Gaudenti),指圣玛利亚骑士(Cavalieri di Santa Maria),属“光荣的圣玛利亚民兵团”(Milizia della beata Vergine Maria)成员。该团系一宗教团体。由僧俗人等组成,其任务是协助平息党派争斗,扶弱抗强,捍卫基督教思想,其成员可配备武器,服装式样和颜色均甚特殊。“享乐修士”的名称真正来源不详(其成员自己也这样称呼),据推测,可能与其玩世不恭、吃喝玩乐的人生态度有关。该团体1261年成立于波洛尼亚,创始人有诗中二鬼魂即洛德林哥(Loderingo)和卡塔拉诺(Catalano);1263年12月23日得到教皇乌尔班四世(Urbano IV)的正式承认。

16. 卡塔拉诺:1210年左右生于波洛尼亚。出身归尔弗派马拉沃尔蒂家族(Malavolti)。先后多次任米兰、帕尔玛、皮亚钦察等市执政官,与洛德林哥三次合作:1265、1267年同任波洛尼亚执政官,1266年同任佛罗伦萨执政官。1249年曾率领波洛尼亚一部分步兵,参加著名的佛萨尔塔(Fossalta)战役，战胜吉伯林派，俘虏撒丁王恩佐（参见第二十二首注14）。后可能由于家庭原因，退居隆扎诺（Ronzano）修道院，1285年死于该院。

洛德林哥：出身于吉伯林派安达洛家族（Andalò），约生于1210年。1239年曾被腓特烈二世擒获下狱。曾任艾米利亚和托斯卡纳地区不少城市的执政官，1265—1267年与卡塔拉诺一起，在波洛尼亚和佛罗伦萨联合执政。1267年执政波洛尼亚后，退居隆扎诺修道院，1293年死于该院。

17. 1266年支持吉伯林派的西西里王曼弗雷迪在贝内文托战役失败并阵亡后（参见第六首注11和第十首注4），佛罗伦萨市的吉伯林派失势，归尔弗派则重新上台，为避免再度发生骚乱，曾从外地即波洛尼亚选出两名享乐修士执掌佛市大权，一名代表归派，即卡塔拉诺，另一名代表吉派，即洛德林哥。但二人不久即暗地支持归派，排挤吉派，在他们任期届满离开佛市后，佛市人民立即发生暴乱，暴乱中，吉派被驱逐，其首领的宅第被焚毁，因此，当时人们对二人执政佛市产生怀疑，认为二人的行为是“阴险而偏袒”的，是“在伪善的虚假外衣掩盖下，更多地是为牟取各自的私利而不是为公众的幸福而一致行动”（维拉尼《编年史》第九卷第十三章）。近代史学家则认为，上述情况并不完全符合史实，因卡、洛二人固然有各自的企图，但毕竟是作为教皇克莱蒙特五世（参见第十九首注21）的阴谋工具，使归派得以在托斯卡纳地区获胜。

18. 加尔丁哥（Gardingo）为距佛罗伦萨市爵爷府广场（Piazza della Signoria）不远的一个地方，其名称来自隆哥巴尔迪人（Longobardi）所建的一座瞭望塔。吉伯林派首领法里纳塔·乌贝尔蒂家族（参见第六首注11和第十首注4）的宅第即在此地，在暴乱中被毁，由此可见卡塔拉诺和洛德林哥在佛罗伦萨联合推行伪善政策所造成的恶果。

19. 此句指此人像耶稣一样被钉在十字架，但他是被钉在地上，呈十字形，并且用的不是铁钉，而是“木桩”：两手各钉一根，双脚钉一根。

20. 此人见了但丁便“把全身扭动”，是由于被钉人看到信奉基督教的但丁而感到愤恨和耻辱：但丁因耶稣受难而获解救，此人则因此而受钉刑。

21. “受钉刑的人”即犹太大祭司该以法（Caifas）。他曾召集祭司长和法利赛人开会，商量如何处置耶稣；他在会上主张把耶稣处死，伪称是为公众利益，实际上是要掩饰其宗派企图。这里，但丁借用了《新约·约翰福音》第十一章第五十句该以法所说的那句著名的话：“为什么不想想让他一个人替所有人民死，拯救整个国家，不是对你们有利吗？”

22. 诗中把该以法写成横倒路上，让众人去踩，这一构思出自《旧约·以赛亚书》第五十一章第二十三句：“你躺下来，我们要把你的背当作地一样践踏，好像人随意走在路上一样。”

23. 这里指该以法的“岳父”、大祭司亚那（Anna），他所受刑罚与其婿一样，因他在自己的家里召开了决定处死耶稣的会议。

24. “为犹太人播下了恶种”是指上帝对犹太人的公正惩罚：使罗马皇帝提图斯（Tito）于公元70年征服犹大（Giudea），摧毁了耶路撒冷，迫使犹太人流离失所。

25. 对维吉尔之所以“惊异万分”有不同看法：萨佩纽认为，维吉尔第一次下到地狱底层时，耶稣当时尚未死，因而他不曾见过这样的酷刑。古代注释家布蒂则认为，他对上帝做如此“伟大”的“公正裁判”感到惊异，因为这“超出了世人智力的可能性”。近代注释家（如基门兹）认为，维吉尔是因苦刑之严酷而惊恐，但也有不少人认为，维吉尔以前经过这一层地狱时不曾见过该以法，因该以法是后来才受惩的。雷吉奥强调，不论如何解释，维吉尔的“惊异”缘由仍是“不清楚”的。

26. “永被放逐”是指这些鬼魂永被天国放逐，

亦即永远不能升到天堂。

27. “声音”在此指“话语”。

28. “黑天使”即“魔鬼。”

29. “大圈圈”指整个恶囊的外部边缘，因它比起下面层层恶囊的圆圈来，是最大的一圈。

30. 这个“家伙”指马拉科达，因为是他曾哄骗维吉尔，说附近有石桥可通，参见第二十一首第107—111句和第125—126句。

31. 这是说：马拉科达曾说，第六道石桥已断裂，实际上并未断裂（参见第二十一首第108—111句），而这座石桥马拉科达并未说已断裂，实际上却已断裂了。

32. 此句源自《新约·约翰福音》第八章第四十四句：“魔鬼……喜欢撒谎……就是撒谎的始祖”；诗中几乎全部照录《圣经》原文。

第二十四首

1. 太阳位于宝瓶座的时间为1月21日至2月21日。

2. 此句意谓时近春分，黑夜越来越短，至春分，昼夜长短一致，恰好各占一天的一半。

3. 这里用比喻手法，把霜雪看成一对姊妹，而“寒霜”是在用画笔“描摹”白雪的形象，但太阳一出，霜即融化，因而其“笔锋”不能“延续久长”。

4. 此处的“草料”系根据上下文译出的，原文为roba，有笼统的“东西”“物件”之意，故有的注释家除作草料、饲料解之外，也认为“可能是指农夫及其家人所需的食物”（萨佩纽）。

5. 这里指第一首但丁与维吉尔在山脚下初次相遇的情景，但第一首并无如此细腻的描述，波斯科-雷吉奥注释本认为，这可能是采用电影语言，即所谓的flash back（倒叙）。

6. 这里是以第六个恶囊与第七个恶囊之间的堤岸与第五个恶囊与第六个恶囊之间的堤岸作比较：因整个恶囊呈漏斗形，向下倾斜，层层渐小，因而后一道堤岸的坡度比前一道堤岸的坡度要短些。

7. “堤岸的尖顶”是指塌毁的石桥形成的乱石堆最高处，而从那里，堆中的最后一块岩石又脱离“堤岸”，倾斜下去。

8. 此句可能是但丁在撰写时忆起罗马诗人贺拉斯在《书简》两卷本第二卷第三章第412—413句的一段话：“凡是要努力达到所追求的目标的人，就该从少年时起忍受许多辛苦，要做许多工作，要流汗和劳其筋骨。”

9. 此处“泡沫”与“烟云”的比喻概取自《圣经》，如《旧约·诗篇》第三十七章第二十句：“上帝的仇敌终必……消散为烟。”

10. “更长的阶梯”一说，萨佩纽本与波斯科-雷吉奥本解释不一：前者认为是指“从地心向上攀登，直到能重见星辰”，并指出《炼狱篇》第二首第65—66句就有近似说法：即地狱中的这条道路是如此艰巨难登，以后二人再攀登炼狱的高山就宛如儿戏了；后者则认为，此处即是指炼狱中的高峰，因而萨佩纽本引用《炼狱篇》的有关诗句是“欠妥”的。

11. 此句的“那些人”，上述两注释本的诠释也有不同：萨佩纽本认为是指“伪善者”，因而光离开他们“还不够”，还需离开“地狱中所有罪恶”；波斯科－雷吉奥本则认为，“那些人”是指地狱中的所有罪人。

12. “前一座”是指二诗人一直走到惩罚贪官污吏的恶囊的那一座，因各层恶囊之上的天然石桥随地形愈来愈向地狱底部倾斜，变得愈来愈陡峭难行。

13. “另一道堤岸”指第七个恶囊与第八个恶囊之间的那道堤岸。这里的“陡壁”（muro，本义为“墙”）是指桥顶，从那里直通下道堤岸。也有人认为，“陡壁”是指恶囊内的斜坡，但诗中并未交待但丁与维吉尔下到恶囊里面。

14. 指横跨第七个恶囊的石桥的一端与第八个恶囊的堤岸交叉、相连。

15. 据说利比亚及其沙漠蛇类甚多，但与地狱这层恶囊中的蛇类相比，则是小巫见大巫了。这些蛇类在古代诗歌中常被说成是复仇女神梅杜萨被珀修斯杀死后流出的血变成的（关于梅杜萨的情况请参阅第九首注9），但丁所述情节主要是根据卢卡努斯的《法尔萨利亚》第九章第708—721句，其中的蛇名也取自该著作。

16. 但丁引用卢卡努斯列举的蛇名如下：放烟蛇（chelidri），该类蛇爬行时放出一道烟雾；带翼蛇（iaculi），有双翅的蛇；画尾蛇（faree），该类蛇用尾部画出爬行痕迹；直行蛇（cencri），直线爬行的蛇；双头蛇（anfisibena），顾名思义，即两端各生一头的蛇。

17. “位于红海之滨的那个地区”指阿拉伯沙漠。“红海之滨”直译为“红海上方”。中世纪地图方位标法与今天不同：北在左，西在下，因而阿拉伯沙漠位于红海“上方”，但也有“附近”之意。

18. “鸡血石”（elitropia），据中世纪宝石志（labidari）记载，有治愈蛇咬伤之功效，甚至还有“隐身”作用，薄伽丘《十日谈》第八天第三个故事即卡兰德里诺（Calandrino）的故事就曾谈到这一点。

19. “前身”指腹部，即许多蛇的头尾从腰部穿来穿去，最后在腹部“系成结子”。

20. “脖颈与肩膀相连之处”指后颈。

21. 字母o和i都可一笔写出，意谓时间之快。

22. “伟大的哲人”（gran savi），此处指伟大的诗人，特别是哲人。

23. 凤凰涅槃之说在罗马诗人、普罗旺斯抒情诗人直至著名诗人彼特拉克（Petrarca，1304—1374）笔下屡见不鲜，在一些自然史和百科全书中亦有述及，但丁则主要是从普林尼的《自然史》（*Naturalis Historia*）和布鲁内托·拉蒂尼的《宝藏》（参见第十五首注5）中得到启示的，奥维德的《变形记》的有关叙述则更是诗中的直接依据，其中说：“只有一种鸟类能自行创造和脱胎换骨：亚述人把它们叫做凤凰；这类鸟不食五谷和草类，只食乳香（incenso）和豆蔻（amomo）的汁液。当它活到五百年时，便用爪和干净的喙在树枝丛中或棕榈树梢筑巢，在巢中，把桂皮（cannella）、薰衣草（nardo）、肉桂（cinnamo）和金黄色的没药（mirro）堆积起来，自行倒卧其上，在香料中结束生命。”显然，诗中几乎逐字逐句借用了奥维德的上述说法。

24. “最后的裹身布”（ultime fasce），即“裹尸布”；fasce即裹婴儿的布，亦即“襁褓”。也有人诠释为凤凰在其中死去的“巢”（萨佩纽）。

25. “残暴的食管”此处比喻惩罚罪人的沟渠。

26. 意文“骡”（mul或mulo），语意双关：既为“公骡”，又有“私生子”之意，这对说话的那个亡魂是再恰当不过了。

27. 瓦尼·福齐（Vanni Fucci）为皮斯托亚福乔·德·拉扎里（Fuccio de’ Lazzari）之私生子，性情狂暴，喜寻衅斗殴，为归尔弗派黑党分子，在皮斯托亚自1288年起发生的归尔弗派和吉伯林派的斗争中起过不小的作用，曾屡次抢掠洗劫政敌家产。因其凶暴残忍，“禽兽”一词可能是他的绰号。1292年，曾为佛罗伦萨效劳，反对比萨，可能正是在这一时期，但丁结识了他。1295年2月，因杀人抢劫罪被缺席判决，同年8月，继续犯罪，抢劫并焚烧了皮斯托亚白党分子宅第。诗中把他列入盗贼之中，是因为他曾偷盗皮市主教堂圣雅科波礼拜堂（San Iacopo）圣器室的珍品。此事发生在1293年初，当时与他一起作案的有公证人瓦尼·德拉·莫纳（Vanni della Monna）和瓦尼·米罗内（Vanni Mironne），但史书记载内容不一。事发后，曾逮捕许多嫌疑犯，其中一人名兰皮诺·弗雷西（Rampino Foresi），或名维尔杰列西（Vergellesi），蒙冤险被处死（第139句）。1295年或1296年，同谋犯之一瓦尼·德拉·莫纳被捕并被处绞刑。此时，瓦尼·福齐已潜逃。据推测，他可能死于十三世纪末，其所犯盗窃罪只是在1300年3月前不久才被证实。

28. 瓦尼·福齐是怎样死去的，不详，从诗句看（即“被迫离开了人世”），似是被人杀害。此处是说，他在恶囊中被但丁认出，比他丧失性命更令他感到痛苦。

29. 参见注27。

30. “黑暗的地带”指地狱。

31. 这里是指1301年5月皮斯托亚白党在佛罗伦萨白党的帮助下获胜，首席执政官安德烈亚·基拉尔迪诺（Andrea Ghirardino）将黑党分子逐出皮市。

32. 此事是指1301年末至1302年初，佛罗伦萨黑党在查理·迪·瓦洛瓦支持下，夺得政权，将白党分子逐出佛市（参见第六首第67—69句和注8）。

33. 马尔斯（Marte）为战神。马格拉河谷（Val di Magra）指卢尼加纳（Lunigiana）地区，即介于马格拉河谷（马格拉河长六十六公里）和瓦拉河谷（Vara）之间、直至塞尔基奥河（参见第二十一首注10）的一带地方。这里用自然界“火气”（雷电）与“水气”（云雾）之争斗隐喻皮斯托亚黑白两党大战皮切诺场（Campo Piceno）的情况。十三世纪修士里斯托罗·德·阿雷佐（Ristoro d’Arezzo）著有《世界的构成》（*La Composizione del Mondo*，1282年）一书，其中描述水气（vapori acquei）与火气（vapore igneo）之间的斗争，最后火气“从水气的最薄弱环节冲破了水气”，取得胜利。这里，瓦尼·福齐用以预言皮、佛二市的白党必将败于黑党之手；“火气”是指卢尼加纳僭主、侯爵莫罗埃洛·马拉斯皮纳（Moroello Malaspina），“云雾”则是指皮、佛两市的白党。马拉斯皮纳率领佛市黑党的盟友卢卡军队进攻白党控制的皮市，先后于1302年5月和1306年4月攻占了塞拉瓦莱堡（Serravalle）和围攻并夺取了皮斯托亚。皮市白党的惨败导致了佛市白党的垮台，因皮市是佛市“唯一的防御基石”。也有人认为，由于当时流亡在外的但丁已与被驱逐的佛市白党分子分手，故诗中的比喻可能只是指马拉斯皮纳攻占塞拉瓦莱堡一事。

34. “皮切诺场”指蒙泰卡蒂尼（Montecatini）与塞拉瓦莱之间的瓦尔迪尼埃沃莱平原地带（Valdinievole），位于皮斯托亚附近；罗马反对执政官西塞罗、阴谋建立独裁政权的贵族党首领卡提利纳就战死于此地。

第二十五首

1. 本首可算是前首的续篇，但丁和维吉尔尚未离开第七个恶囊。
2. 此盗贼仍是瓦尼·福齐。他所做的亵渎上帝的淫秽手势是指：把手攥成拳头，再把大拇指放在食指和中指之间。
3. 这里的“友好”(amico)一词，是指这些蛇对待瓦尼·福齐恰好符合但丁希望惩罚瓦尼·福齐污辱上帝的行为的心愿。
4. “重新捆紧”是指蛇把瓦尼·福齐变成灰烬之前曾捆过他，如今他又恢复原形，就再次把他“捆紧”。
5. 这里是指蛇把头尾绕到鬼魂的前身，系成牢固的结子，使他无法活动双臂。
6. 这句诅咒皮斯托亚的话是指：据说皮斯托亚是卡提利纳(参见第二十四首注34)的军队残部留存下来建成的，他们都是一些盗匪恶棍，因而，诗中希望该城彻底毁灭，以绝后患。维拉尼在《编年史》第一章中曾指出：“如果说皮斯托亚人过去和现在都是一些好战、狂暴、残忍的人，不论在他们相互之间还是对待别人，他们都是如此，那就不足为奇了，因为他们是卡提利纳血统的后裔。”
7. 这里是指卡帕纽斯(参见第十四首注8)。
8. 这个肯陶罗斯不是地狱看守者，而是同样在地狱中受惩的罪人，尽管他仍是半人半马的怪物。此句正如近代但丁学家托拉卡所说，瓦尼·福齐亵渎上帝的行为甚至引起受苦鬼魂的愤怒。
9. 马雷马(Maremma)在托斯卡纳地区；在但丁时代，该地区是一片丛林沼泽地，以多蛇闻名。十四世纪注释家布蒂曾说，该地区的瓦达(Vada)一地有一座非常美丽的修道院，正因多蛇而无人敢住。
10. 肯陶罗斯是半人半马的怪物，它的人形正是从“马背”前部开始长出的。
11. 中世纪《动物寓言集》(*Bestiari*)中把龙想象为肋生双翅、头有冠状物的怪兽，但丁则进一步发挥其想象力，为它增添了“口中喷火”的异彩，类似中世纪墓穴和教堂壁画中死神的坐骑。
12. 卡库斯(Caco)是这个肯陶罗斯的名字。他是火神伏尔甘之子，维吉尔的《埃涅阿斯记》第八章把他写成口吐烈火的可怕巨人。他住在罗马阿文汀山(Monte Aventino)的一个山洞里，洞里满是鲜血和人的头骨。据说，他是专事偷窃牲口的人，曾把海格立斯从西班牙王格吕翁(参见第十七首注1)那里抢来的牛群中最漂亮的四头公牛和四头母牛盗走，被海格立斯发现后，海用双臂把他扼死。在维吉尔等罗马诗人的著作中，他是作为“火妖”(spirantem ignibus)，被描绘成“半人半兽”(semihomo, semifer)(《埃涅阿斯记》第八章)，但丁则创立新意，把他写成半人半马的肯陶罗斯，而他口吐烈火的形象也改为由其背上的飞龙喷吐火焰；海格立斯用双臂扼死他被写成用棍棒打死他，这一点可能是但丁借鉴于奥维德的著作《历书》(*Fasti*)的有关段落。
13. 这里的“兄弟们”指看守弗列格通河的那些施暴者亡魂的肯陶罗斯(参见第十二首第56—57句及注14)。
14. 海格立斯在杀死格吕翁、抢走他的牛群之后，曾在阿文汀山上停留，正在卡库斯的山洞附近。
15. 这里指卡库斯在海格立斯用棍棒打第十下之前就已毙命了。
16. 这个手势表示请维吉尔不要言语，因为但丁听到鬼魂叫出“钱法”(Cianfa)的名字。

    钱法是佛罗伦萨黑党首领多纳蒂家族(Donati)的成员，死于1283—1289年间。据一位注释家称，他是个偷盗牲口、溜门撬锁的惯窃；也有人认为，他可能是1282年曾任护民官参谋的钱法·多纳蒂(Cianfa Donati)，1283年尚存有关于他的最后资料，1289年一份资料中则是把他作为“死者”记载的。古代注释家对他知之不多，也可能只是从但丁的诗句中才得知他的，但可以肯定的是：多纳蒂家族名声很坏，有“马莱法米”(Malefami)即“臭名声”的绰号。

17. 这条六足蛇就是钱法变的。
18. 阿涅洛(Agnel或Agnello),也作“阿纽洛”(Agnolo)。古代注释家认为,此人即是阿涅洛(或阿纽洛)·布鲁内列斯基Agnello(Agnolo)Brunelleschi,是吉伯林派家族的后裔,该家族在1300年后加入了归尔弗派黑党。据一位无名氏注释家说,他自幼便喜偷窃,常偷父母的钱袋,还偷盗店铺,长大后,常假扮穷老头或乞丐,溜入人家行窃。
19. 这里描述阿涅洛正在做第二种变形,令人想起希腊神话关于埃尔马佛罗迪托斯(Ermafrodito)与萨尔玛斯(Salmace)或萨尔玛提德斯(Salmatide)合为一体的故事以及奥维德《变形记》第四章的有关诗句:美男子埃尔马佛罗迪托斯是商业之神墨丘利(Mercurio)与爱神维纳斯(Venere)之子,他在林泽仙女萨尔玛斯的泉水中沐浴,被萨看见,萨爱上了他,他想逃走,却被萨一把拖住;在仙女的请求下,天神使他们二人合为一体,正如奥维德的诗句所说:“他们不再是两个人,却又有两个外貌,既不是男性,又不是女性,既像男人,又像女人,尽管不是二人当中的任何一个。”
20. “凶如烈火”原词是acceso,对此注释家有不同解释:有人认为,是指蛇的双目冒出愤怒的火光或口吐火焰,但由于该词也有怒火中烧之意,近代注释家即认为可形容蛇在窜出进犯时“凶如烈火”。
21. “胎儿吸取养分之地”指身体的肚脐部分。
22. “并拢双脚”“打着呵欠”等等是指该鬼魂像是中邪似的,一动不动,打着呵欠。
23. 自第94句至第102句,意在说明:但丁自负地认为,在描写“变形”方面,他远远胜过卢卡努斯和奥维德:前者在《法尔萨利亚》第九章第761—851句中,曾描述卡托军队的许多士兵在利比亚沙漠中被蛇咬死和咬伤,其中一名即萨贝洛(Sabello)遭蛇咬,立即化为灰烬,另一名即纳西迪奥(Nasidio)被蛇咬后,身体逐渐膨胀,甚至把身上的铠甲也迸裂了,最后整个身体爆破,化成一堆不成形的东西;后者则在《变形记》第四章第572—641句中描述卡德莫斯(Cadmo)由人变蛇,阿雷图萨(Aretusa)由仙女变泉水。卡是腓尼基半传奇式人物,是特拜城的创建者,后变为蛇;阿雷图萨为林泽仙女,月神狄亚娜的同伴,海神奥西阿诺斯(Oceano)之子阿尔菲俄斯(Alfeo)爱上她,对她热烈追求,她不得已化为泉水,称阿雷图萨泉,在今意大利锡腊库萨(Siracusa)的奥尔蒂吉亚岛(Ortigia)上,阿尔菲俄斯也化作同名泉水。但丁认为,卢卡努斯和奥维德笔下的“变形”都只是单纯的人变物,而不像但丁“才情大发”,创造性地描绘双方互变,因此,卢应“默不作声”,奥也不值得但丁来“艳羡”。
24. “规矩”即指双方互变的规律。
25. 蛇尾分叉即指蛇尾分成人的双腿,“双脚缩到一起”则指双脚并为蛇尾。
26. “变软”的皮即人皮,“变硬”的皮则指蛇皮。
27. “立起”的是人,“倒卧”的是蛇。
28. 蛇的舌头是分叉的。
29. “不再把烟雾喷”指已完成变形的全过程。
30. “深谷”指恶囊。
31. 说话和吐痰都是人的动作,但托拉卡认为,吐痰是一种避邪、驱邪的动作,因为民间传说,吐痰可以驱蛇;也有人认为,这动作是此人对变为蛇的同伴的一种蔑视。
32. 布奥索(Buoso):据但丁之子彼特罗和十四世纪注释家拉纳说,此人是吉伯林派阿巴蒂家族(Abati,也有人说该家族为归尔弗派)成员,但佛罗伦萨无名氏、《最佳评注》、本维努托、布蒂等古代注释家则认为,他是多纳蒂家族成员,他的全名可能是布奥索·迪·佛雷塞·迪·文齐古埃尔拉·多纳蒂(Buoso di Forese di Vinciguerra Donati),曾在1280年枢机主教拉蒂诺调解归吉两派纠纷的和约上签字,死于1285年。
33. 瘸子普乔(Puccio Sciancato):吉伯林派加利盖伊家族(Galigai)成员,1268年曾被逐出佛罗伦萨,1280年曾在佛市归吉两派和约上签字。据本维努托称,“此人与别人一起去偷盗时,逃跑不是很快,因为他是个跛子”。

34. 这个由蛇重新变为人的人是佛兰切斯科·德伊·卡瓦尔坎蒂(Francesco dei Cavalcanti),绰号“斜眼”(Guercio),曾被位于佛罗伦萨郊区阿尔诺河谷的加维莱城(Gaville)居民所杀(原因不详),时在1300年以后。据佛罗伦萨无名氏说,他被害后,其族人为他复仇,杀死许多加维莱市民,为此,该市一直在“哭泣”。

第二十六首

1. 本首开头几句相当于前一首叙述佛罗伦萨几个盗贼一段的结束语:诗人对自己的故乡佛罗伦萨的感情是复杂的:既恨又爱。

2. 中世纪人们一般认为,凌晨所做的梦都是真实的,这在更早些的奥维德、贺拉斯等罗马诗人的作品中也都有所提及;中世纪文学家修士帕萨万蒂(fra Passavanti, 1298—1357)在其名著《真正悔罪的镜子》(*Specchio della vera penitenza*)中就曾说道:“在一天的黎明时分所做的梦,据说是人们所做的再真实不过的梦。”但丁在《炼狱篇》第九首第13—18句中也有在太阳升起前做梦,“幻觉几乎像预卜先知一般”这样的说法。

3. 普拉托(Prato)为距佛罗伦萨十英里的一小城市,当时佛市势力浩大,称霸托斯卡纳地区,普市等其他城市备受欺凌,都希望佛市遭“厄运”,以求早日摆脱佛市的霸权;有人也认为,诗中主要是指1304年普市枢机主教尼可洛·达·普拉托(Niccolò da Prato)曾试图斡旋,使佛市与其他城市和解,未果,尼可洛因而对佛市发出诅咒。但也有人把诗中的诅咒诠释为:1309年4月,普市黑党发动反对佛市的动乱,最后,被逐出普市,现代但丁学家帕罗迪接受此说法。

4. 此句意谓:佛罗伦萨遭到应有的报应愈迟,但丁因年迈而感到的痛苦也将愈大。

5. 此句原文是per le scale che n’ avean fatto i borni a scendere pria,注释家对其中borni一词理解不一,因而全句的诠释就迥然不同:万戴利等大部分近代注释家均认为,此词来自法文的borne,即“石头”,全句就被解释为“我们先前曾沿着岩石堆成的这些石阶走下去”,但该词在意大利古文用法中却无此先例;拉纳、本维努托、佛罗伦萨无名氏等古代注释家则认为,此词为形容词(i borni),意谓疲乏、晕眩或摸索前进。近代注释家帕利亚罗、佩特罗基(Petrocchi, 1852—1902)认为,i borni即e burnei,意谓“象牙色、乳白色”,全句应释义为“先前沿着这些石阶下去时曾累得面色发白”；从下文看，他们的说法似有一定道理。但也有人认为，i borni的字源为ebrius，意谓“酒醉走路摇晃”。

6. 这里，但丁触景生情，写下这用以自勉的诗句。近代但丁学家德·奥维德（D' Ovidio，1849—1925）曾对此作了有见地的分析：“但丁在放逐期间，成为一个宫廷中人和政治谈判者，出谋划策，坑害别人，对他来说，就可能会成为一种职业性罪孽，一种行业弊端。”萨佩纽也就此进一步解释说：第八个恶囊中受惩的罪人生前所犯的正是这种罪恶：即为求得个人、党派或国家的胜利而采取欺诈手段，滥用自己的才智，不惜违犯道德和宗教原则。诗中的“美德”（virtù）指发挥个人才智应遵循正直道德标准；“吉利的星宿”（stella bona）指但丁自己的星宿，亦即双子星座；“更美好的事物”（miglior cosa）指上帝的恩泽。

7. “普照世界之物”指太阳。“（太阳）隐藏它的面庞更少一些的时辰”指夏季：因夜短日长，太阳露出自己的“面庞”的时间更长了。

8. 此句指夏季黄昏时分：苍蝇开始隐去，继之出现的是蚊虫。

9. 此典源于《旧约·列王记下》第二章第二十三、二十四句关于以利亚（Elia）升天后以利沙（Eliseo）途中遇一伙青年跟他捣乱的故事：“以利沙从那里往伯特利去。途中有一群青年从城里出来讥笑他说：‘秃头的，上去吧！……’以利沙回头看见他们，就奉主的名咒诅他们。林中随即走出两头母熊攻击他们，咬死了其中四十二个青年。”诗中的“那个人”即以利沙。

10. 此处如注9，典故亦出自《旧约·列王记下》第二章，其中第十一、十二句叙述以利亚升天的情节：以利亚和以利沙“边走边谈，忽有火车火马把他们二人隔开，以利亚乘着旋风升上天去……以利沙见以利亚消失在天空里……”

11. 埃特奥克勒斯（Eteocle）及其兄弟波吕涅克斯（Polinice）为争王位而手足相残的故事，请参阅第二十首注12。据说，特拜城的这两个兄弟死后，遗体被放置在同一个火葬堆上焚化，当时，火焰分出两个火苗，仿佛表明二人的仇恨至死不泯；斯塔提乌斯的《特拜战记》第七章第429—432句和卢卡努斯的《法尔萨利亚》第一章第551—552句都提及这一点。

12. 尤利西斯（Ulisse）和狄奥墨德斯（Diomede）是希腊神话中的两个著名英雄人物，因为他们在特洛伊战争期间曾多次一起行动，诗中把他们放在同一个火焰里。

尤利西斯是伊塔卡（Itaca）国王，曾为逃避参加特洛伊战争而装疯，被欧贝阿斯（Eubea）国王帕拉墨德斯（Palamede）识破，才不得已前往参战。他足智多谋，曾与狄奥墨德斯一起，用伏兵将色雷斯（Tracia）国王雷索斯（Reso）杀死，掠夺其大批白马；与狄一起，挖掘地道，盗走了特洛伊城的守护神像巴拉迪奥（Palladio，即相当于战神雅典娜的巴拉德Pallade的神像，据说，该像若不存在，特洛伊城必被攻破）；特别是他策划著名的木马计，并亲率士卒，藏入马腹，最后里应外合，攻陷了特洛伊城。战争结束后，他在返国途中，曾三次在海上遇难：第一次是漂流到女巫刻尔吉所住的小岛（详见注21）；第二次是漂流到林泽仙女卡丽普索斯（Calipso）的奥里吉亚岛（Origia，即今马耳他附近的果佐岛Cozo），他与仙女相互爱恋，滞留该岛达七年之久；第三次是漂流到独眼巨人（参见第十四首注10）所住岛屿，被其中最凶恶的巨人波利菲莫斯所俘，后他利用波熟睡时，挖掉其额上独眼而得以逃脱。后他战胜了海上女妖希伦（Sirene）的诱惑；被风神埃奥洛斯（Eolo）救起，风神赠他风囊若干，但途中，其同伴出于好奇，打开风囊，顿时狂风大作，其同伴均葬身海底，只他一人漂流到斯凯里亚岛（Scheria，即今科孚岛Corfù），在岛上居民菲阿齐人（Feaci）的帮助下，终于返回伊塔卡；荷马史诗《奥德赛》（*Odissea*）正是叙述了尤利西斯在特洛伊战争后期以及返国途中多次遇险的故事。

狄奥墨德斯是埃托利阿斯(Etolia)国王蒂德奥斯(Tideo)之子,智谋略逊于尤利西斯,但他骁勇善战,在特洛伊战争中,其英名仅次于阿奇琉斯(参见第五首注14)。

13. 特洛伊城陷落并被焚毁后,埃涅阿斯携妻儿及老父逃出城来,辗转流浪,最后来到拉齐奥地区,成为罗马的最早奠基人,因而诗中说"那罗马人的高贵种子破土而出",而特洛伊人中木马计是导致特洛伊城陷、埃涅阿斯流亡的"原因"。这里的"原因"一词原文是fé la porta,有人就诠释为特洛伊人在城墙上打开一个缺口,以便把巨大的木马拉进城来,或说是埃涅阿斯正是从这个缺口中逃出的;萨佩纽注释本和波斯科-雷吉奥注释本都不同意这种说法。

14. 戴伊达密娅(Deidamia)是斯库洛斯(Sciro)国王利科麦德斯(Licomede)之女,与男扮女装、混入宫中的阿奇琉斯相爱,生下一子,即皮罗斯(Pirro)。阿奇琉斯男扮女装,是为了逃避参加特洛伊战争。尤利西斯和狄奥墨德斯前往特洛伊,来到斯库洛斯,想动员阿奇琉斯随他们一起前去参战;尤利西斯施用计谋,陈设兵器,引起阿奇琉斯喜爱武器之心,伪装被尤揭穿,只得与尤、狄二人一起离去,抛弃了热恋他的戴伊达密娅,为此,戴竟悲痛至死。

15. 参见注12。尤利西斯和狄奥墨德斯因用智谋残害别人(从用伏兵杀害雷索斯,窃走巴拉迪奥神像、从而犯下亵渎神灵的行为,到用计揭穿阿奇琉斯男扮女装、破坏戴伊达密娅与阿的爱情,直到用木马计攻陷特洛伊城),触动天怒,使他们堕入第八个恶囊中受苦;作为尤利西斯本人的"罪恶",可能还要加上他在特洛伊战争中曾经诬陷帕拉墨德斯(参见注12)为"叛徒",令人用石头将帕击毙于特洛伊城下(维吉尔《埃涅阿斯记》第二章第81句起)的这一罪行,帕拉墨德斯在临死时曾有一句名言,即:"真理啊!你先我而死!"

16. "有双角"原文是cornuto,指有两个火苗的火焰。

17. "朝火焰弯下了身"指但丁想弯下身去,把火焰中的人看得更清楚些。

18. "约束你的舌头"意谓不可随便讲话。

19. 中世纪时,人们认为,希腊人是异常高傲的,热那亚无名氏(Anonimo genovese)就曾注释说:"一般说来,几乎每个希腊人都是傲气十足的。"但丁在《韵律集》第七卷第七十二章第六句也说:"他像一个希腊人似的答复我",亦指"傲慢"之意。但诗中也有但丁对尤利西斯等十分尊敬,认为维吉尔更有资格与他们谈话的含义。

20. "更大的角"指"更大的火苗",亦即指尤利西斯,因为尤利西斯比狄奥墨德斯更有智谋。"古老火焰"同样首先是指尤利西斯,其次则指狄奥墨德斯,因为二人在地狱中已千百年。

21. 刻尔吉(Circe)是女巫,日神(Sole)之女,住在拉齐奥地区拉蒂纳省(Latina)泰拉齐纳市(Terracina)以西的刻尔卡海岬(promontorio Circeo或Circello)的同名山巅。尤利西斯在特洛伊战争结束后返国,途中在海上遇险,曾漂流到此处(参见注12),刻尔吉接纳了他,但曾施魔法,将其伙伴们化为猪,经他请求,才使他们恢复原形。她与尤利西斯相恋,生一子,名泰莱戈诺(Telegono)。

22. 这里的情节主要取自维吉尔的《埃涅阿斯记》第七章第1—4句和奥维德的《变形记》第十四章第154句起一些段落:如诗中说尤利西斯在刻尔吉处居住一年有余、加埃塔(Gaeta)地名来源等都分别见于《变形记》第十四章第308句和157句;特别是写尤利西斯要离开刻尔吉前去航海等细节是依照其中第436句起的有关段落:尤利西斯的伙伴之一马卡劳斯(Macarao)对突然来到的埃涅阿斯讲述了他与尤利西斯等来到刻尔吉住地达一年之久的状况,后尤劝他和同伴们再次随尤出海,但这时,这些同伴已年老,不惯航海,特别是马卡劳斯,听到刻尔吉预测此次航行将凶多吉少,不敢随尤前往，最后只他一人留下。

加埃塔为拉蒂纳省一小城市；据维吉尔《埃涅阿斯记》第七章第1—2句说，该地名原是埃涅阿斯的乳母卡耶塔（Caieta或卡列塔Caleta）的名字，乳母死在那里，并葬在该地，故埃涅阿斯以她的名字命名该地，由此可见，尤利西斯等是在埃涅阿斯到来之前抵达该地附近的。

23. 这里的“儿子”和“老父”分别指尤利西斯的儿子泰莱马科斯（Telemaco）和父亲拉埃尔特斯（Laerte）。潘奈洛佩（Penelope）是尤利西斯忠实的妻子，也是泰莱马科斯之母。尤利西斯赴特洛伊作战后，伊塔卡岛的土豪普罗齐人（Proci）前来向潘逼婚，潘借口要织完手中的布才能下嫁，实际上，她白日织布，夜里则将织好的布拆毁，次日重织，因此，得以将婚期一再拖延，后“潘奈洛佩的布”（la tela di Penelope）成为指“没完没了的工作”的成语。尤利西斯返国后，在儿子泰莱马科斯的帮助下，杀死了普罗齐人。

24. “此岸”和“彼岸”指地中海的欧洲一岸和非洲一岸。

25. “其他岛屿”指西西里、科西嘉和巴利阿里群岛（Baleari）。

26. “狭窄的入海口”指直布罗陀海峡，当时称“加迪塔诺海峡”（freto Gaditano）。海峡由两座山峰构成：欧洲一边为西班牙的卡尔佩（Calpe），非洲一边为北非的阿比拉（Abila）。传说两座山峰原为一座大山，海格立斯来到此处，将它一分为二，属海格立斯的十二项英雄业绩的最后一项（当时，海曾降服看守地狱的怪兽刻尔勃路斯），称为“海格立斯的石柱”（Colonne d'Ercole）：南边的阿比拉山为第一根石柱，北边的卡尔佩山为第二根石柱，石柱上写道：“勿再前进”（non plus ultra），因中世纪传说：此处为区分阴阳两界的极限，跨越此限，就不再是人世了。

27. 塞维利亚（Sibilia）即西班牙的塞维利亚（Siviglia）；休达（Setta，即Ceuta）为位于摩洛哥北部海岸线上的西班牙省市，面对直布罗陀海峡。尤利西斯向西航行，故先到位于塞维利亚以东的休达，而后抵塞维利亚，诗中是用动词“离开”（lasciare）的过去完成时和远愈过去时两个时态来表示离开休、塞两地的先后次序。

28. 这里是指人世的西方边境。

29. “所剩无几的知觉”所处的“短暂的苏醒状态”，意谓残余的生命即将结束的时候。

30. “尾随着太阳”原文为di retro del sole（在太阳之后），意谓沿着太阳运行的轨道；“无人的世界”是指：根据但丁的设想，地球的南半球全部为海水覆盖，无人居住。但丁在《筵席》第三卷第五节第八句段中也说：地球分为南北两极，“其中一极是我们所发现的整个大地几乎都能看见的，即北极；另一极则是我们所发现的整个大地几乎都看不到的，即南极”。

31. “清晨”指东方。

32. “左方”指西南方。

33. “另一极”指南极，“我们这一极”则指北极。这里是说，尤利西斯等已越过赤道线，因此，他们在黑夜中已可看到南极的星辰，而北极的星辰是如此低落，甚至不能露出海面构成的水平线上。

34. 月亮的“光芒曾五次熄灭，五次照亮”指月亮圆缺各五次，因而相当于五个月左右。

35. 注释家认为，“大山”是指地上乐园（Paradiso terrestro）的高山。地上乐园是耶稣基督安置在炼狱之内的。近代注释家斯卡尔塔齐尼－万戴利（Scartazzini-Vandelli）二位认为，尤利西斯是向西航行的，随后又向南行驶，这就使他们前往北半球的对跖地，也恰好便是地上乐园的高山所在地。佛罗伦萨的古代注释家、史学家纳尔迪（1476—1563）曾说，“中世纪地理学家对地上乐园所在位置是有争论的，但他们一致认为，世人无法涉足其内”。

36. “前部舟楫”即船头。

37. “另一位”指上帝，意谓使尤利西斯的船舶沉入海底是上帝的意旨。

38. 这个结局看来主要是根据奥维德的《变形记》所叙尤利西斯最后一次航行而构思的。按希腊神话所说，尤利西斯的结局是应验了神谕所示：即他将被其子所杀。他与女巫刻尔吉所生的儿子泰莱戈诺（参见注21）在不明尤即是他生身之父的情况下，杀死了他，并娶了非亲生母潘奈洛佩为妻，生一子，名伊塔洛（Italo）。

第二十七首

1. “温和的诗人”指维吉尔。“许诺”（licenza）在这里也含有道别之意。
2. “西西里的公牛”：公元前六世纪雅典著名工匠佩利路斯（Perillo）为西西里阿格里琴托（Agrigento）暴君法拉利斯（Falaride，公元前549年被造反的平民所杀）制作铜牛一座，用以酷毒地折磨和处决触犯暴君的犯人，即把犯人关入铜牛之内，从下面用火焚烧，犯人在牛腹中被火烘烤，痛苦至极，不断呻吟，犹如活牛“哞哞而叫”。为“奖励”这位能工巧匠，法拉里斯竟令他充当试验其亲手制造的刑具的第一个牺牲品。
3. 指维吉尔说的是伦巴第地区的语言，因为维吉尔的故乡曼图亚属伦巴第地区。
4. 此处的“拉丁”即指意大利。
5. “暗无天日的世界”指地狱。
6. 说话的鬼魂是圭多·达·蒙泰菲尔特罗（Guido da Montefeltro），1220年，他生在罗马涅地区（Romagna）的山岭地带，即介于乌尔比诺与台伯河发源地、亚平宁山脉的科罗纳洛山（Coronaro）的山崖之间的山区，并为当地的僭主，作为政治家和军事统帅，在当时颇有名气。维拉尼在《编年史》第七章中就称他为“当时意大利最机智、最精明的军事家”。他属吉伯林派，1268年曾任科拉迪诺（Corradino）的总督，战功显赫，曾作为被放逐的波洛尼亚人的领袖，于1275年击败波洛尼亚归尔弗派联军统帅马拉泰斯塔·达·维鲁基奥（Malatesta da Verrucchio）。他还做过福尔里的护民官，抗拒教皇染指罗马涅的野心，因而引起教皇的不满；他曾战败围攻福尔里的教皇与法国安茹大军统帅乔瓦尼·德·阿皮亚（Giovanni d'Appia）。后为形势所迫，他不得已归顺教皇，被革除教门，先后被流放到基奥加（Chioggia）和阿斯蒂（Asti）。但1289年，他又逃出流放地，经皮埃蒙特地区，来到比萨，任该市最高行政官，曾与托斯卡纳地区和佛罗伦萨的归尔弗派作战。1292年，与佛罗伦萨和解后，他曾任乌尔比诺僭主，曾多次抗击切塞纳（Cesena）最高行政官小马拉泰斯塔·达·维鲁基奥（Malatestino da Verrucchio）的进攻。1296年，再度归顺教皇，做了方济各会教士，1298年死于阿西西（Assisi）的低级教士修道院（Convento dei Minori）。但丁在《筵席》第四卷第二十八章第八句段中曾称赞他归依宗教，为“我们极为高贵的拉丁人蒙泰菲尔特罗的圭多”，但后来可能从里科巴尔多·达·斐拉拉（Riccobaldo da Ferrara）于1308年至1313年写成的《史书》（*Historiae*）中得知圭多归依宗教后又为教皇博尼法丘八世献计，夺取巴列斯特里纳（Palestrina），认为他违反改邪归正的信念，决意让他在地狱中受苦。

7. “拉丁人”即意大利人。

8. “暴君”一词在十四、十五世纪一般也指波河流域的僭主，他们作为贵族或党派的代表，利用内战，争夺大小城市，这种情况在罗马涅地区尤甚。因此，诗中说，“暴君心中从来就不是没有战争”。

9. 这里是指1300年春，罗马涅地区表面上似乎未曾发生战乱，因为在前一年岁末，经教皇博尼法丘八世的介入，该地区各城市曾达成全面和解协议。

10. 自1270年末起，拉维纳就为达·波连塔家族（da Polenta）所统治。1300年，管理该市的是佛兰切丝卡之父老圭多·达·波连塔（参见第五首注16），但他从1275年起就开始成为该市的首领，故诗中用了“多年以前”的说法，具体地说，是二十五年以前。达·波连塔家族的族徽是金底加一只红鹰。所以，诗中说，拉维纳、切尔维亚（Cervia）等城市都在这只山鹰的“卵翼之下”、被它的翅膀“掩藏”。切尔维亚位于拉维纳以南，为亚得里亚海沿岸一座富饶的小城镇，以产海盐闻名。

11. “这片土地”指福尔里，当时属吉伯林派势力范围。1281—1283年，教皇马尔蒂诺四世（Martino IV）派遣由法国人乔瓦尼·德·阿皮亚率领的归尔弗派意法联军（参见注6）长期围攻福尔里不下：1282年5月1日，圭多·达·蒙泰菲尔特罗巧妙用计，突围出城，挫败敌军主力，随后又返回城池，大举歼灭已闯入城中的法国骑兵。

12. “绿色狮爪”为福尔里僭主奥尔德拉菲家族（Ordelaffi）的族徽；“血腥屠杀”法兰西人即指前注大举歼灭法国骑兵。

13. “达·维鲁基奥那老小两头恶犬”指里米尼僭主、佛兰切丝卡的丈夫贾恩乔托·马拉泰斯塔和情夫保罗·马拉泰斯塔（参见第五首注16）兄弟二人之父亲老马拉泰斯塔·达·维鲁基奥及其长子马拉泰斯蒂诺·达·维鲁基奥（参见注6）：前者于1295年将吉伯林派逐出里米尼后成为该市僭主，后者则于1312年在他死后，继承他的权位，因只有一只眼睛，绰号“独眼龙”（dell' Occhio）。这老小马拉泰斯塔生性十分残暴，特别表现在对待政敌方面，故诗中把他们比作“恶犬”（mastino），并形象地描绘他们“惯常用钻头般的牙齿把人咬得稀烂”（sogliono fan d'i denti succhio）。

蒙塔尼亚的全名为蒙塔尼亚·德伊·巴尔齐塔蒂（Montagna dei Parcitati），为里米尼贵族，吉伯林派领袖。1295年，老马拉泰斯塔战胜吉伯林派分子的抵抗，取得里米尼大权，将他和其他人等俘虏，投入监狱，让小马拉泰斯塔派人看管，最后小马拉泰斯塔背信弃义地把蒙塔尼亚等全部杀害。

14. “小狮子”指吉伯林派的马基纳尔多·巴加尼·达·苏西纳那（Maghinardo Pagani da Susinana），他家的族徽是白底（即“白色的巢穴”）上有一头天蓝色狮子。他在卡森蒂诺（Casentino）和罗马涅两地之间有一座大城堡，随从者甚众。维拉尼在《编年史》第七章中曾说他在政治上左右摇摆，反复无常，对归尔弗派占优势的佛罗伦萨持归派立场，对吉伯林派占上风的罗马涅则又持吉派立场，但丁在《炼狱篇》第十四首第119句中称他为“魔鬼”（demonio）。

“两座城市”是指位于莱蒙河（Lamone）

沿岸的法恩扎(Faenza)和距桑泰尔诺河(Santerno)不远的伊莫拉(Imola),当时两城市均由马基纳尔多统辖。莱蒙河在罗马涅地区,长一百公里,汇入雷诺河,但丁时期为波河支流;桑泰尔诺河在艾米利亚地区,雷诺河支流,长一百零四公里。

15. 此城市为切塞纳(参见注5)。萨维奥河(Savio)在罗马涅地区,流经切塞纳,并从切尔维亚(参见注10)和拉维纳之间入亚得里亚海,长一百公里。

16. 这里指当时切塞纳的政治状况是介乎暴君统治与平民政权二者之间,据说,这种政体在该市维持时间很短,而且当时罗马涅地区所有城市都是处于这种中间的政治条件,很容易被暴君统治所取代。1300年,切塞纳由最高行政官、护民官加拉索·达·蒙泰菲尔特罗(Galasso da Montefeltro)统治已达四年之久,他虽是地地道道的僭主,却还能使众人享有表面上的自由。

17. 这句话是但丁有意采取的一种礼貌、客气的说法,对"别人"一词,萨佩纽和雷吉奥都认为,但丁故意不直接用"我",而用"别人"来代替,古代注释家也是这样解释,但近代注释家中有人则认为,"别人"是指其他的鬼魂。

18. 此句意谓:圭多·达·蒙泰菲尔特罗认为,只有保持沉默,不把自己生前所犯罪过向有可能返回人世的人透露,才能保全自己在尘世的名声。这表明他是个谨慎行事、善于思考的精明的鬼魂。火焰"不再摇动"即是指不再说话。

19. 此句是说:既然地狱中从来没有人能"生还",圭多也就不必害怕讲出自己的罪过而累及自己的"声名"了。

20. 此处的方济各会修士原文为cordegliero(法文为cordelier),即腰系圣索的人,因为方济各会低级教士都系圣索。

21. "大司铎"指教皇博尼法丘八世。

22. 此句说法源于《旧约·诗篇》第十九章第四、五句:"它们不着声息,也不用言传,却将信息广布全地,传遍世界尽头。"

23. "我的年纪的这个阶段"指老年。

24. 这里的"东西"指阴谋诡计和欺诈手段。

25. "王公"指教皇,"新法利赛人"指卑鄙的高级教士,因为他们类似耶稣所谴责的、使耶稣受难的伪善者,由此可以看出,但丁对以博尼法丘八世为首的教会上层人士的怨恨溢于言表。拉特兰(Laterano)为罗马四大主教堂之一:拉特兰圣约翰主教堂(Basilica di San Giovanni in Laterano),该教堂附近有著名的拉特兰宫(Palazzo Laterano),当时为教皇府第,故此处即影射位于基督教中心的罗马。诗中的"战争"指旧有宿怨的罗马两大家族——一为科洛纳家族(Colonna),一为教皇博尼法丘八世的卡埃塔尼家族(Caetani)——之间的斗争:1297年,出身科洛纳家族的两位枢机主教皮埃特罗·科洛纳(Pietro Colonna)和雅科波·科洛纳(Iacopo Colonna)拒绝承认前任教皇切列斯蒂诺五世(参见第三首注11)逊位的有效性,因而也等于否认博尼法丘八世当选教皇是合法的。博尼法丘八世下令将科洛纳家族革除教门,并勒令他们于十天之内归顺。科洛纳家族逃入扎加罗洛(Zagarolo)和巴列斯特里纳(参见注6)两座城堡,在那里,他们坚持抗争达一年半之久。但丁用此例说明教皇竟迫害本教门的基督教徒。

26. "撒拉逊人"(Saraceni)为中世纪时,欧洲对伊斯兰教徒的统称,他们和当时的"犹太人"(Giudei)一样,都不相信基督教。

27. 阿克里(Acri或Acca,Acco)是位于卡尔梅洛高地(Carmelo)上的巴勒斯坦滨海城市,全名为圣约翰·德·阿克里(San Giovanni d'Acri)。当时,它是基督教耶路撒冷王国的最后一个城市,是基督教徒在巴勒斯坦的最后一个堡垒。1291年,该城市被撒拉逊苏丹奥斯曼一世(Sultano Osman I)攻占并摧毁。诗中的意思是:过去围攻阿克里的没有一个是博尼法丘八世所反对的基督教徒。

28. 这里是指：当时没有一个基督教徒曾违反教皇的禁令，前往伊斯兰国家经商。这项禁令曾由教皇尼可洛四世重申，禁止向苏丹统治下的各地输出武器、木材或其他商品。上述二例说明博尼法丘八世没有任何理由迫害、反对基督教徒。

29. “最高权位”指教皇的尊严；“神圣职能”指教皇作为高级神职人员所肩负的职能。

30. “圣索”系方济各会教士所系的腰带（参见注20）；这里以此谴责并揭露教皇的腐败遍及整个教会；圣索一度是用来使苦行禁欲的教士腰身变得更瘦的，而如今这种情况已一去不复返了。

31. 希拉蒂（Siratti或Soratte），为意大利中部萨比纳（Sabina）地区的一座山峰。中世纪传说，君士坦丁皇帝曾患麻风病，一夜梦中受启示，须请因躲避异教徒迫害而匿于希拉蒂山的山洞中的修士、后成为第一任教皇的西尔维斯特罗一世为他治病（参见第十九首注30）。

32. 这里指博尼法丘八世于1297年围攻科洛纳家族的巴列斯特里纳城堡（参见注25）久攻不下，最后让圭多·达·蒙泰菲尔特罗献计，战胜科洛纳家族，将巴列斯特里纳夷为平地。

33. 关于天国钥匙一说，见《新约·马太福音》第十六章第十九句：耶稣对彼得说，“我还要把天国的钥匙交给你”（参见第十九首注24）；这里意谓耶稣赋予圣彼得的继承人即教皇以对有罪之人赦免与否的权柄。

34. “前任”指切列斯蒂诺五世，因为他曾自动逊位，从而放弃教皇应享有的权柄，让博尼法丘八世得以登上教皇宝座（参见第三首注11）。

35. “崇高的宝座”指教皇的宝座；此句意谓：博尼法丘八世若接受圭多的计谋（“多许诺而少守约”），就能战胜科洛纳家族，其教皇地位也将得到巩固。

36. 圭多·达·蒙泰菲尔特罗因已成为方济各会教士，死后，圣方济各就前来接他的灵魂上天堂。

37. “黑天使”原文为“黑基路伯”（cherubini neri）：基路伯（cherubini）为第二级天使，司知识（基督教神学将天使分为九级）。“黑天使”系指因反对上帝而被打入地狱的叛逆天使。

38. 这里又引用了亚里士多德《逻辑学》的一项学说，即“不自相矛盾”法则为逻辑学的原理之一。

39. 这里用嘲弄的笔法把魔鬼描绘成大谈哲学、善于争辩的人，而但丁在《筵席》第三卷第十三章第二十一句段中则是否认魔鬼有能力讲哲学的，他说：“那些被逐出天国的智慧是不能讲哲学的。”

40. 弥诺斯把尾巴绕上八圈就意味着应将圭多·达·蒙泰菲尔特罗打入第八层地狱（参见第五首注2、3）。

41. “贼火”（foco furo）是指火焰像盗贼一样把鬼魂包藏起来，犹如隐蔽赃物。这里是说，圭多·达·蒙泰菲尔特罗生前为人出谋划策，坑害别人，应打入第八个恶囊，受火焰包拢焚烧之苦。

42. “衣衫”即指火焰。

43. “另一座桥拱”指横亘在第九个恶囊的沟壑之上的石桥；犯有挑拨离间罪的鬼魂即在该层地狱受苦。

第二十八首

1. “不受约束的语言”指不受韵律严格限制的散文语言。
2. “普利亚”(Puglia)系位于那不勒斯境内濒临亚得里亚海的亚平宁山脉一带地区，诗中泛指当时的那不勒斯王国。“备受命运捉弄”的原文为形容词fortunata，对此，注释家有两种诠释：一是古代人认为那不勒斯所处的坎帕尼亚省(Campania)气候温和，土地肥沃，因而用felix(即幸运、幸福)一词来形容它，亦即“幸福之地”；一是根据但丁对fortuna一词的惯用法，即除“幸福”“幸运”之外，还作“暴风雨”(tempesta)解，如在《炼狱篇》第三十二首第116句中即有navi in fortuna(暴风雨中的船只)的写法，转意即为“受命运捉弄、摆布”。波斯科-雷吉奥注释本和萨佩纽注释本都采用后一种解释，但萨本也并不排除前一种诠释，认为诗句可能兼备这两种涵义，即因该地区自然条件好，所以成为经受磨难最多、被人争夺也最多的土地。
3. “特洛伊人”意谓罗马人，因为他们是从埃涅阿斯等特洛伊人繁衍下来的；诗句用此影射公元前罗马人所进行的两次著名的大战：一是公元前343至前290年的萨姆尼战争(guerre sannitiche，该战争曾分三次相继进行)以及公元前280至前274(275？)年的塔连土姆战争(guerra tarentina)。萨姆尼(Sannio)位于亚得里亚海沿岸拉齐奥地区东部，其居民萨姆尼人(sanniti)在与罗马人三次交战(即公元前343至前341、前327至 前305、前299至 前290年)后，终于在公元前270年左右，被罗马人征服。塔连土姆(Tarentum)即今塔兰托(Taranto)，为位于爱奥尼亚海东北岸、塔兰托湾的海港城市。公元前八世纪，希腊斯巴达人(spartani)移民至此，成立大希腊邦(Magna Grecia)。公元前272年，被马其顿厄皮鲁斯(Epiro)国王皮鲁斯(Pirro)征服；公元前280至前274(275？)年，罗马人与皮鲁斯为争夺塔兰托而鏖战，皮鲁斯战败，不得不返回马其顿。“长期战争”指历时十六年之久的第二次布匿战争(seconda guerra punica，公元前219至前202年)，这次战争最酷烈的时期是公元前216年8月2日，迦太基名将汉尼拔(Annibale)大败罗马人于普利亚地区的康奈(Canne)，诗中所述正是这个时期。
4. 李维(Livio，公元前59年—公元17年)，名蒂托(Tito)，为奥古斯都皇帝时期的著名史学家和散文家，其名著《罗马史》(*Storia romana*)，分十卷，一百四十二册，现仅存头四卷及第五卷半卷，共三十五册。该书第二十三册第七、十二句中曾描述了康奈之战，称罗马将士大批阵亡，迦太基人从这些死人手上摘下的戒指可积成重达三摩狄乌斯(3 moggia，约合九千零九十二公升)的一大堆，可见死亡人数。但丁在《筵席》第四卷第五节第十九句段中也提及这一情节。
5. 罗贝托·圭斯卡尔多(Ruberto或Roberto Guiscardo，1015—1085)，也有说“圭斯卡尔多”不是姓，而是形容他奸诈狡猾，称他为“狡诈鬼罗贝托”(Roberto il Guiscardo)。他是诺曼人(normanno)，萨莱诺王公，十一世纪最著名的将领之一，曾将希腊人和撒拉逊人赶出意大利南部。“那些受重创的人”指普利亚人，他们在1059年至1084年曾抵抗罗贝托的入侵；1083年，罗贝托曾将康奈(见注3)摧毁。
6. 切普拉诺(Ceprano)位于教皇属地与南部王国的边境地带，是西西里王国的战略要地。诗句所指的战争是指1266年至1268年法国安茹家族与教皇勾结一起，对西西里国王、施瓦本家族的曼弗雷迪发动的战争。切普拉诺有一桥跨越利里河(Liri，加里利亚诺河Garigliano的古名，长一百五十八公里)，直通那不勒斯王国，因此，切市被视为那不勒斯王国的“大门”。据说，1266年，守卫此要塞的普利亚诸子爵，特别是德·阿奎诺(D' Aquino)诸公爵(一说是伯爵)，因与曼弗雷迪有私怨，背信弃义，为安茹的查理一世率领的大军敞开通道，使之节节胜利，迫使曼弗雷迪败退到贝内文托，进行最后一战，曼弗雷迪战败并被杀；因此，诗中说“普利亚人”在“撒谎蒙骗”，即是指他们对曼弗雷迪的背叛。

7. “老阿拉尔多”指安茹的查理手下的将领和参谋阿拉尔多·迪·瓦勒里(Alardo di Valery)。这里是指1266年曼弗雷迪在贝内文托战役中战败和被杀后，1268年，其侄科拉迪诺(Corradino，1252—1269)继续率军与安茹家族大军对抗，最初曾一度得手，在紧追敌军时，不料被安茹的查理按阿拉尔多·迪·瓦勒里建议埋伏的后备军所击败。科拉迪诺在塔利亚科佐(Tagliacozzo)被俘，后被斩首，施瓦本家族亦随之灭绝。诗中说“未动干戈”，意谓此次战役的真正胜利者是“老阿拉尔多”，是他的计谋取得的胜利。

8. 酒桶的底部由一块中板(mezzul)和两块月牙形的侧板(lulla)拼成，中板接输酒的吸管。

9. 这里的“袋子”指胃囊。

10. 穆罕默德(Maometto)：伊斯兰教的始祖，公元560(570？)年生于麦加(Mecca)，633(632？)年殁于麦地那(Medina)。诗中未把他列为异教徒，而是作为挑拨离间分子，可能是由于但丁有意借用中世纪有关穆罕默德的传说，即：据说穆罕默德原是基督教的枢机主教，因选举教皇时落选而一怒另立新的教派，从而造成基督教的分裂。这种说法见于西班牙当代著名阿拉伯语学者阿辛·巴拉修斯(Asin Palaccios)于1961年发表的有争议的作品《〈神曲〉的穆斯林末世学》(*Escatologia musulmana en Divina Comedia*)；意大利著名文学史学家德·安科纳(A.d'Ancona，1835—1914)在其《意大利文学历史日志》(*Giorn.stor.della lett. italiana*)第十三章中对此也有记述。

11. 阿里的全名为阿里·伊本·阿比·塔利布(Ali ibn Abi Talib)，生年不详，卒于公元661年，为穆罕默德的表亲和女婿(娶穆之女法蒂玛Fatima为妻)，也是他最早的信徒之一，对传布伊斯兰教有很大贡献，为穆罕默德后第四代哈里发，是什叶派的创始者，诗中可能据此而把他作为犯有分裂罪的亡魂打入第九个恶囊受苦。但雷吉奥认为，关于阿里的分裂伊斯兰教罪名是在他死后才加给他的，但丁是否了解这一细节，“很值得怀疑”。

12. 这里的“上面”是指弥诺斯。

13. 多里奇诺修士(fra Dolcin)，全名为多里奇诺·托尔尼埃利(Dolcino Tornielli)，诺瓦拉人，为使徒兄弟会(Fratelli Apostolici)创始人、帕尔玛的杰拉尔多·塞加雷利(Gerardo Segarelli)的忠实弟子。该会为中世纪众多异端之一，主张教会返璞归真，财产乃至女人共有，教徒苦行修道。1296(1300？)年，塞加雷利被宗教裁判所处以火刑；塞死后，多里奇诺成为该会领袖，主要在意大利北部伦巴第、艾米利亚和特伦蒂诺(Trentino)等地区传教，招收信徒。1304年，教皇克莱蒙特五世(参见第十九首注21)发动对该会的十字军围剿，多里奇诺率信徒五千逃往塞西亚山谷(Val Sesia)，1306年避至比埃列塞山(Biellese)。1307年3月，多里奇诺等固守山上，天寒断粮，被迫投降。同年6月2日，多里奇诺与其女伴玛格丽塔·迪·特仑托(Margherita di Trento)以及众多教徒被判火刑，活活烧死。多里奇诺忠于信仰，宁死不屈，其事迹留传后世，是《神曲》记载的唯一一个异端分子；雷吉奥认为，多里奇诺的死期也证明这首诗肯定是在其死后写出的。

14. “那个诺瓦拉人”有两种解释：一般认为，他是指诺瓦拉一地的主教，因他曾率军队追赶和围剿多里奇诺。但波斯科-雷吉奥注释本则认为，此处可能是一集体名词，指当时由诺瓦拉和维尔切利(Vercelli)两地士卒组成的军队，因据当时史料记载，率领军队的不是诺瓦拉的主教，而是维尔切利的主教。

15. “拉丁大地”即指意大利。

16. 皮埃尔·达·梅迪齐纳(Pier da Medicina)：

生平不详，据古代注释家推测，可能是主宰梅迪齐纳一地的僭主卡塔尼家族（Cattani）的成员。布蒂说他“曾在波洛尼亚居民当中和在罗马涅暴君当中挑拨不和”；本维努托因生长在罗马涅地区，一般认为，他的说法“最为可信”，他补充说：此人曾依靠在圭多·达·波连塔与马拉泰斯塔·达·维鲁基奥之间挑动分歧而大发横财，因为二人都受其欺骗，认他为友，送他许多礼物。本维努托还说，但丁本人曾受过该家族的款待，并被问及对该家族的“宫廷”的印象，但丁答道：“若再有一些秩序，则我从未见过罗马涅地区有另一个更加美丽的宫廷”；本维努托由此断言，但丁可能正是在此机会认识皮埃尔·达·梅迪齐纳的。据说，在1271年至1277年的史料中，曾载有卡塔尼家族的“皮埃尔”（Piero）的名字，即：皮埃尔·迪·阿伊诺·达·梅迪齐纳（Pier di Aino da Medicina）。但丁学家利维（Livi，1855—1930）曾认为，这是另一个“皮埃尔”，雷吉奥认为，此说不确，因此人在1303年尚活着。皮埃尔·达·梅迪齐纳的名字也称“佩特罗”（Petro）或“彼特罗”（Pietro）。

17. “温馨平原”指波河平原。马尔卡博城堡（Marcabò）系1260年威尼斯人在波河入海口建立的一座城堡，用以保护与拉维纳和斐拉拉进行贸易的商船，周边地区的僭主长期争夺该城堡；1309年，被拉维纳僭主达·波连塔所摧毁。

18. “圭多”和“安乔列洛”分别指圭多·德尔·卡塞罗（Guido del Cassero）和安乔列洛·达·卡里尼亚诺（Angiolello da Carignano）；“法诺”（Fano）为佩萨罗省（Pesaro）一内河航运城市。近代史学家罗西（Rossi，1865—1938）认为，达·梅迪齐纳所说此二人的不幸遭遇不见史载，可能是出于但丁的杜撰，说明皮埃尔尽管已死，却在地狱中继续挑拨离间；但由于诗句描绘的情节逼真，萨佩纽和雷吉奥都认为实有其事：这里所说的是上述二人与里米尼僭主小马拉泰斯塔（参见第二十七首注13）之间的不和。小马拉泰斯塔为夺得法诺，曾邀请二人叙话，二人乘船从海上前来，行至佛卡拉山（Focara）附近的海滩，船上的水手按小马拉泰斯塔的密谋，将二人推入水中溺死。十四世纪注释家本维努托也曾描述过上述经过。

19. 卡托利卡（Cattolica）为位于里米尼与法诺之间的亚得里亚海滨海市镇。十四世纪注释家布蒂对杀害二人的方法（即诗中所用的mazzerati一词）作过介绍，说此过去分词的动词原动式为mazzerare，意谓将人放入口袋，袋上系有大石头一块（或是将人手脚捆住，颈上系有大石头），扔入海中淹死。

20. “狠毒暴君”即指小马拉泰斯塔。

21. 这里指地中海，因塞浦路斯（Cipri或Cipro）和马略卡（Maiolica或Maiorca）二岛分别位于地中海的东西方。

奈图努斯（Nettuno）为海神。

22. “阿耳戈人”原文为Argolica，指希腊南部伯罗奔尼撒（Peloponneso）半岛上的城市阿耳戈（Argo）的居民，因而亦即泛指希腊人。维吉尔在《埃涅阿斯记》中亦有此说法，指阴险毒辣的人，据此，近代注释家隆科尼（Ronconi）指出，就希腊人围攻屠杀特洛伊城的情节而言，“希腊人”是“心狠手辣的人”的同义词。

23. 这里的“叛贼”指小马拉泰斯塔，因他只有一只眼睛，号称“独眼龙”。

24. “那片土地”和“这座城镇”都指里米尼；早在1312年老马拉泰斯塔去世前，小马拉泰斯塔就曾与其父联合统治该地，其父死后，他则成为里米尼的僭主。诗句中提及的那个不愿看见里米尼的人将在下面诗句中交待，这里只作为一个“伏笔”，但同样也是犯有挑拨离间罪的人，而因他是在里米尼犯下罪愆的，所以宁可“从未见过”该地。

25. “佛卡拉的巨风”是指位于卡托利卡与佩萨罗之间的山区小镇佛卡拉（参见注18和19），风力极大，在这段海域行舟，须冒很大风险，故行船的人到此都要祈祷上帝保佑。

这里是说，圭多和安乔列洛不必到此为免被巨风袭击而“祷告许愿”，因在这之前，他们二人就已被小马拉泰斯塔差人掷入海中溺死了。

26. 此人是卡约·库利奥（Caio Curione），他是罗马平民护民官，据卢卡努斯在《法尔萨利亚》第一章中记载，他原支持庞培，后受贿，转而投靠凯撒，并煽动凯撒挑起内战。公元前59年，罗马执政三巨头凯撒、庞培、克拉索（Crasso）各据一方：凯撒控制阿尔卑斯山南高卢地区（Gallia Cisalpina，即今法国），庞培占据罗马，克拉苏统治亚洲。克拉苏死后，形成凯、庞对峙局面。公元前58—前49年，凯撒军力日益扩张，庞培心生疑忌，曾将亲凯撒的库利奥逐出罗马。公元前49年，库利奥来到拉维纳投靠凯撒，随即受凯撒派遣赴罗马，向元老院递交凯撒信件。掌握元老院大权的庞培当即下令，命凯撒立即遣散兵力，返回罗马，否则当以“人民公敌”论处。凯撒最初迟疑不决，经库利奥怂恿，决定率军进入罗马。当初，三巨头曾协议，以位于里米尼以北、将山南高卢与意大利分开的一条小河鲁比科内河（Rubicone）为界，禁止各军将领在未得元老院明令的条件下率军渡河，进入意大利。公元前50年，凯撒在库利奥挑唆下，率第十军团渡过此河，从而导致内战爆发。当时，凯撒曾有一句名言，即：alea jacta est（“骰子已经掷出”，即“木已成舟”之意）；库利奥挑动凯撒时亦有一句名言，即：semper nocuit differe paratis（“准备就绪者推迟决定必受损”）。诗中虽认为库利奥的献计导致凯撒与庞培的军事对抗，但丁在《书信集》第七章第四节第十六句段中则是对库利奥向凯撒建议先发制人一点表示赞许的，据注释家推测，但丁此用意可能在于以此来敦促他所指望的亨利七世尽快作出拯救被教皇败坏的意大利的决定。

27. “莫斯卡”指莫斯卡·德伊·兰贝尔蒂（Mosca dei Lamberti），他是《地狱篇》第六首中但丁询问鬼魂恰科的几个“名人”之一，据说他是导致佛罗伦萨归尔弗派与吉伯林派爆发内战的首要根源（参见第六首注12）。诗中述说他所犯罪行是发生在1216年初：彭代尔蒙蒂家族（Buondelmonti）的彭代尔蒙泰（Buondelmonte）原与佛罗伦萨另一贵族阿米德伊家族（Amidei）的女儿订婚，后违背婚约，娶了多纳蒂家族（Donati）的女儿为妻。兰贝尔蒂家族也属阿米德伊家族，在阿米德伊家族开会决定对彭代尔蒙泰毁约的对策时，莫斯卡·德伊·兰贝尔蒂曾说了一句挑衅性的话：Cosa fatta capo ha（把他干掉算了）。果然，阿米德伊家族在他的挑动下，为家门“雪耻”而刺死了彭代尔蒙泰，从而导致了佛市家族分裂成为归、吉两大派，揭开两大派长期对立和流血斗争的历史，维拉尼在《编年史》第五章对此有记载。佛罗伦萨系托斯卡纳地区首府，故诗中以“托斯卡纳人”来代替，同时也隐喻归吉两派的斗争从佛市蔓延到托斯卡纳整个地区。

28. 此句意谓莫斯卡所犯挑拨离间的罪过也标志着其吉伯林派家族覆灭的开始：1258年，兰贝尔蒂家族被当时得势的归尔弗派逐出佛罗伦萨，随后于1268年，又不分男女老幼，全部定为“叛逆分子”，与以法里纳塔为代表的乌贝尔蒂家族（参见第六首注11）一样，在佛市政治舞台上永远绝迹。

29. 这个“无头”的人即是贝尔特朗·德·鲍恩（Bertram dal Bornio或Bertran de Born）。他生于1140年，1215年死于达龙（Dalon）修道院。他是十二三世纪著名的普罗旺斯抒情行吟诗人之一，是法国古代瓜斯科尼亚地区（Guascogna）佩里高尔省（Perigord）领主，奥特浮尔城堡（Hautefort或Altaforte）子爵。当时，他的领地由英国统辖；他善于写以政治为主题的诗歌，尤为擅长写战争诗。但丁在《论俗语》第二卷与《筵席》第四卷都曾赞扬过他，称他为“战事诗人”。英王亨利二世（1154—1189）任阿奎塔尼亚（即瓜斯科尼亚）公爵时，他曾任亨利二世的臣仆；据说，他曾挑唆亨利二世之子、号称“幼主”的亨利三世反叛其父。后幼主夭折，他曾写出其最优美的著名诗篇《哭幼主》(*Si tuit li dol*)。他晚年入达龙修道院当了修士。

30. “那一位”指上帝。

31. 参见注29。

32. 押沙龙(Absalone)与大卫王(Davide)父子相残的事迹见于《旧约·撒母耳记下》第十五至十七章。亚希多弗(Achitofel)为基罗(Guilo)人，原是以色列王大卫的参谋，后背叛了大卫王，投靠其子押沙龙。押沙龙反叛其父，对亚希多弗言听计从：亚希多弗先后献策，唆使押沙龙扩大势力；曾让押沙龙当着所有以色列人的面，与父王的嫔妃亲近，表明父子势不两立；还建议押沙龙率领一万两千人追杀大卫，但只杀大卫一人，使大卫部下全部归降押沙龙；后因大卫差户筛(Huschai)打入押沙龙内部充当内应，亚希多弗失宠，无奈启程返乡，最后自缢身亡。后押沙龙因听从户筛之言而兵败被杀。

第二十九首

1. 此句以动词inebriare与“眼睛”一词(luci，原意“光芒”)联用，盖出自《旧约·以赛亚书》第十六章第九句的用法：“我要用眼泪来浇灌希实本和以利亚利”；该动词原意为“酒醉”，此用法亦见于《旧约·以西结书》第二十三章第三十三句：“你喝了后必酩酊大醉，满心忧愁”；全句因而有泪水浸湿眼睛而使视线模糊之意。

2. 这里用“二十二里”来计算第九个恶囊的大小，而下一首即第三十首又以“十一里”衡量第十个恶囊的规模，都只是用虚构的数字来给读者以写实感，因此，雷吉奥提醒人们不该据此而“推算地狱深渊的大小”。本书中的“里”和“寸”都是意大利古代的长度单位：一里约等于现在的一英里，一寸约等于现在的一英寸。

3. 波斯科–雷吉奥注释本与萨佩纽注释本对此句的诠释大体一致：前者说，月亮在“脚下”即是指太阳在“头上”，即在“天顶”(zenit)；如是月圆时分，就在耶路撒冷的子午线上，同时亦即地狱的子午线，但月圆是两天前的事(见第二十首第127句)，而月亮的运行每日要比太阳晚五十分钟，故此刻应是太阳大致已跨越子午线两小时的时分，即在下午一时至二时之间。后者说，此句意谓月亮已在炼狱(南极)的子午线上，即恰在耶路撒冷的对立面上，约是下午一时；并说，但丁与维吉尔是头一天晚上开始遨游地府的，因此，这时几乎已度过十八个小时，为时二十四小时的冥界之行所剩已不过五六个小时了。

4. 杰里·德尔·贝洛(Geri del Bello)：为但丁之父阿利基埃罗(Alighiero)的堂兄，贝洛·迪·阿利基埃罗一世(Bello di Alighiero I)之子(“杰里·迪·贝洛”即“贝洛之子杰里”之意)，1269年和1276年的史料中曾提及过他。他曾于1280年因打架斗殴罪被缺席审判。关于他死的原因，古代注释家说法不一：但丁的两个儿子：雅科波说他是因为挑拨离间而毙命的，而彼特罗则指出，他是被萨凯蒂家族的布罗达佑(Brodaio dei Sacchetti)所杀，事后，他的孙子们为他复仇，杀死了萨凯蒂家族的一名成员。十四世纪注释家本维努托证实了这一说法，并确切地说明，复仇事件是在杰里死后三十年左右才发生的，大约是在1310年，恰好是《地狱篇》撰写的时间。据说，阿利基埃里家族与萨凯蒂家族世仇深远，直到1342年，才在雅典公爵撮合下，实行和解，但丁的兄弟佛兰切斯科(Francesco)曾代表阿利基埃里家族在和解书上签字。

5. 阿尔塔弗尔泰城堡(Altaforte)即奥特浮尔城堡(Hautefort)；诗中所指的人即贝尔特朗·德·鲍恩(参见第二十八首注29)。

6. “另一个深谷”指第十个恶囊。

7. 这里把恶囊比作“苦行禁地”，原文是chiostra，意谓“封闭之地”，是修道院的一种举隅说法或同义词，为的是与下面的“僧侣”(conversi)相呼应。

8. 这种以“射箭”(saettare)来比喻激起同情怜悯之心的写法，也是十四世纪意大利大诗人彼特拉克所喜用的一种技巧；他在其《歌集》(*Canzoniere*，共三百六十六首)第二百四十一首第七句中就用过“怜悯的利箭”(saetta di pietate)的说法。

9. 这里，但丁又运用了第二十八首描述战争牺牲者的那种比喻笔法，形容第十个恶囊奇臭难闻，犹如在传染病流行季节，把散布在最不卫生的地区的各家医院的病人集中到一处。瓦尔迪基亚纳(Valdichiana)和马雷马均在托斯卡纳地区，两地与撒丁岛一样，都是沼泽地最多，疟疾病最肆虐的地带，而七月和九月又是传染病最流行的时期。瓦尔迪基亚纳，亦即基亚纳河谷，位于阿雷佐以南，以基亚纳河而得名，该河流入阿尔诺河，全长六十二公里。

10. 这里的“漫长石桥”是指把整个恶囊的各层恶囊连贯在一起的岩石堆成的“桥梁”；“最后一道堤岸”即指第十个恶囊与中心深井毗邻的最终堤岸(萨佩纽)，或把地狱的第八环(即“恶囊”)与第九环分开的那道最后堤岸(雷吉奥)。

11. 这里的“使臣”(ministra)，原文用阴性，因是“正义女神”的同位语。

12. 这里的“伪造者”包括金属伪造者(即炼金术士)、假扮他人者、伪造货币者乃至制造假话者，他们按不同罪行，结队成群，并受不同疾病折磨，如炼金术士患有麻风或疥癣，躺倒在地或匍匐而行。

13. 埃吉那岛(Egina或Enghina)位于爱琴海、雅典附近的萨罗尼克湾(Saronico，古称埃吉那湾)。该岛以住于该岛的林泽女神埃吉那而得名。宙斯爱上埃吉那，被尤诺发现，尤诺愤而把瘟疫撒遍该岛，一切生物均遭灭绝，只国王埃阿克斯(Eaco)幸免于难。后宙斯使该岛居民再生，其人数相当于宙斯所坐橡树之下的蚂蚁，比原有的还多。诗句主要取材奥维德的《变形记》第七章；但丁在《筵席》第四卷第二十七节第十七句段中也简略叙述了这个故事。

14. 这里用马童和马夫刷马的急切心情来形容鬼魂搔痒的惨状，这种比喻既写实真切又贴近生活。

15. 这里再次运用比喻笔法，描述鬼魂搔抓皮上的疥痂，犹如剥掉“铠甲上的网眼”(诗中用动词dismagliere)。

16. “拉丁人”仍指意大利人。

17. 说话的鬼魂是格里弗利诺·德·阿雷佐(Griffolino d'Arezzo)。他是著名的炼金术士，1259年尚活在世上，1258年波洛尼亚托斯基社团(Toschi)登记册上曾载有他的名字，1272年以前死去。据说，他曾作为富有的贵族阿尔贝罗·达·锡耶纳(Albero或Alberto da Siena)的门客，一次，曾向阿尔贝罗开玩笑说：他能令人像鸟一样飞起来，愚蠢的阿尔贝罗信以为真，不惜一切代价，非让格里弗利诺教给他飞翔之术不可，格无法兑现诺言，阿以为格对他有仇恨，便指控格为异教徒，通过他与宗教裁判所法官锡耶纳主教的关系，将格活活烧死。但有人认为，格里弗利诺是在1216—1252年任锡耶纳主教的彭菲利奥(Bonfiglio)在任时期被烧死的；雷吉奥认为，此说不确，因他于1258年仍活着；再者，彭菲利奥以迫害异教徒最为严厉而知名，而格里弗利诺在诗中是作为“炼金术士”而不是作为“异教徒”而受苦刑的，并把他的死归于“一个傻瓜对他的报复”。萨佩纽说，直到1294年为止，阿尔贝罗一直存在，而1286年的一份史料还说明他与宗教裁判所法官巴尔托罗梅奥教士（Bartolomeo）有关系。

18. 关于雅典的能工巧匠代达罗斯的事迹，请参阅第十七首注26。

19. 此人即指锡耶纳主教（参见注17），他曾把阿尔贝罗·达·锡耶纳认作“干儿子”。

20. 自古以来，法国人崇慕虚荣浮华是众所周知的，本维努托曾说，“法国人自古以来就属于虚荣心强的种族，正如过去从朱利奥·凯撒身上可以看到的，即使今天，也可以看到”；“当我们看到意大利人，特别是贵族们，拼命模仿他们时，我不禁感到惊讶，也感到怒不可遏”。诗中则是说，即使法国人的虚荣心也远不如锡耶纳人那么强烈。

21. 这个患麻风病的鬼魂一直说意义相反的话，用以讥讽“虚荣心重”的锡耶纳人。斯特里卡，全名是斯特里卡·迪·乔瓦尼·德伊·萨林贝尼（Stricca di Giovanni dei Salimbeni），曾于1276年和1286年两度任波洛尼亚首席执政官。据说，他曾挥霍荡尽其父的大笔遗产；有人则认为，此人是享乐修士斯特里卡·德伊·托洛梅伊（Stricca dei Tolomei），他于1294年仍活在锡耶纳。

22. 尼可洛（Niccolò），也属萨林贝尼家族，为斯特里卡之弟，1311年尚在人世。但也有人认为，他属彭西尼奥里家族（Bonsignori）。据十四世纪注释家拉纳说，他“挥金如土”，与其兄同属“浪子队伍”（参见第十三首注20）成员，是他“首先把丁香花蕊放入山雉和山鹑中一起烧烤的”；本维努托曾指出，“这是花销极大、极为浮华、别出心裁的做法”，因为当时，香料是由东方输入的，价格昂贵。用丁香花蕊来提味，因而被看作是一种“阔绰的习惯”。

23. 这里的“菜园”指锡耶纳，古代对此句的解释有两种：一是说，“这种习惯在锡耶纳为贪食者和饕餮者很好地植下了根”（《最佳评注》）；一是说，尼可洛“使那些贪食者和饕餮者有了这种习惯”（拉纳）。

24. “浪子队伍”是十三世纪下半叶由锡耶纳十二名富家子弟组成的，他们穷奢极欲，吃喝玩乐，挥霍无度。据本维努托说，不到两年，该队伍竟花掉二十一万六千弗洛林金币。波斯科–雷吉奥注释本认为，诗中似乎未把尼可洛和斯特里卡算在这个浪子队伍之中，因此，这里可能涉及两个浪子队伍，因为当时成立此类队伍之风极盛。

25. 卡恰·德·阿西安（Caccia d’Ascian）指当时在阿西亚诺（Asciano，“阿西安”系省略了最后元音o）地方拥有许多葡萄园和大片树林（或土地）的财主，其全名是卡恰内米科·迪·特罗瓦托·德利·夏连　基（Caccianemico di Trovato degli Scialenghi）。他在浪子队伍中把家产全部荡尽。“大片树林”（gran fronda）是根据萨佩纽注释本译出的；波斯科–雷吉奥注释本中则系“大片土地”（gran fonda）。

26. 阿巴利亚托（Abbagliato）是绰号，意谓“冤大头”，易受人欺哄之意，其真名为巴尔托罗梅奥·德伊·佛尔卡基埃里（Bartolomeo dei Folcacchieri），为锡耶纳十三世纪时最早用意大利通俗语言写诗的名诗人佛尔卡基埃罗（Folcacchiero）之弟。尽管他放荡不羁，挥金如土，生前在锡耶纳政治生活中却起过很大作用：1288年和1300年先后担任过蒙泰里乔尼（Monteriggioni）和蒙泰圭迪（Monteguidi）的首席执政官，并做过托斯卡纳地区的税务官；殁于1300年。

27. 卡波基奥（Capocchio）：大多数古代注释家说他是佛罗伦萨人，而十四世纪注释家布蒂则认为他是锡耶纳人。然而，大家都一致认为，他心灵手巧，性格怪僻。据本维努托说，一天，但丁发现他非常熟练地在自己的十个手指甲上画出了耶稣受难图，他发觉自己被人看到，便用舌头把他长时间花费很大精力绘出的图画一下子全部舔掉。佛罗伦萨无名氏曾指出：他善于伪装他人，伪造金属；1293年夏，他以“炼金术士”的罪名被处以火刑。

28. 这里说明卡波基奥像猴子一样善于模仿人类。

第三十首

1. 本首一开头就引用了希腊神话中的一段故事：宙斯爱上了特拜城奠基人、国王卡德莫斯（Cadmo）之女塞墨勒（Semelè），与她生下一子狄奥尼索斯（Dioniso），即酒神巴库斯（Bacco）。宙斯之妻尤诺为此妒火中烧，设法怂恿塞墨勒要求宙斯显现真容，宙斯起初唯恐这会伤害塞，加以拒绝，但塞坚持要看，宙斯不得已应允，结果其真容发出雷电，将塞击毙，使之化为灰烬。尤诺不满足于此，进一步加害塞墨勒之妹伊诺（Ino），使伊诺之夫、俄尔科美努斯（Orcomeno，一说是比奥齐亚Beozia）国王阿塔玛斯（Atamante）“精神失常”，见伊诺怀抱二子，以为是“母狮”和“幼狮”，命人张网擒获；他先将儿子莱阿尔库斯（Learco）摔死在石头上，伊诺在惊吓悲痛下，也抱另一子美里凯尔特斯（Melicerta）跳海身亡。
2. “幸运女神”主宰世人的荣辱兴衰，参见第七首注11和14。
3. “胆大包天的特洛伊人”指特洛伊最后一个国王普里阿莫斯（Priamo）之父拉俄墨东（Laomedonte）敢于向天神“食言”：让海神波塞东和太阳神阿波罗分别“无偿地”为他盖城堡和牧牛；同时也指普里阿莫斯之子帕里斯敢于掠夺斯巴达王墨涅劳斯之妻海伦，从而挑起希腊人对特洛伊人的战争（参见第五首注13、14、15）。
4. 特洛伊人的“时运从高转低”“国王与王国一起玉石俱焚”，指希腊人用木马计攻陷特洛伊城，杀死国王普里阿莫斯，城池亦遭火焚。这里把特洛伊城陷落作为“骄傲”遭神怒而被惩罚的一个例子。“从高到低”指幸运女神将手中的轮子从“高”（走运）转到“低”（倒运）。“王国”指特洛伊城，“国王”指普里阿莫斯；诗中二者“一起玉石俱焚”的说法取自奥维德《变形记》第十三章第404句：“特洛伊像普里阿莫斯那样倒塌。”
5. 赫枯巴（Ecuba）：特洛伊王普里阿莫斯之妻，生有帕里斯、赫克托尔等十八个儿子，他们都几乎相继战死。最英勇的赫克托尔死后，为了不使其骨灰受到玷污，她亲口将骨灰吞服。她被尤利西斯（参见第二十六首注12）收为奴隶，后被天神变为母狗。诗中所说情节是：特洛伊城陷落，赫枯巴被收为希腊人的奴隶后，她见阿奇琉斯之子皮罗斯将其女波利塞娜（Polissena）作为祭品杀死在阿奇琉斯墓前，又在色雷斯海边发现其幸免于战火的最小的儿子波利多鲁斯（Polidoro）被叔父兼姊夫波利奈斯托雷斯（Polinestore）图财害命，痛不欲生，像"吠犬"似的"哀嗥"，这也是对她后来被变为"母狗"的一种暗示。

6. 这里的"特拜人"即指阿塔玛斯（见注1）；"特洛伊女人"指赫枯巴，她发现儿子波利多鲁斯被波利奈斯托雷斯杀害，怒恨交加，竟用手把波利奈斯托雷斯的双目抠掉。

7. 卡波基奥，参见第二十九首注27。

8. "阿雷佐人"指格里弗利诺·德·阿雷佐，参见第二十九首注17。

9. 贾尼·斯吉基，全名为贾尼·斯吉基·德·卡瓦尔坎蒂（Gianni Schicchi de Cavalcanti），佛罗伦萨人，1280年以前即死去。据但丁之子雅科波称，此人善于假扮他人；一次，经一名叫西莫内·德·多纳蒂（Simone de Donati）的骑士请求，假扮刚刚断气的西莫内叔父布奥索（Buoso），伪装病危，躺在病床上立"遗嘱"，使侄儿西莫内分得比布奥索亲生子文齐古埃拉（Vinciguerra）更多的遗产；同时，贾尼·斯吉基还借此机会，在口授"遗嘱"中，将布奥索拥有的一匹价值二百弗洛林金币的牝马，留给了自己。

10. 米尔拉（Mirra）：为塞浦路斯王科尼拉斯（Cinira）之女；她怀着乱伦的感情，爱上了自己的父亲，在乳娘帮助下，假扮其父的情人，与之交媾，生下一子，名阿多尼斯（Adone）。后科尼拉斯发现此事，勃然大怒，要将她处死，她在逃亡中化为同名树木，即"没药"。

11. "走远的人"即指贾尼·斯吉基。

12. 指贾尼·斯吉基假扮布奥索·多纳蒂立"遗嘱"，赚得珍贵的牝马一事。

13. 诗琴（liuto）系十四至十七世纪的一种弹拨乐器，类似我国的月琴或琵琶。

14. "人体分叉的其余部分"即指生出双腿的人体部分；全句意谓：若无双腿，此人的形状即如"诗琴"，亦即肚大而颈细。

15. 水肿病的症状是：由于淋巴腺的变异，人体吸收的水分在腹内难以吸收、消化，从而变成腐臭的汁液、腹水；病人越吃喝，腹水也便积累越多，以致腹部变得越来越大；病情越重，病人也便越感口渴。

16. "苦难的世道"指地狱。"仔细观瞧"原文是guardate e attendete，直译为"观看和注意"，这种用法源自《旧约·耶利米哀歌》第一章第十二句："你们仔细观察：主在震怒时降祸于我，有谁比我更痛苦呢？"这种连用双动词的写法在中世纪很常见，但丁在《新生》第七章第三句段中也用过这种写法："哦，你们经过爱情的道路，请仔细观瞧：他的痛苦是否与我的悲哀一样严重"；特别是涉及悲痛等事项，这种用法就更普遍了。

17. 亚当师傅（maestro Adamo）：从1273年和1277年的两份史料中可以看出：亚当师傅为"英国人"（Adam Anglicus），曾为罗梅纳伯爵家中的门客（Magistro Adam de Anglia, familiare comitum de Romena），这就证明：本维努托、班巴利奥利、《无名氏评论》（*Chiose anonime*）等古代注释家曾分别说他是"布雷夏人"、"卡森蒂人"、"波洛尼亚人"，均不确。1270年，他曾住过波洛尼亚，而在这之前，他又曾在布雷夏小住，因此，波斯科-雷吉奥注释本指出，古代注释家之所以认为他是上述两地人，可能正是以此为根据。佛罗伦萨无名氏对他曾有较详细的介绍：亚当师傅曾受聘来到卡森蒂诺（Casentino）的罗梅纳城堡（Romena），当时，罗梅纳圭多家族（Guidi）的三位伯爵与佛罗伦萨市不和，这三位伯爵是：阿基诺尔佛（Aghinolfo）、圭多二世（Guido II）和亚历山德罗（Alessandro）。亚当师傅与他们勾结在一起，伪造佛罗伦萨所用的弗洛林金币，成色低劣，含金量仅为二十一开（应为二十四开），其余则以铜或其他金属。一日，亚当师傅在佛市使用伪币，被识破，遂被抓获，最后处以火刑，时为1281年。

18. 这里所用“滴水解渴”的典故出自《新约·路加福音》第十六章第二十三、二十四句：财主的灵魂在阴间受苦，见拉撒路在亚伯拉罕的怀里，就叫嚷：“我的祖宗亚伯拉罕啊！求你可怜我，求你打发拉撒路用指尖蘸点水来润润我的舌头吧。”

19. 卡森蒂诺位于阿尔诺河上游。

20. “清凉”和“湿软”两词系借用维吉尔的诗句：“泉水清凉，草地湿软。”

21. 诗中写亚当师傅所受的惩罚令人想起希腊神话中坦塔路斯（Tantalo）所受的刑罚：坦塔路斯为弗里吉亚（Frigia）国王，他为了证明天神是无所不知的，竟将两个儿子尼奥比斯（Niobe）和伯罗比斯（Pelope）杀死，用他们的肉来祭献天神。宙斯为此惩罚他，令他永受饥渴之苦：即将他缚在果树上，下身则浸入水中：他想扬首捕捉果子进食，果子就躲开他，令他捕捉不到；每逢他想俯身饮水，水也远离他，令他无法饮用。不少注释家认为，此段诗句可能是但丁受他所熟悉的十三世纪诗人泰里诺·达·卡斯泰尔菲奥连蒂诺（Terino da Castelfiorentino）的一首十四行诗的启发，诗中说：“因为最大的苦刑莫过于/眼见清澈的泉水就在身边/十分口渴却无法饮入口中。”

22. 罗梅纳城堡（参见注17）为圭多伯爵家族中的一支所拥有，故该家族亦以该城堡命名。

23. 佛罗伦萨所使用的弗洛林金币，始造于1252年，其一面为佛市城徽标记百合花，另一面为佛市保护神洗礼者圣约翰的形象。

24. 据巴塞尔曼考证，亚当师傅被焚之处是在罗梅纳城堡附近（当时，罗梅纳城堡归属佛罗伦萨地区），至今该地点仍被称为“奥莫尔托”（Ommorto），即“死人之地”；但也有人认为，该名称在意大利各地是很常见的。

25. 这里指罗梅纳家族的两位伯爵：圭多二世和亚历山德罗（参见注17）；至于“教士”一词可能是指阿基诺尔佛（参见注17），因为这是他的诨名，他死于1348年以前；也有人认为是指伊尔德布兰迪诺（Ildebrandino），他与圭多二世、亚历山德罗、阿基诺尔佛为同胞兄弟，是罗梅纳家族圭多一世（Guido I）的第四子，因他曾任阿雷佐主教，并为罗马涅地区教会教长。据悉，他们四兄弟中，只有圭多二世是死于但丁冥界之行这一年以前。

26. 布兰达泉（Fonte Branda）：古代注释家一致认为，此泉为锡耶纳的泉水，但近代注释家则依据巴塞尔曼的考证，认为是指罗梅纳城堡附近的一泓不甚知名的泉水，今已干涸，只见史料有载，因此，有人也怀疑，这后一说法，即指位于卡森蒂诺的同名泉水，是后人根据但丁的有关诗句加以命名的。

27. 这个魂灵指圭多二世，他死于1292年1月。波斯科-雷吉奥注释本说，但丁写本首时，亚历山德罗亦已死去（1304年），但丁冥界之行时，他则尚活着；但丁在《书信集》第二章中恰有一封信，是于1304年写给亚历山德罗的侄儿的，信中对亚的去世表示哀悼，其中不乏赞颂之词；据说，但丁流亡初期，曾得到圭多家族诸伯爵的帮助，由于诗中把他们所犯罪行公开于世，有人就怀疑上述信件是否属实，但迄今，注释家仍一致确认，该信是出自但丁手笔。因此，但丁可能是后来才闻知圭多等人对亚当师傅之死所负罪责，这也证明但丁的正义感：他尽管曾受恩于对方，但一旦发现对方的罪责，仍是不留情面，加以谴责的，类似的情况在《神曲》中应说是屡见不鲜。

28. “疯疯癫癫、转来转去的鬼魂”指假扮他人者，因为在这层恶囊中，只有他们所患的顽症未使他们倒下，可以来回跑来跑去；“手脚捆紧”意谓患病躺倒，不能动弹。

29. 这里用“一寸”（oncia），相当于一尺（piede）的十二分之一。

30. 这里的“十一里”相当于前一首第9句所提第九个恶囊的一半。

31. 这里指亚当师傅为圭多伯爵等铸造假币，

在应有的二十四开含金量中只用了二十一开黄金，三开则是“伪劣的黄金”，原文用的是mondiglia，直译为“质量坏的金属”或“下脚料”。

32. 这里用了一种自然现象来做比喻：在严寒的冬季，湿手接触冷空气，会“冒出热气”，犹如呵气一般。

33. 这里形容恶囊的地势，宛如由上至下呈陡峭斜坡状的山谷。

34. 这里引用了《旧约·创世记》第三十九章第六至二十三句的一个典故：以色列的儿子约瑟被以实玛利商人卖给埃及法老的内臣和护卫长波提乏为奴，因为约瑟长得非常英俊，波提乏的妻子就看中了他，多次引诱他与她通奸，约瑟都坚决拒绝了；一天，约瑟在办事，房中无人，波提乏的妻子又进来调戏，硬要与约瑟同床，约瑟急忙逃出房外，外衣却落到她的手中，她就大哭大闹，把家人都召来，指控约瑟调戏她，并拿约瑟的外衣作为物证，波提乏闻知，怒不可遏，令人把约瑟囚禁起来，但约瑟得到上帝的保佑，反得到狱长的赏识。诗中所说的“女人”即指波提乏的妻子。

35. 西农（Sinon或Sinone）：为尤利西斯的参谋，尤利西斯令西农诈降特洛伊王普里阿莫斯，说服特洛伊人将希腊人有意留在海滩上的木马拉入城中，当夜，藏于木马腹内的希腊伏兵潜出，内外呼应，一举攻陷特洛伊城。

36. 此处形容二人所患“急性热病”，发出如烧焦的油物一般的奇臭。

37. 此“男人”即西农。

38. “说话的人”即亚当师傅。

39. 指西农未向特洛伊国王普里阿莫斯如实交待木马的真相。

40. 因为木马计已写入荷马和维吉尔等的诗歌，举世皆知。

41. 那西索斯（Narciso或Narcisco）：为河神塞菲索斯（Cefiso）和林泽女神利丽奥皮斯（Liriope）之子，俊美异常，为许多女神所追求，但他仅欣赏自己，爱恋自身的容貌：一次，在泉水中映照，因对自身迷恋过甚，竟堕入水中溺毙，化为水仙花，故至今水仙亦以他命名。诗中所说的“镜面”即指水面，意谓那西索斯在水中映照自己，犹如“揽镜自照”。中世纪有关他的传说散布甚广，奥维德的《变形记》也讲述了他的故事。

42. 这里反映了维吉尔对但丁倾听两人对骂的不悦心情。

43. 这里运用以做梦为内容的曲折笔法，生动地描述了但丁见维吉尔责怪自己的惶恐复杂心理。

44. 此句是维吉尔安抚但丁的话，意谓：你的羞愧之心哪怕更少一些，也足以“洗净”你所犯的比这更大的“过错”。

第三十一首

1. 这里接续上一首的最后部分，即维吉尔责怪但丁注意亚当师傅与西农的低俗争吵，随后又原谅了他。
2. 此段用典取自希腊神话：阿奇琉斯的父亲珀琉斯（Peleo）为埃吉纳岛（参见第二十九首注13）国王，也是追随伊阿宋寻找金羊毛的阿耳戈英雄之一。他有一把投枪，该枪的铁锈能治愈被它刺破的伤口；该枪后来留给了阿奇琉斯。此典在中世纪颇常见，主要取材于奥维德的《变形记》等著作；在抒情诗中，此典又发展为描述爱情创伤，十三、十四世纪不少诗人都把此典比作所爱女人的亲吻和视线，大诗人彼特拉克的名著《歌集》中就有多处引用此典，描述爱情。
3. “背向那凄惨的深谷而行”指离开第十个恶囊，走上把第八环与第九环亦即中心深井隔开的那道堤岸。
4. 指这里的光线类似黄昏时刻。
5. 这里把传来的号角声比作十一世纪下半叶法国史诗《罗兰之歌》(*Chanson de Roland*)中罗兰壮烈牺牲前所吹出的号角声：法兰克国王查理大帝（Carlo Magno，742—814）于公元800年加冕为罗马国王，从而创建了神圣罗马帝国（Sacro Romano Impero）；公元778—779年，他曾率军征讨被阿拉伯人占领的西班牙，在比利牛斯山昂赛瓦山谷（Roncisvalle）遭到巴斯克人的挫败，其十二名武士（paladino）之一罗兰所率领的后卫军被叛军伏击，罗兰在阵亡前曾死命吹号角求援。《罗兰之歌》第1753—1767句曾对罗兰吹号角的情节作了细腻而生动的描绘：“罗兰把号角放到嘴边；紧紧地把它噙住，并用力把它吹响；山丘高耸，号声悠长；整整九十里的地方也能听到号声的回响；查理闻听此声，他的全部军队也都耳闻……罗兰伯爵精疲力竭，气喘吁吁，他忍着剧痛，吹出号角声；从他的嘴里，明亮的鲜血流如泉涌；他用力过猛，太阳穴也随之裂迸；号声响彻云霄，震得山摇地动；查理听到此声，听到它从山岭的峡谷传送：纳摩（Namo）听到此声，法兰克人都在伸耳倾听。”诗中所提“神圣的战友”即指查理大帝的十二名武士，他们都为自己的信仰而战死。
6. “巨人”即指试图将奥萨山放在奥林普斯山上，又将佩利奥斯山放在奥萨山上，作为云梯，登天进攻诸神的巨人（参见第十四首注11)。《旧约·创世记》第六章第四句也曾认为，世间是有巨人的：“当时，地上住着一些巨人，他们后来也存在”；因此，中世纪普遍认为，巨人是确实存在的。
7. 蒙泰雷焦尼（Montereggioni）系1213年锡耶纳人在埃尔萨河谷（Valdelelsa）建立的一座城堡，以抗拒佛罗伦萨人的入侵。今为一小镇，位于锡耶纳省西北十四公里处；埃尔萨河（Elsa）则为阿尔诺河一支流，水质多钙，全长六十四公里。该城堡在1260—1270年间又在城墙上增建了十四座高约二十米的瞭望塔；今天，这些塔楼大部分已塌毁，但仍很壮观。
8. 指企图登天反对诸神的巨人在弗雷格拉大战中被宙斯用雷电劈死（参见第十四首第58句和注11)。
9. 该巨人为宁禄（Nembrotto或Nembrot, Nembrod, Nembrotte)。他是含（Can）的后代，巴比伦第一个国王。《旧约·创世记》第十章第六至十句中说他是含的儿子古实（Cus）之子，是“世上勇士的始祖”，还是个“孔武有力的猎人”。但丁在《论俗语》和《炼狱篇》中曾根据基督教早期领袖著作的传统说法，把他说成是建造位于示拿（Sennerr）的巴别（Babele）城和同名高塔的主要负责人：《旧约·创世记》第十一章第一至八句中曾指出，原来“全地的人只说一种语言”，正因人类好大喜功，要建造一座城池和一座“耸入云霄的高塔”，以求扬名天下，并避免人口四下流散，这座城池和高塔便叫做“巴别”，但此举动激怒了上帝，上帝把他们分散到各地，并制造多种语言，“搅乱”了他们的“语言”，使他们无法相互交谈和沟通。

10. 此句意谓：巨人具有摧毁人类的巨大威力，犹如战争，他们在自然界中消失，是一大"善事"，正像战神玛尔斯（Marte）丧失其在人间的"战争执行者"一样。

11. 这里是说，大象和鲸鱼等动物有伤害人类的意志和威力，却缺乏理智，因而人类才能更容易地对抗它们。

12. "松果"（pina或pigna）是青铜顶饰建筑物，据说原是罗马皇帝阿德里亚诺（Adriano，76—138）自行设计的陵墓的顶饰，也有说是罗马万神庙（Pantheon）的装饰物。公元498—514年任教皇的希马克（Simmaco）将它移至圣彼得大教堂前厅作为喷水池的装饰物；教皇朱利奥二世（Giulio II，1443—1513）在位时又将它拆除；现该松果存于梵蒂冈松果院（Cortile della Pigna）由文艺复兴时期著名建筑师布拉曼泰（Bramante，1444—1514）设计的贝尔维代雷大壁龛（Nicchione del Belvedere）内。但丁时期，该松果已相当残破，如今高度为四点二十三米。

13. "遮羞布"原文为perizoma，在希腊文中意谓掩盖下体部分的衣衫；但丁借用此词可能源于《旧约·创世记》第三章第七句，即指亚当与夏娃围在腰上的"编织成块"的"无花果树的叶子"。

14. 弗里西亚人（Frison或Frisoni）：为荷兰位于北海之滨的弗里西亚（Frisi或Frisia）的居民，属日耳曼族，身材极高，超过世人，故以身高著称。诗中是说，即使把三个弗里西亚人像叠罗汉似的摞在一起，也摸不到宁禄的头部。

15. "扣斗篷的地方以下"指锁骨部分。

16. 这里用"拃"（palmo）来计算宁禄的上半身（即从锁骨到腰部）的长度。古时每一拃约合零点零七四米，以此推算，宁禄的上半身约为三米，但这里只是用来形容宁禄身材的巨大，不宜以数学实际数值来计算。萨佩纽和波斯科－雷吉奥两注释本均未就此提出具体数字：前者只是提及，据近代注释家卡米利（Camilli）推算，宁禄身高约二十八米，而后者则估计有二十五米；也有人估算宁禄上半身长约七米。

17. 此句的原文为Raphèl maí amècche zabí almi，古代注释家曾设法破译此句，结果徒劳；其实，但丁故意写出如此费解的词句，其目的可能是使读者对巴别塔造成的语言混乱有一个"具体概念"（德·奥维德）。但也有人认为，但丁是依据《圣经》和中世纪词汇中一些希伯来文的发声构思出来的；近代注释家（如莫米利亚诺Momigliano）则认为，诗中有意让宁禄发出令人难懂的呼声，而其他巨人则均沉默不语，主要用以说明作为第九环看守者的巨人无力用言语自我表达。

18. 这里的号角指狩猎时使用的号角，因《旧约·创世记》曾把宁禄说成"孔武有力的猎人"（参见注9）。

19. 此处仍指宁禄建造巴别塔，从而导致人类语言的混乱。

20. 厄菲阿尔特斯（Fialte或Efialte）：参加反对宙斯等天神的弗雷格拉大战的巨人之一，为海神奈图努斯（Nettuno）与伊菲美狄亚（Ifimedia）所生，为最胆大包天的巨人中的一个。

21. 布里阿留斯（Briareo）：为乌拉诺斯（Urano）与大地女神泰拉（Terra）之子，为巨人中最凶恶的。据说，他有一百条胳臂，五十个头，五十张嘴中可喷吐烈火。维吉尔在《埃涅阿斯记》第十章第565—568句中曾对他作了上述描绘，但诗中并未沿袭这种写法，而是把他写成与其他巨人一样亦有人性。

22. 安泰俄斯（Anteo）亦为海神奈图努斯与大地女神泰拉所生。据说，他住在利比亚沙漠地带一个大山洞内，以狮子为食（卢卡努斯的《法尔萨利亚》第四章和维吉尔的《埃涅阿斯记》第一章均描述了这一点）。他曾许愿要用人的头骨为其父海神的庙宇修建顶盖，因而他杀死一切过往行人。海格立斯为民除害，曾与之搏斗，把他三次打倒在地而不胜，因他一旦倒在地上，大地母亲就赋予他新的力量。最后，海格立斯把他举起，使他离开地面，将他扼死。诗中把他写成未参加弗雷格拉大战，因此未被锁链捆缚，并把他说成与宁禄不同，即他能操人类能懂的语言。

23. "罪恶深渊的底部"即地狱的最底层。

24. 这里似乎是说：厄菲阿尔特斯闻听维吉尔称布里阿留斯比他凶猛，同时又感到自己受刑是一种屈辱，因而随时都会暴跳如雷。

25. 这里用"阿拉"(alla)来描述安泰俄斯的上半身长度：阿拉原为古代弗朗德勒(Fiandre)即今佛拉芒地区(Fiamminghe)所用的度量尺度，相当于古意大利部分地区所使用的"卡纳"(canna)，一"卡纳"相当于二米或二点六米；也相当于佛罗伦萨当时所用的一"哷"(braccio)，一"哷"相当于一点八二米。这里也是借以强调安泰俄斯的"巨大"，无须斤斤计较。萨佩纽注释本说，五阿拉与宁禄的身量差不许多，相当于三十拃，而波斯科-雷吉奥注释本则认为，五阿拉相当于两哷半，亦即七米左右。

26. "幸运的河谷"指巴格拉达河(Bagrada)河谷，该河位于北非扎马(Zama)附近，安泰俄斯所住山洞即在此地；公元前202年，罗马名将斯基比奥(Scipione)曾在扎马大败迦太基名将汉尼拔，斯基比奥因而获得"阿非利加的斯基比奥"的光荣称号。据萨佩纽注释本称，此句有两种解释：一是该河谷因斯基比奥在此获胜而出名，从而成为"幸运的河谷"；一是该河谷使斯基比奥获得光荣的战功；波斯科-雷吉奥注释本则认为，该河谷之所以为"幸运"，是因为它既是安泰俄斯的住地，又是斯基比奥获胜的战场。

27. 据卢卡努斯在《法尔萨利亚》第六章第596—597句的说法，由于大地女神"怜惜上天"，安泰俄斯未被派去参加弗雷格拉大战。这里的"大地之子"指所有巨人。

28. 科奇土斯(Cocito)即位于地狱最底层的科奇土斯冰湖，是惩罚各类叛徒之所在。

29. 提替俄斯(Tizio)和提弗乌斯(Tifeo或Tifo)均是反对天神的巨人，前者曾诱惑月神狄亚娜和日神阿波罗之母拉托娜(Latona)，被阿波罗用雷电击毙；后者在登天时被宙斯用雷电劈死，葬于埃特纳火山(Etna)。卢卡努斯在《法尔萨利亚》第四章第595句中曾把二人并提，并说他们不如安泰俄斯强而有力。

30. "此人"指但丁；"物品"指地狱中的鬼魂都渴望自己能在人世间扬名。

31. "扭曲面孔"指面部露出蔑视、厌恶的表情。

32. 这里是说但丁这时只是在人生旅程中的一半，若以七十岁作为人的平均寿命，不过三十五岁，尚有三十五年好活。

33. 指海格立斯与安泰俄斯搏斗时，曾被安用双手抓住。

34. 加里森达斜塔(Garisenda)是波洛尼亚两座著名斜塔之一(另一斜塔名阿西奈利Asinelli)，二塔现成为波市的标记。加里森达塔为1110年加里森达家族两兄弟腓力浦(Filippo)与奥多(Oddo)所建，正如阿西奈利塔为1100年由阿西奈利家族两兄弟所建一样。阿西奈利塔高一百零七米，倾斜度为一米余，加里森达塔比它矮，但倾斜度则更甚。二塔均筑于波市拉维加纳门广场(Piazza di Porta Raviggiana)，1286年，二塔四周许多民房被拆除，因而显得十分突出。加里森达塔现高四十七点五一米，因十四世纪下半叶时，曾被拆掉一部分。佛罗伦萨古代手抄本曾将加里森达的"加"(Ga)写成"卡"(Ca)，一般则用"加"。波斯科-雷吉奥注释本循佩特罗基注释本，将加里森达则仍作"卡里森达"(Carisenda)。

35. 此句意谓：科奇土斯湖为地狱之王卢齐菲罗与叛徒犹大所在地。第九环又分四环，第四环即为"犹大环"(Giudecca)，犹大的鬼魂即在此受苦。第四环之下有天然洞穴(burella)，为卢齐菲罗栖息之所。

第三十二首

1. “凄惨的洞穴”指位于地狱中心的深井。
2. “整个宇宙的底层”指地狱的底层，因而也是地球的中心；依照中世纪托勒密天文体系的说法，地球位于整个宇宙的中心，并且是不动的，因此，地狱的底层，亦可说是整个宇宙的中心。
3. “呼妈唤爸的舌头”指儿童的语言，幼稚的才智；但丁在《论俗语》中曾指出：“妈妈”和“爸爸”是“幼雅的语汇”(puerilia)，是不能用于高雅的文风的，正因如此，近代注释家基门兹曾对此提出质疑，因为《神曲》并非用“悲剧”文体亦即高雅文风写成的；其实，这里只是强调，要用“适当的词语”来表达，要使语言与题材相适应。
4. “众女神”指司文化艺术的九位“缪斯”(Muse)，她们是化为牧人的宙斯与记忆女神穆尼摩西尼斯(Mnemosine)所生：克利奥斯(Clio)司历史，欧特尔皮斯(Euterpe)司音乐，塔丽亚(Talia)司喜剧，梅尔波麦尼斯(Melpomene)司悲剧，特尔西科雷斯(Tersicore)司舞蹈，爱拉托斯(Erato)司哑剧和歌唱诗，波丽妮亚(Polinnia)司抒情诗，乌拉妮亚(Urania)司天文学和数学，卡丽奥皮斯(Calliope)司史诗。
5. 安菲翁(Anfione)为宙斯与河神阿索波斯(Asopo)之女、特拜王后安提奥佩(Antiope)所生的私生子，善用竖琴吟诗作歌；据说，太阳神阿波罗送他一把金竖琴，在缪斯女神的启示下，他用竖琴弹奏出甜美的乐声，竟使西特罗尼斯山(Citerone)的岩石为之所动，纷纷滚落下来，他便与其弟泽托(Zeto)一起，用这些石头建起特拜城的围墙。此说见贺拉斯的《诗艺》(*Ars poetica*)第394—396句和斯塔提乌斯的《特拜战记》第十章。
6. 波斯科-雷吉奥注释本认为，此句意思含糊：为何“困难”？是由于第5、6句所说的困难，还是因为这些鬼魂在冰湖中受苦的情况难以描述？
7. 此深井是地狱的最后一环，犹如井底，由一大片冰湖构成，比巨人的脚要低(因巨人是踩在深井外缘的边沿斜坡上)。这冰湖根据鬼魂生前所犯的不同的罪状，分成四个区域(或称四环)，呈斜坡状，直通地心，那里则是卢齐菲罗的所在地。波斯科-雷吉奥注释本特别指出：第九环四个区域之间的差别仅在于被插入冰湖中的罪人所处的位置和姿态。既然冰湖呈斜坡状，似仍有层次之分。
8. 萨佩纽和波斯科-雷吉奥两注释本都认为：由于巨人是踩在更高一层的石阶上或斜坡的顶端，但丁与维吉尔显得“低矮更甚”；也有人认为，安泰俄斯虽把但丁等放在他的脚下，但还有一定距离，而冰湖地势又呈斜坡状，故但丁显得更加低矮。
9. 这里的“兄弟们”不是指下面所说的两兄弟，而是泛指在冰湖中受苦的同伴。
10. 这里的“湖水”即科奇土斯湖。按希腊神话以及荷马、柏拉图、维吉尔等希腊罗马诗人所述，科奇土斯原是地狱中的一条河流，围绕塔尔塔罗亦即地狱所在地，河岸上游荡着死后未被掩埋的亡魂，而塔尔塔罗则是惩罚不能赎罪的鬼魂之所在。但丁把它虚构为冰湖，其湖水是受卢齐菲罗扇动翅膀，刮起寒风，冻结成冰的，这一点在第三十三首和第三十四首中有叙述。
11. “寒冷的天空”指俄罗斯的天空。
12. 坦贝尔尼基山(Tambernicchi)：古今注释家对此山有多种解释：佛罗伦萨无名氏认为，它是“斯基亚沃尼亚(Schiavonia)的一座大山，极高，全部为岩石，几乎无土，一眼望去，仿佛浑然一体”；斯基亚沃尼亚或斯拉沃尼亚(Slavonia)为现今坐落于萨瓦河(Sava)下游、德拉瓦河(Drava)下游与多瑙河之间的南斯拉夫北部地区。但其他古代注释家则几乎都认为是巴尔干半岛的一座山岭，或属匈牙利，只布蒂认为是指阿美尼亚(Armenia)的一座山峰。许多近代注释家(如巴塞尔曼)沿袭上述古代注释家的说法，认为该山是位于托瓦尔尼克(Tovarnik)附近的伏鲁斯卡峰(Fruska Gora)或离波斯图米亚（Postumia）不远的雅沃尔尼克峰（Iavornik）。但托拉卡根据下面提到的皮埃特拉帕纳山（Pietrapana），认为此山可能是与皮埃特拉帕纳山同属阿普阿纳阿尔卑斯山脉（Alpi Apuane）的坦布拉峰（Monte Tambura），古书上则称此山为“斯坦贝尔利凯山”（Stamberlicche）。波斯科-雷吉奥注释本认为，此说较可信，而且但丁可能把同一山脉的两座大山合在一处了。皮埃特拉帕纳山，或称“皮埃特拉·阿普阿纳山”（Pietra Apuana，意谓“阿普阿纳的石头”），即现今阿普阿纳阿尔卑斯山脉的帕尼亚·德拉·克罗切山（Pania della Croce），高一千八百五十九米，位于坦布拉峰东南塞尔基奥河（Serchio）与马格拉河（Magra）之间（二河可分别参阅第二十一首第49句和第二十四首第145句）。

13. 这里把叛卖者的鬼魂比作青蛙，这种类比与第九首第76—78句和第二十二首第25—27句的写法同出一辙；注释家认为，这种类比源自奥维德的《变形记》第六章。

14. 指青蛙多叫的季节正值夏初收麦季节。

15. 此句意谓：鬼魂受冰冻之苦是从“嘴上”和“眼里”表现出来的：嘴上是“打战”，眼里则是“流泪”。

16. 这里是该隐环（Caina），是第九环的第一层，是惩罚叛卖亲属者之所在，故以《旧约·创世记》第四章第一至八句所述杀死亲生弟弟亚伯的该隐（Caino）命名。这里所说“紧贴在一起”的两个人，即生前手足相残、死后也一直相互敌视的亲生兄弟，详见下文。

17. 注释家对此句诠释不一：萨佩纽注释本认为，近代注释家波雷纳的解释，即泪水流到双唇之间，被寒冷冻住，从而双唇也被“密封”了，是“不能令人信服”的，而卡西尼（Casini）的解释则更符合当时情况，即：通过泪水，两兄弟被冻到一起，“嘴对嘴地联接到一处”；波斯科-雷吉奥注释本则对上述看法有保留，认为泪水不可能冻成厚厚的冰块，把两兄弟联接到一处；它认为，“最合逻辑、最简单的解释”是：眼泪流到嘴边，而眼中的余泪结冻成冰，从而把双眼“密封”，使之看不见东西。但它未说明何以二人怒气冲天，互相顶撞，又如诗中所说的，何以二人比铁条钳木板还贴得更紧。

18. 毕森丘（Bisenzo或Bisenzio）为阿尔诺河右方支流；该河从毕森丘河谷（Valle Bisenza）“倾泻而下”，流经普拉托（Prato），然后汇入阿尔诺河。

19. 阿尔贝托（Alberto）为佛罗伦萨贵族，世袭伯爵，全名为阿尔贝托·德利·阿尔贝蒂（Alberto degli Alberti），在毕森丘和西埃维（Sieve）两河谷地区拥有许多城堡，维尔纽（Vernio）、曼哥纳（Mangona）均为其采地。其妻瓜尔德拉达（Gualdrada），生三子：长子那波莱奥内（Napoleone），次子亚历山德罗（Alessandro），幼子古利埃尔摩（Guglielmo）。他死后，不知何故，将财产十分之九遗给次子和幼子，长子则仅得十分之一，这引起兄弟间争夺遗产的流血斗争。

20. “从一个肉体中出生”即指一母所生，因而是同胞手足。此二人是那波莱奥内和亚历山德罗。据佛罗伦萨无名氏称，他们二人为争夺城堡，最后同归于尽；萨佩纽和波斯科-雷吉奥两注释本也指出，其中也有政治原因，但以利益冲突为主：那波莱奥内为吉伯林派，亚历山德罗则为归尔弗派；早在1259年，那波莱奥内就以暴力夺取了属于其弟之遗产，后来在佛罗伦萨市政府的调解下，不得不将所夺的曼哥纳城堡归还原主；1279年，枢机主教拉蒂纳出面斡旋，调解兄弟冲突未果，双方斗争愈演愈烈；1282年至1286年间，兄弟二人进行了殊死搏斗，手足相残，在这之后，亚历山德罗之子阿尔贝托又手刃了那波莱奥内之子奥尔索（Orso）。

21. 此人为摩尔德雷（Mordret或Mordrec）：为亚瑟王之子（也有说是亚瑟王之侄或甥的），曾预谋弑父，篡夺王位，但被亚瑟王发现，用长矛将其刺死，事见法国骑士传奇《湖上的朗斯洛故事》（*Histoire de Lancelot du Lac*，参见第五首注23），其中描述：亚瑟王的长矛刺穿了他的前胸，长矛拔出后，阳光射入创口，从而把其身影也破坏了。佛罗伦萨无名氏、大诗人卡尔杜契也都曾对此作过描述。

22. 佛卡恰（Focaccia），为皮斯托亚名门望族瓦尼·德伊·坎切利埃里（Vanni dei Cancellieri）之绰号，意谓“烤饼”，属该家族的白党。《皮斯托亚故事集》（*Storie pistoresi*）一书说他性喜寻衅闹事，其妻为维尔乔莱西家族（Vergiolesi）的塞尔维珈（Selveggia），十三世纪新体诗诗人、但丁之友齐诺·达·皮斯托亚（Cino da Pistoia）曾写诗歌颂过她。坎切利埃里家族内部黑白两党纷争，佛卡恰为维尔乔莱西家族一名被坎切利埃里家族黑党分子杀害的成员报仇，竟杀死其堂兄德托·迪·梅塞尔·西姆巴尔多·德伊·坎切利埃里（Detto di Messer Simbaldo dei Cancellieri），又在蒙泰穆尔洛城堡（Montemurlo）杀死德托·德伊·罗西（Detto dei Rossi）。但古代注释家说他被打入该隐环受苦是因为曾杀死其叔父，但丁之子彼特罗则说他有弑父之罪；近代注释家验证，此说不确。唯一可靠的说法仍是他曾杀死其堂兄，近代的巴尔比、皮亚托利（Piattoli）并说，他是在其堂兄进入一个曾用披肩取笑过他的人的店铺时杀死其堂兄的。

23. 萨索尔·马斯凯罗尼（Sassol Mascheroni），为佛罗伦萨显贵托斯基家族（Toschi）成员。古代注释家对其所犯罪行说法不一；据佛罗伦萨无名氏称，他为夺占叔父的产业，杀死其叔父的独生子，亦即其堂弟。他作案后曾离开佛市，后又返回，这时其叔父已死，他于是便侵吞遗产。后其罪行被揭露，他被捕，判处死刑：先被置入装有钉子的酒桶之内，在地上拉来滚去，然后被枭首示众。此事当时在托斯卡纳地区为人所尽知，故诗中说，“你若是托斯卡纳人，如今就该很清楚他是何许人”。

24. 卡米丘恩·德·帕齐（Camicion de Pazzi），全名为阿尔贝托·卡米丘内·德伊·帕齐·迪·瓦尔达尔诺（Alberto Camicione dei Pazzi di Valdarno），据佛罗伦萨无名氏说，他曾与同宗乌贝尔蒂诺·德伊·帕齐（Ubertino dei Pazzi）共同占有一些城堡，他为独吞此产业，曾骑马持刀，将乌贝尔蒂诺践踏在地，乱砍数刀，最后结果其性命。

25. 卡尔林（Carlin）即卡尔利诺·德伊·帕齐·迪·瓦尔达尔诺（Carlino dei Pazzi di Valdarno），为佛罗伦萨归尔弗派白党分子。据维拉尼在《编年史》第八章中说，他与被放逐的白党分子一起曾固守皮安特拉维尼埃城堡（Piantravigne）；1302年7月15日，他背叛本党，竟把城堡拱手奉献给围攻城堡的黑党敌军，致使许多白党分子战死或被俘，而他则得以返回故土，并获得大笔赏钱。因此，卡尔利诺是背叛本党的政治叛卖者，所犯罪行比卡尔丘内更重，被打入第九环第二层即安特诺尔环（Antenora）受苦。与该隐环不同的是：那里的鬼魂虽也埋在冰中，头却是扬起的。

26. “中心地区”指地球和宇宙的中心，是一切重量集中之所在。

27. “永恒的冰天雪地”即指寒冷的地狱。

28. 蒙塔佩尔蒂（Montaperti或Monteaperti），为距锡耶纳不远的山口，1260年9月4日，佛罗伦萨归尔弗派与吉伯林派在此进行了一场鏖战，吉派领袖法里纳塔·德利·乌贝尔蒂在西西里王曼弗雷迪的援助下，大败敌军（参见第六首注11和第十首第22—102句及有关注释）。这里所说的鬼魂是归派分子博卡·德利·阿巴蒂（Bocca degli Abati），他在战斗中背叛本党，用剑将持有佛罗伦萨市府旗帜的同党纳卡·德伊·帕齐（Nacca dei Pazzi）的手砍断，归派军队见本党旗帜倒地，博卡叛党，纷纷溃逃。维拉尼的《编年史》第六章和马拉斯皮尼的《佛罗伦萨编年史》第171节对此均有记载。归派失利后，佛市由吉派掌权，在此期间，博卡参加了吉派；1266年归派东山再起，重掌佛市大权，博卡被放逐。

29. 安特诺尔环是以特洛伊城的安特诺尔

(Antenore)而得名。荷马史诗中把他说成睿智而善辩的王子。他曾规劝特洛伊人送还被帕里斯抢来的海伦，以求与希腊人和解，但特洛伊人未听从他的建议。据中世纪塞尔维奥(Servio)对维吉尔《埃涅阿斯记》的评注说，他曾背叛祖国，私自将特洛伊城守护神像帕拉迪奥(即雅典娜神像)献给敌人，并打开木马的小门，放出伏兵。此说在中世纪传布甚广，但丁未阅读过荷马史诗，可能就因袭了当时流行的说法，把安特诺尔作为卖国贼、叛党分子的代表，用以命名第九环第二层。

30. 此句有两种解释：一是即使你是活人，这一足也嫌过重；一是我若是活人，我绝不会受此侮辱，定要报复。萨佩纽和波斯科-雷吉奥两注释本都倾向于后一种说法。近代文学史家维托里奥·罗西(Vittorio Rossi, 1865—1938)根据上下文，也断定是博卡说"倘若我是活人"，因而下句但丁便说"我可是活人"。

31. "其他纪录"指但丁游地府所见所闻的其他情况。

32. 由于博卡生怕世人对他的罪行一概尽知，对但丁许诺为他在世间宣传，根本不领情。

33. 波斯科-雷吉奥注释本认为，"眼睛拼命往下瞧"并非指他害怕被认出，低头试图掩饰自己，而是要拼命想从但丁手中挣脱，因为光是把眼睛"往下瞧"是不足以隐藏自己的面孔的。

34. "用腮帮子打出声响"即指冻得牙齿打战。

35. "那个家伙"即指插嘴揭露博卡姓名的鬼魂。

36. 此人是布奥索·迪·多维拉(Buoso di Dovera或Dovara)。他曾与乌贝尔托·帕拉维齐诺(Uberto Pallavicino)一起统治克雷莫纳(Cremona)，而在这之前，他原为克市所属松齐诺(Soncino)僭主，属吉伯林派多维拉家族；1247年起与乌贝尔诺联手，直至1267年止。1265年，西西里王曼弗雷迪出钱，让他组织民兵，在伦巴第地区抗拒法国的安茹的查理大军，后他受法国人贿赂，使敌军兵不血刃，长驱直入(事见维拉尼《编年史》第七章)。1266年，贝内文托战役中吉伯林派败于归尔弗派，他被逐出克市；1282年，他重返克市，被当权的归派捕获。诗中把他作为受贿叛党者。

37. 此人名泰萨乌罗·德伊·贝卡里亚(Tesauro dei Beccaria)，帕维亚(Pavia)人，为本笃会瓦隆布罗萨(Vallombrosa)修道院院长，曾任教皇亚历山德罗四世(Alessandro IV)在托斯卡纳地区的特使。他属归尔弗派，但于1258年吉伯林派被逐出佛罗伦萨后，他曾建议使吉派返回佛市，因而以背叛佛市归派的罪名，被捕入狱，后被斩首。维拉尼《编年史》第六章对此有记载。大卫德森(Davidsohn)的《佛罗伦萨史》(*Geschichte von Florenz*)第二章曾证明他有背叛行为；另但丁的老师布鲁内托·拉蒂尼(参见第十五首)在一封以佛市名义写给帕维亚市府的信中曾提及泰萨乌罗的供词。

38. 贾尼·德·索尔达尼埃尔(Gianni de' Soldanier)，属佛罗伦萨吉伯林派名门望族，曾在1266年11月动乱中背叛其所属党派，参加了归尔弗派，维拉尼《编年史》第七章中也曾记载此事，指责他为取得权势地位而出卖吉伯林派利益，但维拉尼在同书第十二章又对他备加赞扬，把他与贾诺·德拉·贝拉(Giano della Bella)、维埃里·德伊·切尔基(Vieri dei Cerchi)乃至但丁等人相提并论，认为他们都是于佛罗伦萨市有功、但却被佛市居民恩将仇报的人。

39. 加奈洛内(Ganellone，法文为Guenelun)：原名"加诺·迪·马干扎"(Gano di Maganza)，在记述公元八世纪法兰克王朝第二王朝即加洛林王朝的骑士传奇的诗歌(其中包括《罗兰之歌》)中，他曾作为典型的叛徒，是在昂赛瓦山谷伏击罗兰率领的查理大帝后卫军(参见第三十一首注5)的主要策划者，当时，他作为派驻西班牙的特使，与摩尔王马尔西利约(Marsilio)串通，在昂赛瓦山谷埋下伏兵。

泰巴尔代洛的全名为泰巴尔代洛·德·扎姆布拉西(Tebaldello de Zambrasi),属法恩扎吉伯林派。波洛尼亚吉伯林派兰贝尔塔齐家族(Lambertazzi)的成员被当权的归尔弗派逐出波市,逃往法恩扎,一度曾戏弄过他,他怀恨在心,为报复,他背叛本党,于1280年11月13日大开城门,把法恩扎献予了波洛尼亚归尔弗派杰雷梅伊家族(Geremei),因而在市镇割据的当时,是叛党叛国的双料货,十三世纪末和十四世纪初有关波洛尼亚党派之争的叙事诗中对此都有记述。两年多后,泰巴尔代洛在圭多·达·蒙泰菲尔特罗大败归尔弗派军队的战役(参见第二十七首第43—44句和注11)中战死。

40. 此二人即乌哥利诺伯爵(conte Ugolino)和鲁吉埃里大主教(arcivescovo Ruggieri),详见第三十三首。

41. “上面的人”为乌哥利诺,“下面的人”为鲁吉埃里。

42. 提德乌斯(Tideo),为卡列多尼亚(Caledonia)国王,围攻特拜城的七王之一。据斯塔提乌斯在《特拜战记》第八章第732—766句中说,他被特拜人梅纳利普斯(Menalippo)刺中致命伤,但他也及时给以反击,将梅杀死;他在性命垂危时,令同伴将梅的首级枭下,他愤恨地拿在手中啃啮。

43. “其他部分”指脑浆、皮肉等。

44. 对此句有三种解释:一是说,只要舌头不至干枯,陷于瘫痪;二是说,只要死神不提前阻止诗人讲话;三是说,只要我的语言,亦即我的诗歌,不至衰亡。最后一种诠释是近代注释家卡洛·格拉布埃尔(Carlo Grabher)提出的,他说:这是“宣布诗人对自己诗歌的不朽价值的坚定而清醒的信念,因而他将能使乌哥利诺的悲惨遭遇世代流传下去”。波斯科-雷吉奥注释本接受上述说法。

第三十三首

1. 本首中乌哥利诺伯爵向但丁倾诉他与儿孙们的悲惨遭遇一段,是《神曲》全诗最著名的精彩篇章之一。

2. “那个罪人”即指乌哥利诺伯爵。他全名为乌哥利诺·迪·归尔弗·德拉·盖拉尔德斯卡(Ugolino di Guelfo della Gherardesca),是多诺拉蒂科(Donoratico)伯爵,十三世纪上半叶生于伦巴第地区的名门望族,其父为归尔弗一世(Guelfo I),在比萨境内的马雷马地区和撒丁岛有大片采地。乌哥利诺子孙众多,其中与他后来同死狱中的有二子,即加多(Gaddo)和乌古乔内(Uguccione);二孙,即尼诺Nino,绰号“旅长”(Brigata)和安塞尔穆丘(Anselmuccio),前者是其长子归尔弗二世(Guelfo II)之子,后者为其另一子洛托(Lotto)之子。其家族一向属吉伯林派,但1275年,他与其婿、归尔弗派头目乔瓦尼·维斯贡蒂(Giovanni Visconti)密谋使归尔弗派在比萨掌权,也许正因如此,诗中把他作为叛党者打入第九环的安特诺尔环。上述密谋未得成功,他被逐出比萨,但次年,他又在佛罗伦萨和归尔弗派的帮助下,重返比萨,恢复权势,并曾率领比萨舰队,与热那亚作战。1284年,比萨在梅洛里亚(Meloria)战役中战败,但他保持作为比萨首席执政官的地位。这时,热那亚、佛罗伦萨、卢卡三市准备结盟,反对比萨;为分化敌人,他将比恩蒂纳(Bientina)、里帕夫拉塔(Ripafratta)和维亚雷焦(Viareggio)三座城堡送与卢卡,将福切基奥(Fucecchio)、山中圣玛利亚(S.Maria in Monte)、卡斯泰尔佛兰科(Castelfranco)、蒙泰卡尔沃利(Montecalvoli)、蓬泰德拉(Pontedera)等地送与佛罗伦萨,从而加强了比萨的地位,消除威胁。1285年,他又将外孙乌哥利诺·维斯贡蒂(Ugolino Visconti,亦称“尼诺”〈Nino〉)吸收入政府,与他联合执政。但不久,其外孙与他不和,并夺走了他在撒丁的一些城堡。1288

年，梅洛里亚战役中被俘的一些将士返回比萨，吉伯林派大主教鲁吉埃里·德利·乌巴尔迪尼（Ruggieri degli Ubaldini）借机，与瓜兰迪（Gualandi）、西斯蒙迪（Sismondi）、兰弗兰基（Lanfranchi）等与他为敌的三大家族一起，于同年6月，发动平民起义，推翻其政府。当时，他不在市内，其外孙则被逐。他闻讯后，立即赶回，试图夺回政权，不料，鲁吉埃里大主教又发动人民暴动，将他与其二子、二孙捕获，囚入塔楼；囚禁九个月之后，终于在1289年2月，五人均在塔楼中被活活饿死。

“可怕的食物”指被乌哥利诺伯爵啃啮的鲁吉埃里大主教的脑袋。

3. 鲁吉埃里大主教，为著名的枢机主教奥塔维亚诺·德利·乌巴尔迪尼（参见第十首注31）之侄，曾任波洛尼亚大主教，1271年被拉维纳吉伯林派召去，任该市大主教，当时，归尔弗派也任命一名该市大主教，双方冲突，教皇不得不把二人均逐出该市。1278年，任比萨大主教，这时，乌哥利诺伯爵与其外孙尼诺不和，他借机介入，试图恢复吉伯林派在该市的统治地位。他左右逢源，假意与一方友好，反对另一方，最后将双方均击败。这可能是他作为政治叛卖者被打入安特诺尔环的原因。乌哥利诺及尼诺倒台后，他自立为比萨首席执政官。乌哥利诺死后，他无力与尼诺·维斯贡蒂对抗，被迫辞去首席执政官之职，比萨先后被瓜尔蒂埃里·迪·布隆弗尔泰（Gualtieri di Brunforte）和圭多·达·蒙泰菲尔特罗（参见第二十七首注6）所控制。1289年，教皇尼可洛四世（Niccolò IV）曾严厉谴责他对待乌哥利诺伯爵及归尔弗派的残忍行为。尼克洛四世死后，他才得以重新在本教区活动，后移居维泰勃（Viterbo），1295年死于该市。

4. 史料未说明鲁吉埃里大主教是如何取得乌哥利诺伯爵的“信任”又背叛了他。波斯科-雷吉奥注释本依据当时编年史家的说法，指出：鲁吉埃里大主教推翻乌哥利诺及其外孙联合领导的政府后，曾劝说当时不在市内的乌哥利诺伯爵返回比萨，假意允诺与他和解，乌相信了他，果然返回，却不料被捕并囚禁至死。

5. “鹰塔”是囚禁乌哥利诺伯爵及其子孙四人之所在，原文是muda，意谓养鸟换毛的地方，对此，萨佩纽和波斯科-雷吉奥两注释本有两种说法和印法：前者把此词作为普通名词，小写，称：之所以用此词，是因为当时市府把喂养的老鹰放入其中脱毛、换毛，乌哥利诺被囚其内，犹如老鹰换毛，这也是布蒂等古代注释家的说法；后者则将此词作为专有名词，大写：将muda印为Muda，是瓜兰迪家族的一座塔楼的名称，即“鹰塔”（Torre della Muda），位于比萨骑士广场（Piazza dei Cavalieri），至十八世纪为止，一直用作监狱，这也是近代佩特罗基注释本的说法。

6. 乌哥利诺等人是在其中活活饿死的，因此，后人称“鹰塔”为“饿塔”（Torre della Fame）。

7. “此人”即指鲁吉埃里大主教。

8. 此处把以鲁吉埃里大主教为首的吉伯林派对乌哥利诺父子和祖孙的迫害比作“围猎”，把乌哥利诺本人比作“老狼”，把其子孙比作“小狼”。

9. 诗中的“崇山峻岭”是指比萨峰（Monte Pisano）或称圣朱利亚诺峰（Monte di San Giuliano），该峰高九十一米。布蒂曾说：“在比萨与卢卡之间若无比萨峰，两市距离如此之近，一市则会看到另一市。”

10. 这里仍在叙述乌哥利诺在梦中所见，其中三个家族可参见注2。

11. 这里乌哥利诺把孙子也列入“儿子们”之中，因为他对孙子也怀有亲切的父辈感情，如下面第51句中，其孙子安塞尔穆丘也称他为“父亲”。与他监禁一起的加多和乌古乔内都是他与其妻玛格丽塔·德伊·帕诺基耶斯基（Margherita dei Pannocchieschi）所生，至于两个孙子尼诺与安塞尔穆丘，可参见注2。

12. 安塞尔穆丘当时年龄最小，可能只有十五岁。关于与乌哥利诺囚禁在鹰塔之内的两个儿子和两个孙子的注释，据查颇有矛盾：萨佩纽和波斯科－雷吉奥注释本都一致地认为，两个儿子是加多和乌古乔内，两个孙子是尼诺和安塞尔穆丘，但后者在注释安塞尔穆丘的父亲时自相矛盾：在该注释本的有关安的两个注释中，前一注释说安是“洛托”之子（见注2），后一注释则又说安是尼诺之父、乌哥利诺的长子归尔弗二世（见注2）的幼子。也有人把安塞尔穆丘说成“儿子”，把乌古乔内说成“孙子”。
13. 指“钉门”后的第四天。
14. 加多此时岁数不大，但业已成人。
15. 乌哥利诺此时“双目失明”是由于饥饿和临近死亡。
16. “两天”指第七天和第八天。
17. “歪斜着眼睛”表示对敌人的极端仇恨。
18. “美丽国土”指意大利。
19. “西”即意大利文的肯定词si即“是”，因此，意大利语亦称“si的语言”（la lingua del si）。但丁在《论俗语》第一卷第八节第六句段中曾说：“确实，有些人为表示肯定，说oc，另一些人说oil，再有一些人则说si，他们分别是西班牙人、法国人和拉丁人”。但波斯科－雷吉奥注释本未引但丁上述有关的话，却把上述第一种说法说成是“普罗旺斯”的口语；此说似有一定道理：oc是法国南部口语，古代法国一省份“林瓜多卡”（Linguadoca，直译“说oc的语言”）即属古代普罗旺斯地区。
20. “邻人”指佛罗伦萨人和卢卡人，他们是比萨人的宿敌。
21. 卡普拉亚（Capraia）和哥尔格纳（Gorgona）为托斯卡纳群岛的两座小岛，在厄尔巴岛（Elba）西北，面对第勒安海（Tirreno）海滩，距阿尔诺河河口不远。
22. 这里指乌哥利诺伯爵为分化反比萨联盟，将一些城堡和地方送给佛罗伦萨和卢卡（见注2）。萨佩纽和波斯科－雷吉奥两注释本都认为，乌哥利诺此举是情有可原的，他之所以入安特诺尔环，并非因为“背叛”城堡，而是由于他背叛其原属的吉伯林派，或对与其联合执政的外孙采取阴险的敌对手法。
23. “新的特拜城”指比萨，因为特拜城奠基人卡德莫斯（Cadmo）本族就有骨肉相残的严重罪行。但也有人认为是指特拜国王坦塔路斯曾将其子伯罗比斯杀死，做成肉菜，奉献给诸神的（参见第三十首注21）。后宙斯使伯罗比斯起死回生，成为伯罗奔尼撒（Peloponneso）之王，“伯罗奔尼撒”之名即来自他的名字“伯罗比斯”（Pelope）。

乌圭乔内（Uguiccione）即乌古乔内，当时还很年轻；“旅长”即尼诺的绰号（见注2），当时比乌古乔内岁数大些。
24. 指加多和安塞尔穆丘。
25. “又向前行”指朝第九环第三个区域即托勒密环（Tolomea）走去，那里是惩罚犯有背叛宾客罪的鬼魂之所在。
26. 此句意谓泪水成冰，把眼睛堵住，新的泪水流不出来，只好“流回心中”，悲伤无从发泄，于是更形加剧了。
27. 这里用“水盆”比作眼眶，用以接“泪水”。
28. 这里写出一种自然现象：地狱中没有太阳，就不会引起大气变化，不会产生“蒸气”，因此，不该有风吹来。
29. 这里说明风是从上面吹下来的。
30. 这里，但丁向鬼魂作了一种起誓般的允诺，其实，他是在蒙哄对方，为不想兑现诺言找借口，因为他明知自己必将降到科奇土斯湖底，而且不会永远留在那里。
31. 阿尔贝里哥修士（frate Alberigo），全名为阿尔贝里哥·迪·乌哥利诺·德伊·曼弗雷迪（Alberigo di Ugolino dei Manfredi），为享乐修士，法恩扎归尔弗派首领之一。他与本族即曼弗雷迪族的曼弗雷多（Manfredo）和阿尔贝盖托（Albeghetto）不和，佯作要与他们和解，邀请他们到他的切萨泰别墅（Cesate）赴宴，事先，他布置好手持武器的家人，准备在宴会结束时将宾客杀死。饭菜用毕后，他按照事先约定的信号，命人上水果，出其不意，将曼、阿二人杀害。此事发生在1285年5月2日。后成为一句谚语，“阿尔贝里哥修士的水果”，意谓“背信弃义的谋害”。

32. 此句来自谚语“因糕饼得面包”（ricevere pane per focaccia），意谓“恶有恶报”，但在诗中另有一层含义：所受惩罚要比所犯罪行更加严重，并用水果代替糕饼和面包，因海枣的价格要比无花果昂贵。

33. 但丁之所以这样提问，是因为1300年，阿尔贝里哥尚活着。

34. 托勒密环的“特权”表现在：在其中受苦的只是灵魂，而其肉身仍活在世上，并有魔鬼附身，以下诗句对此有详细介绍。

托勒密环的名称有两种说法：一是指杰里柯（Gerico）的执政官托勒密（Tolomeo），他曾为夺取权力，背信弃义地设宴将其岳父、大祭司西门·玛喀比（Simone Maccabeo）及几个妻弟杀死，事见《玛喀比传》第一卷第十六章第十一至十六句；一是指埃及十三位托勒密国王中的第十二位，即托勒密十二世（名“迪奥尼索”Dioniso），公元前52—前48年在位，曾接纳兵败逃往埃及避难的庞培，后为求得与凯撒和解，将庞培杀害（公元前48年）。波斯科－雷吉奥注释本认为，后一种解释“不大可能”。

35. 阿特洛波斯（Atropos或Antropo），为罗马司生命的三女神巴尔凯（Parche）之一（相当于希腊的莫伊丽斯Moire）。除阿特洛波斯之外，另两位女神是：克洛托（Cloto）和拉凯西斯（Lachesi）；她们的分工是：克洛托司“诞生”，拉凯西斯司“生存”，阿特洛波斯司“死亡”，做法是纺织、卷绕、剪世人的生命线。

36. 这里是但丁的一大独特而大胆的创造：灵魂下地狱而人仍活在世上，当时曾在神学界立即引起非议，其子彼特罗曾不得不为他作些辩解。波斯科－雷吉奥注释本认为，这一创造可能源自《新约·约翰福音》第十三章第二十七句，即写犹大卖主的情况：犹大吃了耶稣递过来的饼，“撒旦就进入他的心里”；而魔鬼附身的说法在民间又是异常普遍的。近代注释家马佐尼（Mazzoni）曾就但丁在《筵席》第四卷第七节第十至十五句段中谈及人的生死问题，对此作过评注，说：“这使诗人有可能用富于想象力的景象来谴责依然活着的人的卑鄙行为，而无须使用预卜先知的语言。”

“苦度严冬”是指在地狱的这一冰雪地带受苦。

37. 布兰卡·多里亚（Branca Doria），为热那亚吉伯林派贵族，约生于1233年，撒丁岛洛哥多罗州总督米凯莱·赞凯（参见第二十二首注14）之婿。他在撒丁曾历任公职，反对撒丁僭主阿拉哥纳（Aragona）的统治，并觊觎其岳父的权位。他曾设宴款待其岳父，在宴会上将其岳父及所带随从全部剁死。此事可能发生于1290年或更早些，即1275年。他夺得管理洛哥多罗的权位之后，于1299年要求教皇博尼法丘八世予以承认。1325年，即但丁逝世之后，仍有他活在人世的消息。波斯科－雷吉奥注释本称，其岳父赞凯在第二十二首中一度出现，当时已被杀，但其灵魂尚未作为贪官污吏降入地狱第五环，而布兰卡·多里亚此刻则已被魔鬼附身，其灵魂则被打入科奇土斯湖中受惩。

38. “马拉布兰卡们的沟壑”即惩罚贪官污吏的恶囊，参见第二十一首第1—57句。

39. 参见注37。

40. “此人”为布兰卡·多里亚。

41. 此“亲戚”为布兰卡·多里亚之侄，他曾助其叔杀害米凯莱·赞凯。

42. 此句意谓：但丁不能为受到上帝制裁的鬼魂解脱苦刑，因而不该信守诺言，这也才是“以礼相待”。

43. 此人仍指布兰卡·多里亚，因为他是热那亚贵族（见注37）。

44. “罗马涅的那个更加险恶的鬼魂”指阿尔贝里哥修士，因为他是法恩扎人，而法恩扎当时属罗马涅地区。

第三十四首

1. 此句除“向我们”(verso di noi)之外，其余原文均为拉丁文，即：Vexilla regis prodeunt inferni，前三字意谓“国王的旗帜在行进”，原是一首著名的赞美诗的开头，但丁在原句上加了inferni，便变为“地狱之王的旗帜在行进”。这首赞美诗是公元六世纪法国波尔蒂埃(Portieri)主教、著名拉丁诗人维南丘·佛尔图纳托(Venanzio Fortunato)的创作，后来被收录为天主教会在圣星期五(Venerdi Santo，即耶稣受难日，复活节前的星期五)、十字架发现和颂扬节(Invenzione e Esaltazione della Croce)等宗教节日举行礼拜仪式经常歌唱的赞美诗之一。这里所说的“地狱之王的旗帜”指卢齐菲罗的六只翅膀(参见下面第46—52句)。但丁借用佛尔图纳托的诗句并加以大胆创新，主要是为了烘托卢齐菲罗的阴森可怖、但又庄严肃穆的形象和气氛。

2. “那里”即指科奇土斯湖第四区即犹大环(见下面第117句)：这里受惩的都是叛卖恩人的鬼魂，是罪恶最大、受刑最重者。这是古代注释家的一致看法，但近代注释家(如佩特罗基、波斯科)则认为，说这些鬼魂是“背叛教会与帝国”更为妥当(波斯科–雷吉奥注释本)。萨佩纽和雷吉奥都指出：“犹大环”(Giudecca)一词来自中世纪文献中的Iudaica一词，意谓犹太人集居地，当时在意大利许多城市都通用。

3. 这里描述“直立”的罪人受刑状态：有的正常(“脚朝下”)，有的反常，即头朝下(“倒栽葱”)。

4. 这里描述的四种不同状态，表示罪人根据各自罪恶受到不同的惩罚。波斯科–雷吉奥注释本在解释“弯腰似弓……”一句时，还特意指出：这种把头弯到脚跟的状态，不仅是指向前弯，而且也指向后弯。

5. 这里是说：卢齐菲罗在被上帝打入地狱之前，是天使中相貌最美的。

6. “浑身无力”一词的原文是fioco，萨佩纽和波斯科–雷吉奥两注释本对此解释不同：前者认为是指“软弱无力，丧失一切气力”，“不涉及声音”；后者则认为是指“吓得说不出话来”。

7. “痛苦王国的那个皇帝”即指地狱之王狄斯(见第20句，并参见第十一首第65句和注16、第十二首第39句和注8)。这里即指卢齐菲罗，这与第一首第124句称上帝为“坐镇天府的那位皇帝”是异曲同工、恰相对立的。

8. 意谓前一种对比比后一种对比更为明显，更能说明卢齐菲罗的体形之大。

9. “这样一个部分”指卢齐菲罗的手臂。

10. 波斯科–雷吉奥注释本在解释这三句诗时，引述了公元五世纪和十三世纪两位圣徒有关卢齐菲罗的美和丑的说法：前者是圣阿哥斯蒂诺(S.Agostino，354—430，即圣奥古斯丁)，后者是圣博纳文图拉(S.Bonaventura，1221—1274)。后者说，“之所以称为卢齐菲罗，是因为他是天使中最光彩照人的，而他对自身美貌的考虑则使他变得目空一切”；前者说，“世上的一切罪恶都来自他的恶毒”(萨佩纽注释本也引述了这句话)。

11. 但丁笔下的卢齐菲罗形象与中世纪绘画和雕刻中的魔鬼形象不同：既无角，又无尾。诗中所述卢齐菲罗有三张脸一点，在中世纪曾有先例：如西班牙莱昂主教堂(Cattedrale di León)正门就有这样的范例，可能是同时代的；另有一些纤细画也有过类似的描绘，但那是在但丁之后，也许是受但丁的影响。但这些绘画和雕刻都把卢齐菲罗描绘得很滑稽，而这在但丁的笔下则是没有的。萨佩纽和波斯科–雷吉奥两注释本都认为，卢齐菲罗的“一头三脸”是上帝“三位一体”(Unità e Trinità)的对立面：“三位一体”指神的“威力”、“智慧”和“慈爱”(见第三首第5、6句)，而“一头三脸”则意味着“无能”、“愚昧”和“仇恨”；也有人把这三张脸解释为“无节制”、“奸诈”和“兽性的疯狂”。至于三张脸颜色的不同，上述两注释本都感到无法诠释，有人则把这三种颜色解释为当时人们所知的三大陆，甚或罗马、佛罗伦萨和法国，但都不足信。

12. “长有冠毛的地方”即指某些动物长冠毛之处，亦即头的后部，枕骨部分。

13. “来自尼罗河的水浪泻下之处的那些人的肤色”指住在埃塞俄比亚一带的人的肤色，即黑色，因为这一带正是尼罗河自上而下流入埃及平原的地方。

14. 每张脸有两只翅膀，三张脸共有六只；近代注释家多纳多尼(Donadoni，1871—1924)解释说，卢齐菲罗的六翼是他用来遮挡上帝宝座光芒四射的“屏障”。此外，中世纪绘画中的撒旦也都是有蝙蝠似的双翼，雷吉奥据此指出，与六翼天使撒拉弗(serafino)恰相对照的是：卢齐菲罗的六翼是灰黑色、黏糊糊的，作为上品天使的撒拉弗的六翼则是具有五彩缤纷的羽毛。

15. “血红的唾液”指被卢齐菲罗咬在口中的三个罪人流出的鲜血。

16. 这里用打麻机比喻卢齐菲罗咬嚼罪人的惨状：打麻机用来绞碎麻茎，以从中提取纤维。

17. “加略人犹大”(Giuda Scariotto或Iscariota)，即耶稣的十二个门徒中以三十块银币出卖耶稣的叛徒犹大，事见《新约》中的《马太福音》第二十六章第十四至十六句、《马可福音》第十四章第十、十一句、《路加福音》第二十二章第三至六句。

18. 布鲁都(Bruto)，即密谋杀害凯撒、试图恢复共和的策划者之一，全名为马可·朱尼奥·布鲁都(Marco Giunio Bruto)。他是雄辩的演说家，信奉学园派和斯多噶派哲学，为凯撒的养子，深受恩宠，曾被凯撒任命为高卢总督(公元前47年)，但他仍与卡修斯(见下注)一起策划在元老院门前刺杀凯撒的阴谋(公元前44年3月15日)。凯撒死后，他的继任者屋大维(Ottaviano)和安东尼(Antonio)发兵征讨布鲁都与卡修斯；在马其顿的腓力比(Filippi)一战，大败布鲁都，布被迫自杀(公元前42年或公元前41年)。诗中说他“一言不发”是形容他顽固不化、愤恨不止的表情。

19. 卡修斯(Cassio)，全名为卡佑·卡修斯·隆基诺(Caio Cassio Longino)，曾为前三巨头之一克拉苏(Crasso)的参谋，后又投靠庞培；庞培在法尔萨利亚战败后，他投降凯撒，颇受凯撒厚待和重用，但他仍与布鲁都合谋将凯撒杀害。腓力比战役中战败后，他命手下一获得自由的奴隶将他杀死。布鲁都与卡修斯都是对各自的施恩者恩将仇报的人，故被打入犹大环受苦。

20. 萨佩纽和波斯科-雷吉奥两注释本都把此句解释为维吉尔爬到卢齐菲罗臀部的突出之处便掉转身躯，但二者不同之处在于对原句中的代词elli(他)的理解：原句是ov' elli avea le zanche，意谓把头掉到“他的双腿所在的地方”；这里的“他”(elli)究竟指谁？萨佩纽认为，既是自身掉转，应指维吉尔，如说是指卢齐菲罗，则不妥，而雷吉奥的解释恰好与此相反。雷吉奥认为，维吉尔把头掉转到卢齐菲罗的双腿一边之后，便顺着他的双腿向上攀援，一直爬到另一半球即南半球，因为卢齐菲罗的上半身是在北半球，而下半身，即从臀部到双腿则是在南半球，故维吉尔下降到其臀部(即地球中心)之后，立即掉转身躯，顺着卢齐菲罗的双腿向上爬。

21. 此刻维吉尔的动作不是像刚才那样一直向下攀，而是改为向上攀，即朝南半球方向攀登。

22. 用“阶梯”作比的写法，在第十七首第82句和第二十四首第55句都有，这里是指卢齐菲罗的汗毛；“万恶之地”是指地狱。

23. 萨佩纽注释本说：“维吉尔是顺着卢齐菲罗与一块岩石之间的狭窄缝隙向上攀援的，到一定时候，便从一个孔洞爬出，因为原来的缝隙已扩大为一个洞穴。”

24. 此句意谓：但丁从所坐的地方(已属偏离北半球的中心地带)看到卢齐菲罗的双腿仍然竖在上面：因为南半球在上，北半球在下，从靠近南半球的角度看立于北半球中心的卢齐菲罗，自然是头下脚上的。

25. 这里是说：从地球中心走到南半球的地面，路途仍然很长；因为还要经过炼狱，行程也仍然艰险。

26. 这里用天主教教士每日必须念诵的日课经来说明太阳运行的时间。日课经每日共分七次：第一次为早课（mattutino），约在黎明前；第二次为晨祷（prima），时为太阳升起时，即早晨六时；第三次为三时经（terza），时为上午九时；第四次为六时经（sesta），时为中午，故又称午经；第五次为九时经（nona），时为下午三时，相当于罗马的上午九时，故称“九时经”；第六次为晚祷（vespro），时为黄昏时分；第七次为晚课（compieta），约为晚九时。三时经的一半应是介于晨祷与三时经之间的时刻，即七时半。这时，北半球已是“夜已降临”（见第68句），而南半球则是白昼开始。

27. “大厅”的原文是camminata，意谓有壁炉的大厅，是僭主用以接待宾客的。“壁炉”一词为camino，“大厅”一词camminata即由此衍生。这种称呼在伦巴第地区最普遍。

28. “天然洞穴”的“洞穴”一词，原文为burella，系指阴暗的地下室，用作地窖甚或监牢的。

29. 指但丁仍以为自己是在北半球。

30. “蛆虫”即指卢齐菲罗，这种说法源自《圣经》。如《旧约·以赛亚书》第六十六章第二十四句：在叛逆上帝的人的“尸骸上面的虫是不死的”；《新约·马可福音》第九章第四十八句：在地狱，“咬人的虫是不死的”。萨佩纽依据近代注释家波雷纳的说法，指出：这里把撒旦比作“藏在世界中心的蛆虫，犹如蛆虫深藏在水果的核心”；雷吉奥不同意这种比喻，他赞成近代注释家基门兹驳斥波雷纳的有关说法，基门兹曾说：若认为但丁想到钻进水果的蛆虫，那就会“使圣经的形象因被作为世俗普通经验来对待而从各方面遭到贬低”。

31. “那一边”指地球中心偏向北半球的一边。

32. 即指地球的中心，宇宙的中心（见第三十二首第73—74句），这种看法来自亚里士多德的《天论》（De coelo）第二章第十四节，其中提及地球的中心即万有引力中心。

33. “这个半球”指南半球。“另一个为大片干地所覆盖的半球”即北半球。“干地”（gran secca）的说法取自《旧约·创世记》第一章第十句：“上帝称干地为陆地。”

34. 这里值得注意的是：诗中所指“半球”（emisperio，即今emisfero）都是指天体的半球（emisferi celesti），而不是指地球的半球（emisferi terrestri），因而第112句和第114句都用了“在……之下”的说法；“顶端”指北半球的子午线，其下面即耶路撒冷，因此，“在另一个半球的顶端下边”即指“在耶路撒冷”。中世纪时，人们认为，陆地都在北半球，南半球则皆为海洋，而耶路撒冷恰好位于陆地中央；此说可参见《旧约·以西结书》第五章第五句：“主上帝说：‘这就是耶路撒冷！我把她安置在万邦的中央……’”

35. “那位”指耶稣：因为他是不通过“原罪”（peccato orinale）而诞生的，他的一生也无“本罪”（peccato attuale）。

36. “小小的圆球”指位于地球中心的小圆球，它的另一面（即属北半球的一面）即为犹大环。萨佩纽说，有人把圆球的“球”（sfera）说成是“圆形的平面”（superficie circolare piana），是不符合但丁本意的。

37. “这里”和“那里”分别指南北半球。

38. 自第124句至第126句，概括地叙述了卢齐菲罗被上帝打入地狱后南半球陆地发生变迁的经过，即：卢齐菲罗从净火天（empireo，亦即天府、天国）堕下，落到南半球（从整个天体看，南半球在上，北半球在下），南半球海面露出的大片陆地，因为“害怕他”，便退入海底，并逃至北半球，形成“覆盖”北半球的“大片干地”，但卢齐菲罗一直堕落到地心，地心处的陆地，为了“逃避他”，便在地心处留下一片“空地”（亦即所谓“天然洞穴”）“重又向上奔去”，从而形成“显露在这一边的那片陆地”，即“伊甸山”（montagna di Iden），亦即“炼狱”

(Purgatorio)。

但丁的这段描述曾引起近代注释家的争议：帕多安(Padoan)和马佐尼都认为，此说与但丁后来撰写的一部作品《水与陆地问题》(*Quaestio de aqua et terra*)的论述相左，因而怀疑此书是出自但丁手笔，至今，此问题仍为悬案。该书原名《论水与陆地的位置与形成》(*De situ et forma de aqua et terra*)，系但丁的一部不甚重要的作品，再者，诗中所述纯属虚构，并非科学论证，因此，萨佩纽和波斯科-雷吉奥两注释本都不主张就此作无谓的纠缠。

39. “鬼王别西卜”(Belzebù)出自《新约》的《马太福音》第十二章第二十四句和第二十七句、《马可福音》第三章第二十二句、《路加福音》第十一章第十五句和第十七句；这里是指卢齐菲罗。

40. “坟墓”(tomba)何所指，注释家对此有多种解释。萨佩纽和波斯科-雷吉奥两注释本都赞成近代注释家巴尔比的看法，即并非指“地狱”，而是指“天然洞穴”，这时，但丁和维吉尔正在其中行走。洞穴的伸展与他们同卢齐菲罗的距离“一样长短”，实际上意谓：洞穴的一端为卢齐菲罗所在地，另一端则为其终点，而因为新发现的地方距此甚远，眼睛看不见，只能靠小溪的流水声辨出。

41. “小溪”是指来自南半球的溪流；雷吉奥注释说，此溪流显然也是从地上乐园(Paradiso terrestre)的山上流下来的。

42. “圆洞”指“幽暗路径”的尽头。

43. “美丽的东西”指灿烂的繁星。

44. “走出这里”指走出圆洞；“重见满天繁星”隐喻但丁已结束他的冥界之行。

应当特别指出的是：《神曲》三部曲，即《地狱篇》、《炼狱篇》和《天堂篇》最后一句都是以“繁星”(stelle)收尾，这不仅体现三部曲在文风上的统一和对称，而且更重要的是：隐喻贯穿全诗的主题思想，象征世人理应追求的人生目的，简言之，即抑恶扬善、改邪归正、弃暗投明。

图书在版编目（CIP）数据

神曲 ／(意) 但丁 · 阿利基埃里著；黄文捷译．—南京：译林出版社，2021.5(2025.3 重印)
ISBN 978-7-5447-8606-5

Ⅰ.①神…　Ⅱ.①但…②黄…　Ⅲ.①诗歌－意大利－中世纪　Ⅳ.①I546.23

中国版本图书馆 CIP 数据核字（2021）第 043370 号

神曲　［意大利］但丁／著　黄文捷／译

责任编辑　姚　燚
装帧设计　typo_d
校　　对　孙玉兰　王　敏
责任印制　颜　亮

原文出版　La Nuova Italia; Le Monnier
出版发行　译林出版社
地　　址　南京市湖南路 1 号 A 楼
邮　　箱　yilin@yilin.com
网　　址　www.yilin.com
市场热线　025-86633278
排　　版　南京展望文化发展有限公司
印　　刷　徐州绪权印刷有限公司
开　　本　850毫米 ×1168毫米　1/32
印　　张　41
插　　页　6
版　　次　2021 年 5 月第 1 版
印　　次　2025 年 3 月第 5 次印刷
书　　号　ISBN 978-7-5447-8606-5
定　　价　228.00元（全三册）